OEUVRES

DE

LA ROCHEFOUCAULD

NOUVELLE ÉDITION

REVUE SUR LES PLUS ANCIENNES IMPRESSIONS
ET LES AUTOGRAPHES .

avec des morceaux inédits, les variantes, des notices, des notes, des tables
particulières pour les *Maximes* et pour les *Mémoires*, un lexique des mots
et locutions remarquables, un portrait, des fac-similés, etc.

PAR M. D. L. GILBERT

ET AUGMENTÉE
D'UN COMPLÉMENT ÉTABLI AVEC LA COLLABORATION

DE

M. J. GOURDAULT

TOME PREMIER

DEUXIÈME TIRAGE

PARIS

LIBRAIRIE HACHETTE

BOULEVARD SAINT-GERMAIN, 79

1923

LE PREMIER TIRAGE DE CE VOLUME
A ÉTÉ FAIT EN 1868.

OEUVRES

DE

LA ROCHEFOUCAULD

TOME I

LES
GRANDS ÉCRIVAINS
DE LA FRANCE

NOUVELLES ÉDITIONS

PUBLIÉES SOUS LA DIRECTION

DE M. AD. REGNIER

Membre de l'Institut

AVERTISSEMENT

Ce premier tome contient les *Œuvres morales* du duc de la Rochefoucauld, c'est-à-dire celles qui, à juste titre, ont ajouté à la gloire de l'illustre nom qu'il portait. Outre quelques morceaux accessoires qui les précèdent, elles se composent des *Réflexions ou Sentences et Maximes morales* [2], et des pensées intitulées *Réflexions diverses* [3]. La *Notice bibliographique*, et les *Notices* particulières que l'on trouvera dans le courant de ce volume me dispensent d'un long *Avertissement* ; il me suffira de résumer ces dernières pour rendre compte au public de mon travail.

Le recueil des *Maximes* est le seul ouvrage que la Rochefoucauld ait publié lui-même, et cinq éditions en ont paru de son vivant. J'ai suivi le texte de la dernière, celle de 1678, comme étant l'expression définitive de la pensée de l'auteur, mais j'ai joint à ce texte, dans les notes, les nombreuses variantes qui s'y rapportent, et qui sont puisées à diverses sources, le *Manuscrit* de la Rocheguyon, les papiers de Mme de Sablé, connus sous le nom de *Portefeuilles de Vallant*, et les quatre

---

1. Le tome suivant sera précédé d'un *Avertissement* particulier.

2. Tel est le titre donné par l'auteur lui-même à son livre. — Voyez la note 2 de la page 25.

3. C'est ainsi que tous les éditeurs désignent ces morceaux, qui sont posthumes, et que l'auteur n'avait pas réunis sous un titre commun

premières éditions des *Maximes* (1665, 1666, 1671
et 1675)[1].

A la suite de cette série principale se plaçaient naturellement les *Maximes posthumes,* c'est-à-dire celles
qui, comme le mot l'indique, n'ont paru qu'après la mort
de l'auteur ; dans les éditions précédentes, elles étaient
au nombre de vingt-huit ; j'ai pu les augmenter de trente
autres, tirées du *Manuscrit* et des *Portefeuilles* ci-dessus
mentionnés [2].

Enfin il est un certain nombre de pensées que la Rochefoucauld a successivement éliminées de son œuvre ;
sous le titre de *Maximes supprimées,* je les ai recueillies
avec autant de soin qu'il m'a été possible, ne laissant de
côté que celles qui, à titre de variantes, avaient déjà
trouvé place dans les notes des *Maximes* définitives de
l'auteur[3].

Ces trois séries forment un total de six cent quarante
et une *maximes,* c'est-à-dire un relevé complet, le plus
complet qui ait été donné jusqu'à présent, déduction faite
des simples variantes, qu'on a trop souvent réimprimées
comme pensées distinctes. Pour les deux dernières de ces
trois séries, j'ai adopté un caractère d'imprimerie différent, mais un numérotage continu, m'étant bien trouvé
de cette disposition dans une édition que j'ai publiée d'un
autre moraliste, Vauvenargues[4].

---

1. La *Notice bibliographique* donnera la description de ce manuscrit, de ces portefeuilles, en tant qu'ils ont rapport aux *Maximes,*
et de ces éditions.

2. Pour de plus amples détails, voyez la *Notice* des *Maximes posthumes,* p. 219-222.

3. Voyez la *Notice* des *Maximes supprimées,* p. 239-242.

4. *OEuvres complètes de Vauvenargues,* 2 vol. in-8°, Paris, Furne,
1857.

Les *Réflexions diverses* sont encore, à un certain point de vue, des *Maximes*, si bien qu'un des éditeurs de la Rochefoucauld, l'abbé Brotier, a cru pouvoir donner les unes et les autres sous la même forme[1]. Sept avaient été imprimées dès 1731 ; j'en ajoute douze autres, que M. Édouard de Barthélemy avait publiées en 1863 et qui viennent des manuscrits de la Rocheguyon.

Telle est la composition principale de ce volume. On y trouvera, en tête des œuvres de la Rochefoucauld, son *Portrait* écrit par lui-même, un autre *Portrait* de la main du cardinal de Retz, puis, comme réplique, le *Portrait* du Cardinal par le Duc ; enfin la première *Préface* et la dernière que l'auteur a mises en tête des *Maximes*[2]. A la suite des *Réflexions diverses*, sous le titre d'*Appendice*, sont réunis divers morceaux se rattachant aux *Maximes :* 1° un *Discours* apologétique, sollicité, ou au moins accepté par la Rochefoucauld pour sa première édition ; 2° les *Jugements des contemporains*, également sollicités par lui[3] ; puis plusieurs pièces (numéros xii-xix de l'*Appendice*) ayant trait, de près ou de loin, à son principal ouvrage. Enfin, ce volume est complété par une nouvelle *Table alphabétique et analytique des OEuvres morales*, c'est-à-dire des *Maximes* et des *Réflexions diverses*. En tête de cette *Table*, j'ai dit les raisons qui m'ont engagé à la faire.

Quant au texte de la présente édition, je n'ai pas à en parler longuement : on sait quelles sont les règles adoptées pour cette collection des *Grands écrivains de la*

1. Voyez la *Notice des Réflexions diverses*, p. 271 et 272.

2. Les trois autres Préfaces originales, celles de 1666, de 1671 et de 1675, donnent de légères différences, que nous avons relevées dans les notes des pages 29 et 30.

3. Voyez p. 371 et 372.

France ; rien n'y paraît qui n'ait été vérifié, soit sur les manuscrits quand il en existe, soit sur les éditions originales. Je n'ai pas davantage à parler de l'orthographe et de la ponctuation, si peu fixées au dix-septième siècle, que notre auteur lui-même en varie sans cesse ; ici, comme dans tout le reste, je me suis conformé aux usages suivis pour l'uniformité de cette collection. Je n'insisterai pas non plus sur le travail d'annotation : tout en m'abstenant de discuter avec l'auteur, j'ai tâché de faire un commentaire perpétuel de son œuvre, comme on en use avec les auteurs grecs ou latins. Je m'y suis appliqué surtout à la confrontation, pour ainsi dire, de la Rochefoucauld avec lui-même, par de nombreux renvois entre ses pensées, et à sa confrontation avec les moralistes anciens ou modernes, par des rapprochements que j'ai multipliés autant que je l'ai pu.

Il me reste un agréable devoir à remplir, celui de remercier publiquement M. Ad. Regnier, directeur de cette collection des *Grands écrivains de la France*. A des connaissances presque universelles, il joint le tact littéraire le plus délicat ; il juge de tout avec un discernement qui profite à ses collaborateurs, et l'érudition n'a rien ôté, chose rare, ni à la sûreté ni à la finesse de son goût. Qu'il veuille bien souffrir que je lui rende ici ce respectueux témoignage ; sa modestie dépasserait son droit et empiéterait sur le mien, si elle s'opposait à la juste expression de ma reconnaissance.

D. L. Gilbert.

NOTICE BIOGRAPHIQUE

SUR LA ROCHEFOUCAULD.

La vie du duc de la Rochefoucauld se divise en deux périodes bien distinctes. Dans la première, le futur auteur des *Maximes*, méconnaissant ses facultés, et prenant, pour ainsi dire, au rebours sa fortune, se range au parti de ces mécontents qui, après avoir conspiré contre Richelieu, s'arment en guerre contre Mazarin. Esprit critique et spéculatif, fourvoyé dans l'action, il subit toutes sortes de mécomptes, et sur cette scène bruyante, où il aspire vainement à tenir le grand rôle, ses qualités ne lui nuisent pas moins que ses défauts. A ces stériles orages de la jeunesse succèdent utilement chez la Rochefoucauld ce qu'on peut, d'un mot de Montaigne, appeler les *ravissements* de l'âge mûr. Revenu ou, si l'on aime mieux, déchu des passions et de la politique, il se repose, se calme peu à peu dans la paisible atmosphère des salons et dans une douce intimité ; par manière de passe-temps et, tout d'abord, sans le dessein prémédité de faire un livre, il compose une suite de maximes où, visant à nous peindre tous d'après lui-même, il a mis à la fois l'aveu et la revanche de ses déceptions ; si bien que cette gloire qu'il a poursuivie, sans l'atteindre, par les sentiers de l'intrigue et le grand chemin des aventures, il la rencontre au bout de sa plume, sans quitter sa chaise de goutteux : tant il est vrai que les hommes le mieux doués ne se démêlent souvent que fort tard, ne se résignent à être eux-mêmes que par une sorte de pis-aller, et que, s'ils passent à la postérité, ce n'est pas toujours sous le personnage qu'ils avaient d'abord souhaité de faire dans l'histoire !

I

François VI, duc de la Rochefoucauld, naquit à Paris, rue des Petits-Champs, le 15 septembre[1] de l'année 1613, et fut baptisé[2], le 4 octobre suivant, en l'église Saint-Honoré[3].

Il était le vingt et unième descendant de Foucauld I, seigneur de la Roche en Angoumois[4], qui vivait sous le règne du roi Robert, au commencement du onzième siècle. André du Chesne, cité par le P. Anselme[5], dit, dans sa *Généalogie de la maison de la Rochefoucauld*[6], que Foucauld I « fut en si grande

1. A Paris, et non à Marcillac, comme on l'a imprimé dernièrement, par erreur, dans l'*Inventaire des autographes.... composant la collection de M. Benjamin Fillon* (n° 970) ; le 15 septembre, et non le 15 décembre, comme l'ont dit le P. Anselme, Moréri, Pinard dans sa *Chronologie historique militaire* (tome VI, p. 209), et, plus récemment, plusieurs d'après eux. Dans l'article de l'*Encyclopédie du dix-neuvième siècle,* on le fait naître en 1618 et mourir en 1671 (au lieu de 1680).

2. Le baptême fut administré par Antoine de la Rochefoucauld, de la branche de Barbezieux, évêque d'Angoulême, arrière-petit-fils du quadrisaïeul de l'enfant. Le parrain fut le cardinal François de la Rochefoucauld, de la branche de Randan, né en 1558, mort en 1645, alors évêque de Senlis, petit-fils du trisaïeul du nouveau-né ; la marraine, Antoinette de Pons, marquise de Guercheville, grand'mère de l'enfant. Nous donnons à l'*appendice* I de la *Notice biographique,* ci-après, p. xcv, l'acte de baptême, que Jal heureusement avait extrait, à peu près en entier, des Registres de Saint-Eustache, avant l'incendie qui les a détruits en 1871 : voyez son *Dictionnaire critique de biographie et d'histoire,* p. 739 et 740.

3. Le chapitre de l'église collégiale de Saint-Honoré fut supprimé à la fin de 1790, et l'église elle-même vendue en février 1792. Jusqu'en 1854, il s'en était conservé quelques vestiges au numéro 12 de l'îlot nommé encore aujourd'hui le *Cloître Saint-Honoré,* lequel a une entrée rue Croix-des-Petits-Champs, dite autrefois, tout court, *rue des Petits-Champs.*

4. Voyez la *Généalogie,* à l'*appendice* II, p. xcvi et xcvii.

5. Tome IV, p. 418.

6. « La maison de la Rochefoucauld, dit d'Hozier, dans les *Mémoires généalogiques sur l'origine des races des ducs,* etc., dressés pour le Roi sur les ordres de Chamillart (*Manuscrit Clairambault* 719,

réputation que sa maison a depuis tenu à honneur d'être sur-
nommée de son nom. » Foucauld I est, par son troisième fils,
le quadrisaïeul d'Aliénor, duchesse de Guyenne, première
femme du roi Louis VII. Son quinzième descendant, par les
aînés, Jean de la Rochefoucauld, qualifié dans des lettres
de Louis XI (1468), de « féal et amé cousin[1], » fut choisi,
en 1467, comme le plus grand des vassaux de Charles d'Orléans, comte d'Angoulême, pour être son gouverneur et avoir
la conduite de sa personne et de toutes ses seigneuries.

Le fils de Jean, François I de la Rochefoucauld, quadrisaïeul
de notre auteur, successivement chambellan des rois Charles VIII et Louis XII, fut choisi, à son tour, par ce dernier
« pour avoir le gouvernement de la personne et la direction
des biens de François, lors comte d'Angoulême, » qui devait
régner sous le nom de François Ier; et il eut l'honneur de le
tenir, en 1494, sur les fonts de baptême[2]. Son royal filleul,
devenu roi, le fit son chambellan ordinaire, puis, par lettres
d'avril 1515, enregistrées au mois d'août 1528, après la mort
du titulaire, qui eut lieu en 1517, érigea la terre, seigneurie et baronnie de la Rochefoucauld en titre de comté. Dans
ces lettres, il est traité de « très-cher et amé cousin et parrain[3].... »

p. 46-48), est sans contredit la plus illustre, la plus noble, la
plus grande et la plus ancienne maison de la province de Saintonge et d'Angoumois. Le nom qu'elle porte est un nom patro-
nymique, c'est-à-dire un nom composé du nom de baptême du
premier qui soit connu et du nom du lieu où il faisoit sa demeure. »

1. Notre auteur dit à Mazarin, dans sa lettre du 2 octobre 1648
(tome III, p. 33) : « *Je suis* en état de justifier qu'il y a trois cents
ans que les Rois n'ont point dédaigné de nous traiter de parents. »
Cela nous porte au temps d'Aymery III de la Rochefoucauld, qui
avait rendu des services considérables aux rois Philippe de Valois
et Jean. Le P. Anselme (tome IV, p. 423), mentionne, à son sujet,
des lettres royales, mais ne dit pas qu'il y soit traité de *cousin*.

2. Ces titres d'honneur de Jean et de François de la Rochefoucauld sont rappelés dans les lettres d'érection du comté en
duché-pairie, signées de Louis XIII (1622), et insérées dans le
tome IV du *P. Anselme* (p. 414-417).

3. Louis XIII, plus tard, se sert aussi, dans les lettres d'érection

François III, petit-fils du comte François I, se distingua
dans plusieurs sièges et batailles, embrassa le parti des Calvinistes, et fut tué à la Saint-Barthélemy, en 1572. Son fils, François IV, continua sans doute d'appartenir, d'abord de cœur[1],
à la religion protestante, puis il y revint ouvertement. Il servit
très-fidèlement le roi de Navarre et fut tué par les Ligueurs
devant Saint-Yrier-la-Perche, en 1591. Avant lui, son frère
du second lit Josué avait péri au combat d'Arques, en 1589.
Le recueil des *Lettres de Henri IV*, publié dans la collection
des *Documents de l'Histoire de France*, contient deux lettres
écrites à François IV en 1580 et 1588, avec cette adresse :
« A mon cousin le comte de la Rochefoucauld[2]. » Nous donnons en appendice une autre lettre qui n'est pas comprise dans
le recueil et dont l'original appartient à M. le duc de la Ro-
chefoucauld-Liancourt. Elle est écrite de Bergerac, le 18 septembre 1577, le lendemain du jour où le roi de Navarre y si-
gna la sixième paix conclue avec les Calvinistes, et elle montre
bien l'estime qu'il faisait du comte et le haut rang qu'à ses yeux
il tenait parmi ses partisans[3].

François V, père de l'auteur des *Maximes*, fut élevé dans
a religion catholique par sa mère, Claude d'Estissac. Il épousa,
en juillet 1611, Gabrielle du Plessis, fille de Charles, seigneur
de Liancourt, lieutenant général pour Sa Majesté en la ville et
prévôté de Paris, et d'Antoinette de Pons, cette belle marquise
de Guercheville, dame d'honneur de la Reine, qui « inspira

en duché que nous venons de citer, des mots de « très-cher et bien
amé cousin. » Voyez ce qui est dit, à la fin de l'*appendice* ıı, p. c,
de l'alliance avec la maison de Bourbon.

1. Voyez *la France protestante* de MM. Haag, tome VI, p. 254.
— Le général Susane enregistre dans son *Histoire de l'ancienne
infanterie française* (tome VIII, p. 49, n° 213) un régiment la Rochefoucauld protestant, levé en 1587, et licencié la même année,
après avoir servi au siége de Fontenay.

2. Tome VIII, p. 182, et tome II, p. 403 et 404. — Il y en a
trois autres (tome I, p. 98-100) dont la suscription est simplement :
« A M. de la Roche, » sans le titre de cousin, et que, à tort peut-
être, on a cru être également adressées à François IV de la Rochefoucauld.

3. Voyez l'*appendice* ııı, p. c.

une vive mais vaine passion à Henri IV[1]. » En 1619, le roi
Louis XIII le nomma chevalier de ses ordres, et, en avril 1622,
il érigea le comté de la Rochefoucauld en duché-pairie. Dans
les lettres d'érection[2], où il lui donne les titres de « capitaine
de cent hommes d'armes de nos ordonnances, gouverneur et
notre lieutenant général en notre province de Poitou[3], » il le

1. *Notice historique sur le duc de la Rochefoucauld*, par M. Édouard
de Barthélemy, p. 14, note 2.

2. Ces lettres, données à Niort, furent enregistrées le 4 septembre 1631. François V ne fut reçu que le 24 juillet 1637, à cause
de l'opposition de Richelieu : voyez le *P. Anselme*, tome IV,
p. 414. Il devait être reçu le 5 septembre 1631, avec le duc de la
Valette et le cardinal de Richelieu; mais Mathieu Molé nous dit
(*Mémoires*, tome II, p. 68, édition de la Société de l'Histoire de
France) que, le Roi n'étant pas content du comte de la Rochefoucauld, et ayant donné ordre de s'opposer à sa réception, celui-ci
ne vint pas à la séance du 5.

3. Dans l'acte de baptême de son fils aîné (1613), François V
a les titres de « conseiller du Roi en ses conseils d'État et privé, et
maître de sa garde-robe. » Dans un autre, d'un fils de Christophe
Cadot, brodeur du Roi, dont il fut parrain en 1617, il y a « grand
maître, » au lieu de « maître, » et « gouverneur du Poitou et de
Poitiers. » Voyez le *Dictionnaire* cité *de Jal*, p. 739 et 740. — Moréri
place la création de la charge de grand maître de la garde-robe à
la date du 26 novembre 1669 ; il veut parler sans doute de la réduc-
tion à un titulaire unique et par cela même plus important ; car,
sans parler de l'acte de 1617 attribuant ce titre à François V,
Montglat, dans ses *Mémoires* (tome I, p. 436), nomme, en 1643,
deux grands maîtres (lui-même et un autre), et les *États de la
France* que nous avons pu voir, à partir de 1648, en inscrivent
tantôt quatre, tantôt, et le plus souvent, deux, jusqu'à l'époque
où il n'y en a plus qu'un, avec deux maîtres. Un *État de la France*,
publié l'année de la mort de François V (à Paris, chez Ch. de
Cercy (*sic*), 1650), et dont on trouvera plus loin un extrait (voyez
p. XLI, note 2), donne (p. 67) à François VI le titre de grand maître
de la garde-robe, comme s'il avait succédé en cette charge à son père,
qui, on le voit par les *États* antérieurs, ne l'avait pas conservée.
Au reste cet *État* de 1650 se dément lui-même (p. 79) : il ne nomme
pas notre duc parmi les titulaires de la charge. Même erreur et
même démenti dans un autre *État* de 1652 (p. 76 et 173, à Blois,
chez Fr. de la Saugère). Le titre rentra dans la famille par François VII, en 1672 : voyez l'*appendice* IX, p. CXVI.

loue en ces termes de la part qu'il eut à la répression de la révolte des Calvinistes dans son gouvernement :

« Il s'est montré si soigneux d'égaler la gloire de ses pères,
qu'il ne s'est offert aucun sujet dedans notre royaume et pendant les mouvements dont il a été agité, qu'il n'ait employé
sa créance, fidélité et affection au bien de notre service, même
en cette dernière occasion de la descente du sieur de Soubise[1]
et des rebelles en cette province, où il a si prudemment et
vertueusement ménagé les terres qui étoient sous sa charge,
qu'il auroit engagé lesdits rebelles en la défaite qui est arrivée,
ayant contribué par cette conduite à l'heureuse victoire que
nous avons remportée sur eux[2]. »

Louis XIII passa, le 22 avril 1622, par Fontenay-le-Comte,
et y descendit chez le gouverneur. « Quelques jours plus tard,
Marie de Médicis se fit présenter, chez Mme de la Rochefoucauld, l'échevinage, qui lui demanda la démolition de tous les
châteaux forts du bas Poitou n'appartenant pas au Roi.... La
Reine mère fut reçue dans l'hôtel situé à côté de la porte de
la Fontaine (maison Boumier), où le comte de la Rochefoucauld avait établi son domicile, et qui a porté depuis le nom
de *Maison du Gouverneur*[3]. »

1. Benjamin de Rohan-Soubise, frère cadet du duc Henri de
Rohan. Il soutint, en 1621, dans Saint-Jean-d'Angély, un siége
de près d'un mois contre Louis XIII.

2. Des lettres de Louis XIII, de 1622, insérées dans les *Mémoires de Mathieu Molé* (tome I, p. 264 et 266), nous montrent
François V commandant des troupes à l'une des attaques de l'île
de Ré, puis investissant une place et la forçant à se rendre.

3. *Poitou et Vendée*, par MM. Benjamin Fillon et Octave de
Rochebrune, Fontenay, 1861, in-4°, p. 68. Voyez dans le même
ouvrage une vue de Fontenay-le-Comte avec la tourelle de la
Maison du Gouverneur.

Un acte extrait des registres de baptême de la paroisse de Notre-
Dame de Fontenay, déposés au greffe du tribunal civil, et dont
nous devons la copie à M. Benjamin Fillon, permet de supposer
que François V était dans cette ville en 1621, avec sa femme et
ses enfants : il n'en avait encore que deux. On y voit que, le 27e de
septembre 1621, « Messire François de la Rochefoucauld, prince
de Marcillac, fils aîné de haut et puissant seigneur François,

C'est tantôt dans cette résidence, tantôt dans les diverses
maisons de son père en Angoumois, la Rochefoucauld, Verteuil et autres[1], que notre auteur passa une partie de son en-

comte de la Rochefoucauld, » fut parrain du fils d'un sieur Raoul
Gallier-Picard, écuyer.

1. On lit dans les *Mémoires* manuscrits *sur l'Angoumois*[a], rédigés
par le sieur Gervais, lieutenant criminel au présidial d'Angoulême,
et adressés par lui, vers le milieu du dix-huitième siècle[b], au comte
de Saint-Florentin, ministre sous Louis XV : « Il y a peu de provinces en France, d'une aussi petite étendue, dans laquelle il se
trouve d'aussi grandes maisons, et d'[où] un aussi grand nombre de
seigneurs de nom tirent leur origine. C'est peut-être aussi celle du
Royaume où il y a de plus belles terres et en plus beaux droits.

« Les seigneurs de la Rochefoucauld.... y possèdent la duché de
ce nom, qui fut érigée en 1622 par Louis XIII.... La terre particulière de la Rochefoucauld contient vingt paroisses et vaut dix
mille livres de rente. Le château qui y donne le nom, sur la Tar-
douère, fut bâti, en 1540, par Anne de Poulignac (*Polignac*), veuve
(*en secondes noces*) de François, second du nom[c], et est fort beau.
C'est le chef-lieu de toutes les autres terres et de la duché, la
maison patrimoniale ancienne et le berceau des seigneurs de ce nom
et de leurs ancêtres[d] ; mais, quoiqu'il soit richement meublé, ils
n'y font pourtant pas leur résidence actuelle (*au dix-huitième siècle*),
lorsqu'ils sont dans la province. Il y a à l'entrée de ce château une
tour plus respectable par son antiquité que d'usage dans sa construction.... On juge.... que c'est un reste de l'ancien château....

« Verteuil (*ou Vertœil*, voyez tome III, p. 15, note 9).... est
une baronnie composée de neuf ou dix paroisses, à la tête des-
quelles est la petite ville de ce nom, à sept lieues d'Angoulême,
composée de cent feux. Les habitants en sont communément
pauvres.... Cette terre seule ne vaut pas plus de cinq mille li-

a Bibliothèque nationale, Ms. Fr. 8816, in-folio, p. 104 et suivantes.

b Avant l'année 1770, où le comte de Saint-Florentin devint duc de la
Vrillière.

c C'est elle qui reçut, en 1539, après la mort de son second mari, l'empereur
Charles-Quint et les enfants de France dans son château de Verteuil : voyez le
P. Anselme, tome IV, p. 427.

d C'est Guy VIII de la Rochefoucauld, gouverneur d'Angoumois, bisaïeul
du premier comte François I, qui, par lettres de septembre 1370, obtint du
roi Charles V, dont il était conseiller et chambellan, que ses terres assises au
ressort et comté d'Angoulême ressortiraient dorénavant à son château de la
Rochefoucauld : voyez le *P. Anselme*, tome IV, p. 423.

fance et de sa jeunesse. Cette période de sa vie n'est point
connue, et peut-être ce qu'on en pourrait savoir n'offrirait-il

vres de ferme. Le château de Verteuil, qui domine la ville sur la
Charente, est la maison de plaisance des seigneurs de la Rochefoucauld, qui y font leur résidence ordinaire lorsqu'ils sont en
province. Ce château est ancien et d'une structure fort irrégulière, mais qu'on a néanmoins rendu très-logeable par les appar-
tements qu'on y a ménagés et les commodités qu'on y a pratiquées
dans les derniers temps, quoique sans suite. On y a, entre autres,
ajouté une galerie neuve et un salon magnifique dans lesquels sont
placés les portraits des seigneurs de cette maison... [a].

« Les issues de Verteuil, connues sous le nom de parc de Vau-
guay, ont des beautés naturelles qui surpassent peut-être tout ce
qu'on peut voir en France. Le parc, d'une étendue des plus spa-
cieuses, s'est trouvé contenir un terroir très-propre à élever des arbres, et les plants de charmilles et d'autres espèces y ont si bien réussi,
qu'il n'y en a point ailleurs d'une semblable hauteur, de si belle tige
et si bien fournies. On y entretient aussi une orangerie superbe.

« Le parc de la Tremblaye, qui y est joint, est une forêt entière, brute, toute enfermée de hauts murs, dans laquelle il y a
nombre de bêtes. Les arbres en sont aussi fort beaux. Elle est coupée au milieu par une grande allée dont le point de vue, qui répond par d'autres allées à la porte du château, forme une des plus
belles perspectives du monde.

« La baronnie de Montignac-Charente, à quatre lieues d'Angoulême, appartenante au même seigneur, contient vingt-quatre
paroisses et peut valoir huit mille livres de revenu. Le chef-lieu
du même nom est un petit bourg qui contient, compris Saint-
Étienne joint, quelque quatre-vingt-onze feux. Il n'y a que quelques petits cabaretiers et artisans que les foires y entretiennent.
Le reste est bas peuple et pauvre. Le château est presque tout en
vieille masure. »

Le *Mémoire de la généralité de Bordeaux* (1698), cité dans notre
tome III, p. 236, note 14, inscrit comme appartenant au duc de
la Rochefoucauld les trois terres, d'une « grande étendue, » de
Montclar, Eschizac et Cahuzac, les deux premières en Périgord,
la troisième, moitié en Périgord, moitié en Agenois.

Dans les *Mémoires du Poictou* (1697) de Charles Colbert (Biblio-

---

[a] Le manuscrit énumère les portraits dans leur ordre ; l'original du dix-
huitième est « Jean (*père du premier comte François I*), mort en 1471, qui
épousa Marguerite de la Rochefoucauld, héritière de Verteuil, et réunit par ce
mariage les deux branches et les deux terres. »

pas un grand intérêt. En ce temps-là, l'éducation des fils de
famille tendait surtout au développement de l'être physique.
Élevé ainsi à la campagne, le jeune Marcillac (c'est le titre
qu'il porta [1], jusqu'à la mort de son père, en qualité d'aîné ; il
l'était de douze enfants [2]) excella sans doute, dès l'adolescence,

thèque nationale, *Fonds Colbert*, V^c, n° 278), publiés en 1865 par
M. Dugast-Matifeu, sous ce titre : *État du Poitou sous Louis XIV*
(Fontenay, in-8°), on trouve d'intéressants détails sur la famille de
notre auteur. Il y est dit notamment (fol. 142 v°) que le duc de
la Rochefoucauld (alors François VII) a beaucoup de pouvoir
dans la province, « quoiqu'il y ait peu de biens, » parce qu' « il y a
force gens qui sont ses parents et amis. » — Et (fol. 100) : « En la
paroisse de Notre-Dame de Monts, élection des Sables, il y a une
maison de la Rochefoucauld, où il y a quatorze mille livres de rente
et plusieurs jeunes gens capables de servir, qui sont catholiques
et seigneurs du Breuil. »

1. Le château de Marcillac, Marcillac-Lanville, commune de
la Charente (Angoumois), à six lieues d'Angoulême, avait été bâti
par Vulgrive I, comte héréditaire d'Angoumois, vers la fin du
neuvième siècle, pour s'opposer aux incursions des Normands. Il
fut acquis, pour neuf mille écus, de Guillaume de Craon, seigneur
de Châteauneuf, de Montbazon et de Marcillac, par Guy VIII de la
Rochefoucauld, déjà nommé dans la note précédente, qui, d'après
A. du Chesne, qu'a suivi le P. Anselme (p. 424), épousa, en seconde,
noces (1389), Marguerite, fille dudit Guillaume de Craon. Jeans
père du premier comte François I, rebâtit le château en 1445. Voyez
le *Recueil en forme d'histoire de la ville et des comtes d'Angoulême*,
par François de Corlieu, à la suite de l'*Histoire de l'Angoumois* par
Vigier de la Pile, 1846, in-4°, p. 14 ; cette dernière histoire, p. 46 ;
et le *P. Anselme*, tome IV, p. 425. — François II de la Rochefoucauld est le premier à qui le P. Anselme donne le titre, non plus,
comme à ses ascendants, de « seigneur, » mais de « prince de Marcillac, » et nous voyons ensuite cette dénomination désigner
constamment le fils aîné du vivant de son père.

2. Aux douze enfants énumérés par le P. Anselme, une lettre de
François V à Richelieu ajoute deux garçons : voyez l'*appendice* II
de cette *Notice*, p. XCVII, note 4, et, au tome III, la *lettre* 2 de l'appendice I, p. 230 et note 4. Sur ce que devinrent les onze frères et
sœurs de François VI inscrits dans les généalogies, et ses propres
enfants puînés, voyez *les Mariages dans l'ancienne société française*, par
M. Ernest Bertin (1879), p. 143-147. L'auteur retranche à François V
un des fils (Aymery sans doute, mort jeune) et une des filles que lui

dans les divers exercices du corps. Pour ses études, elles durent être assez sommaires, car Segrais rapporte et Mme de Maintenon confirme qu'il avait peu de savoir[1]. Il avoue lui-même qu'il n'entendait pas très-bien le latin[2]. Son maître de littérature fut un certain Julien Collardeau[3], de Fontenay, qui succéda à son père comme avocat et procureur du Roi au siége de cette ville, et qui fut ensuite (17 janvier 1650) pourvu d'une charge de conseiller d'État en récompense de sa fidélité au parti de la cour durant les troubles de la Régence. Ce ne fut donc pas la faute du précepteur si l'élève devint un frondeur.

Il se peut que les romans aient été de bonne heure un aliment favori de l'esprit de notre auteur, qui paraît en avoir conservé le goût jusqu'à la fin de ses jours. Mme de Sévigné, dans une lettre du 12 juillet 1671[4], se console par son exemple de « la folie qu'*elle a elle-même* pour ces sottises-là : » ce

comptent le P. Anselme et Moréri. Ajoutant à ces deux générations une troisième, « En trois générations, dit-il, sur vingt-cinq enfants adultes, je compte six religieuses, trois vieilles filles, huit prêtres, abbés ou chevaliers de Malte, et un abbé mixte, demi-abbé, demi-capitaine. »

1. « M. de la Rochefoucauld n'avoit pas étudié ; mais il avoit un bon sens merveilleux, et il savoit parfaitement bien le monde. » (*Segraisiana*, p. 15, Amsterdam, 1722.) — M. de Barthélemy, dans sa *Notice* (p. 163), cite de Mme de Maintenon, sans dire où il l'a pris, ce passage : « Il avoit.... beaucoup d'esprit, mais peu de savoir. »

2. *Lettre* 116, tome III, p. 226.

3. Ce Julien Collardeau (on sait que deux autres avant lui avaient porté le même nom dans sa famille) naquit le 23 janvier 1596 et mourut le 20 mars 1669. Il est auteur de plusieurs ouvrages, dont un, *les Tableaux des victoires de Louis XIII*, a eu trois éditions. Voyez sur lui la *Bibliothèque historique et critique du Poitou*, par Dreux du Radier, Paris, 1754, tome III, p. 464 et suivantes. Nous devons à M. Benjamin Fillon communication de la pièce suivante, datée de Fontenay, le 8 novembre 1626, et signée : *J. Collardeau* : « Je confesse avoir reçu de Monsieur l'abbé de la Réau, agissant au nom de Mgr de la Rochefoucauld, la somme de soixante livres tournois, en deniers ayant cours, pour le dernier quartier de la gratification à moi allouée par ledit seigneur en récompense d'avoir enseigné les lettres à M. le prince de Marcillac, et du tout l'en tiens quitte. »

4. *Lettres de Mme de Sévigné*, tome II, p. 277 et 278.

qui s'accorde avec ce souvenir, gardé d'une de nos lectures,
mais dont nous avons négligé de prendre note, que la Rochefoucauld ne manquait point de lire *l'Astrée* au moins une fois
l'an et qu'il s'enfermait pour n'être point distrait de ce plaisir.
Cette chaleur naturelle d'imagination, que rien ne put refroidir
entièrement, expliquerait à elle seule, au besoin, plus d'un épisode étrange de sa jeunesse.

D'après un document conservé au Cabinet des titres de la
Bibliothèque nationale, c'est le 20 janvier 1628, donc avant
l'âge de quinze ans, qu'on lui fit épouser[1] Andrée de Vivonne
laquelle a passé fort silencieusement dans l'histoire, et même
dans la vie de la Rochefoucauld, entre Mme de Longueville et
Mme de la Fayette. « On sait assez, nous dit-il, qu'il ne faut
guère parler de sa femme[2] ; » et, nous le faisons remarquer au
tome II (p. 29, note 4), il se conforme bien au précepte. La
mention sèche d'une maladie, un mot sur « le tabouret, » ce
fait, constaté sans détail, qu'en 1650, lorsqu'on rasa Verteuil,
« la mère, la femme et les enfants du duc de la Rochefoucauld »
furent un moment « sans retraite, » voilà tout ce que nous
trouvons dans les *Mémoires*[3] ; et, quand nous aurons noté
encore deux passages de l'*Apologie*[4], relatifs au même tabouret,
et, dans la correspondance, deux ou trois autres mentions de

---

1. Parmi les pièces qui nous ont été communiquées par M. Benjamin Fillon, il y a une procuration donnée par le père et la mère
de notre auteur à l'abbé de la Réau (déjà nommé plus haut,
p. x, note 3) et à César de Lestang, sieur de Boisbreton, les autorisant à assister, en leur nom, à la rédaction du contrat de mariage du prince de Marcillac et « d'Andrée de Vivonne, fille de
feu André de Vivonne, baron de la Châteigneraye en bas Poitou,
et de Marie-Antoinette de Loménie, actuellement femme de Jacques
Chabot, marquis de Mirebeau, comte de Charny, gouverneur de
Bourgogne. » On voit par une autre procuration que François V
de la Rochefoucauld et Gabrielle du Plessis, sa femme, s'enga-
gèrent à payer, principal et intérêts, certaines dettes de Mme de
Mirebeau, qui, de la sorte, en mariant sa fille, battit quelque peu
monnaie. Elle devint veuve en 1630 de son second mari Jacques
Chabot, et mourut en 1638 : voyez tome III, p. 17, note 4.

2. *Maxime* 364, tome I, p. 171.

3. Pages 29, 105 et 212.

4. Tome II, p. 456, 457 et 465.

maladie, celle d'une lettre que son mari lui adresse, d'un voyage qu'elle va faire, et des compliments ou remerciements envoyés en son nom[1], nous n'aurons rien omis de ce que notre auteur nous dit d'Andrée de Vivonne. Elle était la seconde fille (l'aînée, Marie, était morte jeune) d'André de Vivonne[2], seigneur de la Béraudière, puis de la Châteigneraye, etc., chevalier de l'ordre du Roi, capitaine des gardes de la reine Marie de Médicis, élevé à la cour d'Henri IV, lequel lui porta toujours une singulière affection, nommé, en 1612, par Louis XIII, grand fauconnier de France, mort, « dans la fleur de son âge[3], » le 24 septembre 1616 ; et d'Antoinette de Loménie, fille d'Antoine, seigneur de la Ville-aux-Clercs, secrétaire d'État. On croit qu'elle mourut en 1670[4] ; Jal n'a pu, dit-il (p. 740), s'assurer du fait.

Nous donnons dans l'*appendice* I du tome III, trois lettres d'elle à Lenet, écrites en 1652, l'une (n° 16, p. 265), en juillet, par « ordre » de son mari, peu de temps après sa grave blessure du faubourg Saint-Antoine : les deux autres en novembre et en décembre ; dans la première de celles-ci (n° 18, p. 268), elle parle de lui affectueusement et de la douleur que lui a causée l'état où elle l'a vu partir pour aller auprès de Condé, puis à Damvilliers. Dans la seconde (n° 20, p. 274) : « Je pars dans huit jours, dit-elle, pour aller aider M. de la Rochefoucauld à passer son hiver à Damvilliers ; » et elle ajoute, en femme qui fait peu valoir ce qu'elle est pour son époux : « Depuis qu'il y est, sa santé est si mauvaise, qu'il a cru que je lui pouvois aider, en quelque petite chose, à supporter son chagrin. »

Du mariage de François VI de la Rochefoucauld et d'Andrée de Vivonne, naquirent huit enfants, cinq garçons et trois filles[5], tous, hormis les deux derniers fils, sous le règne de Louis XIII ; le dernier seul après la participation du père à la guerre civile, en 1652. Notons en passant qu'en 1644, à la naissance de l'aîné François VII, qui fut baptisé dans la chapelle du cardinal François de la Rochefoucauld et tenu

---

1. Voyez son article dans la *Table alphabétique* du tome III.
2. Voyez la note 1 de la page précédente.
3. *Moréri*, tome X (1759), article VIVONNE, p. 678.
4. *Ibidem*.
5. Voyez à l'*appendice* II (p. XCVII), la *Généalogie*.

par lui sur les fonts, comme l'avait été son père, celui-ci demeurait dans la rue des Blancs-Manteaux[1]. De tous les enfants de notre duc, cet aîné fut le seul qui se maria, à moins que nous n'ajoutions foi à ce que nous dit Saint-Simon[2], du mariage, secret d'ailleurs, d'une des trois sœurs avec Gourville[3].

En 1629, à seize ans, Marcillac fit ses premières armes en Italie, où il fut mestre de camp du régiment d'Auvergne[4]. C'est au retour de cette campagne qu'il parut à la cour. Le vent soufflait aux aventures périlleuses, et la jeune noblesse, en dépit des terribles leçons déjà infligées par Richelieu, se faisait comme un point d'honneur d'intriguer ou de conspirer contre le ministre. On a écrit dans une notice, nous ne savons sur quel fondement, que notre héros prit, en novembre 1630, une part active à la Journée des Dupes. C'est fort peu vraisemblable : Marcillac avait à peine dix-sept ans, et nous ne voyons le fait rapporté ni dans ses *Mémoires*, qui remontent à 1624, ni ailleurs. Ce qu'il y a de sûr, c'est que le futur auteur des *Maximes* apppartenait d'avance à l'opposition, comme l'on dirait de nos jours, par cette fièvre de mouvement qui tourmente la jeunesse, par cette pente naturelle des esprits fins vers l'intrigue, par un sentiment exagéré de sa personne qui faisait de lui un *important* avant même qu'il y eût un parti des *Importants*[5], enfin par un fond inné d'humeur cha-

1. Voyez aux pages déjà citées (739 et 740) du *Dictionnaire de Jal*, qui a trouvé l'acte de baptême dans les registres de Saint-Jean de Grève.

2. *Mémoires de Saint-Simon*, tome III, p. 422, édition de 1873.

3. Voyez ci-après, p. LVIII.

4. Voyez l'*appendice* IV, p. CI. — *Régiment d'Auvergne* est l'expression de notre auteur dans ses *Mémoires* (p. 14); la pièce ministérielle que nous citons à l'appendice dit : « un régiment de son nom ; » et Pinard (1763), que nous y citons également pour les états de service : « le régiment aujourd'hui Auvergne. »

5. « Marcillac est plus *important* que jamais, » *Marsigliac più importante che mai,* écrira bientôt Mazarin dans ses *Carnets* (n° IV, p. 80) : voyez *Madame de Chevreuse,* par V. Cousin, 5ᵉ édition, p. 492. Son nom revient dans le même *carnet* (p. 96) : « On assure, dit le Cardinal, qu'il entre dans tous les conseils » (des mécontents).

grine, qui s'armera de la plume après s'être armé de l'épée, et
qui frondera l'espèce humaine quand il n'y aura plus moyen de
fronder les ministres. En attendants les fruits amers de l'expérience, Marcillac est tout aux illusions, et comme les héros de ses
chers romans, il débute par ce quart d'heure de désintéressement et d'enthousiasme qu'on retrouverait peut-être, à bien
chercher, dans la vie des hommes le plus foncièrement per-
sonnels et le plus vite désabusés. Avec le nom qu'il portait, il
avait de grandes espérances, et partant une grande ambition,
cette double ambition de la jeunesse, qui aspire à la fois à la
gloire et à l'amour. L'une et l'autre, au demeurant, semblaient,
en ce temps, on ne peut plus légitimes, et la seconde surtout était de saison. Bien fait de sa personne, fort dési-
reux et fort capable de plaire, le prince de Marcillac n'était
point de ces jeunes gens qu'il nous dépeint, et dont « l'air
composé se tourne.... en impertinence[1]. » Il avait, au contraire,
un certain air discret, ou plutôt un air *honteux*, comme il
dit, une timidité en public, dont il souffrit toute sa vie[2], mais
qui, couverte avec soin, pouvait passer pour une réserve de
bon goût. Il écoutait plus qu'il ne parlait, pratiquant déjà cet
art d'observer qui prépare, puis achève le moraliste. « Je
commençai, dit-il[3], à remarquer avec quelque attention ce que
je voyois. » Or ce qu'il remarqua tout d'abord, ce fut Mlle de
Hautefort, qui était l'objet des assiduités peu entreprenantes du
roi Louis XIII. La Rochefoucauld ne dit point qu'il ait soupiré
lui-même pour cette fille d'honneur ; mais il nous semble bien
qu'on peut se passer de son aveu. C'est par elle, en tout cas,
qu'il obtint l'attention et la confiance d'Anne d'Autriche ; c'est
elle qui obligea la Reine à lui « dire toutes choses sans réserve[4] ; » et Mlle de Chemerault, qui avait ses raisons pour
tendre l'oreille, était en quart dans ce commerce de confidences[5].
Tout ambitieux qu'il est, Marcillac, ainsi accueilli dans l'intimité
d'Anne d'Autriche, commence par se montrer plus capable de

1. Voyez, au tome I, les *maximes* 495 (p. 208) et 372 (p. 174).
2. Voyez ci-après, p. xci, l'explication que donne Huet de son
refus d'entrer à l'Académie française.
3. *Mémoires*, p. 14. — 4. *Ibidem*, p. 21.
5. Mlle de Chemerault était auprès de la Reine un espion de
Richelieu : voyez encore les *Mémoires*, notes 3 et 4 de la page 21.

dévouement que de calcul ; car, par intérêt pour deux femmes, et deux femmes alors sans crédit, il s'engage, les yeux fermés, contre le terrible cardinal. Au rebours de tant de personnages de son temps, plus habiles ou moins chevaleresques, il entrait dans la politique en homme d'imagination, par ce que l'on pourrait appeler l'héroïsme de la galanterie. Il confesse en effet dans ses *Mémoires* qu'entre la Reine et Mlle de Hautefort, il fut « ébloui, » comme « un homme qui n'avoit presque jamais rien vu, » et fut entraîné dans un chemin tout opposé à sa fortune. Il ajoute que sa « longue suite de disgrâces » fut la conséquence de ce premier pas imprudent[1].

Elle fut aussi la conséquence de ce *je ne sais quoi*[2] qui devait dominer toute sa conduite politique : c'était quelque chose d'irrésolu et d'incohérent, qu'on peut définir en disant que la Rochefoucauld, au moment d'agir, était toujours pris d'une arrièrepensée raisonneuse et critique ; il y avait en lui deux hommes qui se contredisaient et s'entravaient mutuellement, l'homme du premier mouvement et l'homme de la réflexion. L'élan pris, il s'arrêtait souvent à mi-chemin, impatient de se dérober, à condition toutefois que l'honneur fût sauf. Les esprits vraiment nés pour la politique, pour ses luttes, pour ses grandes intrigues, comme Richelieu et comme Retz, ne connaissent point ces brusques retours ni ces désaccords intérieurs : ils savent prévoir à temps, se décider sans regrets, au besoin même sans scrupules, et s'ils raisonnent des événements, l'action, après tout, chez eux n'y perd rien.

Le prince de Marcillac n'en semble pas moins tout d'abord mener de front, selon son vœu, l'amour et la guerre. Dans les années 1635 et 1636 on le voit prendre part, sous les maréchaux de Châtillon et de Brezé, à deux campagnes, qui échouèrent par la mésintelligence des capitaines français et de Guillaume de Nassau, et s'y conduire vaillamment. Il combattit comme volontaire, avec les ducs de Mercœur, de Beaufort et autres, à la journée d'Avein (20 mai 1635)[3]. Mais il

1. *Mémoires*, p. 22.

2. Voyez, dans notre tome I, la première ligne du portrait de la Rochefoucauld par Retz (p. 13).

3. Voyez les *Mémoires*, p. 22 et 23, l'*Extraordinaire* de la *Gazette*

avait de soudaines échappées de langue, comme il arrive souvent aux jeunes gens, qui ne cessent d'être trop timides que pour devenir trop hardis. Il parla, au retour, des fautes militaires commises en Flandre, avec une liberté qui déplut à Richelieu, et il enveloppa dans sa disgrâce plus d'un de ses camarades, compromis par ses propos. Il prétend toutefois dans ses *Mémoires*[1] que la vraie cause de cette disgrâce fut la jalousie du Roi et « le plaisir qu'il sentit de faire dépit à la Reine et à Mlle de Hautefort en l'éloignant » d'elles : toujours est-il qu'il reçut l'ordre de rejoindre son père dans ses maisons. Il n'en sortit que pour retourner à l'armée, sans s'arrêter à Paris ou du moins sans séjourner à la cour.

L'événement le plus grave pour lui qui marqua ce temps d'exil, d'éloignement de la cour, ce fut la liaison qu'il forma avec la belle duchesse de Chevreuse, alors reléguée à Tours[2], et qui, nous dit-il[3], souhaita de le voir sur la « bonne opinion » que la Reine lui avait donnée de sa personne; on verra plus loin quelles furent les suites de cet engagement.

La disgrâce de son père ayant cessé tout à coup, après que le refus d'entrer dans le parti de Monsieur, refus, dit Montrésor dans ses *Mémoires* (p. 210), imputable plutôt à la faiblesse qu'à un principe d'honneur, lui eut reconquis enfin les bonnes grâces du Cardinal, Marcillac revint à la cour (1637), au moment même où Anne d'Autriche était soupçonnée, non sans raison, d'entretenir, ainsi que Mme de Chevreuse, des intelligences avec l'Espagne. Louis XIII, excité par Richelieu, parlait hautement de la répudier et de l'enfermer au Havre. C'est alors, si l'on en croit la Rochefoucauld, que la Reine lui proposa de l'enlever avec Mlle de Hautefort et de les conduire à Bruxelles[4]. On a quelque peine à imaginer une reine de France courant ainsi les chemins, avec une jeune fille, sous la conduite d'un galant gentilhomme de vingt-quatre ans. Cette

du 3 juillet 1635; les *Mémoires de Mathieu Molé*, tome I, p. 298, note 3; et Bazin, *Histoire de France sous Louis XIII et sous le ministère du cardinal Mazarin*, tome II, p. 370.

1. Pages 23 et 24.

2. Elle demeura en Touraine de 1633 à 1637 : voyez *Madame de Chevreuse*, p. 119 et 120.

3. *Mémoires*, p. 27. — 4. *Ibidem*, p. 28.

proposition n'était-elle, comme le veut croire V. Cousin, qu'une plaisanterie mal à propos prise au sérieux par la Rochefoucauld, et que celui-ci ne rapporte que « pour se donner.... un air d'importance[1] » ? Il est à remarquer qu'il n'y a nulle trace de ce projet d'enlèvement, ni dans les *Mémoires de Mme de Motteville*, ni dans ceux *de la Porte*, le porte-manteau de la Reine, lequel raconte longuement (p. 344-381) ces intrigues de 1637, suivies, pour lui aussi, d'une courte demeure à la Bastille. Tallemant seul le mentionne[2], en l'enjolivant ; il nous dit de la Reine : « Marcillac.... la devoit mener en croupe. » Celui-ci, en tout cas, était certainement d'humeur à se charger d'une entreprise aussi romanesque que téméraire ; et s'il peut passer bien des idées étranges par la tête d'un jeune ambitieux inexpérimenté, il en peut également naître de bizarres, à une heure donnée, dans le cerveau d'une reine, jeune encore, consumée d'ennui, menacée du déshonneur et de la prison, et, par surcroît, espagnole. « Je puis dire, écrit la Rochefoucauld, en parlant de ce dessein, qu'il me donna plus de joie que je n'en avois eu de ma vie. J'étois en un âge où on aime à faire des choses extraordinaires et éclatantes, et je ne trouvois pas que rien le fût davantage que d'enlever en même temps la Reine au Roi son mari, et au cardinal de Richelieu, qui en étoit jaloux[3]. » On le voit, ce qui le séduit dans cette singulière aventure, c'est la singularité même, c'est aussi l'éclat qu'elle devait produire, plutôt que le profit, fort douteux, qu'en pouvait retirer son ambition : ici encore le roman domine dans sa conduite, qui est d'un vrai paladin, non d'un politique et d'un homme de parti. Il lui semble aussi que cet enlèvement serait un tour bien joué, et l'on sent déjà percer chez lui cette malicieuse disposition d'esprit qui se retrouve dans ses *Maximes*, où, sous un faux air de gravité, il se raille et se joue cruellement de la nature humaine. Heureusement, cette folle équipée en resta là ; le prince de Marcillac eut l'honneur du choix sans avoir le péril du rôle ; à

1. *Madame de Chevreuse*, p. 122.

2. Dans une variante de note marginale de l'historiette du cardinal de Richelieu, tome II, p. 7 et 8.

3. *Mémoires*, p. 28 et 29.

la suite d'un interrogatoire en règle, la Reine consentit à faire
amende honorable, et Mme d'Aiguillon acheva d'apaiser le
Cardinal son oncle. Mais le départ précipité de Mme de Chevreuse, qui était du complot, et qui prit l'alarme sur un mal-
entendu, vint gâter, au dernier moment, les affaires de Marcillac. Quelque mystère que celui-ci y eût mis, le Cardinal
connut la part qu'il avait eue à la fuite de la duchesse. Mandé
à Paris pour rendre compte de sa conduite, le favori de la
Reine ne craignit pas de heurter Richelieu par ses réponses,
et le Ministre, impatienté plus encore qu'irrité, l'envoya pour
huit jours à la Bastille [1]. « Ce peu de temps que j'y demeurai,
dit la Rochefoucauld avec une exagération égoïste qui fait sourire, me représenta plus vivement que tout ce que j'avois vu
jusqu'alors l'image affreuse de la domination du Cardinal ; » et
il se félicite d'être sorti si vite de prison « dans un temps où
personne n'en sortoit [2]. » C'est que Richelieu l'avait mesuré

---

1. Nous lisons dans les *Mémoires de Richelieu* (tome III, p. 232,
édition Michaud et Poujoulat) : « Le président Vignier interrogea le
prince de Marcillac, qui fut ensuite mis dans la Bastille, pour les
fortes apparences qu'il y avoit qu'il avoit eu connoissance de son
dessein (*le dessein de Mme de Chevreuse*) et qu'il l'y avoit assistée ; mais,
à peu de jours de là, la bonté du Roi fut telle qu'il lui pardonna et
le fit remettre en liberté. » — Sur toute cette aventure de la fuite
de Mme de Chevreuse, voyez, outre les *Mémoires*, p. 32-40, l'appendice 1 de notre tome III, *lettre* 3 (avec les annexes A et B), et
lettre 4, p. 231-243.

2. *Mémoires*, p. 38 et 40. — Voici l'ordre d'emprisonnement
envoyé par le comte de Chavigny :

« A M. du Tremblay, gouverneur de la Bastille, pour recevoir à
la Bastille M. de Marcillac. — Monsieur, le Roi ayant commandé
à M. de Marcillac d'aller à la Bastille pour avoir fait quelque
chose qui lui a déplu, je vous écris le présent billet de la part de
Sa Majesté, afin que vous le receviez. Vous aurez soin, s'il vous
plaît, de le bien loger et lui donner la liberté de se promener sur
la terrasse. Je suis, Monsieur, votre très-humble serviteur. CHAVIGNY.
— A Ruel, ce mardi 29 octobre 1637. »

(Dépôt des affaires étrangères, France, tome 86, fol. 138.)

V. Cousin qui transcrit également cet ordre dans l'appendice du
chapitre III de *Madame de Chevreuse* (p. 435), fait remarquer avec
raison que, Marcillac n'étant parti pour Paris qu'après le 12 no-

d'un regard et n'avait pas cru découvrir en lui un adversaire
bien redoutable. La Rochefoucauld, dans ce passage de ses
Mémoires, a beau enfler son personnage, il ne réussit point à
se faire prendre au sérieux. La Meilleraye et Chavigny le dé-
peignent au Cardinal comme une sorte de Jehan de Saintré
qui n'a d'autre politique que sa galanterie ; lui-même, il s'avoue
tel involontairement, lorsqu'il nous dit que la secrète approbation de la Reine, les « marques d'estime et d'amitié » de Mlle de
Hautefort, la reconnaissance de Mme de Chevreuse l'ont trop
bien payé de ses disgrâces [1].

Aussi le voyons-nous supporter « avec quelque douceur [2] »
un nouvel exil de deux ans à Verteuil. Là où un homme
d'action véritable eût rongé son frein, Marcillac prend volontiers son parti : « J'étois jeune, dit-il,... j'étois heureux
dans ma famille, j'avois à souhait tous les plaisirs de la campagne ; les provinces voisines étoient remplies d'exilés, et le
rapport de nos fortunes et de nos espérances rendoit notre
commerce agréable [3]. » Au reste, l'exil ne paraît pas avoir
été bien rigoureux : dans une lettre à son oncle, M. de Liancourt [4], notre auteur, nous apprend qu'il vint à Paris en septembre 1638, pour les affaires de la succession de sa belle-
mère, Mme de Mirebeau ; c'est à ce voyage que se place une
réclamation de pierreries par Mme de Chevreuse [5].

De retour à l'armée, en juin 1639, il se distingue, entre
les volontaires de qualité, par sa valeureuse conduite, aux
combats de Saint-Venant-sur-Lys et du fort Saint-Nicolas
(le 4 et le 24 août) [6] ; si bien que le Cardinal, après l'avoir
puni, songe à le récompenser : le maréchal de la Meilleraye
lui offre, de sa part, « de *le* faire servir de maréchal de
camp [7]. » Un mérite militaire même plus haut que celui de

vembre, il faut, à la date, lire *novembre,* au lieu d'*octobre,* ou supposer que l'ordre avait été donné d'avance : voyez à l'*appendice* 1
de notre tome III, p. 242.

  1. *Mémoires,* p. 40. — 2 et 3. *Ibidem.*
  4. Tome III, p. 16-21.
  5. Elle est racontée longuement dans cette même lettre, p. 17-21.
  6. Voyez les *Extraordinaires* de la *Gazette,* des 18 et 29 août 1639 ;
et *Bazin,* tome III, p. 24 et 25.
  7. *Mémoires,* p. 41.

Marcillac se fût tenu pour l'heure satisfait ; cependant, après avoir consulté la Reine, il refuse, pour rester libre de comploter contre Richelieu. Dans ce métier de conspirateur, il a encore, il est vrai, certains scrupules qui sont à l'honneur de sa loyauté. Il n'entre pas dans l'odieux complot que, peu de temps après, Cinq-Mars ourdit contre le Cardinal, son bienfaiteur. Si, à un certain moment, il s'est trouvé, comme il dit [1], dans les intérêts de Monsieur le Grand, qu'il n'avait presque jamais vu, c'est uniquement comme ami de l'infortuné de Thou [2]. Étranger à l'affaire même, il se mêle, en homme de cœur, dans ses suites : il fournit à Montrésor, un des conjurés les plus compromis, les moyens de se soustraire à la vengeance de Richelieu ; il prête également son assistance au comte de Béthune, accusé, bien qu'à tort, d'avoir trahi ses complices. On le voit, dès qu'il s'agit de déployer du courage et de servir ses amis, Marcillac ne boude jamais : il a beau prévoir le péril, il est toujours prêt aux « rechutes » par la « nécessité indispensable » de faire son devoir de gentilhomme tel qu'il le comprend [3].

Richelieu mourut le 4 décembre 1642 [4], et l'on prévoyait que le Roi ne survivrait guère à son ministre. Toutes les ambitions, rompant leurs chaînes, s'élançaient d'avance dans la lice ; les unes tenaient pour la Reine, les autres pour Gaston d'Orléans, à qui Louis XIII destinait la Régence. Par ses précédents, par ses goûts et aussi par ses espérances, qui n'avaient pas encore été déçues, Marcillac appartenait au parti d'Anne d'Autriche. Il offrit donc ses services à la Reine, et lui proposa de s'unir à la maison de Condé contre Monsieur.

1. *Mémoires*, p. 45.

2. Voyez, au tome III, p. 22, la lettre de condoléance qu'il écrit à son frère, l'abbé de Thou.

3. *Mémoires*, p. 46.

4. A cette année 1642 appartient un curieux détail. En février, nous voyons Marcillac expédier d'Angoumois des vins à destination de l'Angleterre, et, prenant pour adresse : « à Monsieur Graf, » demander qu'en échange on lui envoie des chevaux et des chiens : voyez l'*appendice* 1 du tome III, *lettre* 5, p. 243.

Dès ce mois de décembre même, nous le trouvons à Paris, et, aux fêtes de Noël, il assiste, à Beaumont, chez M. de Harlay, à ce dîner qui fit grand bruit, et dont les convives reçurent bientôt le nom d'*Importants*[1].

Jusqu'alors simple porteur de paroles ou de messages de femmes, il voyait son rôle grandir ; il avait trouvé l'emploi le plus propre à sa nature ; car, si les affaires générales, comme dit Retz[2], ne furent jamais son fort, il avait, en revanche, la plupart des qualités qui font ce qu'on appelait au dix-septième siècle une « personne de créance, » et par lesquelles on mène à bien une négociation particulière : des manières polies et engageantes, un grand fonds de réflexion, de la finesse, bien qu'un peu subtile, de l'insinuation, « cet esprit de pénétration et d'habileté, » dont parle Mme de Motteville[3]. Aussi réussit-il, avec l'aide de Coligny, il est vrai, dans cette première campagne diplomatique, où tout fut résolu en paroles, sans conditions écrites. La Reine s'engageait par devant les deux négociateurs à réserver pour Monsieur le Prince « tous les emplois dont elle pourroit exclure Monsieur sans le porter à une rupture ouverte[4]. » Cette union avec les Condés ne fut pas du reste trop malaisée à conclure ; car d'abord, avec de l'argent, on pouvait tout sur le père, qui, après avoir vécu jadis

1. « Il (*M. de Harlay*) nous pria de lui rendre visite aux fêtes de Noël, à sa maison de Beaumont. Le président Barrillon, le prince de Marcillac, le marquis de Maulévrier, du Bourdet et Beloy, désirèrent être de la partie, faite sans autre dessein que celui de notre divertissement particulier.... Cette entrevue, quoique fort innocente et de nulle considération, fit un éclat étrange : M. de la Rochefoucauld (*le duc François V*) fut le premier qui en donna avis à M. le cardinal Mazarin, et crut que son zèle seroit fort estimé en usant de ces termes : « qu'il ne répondoit plus du prince de « Marcillac, son fils. » (*Mémoires de Montrésor*, p. 352 et 353.) Quelques lignes plus bas, Montrésor s'exprime ainsi : « .... Cette assemblée d'Importants (qui étoit le nom qu'il leur plaisoit nous donner). » — Voyez aussi l'*Apologie*, tome II, p. 447 et 448.

2. Voyez, au tome I, p. 13, le portrait déjà cité de la Rochefoucauld, par Retz.

3. *Mémoires de Mme de Motteville*, tome III, p. 130, à la date de 1650.

4. *Mémoires*, p. 58.

pour l'ambition, ne vivait plus désormais que pour l'avarice ; puis la mère, Madame la Princesse, avait un attachement de reconnaissance à la Reine, qui lui avait rendu les biens confisqués sur son frère, le malheureux duc de Montmorency, décapité à Toulouse ; quant à la sœur du duc d'Enghien, Mme de Longueville, toute aux charmes de sa beauté et de son esprit, charmes qu'un livre célèbre a vantés avec complaisance [1], elle ne connaissait encore d'autres manœuvres et d'autres intrigues que celles de la coquetterie [2].

Marcillac, en récompense du mouvement qu'il se donne, a-t-il enfin la satisfaction d'être en vue et au premier rang ? Non ; le devant du théâtre, dans cette nouvelle période, appartient encore à un autre : c'est le duc de Beaufort, personnage d'un mérite inférieur au sien, mais plus populaire par ses qualités et par ses défauts mêmes, qui attire les regards de la foule, et à qui, sur l'ordre de la Reine, il est obligé de s'unir [3]. Par une malechance qui n'étonne plus quand on a bien analysé son caractère, la Rochefoucauld, à aucun moment de sa vie politique, n'emplira la scène, comme Retz, ou comme Mme de Longueville ; il fera très-belle figure dans les groupes d'élite, il n'occupera jamais le cadre à lui seul ; toujours à la suite de quelqu'un, il restera lui-même sans escorte.

Les choses étaient nouées de la sorte lorsque le Roi mourut, le 14 mai 1643, jour anniversaire de son avénement. Le Parlement se hâta de casser le testament qu'il avait laissé, et, du consentement de Monsieur et des Condés, il donna la Régence à la Reine. Le soir même, Mazarin, sortant tout à coup de l'ombre, était nommé chef du Conseil. Ce dut être un moment de vif déplaisir pour tous ceux qui s'étaient flattés de l'espoir d'une haute faveur. Personne cependant n'était encore découragé.

1. *La Jeunesse de Mme de Longueville*, par V. Cousin.

2. *Mémoires*, p. 80 et 81.

3. « M. de Marcillac, ayant obligation au premier (*au duc d'Enghien*) et voyant son père dans son parti, étoit prêt à s'y mettre aussi ; mais en ayant parlé à la Reine, elle lui commanda de s'offrir à M. de Beaufort, et lui en parla comme de la personne du monde pour qui elle avoit autant d'estime que d'affection. Cet ordre qu'il reçut a été su de la plupart de ceux qui étoient alors à Saint-Germain. » (*Mémoires de la Châtre*, p. 189.)

La Reine était « si bonne ! » elle prodiguait à tous de si rassurantes promesses ! Elle ne les plaignait point en particulier à Marcillac : « Elle m'assura.... plusieurs fois, dit-il[1], qu'il y alloit de son honneur que je fusse content d'elle, et qu'il n'y avoit rien d'assez grand dans le Royaume pour me récompenser. » Il faut l'avouer, l'expression de cette reconnaissance de cour dépassait quelque peu la mesure des services rendus par notre héros, et cette disproportion même eût averti un homme moins satisfait de lui-même ou d'un sens plus rassis. Cet ambitieux, qui, en ce moment, semble être à l'affût, va-t-il du moins saisir l'occasion et presser sa fortune ? Non. Il ne demande rien tout d'abord, ou, s'il demande quelque chose, c'est la grâce de Miossens, en fuite depuis son duel avec Villandry, et le retour de Mme de Chevreuse. Et ici se montrent, singulièrement mêlés et confondus l'un dans l'autre, les deux hommes qui étaient en lui. La cour était partagée entre Beaufort et Mazarin ; la Reine ne s'était pas encore prononcée, et les mécontents espéraient que le retour de Mme de Chevreuse viendrait jeter dans la balance le poids vainqueur d'une ancienne intimité. Si Marcillac en jugeait ainsi, c'était un coup de politique adroit que d'obtenir le rappel de la remuante duchesse ; mais Marcillac confesse qu'il ne se faisait pas sur ce point la moindre illusion : il avait pénétré le cœur d'Anne d'Autriche, et il y voyait décliner chaque jour le crédit de Mme de Chevreuse. Il insiste toutefois sur sa requête, et, au risque d'aigrir la Reine, il prend celle-ci par l'honneur et la bienséance, qui défendent aux personnes royales, non moins qu'aux simples particuliers, d'avoir l'air de sacrifier tout d'un coup de vieilles affections. Il lui arrache enfin la permission d'aller au-devant de la duchesse[2], qu'il rencontre à Roye le 12 juin 1643. Comme font d'ordinaire les exilés, Mme de Chevreuse revenait sans avoir ni rien oublié ni rien appris. Marcillac, avec ces habiles réticences qui ménagent l'avenir, lui donne des avertissements pleins de sagesse et d'opportunité ; il la prie de ne point trop

1. *Mémoires*, p. 66 et 67.
2. Voyez l'*Histoire de France pendant la minorité de Louis XIV*, par M. Chéruel, tome I, p. 150 et 151 ; comparez les *Mémoires de Montglat*, tome I, p. 413.

s'étonner de ce qu'elle va voir : les temps sont bien changés ; désormais il s'agit, non plus de gouverner la Reine, mais de lui plaire, de suivre ses goûts, et de ne pas résister de front à Mazarin, qui est, après tout, l'homme le plus probe et le plus capable qui soit à la cour. Puis il ajoute qu'il sera toujours temps de le combattre, s'il vient à manquer à son devoir : ce qui signifie vraisemblablement, dans la bouche de ce mentor d'occasion, si le Cardinal ne compose pas, comme il convient, avec la tourbe des ambitieux.

A voir la docilité avec laquelle la duchesse écoute ces prudents avis, il semblerait que Marcillac va être dorénavant son guide et son tuteur ; mais il y fallait une force continue d'initiative qui n'était point dans la nature de ce dernier ; il fallait aussi, tout au moins, qu'il payât d'exemple : or, à quelque temps de là, ce beau donneur de conseils se trouve engagé lui-même, presque au dépourvu, à la remorque de la duchesse, dans la cabale des *Importants*. Cette fois encore, s'il l'en faut croire, il ne péchait ni par erreur ni par engouement : il jugeait mieux que personne tous ces gens « dont l'ambition et le déréglement étoient si connus [1], » et dont l'exigeant orgueil ne pouvait, selon la maxime que plus tard son expérience lui dictera, convenir avec l'orgueil de leurs bienfaiteurs du prix des bienfaits [2]. Mais, dit-il, « pour mon malheur, j'étois de leurs amis [3]. » En même temps, sur les instances de la Reine, il consent à voir le Cardinal [4] ; mais il y met des conditions qui, pour être d'un galant homme, ne laissent pas d'être assez naïves chez un ambitieux [5]. Par cette conduite ondoyante et bigarrée, il trouve moyen de froisser la Reine et de se rendre suspect à ses ombrageux amis les *Importants*, sans rien gagner, d'autre part, auprès d'un ministre qui, séduisant à la fois l'esprit et le cœur, entrait chaque jour plus avant dans la faveur d'Anne d'Autriche. Marcillac estimait-il donc, comme tant d'autres à ce moment que le crédit de Mazarin n'était qu'éphémère ? Loin de là : s'il ne se targue pas dans ses *Mémoires* d'une clairvoyance venue après coup,

1. *Mémoires*, p. 79. — 2. *Maxime* 225. — 3. *Mémoires*, p. 69.
4. Voyez les *Mémoires de la Châtre*, p. 217 et p. 223.
5. Voyez les *Mémoires*, p. 69 et 70.

il avait deviné que la puissance du Cardinal ne ferait qu'aller
en se consolidant ; mais outre que l'indécision dans les idées
était le fond de sa nature, il avait lui-même le travers qu'il relève si sévèrement chez ses compagnons d'intrigue : il s'exagérait sans cesse son importance et ne pouvait jamais tomber
d'accord de la récompense due à ses mérites. Il prétendait
que Mazarin vînt à lui ; mais Mazarin, en vrai politique, allait
d'abord au plus pressé, c'est-à-dire à ceux de ses adversaires
qu'il jugeait les plus redoutables. Avec quelle habileté, par
exemple, il se hâte d'attaquer de son doux parler et de ses
caresses simulées Mme de Chevreuse ! comme il affecte de rendre à la galante duchesse, alors âgée de quarante-cinq ans,
ces tendres respects qui séduisent davantage les femmes à
mesure qu'elles les sentent devenir plus rares ! comme il feint
de se prendre à ses piéges, pour la mieux attirer dans les siens [1],
sans craindre de lui laisser pour un temps ces vaines apparences
de crédit dont s'enivrent, aveugles jusqu'à la fin, les incorrigibles
ambitions ! Mme de Chevreuse, étalant un pouvoir qu'elle n'avait
pas, sollicitait chaque jour pour elle et pour ses amis ; elle voulait que la Reine donnât à Marcillac le gouvernement de la
place du Havre : du même coup, elle comptait s'acquitter ainsi
envers son plus fidèle auxiliaire et se venger de la famille de
Richelieu, aux mains de laquelle était ce gouvernement. La
Reine y consentait [2] ; mais quelle apparence qu'en une affaire
aussi grave on se passât de l'approbation du Cardinal ? Celui-ci
ne refusa point [3] : seulement il louvoya selon sa coutume. Il
convint que la Reine avait sujet de « faire des choses extraordinaires [4] » pour un serviteur aussi dévoué que le prince de
Marcillac ; en aucun cas cependant sa bonté ne devait aller
jusqu'à dépouiller la famille de Richelieu. Là-dessus il fit proposer à Marcillac la charge de général des galères, puis celle

1. Voyez la *maxime* 117.

2. « La Reine eut intention en ce temps-là d'ôter le gouvernement
du Havre à la duchesse d'Aiguillon, et de le donner au prince de
Marcillac,... qui étoit fort bien fait, avoit beaucoup d'esprit et de
lumières, et dont le mérite extraordinaire le destinoit à faire une
grande figure dans le monde. » (*Mémoires de Mme de Motteville*,
tome I, p. 108.)

3. Voyez les *Mémoires de la Châtre*, p. 226. — 4. *Mémoires*, p. 75.

de mestre de camp des gardes à la place du maréchal de
Gramont, puis la survivance du duc de Bellegarde dans les
fonctions de grand écuyer, enfin, un peu plus tard, la succession de Gassion comme mestre de camp de la cavalerie légère.
Mais toutes ces offres, ou ne donnaient à Marcillac que des
espérances éloignées, partant incertaines, ou allaient à déposs-
séder des gens que, par reconnaissance ou scrupule, il voulait et devait ménager : il refusa donc ce qu'il ne pouvait
accepter, et ce fut un beau succès pour l'artificieux cardinal,
qui d'ailleurs s'entendit toujours à gagner du temps et à mettre
dans son jeu les qualités de ses adversaires aussi bien que leurs
défauts. Avec ce noble désintéressement, Marcillac se laisse
amuser et néglige de saisir à point les occasions de sa fortune.
Peut-être aussi visait-il plus haut, par une de ces ambitions si
déraisonnables qu'elles ne sont pas même soupçonnées[1] ; mais
des *Mémoires*, quelque sincères qu'on les suppose, ne poussent
jamais à fond la sincérité, et la Rochefoucauld, dans les siens,
a beau se vanter d'avoir mesuré le premier la puissance du
Cardinal son ennemi, il est permis de croire qu'un reste d'illusion entretenait en lui de vagues espérances qui allaient au delà
d'une charge de grand écuyer ou de mestre de camp. En tout
cas, il ne veut point quitter la place, ni s'éloigner de la Reine :
il supplie celle-ci de ne l'établir « que dans ce qui seroit utile
à son service particulier[2]. » Mais, depuis que Mazarin était
auprès d'elle, Anne d'Autriche voyait de moins en moins la
nécessité d'accaparer le dévouement et la personne du che-
valeresque Marcillac.

Sur ces entrefaites eut lieu le fameux incident des lettres
trouvées chez Mme de Montbazon[3], et que la malignité de cette
dernière fit attribuer un instant à Mme de Longueville. Il est
inutile de revenir, après V. Cousin[4], sur les détails de cette
curieuse affaire, qui, amenant la disgrâce de Mme de Montbazon, poussa Mme de Chevreuse, Beaufort et les Importants à
un maladroit complot contre le Cardinal ; il suffira de dire que
Marcillac, qui avait alors « peu d'habitude avec Mme de Lon-

1. Voyez la *maxime* 91.
2. *Mémoires*, p. 78. — 3. *Ibidem*, p. 82 et suivantes.
4. Voyez *Madame de Chevreuse*, chapitre v.

gueville [1], » s'entremit dans cette aventure avec des façons de parfait gentilhomme, propres à prévenir en sa faveur la belle et sensible duchesse, dont Coligny passait, à cette époque, pour le soupirant agréé. Mais tout l'avantage qu'il gagna de ce côté, il le perdit de l'autre ; car le Cardinal, qui venait de reléguer à Tours Mme de Chevreuse, le mit en demeure de sortir de son attitude expectante, en le réduisant à la nécessité de déplaire à la Reine ou d'abandonner la duchesse son alliée. Marcillac aima mieux se perdre une seconde fois, c'est lui-même qui le dit [2], que d'être infidèle à ses premiers engagements ; il ajoute, avec tristesse, que sa constance ne fut pas mieux récompensée plus tard par Mme de Chevreuse qu'elle ne l'avait été auparavant par la Reine. Aussi, un jour, la plume à la main, déduisant une dizaine de maximes générales de ses expériences personnelles, il niera intrépidement la reconnaissance [3].

C'est dans le même temps que, par ennui [4], il se met assez étourdiment à la suite d'un de ses amis, le comte de Montrésor, et se laisse imposer par lui des façons très-impertinentes à l'égard de l'abbé de la Rivière, favori du duc d'Orléans, et que, quelques années après (1649), s'il faut en croire Mme de Motteville [5], ce prince, et surtout les Condés, et Marcillac lui-même, songèrent, un moment, à substituer à Mazarin. Après avoir ainsi blessé Monsieur, il demande à Montrésor *la permission* d'être plus poli avec la Rivière, et ne réussit qu'à offenser Montrésor sans apaiser Monsieur. Le voilà donc, par un scrupule de galant homme, si l'on veut, mais aussi par faiblesse et tout à la fois par un singulier défaut de conduite, compromis avec l'oncle du Roi et brouillé avec un de ses propres amis et des meilleurs. Aussi, plus tard, traduisant en une cinquantaine de *maximes* générales ces épreuves et ces accidents de sa vie, il niera intrépidement l'amitié [6], comme il a

1. *Mémoires*, p. 83. — 2. *Ibidem*, p. 90.

3. Voyez les *maximes* indiquées à la *Table* du tome I, au mot Reconnaissance.

4. *Mémoires*, p. 92 et 93.

5. *Mémoires de Mme de Motteville*, tome III, p. 41-45.

6. Voyez les *maximes* indiquées à la *Table* du tome I, au mot Amitié.

fait la reconnaissance, et il essayera d'expliquer et de couvrir ses mécomptes en affirmant que c'est par ses défauts bien plus que par ses qualités qu'on fait son chemin dans le monde[1].

Un instant (1645), las de sa « fortune désagréable » et des déconvenues de son ambition, il songe à laisser de côté les intrigues pour « s'attacher à la guerre[2] ; » mais déjà il est trop tard : il a rebuté toutes les bienveillances, par ses bouderies et ses refus. La Reine traite cet incommode ami comme elle a traité Mme de Chevreuse ; elle lui refuse les mêmes emplois militaires que, trois ou quatre ans auparavant, elle l'avoit empêché d'accepter du cardinal de Richelieu. Marcillac, blessé dans son amour-propre par « tant d'inutilité et tant de dégoûts[3], » se résout alors à ne plus se contenter de bouder et à prendre hardiment « des voies périlleuses pour témoigner *son ressentiment.* »

Cette voie, il se vante, après coup, de l'avoir trouvée dans sa liaison avec Mme de Longueville, laquelle lui apportait en même temps cette *gloire,* comme on disait alors, à savoir ce bruit et cet éclat, dont il était surtout épris. V. Cousin nous a raconté cet épisode de l'histoire du dix-septième siècle avec une partialité éloquente autant que sincère[4] ; personne n'ajoutera rien, après lui, à la peinture flatteuse de Mme de Longueville. Les fautes même de cette brillante héroïne de la Fronde, il a eu soin de l'en décharger pour les faire peser sur la Rochefoucauld. C'est la pente où glisse forcément le panégyrique, et, si la vérité n'y trouve point son compte, l'intérêt et l'art y gagnent à coup sûr. Sans trop faire ombre au tableau que V. Cousin nous a présenté, peut-être y a-t-il moyen de mettre en meilleure lumière la personne de la Rochefoucauld.

En 1646, Mme de Longueville était âgée de vingt-sept ans, et déjà, nous l'avons vu, en bien comme en mal elle avait fait parler d'elle. Les jeunes membres de la famille des Condés portaient une grande vivacité dans leurs mutuelles affections, si bien que, d'un côté, l'attachement du prince de Conty pour sa

1. Voyez les *maximes* 90, 155, 354, 403.
2. *Mémoires,* p. 94.
3. *Ibidem.*
4. *Madame de Longueville pendant la Fronde.*

sœur, et, d'autre part, celui de Mme de Longueville pour le duc d'Enghien ne laissaient pas de donner lieu à de méchants propos. La duchesse avait montré, de bonne heure, une ardente imagination, qui, tournée d'abord vers les choses du Ciel, fut ramenée ensuite impétueusement vers le monde. A l'époque où Marcillac commença ses assiduités auprès d'elle, elle semblait avoir ajourné le soin de son salut. Elle et lui avaient alors plus d'un trait commun dans l'esprit et le cœur : ils étaient épris tous deux des beaux sentiments, engoués du sublime des passions, tous deux d'abord généreux et naïfs jusqu'en leur ambition. Leurs défauts les rapprochaient non moins que leurs qualités ; manifestement sincères au début, ils furent également dupes peut-être de l'idée imaginaire et surfaite qu'ils avaient prise l'un de l'autre. Il est vrai que la Rochefoucauld, dans ses *Mémoires*[1], semble venir lui-même à l'appui de la thèse soutenue par V. Cousin : il affecte de se donner pour un roué qui a savamment machiné d'avance le théâtre de son ambition, et qui n'a cherché dans l'amour d'une princesse du sang, telle que la sœur du grand Condé, qu'un instrument, et, comme dit Retz[2], qu'un « hausse-pied » de sa fortune. N'en déplaise au duc lui-même, l'auteur de tant de maximes sur l'amour n'a point porté d'un cœur si léger cet illustre attachement : le prendre au mot sur ce point, ce serait trop de déférence pour la lettre écrite. Lui-même a laissé percer la vérité dans des aveux significatifs, dont le sens est encore éclairci par des témoignages contemporains : « Un honnête homme, dit-il, peut être amoureux comme un fou, mais non pas comme un sot[3]. » Or, sa liaison avec la duchesse ayant mal tourné, il aurait craint, en avouant qu'il a été l'un, de paraître avoir été l'autre. Ce qui domine chez lui, c'est le soin de sa considération : il n'est occupé qu'à se couvrir, qu'à sauver, aux yeux du monde, son personnage. Puis il aime mieux calomnier son cœur que faire tort à son jugement. Mme de Sévigné, qui le connaissait bien, dit qu'il ne redoutait rien tant que le ridicule[4], et lui-même a écrit cette phrase : « Le ridicule déshonore plus que le déshonneur[5]. » C'est pourquoi il veut qu'on sache que

1. Pages 94-96. — 2. Tome III, p. 386. — 3. *Maxime* 353.
4. *Lettre* du 8 juillet 1672, tome III, p. 142. — 5. *Maxime* 326.

les circonstances et les personnes ont pu manquer à ses desseins, mais que du moins il ne s'est pas manqué à lui-même ; il veut donner à entendre que, si sa noble amie et les hommes l'ont déçu, il ne s'est pas trompé lui-même ; que, si l'amour lui fut infidèle, il en a pris son parti d'autant mieux que l'amour, pour lui, était le moyen et non le but. De cette froideur et force d'âme il a réussi à persuader jusqu'à ses amis intimes. Mme de Motteville, qui sans doute l'aimait peu, n'est pas seule à dire de lui[1] : « Ce seigneur qui étoit peut-être plus intéressé qu'il n'étoit tendre. » Mme de Sévigné, qui le goûtait fort et l'avait beaucoup pratiqué, rend le même témoignage : « Je ne crois pas que ce qui s'appelle amoureux, il l'ait jamais été[2]. » Mais, à y regarder de près, cette vanterie d'insensibilité paraît peu d'accord avec les faits. Assurément, dans le plein mouvement de la Fronde, quand le premier enivrement de la passion et de la vanité fut quelque peu apaisé, l'ambition et le calcul furent aussi de la partie ; mais la Rochefoucauld n'eut pas dès le début ces arrière-pensées dont il fait parade, et surtout elles ne furent pas son principal et unique mobile. Voyons-le pendant la période qui suit immédiatement la liaison. Agit-il ? Non. Est-ce bien la conduite d'un intrigant « au long espoir et aux vastes pensées, » qui, sûr désormais d'un auxiliaire puissant, donne hardiment le coup d'épaule à sa fortune ? N'est-ce pas plutôt l'indolence d'un amant satisfait, tout aux douceurs de l'heure présente ? Il n'y a pas à en douter, il a aimé passionnément Mme de Longueville ; celle-ci a été la seule affection ardente et opiniâtre de sa jeunesse ; il a souffert cruellement de l'avoir perdue ; il a tant souffert qu'il s'est vengé. L'image de la duchesse est restée longtemps au fond de son cœur blessé, et c'est la douce et sereine Mme de la Fayette qui eut plus tard cette plaie à panser. Qui donc, sinon Mme de Longueville, aurait initié la Rochefoucauld à toutes les tortures de la jalousie, tortures qu'il a si longuement et si minutieusement analysées dans ses *Maximes*[3] ? On

---

1. *Mémoires de Mme de Motteville,* tome II, p. 275.

2. *Lettre* du 7 octobre 1676, tome V, p. 90.

3. Voyez les *maximes* indiquées à la *Table* du tome I, aux mots JALOUSIE et AMOUR.

ne trouve pas de tels enseignements dans les badinages et les passe-temps littéraires des salons et des ruelles. Où est d'ailleurs ce prétendu renfort prêté par Mme de Longueville à l'ambition de la Rochefoucauld? A-t-il tiré plus de profit véritable de cette tendresse passionnée que des bienveillantes dispositions de la Reine ou de l'intérêt sans cesse agissant de Mme de Chevreuse? Loin de l'avoir avancé auprès de Condé, cette liaison semble plutôt lui avoir nui. Il est certain qu'elle ne plaisait pas à Monsieur le Prince, et, malgré les services dévoués et effectifs de la Rochefoucauld, il n'y eut jamais, tant que dura la Fronde, entre-celui-ci et Condé une entière communication d'esprit, ni ce qu'on appelle une intimité à cœur ouvert. Enfin ce qui, à nos yeux, malgré bien des jugements contraires, achève de détruire l'hypothèse qui prête à la Rochefoucauld de longues visées d'ambition et veut que sa liaison avec Mme de Longueville ait été affaire d'intérêt plus que de sentiment, c'est que jamais, comme nous le dirons dans un instant, il ne fut plus près de s'accommoder avec Mazarin qu'au moment même où se nouait son commerce affectueux avec la duchesse.

Il est vrai que les contemporains (nous avons déjà tout à l'heure commencé à les entendre) témoignent diversement sur ce point ; mais peut-être, en cette matière délicate, les contemporains ne sont-ils pas les plus aptes à juger. Un des passages les plus remarquables, à tous égards, des *Mémoires de Mme de Motteville*, est celui où elle nous peint Mme de Longueville et parle de ses relations avec la Rochefoucauld [1]. Il commence par ces lignes où, sans être nommé, le duc est très-clairement désigné : « Son âme (*de la princesse*), capable des plus grands desseins et des plus fortes passions, s'étant laissé enchanter des illusions du plus haut degré de gloire et de considération auquel la fortune la pouvoit mettre, suivit, avec un peu trop de complaisance, les conseils d'un homme qui avoit beaucoup d'esprit, et qui l'avoit fort agréable ; mais, comme il avoit encore plus d'ambition, il s'étoit peut-être attaché à elle autant par le dessein de s'en servir pour se venger de la

---

1. Tome II, p. 3o1 et 3o2 ; voyez, en outre, ces mêmes *Mémoires*, tome I, p. 334 et 335 ; tome II, p. 275-277 ; et tome III, p. 192-194.

Reine, pour chasser son ministre, et venir ensuite à toutes les choses dont l'esprit humain se peut flatter, que par la seule passion qu'il eût pour elle.... » La duchesse de Nemours, fille d'un premier mariage du duc de Longueville, et qui n'avait aucune raison de se montrer tendre pour sa belle-mère, ne laisse échapper aucune occasion de médire de celle-ci dans ses *Mémoires*. Elle déprécie avec une sévérité malveillante sa capacité et son caractère, et, pour la mieux rabaisser, elle prend plaisir à vanter la supériorité d'esprit de celui qui l'inspire, tout en ne lui prêtant, à lui aussi, que de méprisables vues d'intérêt[1], en affirmant qu'il ne pensait qu'à lui-même et que « son compte lui tenoit d'ordinaire toujours lieu de tout[2]. » Elle « savoit très-mal, nous dit-elle, ce que c'étoit de politique[3], » tandis que lui est « fort habile[4], » est « politique[5], » « d'un meilleur sens[6] » qu'elle. Il la gouvernoit, la « gouvernoit absolument[7]. » « Depuis qu'il cessa de la conseiller, elle parut ne savoir plus ce qu'elle faisoit[8]. » La duchesse de Nemours accuse formellement Marcillac d'avoir entraîné Mme de Longueville dans la Fronde : « Ce fut la Rochefoucauld qui insinua à cette princesse tant de sentiments si creux et si faux. Comme il avoit un pouvoir fort grand sur elle, et que d'ailleurs il ne pensoit guère qu'à lui, il ne la fit entrer dans toutes les intrigues où elle se mit que pour pouvoir se mettre en état de faire ses affaires par ce moyen[9]. » De ces deux jugements, de Mmes de Motteville et de Nemours, on peut rapprocher celui de Montglat, qui assurément exagère fort l'influence politique de la Rochefoucauld, quand il nous dit dans ses *Mémoires* (tome II, p. 147), au début de la rébellion : Mme de Longueville « étoit de cette cabale, de laquelle le prince de Marcillac étoit le premier mobile. » On peut aussi comparer le témoignage de Lenet, ami particulier de notre auteur, qui affirme, d'une part (p. 195), que la sœur de Condé « avoit une entière créance à son habileté, » et (p. 204)

---

1. Voyez les *Mémoires de la duchesse de Nemours*, p. 422, 425 et 426, 434.

2. *Ibidem*, p. 426. — 3. *Ibidem*, p. 406.

4. *Ibidem*, p. 527. — 5. *Ibidem*, p. 406.

6. *Ibidem*, p. 488. — 7. *Ibidem*, p. 422, 527.

8. *Ibidem*, p. 528. — 9. *Ibidem*, p. 409, 410.

qu'il était « l'arbitre de tous ses mouvements ; » puis, d'autre
part, nous le représente (p. 223) « tout plein d'un desir passionné de sacrifier ses intérêts et sa vie au service de la duchesse de Longueville. » La Rochefoucauld lui-même, si nous
en croyons Retz[1], était loin de convenir que ce fût lui qui eût
entraîné la princesse. Retz lui fait dire, dans un moment, il est
vrai, où il nous le montre, après le combat du faubourg Saint-
Antoine, « très-incommodé de sa blessure et très-fatigué de
la guerre civile, » qu'il n'y est « entré que malgré lui, et que
si il fût revenu de Poitou deux mois devant le siége de Paris,
il eût assurément empêché Mme de Longueville d'entrer dans
cette misérable affaire. » Mais le Cardinal mérite-t-il grande
confiance quand il parle d'un homme qui le hait, dit-il[2], et
qu'il paye de retour[3] ? Il affecte de ne le pas prendre au sérieux : lorsque, à l'endroit précité de ses *Mémoires* (p. 171
et 172), il rappelle le temps où la princesse trônait à l'Hôtel
de Ville, il s'exprime, au sujet de son adorateur, d'une façon
aussi légère que méprisante, se bornant à répéter un *aparté*,
une ironique allusion à *l'Astrée*, qu'il s'était permis, à cette
époque, contre ce dernier, dans la chambre même de Mme de
Longueville. Retz avait eu lui-même, dit Guy Joli[4], « des
sentiments fort vifs et fort tendres pour Mme de Longueville, »
et « il regardoit le prince de Marcillac comme son rival. » Au
reste, Guy Joli ne prête aussi à celui-ci que des motifs intéressés.
Son vrai mobile, c'est l'espoir « qu'étant, comme il étoit, dans
les bonnes grâces *de la duchesse*, il lui seroit aisé de tirer (*de
cette liaison*) de grands avantages pour lui, quand il seroit
question de traiter et de s'accommoder avec la cour[5]. »

Il y a presque unanimité, on le voit, sur les vues intéressées
de Marcillac ; Lenet, un fidèle et constant ami, fait seul exception et parle de dévouement. Pour le dégré d'habileté et d'in-

---

1. Tome II, p. 292. — 2. *Ibidem*, p. 173.

3. Dans un pamplet de 1652, très-authentique et dont Retz se
reconnaît l'auteur, *le Vrai et le Faux*, sa haine va jusqu'à lui faire
dire que la vie de la Rochefoucauld « est un tissu de lâches per-
fidies. » (*OEuvres de Retz*, tome V, p. 239 ; comparez, au même
tome, p. 362, et 370, 371.)

4. *Mémoires de Guy Joli*, p. 41 et 42.

5. *Ibidem*, p. 41.

fluence sur la duchesse, l'accord est moindre. Après avoir
déduit des faits mêmes notre avis sur ce que fut cette liaison
fameuse d'amour et d'ambition, nous avons cru que le lecteur
nous saurait gré de mettre sous ses yeux, comme éléments
d'appréciation, les jugements que nous en ont laissés quelques
témoins du temps même. Reprenons maintenant notre récit.

Grâce à son père, qui savait mieux que lui se ménager à la
cour, Marcillac avait obtenu la permission d'acheter, du comte
de Parabère, le gouvernement du Poitou[1] ; faveur dérisoire,
selon l'*Apologie* : on lui vendait « trois cent mille livres » ce
que son père « avoit été contraint de bailler pour deux cent
cinquante. » Et le brevet encore ne lui fut expédié que plusieurs mois après[2], sur les instances toutes-puissantes du victo-
rieux duc d'Enghien, qu'il avait, comme volontaire, rejoint en
Flandre[3]. Il est permis de croire que la présence de Mme de
Longueville à Munster, où son mari négociait la paix de West-
phalie, avait accru son désir de faire cette campagne. C'est
le 20 juin 1646 que la duchesse quitte Paris, pour aller en Allemagne, et le 28 du même mois, nous trouvons Marcillac à
la prise de Courtray[4]. Toujours brave, mais toujours malheureux à la guerre, il figure parmi cette poignée de gentilshommes

1. Tome II, p. 449-455. — Voyez, à l'*appendice* 1 du tome III,
p. 244-249, deux *lettres* (6 et 7) de juillet et d'octobre 1644, relatives à la négociation de cet achat.

2. Tome II, p. 454 et 455. — Est-ce par suite de ce retard que
Gourville (*Mémoires*, p. 220) semble ne dater l'achat que du retour
de l'armée ? M. Ed. de Barthélemy (p. 37, note 3) suppose que,
dans ce passage, le secrétaire de Marcillac songe moins au marché
lui-même qu'au versement des sommes dues ; nous ne croyons pas
que le payement ait été si vite effectué : voyez ce que nous disons
au tome II, p. 148, à la fin de la note 3. — Dans les états de service
que nous donnons ci-après à l'*appendice* IV (p. CI), la nomination au gouvernement du Poitou est datée du 3 novembre 1646 ;
et la *Gazette* du 17 nous apprend que Marcillac prêta serment le 5.

3. Sur cette campagne de 1646, voyez les *Mémoires*, p. 96-98, et
ceux *de Gourville* (p. 215-220), qui l'avait suivi « pour le servir en
qualité de maître d'hôtel, » puis demeura à son service et fut
« bientôt dans sa confidence et tout à fait dans ses bonnes grâces. »

4. Bazin, tome III, p. 336.

qui, à Mardick, le 13 août[1], soutient la vigoureuse sortie de deux mille assiégés, mais qui paye de son sang le plus pur cette opiniâtre résistance. On sait que l'impétueux Condé ne ménageait pas plus ses soldats ou ses officiers qu'il ne se ménageait luimême. Le comte de Fleix, le chevalier de Fiesque restèrent sur la place, ainsi que le comte de la Roche-Guyon, « qui ne laissa, dit Gourville (p. 219), pour héritier de la maison de Liancourt, qu'une petite fille âgée d'un an et demi, » laquelle épousa, en 1659, François VII, fils de notre auteur, et fit passer dans la famille de la Rochefoucauld le titre de Liancourt[2]. Marcillac reçut, pour sa part, trois coups de mousquet[3]. Rapporté à Paris « dans un brancard[4], » il s'en va bientôt en Poitou : nous le voyons (avril 1647), guéri de ses blessures, faire son entrée à Poitiers[5], où le duc son père le présente aux magistrats comme leur nouveau gouverneur ; et quand l'agitation fomentée à Paris par les parlementaires, à la suite de l'emprisonnement de Blancmesnil et de Broussel, au mois d'août 1648, menacera de gagner les provinces, il soutiendra dans son gouvernement, où l'avait envoyé un ordre de la Reine[6], la cause du cardinal et de la cour.

C'est qu'à ce moment, et lui-même nous l'explique dans ses *Mémoires* et son *Apologie*[7], il était, tout en évitant, selon sa coutume, de s'engager sans retour, tombé d'accord avec Mazarin sur les clauses d'une soumission. Le ministre lui avait promis de mettre bientôt sa famille sur le même pied que celles des Rohan, des la Trémoïlle, quelques autres encore, en lui

1. Voyez la *Gazette* du 18 août 1646. On y lit que « le prince de Marcillac *fit* des prodiges de valeur. » Le 13 août est la date de la *Gazette ;* Bazin (p. 337) dit « le 10 ».

2. Voyez au tome III, p. 125 et 130, nos *lettres* 49 et 53.

3. *Mémoires*, p. 98. — Gourville (p. 219) ne parle que d' « un coup de mousquet au haut de l'épaule. » Montglat, qui nomme Marcillac après les ducs de Nemours et de Pont-de-Vaux (*Mémoires*, tome II, p. 38), le dit « blessé plus légèrement » qu'eux.

4. *Mémoires de Gourville*, p. 219.

5. Thibaudeau, *Histoire du Poitou*, tome III, p. 308. — En ce temps-là, le fils aîné du prince de Marcillac porte le nom de « M. de la Châteigneraie » (voyez *ibidem*), qu'il tient de sa mère.

6. *Mémoires*, p. 104. — 7. Voyez tome II, p. 104, 105, 456-459.

réservant les premières lettres de duc qui seraient données
et par conséquent le tabouret à sa femme[1]. Il était parti sur
cette assurance. Le Poitou commençait d'ailleurs à se soulever : des bureaux de recettes des deniers publics y avaient été
pillés ; il pacifia les désordres et rétablit, « en moins de huit
jours, l'autorité du Prince sans qu'il en coûtât la vie ni l'honneur à aucun de ses sujets[2]. »

Mais c'était Paris qu'il eût fallu pacifier, et il n'y avait plus
le moindre espoir d'y réussir. Sans refaire ici l'histoire si
connue des journées d'août 1648, nous ne chercherons à démêler dans ce mouvement que le rôle de la Rochefoucauld.
Comment ce même homme, qu'on vient de voir si favorable à
Mazarin, se retrouva-t-il, du jour au lendemain, dans le camp
des Frondeurs ? C'est que le Cardinal l'avait joué. On avait
fait une promotion de ducs et pairs, et Marcillac n'en était
point. Aussi, dans le premier bouillonnement de colère, se
hâte-t-il d'accourir à Paris[3], sur l'appel de la duchesse de
Longueville, qui l'informe du traité de Noisy et du plan général de guerre. Ici encore on ne voit point que Marcillac ait
l'initiative ; la duchesse, il est vrai, réclame son intervention
et ses conseils ; mais l'accord des Frondeurs s'est fait loin de
lui et sans lui ; c'est Mme de Longueville, c'est Retz, c'est
le Parlement qui ont tout mis en mouvement. Marcillac ne

1. Au sujet du duché et du tabouret, voyez ci-après, la fin de
l'*appendice* ii, p. xcix, et au tome III, p. 32-34, la *lettre* 8, écrite
de Verteuil à Mazarin le 2 octobre 1648.

2. Tome II, p. 104, 105, 459 et 460. — Voyez, dans notre tome III
(p. 27), la *lettre* (n° 7) que Marcillac écrit de Fontenay à Mazarin,
le 1er septembre 1648, et dans notre tome II (p. 105, note 3) la
réponse du Cardinal. Nous donnons plus loin, à l'*appendice* v, 1°
(p. ciii et civ), les titres d'une suite de pièces relatives à la répression par Marcillac des troubles du Poitou, lesquelles se trouvent
à la Bibliothèque nationale et au Dépôt du ministère de la guerre ;
dans le nombre est une réponse de Marcillac au comte de Brienne,
que nous reproduisons en entier.

3. Voyez ci-après, à l'*appendice* v, 2° (p. civ), l'indication de
quelques pièces relatives aux mesures prises par la cour lors de
l'abandon du Poitou et de la révolte du gouverneur ; et, à l'*appendice* i de notre tome III (p. 249, 250, et note 3 de la page 250), le
texte de deux de ces pièces.

s'en réjouit pas moins de sentir qu'il lui reste encore des moyens de se venger. C'est l'histoire de tout ambitieux déçu : lorsqu'on n'a plus rien à espérer, on s'efforce de se faire regretter ou de se faire craindre ; mais il n'est pas au pouvoir de tous les rebutés d'exciter la crainte ou les regrets. Marcillac devait s'en apercevoir un jour.

C'était contre la volonté de son père qu'il était revenu à Paris : il est à peine besoin de le dire, après qu'on a vu François V dénoncer lui-même à Mazarin la présence de son fils au souper des Importants[1]. Il avait peu d'argent, dit Gourville (p. 220), « parce que, outre que sa famille n'en avoit guère, on auroit fort souhaité qu'il n'y fût pas retourné, » et le même Gourville nous conte par quel tour, un peu à la Scapin, il procura à son jeune maître les moyens de rester éloigné du Poitou.

Le rôle de notre héros, en cette occurrence, est d'abord tout diplomatique ; il redevient, comme autrefois, porteur de messages : on le charge de ramener dans la capitale le duc de Longueville et Conty, qui, par une résolution assez étrange, avaient suivi la cour dans sa fuite à Saint-Germain, et dont les allures paraissaient aux Frondeurs au moins très-suspectes. Marcillac va et vient entre cette ville et Paris. Gourville, son *domestique,* se mêle fort heureusement de l'affaire[2] ; les Princes, mis au pied du mur, se décident enfin, bien qu'un peu à contre-cœur. Quant à notre auteur, Mme de Motteville (*Mémoires,* tome II, p. 304) « ne doute pas qu'il n'allât gaiement au crime de lèse-majesté, et que ce voyage (*le retour de Saint-Germain à Paris, dans la nuit du 9 au 10 janvier*) ne lui parût la plus belle et la plus glorieuse action de sa vie. » On sait le reste : l'évasion hardie de Beaufort du donjon de Vincennes, son arrivée à Paris, où le peuple l'accueille comme un libérateur, et le siége de la ville par Condé. Marcillac, bien que revêtu du titre de lieutenant général, joue avec dépit un rôle assez effacé ;

1. Voyez ci-dessus, p. xxi, note 1.

2. *Mémoires,* p. 113-116 ; et *Mémoires de Gourville,* p. 221-223. — Ce fut la duchesse de Longueville qui envoya Gourville à Saint-Germain presser Conty et son mari de revenir à Paris : voyez dans l'*Histoire de France pendant la minorité de Louis XIV*, de M. Chéruel (tome III, p. 154, note 2), une citation de la Barde (*de Rebus gallicis.* p. 412).

ce n'est pas lui qui est en vue, c'est Beaufort, c'est d'Elbeuf, c'est Bouillon, c'est Retz ; c'est aussi la sœur de Condé, qui siége à l'Hôtel de Ville et même y accouche. Marcillac, en ces circonstances, n'a ni la supériorité du rang, ni celle du rôle, ni celle de l'habileté et de l'expérience : une chose lui reste en propre, sa bravoure[1], qui se prodigue dans les combats livrés autour de la ville. Atteint d'une grave blessure dans un de ces engagements[2], il ne prend point part à la fin de la lutte, que l'arrivée des auxiliaires espagnols donnait les moyens de prolonger, mais qui se termina néanmoins par la lassitude du Parlement et du peuple[3].

II

Une mousquetade « à bout touchant[4] », c'est tout ce que l'ambitieux Marcillac retirait de la première Fronde. La déconvenue dut lui paraître d'autant plus dure quepres que tous les autres fauteurs du mouvement avaient soigneusement stipulé leurs avantages dans le traité de Rueil ; mais on ne tarda pas à connaître que cette paix boiteuse et mal assisse n'était autre chose qu'une trêve armée. Condé, le sauveur de la cour

1. « Il n'a jamais été guerrier, » dit Retz dans ses *Mémoires* (tome II, p. 181[a]), « quoiqu'il fût, ajoute-t-il, très-soldat. » Il « avoit plus de cœur, dit-il ailleurs (p. 262), que d'expérience. »

2. *Mémoires*, p. 124-129. Voyez aussi ceux *de Gourville*, p. 223 et 224, et *de Montglat*, tome II, p. 159. — *Le Courrier burlesque de la guerre de Paris* (1650) donne à la blessure (à la date du 20 février) ce plat souvenir, à rime grotesque :

> Monsieur de la Rochefoucauld
> Et Monsieur de Duras le jeune
> Blessés par mauvaise fortune.

(C. Moreau, *Choix de Mazarinades*, tome II, p. 128.)

3. Voyez ci-après, à l'*appendice* v, 3° (p. cv), la lettre écrite par le prince de Marcillac aux maire et échevins de Poitiers, à la veille de la conclusion de la paix de Rueil.

4. *Mémoires*, p. 126. — « Un fort grand coup de pistolet dans la gorge, » dit inexactement Retz, tome II, p. 263.

a Voyez la note 2 de cette page 181.

et du Cardinal, faisait sonner bien haut ses services, et Mazarin,
de son côté, avait pour maxime que la politique doit primer la
reconnaissance. Obligé de rentrer à Paris, mais plein d'appréhension pour sa sûreté, l'adroit ministre travaille sans relâche
à diviser les Frondeurs; il s'efforce principalement de rendre
Condé odieux au peuple, en le faisant passer pour l'auteur de
tous les maux que le peuple a soufferts. Ses menées réussissent
et la lutte s'engage vivement. Suspect en haut, impopulaire en
bas, Monsieur le Prince se trouve pris, pour ainsi dire, entre
l'enclume et le marteau. Impatient de sortir de cette situation
intolérable, il s'imagine qu'il suffit de « faire peur » au Cardinal pour le dominer[1]. Il ne cesse dès lors de le heurter, de le
desservir auprès de la Reine, ou d'exercer contre lui cet amer
esprit de raillerie qui lui était naturel. Les occasions, à vrai
dire, ne manquaient pas à sa vengeance. Mme de Longueville,
sa sœur, n'était plus cette femme, presque uniquement oc-
cupée de coquetterie et d'intrigues galantes, qui naguère regardait derrière un rideau le duel de Guise et de Coligny; elle
était maintenant pleine d'ambition, ferme et résolue. Ce changement n'était-il dû qu'à l'influence de Marcillac? Il est permis
d'en douter; tout au plus a-t-il contribué à mettre la belle
duchesse dans le chemin de sa vocation. Mais, après avoir
avivé le feu de son ambition naturelle, il eût été fort embarrassé de lui communiquer, par surcroît, cette fermeté politique
qu'il ne posséda jamais lui-même. Mazarin ne s'y trompait
pas; il redoutait plus la duchesse que ses frères et surtout
que la Rochefoucauld. Ce dernier ne laissait pas toutefois de
se donner du mouvement : il est, à ce moment, l'intermédiaire par lequel s'entament les négociations des Frondeurs
avec le duc d'Orléans. Toute cette agitation ne tarde pas à
produire son effet. Condé, qui ne veut pas rester isolé entre
la cour et la Fronde, se réconcilie avec les siens « et même
avec Marcillac; » mais, huit jours après, il se ravise, et
croit plus conforme à ses intérêts de revenir vers le Cardinal.
Que fait alors celui-ci? Il entre habilement dans les vues de
Monsieur le Prince, et afin d'exciter de plus en plus ses prétentions, il feint d'avoir peur. La cour décide que désormais

1. *Mémoires*, p. 145.

on ne donnera plus de gouvernements ni de charges sans l'approbation de Condé, de son frère Conty, de M. et de Mme de Longueville, et qu'on rendra compte à Monsieur le Prince de toute l'administration des finances. Par ricochet, Marcillac est pris au même piége : on affecte de le traiter comme un homme à craindre et à ménager[1] ; on lui accorde, sur les instances de Condé, les honneurs du Louvre ; mais on a soin de susciter en même temps une assemblée de la noblesse pour réclamer contre cette faveur et en imposer la révocation à la cour[2].

Ce désappointement fut cruel au protégé de Monsieur le Prince et à Monsieur le Prince lui-même, chez qui la méfiance reprit le dessus. Excité par Mme de Longueville, Condé retire tout à coup la parole qu'il avait donnée de consentir au mariage du duc de Mercœur avec une nièce de Mazarin. Ce fut le tour du Cardinal d'être irrité et désappointé : dès ce jour, l'arrestation et l'emprisonnement de Condé furent résolus dans son esprit, et c'est alors, comme dit la Rochefoucauld, qu'il « se surpassa lui-même[3]. » Tous les incidents ultérieurs, le coup de pistolet de Joli, l'attaque contre le carrosse de Monsieur le Prince[4], sont autant de machinations ourdies par le Cardinal afin de brouiller irrévocablement Condé avec les Frondeurs, et de l'amener à se livrer lui-même. Quand la rupture est complète, le vainqueur de Rocroy, son frère Conty et le duc de Longueville sont arrêtés au Palais-Royal, dans l'appartement de la Reine, et, le même jour, ils sont conduits à Vincennes[5]. On voulait arrêter en même temps Marcillac[6] et

1. « Il.... fut traité comme un homme que la Reine avoit lieu de craindre, et qu'il falloit ménager. » (*Mémoires de Mme de Motteville*, tome II, p. 443.)

2. Voyez l'*Histoire de France pendant la minorité de Louis XIV*, par M. Chéruel, tome III, p. 309 et suivantes, et, à l'*Appendice* du même volume, p. 419-421, un « Extrait du *Journal de Dubuisson-Aubenay* sur l'opposition de la noblesse aux honneurs accordés à quelques familles (octobre 1649). »

3. *Mémoires*, p. 156. — 4. *Ibidem*.

5. *Ibidem*, p. 170.

6. Ce dessein d'arrestation est ainsi noté dans les *Carnets de Mazarin* (n° XIV, p. 116) : « Faire fermer les portes du palais et

Mme de Longueville ; mais, avertis, ils s'étaient mis en sureté[1].
La duchesse, accompagnée par Marcillac jusqu'à Dieppe, s'em-
barqua précipitamment, pour passer en Hollande, et celui-ci
se retira dans son gouvernement du Poitou[2] pour s'y disposer
à la résistance[3], et soulever ensuite la ville de Bordeaux, dont
le parlement et le peuple, en haine du gouverneur, le duc
d'Épernon, étaient mûrs pour la guerre civile.

Ainsi voilà une partie des Frondeurs unis à Mazarin contre
les Princes, et Marcillac armé, dans cette seconde Fronde, pour
ce même duc d'Enghien qu'il a combattu dans la première ;
en somme, il est toujours dans le camp hostile au Cardinal, et
par là il semble demeurer fidèle à lui-même ; tout au moins il
continue de satisfaire son goût pour les aventures. Mais les
affaires s'engagent mal pour le parti des factieux ; toutes les
places des Frondeurs se rendent, les unes après les autres,
sans résistance. Alors, comme il arrive d'ordinaire, les défec-
tions commencent de la part des plus avisés, et bientôt Monsieur le Prince a plus d'amis pour le plaindre qu'il n'en a pour
le secourir. Cependant Bouillon tient dans la ville de Turenne,

arrêter la Mothe et Marcillac. » Voyez l'ouvrage cité de M. Chéruel,
tome III, p. 371.

1. *Mémoires de Mme de Motteville*, tome III, p. 145 ; *de Gourville*,
p. 224 et 225 ; *de Lenet*, p. 215 ; et *de Montglat*, tome II, p. 219 et
220. On peut voir aussi, au sujet de la fuite de la duchesse de
Longueville et des menées en Hollande, l'opuscule dont nous parlons dans la *Notice* sur les *Lettres* (tome III, p. 8, note 1), et qui
est intitulé : *Copie d'une lettre écrite* (de Rotterdam) *à Mme la duchesse de Longueville*.

2. Un *État de la France*, que nous avons cité plus haut (p. v,
note 3), enregistre (p. 67) la retraite de notre duc dans son gouvernement en termes étonnamment discrets : « Le duc de la
Rochefoucauld et prince de Marcillac..., gouverneur de Poitiers.
Il s'est retiré de la cour, sous prétexte de quelque mécontente-
ment, et est à présent en Poitou, portant encore le deuil du feu
duc son père, décédé depuis quelques mois. » Comparez ci-après,
p. L, note 5, la citation d'un article inséré dans un autre *État de la
France* en 1651 et 1652. — On trouvera à l'*appendice* v, 4° (p. cv),
l'indication de diverses pièces relatives à cette retraite de notre
auteur en Poitou, et à sa seconde rébellion.

3. *Mémoires*, p. 172 et suivantes.

et son frère dans Stenay, où se trouve Mme de Longueville,
qui, à partir de ce moment, va se montrer l'impétueuse ama-
zone de la Fronde. Quant à Marcillac, devenu, sur ces entrefaites duc de la Rochefoucauld, par la mort de son père (8 février 1650), il prend comme prétexte la cérémonie des ob-
sèques paternelles, et, mariant adroitement ses devoirs de
piété filiale avec le soin de la guerre civile, il appelle auprès
de lui à Verteuil toute la noblesse du pays[1]; mais il arrive
trop tard pour se saisir de Saumur[2], déjà occupé par les
troupes du Roi, et, après avoir jeté dans Montrond, la forte-
resse des Condés, quelques centaines d'hommes, il se retire à
Bordeaux avec le duc de Bouillon (31 mai 1650).

Qu'on nous permette d'interrompre ici, un moment, le récit, pour placer à sa vraie date un portrait, « avant la lettre, »
dit Sainte-Beuve[3], que Saint-Évremond a tracé du la Roche-

1. *Mémoires*, p. 179-183; comparez les récits de Gourville,
p. 225 et 226; de Lenet, p. 228, 238, 240 et 241; de Mme de
Motteville, tome III, p. 174 et 188; et voyez, au tome III des *Mémoires de Retz*, la note 5 de la page 39, où nous renvoyons aux
Archives historiques du département de la Gironde, tome III, p. 410.

2. Ce fut le 23 avril (voyez les *Mémoires de Lenet*, p. 244) qu'un
courrier du duc de la Rochefoucauld apporta à Montrond, où la
princesse de Condé était arrivée le 14 (*ibidem*, p. 237), la nouvelle
de l'insuccès de la tentative sur Saumur. Deux jours avant (le 21),
Mazarin écrivait de Dijon cette lettre à le Tellier : « Sa Majesté
est du même avis de Son Altesse Royale, qu'il ne faut pas différer
davantage la publication de la déclaration contre MM. de Bouillon,
de Turenne et de Marcillac, et ajoute qu'il ne faut rien épargner
pour châtier promptement et exemplairement M. de la Rochefoucauld, et que si sa personne se retire, on trouvera toujours ses
maisons à raser, afin qu'il s'en souvienne et que cela serve à contenir dans leur devoir ceux qui pourroient avoir de méchantes intentions. » (*Mémoires de Mathieu Molé*, tome IV, p. 393 et 394.)
Cette menace du Cardinal, bientôt connue de la Rochefoucauld
(*Lenet*, p. 258), devait être, on va le voir, mise à exécution. — Un
mois plus tôt, le 28 mars 1650, la Reine écrivait, également de Dijon
et à le Tellier : « Je desire.... que l'on examine bien.... ce qu'il y
a présentement à faire touchant le duc de la Rochefoucauld, particulièrement s'il ne s'est point encore rendu à la Roche-Guyon. »
(*Mémoires de Mathieu Molé*, tome IV, p. 380.)

3. *Nouveaux lundis*, tome V, p. 384.

foucauld de cette époque, dans son opuscule intitulé : *Conversation avec M. de Candale,* conversation qui est supposée tenue en 1650, mais qui ne fut en réalité rédigée que de 1665 à 1668 : « La prison de Monsieur le Prince a fait sortir de la cour une personne considérable que j'honore infiniment ; c'est M. de la Rochefoucauld, que son courage et sa conduite feront voir capable de toutes les choses où il veut entrer. Il va trouver de la réputation où il trouvera peu d'intérêt, et sa mauvaise fortune fera paroître un mérite à tout le monde, que la retenue de son humeur ne laissoit connoître qu'aux plus délicats. En quelque fâcheuse condition où sa destinée le réduise, vous le verrez également éloigné de la foiblesse et de la fausse fermeté ; se possédant sans crainte dans l'état le plus dangereux, mais ne s'opiniâtrant pas dans une affaire ruineuse, par l'aigreur d'un ressentiment, ou par quelque fierté mal entendue. Dans la vie ordinaire, son commerce est honnête, sa conversation juste et polie. Tout ce qu'il dit est bien pensé, et, dans ce qu'il écrit, la facilité de l'expression égale la netteté de la pensée[1]. »

Une fois dans la capitale de la Guyenne[2], la Rochefoucauld y déploie une énergie guerrière qu'il est impossible de méconnaître. Dans cette période il est avant tout soldat ; car la direction générale des affaires appartient au frère aîné de Turenne, un des politiques les plus capables de son temps. Malheureusement la défense de la ville était entravée par les cabales et les dissensions du peuple et du parlement ; puis on manquait d'argent, et cette détresse pécuniaire demeura le mal chronique de la Fronde. La princesse de Condé, retirée, elle aussi à Bordeaux, ne donna d'abord que vingt mille francs, encore le fit-elle de mauvaise grâce et après toutes sortes

1. *OEuvres mêlées de Saint-Évremond,* tome II, p. 186 et 187 (édition de M. Ch. Giraud, Paris, 1866).

2. Sur toute cette partie de la Fronde, voyez les *Mémoires de Lenet* (p. 276-421), et notamment, pour le rôle de la Rochefoucauld, les pages 276, 277, 291, 295, 312, 313, 334, 335, 337, 346, 351, 353, 357, 358, 403, 406-409, 411-417, 421 ; voyez aussi *Mme de Motteville,* tome III, p. 188 et suivantes, et p. 227-231 ; *Mademoiselle de Montpensier,* tome I, p. 251, 259 ; *Retz,* tome III, p. 66 et suivantes ; et *Gourville,* p. 226.

d'atermoiements ; on avait, il est vrai, traité conclu avec l'Espagne ; mais l'Espagne n'entendait fournir que juste assez de subsides pour alimenter la guerre sans permettre de la terminer. La Rochefoucauld dit lui-même que le parti ne reçut en tout d'au delà des monts que deux cent vingt mille livres ; le reste fut pris sur le crédit de Madame la Princesse, du duc de Bouillon, de la Rochefoucauld et de Lenet[1]. Ce fut donc un dur et difficile moment à passer. Tandis que Mme de Longueville, pour défendre Stenay, engage ses pierreries en Hollande, la Rochefoucauld sacrifie généreusement sa fortune[2]. Le 9 août, il apprend que son château de Verteuil a été rasé par ordre de la cour. Lenet dit dans ses *Mémoires* (p. 332) : « Le 7 (août 1650)..., l'on sut (*à Bordeaux*) que l'on travailloit, par ordre de la cour, à démolir Verteuil, maison du duc de la Rochefoucauld. » La constance de celui-ci n'en paraît point ébranlée ; il est heureux au contraire, de pouvoir offrir ce sacrifice à la duchesse, qui, à l'autre extrémité de la France, combat si courageusement pour la même cause. Lenet dit un peu plus loin (p. 335) : « On fut assuré..., ce jour-là, que l'on continuoit la démolition du château de Verteuil, appartenant au duc de la Rochefoucauld, qui reçut cette nouvelle avec une constance digne de lui ; il sembloit en avoir de la joie pour inspirer de la fermeté aux Bordelois. On disoit encore que ce qui lui en donnoit une véritable étoit de faire voir à la duchesse de Longueville, qui étoit toujours à Stenay, qu'il exposoit tout pour son service[3]. » C'est la période héroïque de la liaison, ce point culminant où l'on ne demeure guère ; il semble bien qu'après une telle ardeur de mutuel dévouement, elle ne pouvait plus que se relâcher, qu'elle était en danger de se rompre d'un côté ou de l'autre.

Si la belle résistance de Bordeaux faisait valoir le courage

1. Voyez les *Mémoires*. p. 194 et note 5 ; au tome III, p. 49-91, les *lettres* 20, 21, 22, 24, 25, 26, 28, 30, 32 ; et, entre autres passages des *Mémoires de Lenet*, p. 291 et 357.

2. Voyez, au tome III, p. 89 et 97, les *lettres* 31 et 34, à Lenet, qui montrent bien à quel état de gêne fut réduit la Rochefoucauld.

3. Voyez aussi les *Mémoires de Lenet*, p. 376, et ceux *de Mme de Motteville*, tome III, p. 391.

de la Rochefoucauld et de Bouillon, elle n'avançait guère les
affaires des Frondeurs. Les Espagnols ne se pressaient pas de
tenir leurs promesses ; le Parlement se lassait ; le duc d'Orléans et les autres chefs de la Fronde comprirent qu'il valait
mieux, pour sauver du moins les apparences, négocier plus
tôt que plus tard, et l'accommodement avec la cour fut signé
le 29 septembre 1650[1]. La Rochefoucauld, au lieu d'aider à
la conclusion de la paix, y résista de tout son pouvoir, nous
dit Mazarin dans une lettre à Mme de Chevreuse, où il le
nomme, avec ressentiment, parmi ceux « qui ne se sont pas
démentis de leur première conduite jusques au dernier moment[2]. » Au reste, à cette paix, il ne gagne que la permission
de se retirer chez lui sans exercer sa charge de gouverneur
du Poitou et sans nul dédommagement pour sa maison de Verteuil, qui n'était plus qu'un monceau de ruines. A quelque
temps de là, Turenne, entré en France avec une armée espagnole, se faisait battre à Rethel (15 décembre 1650) par
le maréchal du Plessis-Praslin. On le voit, si la Fronde ne
grandissait pas les uns, en revanche, elle diminuait les autres.
N'est-ce pas là, à toutes les époques, l'effet le plus ordinaire
des guerres civiles ?

Toutefois, tant que les Princes n'avaient pas recouvré leur
liberté, la lutte n'était pas finie. Aux combats suspendus,
après Rethel, faute de combattants, avaient succédé les négociations secrètes et publiques, et jamais on n'en avait vu
d'aussi complexes. Le principal intermédiaire entre les diverses factions était Anne de Gonzague, l'intrigante Palatine,
dont l'oraison funèbre sera plus tard pour Bossuet le plus
délicat triomphe d'éloquence. Embarrassée dans les fils de
sa trame, elle prend le parti d'appeler à son secours la finesse
bien connue de la Rochefoucauld, qui, à Bordeaux même,
et malgré la « netteté » de sa conduite[3], n'avait pu com-
plètement s'abstenir de négocier, ou du moins d'essayer de
négocier, s'exposant par là aux défiances, déjà éveillées[4], des

1. Voyez les *Mémoires de Montglat*, tome II, p. 242, et, sur les négociations postérieures de la Rochefoucauld avec Mazarin, *ibidem*,
p. 251 et 255.

2. *Madame de Chevreuse, Appendice*, p. 450.

3. *Mémoires de Lenet*, p. 353 et 421. — 4. *Ibidem*, p. 242.

Frondeurs[1]. Le duc se rend secrètement à Paris, et, caché chez la princesse, il travaille à débrouiller l'écheveau avec elle[2]. Cette fois encore, ce n'est donc pas lui qui marche en tête et dirige ; il est simplement à la suite, et à la suite d'une femme. Ses *Mémoires* nous exposent clairement les prétentions des divers mécontents. Les Frondeurs les plus avancés voulaient avant tout « la ruine entière du Cardinal, » à la place duquel Mme de Chevreuse, dont le prince de Conty devait épouser la fille, eût mis M. de Châteauneuf. Cette solution radicale n'était pas du goût de la Rochefoucauld, qui n'aimait pas à s'engager trop avant et craignait toujours de trancher dans le vif. Il empêche donc la ratification du traité, et entre directement en relation avec le Cardinal. Mazarin et lui ont plusieurs entrevues mystérieuses, qui sont racontées avec complaisance dans les *Mémoires*[3]. Quel rôle flatteur pour sa vanité ! Voilà qu'il traite en personne avec Mazarin, de puissance à puissance, au nom de son parti. Tout se passe, il est vrai, dans l'ombre et sous le manteau ; mais il estime que son personnage, aux yeux des autres et aux siens, n'en est pas moins singulièrement rehaussé. Au fond, bien qu'il se croie un *frondeur*, il n'est ici qu'un *important* attardé, dont le rôle rappelle encore le fameux *je ne sais quoi* du portrait peint par Retz.

Il y avait eu précédemment, à Bourg, près de Bordeaux, une entrevue, publique celle-là et officielle, entre Mazarin et les ducs de la Rochefoucauld et de Bouillon. Elle « se fit en sortant de Bordeaux après l'amnistie, » dit (p. 226) Gourville, qui la ménagea ; « le jour de saint François (4 octobre), » ajoute (p. 413) Lenet, qui en fut témoin. C'est immédiatement avant, tandis qu'on se rendait en carrosse à la messe, que la Rochefoucauld avait fait au Cardinal la réponse de-

---

1. Lenet parle même (p. 343, 345, 347, 416) d'un projet dont le duc s'occupa dans ce temps à plusieurs reprises, avec l'appui de la marquise de Sablé, et qui allait à marier son fils à une des nièces de Mazarin.

2. *Mémoires*, p. 219-226 : voyez *Mme de Motteville*, tome III, p. 265 et suivantes. La permission de revenir à la cour ne lui fut expédiée que le 27 janvier 1651. Nous donnons à l'*appendice* 1 du tome III, p. 264, le texte de cette permission.

3. Voyez à l'endroit précité des *Mémoires*.

meurée célèbre : « Tout arrive en France. » Puis il avait
regagné les ruines de Verteuil, le 6 octobre 1650. Ni Lenet,
ni Gourville ne parlent dans leurs *Mémoires* du retour secret
à Paris et de ces visites nocturnes, que Mme de Motteville
elle-même (tome III, p. 226) dit ne tenir que de la bouche de la
Rochefoucauld. Gourville a seulement cette phrase (p. 234) :
« Je m'en retournai à Paris (1651); et M. de la Rochefoucauld y étant revenu quelque temps avant la liberté de Monsieur le Prince, alla au-devant de lui jusqu'à sept ou huit
lieues du Havre. »

Toute cette diplomatie fut cependant en pure perte. Mazarin,
qui sans doute présumait encore trop de ses propres forces,
ne voulut point contracter d'engagement formel sur l'article
fondamental, la liberté des Princes. Il se méfiait d'ailleurs de
la franchise du négociateur. On lit dans les *Mémoires* de
Lenet[1], qui, le soir de l'entrevue de Bourg dont nous venons
de parler, eut un entretien particulier avec le Cardinal : « Il
passa à me parler de la duchesse de Longueville et du duc de
la Rochefoucauld, comme de gens dont il lui seroit malaisé
d'avoir l'amitié, parce qu'ils n'en avoient, disoient-ils, que l'un
pour l'autre. » Ainsi le duc se trouva rejeté forcément vers
ceux des Frondeurs qu'il n'aimait point ou qu'il n'aimait plus,
Châteauneuf, Retz, Mme de Chevreuse, auxquels le duc d'Orléans venait de se rallier. Quant à Mazarin, il paya cher cette
défaillance de son habileté ordinaire : déclaré par le Parlement
ennemi de l'État, il fut contraint de sortir, d'abord de Paris,
puis du Royaume, abandonnant ainsi à elle-même la Reine
régente. La Rochefoucauld fut chargé en personne de porter
l'ordre de délivrance au Havre-de-Grâce : triomphe sans pareil,
si le malicieux Cardinal ne l'en eût frustré au passage, en ou-
vrant lui-même aux Princes la porte de leur prison[2].

1. Page 416.

2. *Mémoires,* p. 233-235. Voyez aussi le court résumé intitulé
livre second, dans l'édition Michaud des *Mémoires de Lenet* (p. 521-
525); les *Mémoires de Mme de Motteville,* tome III, p. 305 ; et ci-
après, à l'*appendice* v, 5° (p. cvii), le texte de l'ordre, du 10 février
1651, envoyé « à M. de Bar pour lui dire de laisser parler à Messieurs les Princes les sieurs duc de la Rochefoucauld, président
Viole et Arnaud. »

Le règne de Mazarin semblait donc à jamais fini, quand les Princes rentrèrent à Paris, le 16 février 1651, au milieu des acclamations de ce même peuple, qui, un an auparavant, avait fêté par des feux de joie leur arrestation. Si Condé avait été alors un habile politique, il eût profité du premier moment de surprise pour enlever toute autorité à la Régente, incapable de gouverner par elle-même. Mais, en ce cas, la direction des affaires revenait de droit « au duc d'Orléans, qui étoit entre les mains des Frondeurs, dont Monsieur le Prince, dit la Rochefoucauld, ne vouloit pas dépendre[1]. » Condé préféra donc laisser à la Reine son titre et ses pouvoirs, croyant qu'il lui suffirait de maintenir son alliance avec Monsieur et les Frondeurs pour forcer la cour à compter avec lui. Certes, si cette union des Princes et de la Fronde eût duré, la cour aurait couru grand risque de ne jamais reprendre barres sur ses adversaires ; mais, tandis que Mazarin, de sa retraite de Brühl, près de Cologne, continue de gouverner par messages la Reine et l'État, Condé trouve moyen de se fâcher avec tout le monde, et de rejeter les Frondeurs du côté de la Régente, en rompant, sans aucun égard, le mariage de Conty et de Mlle de Chevreuse[2], base principale du traité d'union. En vain, le duc de la Rochefoucauld, pour qui la faction et les factieux commençaient sans doute à perdre de leur attrait, s'ingénie, essaye de nouvelles combinaisons pour restaurer tant bien que mal les affaires de Condé auprès de la cour et du Cardinal : il acquiert la triste certitude qu'il s'est engagé, à la suite des Princes, dans une impasse véritable, d'où le point d'honneur lui défend de sortir à reculons. D'ailleurs cet arrangement, ce replâtrage, qu'il cherchait, Mme de Longueville n'en voulait point. La paix, c'était, pour elle, le retour en Normandie, près de ce mari dont elle avait peur, qui la rappelait avec des instances pleines de menaces. La guerre seule pouvait la sauver[3] : elle résolut que de nouveau la guerre éclaterait.

---

1. *Mémoires*, p. 240.

2. Voyez les *Mémoires de Retz*, tome III, p. 296 et 297, et ceux de *Mme de Motteville*, tome III, p. 330 et 331.

3. *Mémoires de Mme de Motteville*, tome III, p. 391 et 445. Comparez ceux de *Montglat*, tome II, p. 304.

Nous voilà de plus en plus loin des débuts de l'illustre duchesse. Si la Rochefoucauld a donné le premier coup de fouet à cette nature audacieuse et remuante, il n'a pas gardé bride en main pour la retenir ou l'exciter à son gré ; naguère, en 1650, quand il signait à Bourg son accommodement, la fière princesse demeurait à Stenay, inexpugnable ; à présent, tandis que Monsieur le Prince lui-même hésite à jeter le gant une seconde fois, tandis que nous le voyons quitter, un moment, Paris pour se retirer à Saint-Maur, puis revenir anxieux de Saint-Maur à Paris, c'est sa sœur qui, prenant toute l'initiative, précipite les choses ; c'est elle qui répète, envers et contre tous, le cri forcené des Ligueurs dans la *Satire Ménippée : Guerra ! Guerra !* Ni Bouillon, ni la Rochefoucauld, qui, selon le mot de Matha rapporté par Retz[1], « faisoit tous les matins une brouillerie, et.... tous les soirs.... travaillait à un *rabiennement* (raccommodement), » ne sont à la hauteur de cette constance féminine, bien que le même Retz nous parle encore (juillet 1651) du « pouvoir absolu » que le duc avait sur l'esprit de Mme de Longueville[2]. Les *Mémoires* de ce dernier contiennent, à cette occasion, un passage fort remarquable, rempli de philosophie et de vérité, et où plus d'une maxime se trouve en germe. Bouillon et lui, nous dit-il, « venoient d'éprouver à combien de peines et de difficultés insurmontables on s'expose pour soutenir une guerre civile contre la présence du Roi ; ils savoient de quelle infidélité de ses amis on est menacé lorsque la cour y attache des récompenses et qu'elle fournit le prétexte de rentrer dans son devoir ; ils connoissoient la foiblesse des Espagnols, combien vaines et trompeuses sont leurs promesses, et que leur vrai intérêt n'étoit pas que Monsieur le Prince ou le Cardinal se rendît maître des affaires, mais seulement de fomenter le désordre entre eux pour se prévaloir de nos divisions[3]. » Pour un homme qui avait déjà traité avec l'Espagne, et qui devait bientôt se rendre coupable de récidive, c'était montrer beaucoup de sagesse dans le raisonnement pour en mettre ensuite bien peu dans les actes : l'histoire est pleine de ces contradictions.

1. *Mémoires de Retz*, tome III, p. 361.
2. *Ibidem*, p. 360. — 3. *Mémoires*, p. 259 et 260.

Cependant les deux partis, celui des Princes et celui de la
Régente, à la tête duquel s'était mis Retz, désormais nanti du
chapeau, se heurtaient, en toute rencontre, avec une aigreur et
un fracas précurseurs de la guerre. Peu s'en fallut que la grande
salle du Parlement ne devînt le premier champ de bataille.
C'est dans une de ces séances orageuses[1] que le duc de la Rochefoucauld prit traîtreusement la tête de Retz dans une porte
et le maintint dans cette position critique, donnant ainsi à ceux
qui l'entouraient le loisir de tuer le prélat, pour peu qu'ils en
fussent tentés. La Rochefoucauld rapporte lui-même le fait
dans ses *Mémoires* avec ce calme froid qui rend l'aveu d'une
violence plus odieux peut-être que la violence même[2]. Passons
vite sur de tels actes qui nous paraissent aujourd'hui indignes
d'un gentilhomme, mais que nous retrouvons fréquemment
dans les anciennes histoires de nos troubles civils[3].

On ne racontera pas ici par le menu les incidents de cette
troisième guerre intestine qui éclata, en 1652, par l'énergie de
Mme de Longueville, au moment même où chacun, suivant
l'expression de notre auteur, se repentait « d'avoir porté les
choses au point où elles étoient[4], » et en voyait clairement
l'horreur. La Rochefoucauld, retiré de nouveau en Guyenne
avec les Condés, recommence, mais avec peu d'enthousiasme
cette fois, une vie d'aventures sans éclat où devaient s'éteindre
ses dernières illusions. Il aide Monsieur le Prince, non sans
courir de grands risques, à réprimer la révolte des bourgeois
d'Agen, et se fait, avec lui, ouvrir successivement deux barricades[5]. Puis il fait partie, avec son jeune fils Marcillac, de

1. Celle du 21 août 1651.

2. *Mémoires*, p. 283-288 ; comparez *Mme de Motteville*, tome III,
p. 418-420, et surtout *Retz*, tomes III, p. 492-494, 500, et IV,
p. 283, 284.

3. Voyez aussi, dans les *Mémoires*, p. 198 et 199, l'histoire du
pauvre gentilhomme Canolles, pendu à Bordeaux, par ordre de
la Rochefoucauld et de Bouillon.

4. *Mémoires*, p. 298.

5. *Ibidem*, p. 341-343 ; *Mémoires de Gourville*, p. 254. — Voyez
ci-après, à l'*appendice* V, 6° (p. cviii), l'indication de pièces relatives
aux mesures prises contre notre duc durant cette nouvelle révolte.
— Il est curieux de voir un *État de la France* (Paris, G. Loyson)

cet état-major choisi avec lequel Condé entreprend de traver-
ser la moitié de la France, pour aller rejoindre sur la Loire
l'armée du duc de Nemours. Ce voyage, dont il faut lire la
relation, surtout dans les *Mémoires de Gourville*[1], fut plein
d'émotions et de vicissitudes. Il s'acheva toutefois sans accident
grave le 1er avril, et dès lors Condé, ayant pris le commandement
en chef de l'armée, se trouva en face de Turenne. Le combat
indécis de Bléneau, où ces deux illustres antagonistes rivalisè-
rent de talent et de coup d'œil, est demeuré fameux dans l'histoire ; la Rochefoucauld et son fils à peine adolescent s'y dis-
tinguèrent au premier rang[2]. « Il y a très-bien fait, » dit
Monsieur le Prince, en parlant du père, dans une lettre qu'il
écrivit le lendemain à Mademoiselle[3]. Quelques jours après
(11 avril), Condé, toujours accompagné de la même escorte,
était reçu triomphalement dans Paris, que la cour avait quitté
depuis plus de trois mois. Si l'espérance de Monsieur le Prince,
en rentrant dans la capitale, avait été de réunir en un faisceau
les divers partis de la Fronde, il dut renoncer bientôt à cette
illusion. Le Parlement avait beau mettre à prix la tête de Mazarin, chaque jour de répit profitait à la fortune du Cardinal et
nuisait à celle des Frondeurs. A la première fumée d'enthousiasme avec laquelle les bourgeois avaient salué la venue du
prince succédèrent des cabales et des intrigues, toutes nées de
la lassitude de la guerre et du désir d'un accommodement.
Condé lui-même, une fois à Paris, se prit à y respirer comme un

faire hardiment son éloge à l'occasion de sa conduite factieuse,
ne qualifiant ses rébellions que de retraites de la cour. On y lit
deux ans de suite (1651 et 1652) : « Le duc de la Rochefoucauld
et prince de Marcillac, gouverneur de Poitiers ; il se retira de
la cour lorsque Messieurs les Princes furent arrêtés prisonniers,
fut à la guerre de Bourdeaux, avec plusieurs gentilshommes de
ses amis, où il fit paroître sa sagesse et sa valeur en plusieurs
occasions, et depuis la liberté de Messieurs les Princes, il est revenu
à la cour, et s'en est encore retiré depuis. » Comparez ci-dessus,
p. XLI, note 2.

1. Pages 254-261.

2, *Mémoires*, p. 366-373. Voyez aussi *Mme de Motteville*, tome III,
p. 475, et *Montglat*, tome II, p. 333.

3. *Mémoires de Mademoiselle*, tome II, p. 39.

air nouveau ; le séjour de la capitale lui donna l'envie et l'espérance de la paix, et il se laissa « entraîner.... dans cet abîme
de négociations dont on n'a jamais vu le fond[1], » et qui était le
moyen habituel de Mazarin pour perdre ses ennemis. On voulut adjoindre la Rochefoucauld aux ambassadeurs chargés de
se rendre à Saint-Germain pour y débattre les intérêts des rebelles ; mais il s'excusa d'y aller en personne et confia cette tâche
à Gourville. L'article 15 de l'arrangement proposé stipulait
pour lui, outre le fameux brevet l'assimilant au Rohan, une
indemnité pécuniaire de cent vingt mille écus pour acheter le
gouvernement de Saintonge et d'Angoumois ou tel autre à son
choix[2]. Du bien public, pas un mot dans le traité : c'était à
quoi songeait le moins le duc et tous ceux qui faisaient leur
paix. Cent vingt mille écus, ce n'était pas du reste trop pour
lui, si l'on songe à tout ce qu'il avait perdu dans la guerre,
à ses terres ravagées, à ses châteaux détruits, et aux sacrifices de toute nature qu'il avait dû s'imposer. Mais Retz, qui
ne voulait point d'une paix où il n'entrait pas comme arbitre,
sut si bien brouiller les cartes que la Rochefoucauld, fatigué de
ces allées et venues et de ces vains pourparlers, donna ordre
à Gourville d'y mettre un terme et de s'en tenir là[3].

Une femme (dans la Fronde les rôles les plus habiles ou
les plus hardis semblent appartenir à des femmes) essaya
d'éteindre cette guerre qu'une femme avait allumée : ce fut
Mme de Châtillon, qui ne pardonnait pas à la duchesse de
Longueville de lui avoir ravi, au passage, les tendres atten-

1. *Mémoires*, p. 378. Comparez les *Mémoires de Retz*, tome IV,
p. 35 et 114.

2. Voyez les *Mémoires de Mademoiselle*, tome II, p. 85 ; ceux *de
Retz*, tomes III, p. 381 et 382, IV, p. 235 et 236, et, dans les
OEuvres de ce dernier (tome V, p. 408, 409 et 413), le pamphlet, par lui attribué à Joli, *les Intrigues de la Paix*, ainsi qu'un
passage encore (p. 430) d'un autre pamphlet, *la Vérité toute nue*,
publié par C. Moreau dans le tome II de son *Choix de Mazarinades*
(p. 406-438). — Monsieur le Prince demandait pour la Rochefoucauld, dit Conrart (*Mémoires*, p. 71), « une grande charge ou un
gouvernement »..., celui « d'Angoumois et de Saintonge, » ajoute-
t-il (p. 76) ; mais Mazarin « rejeta fort » cette demande.

3. *Mémoires*, p. 388, 389 et note 3.

tions du galant duc de Nemours. Quelle fut la part respective de la politique et de la coquetterie en ces relations, d'ailleurs fort courtes, que la sœur de Condé eut avec Nemours, à Bordeaux, après le départ de la Rochefoucauld[1] ? Ce point délicat, que V. Cousin s'est obstiné à vouloir fixer, importe peu, après tout, à la postérité et à l'histoire. Il est certain que les apparences tout au moins condamnent Mme de Longueville : les contemporains ont pu blâmer la Rochefoucauld de n'avoir pas su pardonner ; ils n'ont pas dit que sa rigueur méritât le nom d'injustice[2].

Toujours est-il que le duc, cruellement atteint dans son amour-propre, saisit avidement l'occasion de se venger : ce fut, en somme, une vilenie ; mais, comme dit Mme de Sévigné, a-t-on gagé d'être parfait[3] ? ajoutons, surtout en amour ? que de gens perdraient la gageure ! On imagina un complot, où l'ancien amant de Mme de Longueville jouait un rôle qu'on ne peut guère expliquer qu'au moyen de circonlocutions euphémiques ; il servit d'intermédiaire officieux entre les trois personnages suivants : Mme de Châtillon, désireuse et fière de conquérir le cœur de Condé ; Condé, impatient de capituler aux mains de la dame ; et Nemours, qui, bien que partie sacrifiée dans l'affaire, consentit cependant à cette triple alliance politique[4]. Mais cette stratégie n'eut pas l'effet qu'on en attendait : la Rochefoucauld en fut pour son entremise, le duc de Nemours pour sa complaisance ambitieuse, et le prince de Condé

1. Voyez les *Mémoires de Retz*, tome IV, p. 5.

2. On remarquera que Mme de Sablé, pour ne citer qu'elle, demeura jusqu'au bout l'amie de la Rochefoucauld, bien qu'elle fût aussi, et de plus ancienne date, celle de Mme de Longueville : l'eût-elle fait si tous les torts, dans la rupture, avaient été, à ses yeux, du côté de l'amant ? La Fronde, du reste, n'est point une époque de constance en amour ; dans les mobiles engagements et les frivoles commerces d'alors, les stations étaient en général moins longues et les étapes plus courtes que sur la fameuse carte de *Tendre* ; on passait rapidement sur bien des points d'arrêt théorique, et les hameaux de *légèreté* et d'*oubli*, les districts d'*abandon* et de *perfidie* n'étaient pas les moins fréquentés du pays.

3. *Lettres*, tome VIII, p. 481.

4. *Mémoires*, p. 390-392.

pour la terre de Merlou, dont il avait fait cadeau à la duchesse, sur les instances de la Rochefoucauld.

Cependant les troupes du Roi, commandées par Turenne et par d'Hocquincourt, tenaient le pays, prenant l'une après l'autre toutes les places des Frondeurs ; le duc de Lorraine, qui s'était engagé à combattre Turenne, se retirait sans coup férir, et bientôt Condé n'eut plus d'autre ressource que de tenter un coup désespéré. Ce fut le fameaux combat du faubourg Saint-Antoine, que V. Cousin appelle avec raison « une héroïque et vaine protestation du courage contre la fortune[1]. » Dans cette journée du 2 juillet 1652, la Rochefoucauld, attaquant, avec son fils Marcillac, avec Beaufort, Nemours, et quelques volontaires, la barricade de Picpus, reçut une mousquetade en plein visage. Bien que sa blessure « lui fît presque sortir les deux yeux hors de la tête[2], » il se rendit néanmoins à cheval, tout couvert de sang, jusqu'à l'hôtel de Liancourt (rue de Seine[3]); exhortant le peuple à secourir Monsieur le Prince. Après quoi, dans un état déplorable, il se fit transporter à Bagneux.

Gourville rapporte (p. 266) que, « au sujet de cet accident, il fit graver un portrait de Mme de Longueville avec ces deux vers au bas :

> Faisant la guerre au Roi, j'ai perdu les deux yeux ;
> Mais pour un tel objet je l'aurois faite aux Dieux[4]. »

1. *Madame de Longueville pendant la Fronde,* édition de 1867, p. 155.

2. *Mémoires,* p. 414. Conrart dit (p. 112) qu'il « eut les deux joues percées, mais le plus favorablement du monde. »

3. Voyez ci-après, p. LXXI, note 3.

4. Les vers que cite Gourville sont imités de deux vers du IIIe acte (scène v) de la tragédie d'*Alcionée,* du P. du Ryer, publiée en 1640 :

> Pour obtenir un bien si grand, si précieux,
> J'ai fait la guerre aux rois ; je l'eusse faite aux Dieux.

Après sa rupture avec Mme de Longueville, la Rochefoucauld les parodia ainsi :

> Pour ce cœur inconstant, qu'enfin je connois mieux,
> J'ai fait la guerre au Roi : j'en ai perdu les yeux.

Voyez les *Mémoires de Mademoiselle,* tome II, p. 97 (où M. Chéruel

Quelque temps après (16 octobre), le prince de Condé, que Mademoiselle avait sauvé au dernier moment en ordonnant de tirer le canon de la Bastille sur les troupes du Roi, sortait de Paris, et, suivant sa fatale étoile, s'en allait en Flandre commander les troupes espagnoles. La victoire de Mazarin était complète ; on sait qu'il n'en abusa pas. Il retourna en exil, pour donner à l'animadversion générale le temps de s'apaiser ; six mois après seulement, le 3 février 1653, il rentra dans Paris. Le Roi y fit son entrée solennelle dès le 21 octobre 1652, et l'on se hâta de publier une amnistie portant les réserves ordinaires de ces actes d'abolition générale, c'est-à-dire excluant de la clémence accordée au menu fretin des coupables les fauteurs les plus redoutés de la rébellion. La Rochefoucauld se vit ranger parmi les factieux qui n'inspiraient pas grande appréhension [1] : il fut admis à profiter des avantages de l'amnistie ; mais, bien que fort malade de sa blessure, il refusa par fierté la grâce qu'on lui voulait faire, aimant mieux suivre, s'il le fallait, jusqu'au bout la triste fortune de Condé. Au mois de novembre 1652 [2], il quitta Paris et, muni d'un passe-port, se retira avec sa famille dans la place de Damvilliers, dont le marquis de Sillery, son beau-frère, était gouverneur, et où, en 1650, le chevalier de la Rochefoucauld, qui commandait alors pour le duc son frère dans cette place, avait été livré, pieds et poings liés, aux troupes royales par ses propres soldats [3]. Là, conjointement avec Condé, il reprit ses intelligences avec les Espagnols [4] ; mais il était dans cet état d'épuisement phy-

cite ces vers en note avec des variantes), et ceux *de Mme de Motteville*, tome IV, p. 20 et 21.

1. Le marquis de Montausier, gouverneur d'Angoumois et de Saintonge, alors malade à Angoulême, ne partageait pas, au sujet de la Rochefoucauld, la sécurité de la cour. Voyez ci-après, à *l'appendice* v, 7° (p. cviii), des fragments de deux lettres écrites par lui à le Tellier, aux dates des 14 et 18 novembre 1652.

2. Gourville dit par erreur (p. 268) : « vers la fin de septembre » ; voyez au tome III, p. 113 et 115, les *lettres* 41 et 42, et à *l'appendice* i du même tome, p. 268, la *lettre* 18.

3. Voyez les *Mémoires de Retz*, tome II, p. 500, 501 et note 1 ; tome III, p. 27, 28 et note 1.

4. Sur les engagements pris à cet égard, avant de quitter Bor-

sique et moral qui ne permet aucune action suivie. En novembre même, il tenta de s'aboucher avec Mazarin, à Châ-
lons ; mais le Cardinal refusa de le voir ; il « lui fit répondre
qu'il le remerciait de sa civilité, mais qu'il ne croyait pas à
propos qu'il le vît[1]. » Durant toute l'année 1653, il ne fut occupé
qu'à se guérir et sans doute aussi à méditer sur l'avenir et
sur le passé. C'est par mégarde que Gourville dit[2] qu'il passe
toute cette année à Damvilliers ; il quitta cette ville aussitôt son
accommodement fait et son passe-port obtenu ; Gourville lui-
même le voit en Angoumois, en se rendant à Bordeaux par
ordre du Cardinal, et c'est à Verteuil qu'il lui adresse, de
Villefagnan, la nouvelle de la conclusion de la paix, laquelle
est du 30 juillet[3].

Malgré les velléités héroïques de sa jeunesse, il n'était point
taillé en héros : la réflexion, chez lui, finissait toujours par
dominer les autres facultés. Il n'était pas homme à continuer
de sang-froid, comme il dit quelque part[4], ce qu'il avait commencé en colère ; il n'avait pas enfin cette infatigable persévérance de Mme de Longueville, qui, ce moment même, comme
pour bien prouver l'indépendance de sa conduite politique,
prolongeait, avec Conty et les Ormistes[5], sa résidence à Bordeaux. Aussi, tout en ayant l'air de se rendre aux vives instances des siens et de ses amis, ne fit-il, au fond, que suivre
la pente de son naturel et obéir à ses vœux les plus secrets,
quand il entreprit de se dégager honorablement envers la
Fronde vaincue et Monsieur le Prince exilé. « La réconciliation
avec nos ennemis, a-t-il écrit, n'est qu'un desir de rendre notre
condition meilleure, une lassitude de la guerre, et une crainte
de quelque mauvais événement[6] » Ces trois éléments de ré-

deaux, et depuis, lorsque les ducs se séparèrent de la princesse
de Condé, voyez les *Mémoires de Lenet*, p. 408, 409 et 422.

1. Voyez les *Souvenirs du règne de Louis XIV*, par M. le comte de
Cosnac, tome IV, p. 196.

2. *Mémoires de Gourville*, p. 269.

3. *Ibidem*, p. 274, 275 et 283.

4. Voyez les *Mémoires*, p. 336.

5. Voyez, dans *Madame de Longueville pendant la Fronde*, le
chapitre intitulé : *la fin de la Fronde à Bordeaux*.

6. *Maxime 82.*

sipiscence se rencontrèrent dans sa résolution, et tout particulièrement le premier. Un des principaux arguments, et
probablement des plus décisifs, qu'on employa pour le « dégager absolument d'avec Monsieur le prince » était la nécessité d'assurer « le mariage de M. le prince de Marcillac
avec Mlle de la Roche-Guyon, sa cousine germaine[1], » mariage qui, nous dit Mademoiselle[2], rétablit la maison de la
Rochefoucauld, laquelle « n'étoit pas aisée. » Gourville[3], son
agent ordinaire, le plus adroit des ambassadeurs officieux,
se chargea d'abord de faire agréer à Condé et au général
espagnol cette démission, prévue peut-être de tous deux ; puis
ayant réussi de ce côté, il eut recours à l'entremise de M. de
Liancourt pour obtenir une entrevue du Cardinal, qu'on représentait comme fort aigri contre le duc de la Rochefoucauld. On vit alors combien importe, en toute affaire épineuse,
le choix du négociateur. Mazarin, face à face avec Gourville,
se montra plein de bonne grâce et de facilité ; il oublia ses
récentes colères, et accorda d'emblée à l'envoyé du Frondeur repenti ce que peut-être il eût refusé au Frondeur lui-
même. Il ne posa qu'une condition, futile en apparence, très-
sérieuse au fond : c'est que Gourville passerait désormais à
son service. Le Cardinal, qui se connaissait en hommes, témoin le choix qu'il fera plus tard de Colbert pour lui succéder, avait deviné tous les services qu'il pouvait tirer par la
suite de ce génie souple et industrieux. Ces services furent tels
en effet[4] qu'il serait malaisé de dire qui gagna le plus, après
Gourville bien entendu, à cet arrangement, ou de la Rochefoucauld, qui obtint par là le droit de rentrer en France, ou de
Mazarin, qui prit à l'illustre factieux son homme d'affaires le
plus avisé.

Gourville, il faut lui rendre cette justice, n'abandonna pas

1. *Mémoires de Gourville*, p. 269.

.2. Tome III, p. 358.

3, Voyez ses *Mémoires*, p. 269 et suivantes.

4. Quelque temps après, Gourville (voyez ses *Mémoires*, p. 273·
286), ayant réussi à entrer dans Bordeaux, sous prétexte d'en retirer les meubles du duc de la Rochefoucauld, fut assez adroit ou
assez heureux pour amener le prince de Conty et Mme de Longueville à faire, à leur tour, leur soumission, à la fin de juille t1653.

tout à fait son ancien maître pour le nouveau. Si actives que fussent ses fonctions auprès de Mazarin, il demeura toujours dévoué à la personne et aux intérêts du duc. « Il n'oublia pas, en aucun temps, qu'il devoit tout à M. de la Rochefoucauld, » dit Saint-Simon dans le portrait qu'il a tracé de lui[1], et où il nous parle, comme d'une chose *prodigieuse*, on le conçoit sans peine, du mariage secret qui l'avait uni, à ce qu'il paraît, à l'une des trois sœurs de M. de la Rochefoucauld (François VII)[2]. « Il étoit, dit-il, continuellement chez elle à l'hôtel de la Rochefoucauld, mais, toujours et avec elle-même, en ancien domestique de la maison. M. de la Rochefoucauld et toute sa famille le savoient, et presque tout le monde ; mais à les voir, on ne s'en seroit jamais aperçu. Les trois sœurs filles, et celle-là, qui avoit beaucoup d'esprit, et passant pour telles[3] (*pour filles*), logeoient ensemble dans un coin séparé de l'hôtel de la Rochefoucauld, et Gourville à l'hôtel de Condé. »

Notre auteur, qui, au temps où nous voici arrivé, était âgé de quarante et un ans, s'était retiré dans ses terres, et tantôt à Verteuil, tantôt à la Rochefoucauld, il y passa plusieurs années dans une solitude relative, dont ses déceptions et aussi sa gêne pécuniaire lui faisaient sentir la douceur non moins que la nécessité. Là, tout en écrivant une partie de ses *Mémoires*[4], il travaillait à refaire à la fois sa santé et son patrimoine. Grâce à Gourville, qui avait su amasser, de bonne heure, une très-grosse fortune, il réussit tant bien que mal dans la seconde partie de l'entreprise.

---

1. *Mémoires de Saint-Simon*, tome III, p. 421-423, édition de 1873. — Voyez aussi, dans les *Causeries du lundi*, de Sainte-Beuve (tome V, p. 283-299, 2ᵈᵉ édition), la notice sur Gourville.

2. Voyez ci-dessus, p. XIII.

3. Il y a bien *telles* dans le manuscrit ; avec ce pluriel, il faudrait, ce semble, *toutes* après *passant*.

4. Nous renvoyons à la *Notice* spéciale qui est en tête du tome II, pour ce qui concerne ces *Mémoires*, dont Bayle a poussé si loin l'éloge qu'il va jusqu'à nous dire : « Je m'assure qu'il y a peu de partisans de l'antiquité assez prévenus pour soutenir que les *Mémoires du duc de la Rochefoucauld* ne sont pas meilleurs que ceux de César. » (*Dictionnaire*, article César, tome I, p. 831, note G, édition de Rotterdam, 1720.)

L'ex-secrétaire nous apprend lui-même qu'en 1657, se trouvant « en argent comptant, » il songea « à traiter des anciennes dettes de la maison de la Rochefoucauld. » Il obtenait « des remises, » qu'il mettait au profit du duc. Il écrit ailleurs, dans ses *Mémoires*, à la date de 1661 : « M. de la Rochefoucauld, n'étant pas trop bien dans ses affaires, me demanda de vouloir bien lui faire le plaisir de recevoir les revenus de ses terres, et de lui faire donner, tous les mois, quarante pistoles pour ses habits et ses menus plaisirs : ce qui a duré jusqu'à sa mort. Non-seulement j'avois soin de faire payer les arrérages, mais encore d'éteindre beaucoup de petites dettes de sa maison, tant à Paris qu'en Angoumois : ce qui lui faisoit un plaisir si sensible, qu'il en parloit souvent pour mieux le témoigner. M. le prince de Marcillac, voulant aller à l'armée, se trouva sans argent ni équipage, et desirant d'y porter un service de vaisselle d'argent, sa famille jugea qu'il lui falloit jusqu'à soixante mille livres : je les prêtai, et elle m'en fit une constitution. Il m'emprunta encore, de temps en temps, jusqu'à cinquante mille livres ; et ayant encore eu besoin de vingt mille livres, je me disposai à les lui prêter ; M. de Liancourt, qui sut jusqu'où ces emprunts alloient, et qu'ils n'étoient pas trop assurés, dit qu'il s'en rendoit caution, pour que je ne pusse y perdre. » La même année, comme la Rochefoucauld délibérait, non sans un crève-cœur bien naturel, s'il ne vendrait pas son bel équipage de chasse, ce fut encore Gourville qui lui épargna cet ennui, en s'accommodant « avec celui qui en avoit soin » et en payant à ce dernier « la moitié de la dépense » par mois et par avance. Enfin, en 1662, le duc, toujours à court d'argent, obtient de l'industrieux homme d'affaires qu'il fasse le « salut de sa maison » en lui achetant au prix de trois cent mille livres, c'est-à-dire « au denier trente, » sa terre de Cahuzac, « qui valoit dix mille et quelques livres de rente[1]. »

La Rochefoucauld avait lui-même sur le prince de Condé de grosses créances, qui remontaient au temps de la Fronde ; mais l'auguste débiteur ne s'acquitait que fort lentement ; treize ou quatorze ans après la guerre, le duc était encore

____

1. *Mémoires de Gourville,* p. 322, 345, 356 et 357, 360 et 361.

en instances pour se faire rembourser[1]. Gourville rapporte
dans ses *Mémoires*[2] qu'il essaya d'intéresser le surintendant
Foucquet[3] à la fortune de son premier maître : « Il me rebuta
fort, écrit-il, en me disant qu'il savoit bien que M. de la Rochefoucauld n'étoit pas de ses amis ; mais il ne voulut jamais
s'ouvrir à moi devantage sur cela. » Cette assertion semble
pourtant contredite par un document manuscrit qui existe à la
Bibliothèque nationale[4] ; nous lisons en effet, dans une pièce de
la main du docteur Vallant, intitulée : *Mémoire de certaines
choses que l'on a trouvées chez M. Foucquet après qu'il fut
arrêté* : « .... On a trouvé une liste de pensionnaires ; M. de
Beaufort a quarante mille livres, Grandmont (*Gramont*), Clé-
rembault et un autre maréchal de France, a chacun dix mille
écus ; deux ducs et pairs, *la Rochefoucauld* et un autre, dix
mille écus. » Si quelque brouille était survenue depuis entre le
duc et Foucquet, il n'y en avait pas moins eu d'abord services et promesses de reconnaissance : « J'ai beaucoup de
confiance en l'affection de M. le duc de la Rochefoucauld et
en sa capacité, écrit le Surintendant dans le fameux projet
intitulé *Secret*, redigé en 1657, et trouvé à Saint-Mandé[5] ; il
m'a donné des paroles si précises d'être dans mes intérêts,
en bonne ou mauvaise fortune, envers et contre tous, que
comme il est homme d'honneur et reconnoissant la manière
dont j'ai vécu avec lui et des (*sic*) services que j'ai eu intention
de lui rendre, je suis persuadé que lui et M. de Marcillac ne
me manqueroient pas à jamais. » Peut-être faut-il chercher,

1. Voyez au tome III, p. 194, la *lettre* à Guitaut du 20 août
1667, et la note 8 de la page 196.

2. Page 322.

3. On sait que Gourville fut impliqué dans le procès de Foucquet et qu'il eut à se racheter fort cher des poursuites.

4. *Portefeuilles de Vallant*, tome III, fol. 27.

5. Un exemplaire imprimé de ce projet se trouve à la Bibliothèque nationale, *fonds Colbert*, V^c, n° 278, fol. 86-93. Il a été
publié, presque en entier, par P. Clément dans la *Notice sur
Fouquet* (p. 41 et suivantes) qui est en tête de son *Histoire de
Colbert* ; puis intégralement par M. Chéruel dans ses *Mémoires
sur la vie publique et privée de Fouquet*, tome I, *Appendice*, p. 488-
501.

avec Gourville[1], un motif du refroidissement de Foucquet
pour notre duc, dans les intrigues de l'abbé, frère du premier,
lié, comme nous le voyons dans les *Mémoires de Mademoiselle*[2], avec la Rochefoucauld.

C'est l'année qui suivit la disgrâce de Foucquet et la mort de
Mazarin, que la Rochefoucauld reçut du Roi une marque éclatante de faveur : il fut promu, en décembre 1662, à l'ordre du
Saint-Esprit. Plus tôt, le 11 juillet 1659, il avait obtenu une
pension de huit mille livres[3]. Dans les années un peu antérieures, nous ne trouvons, en ce qui le concerne, qu'un petit
fait à noter : Mme de Motteville nous dit qu'il fut très-assidu
auprès de la reine Christine de Suède, pendant son séjour à
Paris, en 1656[4].

Arrêtons-nous un instant sur cette date de 1662 : on n'est
encore qu'à dix années de la minorité, et l'on s'en croirait à un siècle. Mazarin est mort, le règne personnel de
Louis XIV est commencé. Les factieux de la Régence n'ont pas
seulement cessé d'être dangereux, mais, ce qui est, à toutes
les époques, le signe d'une complète restauration du pouvoir,
ils ont même cessé de le paraître. Encore quelques années, et
Gourville, parlant des troubles de la Fronde, aura peur qu'on
ne le soupçonne de narrer des légendes, et il écrira ces lignes
significatives : « Les vieux qui ont vu l'état où les choses
étoient dans le Royaume ne sont plus, et les jeunes, n'en
ayant eu connoissance que dans le temps que le Roi a rétabli
son autorité, prendroient ceci pour des rêveries, quoique ce
soit assurément des vérités très-constantes[5]. »

La royauté est redevenue, non pas seulement une réalité,
mais une personne. Les parlements ne songent plus à jouer
le rôle d'états généraux ; ils ne sont plus que de dociles chambres d'enregistrement. La Fronde a fini par l'épuisement même
des passions et des convoitises personnelles qui en avaient
faussé l'esprit et l'objet ; elle s'est abîmée dans la lassitude gé-

1. *Mémoires de Gourville*, p. 319-322. — 2. Tome III, p. 90.
3. Bibliothèque nationale, *fonds Gaignières*, Fr. 21 405, p. 567.
4. *Mémoires de Mme de Motteville*, tome IV, p. 65.
5. *Mémoires de Gourville*, p. 243.

nérale et le discrédit. Des héros de la veille, les uns se sont aussitôt rangés aux côtés du monarque, les autres, les plus compromis, ont d'abord reçu l'ordre d'aller dans leurs terres, et les esprits comme les temps sont si bien changés, que ces mêmes seigneurs qui naguère, au moindre froissement d'amour-propre, pensaient punir le pouvoir en se retirant avec hauteur dans leurs gouvernements ou leurs fiefs, se regardent à présent comme trop punis d'y rester ; aussi ont-ils hâte d'être pardonnés, de revenir à la source des faveurs, de quêter un regard du maître, de se trouver, dit le fabuliste,

> .... Au coucher, au lever, à ces heures
> Que l'on sait être les meilleures[1].

Le prince de Condé est rentré en France depuis deux ans ; il a désavoué le passé devant le Roi, qui lui a fait bon accueil, se bornant à lui dire fièrement : « Mon cousin, après les grands services que vous avez rendus à ma couronne, je n'ai garde de me ressouvenir d'un mal qui n'a apporté de dommage qu'à vous-même[2]. » Monsieur le Prince n'a plus cette morgue hautaine et ce ton de raillerie blessant qui avaient rebuté jadis jusqu'à ses amis les plus chauds. Il s'efface devant le Roi et les ministres ; au Conseil, où son rang lui donne place, c'est à peine s'il émet une opinion, et surtout s'il ose la soutenir, à moins de la savoir approuvée[3].

1. La Fontaine, livre VII, fable xii : *l'Homme qui court après la Fortune et l'Homme qui l'attend dans son lit*, vers 39 et 40.

2. *Histoire de Louis de Bourbon, prince de Condé*, par Pierre Coste, dans les *Archives curieuses de l'Histoire de France*, 2de série, tome VIII, p. 250. — Cette histoire, imprimée, pour la première fois, à Amsterdam, en 1692, est suivie d'une série de portraits des hauts personnages du temps.

3. La duchesse de Châtillon, une ancienne amie des mauvais jours, lui ayant reproché une fois de ne pas tenir son rang, il lui répondit : « Madame, je n'ignore pas ce que vous venez de me représenter, et assurément je n'ai pas besoin qu'on m'invite à faire valoir l'autorité qui est due à ma naissance ; j'y serois assez porté de moi-même, si le Roi étoit moins jaloux de son pouvoir et moins heureux qu'il n'est ; mais aussi, Madame, si vous connoissiez son humeur comme je la connois, vous me parleriez d'une autre manière que vous ne faites. » (*Pierre Coste, ibidem*, p. 251.)

En son particulier, Condé continue, suivant l'expression de Sully, le *bon ménage* de son père. « Il prend connoissance exacte de tout ce qui se passe dans sa maison, et, après la grande alliance qu'il a faite de son fils unique avec une princesse de la famille Palatine, il ne pense plus qu'à leur amasser de quoi fournir à l'illustre dépense qui se fait dans cette éclatante maison[1].

Le duc d'Orléans, cet autre héros de la Fronde, est mort (1660) à l'âge de cinquante-deux ans, dans une fervente contrition du passé[2]. Retiré à Blois et continuant de suivre les sentiments et les goûts de ceux qui étaient auprès de lui, il s'était modestement attaché à la botanique et à la connaissance des médailles : « occupations peu convenables à un prince, » ajoute naïvement l'auteur de l'*Histoire de Condé*[3].

Le prince de Conty, marié à une nièce de Mazarin, ne se montre pas moins doux et moins débonnaire ; il a seulement conservé de sa jeunesse des goûts qui rappellent son premier état d'homme d'Église. « Il est très-savant en toute sorte de sciences, et s'est fait admirer publiquement dans la plus célèbre assemblée de l'Académie par son grand esprit et pour sa capacité à traiter des plus hautes matières de la théologie[4]. » Il publiera sous son propre nom, dans quelques années (1667), un livre des plus édifiants sur les *Devoirs des grands*. Surtout l'auteur contemporain ne tarit pas sur la vertu et la salutaire influence de sa femme : « Par elle, il a sauvé la vie à un million de personnes pendant la famine, et a contribué au salut de plusieurs âmes qu'elle a attirées à l'odeur de la vertu ; si bien que ce prince et cette princesse sont aujourd'hui les vrais miroirs de la piété dans la grandeur et dans les richesses[5]. » Voilà certes un genre de gloire auquel n'avait point visé tout d'abord l'adorateur de Mlle de Chevreuse, le lieutenant de la Fronde en Guyenne.

Mme de Longueville, de son côté, étonne le monde par son

1. *Archives curieuses de l'Histoire de France, les Portraits de la cour,* au tome cité, p. 389.
2. Voyez les *Mémoires de Mme de Motteville,* tome IV, p. 178-180.
3. *Histoire de Louis de Bourbon, ibidem.* p. 252.
4. *Les Portraits de la cour, ibidem,* p. 391.
5. *Ibidem,* p. 391 et 392.

esprit de pénitence ; elle a prouvé d'abord en revenant auprès de son mari, que nul sacrifice, si pénible qu'il fût, ne coûtait à son repentir. Cette année même, 1662, elle vient de faire sa confession générale à M. Singlin [1]. Elle mettra autant d'ardeur à donner à Dieu la seconde moitié de sa vie qu'elle en a mis à donner aux hommes la première ; elle conduira la piété « à tambour battant [2], » comme elle a jadis conduit l'amour et l'ambition, et bientôt elle méritra d'être vantée pour son austère vertu [3].

Mademoiselle, dont le canon de la Bastille *a tué le mari* [4] et qui a refusé d'épouser le roi d'Angleterre, s'est tournée aux belles-lettres. Son humeur est toujours « impatiente. Il est.... difficile, lisons-nous dans les *Portraits* précités [5], que son cœur altier se puisse soumettre à la domination d'un homme, quelque noble, quelque puissant qu'il puisse être. »

Retz, obligé de donner sa démission d'archevêque de Paris, s'est retiré (1662), en exil, dans sa seigneurie de Commercy. Comme la Rochefoucauld, n'ayant pu être homme d'État, il deviendra, par pis aller, un grand écrivain.

La maison de Vendôme est venue, elle aussi, à résipiscence. Le duc César jouit d'une grande faveur ; son fils aîné ne se mêle plus d'intrigues ; il passe le temps fort en repos, dans son gouvernement de Provence ; la survivance de la grand'maîtrise de la navigation a été accordée au second fils de César, le fameux Beaufort ; l'ancien *roi des Halles* commande maintenant les vaisseaux de Sa Majesté contre les pirates de Tunis et d'Alger.

1. Voyez le *Supplément au Nécrologe de l'abbaye de Notre-Dame de Port-Royal*, 1735, in-4°, p. 137 et suivantes, *Retraite de Mme la duchesse de Longueville*.

2. C'est l'expression de Henri-Louis de Loménie, comte de Brienne, dans ses *Mémoires* (édition de 1828, tome II, p. 242) ; il ajoute méchamment (p. 243 et 244) que « M. Arnauld, son directeur, étant devenu son amant spirituel, elle en étoit folle, comme elle l'avoit été, en d'autres temps, du duc de la Rochefoucauld. »

3. Voyez les *Mémoires de Mademoiselle*, tome IV, p. 271.

4. D'après le mot communément prêté à Mazarin : voyez V. Cousin, *Madame de Longueville pendant la Fronde*, p. 159.

5. *Archives curieuses, ibidem*, p. 394.

La maison de la Tour n'est pas moins obéissante ; le duc de Bouillon est mort ; son cadet, Turenne, ne songe plus qu'à battre les ennemis du Roi, qu'à rivaliser de gloire militaire avec Condé.

Ainsi tous ces Frondeurs, repentis, résignés, ont commencé une vie nouvelle. Les équipées d'autrefois, on s'efforce de les oublier : « c'est, dit encore en parlant de Mademoiselle l'auteur des *Portraits de la cour*, une faute de jeunesse, à laquelle il n'y a plus de remède[1]. »

La Rochefoucauld, plus que nul autre, a rompu avec le passé ; il aura désormais « cette morale des honnêtes gens, » qu'il n'avait pas eue jusque-là[2] ; à l'écart des brigues comme des honneurs, il va rentrer dans sa vraie nature. Cette seconde partie de sa vie, pour être paisible, ne sera point vide ; tout intime et toute retirée, elle justifiera ce mot d'un personnage du *Grand Cyrus*[3], que « rien n'occupe davantage qu'une longue oisiveté. »

III

A l'époque où le duc prenait sa retraite forcée des intrigues, la littérature n'était pas moins changée que le reste ; Corneille, Descartes, Pascal avaient rempli la première moitié du dix-septième siècle ; l'auteur du *Cid*, après la Fronde, est sur son déclin[4] ; Descartes est mort, en Suède, depuis douze années ; quant à Pascal, il s'éteint, en 1662, à Port-Royal, où il s'était retiré dès 1654. La seconde période littéraire du siècle est ouverte : Bossuet a commencé de prêcher devant Louis XIV (1662), dans la chapelle du Louvre ; il a prononcé,

---

1. Comparez les *Mémoires du marquis de la Fare*, p. 151. — La Rochefoucauld semble avoir exprimé toute la philosophie de ce renoncement dans sa 19e réflexion diverse : *De la retraite :* voyez ci-après, p. 345.

2. Saint-Beuve, *Port-Royal*, tome III, p. 275.

3. Tome X, livre II, édition de 1653, p. 675.

4. On sait que *le Cid* est de 1636, *Héraclius* de 1647 ; entre ces deux dates se placent *Horace, Cinna, Polyeucte* (1639, 1640), puis *Pompée, le Menteur, Rodogune* (1641-1645).

à la fin de la même année, sa première oraison funèbre [1], et
la cour et la ville se pressent à ses sermons ; Boileau écrit
ses premières satires [2] ; Racine s'apprête à débuter [3] ; et Molière
vient de s'établir à Paris et d'inaugurer la comédie de mœurs [4].

Près de cette littérature à la forte séve fleurit une littérature
d'un genre plus menu, éclose, en pleine conversation, dans la
tiède atmosphère des ruelles et des salons : c'est à celle-là que
se rattache le nom de la Rochefoucauld. A la controverse, à la
passion polémique, fort à la mode au seizième siècle, le dix-
septième avait substitué, pour un temps, la causerie aimable et
enjouée. De 1631 à 1634, le fameux hôtel de Rambouillet fut
le cercle brillant où l'on se forma à la décence, au bel air, à la
politesse et à la galanterie. L'honnète homme par excellence
pour cette société était précisément celui qu'a défini l'auteur
des *Maximes* et dont il semble avoir aspiré lui-même à présenter le type : de la hauteur dans les sentiments, de la bravoure, de grandes manières, de la libéralité, avec une pointe
de persiflage dans l'esprit ; c'était le mélange, d'ailleurs voulu
et prémédité, du genre espagnol et de l'italien avec le bon goût
français, le bon goût d'alors. Quant à la théorie de la *spiri-
tualité de l'amour*, dont Julie d'Angennes força le pauvre Montausier à faire l'expérience durant quatorze ans, elle eut généralement plus de succès dans les livres que dans la pratique ;
on a vu que la Rochefoucauld, pour son compte, ne se crut
point obligé de pousser par l'exemple à la propagation de cette
doctrine outrée.

Les habitués les plus célèbres de l'hôtel de Rambouillet
furent, dans la première période : Mlle de Scudéry, Balzac [5],
Voiture [6], Conrart, Patru, Scarron, Rotrou, Bensserade, Saint-
Évremond et Ménage. L'auteur de *Mélite*, puis du *Cid* et d'*Horace* y venait lire ses pièces ; les hommes les plus graves, les
meilleurs esprits, étaient alors pleins de vénération pour cette
sorte d'académie, qui, ayant entrepris, en haine de ce qui lui

1. Celle du P. Bourgoing, 4 décembre 1662.

2. 1660 à 1668.

3. *La Thébaïde* est de 1664, *Alexandre* de 1665, *Andromaque*
de 1667.

4. En 1659, avec *les Précieuses ridicules*.

5. Mort en 1654. — 6. Mort en 1648.

semblait trivial, de *dévulgariser* l'esprit et le langage, fit la
faute de dépasser le but et d'exagérer la réforme. Mme de
Longueville, au temps où elle était encore Mlle de Bourbon,
avait paru dans ce salon littéraire [1] ; la Rochefoucauld lui-
même l'avait traversé à dix-huit ans, à côté du futur duc
de Montausier, âgé de vingt et un ans. Puis les guerres civiles de la Régence étaient venues suspendre ces réunions.
Les gentilshommes, encouragés par les belles *alcovistes*, étaient
allés tirer l'épée pour ou contre la cour ; dès lors, « le temps
de la bonne Régence » était fini [2]. La belle Julie elle-même
avait quitté Paris pour suivre son mari M. de Montausier
dans son gouvernement d'Angoumois. Après la Fronde, l'hôtel
de Rambouillet rouvrit ses portes, mais sans retrouver sa
vogue et son éclat ; il s'était d'ailleurs formé, à côté du cercle
de la rue Saint-Thomas-du-Louvre, des cénacles imitateurs
qui outraient malheureusement les défauts de la société mère,
sans en garder les qualités ; le purisme y devint de l'affectation, et le bon air de la minauderie. La province, de tout
temps en retard, eut ses ruelles, juste au moment où les
ruelles devenaient de plus en plus « précieuses » et même
« ridicules ». Ce sont ces sociétés d'admiration mutuelle, c'est
cette « préciosité » en quelque sorte de reflet que raille Molière
dès 1659, dans sa célèbre comédie. A Paris, la plupart des
chevaliers et des suivantes d'*Arthénice* tenaient salon à leur
tour, Mlle de Scudéry, Mademoiselle de Montpensier, Mmes de
Sablé, de la Fayette, de Sévigné. La Rochefoucauld est l'hôte
le plus assidu et le plus fêté de ces nouvelles réunions, où il a,
tour à tour, deux femmes pour Égéries [3], d'abord Mme de Sa-

1. Voyez V. Cousin, *la Jeunesse de Mme de Longueville*, 7e édition, p. 147-151.

2. On connaît les vers de Saint-Évremond :

> J'ai vu le temps de la bonne Régence,
> Temps où régnoit une heureuse abondance,
> Temps où la ville aussi bien que la cour
> Ne respiroient que les jeux de l'amour.
>
> (*Épître à Ninon de l'Enclos, OEuvres mêlées de Saint-*
> *Évremond*, édition de M. Giraud, tome II, p. 539.)

3. « On pourrait donner à chacune des quatre périodes de la vie
de M. de la Rochefoucauld le nom d'une femme, comme Héro-

blé, la *Parthénie* du *Grand Cyrus*, dans le salon de laquelle il fait ou trouve en grande partie ses *Maximes*, puis la comtesse de la Fayette, auprès de laquelle il les revoit et les corrige dans une intimité de quinze années.

Dès 1659, la marquise de Sablé, atteinte de cette mélancolie janséniste qui s'emparait, comme une sorte de pieuse contagion, des grandes dames du temps, avait quitté la place Royale, où elle recevait l'élite de la société lettrée, pour se retirer au faubourg Saint-Jacques, à Port-Royal de Paris, dans un corps de logis qu'elle s'était fait bâtir, « à la fois séparé du monastère, et renfermé dans son enceinte[1]. » Là elle sut mêler agréablement les devoirs du monde à ceux de la piété. A part certains accès, certaines vapeurs soudaines de dévotion claustrale[2], on peut dire qu'elle ne tenait d'abord qu'à demi à l'austère maison : son esprit comme sa demeure, avait fenêtres donnant sur la communauté, mais porte ouverte sur le monde. La marquise paraît n'avoir rien changé, dans sa retraite, aux délices vantées de sa table ; elle avait beau faire, disait ce spirituel bossu Pisani, le diable ne voulait point sortir de chez elle : « il s'était retranché dans la cuisine[3]. » Mme de Sablé, née avec le siècle, n'avait

dote donne à chacun de ses livres le nom d'une muse. » (Sainte-Beuve, *Portraits de femmes*, édition de 1845, p. 262, dans l'article LA ROCHEFOUCAULD, placé à la suite de celui de MME DE LA FAYETTE, et publié d'abord dans la *Revue des Deux Mondes* de janvier 1840.)

1. V. Cousin, *Madame de Sablé*, 3e édition, p. 100.

2. Ses amis se plaignent souvent soit de son silence, soit de n'être pas admis auprès d'elle : voyez, au tome III, les *lettres*, 66, 69, 78, 79.

3. Les portefeuilles manuscrits du docteur Vallant (Bibliothèque nationale, Fr. 17 044-17 057), qui fut, on le sait, le médecin et le secrétaire de Mme de Sablé, sont pleins de détails curieux à cet égard. La marquise tenait école de cuisine et de drogueries fines ; elle échangeait avec ses amis toutes sortes de secrets culinaires et de recettes pharmaceutiques ; tantôt il s'agit d'un hydromel, « aussi bon, dit Vallant, que le meilleur vin d'Espagne, » tantôt d'une pommade, d'une pâte, d'une marmelade, ou d'une omelette singulièrement compliquée ; on trouve aussi des instructions sur la façon de mariner le mieux possible un aloyau ou une poitrine de mouton ; puis un mémoire en deux pages in-folio, « sur les moyens de tenir le ventre libre, » etc. Voyez lesdits portefeuilles, entre autres, tome IV, fol. 171, 177, 317 ; tome IX, fol. 80, 299, 304. — Or la

point trempé dans la Fronde[1] ; c'était, avant tout, un esprit sain, exempt de chimères, sans inclinations héroiques et d'un équilibre parfait ; une puriste, du reste : à cela seul on s'apercevait qu'elle avait jadis fréquenté l'hôtel de Rambouillet. Qui donc n'y avait point fait son stage de belles-lettres? Mme de Sévigné elle-même ne se souvenait-elle pas en souriant d'avoir été une précieuse? Le salon de Mme de Sablé offrait donc le charme d'un coin neutre, d'un terrain de conciliation, où le mérite personnel était tout. Dans ce milieu choisi, la Rochefoucauld, sans y penser, pour ainsi dire, se fit homme de lettres.

« J'écris bien en prose, je fais bien en vers[2], dit-il (ci-après, p. 8) dans son *Portrait fait par lui-même*, dont nous parlerons tout à l'heure, et si j'étois sensible à la gloire qui vient de ce côté-là, je pense qu'avec peu de travail je pourrois m'acquérir assez de réputation. » La gloire du prosateur repose sur les plus solides fondements ; nous avions espéré pouvoir aussi donner à nos lecteurs le moyen d'apprécier sinon le poëte éminent, au moins l'habile versificateur. Nous savions qu'un recueil manuscrit de pièces de vers portant le nom de la Rochefoucauld était aux mains d'un érudit qui se proposait d'en faire l'objet d'un sérieux examen ; il nous avait, nous pouvons dire, promis de publier dans notre Collection, comme annexe aux *OEuvres*, le fruit de son travail, accompagné des pièces qu'il jugerait authentiques. Nous avons en vain attendu plusieurs années ; nous n'avons pas même pu voir le manuscrit, savoir d'où il venait, si c'était celui où M. Charavay avait reconnu l'écriture du duc, le recueil de poésies mentionné par Cousin dans son histoire de *Madame de Sablé*[3], et que M. Éd. de Barthélemy croit être le volume C disparu, nous dit-il, de la bibliothèque de

Rochefoucauld, comme bien des goutteux, dit-on, était très-friand (voyez, dans notre tome III, p. 148-164, les *lettres* 65, 69, 70 et 74) ; la bête en lui, non moins que l'esprit, trouvait son compte dans l'hospitalière maison du faubourg Saint-Jacques.

1. Voyez *Madame de Sablé*, chapitre III.

2. Nous ne trouvons dans les *Lettres* à rapprocher de ces mots : *en vers*, qu'un passage de la 54e, à Esprit, dont on peut induire qu'il est auteur d'un livret d'opéra, qu'il communique à celui-ci et à Mme de Sablé, pour en avoir leur avis.

3. Page 146, note 1.

la Roche-Guyon[1]. Le lecteur partagera nos regrets, qu'il était de notre devoir de lui exprimer : non pas que dans ce mystérieux recueil, s'il est vraiment de la Rochefoucauld, on puisse s'attendre à trouver la verve et le souffle poétiques ; mais il eût été, en tout cas, curieux de voir si notre auteur mettait dans sa versification ces qualités délicates de style et ce souci minutieux de la forme par lesquels se distinguent les *Maximes*.

C'était alors le plus beau moment de cette littérature aimable et facile qui, née à l'hôtel de Rambouillet, se développa, côte à côte, avec les romans de longue haleine mis à la mode par d'Urfé[2]. Chez la belle Arthénice, c'était de petits vers, de sonnets, de rondeaux, de quatrains que les beaux esprits faisaient assaut. Parfois on rédigeait en forme de roman des histoires véritables du temps[3]. Ailleurs, au Luxembourg, chez Mademoiselle de Montpensier, on cultivait le genre des *Portraits*. La Rochefoucauld, qui fréquenta aussi ce salon, s'y peignit lui-même en passant[4]. Enfin, chez Mme de Sablé, on jouait aux *sentences* et *maximes*, et c'est là qu'à force, en quelque sorte de se piquer au jeu, notre auteur a fait le beau livre que l'on connaît. « Ôtez la société du Luxembourg, dit avec raison Cousin, et les *Divers Portraits* de Mademoiselle, vous n'auriez jamais eu le *Portrait de la Rochefoucauld par lui-même* ; de même, ôtez la société de Mme de Sablé et la passion des sentences et des pensées qui y régnait, jamais la Rochefoucauld n'eût songé ni à composer ni à publier son livre[5]. »

Cela est vrai, et l'illustre fortune de ce livre des *Maximes* n'en doit pas faire oublier l'origine un peu frivole. En littérature comme en politique, la Rochefoucauld, esprit vif, éveillé, ingénieux, est homme d'occasion, n'a ni l'attaque ni l'initiative ; il vient ici à la suite d'une femme, et d'un écrivain de troi-

----

1. *Œuvres inédites de la Rochefoucauld, Préface,* p. 7 et 8.

2. *L'Astrée,* 1610.

3. Voyez, au chapitre III de *la Jeunesse de Mme de Longueville,* p. 257-265, l'*Histoire d'Agésilan et d'Isménie.*

4. *Portrait du duc de la Rochefoucauld fait par lui même,* publié en 1659, dans un recueil intitulé : *Recueil des portraits et éloges en vers et en prose :* voyez ci-après (p. 1-11) ce portrait et la notice qui le précède.

5. *Madame de Sablé,* 2de édition, p. 137.

sième ordre, Mme de Sablé et Jacques Esprit[1] ; mais cette fois
du moins, plus heureux et plus habile que dans les intrigues de
la Fronde il ne tarde pas à devancer ses guides, à prendre le
pas, et, dès qu'il l'a pris, il le garde. Imitateur quant au genre,
n'ayant pas même toujours le mérite de l'idée, il a celui de la
mise en œuvre ; avec un talent merveilleux, il travaille et cisèle
la matière légère que parfois d'autres lui ont fournie : *in tenui
labor, at tenuis non gloria*[2], et, chose rare en tous les temps,
d'un succès de salon et de ruelles il se fait un titre de gloire
que le temps a confirmé.

Il serait oiseux de revenir en détail sur la façon dont furent
composées les *Maximes* de la Rochefoucauld ; c'est un chapitre
de notre histoire littéraire aujourd'hui connu de tout le monde,
et que chacun peut reconstruire à l'aide du recueil de *lettres*
publié dans le tome III de notre édition. Un sujet de sentence,
mis sur le tapis, soit chez le duc[3], soit chez Mme de Sablé,
dans son salon du faubourg Saint-Jacques, était discuté en
petit comité ; chacun donnait son mot, son avis ; le travail se
continuait même par lettres, comme le prouve la correspondance de la Rochefoucauld[4]. Pour ce dernier, cette sorte de
critique à la ronde était la pierre de touche ; le goût sûr de

1. L'année même de la mort de Mme de Sablé (1678), on publia un petit recueil de ses *Maximes et Pensées diverses* : « C'est plus
judicieux que piquant, dit Sainte-Beuve ; le tour y manque, ou
du moins n'y est pas excellent. Ce sont des épreuves d'essai : la
Rochefoucauld seul a la médaille parfaite. » (*Port-Royal*, tome V,
p. 69). — Le livre d'Esprit a pour titre : *la Fausseté des vertus humaines*, 2 vol. in-12, Paris, 1677-1678.

2. Virgile, *Géorgiques*, livre IV, vers 6.

3. Il logeait à la fin de sa vie, comme nous le voyons par son
acte de décès (ci-après, p. xcii, note 4), et sans doute habita dans
ses dernières années, rue de Seine, dans l'ancien hôtel de Liancourt, devenu l'hôtel de la Rochefoucauld en 1674, à la mort de
son oncle maternel, Roger du Plessis (voyez notre tome III,
p. 16, note 1), qui eut pour unique héritière sa petite-fille, mariée,
en 1659, à François VII, fils de notre auteur : voyez ci-après
l'appendice vi (p. cx).

4. On voit dans le tome XIII, fol. 122, des *Portefeuilles de Vallant*,
qu'il y avait comme un greffier de ces sentences ; à la fin d'une copie
de lettre, non signée, se lisent ces mots : « Je vous supplie, Madame,

Mme de Sablé la rendait très-propre à cette entremise littéraire ; mais, il ne faut pas s'y tromper, lorsque la sentence,
après avoir couru les salons et les alcôves, revenait à la Rochefoucauld, celui-ci, par un dernier tour de main, lui imprimait
définitivement la marque propre de son style et de son humeur.
« Il y a, lisons-nous dans le *Grand Cyrus* [1], un biais de dire
les choses qui leur donne un nouveau prix ; » c'est par ce biais,
dans la bonne acception du mot, que triomphait le noble écrivain. Formé non par l'étude mais par l'expérience des intrigues, il mit tout de suite dans son style des facultés de finesse un
peu subtile et de réflexion laborieuse, cet art poussé jusqu'à
l'artifice, qu'il avait en vain déployés pour sa fortune politique. Ces maximes cherchées, trouvées, élaborées une à une,
allaient merveilleusement à son esprit indolent et mélancolique,
qui avait une admirable pénétration, mais qui, ce semble, manquait d'étendue, qui excellait dans le détail, mais que nous
ne voyons apte à rien concevoir d'ensemble. N'avoir à la fois
qu'une seule idée, qu'on tourne et retourne en tous sens,
arriver par ce labeur patient, qui, au fond, est plaisir plus
encore que labeur, à ce qu'on appellait *le grand fin, le fin du
fin* : quelle manière douce et commode d'être occupé, très-
occupé même au hasard et au jour le jour, pour un homme
qui, de sa vie, n'avait eu dans sa conduite ni plan ni méthode !
quelle occasion aussi de se soulager des mécomptes subis, de
calomnier les hommes pour se venger de ne les avoir pu gouverner, d'ôter les masques enfin et de faire voir ces *dessous
de cartes* dont parle Mme de Sévigné [2]!

Il y avait bien six ou sept ans que la Rochefoucauld travaillait à ses *Maximes*, lorsqu'il se résolut à les publier. Elles
parurent en 1665, la même année que les *Contes de la Fontaine*. On sait qu'à ce moment solennel de la mise au jour, il y
eut, sous la présidence de Mme de Sablé, une dernière consultation des beaux esprits des deux sexes : la comtesse de Maure,
la princesse de Guémené, la duchesse de Liancourt, Mme de

de vouloir bien donner à celui qui a le greffe de nos sentences copie de celles que je vous envoie, en cas que vous les approuviez. »
1. Tome X, livre II, p. 892.
2. *Lettre* du 24 juillet 1675, tome III, p. 522.

Schonberg, Éléonore de Rohan, et Mme de la Fayette s'ex-
primèrent sur l'ouvrage avec plus ou moins de franchise et de
vivacité[1]. Les hommes, en général, approuvaient ; mais les
femmes se trouvaient prises au dépourvu. Tant que les *Maximes*
avaient été colportées de bouche en bouche et la porte close,
toutes les belles amies de l'auteur les avaient goûtées sans trop
de scrupule ; mais c'est une terrible chose qu'un livre imprimé ;
on découvrit tout à coup, et non sans raison, bien des pensées
scabreuses dans ces sentences qui désormais allaient courir
librement le monde. Le moyen que ces grandes dames mis-
sent ou parussent mettre leur visa à certaines maximes sur
l'honnêteté et la chasteté des femmes, telles que la 204e et
la 205e, qui sont dans le manuscrit autographe, se trouvent
déjà dans la 1re édition et ont dû leur être communiquées[2] ?

De là, dès cette première épreuve, dans ce tribunal intime,
une pluie de critiques et de réfutations ; l'ouvrage ayant été
composé, préparé du moins, en commun, on craignait de se
voir compromis dans une sorte de complicité avec l'auteur.
Heureusement les *Maximes* n'en furent pas moins imprimées,
mises en vente, et eurent, en peu d'années, un grand nombre
d'éditions, que la Rochefoucauld revit avec soin. A vrai dire,
il passa le reste de ses jours à perfectionner et à refaire son
œuvre ; il se concentra tout entier dans ce livre, je ne dirai
pas le plus vrai, le plus confirmé par l'universelle expérience
humaine, mais le plus éprouvé et, si l'on veut me permettre
cette expression, le plus *vécu* qui fut jamais. Les *Maximes*, en
effet, ce sont encore des *Mémoires*, mais des *Mémoires* ha-
chés menu. Sous la gravité épigrammatique du trait tient souvent tout un épisode de l'histoire d'une âme, et la confidence
est d'autant plus intime et précieuse qu'elle semble être mieux
couverte sous l'apparente généralité de l'idée. Ce livre, c'est
là son charme et aussi son défaut, n'est qu'une suite d'observations particulières, l'œuvre, comme dit Sainte-Beuve, d' « un

1. Voyez ci-après, à la fin du tome I, p. 371-399, les *Jugements
des contemporains sur les Maximes.*

2. Voyez ci-après, aux pages 111 et 112, et à la note 1 de la
page 112. Nous ne parlons pas de la *maxime* 367 (p. 173), bien
moins respectueuse encore ; elle n'a paru que dans la 4e édition.

grand observateur positif[1] ; » une réunion de souvenirs et
d'impressions individuelles, érigées en vérités absolues, ou
faussées, dénaturées d'une autre manière, par les exigences
d'un badinage de salon. La Rochefoucauld n'y peint pas
l'homme en général, comme Pascal[2], mais seulement la cour
et la ville ; sous mainte *maxime* se place, comme de lui-même,
un nom propre, et la clef, pour une bonne partie de l'ouvrage,
est facile à faire. Ces sentences sont vraies, si l'on veut, mais
d'une vérité passagère et étroite, qui ne dépasse pas tel moment et tel personnage. Se laisser prendre à cet air de généralité que la Rochefoucauld a donné à ses *Maximes*, ce serait
aller au delà des vues qu'avait et avouait l'auteur lui-même.
Si son expérience et ses rancunes y ont souvent déposé des
opinions malignement acquises sur les hommes et les choses,
il arrive souvent aussi que chez lui l'artiste, le bel esprit sacrifie la vérité à la saillie. Ôtez les ciselures du style et l'ap-
pareil laborieux de profondeur, que reste-t-il en beaucoup
d'endroits? un fond banal et commun. Ôtez l'écrivain, que de-
meure-t-il du penseur? un homme qui a découvert la malice
des singes et le venin des serpents. Son originalité n'est guère
que d'avoir retrouvé ou mis partout cette malice et ce venin.
Le public du temps ne s'y est pas trompé : dans ces sentences
absolues et tranchantes, dans cette théorie tout d'une pièce,
il n'a vu qu'une forme piquante et paradoxale sur une matière
assez indifférente en soi ; ce qu'il y avait pourtant de sérieux
dans l'œuvre, c'était le dépit dont, après tout, la Rochefoucauld, plein d'une « amertume sans mélange[3], » s'était ainsi
soulagé.

Peu à peu, les relations, d'abord très-suivies, devinrent plus
rares entre Mme de Sablé et la Rochefoucauld ; l'étroite
liaison de la marquise avec Mme de Longueville, rattachée à
Port-Royal par sa pénitence, contribua sans doute à éloigner
le duc de la compagnie du faubourg Saint-Jacques. Vers la fin
de l'année 1665, la Rochefoucauld, qui n'avait eu jusqu'alors
qu'un commerce de politesse avec Mme de la Fayette, se rap-

1. *Port-Royal*, tome III, p. 238.
2. Voyez *ibidem*, p. 427 et suivantes.
3. *Ibidem*, tome I, p. 408.

proche d'elle de plus en plus, et, en 1665, 1666, l'intimité
semble être complète. Sainte-Beuve, dans son article sur
Mme de la Fayette[1], a déduit cette date de 1665, 1666, d'une
lettre écrite par elle à Mme de Sablé, qu'il avait trouvée à
la Bibliothèque royale[2]. On voit par cette lettre, dit-il,
« que vers le temps de la publication des *Maximes* (1665), et
lors de la première entrée dans le monde du comte de Saint-
Paul (*le second fils de Mme de Longueville, dont notre duc passait aux yeux de tous pour être le père*), il était bruit de cette
liaison (*devenue intime*).... comme d'une chose assez récemment établie. Or la publication des *Maximes* et l'entrée du
comte de Saint-Paul dans le monde, en la rapportant à l'âge
de seize ou dix-sept ans (*il était né le 28 janvier 1649*), con-
cordent juste et donnent l'année 1665 ou 1666. » Segrais nous
dit[3], et, après lui, Auger[4] et Petitot[5], que « leur amitié a duré
vingt-cinq ans, » ce qui là fait remonter dix ans plus haut, à
1655, puisque la Rochefoucauld mourut en 1680. Les deux
témoignages ne nous paraissent pas précisément contradictoires : de bonnes et amicales relations ont pu exister dès
1655, c'est-à-dire dès le temps même du mariage de Mme de
la Fayette ; mais l'intimité plus étroite, donnant lieu aux *dits*,

---

1. Cet article, publié dans la *Revue des Deux Mondes* du 1er septembre 1836, a été inséré dans le recueil intitulé *Portraits de
femmes*; l'endroit auquel nous renvoyons se trouve aux pages
524-526 de la *Revue*, et aux pages 235-238 de l'édition de 1845
dudit recueil de *Portraits*.

2. Nous donnons cette lettre, ci-après, à l'*appendice* VII (p. CXI),
et M. Gilbert a cité (p. 374 et 375) des extraits de deux autres
lettres qui confirment, croyons-nous, la conjecture de Sainte-
Beuve. L'illustre critique se trompait toutefois, comme nous le
dirons, quand il croyait avoir le premier découvert cette pièce.

3. *Segraisiana* (1722), p. 102.

4. *Notice sur la vie et les ouvrages de Mme de la Fayette*, p. VI, en
tête des OEuvres, 1804.

5. *Collection des Mémoires*, 2de série, tome LXIV, *Notice sur
Mme de la Fayette*, p. 342. — Le texte de Petitot fixe bien, comme
nous le disons, le commencement de la liaison à 1655 ; mais, en
note, une curieuse faute d'impression substitue à cette date la nôtre,
1665.

comme parle la lettre, aux propos du monde[1], est postérieure de dix années.

La comtesse, mariée en 1655, était veuve : depuis combien d'années ? nous ne le savons pas au juste ; mais le plus jeune de ses fils était né en 1659. Elle habitait rue de Vaugirard, en face du petit Luxembourg, un charmant hôtel avec un jardin où il y avait « un jet d'eau, un petit cabinet couvert,... le plus joli petit lieu du monde pour respirer à Paris[2]. » Là se rencontrait une docte et spirituelle société : Huet, la Fontaine, Ménage, Mme de Sévigné, Segrais, la Rochefoucauld, parfois Monsieur le Prince, « le héros, » dont elle était « si amie, » nous dit Saint-Simon[3], et qui demeurait dans le voisinage. Mme de la Fayette avait toutes les qualités du rôle qu'elle remplit si assidûment auprès de l'auteur des *Maximes* : plus

1. Et ces propos ne ménageaient pas tous la vertu de la comtesse. Un contemporain, le sieur Guillard, écrit, en 1689, dans un article de ses *Généalogies*[a], que l'on a « fait de petites railleries d'elle parce qu'elle souffroit avec plaisir l'attache que le feu duc de la Rochefoucauld avoit pour elle. » La médisance est moins polie dans une chanson du temps[b], où Mme de la Fayette est désignée sous le nom de la *nymphe Sagiette* et son ami sous celui du *berger Foucault*; Petitot (tome LXIV, p. 342, note 2) en cite quelques lignes auxquelles le nom propre très-significatif de *Saucourt* (*Soyecourt*) donne un sens fort clair et fort libre.

2. *Mme de Sévigné*, lettre du 24 juillet 1676, tome IV, p. 542. — Mme de la Fayette était fille d'Aymar de la Vergne, maréchal de camp. C'est lui sans doute que la *Topographie historique du vieux Paris*, de MM. Berty et Tisserand (région du Bourg Saint-Germain, p. 328), désigne par ce nom : « le sieur de la Vergne, » comme ayant acheté des religieuses du Calvaire, en 1640 (sa fille avait alors six ans, et quatorze ou quinze quand elle le perdit), une partie d'un grand jardin faisant le coin occidental de la rue Férou. L'acte de décès de Mme de la Fayette dit bien que son hôtel, où elle mourut en 1693, était « rue de Vaugirard, proche la rue Férou » : voyez le *Dictionnaire de Jal*, p. 720 et 721.

3. *Mémoires de Saint-Simon*, édition de 1873, tome IV, p. 397. — Voyez la *lettre de Mme de Sévigné* du 29 juillet 1676, tome IV, p. 549.

a Bibliothèque nationale, *Fonds Gaignières*, Fr. 25187, p. 30. Publié dans le *Cabinet historique*, tome IV, 1858, p. 212.

b Chansonnier, Fr. 12639, p. 177.

de solidité que d'éclat, plus de fond sensé que de vivacité d'esprit, une merveilleuse tendresse d'âme unie à « cette divine
raison, » que Mme de Sévigné nomme[1] « sa qualité principale. » Elle savait le latin presque aussi bien que Ménage et
le P. Rapin, qui le lui avaient appris ; mais elle n'en faisait
point parade, afin de ne pas attirer sur elle la jalousie des
autres femmes. C'était, en outre, une femme d'affaires, ayant
l'entente des procès[2] ; son esprit était grand, mais « elle avoit,
nous dit Segrais[3], le jugement au-dessus de son esprit ; elle
aimoit le vrai en toutes choses et sans dissimulation. C'est ce
qui a fait dire à M. de la Rochefoucauld qu'elle étoit *vraie*[4],
façon de parler dont il est auteur et qui est assez en usage. »

Née en 1633 ou 1634, elle devait, d'après ce que nous
venons de dire, avoir trente-deux ou trente-trois ans quand la
Rochefoucauld, âgé, lui, de cinquante-deux ou cinquante-trois,
s'abrita définitivement sous son aile. Il semble toutefois que
l'ancien Frondeur ait eu, à ce moment même, un vague retour et comme une secousse passagère d'ambition. Nous savons en effet[5] qu'il brigua, vers 1665, la charge de gouver-

1. *Lettre* du 3 juin 1693, tome X, p. 108.

2. « Mme de la Fayette, qui s'entendoit en toutes choses sans
ostentation, s'entendoit aussi en procès, et ce fut elle qui empêcha que M. de la Rochefoucauld ne perdît le plus beau de ses
biens, lui ayant fourni les moyens de prouver qu'ils étoient substi-
tués. » (*Segraisiana*, p. 102). — Gourville, qui eut avec elle quelques
aigres démêlés (voyez ci-après, p. LXXXI), notamment à propos de
la capitainerie de Saint-Maur, et qui, par suite peut-être, la goûte
beaucoup moins que ne fait Segrais, dit dans ses *Mémoires* (p. 459)
qu'elle « présumoit extrêmement de son esprit, » puis ajoute
malignement : « Elle passoit ordinairement deux heures de la ma-
tinée à entretenir commerce avec tous ceux qui pouvoient lui être
bons à quelque chose, et à faire des reproches à ceux qui ne la
voyoient pas aussi souvent qu'elle le desiroit, pour les tenir tous
sous sa main, pour voir à quel usage elle les pouvoit mettre chaque
jour. »

3. *Segraisiana*, p. 45.

4. Voyez, dans le *Lexique de Mme de Sévigné*, à l'article VRAI,
divers exemples de ce mot appliqué ainsi à des personnes.

5. Voyez, au tome III, p. 185, la *lettre* 87, à Mme de Sablé. —
M. Ch. Dreyss, dans son introduction aux *Mémoires de Louis XIV*

neur du Dauphin, laquelle fut donnée, en 1668, au duc de
Montausier. Deux ans après, il se rend à l'armée, comme simple volontaire[1], et, malgré la goutte qui le tourmente, il est
au camp devant Lille. Au retour, le Roi lui fait un gracieux
accueil ; mais, quelles qu'eussent été peut-être ses secrètes espérances, cette reprise de bon vouloir ne profita, pour le
moment, qu'à un de ses fils, le troisième, qui fut pourvu de
l'abbaye de Fondfroide[2]. La Rochefoucauld se console, avec
une philosophie quelque peu mélancolique, de ne pas mieux
reconquérir la royale faveur : « Je suis venu ici (*au camp*),
écrit-il au comte de Guitaut, et on me traite assez bien. » Il
trouvait un doux dédommagement dans l'affection toujours
croissante de Mme de la Fayette, qui était pour lui ce que
Mme de Maintenon ne fut pas toujours pour Louis XIV vieillissant : elle l'éclairait en le calmant. Bien qu'elle fût « quelquefois lasse de la même chose[3], » elle ne se lassa jamais de cette
douce occupation ; la Rochefoucauld conserva jusqu'au bout,
chez elle, la bonne place auprès du foyer. Ce fut entre eux
un échange touchant de protection affectueuse et de reconnaissance attendrie, une de ces amitiés mixtes que rien n'altère. Faits pour se plaire, se goûter, se comprendre, même à
demi-mot, ils se laissèrent aller de tout cœur à ce charmant
commerce, qui devint bientôt aussi nécessaire à l'un qu'à
l'autre[4]. Tous deux avaient horreur du ridicule, de ce ridicule
des vieilles gens, dont parlent certaines *maximes*[5]. Mme de
la Fayette, dont nous venons de dire l'âge au début de cette
amitié, croyait-elle, comme son héroïne la princesse de Clèves,
qu'une femme ne peut être aimée, passé vingt-cinq ans[6] ? La
Rochefoucauld s'imaginait-il, de son côté, avoir mis d'avance

(tome I, p. LXX-LXXIII), insiste sur le peu de vocation de l'auteur
des *Maximes* pour de telles fonctions.

1. Voyez, au tome III, p. 194-196, la *lettre* 94, à Guitaut, du
20 août 1667.

2. Il prit le nom d'abbé de Marcillac ; auparavant il se nommait, nous dit son père, M. d'Anville : voyez la même *lettre* 94.

3. *Ibidem*, lettre du 6 mars 1671, tome II, p. 97.

4. *Mme de Sévigné*, lettre du 17 mars 1680, tome VI, p. 312.

5. Voyez les *maximes* 408, 418.

6. Voyez *la Princesse de Clèves* (1678), tome I, p. 120.

entre elle et lui une barrière suffisante par le livre des
Maximes, ce froid et refroidissant testament d'une âme à jamais désenchantée? En tout cas, ils paraissent s'être engagés
l'un avec l'autre sur une sorte de convention tacite, propre à
« couper les ailes à l'amour [1], » tout en laissant son plein essor
à l'esprit. Jusqu'à quel point cette clause délicate fut-elle ob-
servée? Ces longues conversations, ces fines analyses morales
où se mêlaient et se délectaient ces deux âmes d'élite, n'abou-
tirent-elles qu'à des développements littéraires bons à transcrire sur le papier? Ne prit-on rien pour soi de ces beaux
sentiments qu'on prêtait aux personnages de romans? Nul ne
le sait; nul peut-être n'a le droit de s'en enquérir, car nous
sommes ici en présence d'une de ces liaisons nobles et touchantes que la postérité est tenue de respecter comme l'a fait
l'élite des contemporains.

Grâce à Mme de la Fayette, la Rochefoucauld, cet homme
jadis si inconséquent, si aventureux dans la conduite, devient
un modèle de sagesse et de sens rassis. A vrai dire, il est toujours mélancolique ; mais sa mélancolie n'a rien de morose :
c'est le misanthrope le plus serviable et le plus honnête homme
qui se puisse voir [2]. Cette politesse accomplie, qu'on avait toujours admirée en lui, s'est affinée davantage encore au contact
des femmes et dans l'atmosphère des salons; une plaisanterie
de bon ton assaisonne tous ses entretiens. Amoureux, par-dessus
tout, de considération, comme au temps de ses chevauchées
ambitieuses, il gagne et retient les âmes sans effort. Il y a peu
d'hommes dont le commerce soit aussi sûr ; tel on l'a trouvé
la veille, tel on le retrouve le lendemain, et ce qu'on est une
fois dans sa maison, on l'y est toujours. Aussi est-il la figure
avenante et recherchée dans ce petit cercle choisi qui se rassem-
blait tour à tour à l'hôtel de Liancourt, ou rue de Vaugirard,

1. Expression de Mlle de Scudéry dans une lettre à Bussy, du
6 décembre 1675 : voyez la *Correspondance de Bussy*, édition Lalanne, tome III, p. 116.

2. « Je n'ai jamais vu, dit Mme de Sévigné (31 janvier 1680,
tome VI, p. 232), un homme si obligeant ni plus aimable, dans l'envie qu'il a de dire des choses agréables. » — Et ailleurs (22 août
1675, tome IV, p. 81) : « Demandez à la Garde : il vous dira s'il
y a un plus honnête homme à la cour et moins corrompu. »

au fond de cette plaisante maison dont nous avons parlé. Ce
n'était pas là un cénacle avant tout aristocratique, avec grande
vue sur le dehors, comme l'ancien hôtel de Rambouillet ; on
vivait surtout pour soi dans cette compagnie où assidûment
Mme de Sévigné apportait sa charmante et féconde vivacité,
Mme de la Fayette sa douceur attentive et sa raison un peu
sentencieuse, Segrais sa gracieuse rectitude d'esprit, Mme de
Thianges sa beauté. Parfois le cercle s'élargissait : Corneille,
Boileau, la Fontaine, Molière venaient s'y joindre. Tantôt c'était
l'auteur du *Cid* qui lisait chez la Rochefoucauld sa tragédie de
Pulchérie[1] ; tantôt c'était Molière qui y donnait lecture de sa
comédie des *Femmes savantes*[2], avant de lui faire affronter la
scène du Palais-Royal.

Ainsi les auteurs les plus célèbres prisaient fort l'approbation de la Rochefoucauld. Il était devenu comme un oracle du
bon goût ; il suggérait des sujets d'apologue à la Fontaine, qui
lui dédiait deux de ses fables les plus jolies[3]. En de certains
jours, le petit cénacle dînait chez l'évêque du Mans, M. de
Beaumanoir, ou chez la bonne marquise d'Huxelles, ou chez
Mme de Lavardin, où Mme de Sévigné lisait les lettres de
Mme de Grignan sa fille, qui avait inspiré à la Rochefoucauld
une affection véritable. D'autres fois on allait à la comédie,
ou s'amuser, à la foire, des exhibitions curieuses[4] ; ou bien on
se rencontrait, on se rendait ensemble à Saint-Maur, dans
cette jolie maison du prince de Condé, où nous savons que
Boileau lut son *Art poétique*[5] ; l'industrieux Gourville, qui,
depuis 1669, appartenait aux Condés[6], y faisait, au besoin,

---

1. *Mme de Sévigné*, tome II, p. 470, lettre du 15 janvier 1672.

2. *Ibidem*, p. 515, lettre du 1er mars 1672.

3. *L'Homme et son image ; les Lapins :* voyez ci-après, p. 399
et 400.

4. *Mme de Sévigné*, lettre du 13 mars 1671, tome II, p. 104.
— Sur l'affection de la Rochefoucauld pour Mme de Grignan,
l'intérêt qu'il semblait lui porter, voyez particulièrement les lettres
du 1er, du 17 et du 22 avril 1671, tome II, p. 137, p. 175 et
p. 180 ; et celles du 16 mai 1672, tome III, p. 73 et 74 ; du 6 novembre 1673, *ibidem*, p. 264 ; et du 26 mars 1680, tome VI, p. 328.

5. *Lettre* du 15 décembre 1673, tome III, p. 315 et 316.

6. Voyez les *Mémoires de Gourville*, p. 402 et 403.

« avec un coup de baguette..., sortir de terre » d'admirables soupers[1].

A Saint-Maur se rattachent quelques pages des *Mémoires de Gourville*[2], vraiment plaisantes à lire, et où revient plusieurs fois le nom de notre duc. Ce sont celles où il raconte ses démêlés avec Mme de la Fayette, dont nous avons dit un mot ci-dessus[3]. Ayant obtenu de Monsieur le Prince la capitainerie de Saint-Maur, où celui-ci n'allait plus jamais, Gourville se préparait à l'accommoder. A ce moment, nous raconte-t-il, « Mme de la Fayette, après avoir été s'y promener, me demanda d'y aller passer quelques jours pour prendre l'air. Elle se logea dans le seul appartement qu'il y avoit alors, et s'y trouva si à son aise, qu'elle se proposoit déjà d'en faire sa maison de campagne. De l'autre côté de la maison il y avoit deux ou trois chambres...; elle trouva que j'en avois assez d'une quand j'y voudrois aller, et destina, comme de raison, la plus propre pour M. de la Rochefoucauld, qu'elle souhaitoit qui y allât souvent. » Bref, elle fit à Saint-Maur un établissement si complet, y disposant à son gré des meubles, et y recevant société nombreuse, que Gourville, piqué, crut lui devoir rappeler, à la fin, que c'était à lui, non à elle, qu'on donnait la capitainerie. « Elle ne me l'a jamais pardonné, ajoute-t-il, et ne manqua pas de faire trouver cela mauvais à M. de la Rochefoucauld. Mais comme il lui convenoit que nous ne parussions pas brouillés ensemble, elle étoit bien aise que j'allasse presque tous les jours passer la soirée chez elle avec M. de la Rochefoucauld. »

A partir de 1671, époque où Segrais quitte le service de Mademoiselle et le Luxembourg, pour aller demeurer chez Mme de la Fayette, la liaison du duc et de la comtesse se resserre encore et devient, à proprement dire, une vie à deux. Mme de la Fayette n'a plus qu'une pensée, achever de *reformer* le cœur de la Rochefoucauld[4], le faire revenir de ses

---

1. *Lettre* du 8 juillet 1672, tome III, p. 140 et 141 ; et *lettre* du 15 octobre 1676, tome V, p. 102.

2. Pages 454-457. — 3. Page LXXVII, note 2.

4. On lit dans le *Segraisiana* (p. 28) : « Mme de la Fayette disoit de M. de la Rochefoucauld : « Il m'a donné de l'esprit, mais j'ai « reformé son cœur. » Et ailleurs (p. 100 et 101) : « Il donna de

aigreurs et de ses injustices contre les hommes et les choses. C'est sous l'influence salutaire de cette douce et sereine amie que le moraliste chagrin apporte à ses maximes tous ces correctifs qui se trouvent dans l'édition de 1672 et surtout dans celle de 1678, et qui atténuent un peu la malveillance première de l'ouvrage. Il est même probable que, si l'intime liaison avait commencé dix années plus tôt, le livre de la Rochefoucauld eût été autre qu'il n'est; mais peut-être, après tout, si la vérité y eût gagné, bien des lecteurs, plus amis du piquant que du vrai, y eussent-ils perdu. En même temps que, devenu plus satisfait de lui et du prochain, le duc émousse la pointe de quelques sentences, il s'efforce de faire disparaître de son œuvre, composée d'abord pour les femmes et les ruelles, certaines traces de *préciosité* et de mauvais goût. Malgré ce travail de correction, qui dura en réalité jusqu'à la mort de l'auteur, le livre garda néanmoins dans sa concision quelque chose de subtil et çà et là d'elliptique qui rebutait parfois Mme de Sévigné, cet esprit vif et clair avant tout, plein d'abondance et de suc. En 1672, elle écrivait à sa fille, en lui adressant un exemplaire de la nouvelle édition des *Maximes* : « Il y en a de divines; et, à ma honte, il y en a que je n'entends point[1]. » A coup sûr, c'était le cœur de la marquise, bien plus encore que son esprit, qui se refusait à comprendre.

Entre Mme de la Fayette et la Rochefoucauld il n'y avait pas seulement une alliance de cœur, il y avait aussi accord d'esprit et entente intellectuelle. Tous deux réagissent en littérature contre l'ampleur diffuse de bon nombre d'écrivains de leur temps et du temps immédiatement antérieur; tous deux appartiennent à cette école qui

D'un mot mis en sa place enseigna le pouvoir[2],

l'esprit et de la politesse à Mme de la Fayette; mais Mme de la Fayette régla son cœur. » Dans l'édition de 1722 on a sauté, dans le premier de ces deux endroits, *de* et *Il*, et construit ainsi : « Mme de la Fayette, disoit M. de la Rochefoucauld, m'a donné de l'esprit, etc. » La faute est évidente; le second passage la corrige.

1. *Lettre* du 20 janvier 1672, tome II, p. 472.
2. Boileau, *l'Art poétique*, chant I, vers 133.

et donna l'exemple de la sobriété et de la précision. La première œuvre de Mme de la Fayette avait été, on le sait, *la Princesse de Montpensier*, petite nouvelle qui, publiée en 1660, sous le nom de Segrais, avait eu un très-grand succès. En 1670 parut *Zayde*, qui, bien que tenant encore par les développements romanesques à l'école raffinée des d'Urfé et des Scudéry, avait néanmoins le mérite de mieux rentrer dans la vraisemblance et de substituer le langage naturel au style ampoulé. La Rochefoucauld est manifestement intervenu par sa critique, ses conseils, de détail au moins, dans la rédaction de ce livre[1]. Mais c'est principalement dans *la Princesse de Clèves*, terminée en 1672, et publiée en 1678, que la collaboration du duc se révèle[2]. Ce roman n'est déjà plus romanesque à la manière dont on l'entendait alors ; la passion vraie y a pris la place de l'amour précieux, et a mis en déroute cette légion de *mourants par métaphore*, dont se moquait Boileau[3]. Cette fois le cadre et le style de l'ouvrage ont la forme historique ; l'analyse délicate et fine des mouvements du cœur, le ton vrai du récit et toute l'allure des personnages feraient croire parfois qu'il s'agit d'une histoire réelle. Qui ne reconnaîtrait l'inspiration et comme le coup de plume de la Rochefoucauld, d'abord, pour une bonne part, dans cet exposé éloquent des intrigues de cour, puis dans ces pensées et maximes qui toujours interviennent à propos, et, par-dessus tout, dans

1. On en trouve la preuve dans un feuillet de son écriture, portant une retouche d'un passage du roman de *Zayde*, que nous avons reproduite au tome III, p. 10, à la fin de la *Notice* sur les *Lettres*.

2. « M. de la Rochefoucauld et Mme de la Fayette ont fait un roman des galanteries de la cour de Henri second, qu'on dit être admirablement écrit. Ils ne sont pas en âge de faire autre chose ensemble. » (*Lettre de Mlle de Scudéry à Bussy*, du 8 décembre 1677, tome III, p. 430, de l'édition de M. Lalanne.) — « Cet hiver, un de mes amis m'écrivit que M. de la Rochefoucauld et Mme de la Fayette nous alloient donner quelque chose de fort joli ; et je vois bien que c'est *la Princesse de Clèves* dont il vouloit parler. » (*Lettre de Bussy à Mme de Sévigné*, du 22 mars 1678, tome V des *Lettres* de celle-ci, p. 429.)

3. *Satire* IX, vers 264.

cette langue exquise, pleine de justesse et de mesure ? Assurément il y a là bien des traces de son expérience personnelle, et, dans tout ce travail en commun, un véritable unisson d'âmes et d'intelligences. « Il est touchant de penser, dit
le plus pénétrant des critiques[1], dans quelle situation particulière naquirent ces êtres si charmants, si purs, ces personnages
nobles et sans tache, ces sentiments si frais, si accomplis, si
tendres ; comme Mme de la Fayette mit là tout ce que son âme
aimante et poétique tenait en réserve de premiers rêves toujours chéris, et comme M. de la Rochefoucauld se plut sans
doute à retrouver dans M. de Nemours cette fleur brillante de
chevalerie dont il avait trop mésusé, et, en quelque sorte, un
miroir embelli où recommençait sa jeunesse. Ainsi ces deux
amis vieillis remontaient par l'imagination à cette première
beauté de l'âge où ils ne s'étaient pas connus et où ils n'avaient
pu s'aimer. »

Malgré tout, la fin de leur vie devait être triste : la Rochefoucauld souffrait cruellement de la goutte, dont il avait ressenti la première atteinte, à trente-neuf ans, dans son fameux voyage d'Agen à Paris[2], et, à partir de 1671, Mme de
la Fayette, elle aussi, ne cessa d'être malade. Dès le mois
d'octobre 1669, Gourville, portant à Verteuil la nouvelle de
la mort de Mme la princesse de Marcillac, trouva, nous dit-il[3],
« que M. de la Rochefoucauld ne marchoit plus ; les eaux de
Barèges l'avoient mis en cet état. » Mais ce sont surtout les
lettres de Mme de Sévigné qui nous permettent de suivre les
phases et progrès du mal chez le duc. En mars 1671, elle
nous le montre « criant les hauts cris.... au point que toute sa
constance étoit vaincue, sans qu'il en restât un seul brin, » et
souhaitant « la mort comme le coup de grâce[4]. » Quinze jours
après, la Rochefoucauld est dans son hôtel, « n'ayant plus
d'espérance de marcher. Son château en Espagne, c'est de se

1. Sainte-Beuve, *Portraits de femmes*, édition de 1845, p. 247
et 248, article sur *Mme de la Fayette*.
2. Voyez les *Mémoires*, p. 358, note 1.
3. *Mémoires de Gourville*, p. 408.
4. *Lettre* du 23 mars 1671, tome II, p. 125.

faire porter dans les maisons, ou dans son carrosse pour prendre l'air[1]. » Une semaine plus tard, Mme de Sévigné constate un mieux sensible ; elle écrit à sa fille chez Mme de la Fayette, chez qui elle fait, comme elle dit, son paquet : « M. de la Rochefoucauld que voilà vous embrasse sans autre forme de procès, et vous prie de croire qu'il est plus loin de vous oublier, qu'il n'est prêt à danser la bourrée : il a un petit agrément de goutte à la main, qui l'empêche de vous écrire dans cette lettre[2]. »

Les jours où la Rochefoucauld était paralysé par la souffrance, ses amis se réunissaient chez lui, ou chez Mme de la Fayette, quand il se pouvait faire transporter chez celle-ci. Mme de Marans surtout, qui appelait le duc son fils, et qu'on nommait, elle, « sa folle de mère[3], » et Mme de Sévigné s'y installaient, en quelque sorte, à demeure ; la dernière y faisait même, nous venons de le voir, sa correspondance, ses paquets[4]. Au printemps de l'année 1672, après un hiver brillant à l'hôtel de Liancourt, l'horizon s'assombrit de nouveau pour la Rochefoucauld. Mme de la Fayette, de plus en plus affaiblie par le mal et dévorée par la fièvre, se retire à Fleury-sous-Meudon, pour « se reposer, se purger, se rafraîchir[5]. » Lui, reste seul dans sa chaise de goutteux ; « il est dans une tristesse incroyable, et l'on comprend bien aisément ce qu'il a[6]. » Quelques jours après s'ouvre la fameuse campagne du Rhin, chantée par Boileau ; la Rochefoucauld, accablé de chagrin, voit tous ses enfants partir pour l'armée[7]. Au commencement du mois suivant (4 mai), il perd sa mère, Gabrielle du Plessis-Liancourt. Mme de Sévigné s'exprime sur le chagrin du duc de manière à en faire voir toute la profondeur :

1. *Lettre* du 10 avril 1671, tome II, p. 160.

2. *Lettre* du 17 avril 1671, tome II, p. 175.

3. Voyez les *lettres* de Mme de Sévigné du 22 avril 1671, tome II, p. 179, et du 4 mai 1672, tome III, p. 53.

4. Voyez la *lettre* du 10 avril 1671, et la *lettre* précitée du 17, tome II, p. 160 et p. 174.

5. *Mme de Sévigné, lettres* du 15 avril et du 13 mai 1672, tome III, p. 20 et p. 62.

6. *Lettre* du 15 avril 1672, tome III, p. 20 et 21.

7. *Lettre* du 27 avril 1672, tome III, p. 40.

« Il a perdu sa vraie mère[1], dit-elle, je l'en ai vu pleurer avec une tendresse qui me le faisoit adorer.... Le cœur de M. de la Rochefoucauld pour sa famille est une chose incomparable[2]. » Quelques mois plus tard arrive la nouvelle du passage du Rhin, suivie aussitôt de celle des pertes que la noblesse y avait faites. Il apprend que le prince de Marcillac a été grièvement blessé, que son quatrième fils, le chevalier, a été tué, ainsi que le duc de Longueville. « Nous étions chez Mme de la Fayette, dit Mme de Sévigné[3].... Cette grèle est tombée sur lui en ma présence.... Ses larmes ont coulé du fond du cœur, et sa fermeté l'a empèché d'éclater. » Plusieurs fois la marquise revient sur ce triste sujet : « J'ai vu son cœur à découvert dans cette cruelle aventure; il est au premier rang de ce que j'ai jamais vu de courage, de mérite, de tendresse et de raison. Je compte pour rien son esprit et son agrément[4]. » — « N'oubliez pas, dit-elle encore dans une lettre à sa fille, d'écrire à M. de la Rochefoucauld sur la mort de son chevalier et la blessure de M. de Marcillac; n'allez pas vous fourvoyer : voilà ce qui l'afflige. Hélas ! je mens : entre nous, ma fille, il n'a pas senti la perte du chevalier, et il est inconsolable de celui que tout le monde regrette[5]. »

1. Par comparaison avec ce qui est dit quelques lignes plus bas, dans la même lettre, de Mme de Marans : voyez ci-dessus, p. lxxxv.

2. *Lettre* du 4 mai 1672, tome III, p. 53.

3. *Lettre* du 17 juin 1672, tome III, p. 108 et 109.

4. *Lettre* du 20 juin 1672, tome III, p. 119.

5. C'est-à-dire du duc de Longueville (*Lettre* du 24 juin 1672, tome III, p. 121). — Charles-Paris d'Orléans, d'abord comte de Saint-Paul, était devenu duc de Longueville en 1671 par donation de son frère aîné, Jean-Louis-Charles d'Orléans, qui, entré dans les ordres, mourut, le dernier de sa maison, en 1694. Charles-Paris était né, on le sait, à l'Hôtel de Ville de Paris, le 29 janvier 1649. Henri-Louis de Brienne (tome II, p. 240, des *Mémoires* déjà cités) parle de son extrème ressemblance avec le duc de la Rochefoucauld, dont il était fils en effet. Il avait été question de le marier avec Mademoiselle, puis avec la sœur de l'Empereur, ce qui lui eût valu le trône de Pologne à la place de Michel Coribut Wiesniowiecki. L'affaire semblait être sur le point de se conclure, lorsqu'il fut tué (*Mémoires de Mademoiselle*, tome IV, p. 397 et 398). Le Roi ne l'aimait pas, et ne voulut pas lui donner le

On comprend qu'après cela, malgré ses succès de salon et ses succès littéraires, auxquels il était également sensible, malgré l'amitié caressante de Mme de la Fayette et de Mme de Sévigné, la mélancolie de la Rochefoucauld, si rudement atteint dans son corps et dans son âme, n'ait fait que s'accroître dans les dernières années de sa vie. Il y a deux choses dont il nous parle dans ses *Maximes* avec une persistance significative : l'ennui, auquel il ne trouvait de remède que dans son extrémité même[1], et cette indolence, qu'il appelle la paresse, et qui, telle qu'il la définit, n'est autre que le découragement[2]. Dès le mois d'août 1671, il avait cédé sa duché-pairie à son fils aîné, « politique et complaisant[3], » partant fort bien en cour, pourvu d'une bonne pension, puis, plus tard successivement, avant la mort de son père, du gouvernement du Berri, à la place de Lauzun (décembre 1671), de la charge de grand maître de la garde-robe[4] (octobre 1672), et enfin de celle de

gouvernement de Normandie. Mademoiselle (*ibidem*, p. 399) dit qu'il avait « un air fort méprisant. » La vérité est qu'il parlait peu, et avec beaucoup d'esprit, comme son père. Comme son père aussi, son père naturel bien entendu, il était fort aimé des dames : Mme de Thianges, Mme de Brissac, la marquise d'Huxelles et autres, qui voulaient l'accompagner en Pologne, et qui, à sa mort, portèrent le deuil. Il y eut, dit Mme de Sévigné (tome III, p. 142), « un nombre infini de pleureuses. » Ce duc de Longueville laissait de Mlle de la Ferté un fils naturel, le chevalier de Longueville, tué plus tard à Philipsbourg (1688) par un soldat qui tirait une bécassine. — La douleur de Mme de Longueville ne fut pas moins vive que celle de la Rochefoucauld ; c'était à faire *fendre le cœur*, dit Mme de Sévigné (20 juin 1672, tome III, p 113-115), et elle ajoute : « J'ai dans la tête que s'ils s'étoient rencontrés tous deux dans ces premiers moments, et qu'il n'y eût eu que le chat avec eux, je crois que tous les autres sentiments auroient fait place à des cris et à des larmes, qu'on auroit redoublés de bon cœur : c'est une vision. »

1. *Maxime* 532.

2. Voyez les *maximes* auxquelles renvoie la *Table* du tome I, aux articles Ennui et Paresse.

3. Mot de Louis XIV lui-même, en 1682 (*Portefeuilles de Vallant,* tome VIII, fol. 364).

4. C'est en lui donnant cette charge, en 1672, que le Roi avait écrit au prince de Marcillac ce billet qui parut à tous alors une

grand veneur (juillet 1679)[1]. Mme de Sévigné nous dit elle-même que la Rochefoucauld n'avait point d'autre faveur que celle dont jouissait son fils le prince de Marcillac[2]. A Versailles, il est vrai, quand le duc y allait, le Roi l'accueillait avec toutes sortes d'égards[3] ; mais, si bonne contenance que fît l'ancien Frondeur, au fond il souffrait sans aucun doute de son effacement forcé[4]. Parfois, quand sa santé le lui per-

si grande marque de faveur ; nous l'avons retrouvé dans les *Portefeuilles de Vallant* (tome VII, fol. 183), avec cette suscription : « A M. de Marcillac en lui donnant la charge de grand maître de la garde-robe » : « Je vous envoie Lagybertie vous porter une nouvelle qui ne vous sera pas désagréable. Je m'en réjouis comme votre ami, et vous le donne comme votre maître. — Louis. »

1. Voyez, ci-après, l'*appendice* IX, p. CXVI.

2. *Lettre* du 15 décembre 1673, tome III, p. 316.

3. M. de la Rochefoucauld ne bouge plus de Versailles, dit en plaisantant Mme de Sévigné (20 novembre 1673, tome III, p. 283) ; le Roi le fait entrer et asseoir chez Mme de Montespan, pour entendre les répétitions d'un opéra (l'Alceste, *de Quinault et Lulli*) qui passera tous les autres. » — La marquise dit cependant, peu de temps après, dans la lettre du 15 décembre citée tout à l'heure, qu'il « n'a point d'autre faveur que celle de son fils, qui est très-bien placé. Il entra, l'autre jour, comme je vous l'ai déjà mandé, à une musique chez Mme de Montespan : on le fit asseoir ; le moyen de ne le pas faire ? cela n'est rien du tout. »

4. C'était au moins l'avis de plus d'un de ses contemporains ; il est exprimé dans cette note du *Chansonnier* (Bibliothèque nationale, Ms. Fr. 12 619, p. 557 et 558) : « Le duc de la Rochefoucauld voyant le prince de Marcillac, son fils, dans une espèce de faveur auprès du roi Louis XIV, tant à cause des charges de grand maître de la garde-robe de Sa Majesté qu'il avoit, et de grand veneur dont il venoit d'être pourvu, qu'à cause de la confidence du Roi qu'il avoit alors, personne n'étant mieux que lui auprès de son maître ; le duc de la Rochefoucauld, dis-je, qui se sentoit un esprit supérieur, du savoir, de la capacité, beaucoup de talents, une grande naissance jointe à la dignité de duc et pair, et avec cela beaucoup d'ambition, eût peut-être été aise de profiter de la faveur de son fils pour se faire goûter au Roi, et entrer par là dans le ministère. Mais comme Michel le Tellier, chancelier de France, et François-Michel le Tellier, marquis de Louvois, son fils, secrétaire d'État au département de la guerre, étoient tous deux

mettait, il se rendait soit à Chantilly, soit, non loin de là,
à Liancourt. En septembre 1676, il fait même, en compagnie
de Gourville, un voyage dans le Poitou, et il y mène, par exception, joyeux train, allant « comme un enfant, » dit Mme de
Sévigné[1], voir Verteuil rebâti et les lieux où il avait chassé
avec tant de plaisir. Pendant ce temps, Mme de la Fayette était
à Saint-Maur, avec « son mal de côté. »

ministres d'État, aussi bien que J.-B. Colbert, aussi secrétaire
d'État et contrôleur général des finances, il falloit débusquer l'une
de ces deux familles pour pouvoir entrer dans le Conseil étroit
du Roi. Le duc de la Rochefoucauld avoit attaqué la première et
lui rendoit tous les mauvais offices qu'il pouvoit en secret,... tant
par le moyen du prince de Marcillac, qui parloit confidemment
au Roi, que par toutes les autres voies qu'il pouvoit imaginer. »
Voici du reste le couplet auquel est jointe cette note :

> La Rochefoucauld, ce guerrier
> Dans la Fronde si redoutable,
> Contre la race du Tellier
> En catimini fait le diable,
> Et si ce matois de ligueur
> Ne leur fait mal, il leur fait peur.

L'alliance dont nous parlons au paragraphe suivant rend plus
qu'improbable cette sourde guerre, au moins au temps où la place
l'annotateur, d'après qui elle serait postérieure à la nomination
de Marcillac à la charge de grand veneur, c'est-à-dire au mois de
juillet 1679, qui est l'année même où le petit-fils de notre duc
épousa, en novembre, la fille de Louvois.

Un second couplet, très-méchant pour le prince de Marcillac :

> A la cour il est soutenu
> De la ganache formidable
> Du gros Marcillac, devenu
> Homme important et fort capable,

est commenté d'une façon grossièrement désobligeante.

1. *Lettre* du 7 octobre 1676, tome V, p. 90. Voici ce que
Gourville (*Mémoires*, p. 469 et 470) raconte de ce voyage : « Au
commencement de septembre 1676, je fis un voyage en Angoumois
avec M. de la Rochefoucauld, M. le marquis de Sillery et M. l'abbé
de Quincé. Comme il y avoit longtemps que M. de la Rochefoucauld n'avoit été dans ce pays-là, il fut visité d'un grand nombre
de noblesse des provinces voisines ; et, après avoir resté quelques
jours à Verteuil, il alla faire une pêche dans la Charente de Mon-

L'année 1679 fut marquée pour la Rochefoucauld par une belle journée. Son petit-fils François de la Roche-Guyon épousa un des grands partis de France, Madeleine-Charlotte le Tellier, fille de Louvois. Langlade avait fait ce mariage, qui fut célébré avec une grande pompe le 23 novembre[1] ; le cadeau de noces du Roi fut magnifique[2] : brevet de duc sur la terre de la Roche-Guyon, survivance, pour le jeune époux, des charges de grand veneur et de grand maître de la garde-robe.

Le duc eût pu goûter un autre genre de satisfaction en se faisant élire à l'Académie française. Le célèbre érudit Huet, le futur évêque d'Avranches, sous-précepteur du Dauphin depuis 1670 et membre de l'Académie depuis 1674, avait fait une démarche auprès de Mme de la Fayette pour qu'elle engageât son ami à se mettre sur les rangs. Dans sa correspondance, conservée à la Bibliothèque nationale, sont les copies de deux billets, sans date, de la comtesse, qui rappellent cette invitation et le refus qui l'accueillit :

Je m'en vais envoyer votre lettre à M. de la Rochefoucauld. Je ne vous réponds de rien : il a la goutte, et ce seroit même une excuse pour n'être pas reçu en forme[3].

Du même jour.

M. de la Rochefoucauld vous est sensiblement obligé de l'envie que vous avez de l'avoir dans votre compagnie ; mais il vous supplie de vous contenter de cette bonne intention, et d'empêcher qu'on ne pense à lui. Je ne saurois assez vous dire quelle est sa reconnoissance. Il me prie de vous en assurer, et il vous conjure aussi de témoigner à tous vos Messieurs combien il leur est obligé

tignac, où l'on prit plus de cinquante belles carpes, dont la moindre avoit plus de deux pieds. J'en fis porter une bonne partie à la Rochefoucauld, où ces Messieurs allèrent coucher ; et, comme j'en étois encore capitaine, je me chargeai d'en faire les honneurs. On servit quatre tables pour le souper ; mais, le lendemain, il en fallut bien davantage pour ceux qui venoient faire leur cour à M. de la Rochefoucauld. » En retournant à Paris, on s'arrêta à Basville, chez MM. de Lamoignon.

1. *Lettres de Mme de Sévigné* du 24 et du 29 novembre 1679, tome VI, p. 99, 105 et 106.

2. *Ibidem*, p. 86, *lettre*, sans date de mois, de 1679.

3. *En forme* corrige *dans les formes*.

et avec quelle joie il recevroit l'honneur qu'ils lui veulent faire, s'il s'en croyoit digne[1].

Mme de la Fayette avait, dit le manuscrit, ajouté ces mots sur l'adresse : « Il vous iroit remercier sans qu'il a la goutte. » En outre, au bas du feuillet portant ces deux copies, on lit ceci : « Dans ses notes manuscrites, Huet parle de cette démarche faite, au nom de plusieurs de ses confrères, auprès de l'auteur des *Maximes*, et il ajoute : « M. de la Rochefoucauld refusa « toujours de prendre place à l'Académie, parce qu'il était ti- « mide et craignoit de parler en public[2]. »

L'année suivante, 1680, s'annonça mal pour le duc et pour son amie. Celle-ci, en proie à de cruelles souffrances, ne quitte plus le lit, cherchant à se soutenir à l'aide du fameux bouillon de vipère tant prisé au dix-septième siècle[3]. Son âme cependant est toujours sereine : « C'est assez que d'être, » disait-elle, se résignant à son état maladif. La Rochefoucauld, de plus en plus goutteux, en est réduit aux empiriques : il a recours au frère Ange, religieux qui passait pour faire des cures merveilleuses ; puis il s'adresse au médecin anglais Talbot[4].

1. *Correspondance de Huet*, 3 volumes in-4°, Ms. Fr. 15 188, tome I, p. 34.

2. Voyez l'autobiographie latine de Huet, publiée sous le titre de *Commentarius de rebus ad eum pertinentibus* (Amsterdam, 1718, p. 317), et la traduction française, sous le titre de *Mémoires*, de M. Ch. Nisard (1853, in-8°, p. 195 et 196).

3. Voyez au tome III, p. 155, 156 ; et *Mme de Sévigné, lettre* du 20 octobre 1679, tome VI, p. 58.

4. Ce médecin, dont le vrai nom était Tabor, avait, l'année précédente, guéri le Dauphin d'une fièvre quarte, au moyen d'un remède nouveau, le quinquina infusé dans du vin. Louis XIV lui acheta son secret et le rendit public. Mme de Sévigné, dans sa *lettre* du 13 mars à laquelle nous renvoyons ci-dessous, montre (p. 310) Gourville s'opposant à ce qu'on emploie pour son ancien maître le remède ordonné par « l'Anglois » (voyez l'*appendice* VIII, p. CXV). — Ajoutons, dès à présent, que si Gourville ne parle qu'une fois et très-incidemment (p. 460) de la mort de la Rochefoucauld, cela tient à ce que ses *Mémoires* ont, de 1677 à 1681, une lacune certaine. Nous le voyons, dans une autre lettre de Mme de Sévigné (26 mars 1680, tome VI, p. 328), couronner, en cette triste et dernière occasion, « tous ses fidèles services... ; il est esti-

Leurs remèdes ne lui réussissent pas mieux que n'avaient fait les eaux de Barèges ; il devient évident, dès le mois de mars, que sa goutte remonte[1]. Le 15, Mme de Sévigné écrit à Mme de Grignan[2] : « Je crains bien que nous ne perdions cette fois M. de la Rochefoucauld ; sa fièvre a continué ; il a reçu hier Notre-Seigneur ; mais son état est une chose digne d'admiration : il est fort bien disposé pour sa conscience, voilà qui est fait. » Ce dernier mot est comme un cri de soulagement chez la marquise ; il trahit le genre de souci qui préoccupait l'entourage du duc ; on avait eu peur évidemment que ce philosophe, que Port-Royal avait en vain assiégé de toutes parts, ne mourût dans l'endurcissement de l'impénitence. Il n'en fut rien ; ce fut Bossuet qui lui administra les sacrements et recueillit son dernier soupir. « Il voulut expirer entre ses bras, dit le cardinal de Bausset dans son *Histoire de Bossuet* (tome II, p. 12), et être soutenu, dans ce grand combat de la vie et de la mort, par cet homme qui savait si bien parler de l'éternité à ceux à qui le temps est prêt à échapper. » Nous savons par Bourdelot, un des médecins qui l'assistèrent, que, jusqu'à la fin, du moins jusqu'à l'agonie même (voyez la page suivante), il garda sa connaissance[3]. Le corps fut présenté à Saint-Sulpice et porté de là chez les Cordeliers de Verteuil en Poitou[4].

Il quitta ce monde dans la nuit du 16 au 17 mars 1680, juste au second anniversaire de la publication de *la Princesse de Clèves*, et presque une année après Mme de Longueville, qui s'était éteinte aux Carmélites le 15 avril 1679[5]. Avant de mourir, il fit brûler tous ses papiers. « Il a bien fait, écrit à Bussy Rabutin le marquis de Trichâteau le 1er avril 1680[6],

---

mable et adorable par ce côté-là de son cœur, au delà, dit-elle, de ce que j'ai jamais vu : il faut m'en croire. »

1. *Lettre* de Mme de Sévigné du 13 mars 1680, tome VI, p. 307.

2. *Lettre* du 15 mars 1680, *ibidem*, p. 309.

3. Voyez l'*appendice* VIII, p. CXV.

4. *Dictionnaire de Jal*, p. 739. — Voici l'acte de décès que Jal a copié dans le registre de Saint-Sulpice : « Messre François, duc de la Roch., pair de France et chevr des ordres du R., décéda en son hôtel, rue de Seine, le 17 mars 1680, âgé de soixante-six ans. »

5. Voyez l'*appendice* VIII, p. CXV.

6. *Correspondance de Bussy*, édition Lalanne, tome V, p. 96.

de brûler ses papiers, si cela lui pouvoit faire de l'embarras en l'autre monde ; mais je crois que celui-ci a perdu d'aimables amusements. » Le jour même de la mort, le dimanche 17, Mme de Sévigné écrit à sa fille, la tête toute « pleine de ce malheur et de l'extrême affliction » de Mme de la Fayette ; elle lui raconte comment le duc, la veille encore, semblait revenir à la santé, si bien que chacun autour de lui « chantoit victoire ; » tout à coup le mal avait redoublé ; l'oppression et les *rêveries*, c'est-à-dire le délire, l'avaient saisi, et il était mort étranglé « traitreusement » par la goutte, en quatre ou cinq heures, « dans cette chaise que vous connoissez. » Avec quelle éloquence du cœur la marquise, dans cette même lettre, parle de « l'horreur des séparations » ! M. de Marcillac, dit-elle, est bien triste, « mais il retrouvera le Roi et la cour ; toute sa famille se retrouvera en sa place ; mais où Mme de la Fayette retrouvera-t-elle un tel ami ?... Elle est infirme, elle est toujours dans sa chambre, elle ne court point les rues ; M. de la Rochefoucauld étoit sédentaire aussi : cet état les rendoit nécessaires l'un à l'autre ; rien ne pouvoit être comparé à la confiance et aux charmes de leur amitié[1]. » Le 20 mars, jour où l'on transporta le corps du duc à Verteuil, Mme de Sévigné reprend sa lettre inachevée : « Il est enfin mercredi, écrit-elle. M. de la Rochefoucauld est toujours mort, et M. de Marcillac toujours affligé.... La petite santé de Mme de la Fayette soutient mal une telle douleur[2]. » Le 22, on lit encore dans une lettre de la marquise : « M. de Marcillac est affligé outre mesure ; son pauvre père est sur le chemin de Verteuil fort tristement[3]. » Le 26 : « Jamais homme n'a été si bien pleuré[4]. » Trois mois après, cette grande plaie se cicatrise : « On serre les files, il n'y paroît plus[5]. » Il y avait cependant au monde une personne pour laquelle la résignation étoit moins facile : c'était Mme de la Fayette ; elle ne savait plus que faire d'elle-même[6] ; la vue seule de l'écriture de son ami la faisait pleurer[7] : le

---

1. Voyez tome VI, p. 311-313. — 2. *Ibidem*, p. 315.
3. *Ibidem*, p. 324. — 4. *Ibidem*, p. 328.
5. *Lettre* du 5 juin 1680, *ibidem*, p. 439.
6. *Lettre* du 3 avril 1680, *ibidem*, p. 338.
7. *Lettre* du 12 avril 1680, *ibidem*, p. 354.

temps, « si bon aux autres[1], » ne pouvait qu'augmenter sa tristesse. Elle vécut treize années encore, d'une vie toute languissante, tournée vers la religion, et mourut le 3 juin 1693[2].

J. Gourdault.

1. *Lettre* du 22 mars 1680, tome VI, p. 324.

2. L'impression de cette Notice était entièrement achevée quand a paru, dans la *Revue des Deux Mondes* du 15 septembre 1880, à l'occasion d'une récente découverte faite dans les Archives d'État de Turin, une retouche du portrait de Mme de la Fayette, une nouvelle étude sur son caractère, qui nous la montre entretenant activement une correspondance diplomatique, çà et là frivole par le sujet, çà et là peu édifiante, qui étonne sous sa plume, et la continuant l'année même de la mort de la Rochefoucauld. Nous ne pouvons nier que la lecture de ces lettres ne modifie en partie l'idée qu'on aimait à se faire de leur auteur, mais nous ne croyons pas qu'on puisse induire de cette trouvaille que ses regrets de la perte de son ami n'aient pas été vifs et profonds et qu'elle ne soit pas demeurée fidèle à sa douleur.

Au reste, le changement que ces lettres de Turin apportent à l'appréciation qui a eu cours jusqu'ici est-il vraiment tout à fait inattendu ? Que nous apprennent-elles surtout ? Que Mme de la Fayette fut et demeura, plus longtemps qu'on ne l'eût cru, agissante, affairée, qu'elle poussait loin, trop loin, le désir de plaire, le besoin d'influence, l'amour des hautes, puissantes et utiles liaisons. Ses contemporains, ses amis ignoraient-ils absolument ce trait de son caractère, cet emploi de son activité ? Sans reparler de Gourville, mécontent et blessé, donc témoin suspect[a], pesons ce que Mme de Sévigné écrit à Mme de Grignan, dans sa lettre du 26 février 1690[b], c'est-à-dire dix ans après la mort de la Rochefoucauld : « Voyez, dit-elle, comme Mme de la Fayette se trouve riche en amis de tous côtés et de toutes conditions : elle a cent bras, elle atteint partout ; ses enfants savent bien qu'en dire, et la remercient tous les jours de s'être formé un esprit si liant ; c'est une obligation qu'elle a à M. de la Rochefoucauld, dont sa famille s'est bien trouvée. »

Ne suffit-il pas de forcer et grossir un peu ces coups de pinceau pour cesser d'être surpris de ce qu'il y a d'entregent, de facilité complaisante, peu scrupuleuse même, dans ce commerce épistolaire, dans ces relations entretenues en haut lieu ?

[a] Voyez ci-dessus, p. lxxvii, note 2, et p. lxxxi.
[b] *Lettres de Mme de Sévigné*, tome IX, p. 474.

APPENDICES

DE LA NOTICE BIOGRAPHIQUE.

I

(Voyez p. 11 et note 2.)

ACTE DE BAPTÊME DE FRANÇOIS VI DE LA ROCHEFOUCAULD.

Extrait du *Dictionnaire critique de biographie et d'histoire*, où Jal l'a cité
textuellement, à peu près en entier (p. 739).

Le 15 septembre 1613, à deux heures et demie après midi,
naquit, rue des Petits-Champs, un enfant qui, le 4 octobre suivant,
fut baptisé à l'église Saint-Honoré, sous le nom de François « fils
de Messire compte (*sic*) de la Rochefoucault, prince de Marcillac,
cons^r du R. en ses conseils d'Estat et priué, et m^e de sa garde-
robe, et de Mad. Gabrielle duplaissis (*sic*), sa femme. »

Le parrain fut « Rév. père en Dieu, Mess^{re} François, cardinal de
la Rochefoucault ; » la marraine « Mad. Antoinette de Ponce, marquise de Guercheville, dame d'hon[neur] de la R. et épouse de
Mre Charles duplaissies (*sic*), chev^r de l'ord. du R., premier escuyer
d'honneur du R., lieut^t g^l pour Sa Maj. en la ville et prevosté de
Paris, seig^r de Liencourt et autres lieux. »

Le baptême fut administré par « Rév. père en Dieu, Mre Ant. de
la Rochef., » évêque d'Angoulême, avec la permission de Mgr l'archevêque de Paris.

II

(Voyez p. 11 et suivantes.)

GÉNÉALOGIE

DE FRANÇOIS VI, AUTEUR DES *MAXIMES*[1],

à partir de son quadrisaïeul FRANÇOIS I, *premier comte de la Rochefoucauld, seizième descendant de* FOUCAULD I.

François I, premier comte de la Rochefoucauld, seigneur de Marcillac, de Barbezieux, Montendre, Montguyon, etc., chambellan des rois Charles V[III et] Louis XII, tint sur les fonts de baptême le roi François Ier (1494); mort en 1516. — Femmes : 1re (1470) Louise de Crussol; 2de Barbe du Bois.

1er *lit.* François II (voyez ci-après).	Antoine, tige de la seconde branche de Barbezieux.	Hubert.	Louis mort sans alliance.	Jacquette, femme de François, vicomte de Rochechouart.	Anne, femme de François, seigneur de Pompadour.	2^d *lit.* Louis, tige des seigneurs de Montendre et de Surgères.	Jean, évêque de Mende.	Catherine-Claud[e] femme de Joach[im] de Chabannes baron de Curt[on]

François II, comte de la Rochefoucauld, prince de Marcillac, mort en 1533. — Femme : (1518) Anne de Polignac, dame de Randan.

François III (voyez ci-après).	Charles, tige de la branche de Randan.	Jean, abbé de Marmoutiers etc.	Louise et Françoise, abbesses de Saintes,	Marie prieure de Poissy.	Françoise femme de Frédéric de Foix, comte de Candale.

François III, comte de la Rochefoucauld et de Roucy, etc., chevalier de l'ordre du Roi, pris à la bataille de Saint-Quentin (1557), tué à la Saint-Barthélemy (1572). — Femmes : 1re (1552) Silvie Pic de la Mirandole; 2de (1557) Charlotte de Roye, comtesse de Roucy[2].

1er *lit.* François IV (voyez ci-après).	2^d *lit.* Josué, comte de Roucy, tué à Arques (1589).	Henri, mort sans alliance.	Charles, tige de la branche de Roucy.	Benjamin, mort sans alliance.	Magdeleine femme de Juste-Louis, seigneur de Tournon.	Isabelle, femme de Jean-Lo[uis] de la Rochefoucauld, comte de Randan, son cous[in]

François IV, comte de la Rochefoucauld, etc., tué par les Ligueurs devant Saint-Yrier-la-Perche (1591). — Femme : (1587) Claude d'Estissac.

François V (voyez ci-après).	Benjamin, baron d'Estissac, tige de la branche d'Estissac.	Élisabeth[3], abbesse de Saint-Sauveur d'Évreux.	Marie-Catherine, femme de Henri de Lezai-Lezignom, comte de Lezai.	Marguerite, religieuse aux Carmélites du faubourg Saint-J[acques]…

François V, premier duc de la Rochefoucauld, né le 5 septembre 1588, chevalier des ordres du Roi, mort le 8 février 1650. — Femme : (1611) Gab[rielle] du Plessis-Liancourt, fille de Charles du Plessis, seigneur de Liancourt, chevalier des ordres du Roi, et d'Antoinette de Pons, marquise de Guerchevi[lle].

François VI (voyez ci-après).	Louis, né le 23 déc. 1615, dit l'abbé de Marcillac, tenu sur les fonts à Poitiers, par le Roi et la Reine, évêque de Lectoure (1646), † le 5 déc. 1654	Charles-Hilaire, chevalier de Malte, né le 14 juin 1628, † en 1651.	Aimery, né le 13 mai 1633 † jeune.	Henri, né le 27 juillet 1634, abbé de Sainte-Colombe, de Notre-Dame de Celles, de la Chaise-Dieu et de Fontfroide, † le 16 décembre 1708[4].	Marie-Élisabeth, née le 10 août 1617, abbesse de St-Sauveur d'Évreux, † le 22 octobre 1698	Catherine, née le 25 octobre 1619, abbesse de Charenton, puis du Paraclet.	Marie-Catherine, née le 16 février 1622; femme (1638) de Louis-Roger Brûlart, marquis de Puisieux et de Sillery, † le 7 mars 1698.	Antoinette-Jeanne, née le 20 mars 1623, † en 1647.	Gabrielle-Marie, née le 13 décembre 1624, abbesse du Paraclet, puis de Notre-Dame de Soissons, † en novembre 1693.	Anne-Françoise, née le 20 avril 1626, coadjutrice de St-Sauveur d'Évreux † en 1685.	Lou[ise], née le 19 ja[nvier] 16[..], religi[euse] à St-Sa[uveur] d'Év[reux] † en…

François VI, duc de la Rochefoucauld, né le 15 septembre[5] 1613, baptisé le 4 octobre suivant, chevalier des ordres du Roi, mort le 17 mars 168[0]. Femme : (1628) Andrée de Vivonne, fille unique et héritière d'André de Vivonne, seigneur de la Châteigneraie, et de Marie-Antoinette de Lom[énie].

François VII (voyez ci-après).	Charles, né le 29 septembre 1635, chevalier de Malte, abbé de Molesmes, † le 19 novembre 1692.	Henri-Achille, né le 8 décembre 1642, chevalier de Malte, abbé de Fontfroide, de Beauport, puis de la Chaise-Dieu, † le 19 mai 1698.	Jean-Baptiste, dit le chevalier de Marcillac, né le 19 août 1646, tué en Allemagne dans la campagne de 1672.	Alexandre, né en avril 1655, abbé de Beauport et de Molesmes, après ses frères, † le 16 mai 1721.	Marie-Catherine, née le 22 février 1637, † le 5 octobre 1711.	Henriette, née le 15 juillet 1638, † le 3 novembre 1721.	Françoise, née le 9 août 1641, † le 22 mars 1708.

François VII, duc de la Rochefoucauld, né le 2 septembre 1634, baptisé le 15 du même mois, grand veneur de France, grand maître de la garde-robe du [roi], chevalier de ses ordres, mort le 11 janvier 1714. — Femme : (1659) Jeanne-Charlotte du Plessis-Liancourt, sa cousine, fille unique de Henri du Plessis, [duc] de la Roche-Guyon, et d'Elisabeth de Lannoy, et petite-fille et héritière de Roger du Plessis, duc de la Roche-Guyon, et de Jeanne de Schonbe[rg].

1. Voyez la Généalogie insérée au tome IV (p. 426-430) du *P. Anselme*; notre *Tableau* offre quelques divergences, puisées, croyons-nous, à bonne so[urce].
2. Voyez la fin de cet appendice II, p. o.
3. Le P. Anselme omet les trois filles, sœurs de François V, ajoutées aux deux fils chez Moréri et dans la *Généalogie* de 1654, citée ci-après.
4. Voyez, à l'*appendice* 1 du tome III (p. 230 et note 4), la mention de deux fils de plus, dont le souvenir s'est perdu.
5. Date de mois rectifiée, comme plus bas celle de la naissance de François VII, d'après le *Dictionnaire de Jal*, où, pour cette dernière, on a im[primé] par mégarde, comme date d'année, 1644 pour 1634.

Il a paru, au milieu du dix-septième siècle, un livre intitulé :
« Généalogie de la très-grande, très-ancienne et très-illustre maison
de la Rochefoucaut. Imprimé aux despens de Monsieur de Roissac [1].
M.DC.LIV », in-4°.

L'exemplaire qui est au Cabinet des titres de la Bibliothèque
nationale (Dossier bleu la Rochefoucauld 15 120) est chargé de corrections, de notes manuscrites, qui paraissent être de la main de
d'Hozier. Au verso du feuillet de titre de l'exemplaire, annoté
lui aussi, qui est à la Réserve du département des imprimés (L 3^m
539), on lit cette note : « Avec des remarques prises sur celles
qu'a faites M. d'Hozier dans le sien. » L'annotateur du volume
du Cabinet relève durement les hautes prétentions affichées dans
les premières pages, ces « visions, dit-il, dont on gâte ordinairement toutes les généalogies. » La préface débute par un second
titre qui montre en quoi ces visions consistent :

« Briève description généalogique de la très-grande.... maison
de la Rochefoucaut..., où est prouvée sa descente depuis Sigisbert
roi d'Austrasie, fils de Clotaire premier du nom, roi de France,
jusqu'à présent, de père en fils. »

Plus modeste est la généalogie que nous avons citée dans la
Notice (p. II), et qui fut imprimée, environ trente ans plus tôt,
avec ce titre : « Généalogie de l'ancienne et illustre maison de
la Rochefoucauld, dressée sur les chartes, titres et histoires plus
fidèles, par André du Chesne, G. [Généalogiste] du Roi.... A Paris.
M.DC.XII. » Du Chesne ne remonte pas au delà de Foucauld I
et va jusqu'à François V.

Dans les lettres d'érection, plusieurs fois citées, de 1622, il est
dit que François V témoigne, par les preuves qu'il a données de
son courage et de sa fidélité, « être digne successeur des comtes
de la Rochefoucauld, issus de l'illustre maison de Lusignan, qui
ont eu cet honneur d'être entrés en des alliances royales [2]. » On
peut voir ce qui est dit dans l'*Histoire généalogique* [3] de cette tradition conjecturale de descendance des Lezignem ou Lusignan, de
la manière dont l'abbé le Laboureur a cherché à l'établir, et de
l'opinion d'André du Chesne, qui n'a pas encore, dit-il, trouvé
« la vraie jonction ».

---

1. Dans les deux exemplaires que mentionnent les lignes suivantes, une note
manuscrite ajoute : « et dressée par lui-même. » — M. de Roissac, en 1654,
était Léonor de la Rochefoucauld, petit-fils du 4° fils de Louis de La Rochefoucauld, aîné du 2^d lit de François I de la Rochefoucauld et tige des marquis
de Montendre et de Surgères.

2. *Histoire généalogique* du P. Anselme, tome IV, p. 415.

3. *Ibidem*, p. 418.

SUR LE TITRE DE COUSIN ET LE TABOURET.
(Extrait d'un mémoire de d'Hozier.)

« Les ducs de la Rochefoucauld sont traités de cousins par rapport à leur dignité[1], depuis 1622 que le comté de la Rochefoucauld fut érigé en duché ; mais je ne crois pas que les princes de Marcillac, fils aînés des ducs de la Rochefoucauld, aient aucun titre, ni même d'anciens exemples d'avoir été traités de cousins.

« La terre de Marcillac érigée en principauté ne donne aucune prérogative à son possesseur, et il y a plus d'apparence qu'en dres·sant quelque expédition pour les princes de Marcillac, on se sera servi pour modèle de celles faites pour les ducs leurs pères, et que la qualité de cousin s'y sera glissée. Le père de M. le duc de la Rochefoucauld d'aujourd'hui[2], n'étant que prince de Marcillac, fut fait gouverneur de Poitou en 1646, et dans les provisions il est traité de cousin. Son père avoit eu le même gouvernement.

« Le même prince de Marcillac se trouva engagé dans la rébellion des Parisiens, l'an 1649, et le prince de Conty, qui étoit à la tête de ce parti, demanda, dans ses propositions de paix, de procurer les honneurs du Louvre au prince de Marcillac, et le tabouret à sa femme. Après que le Roi eut accordé à la noblesse la révocation des rang et prérogatives extraordinaires, et avant que les nouveaux brevets donnés aux maisons de Rohan et de Bouillon eussent éclaté, Sa Majesté accorda, le 10 novembre 1649, un brevet au prince de Marcillac pour l'assurer qu'aucune personne de sa naissance, rang et condition, ne seroit honorée du tabouret, que la même grâce ne lui fût accordée, comme au fils aîné de la maison de la Rochefoucauld, pour la princesse de Marcillac, sa femme. Il se trouva depuis fortement engagé dans le parti de M. le prince de Condé, à la seconde guerre de Paris, sous le nom de duc de la Rochefoucauld, son père étant mort au mois de février 1651 (*lisez* 1650). Monsieur le Prince demanda pour lui, dans les propositions de paix qu'il donna à la cour l'an 1651, qu'on lui accordât un pareil brevet à celui de MM. de Bouillon et de Guémené, avec le gouvernement d'Angoumois et Xaintonge, cent vingt mille livres d'argent, et permission de vendre ce gouvernement ; mais ces propositions ne furent pas acceptées.

1. Nous avons vu plus haut (p. III et note 1) les aînés de la famille traités de cousins par les rois, lorsqu'ils n'étaient encore que comtes, donc sans rapport à leur « dignité, » par laquelle d'Hozier, on le voit, entend ici le titre de duc.

2. Le Mémoire est daté de 1696. « Le duc d'aujourd'hui » est donc François VIII, mort en 1714, fils de notre auteur.

« Le brevet du 10 novembre 1649 a été le prétexte sur lequel
M. le duc de la Rochefoucauld obtint, en 1679, l'érection de la
Roche-Guyon en duché pour son fils aîné, pour lui procurer et à
Madame sa femme les honneurs du Louvre. Ce fut aussi sur même
prétexte qu'il s'opposa aux demandes que M. de Luxembourg
fit au Roi, en 1685, des honneurs du Louvre pour ses enfants,
comme issus de l'héritière de la maison souveraine de Luxembourg. »

(*Mémoires sur les honneurs dont jouissent chez le Roi les princes, ducs
et pairs, ducs non pairs, officiers de la couronne et autres seigneurs....*
« Je l'ai fait, dit d'Hozier, pour Mgr de Pontchartrain, en 1696,
depuis chancelier de France. » — *Ms. Clairambault* 721, p. 510
et 511.)

———

En 1557, la maison de la Rochefoucauld contracta une étroite
alliance avec une branche de la maison de Bourbon. François III,
le bisaïeul de l'auteur des *Maximes*, épousa, cette année, Charlotte
de Roye, dont la sœur aînée, Éléonore, avait épousé, en 1551,
Louis I, prince de Condé, bisaïeul du grand Condé. Henri IV, et
François IV, traité par le roi de Navarre de parent et de cousin
dans ses lettres, nommaient donc tous deux Louis I leur oncle,
l'un oncle paternel, l'autre oncle par alliance, et François VI
était cousin de Louis II, le grand Condé, au troisième degré.

La *Gazette* du 5 janvier 1647 (p. 24) nomme François V, le
premier après le duc d'Angoulême, parmi les parents qui reçoivent
le duc d'Enghien quand celui-ci vient, le 30 décembre 1646, jeter,
de la part du Roi, de l'eau bénite sur l'effigie de Henri II, prince
de Condé, son grand-père.

———

III

(Voyez p. iv.)

LETTRE DE HENRI IV A FRANÇOIS IV, COMTE DE LA ROCHEFOUCAULD.

Mon cousin par ce que le S^r des marais vous fera bien amplement
entendre comme apres avons faict tout ce qui nous a este possible
põ obtenir les plus advantageuses conditions que nous avons peu
au traicte de la paix qu'il a pleu a Dieu nous donner. Je m'en

remetray sur sa suffisance et vous prieray seullement de croire et vous asseurer que vous n'aurez jamais ung meilleur amy ne parent que moy, Qui en ceste volonté prie le Createur vous avoir Mon cousin en sa tres saincte et digne garde. de Bergerac. ce XVIIIe septembre 1577.

Je vous prye Mon cousin vous assurer de mon amytie[1].

Vre bien afectionne cousin et assure amy

HENRY.

Suscription (au verso d'un second feuillet) :

A Mon cousin Monsr le conte de la Rochefoucault.

IV

(Voyez p. XIII, etc.)

ÉTAT DES SERVICES MILITAIRES DU DUC FRANÇOIS VI DE LA ROCHEFOUCAULD.

Un membre de la famille de la Rochefoucauld nous a obligeamment communiqué un état des services militaires du duc François VI, qui lui a été récemment envoyé, sur sa demande, du Ministère de la guerre.

Il est à peu près identique avec celui de la *Chronologie historique militaire* de Pinard (1763, in-4°, tome VI, p. 209-211), sauf pour la part prise à la guerre civile, part indiquée par Pinard, et qui naturellement est omise dans le document fourni par le Ministère.

C'est également d'après Pinard qu'a été composé l'état inséré dans l'édition des *OEuvres* de 1865 (voyez la *Notice bibliographique*, II, E, n° 7).

Voici quel est dans la pièce ministérielle le détail des services :

Volontaire à l'attaque du Pas-de-Suse, 1629.

Mestre de camp d'un régiment de son nom[2], le 1er mai 1629.

Démissionnaire de ce régiment, en mars 1631.

Maréchal de camp, le 19 mai 1646.

Mestre de camp d'un régiment de cavalerie de son nom, le 11 septembre 1646, régiment licencié à la fin de 1648.

Gouverneur général du Poitou, le 3 novembre 1646.

---

1. Cette ligne est de la main du Roi, ainsi que la signature (formule et nom).

2. Voyez ci-dessus la *Notice*, p. XIII, note 4.

Mestre de camp d'un régiment d'infanterie de son nom, le 10 février 1649.

Démissionnaire de ce régiment, le 2 novembre 1649.

Mestre de camp d'un nouveau régiment d'infanterie de son nom, le 10 novembre 1649.

Ce régiment lui fut retiré en février 1650.

Démissionnaire du gouvernement général du Poitou, en août 1651.

Après ce détail, le document officiel, suivant toujours Pinard, énumère les *Campagnes*, et y comprend l'attaque du Pas-de-Suse (1629), la conquête de la Savoie (1630), le siége de Nancy (1633), la bataille d'Avein (1635), le siége de Corbie (1636), la bataille de Rocroy et le siége de Thionville (1643), le siége de Gravelines (1644), les prises de Cassel, Mardick, Bourbourg, Menin, Béthune, Saint-Venant (1645), les siéges de Mardick et de Dunkerque (1646), le siége d'Ypres (1648). Il mentionne une blessure reçue au siége de Dunkerque, et termine par la nomination de chevalier des ordres du Roi, du 31 décembre 1661.

Il y a là bien des actions auxquelles nous savons par les *Mémoires* ou autrement que François VI n'assista pas. Les *Mémoires* nous apprennent (p. 14) qu'il fit ses premières armes dans la campagne d'Italie de 1629, mais ne parlent pas du Pas-de-Suse. Nous le voyons ensuite (p. 22 et 23), comme volontaire, à la bataille d'Avein ou, comme il la nomme, d'Avène, en 1635 ; à son retour, il est « chassé, » dit-il, éloigné de la cour (p. 23 et 24). En 1636, il nous apprend simplement (p. 26 et 27) qu'il était à l'armée, en Picardie, et que « le Roi reprit Corbie. » Nous devons conclure qu'il n'était, en 1643, ni à la bataille de Rocroy ni au siége de Thionville, non point seulement de son silence à l'endroit des *Mémoires* (p. 81) où il en parle, mais encore de deux lettres de félicitation[1] écrites par lui de Paris à Condé. En 1645, il n'est pas à l'armée, mais à la cour, « dans un état ennuyeux » (p. 92). Il suit le duc d'Enghien à l'armée, en 1646 (p. 96 et 97) ; il est, comme il y a lieu de l'induire d'un passage de Gourville (p. 216), à la prise de Courtray, puis à celle de Mardick, où il est blessé, et non à la prise de Dunkerque[2], de trois coups de mousquet (p. 98). Ensuite sa vie ne nous offre plus, les rébellions omises, qu'un dernier souvenir militaire, bien postérieur. Une lettre de 1667 est écrite du camp devant Lille[3] : il est au siége comme volontaire, à l'âge de cinquante-quatre ans.

---

1. Tome III, p. 23-25, *lettres* 4 et 5.
2. Comme il est dit dans l'état communiqué par le Ministère de la guerre.
3. Tome III, p. 194, *lettre* 94.

V

PIÈCES RELATIVES AU GOUVERNEMENT DU POITOU,
PUIS AU TEMPS DE LA GUERRE CIVILE.

1° *Répression par le prince de Marcillac des troubles du Poitou (août à décembre 1648).*

(Voyez ci-dessus, p. xxxvi et note 2.)

« A Monsieur le prince de Marcillac, sur les désordres arrivés en Poitou dans les lieux où sont établis les bureaux des traites et [traites] foraines. Du 16ᵉ août 1648. » (Bibl. nat., Ms. Fr. 4178, fol. 95 et 96 ; copie au Dépôt de la guerre, vol. 108, fol. 91 et 92.)

« A Monsieur le prince de Marcillac, pour lui dire de tenir la main à ce qu'il ne sorte aucuns blés de Poitou et de Xaintonge. A Ruel, le 20ᵉ septembre 1648. » (Bibl. nat., Ms. Fr. 4178, fol. 119 v⁰ et 120 ; copie au Dépôt de la guerre, vol. 108, fol. 115 et 116.)

« Lettre du Roi au prince de Marcillac, relative aux affaires de Poitou. 19 octobre 1648. » (Minute. Dépôt de la guerre, vol. 117, pièce n⁰ 90.)

« A Monsieur le prince de Marcillac, pour lui dire d'empêcher les armements et levées secrètes de gens de guerre, que l'on a avis de faire en Poitou. Du 19ᵉ octobre 1648. » (Bibl. nat., Ms. Fr. 4178, fol. 136 v⁰ et 137 ; copie au Dépôt de la guerre, vol. 108, fol. 134 et 135.)

Marcillac répond, à ce sujet,

Au comte de Brienne [1] :

« Monsieur,

« Aussitôt que j'ai reçu la lettre que vous m'avez fait l'honneur de m'écrire, je me suis informé particulièrement de plusieurs gentils-hommes de bas Poitou s'ils n'avoient eu aucune connoissance de l'avis qu'il vous a plu me donner, et ils m'ont[2] tellement assuré qu'ils n'en avoient rien su[3], que j'ai bien de la peine à croire que ce soit dans mon gouvernement qu'on ait essayé de faire des levées. Je ferai néanmoins toute la diligence possible pour en savoir certainement la vérité, et pour faire punir les coupables.

---

1. Vu sur l'autographe, Bibliothèque nationale, *Ms. Clairambault* 417, p. 2501-2504 ; cachets conservés ; au dos, cette mention : « M. le Pr. de Marcillac du 29ᵉ octobre 1648, à Vertœil. Rendue le 6ᵉ novembre. » — Sur le comte de Brienne, voyez les *Mémoires,* p. 65, note 6.

2. *Ils m'ont* corrige *je les.*

3. Devant *rien su,* les mots *eu aucune cognoissance* ont été biffés.

« Je vous supplie très-humblement de croire que je vous avertirai
de tout ce qui viendra à ma connoissance, et que je suis, Monsieur,
votre très-humble et très-affectionné serviteur.

                                          « MARCILLAC.

          « A Vertœil, ce 29ᵐᵉ octobre. »

Suscription : A Monsieur Monsieur le comte de Brienne, conseiller du Roi en ses Conseils et secrétaire de ses commandements.

« Lettre du Roi au prince de Marcillac, par laquelle S. M. lui
dit qu'Elle est informée par les fermiers des cinq grosses fermes que
leurs droits ne sont perçus dans son gouvernement qu'avec beaucoup de difficulté. 5 novembre 1648. » (Minute. Dépôt de la guerre,
vol. 117, pièce n° 113.)

« A Monsieur le prince de Marcillac, pour donner son avis sur
l'absence de quelques-uns des échevins de Niort. Du 11ᵉ novembre 1648. » (Bibl. nat., Ms. Fr. 4178, fol. 158; copie au Dépôt
de la guerre, vol. 108, fol. 160 et 161.)

« Lettre du Roi au prince de Marcillac, sur la plainte portée par
l'abbaye de Fontevrault contre les fermiers. 20 novembre 1648. »
(Minute. Dépôt de la guerre, vol. 117, pièce n° 123.)

« A Monsieur le prince de Marcillac, pour faire relâcher six habitants de Saint-Hermine et Saint-Jemme, à cause des désordres qui
sont arrivés en Poitou. 7 décembre 1648. » (Dépôt de la guerre,
vol. 108, fol. 106 et 107.)

« Lettre de M. le Tellier à mondit sieur le prince de Marcillac,
sur le même sujet et autres points, dudit jour. » (Dépôt de la
guerre, vol. 108, fol. 107-109.)

« A Monsieur le prince de Marcillac, pour se rendre dans son
gouvernement de Poitou. 30 décembre 1648. » (Bibl. nat., Ms.
Fr. 4178, fol. 237; copie au Dépôt de la guerre, vol. 108, fol. 248.)

2° *Première rébellion du prince de Marcillac (janvier 1649).*

(Voyez ci-dessus, p. xxxvi, et à l'*appendice* 1 du tome III, n° 9,
          p. 249, 250 et note 3 de la page 250.)

« Instruction donnée au sieur abbé de Palluau s'en allant en
Poitou. Du 16ᵉ janvier 1649, à Saint-Germain-en-Laye. » (Bibl.
nat., Ms. Fr. 4179, fol. 24 et 25.)

« A Monsieur le duc de la Rochefoucauld, touchant l'envoi du
sieur abbé de Palluau en Poitou, à cause de la rébellion de son fils.
Du 17ᵉ janvier 1649. » (Bibl. nat., Ms. Fr. 4179, fol. 25 v° et 26.)

« A Monsieur des Roches-Baritault, sur ce sujet, dudit jour. »

« Il a été écrit à M. le marquis de Montausier, gouverneur

de Xaintonge et Angoumois, et au sieur comte de Jonzac, lieutenant de Sa Majesté ès-dits lieux, de semblables lettres et pour le même sujet. » (Bibl. nat., Ms. Fr. 4179, fol. 26 v°.)

« Lettre à M. le marquis d'Aumont, pour se rendre au plus tôt en son gouvernement. Le 16ᵉ janvier, à Saint-Germain. »

« Il a été écrit aux habitants de Poitiers pour leur dire d'agir sous les ordres dudit sieur marquis d'Aumont, et de le faire garder. Dudit jour 16ᵉ janvier 1649. » (Bibl. nat., Ms. Fr. 4179, fol. 27.)

3° *Lettre du prince de Marcillac aux maire et échevins de Poitiers (avril 1649, à la veille de la conclusion de la paix de Rueil)* [1].

(Voyez ci-dessus, p. xxxviii et note 3.)

Messieurs,

Le Roi ayant, par sa déclaration vérifiée au Parlement le premier de ce mois, fait cesser tous mouvements et si bien apaisé les troubles de son État que nous sommes à présent pour jouir en France d'un repos assuré, attendant qu'en bref, suivant les intentions de Sa Majesté, nous ayons conclu la paix générale, je vous donne avis par celle-ci, mon indisposition et l'incommodité de mes blessures ne me l'ayant pu permettre plus tôt ; vous saurez donc, s'il vous plaît, faire observer toutes choses ordinaires en semblable cas.

C'est pourquoi je ne ferai la présente plus longue, et vous assure que je suis votre très-humble et très-affectionné serviteur.

MARCILLAC.

A Paris, ce 7 avril 1649.

4° *Seconde rébellion du prince de Marcillac, duc de la Rochefoucauld* [2] *(1ᵉʳ février à 11 mai 1650.)*

(Voyez ci-dessus, p. xli et note 2.)

« Déclaration du Roi adressée au parlement de Dauphiné, portant commandement aux ducs de Bouillon, maréchaux de Brezé et de Turenne, et prince de Marcillac, de se rendre près du Roi, à

1. Extrait de l'*Histoire du Poitou*, par Thibaudeau, tome III, p. 310 et 311.

2. Quoique, à partir du 8 février 1650, donc dès la seconde lettre de ce 4ᵉ paragraphe, la Rochefoucauld ait droit au titre de duc, on verra que, dans toutes les pièces, on continue de le désigner par celui de « prince de Marcillac. »

peine de crime de lèse-majesté. Du 1er jour de février 1650. A Paris. » (Bibl. nat., Ms. Fr. 4181, fol. 114-116 ; copie au Dépôt de la guerre, vol. 120, fol. 118-120.)

« A M. le marquis des Roches-Baritault, sur la rébellion du prince de Marcillac. Du 12e février 1650. »

> « Il a été écrit une semblable lettre à M. de la Rochepozay, pour la même chose, dans l'étendue de sa charge, dudit jour. » (Bibl. nat., Ms. Fr. 4181, fol. 143 et 144 ; copie au Dépôt de la guerre, vol. 120, fol. 146 et 147.)

« A Monsieur de la Rochepozay, sur l'avis que l'on a eu que le prince de Marcillac assemble quelques gens de guerre en Poitou. Du 9e avril 1650[1]. »

> « Il a été écrit de semblables lettres aux sieurs des Roches-Baritault pour son département de Poitou, et aux gouverneurs et lieutenants généraux de Touraine, Anjou, Saintonge et autres, pour le même sujet. Il a aussi été écrit aux principales villes desdits pays, ledit jour. » (Bibl. nat., Ms. Fr. 4181, fol. 228 ; copie au Dépôt de la guerre, vol. 120, fol. 228.)

« A Monsieur de Comminges, pour aller dans le Poitou, avec les troupes qu'il pourra assembler, en qualité de maréchal de camp, y dissiper les levées et les rébellions que le prince de Marcillac y pourroit causer, et le pousser hors la province. Du 16e avril 1650. »

> « Il a été écrit, sur ce même sujet, aux sieurs des Roches-Baritault, de la Rochepozay, et autres gouverneurs de ladite province de Poitou, ledit jour 16e avril 1650. » (Bibl. nat., Ms. Fr. 4181, fol. 230-232 ; copie au Dépôt de la guerre, vol. 120, fol. 230-232.)

« Aux habitants des villes de Poitiers, Tours, Niort, Fontenay et autres, pour leur dire de faire garde à leurs portes pour empêcher que les rebelles ne se saisissent desdites places. Du 19e avril 1650. »

> « Il a été écrit à M. le duc de Rohan et à MM. des Roches-Baritault, la Rochepozay, et autres gouverneurs des provinces et villes du côté de Poitou, pour leur donner aussi avis sur la cessation de ladite garde ci-dessus, Ledit jour 19e avril 1650. » (Bibl. nat., Ms. Fr. 4181, fol. 232 v° et 233.)

---

1. Cette pièce et les deux suivantes portent au bas soit *écrit,* soit *donné, à Dijon.*

« A Monsieur le comte du Dognon, pour recevoir du sieur baron de Montendre et autres gentilshommes de ces quartiers-là les protestations de fidélité au service du Roi qu'ils sont obligés de lui rendre[1]. Du 7e mai 1650. » (Bibl. nat., Ms. Fr. 4181, fol. 247 vo et 248.)

« A Monsieur l'évêque de la Rochelle, de la main de Mgr le Tellier, sur ce sujet, dudit jour. » (Bibl. nat., Ms. Fr. 4181, fol. 249.)

« Déclaration du Roi contre Mme la duchesse de Longueville, les duc de Bouillon, maréchal de Turenne, prince de Marcillac et leurs adhérents. Du 9e de mai 1650, à Paris. » (Bibl. nat., Ms. Fr. 4181, fol. 251 vo-257.)

« A Monsieur le maréchal de la Meilleraye, pour lui donner avis des pratiques qui se font à Bordeaux contre le service du Roi, et lui ordonner de pousser le prince de Marcillac hors le Poitou et M. de Bouillon du vicomté de Turenne. Du 11e mai 1650. » (Bibl. nat., Ms. Fr. 4181, fol. 259 vo-261 ; copie au Dépôt de la guerre, vol. 120, fol. 260-262.)

5° *A Monsieur de Bar, pour lui dire de laisser parler à mesdits sieurs les Princes les sieurs duc de la Rochefoucauld, président Viole et Arnaud, dudit jour (10e février 1651).*

(Voyez ci-dessus, p. xlvii et note 2.)

Monsieur de Bar, mon cousin le duc de la Rochefoucauld, le sieur président Viole et le sieur Arnaud, s'en allant au Havre avec ma permission pour voir mes cousins les princes de Condé et de Conty et duc de Longueville, j'ai bien voulu, par l'avis de la Reine, vous faire cette lettre pour vous dire que vous ayez à les laisser entrer en ma citadelle du Havre, et voir mesdits cousins, et les entretenir en votre présence. Et sur ce, je prie Dieu, etc.

(Bibl. nat., Ms. Fr. 4182, fol. 431 ; cet ordre fait partie d'une série de pièces toutes relatives au traitement des Princes dans la prison du Havre, et à leur mise en liberté.)

1. Ces gentilshommes étaient du nombre de ceux que le nouveau duc de la Rochefoucauld avait assemblés sous le prétexte d'accompagner à Verteuil le corps de son père ; et, soit crainte d'un châtiment, soit aussi de bonne foi, plusieurs avaient protesté contre cette surprise. Voyez les *Mémoires*, p. 179-182.

6° *Dernière rébellion du duc de la Rochefoucauld (février à avril 1652.)*

(Voyez ci-dessus, p. l et note 5.)

« Ordre au sieur de Chalesme [1], pour se saisir des châteaux de la Rochefoucauld, Vertœil et la Vergne. Du 16e février 1652. »

« Il a été écrit à M. le comte d'Harcourt et à M. le marquis de Montausier, sur ce sujet, ledit jour, » (Bibl. nat., Ms. Fr. 4184, fol. 112 et 113.)

« Au capitaine de Chalesme, pour recevoir les ordres de M. de Montausier au sujet de la garde de la Rochefoucauld et Vertœil. Du 14e mars 1652, à Amboise. » (Bibl. nat., Ms. Fr. 4184, fol. 181.)

« A MM. du Plessis-Bellière et marquis de Montausier, sur ce qu'ils auront à faire avec les troupes du Roi en conséquence de la prise de Xaintes et de Taillebourg. Du 4e avril 1652, à Sully. » (Bibl. nat., Ms. Fr. 4184, fol. 214 v°-218 ; copie au Dépôt de la guerre, vol. 135, fol. 170 et 171.)

Cette lettre contient (fol. 217 v° et 218), après un ordre de gratification de cent écus pour chacune des compagnies d'infanterie qui ont servi aux siéges de Xaintes et de Taillebourg, le paragraphe suivant :

« Et parce que j'ai trouvé bon de décharger de garnison les terres de la Rochefoucauld et Verteuil, la Terne, Marcillac et Montignac, à cause qu'il a été vérifié que la jouissance en doit être délaissée à ma cousine la duchesse de la Rochefoucauld, ainsi que je l'écris particulièrement à vous, sr de Montausier, par une dépêche qui vous sera rendue par celui qui a sollicité cette décharge de la part de madite cousine, à la charge toutefois qu'elle n'y fera donner aucune retraite ni assistance aux ennemis dans lesdits lieux, et en ceux en dépendance dont elle doit jouir, je désire que vous retiriez ledit capitaine Chalesme et sa compagnie desdits lieux. »

7° *Défection de novembre 1652.*
Fragments de deux lettres du marquis de Montausier à le Tellier.

(Voyez ci-dessus, p. lv et note 1.)

« .... Pour ce qui regarde l'Angoumois, la permission que le Roi a donnée à M. de Marcillac de demeurer dans les maisons de son

1. Capitaine au régiment d'infanterie de la Reine.

père y est fort nuisible ; car sa présence réveille beaucoup de factieux endormis, qu'il visite et dont il est visité sous prétexte de
chasse et de divertissement. On dit qu'on veut donner une pareille
permission à M. de la Rochefoucauld ; si cela est, je ne réponds
pas d'Angoulême, n'y ayant que des bourgeois pour garder la ville,
qui sont si las de ce métier que, quelque rigueur dont je me
serve, je ne les y puis plus obliger, n'y ayant quelquefois que
trois ou quatre bourgeois à la garde : de sorte que le voisinage de
M. de la Rochefoucauld et de M. de Marcillac est plus dangereux
pour cette ville que celui d'une armée ennemie : car le bruit de
celle-ci obligeroit les habitants à se tenir sur leurs gardes par la
peur qu'elle leur feroit, à quoi ces deux Messieurs ne les obligeroient pas, faisant semblant de ne s'occuper qu'à la chasse, outre
que, si les ennemis entroient en ce pays par quelque endroit, ces
gens ici se pourroient servir de l'occasion, durant qu'on s'oppose-
roit à cet orage. Ainsi, Monsieur, la demeure de personnes aussi
suspectes que celles-là dans leurs maisons ne peut être que très-
pernicieuse au service du Roi, et je vous conjure de faire révoquer
celle du fils et refuser celle du père. Ce n'est point mon intérêt
qui me fait parler en ceci, car j'ai toute ma vie été leur ami ; mais
c'est le service du Roi, au prix duquel je ne considère personne.... »

(*Lettre du marquis de Montausier à le Tellier*, du 14 novembre 1652.
— Dépôt de la guerre, vol. 134, pièce n° 371. — Publiée dans les
Souvenirs du règne de Louis XIV, par M. le comte de Cosnac, tome V,
p. 125-131.)

« Je vous conjure, Monsieur, de ne pas négliger ce que je vous
ai mandé par ma précédente touchant la permission qu'on a donnée
à M. de Marcillac de demeurer en ce pays-ci et de celle qu'il dit
que Monsieur son père a d'en faire de même. Rien n'est plus dangereux en ce pays-ci que cela ; c'est pourquoi je vous en rafraîchis
la mémoire. »

(*Post-scriptum d'une lettre du même au même*, du 18 novembre 1652.
— Dépôt de la guerre, vol. .134, pièce n° 382. — Publiée *ibidem*,
p. 134-137.)

Le volume 136 du Dépôt de la guerre contient (fol. 336 v°-344
v°) une pièce du 12 novembre 1652, intitulée :

« Déclaration du Roi contre les princes de Condé, de Conty, la
duchesse de Longueville, le duc de la Rochefoucauld, le prince de
Talmont et leurs adhérents. »

VI

HÔTEL DE LA ROCHEFOUCAULD (rue de Seine[1]).

(Voyez ci-dessus, p. LXXI, note 3.)

« Cette maison a appartenu autrefois à Henri de la Tour, prince de Sedan, duc de Bouillon, vicomte de Turenne et maréchal de France[2]. Roger du Plessis, marquis de Liancourt, duc de la Roche-Guyon, pair de France, connu sous le nom de duc de Liancourt, chevalier des ordres du Roi, premier gentilhomme de sa Chambre, l'acheta ensuite et l'occupa jusqu'à sa mort[3]; mais Henri-Roger du Plessis, son fils unique, étant mort avant lui et n'ayant laissé qu'une fille unique, nommée Jeanne-Charlotte du Plessis-Liancourt, que son grand-père maria, le 13 novembre 1659, à François de la Rochefoucauld, septième du nom, elle apporta à son mari cet hôtel et toute la succession du duc de Liancourt, son grand-père; ce qui a fait prendre à cette maison le nom d'hôtel de la Rochefoucauld. La porte principale est sur la rue de Seine, et ne donne pas une grande idée de la maison; cependant elle est grande, et est décorée d'une architecture dorique en pilastres, tant du côté de la cour, que du côté du jardin. On voit dans cet hôtel plusieurs tableaux qui viennent du duc de Liancourt. On y admire surtout un *Ecce homo*, d'André Solario, qui est regardé comme un tableau inestimable. » (Piganiol de la Force, *Description historique de la ville de Paris*, 1765; tome VIII, p. 184 et 185.)

« Hôtel Dauphin, de Bouillon, de Liancourt et de la Rochefoucauld, aboutissant rue Bonaparte.

« Cet hôtel occupait l'emplacement de deux propriétés contiguës, qui bordaient la rue de Seine, et dont la première contenait un demi-arpent. Après avoir appartenu à Charles de Magny, « ca- « pitaine de la porte du Roi, » elle était, dès 1538, à François Bas-

---

1. Dans la partie où s'ouvre maintenant la rue des Beaux-Arts. Nous donnons dans l'*Album* la copie d'une gravure représentant la façade de l'hôtel qui fut et se nomma, de 1659 à 1718, l' « hôtel de la Rochefoucauld ».

2. Le père du grand Turenne.

3. Roger du Plessis, oncle maternel de notre duc, mourut le 1ᵉʳ août 1674, la même année et le même jour que sa petite-fille, dont il est parlé quelques lignes plus loin : voyez le *P. Anselme*, tome IV, p. 757.

tonneau, notaire, lequel y fit construire une maison. La seconde
propriété consistait en un jardin clos, d'environ sept quartiers,
lequel, après avoir appartenu aussi à Charles de Magny, et ensuite
à Jean-Jacques de Mesmes, seigneur de Roissy, lieutenant civil de
la prévôté de Paris, était passé, dès 1543, aux mains de Nicolas
Dangu, évêque de Seez, puis de Mende. En 1586, les deux propriétés étaient fondues en une seule, et appartenaient à François de
Bourbon, duc de Montpensier, dauphin d'Auvergne ; d'où le nom
de « Hostel Daulphin » qu'on trouve dans le censier de 1595, où il
est dit que l'hôtel était alors possédé par M. de Penillac. Il fut
ensuite acquis par Henri de la Tour, duc de Bouillon, maréchal de
France, et après sa mort, arrivée en 1623, par Roger du Plessis,
sieur de Liancourt, qui le fit rebâtir sur les dessins de Lemercier,
l'architecte du Louvre. La petite-fille du duc de Liancourt ayant
épousé, en 1659, le duc François de la Rochefoucauld, celui-ci
devint propriétaire de l'hôtel, que l'on continua à appeler l'hôtel
de la Rochefoucauld ; cependant il fut vendu, en 1718, par le
prince de Marcillac à la famille Gilbert des Voisins. La rue des
Beaux-Arts a été ouverte, en 1825, sur l'emplacement de cet édifice,
détruit peu auparavant. » (*Topographie historique du Vieux Paris* par
feu Berty et Tisserand. Région du bourg Saint-Germain, p. 239
et 240.)

VII

LETTRE DE MADAME DE LA FAYETTE A MADAME DE SABLÉ [1].

(Voyez ci-dessus, p. LXXV et note 2.)

« Ce lundi au soir [1665 ou 1666].

« Je ne pus hier répondre à votre billet, parce que j'avois du

1. La source indiquée par Sainte-Beuve (*Portraits de femmes,* édition de
1845, note de la page 235), est, d'après l'ancien classement des manuscrits de
la Bibliothèque du Roi : « Résidu de Saint-Germain, paquet 4, n° 6 » ; mais
nous avons en vain cherché la pièce, ainsi que les sept autres lettres de Mme de
la Fayette dont nous allons parler, dans les *Portefeuilles de Vallant,* où se
trouve maintenant placé ce *Résidu.* Nous pouvions du reste prévoir que nous
ne la trouverions pas : dès 1851, MM. Lalanne et Bordier l'avaient signalée
comme absente dans leur *Dictionnaire des autographes volés* (p. 177, article
LA FAYETTE). — Sainte-Beuve croyait, nous l'avons dit, avoir le premier découvert cette lettre. Cette erreur, partagée par Geruzez et par V. Cousin, a été
rectifiée par Édouard Fournier, qui, en insérant dans ses *Variétés historiques*

monde, et je crois que je n'y répondrai pas aujourd'hui, parce que je le trouve trop obligeant. Je suis honteuse des louanges que vous me donnez, et, d'un autre côté, j'aime que vous ayez bonne opinion de moi, et je ne veux vous rien dire de contraire à ce que vous en pensez. Ainsi je ne vous répondrai qu'en vous disant que M. le comte de Saint-Paul sort de céans, et que nous avons parlé de vous, une heure durant, comme vous savez que j'en sais parler. Nous avons aussi parlé d'un homme que je prends toujours la liberté de mettre en comparaison avec vous pour l'agrément de l'esprit. Je ne sais si la comparaison vous offense, mais, quand elle vous offenseroit dans la bouche d'un autre[1], elle est une grande louange dans la mienne, si tout ce qu'on dit est vrai. J'ai bien vu que M. le comte de Saint-Paul avoit ouï parler de ces dits-là, et j'y suis un peu entrée avec lui ; mais j'ai peur qu'il n'ait pris tout sérieusement ce que je lui en ai dit. Je vous conjure, la première fois que vous le verrez, de lui parler de vous-même de ces bruits-là. Cela viendra aisément à propos, car je lui ai donné les *Maximes*, et[2] il vous le dira sans doute ; mais je vous prie de lui en parler bien comme il faut pour lui[3] mettre dans la tête que ce n'est autre chose qu'une plaisanterie[4] ; et je ne suis pas assez assurée de ce que vous en pensez pour répondre que vous direz bien, et je pense qu'il faudroit commencer par persuader l'ambassadeur. Néanmoins il faut s'en fier à votre habileté ; elle est au-dessus des maximes ordinaires ; mais enfin persuadez-le. Je hais comme la mort que

et littéraires (tome X, p. 117-129) huit lettres de Mme de la Fayette à Mme de Sablé, dont celle-ci est la dernière, nous apprend qu'elles ont toutes paru (*avec quelques légères variantes*), en 1821, dans un livre bizarre de J. Delort : *Mes Voyages aux environs de Paris* (tome I, p. 217-224). Delort a joint à son texte un fac-similé de celle qu'il a placée en tête.

1. Tel est le texte de Sainte-Beuve ; dans celui de Delort, reproduit par Édouard Fournier : « d'une autre ».

2. Delort et Éd. Fournier ont omis *et*, ici et deux lignes plus bas.

3. Chez Delort et Fournier, *le*, au lieu de *lui* ; si c'est le vrai texte, c'est sans doute que Mme de la Fayette avait voulu d'abord employer un autre verbe, comme *le convaincre, le persuader*, qui revient plusieurs fois dans la suite immédiate.

4. Ceci n'est pas clair. A quoi s'applique le mot de « plaisanterie » ? A ces *dits-là*, ces *bruits-là*, ou bien aux *Maximes* ? Nous croyons, vu l'objet même et la suite de la lettre, devoir adopter la première explication, bien que la seconde, préférée par Éd. Fournier, paraisse tirer quelque vraisemblance d'une lettre antérieure dont nous parlons à la suite de celle-ci, et où nous voyons Mme de la Fayette appliquer à ces maximes qui la révoltent le même mot de « plaisanterie », et ne trouver, pour atténuer son blâme, d'autre tour que de les traiter de pur jeu d'esprit. Le passage est, en tout cas, fort obscur.

les gens de son âge puissent croire que j'ai des galanteries[1]. Il me[2] semble qu'on leur paroît cent ans dès qu'on[3] est plus vieille qu'eux, et ils sont tous propres à s'étonner qu'il soit encore question des gens ; et de plus il croiroit plus aisément ce qu'on lui diroit de M. de la R. F.[4] que d'un autre. Enfin je ne veux pas qu'il en pense rien, sinon qu'il est de mes amis, et je vous prie[5] de n'oublier non plus de lui ôter cela de la tête, si tant est qu'il l'ait[6], que j'ai oublié votre message. Cela n'est pas généreux de vous faire souvenir d'un service en vous en demandant un autre. »

En marge : « Je ne veux pas oublier de vous dire que j'ai trouvé terriblement de l'esprit au comte de Saint-Paul. »

Parmi les huit lettres de Mme de la Fayette à Mme de Sablé, il y en a deux, les nos 2 et 3 d'Édouard Fournier (p. 120-122), qui nous paraissent confirmer la date assignée par Sainte-Beuve, non pas au commencement d'amitié, mais à la tendre intimité et aux quotidiennes relations. Qu'on veuille bien relire les extraits que M. Gilbert a donnés, au tome I, p. 374 et 375, de ces deux lettres, dont la première a échappé à Cousin et à Sainte-Beuve. Elles sont du temps où les *Maximes*, déjà imprimées quand fut écrite la lettre où il s'agit du comte de Saint-Paul, étaient encore manuscrites, c'est-à-dire, très-probablement, d'une de ces dix années antérieures à 1665, qu'avant Sainte-Beuve on comprenait dans l'époque d'étroite intimité. L'auteur avait communiqué son écrit à Mme de Sablé, qui, à son tour, sans paraître agir au nom de l'auteur, le communiquait aux personnes considérées comme les plus capables d'en bien juger. Or peut-on dire que le jugement qu'en porte Mme de la Fayette et la manière dont il est exprimé, surtout dans le premier

1. Sainte-Beuve fait remarquer (p. 238) que Mme de la Fayette s'applique là une idée qu'elle a exprimée dans son roman de *la Princesse de Clèves* (tome I, p. 120, édition de 1678) : « Mme de Clèves.... étoit dans cet âge où l'on ne croit pas qu'une femme puisse être aimée quand elle a passé vingt-cinq ans. »

2. Au lieu de *leur*, qui est le texte de Sainte-Beuve et peut-être bien le texte original, Delort et Fournier ont *me*, qui est en effet bien préférable pour le sens. Il est probable que l'intention de Mme de la Fayette avait été de mettre : « Il leur semble qu'on a cent ans. »

3. Chez Delort et Fournier, « dès que l'on ».

4. Le nom propre est ainsi en abrégé dans l'original. Tournier croit voir là une petite preuve de « rare délicatesse ».

5. Delort et Fournier ont *supplie*, au lieu de *prie* ; à la suite, Fournier omet *cela* après *ôter*.

6. Tel est le texte de Sainte-Beuve ; chez Fournier, « qui le l'eust » ; chez Delort, « qui le l'ait ». Ce *le* de trop est probablement, par inadvertance, dans l'autographe.

extrait, impliquent vive estime et soient d'une tendre et familière amie ? Puis la communication par un tiers ne suffit-elle pas à montrer que l'époque d'entière confiance où l'on ne se cachait rien et où l'on se voyait si souvent, n'avait pas encore commencé ?

———

VIII

SUR LA MALADIE, LA MORT ET L'AUTOPSIE DU DUC DE LA ROCHEFOUCAULD.

(Voyez ci-dessus, p. XCI et XCII.)

Un recueil fort rare, publié, dans l'année même, par Nicolas de Blegny, sous ce titre : *Le Temple d'Escalape ou le Dépositaire des Nouvelles découvertes qui se font journellement dans toutes les parties de la médecine*[1], contient (tome II, in-12, 1680, p. 277-291, et p. 300-309) « sur la mort et sur l'ouverture de Mgr le duc de la Rochefoucauld » une correspondance qui aurait pu fournir à Molière, s'il n'eût précédé le moraliste de sept ans dans la tombe, quelques épigrammes nouvelles. C'est une lettre adressée par l'abbé Bourdelot, premier médecin de la reine de Suède (Christine) et de S. A. S. Monseigneur le Prince, au célèbre Fagon, alors premier médecin de la Reine (de France), puis la réponse de Fagon et une réplique de Bourdelot. Celui-ci, rendant compte de l'« ouverture » du corps faite par le docteur Morel, affirme que « la cause de la mort *a été* la grande abondance du sang qui a gorgé et inondé le poumon, » et amené « la suffocation de cette partie. » Trois ans auparavant, Bourdelot avait traité le duc d' « une péripneumonie.... avec crachement de sang, » et l'avait sauvé, dit-il, en le faisant « saigner vigoureusement. » Lors de la rechute, les médecins (« MM. Lisot, Duchesne et moi ») conseillèrent aussi « de grandes saignées des pieds et des bras ; » mais « les parents et assistants, par tendresse ou mal persuadés sur les remèdes, n'y ont point voulu consentir....

———

1. Nous devons la connaissance de ce livre, que nous avons trouvé à la Bibliothèque nationale, à M. Ch. Livet, qui possède et a bien voulu nous communiquer un exemplaire de la traduction latine qui en a été publiée à Genève, en 1682, sous ce titre singulier : *Zodiacus medico-gallicus*. — On peut voir, au sujet de ce curieux répertoire médical, une note d'Édouard Fournier au tome II (p. 177) de l'édition elzévirienne du *Livre commode*, de 1692, publié, sous le nom de du Pradel, par le même Blegny ou de Blegny, et, sur l'auteur, les pages XLIII et suivantes de l'introduction placée par Fournier en tête du tome I dudit *Livre commode*.

Nous sommes dans un siècle où tout le monde croit être médecin. Il y a une corruption dans les esprits qui les empêche d'entendre tout ce qui est raisonnable et leur fait avoir recours à des remèdes bizarres, qui sont toujours funestes. Les parents et les amis du malade s'opposèrent.... à la saignée. Ils dirent qu'il étoit âgé, que la saignée n'étoit point bonne aux goutteux, que le médecin anglois[1] et d'autres gens guérissoient les fièvres sans saignées, et, pendant qu'ils s'opiniâtrèrent à s'en tenir à ces petites raisons et à d'autres aussi méchantes, le poumon s'étant gorgé de sang, » les symptômes devinrent de plus en plus graves et la mort suivit.

Fagon, avec des ménagements d'infinie politesse, admet que le malade « est mort suffoqué par le débordement du sang dans le poumon, » mais il 'veut que ce soit le cerveau qui, « inondé d'une sérosité maligne, » ait causé le dernier étouffement « par la paralysie des nerfs du poumon et du diaphragme. » Bourdelot maintient son dire : à savoir, que « la cause de la mort et celle du mal par conséquent étoit principalement renfermée dans le thorax.... Il n'y a point eu de transport au cerveau, car le raisonnement du malade a toujours été bon. » Mais ce que surtout il soutient jusqu'au bout et ce que son confrère ne nie pas, c'est « que de bonnes saignées l'auroient guéri. »

Il y a dans les *Portefeuilles de Vallant*, tome XIV, p. 137-140, une note, de sujet analogue, sur la mort et l'autopsie de Mme de Longueville, décédée dans la nuit du vendredi au samedi 15 avril 1679, « à quatre heures et un demi quart du matin, âgée de cinquante-neuf ans et demi ; « elle en auroit eu soixante accomplis le jour de saint Augustin, qui est le 28e août. Elle n'avoit eu pendant sa maladie nulle frayeur ni trouble. » L'autopsie fit voir « la rate pourrie et en bouillie noire ; le rein gauche de même et fort petit... ; le cœur grand et flétri ; quasi point de sang dans la (veine) cave... ; cerveau flétri, avec de l'eau rougeâtre dans les ventricules. » — Hélas ! qu'était devenue cette beauté tant prisée dans sa jeunesse et dont le souvenir a passionné, de nos jours encore, un éloquent historien-philosophe ?

1. Voyez ci-dessus, la note 4 de la page XCI.

IX

ARTICLES RELATIFS AU DUC DE LA ROCHEFOUCAULD, FRANÇOIS VI,

A SES ENFANTS ET A SON PETIT-FILS, LE DUC DE LA ROCHE-GUYON,

dans le Dictionnaire des bienfaits du Roi (tome IV et dernier)
de l'abbé de Dangeau [1].

(Voyez ci-dessus, p. LXXXVII-XC.)

« Le duc de la Rochefoucauld se nommoit François (VI) de la Rochefoucauld, avoit épousé Andrée de Vivonne de la Châteigneraie, dont il a eu : le duc de la Rochefoucauld ; le chevalier de la Rochefoucauld ; l'abbé de Marcillac ; le chevalier de Marcillac, tué dans la guerre de Hollande en 72 ; l'abbé de Verteuil et trois filles.

« Étoit duc et pair ; il se démit de son duché en faveur du prince de Marcillac, son fils. Nonobstant sa démission, le Roi lui conserva les honneurs du Louvre.

« Avoit été gouverneur du Poitou ; avoit vendu cent mille écus au duc de Roannais.

« 1ᵉʳ janvier 62, le Roi le fait chevalier de l'Ordre. »

« Le duc de la Rochefoucauld se nomme François (VII) de la Rochefoucauld. Jusqu'à la mort de son père, on l'a appelé prince de Marcillac ; a épousé Jeanne-Charlotte du Plessis de Liancourt, petite-fille et héritière du duc de Liancourt, dont il a eu : le duc de la Roche-Guyon et le marquis de Liancourt.

« Novembre 61, le Roi lui donne un brevet de justaucorps en broderie.

« 64, le Roi le fait mestre de camp du régiment royal ; achète quarante mille écus de Montpezat, vend vingt-trois mille écus au marquis de Planci.

« Août 71, le Roi le fait duc et pair sur la démission du duc de la Rochefoucauld, son père.

« Le Roi lui donne une pension de dix-huit mille livres.

« Décembre 71, le Roi le fait gouverneur de Berri ; s'en démet, mars 81, en faveur du prince de Soubise, qui lui en donna cent mille écus.

« 21 octobre 72, le Roi lui donne la charge de grand maître de la garderobe, vacante par la mort du marquis de Guitri, tué au passage du Rhin. Le Roi lui permet de choisir deux artisans de chaque métier pour servir à la garde-robe, qui ont chacun soixante livres de gages, avec les priviléges de commensaux de la maison du Roi. Le duc de la Roche-Guyon eut la survivance de cette charge, en novembre 79.

« 79, le Roi lui donne la charge de grand veneur, vacante par la mort du marquis de Soyecourt, en donnant aux héritiers deux cent trente mille livres,

---

1. Bibliothèque nationale, Ms. Fr. 658, fol. 84 v°-89.

dont il eut un brevet de retenue. Le duc de la Roche-Guyon eut la survivance de cette charge, 10 novembre 79.

« Le Roi lui donne la finance des charges de la chancellerie de Tournai ; il en a eu cent vingt mille écus. »

« Le chevalier de la Rochefoucauld se nomme Charles de la Rochefoucauld, frère du duc de la Rochefoucauld (François VII).

« [52,] le Roi lui donne l'abbaye de Molesme par   [1] de François de Clermont ; cette abbaye est de l'ordre de Saint-Benoît, diocèse de Langres.

« 2 février 80, le Roi lui donne une pension de quatre mille livres sur l'évêché de Poitiers.

« 11 novembre 87, le Roi lui donne une pension de cinq mille livres sur l'abbaye de la Chaise-Dieu, que Sa Majesté donna pour lors à l'abbé de Marcillac, son frère. »

« De la Rochefoucauld, abbé de Marcillac, se nomme Henri-Achille de la Rochefoucauld, frère du duc de la Rochefoucauld (François VII).

« [67 [2]], le Roi lui donne l'abbaye de Fontfroide, vacante par la mort de Jean de Noblet des Prés ; cette abbaye est de l'ordre de Citeaux, diocèse de Narbonne.

« Il a deux pensions, l'une sur l'abbaye de Molesmes, et l'autre sur Sainte-Colombe-lez-Sens.

« 11 janvier 87, le Roi lui donne l'abbaye de la Chaise-Dieu, vacante par la mort d'Hyacinte Seroni, archevêque d'Albi ; cette abbaye est de l'ordre de Saint-Benoît, diocèse de Clermont, a un grand nombre de collations. »

« De la Rochefoucauld, abbé de Verteuil, se nomme Alexandre de la Rochefoucauld de Verteuil, frère du duc de la Rochefoucauld d'aujourd'hui (François VII).

« 24 février 79, le Roi lui donna l'abbaye de Beauport, vacante par la mort de la Rochepozay ; cette abbaye est de l'ordre de Prémontré, diocèse de Saint-Brieuc. »

A la suite (fol. 86 v°-88) viennent les articles relatifs à un oncle et à quatre tantes du duc François VII, c'est-à-dire à un frère de François VI : [Henri,] abbé de la Rochefoucauld, et à quatre de ses sœurs : Gabrielle, Catherine, Marie-Élisabeth, Anne-Françoise ; les prénoms de cette dernière ne sont pas donnés. Des donations enregistrées avec dates, il n'y en a que deux qui soient antérieures à la mort de notre duc : l'abbaye d'Issy, près de Paris, donnée à Gabrielle, qui refuse, et l'abbaye de Charenton donnée à Catherine.

« Le duc de la Roche-Guyon se nomme François (VIII) de la

1. Ce blanc est dans le manuscrit. Le prédécesseur dans le *Gallia christiana* (tome IV, col. 741) est Armand, prince de Conty, Alexandre de la Rochefoucauld (voyez ci-après) succède à son frère Charles en 1689.

2. Voyez le *Gallia christiana*, tome IV, col. 215.

Rochefoucauld, fils aîné du duc (François VII) de la Rochefoucauld (petit-fils de François VI), a épousé Madeleine le Tellier,
fille aînée du marquis de Louvois.

« 10 novembre 79, le Roi lui donne la survivance des charges de grand
maître de la garde-robe et de grand veneur, que possède le duc de la Rochefoucauld, son père.

« Le Roi le fait duc ; la terre de la Roche-Guyon fut érigée en duché le 17 novembre 79 et vérifiée au Parlement.

« Février 81, le Roi lui donne une pension de neuf mille livres.

« Mars 84, le Roi lui donne un brevet de justaucorps en broderie.

« 83, le Roi le fait colonel du régiment de Navarre, par la mort du chevalier de Souvré. »

PORTRAIT

DU DUC

DE LA ROCHEFOUCAULD

FAIT PAR LUI-MÊME

(1659)

NOTICE.

Ce morceau, composé sans doute en 1658 ou dans les premiers jours de 1659, fut inséré dans le *Recueil des portraits et
éloges en vers et en prose, dédié à S. A. R. Mademoiselle* (de
Montpensier). *Paris, Ch. de Sercy et Cl. Barbin, M. DC. LIX.*
Nous avons vu de ce recueil trois éditions de 1659, une in-4°
et deux in-8°. V. Cousin, dans *Madame de Sablé* (p. 143, 2° édition), croit qu'il n'y en a qu'une qui contienne le portrait de
la Rochefoucauld : « C'est, dit-il, en 1659 qu'il débuta devant
le public avec son *Portrait fait par lui-même*, inséré dans une
des éditions des *Portraits* de Mademoiselle. » Ce portrait
manque en effet dans l'édition in-4°, intitulée : *Divers portraits,
imprimés en* 1659 (sans nom de libraire et sans *Achevé d'imprimer*) ; il se trouve dans les deux éditions in-8°. Ces deux
éditions, de grandeur inégale, sont, quant au contenu, identiques entre elles ; mais elles diffèrent de l'édition in-4°, qui
évidemment les a précédées. On a négligé dans les deux réimpressions, composées chacune de deux parties (tandis que
l'in-4° n'en a qu'une), un certain nombre de portraits d'abord
publiés, qui comptent entre les meilleurs, et on en a ajouté
plusieurs qui sont fort bons, parmi d'autres qui sont fort
médiocres.

Le portrait de la Rochefoucauld, intitulé : Portrait de M. R.
D. (première et dernière lettres du nom) fait par lui-même,
est dans la seconde partie, aux pages 116-124 de la plus petite
des deux éditions in-8°, aux pages 618-630 de la plus grande,
dont la pagination se continue d'une partie à l'autre[1]. Elles
portent toutes deux : « Achevé d'imprimer le 25 janvier 1659. »

1. L'exemplaire de la plus grande, que nous avons examiné dans

Nous avons vérifié notre texte sur l'une et sur l'autre, et n'avons remarqué entre elles que de très-rares et très-légères différences, que l'on trouvera dans les notes. L'abbé Brotier, en joignant le *Portrait* à son édition des *Maximes* (1789), y avait fait çà et là quelques changements, qui ont passé dans les éditions venues après la sienne, particulièrement dans celle de G. Duplessis (1853).

A la suite de ce *Portrait de la Rochefoucauld fait par lui-même*, nous plaçons en appendice, comme une contre-partie assez piquante, celui qui se trouve dans les *Mémoires* du cardinal de Retz.

la bibliothèque de V. Cousin, a, en tête de la première partie, un frontispice, au bas duquel on lit cet autre titre : *La galerie des peintures, ou Recueil des portraits en vers et en prose,*

PORTRAIT

DU DUC

DE LA ROCHEFOUCAULD

FAIT PAR LUI-MÊME.

Je suis d'une taille médiocre, libre, et bien proportionnée. J'ai le teint brun, mais assez uni ; le front élevé et d'une raisonnable grandeur ; les yeux noirs, petits, et enfoncés, et les sourcils noirs et épais, mais bien tournés. Je serois fort empêché à[1] dire de quelle sorte j'ai le nez fait, car il n'est ni camus, ni aquilin, ni gros, ni pointu, au moins à ce que je crois : tout ce que je sais, c'est qu'il est plutôt grand que petit, et qu'il descend un peu trop en bas[2]. J'ai la bouche grande, et les lèvres assez rouges d'ordinaire, et ni bien ni mal taillées ; j'ai les dents blanches, et passablement bien rangées. On m'a dit autrefois que j'avois un peu trop de menton : je viens de me tâter et[3] de me regarder dans le miroir, pour savoir ce qui en est, et je ne sais pas trop bien qu'en juger. Pour le tour du visage, je l'ai ou carré, ou en ovale ; lequel des deux, il me seroit fort difficile de le dire. J'ai les cheveux noirs, naturellement frisés, et avec cela assez épais et assez longs pour pouvoir prétendre en belle tête. J'ai quelque chose de chagrin et de fier dans

---

1. Brotier et Duplessis ont remplacé *à* par *de,*
2. « Trop bas, » dans le texte de Brotier et dans celui de Duplessis.
3. Les mots : « de me tâter et, » ont été omis par Brotier et par Duplessis.

la mine : cela fait croire à la plupart des gens que je suis
méprisant, quoique je ne le sois point du tout. J'ai l'action
fort aisée, et même [1] un peu trop, et jusques à faire beaucoup de gestes en parlant. Voilà naïvement comme je
pense que je suis fait au dehors ; et l'on trouvera, je
crois, que ce que je pense de moi là-dessus n'est pas fort
éloigné de ce qui en est. J'en userai avec la même fidélité dans ce qui me reste à faire de mon portrait ; car je
me suis assez étudié pour me bien connoître, et je ne
manque [2] ni d'assurance pour dire librément ce que je
puis avoir de bonnes qualités, ni de sincérité pour avouer
franchement ce que j'ai de défauts [3]. Premièrement,
pour parler de mon humeur, je suis mélancolique, et
je le suis à un point que, depuis trois ou quatre ans [4], à
peine m'a-t-on vu rire trois ou quatre fois. J'aurois pourtant, ce me semble, une mélancolie assez supportable
et assez douce, si je n'en avois point d'autre que celle
qui me vient de mon tempérament ; mais il m'en vient
tant d'ailleurs, et ce qui m'en vient me remplit de telle
sorte l'imagination, et m'occupe si fort l'esprit, que la
plupart du temps ou je rêve sans dire mot, ou je n'ai
presque point d'attache à ce que je dis. Je suis fort
resserré avec ceux que je ne connois pas, et je ne suis pas
même extrêmement ouvert avec la plupart de ceux que je
connois. C'est un défaut, je le sais bien, et je ne négli-
gerai rien pour m'en corriger ; mais comme un certain
air sombre que j'ai dans le visage contribue à me faire
paroître encore plus réservé que je ne le suis, et qu'il
n'est pas en notre pouvoir de nous défaire d'un méchant

1. Il y a *mêmes* dans les deux éditions originales.
2. A *manque* Brotier et Duplessis ont substitué *manquerai*.
3. Voyez la *maxime* 202.
4. Voyez à ce sujet, ainsi que pour l'appréciation et l'explication
de tout ce portrait, la *Notice biographique*.

air qui nous vient de la disposition naturelle des traits, je
pense qu'après m'être corrigé au dedans, il ne laissera
pas de me demeurer toujours de mauvaises marques au
dehors. J'ai de l'esprit, et je ne fais point difficulté[1] de le
dire ; car à quoi bon façonner là-dessus ? Tant biaiser et
tant apporter d'adoucissement pour dire les avantages
que l'on a, c'est, ce me semble, cacher un peu de vanité
sous une modestie apparente[2], et se servir d'une manière
bien adroite pour faire croire de soi beaucoup plus de
bien que l'on n'en dit. Pour moi, je suis content qu'on
ne me croie ni plus beau que je me fais, ni de meilleure
humeur que je me dépeins, ni plus spirituel et plus raisonnable que je dirai que[3] je le suis. J'ai donc de l'esprit,
encore une fois, mais un esprit que la mélancolie gâte ;
car encore que je possède assez bien ma langue, que
j'aie la mémoire heureuse[4], et que je ne pense pas les
choses fort confusément, j'ai pourtant une si forte application à mon chagrin, que souvent j'exprime assez mal
ce que je veux dire. La conversation des honnêtes gens
est un des plaisirs qui me touchent le plus. J'aime qu'elle
soit sérieuse, et que la morale en fasse la plus grande
partie ; cependant je sais la goûter aussi quand elle est
enjouée, et si je n'y dis pas[5] beaucoup de petites choses
pour rire, ce n'est pas du moins que je ne connoisse bien

1. Dans Brotier : « je ne fais point *de* difficulté. »
2. Voyez la *maxime* 149. — Montaigne (*Essais*, livre II, chapitre VI, édition J. V. le Clerc, 1866, tome II, p. 70) : « De dire moins
de soy qu'il n'y en a, c'est sottise, non modestie. » — Mme de Sablé
(édition de 1678, *maxime* 17) : « C'est une force d'esprit d'avouer
sincèrement nos défauts et nos perfections ; et c'est une foiblesse de
ne pas demeurer d'accord du bien ou du mal qui est en nous. »
3. Brotier et Duplessis ont omis : « je dirai que. »
4. Dans l'édition de 1659, petit in-8° : « que j'aie la mémoire *assez*
heureuse. »
5. Dans Brotier et dans les éditions suivantes : « et si je *ne* dis pas. »

ce que valent les bagatelles bien dites, et que je ne trouve[1]
fort divertissante cette manière de badiner, où il y a certains esprits prompts et aisés qui réussissent si bien. J'écris
bien en prose, je fais bien en vers, et si j'étois sensible
à la gloire qui vient de ce côté-là, je pense qu'avec peu
de travail je pourrois m'acquérir assez de réputation.

J'aime la lecture en général ; celle où il se trouve
quelque chose qui peut façonner l'esprit et fortifier l'âme
est celle que j'aime le plus ; surtout j'ai une extrême
satisfaction à lire avec une personne d'esprit ; car de
cette sorte on réfléchit à tous moments sur ce qu'on lit,
et des réflexions que l'on fait il se forme une conversation la plus agréable du monde et la plus utile. Je
juge assez bien des ouvrages de vers et de prose que l'on
me montre ; mais j'en dis peut-être mon sentiment avec
un peu trop de liberté. Ce qu'il y a encore de mal en
moi, c'est que j'ai quelquefois une délicatesse trop scrupuleuse et une critique trop sévère. Je ne hais pas à
entendre[2] disputer, et souvent aussi je me mêle assez
volontiers dans la dispute ; mais je soutiens d'ordinaire
mon opinion avec trop de chaleur, et lorsqu'on défend
un parti injuste contre moi, quelquefois, à force de me
passionner pour celui de la raison[3], je deviens moi-même
fort peu raisonnable. J'ai les sentiments vertueux, les
inclinations belles, et une si forte envie d'être tout à fait
honnête homme[4], que mes amis ne me sauroient faire un
plus grand plaisir que de m'avertir sincèrement de mes

1. *Treuve* dans l'édition de 1659, petit in-8°.

2. Dans l'édition de Duplessis : « Je ne hais pas entendre. » — Dans
la *Galerie des portraits* publiée par M. Éd. de Barthélemy : « Je ne *hais*
pas à entendre » a été remplacé par : « Je ne *tiens* pas à entendre. »

3. Brotier et Duplessis : « pour la raison. » — Voyez plus loin,
p. 284, note 3.

4. Malgré le voisinage des mots *sentiments vertueux* et *inclinations
belles*, *honnête homme* est pris ici dans l'acception, ordinaire au dix

défauts. Ceux qui me connoissent un peu particulièrement, et qui ont eu la bonté de me donner quelquefois
des avis là-dessus, savent que je les ai toujours reçus avec
toute la joie imaginable, et toute la soumission d'esprit
que l'on sauroit desirer[1]. J'ai toutes les passions assez
douces et assez réglées : on ne m'a presque jamais vu en
colère, et je n'ai jamais eu de haine pour[2] personne.
Je ne suis pas pourtant incapable de me venger, si l'on
m'avoit offensé, et qu'il y allât de mon honneur à me
ressentir de l'injure qu'on m'auroit faite. Au contraire,
je suis assuré que le devoir feroit si bien en moi l'office
de la haine, que je poursuivrois ma vengeance avec
encore plus de vigueur qu'un autre[3]. L'ambition ne me
travaille point. Je ne crains guère de choses, et ne crains
aucunement la mort[4]. Je suis peu sensible à la pitié, et
je voudrois ne l'y être point du tout. Cependant il n'est
rien que je ne fisse pour le soulagement d'une personne
affligée; et je crois effectivement que l'on doit tout
faire, jusques à lui témoigner même beaucoup de compassion de son mal; car les misérables sont si sots, que
cela leur fait le plus grand bien du monde. Mais je
tiens aussi qu'il faut se contenter d'en témoigner, et se
garder soigneusement d'en avoir. C'est une passion qui
n'est bonne à rien au dedans d'une âme bien faite, qui
ne sert qu'à affoiblir le cœur, et qu'on doit laisser au
peuple[5], qui n'exécutant jamais rien par raison, a besoin

septième siècle, d'*homme bien élevé*, de *galant homme*. Nous retrou-
verons souvent cette expression dans le même sens.

1. Voyez les *maximes* 283 et 639.

2. L'édition de Duplessis substitue *contre* à *pour*.

3. Montaigne est d'humeur plus accommodante (*Essais*, livre III,
chapitre XII, vers la fin) : « Ie ne hais personne, et suis si lasche à offenser, que, pour le seruice de la raison mesme, ie ne le puis faire. »

4. Voyez la *maxime* 504.

5. Voyez la *maxime* 264, et, plus loin, p. 285, note 4. — « Qu'on

de passions pour le porter à faire les choses. J'aime mes
amis, et je les aime d'une façon que je ne balancerois pas
un moment à sacrifier mes intérêts aux leurs. J'ai de la
condescendance pour eux ; je souffre patiemment leurs
mauvaises humeurs [1] et j'en excuse facilement toutes
choses [2] ; seulement je ne leur fais pas beaucoup de
caresses, et je n'ai pas non plus de grandes inquiétudes en leur absence. J'ai naturellement fort peu de
curiosité pour la plus grande partie de tout ce qui en
donne aux autres gens. Je suis fort secret, et j'ai moins

doit laisser au peuple, » c'est-à-dire au vulgaire, à ceux qui par la
condition, les sentiments, le défaut de culture, sont gens du commun.
C'est la doctrine des stoïciens, ainsi que le rappelle Montaigne
(*Essais*, livre I, chapitre i) : « Ils veulent qu'on secoure les affligez,
mais non pas qu'on flechisse et compatisse auecques eulx. » —
Cicéron (*Tusculanæ Quæstiones*, livre IV, chapitre xxvi) : *At etiam
utile est misereri. Cur misereare potius, quam feras opem, si id facere
possis ? An sine misericordia liberales esse non possumus ?* « Mais (*disent
les péripatéticiens*) la pitié est utile. Au lieu de prendre pitié d'un
malheureux, que ne l'assistez-vous plutôt, si vous le pouvez ? A-t-on
besoin d'être touché, pour se montrer secourable ? » — Sénèque
(*de Clementia*, livre II, chapitre iv) : *Ad rem pertinet quærere hoc
loco quid sit misericordia ; plerique enim ut virtutem eam laudant....
At hæc vitium animi est.* « C'est le cas de rechercher ici ce que c'est
que la pitié ; car le vulgaire la vante comme une vertu.... Ce n'est
pourtant qu'un défaut de l'âme. » — *Misericordiam.... vitabunt ; est
enim vitium pusilli animi, ad speciem alienorum malorum succidentis.*
(*Ibidem*, chapitre v.) « On évitera la pitié ; car c'est le défaut d'une
âme faible, qui succombe au spectacle des maux d'autrui. » —
Charron (*de la Sagesse*, livre I, chapitre xxxii, édition de 1632)
abonde dans le sens de Cicéron, de Sénèque et de la Rochefoucauld :
C'est « vne passion d'ame foible, vne sotte et feminine pitié, qui
vient de mollesse, trouble d'esprit ; loge volontiers aux femmes. »
Cependant son maître, Montaigne, avait dit (*Essais*, livre I, chapitre i) : « I'ay vne merueilleuse lascheté vers la misericorde et
mansuetude. »

1. « Leur mauvaise humeur, » au singulier, dans le texte de
Duplessis et dans celui de M. Éd. de Barthélemy.

2. Ce membre de phrase : « et j'en excuse, etc., » manque dans
les éditions de Brotier et de Duplessis.

de difficulté[1] que personne à taire ce qu'on m'a dit en confidence[2]. Je suis extrêmement régulier à ma parole : je n'y manque jamais, de quelque conséquence que puisse être ce que j'ai promis, et je m'en suis fait toute ma vie une obligation indispensable. J'ai une civilité fort exacte parmi les femmes, et je ne crois pas avoir jamais rien dit devant elles qui leur ait pu faire de la peine. Quand elles ont l'esprit bien fait, j'aime mieux leur conversation que celle des hommes : on y trouve une certaine douceur qui ne se rencontre point parmi nous ; et il me semble outre cela qu'elles s'expliquent avec plus de netteté, et qu'elles donnent un tour plus agréable aux choses qu'elles disent. Pour galant[3], je l'ai été un peu autrefois ; présentement je ne le suis plus, quelque jeune que je sois[4]. J'ai renoncé aux fleurettes, et je m'étonne seulement de ce qu'il y a encore tant d'honnêtes gens qui s'occupent à en débiter. J'approuve extrêmement les belles passions ; elles marquent la grandeur de l'âme, et quoique dans les inquiétudes qu'elles donnent il y ait quelque chose de contraire à la sévère sagesse, elles s'accommodent si bien d'ailleurs avec la plus austère vertu, que je crois qu'on ne les sauroit condamner avec justice. Moi qui connois tout ce qu'il y a de délicat et de fort dans les grands sentiments de l'amour, si jamais je viens à aimer, ce sera assurément de cette sorte ; mais de la façon dont je suis, je ne crois pas que cette connoissance que j'ai me passe jamais de l'esprit au cœur.

1. Dans le texte de Duplessis : « et j'ai moins difficulté. »
2. Voyez la 5e des *Réflexions diverses*.
3. Il y a *galand*, par un *d*, dans les deux éditions in-8° de 1659.
4. L'auteur avait en 1658 quarante-cinq ans.

PORTRAIT

DU DUC

DE LA ROCHEFOUCAULD,

PAR LE CARDINAL DE RETZ[1].

Il y a toujours eu du je ne sais quoi en tout M. de la Rochefoucauld : il a voulu se mêler d'intrigue, dès son enfance, et dans un temps où il ne sentoit pas les petits intérêts, qui n'ont jamais été son foible, et où il ne connoissoit pas les grands, qui, d'un autre sens, n'ont pas été son fort ; il n'a jamais été capable d'aucune affaire, et je ne sais pourquoi, car il avoit des qualités qui eussent suppléé, en tout autre, celles qu'il n'avoit pas[2]. Sa vue n'étoit pas assez étendue, et il ne voyoit pas même tout ensemble ce qui étoit à sa portée ; mais son bon sens, et très-bon dans la spéculation, joint à sa douceur, à son insinuation et à sa facilité de mœurs, qui est admirable, devoit compenser[3] plus qu'il n'a fait le défaut de sa pénétration. Il a toujours eu une irrésolution habituelle, mais je ne sais même à quoi attribuer cette irrésolution : elle n'a pu venir en lui de la fécondité de son imagination, qui n'est rien moins que vive ; je ne la puis donner à la stérilité de son jugement, car, quoiqu'il ne l'ait pas exquis dans l'action, il a un bon fonds de raison : nous voyons les effets de cette irrésolution, quoique nous n'en connoissions pas la cause. Il n'a jamais été guerrier, quoiqu'il fût très-

---

1. Ce portrait, comme nous l'avons dit, est tiré des *Mémoires* du Cardinal. Le texte a été vérifié sur le manuscrit autographe de la Bibliothèque impériale (fonds français 10325, p. 736-739).

2. Ici, sur le manuscrit de la Bibliothèque impériale, se trouve, soigneusement biffé, ce court passage, que le Cardinal a récrit, en changeant *est* en *et*, un peu plus bas : « Mais son bon sens est très-bon dans la spéculation. »

3. Il y avait d'abord : *recompenser*, mais *re* a été effacé.

soldat[1] ; il n'a jamais été par lui-même bon courtisan, quoiqu'il ait eu toujours bonne intention de l'être ; il n'a jamais été bon homme de parti, quoique toute sa vie il y ait été engagé. Cet air de honte et de timidité que vous lui voyez dans la vie civile, s'étoit tourné, dans les affaires, en air d'apologie ; il croyoit toujours en avoir besoin : ce qui, joint à ses *Maximes*, qui ne marquent pas assez de foi en la vertu, et à sa pratique, qui a toujours été de chercher à sortir des affaires avec autant d'impatience qu'il y étoit entré, me fait conclure qu'il eût beaucoup mieux fait de se connoître, et de se réduire à passer, comme il l'eût pu, pour le courtisan le plus poli[2] qui eût paru dans son siècle.

1. « *Soldat* se dit aussi de tout homme de guerre qui est brave. » (*Dictionnaire de Furetière*, 1690.)

2. Le cardinal avait d'abord ajouté ici : « et pour le plus honnête homme à l'égard de la vie commune ; » mais il a ensuite supprimé ces mots.

PORTRAIT

DU

CARDINAL DE RETZ

PAR LA ROCHEFOUCAULD

(1675)

NOTICE

Ce *Portrait du cardinal de Retz* par la Rochefoucauld peut
être considéré comme une sorte de réplique au *Portrait de la
Rochefoucauld* par le cardinal de Retz, que nous avons donné
ci-dessus, aux pages 13 et 14. Il a paru, pour la première fois,
dans le tome III, p. 60-63[1], de l'édition des *Lettres de Mme de
Sévigné*, publiée en 1754 par le chevalier de Perrin[2]. On peut
supposer que Perrin a fait imprimer ce portrait de Retz
d'après la copie même qui se trouvait dans la corresponcance
de Mmes de Sévigné et de Grignan. Il dit en note : « Comme
ce portrait n'a été imprimé ni dans la *Galerie des peintures*,
ni dans les *Mémoires* de Mademoiselle, où sont insérés la plupart des portraits qui furent faits dans ce temps-là, on a pré-
sumé que celui-ci seroit vu avec d'autant plus de plaisir qu'il
est fait de main de maître. » Mme de Sévigné écrit à sa fille,
en le lui envoyant le 19 juin 1675[3] : « Voilà un trait qui
s'est fait brusquement sur le Cardinal : celui qui l'a fait n'est
pas son intime ami ; il n'a aucun dessein qu'il le voie, ni que
cet écrit coure ; il n'a point prétendu le louer. Il m'a paru bon
par toutes ces raisons : je vous l'envoie et vous prie de n'en
donner aucune copie. On est si lassé de louanges en face, qu'il
y a du ragoût à pouvoir être assuré qu'on n'a pas eu dessein
de vous faire plaisir, et que voilà ce qu'on dit, quand on dit
la vérité toute nue, toute naïve. » Elle écrit encore, le 3 juillet
suivant[4] : « Ce qui me le fit trouver bon, et le montrer au Car-

1. Pages 50-52 dans l'édition petit format.
2. Dans l'édition qui fait partie de la collection des *Grands écrivains
de la France*, on trouvera ce portrait au tome III, p. 486-488.
3. Tome III, p. 485 et 486. — 4. Tome III, p. 505.

dinal, c'est qu'il n'a jamais été fait pour être vu. C'étoit un secret que j'ai forcé, par le goût que je trouve à des louanges en absence, par un homme qui n'est ni intime ami, ni flatteur. Notre cardinal trouva le même plaisir que moi à voir que c'étoit ainsi que la vérité forçoit à parler de lui, quand on ne l'aimoit guère, et qu'on croyoit qu'il ne le sauroit jamais. » — On s'est étonné (voyez le tome III des *Lettres de Mme de Sévigné*, p. 5o5, note 17) que *le cardinal de Retz ait pu trouver du plaisir à lire* un tel portrait, et l'on s'est demandé si celui que Perrin a publié *est bien le même que Mme de Sévigné a envoyé à sa fille*. En effet, c'est une objection qui se présente naturellement à l'esprit. Il faut le remarquer cependant : outre que, devant Mme de Sévigné, le Cardinal devait, comme on dit, faire contre fortune bon cœur, il pouvait aussi se trouver satisfait, au moins relativement, car un ennemi, ou, en tout cas, un juge aussi redoutable pour lui que l'était la Rochefoucauld, aurait pu le maltraiter davantage. Pour moi, après une étude attentive du fond et de la forme de ce morceau, je n'hésite pas à le laisser à l'auteur des *Maximes*. Aucun contemporain, je crois, n'était en état de l'écrire avec cette précision et cette force, voilà quant à la forme ; et quant au fond, on va trouver, dans les notes qui suivent, plusieurs passages des *Mémoires* et des *Maximes* où mêmes pensées se retrouvent, quelquefois en mêmes termes.

PORTRAIT

DU

CARDINAL DE RETZ.

Paul de Gondi, cardinal de Retz, a beaucoup d'élévation, d'étendue d'esprit, et plus d'ostentation[1] que de
vraie grandeur de courage. Il a une mémoire extraordinaire ; plus de force que de politesse dans ses paroles ;
l'humeur facile[2], de la docilité[3] et de la foiblesse à
souffrir les plaintes et les reproches de ses amis ; peu de
piété, quelques apparences de religion. Il paroît ambitieux sans l'être ; la vanité, et ceux qui l'ont conduit lui
ont fait entreprendre de grandes choses, presque toutes
opposées à sa profession ; il y a suscité les plus grands
désordres de l'État, sans avoir un dessein formé de s'en
prévaloir[4], et bien loin de se déclarer ennemi du car-

1. La Rochefoucauld, dans ses *Mémoires*, dit, en parlant du cardinal de Retz : « Il avoit de l'élévation et de l'esprit ; » et un peu
plus loin : « Il avoit de l'orgueil et de la fierté. »

2. Nous lisons de même dans la partie des *Mémoires* que nous
venons de citer : « Son humeur étoit facile. »

3. Dans l'édition des *Mémoires de Retz*, de M. Champollion-Figeac,
on a imprimé : *solidité*, au lieu de *docilité*. — Mme de Sévigné, dans
une lettre à sa fille (tome V, p. 519), dit à peu près de même, en
parlant du Cardinal : « Jamais je n'ai vu un cœur si aisé à gouverner. »

4. On peut croire que l'auteur pensait au cardinal de Retz, lorsqu'il écrivait les *maximes* 160 et 343 : « Quelque éclatante que
soit une action, elle ne doit pas passer pour grande lorsqu'elle n'est
pas l'effet d'un grand dessein. » — « Pour être un grand homme, il
faut savoir profiter de toute sa fortune. »

dinal Mazarin pour occuper sa place, il n'a pensé qu'à
lui paroître redoutable, et à se flatter de la fausse vanité
de lui être opposé. Il a su néanmoins [1] profiter avec
habileté des malheurs publics pour se faire cardinal ; il a
souffert sa prison avec fermeté, et n'a dû sa liberté qu'à
sa hardiesse [2]. La paresse [3] l'a soutenu avec gloire, durant
plusieurs années, dans l'obscurité d'une vie errante et
cachée. Il a conservé l'archevêché de Paris, contre la
puissance du cardinal Mazarin ; mais après la mort de ce
ministre, il s'en est démis, sans connoître ce qu'il faisoit,
et sans prendre cette conjoncture pour ménager les
intérêts de ses amis et les siens propres. Il est entré dans
divers conclaves, et sa conduite a toujours augmenté sa
réputation [4]. Sa pente naturelle est l'oisiveté ; il travaille
néanmoins avec activité dans les affaires qui le pressent,
et il se repose avec nonchalance quand elles sont finies.
Il a une grande présence d'esprit, et il sait tellement tourner à son avantage les occasions que la fortune lui offre [5],
qu'il semble qu'il les ait prévues et desirées. Il aime à ra-
conter ; il veut éblouir indifféremment tous ceux qui
l'écoutent par des aventures extraordinaires, et souvent
son imagination lui fournit plus que sa mémoire. Il est
faux dans la plupart de ses qualités [6], et ce qui a le plus

1. *Néanmoins* est omis dans la petite édition de Perrin.

2. On sait avec quelle hardiesse le Cardinal s'échappa, en 1654,
de la prison où il était retenu à Nantes.

3. Voyez, en consultant la *Table* des *Maximes*, les diverses réflexions de l'auteur sur la *paresse*, qui pour lui est synonyme d'*indolence*.

4. En effet le Cardinal joua un grand rôle dans plusieurs conclaves ; il contribua particulièrement, en 1655, à l'élection du pape
Alexandre VII, comme plus tard, en 1676, il contribua à celle
d'Innocent XI.

5. Voyez les *maximes* 57 et 60.

6. C'est-à-dire, ses qualités ne sont qu'en apparence. — Voyez la
maxime 166 et la 13e des *Réflexions diverses*.

contribué à sa réputation, est de savoir donner un beau
jour à ses défauts[1]. Il est insensible à la haine et à l'amitié,
quelques soins qu'il ait pris de paroître occupé de l'une ou
de l'autre ; il est incapable d'envie et d'avarice[2], soit par
vertu, soit par inapplication. Il a plus emprunté de ses
amis qu'un particulier ne pouvoit espérer de leur pouvoir
rendre ; il a senti de la vanité à trouver tant de crédit,
et à entreprendre de s'acquitter[3]. Il n'a point de goût,
ni de délicatesse ; il s'amuse à tout, et ne se plaît à
rien ; il évite avec adresse de laisser pénétrer qu'il n'a
qu'une légère connoissance de toutes choses. La retraite
qu'il vient de faire[4] est la plus éclatante et la plus fausse
action de sa vie ; c'est un sacrifice qu'il fait à son
orgueil, sous prétexte de dévotion : il quitte la cour,
où il ne peut s'attacher, et il s'éloigne du monde, qui
s'éloigne de lui.

1. Voyez les *maximes* 162 et 354. — Dans ses *Mémoires*, l'auteur
ajoute : « Il savoit feindre des vertus qu'il n'avoit pas. »

2. Dans les *Mémoires* : « Son humeur étoit.... désintéressée. »

3. C'est en 1675, l'année même où ce portrait fut composé, que
le Cardinal *entreprit de s'acquitter* envers ses créanciers en allant vivre
dans la retraite. Il s'acquitta en effet. Mme de Sévigné écrit à Bussy,
le 27 juin 1678 (tome V, p. 459) : « Vous savez qu'il s'est acquitté
de onze cent mille écus. »

4. La Rochefoucauld parle sans doute de la résolution que Retz
avait prise de se retirer à l'abbaye de Saint-Mihel, et qu'il exécuta
en juin 1675, dans le temps même où Mme de Sévigné envoyait le
présent portrait à Mme de Grignan : voyez les *Lettres de Mme de
Sévigné*, tome V, p. 482. Quelques mois plus tard, le pape lui ordonna de quitter Saint-Mihel pour aller vivre à Commercy. Il s'était
démis depuis plusieurs années de l'archevêché de Paris ; il voulut
aussi renoncer à son chapeau de cardinal, mais le pape et le Roi exi-
gèrent qu'il le gardàt.

RÉFLEXIONS ou SENTENCES

ET

MAXIMES MORALES

PRÉFACE

DE LA PREMIÈRE ÉDITION (1665)[1].

AVIS AU LECTEUR.

Voici un portrait du cœur de l'homme que je donne au public, sous le nom de *Réflexions ou Maximes morales*[2]. Il court fortune de ne plaire pas à tout le monde, parce qu'on trouvera peut-être qu'il ressemble trop, et qu'il ne

1. Contrairément à l'usage suivi dans cette collection des *Grands écrivains de la Franee*, nous ne donnons pas de notice particulière sur les *Maximes*. Ce qu'on en pourrait dire ici ferait double emploi avec les renseignements que nous fournissons, aussi complets qu'il nous a été possible, dans les *Notices biographique* et *bibliographique*. La seconde moitié de la vie de la Rochefoucauld est à peu près vide d'événements ; en ôter ce qui concerne la composition et la publication de ses ouvrages, ce serait réduire à rien sa biographie.

2. Le titre complet de cette première édition, et de toutes celles qui ont été publiées du vivant de l'auteur (*a*), est : *Réflexions ou Sentences et Maximes morales.* — « Ce titre est singulier, dit l'abbé Brotier ; et cependant le duc de la Rochefoucauld n'en devoit pas mettre d'autre. Mme de la Fayette, qui s'intéressoit à l'ouvrage plus que l'auteur même, avoit consulté quantité de personnes (*b*). Le savant Huet prétendoit que ce n'étoit point des maximes. D'autres y voyoient des réflexions, des sentences. Pour ne point trancher en maître et laisser à

(*a*) A l'exception d'une des quatre de 1665, une contrefaçon évidemment, qui est intitulée : *Réflexions morales de Monsieur de L. R. Foucaut.* C'est la seule qui porte ainsi le nom de l'auteur.

(*b*) Nous pensons que Brotier se trompe, au moins en ce qui concerne la première édition des *Maximes* (1665) : c'est plus tard que Mme de la Fayette *s'intéressa à l'ouvrage* autant *qu'à l'auteur même.* Voyez la *Notice biographique.*

flatte pas assez. Il y a apparence que l'intention du
peintre n'a jamais été de faire paroître cet ouvrage, et
qu'il seroit encore renfermé dans son cabinet, si une
méchante copie qui en a couru, et qui a passé même,
depuis quelque temps en Hollande [1], n'avoit obligé un de
ses amis de m'en donner une autre, qu'il dit l'être tout à
fait conforme à l'original ; mais toute correcte qu'elle
est, possible n'évitera-t-elle pas la censure de certaines
personnes qui ne peuvent souffrir que l'on se mêle de
pénétrer dans le fond de leur cœur, et qui croient être
en droit d'empêcher que les autres les connoissent, parce
qu'elles ne veulent pas se connoître elles-mêmes [2]. Il est
vrai que, comme ces *Maximes* sont remplies de ces
sortes de vérités dont l'orgueil humain ne se peut accommoder, il est presque impossible qu'il ne se soulève
contre elles, et qu'elles ne s'attirent des censeurs [3]. Aussi,
est-ce pour eux que je mets ici une *Lettre* [4] que l'on m'a
donnée, qui a été faite depuis que le manuscrit a paru [5],

chacun ses idées, le duc de la Rochefoucauld a très-bien fait de faire
connoître cette variété d'idées et de jugements. Le public a prononcé
en faveur des *Maximes*. » (*Observations sur les* Maximes, p. 207
et 208.)

1. L'histoire de cette *copie* infidèle n'a jamais pu être éclaircie,
et il y a tout lieu de croire que c'était un simple prétexte dont un
grand seigneur comme la Rochefoucauld avait besoin pour donner
au public un livre même anonyme. Si une copie avait *couru* jusqu'*en Hollande,* on n'eût pas manqué de l'y imprimer immédiatement, comme on s'était hâté de faire, en 1662, pour les *Mémoires*
de notre auteur ; or il ne reste pas trace d'une édition hollandaise antérieure à la première édition française.

2. Voyez la *maxime* 119.

3. Voyez, à l'*Appendice* de ce volume, les *Jugements des contemporains sur les* Maximes.

4. C'est le *Discours* faussement attribué, selon nous, à Segrais.
Voyez la notice de ce *Discours* à l'*Appendice* de ce volume.

5. C'est-à-dire depuis que le manuscrit a été communiqué à diverses personnes. Voyez la *Notice biographique.*

et dans le temps que chacun se mêloit d'en dire son avis. Elle m'a semblé assez propre pour répondre aux principales difficultés que l'on peut opposer aux *Réflexions,* et pour expliquer les sentiments de leur auteur ; elle suffit pour faire voir que ce qu'elles contiennent n'est autre chose que l'abrégé d'une morale conforme aux pensées de plusieurs Pères de l'Église, et que celui qui les a écrites a eu beaucoup de raison de croire qu'il ne pouvoit s'égarer en suivant de si bons guides, et qu'il lui étoit permis de parler de l'*homme* comme les Pères en ont parlé. Mais si le respect qui leur est dû n'est pas capable de retenir le chagrin des critiques, s'ils ne font point de scrupule de condamner l'opinion de ces grands hommes en condamnant ce livre, je prie le lecteur de ne les pas imiter, de ne laisser point entraîner son esprit au premier mouvement de son cœur, et de donner ordre, s'il est possible, que l'*amour-propre* ne se mêle point dans le jugement qu'il en fera ; car s'il le consulte, il ne faut pas s'attendre qu'il puisse être favorable à ces *Maximes :* comme elles traitent l'*amour-propre* de corrupteur de la raison, il ne manquera pas de prévenir l'esprit contre elles. Il faut donc prendre garde que cette prévention ne les justifie, et se persuader qu'il n'y a rien de plus propre à établir la vérité de ces *Réflexions* que la chaleur et la subtilité que l'on témoignera pour les combattre[1] : en effet il sera difficile de faire croire à tout homme de bon sens que l'on les condamne par d'autre motif que par celui de l'intérêt caché, de l'orgueil et de l'amour-propre. En un mot, le meilleur parti que le lecteur ait à prendre est de se mettre d'abord dans l'esprit qu'il n'y a aucune de ces *Maximes* qui le regarde en particulier, et qu'il en est seul excepté, bien qu'elles

---

1. Voyez les *maximes* 517 et 524.

paroissent générales [1] ; après cela, je lui réponds qu'il
sera le premier à y souscrire, et qu'il croira qu'elles font
encore grâce au cœur humain. Voilà ce que j'avois à dire
sur cet écrit en général ; pour ce qui est de la méthode
que l'on y eût pu observer, je crois qu'il eût été à desirer
que chaque maxime eût eu un titre du sujet qu'elle
traite, et qu'elles eussent été mises dans un plus grand
ordre ; mais je ne l'ai pu faire sans renverser entièrement celui de la copie qu'on m'a donnée [2] ; et comme il
y a plusieurs maximes sur une même matière, ceux à
qui j'en ai demandé avis ont jugé qu'il étoit plus expé-
dient de faire une *Table*, à laquelle on aura recours pour
trouver celles qui traitent d'une même chose.

1. Sans parler de divers passages de cette préface qui répètent
plusieurs *maximes*, Duplessis fait remarquer avec raison (p. 237) que
cette phrase, « ingénieusement ironique, suffirait seule pour prouver
que la Rochefoucauld lui-même est l'auteur de cet *Avis au lecteur*. »

2. Cette raison ne paraît guère satisfaisante. Voyez ce que nous
disons à ce sujet, en appréciant le livre des *Maximes*, dans la *Notice
biographique*.

PRÉFACE

DE LA CINQUIÈME ÉDITION (1678)[1].

———

LE LIBRAIRE AU LECTEUR.

CETTE cinquième édition des *Réflexions morales* est augmentée de plus de cent nouvelles maximes[2], et plus exacte que les quatre premières[3]. L'approbation que le

1. Cette préface est presque entièrement conforme à celle de la 4e édition (1675) et elle diffère peu de celles des 2e et 3e (1666 et 1671).

2. Il y en avait 317 dans la 1re édition (a); 302 seulement dans la 2e, en y comprenant la réflexion sur la mort, non numérotée dans la 1re; 341 dans la 3e; 413 dans la 4e; 504 dans la 5e.

3. VAR : Cette quatrième édition des *Réflexions morales* est encore beaucoup plus ample et plus exacte que les trois premières. (1675.) — Voici une troisième édition des *Réflexions morales*, que vous trouverez plus ample et plus exacte que les deux premières. Vous pouvez en faire tel jugement que vous voudrez, je ne me mettrai point en peine de vous prévenir en leur faveur (b). Si elles sont telles que je les crois, on ne pourroit leur faire plus de tort que de se persuader qu'elles eussent besoin d'apologie. (1671.) — Mon cher lecteur, voici une seconde édition des *Réflexions morales,* que vous trouverez sans doute plus correcte et plus exacte en toutes façons que n'a été la première. Ainsi vous pouvez maintenant en faire tel jugement que vous voudrez, sans que je me mette en peine de tâcher à vous prévenir en leur faveur, puisque si elles sont telles que je le crois, on ne pourroit leur faire plus de tort que de se persuader qu'elles eussent besoin d'apologie. (1666.)

(a) La dernière, il est vrai, est numérotée 316 ; mais il y a deux maximes portant le numéro 302. Si l'on tenait compte de la réflexion sur la mort, qui se trouve, sans numéro, à la fin du volume, la première édition comprendrait en réalité 318 maximes.

(b) L'auteur lui-même a fait justice, en la supprimant, de cette boutade à la Scudéry.

public leur a donnée est au-dessus de ce que je puis dire en leur faveur, et si elles sont telles que je les crois, comme j'ai sujet d'en être persuadé, on ne pourroit leur faire plus de tort que de s'imaginer qu'elles eussent besoin d'apologie[1]. Je me contenterai de vous avertir de deux choses : l'une, que par le mot d'*intérêt*, on n'entend pas toujours un intérêt de bien, mais le plus souvent un intérêt d'honneur ou de gloire ; et l'autre (qui est comme le fondement de toutes ces *Réflexions*), que celui[2] qui les a faites n'a considéré les hommes que dans cet état déplorable de la nature corrompue par le péché, et qu'ainsi la manière dont il parle de ce nombre infini de défauts qui se rencontrent dans leurs vertus apparentes, ne regarde point ceux que Dieu en préserve par une grâce particulière[3].

Pour ce qui est de l'ordre de ces *Réfléxions*, on n'aura pas de peine à juger[4] que, comme elles sont toutes sur des matières différentes, il étoit difficile d'y en observer ; et bien qu'il y en ait plusieurs sur un même sujet, on n'a pas cru les devoir toujours[5] mettre de suite, de crainte d'ennuyer le lecteur ; mais on les trouvera dans la *Table*.

1. Aussi la Rochefoucauld a-t-il supprimé, dès la 2ᵉ édition, le long *Discours* apologétique (voyez ci-dessus, p. 26, note 4) ; mais il n'en reste pas moins que, pour la 1ʳᵉ édition, il avait accepté, et sans doute sollicité, cette *apologie*, comme il avait sollicité de Mme de Sablé, et retouché de sa main, un *article* pour le *Journal des Savants* (voyez à l'*Appendice* de ce volume).

2. VAR. : et l'autre, qui est *la principale et* comme le fondement de toutes ces *Réflexions, est* que celui…. (1666.)

3. On l'a vu dans la préface qui précède, l'auteur, dès sa première édition, s'était mis en règle avec l'Église, mais sous une autre forme.

4. VAR. : *vous n'aurez* pas de peine à juger, *mon cher lecteur….* (1666.)

5. Le mot *toujours* n'est pas dans la 2ᵉ édition (1666), non plus que dans la 3ᵉ (1671).

RÉFLEXIONS MORALES.

*Nos vertus ne sont le plus souvent que des vices dé-
guisés*[1]. (ÉD. 4.)

I

Ce que nous prenons pour des vertus n'est souvent
qu'un assemblage de diverses actions et de divers intérêts
que la fortune ou notre industrie savent arranger[2], et
ce n'est pas toujours par valeur et par chasteté que les
hommes sont vaillants et que les femmes sont chastes.
(ÉD. 2*[3].)

II

L'amour-propre est le plus grand de tous les flatteurs[4]. (ÉD. 1.)

1. Cette maxime-épigraphe, résumé de tout le livre, ne date que
de la 4ᵉ édition (1675). — Brotier (*Observations sur les* Maximes,
p. 210) cite à ce propos Bossuet (*Oraison funèbre de la princesse Palatine*, tome XVIII, p. 458, édition de Versailles) : « Elle croyoit
voir partout dans ses actions un amour-propre déguisé en vertu.... »
— Voyez la *maxime* 607.

2. VAR. : de diverses actions que la fortune *arrange comme il
lui plaît*. (1666 et 1671.) — La fin de la *maxime* : « et ce n'est pas
toujours, etc., » date de la 4ᵉ édition (1675). — Rapprochez des
maximes 169, 204, 205, 213, 215, 220, 333, 380 et 631. — Au lieu
de cette pensée, la 1ʳᵉ édition (1665) donnait la longue définition de
l'amour-propre (*maxime* 563).

3. Les *maximes* marquées à la fin d'un astérisque sont celles que
l'auteur a retouchées.

4. Voyez les *maximes* 303 et 600.

III

Quelque découverte que l'on ait faite dans le pays de l'amour-propre, il y reste encore bien des terres inconnues[1]. (ÉD. 1*.)

IV

L'amour-propre est plus habile que le plus habile homme du monde[2]. (ÉD. 1.)

V

La durée de nos passions ne dépend pas plus de nous que la durée de notre vie[3]. (ÉD. 1.)

VI

La passion fait souvent un fou[4] du plus habile homme et rend souvent[5] les plus sots habiles. (ÉD. 1*.)

1. Var. : il *reste bien encore* des terres inconnues. (1665 et 1666.) — « *Le pays de l'amour-propre, terres inconnues ;* ces expressions ne me paroissent pas nobles, » dit Vauvenargues (*Œuvres posthumes et Œuvres inédites*, édition D. L. Gilbert, Paris, Furne, 1857, p. 76). Voyez, dans la présente collection des *Grands écrivains de la France*, le *Lexique de Corneille*, tome II, p. 13 et 14.

2. Vauvenargues (p. 76) répond à cette *maxime* : « L'amour-propre le plus habile fait beaucoup de fautes contre ses vrais intérêts. » — Mme de Sablé objecte de son côté (*maxime* 28) : « L'amour-propre se trompe, même par l'amour-propre, en faisant voir dans ses intérêts une si grande indifférence pour ceux d'autrui, etc. »

3. Rapprochez des *maximes* 122, 297, 564 et 638.

4. Var. : un *sot*. (*Manuscrit*.) — un *fol*. (1666.)

5. Var. La passion fait souvent du plus habile homme un *fol*, et rend *quasi toujours*.... (1665.)

VII

Ces[1] grandes et éclatantes actions qui éblouissent les
yeux sont représentées par les politiques comme les effets
des grands desseins[2], au lieu que ce sont d'ordinaire les
effets de l'humeur et des passions. Ainsi la guerre d'Auguste et d'Antoine, qu'on rapporte à l'ambition qu'ils
avoient de se rendre maîtres du monde, n'étoit peut-être
qu'un effet de jalousie[3]. (ÉD. 1*.)

VIII

Les passions sont les seuls orateurs qui persuadent
toujours. Elles sont comme un art de la nature dont les
règles sont infaillibles[4]; et l'homme le plus simple qui a
de la passion persuade mieux que le plus éloquent qui
n'en a point. (ÉD. 1*.)

IX

Les passions ont une injustice et un propre intérêt qui
fait qu'il est dangereux de les suivre, et qu'on s'en doit
défier[5], lors même qu'elles paroissent les plus raisonnables[6]. (ÉD. 1*.)

---

1. VAR. : *Les.* (1665.) — 2. VAR. : des grands *intérêts.* (1665.)

3. La 1re édition (1665) disait affirmativement : « *étoit* un effet
de jalousie. » — Vauvenargues répond à la Rochefoucauld (p. 77) :
« La jalousie d'Auguste et d'Antoine n'étant probablement fondée
que sur ce qu'ils partageoient l'empire du monde, on a pu raisonnablement confondre une telle jalousie avec l'ambition. » — Voyez les
maximes 57, 58, 160, et la 17e des *Réflexions diverses.*

4. Dans le manuscrit, la *maxime* finit ici ; la suite appartient à la
1re édition (1665), sous cette forme : « et l'homme le plus simple *que
la passion fait parler* persuade mieux que *celui qui n'a que la seule éloquence.* »

5. La 1re édition (1665) n'a pas ce membre de phrase.

6. VAR. : Les passions ont une injustice et un propre intérêt qui

X

Il y a dans le cœur humain une génération perpétuelle
de passions, en sorte que la ruine de l'une est presque
toujours[1] l'établissement d'une autre[2]. (ÉD. 1*.)

XI

Les passions en engendrent souvent qui leur sont contraires : l'avarice produit quelquefois la prodigalité, et la
prodigalité l'avarice ; on est souvent ferme par foiblesse,
et audacieux par timidité[3]. (ÉD. 1*.)

XII

Quelque soin que l'on prenne de couvrir ses passions

fait *qu'elles offensent et blessent toujours, même lorsqu'elles parlent raisonnablement et équitablement. La charité a seule le privilége de dire
tout ce qui lui plaît et de ne blesser jamais personne. (Manuscrit.)* —
Selon Vauvenargues, cette pensée est *commune* (p. 84, note).

1. La 1re édition (1665) donne sans correctif : « est toujours. »

2. VAR. : *Comme dans la nature il y a une éternelle génération, et
que la mort d'une chose est toujours la production d'une autre, de même
il y a dans le cœur humain....* (Manuscrit.) — Montaigne (*Essais*,
livre III, chapitre II, tome III, p. 230) : « Nous ne quittons pas tant
les vices, comme nous les changeons, et, à mon opinion, en pis. »
— Pascal (*Pensées*, édition Havet, articles VIII, 8, et XXV, 12) :
« Les passions sont toujours vivantes dans ceux qui y veulent renoncer. » — « Otez un de ces vices, nous tombons dans l'autre. » —
Vauvenargues (*Introduction à la Connoissance de l'esprit humain*,
livre II, 42, p. 48) : « Les passions s'opposent aux passions, et peuvent se servir de contre-poids. » — Meré (*Maximes, Sentences et Réflexions morales et politiques*, Paris, *Estienne du Castin*, 1687, maxime
546) : « C'est toujours un bon moyen pour vaincre une passion que
de la combattre par une autre. » — Voyez les *maximes* 191, 450
et 484.

3. La 1re édition (1665) donne ainsi la fin de cette *maxime* :

par des apparences de piété et d'honneur, elles paroissent toujours au travers de ces voiles[1]. (ÉD. 1*.)

XIII

Notre amour-propre souffre plus impatiemment la
condamnation de nos goûts que de nos opinions[2]. (ÉD. 2.)

XIV

Les hommes ne sont pas seulement sujets à perdre le
souvenir[3] des bienfaits et des injures : ils haïssent même
ceux[4] qui les ont obligés, et cessent de haïr ceux qui leur
ont fait des outrages[5]. L'application à récompenser le

« l'avarice produit quelquefois la *libéralité*, et la *libéralité* l'avarice ;
on est souvent ferme *de* foiblesse, et *l'audace naît de la* timidité. »
— Le manuscrit développe le commencement : « *Je ne sais si cette
maxime, que chacun produit son semblable, est véritable dans la physique ;
mais je sais bien qu'elle est fausse dans la morale, et que les passions....* »
— Voyez la *maxime 492*.

1. VAR : « Quelque *industrie* que *l'on ait à cacher* ses passions *sous
le voile de la piété et de l'honneur, il y en a toujours quelque endroit
qui se montre. (Manuscrit* et 1665). — Bien que Vauvenargues trouvât
cette réflexion *commune*, il a dit absolument de même, dans son
XIe *caractère (Termosiris)* : « Les passions percent toujours à travers
le voile dont on les couvre. » (*OEuvres*, p. 303.)

2. Voyez la *maxime 390*. Selon la 467e, c'est bien plutôt la vanité
que la raison qui peut nous faire agir contre notre goût. — Voyez
aussi la *maxime 252*.

3. VAR. : *Les François* ne sont pas seulement sujets à perdre, *comme
la plupart des hommes, le souvenir.... (Manuscrit.)* — .... à perdre
également le souvenir .... (1665.)

4. VAR. : *mais ils haïssent ceux....* (1665.)

5. Le manuscrit ajoute ici : « *L'orgueil et l'intérêt produisent partout
l'ingratitude.* » — Dans sa 46e *maxime*, Mme de Sablé dit également
que « l'amour qu'on a pour soi-même.... nous fait.... oublier les
plus grands sujets de ressentiment contre nos ennemis. »

bien, et à se venger du mal, leur paroît une servitude à laquelle ils ont peine de se soumettre [1]. (ÉD. 1*.)

XV

La clémence des princes n'est souvent qu'une politique [2] pour gagner l'affection des peuples [3]. (ÉD. 1*.)

XVI

Cette clémence, dont on fait une vertu [4], se pratique tantôt par vanité [5], quelquefois par paresse, souvent par crainte et presque toujours par tous les trois ensemble [6]. (ÉD. 1*.)

1. VAR. : ils ont peine de *s'assujettir. (Manuscrit.)* — ..... ils ont peine *à se soumettre.* (1665.) — Vauvenargues répond à la Rochefoucauld (p. 77) : « Les hommes oublient les bienfaits et les injures, parce qu'ils sont légers, et qu'il n'y a ordinairement que le présent qui fasse une forte impression sur leur esprit ; » et il ajoute dans sa 826e *maxime (OEuvres,* p. 482) : « La haine n'est pas moins volage que l'amitié. » — La Bruyère (*du Cœur,* nos 69 et 70, tome I, p. 210 et 211) dit de son côté : « Il est également difficile d'étouffer dans les commencements le sentiment des injures, et de le conserver après un certain nombre d'années. » — « C'est par foiblesse que l'on hait un ennemi, et que l'on songe à s'en venger ; et c'est par paresse que l'on s'apaise, et qu'on ne se venge point. » — Voyez la *maxime* 82.

2. VAR. : *est* souvent une politique *dont ils se servent* pour.... (1665.) — Le manuscrit n'a pas le correctif *souvent.*

3. J. Esprit dit de même (*Faussetés des vertus humaines,* édition de 1678, tome I, p. 262) : « La clémence des rois.... est.... quelquefois une politique et un moyen dont ils se servent pour gagner les cœurs de leurs sujets. »

4. VAR. : *La* clémence, dont *nous faisons* une vertu. (1665.) — La Harpe (*Cours de littérature,* 2e partie, livre II, chapitre III, § 2, édition de l'an VII, tome VII, p. 254) demande : « Que signifient ces mots : *dont on fait une vertu?* Quoi donc ? la clémence n'en est-elle pas une ? »

5. VAR. : tantôt *pour la gloire.* (1665.)

6. VAR. : *La clémence est un mélange de gloire, de paresse et de*

XVII

La modération des personnes heureuses vient du calme
que la bonne fortune donne à leur humeur[1]. (ÉD. 1*.)

XVIII

La modération est une crainte de tomber dans l'envie
et dans le mépris que méritent ceux[2] qui s'enivrent de
leur bonheur[3]; c'est une vaine ostentation de la force de
notre esprit; et enfin[4] la modération des hommes dans
leur plus haute élévation est un desir de paroître[5] plus
grands que leur fortune[6]. (ÉD. 1*.)

crainte, dont *nous faisons* une vertu. (*Manuscrit*.) — Aimé-Martin
(*Examen critique des* Maximes, p. 22-24) voit dans cette pensée une
allusion à la reine Anne d'Autriche.

1. VAR. : La modération des personnes heureuses *est le* calme *de
leur humeur, adoucie par la possession du bien*. (1665.) — Vauvenargues objecte (p. 77) : « La bonne fortune ne fait qu'irriter les
desirs des esprits naturellement immodérés. »

2. VAR. : La modération est une crainte *de* l'envie et *du* mépris
qui suivent ceux.... (1665.) — *Envie* est pris dans le sens qu'a souvent le latin *invidia*, de « haine (encourue). » — Il y a *dans le blâme*
au manuscrit.

3. L'annotateur contemporain, que nous citons d'après Duplessis,
ajoute : « Au lieu de s'enivrer de leur bonheur, ils s'enivrent de
leur modération. »

4. Après *enfin*, il y a dans le manuscrit : « *pour la définir intimement*, » et dans l'édition de 1665 : « *pour la bien définir*. »

5. VAR. : .... dans *leurs* plus *hautes élévations* est *une ambition
de paroître*.... (1665.)

6. Dans les quatre premières éditions : « plus grands que *les choses
qui les élèvent*. » — J. Esprit (tome II, p. 60) : « Ceux qui ne s'éblouissent point de leur faveur sont modérés, afin qu'on croie que, quelque grande que soit leur élévation, leur âme est encore plus grande
que leur fortune. » — Si l'on en croit Mme de Motteville, citée par
Aimé-Martin (p. 24), Mazarin « affectoit d'être froid quand ses
affaires alloient bien, pour faire voir qu'il ne s'emportoit pas dans

XIX

Nous avons tous assez de force pour supporter les maux d'autrui[1]. (ÉD. 1.)

XX

La constance des sages n'est que l'art de renfermer[2] leur agitation dans le cœur[3]. (ÉD. 1*.)

XXI

Ceux qu'on condamne au supplice affectent quelquefois une constance et un mépris de la mort qui n'est en effet que la crainte de l'envisager[4] ; de sorte qu'on peut

la prospérité. » — Voyez les *maximes* 293 et 565. — Vauvenargues (p. 77) : « Il y a une modération de tempérament, où la réflexion n'a point de part. Tous ceux qui sont continents ne le sont point par raison ; on pourroit en nommer qui sont nés chastes. La nature a fait d'autres hommes modérés dans leur ambition, comme ceux-ci le sont dans leurs plaisirs. »

1. C'est le sens du proverbe : « Mal d'autrui n'est que songe. » — Swift a dit d'un façon plus piquante encore : « Je n'ai jamais connu personne qui ne fût capable de supporter le malheur des autres en parfait chrétien. »

2. VAR : n'est *qu'un* art *avec lequel ils savent enfermer.* (1665.)

3. Les quatre premières éditions donnent : « dans *leur* cœur. » — Vauvenargues répond (p. 78) : « La constance des sages peut être fondée sur le sentiment qu'ils ont de leurs ressources ; » et il développe cette pensée dans la 30e des *Réflexions sur divers sujets* (*OEuvres*, p. 91), et dans le 6e *Conseil à un jeune homme* (p. 119 et 120). — La Harpe s'écrie (tome VII, p. 256) : « Où est la preuve de cette assertion générale ? Restreignez-la, elle sera aussi vraie que commune ; énoncée comme elle l'est, elle est démentie par cent exemples. »

4. Meré (*maxime* 76) : « La crainte de la mort est plus sensible que la mort même. » — Publius Syrus :

Mortem timere crudelius est quam mori.

La Bruyère (*de l'Homme*, n° 36) a ainsi traduit cette sentence : « Il

dire que cette constance et ce mépris sont à leur esprit ce que le bandeau est à leurs yeux[1]. (ÉD. 1*.)

XXII

La philosophie triomphe aisément des maux passés et des maux à venir[2], mais les maux présents triomphent d'elle[3]. (ÉD. 1*.)

XXIII

Peu de gens connoissent la mort: on ne la souffre pas ordinairement par résolution, mais par stupidité et par coutume[4], et la plupart des hommes meurent parce qu'on ne peut s'empêcher de mourir[5]. (ÉD. 1*.)

est plus dur de l'appréhender (*la mort*) que de la souffrir. » — Pascal dit de son côté (*Pensées*, article VI, 58) : « La mort est plus aisée à supporter sans y penser, que la pensée de la mort sans péril. »

1. VAR. : Ceux qu'on *fait mourir* affectent quelquefois *des constances, des froideurs, et des mépris de la mort, pour ne pas penser à elle* (le manuscrit ajoute : *et pour s'étourdir : de sorte qu'on peut dire que ces froideurs et ces mépris font à leur esprit ce que le bandeau* (manuscrit : *le mouchoir*) *fait à leurs yeux. (Manuscrit et* 1665.) — Voyez les *maximes* 23, 46 et 504. — Dans la *maxime* 420, l'auteur dira à peu près la même chose de la *constance dans les malheurs.*

2. VAR. : *des maux passés et de ceux qui ne sont pas prêts d'arriver. (*1665.)

3. VAR. : La philosophie *ne fait des merveilles que contre les* maux *passés* ou *contre ceux qui ne sont pas prêts d'arriver, mais elle n'a pas grande vertu contre les maux présents. (Manuscrit.)*

4. VAR. : *on la souffre, non par la* résolution, mais par *la* stupidité et par *la* coutume. (*Manuscrit.*) — Montaigne (*Essais*, livre III, chapitre IX, tome III, p. 477 et 478) : « Ie me plonge, la teste baissée, stupidement dans la mort, sans la considerer et recognoistre. »

5. VAR. : et la plupart des hommes meurent parce qu'on *meurt.* (*Manuscrit et* 1665.) — L'annotateur contemporain qualifie de *galimatias* la première phrase de cette *maxime,* et objecte : « Comment connoître une chose que l'on ne peut voir que dans les autres? » — Vauvenargues (*maxime* 848, *OEuvres*, p. 484) : « La gloire et la stupidité

XXIV

Lorsque les grands hommes se laissent abattre par
la longueur de leurs infortunes, ils font voir qu'ils ne
les soutenoient que par la force de leur ambition, et
non par celle de leur âme, et qu'à une grande vanité
près [1], les héros sont faits comme les autres hommes [2].
(ÉD. 1*.)

cachent la mort, sans triompher d'elle. » — Voyez plus haut la
maxime 21, et ci-après les *maximes* 46 et 504.

1. Au lieu de : « ils font voir, etc., » on lit dans le *Manuscrit* : *« cela
fait* voir *manifestement* qu'à une grande vanité près.... » — Dans
la 1re édition (1665), cette pensée est ainsi rédigée : « Les grands
hommes *s'abattent et se démontent à la fin* par la longueur de leurs
infortunes ; *cela fait bien* voir qu'ils *n'étoient pas forts quand ils les
supportoient, mais seulement qu'ils se donnoient la gêne pour le paroître,*
et qu'ils soutenoient *leurs malheurs* par la force de leur ambition, et
non *pas* par celle de leur âme ; *enfin,* à une grande vanité près.... »

2. J. Esprit dit absolument de même (tome II, p. 210) : « A la vanité
près.... ils (*les héros*) sont faits comme les autres hommes. » — Montaigne avait déjà dit (*Essais,* livre II, chapitre xii, tome II, p. 215) :
« Les âmes des empereurs et des sauatiers sont iectées à mesme
moule. » — Pascal dit par deux fois : (article VI, 28 et 30) : « Les
grands et les petits ont mêmes accidents, et mêmes fâcheries, et
mêmes passions. » — « Quelque élevés qu'ils soient (*les grands hommes*), si sont-ils unis aux moindres des hommes par quelque endroit. » Vauvenargues dit à son tour (*maxime* 516, *OEuvres,* p. 448) :
« Les grands rois, les grands capitaines, les grands politiques, les
écrivains sublimes sont des hommes.... » Mais dans sa *Critique*
(p. 78), il répond en ces termes à notre auteur : « Lorsqu'un homme
n'est pas assez fort pour supporter le malheur, je ne crois point qu'il
puisse être capable d'une forte ambition, et surtout de celle qui fait
supporter de longues infortunes : ce que M. de la Rochefoucauld
appelle *la force de l'ambition* n'est donc autre chose que *la force de
l'âme,* et l'auteur les sépare mal à propos. *A une grande vanité près,
les héros sont faits,* dit-il, *comme les autres hommes ;* c'est encore abuser
des termes que d'appeler l'amour de la gloire *une grande vanité,* et je
ne conviens point de cette définition. D'ailleurs, plus un homme a
de vanité, moins il est capable d'héroïsme ; il est donc faux de dire

XXV

Il faut de plus grandes vertus[1] pour soutenir la bonne fortune que la mauvaise[2]. (ÉD. 1*.)

XXVI

Le soleil ni la mort ne se peuvent regarder fixement[3]. (ÉD. 1.)

XXVII

On fait souvent vanité des passions même les plus criminelles; mais l'envie[4] est une passion timide et honteuse[5] que l'on n'ose[6] jamais avouer. (ÉD. 1*.)

que c'est une grande vanité qui fait les héros, puisque c'est, au contraire, le mépris des choses vaines qui les rend supérieurs aux autres hommes. » — Vauvenargues insiste sur cette dernière pensée, dans une variante : « L'héroïsme est incompatible avec la vanité, et n'a ni les mêmes effets, ni la même cause : plus grande est la vanité, plus foible est l'amour de la gloire. »

1. L'édition de 1665 ajoutait : « *et en plus grand nombre.* »

2. Tacite (*Histoires*, livre I, chapitre xv) : *Secundæ res acrioribus stimulis animos explorant, quia miseriæ tolerantur, felicitate corrumpimur.* « La prospérité est pour le cœur humain une épreuve plus rigoureuse (*que l'adversité*); car on supporte le malheur, mais le bonheur corrompt. »

3. Cicéron pensait, au contraire, que la méditation de la mort est le seul moyen de repos pour l'esprit : *Sine qua (mortis) meditatione tranquillo esse animo nemo potest (de Senectute,* chapitre xx, 74). — Vauvenargues (p. 78) reproche à la Rochefoucauld d'avoir donné le soleil comme *image* de la mort. Cette observation tombe à faux : la Rochefoucauld a simplement rapproché les deux termes, et un *rapprochement* n'est pas une *image.*

4. L'édition de 1665 commence ainsi : « *Quoique toutes les passions se dussent cacher, elles ne craignent pas néanmoins le jour; la seule envie....* »

5. *Honteuse* d'elle-même, qui n'ose se laisser voir.

6. VAR. : *qu'on n'ose.* (1665.)

XXVIII

La jalousie est, en quelque manière, juste et raisonnable, puisqu'elle ne tend[1] qu'à conserver un bien qui nous appartient ou que nous croyons nous appartenir, au lieu que l'envie est une fureur qui ne peut souffrir le bien des autres[2]. (ÉD. 1*.)

XXIX

Le mal que nous faisons ne nous attire pas[3] tant de persécution et de haine que nos bonnes qualités[4]. (ÉD. 1*.)

XXX

Nous avons plus de force[5] que de volonté, et c'est sou-

---

1. Var. : La jalousie est *raisonnable et juste en quelque manière,* puisqu'elle ne *cherche....* (1665.)

2. Var. : est une fureur qui *nous fait toujours souhaiter la ruine du* bien des autres. (1665.) — Charron (*de la Sagesse,* livre I, chapitre xxvii) définissait l'envie : « un regret du bien que les autres possedent, qui nous ronge fort le cueur ; elle tourne le bien d'autruy en nostre mal. » — Selon Vauvenargues, cette *maxime* et la précédente, aussi bien que les 32e et 33e, sont *communes.* Je ne puis que répéter ce que j'ai dit ailleurs (édition de Vauvenargues, *OEuvres posthumes et OEuvres inédites,* p. 84), à savoir qu'il serait bien regrettable « qu'il eût été aussi sévère pour lui-même qu'il l'est ici pour la Rochefoucauld. » — Voyez la *maxime* 324.

3. Var. : ne nous attire *point.* (1665.)

4. Var. : que *les* bonnes qualités *que nous avons.* (1665.) — Le mal que nous faisons *aux autres* ne nous attire *point* tant *leur* persécution et *leur* haine que *les* bonnes qualités *que nous avons. (Manuscrit.)* — Tacite, cité par Amelot de la Houssaye, a dit à peu près dans le même sens : *Sinistra erga eminentes interpretatio, nec minus periculum ex magna fama quam ex mala. (Agricola,* chapitre v.) « L'opinion est contraire aux hommes éminents, et une grande réputation ne court pas moins de risques qu'une mauvaise. »

5. Var. : plus de *forces.* (1671 et 1675.) — L'édition de 1666 a *force,* au singulier, comme celles de 1665 et de 1678.

vent pour nous excuser à nous-mêmes que nous nous
imaginons que les choses sont impossibles[1]. (ÉD. 1*.)

XXXI

Si nous n'avions point de défauts, nous ne prendrions
pas tant de plaisir à en remarquer dans les autres[2].
(ÉD. 1*.)

XXXII

La jalousie se nourrit dans les doutes, et elle devient
fureur, ou elle finit, sitôt qu'on passe du doute à la certitude[3]. (ÉD. 1*.)

1. VAR. : *Rien n'est impossible de soi : il y a des voies qui conduisent
à toutes choses, et si nous avions assez de volonté, nous aurions toujours assez de moyens.* (Manuscrit.) — Le manuscrit donne encore cette
autre pensée, dans le même sens : « On peut toujours ce qu'on veut,
pourvu qu'on le veuille bien. » — Ces diverses *maximes* expriment
la même idée que la 243e. — *Multa experiendo confieri, quæ segni-
bus ardua videantur* (Tacite, *Annales*, livre XV, chapitre LIX). « On
voit souvent réussir à l'épreuve ce qu'un esprit timide aurait cru
impossible. » — *Non ista difficilia sunt natura, sed nos fluidi et enerves.*
(Sénèque, *épître* LXXI). « Ces choses ne sont pas difficiles en elles-
mêmes ; c'est nous qui sommes sans consistance et sans nerf. » —
Duplessis fait dater cette *maxime* 30 de la 2e édition (1666) ; elle
date en réalité de la 1re (1665), où elle a motivé un carton (voyez la
Notice bibliographique).

2. VAR. : nous ne *serions* pas *si aises* d'en remarquer aux autres
(Manuscrit et 1665.) — .... tant de plaisir *d'en* remarquer.... (1666.)
— Voyez les *maximes* 34, 267, 397, 483 et 513.

3. VAR. : La jalousie *ne subsiste que* dans les doutes, et *ne vit
que dans les nouvelles inquiétudes.* (Manuscrit.) — La jalousie ne subsiste que dans les doutes ; *l'incertitude est sa matière ; c'est une passion
qui cherche tous les jours de nouveaux sujets d'inquiétude et de nouveaux tourments ; on cesse d'être jaloux, dès que l'on est éclairci de ce qui
causoit la jalousie.* (1665). — La jalousie se nourrit dans les doutes ;
c'est une passion qui cherche *toujours* de nouveaux sujets d'inquiétude et de nouveaux tourments, et elle devient fureur, sitôt qu'on

XXXIII

L'orgueil se dédommage toujours et ne perd rien [1], lors même qu'il renonce à la vanité [2]. (ÉD. 1*.)

XXXIV

Si nous n'avions point d'orgueil, nous ne nous plaindrions pas de celui des autres [3]. (ÉD. 1.)

XXXV

L'orgueil est égal dans tous les hommes, et il n'y a de différence qu'aux moyens et à la manière de le mettre au jour [4]. (ÉD. 1.)

passe du doute à la certitude. (1666.) — Voyez la *maxime* 514, et la 8e des *Réflexions diverses*.

1. VAR. : et *il* ne perd rien. (*Manuscrit* et 1665.)

2. Le contemporain annote ainsi cette *maxime* : « Vrai ; témoin les dévots. » Il est à croire que la Rochefoucauld l'a entendu de même, et qu'il a pensé à Mme de Lougueville, aussi bien que dans les *maximes* 254, 358, 534, 536 et 563.

3. La Bruyère (*de l'Homme*, n° 72) : « Notre vanité, et la trop grande estime que nous avons de nous-mêmes, nous fait soupçonner dans les autres une fierté à notre égard, qui y est quelquefois, et qui souvent n'y est pas ; une personne modeste n'a point cette délicatesse. » — Rapprochez des *maximes* 31 et 389.

4. Ainsi que le fait remarquer l'annotateur contemporain, cette pensée se rapporte à la précédente. — Pascal (*Pensées*, article II, 3) : « La vanité est si ancrée dans le cœur de l'homme, qu'un soldat, un goujat, un cuisinier, un crocheteur se vante et veut avoir ses admirateurs. » — Vauvenargues (p. 79) : « L'orgueil n'est pas plus égal dans tous les hommes que l'ambition, ou le courage ; et comme il y a des hommes qui ont moins d'esprit, moins de vivacité, moins d'humanité que d'autres, il s'en trouve aussi qui ont moins d'orgueil. » — La Harpe (tome VII, p. 258) abonde dans le sens de Vauvenargues : « Je ne crois point du tout cette proposition vraie,

XXXVI

Il semble que la nature, qui a si sagement disposé les organes de notre corps pour nous rendre heureux, nous ait aussi donné l'orgueil pour nous épargner la douleur de connoître nos imperfections[1]. (ÉD. 1*.)

XXXVII

L'orgueil a plus de part[2] que la bonté aux remontrances que nous faisons à ceux qui commettent des fautes, et nous ne les reprenons pas tant[3] pour les en corriger, que pour leur persuader[4] que nous en sommes exempts[5]. (ÉD. 1*.)

XXXVIII

Nous promettons selon nos espérances, et nous tenons selon nos craintes[6]. (ÉD. 1.)

pas même en mettant *l'amour de soi* à la place de *l'orgueil....* Dire que *cet orgueil est égal dans tous*, c'est anéantir une vertu qui lui est opposée, la modestie.... Prétendre que personne n'est véritablement plus modeste qu'un autre, c'est dire que nul homme n'a plus de bon sens qu'un autre homme ; que nul n'est capable de restreindre par la réflexion l'idée trop avantageuse qu'il est tenté d'avoir de lui-même. »

1. VAR. : La nature, qui a si sagement *pourvu à la vie de l'homme par la disposition admirable des* organes du corps, *lui a sans doute* donné l'orgueil pour *lui* épargner la douleur de connoître *ses* imperfections *et ses misères.* (1665.) C'est sans doute à cause du rapport douteux des pronoms que l'auteur a remanié cette pensée. — Vauvenargues (p. 84, note) la range parmi celle qui lui paraissent *communes.* — Selon la *maxime* 494, l'amour-propre d'ordinaire nous *aveugle,* mais parfois aussi nous *éclaire.*

2. VAR. : a *bien* plus de part. (1665.)

3. VAR. : et nous les *reprenons bien moins.* (1665.)

4. VAR. : *les* persuader. (1665.)

5. Voyez la fin de la *maxime* 116.

6. Cette *maxime,* dit Amelot de la Houssaye, fait allusion à Ma-

XXXIX

L'intérêt parle toutes sortes de langues, et joue toutes sortes de personnages, même[1] celui de désintéressé. (ÉD. 1*.)

XL

L'intérêt, qui aveugle les uns, fait la lumière des autres[2]. (ÉD. 1*.)

XLI

Ceux qui s'appliquent trop aux petites choses deviennent ordinairement incapables des grandes[3]. (ÉD. 1.)

zarin ; et par conséquent, aurait-il pu ajouter, à Anne d'Autriche. — Racine, dans ses *Fragments historiques*, explique ainsi la conduite de Mazarin : « La raison pourquoi le Cardinal différoit tant à accorder les grâces qu'il avoit promises, c'est qu'il étoit persuadé que l'espérance est bien plus capable de retenir les hommes dans le devoir que non pas la reconnoissance. » — Tacite avait déjà dit, en parlant de Vitellius (*Histoires*, livre III, chapitre LVIII) : *Largus promissis, et, quæ natura trepidantium est, immodicus.* « Il n'était pas avare de promesses ; il en était prodigue, comme les gens qui ont peur. »

1. VAR. : *et même.* (1665.) — J. Esprit (tome I, p. 594) : « L'intérêt joue lui seul ce nombre infini de personnages qu'on voit sur le théâtre du monde. » — Vauvenargues (p. 84) trouve cette pensée commune. — Voyez la *maxime* 246.

2. VAR. : L'intérêt, *à qui on reproche d'aveugler* les uns, *est ce qui* fait *toute* la lumière des autres. (*Manuscrit.*) — .... *est tout ce qui fait* la lumière des autres. (1665.)

3. L'auteur pensait probablement à Louis XIII, dont il dit tout au commencement de ses *Mémoires :* « Il avoit un esprit de détail appliqué uniquement à de petites choses. » — Fénelon (*Télémaque,* livre XXII) : « Un esprit épuisé par le détail est comme la lie du vin, qui n'a plus ni force, ni délicatesse. » — Vauvenargues (*maxime* 230, *OEuvres*, p. 402.) : « .... Si l'on en voit quelques-uns (*quelques hommes*) que la spéculation des grandes choses rend en quelque sorte incapables

XLII

Nous n'avons pas assez de force[1] pour suivre toute notre raison[2]. (ÉD. 1*.)

des petites, on en trouve encore davantage à qui la pratique des petites a ôté jusqu'au sentiment des grandes. » — Par contre, Vauvenargues (dans sa *maxime* 552, p. 451) pense que « les grands hommes le sont quelquefois jusque dans les petites choses ; » et, revenant à la charge dans sa *Critique* de la Rochefoucauld (p. 79), il estime « qu'il seroit plus vrai de dire » que ceux dont il s'agit *sont nés* incapables des grandes. — Tacite (*Annales*, livre XIII, chapitre XLIX) fait dire à Thraséas : *Magnarum rerum curam non dissimulaturos, qui animum etiam levissimis adverterent.* « Que des yeux ouverts sur les plus petites choses ne se fermeraient pas sur les grandes. » — D'un autre côté, Ph. de Comines, cité par Amelot de la Houssaye, blâme Louis XI du soin minutieux qu'il mettait aux plus petites affaires ; mais Tacite (*Annales*, livre IV, chapitre XXXII) dit encore : ... *Primo adspectu levia, ex queis magnarum sæpe rerum motus oriuntur.* « Telle chose, au premier regard, paraît peu importante, qui produit souvent les plus grands effets. » — La Bruyère (*du Souverain ou de la République*, n° 24, tome I, p. 382) loue dans Louis XIV *la science des détails* ; mais Saint-Simon et Fénelon lui en font un reproche. « Son esprit, dit le premier, naturellement porté au petit, se plut en toutes sortes de détails » (*Mémoires*, tome XII, p. 400). — « L'habileté d'un roi, dit le second,... ne consiste pas à tout faire par lui-même.... Vouloir examiner tout par soi-même, c'est défiance, c'est petitesse ; c'est se livrer à une jalousie pour les détails qui consument le temps et la liberté d'esprit nécessaires pour les grandes choses » (*Télémaque*, livre XXII). — Voyez la *maxime* 569, et comparez avec la 16° des *Réflexions diverses*, où la Rochefoucauld revient sur cette pensée, et se rapproche du sens de Vauvenargues.

1. VAR. : pas assez de *forces*. (1671 et 1675.) — Voyez ci-dessus, p. 42, note 5.

2. Aimé-Martin (p. 34) rappelle que cette pensée fut ainsi retournée par Mme de Grignan : « Nous n'avons pas assez de raison pour employer toute notre force ; » et que Mme de Sévigné trouvait cette *maxime* plus vraie que celle de la Rochefoucauld. Voyez les *Lettres de Mme de Sévigné*, tome VI, p. 527. Du reste, la Rochefoucauld lui-même donnait raison par avance à Mme de Grignan, dans la

XLIII

L'homme croit souvent se conduire lorsqu'il est conduit[1], et pendant que par son esprit il tend à un but[2], son cœur l'entraîne[3] insensiblement à un autre[4]. (ÉD. 1*.)

XLIV

La force et la foiblesse de l'esprit sont mal nommées ;

maxime 30, où il reconnaît que *nous avons plus de force que de volonté.* — « L'homme, dit Pascal (*Pensées*, article XXV, 27), n'agit point par la raison qui fait son être » — Sénèque (*épître* LXXIV) pensait de son côté que la raison nous donne toujours assez de force, mais à la condition qu'on l'aime : *Ama rationem ; hujus te amor contra durissima armabit.* « Aime la raison ; cet amour t'armera contre les plus rudes épreuves. » — La Bruyère (*de l'Homme*, n° 137) : « J'ose presque assurer que les hommes savent encore mieux prendre des mesures que les suivre, résoudre ce qu'il faut faire et ce qu'il faut dire, que de faire ou de dire ce qu'il faut. » — Voyez la *maxime* 243.

1. VAR. : L'homme *est conduit,* lorsqu'il *croit se conduire.* (1665.)
2. VAR. : il *vise* à un *endroit.* (1665.)
3. VAR. : *l'achemine.* (1665.) Peut-être ce mot, qui s'accommode mieux avec *insensiblement,* est-il à regretter.
4. Pascal dit dans le même sens (*Pensées*, article VII, 4) : « Tout notre raisonnement se réduit à céder au sentiment. » — Cette *maxime* n'est, au reste, qu'un commentaire de la 102ᵉ : « L'esprit est toujours la dupe du cœur, » et ce commentaire, l'auteur l'a emprunté à Mme de Schomberg, qui s'exprime ainsi dans la critique qu'elle avait faite de quelques *maximes* de la Rochefoucauld, à la prière de Mme de Sablé (voyez dans le présent volume, *Pensées de Mme de Schomberg,* etc.) : « Je ne sais si vous l'entendez comme moi, mais je l'entends, ce me semble, bien joliment, et voici comment : c'est que l'esprit croit toujours, par son habileté et par ses raisonnements, faire faire au cœur ce qu'il veut ; mais il se trompe, il en est la dupe ; c'est toujours le cœur qui fait agir l'esprit ; l'on suit tous ses mouvements, malgré que l'on en ait, et l'on les suit même sans croire les suivre. » — Voyez aussi les *maximes* 103, 108 et 460.

elles ne sont, en effet, que la bonne ou la mauvaise disposition des organes du corps[1]. (ÉD. 1.)

XLV

Le caprice de notre humeur[2] est encore plus bizarre
que celui de la fortune. (ÉD. 1*.)

1. Chaulieu (t. II, p. 141, édition de 1757) a dit dans le même sens :

> Bonne ou mauvaise santé
> Fait notre philosophie.

Voyez la *maxime* 297. — Montaigne (*Essais*, livre II, chapitre XII,
tome II, p. 361) : « Il est certain que nostre apprehension, nostre
iugement, et les facultez de nostre ame en general souffrent selon les
mouuements et alterations du corps. » —Vauvenargues (p. 79) : « On
pourroit dire sur ce fondement : la sagacité et l'imbécillité sont *mal
nommées ; elles ne sont, en effet,* etc.* Mais qui ne voit la fausseté de
cette *maxime* ? L'imbécillité et la sagacité, la force et la foiblesse de
l'esprit sont-elles moins réelles et moins distinctes, pour être fondées
sur la disposition de nos organes ? Si la force du corps entraînoit
nécessairement celle de l'esprit, il seroit assez raisonnable de les appeler du même nom ; mais puisque ces deux avantages sont si rarement unis, ne faut-il pas avoir aussi deux expressions pour carac-
tériser deux choses, non-seulement séparables, mais presque toujours
séparées ? » — La Harpe dit·à son tour (tome VII, p. 260) : « Il
est très-faux que la force d'esprit dépende toujours de la disposition du corps ; il est démontré par des faits sans nombre que cette
force peut se trouver dans le corps le plus mal *disposé.* Quand le
maréchal de Saxe, gonflé d'hydropisie, ne pouvant se mouvoir sans
douleur, se faisait porter, à Fontenoy, dans une gondole d'osier, et
disait en riant : *Il serait plaisant que ce fût une balle ou un boulet qui·
me fît la ponction,* la force de son âme était-elle *mal nommée* ? N'était-ce
que *la bonne disposition de ses organes* ? » — Cicéron (*Tusculanes,* livre I,
chapitre XXX) dit bien, ce nous semble, à quoi doit se réduire, pour
être vraie, la pensée de la Rochefoucauld : *Ipsi animi magni refert
quali in corpore locati sint ; multa enim e corpore exsistunt quæ acuant
mentem, multa quæ obtundant.* « Il importe beaucoup dans quel corps·
l'âme est logée ; car nombre de qualités corporelles aiguisent l'esprit,
et nombre d'autres l'émoussent. »

2. VAR. : Le caprice de *l'humeur.* (*Manuscrit.*) — Voyez les

XLVI

L'attachement ou l'indifférence que les philosophes avoient pour la vie n'étoit qu'un goût de leur amour-propre, dont on ne doit non plus disputer que du goût de la langue, ou du choix des couleurs[1]. (ÉD. 1*.)

XLVII

Notre humeur met le prix à tout ce qui nous vient de la fortune[2]. (ÉD. 2.)

XLVIII

La félicité est dans le goût, et non pas dans les choses ; et c'est par avoir ce qu'on aime qu'on est heureux, et non par avoir[3] ce que les autres trouvent aimable. (ÉD. 1*.)

maximes 47, 61, 252, 290, 625, la note de la *maxime* 390, et la 10ᵉ des *Réflexions diverses.*

1. VAR. : *Le desir de vivre ou de mourir sont des goûts de l'amour-propre, dont il ne faut non plus disputer que des goûts de la langue, ou du choix des couleurs. (Manuscrit.)* — L'attachement ou l'indifférence pour la vie *sont des goûts de l'amour-propre, dont on ne doit non plus disputer que de ceux* de la langue, ou du choix des couleurs. (1665.) — L'attachement ou l'indifférence *pour la vie, qu'avoient les philosophes,* n'étoit qu'un goût de leur amour-propre, dont on ne doit non plus disputer que *de ceux* de la langue, etc. (1666.) — Il est probable que cette pensée, sous sa première forme, n'avait pas paru assez chrétienne ; aussi l'auteur l'a-t-il mise au compte des philosophes païens. — Rapprochez des *maximes* 21, 22, 23 et 504. — Vauvenargues (p. 79) : « L'amour-propre n'empêche pas qu'il n'y ait, en toutes choses, un bon et un mauvais goût, et qu'on n'en puisse disputer avec fondement. »

2. Voyez les *maximes* 45 et 61.

3. VAR. : et non *pas* par avoir. (1665 et 1666.) — On trouve une idée analogue à celle-ci dans la *maxime* 563. — Héraclite, cité par

XLIX

On n'est jamais si heureux ni si malheureux qu'on s'imagine[1]. (ÉD. 1*.)

L

Ceux qui croient avoir du mérite se font un honneur d'être malheureux, pour persuader aux autres et à eux-mêmes qu'ils sont dignes[2] d'être en butte à la fortune[3]. (ÉD. 1*.).

LI

Rien ne doit tant diminuer la satisfaction que nous avons de nous-mêmes que de voir que nous désapprou-

---

Montaigne (*Essais*, livre II, chapitre xii, tome II, p. 399), disait : « Que toutes choses auoient en elles les visages qu'on y trouuoit. »

1. Dans les quatre premières éditions : « que *l'on pense.* » — Dans le manuscrit : « On n'est jamais si malheureux *qu'on craint,* ni si heureux *qu'on espère.* » — Autre version du manuscrit : « *Les biens et les maux sont plus grands dans notre imagination qu'ils ne le sont en effet, et on n'est jamais si heureux ni si malheureux que l'on pense.* » — L'abbé de la Roche rappelle que « le cardinal de Richelieu avoit coutume de dire qu'il y a des révolutions si grandes dans les choses et dans les temps, que ce qui paroît gagné est perdu, et que ce qui semble perdu est gagné. » — Voyez la *maxime* 572.

2. VAR. : Ceux qui *se sentent* du mérite *se piquent toujours* d'être malheureux, pour persuader aux autres et à eux-mêmes *qu'ils sont au-dessus de leurs malheurs, et qu'ils sont dignes....* (1665.)

3. VAR. : .... pour persuader aux autres et à eux-mêmes qu'ils *sont de véritables héros, puisque la mauvaise fortune ne s'opiniâtre jamais à poursuivre que les personnes qui ont des qualités extraordinaires.* (*Manuscrit.*) — Duclos (1806, tome I, p. 131, *Considérations sur les mœurs de ce siècle,* chapitre v) : « Celui dont les malheurs attirent l'attention est à demi consolé. » — Vauvenargues (p. 84) trouve cette pensée de la Rochefoucauld *commune,* aussi bien que la 48e. — Voyez la *maxime* 573.

vons dans un temps ce que nous approuvions dans un autre[1]. (ÉD. 1*.)

LII

Quelque différence qui paroisse[2] entre les fortunes, il y a néanmoins[3] une certaine compensation[4] de biens et de maux qui les rend égales[5]. (ÉD. 1*.)

LIII

Quelques grands avantages que la nature donne, ce n'est pas elle seule, mais la fortune avec elle qui fait les héros[6]. (ÉD. 1*.)

1. VAR. : que de voir que *nous avons été contents dans l'état et dans les sentiments* que nous désapprouvons *à cette heure.* (1665.) — Voyez les *maximes* 135 et 478. — Pascal (*de l'Esprit géométrique,* 2ᵉ fragment, tome II, p. 300) : « Il n'y a presque point de vérités dont nous demeurions toujours d'accord. » — La Bruyère (*de l'Homme,* nᵒ 147) : « Les hommes n'ont point de caractères, ou s'ils en ont, c'est celui de n'en avoir aucun qui soit suivi, qui ne se démente point, et où ils soient reconnoissables ; » et ailleurs (*de l'Homme,* nᵒ 133) : « Rien n'est plus inégal et moins suivi que ce qui se passe.... dans leur cœur et dans leur esprit. »

2. Dans les quatre premières éditions : « Quelque différence *qu'il y ait....* »

3. VAR. : il y a *pourtant.* (1665.)

4. VAR. : *proportion.* (1665.)

5. VAR. : Quelque *disproportion qu'il y ait* entre les fortunes, il y a *pourtant toujours* une certaine *proportion* de biens et de maux qui les rend égales. (*Manuscrit.*) — C'est la conclusion de Vauvenargues, dans son *Discours sur l'inégalité des richesses* (*OEuvres,* p. 182 et 183). — La Bruyère (*des Grands,* nᵒ 5, tome I, p. 339) : « On demande si, en comparant ensemble les différentes conditions des hommes, leurs peines, leurs avantages, on n'y remarqueroit pas un mélange ou une espèce de compensation de bien et de mal, qui établiroit entre elles l'égalité, ou qui feroit du moins que l'un ne seroit guère plus désirable que l'autre.... »

6. La version de 1665 était plus absolue : « .... que la nature

LIV

Le mépris des richesses étoit dans les philosophes[1] un
desir caché de venger leur mérite de l'injustice de la fortune, par le mépris des mêmes biens dont elle les privoit ;
c'étoit un secret pour se garantir de l'avilissement[2] de la
pauvreté ; c'étoit[3] un chemin détourné pour aller à la
considération qu'ils ne pouvoient avoir par les richesses[4].
(ÉD. 1*.)

LV

La haine pour[5] les favoris n'est autre chose que

donne, *ce n'est pas elle, mais la fortune, qui fait les héros.* » — Voyez
les *maximes* 57, 58, 153, 165, 380, 470, et la 14ᵉ des *Réflexions
diverses.* — Selon Vauvenargues (p. 84), cette pensée, ainsi que la
précédente et la suivante, sont *communes* ; il a voulu sans doute répondre à la 53ᵉ dans sa *maxime* 579 (*OEuvres*, p. 455) : « .... La fortune, qu'on croit si souveraine, ne peut presque rien sans la nature. »

   1. VAR. : Le mépris des richesses *dans les philosophes étoit....*
(1665.)

   2. VAR. : c'étoit un secret *qu'ils avoient trouvé pour se dédommager*
de l'avilissement. (1665.)

   3. VAR. : c'étoit *enfin.* (1665.)

   4. VAR. : à la considération *que les richesses donnent.* (*Manuscrit.*) — J. Esprit (*Préface*) : « .... La seconde cause de l'erreur
des philosophes étoit leur sorte d'ambition, qui étoit si fine et si délicate, qu'elle se déroboit à leur connoissance, car elle leur donnoit
du mépris pour les richesses, pour les dignités, et pour l'approbation des hommes, afin que le mépris des richesses, des charges et
des dignités les mît dans une beaucoup plus grande considération
que ceux qui les possèdent, et qu'on les crût d'autant plus dignes
d'être loués qu'ils témoignoient faire peu de cas des louanges et de
la gloire. » — Bossuet (*Pensées détachées*, édition de Versailles,
tome XV, p. 332) : « Combien en voit-on qui se servent de la philosophie, non pour se détacher des biens de la fortune, mais pour
plâtrer la douleur qu'ils ont de les perdre, et faire les dédaigneux
de ce qu'ils ne peuvent avoir ! »

   5. VAR. : La haine *qu'on a pour....* (1665.)

l'amour de la faveur. Le dépit de ne la pas posséder se console et s'adoucit par le mépris que l'on témoigne de ceux qui la possèdent ; et nous leur refusons nos hommages [1], ne pouvant pas leur ôter ce qui leur attire ceux de tout le monde [2]. (ÉD. 1*.)

LVI

Pour s'établir dans le monde, on fait tout ce que l'on peut pour y paroître établi [3]. (ÉD. 1.)

LVII

Quoique les hommes se flattent de leurs grandes actions, elles ne sont pas souvent les effets d'un grand dessein, mais des effets du hasard [4]. (ÉD. 1*.)

1. VAR. : .... se console et s'adoucit *un peu* par le mépris de ceux qui la possèdent ; *c'est enfin une secrète envie de la détruire, qui fait que nous leur ôtons nos propres* hommages.... (1665.) — .... l'amour de la faveur ; *c'est aussi la rage de n'avoir pas la faveur,* qui se console et s'adoucit par le mépris *des favoris; c'est aussi* une secrète envie, etc. (*Manuscrit.*)

2. Amelot de la Houssaye applique cette réflexion aux Guises ; Aimé-Martin (p. 43) au cardinal de Retz et à la Rochefoucauld lui-même ; il aurait pu y joindre à peu près tous les Frondeurs.

3. La Rochefoucauld dit du duc de Beaufort, dans ses *Mémoires*, que ce prince cherchait à « établir sa faveur par l'opinion qu'il affectoit de donner qu'elle étoit déjà tout établie. » — Duclos (tome I, p. 157, *Considérations sur les mœurs de ce siècle*, chapitre VII) : « Quand on se propose la considération pour objet, on emploie communément son crédit pour le faire connoître et lui donner de l'éclat. La seule réputation d'en avoir est un des plus sûrs moyens de l'affermir, de l'étendre, et même de le procurer. » — Voyez les notes des *maximes* 90 et 129.

4. La 1re édition (1655) donnait cette pensée sous une forme plus particulière, où l'allusion à Richelieu et à Mazarin était transpa-ente : « Quoique *la grandeur des ministres se flatte de celle de leurs*

LVIII

Il semble que nos actions aient des étoiles heureuses
ou malheureuses, à qui elles doivent une grande partie[1]
de la louange et du blâme qu'on leur donne[2]. (ÉD. 1*.)

¦LIX

Il n'y a point d'accidents si malheureux dont les
habiles gens ne tirent quelque avantage, ni de si heureux
que les imprudents ne puissent tourner à leur préjudice[3].
(ÉD. 1*.)

actions, *elles sont bien souvent les* effets du hasard *ou de quelque petit
dessein.* » — Charron (*de la Sagesse,* livre I, chapitre xxxviii) :
« La plupart de nos actions ne sont que saillies et boutées poussées
par quelques occasions ; ce ne sont que pieces rapportées. » — Cette
réflexion et la suivante, *communes* selon Vauvenargues (p. 84), répètent à peu près les *maximes* 53, 60 et 160 ; de plus, elles paraissent
contredire la 59e, où l'auteur admet qu'il y a *des gens assez habiles
pour tirer avantage des accidents même les plus malheureux.* — Voyez
aussi la 17e des *Réflexions diverses.*

1. VAR. : .... des étoiles heureuses ou malheureuses, *aussi bien que
nous, d'où dépend* une grande partie.... (*Manuscrit* et 1665.)

2. Voyez les *maximes* 153, 165, 380, 470, et la 14e des *Réflexions
diverses.*

3. VAR. : *On pourroit dire qu'il n'y a point d'heureux ni de malheureux* accidents, *parce que* les habiles gens *savent profiter des mauvais, et
que les imprudents tournent bien souvent* à leur préjudice *les plus avantageux.* (*Manuscrit.*) — Amelot de la Houssaye cite, à propos de
cette *maxime,* le cardinal d'Ossat, négociant à Rome l'absolution
d'Henri IV : « Dieu me fit la grâce, écrivait-il à son maître, que je ne
tardai guère à me résoudre ; et ce que la fortune sembloit me présenter de la main gauche, je le pris de la droite, en usant de cette
traverse en sorte que non-seulement elle ne nuisit de rien à votre
service, mais, au contraire, qu'elle y aida et servit autant que si, de
propos délibéré, elle y eût été dressée et destinée. »

LX

La fortune tourne tout à l'avantage de ceux qu'elle favorise[1]. (ÉD. 1*.)

LXI

Le bonheur et le malheur des hommes ne dépend pas moins de leur humeur que de la fortune[2]. (ÉD. 2.)

LXII

La sincérité est une ouverture[3] de cœur. On la trouve en fort peu de gens, et celle que l'on voit d'ordinaire[4] n'est qu'une fine dissimulation, pour attirer la confiance des autres[5]. (ÉD. 1*.)

1. VAR. : La fortune *ne laisse rien perdre pour les hommes heureux.* (1665.) — Tacite dit en parlant de Cérialis (*Histoires*, livre V, chapitre XXI) : *Aderat fortuna, etiam ubi artes defuissent.* « La fortune le servait, même au défaut de l'art. » — Mme de Sévigné écrit de même à sa fille (tome VI, p. 121) : « N'est-il pas vrai, ma fille, que tout tourne à bien pour ceux qui sont heureux ? » — La Bruyère (*de la Cour*, nᵒ 90, tome I, p. 334) : « Êtes-vous en faveur, tout manége est bon, vous ne faites point de fautes, tous les chemins vous mènent au terme. » — Publius Syrus avait déjà dit :

Fortuna quo se, eodem et inclinat favor.

« La faveur publique incline du même côté que la fortune. » — Cette *maxime* 60 est encore une de celles que Vauvenargues trouve *commune.*

2. Cette pensée n'est qu'une répétition des 45ᵉ et 47ᵉ, et elle semble contredire la 323ᵉ, qui fait tout dépendre de la fortune.

3. VAR. : une *naturelle* ouverture. (1665.)

4. VAR. : et celle *qui se pratique* d'ordinaire. (1665.)

5. VAR. : pour *arriver à* la confiance des autres. (1665.) — J. Esprit (tome I, p. 121) : « La sincérité est une ouverture de cœur qui tend à nous ouvrir celui de nos amis, ou une franchise habile.... ou une crainte de passer pour fourbe, ou une inclination naturelle à dire ce que l'on pense, ou une ambition exquise qu'on ait une dé-

LXIII

L'aversion du mensonge est souvent[1] une imperceptible ambition de rendre nos témoignages considérables,
et d'attirer à nos paroles[2] un respect de religion[3]. (ÉD. 1*.)

LXIV

La vérité ne fait pas tant de bien dans le monde que
ses apparences y font du mal[4]. (ÉD. 1*.)

LXV

Il n'y a point d'éloges qu'on ne donne à la prudence;

férence aveugle pour nos paroles. Dans les faux sincères, la sincérité
est une tromperie fine.... » — Meré déclare également (*maxime* 398)
que *la sincérité n'est souvent qu'une fine dissimulation.* — Voyez la 5e
des *Réflexions diverses.*

1. Var. : *La vérité, qui fait les hommes véritables*, est souvent.
(*Manuscrit.*) — *Souvent* ne se trouve pas dans la première édition
(1665); la seconde (1666), au lieu de *souvent*, a *d'ordinaire.*

2. Var. : .... ambition *qu'ils ont* de rendre *leurs* témoignages considérables, et d'attirer à *leurs* paroles.... (*Manuscrit.*)

3. J. Esprit (tome I, p. 104 et 105) : « La disposition de ceux
qui sont véritables dans leurs paroles est en quelques-uns une secrète
ambition qu'ils ont que tout le monde ajoute foi à tout ce qu'ils
disent. » — Cette pensée de la Rochefoucauld répète à peu près la
précédente. — « *L'aversion du mensonge*, dit Vauvenargues (p. 79),
est encore plus souvent, à mon avis, *l'aversion* d'être trompé, » et
il ajoute (*maxime* 523, *OEuvres*, p. 449) : « L'aversion contre les
trompeurs ne vient ordinairement que de la crainte d'être dupe; c'est
par cette raison que ceux qui manquent de sagacité s'irritent non-
seulement contre les artifices de la séduction, mais encore contre la
discrétion et la prudence des habiles. » — Dans sa *maxime* 350, la
Rochefoucauld se rencontre mieux avec Vauvenargues.

4. Var. : que *les apparences de la vérité* font de mal. (1665.) — *Le
vrai* ne fait pas tant de bien dans le monde que *le vraisemblable y fait*
de mal. (*Manuscrit.*)

cependant elle ne sauroit nous assurer du moindre événement[1]. (ÉD. 1*.)

LXVI

Un habile homme doit régler[2] le rang de ses intérêts, et les conduire chacun dans son ordre ; notre avidité le

1. Cette pensée est une de celles que l'auteur a le plus heureusement remaniées et réduites. — VAR. : *On élève la prudence jusqu'au ciel, et il n'est sorte d'éloge qu'on ne lui donne ; elle est la règle de nos actions et de notre conduite ; elle est la maîtresse de la fortune ; elle fait le destin des empires ; sans elle, on a tous les maux ; avec elle, on a tous les biens ; et comme disoit autrefois un poète, quand nous avons la prudence, il ne nous manque aucune divinité* (a), *pour dire que nous trouvons dans la prudence tout le secours que nous demandons aux Dieux. Cependant la prudence la plus consommée ne sauroit nous assurer du plus petit effet du monde, parce que, travaillant sur une matière aussi changeante et aussi inconnue qu'est l'homme, elle ne peut exécuter sûrement aucun de ses projets ; d'où il faut conclure que toutes les louanges dont nous flattons notre prudence ne sont que des effets de notre amour-propre, qui s'applaudit en toutes choses et en toutes rencontres.* (1665.) — Au manuscrit, qui est, du reste, conforme à l'édition de 1665, la fin de la dernière phrase est ainsi rédigée : « .... elle ne peut exécuter sûrement aucun de ses projets ; *Dieu seul, qui tient tous les cœurs des hommes entre ses mains, et qui, quand il veut, en accorde tous les mouvements, fait aussi réussir les choses qui en dépendent :* d'où il faut conclure que toutes les louanges dont *notre ignorance et notre vanité flattent* notre prudence *sont autant d'injures que nous faisons à la Providence.* » — Il n'y a point d'éloges qu'on ne donne à la prudence ; cependant, *quelque grande qu'elle soit,* elle ne sauroit nous assurer du moindre événement, *parce qu'elle travaille sur l'homme, qui est le sujet du monde le plus changeant.* (1666, 1671 et 1675.) — J. Esprit (tome I, p. 11) : « La prudence ne peut s'assurer de rien, parce que l'homme, qui est le sujet qu'elle considère, n'est jamais dans une même assiette ; et qu'il en prend de différentes en peu de temps, par un nombre infini de causes intérieures et étrangères. » — Montaigne avait dit avant la Rochefoucauld et J. Esprit : « La fortune surpasse en reglement les regles de l'humaine prudence. » (*Essais,* livre I, chapitre XXXIII, tome I, p. 317.)

2. VAR. : doit *savoir* régler. (1665.)

(a)   *Nullum numen abest, si sit prudentia....*
     (Juvénal, *satire* X, vers 365 *var.*)

trouble souvent, en nous faisant courir à tant de choses
à la fois, que pour desirer trop les moins importantes,
on manque les plus considérables [1]. (ÉD. 1*.)

LXVII

La bonne grâce est au corps ce que le bon sens est à
l'esprit [2]. (ÉD. 2.)

LXVIII

Il est difficile de définir l'amour : ce qu'on en peut

1. VAR. : ... les moins importantes, *nous ne les faisons pas assez servir
à obtenir* les plus considérables. (1665.) — Sénèque (*épître* XL) :
Nihil.... ordinatum est, quod præcipitatur et properat. « Rien de ce
qu'on hâte et précipite ne saurait être bien ordonné. »

2. L'annotateur contemporain fait observer, non sans raison, que
le corrélatif de la *bonne grâce du corps* serait plutôt la *délicatesse de
l'esprit*; mais il est juste d'ajouter qu'au temps de la Rochefoucauld,
l'expression *bon sens* avait une signification plus étendue que du nôtre ;
elle signifiait parfois le *bon biais, la bonne et délicate façon de prendre
les choses*, et c'est apparemment dans cette dernière acception que
l'auteur l'a employée. Quoi qu'il en soit, Corbinelli, qui avait fait des
remarques sur une centaine de *maximes* de la Rochefoucauld, n'entendait pas celle-ci (*Lettres de Mme de Sévigné*, tome V, p. 509) ; il ne
voyait pas quel rapport il peut y avoir « entre *bonne grâce et bon
sens*; » par contre, Bussy Rabutin la défendait (*ibidem*, p. 512). Quant à
Vauvenargues, dans une première rédaction de sa *Critique des* Maximes
de la Rochefoucauld. il qualifiait cette pensée de *juste et lumineuse comparaison*; mais, en y regardant de plus près, il arriva bientôt à cette
conclusion tout opposée (*OEuvres*, p. 80) : « Cette comparaison ne me
paroît ni claire, ni juste. Un esprit sage peut manquer de grâce,
comme il est possible qu'un homme, bien fait d'ailleurs, n'ait pas un
maintien agréable, ou une démarche légère. » — Vient enfin la
Harpe ; mais ce n'est pas sa remarque (tome VII, p. 268) qui éclair-
cira la question. « Cela ne serait-il pas plus vrai, dit-il, du *goût* que
du *bon sens* ? Ce n'est pas que le premier ne suppose l'autre ; mais le
bon sens tout seul ne donne point l'idée de la grâce, et le goût
donne au bon sens une délicatesse d'expression, qui est pour l'esprit
ce qu'est pour le corps l'aisance et la justesse des mouvements. »

dire[1] est que, dans l'âme, c'est une passion de régner; dans les esprits, c'est une sympathie; et dans le corps, ce n'est qu'une envie cachée et délicate de posséder ce que l'on aime[2] après beaucoup de mystères. (ÉD. 1*.)

1. VAR. : Il est *malaisé* de définir l'amour : *tout* ce qu'on peut dire. (1665.)

2. VAR. : de *jouir de* ce que l'on aime. (1665.) — La passion de l'amour paraît à Cicéron si légère, qu'il ne voit pas à quoi la comparer : *Totus.... iste qui vulgo appellatur amor.... tantæ levitatis est, ut nihil videam quod putem conferendum.* (*Tusculanes,* livre IV, chapitre XXXII). « Pour ce qui s'appelle communément amour, c'est chose si légère que je ne vois rien à quoi je le puisse comparer. » — Dans sa *maxime* 638, la Rochefoucauld sera moins embarrassé que Cicéron, et *comparera* l'amour à la *fièvre.* — Vauvenargues (p. 80) : « Si l'âme est distincte du corps, si c'est, non pas le corps, comme le suppose ici l'auteur, mais l'âme, qui sent (*a*), on ne peut pas dire que l'*amour est, dans le corps, une envie cachée et délicate de posséder ce que l'on aime. Et d'ailleurs, quel est cet amour qui ne veut posséder qu'après beaucoup de mystères ?* Le duc de la Rochefoucauld avoit pris cela dans nos romans, ou parmi *les Femmes savantes* de Molière. » — Il serait peut-être plus juste de dire que, dans cette *maxime,* le noble duc avait gardé le ton de l'hôtel de Rambouillet. — La Harpe répond à la Rochefoucauld (tome VII, p. 265 et 266) : « Je crois qu'on en peut dire (*de l'amour*) tout autre chose, et je doute que beaucoup de gens goûtent cette définition. On est souvent tenté de dire aux moralistes qui parlent de l'amour, comme à Burrhus :

Mais, croyez-moi, l'amour est une autre science (*b*).

D'abord, ce n'est point une *passion de régner,* car celui des deux qui aime le plus est toujours le plus gouverné. Ce n'est pas toujours une *sympathie;* car il y a des amants qui n'ont entre eux aucune conformité de caractère, d'esprit, ni d'humeur, et qui ne peuvent s'accorder sur rien, si ce n'est à s'aimer.... Au reste, je pense, comme la Rochefoucauld, qu'il (*l'amour*) est *très-difficile à définir* : aussi ne e définirai-je point, d'abord parce qu'il me convient d'être plus réservé que lui, et puis parce que chacun ne définit que le sien. »

(*a*) Vauvenargues dit dans sa *maxime* 545* (*Œuvres,* p. 451) : « Les plus vifs plaisirs de l'âme sont ceux qu'on attribue au corps ; car le corps ne doit point sentir, ou il est âme. »

(*b*) Racine, *Britannicus,* acte III, scène 1, vers 796.

LXIX

S'il y a un amour pur et exempt du mélange de nos autres passions, c'est celui[1] qui est caché au fond du cœur, et que nous ignorons nous-mêmes. (ÉD. I*.)

LXX

Il n'y a point de déguisement qui puisse longtemps cacher l'amour où il est, ni le feindre où il n'est pas[2]. (ÉD. I.)

LXXI

Il n'y a guère de gens qui ne soient honteux de s'être aimés, qnand ils ne s'aiment plus[3]. (ÉD. 5.)

1. VAR. : *Il n'y a point* d'amour pur.... que celui.... (1665.) — L'édition de M. de Barthélemy donne : « de mélange, » et « celle qui est cachée. » — Voyez la *maxime* 76.

2. Pascal (*Discours sur les passions de l'amour*, tome II, p. 261) pense que le faux-semblant mène vite à la réalité : « L'on ne peut presque faire semblant d'aimer, que l'on ne soit bien près d'être amant. » — Mme de Sablé (*maxime* 80) : « L'amour a un caractère si particulier qu'on ne peut le cacher où il est, ni le feindre où il n'est pas. » — Meré (*maxime* 460) : Il est impossible, quand on aime, de laisser croire que l'on hait. » — On a interprété dans le même sens ce verset du *Livre des Proverbes* (chapitre VI, verset 27) : *Numquid potest homo abscondere ignem in sinu suo, ut vestimenta illius non ardeant?* « L'homme peut-il si bien renfermer dans son sein le feu dont il brûle, que ses vêtements n'en soient brûlés ? » — Voyez les *maximes* 102, 108 et 559.

3. C'est après avoir mis et commenté cette *maxime* dans une lettre de Julie (*la Nouvelle Héloïse*, 3e partie, lettre xx), que J. J. Rousseau ajoute en note : « Je serois bien surpris que Julie eût cité la Roche-foucauld en toute autre occasion ; jamais son *triste livre* ne sera goûté des bonnes gens. » — Voyez la 18e des *Réflexions diverses*.

LXXII

Si on juge de l'amour par la plupart de ses effets, il ressemble plus à la haine qu'à l'amitié[1]. (ÉD. 1.)

LXXIII

On peut trouver des femmes qui n'ont jamais eu de galanterie, mais il est rare d'en trouver qui n'en aient jamais eu qu'une[2]. (ÉD. 1*.)

LXXIV

Il n'y a que d'une sorte d'amour[3], mais il y en a mille différentes copies. (ÉD. 1*.)

1. Fortia d'Urban remarque, après l'abbé de la Roche, « qu'il semble que l'ancienne mythologie ait eu cette *maxime* en vue, quand elle a donné pour attributs à l'amour un bandeau, une torche, des flèches, un joug, des chaînes, et que Virgile (*Églogue* VIII, vers 43-45) le fait naître parmi les peuples les plus barbares. » — La Bruyère (*du Cœur*, n° 39, tome I, p. 205) : « L'on veut faire tout le bonheur, ou si cela ne se peut ainsi, tout le malheur de ce qu'on aime. » — Voyez les *maximes* 111, 321, et la 8e des *Réflexions diverses*.

2. VAR. : qui n'ont jamais *fait* de galanterie.... qui n'en aient jamais *fait* qu'une. (1665.) — *Il y a beaucoup de* femmes qui n'ont jamais *fait* de galanterie ; mais *je ne sais s'il y en a* qui n'en aient jamais *fait* qu'une. (*Manuscrit.*) — Voyez les *maximes* 396, 471 et 499.

3. VAR. : *Il n'y a d'amour que d'une sorte.* (*Manuscrit.*) — Voyez la *maxime* 77. — Vauvenargues (p. 80) : « Autre maxime de roman. L'amour prend le caractère des cœurs qu'il surmonte : il est violent, impérieux, et jaloux jusqu'à la fureur, dans quelques-uns ; il est tendre, aveugle et soumis, dans quelques autres ; il est passionné et volage, dans la plupart des hommes ; mais il lui arrive quelquefois d'être fidèle. » — Vauvenargues disait pourtant, dans une *maxime*, qu'il a supprimée, il est vrai (la 755e, *OEuvres*, p. 477) : « La constance est la chimère de l'amour. »

LXXV

L'amour, aussi bien que le feu, ne peut subsister sans un mouvement continuel, et il cesse de vivre dès qu'il cesse d'espérer ou de craindre[1]. (ÉD. 1.)

LXXVI

Il est du véritable amour comme de l'apparition[2] des esprits : tout le monde en parle, mais peu de gens en ont vu[3]. (ÉD. 1*.)

LXXVII

L'amour prête son nom à un nombre infini de commerces qu'on lui attribue, et où il n'a[4] non plus de part[5] que le Doge à ce qui se fait[6] à Venise. (ÉD. 1*.)

1. Voyez la 9ᵉ des *Réflexions diverses*. — Publius Syrus :

Amans, ita ut fax, agitando ardescit magis.

« L'amant est comme le feu ; plus il s'agite, plus il brûle. » — Platon (*des Lois*, livre II) dit la même chose de la jeunesse, dont la nature ardente (διάπυρος οὖσα) ne peut demeurer en repos. — Pascal (*Discours sur les passions de l'amour*, tome II, p. 260) : « Les âmes propres à l'amour demandent une vie d'action qui éclate en événements nouveaux.... La vie de tempête surprend, frappe et pénètre. » — La Bruyère (*du Cœur*, nº 5, tome I, p. 199) : « Tant que l'amour dure, il subsiste de soi-même, et quelquefois par les choses qui semblent le devoir éteindre, par les caprices, par les rigueurs, par l'éloignement, par la jalousie. »

2. VAR. : Il est *de l'amour* comme de l'apparition. (*Manuscrit* et 1665.)

3. Cependant, selon la *maxime* 473, le *véritable amour* est encore moins rare que la *véritable amitié*. — Voyez la *maxime* 69.

4. VAR. : .... qu'on lui attribue, où il n'a.... (*Manuscrit* et 1665.)

5. VAR. : où il n'a *souvent guère* plus de part. (*Manuscrit*.)

6. VAR. : que le Doge *en a* à ce qui se fait.... (*Manuscrit* et 1665.) — Vauvenargues (p. 81) ne voit dans cette pensée qu'une « plaisanterie froide et recherchée. » — Voyez la *maxime* 74.

LXXVIII

L'amour de la justice n'est, en la plupart des hommes[1], que la crainte de souffrir l'injustice. (ÉD. 1*.)

LXXIX

Le silence est le parti le plus sûr de celui qui se défie de soi-même[2]. (ÉD. 1.)

1. L'édition de 1665 n'a pas ce correctif : « en la plupart des hommes. » — Cette pensée est un résumé des *maximes* 578 et 580. — Le cardinal d'Ossat (*lettre* 336, édilion de Boudot), cité par Amelot de la Houssaye : « Ceux-là même qui n'ont point connu la vraie source de la justice ont néanmoins reconnu qu'il la falloit observer, et se garder de faire tort et injure à autrui, afin de n'en recevoir point. » — J. Esprit (tome I, p. 513 et 515) : « L'équité des personnes privées.... est une crainte qu'ils ont qu'on ne leur fasse des injustices. » — « La justice des particuliers n'est qu'une adresse qui tend à mettre leur vie, leur bien et leur honneur à couvert des injures qu'on leur peut faire. » — La Harpe (tome VII, p. 261) : « Je n'en crois rien du tout : c'est le cri de la conscience, c'est un sentiment qui précède toute réflexion. Il y a mille injustices que nous ne craignons pas de souffrir, et dont la seule idée nous révolte. »

2. C'est encore là une des pensées que Vauvenargues (p. 84) trouve *communes*. — *Stultus quoque, si tacuerit, sapiens reputabitur ; et si compresserit labia sua, intelligens* (*Livre des Proverbes*, chapitre XVII, verset 28). « Le sot lui-même, s'il se tait, sera réputé sage ; et tant que ses lèvres seront closes, intelligent. » — Caton (livre I, *distique* 3) :

Virtutem primam esse puta compescere linguam.

« Regarde comme la première vertu de retenir la langue. »
— Publius Syrus :

Taciturnitas stulto homini pro sapientia est.

« Pour le sot le silence tient lieu de sagesse. »
— Montaigne (*Essais*, livre III, chapitre VIII, tome III, p. 418) : « A combien de sottes ames, en mon temps, a seruy vne mine froide et taciturne de tiltre de prudence et de capacité ! » — Voyez la 4e des *Réflexions diverses*.

LXXX

Ce qui nous rend si changeants dans nos amitiés, c’est qu’il est difficile de connoître les qualités de l’âme, et facile[1] de connoître celles de l’esprit[2]. (ÉD. 1*)

LXXXI

Nous ne pouvons rien aimer que part rapport à nous, et nous ne faisons que suivre notre goût et notre plaisir quand nous préférons nos amis à nous-mêmes; c’est néanmoins par cette préférence seule que l’amitié peut être vraie et parfaite[3]. (ÉD. 5.)

1. VAR. : c’est qu’il est *aussi* difficile.... *qu’il est* facile. (1666.)

2. VAR. : « Ce qui *rend nos inclinations si légères et si changeantes,* c’est qu’il est *aisé* de connoître les qualités de l’esprit, et difficile de connoître *celles* de l’âme. (1665.)

3. Voyez les *maximes* 83, 236, et la 2e des *Réflexions diverses.* — Saint-Evremond (*Maxime, qu’on ne doit jamais manquer à ses amis. OEuvres mêlées,* p. 289, Barbin, 1689) : « L’honneur, qui se déguise sous le nom d’amitié, n’est qu’un amour-propre qui sert lui-même dans la personne qu’il fait semblant de servir. » — J. Esprit (tome I, p. 172) : « .... Quoiqu’il paroisse qu’il donne sa vie pour conserver celle de son ami, il est certain pourtant qu’il meurt pour sa propre gloire.... » — Duclos (tome I, p. 204, *Considérations sur les mœurs de ce siècle,* chapitre vii) : — « L’inclination détermine moins qu’on ne s’imagine à obliger, quoiqu’elle y fasse trouver du plaisir ; elle est souvent subordonnée à beaucoup d’autres motifs, à des plaisirs qui l’emportent sur celui de l’amitié, quoiqu’ils ne soient pas si honnêtes. » Térence avait déjà dit (*Adelphes,* acte I, scène 1, vers 13 et 14) :

> .... *Vah ! quemquamne hominem in animum instituere, aut*
> *Parare, quod sit carius quam ipse est sibi?*

« Est-il possible qu’un homme aille se proposer et se mettre en tête d’aimer quelque chose plus que soi-même ? »

LXXXII

La réconciliation avec nos ennemis[1] n'est qu'un desir de rendre notre condition meilleure[2], une lassitude de la guerre, et une crainte de quelque mauvais événement[3]. (ÉD. 1*.)

LXXXIII

Ce que les hommes ont nommé amitié n'est qu'une société, qu'un ménagement réciproque d'intérêts, et qu'un échange de bons offices ; ce n'est enfin qu'un commerce où l'amour-propre se propose toujours quelque chose à gagner[4]. (ÉD. 1*.)

1. L'édition de 1665 ajoute ici : « *qui se fait au nom de la sincérité, de la douceur et de la tendresse* »

2. VAR. : *sa* condition meilleure. (1665.)

3. C'est ainsi que s'est terminée la guerre de la Fronde, et l'auteur y pensait sans doute en écrivont cette *maxime*. — La Bruyère (*du Cœur*, n° 70, tome I, p. 211) : C'est par foiblesse que l'on hait un ennemi, et que l'on songe à s'en venger ; et c'est par paresse que l'on s'apaise, et qu'on ne se venge point. »

4. VAR. : *L'amitié la plus sainte et la plus sacrée n'est qu'un trafic où nous croyons toujours gagner quelque chose.* (*Manuscrit*) — *L'amitié la plus désintéressée* n'est qu'un commerce (1665 : *qu'un trafic*) où *notre* amour-propre se propose toujours quelque chose à gagner. (1665, 1666, 1671 et 1675.) — J. Esprit (tome I, p. 164) : « Les amitiés ordinaires sont des trafics honnêtes, où nous espérons faire plusieurs sortes de gains, qui répondent aux prétentions différentes que nous avons... ; de là vient que l'intérêt fait presque toutes nos amitiés et nos liaisons. » — Mme de Sablé (*maximes* 77 et 78) : « La société, et même l'amitié de la plupart des hommes, n'est qu'un commerce qui ne dure qu'autant que le besoin. » — « Quoique la plupart des amitiés qui se trouvent dans le monde ne méritent point le nom d'amitié, on peut pourtant en user selon les besoins, comme d'un commerce qui n'a point de fond certain, et sur lequel on est ordinairement trompé. » — Saint-Évremond (*Maxime, qu'on ne doit jamais manquer à ses amis. OEuvres mêlées*, p. 287, Barbin, 1689) : « Il est certain que l'amitié est un commerce ; le trafic en doit être honnêet ;

LXXXIV

Il est plus honteux de se défier de ses amis que d'en être trompé[1]. (ÉD. 2.)

LXXXV

Nous nous persuadons souvent[2] d'aimer les gens plus puissants que nous, et néanmoins c'est l'intérêt seul qui produit notre amitié. Nous ne nous donnons pas[3] à

mais enfin c'est un trafic. » — Amelot de la Houssaye donne avec assez d'à-propos cette citation d'Antonio Perez : « Il ne se trouve plus de véritable amitié, sinon entre le corps et l'âme, qui sont à moitié de perte et de gain. » — L'auteur, dit la Harpe (tome VII, p. 261-263), « ne prend-il pas ici l'amour de soi pour l'amour-propre ?... L'amour de soi n'est point vicieux en lui-même ; ... Dieu nous ordonne expressément *d'aimer notre prochain comme nous-mêmes*.... Si la Rochefoucauld a voulu dire que cet amour de nous entre dans *l'amitié la plus désintéressée*, c'est une vérité, et non pas un reproche ; car nul ne peut se séparer absolument de lui-même. Mais s'aimer ainsi dans un autre n'est point *un commerce d'amour-propre*, du moins dans l'acception vulgaire de ce mot, qui répond à celle d'intérêt personnel : c'est, au contraire, l'usage le plus noble de cette heureuse faculté d'étendre nos sentiments hors de nous, et de nous retrouver dans autrui. On sait combien cet attrait réciproque a produit d'actions héroïques, et cet héroïsme ne sera pas détruit par la sentence équivoque et vague de la Rochefoucauld. » — Voyez la note de la *maxime* 434, la *maxime* 81, et la 2ᵉ des *Réflexions diverses*. — V. Cousin (*Mme de Sablé*, chapitre III, 2ᵉ édition, p. 115 et 116) pense que c'est pour réfuter expressément cette *maxime* de la Rochefoucauld que *le cœur* de Mme de Sablé a composé le petit traité *de l'Amitié* qui se trouve à la bibliothèque de l'Arsenal, dans les *Papiers* de Conrart (tome XI, in-folio); il aurait fallu ajouter que *le cœur* de Mme de Sablé n'a pas toujours parlé de même, car ses *maximes* 77 et 78, que nous venons de citer, abondent entièrement dans le sens de la Rochefoucauld.

1. Voyez la *maxime* 86.
2. L'édition de 1665 ajoute : *mal à propos*.
3. Vᴀʀ. : .... plus puissants que nous ; l'intérêt seul produit notre

eux pour le bien que nous leur voulons faire, mais pour celui que nous en voulons recevoir. (ÉD. 1*)

LXXXVI

Notre défiance justifie la tromperie d'autrui[1]. (ÉD. 2.)

amitié, *et nous ne nous donnons pas.... (*1665) — .... c'est l'intérêt seul qui produit notre amitié, *et nous ne leur promettons pas selon ce que nous leur voulons donner, mais selon ce que nous voulons qu'ils nous donnent.* (*Manuscrit.*) — Pascal (IIIe *Discours sur la condition des grands,* édition Havet, tome II, p. 355) : « Qu'est-ce, à votre avis, que d'être grand seigneur ? C'est être maître de plusieurs objets de la concupiscence des hommes, et ainsi pouvoir satisfaire aux besoins et aux desirs de plusieurs. Ce sont ces besoins et ces desirs qui les attirent auprès de vous, et qui font qu'ils se soumettent à vous; sans cela, il ne vous regarderoient pas seulement. Mais ils espèrent, par ces services et ces déférences qu'ils vous rendent, obtenir de vous quelque part de ces biens qu'ils desirent et dont ils voient que vous disposez. » — La pensée de la Rochefoucauld paraît *commune* à Vauvenargues (p. 84). — La Bruyère dit plus généreusement (*du Cœur,* n° 58, tome I, p. 209) : « Il faut briguer la faveur de ceux à qui l'on veut du bien, plutôt que de ceux de qui l'on espère du bien. » — Mme de Sablé (*maxime* 22) : « Il y a une certaine médiocrité difficile à trouver avec ceux qui sont au-dessus de nous, pour prendre la liberté qui sert à leurs plaisirs et à leurs divertissements, sans blesser l'honneur et le respect qu'on leur doit. » — Dans une autre *maxime* (44), elle semble admettre que nous avons le droit de compter sur le bien que nos amis peuvent nous faire : « Encore que nous ne devions pas aimer nos amis pour le bien qu'ils nous font, c'est une marque qu'ils ne nous aiment guère, s'ils ne nous en font point quand ils en ont le pouvoir. » — Voyez ci-après les *maximes* 223, 247 et 298.

1. Vauvenargues (p. 81) : « L'expérience justifie notre défiance ; mais rien ne peut justifier la tromperie. » — Sénèque (*épître* III) : *Multi fallere docuerunt, dum timent falli, et aliis jus peccandi suspicando fecerunt.* « Plus d'un, en craignant qu'on ne le trompe, enseigne aux autres à le tromper, et par ses soupçons autorise le mal qu'on lui fait. » — Charron (*de la Sagesse,* livre II, chapitre x) : « Il se faut bien garder de faire demonstration aulcune de deffiance, quand bien elle y seroit et justement, car c'est desplaire, voire offenser, et donner occasion de nous estre contraire. » — Voyez la *maxime* 84.

LXXXVII

Les hommes ne vivroient pas longtemps en société, s'ils n'étoient les dupes les uns des autres[1]. (ÉD. 5.)

LXXXVIII

L'amour-propre nous augmente ou nous diminue les bonnes qualités de nos amis à proportion de la satisfaction que nous avons d'eux ; et nous jugeons de leur mérite par la manière dont ils vivent avec nous[2]. (ÉD. 1*.)

1. Pascal (*Pensées*, article II, 8) : « La vie humaine n'est qu'une illusion perpétuelle : on ne fait que s'entre-tromper et s'entre-flatter.... L'union qui est entre les hommes n'est fondée que sur cette mutuelle tromperie. » — Vauvenargues (*maxime* 522, *OEuvres*, p. 448) : « Les hommes semblent être nés pour faire des dupes, et l'être d'eux-mêmes; » et (*maxime* 921, p. 491) : « Si les hommes ne se flattoient pas les uns les autres, il n'y auroit guère de société. »

2. Cette pensée est le résumé de la longue réflexion, assez confuse, et çà et là peu claire par le rapport douteux des pronoms, que donnait la 1re édition (1665), sous le n° 101 : « Comme si ce n'étoit pas assez à l'amour-propre d'avoir la vertu de se transformer lui-même, il a encore celle de transformer les objets, ce qu'il fait d'une manière fort étonnante ; car non-seulement il les déguise si bien qu'il y est lui-même trompé, mais il change aussi l'état et la nature des choses (*Manuscrit :* « .... si bien qu'il y est lui-même *abusé,* mais *soudainement* il change l'état et la nature des choses »). En effet, lorsqu'une personne nous est contraire, et qu'elle tourne sa haine et sa persécution contre nous, c'est avec toute la sévérité de la justice que l'amour-propre juge ses actions ; il donne à ses défauts une étendue qui les rend énormes, et il met ses bonnes qualités dans un jour si désavantageux, qu'elles deviennent plus dégoûtantes que ses défauts. Cependant, dès que cette même personne nous devient favorable, ou que quelqu'un de nos intérêts la réconcilie avec nous, notre seule satisfaction rend aussitôt à son mérite le lustre que notre aversion venoit de lui ôter. Les mauvaises qualités s'effacent, et les bonnes paroissent avec plus d'avantage qu'auparavant

LXXXIX

Tout le monde se plaint de sa mémoire, et personne ne se plaint de son jugement[1]. (ÉD. 2*.)

XC

Nous plaisons plus souvent dans le commerce de la vie par nos défauts que par nos bonnes qualités[2]. (ÉD. 5.)

(*Manuscrit* : « le lustre que notre aversion venoit *d'effacer. Tous ses avantages en reçoivent un fort grand du biais dont nous les regardons ; toutes ses mauvaises qualités disparoissent* ») ; nous rappelons même toute notre indulgence pour la forcer à justifier la guerre qu'elle nous a faite. Quoique toutes les passions montrent cette vérité, l'amour la fait voir plus clairement que les autres ; car nous voyons un amoureux, agité de la rage où l'a mis l'oubli ou l'infidélité de ce qu'il aime, méditer pour sa vengeance tout ce que cette passion inspire de plus violent. Néanmoins, aussitôt que sa vue a calmé la fureur de ses mouvements, son ravissement rend cette beauté innocente ; il n'accuse plus que lui-même ; il condamne ses condamnations, et par cette vertu miraculeuse de l'amour-propre, il ôte la noirceur aux mauvaises actions de sa maîtresse, et en sépare le crime, pour s'en charger lui-même (*Manuscrit* : « le crime, pour *en* charger *ses soupçons* »). » — Voyez les *maximes* 428, 563, et la 10ᵉ des *Réflexions diverses*.

1. Le manuscrit ajoute : « *parce que tout le monde croit en avoir beaucoup.* » — La Bruyère a dit de même (*de l'Homme*, n° 67) : « L'on se plaint de son peu de mémoire, content d'ailleurs de son grand sens et de son bon jugement. » — Cette pensée est *commune*, selon Vauvenargues (p. 84).

2. La Rochefoucauld pensait sans doute au duc de Beaufort, dont il dit dans ses *Mémoires* : « Nul que lui, avec si peu de qualités aimables, n'a jamais été si généralement aimé.... » — Voyez les notes des *maximes* 56 et 129. — Vauvenargues (*maxime* 176, *Œuvres*, p. 392) : « On peut aimer de tout son cœur ceux en qui on reconnoît de grands défauts : il y auroit de l'impertinence à croire que la perfection a seule le droit de nous plaire.... » — Voyez ci-après les *maximes* 155, 251, 273, 354 et 468.

XCI

La plus grande ambition n'en a pas la moindre apparence, lorsqu'elle se rencontre dans une impossibilité
absolue d'arriver où elle aspire. (ÉD. 2.)

XCII

Détromper un homme préoccupé de son mérite est lui
rendre un aussi mauvais office que celui[1] que l'on rendit
à ce fou d'Athènes[2] qui croyoit que tous les vaisseaux
qui arrivoient dans le port étoient à lui[3]. (ÉD. 2*.)

XCIII

Les vieillards aiment à donner de bons préceptes,
pour se consoler de n'être plus en état de donner de
mauvais exemples[4]. (ÉD. 1.)

1. VAR. : que *fut* celui. (1666.)

2. Thrasylas ou Thrasylle, dont la folie est racontée par Athénée
(livre XII, chapitre LXXXI) et par Élien (*Histoires diverses*, livre IV,
chapitre XXV).

3. Voyez la *maxime* 588. — Vauvenargues (p. 81) répond à la
Rochefoucauld : « Détromper un homme de la fausse idée de son
mérite, c'est le guérir de la présomption, qui fait commettre les
fautes les plus sottes et les plus nuisibles ; » et en variante : « c'est
lui épargner des fautes plus humiliantes que la modestie qu'on
lui inspire. »

4. Cette réflexion, comme tant d'autres de l'auteur, n'est, en
réalité, qu'une épigramme. — Vauvenargues dit, à la fois avec plus
de gravité et d'éclat (*maxime* 159, *OEuvres*, p. 390) : « Les conseils
de la vieillesse éclairent sans échauffer, comme le soleil de l'hiver ; »
mais la Bruyère (*de l'Homme*, n° 112) abonde dans le sens de la
Rochefoucauld : « Peu de gens se souviennent d'avoir été jeunes, et
combien il leur étoit difficile d'être chastes et tempérants. La première chose qui arrive aux hommes, après avoir renoncé aux plai-

XCIV

Les grands noms abaissent au lieu d'élever ceux qui ne les savent pas soutenir[1]. (ÉD. 2.)

XCV

La marque d'un mérite extraordinaire est de voir que ceux qui l'envient le plus sont contraints de le louer[2]. (ÉD. 2.)

XCVI

Tel homme est ingrat, qui est moins coupable de son ingratitude que celui qui lui a fait du bien[3]. (ÉD. 5.)

sirs, ou par bienséance, ou par lassitude, ou par régime, c'est de les condamner dans les autres. Il entre dans cette conduite une sorte d'attachement pour les choses mêmes que l'on vient de quitter : l'on aimeroit qu'un bien qui n'est plus pour nous ne fût plus aussi pour le reste du monde : c'est un sentiment de jalousie. » — Voyez la 19e des *Réflexions diverses*.

1. Vauvenargues (p. 84) trouve cette réflexion *commune*. Au dix-septième siècle, et dans la bouche d'un grand seigneur, comme était le duc de la Rochefoucauld, elle l'était moins peut-être qu'au dix-huitième.

2. Vauvenargues (p. 84) notait cette pensée comme étant *commune*. — Cicéron (*Oratio in Pisonem*, chapitre XXXII) : *Habet hoc virtus.... ut viros fortes species ejus et pulchritudo, etiam in hoste posita, delectet.* « Le propre de la vertu, c'est que sa beauté et son éclat plaisent aux hommes de cœur, même dans la personne d'un ennemi. » — Aimé-Martin (p. 56-58) voit dans le fameux *Dialogue de Sylla et d'Eucrate* le développement de cette *maxime* ; la Rochefoucanld, dit-il, a montré quelle était *la marque d'un génie extraordinaire* ; Montesquieu a tracé *le caractère, et lui a donné le mouvement.*

3. Sans doute dans le cas indiqué par la *maxime* 317, ou par Meré (*maxime* 42) : « Les bienfaits accompagnés d'orgueil sont souvent payés de haine. »

XCVII

On s'est trompé lorsqu'on a cru que l'esprit et le jugement étoient deux choses différentes[1] : le jugement n'est
que la grandeur de la lumière de l'esprit[2] ; cette lumière
pénètre le fond des choses, elle y remarque tout ce qu'il
faut remarquer, et aperçoit celles qui semblent imperceptibles. Ainsi il faut demeurer d'accord[3] que c'est l'étendue de la lumière de l'esprit qui produit tous les effets
qu'on attribue[4] au jugement[5]. (ÉD. 1*.)

1. L'édition de 1665 n'a pas ce premier membre de phrase.

2. Le manuscrit ajoute ici : *On peut dire la même chose de son
étendue, de sa profondeur, de son discernement, de sa justesse, de sa
droiture, de sa délicatesse.* »

3. VAR. : On s'est trompé *lorsque l'on a cru*.... de la lumière de l'esprit ; *sa profondeur* pénètre le fond des choses ; *sa justesse n'en remarque
que ce qu'il en faut remarquer, et sa délicatesse* aperçoit celles qui semblent
être imperceptibles : *de sorte qu'il faut demeurer d'accord*.... (1666.)

4. VAR. : *que l'on attribue.* (1666.)

5. VAR. : Le jugement n'est *autre chose* que la grandeur de la lumière de l'esprit ; *son étendue est la mesure de sa lumière ; sa profondeur
est celle qui* pénètre le fond des choses ; *son discernement les compare
et les distingue ; sa justesse ne voit que ce qu'il faut voir ; sa droiture les
prend toujours par le bon biais ; sa délicatesse* aperçoit celles qui *paroissent* imperceptibles, *et le jugement décide ce que les choses sont. Si
on l'examine bien, on trouvera que toutes ces qualités ne sont autre chose
que la grandeur de l'esprit, lequel, voyant tout, rencontre dans la plénitude de ses lumières tous les avantages dont nous venons de parler.* (1665.)
— L'auteur a beaucoup retouché cette *maxime*, mais il n'a pu l'amener à ce point de précision qu'on admire dans beaucoup d'autres. La
Harpe (tome VII, p. 269) y relève le défaut *de justesse et de clarté ;*
et déjà l'annotateur contemporain avait établi qu'il faut distinguer
entre l'esprit et le jugement, au moins quant à leurs effets, attendu
que *le jugement est la force de l'esprit, et que l'esprit est la délicatesse
du jugement.* — La Rochefoucauld lui-même, dans deux *maximes*
contradictoires à celle-ci (258 et 456), admet une distinction entre les
deux termes. — Quoi qu'il en soit, Vauvenargues pense comme la
Rochefoucauld, qu' « on ne peut avoir beaucoup de raison et peu
d'esprit » (*maxime* 602, *OEuvres*, p. 458).

XCVIII

Chacun dit du bien de son cœur[1], et personne n'en ose dire de son esprit [2]. (ÉD. 1.)

XCIX

La politesse de l'esprit consiste à penser des choses honnêtes et délicates[3]. (ÉD. 1*.)

C

La galanterie de l'esprit est de dire des choses flatteuses d'une manière agréable [4]. (ÉD. 1*.)

1. Saint-Évremond (*Maxime, qu'on ne doit jamais manquer à ses amis. OEuvres mêlées*, p. 288, Barbin, 1689) : « Chacun vante son cœur ; c'est une vanité à la mode. »

2. La Bruyère (*de l'Homme*, n° 84) : « Les hommes comptent presque pour rien toutes les vertus du cœur, et idolâtrent les talents du corps et de l'esprit ; celui qui dit froidement de soi, et sans croire blesser la modestie, qu'il est bon, qu'il est constant, fidèle, sincère, équitable, reconnoissant, n'ose dire qu'il est vif, qu'il a les dents belles et la peau douce : cela est trop fort. » — Duclos (tome I, p. 204, *Considérations sur les mœurs de ce siècle*, chapitre XI) : « On est étonné qu'il soit permis de faire l'éloge de son cœur, et qu'il soit révoltant de louer son esprit. » — Aimé-Martin, qui, dans son *Examen des* Maximes, a presque toujours tort contre la Rochefoucauld, dit avec raison cette fois (p. 58) : » L'auteur s'est plu à la contredire (*cette maxime*) dans le portrait qu'il a tracé de lui-même : *J'ai de l'esprit, dit-il, j'écris bien en prose, je fais bien en vers, et je suis peu sensible à la pitié.* On ne peut dire plus de bien de son esprit, ni médire plus franchement de son cœur. »

3. VAR. : La politesse de l'esprit *est un tour par lequel il pense toujours* des choses honnêtes et délicates. (1665.) — Honnêtes, c'est-à-dire, selon la langue du temps, *de bon goût.* — Voyez la 16e des *Réflexions diverses.*

4. VAR. : La galanterie de l'esprit est un *tour de l'esprit par lequel*

CI

Il arrive souvent que des choses se présentent plus
achevées à notre esprit qu'il ne les pourroit faire avec
beaucoup d'art [1]. (ÉD. 1*.)

CII

L'esprit est toujours la dupe du cœur [2]. (ÉD. 1.)

CIII

Tous ceux qui connoissent leur esprit ne connoissent
pas leur cœur [3]. (ÉD. 1*.)

il entre dans les choses *les plus* flatteuses, *c'est-à-dire celles qui sont le
plus capables de plaire aux autres.* (1665.) — La Bruyère (*de la Société,* n° 32, tome I, p. 229) : « Il me semble que l'esprit de politesse est une certaine attention à faire que par nos paroles et par nos
manières les autres soient contents de nous et d'eux-mêmes. »

1. Var. : *Il y a des jolies* choses (1665 C : *de jolies choses*) *que
l'esprit ne cherche point, et qu'il trouve toutes achevées* (voyez le
Lexique, au mot Tout) *en lui-même ; il semble qu'elles y soient cachées, comme l'or et les diamants dans le sein de la terre.* (1665.) —
Voyez la *maxime* 404.

2. Pascal (*Pensées,* article XXIV, 3) : « Le cœur a ses raisons, que
la raison ne connoît point. » — Vauvenargues (*maxime* 124, *OEuvres,*
p. 385) : « La raison ne connoît pas les intérêts du cœur. » —
Duclos (tome I, p. 111, *Considérations sur les mœurs de ce siècle,* chapitre IV) : « On pourroit dire que le cœur a des idées qui lui sont
propres. » — « Il faut avouer, dit le P. Bouhours (*Manière de bien
penser,* 2ᵉ édition, p. 89 et 90), que le cœur et l'esprit sont bien à la
mode : on ne parle d'autre chose dans les belles conversations....
Voiture est peut-être le premier qui a opposé l'un à l'autre.... L'auteur des *Réflexions morales* renchérit bien sur Voiture, en disant que
l'esprit est toujours la dupe du cœur. » — Voyez les *maximes* 43, 103
et 108. — Voyez aussi dans ce volume, à l'*Appendice,* les *Pensées de
Mme de Schomberg sur les* Maximes.

3. Var. : *Bien des gens* connoissent leur esprit, *qui ne connois-*

CIV

Les hommes et les affaires ont leur point de perspective : il y en a[1] qu'il faut voir de près, pour en bien juger ; et d'autres[2] dont on ne juge[3] jamais si bien que quand on en est éloigné. (ÉD. 1*.)

CV

Celui-là n'est pas raisonnable à qui le hasard fait trouver la raison, mais celui qui la connoît, qui la discerne et qui la goûte[4]. (ÉD. 1.)

CVI

Pour bien savoir les choses, il en faut savoir le détail, et comme il est presque infini, nos connoissances sont toujours superficielles et imparfaites[5]. (ÉD. 1*.)

sent pas leur cœur. (1665.) — *On peut connoître son* esprit; *mais qui peut connoître son* cœur ? *(Manuscrit.)* — Cette pensée revient évidemment à la précédente.

1. VAR. : *Toutes les grandes choses* ont leur point de perspective, *comme les statues :* il y en a.... (1665.) — Les affaires *et les actions des grands hommes, comme les statues,* ont leur point de perspective : il y en a.... *(Manuscrit.)*

2. VAR. : et *il y en a* d'autres.... (1665.)

3. VAR. : .... voir de près, pour en bien *discerner toutes les circonstances; il y en a* d'autres dont on ne juge.... *(Manuscrit.)* —Voyez la 2ᵉ des *Réflexions diverses.*

4. Pensée *commune,* selon Vauvenargues (p. 84).

5. VAR. : et comme il est presque infini, *de là vient qu'il y a si peu de gens qui sont savants, que* nos connoissances sont superficielles et imparfaites, *et qu'on décrit les choses, au lieu de les définir. En effet, on ne les connoît et on ne les fait connoître qu'en gros, et par des marques communes : de même que si quelqu'un disoit que le corps humain est droit, et composé de différentes parties, sans dire le nombre,*

CVII

C'est une espèce de coquetterie de faire remarquer qu'on n'en fait jamais [1]. (ÉD. 2.)

CVIII

L'esprit ne sauroit jouer longtemps le personnage du cœur [2]. (ÉD. 2.)

CIX

La jeunesse change ses goûts par l'ardeur du sang, et la vieillesse conserve les siens par l'accoutumance [3]. (ÉD. 2*.)

CX

On ne donne rien si libéralement que ses conseils [4]. (ÉD. 1*.)

la situation, les fonctions, les rapports et les différences de ces parties (Manuscrit.) — A propos de la *science du détail* dont parle cette *maxime*, Amelot de la Houssaye, et, après lui, Duplessis, citent Colbert comme exemple; comme il s'agit ici du détail, non des *affaires*, mais des *connaissances humaines*, cet exemple est sans application,

1. Cette pensée revient à la 204e. — Voyez aussi les 289e et 431e.

2. L'idée paraît ressassée, car on la retrouve plus ou moins dans les *maximes* 43, 102 et 103.

3. VAR. : par *l'habitude.* (Manuscrit.) — Voyez la 10e des *Réflexions diverses.*

4. L'annotateur contemporain fait cette réserve : « excepté au Palais, où l'on paye tout. » — VAR. : *Il n'y a point de plaisir qu'on fasse plus volontiers à un ami que celui de lui donner conseil.* (1665.) — Vauvenargues (*maxime* 490, *Œuvres,* p. 446) : « Nous voulons foiblement le bien de ceux que nous n'assistons que de nos conseils. »

CXI

Plus on aime une maîtresse, et plus on est prêt de la haïr [1]. (ÉD. 2.)

CXII

Les défauts de l'esprit augmentent en vieillissant, comme ceux du visage [2]. (ÉD. 2.)

CXIII

Il y a de bons mariages, mais il n'y en a point de délicieux [3]. (ÉD. 2.)

1. Voyez la *maxime* 72, et la 8e des *Réflexions diverses*. — *Prêt de* est le texte de toutes les éditions originales (voyez le *Lexique*). — La Bruyère (*du Cœur*, n° 30, tome I, p. 203) : « En amour, il n'y a guère d'autre raison de ne s'aimer plus que de s'être trop aimés. » — Meré (*maxime* 274) dit même chose de l'amitié. « Il n'y a point de plus grande haine que celle qui succède à une grande amitié. »

2. Montaigne (*Essais*, livre III, chapitre ii, tome III, p. 230) : « Il me semble qu'en la vieillesse nos ames sont subiectes à des maladies et imperfections plus importunes qu'en la ieunesse.... Elle nous attache plus de rides en l'esprit qu'au visage ; et ne se veoid point d'ames, ou fort rares, qui en vieillissant ne sentent l'aigre et le moisi. » — L'annotateur contemporain fait remarquer qu'il y a pourtant *de belles vieillesses d'esprit*, et cette objection n'aurait pas été désagréable à la Rochefoucauld, déjà vieux. — Voyez les *maximes* 207, 210 et 444.

3. Swift en donne cette explication tout *humoristique* : « La raison pour laquelle si peu de mariages sont heureux, c'est que les jeunes filles passent leur temps à tendre des filets, au lieu de préparer des cages. » — Lady Wortley Montague, fort choquée de l'irrévérence de la Rochefoucauld, l'a réfuté dans une dissertation en forme, que l'on trouve à la suite de ses *Lettres*; que n'a-t-elle plutôt réfuté la Bruyère, qui se montre plus irrévérencieux encore ? « Il y a peu de femmes si parfaites, dit-il (*des Femmes*, n° 78, tome I, p. 195), qu'elles empêchent un mari de se repentir du moins une fois le jour d'avoir une femme, ou de trouver heureux celui qui n'en a

CXIV

On ne se peut consoler d'être trompé[1] par ses ennemis, et trahi par ses amis, et l'on est[2] souvent satisfait de
l'être par soi-même. (ÉD. 1*.)

CXV

Il est aussi facile de se tromper soi-même sans s'en
apercevoir[3], qu'il est difficile de tromper les autres sans
qu'ils s'en aperçoivent. (ÉD. 1*.)

point. » — Montaigne (*Essais*, livre III, chapitre v, tome III,
p. 315) : « *Bonne femme* et *bon mariage* se dict, non de qui l'est,
mais duquel on se taist. » — Quant à la Rochefoucauld, on vou-
drait penser qu'il était veuf quand il publia cette *maxime* (1666);
mais sa femme ne mourut que quatre ans après

   1. VAR. : On *est au désespoir* d'être trompé.... (1665.)

   2. VAR. : et on est.... (1665.) — Charron (*de la Sagesse*, livre I,
chapitre XXXVI) : « Nous prenons plaisir à nous piper nous-mesmes
à escient. » — Vauvenargues (p. 81) : « Il n'y a, en cela, aucune
contradiction : on est presque aussi fâché d'avoir été trompé par
soi-même, quand on s'en aperçoit, que de l'avoir été par d'autres ;
et si l'on est quelquefois bien aise d'être trompé par soi-même,
c'est qu'on ne s'en aperçoit pas toujours ; car, si l'on savoit que
l'on se trompe, on ne seroit point en erreur. Il est vrai qu'on s'en
doute quelquefois, et qu'on ne veut pas s'éclairer ; mais cela nous
arrive aussi bien avec les autres qu'avec nous-mêmes : lorsqu'on nous
flatte, par exemple. » — Vauvenargues a pourtant une pensée que
nous avons déjà citée à un autre titre (p. 69, note 1), et qui se
rapporte partiellement à cette *maxime* 114 : « Les hommes semblent
être nés pour faire des dupes, *et l'être d'eux-mêmes.* » — Voyez aussi
la 516e *maxime* de la Rochefoucauld.

   3. VAR. : Il est aussi aisé de se tromper sans s'en apercevoir.... (1665.)
— Mme de Sablé (*maxime* 11) : « Ceux qui usent toujours d'artifice
devroient au moins se servir de leur jugement pour connoître qu'on
ne peut guère cacher longtemps une conduite artificieuse parmi des
hommes habiles et toujours appliqués à la découvrir, quoiqu'ils
feignent d'être trompés, pour dissimuler la connoissance qu'ils en

CXVI

Rien n'est moins sincère que la manière de demander
et de donner des conseils : celui qui en demande paroît
avoir une déférence respectueuse pour les sentiments de
son ami, bien qu'il ne pense qu'à lui faire approuver les
siens, et à le rendre garant de sa conduite ; et celui qui
conseille paye la confiance qu'on lui témoigne d'un zèle
ardent et désintéressé, quoiqu'il ne cherche le plus souvent[1], dans les conseils qu'il donne, que son propre
intérêt ou sa gloire[2]. (ÉD. 1*.)

CXVII

La plus subtile[3] de toutes les finesses est de savoir bien
feindre[4] de tomber dans les piéges que l'on nous tend,

ont. » — Le commencement de la *maxime* 309 de Vauvenargues
(*OEuvres*, p. 419) ressemble à la seconde partie de la pensée de la
Rochefoucauld : « Tous les hommes sont clairvoyants sur leurs in-
térêts, et il n'arrive guère qu'on les en détache par la ruse.... »

1. La 2ᵉ édition (1666) n'a pas ce correctif : « le plus souvent. »

2. VAR. : *Rien n'est plus divertissant que de voir deux hommes assemblés, l'un pour demander conseil, et l'autre pour le donner : l'un*
paroît *avec* une déférence respectueuse, *et dit qu'il vient recevoir des
instructions pour* sa conduite ; *et son dessein, le plus souvent, est de* faire
approuver ses sentiments, *et de* rendre *celui qu'il vient consulter* garant
de *l'affaire qu'il lui propose.* Celui qui conseille paye *d'abord* la confiance *de son ami des marques* d'un zèle ardent et désintéressé, *et il*
cherche *en même temps, dans ses propres intérêts, des règles de conseiller ;
de sorte que son conseil lui est bien plus propre qu'à celui qui le reçoit.*
(1665.)

3. VAR. : La plus *déliée....* (1665.)

4. VAR. : bien *faire semblant.* (1665.) C'était l'avis d'Agrippine
(Tacite, *Annales*, livre XIV, chapitre VI) : ... *solum insidiarum remedium
esse, si non intelligerentur.* « Le seul moyen de se garantir des piéges,
c'est de paraître ne pas les voir. » — La tromperie était le moyen
ordinaire de Mazarin ; il en usa tellement qu'il n'abusa plus personne.

et[1] on n'est jamais si aisément trompé que quand on songe à tromper les autres. (ÉD. 1*.)

CXVIII

L'intention de ne jamais tromper nous expose à être souvent trompés[2]. (ÉD. 1.)

CXIX

Nous sommes si accoutumés à nous déguiser aux autres, qu'enfin[3] nous nous déguisons à nous-mêmes. (ÉD. 1*.)

et don Luis de Haro disait de lui : « Il a un grand défaut en politique, c'est qu'il veut toujours tromper. » — Vauvenargues pensait comme le ministre espagnol (*variante à la* maxime 276, *OEuvres,* p. 411) : « Ceux qui veulent toujours tromper, ne trompent point; » et la Rochefoucauld en convient lui-même, non-seulement dans la présente *maxime,* mais dans ses *Mémoires (vers la fin),* où il la répète : « *On n'est jamais si facile à être surpris que quand on songe trop à tromper les autres.* » — Mme de Sablé (*maxime 4*) : « Il est quelquefois bien utile de feindre que l'on est trompé.... » — La Bruyère (*de la Société et de la Conversation,* n° 58, tome I, p. 235) : « Vous le croyez votre dupe : s'il feint de l'être, qui est plus dupe de lui ou de vous? » — C'est la politique que le cardinal de Retz (voyez ses *Mémoires* passim) pratiquait à l'égard de Gaston d'Orléans; pour gouverner ce prince, il fallait se mettre à sa suite, et paraître dupe de ses finesses; le Cardinal, aussi souple qu'impétueux, n'y manqua jamais. — Voyez les *maximes* 127, 199 et 245.

1. *Et* n'est pas dans la 1re édition (1665).

2. Sénèque (*OEdipe,* acte III, vers 686) :

> *Aditum nocendi perfido præstat fides.*

« La bonne foi donne au perfide le moyen de nuire. »

3. VAR. : *La coutume que nous avons de nous déguiser aux autres, pour acquérir leur estime, fait* qu'enfin.... (1665.). — Pascal (*Pensées,* article II, 8, et article VI, 17) : « L'homme n'est que déguisement, que mensonge et hypocrisie, et en soi-même, et à l'égard des autres. » — « .... Nous ne sommes que mensonge, duplicité, contrariété, et nous cachons et nous déguisons à nous-mêmes. »

CXX

L'on fait plus souvent des trahisons par foiblesse que par un dessein formé de trahir[1]. (ÉD. 1*.)

CXXI

On fait souvent du bien pour pouvoir impunément faire du mal[2]. (ÉD. 1*.)

CXXII

Si nous résistons à nos passions, c'est plus par leur foiblesse que par notre force. (ÉD. 2.)

CXXIII

On n'auroit guère de plaisir si on ne se flattoit jamais[3]. (ÉD. 2.)

CXXIV

Les plus habiles affectent toute leur vie de blâmer[4] les finesses, pour s'en servir en quelque grande occasion et pour quelque grand intérêt. (ÉD. 1*.)

1. VAR. : *La foiblesse fait commettre plus de trahisons que le véritable dessein de trahir.* (*Manuscrit.*)

2. VAR. : .... *faire du mal impunément.* (1665.) — L'annotateur contemporain fait remarquer que cette *maxime* est répandue dans Tite Live et dans Salluste.

3. L'annotateur contemporain ajoute assez agréablement : « Il y a même beaucoup de gens qui n'ont pas d'autre plaisir. »

4. VAR. : .... *d'éviter....* (1665.) — Dans le manuscrit, cette réflexion commence ainsi : « *Rien n'est si dangereux que l'usage des finesses, que tant de gens emploient si communément; les plus habiles....* » — Voyez la *maxime* 245.

CXXV

L'usage ordinaire de la finesse est la marque[1] d'un petit esprit, et il arrive presque toujours[2] que celui qui s'en sert pour se couvrir en un endroit, se découvre en un autre. (ÉD. 1*.)

CXXVI

Les finesses et les trahisons ne viennent que de manque d'habileté[3]. (ÉD. 1*.)

CXXVII

Le vrai moyen d'être trompé, c'est de se croire plus fin que les autres[4]. (ÉD. 1*.)

1. VAR. : .,... est *l'effet*.... (1665.)

2. VAR. : .... *quasi* toujours. (1665.) — *Comme* la finesse est *l'effet* d'un petit esprit, il arrive *quasi* toujours.... (*Manuscrit.*) — Cicéron (*de Officiis,* livre II, chapitre IX) : *Quo quis versutior et callidior est, hoc invisior et suspectior....* « Plus un homme est fin et rusé, plus il se rend suspect et odieux. » — Vauvenargues (*maxime* 85, *OEuvres,* p. 382) : « On gagne peu de choses par habileté. » — Duclos (tome I, p. 232, *Considérations sur les mœurs de ce siècle,* chapitre XIII) : « La finesse peut marquer de l'esprit, mais elle n'est jamais dans un esprit supérieur, à moins qu'il ne se trouve avec un cœur bas. » — Voyez les *maximes* 126, 127, 245, 529, et la 16e des *Réflexions diverses.*

3. *Habilité* est le texte des diverses éditions où la *maxime* a paru sous cette forme du vivant de l'auteur ; cependant toutes les éditions donnent *habileté* aux *maximes* 244, 245, 283 (nos 266, 267, 311, de la 1re édition), et toutes aussi, sauf la 5e, à la *maxime* 170 (no 178 de la 1re édition). — VAR. : *Si on étoit toujours assez habile, on ne feroit jamais de finesses* (1665 C : *de finesse*) *ni de trahisons.* (1665.) — Voyez la *maxime* 529.

4. VAR. : *On est fort sujet à être trompé quand on croit être plus fin que les autres.* (1665.) — La *maxime* 394 en donne la raison : « On peut être plus fin qu'un autre, mais non pas plus fin que tous les autres. » — Antonio Perez, cité par Amelot de la Houssaye : *Uno*

CXXVIII

La trop grande[1] subtilité est une fausse délicatesse, et la véritable délicatesse est une solide subtilité. (ÉD. 1*.)

CXXIX

Il suffit quelquefois d'être grossier[2] pour n'être pas trompé par un habile homme[3]. (ÉD. 1*.)

CXXX

La foiblesse est le seul défaut que l'on ne sauroit corriger[4]. (ÉD. 2.)

CXXXI

Le moindre défaut des femmes qui se sont abandonnées à faire l'amour, c'est de faire l'amour[5]. (ÉD. 2.)

no puede engañar à todos. « Un seul homme ne peut abuser tout le monde. » — Voyez les *maximes* 117, 125, 199, 245, 394, et la note de la 407e.

1. L'édition de 1665 n'a ni *trop grande,* ni, plus loin, *véritable.*

2. VAR : *C'est quelquefois assez d'être grossier....* (1665.)

3. Évidemment la Rochefoucauld gardait rancune au duc de Beaufort ; du moins est-ce encore à lui, on n'en peut douter, qu'il fait allusion dans cette *maxime,* comme dans les 56e et 90e, car il dit expressément dans les *Mémoires* : « Le duc de Beaufort *alloit assez habilement à ses fins par des manières grossières.* » On sait que ce petit-fils d'Henri IV fut surnommé *le roi des Halles.*

4. Voyez la *maxime* 445.

5. Voyez les *maximes* 73, 396, 402, 440 et 471. — Aimé-Martin (p. 60 et 61) : « J. J. Rousseau a dit quelque part qu'il n'aurait voulu de Ninon ni pour maîtresse ni pour amie. Sans doute il avait appris de la *maxime* de la Rochefoucauld ce que la Rochefoucauld lui-même avait appris de l'expérience et de Ninon. »

CXXXII

Il est plus aisé d'être sage pour les autres que de l'être pour soi-même[1]. (ÉD. 1*.)

CXXXIII

Les seules bonnes copies sont celles qui nous font voir le ridicule des méchants originaux[2]. (ÉD. 2*.)

CXXXIV

On n'est jamais si ridicule par les qualités que l'on a que par celles que l'on affecte d'avoir[3]. (ÉD. 1.)

1. VAR. : .... que de l'être *assez* pour soi-même. (1665.) — La forme de cette pensée prête à l'équivoque ; l'auteur a-t-il voulu dire qu'il nous est plus facile d'être sage pour le compte des autres que pour le nôtre, c'est-à-dire qu'il est plus aisé de *conseiller* la sagesse que de la *pratiquer* ? ou bien qu'il est plus aisé de *paraître* sage que de l'*être* ? Une variante, fournie par le manuscrit, semblerait décider pour le dernier sens, bien que l'équivoque n'ait pas entièrement disparu : « On est sage *pour les autres personnes : personne ne l'est assez pour soi-même.* » — Le mot *sage* signifie probablement ici *habile, prudent, prévoyant.*

2. VAR. : le ridicule des *excellents* originaux. (1666.) — Bien que les mots *excellents* et *méchants* semblent contradictoires, chacun d'eux donne un sens à cette pensée, d'ailleurs un peu obscure, comme mainte autre de l'auteur. *Copie* veut dire *imitation ;* or le propre de l'imitation est de tout faire ressortir, en exagérant tout ; il en résulte que celle-là est *bonne* (ou plutôt *utile*) qui fait ressortir le côté faible des meilleurs, et, à plus forte raison, des mauvais *originaux* ou modèles. Seulement il faut convenir que *ridicule* serait bien fort en parlant des originaux *excellents*. — Voyez la 3e des *Réflexions diverses.*

3. Aimé-Martin (p. 61) : « La Rochefoucauld était l'homme le plus poli et le plus ami des bienséances (a). Il détestait l'affectation,

(a) *Mémoires* de Segrais, p. 31.

CXXXV

On est quelquefois aussi différent de soi-même que des autres[1]. (ÉD. 1*.)

CXXXVI

Il y a des gens qui n'auroient jamais été amoureux, s'ils n'avoient jamais entendu parler de l'amour[2]. (ÉD. 2.)

et ce genre de travers lui a paru si ridicule qu'il l'a critiqué dans cinq *maximes*, 133, 134, 372, 431, 457 (*Aimé-Martin aurait pu en citer au moins trois autres*, 202, 203, 411, *outre les* 3e *et* 13e Réflexions diverses). Mais il trouvait aussi tant de charme à la vertu opposée, que, pour l'exprimer, il a enrichi notre langue d'une locution nouvelle. Dire d'une personne qu'elle est *vraie*, c'est faire entendre qu'elle est simple et naturelle. La Rochefoucauld trouva cette heureuse expression pour louer et peindre en même temps le caractère de Mme de la Fayette (*a*). »

1. VAR. : *Chaque homme n'est pas plus différent des autres qu'il l'est souvent de lui-même. (Manuscrit.) — Chaque homme se trouve quelquefois aussi différent de lui-même qu'il l'est des autres.* (1665.) — Sénèque (*épître* cxx) : *Nemo non quotidie et consilium mutat et votum ;... alius prodit atque alius ;... impar sibi est. Magnam rem puta unum hominem agere.* « Personne qui ne change chaque jour de volonté et de désir ;... on se montre tantôt d'une façon, tantôt d'une autre ;... on n'est jamais pareil à soi-même. Tenez que c'est chose difficile d'être toujours le même homme. » — Montaigne (*Essais*, livre II, chapitre 1, tome II, p. 11) : « [*Il*] se treuue autant de différence de nous à nous mêmes, que de nous à aultruy. » — Pascal (*de l'Esprit géométrique*, tome II, p. 300) : « Il n'y a point d'homme plus différent d'un autre que de soi-même, dans les divers temps. » Voyez les *maximes* 51 et 478.

2. Voyez les *maximes* 69 et 76. — Pascal (*Discours sur les passions de l'amour*, tome II, p. 255) : « A force de parler d'amour, on devient amoureux. » — Vauvenargues (*maxime* 39, *OEuvres*, p. 377) : « La coutume fait tout, jusqu'en amour. »

(*a*) *Mémoires* de Segrais, p. 50.

CXXXVII

On parle peu, quand la vanité ne fait pas parler[1].
(ÉD. 1*.)

CXXXVIII

On aime mieux dire du mal de soi-même que[2] de n'en
point parler. (ÉD. 1*.)

CXXXIX

Une des choses qui fait que l'on trouve si peu de gens
qui paroissent raisonnables et agréables dans la conversation, c'est qu'il n'y a presque personne[3] qui ne pense
plutôt à ce qu'il veut dire qu'à répondre précisément à ce
qu'on lui dit[4]. Les plus habiles[5] et les plus complaisants
se contentent de montrer seulement une mine attentive,
au même temps que l'on voit, dans leurs yeux et dans
leur esprit, un égarement pour ce que l'on dit, et une

1. VAR. : Quand la vanité ne fait *point* parler, *on n'a pas envie
de dire grand'chose.* (1665.) — Vauvenargues développe cette pensée
dans son 2e *Fragment.* (*OEuvres posthumes et OEuvres inédites,* p. 65-67.)

2. VAR. : de *soi* que.... (1665.) — Mme de Sévigné (tome IV,
p. 285) applique cette réflexion à Mlle d'Aumale. — Mme de Longueville (*Examen de conscience,* adressé à M. Singlin en 1661, et cité
par M. Sainte-Beuve, *Portraits de Femmes,* 1862, p. 304) : « L'amour-
propre fait qu'on aime mieux parler de soi en mal que de n'en rien
dire du tout. » Voyez plus loin, à la *maxime* 345, une semblable
rencontre du duc de la Rochefoucauld avec Mme de Longueville. —
La Bruyère (*de l'Homme,* n° 66) : « Un homme vain trouve son
compte à dire du bien ou du mal de soi ; un homme modeste ne parle
point de soi. » — Voyez les *maximes* 314, 364 et 383.

3. VAR. : *quasi* personne. (1665.)

4. *Livre des Proverbes,* chapitre XVIII, verset 13 : *Qui prius res-
pondet quam audiat, stultum se esse demonstrat.* « Celui qui répond
avant d'entendre, montre qu'il est un sot. »

5. VAR. : à ce qu'on lui dit, *et que les plus habiles....* (1665 et 1666.)

précipitation pour retourner à ce qu'ils veulent dire, au lieu de considérer que c'est un mauvais moyen de plaire aux autres, ou de les persuader, que de chercher si fort à se plaire à soi-même, et que bien écouter et bien répondre est une des plus grandes perfections qu'on puisse avoir dans la conversation[1]. (ÉD. 1*.)

CXL

Un homme d'esprit seroit souvent bien embarrassé sans la compagnie des sots[2]. (ÉD. 1.)

1. Mme de Sablé (*maxime* 31) : « Une des choses qui fait que l'on trouve si peu de gens agréables, et qui paroissent raisonnables dans la conversation, c'est qu'il n'y en a quasi point qui ne pensent plutôt à ce qu'ils veulent dire qu'à répondre précisément à ce qu'on leur dit. Les plus complaisants se contentent de montrer une mine attentive, en même temps qu'on voit, dans leurs yeux et dans leur esprit, un égarement et une précipitation de retourner à ce qu'ils veulent dire ; au lieu qu'on devroit juger que c'est un mauvais moyen de plaire que de chercher à se satisfaire si fort, et que bien écouter et bien répondre est une plus grande perfection que de parler bien et beaucoup, sans écouter, et sans répondre aux choses qu'on nous dit. » — Mme de Sablé ajoute (*maxime* 62) : « Il y a une certaine manière de s'écouter en parlant, qui rend toujours désagréable ; car c'est une aussi grande folie de s'écouter soi-même quand on s'entretient avec les autres, que de parler tout seul. » — Meré (*maxime* 119) : « Parle peu et à ton rang, dit le sage : écoute beaucoup, et ne réponds qu'à propos. » — La Bruyère (*de la Société et de la Conversation*, n° 67, tome I, p. 237 et 238) : « L'on parle impétueusement dans les entretiens, souvent par vanité ou par humeur, rarement avec assez d'attention : tout occupé du desir de répondre à ce qu'on n'écoute point, l'on suit ses idées, et on les explique sans le moindre égard pour les raisonnements d'autrui.... » — Voyez les *maximes* 314, 510, et la 4ᵉ des *Réflexions diverses*.

2. Vauvenargues (*maxime* 63, *OEuvres*, p. 380) : « Les gens d'esprit seroient presque seuls sans les sots qui s'en piquent. » — Aussi, Mme de Sablé déclare-t-elle (*maxime* 33) qu' « il faut s'accoutumer aux sottises d'autrui, et ne se point choquer des niaiseries qui se disent en notre présence. »

CXLI

Nous nous vantons souvent de ne nous point ennuyer,
et nous sommes si glorieux que nous ne voulons pas
nous trouver de mauvaise compagnie[1]. (ÉD. 1*.)

CXLII

Comme c'est le caractère des grands esprits de faire
entendre en peu de paroles[2] beaucoup de choses, les
petits esprits, au contraire[3], ont le don de beaucoup
parler, et de ne rien dire[4]. (ÉD. 1*.)

CXLIII

C'est plutôt par l'estime de nos propres sentiments[5]
que nous exagérons les bonnes qualités des autres, que
par l'estime de leur mérite[6] ; et nous voulons nous attirer
des louanges, lorsqu'il semble que nous leur en donnons[7]. (ÉD. 1*.)

---

1. VAR. : *On se vante* souvent *mal à propos* de ne *se* point ennuyer, et *l'homme est* si glorieux *qu'il ne veut* pas *se* trouver de
mauvaise compagnie. (1665.) — L'annotateur contemporain fait
remarquer qu' « il y a des caractères qui s'ennuient de profession. »
— Mme du Deffant, qui s'ennuya durant toute sa vie, sans jamais
ennuyer les autres, aurait fort goûté cette remarque.

2. VAR. : *avec* peu de paroles. (1665).)

3. VAR. : *en revanche*. (1665.)

4. VAR. : et de ne *dire rien*. (1665.) — Mme de Sablé (*maxime* 36) :
« Le trop parler est un si grand défaut, qu'en matière d'affaires et
de conversation, si ce qui est bon est court, il est doublement bon ;
et l'on gagne par la brièveté ce qu'on perd souvent par l'excès des
paroles. »

5. VAR. : de nos sentiments. (1665.)

6. VAR. : que par *leur mérite*. (1665.)

7. VAR. : et nous *nous louons en effet*, lorsqu'il semble que nous

CXLIV

On n'aime point à louer, et on ne loue jamais personne sans intérêt[1], La louange est une flatterie habile, cachée, et délicate, qui satisfait différemment celui qui la donne et celui qui la reçoit : l'un la prend comme une récompense de son mérite ; l'autre la donne pour faire remarquer son équité et son discernement[2]. (ÉD. 1.)

CXLV

Nous choisissons souvent des louanges empoisonnées qui font voir, par contre-coup, en ceux que nous louons, des défauts que nous n'osons découvrir d'une autre sorte[3]. (ÉD. 1*.)

CXLVI

On ne loue d'ordinaire[4] que pour être loué. (ÉD. 1*.)

leur donnons *des louanges.* (1665.) — Voyez les *maximes* 144, 146, 279, 356 et 530.

1. Duclos (tome I, p. 97, *Considérations sur les mœurs de ce siècle,* chapitre III) : « Les louanges d'aujourd'hui ne partent guère que de l'intérêt. »

2. Voyez les *maximes* 143, 146, 356 et 530.

3. VAR. : .... que nous n'osons découvrir *autrement. Nous élevons la gloire des uns pour abaisser par là celle des autres, et on loueroit moins Monsieur le Prince et M. de Turenne, si on ne les vouloit point blâmer tous deux.* (1665 A, B et C.) La contrefaçon que nous indiquons par 1665 D n'a pas cette addition. La *maxime* y finit à *autrement.* C'est à partir de la 2ᵉ édition (1666) que la dernière phrase citée dans cette note forme une *maxime* séparée, sous le nᵒ 198. — Tacite (*Agricola,* chapitre XLI) : *Pessimum inimicorum genus laudantes.* « Il n'y a pire ennemi que le flatteur. » — Voyez les *maximes* 148 et 198.

4. L'édition de 1665 n'a pas : *d'ordinaire.* — Voyez les *maximes* 243, 244, 356 et 530. — Cette pensée se retrouve mot pour mot (sauf *ordinairement,* pour *d'ordinaire*) dans les *maximes* de Meré, sous le nᵒ 351.

CXLVII

Peu de gens sont assez sages pour préférer le blâme qui leur est utile à la louange qui les trahit[1]. (ÉD. 1*.)

CXLVIII

Il y a des reproches qui louent, et des louanges qui médisent[2]. (ÉD. 1.)

CXLIX

Le refus des louanges est un désir d'être loué deux fois[3]. (ÉD. 1.)

---

1. VAR : .... pour *aimer mieux* le blâme qui leur *sert que* la louange qui les trahit. (1665.) — Vitellius, au dire de Tacite, était de ceux-là (*Histoires*, livre III, chapitre LVI) : .... *Ita formatis Principis auribus, ut aspere quæ utilia, nec quidquam nisi jucundum et læsurum acciperet.* « Les oreilles du Prince étaient ainsi faites, que les conseils utiles lui étaient insupportables ; il n'écoutait que ceux qui lui étaient agréables, dussent-ils lui nuire. » — « C'est que, dit l'abbé de la Roche, peu de personnes mettent en pratique ce beau vers de Caton le poëte (livre I, *distique* 14) :

> *Quum te aliquis laudat, judex tuus esse memento.*

« Lorsqu'on te loue, n'oublie pas de te faire ton propre juge. » — Salomon dit de son côté (*Livre des Proverbes*, chapitre XIII, verset 18) : *Qui acquiescit arguenti glorificabitur.* « Qui accepte le blâme sera glorifié. »

2. Pline le Jeune (livre III, lettre XII) : *Ita reprehendit ut laudet.* « Il blâme d'une façon qui loue. » — Voyez les *maximes* 145 et 198.

3. J. Esprit (tome II, p. 76) : « La modestie qui, en apparence, ne peut souffrir les louanges, en est une secrète recherche. » — Voyez les *maximes* 184, 327, 383, 554, 596, et ci-dessus, p. 7 et note 2, le *Portrait de la Rochefoucauld par lui-même.*

CL

Le desir de mériter les louanges qu'on nous donne fortifie notre vertu, et celles que l'on donne à l'esprit, à la valeur et à la beauté contribuent à les augmenter[1]. (ÉD. 1.)

CLI

Il est plus difficile de s'empêcher d'être gouverné que de gouverner les autres[2]. (ÉD. 2.)

1. Cette pensée réunit dans une rédaction plus courte et plus précise les *maximes* 598 et 599 (155ᵉ et 156ᵉ de l'édition de 1665). — Mme de Sablé dit à peu près dans le même sens (*maxime* 70) : « La honte qu'on a de se voir louer sans fondement donne souvent sujet de faire des choses qu'on n'auroit jamais faites sans cela. » — Vauvenargues (*maxime* 242, *Œuvres*, p. 403) : « Quelque vanité qu'on nous reproche, nous avons besoin quelquefois qu'on nous assure de notre mérite. » — Le sénat romain, dit Tacite (*Annales*, livre XIII, chapitre XI), comblait Néron de louanges, *ut juvenilis animus, levium quoque rerum gloria sublatus, majores continuaret.* « Afin que son jeune cœur, sensible à la gloire des petites choses, s'élevàt à de plus grandes. » — Voyez les *maximes* 200 et 270.

2. Aimé-Martin (p. 63) cite, à ce sujet, un passage de Plutarque, traduit par Amyot (*Apophthegmes des rois et capitaines*) : Thémistocle disait que son fils était le plus puissant homme de la Grèce, « pour ce que les Atheniens commandent au demourant de la Grece, ie commande aux Atheniens, sa mere à moy, et luy à sa mere. » — Tacite (*Agricola*, chapitre XIX) : *A se suisque orsus, primam domum suam coercuit, quod plerisque haud minus arduum est quam provinciam regere.* « Commençant par lui-même et par les siens, il régla sa maison, ce qui, pour la plupart des hommes, est plus difficile que de gouverner une province. »

CLII

Si nous ne nous flattions point nous-mêmes, la flatterie des autres ne nous pourroit nuire[1]. (ÉD. 1*.)

CLIII

La nature fait le mérite, et la fortune le met en œuvre[2]. (ÉD. 1.)

CLIV

La fortune nous corrige de plusieurs défauts que la raison ne sauroit corriger[3]. (ÉD. 3*.)

CLV

Il y a des gens dégoûtants avec du mérite, et d'autres qui plaisent avec des défauts[4]. (ÉD. 1*.)

1. VAR. : .... ne nous *feroit jamais de mal.* (1665.) — Voyez les *maximes* 2, 158 et 600.

2. « Mais souvent, dit l'annotateur contemporain, l'ouvrage l'emporte : *materiam superabat opus.* » (Ovide, *Métamorphoses*, livre II, vers 5.) — La Bruyère (*du Mérite personnel*, n° 6, tome I, p. 152) : « Le génie et les grands talents manquent souvent, quelquefois aussi les seules occasions. » — On peut rattacher à la pensée de la Rochefoucauld la *maxime* 67 de Mme de Sablé : « C'est un défaut bien commun de n'être jamais content de sa fortune, ni mécontent de son esprit. » — Voyez les *maximes* 53, 57, 58, 60, 165, 380, 470, 631, et la 14e des *Réflexions diverses.* — Vauvenargues (*maxime* 579, *OEuvres*, p. 455) : « .... La fortune, qu'on croit si souveraine, ne peut presque rien sans la nature. »

3. VAR. : La fortune nous corrige *plus souvent que la raison.* (Manuscrit.)

4. VAR. : *Comme il y a de bonnes viandes qui affadissent le cœur, il y a un mérite fade, et des personnes qui dégoûtent avec des qualités bonnes et estimables* (1665 D : *et inestimables*). (1665.) — Voyez les *maximes* 90, 251, 273, 354, et la 3e des *Réflexions diverses.*

CLVI

Il y a des gens dont tout le mérite[1] consiste à dire et à faire des sottises utilement, et qui gâteroient tout s'ils changeoient de conduite[2]. (ÉD. 1*.)

CLVII

La gloire des grands hommes se doit toujours mesurer aux moyens dont ils se sont servis pour l'acquérir[3]. (ÉD. 1*.)

CLVIII

La flatterie est une fausse monnoie, qui n'a de cours que par notre vanité[4]. (ÉD. 5.)

1. Var. : Il y a des gens dont le mérite.... (1665.)

2. « Tel étoit de nos jours, dit Amelot de la Houssaye, le comte de Bautru ; » mais l'observation de la Rochefoucauld a une portée plus générale : il entend sans doute désigner ceux dont il parle dans la précédente *maxime*, « qui plaisent avec des défauts. » — Voyez les *maximes* 208 et 309.

3. Var. : La gloire des grands hommes se doit mesurer aux moyens *qu'ils ont eus* pour l'acquérir. (1665.) — Cette pensée a, au fond, le même sens que le *maxime* 160.

4. Voyez les *maximes* 2, 152 et 600. — Pascal (*Pensées*, article II, 8) : « On nous traite comme nous voulons être traités : nous haïssons la vérité, on nous la cache ; nous voulons être flattés, on nous flatte ; nous aimons à être trompés, on nous trompe. » — Duclos (tome I, p. 101, *Considérations sur les mœurs de ce siècle*, chapitre III) : « L'adulation même dont l'excès se fait sentir produit encore son effet. *Je sais que tu me flattes*, disait quelqu'un, *mais tu ne m'en plais pas moins.* »

CLIX

Ce n'est pas assez d'avoir de grandes qualités; il en faut avoir l'économie[1]. (ÉD. 1.)

CLX

Quelque éclatante que soit une action, elle ne doit pas passer pour grande, lorsqu'elle n'est pas l'effet d'un grand dessein[2]. (ÉD. 1*.)

CLXI

Il doit y avoir une certaine proportion[3] entre les actions

1, *L'économie*, c'est-à-dire *le bon usage*. — Amelot de la Houssaye cite ce que Tacite dit de Brutidius, au livre III des *Annales*, chapitre LXVI. — Voyez les *maximes* 343 et 437.

2. VAR. : *On se mécompte toujours, quand les actions sont plus grandes que les desseins. (Manuscrit.)* — On se mécompte toujours *dans le jugement que l'on fait de nos actions, quand elles* sont plus grandes que *nos* desseins. (1665.) — La Bruyère (*du Mérite personnel*, n° 41, tome I, p. 168) : « Le motif seul fait le mérite des actions des hommes. » — Voyez les *maximes* 7 et 57. — Il y a bien de l'apparence que cette *maxime* a trait au cardinal de Retz (voyez ci-dessus, p. 19, le *Portrait* de ce dernier par la Rochefoucauld) ; peut-être regarde-t-elle aussi Mazarin, dont l'auteur dit dans ses *Mémoires* : « Il avoit de petites vues, même dans ses plus grands projets. » — La Harpe (tome VII, p. 263) répond à la Rochefoucauld : « Oui, dans tout ce qui suppose de la réflexion ; mais dans ce qui est instantané, dans ce qui est l'effet d'un sentiment prompt, dans tout ce qui tient à la pitié généreuse, dans ce qui est l'élan du courage, dans l'oubli de sa vie et de ses intérêts, n'y a-t-il point de *grandeur ?* » — La Harpe n'oublie qu'une seule chose, c'est que l'auteur, dans tout le cours de son livre, nie la *pitié généreuse*, le *courage*, le *désintéressement*, et que dès lors il est conséquent avec lui-même.

3. VAR : Il *faut* une certaine proportion.... (1665.)

et les desseins, si on en veut tirer tous les effets qu'elles peuvent produire[1]. (ÉD. 1*.)

CLXII

L'art de savoir bien mettre en œuvre[2] de médiocres qualités dérobe l'estime, et[3] donne souvent plus de réputation que le véritable mérite. (ÉD. 1*.)

CLXIII

Il y a une infinité de conduites qui paroissent ridicules, et dont les raisons cachées sont très-sages et très solides[4]. (ÉD. 1*.)

1. VAR. : Il *faut* une certaine proportion entre les actions et les desseins *qui les produisent, sans laquelle les actions ne font jamais tous les effets qu'elles doivent faire.* (*Manuscrit.*) — Cette pensée revient aux deux précédentes. Voyez aussi les *maximes* 244 et 377. — Sénèque (*de Tranquillitate animi*, chapitre v) : *Æstimanda sunt.... ipsa quæ aggredimur ;... his admovenda manus est, quorum finem aut facere, aut certe sperare possis ; relinquenda, quæ latius actu procedunt, nec ubi proposueris desinunt.* » Il faut peser ce que nous entreprenons,... ne mettre la main qu'aux choses dont on peut voir, ou du moins espérer de voir la fin ; renoncer à celles qui dépassent votre action même, et ne s'arrêtent pas au point que vous vous êtes fixé. »

2. Le manuscrit commence ainsi : « *On admire tout ce qui éblouit, et* l'art de savoir bien mettre en œuvre.... »

3. L'édition de 1665 n'a pas les mots *dérobe l'estime, et.* — Même idée que dans la *maxime* 166. — Amelot de la Houssaye cite, comme exemple à l'appui, ce que Tacite rapporte de Poppæus Sabinus, au livre VI des *Annales*, chapitre XXXIX. — Mme de Sablé (*maxime* 48) : « Les dehors et les circonstances donnent souvent plus d'estime que le fond et la réalité ;... le *comment* fait la meilleure partie des choses. »

4. VAR. : Il y a une infinité de conduites qui *ont un ridicule apparent, et qui sont, dans leurs raisons cachées, très-sages et très-solides.* (1665.) — L'abbé de la Roche rappelle que « Turenne excelloit surtout dans ces moyens contraires aux apparences. » — Voyez la *maxime* 310.

CLXIV

Il est plus facile de paroître digne des emplois qu'on
n'a pas que de ceux que l'on exerce[1]. (ÉD. 1*.)

CLXV

Notre mérite nous atire l'estime des honnêtes gens,
et notre étoile celle du public[2]. (ÉD. 1.)

1. VAR. : Il est plus *aisé....* que de ceux *qu'on* exerce. (1665.)
— C'est ainsi que Tacite a pu dire de Galba (*Histoires,* livre I,
chapitre XLIX) : *Omnium consensu capax imperii, nisi imperasset.* « De
l'avis de tous, il était digne de l'empire, s'il n'eût été empereur. » —
Si l'on en croit Segrais (*Mémoires,* p. 111), cité par Aimé-Martin
(p. 64), la Rochefoucauld, en écrivant cette réflexion, avait en vue
Mme de Montausier, à qui sa charge à la cour avait fait oublier
tous ses anciens amis. — Au reste, l'auteur a exprimé la même pensée
dans la *maxime* 449; voyez aussi la 419e. — Mme de Sablé (*maxime* 39) :
« On fait plus de cas des hommes quand on ne connoît point jusqu'où peut aller leur suffisance, car l'on présume toujours davantage
des choses que l'on ne voit qu'à demi. » — Vauvenarges répond par
deux fois à la Rochefoucauld, dans la *maxime* 569 (*OEuvres,* p. 453) :
« Les grandes places instruisent promptement les grands esprits; » et
dans la 942e (p. 493), où il cite et réfute expressément la Rochefoucauld : « Les hommes ne s'approuvent pas assez pour s'attribuer les
uns aux autres la capacité des grands emplois; c'est tout ce qu'ils
peuvent, pour ceux qui les occupent avec succès, de les en estimer
après leur mort. Mais proposez l'homme du monde qui a le plus
d'esprit : oui, dit-on, s'il avoit plus d'expérience, ou s'il étoit moins
paresseux, ou s'il n'avoit pas de l'humeur, ou tout au contraire; car
il n'y a point de prétexte qu'on ne prenne pour donner l'exclusion
à l'aspirant, jusqu'à dire qu'il est trop honnête homme, supposé
qu'on ne puisse rien lui reprocher de plus plausible : tant cette
maxime est peu vraie, qu'*il est plus aisé de paroître digne des grandes
places, que de les remplir.* » — On le voit, ce n'est pas tout à fait le
texte de la pensée de la Rochefoucauld; Vaùvenargues la citait sans
doute de mémoire.

2. Voyez les *maximes* 53, 58, 153, 380 et 470.

CLXVI

Le monde récompense plus souvent les apparences du
mérite que le mérite même [1]. (ÉD. 1*.

CLXVII

L'avarice est plus opposée à l'économie que la libéralité [2]. (ÉD. 2.)

CLXVIII

L'espérance, toute trompeuse qu'elle est [3], sert au

1. VAR. : Le monde, *ne connoissant pas le véritable mérite, n'a
garde de le vouloir récompenser ; aussi n'élève-t-il pas à ses grandeurs
et à ses dignités que des personnes qui ont de belles qualités, et il couronne généralement tout ce qui luit, quoique tout ce qui luit ne soit pas
de l'or. (Manuscrit.)* — Mme de Sablé (*maxime* 5) : « On juge si
superficiellement des choses, que l'agrément des actions et des
paroles communes, dites et faites d'un bon air, avec quelque connoissance des choses qui se passent dans le monde, réussissent souvent mieux que la plus grande habileté. » — Montaigne (*Essais*,
livre III, chapitre VIII, tome III, p. 418) : « Les dignitez, les charges
se donnent nécessairement plus par fortune que par merite. » —
Duclos (tome I, p. 143, *Considérations sur les mœurs de ce siècle*,
chapitre V) : « Vous voyez des hommes dont on vante le mérite : si
l'on veut examiner en quoi il consiste, on est étonné du vide ; on
trouve que tout se borne à un air, un ton d'importance et de suffisance ; un peu d'impertinence n'y nuit pas ; et quelquefois le maintien suffit. » — Voyez la *maxime* 162.

2. Voyez la *maxime* 491. — Vauvenargues (*maximes* 762 et 766,
Œuvres, p. 478) : « La trop grande économie fait plus de dupes que
la profusion. » — « La libéralité.... ne ruine personne. » — Enfin
(*maxime* 51, p. 378) : « Celui qui sait rendre ses profusions utiles
a une grande et noble économie. »

3. VAR. : L'espérance, toute *vaine et fourbe* qu'elle est *d'ordinaire....* (Manuscrit.) — Vauvenargues n'accorde pas tout à fait
antant à l'espérance, qui est, dit-il (*maxime* 739, *Œuvres*, p. 476),
« le plus utile ou le plus pernicieux des biens. » — Antonio Perez,

moins à nous mener à la fin de la vie par un chemin
agréable. (ÉD. 1*.)

CLXIX

Pendant que la paresse et la timidité nous retiennent[1]
dans notre devoir, notre vertu en a souvent[2] tout l'honneur. (ÉD. 1*.)

CLXX

Il est difficile de juger si un procédé[3] net, sincère et
honnête est un effet de probité ou d'habileté[4]. (ÉD. 1*.)

cité par Amelot de la Houssaye, l'appelle *le viatique de la vie humaine.* — Voyez la *maxime* 174.

1. VAR. : Pendant que la paresse et la timidité *ont seules le mérite de nous tenir....* (1665.)

2. L'édition de 1665 n'a pas le correctif *souvent.* — VAR. : *La
honte, la paresse et la timidité conservent toutes seules le mérite de
nous retenir* dans notre devoir, pendant que notre vertu en a tout
l'honneur. (*Manuscrit.*) — Dans une lettre de la Rochefoucauld à
J. Esprit, cette réflexion est ainsi rédigée : « *Il faut avouer que la
vertu, par qui nous nous vantons de faire tout ce que nous faisons de bien,
n'auroit pas toujours la force de nous retenir dans les règles de* notre
devoir, *si la paresse, la timidité, ou la honte ne nous faisoient voir
les inconvénients qu'il y a d'en sortir.* » — J. Esprit, de son côté, dit
dans une assez longue énumération (tome II, p. 121) : « La paresse et la timidité font une troisième espèce d'honnêtes femmes. »
— Voyez les *maximes* 1, 205, 220, 241, 266 et 512.

3. VAR. : Il *n'y a que Dieu qui sache* si un procédé.... (*Manuscrit,*
et *Portefeuilles de Vallant,* tome II, f° 124.) — Il n'y a *personne qui
sache* si un procédé.... (1665.)

4. VAR. : est *plutôt* un effet de probité *que* d'habileté. (1665.) —
Dans la 5e édition (1678), au lieu d'*habileté,* on lit *habilité* (voyez
p. 83, note 3). — J. Esprit (tome I, p. 99) : « La bonne foi est une
grande habileté. » — Mme de Sablé (*maxime* 9) : « L'honnêteté et la sincérité dans les actions égarent les méchants, et leur font perdre la voie
par laquelle ils pensent arriver à leurs fins, parce que les méchants
croient d'ordinaire qu'on ne fait rien sans artifice. » — La Bruyère
(*de la Cour,* n° 89, tome I, p. 334) : « Il y a quelques rencontres dans
la vie où la vérité et la simplicité sont le meilleur manége du monde. »

CLXXI

Les vertus se perdent[1] dans l'intérêt, comme les fleuves se perdent dans la mer. (ÉD. 1*.)

CLXXII

Si on examine bien les divers effets de l'ennui, on trouvera qu'il fait manquer à plus de devoirs que l'intérêt[2]. (ÉD. 5.)

CLXXIII

Il y a diverses sortes de curiosité : l'une d'intérêt, qui nous porte à desirer d'apprendre ce qui nous peut être utile ; et l'autre d'orgueil, qui vient du desir de savoir ce que les autres ignorent[3]. (ÉD. 1*.)

---

1. VAR. : *Toutes* les vertus se perdent.... (1665.) — Voyez les *maximes* 187, 253 et 275. — Comparaison très-fausse, dit la Harpe (tome VII, p. 264) : « Tous les fleuves tendent à la mer, et la vertu ne tend point à l'*intérêt*, si ce n'est celui d'être bien avec soi et avec les autres, et ce n'est pas ce qu'on entend ordinairement par *intérêt*. Il serait plus vrai de dire que la vertu s'arrête souvent, quand elle rencontre l'*intérêt* dans son chemin ; c'est là sa véritable épreuve : si la vertu est faible, elle recule ; si elle est forte, l'*intérêt* se range devant elle, et lui fait passage. »

2. L'annotateur contemporain trouve cette réflexion *fausse*, attendu que « l'ennui ne fait pas jouer tant de ressorts que l'intérêt. »

3. Var. : *La curiosité n'est pas, comme l'on croit, un simple amour de la nouveauté : il y en a une d'intérêt, qui fait que nous voulons savoir les choses pour nous en prévaloir ; il y en a une autre d'orgueil, qui nous donne envie d'être au-dessus de ceux qui ignorent les choses, et de n'être pas au-dessus de ceux qui les savent.* (1665.) — Plutarque en reconnaît une autre, celle « de sçauoir les tares et imperfections d'autruy, qui est un vice ordinairement conioint auec enuie et malignité. » (*De la Curiosité*, chapitre 1, traduction d'Amyot.)

CLXXIV

Il vaut mieux employer notre esprit à supporter les infortunes qui nous arrivent qu'à prévoir celles qui nous peuvent arriver [1]. (ÉD. 1*.)

CLXXV

La constance en amour est une inconstance perpétuelle, qui fait que notre cœur s'attache successivement à toutes les qualités de la personne que nous aimons [2], donnant tantôt la préférence à l'une, tantôt à l'autre : de sorte que cette constance n'est qu'une inconstance arrêtée [3] et renfermée dans un même sujet. (ÉD. 1*.)

1. VAR. : .... *son* esprit à supporter les infortunes qui arrivent qu'à *pénétrer* celles qui peuvent arriver. (1665.) — Voyez la *maxime* 168. — Cicéron (*de Natura Deorum*, livre III, chapitre VI) : *Ne utile quidem est scire quid futurum sit; miserum est enim nihil proficientem angi.* « On ne gagne rien à savoir ce qui doit arriver; car c'est une misère de se tourmenter en vain. » — Sénèque (*épître* XCVIII) : *Calamitosus est animus futuri anxius.* « Malheureux est l'esprit qui se tourmente de l'avenir. » — Le même (*ibidem*) : *Plus dolet quam necesse est, qui ante dolet quam necesse sit.* « Qui s'afflige d'avance, s'afflige trop. » — Quintilien (*de Institutione oratoria*, livre I, chapitre XII, 11) : *Minus afficit sensus fatigatio quam cogitatio.* « La souffrance même nous accable moins que la pensée de la souffrance. » — J. J. Rousseau (*Émile*, livre II) : « La prévoyance qui nous porte sans cesse au delà de nous, et souvent nous place où nous n'arriverons point, voilà la véritable source de nos misères. »

2. Pascal (*Pensées*, article V, 17) : « On n'aime jamais personne, mais seulement des qualités. »

3. VAR. : n'est que *notre* inconstance arrêtée. (*Manuscrit.*) — L'abbé de la Roche estime avec raison que cette réflexion *est un peu tirée*, et la Harpe (tome VII, p. 264) la déclare bonne « pour une chanson ou un madrigal. » — Vauvenargues dit avec plus de décision (*maxime* 755, *Œuvres*, p. 477) : « La constance est la chimère de l'amour. »

CLXXVI

Il y a deux sortes de constance en amour : l'une vient[1] de ce que l'on trouve sans cesse dans la personne que l'on aime[2] de nouveaux sujets d'aimer[3], et l'autre vient de ce que l'on se fait[4] un honneur d'être constant[5]. (ÉD. 1*.)

CLXXVII

La persévérance n'est digne ni de blâme, ni de louange, parce qu'elle n'est que la durée des goûts et des sentiments, qu'on ne s'ôte et qu'on ne se donne point[6]. (ÉD. 1.)

CLXXVIII

Ce qui nous fait aimer les nouvelles connoissances[7] n'est pas tant la lassitude que nous avons des vieilles, ou le plaisir de changer, que le dégoût de n'être pas[8] assez admirés de ceux qui nous connoissent trop, et l'espérance de l'être davantage de ceux qui ne nous connoissent pas tant[9]. (ÉD. 1*.)

1. VAR. : *La durée de l'amour, et ce qu'on appelle ordinairement la constance, sont deux sortes de choses bien différentes : la première vient....* (Manuscrit.)

2. Le manuscrit et l'édition de 1665 ajoutent ici : « *comme dans une source inépuisable.* »

3. Le commencement de cette réflexion n'est que la répétition de la précédente.

4. VAR. : de ce *qu'on* se fait. (1666, 1671 et 1675.)

5. VAR. : .... de ce *qu'on* se fait un honneur *de tenir sa parole.* (*Manuscrit* et 1665.)

6. Voyez la *maxime* 577, et la note.

7. VAR. : les *connoissances nouvelles.* (1665.)

8. VAR. : que le dégoût *que nous avons* de n'être pas. (1665.)

9. VAR. : et l'espérance *que nous avons* de l'être davantage de ceux qui ne nous connoissent *guère.* (1665.)

CLXXIX

Nous nous plaignons quelquefois légèrement de nos amis pour justifier par avance notre légèreté[1]. (ÉD. 1*.)

CLXXX

Notre repentir n'est pas tant un regret du mal que nous avons fait, qu'une crainte de celui qui nous en peut arriver[2]. (ÉD. 1*.)

CLXXXI

Il y a une inconstance qui vient de la légèreté de l'esprit[3] ou de sa foiblesse, qui lui fait recevoir toutes les opinions d'autrui, et[4] il y en a une autre, qui est plus excusable, qui vient du dégoût des choses[5]. (ÉD. 1*.)

CLXXXII

Les vices entrent dans la composition des vertus,

---

1. VAR. : *On se plaint de ses* amis pour justifier *sa légèreté.* (*Manuscrit.*) — Voyez la 18e des *Réflexions diverses.*

2. VAR. : Notre repentir n'est pas *une douleur* du mal que nous avons fait; *c'est* une crainte de celui qui nous en peut arriver. (1665.) — Notre repentir *ne vient point du regret de nos actions, mais du dommage qu'elles nous causent.* (*Manuscrit.*)

3. L'édition de 1665 ajoute ici : « *qui change à tout moment d'opinion.* »

4. L'édition de 1665 n'a pas cette conjonction.

5. VAR. : qui vient *de la fin du goût* des choses. (1665.) — Il y a *deux sortes d'inconstance : l'une* qui vient de la légèreté de l'esprit, *qui à tout moment change d'opinion, ou plutôt de la pauvreté de l'esprit, qui reçoit* toutes les opinions *des autres; l'autre,* qui est plus excusable, qui vient *de la fin du goût* des choses. (*Manuscrit.*)

comme les poisons entrent dans la composition des remèdes[1] : la prudence les assemble et les tempère, et elle s'en sert utilement contre les maux de la vie. (ÉD. 1*.)

CLXXXIII

Il faut demeurer d'accord, à l'honneur de la vertu, que les plus grands malheurs des hommes sont ceux où ils tombent par les crimes[2]. (ÉD. 5*.)

CLXXXIV

Nous avouons nos défauts, pour réparer par notre sincérité le tort qu'ils nous font dans l'esprit des autres[3]. (ÉD. 1*.)

1. L'édition de 1665 ajoutait ici : « *de la médecine.* » — Pascal (*Pensées,* article XII, 12) : « Nous ne nous soutenons pas dans la vertu par notre propre force, mais par le contre-poids de deux vices opposés, comme nous demeurons debout entre deux vents contraires. » — Selon Vauvenargues (*Introduction à la Connoissance de l'esprit humain,* livre III, 43, et 1er *Discours sur la Gloire, OEuvres,* p. 53 et p. 128), dans ce mélange, c'est la vertu qui domine, et *le vice n'obtient point d'hommage réel;* si les vices *vont au bien, c'est qu'ils sont mêlés de vertus, de patience, de tempérance, de courage,* etc.

2. VAR. : Il faut demeurer d'accord, *pour* l'honneur de la vertu.... par *leurs* crimes. (*Manuscrit.*) — Selon Vigneul-Marville, c'est-à-dire le chartreux dom Bonaventure d'Argonne (*Mélanges d'histoire et de littérature,* 1725, tome I, p. 325), « cette *maxime* a été faite pour le chevalier de Rohan, qui, après une vie d'aventures et de désordres, fut décapité en 1674. » — Il nous paraît douteux que la Rochefoucauld ait eu particulièrement en vue le chevalier de Rohan ; sa pensée a une application plus générale, et par conséquent une portée plus grande.

3. VAR. : Nous avouons nos défauts, pour réparer *le préjudice* qu'ils nous font dans l'esprit des autres, *par l'impression que nous donnons de la justice du nôtre. (Manuscrit.)* — Nous avouons nos défauts, *afin qu'en donnant bonne opinion de la justice de notre esprit, nous répa-*

CLXXXV

Il y a des héros en mal comme en bien[1]. (ÉD. 1.)

CLXXXVI

On ne méprise pas tous ceux qui ont des vices, mais on méprise tous ceux qui n'ont aucune vertu[2]. (ÉD. 1.)

rions le tort qu'ils nous *ont fait* dans l'esprit des autres. (1665.) — Mme de Sablé (*maxime* 16) : « Il n'y a pas plus de raison de trop s'accuser de ses défauts que de s'en trop excuser : ceux qui s'accusent par excès, le font souvent pour ne pouvoir souffrir qu'on les accuse, ou par vanité de faire croire qu'ils savent confesser leurs défauts. » — Mme de Sablé dit encore (*maxime* 6) : « Être trop mécontent de soi est une foiblesse ; être trop content de soi est une sottise. » — Voyez les *maximes* 149, 327, 383, 554, 609, la note de la *maxime* 315, et la 5ᵉ des *Réflexions diverses*.

1. Selon l'annotateur contemporain, le nom de *héros* ne s'emploie jamais à mal. — Duplessis (p. 167) fait observer que l'auteur « a voulu dire simplement que le crime donne la célébrité comme la vertu. » — Peut-être la Rochefoucauld pensait-il, comme J. J. Rousseau (*Discours sur la vertu la plus nécessaire aux héros*), que la force d'âme est ce qui constitue le héros ; or cette force d'âme peut s'employer au mal comme au bien. — J. Esprit (tome II, p. 52) : « Ne pourroit-on pas.... dire qu'il y a des héros en mal comme il y a des héros en bien, puisqu'on voit des gens avoir dessein de rendre leurs crimes et leurs forfaits illustres ? »

2. Comme ce Crispinus dont parle Juvénal (*satire* IV, vers 2) :

A vitiis monstrum nulla virtute redemptum.

« Monstre que nulle vertu ne rachetait de ses vices. — VAR. : «. On peut haïr et mépriser les vices, sans haïr ni mépriser les vicieux ; mais on a toujours du mépris pour ceux qui manquent de vertu. (1665.) — Les éditions de 1666 et de 1671, qui commencent comme celle de 1665, finissent ainsi : « mais on *ne sauroit ne point mépriser* ceux qui n'ont aucune vertu. » — Le manuscrit disait plus vivement : « On *hait souvent les* vices ; mais on méprise *toujours le manque de vertu.* » — La rédaction définitive ne date que de là 4ᵉ édition (1675).

CLXXXVII

Le nom de la vertu sert à l'intérêt aussi utilement que les vices[1]. (ÉD. 1.)

CLXXXVIII

La santé de l'âme n'est pas plus assurée que celle du corps ; et quoique l'on paroisse éloigné des passions[2], on n'est pas moins en danger de s'y laisser emporter que de tomber malade quand on se porte bien[3]. (ÉD. 1*.)

CLXXXIX

Il semble que la nature ait prescrit à chaque homme[4], dès sa naissance, des bornes pour les vertus et pour les vices[5]. (ÉD. 1*.)

CXC

Il n'appartient qu'aux grands hommes d'avoir de grands défauts[6]. (ÉD. 1*.)

1. Voyez les *maximes* 171, 253 et 305.

2. VAR. : .... que celle du corps ; et *quelque éloignés que nous paroissions des passions que nous n'avons pas encore ressenties.* (Manuscrit.)

3. VAR. : *il faut croire toutefois qu'on n'y est pas moins exposé que l'on est à tomber malade quand on se porte bien.* (Manuscrit.) — On n'y est pas moins *exposé qu'à* tomber malade quand on se porte bien. (1665.) — Voyez les *maximes* 193 et 194.

4. La 1ʳᵉ édition (1665) est plus affirmative : « La nature *a* prescrit à chaque homme.... »

5. Vauvenargues pense également (*maximes* 31 et 219, *OEuvres*, p. 376 et 399) que *les hommes ne peuvent être tout à fait vicieux, ou tout à fait bons, et qu'ils ont peut-être autant de bonnes qualités que de mauvaises.* — Voyez aussi la *maxime* 610 de la Rochefoucauld.

6. Pascal a dit, dans un sens voisin (*Discours sur les passions de l'amour*, tome II, p. 252) : « A mesure que l'on a plus d'esprit, les

CXCI

On peut dire[1] que les vices nous attendent, dans le cours de la vie, comme des hôtes chez qui[2] il faut successivement loger ; et je doute que l'expérience nous les fît éviter, s'il nous étoit permis[3] de faire deux fois le même chemin. (ÉD. 1*.)

CXCII

Quand les vices nous quittent, nous nous flattons de la créance que c'est nous qui les quittons[4]. (ÉD. 1*.)

CXCIII

Il y a des rechutes dans les maladies de l'âme, comme

pàssions sont plus grandes. » — Vauvenargues (*maximes* 647, *OEuvres*, p. 463) : « On s'étonne toujours qu'un homme supérieur ait des ridicules, ou qu'il soit sujet à de grandes erreurs ; et moi je serois très-surpris qu'une imagination forte et hardie ne fît pas commettre de très-grandes fautes. » — Il dit ailleurs (*Introduction à la Connoissance de l'esprit humain*, livre III, 44, *OEuvres*, p. 58) : « Il y a des vices qui n'excluent pas les grandes qualités. » — Voyez la *maxime* 602, et la 14e des *Réflexions diverses.*

1. Var. : On *pourroit* dire. (1665.)

2. Var. : chez *lesquels*. (1665.)

3. Var. : On *pourroit presque* dire que les vices nous attendent, dans le cours *ordinaire* de la vie, comme des *hôtelleries où* il faut *nécessairement* loger ; et je doute que l'expérience *même* nous *en pût garantir*, s'il étoit permis.... (*Manuscrit.*) — Voyez la *maxime* 10.

4. Var. : nous *voulons nous flatter* que c'est nous qui les quittons. (*Manuscrit* et 1665.) — Vauvenargues dit à peu près de même (*maxime* 195, *OEuvres*, p. 394) : « Lorsque les plaisirs nous ont épuisés, nous croyons avoir épuisé les plaisirs.... » — Montaigne (*Essais*, livre III, chapitre 11, tome III, p. 230) : « Nous appelons *sagesse* la difficulté de nos humeurs, le degoust des choses presentes. » — Voyez la *maxime* 563.

dans celles du corps ; ce que nous prenons pour notre
guérison n'est, le plus souvent, qu'un relâche, ou un
changement de mal[1]. (ÉD. 1*.)

CXCIV

Les défauts de l'âme sont comme les blessures du
corps : quelque soin qu'on prenne de les guérir, la cicatrice paroît toujours, et elles sont à tout moment en
danger de se rouvrir[2]. (ÉD. 1*.)

CXCV

Ce qui nous empêche souvent de nous abandonner à
un seul vice est que nous en avons plusieurs[3]. (ÉD. 1*.)

CXCVI

Nous oublions aisément nos fautes lorsqu'elles ne sont
sues que de nous[4]. (ÉD. 1*.)

CXCVII

Il y a des gens de qui l'on peut ne jamais croire du

1. VAR. : *On n'est pas moins exposé aux rechutes des* maladies de
l'âme que de celles du corps ; *nous croyons être guéris, bien que*, le
plus souvent, *ce ne soit qu'une* relâche, ou un changement de mal.
(*Manuscrit.*) — Voyez les *maximes* 188 et 194.

2. VAR. : et elles *se peuvent toujours* rouvrir. (*Manuscrit.*) — Cette
pensée répète à peu près la précédente et la 188ᵉ.

3. VAR. : est que nous en avons plusieurs *à la fois.* (*Manuscrit.*)

4. VAR. : *Quand il n'y a que nous qui savons nos crimes, ils sont
bientôt oubliés.* (*Manuscrit* et 1665.) — Nous oublions aisément nos
crimes lorsqu'*ils* ne sont *sus* que de nous. (1666, 1671 et 1675.)

mal[1] sans l'avoir vu ; mais il n'y en a point en qui il nous
doive surprendre en le voyant. (ÉD. 1*.)

CXCVIII

Nous élevons la gloire des uns pour abaisser[2] celle des
autres, et quelquefois[3] on loueroit moins Monsieur le
Prince[4] et M. de Turenne si on ne les vouloit point blâmer tous deux[5]. (ÉD. 1*.)

1. VAR.: *de* mal. (1665 A, B et C.) — La Harpe (tome VII, p. 267) :
« Exagération satirique : l'étonnement est proportionné au défaut
de probabilité, et très-certainement il est des hommes en qui rien
n'est plus improbable qu'un crime ou une bassesse. »

2. VAR. : pour abaisser *par là*. (1665.)

3. L'édition de 1665 ne donne pas le correctif *quelquefois*.

4. Le grand Condé.

5. Dans trois des quatre impressions de 1665, cette pensée et la 145e
n'en faisaient qu'une (voyez la *Notice bibliographique*, et ci-dessus,
p. 90, note 3). — Mme de Sablé (*maxime* 25) : « On loue quelquefois les choses passées pour blâmer les présentes, et pour mépriser
ce qui est, on estime ce qui n'est plus. » — La Bruyère (*des Jugements*, n° 60) : « Nous affectons souvent de louer avec exagération
des hommes assez médiocres, et de les élever, s'il se pouvoit, jusqu'à
la hauteur de ceux qui excellent, ou parce que nous sommes las
d'admirer toujours les mêmes personnes, ou parce que leur gloire,
ainsi partagée, offense moins notre vue, et nous devient plus douce
et plus supportable. » — Duclos (tome I, p. 132, *Considérations sur
les mœurs de ce siècle*, chapitre v) : « Dans chaque carrière, il se trouve
toujours quelques hommes supérieurs. Les subalternes, ne pouvant
aspirer aux premières places, cherchent à en écarter ceux qui les
occupent, en leur suscitant des rivaux. » — L'abbé Brotier (*Observations sur les* Maximes, p. 221) voit dans la réflexion de la Rochefoucauld un éloge de Condé et de Turenne qui peut-être *donne plus
à entendre* que les trois fameuses oraisons funèbres de Bossuet,
de Bourdaloue et de Fléchier. C'est beaucoup dire. — Voyez les
maximes 145, 148 et 280.

CXCIX

Le desir de paroître habile empêche souvent de le devenir[1]. (ÉD. 1*.)

CC

La vertu n'iroit pas si loin[2] si la vanité ne lui tenoit compagnie. (ÉD. 1*.)

CCI

Celui qui croit pouvoir trouver en soi-même de quoi se passer de tout le monde[3] se trompe fort; mais celui qui croit qu'on ne peut se passer de lui se trompe encore davantage. (ÉD. 1*.)

CCII

Les faux honnêtes gens sont ceux qui déguisent leurs défauts aux autres et à eux-mêmes; les vrais honnêtes gens sont ceux qui les connoissent parfaitement, et les confessent[4]. (ÉD. 1*.)

1. Le manuscrit ajoute : « *parce qu'on songe plus à le paroître aux autres qu'à être effectivement ce qu'il faut être.* » — Mme de Sablé (*maxime* 40) : « Souvent le desir de paroître capable empêche de le devenir.... » — Voyez les *maximes* 117, 127 et 245.

2. VAR. : La vertu n'iroit *pas loin.* (1665.) — Voyez les *maximes* 150, 598, 599, et la 388e, qui paraît contradictoire à celle-ci.

3. VAR. : Celui qui croit pouvoir se passer de tout le monde. (*Manuscrit.*)

4. VAR. : qui déguisent *la corruption de leur cœur....* qui *la* connoissent parfaitement, et *la* confessent *aux autres.* (*Manuscrit* et 1665.) — Mme de Sablé (*maxime* 17) : « C'est une force d'esprit d'avouer sincèrement nos défauts et nos perfections; et c'est une foiblesse de ne pas demeurer d'accord du bien ou du mal qui est en nous. » — Pascal (*Pensées*, article II, 8) : « C'est sans doute un mal que d'être plein de défauts; mais c'est encore un plus grand

CCIII

Le vrai honnête homme[1] est celui qui ne se pique de rien[2]. (ÉD. I.)

CCIV

La sévérité des femmes est un ajustement et un fard qu'elles ajoutent à leur beauté[3]. (ÉD. I*.)

mal que d'en être plein et de ne les vouloir pas reconnoître. » — Meré (*maxime* 440) : « Un lâche excuse toujours sa faute, et un généreux ne manque jamais de l'avouer. » — Voyez les *maximes* 134, 203, 206, 411, 457, 641, et la 5e des *Réflexions diverses*.

1. C'est-à-dire, l'*homme bien élevé, de bonne compagnie* : voyez ci-dessus, p. 8, note 4.

2. « M. de la Rochefoucauld, dit Segrais dans ses *Mémoires* (p. 31 et 32), étoit l'homme du monde le plus poli, qui savoit garder toutes les bienséances, et surtout qui ne se louoit jamais. M. de Roquelaure et M. de Miossens (*maréchal d'Albret*) avoient beaucoup d'esprit, mais ils se louoient incessamment : ils avoient un grand parti. M. de la Rochefoucauld disoit, en parlant d'eux, bien loin pourtant de sa pensée : « Je me repens de la loi que je me suis imposée de ne me pas « louer ; j'aurois beaucoup plus de sectateurs, si je le faisois. Voyez « M. de Roquelaure et Miossens, qui parlent deux heures de suite, « devant une vingtaine de personnes, en se vantant toujours : parmi « ceux qui les écoutent, il n'y en a que deux ou trois qui ne peuvent « les souffrir ; les dix-sept autres les applaudissent, et les regardent « comme des gens qui n'ont point leurs semblables. » — Pascal (*Pensées*, article VI, 56) : « Voulez-vous qu'on croie du bien de vous ? n'en dites pas. » — Vauvenargues répond à la Rochefoucauld (p. 82) : « Ce mérite, si c'en est un, peut se rencontrer aussi dans un imbécile ; » ce qui ne l'empêche pas de dire ailleurs, absolument comme la Rochefoucauld : « La plus grande de toutes les imprudences est de se piquer de quelque chose. » (5e *Conseil à un jeune homme*; (*OEuvres*, p. 118.) — Voyez les *maximes* 134, 206, 307, 431, et les 3e et 13e *Réflexions diverses*.

3. Le manuscrit ajoutait : « *C'est comme un prix dont elles l'aug-mentent.* » — L'édition de 1665 ajoutait également : « *C'est un attrait fin et délicat, et une douceur déguisée.* » — Voyez les *maximes* 1 et 220.

CCV

L'honnêteté des femmes est souvent l'amour[1] de leur réputation et de leur repos. (ÉD. 1*.)

CCVI

C'est être véritablement honnête homme que de vouloir être toujours exposé à la vue des honnêtes gens[2]. (ÉD. 1*.)

CCVII

La folie nous suit dans tous les temps de la vie[3]. Si quelqu'un paroît sage, c'est seulement parce que ses

1. VAR. : *La chasteté* des femmes est l'amour.... (*Manuscrit.*) — L'édition de 1665 n'a pas non plus le correctif *souvent*. — Voyez les *maximes* 1, 169, 204, 220 et 333.

2. VAR. : que de vouloir *bien être examiné* des honnêtes gens, *en tous temps, et sur tous les sujets qui se présentent.* (*Manuscrit.*) — « La *maxime* 206e, dit l'abbé Brotier (p. 221 et 222), est belle. C'est aussi une belle parole du duc de la Rochefoucauld : *L'honnêteté n'est d'aucun état en particulier, mais de tous les états en général.* » Je ne sais d'où Brotier a tiré cette citation. — Voyez les *maximes* 202, 411, 457, et la 5e des *Réflexions diverses.*

3. VAR. : *L'enfance* nous suit dans *toute* la vie. (*Manuscrit.*) — Mme de Sablé (*maxime* 8) : « La plus grande sagesse de l'homme consiste à connoître sa folie. » — La Harpe (tome VII, p. 267) qualifie cette *maxime d'exagération qui ne peut passer que dans une satire.* « Il serait assez difficile de nous dire, ajoute-t-il, quelles étaient les folies de Sully ou du chancelier de l'Hôpital ; et comment accorder cette *maxime* avec celle-ci : *Qui vit sans folie n'est pas si sage qu'il croit* (209e) ? Il y a donc des gens qui n'ont point de *folie ;* et de plus on n'est pas *très-sage* pour n'en pas avoir. Tout cela est-il bien clair et bien conçu ? et au lieu de chercher à se faire deviner, ne vaudrait-il pas mieux s'assurer de ce qu'on veut dire ? » — Voyez les *maximes* 112, 210, 405, 423 et 444.

folies sont proportionnées à son âge et à sa fortune.
(ÉD. 1*.)

CCVIII

Il y a des gens niais qui se connoissent[1], et qui emploient habilement leur niaiserie. (ÉD. 1*.)

CCIX

Qui vit sans folie n'est pas si sage qu'il croit[2]. (ÉD. 1*.)

CCX

En vieillissant, on devient plus fou et plus sage[3]. (ÉD. 1*,)

1. VAR. : des gens niais qui se connoissent *niais....* (*Manuscrit.*) — Voyez la *maxime* 156.

2. VAR. : *Celui* qui vit sans folie n'est pas si *raisonnable* qu'il *le veut faire croire.* (*Manuscrit.*) — Le vieux Caton, cité par Montaigne (*Essais,* livre III, chapitre VIII, tome III, p. 400), disait que « les sages ont plus à apprendre des fols, que les fols des sages. » Voyez la *Vie de Caton,* par Plutarque, chapitre IX. — Mme de Sablé (*maxime* 8) : « La plus grande sagesse de l'homme consiste à connoître sa folie. » — Pascal (*Pensées,* article XXIV, 71) : « Les hommes sont si nécessairement fous, que ce seroit être fou par un autre tour de folie, de ne pas être fou. » — Mme de Sévigné (*Lettres,* tome II, p. 496) explique ainsi cette pensée à Mme de Grignan : « Hélas ! le moyen de vivre sans folie, c'est-à-dire sans fantaisie ? et un homme n'est-il pas fou, qui croit être sage en ne s'amusant et ne se divertissant de rien ? Vous reviendrez à notre opinion. » — Dans deux lettres subséquentes (*ibidem,* p. 517 et p. 520), elle dit que la Rochefoucauld prend le mot *folie* dans le *sens relâché* de *passion,* et dans ce cas, ajoute-t-elle, « l'exacte philosophie s'en offense.... Épictète n'auroit pas été de son avis. » Quant à Vauvenargues, il *en eût été,* car il déclare ouvertement (*maxime* 154, *OEuvres,* p. 389) que « les passions ont appris aux hommes la raison. » — Voyez, ci-après, les *maximes* 231 et 310.

3. « C'est selon le naturel, qui augmente ou qui diminue, » dit l'annotateur contemporain. — Voyez les *maximes* 112, 207, 405, 423 et 444.

CCXI

Il y a des gens qui ressemblent aux vaudevilles [1], qu'on ne chante qu'un certain temps [2]. (ÉD. 1*.)

CCXII

La plupart des gens ne jugent des hommes que par la vogue qu'ils ont, ou par leur fortune [3]. (ÉD. 1*.)

CCXIII

L'amour de la gloire, la crainte de la honte [4], le dessein de faire fortune, le desir de rendre notre vie commode et agréable, et l'envie d'abaisser les autres, sont souvent les causes de cette valeur si célèbre parmi les hommes [5]. (ÉD. 1*.)

1. On entendait alors par *vaudeville* une simple chanson.

2. VAR. : .... aux vaudevilles, *que tout le monde chante* (Manuscrit : *raconte*) un certain temps, *quelques* (voyez le *Lexique*, au mot QUELQUE) *fades et dégoûtants qu'ils soient* (*Manuscrit*, 1665, 1666, 1671 et 1675.) — La *maxime* 291 revient à celle-ci. — Mme de Sablé (*maxime* 45) : « Ce n'est ni une grande louange ni un grand blâme, quand on dit qu'un esprit est ou n'est plus à la mode : s'il est une fois tel qu'il doit être, il est toujours comme il doit être. »

3. VAR. : La plupart des gens ne *voient dans les hommes* que la vogue qu'ils ont, ou *bien le mérite de* leur fortune. (*Manuscrit* et 1665.)

4. VAR. : *et plus encore* la crainte de la honte. (1665.)

5. VAR. : .... d'abaisser les autres, *font naître* cette valeur *qui est* si célèbre parmi les hommes. (1665.) — J. Esprit (tome II, p. 165) : « La passion qui est cachée dans le cœur des braves, c'est l'envie d'établir leur réputation. » — Vauvenargues (*maxime* 351, *OEuvres*, p. 425) : « .... Il y a beaucoup de soldats et peu de braves.... » — Aristote, dans la *Morale à Nicomaque* (livre III, chapitres VII-x), et dans la *Morale à Eudème* (livre III, chapitre 1), définit le vrai courage, et en énumère les motifs et les conditions. — Voyez les *maximes* 1, 215, 220 et 221.

CCXIV

La valeur est, dans les simples soldats, un métier périlleux qu'ils ont pris pour gagner leur vie[1]. (ÉD. 1*.)

CCXV

La parfaite valeur et la poltronnerie complète sont deux extrémités où l'on arrive rarement[2]. L'espace qui est entre-deux est vaste, et contient toutes les autres espèces de courage : il n'y a pas moins de différence entre elles qu'entre les visages et les humeurs. Il y a des hommes qui[3] s'exposent volontiers au commencement d'une action, et qui se relâchent et se rebutent aisément par sa durée ; il y en a qui sont contents[4] quand ils ont satisfait à l'honneur du monde, et qui font fort peu de chose[5] au delà[6]. On en voit qui ne sont pas toujours également maîtres de leur peur ; d'autres se laissent quelquefois entraîner à des terreurs générales[7] ; d'autres vont à la charge, parce qu'ils n'osent demeurer

---

1. Var. : La valeur, dans les simples soldats, est un métier.... (1665.) — La valeur, dans les simples soldats, *n'est qu'un* métier périlleux pour gagner leur vie. (*Manuscrit.*) — J. Esprit (tome II, p. 171) : « Les soldats vendent leur vie à la guerre pour vivre. »

2. Var. : où *on* arrive rarement. (1695.)

3. Var. : .... de différence entre elles qu'*il y en a* entre les visages et les humeurs ; *cependant* (1665 B et C : *et cependant*) *elles conviennent* (voyez la note 2 de la page suivante) *en beaucoup de choses.* Il y a des hommes qui.... (1665.)

4. Var. : qui sont *assez* contents. (1665.)

5. Dans les quatre impressions de 1665, il y a *choses*, au pluriel.

6. Dans ses *Mémoires*, l'auteur dit, en parlant du duc de Beaufort : « Il étoit toujours brave en public, et souvent il se ménageoit trop dans les occasions particulières. » — Voyez la note de la *maxime* 129.

7. Var. : à des *épouvantes* générales. (1665.)

dans leurs postes. Il s'en trouve[1] à qui l'habitude des moindres périls affermit le courage, et les prépare à s'exposer à de plus grands. Il y en a qui sont braves à coups d'épée, et qui craignent les coups de mousquet ; d'autres sont assurés aux coups de mousquet, et appréhendent de se battre à coups d'épée. Tous ces courages de différentes espèces, conviennent en ce que[2], la nuit augmentant[3] la crainte et cachant les bonnes et les mauvaises actions, elle donne la liberté de se ménager[4]. Il y a encore un autre ménagement plus général ; car on ne voit point d'homme qui fasse tout ce qu'il seroit capable de faire dans une occasion, s'il étoit assuré d'en revenir[5] : de sorte qu'il est visible que la crainte de la mort ôte quelque chose de la valeur[6]. (ÉD. 1*.)

1. VAR. : *pour n'oser* demeurer dans leurs postes ; *enfin* il s'en trouve. (1665.)

2. *Conviennent, c'est-à-dire, se rencontrent en ce point, que....*

3. VAR. : Il y en a *encore* qui sont braves à coups d'épée, *qui ne peuvent souffrir* les coups de mousquet ; *et* d'autres *y* sont assurés, *qui craignent* de se battre à coups d'épée. *Outre cela, il y a un rapport général que l'on remarque entre tous les* courages de différentes espèces, *dont nous venons de parler, qui est que,* la nuit augmentant.... (1665.)

4. VAR. : .... et les mauvaises actions, *leur* donne la liberté de se ménager. (1665.) — J. Esprit (tome I, p. 522) : « Il est rare de trouver des hommes vaillants qui attaquent ou repoussent les ennemis, la nuit, avec autant de bravoure qu'ils feroient s'ils combattoient en plein jour, aux yeux de leur général. » — Tacite (*Annales*, livre IV, chapitre LI) : *Nox aliis in audaciam, aliis ad formidinem opportuna.* « La nuit aide au courage des uns, à la lâcheté des autres. » — Voyez la *maxime* suivante.

5. Vauvenargues (*maxime* 849, *Œuvres*, p. 484) : « Le terme du courage est l'intrépidité à la vue d'une mort sûre. »

6. VAR. : Il y a encore un autre ménagement plus général *qui, à parler absolument, s'étend sur toute sorte d'hommes : c'est qu'il n'y en a point qui fassent tout ce qu'ils seroient capables* de faire dans une *action, s'ils avoient une certitude* d'en revenir : de sorte qu'il est visible que la crainte de la mort ôte quelque chose *à leur* valeur, *et diminue son effet.* (1665.) — Voyez les *maximes* 1, 213, 220, 221 et 370.

CCXVI

La parfaite valeur est de faire sans témoins ce qu'on seroit capable de faire devant tout le monde[1]. (ÉD. 1*.)

CCXVII

L'intrépidité est une force extraordinaire de l'âme, qui l'élève au-dessus des troubles, des désordres et des émotions que la vue des grands périls pourroit exciter en elle, et c'est par cette force que les héros[2] se maintiennent en un état paisible, et conservent l'usage libre de leur raison dans les accidents les plus surprenants et les plus terribles[3]. (ÉD. 1*.)

CCXVIII

L'hypocrisie est un hommage que le vice rend à la vertu[4]. (ÉD. 2*.)

1. VAR. : La *pure* valeur, *s'il y en avoit, seroit* de faire sans témoins ce qu'on *est* capable de faire devant *le monde.* (1665.) — Voyez les *maximes* 215, 219 et 221.

2. VAR. : .... une force extraordinaire de l'âme, *par laquelle elle empêche les* troubles, *les* désordres et *les* émotions que la vue des grands périls *a accoutumé d'élever* en elle ; par cette force, les héros.... (*Manuscrit* et 1665.)

3. VAR. : l'usage libre de *toutes leurs fonctions* dans les accidents *les plus terribles et les plus surprenants.* (*Manuscrit* et 1665.) — Dans le manuscrit, cette pensée et la 614e étaient réunies.

4. VAR. : que le vice *se croit forcé de rendre* à la vertu. (*Manuscrit.*) — Voyez la *maxime* 489. — Vauvenargues (*maxime* 759, *Œuvres*, p. 477) : « L'utilité de la vertu est si manifeste, que les méchants la pratiquent par intérêt. » — Il ajoute ailleurs (*Introduction à la connoissance de l'esprit humain*, p. 53) : « Quand le vice veut procurer quelque grand avantage au monde, pour surprendre l'admiration, il agit comme la vertu. » — J. J. Rousseau (*Réponse au roi de*

CCXIX

La plupart des hommes s'exposent assez dans la guerre pour sauver leur honneur ; mais peu se veulent toujours exposer[1] autant qu'il est nécessaire pour faire réussir le dessein pour lequel ils s'exposent. (ÉD. 1*.)

CCXX

La vanité, la honte, et surtout le tempérament, font

Pologne) réfute ainsi la Rochefoucauld : « Mais l'hypocrisie est un hommage que le vice rend à la vertu : oui, comme celui des assassins de César, qui se prosternoient à ses pieds pour l'égorger plus sûrement. Cette pensée a beau être brillante ; elle a beau être autorisée du nom célèbre de son auteur : elle n'en est pas plus juste. Dira-t-on jamais d'un filou qui prend la livrée d'une maison pour faire son coup plus commodément, qu'il rend hommage au maître de la maison qu'il vole? Non : couvrir sa méchanceté du dangereux manteau de l'hypocrisie, ce n'est point honorer la vertu, c'est l'outrager en profanant ses enseignes ; c'est ajouter la lâcheté et la fourberie à tous les autres vices ; c'est se fermer pour jamais tout retour vers la probité. » Ce ton échauffé et déclamatoire eût singulièrement étonné le duc de la Rochefoucauld.

1. VAR. : *On est presque toujours assez brave pour sortir sans honte des périls de la guerre ; mais peu de gens le sont assez pour s'exposer toujours....* (*Manuscrit.*) — En adressant à J. Esprit cette pensée avec deux légères variantes : *à la guerre,* pour *dans la guerre,* et *on s'expose,* pour *ils s'exposent* (*Portefeuilles de Vallant,* tome II, f⁰ˢ 124 et 125), l'auteur la commente ainsi lui-même : « Je veux dire qu'il est assez ordinaire de hasarder sa vie pour s'empêcher d'être déshonoré ; mais quand cela est fait, on en est assez content pour ne se mettre pas d'ordinaire fort en peine du succès de la chose que l'on veut faire réussir ; et il est certain que ceux qui s'exposent tout autant qu'il est nécessaire pour prendre une place que l'on attaque, ou pour conquérir une province, ont plus de mérite, sont meilleurs officiers, et ont de plus grandes et de plus utiles vues que ceux qui s'exposent seulement pour mettre leur honneur à couvert ; et il est fort commun de trouver des gens de la dernière espèce que je viens de dire, et fort rare d'en trouver de l'autre. » — Voyez les *maximes* 215, 216 et 221.

souvent la valeur des hommes et la vertu des femmes[1].
(ÉD. 1*.)

CCXXI

On ne veut point perdre la vie, et on veut acquérir de
la gloire : ce qui fait que[2] les braves ont plus d'adresse et
d'esprit pour éviter la mort, que les gens de chicane n'en
ont pour conserver leur bien[3]. (ÉD. 1*.)

CCXXII

Il n'y a guère de personnes[4] qui, dans le premier
penchant[5] de l'âge, ne fassent connoître par où leur
corps et leur esprit doivent défaillir. (ÉD. 2*.)

1. Var : .... font la valeur des hommes. (1665.) La *maxime* finit là
dans cette édition. — .... font *en plusieurs* la valeur des hommes et la
vertu des femmes. (1666, 1671 et 1675.) — .... font la valeur des
hommes et la *chasteté* des femmes, *dont chacun mène tant de bruit.*
(*Manuscrit.*) — On le voit, dans la première édition, cette pensée ne
s'appliquait pas à la vertu des femmes. — J. Esprit (tome II, p. 92) :
« La froideur du tempérament est le principe le plus ordinaire de la
retenue et de la modestie des femmes ; » et, quelques pages plus loin
(tome II, p. 121 et 122): « Le bonheur du tempérament a presque toute
la part à l'honnêteté d'un fort grand nombre de femmes. » — Charron (*de la Sagesse,* livre II, chapitre III) : « La chasteté, sobrieté,
temperance peuuent arriuer en nous par defaillance corporelle. » —
Voyez les *maximes* 1, 169, 204, 205, 213, 215, 241 et 346.
2. Var. : *de là vient* que. (1665.)
3. Var. : que les gens de chicane pour conserver leur bien. (1665.)
— .... et on veut acquérir de la gloire ; *de là vient que, quelque chicane
que l'on remarque dans les parties, elle n'est point égale à la chicane des
braves.* (*Manuscrit.*) — Charron (*de la Sagesse,* livre III, chapitre XIV) :
« La vaillance humaine est vne sage couardise, vne craincte accom-
paignée de la science d'euiter vn mal par vn autre : » — La Bruyère
(*des Jugements,* n° 97) : « Faites garder aux hommes quelque poste ou
ils puissent être tués, et où néanmoins ils ne soient pas tués : ils aiment
l'honneur et la vie. »
4. Var. : Il n'y a *point de gens....* (*Manuscrit.*)
5. *Penchant,* déclin. — Voyez la 9e des *Réflexions diverses.*

CCXXIII

Il est de la reconnoissance comme de la bonne foi des marchands : elle entretient le commerce, et nous ne payons pas parce qu'il est juste de nous acquitter [1], mais pour trouver plus facilement des gens qui nous prêtent. (ÉD. 1*.)

CCXXIV

Tous ceux qui s'acquittent des devoirs de la reconnoissance ne peuvent pas pour cela se flatter d'être reconnoissants [2]. (ÉD. 1*.)

CCXXV

Ce qui fait le mécompte [3] dans la reconnoissance qu'on attend des grâces que l'on a faites [4], c'est que l'orgueil de celui qui donne et l'orgueil de celui qui reçoit ne peuvent convenir du prix du bienfait [5]. (ÉD. 1*.)

1. VAR. : elle *soutient* le commerce, et nous ne payons pas *pour la justice qu'il y a* de nous acquitter. (1665.) — Voyez les *maximes* 224, 247, 298, et la note de la 438e.

2. VAR. : *Plusieurs personnes* s'acquittent *du devoir* de la reconnoissance, *quoiqu'il soit vrai de dire que personne n'en a effectivement.* (*Manuscrit.*) — Mme de Sablé (*maxime* 74) : « La vertu n'est pas toujours où l'on voit des actions qui paroissent vertueuses : on ne reconnoît quelquefois un bienfait que pour établir sa réputation, et pour être plus hardiment ingrat aux bienfaits qu'on ne veut pas reconnoître. » — Voyez les *maximes* 223, 247 et 298.

3. VAR. : Ce qui fait *tout* le mécompte. (1665.)

4. VAR. : .... qu'on a faites. (1665.) — Ce qui fait *tout* le mécompte *que nous voyons* dans la reconnoissance *des hommes....* (*Manuscrit.*) — Voyez la *maxime* 228.

5. Peut-être la Rochefoucauld pensait-il au grand Condé, qui, après avoir ramené la cour à Paris, se plaignait amèrement de la Reine et de Mazarin, tandis que ceux-ci supportaient impatiemment ses hauteurs et ses dédains : ils ne pouvaient *convenir du prix du bienfait.*

CCXXVI

Le trop grand empressement qu'on a de s'acquitter d'une obligation est une espèce d'ingratitude [1]. (ÉD. 1*.)

CCXXVII

Les gens heureux ne se corrigent guère, et ils croient [2] toujours avoir raison, quand la fortune soutient leur mauvaise conduite [3]. (ÉD. 5*.)

CCXXVIII

L'orgueil [4] ne veut pas devoir, et l'amour-propre ne veut pas payer [5]. (ÉD. 1*.)

1. VAR. : *On est souvent reconnoissant par principe d'ingratitude.* (*Manuscrit.*) — L'annotateur contemporain fait remarquer la délicatesse de la pensée définitive de l'auteur.

2. Nous suivons le texte de l'Appendice publié, en 1678, postérieurement à la 5e édition, pour compléter la 4e (1675) : voyez la *Notice bibliographique.* La 5e n'a pas *et* devant *ils croient.*

3. VAR. : avoir raison, quand la fortune *les* soutient. (*Manuscrit.*) — « La fortune, qui a un bandeau, dit l'annotateur contemporain, en met un sur toutes les actions de l'homme qui est en fortune. »

4. VAR. : *Ce qui fait encore le mécompte dans les bienfaits, c'est que l'orgueil....* (*Manuscrit.*) Cette première forme indique assez que cette pensée revient à la 225e.

5. Tacite (*Histoires*, livre IV, chapitre III): *Gratia oneri.... habetur.* « La reconnoissance est regardée comme un fardeau. » — Vauvenargues répond à la Rochefoucauld (p. 82) : « L'orgueil n'est qu'un effet de l'amour-propre, et, par conséquent, c'est l'amour-propre qui ne veut pas devoir, comme c'est lui qui ne veut pas payer. Comment est-il échappé à l'auteur des *Maximes* de distinguer *l'orgueil* de *l'amour-propre*, lui qui rapporte à ce dernier toutes nos vertus ? » — Vauvenargues oublie que la Rochefoucauld prend le mot *amour-propre* en divers sens, et qu'il l'emploie ici pour *intérêt* ou *égoïsme.*

CCXXIX

Le bien que nous avons reçu de quelqu'un veut que nous respections le mal qu'il nous fait [1]. (ÉD. 1*.)

CCXXX

Rien n'est si contagieux que l'exemple, et nous ne faisons jamais de grands biens ni de grands maux qui n'en produisent de semblables [2]. Nous imitons les bonnes actions par émulation, et les mauvaises par la malignité de notre nature, que la honte retenoit prisonnière, et que l'exemple met en liberté [3]. (ÉD. 1*.)

1. VAR. : Le bien *qu'on nous a fait* veut que nous respections le mal *que l'on* nous fait *après*. (1665.) — Le bien que nous avons reçu veut que nous respections le mal qu'*on* nous fait. (1666, 1671 et 1675.) — Le mot *respecter* paraît aller au delà de l'intention de l'auteur ; passe encore pour *pardonner*. — Il y a, au fond, un certain rapport entre cette pensée et les *maximes* 96 et 317.

2. VAR. : ni de grands maux qui *ne* produisent *infailliblement leurs pareils*. (*Manuscrit* et 1665.) — Sénèque (*de Tranquillitate animi*, chapitre VII) : *Serpunt.... vitia, et in proximum quemque transiliunt, et contactu nocent.* « Les vices s'insinuent, se communiquent de proche en proche, et leur contact corrompt. » — Sénèque dit encore (*de Vita beata*, chapitre I) : *Nemo sibi tantum errat ; sed alii erroris causa et auctor est.* » L'homme ne s'égare pas seulement pour lui-même ; il est cause et auteur d'égarement pour autrui. »

3. VAR. : *L'imitation des biens vient de l'émulation ; et des maux, de l'excès de la malignité naturelle, qui étant comme retenue prisonnière par la honte, est mise en liberté par l'exemple. (Manuscrit.)* — Nous imitons les bonnes actions par l'émulation, et les mauvaises par la malignité de notre nature, qui étant *retenue en prison* par la honte, est mise en liberté par l'exemple. (1665.) — Sénèque (*épître* CXXIII) : *Inter causas malorum nostrorum est quod vivimus ad exempla, nec ratione componimur, sed consuetudine abducimur.* « Une des causes de nos désordres, c'est que nous vivons à l'exemple d'autrui ; ce n'est pas la raison qui nous gouverne, c'est la coutume qui nous entraîne. » — Pascal affirme, au contraire (*Pensées*, article VIII, 2), que « l'exemple ne nous instruit point. » — Voyez la 7e des *Réflexions diverses*.

CCXXXI

C'est une grande folie de vouloir[1] être sage tout seul[2].
(ÉD. 2*.)

CCXXXII

Quelque prétexte que nous donnions à nos afflictions,
ce n'est souvent que l'intérêt et la vanité qui les causent[3].
(ÉD. 1*.)

CCXXXIII

Il y a dans les afflictions diverses sortes d'hypocrisie :
dans l'une, sous prétexte[4] de pleurer la perte d'une personne qui nous est chère, nous nous pleurons nous-
mêmes ; nous regrettons la bonne opinion qu'elle avoit
de nous ; nous pleurons la diminution[5] de notre bien, de
notre plaisir, de notre considération. Ainsi les morts[6]
ont l'honneur des larmes qui ne coulent que pour les

1. VAR. : *On est fou* de vouloir.... (*Manuscrit.*)
2. Voyez la *maxime* 209. — Antonio Perez, cité par Amelot de la
Houssaye : « Sois plutôt fou avec tous que sage tout seul : si tous
sont fous, tu n'y perdras rien ; mais si tu restes sage tout seul, ta
sagesse passera pour folie. »
3. La 1ʳᵉ édition (1665) dit plus absolument : « ce n'est que l'intérêt
et la vanité qui les causent. » — Cette pensée est le thème que développe la *maxime* suivante. — Voyez aussi les *maximes* 355, 362,
373 et 619.
4. VAR. : Il y a *une espèce* d'hypocrisie dans les afflictions, *car
sous prétexte....* (*Manuscrit* et 1665)
5. VAR. : .... la perte d'une personne qui nous est chère, nous pleurons *la nôtre, c'est-à-dire* la diminution.... (*Manuscrit.*) — .... nous
nous pleurons nous-mêmes ; nous pleurons la diminution.... (1665,
1666, 1671 et 1675.) — J. Esprit (tome I, p. 391) : « Ce n'est pas la
mort de leurs amis, mais ce qu'ils perdent par leur mort, qui les
fait pleurer. »
6. VAR. : .... de notre considération, *en la personne que nous pleurons. De cette manière,* les morts.... (1665.)

vivants. Je dis que c'est une espèce d'hypocrisie, à cause
que dans ces sortes d'afflictions, on se trompe soi-même [1].
Il y a une autre hypocrisie, qui n'est pas si innocente,
parce qu'elle impose [2] à tout le monde [3] : c'est l'affliction
de certaines personnes qui aspirent à la gloire d'une
belle et immortelle douleur. Après que le temps, qui
consume tout, a fait cesser celle qu'elles avoient en
effet, elles ne laissent pas [4] d'opiniâtrer leurs pleurs, leurs
plaintes et leurs soupirs ; elles prennent un personnage
lugubre, et travaillent à persuader, par toutes leurs
actions, que leur déplaisir ne finira qu'avec leur vie [5].
Cette triste et fatigante vanité se trouve d'ordinaire dans
les femmes ambitieuses : comme leur sexe leur ferme
tous les chemins qui mènent à la gloire, elles s'efforcent
de se rendre célèbres par la montre d'une inconsolable
affliction [6]. Il y a encore une autre espèce de larmes qui

1. VAR. : on se trompe *souvent* soi-même. (1666.)

2. L'édition de Duplessis (1853) donne à tort : « parce qu'elle
s'impose. »

3. VAR. : .... des larmes qui ne coulent que pour *ceux qui les
versent. J'ai dit* que *c'étoit* une espèce d'hypocrisie, *parce que, par elle,
l'homme* se trompe *seulement* soi-même. Il y en a une autre, qui n'est
pas si innocente, *et qui* impose à tout le monde.... (1665.)

4. VAR. : .... immortelle douleur ; *car* le temps, qui consume tout,
l'ayant consumée, elles ne laissent pas.... (*Manuscrit* et 1665.)

5. VAR. : .... par toutes leurs actions, *qu'elles égaleront la durée*
de leur déplaisir (1665 : de *tous leurs déplaisirs*) à *leur propre* vie.
(*Manuscrit* et 1665.)

6. VAR. : .... dans les femmes ambitieuses, *parce que,* leur sexe leur
fermant tous les chemins qui mènent à la gloire, elles *se jettent dans
celui-ci, et* s'efforcent *à* se rendre célèbres par la montre d'une inconsolable *douleur.* (*Manuscrit* et 1665.) — Publius Syrus :

> *Didicere flere feminæ, in mendacium.*

« Les femmes ont appris à pleurer, pour mentir. » — J. Esprit
(tome I, p. 392, 393 et 395) : « Il y a des personnes qui se montrent
outrées de douleur, lorsque leurs amis meurent, pour se faire remarquer et se distinguer des autres.... Il y a des héroïnes d'afflic-

n'ont que de petites sources, qui coulent et se tarissent facilement : on pleure[1] pour avoir la réputation d'être tendre ; on pleure pour être plaint ; on pleure pour être pleuré ; enfin[2] on pleure pour éviter la honte de ne pleurer pas[3]. (ÉD. 1*.)

CCXXXIV

C'est plus souvent par orgueil que par défaut de lumières qu'on s'oppose avec tant d'opiniâtreté[4] aux opinions les plus suivies : on trouve les premières places prises dans le bon parti, et on ne veut point des dernières[5]. (ÉD. 5*.)

tion qui, à la mort de leurs maris, forment le dessein de rendre leur douleur immortelle, afin de se signaler.... L'ostentation a une part très-considérable à l'affliction des femmes ambitieuses : elles se mettent dans l'esprit qu'il est beau d'égaler la durée de leur deuil à celle de leur vie, et choisissent cette triste et fatigante voie pour acquérir de la réputation. »

1. VAR. : .... qui coulent facilement *et qui s'écoulent aussitôt :* on pleure.... (1665.) — Il y a, *outre ce que nous avons dit, quelques espèces* de larmes qui coulent *de certaines* petites sources, *et qui, par conséquent, s'écoulent incontinent :* on pleure.... (*Manuscrit.*)

2. VAR. : *et* enfin. (1666.)

3. VAR. : on pleure pour être plaint, *ou pour être pleuré, et on* pleure *quelquefois* de honte de ne pleurer pas. (*Manuscrit* et 1665.) — Comme ceux dont parle Sénèque (*de Tranquillitate animi,* chapitre xv) : *Plerique.... lacrymas fundunt, ut ostendant..., turpe judicantes non flere.* « La plupart versent des larmes pour les faire voir..., pensant qu'il y a de la honte à ne pleurer pas. » — Charron (*de la Sagesse,* livre I, chapitre xxxix) : « Faire l'attristé, l'affligé, et pleurer en la mort ou accident d'autruy, et penser que ne s'esmouuoir point ou que bien peu, c'est faulte d'amour et d'affection, il y a aussi de la vanité. »

4. VAR. : C'est par orgueil qu'on s'oppose avec tant d'opiniâtreté.... (*Manuscrit.*)

5. L'annotateur contemporain applique cette réflexion aux critiques.

CCXXXV

Nous nous consolons aisément des digrâces[1] de nos amis, lorsqu'elles servent à signaler notre tendresse pour eux[2]. (ÉD. 1*.)

CCXXXVI

Il semble que l'amour-propre soit la dupe de la bonté, et qu'il s'oublie lui-même, lorsque nous travaillons pour l'avantage des autres : cependant c'est prendre le chemin le plus assuré pour arriver à ses fins ; c'est prêter à usure, sous prétexte de donner ; c'est enfin s'acquérir tout le monde par un moyen subtil et délicat[3]. (ÉD. 1*.)

1. VAR. : Nous *ne sommes pas difficiles à consoler* des disgrâces.... (*Manuscrit* et 1665.)

2. VAR. : lorsqu'elles servent à signaler *la* tendresse *que nous avons* pour eux. (1665.) — lorsqu'elles servent à *nous faire faire quelque belle action.* (*Manuscrit.*) — Pascal (*Pensées*, article VI, 34) : « Plaindre les malheureux n'est pas contre la concupiscence ; au contraire, on est bien aise d'avoir à rendre ce témoignage d'amitié, et à s'attirer la réputation de tendresse sans rien donner. » — Voyez les maximes 463 et 583.

3. VAR. : *Qui considérera superficiellement tous les effets de la bonté qui nous fait sortir hors de nous-mêmes, et qui nous immole continuellement à l'avantage de tout le monde, sera tenté de croire que lorsqu'elle agit, l'amour-propre s'oublie et s'abandonne lui-même, ou se laisse dépouiller et appauvrir sans s'en apercevoir, de sorte qu'il semble que l'amour-propre soit la dupe de la bonté : cependant c'est le plus utile de tous les moyens dont l'amour-propre se sert pour arriver à ses fins ; c'est un chemin dérobé, par où il revient à lui-même, plus riche et plus abondant ; c'est un désintéressement qu'il met à une furieuse usure ; c'est enfin un ressort délicat avec lequel il réunit, il dispose et tourne tous les hommes en sa faveur.* (1665.) — Le manuscrit est conforme au texte de 1665, sauf les différences qui suivent : « .... et appauvrir sans s'en apercevoir, *en* sorte qu'il semble que *la bonté soit la niaiserie et l'innocence de l'amour-propre : cependant la bonté est le plus prompt* de tous les moyens dont l'amour-propre se sert.... » — J. Esprit (tome I, p. 457) : « Le désintéressement est un chemin

CCXXXVII

Nul ne mérite d'être loué de bonté, s'il n'a pas la force d'être méchant[1] : toute autre bonté n'est le plus souvent qu'une paresse ou une impuissance de la volonté[2]. (ÉD. 1*.)

CCXXXVIII

Il n'est pas si dangereux de faire du mal à la plupart des hommes que de leur faire trop de bien[3]. (ÉD. 1*.)

contraire à celui qu'on tient ordinairement, par lequel les plus fins et les plus déliés parviennent à ce qu'ils desirent ; c'est le dernier stratagème de l'ambition. » — Duclos (tome I, p. 243, *Considérations sur les mœurs de ce siècle*, chapitre xiv) : « Il y a bien de prétendues amitiés, bien des actes de reconnoissance, qui ne sont que des procédés, quelquefois intéressés, et non pas des attachements. » — Voyez les *maximes* 81, 83 et 620.

1. VAR. : s'il n'a la force *et la hardiesse* d'être méchant. (1665.)

2. VAR. : ou une impuissance de la *mauvaise* volonté. (1665.) — .... toute autre bonté n'est *en effet* qu'une *privation du vice, ou plutôt la timidité du vice, et son endormissement.* (*Manuscrit.*) — Sénèque (*épître* xc) : *Multum.... interest utrum peccare aliquis nolit, an nesciat.* « Il y a une grande différence entre ne vouloir pas et ne savoir pas faire le mal. » — J. Esprit (tome I, p. 234) : « La mollesse de la complexion des personnes débonnaires fait elle seule leur débonnaireté. » — Amelot de la Houssaye rappelle à ce sujet une réflexion de saint Bernard : *Non irasci ubi irascendum sit, nolle emendare peccatum est.* « Ne pas s'irriter lorsqu'il y a lieu, c'est ne pas vouloir corriger le péché. » — Aimé-Martin (p. 76) voit dans cette pensée de la Rochefoucauld une allusion au caractère d'Anne d'Autriche. — Rapprochez des *maximes* 387, 479 et 481.

3. VAR. : Il *est plus* dangereux de faire trop de bien *aux* hommes que de *leur* faire du mal. (*Manuscrit.*) — Aimé-Martin (p. 76-78) force ici, comme presque toujours, la pensée de l'auteur, qui n'entend sans doute parler que de l'ingratitude, de même que Sénèque, Tacite, Pascal et Mme de Sablé. — Sénèque (*épître* LXXXI) : *Periculosissima res.... beneficia in aliquem magna conferre.* « Rien de plus dangereux que de combler quelqu'un de bienfaits. » — Tacite (*Annales*, livre IV, chapitre xviii) : *Beneficia eo usque læta sunt, dum videntur*

CCXXXIX

Rien ne flatte plus notre orgueil que la confiance des grands, parce que nous la [1] regardons comme un effet de notre mérite, sans considérer qu'elle ne vient le plus souvent que de vanité, ou d'impuissance de garder le secret [2]. (ÉD. 1*.)

exsolvi posse ; ubi multum antevenere, pro gratia odium redditur. « Les bienfaits sont agréables tant qu'on croit les pouvoir acquitter ; dès qu'ils excèdent la reconnaissance, celle-ci se change en haine. » — Pascal (*Pensées*, article I, 1) : « Trop de bienfaits irritent. » — Mme de Sablé (*maxime* 12) : « Souvent les bienfaits nous font des ennemis, et l'ingrat ne l'est presque jamais à demi ; car il ne se contente pas de n'avoir point la reconnoissance qu'il doit : il voudroit même n'avoir pas son bienfaiteur pour témoin de son ingratitude. »

1. Les trois dernières éditions (1671, 1675, 1678) ont ici une même faute : *les*, pour *la*.

2. VAR. : *Rien ne nous plaît tant que la confiance des grands et des personnes considérables par leurs emplois, par leur esprit ou par leur mérite ; elle nous fait sentir un plaisir exquis, et élève merveilleusement notre orgueil*, parce que nous *le* (a) regardons comme un effet de notre *fidélité ; cependant nous serions remplis de confusion, si nous considérions l'imperfection et la bassesse de sa naissance, car elle* vient *de la vanité, de l'envie de parler, et de l'impuissance de retenir* le secret : *de sorte qu'on peut dire que la confiance est comme un relâchement de l'âme, causé par le nombre et par le poids des choses dont elle est pleine.* (*Manuscrit* et 1665.) — .... *ainsi l'on peut dire que la confiance est quelquefois comme un relâchement de l'âme, qui cherche à se soulager du poids dont elle est pressée.* (1666, 1671 et 1675.) — J. Esprit (tome I, p. 181) parle également de ceux « qui se glorifient de ce qu'ils ont la confiance des princes, des ministres, et de tous ceux qui font figure dans le grand monde ; .... cette confiance ne leur plaît et ne leur enfle le cœur que parce qu'ils la regardent comme une preuve incontestable de leur mérite. » — Duclos (tome I, p. 154, *Considérations sur les mœurs de ce siècle*, chapitre VII) : « Quand ils (*les gens en place*) paroissent se livrer à leurs amis, ils

(a) Y a-t-il faute d'impression, et doit-on lire *la* ? ou *le* est-il pris au sens neutre ?

CCXL

On peut dire de l'agrément, séparé de la beauté, que
c'est une symétrie[1] dont on ne sait point les règles, et un
rapport secret des traits ensemble, et des traits avec les
couleurs, et avec l'air de la personne[2]. (ÉD. 1*.)

CCXLI

La coquetterie est le fond de l'humeur des femmes[3] ;
mais toutes ne le mettent pas en pratique, parce que la
coquetterie de quelques-unes est retenue par la crainte
ou par la raison[4]. (ÉD. 1*.)

ne cherchent qu'à se délasser par la dissipation. » — Voyez la 5ᵉ des
Réflexions diverses.

1. VAR. : *Je ne sais si on peut dire de l'agrémente, sans la beauté,
que c'est une symétrie....* (*Manuscrit.*)

2. Voyez la *maxime* 255 et la 3ᵉ des *Réflexions diverses*. — « Bonne
définition, qui revient au *je ne sais quoi*, » selon l'annotateur contemporain. — Cette expression : « je ne sais quoi, » est demeurée fort
longtemps à la mode (voyez le P. Bouhours dans le vᵉ des *Entretiens
d'Ariste et d'Eugène*, p. 322 et suivantes, 3ᵉ édition, Paris, 1671 ; et
Montesquieu, dans le fragment intitulé : *Essai sur le goût*, tome VII,
p. 98, Londres, 1769) ; de nos jours, elle n'a pas cessé d'être en
usage, quoi qu'en dise Duplessis (p. 162) : c'est donc sans sujet qu'il
se surprend à la regretter quelquefois.

3. VAR. : *La coquetterie est le fond* (1665 : *fonds*) *et* l'humeur *de
toutes les* femmes. (*Manuscrit* et 1665.) — .... le fond *et* l'humeur *de la
plupart* des femmes. (1666.) — .... le fond *et* l'humeur des femmes.
(1671 et 1675.)

4. VAR. : est retenue par *leur tempérament et* par *leur* raison.
(1665 et 1666.) — Voyez les *maximes* 169, 205, 220, 277, 332,
334 et 349.

CCXLII

On incommode souvent les autres, quand on croit ne les pouvoir jamais incommoder [1]. (ÉD. 1*.)

CCXLIII

Il y a peu de choses impossibles d'elles-mêmes, et [2] l'application pour les faire réussir nous manque plus [3] que les moyens [4]. (ÉD. 1*.)

CCXLIV

La souveraine habileté consiste à bien connoître le prix des choses [5]. (ÉD. 1*.)

1. VAR. : On incommode *toujours* les autres.... (1665.) — On incommode *d'ordinaire*, quand on *est persuadé de n'*incommoder *jamais.* (*Manuscrit.*) — Voyez la *maxime* 622, et la 2ᵉ des *Réflexions diverses.*

2. VAR. : Il *n'y a point* de choses impossibles, et.... (*Manuscrit.*)

3. VAR. : « nous manque *bien* plus. » (1665.)

4. Voyez les *maximes* 30 et 42. — L'annotateur contemporain fait observer qu' « outre l'application, il faut encore du bonheur ; » en effet, la réflexion de l'auteur paraît contradictoire à toutes celles où il fait dépendre nos succès de la fortune ou du hasard, par exemple dans les *maximes* 53, 57, 58, 153, 323 et 574. — Duclos (tome I, p. 79, *Considérations sur les mœurs de ce siècle,* chapitre II) : « Bien des choses ne sont impossibles que parce qu'on s'est accoutumé à les regarder commé telles. » — Vauvenargues (*maximes* 455 et 456, *OEuvres,* p. 443) : « Peu de malheurs sont sans ressource ; le désespoir est plus trompeur que l'espérance. » — « Il y a peu de situations désespérées pour un esprit ferme, qui combat à force inégale, mais avec courage, la nécessité. » — Comparez avec la *maxime* 259 des éditions de Suard et de Blaise, et voyez ci-après, p. 240, la note 1 de la *Notice* des *Maximes supprimées.*

5. VAR. : le prix *de chaque chose.* (1665.) Le manuscrit ajoute : « *et l'esprit de son temps.* » — Vauvenargues répond (p. 82) : « On n'est pas habile pour connoître le prix des choses, si l'on n'y joint

CCXLV

C'est une grande habileté que de savoir cacher son habileté[1]. (ÉD. 1*.)

CCXLVI

Ce qui paroît générosité n'est souvent qu'une ambition déguisée, qui méprise de petits intérêts, pour aller à de plus grands[2]. (ÉD. 1*.)

CCXLVII

La fidélité qui paroît en la plupart des hommes n'est qu'une invention de l'amour-propre, pour attirer la confiance ; c'est un moyen de nous élever au-dessus des autres, et de nous rendre dépositaires des choses les plus importantes [3]. (ÉD. 1*.)

l'art de les acquérir. » — Voyez les *maximes* 159, 161, 377, et les 10e, 13e et 16e *Réflexions diverses.*

1. VAR. : *Le plus grand art d'un habile homme est celui de savoir* cacher son habileté. (1665.) — Meré (*maxime* 509) : « Le fin de la meilleure politique est de passer quelquefois pour avoir peu d'esprit, quoiqu'on en ait infiniment. » — La Bruyère (*de la Cour,* n° 85, tome I, p. 332) : « C'est avoir fait un grand pas dans la finesse, que de faire penser de soi que l'on n'est que médiocrement fin. » — Voyez les *maximes* 117, 124, 125, 127 et 199.

2. VAR. : *La générosité est un desir de briller par des actions extraordinaires ; c'est un habile et industrieux emploi du désintéressement, de la fermeté en amitié, et de la magnanimité, pour aller plus tôt à un plus grand intérêt. (Manuscrit.)* — *La générosité est un industrieux emploi du désintéressement, pour aller plus tôt à un plus grand intérêt.* (1665.) — La *maxime* 27 de Meré reproduit, mot pour mot, la version définitive de la Rochefoucauld. — Voyez les *maximes* 39, 248, 285, 492 et 628.

3. VAR. : La fidélité *est* une invention *rare de l'amour-propre, par laquelle l'homme, s'érigeant en dépositaire des choses précieuses, se rend lui-même infiniment précieux. De tous les trafics de l'amour-propre, c'est*

CCXLVIII

La magnanimité méprise tout, pour avoir tout[1]. (ÉD. 1*.)

CCXLIX

Il n'y a pas moins d'éloquence dans le ton de la voix, dans les yeux, et dans l'air de la personne, que dans le choix des paroles[2]. (ÉD. 1*).

CCL

La véritable éloquence consiste à dire tout ce qu'il faut, et à ne dire que ce qu'il faut[3]. (ÉD. 1*.)

celui où il fait le moins d'avances et de plus grands profits ; c'est un raffinement de sa politique, avec lequel il engage les hommes par leurs biens, par leur honneur, par leur liberté, et par leur vie, qu'ils sont forcés de confier, en quelques occasions, à élever l'homme fidèle au-dessus de tout le monde. (1665.) — « Avec une semblable idée de la fidélité, dit Aimé-Martin (p. 78), comment la Rochefoucauld a-t-il pu se plaindre de l'ingratitude d'Anne d'Autriche? » — Voyez les *maximes* 85, 223 et 298.

1. VAR. : méprise tout, pour *qu'on lui donne* tout. (*Manuscrit.*) — Même idée que dans les *maximes* 246, 285 et 628.

2. Cette réflexion est la réunion de deux *maximes* qui faisaient double emploi dans l'édition de 1665, sous les nos 272 et 274, et dans celles de 1666, 1671 et 1675, sous les nos 249 et 258 : « Il n'y a pas (1665 A et D : Il y a pas) moins d'éloquence dans le ton de la voix, que dans le choix des paroles » — « *Il y a une* éloquence dans les yeux et dans l'air de la personne, *qui ne persuade pas moins que celle de la parole.* »

3. VAR. : *L'éloquence est de* ne dire que ce qu'il faut. (*Manuscrit.*) — Amelot de la Houssaye rappelle que le cardinal Mazarin se moquait de l'éloquence un peu trop *castillane* de don Luis de Haro, qui traita pour l'Espagne de la paix des Pyrénées : « Je lui repartis, dit le Cardinal dans une lettre à le Tellier, du 10 septembre 1659, qu'il me sembloit qu'il n'y avoit point de gens au

CCLI

Il y a des personnes à qui les défauts siéent bien, et
d'autres qui sont disgraciées avec leurs bonnes qualités[1].
(ÉD. 1*.)

CCLII

Il est aussi ordinaire de voir changer les goûts, qu'il
est extraordinaire[2] de voir changer les inclinations[3].
(ÉD. 1.*)

CCLIII

L'intérêt met en œuvre toutes sortes de vertus et
de vices[4]. (ÉD. 1*.)

monde qui se dussent plus éloigner de toutes les figures de rhétorique que lui et moi, qui devions nous servir des mots les plus
simples, comme étant plus propres pour exposer les choses au vrai,
et finir les affaires, laissant aux professeurs de rhétorique d'Alcala et
de Salamanque à se prévaloir de cet art. »

1. VAR. : et d'autres qui sont *dégoûtantes, malgré toutes les* bonnes
qualités. (*Manuscrit.*) — Cette pensée répète les *maximes* 90, 155,
273 et 354 ; voyez aussi la 3ᵉ des *Réflexions diverses.* — Vauvenargues dit avec raison, ce nous semble (p. 83) : « Une pensée si commune ne méritoit pas, je crois, d'être répétée. »

2. VAR. : qu'il est *rare.* (1665.)

3. VAR. : *Le goût change, mais l'inclination ne change point.* (*Manuscrit.*) — Cette pensée ne paraît pas claire ; l'abbé de la Roche l'explique ainsi : « C'est que les goûts sont souvent des caprices, et que
les inclinations sont, pour l'ordinaire, des passions. » — L'auteur
n'a-t-il pas plutôt voulu dire que les inclinations, invariables en elles-
mêmes, ne varient que dans leurs objets ? — Voyez les *maximes* 13,
45, 625, la note de la 390ᵉ, la 563ᵉ, où se rencontre une proposition
contradictoire à celle-ci, et la 10ᵉ des *Réflexions diverses.*

4. VAR. : L'intérêt *donne* toutes sortes de vertus et de vices. (*Manuscrit* et 1665.) — Pascal (*Pensées*, article IX, 1) : « *Les* hommes
n'aiment naturellement que ce qui leur peut être utile. » — Voyez
les *maximes* 171, 187 et 305. — Vauvenargues (*maxime* 528, *OEuvres*,
p. 449) : « L'intérêt est l'âme des gens du monde. »

CCLIV

L'humilité n'est souvent qu'une feinte soumission, dont
on se sert pour soumettre les autres ; c'est un artifice de
l'orgueil qui s'abaisse pour s'élever ; et bien qu'il se
transforme´ en mille manières, il n'est jamais mieux
déguisé et plus capable de tromper que lorsqu'il se
cache sous la figure de l'humilité [1]. (ÉD. 1*.)

1. VAR. : L'humilité n'est souvent qu'une feinte soumission, *que
nous employons pour soumettre effectivement tout le monde ; c'est un
mouvement de l'orgueil, par lequel il s'abaisse devant les hommes, pour
s'élever sur eux ; c'est un déguisement et son premier stratagème ; mais
quoique ses changements soient presque infinis, et qu'il soit admirable
sous toutes sortes de figures, il faut avouer néanmoins qu'il n'est jamais
si rare ni si extraordinaire* que lorsqu'il se cache sous la *forme et sous
l'habit* de l'humilité ; *car alors on le voit les yeux baissés, dans une contenance modeste et reposée ; toutes ses paroles sont douces et respectueuses, pleines d'estime pour les autres et de dédain pour lui-même : si
on l'en veut croire, il est indigne de tous les honneurs, il n'est capable
d'aucun emploi ; il ne reçoit les charges où on l'élève que comme un effet
de la bonté des hommes et de la faveur aveugle de la fortune. C'est l'orgueil qui joue tous ces personnages, que l'on prend pour l'humilité.* (1665.)
— Dans le manuscrit, conforme pour le reste à l'édition de 1665 :
« …. c'est *son plus grand* déguisement et son premier stratagème ;
*c'est comme il est que sans doute le Protée des fables n'a jamais été ;
il en est un véritable dans la nature, car il prend toutes les formes,
comme il lui plaît ; mais quoiqu'il soit merveilleux et agréable à voir
sous toutes ses figures et dans toutes ses industries,* il faut avouer néanmoins…. » — Saint François de Sales (*Introduction à la Vie dévote,*
livre III, chapitre v) : « Nous disons maintes fois que nous ne sommes
rien, que nous sommes la misere mesme et l'ordure du monde ; mais
nous serions bien marris qu'on nous prist au mot, et que l'on nous
publiast tels que nous disons. Au contraire, nous faisons semblant de
fuïr et de nous cacher, à fin qu'on nous coure après et qu'on nous
cherche ; nous faisons contenance de vouloir estre les derniers et as-
sis au bas-bout de la table, mais c'est à fin de passer plus auanta-
geusement au haut-bout. » — Pascal (*Pensées,* article VI, 17) : « Les
discours d'humilité sont matière d'orgueil aux gens glorieux, et d'humilité aux humbles…. Peu parlent de l'humilité humblement. » —

CCLV

Tous les sentiments ont chacun un ton de voix, des gestes[1] et des mines qui leur sont propres, et ce rapport, bon ou mauvais, agréable ou désagréable, est ce qui fait que les personnes[2] plaisent ou déplaisent. (ÉD. 1*.)

CCLVI

Dans toutes les professions, chacun affecte une mine et un extérieur, pour paroître ce qu'il veut qu'on le croie : ainsi on peut dire que le monde n'est composé que de mines[3]. (ÉD. 1*.)

Le même (article XXV, 49) : « Fausse humilité, orgueil. » — On sent que le *Tartuffe* n'est pas loin ; il a paru deux ans après la *maxime* de la Rochefoucauld, en 1667. — La Bruyère (*de l'Homme,* n° 66) : « On ne voit point mieux le ridicule de la vanité, et combien elle est un vice honteux, qu'en ce qu'elle n'ose se montrer, et qu'elle se cache souvent sous les apparences de son contraire. » — Voyez les *maximes* 33, 358, 534, 537 et 563.

1. VAR. : *un geste.* (1665.)

2. VAR. : .... qui leur sont propres ; ce rapport, bon ou mauvais, *fait les bons ou les mauvais comédiens, et c'est ce qui fait aussi que les* personnes.... (1665.) — *Les peines et* les sentiments ont chacun un ton de voix, *une action et un air de visage* qui leur sont propres ; *c'est ce qui* fait les bons ou les mauvais comédiens.... (*Manuscrit.*) — Voyez la *maxime* 240, et les 3e et 4e *Réflexions diverses.*

3. VAR. : Dans toutes les professions *et dans tous les arts,* chacun *se fait* une mine et un extérieur *qu'il met en la place de la chose dont il veut avoir le mérite : de sorte que tout* le monde n'est composé que de mines, *et c'est inutilement que nous travaillons à y trouver* (1665 C : *à trouver) rien de réel.* (*Manuscrit et* 1665 ; dans le manuscrit : *à y trouver les choses.*) — Montaigne (*Essais,* livre III, chapitre x, tome IV, p. 15 et 16) : « La pluspart de nos vacations sont farcesques ; *mundus universus exercet histrioniam* (a).... I'en veois qui se transforment et se trans-

(a) Expression de Pétrone, citée en ces termes par Jean de Sarisbery (*Joannis Saresberiensis Policraticus,* livre III, chapitre viii) : *Fere totus mundus, juxta Petronium, exercet histrionem* (var. : *histrionium).* — L'annotateur contemporain et Amelot de la Houssaye attribuent cette phrase latine à Sénèque.

CCLVII

La gravité est un mystère du corps inventé pour cacher les défauts de l'esprit[1]. (ÉD. 1*.)

substancient en autant de nouuelles figures et de nouueaux estres qu'ils entreprennent de charges. » — Charron (*de la Sagesse*, livre I, chapitre XXXVI) : « Nous ne viuons que par relation à aultruy ; nous ne nous soucions pas tant quels nous soyons en nous en effect et en verité, comme quels nous soyons en la cognoissance publique ; » et (livre II, chapitre II) : « Vn chascun de nous ioue deux roolles et deux personnages : l'vn estranger et apparent, l'autre propre et essentiel. Il faut discerner la peau de la chemise. » — Pascal (*Pensées*, article II, 1) : « Nous ne nous contentons pas de la vie que nous avons en nous et en notre propre être : nous voulons vivre dans l'idée des autres d'une vie imaginaire, et nous nous efforçons pour cela de paroître. » — J. J. Rousseau (*Discours sur l'origine de l'inégalité parmi les hommes*, vers la fin) : « Il fallut, pour son avantage, se montrer autre que ce qu'on étoit en effet. Être et paroître devinrent deux choses tout à fait différentes. .... L'homme sociable, toujours hors de lui, ne sait vivre que dans l'opinion des autres.... Nous n'avons qu'un extérieur trompeur. » — Mme de Sablé (*maxime* 19) : « L'on se soucie davantage de paroître tel qu'on doit être, que d'être en effet ce qu'on doit. » — Voyez la *maxime* 170, et les 2e et 3e *Réflexions diverses*.

1. VAR. : La gravité est un mystère *de corps qu'on a trouvé* pour cacher *le défaut* d'esprit. (*Manuscrit.*) — Selon l'abbé Brotier (*Observations*, p. 222), « les sentiments ont toujours été partagés » sur cette réflexion. La Rochefoucauld consulta le grand Arnauld et Ninon de l'Enclos ; Arnauld prit le parti de la *maxime*, Ninon la condamna, et la Rochefoucauld ne l'en conserva pas moins, sans y rien changer. Sans doute, ajoute Brotier, il faut « un peu de mystère dans les pensées délicates ; mais ce *mystère du corps* n'est-il pas lui-même un peu trop mystérieux ? » Il n'en donne pas moins cette pensée pour très-ingénieuse et très-belle ; il la compare à « ces beautés du Guide, qui seroient peut-être moins piquantes, si elles étoient plus régulières. » — Amelot de la Houssaye cite cette réflexion d'un écrivain espagnol : « Tels n'ont que la façade, comme ces édifices qui demeurent inachevés, faute d'argent ; au dehors, c'est l'air d'un palais ; au dedans, c'est une masure. »

CCLVIII

Le bon goût vient plus du jugement que de l'esprit[1].
(ÉD. 5.)

CCLIX

Le plaisir de l'amour est d'aimer, et l'on est plus
heureux par la passion que l'on a que par celle que l'on
donne[2]. (ÉD. 2*.)

CCLX

La civilité est un desir d'en recevoir et d'être estimé
poli[3]. (ÉD. 1*.)

CCLXI

L'éducation que l'on donne d'ordinaire aux jeunes
gens est un second amour-propre qu'on leur inspire[4].
(ÉD. 1*.)

---

1. Cette distinction entre le *jugement* et l'*esprit* est contradictoire
à la *maxime* 97, où l'auteur prétend établir qu'ils sont identiques.
On retrouve cette même contradiction dans la *maxime* 456. — Voyez
les 10e et 13e *Réflexions diverses*.

2. VAR. : Le plaisir de l'amour est *l'amour même, et il y a plus de
félicité dans* la passion que l'on a que *dans* celle que l'on donne.
(*Manuscrit.*) — Voyez les *maximes* 262, 374 et 500. — « *Distinguo*,
dit l'annotateur contemporain : pour le cœur, bon ; pour l'amour-
propre, *nego*. Combien y a-t-il de gens qui sont plus contents de
donner de la passion, que d'en recevoir ! »

3. VAR. : La civilité est *une envie* d'en recevoir ; *c'est aussi* un desir
d'être estimé poli. (1665) — Amelot de la Houssaye dit que la civilité sans distinction ressemble aux caresses des courtisanes.

4. VAR. : un second *orgueil* qu'on leur inspire. (*Manuscrit* et 1665.)
— « On n'en inspire pas un *second*, dit l'annotateur contemporain,
mais on augmente le *premier*. » — Voyez les *maximes* 495 et 518.

CCLXII

Il n'y a point de passion où l'amour de soi-même
règne si puissamment que dans l'amour, et on est toujours plus disposé à sacrifier le repos de ce qu'on aime
qu'à perdre le sien [1]. (ÉD. 1*.)

CCLXIII

Ce qu'on nomme libéralité n'est le plus souvent que
la vanité de donner [2], que nous aimons mieux que ce que
nous donnons. (ÉD. 1*.)

CCLXIV

La pitié est souvent un sentiment de nos propres maux

1. VAR. : *et on est toujours plus disposé de sacrifier tout le repos*
de ce qu'on aime, que de perdre la moindre partie du sien. (1665.) —
.... *qu'à perdre la moindre partie du sien.* (1666, 1671 et 1675.) —
Voyez les *maximes* 259, 324, 374 et 500. — Aimé-Martin fait remarquer (p. 89 et 90) que Corneille a développé cette *maxime* dans ce
passage de *Tite et Bérénice* (acte I, scène III, vers 275-294) :

> DOMITIAN. [*Je*] trouve peu de jour à croire qu'elle m'aime,
> Quand elle ne regarde et n'aime que soi-même.
> ALBIN. Seigneur, s'il m'est permis de parler librement,
> Dans toute la nature aime-t-on autrement ?
> L'amour-propre est la source en nous de tous les autres....
> Vous-même, qui brûlez d'une ardeur si fidèle,
> Aimez-vous Domitie, ou vos plaisirs en elle ?
> Et quand vous aspirez à des liens si doux,
> Est-ce pour l'amour d'elle, ou pour l'amour de vous ?...
> Sa conquête est pour vous le comble des délices ;
> Vous ne vous figurez ailleurs que des supplices :
> C'est par là qu'elle seule a droit de vous charmer ;
> Et vous n'aimez que vous, quand vous croyez l'aimer.

2. VAR. : *Il n'y a point de libéralité ; ce n'est que la vanité de*
donner.... (1665.)

dans les maux d'autrui ; c'est une habile prévoyance des malheurs où nous pouvons tomber[1] ; nous donnons du secours aux autres, pour les engager à nous en donner en de semblables occasions, et ces services que nous leur rendons sont, à proprement parler, des biens que nous nous faisons à nous-mêmes[2] par avance[3]. (ÉD. 1*.)

1. Charron (*de la Sagesse*, livre I, chapitre XXXIV) : « Nous souspirons auec les affligez, compatissons à leur mal, ou pour ce que, par vn secret consentement, nous participons au mal les vns des aultres, ou bien que nous craignons en nous-mesmes ce qui arriue aux aultres. »

2. VAR. : que nous faisons à nous-mêmes. (1671.)

3. VAR. : La pitié est un sentiment de nos propres maux dans *un sujet étranger ;* c'est une *prévoyance habile* des malheurs où nous pouvons tomber, *qui nous fait donner* du secours aux autres, pour les engager à nous *le rendre dans* de semblables occasions, *de sorte que les* services que nous rendons *à ceux qui en ont besoin* (Manuscrit : *à ceux qui sont accueillis de quelque infortune*) sont, à proprement parler, des biens *anticipés* que nous nous faisons à nous-mêmes. (1665.) — .... sont, à proprement parler, des biens que nous nous *faisons anticipés.* (*Manuscrit.*) — Quoique *l'honnête homme* ne doive *se piquer de rien* (*maxime* 203), on a vu (ci-dessus, p. 9 et 10) que la Rochefoucauld, dans son *Portrait,* se pique de n'être pas sensible à la pitié. — L'annotateur contemporain fait observer avec raison que le caractère donné ici à la pitié n'est autre que celui que l'auteur attribue à la reconnaisssance, dans les *maximes* 223, 224, 225 et 298. — Aristote (*Rhétorique,* livre II, chapitre VIII) : « La pitié est une douleur que nous sentons à la vue d'un mal immérité.... qui arrive à autrui, et que nous prévoyons pouvoir un jour nous atteindre, nous-mêmes ou quelqu'un des nôtres. » — Ce qu'Aristote et la Rochefoucauld mettent au compte de la prévoyance, Virgile (*Énéide,* livre I, vers 630) et la Bruyère le mettent au compte du souvenir :

Non ignara mali, miseris succurrere disco,

« Éprouvée par le malheur, je sais compatir aux malheurs des autres. » — « Les gens déjà chargés de leur propre misère sont ceux qui entrent davantage, par la compassion, dans celle d'autrui. » (*De l'Homme,* n° 79.) — La Bruyère ajoute éloquemment (n° 81) : « Une grande âme est au-dessus de l'injure, de l'injustice, de la douleur, de la moquerie, et elle seroit invulnérable, si elle ne souffroit par la compassion. » — Dans un autre passage (*du Cœur,* n° 48, tome I, p. 207),

CCLXV

La petitesse de l'esprit fait l'opiniâtreté[1], et nous ne croyons pas aisément ce qui est au delà de ce que nous voyons[2]. (ÉD. 1*.)

CCLXVI

C'est se tromper que de croire qu'il n'y ait que les violentes passions, comme l'ambition et l'amour, qui

on croirait qu'il s'est proposé de réfuter la Rochefoucauld : « S'il est vrai que la pitié ou la compassion soit un retour vers nous-mêmes qui nous met en la place des malheureux, pourquoi tirent-ils de nous si peu de soulagement dans leurs misères ? » — Il n'est pas besoin de dire que J. Esprit se rencontre avec la Rochefoucauld, puisque, nous en avons eu plus d'une preuve, il y avait entre eux et Mme de Sablé *fonds commun :* « La pitié, dit-il (tome I, p. 373), est un sentiment secrètement intéressé ; c'est une prévoyance habile, et on peut l'appeler, fort proprement, la providence de l'amour-propre. » Plus loin (tome I, p. 376 et p. 386), il n'y voit qu'un *affoiblissement.* « un amollissement de l'âme ; » enfin (tome I, p. 377), il affirme que « les *personnes humides,* » c'est-à-dire celles en qui « *la pituite domine,* » sont plus accessibles à la pitié que toutes les autres. — Voyez la 2ᵉ des *Réflexions diverses.*

1. VAR. : fait *souvent* l'opiniâtreté. (1665.)

2. Dans le manuscrit, les deux membres de phrase dont se compose cette réflexion forment deux *maximes* séparées. — Mme de Sablé (*maximes* 7 et 41) : « Les esprits médiocres, mais mal faits, surtout les demi-savants, sont les plus sujets à l'opiniâtreté.... » — « La petitesse de l'esprit, l'ignorance et la présomption font l'opiniâtreté, parce que les opiniâtres ne veulent croire que ce qu'ils conçoivent, et qu'ils ne conçoivent que fort peu de choses. » — Montaigne (*Essais,* livre III, chapitre xiii, tome IV, p. 117) : « L'affirmation et l'opiniastreté sont signes exprez de bestise. » — Le même (livre III, chapitre viii, tome III, p. 427) : « L'obstination et ardeur d'opinion est la plus seure preuue de bestise. Est-il rien certain, resolu, desdaigneux, contemplatif, graue, serieux, comme l'asne ? » — Vauvenargues dit, de son côté (*maxime* 800, *OEuvres,* p. 480) : « Les hommes pesants sont opiniâtres. » — Voyez les *maximes* 337, 357, 375 et 623.

puissent [1] triompher des autres. La paresse, toute languissante qu'elle est, ne laisse pas d'en être souvent la maîtresse : elle usurpe sur tous les desseins et sur toutes les actions de la vie ; elle y détruit et y consume insensiblement les passions et les vertus [2]. (ÉD. 1*.)

CCLXVII

La promptitude à croire le mal, sans l'avoir assez examiné, est un effet de l'orgueil et de la paresse [3] : on

1. VAR. : *On s'est trompé quand on a cru* qu'il n'y *avoit* que les violentes passions, comme, etc., qui *pussent....* (1665.)

2. VAR. : elle y détruit et y *consomme* insensiblement *toutes* les passions et *toutes* les vertus. (1665.) — *On s'est trompé quand on a cru, après tant de grands exemples, que l'ambition et l'amour triomphent toujours des autres passions ; c'est* la paresse, toute languissante qu'elle est, *qui en est le plus* souvent la maîtresse : elle usurpe *insensiblement* sur tous les desseins et sur toutes les actions de la vie ; *enfin elle émousse et éteint toutes* les passions et *toutes* les vertus. (*Manuscrit.*) — Voyez les *maximes* 169, 398, 512 et 630. — Mme de Sablé, à propos de cette réflexion, écrivait, en 1664, à la duchesse de Schomberg, dans une lettre qui se trouve parmi les manuscrits de la Bibliothèque impériale (*Portefeuilles de Vallant,* tome II, f° 186) : « L'auteur a trouvé dans son humeur la maxime de la paresse, car jamais il n'y en a eu une si grande que la sienne, et je crois que son cœur, aussi inofficieux qu'il est, a autant ce défaut par sa paresse que par sa volonté ; elle ne lui a jamais pu permettre de faire la moindre action pour autrui, et je crois que parmi ses grands desirs et ses grandes espérances, il est quelquefois paresseux pour lui-même. » — Évidemment, lorsque la quinteuse marquise écrivait ces lignes, assez cruelles pour son ami, elle était de mauvaise humeur, ou peut-être dans un moment de brouille avec lui. Mme de Sévigné, au contraire, dans maint endroit de ses *Lettres,* nous dit combien le commerce de la Rochefoucauld était fidèle et sûr : non-seulement il savait s'attacher et se conserver des amis, mais il apprenait à Mme de la Fayette à s'en faire. (Voyez, entre autres, la *Lettre* de Mme de Sévigné, du 26 février 1690, tome IX, p. 474.)

3. VAR. : un effet *de la paresse et de l'orgueil.* (1666, 1671 et 1675.) — La promptitude *avec laquelle nous croyons* le mal, sans

veut trouver des coupables, et on ne veut pas se donner la peine d'examiner les crimes[1]. (ÉD. 1*.)

CCLXVIII

Nous récusons des juges pour les plus petits intérêts, et nous voulons bien que notre réputation et notre gloire dépendent du jugement des hommes, qui nous sont tous contraires, ou par la jalousie, ou par leur préoccupation, ou par leur peu de lumière ; et ce n'est que pour les faire prononcer en notre faveur que nous exposons, en tant de manières, notre repos et notre vie[2]. (ÉD. 1*.)

l'avoir assez examiné, est un effet de *la paresse et de l'orgueil*. (1665.) — est *souvent* un effet *de* paresse, *qui se joint* à l'orgueil. (*Manuscrit*.)

1. Il semble qu'ici le mot *crimes* soit pris au sens du latin *crimen, griefs, chefs d'accusation*. — Voyez les *maximes* 31, 397, 483 et 513. — Mme de Sablé (*maxime* 61) : « Il n'y a rien qui n'ait quelque perfection : c'est le bonheur du bon goût de la trouver en chaque chose ; mais la malignité naturelle fait souvent découvrir un vice entre plusieurs vertus, pour le relever et le publier, ce qui est plutôt une marque de mauvais naturel qu'un avantage du discernement, et c'est bien mal passer sa vie, que de se nourrir toujours des imperfections d'autrui. »

2. VAR. : « Nous récusons *tous les jours* des juges pour les plus petits intérêts, et nous *faisons dépendre notre gloire et notre réputation, qui sont les plus grands biens du monde*, du jugement des hommes, qui nous sont tous contraires, ou par leur jalousie, *ou par leur malignité*, ou par leur préoccupation (a), ou par leur *sottise ; et c'est pour obtenir d'eux un arrêt* en notre faveur, que nous exposons notre repos et notre vie, en *cent* manières, *et que nous la condamnons à une infinité de soucis, de peines et de travaux*. (1665.) — La Bruyère dit de même (*de l'Homme*, n° 76) : « Nous cherchons notre bonheur hors de nous-mêmes, et dans l'opinion des hommes, que nous connoissons flatteurs, peu sincères, sans équité, pleins d'envie, de caprices et de préventions : quelle bizarrerie ! » — Boileau (*épître* III, vers 28-30) :

Des jugements d'autrui nous tremblons follement,

(a) Ces mots : « ou par leur préoccupation, » manquent dans 1665 C, qui, à la fin de la *maxime*, omet aussi *de* devant *travaux*.

CCLXIX

Il n'y a guère d'homme assez habile pour connoître tout le mal qu'il fait[1]. (ÉD. 2*.)

CCLXX

L'honneur acquis est caution de celui qu'on doit acquérir[2]. (ÉD. 1*.)

> Et chacun l'un de l'autre adorant les caprices,
> Nous cherchons hors de nous nos vertus et nos vices.

— J. J. Rousseau (*Discours sur l'origine de l'inégalité parmi les hommes*) : « Il y a une sorte d'hommes qui savent être heureux et contents d'eux-mêmes sur le témoignage d'autrui, plutôt que sur le leur propre. » — Vauvenargues réfute ainsi la Rochefoucauld (p. 83) : « Il n'est pas vrai que les hommes nous soient tous contraires ; plusieurs sont préoccupés en notre faveur, par leur propre intérêt, ou par les ressemblances qu'ils ont avec nous. D'ailleurs, quand nous récusons des juges pour un intérêt de fortune, c'est parce qu'on peut nous en donner d'autres ; mais lorsque nous nous remettons de notre gloire au jugement des hommes, c'est que nous ne pouvons l'obtenir que des hommes, et qu'il n'existe pas pour nous d'autre tribunal : encore se trouve-t-il des opiniâtres qui en appellent à la postérité. L'auteur des *Maximes* se trompe donc, ainsi que la plupart des philosophes ; les hommes sont inconséquents dans leurs opinions ; mais, dans la conduite de leurs intérêts, ils ont un instinct qui les dirige, et la nature, qui préside à leurs passions, sauve presque toujours leur cœur des contradictions de leur esprit. »

1. VAR. : assez *pénétrant* pour *apercevoir* tout le mal qu'il fait. (*Manuscrit.*) — On ne voit pas pourquoi l'auteur a renoncé à cette première rédaction, qui semble plus précise. — Vauvenargues pense, de son côté (*maxime* 313, *Œuvres*, p. 419), que « nous n'avons ni la force ni les occasions d'exécuter tout le bien et tout le mal que nous projetons. » — Voyez les *maximes* 295 et 460.

2. VAR. : L'honneur *que l'on acquiert* est caution de celui *que l'on doit acquérir*. (*Manuscrit.*) — « Quelquefois mauvaise caution, » dit l'annotateur contemporain. — Voyez les *maximes* 150, 598 et 599.

CCLXXI

La jeunesse est une ivresse continuelle : c'est la fièvre de la raison [1]. (ÉD. 1*.)

CCLXXII

Rien ne devroit plus humilier les hommes qui ont mérité de grandes louanges [2], que le soin qu'ils prennent encore de se faire valoir par de petites choses [3]. (ÉD. 5*.)

CCLXXIII

Il y a des gens, qu'on approuve dans le monde, qui n'ont pour tout mérite que les vices qui servent au commerce de la vie [4]. (ÉD. 1*.)

CCLXXIV

La grâce de la nouveauté est à l'amour ce que la fleur

1. VAR. : c'est la fièvre *de la santé ; c'est la folie de la* raison. (1665.) — c'est la fièvre *de la vie ; c'est la folie* de la raison. (1666.) — Nous avons déjà cité plus haut, p. 63, note 1, ce que Platon (*des Lois,* livre II) dit de « l'ardente jeunesse, incapable de rester en repos. » Fénelon (*Télémaque,* livre IV) l'appelle « un temps de folie et de fièvre ardente. » — La Rochefoucauld reprendra la comparaison de la *fièvre* pour l'appliquer à l'amour (*maxime* 638).

2. VAR. : qui ont mérité *quelque louange.* (*Manuscrit.*)

3. Ces *petites choses* seraient-elles, par hasard, les *Maximes,* que la Rochefoucauld composa après avoir ardemment et vainement poursuivi dans le monde la réputation et la gloire ? On serait tenté de le croire, au mot *quelque louange* de la première version. On emploie volontiers ces correctifs modestes en parlant de soi, ou en pensant à soi.

4. VAR. : Il y a des *hommes, que l'on estime,* qui n'ont pour *toute vertu* que *des* vices qui *sont propres à la société et* au commerce de la vie. (*Manuscrit.*) — Voyez les *maximes* 90, 155, 251, 354, 468, et la *Lettre du chevalier de Meré,* que nous donnons plus loin.

est sur les fruits : elle y donne[1] un lustre qui s'efface
aisément, et qui ne revient jamais[2]. (ÉD. 5*.)

CCLXXV

Le bon naturel, qui se vante d'être si sensible, est
souvent étouffé par le moindre intérêt[3]. (ÉD. 1*.)

CCLXXVI

L'absence diminue les médiocres passions, et augmente les grandes, comme le vent éteint[4] les bougies, et
allume le feu. (ÉD. 1*.)

1. VAR. : *La nouveauté* est à l'amour ce que la fleur est sur *le
fruit* : elle *lui* donne.... (*Manuscrit.*)

2. Voyez la *maxime* 286, et les 9ᵉ et 18ᵉ *Réflexions diverses.* —
Saint-Évremond dit à peu près de même (*Maxime, qu'on ne doit jamais
manquer à ses amis, OEuvres mêlées*, p. 293) : « Ces grâces (*les grâces
de la nouveauté*) ressemblent à une certaine fleur que la rosée répand
sur les fruits ; il est peu de mains assez adroites pour les cueillir sans
les gâter. »

3. VAR. : *La nature*, qui se *pique* d'être si sensible, est *d'ordinaire arrêtée* par le *plus petit* intérêt. (*Manuscrit.*) — Le bon naturel,
qui se vante d'être *toujours* sensible, est, *dans la moindre occasion*,
étouffé par *l'intérêt*. (1665.) — Voyez la *maxime* 171.

4. VAR. : L'absence *fait que* les médiocres passions *diminuent, et
que* les grandes *croissent*, comme le vent éteint.... (*Manuscrit.*) —
Faut-il rappeler qu'au moment de la guerre de Guienne, Mme de
Longueville partit en avant pour Montrond, la Rochefoucauld étant
retenu à Paris, et que, pendant cette courte séparation, elle le *quitta*
pour le brillant duc de Nemours ? — Saint François de Sales (*Introduction à la Vie dévote*, livre III, chapitre XXXIII) : « Ce sont les
grands feux qui s'enflamment au vent ; mais les petits s'esteignent, si
on ne les y porte à couuert. » — Si l'on en croit Montaigne, l'absence ravivait en lui l'amour et l'amitié (*Essais*, livre III, chapitre IX, tome III, p. 484 et p. 487) : « Quant aux debuoirs de l'amitié maritale, qu'on pense estre interessez par cette absence, ie ne le
crois pas.... et chascun sent, par expérience, que la continuation de
se veoir ne peult representer le plaisir que l'on sent à se desprendre

CCLXXVII

Les femmes croient souvent aimer, encore qu'elles n'aiment pas[1] : l'occupation d'une intrigue, l'émotion d'esprit que donne la galanterie, la pente naturelle au plaisir d'être aimées, et la peine de refuser, leur persuadent[2] qu'elles ont de la passion, lorsqu'elles n'ont que de la coquetterie[3]. (ÉD. 1*.)

CCLXXVIII

Ce qui fait que l'on est souvent mécontent de ceux qui négocient, est qu'ils abandonnent presque toujours[4] l'intérêt de leurs amis pour l'intérêt du succès de la négociation[5], qui devient le leur par l'honneur d'avoir réussi[6] à ce qu'il savoient entrepris[7]. (ÉD. 1*.)

et reprendre à secousses. Ces interruptions me remplissent d'une amour recente enuers les miens.... En la vraye amitié, de laquelle ie suis expert, ie me donne à mon amy, plus que ie ne le tire à moy..., et si l'absence luy est ou plaisante ou vtile, elle m'est bien plus doulce que sa presence.... La separation du lieu rendoit la conionction de nos volontez plus riche. » (Montaigne parle de son ami la Boëtie.) — Voyez la note 1 de la page 266.

1. VAR. : *quoiqu*'elles n'aiment pas. (1665.)

2. « Leur *persuade,* » au singulier, dans les éditions de 1665 et de 1666.

3. VAR. : lorsqu'elles n'ont, *tout au plus,* que de la coquetterie. (1665.) — Voyez les *maximes* 241, 332 et 334.

4. VAR. : *quasi* toujours. (1665.)

5. VAR. : pour l'intérêt du *fonds* de la négociation. (1665.)

6. VAR. : par *la gloire* d'avoir réussi.... (1665.)

7. La *maxime* 23 de Mme de Sablé dit le contraire : « On a souvent plus d'envie de passer pour officieux, que de réussir dans les offices, et souvent on aime mieux pouvoir dire à ses amis qu'on a bien fait pour eux, que de bien faire en effet. » — Amelot de la Houssaye parle, au sujet de cette réflexion, de la conduite que d'Ossat tint à Rome lorsqu'il y négocia, comme ambassadeur, l'absolution de Henri IV, et il cite sa lettre au Roi du 4 janvier 1595.

CCLXXIX

Quand nous exagérons la tendresse que nos amis ont pour nous, c'est souvent moins par reconnoissance que par le desir de faire juger de notre mérite [1]. (ÉD. 1*.)

CCLXXX

L'approbation que l'on donne à ceux qui entrent dans le monde vient souvent de l'envie secrète que l'on porte à ceux qui y sont établis [2]. (ÉD. 1*.)

CCLXXXI

L'orgueil, qui nous inspire tant d'envie, nous sert souvent aussi à la modérer [3]. (ÉD. 2*.)

CCLXXXII

Il y a des faussetés déguisées qui représentent si bien la vérité, que ce seroit mal juger que de ne s'y pas laisser tromper [4]. (ÉD. 1*.)

1. VAR. : *Le plus souvent,* quand nous exagérons la tendresse que nos amis ont pour nous, c'est *moins* par reconnoissance que par *un* desir *habile* de faire juger de notre mérite. (*Manuscrit* et 1665 ; le manuscrit, après *juger,* ajoute : *avantageusement.*) — Il y a beaucoup de ressemblance entre cette *maxime* et la 143e.

2. VAR. : *est bien* souvent *une* envie secrète que l'on *a contre* ceux qui y sont établis. (*Manuscrit* et 1665 ; dans le manuscrit il y a *bien* devant *établis.*) — Voyez la *maxime* 198.

3. VAR. : L'orgueil, qui inspire *souvent de l'envie contre les autres,* sert *parfois* aussi à la *calmer.* (*Manuscrit.*) — « Malgré nous, » dit l'annotateur contemporain.

4. VAR. : Il y a des *tromperies* déguisées qui *imitent* si bien la vé-

CCLXXXIII

Il n'y a pas quelquefois moins d'habileté à savoir profiter d'un bon conseil[1], qu'à se bien conseiller soi-même[2]. (ÉD. 1*.)

CCLXXXIV

Il y a des méchants qui seroient moins dangereux[3] s'ils n'avoient aucune bonté. (ÉD. 1*.)

CCLXXXV

La magnanimité est assez définie par son nom[4] ; néanmoins on pourroit dire[5] que c'est le bon sens de l'orgueil, et la voie la plus noble pour recevoir des louanges. (ÉD. 1*.)

rité, que ce seroit mal juger que de ne s'y pas laisser *prendre*. (*Manuscrit.*) — Charron (*de la Sagesse*, livre II, chapitre x) : « Dict Aristote qu'il y a plusieurs faulsetés qui sont plus probables et ont plus d'apparence que des verités. »

1. VAR. : Il n'y a *quelquefois pas* moins d'habileté à savoir profiter d'un bon conseil *qu'on nous donne.* (1665.)

2. Charron (*de la Sagesse*, livre II, chapitre x) : « Vn autre precepte en ceste matiere (*la prudence*) est de prendre aduis et conseil d'aultruy ; car se croire et se fier en soi seul est tres dangereux. » — Mme de Sablé (*maxime* 56) : « Il y a de l'esprit à savoir choisir un bon conseil, aussi bien qu'à agir de soi-même. Les plus judicieux ont moins de peine à consulter les sentiments des autres, et c'est une sorte d'habileté de savoir se mettre sous la bonne conduite d'autrui. » — La réflexion de la Rochefoucauld est conforme, quant au sens, à la *maxime* 639 ; mais elle contredit la 378e, où l'auteur nie l'efficacité des conseils. — Voyez aussi son *Portrait par lui-même*, ci-dessus, p. 9.

3. VAR. : Il y a *de* méchants *hommes* qui seroient moins dangereux. (1665.)

4. VAR. : La magnanimité *s'entend* assez *d'elle-même.* (*Manuscrit.*)

5. VAR. : on pourroit dire *toutefois.* (1665.) — Voyez les *maximes* 246, 248 et 628, où l'auteur traite moins bien cette vertu.

CCLXXXVI

Il est impossible d'aimer une seconde fois ce qu'on a véritablement cessé d'aimer[1]. (ÉD. 1*.)

CCLXXXVII

Ce n'est pas tant la fertilité de l'esprit qui nous fait trouver plusieurs expédients sur une même affaire, que c'est le défaut de lumière qui nous fait arrêter à tout ce qui se présente à notre imagination, et qui nous empêche de discerner d'abord ce qui est le meilleur[2]. (ÉD. 1*.)

CCLXXXVIII

Il y a des affaires et des maladies que les remèdes aigrissent en certains temps, et la grande habileté consiste à connoître quand il est dangereux d'en user[3]. (ÉD. 1*.)

1. VAR. : *On n'aime pas* une seconde fois, *quand on a cessé d'aimer*. (*Manuscrit.*) — « Bien, dit l'annotateur contemporain, pour aimer aussi fortement ; car on renoue tous les jours. » — Voyez la *maxime* 560.

2. VAR. : Ce n'est pas la fertilité de l'esprit qui fait trouver plusieurs expédients sur une même affaire ; c'est *plutôt* le défaut de lumière qui nous fait arrêter à tout ce qui se présente à *l'*imagination, et qui nous empêche de discerner d'abord ce qui *nous* est *propre*. (1665.) — Cette première version n'est-elle pas à regretter, quant à la construction et à la coupe de la phrase ? — Saint-Évremond, en parlant d'Annibal (*Réflexions sur les divers génies du peuple romain*, chapitre VII) : « Il est certain que les esprits trop fins se font des difficultés dans les entreprises, et s'arrêtent eux-mêmes par des obstacles qui viennent plus de leur imagination que de la chose. »

3. VAR. : Il y a des affaires et des maladies que les remèdes aigrissent, et *on peut dire que* la grande habileté consiste à *savoir* connoître *les temps* où il est dangereux d'en *faire*. (1665.) — Voyez la

CCLXXXIX

La simplicité affectée est une imposture délicate[1]. (ÉD. 2.)

CCXC

Il y a plus de défauts dans l'humeur que dans l'esprit[2]. (ÉD. 2.)

CCXCI

Le mérite des hommes a sa saison aussi bien que les fruits[3]. (ÉD. 2.)

CCXCII

On peut dire de l'humeur des hommes, comme de la plupart des bâtiments, qu'elle a diverses faces, les unes agréables, et les autres désagréables[4]. (ÉD. 2*.)

CCXCIII

La modération ne peut avoir le mérite de combattre l'ambition et de la soumettre : elles ne se trouvent jamais ensemble. La modération est la langueur et la paresse de

maxime 392. — La 288e était, sous le n° 316 (par erreur, pour 317, voyez ci-après, p. 226, note 2), la dernière de l'édition de 1665, sauf la longue réflexion *sur la mort*, qui suivait, sans numéro, sous forme d'appendice. Les *maximes* suivantes, jusqu'à la 301e inclusivement, appartiennent à la 2e édition (1666), à l'exception des 293e et 297e, qui sont déjà, sous les chiffres 17 et 48, dans la 1re édition (1665).

1. Voyez la *maxime* 107.

2. Voyez la *maxime* 45, et la note de la *maxime* 414.

3. Voyez les *maximes* 211 et 379.

4. VAR. : *L'humeur, comme la plupart des bâtiments, a des faces qui ne sont pas les mêmes. (Manuscrit.)*

l'âme, comme l'ambition en est l'activité et l'ardeur[1].
(ÉD. 1*.)

CCXCIV

Nous aimons toujours ceux qui nous admirent, et
nous n'aimons pas toujours ceux que nous admirons[2].
(ÉD. 2*.)

CCXCV

Il s'en faut bien que nous ne[3] connoissions toutes nos
volontés[4]. (ÉD. 2*.)

CCXCVI

Il est difficile d'aimer ceux que[5] nous n'estimons point;

1. VAR. : La modération, *dans la plupart des hommes, n'a garde*
de combattre et de soumettre l'ambition, *puisqu'elles ne se peuvent trou-*
ver ensemble, la modération *n'étant d'ordinaire qu'une* paresse, *une*
langueur, *et un manque de courage : de manière qu'on peut justement dire*
à leur égard que la modération est une bassesse de l'âme, comme l'ambition en est l'*élévation.* (1665, n° 17.) — « Faux, dit l'annotateur
contemporain : la modération se trouve avec l'ambition ; elle la suspend, elle l'arrête ; elle en est, pour ainsi dire, la digue et le para-
pet. » — Plus loin (*maxime* 308), dans une réflexion contradictoire à
celle-ci, la Rochefoucauld reconnaîtra lui-même, au moins implici-
tement, que la modération peut se rencontrer avec l'ambition, dans
un même sujet. — Vauvenargues (variante à sa *maxime* 73, *Œuvres,*
p. 381) dit également que « la modération du foible n'est que paresse et vanité. » — Voyez les *maximes* 17, 18 et 565.

2. VAR. : *mais* nous n'aimons pas toujours *de même* ceux que nous
admirons. (*Manuscrit.*) — La seconde moitié de cette réflexion et
celle de la *maxime* 296 ont à peu près le même sens. — Duclos
(tome 1, p. 204, *Considérations sur les mœurs de ce siècle,* chapitre XI) : « Il me semble que les hommes n'aiment point ce qu'ils
sont obligés d'admirer. »

3. Cette négation est omise dans l'édition de Duplessis (1853).

4. VAR. : Il s'en faut bien que nous ne *sachions tout ce que nous*
voulons. (*Manuscrit.*) — Voyez les *maximes* 269, 332, 460 et 575.

5. Duplessis donne à tort « ce que, » au lieu de « ceux que. » Cette
leçon ne se trouve qu'au manuscrit, et cet éditeur ne l'a pas connu.

mais il ne l'est pas moins d'aimer ceux que nous estimons beaucoup plus que nous[1]. (ÉD. 2*.)

CCXCVII

Les humeurs du corps ont un cours ordinaire et réglé, qui meut et qui tourne imperceptiblement notre volonté ; elles roulent ensemble, et exercent successivement un empire secret en nous, de sorte qu'elles ont une part considérable à toutes nos actions, sans que nous le puissions connoître[2]. (ÉD. 1*.)

CCXCVIII

La reconnoissance de la plupart des hommes n'est qu'une secrète envie de recevoir de plus grands bienfaits[3]. (ÉD. 2*.)

CCXCIX

Presque tout le monde prend plaisir à s'acquitter des

---

1. **Var.** : Il est difficile d'aimer *ce* que nous n'estimons *pas, et il* l'est *aussi* d'aimer *ce* que nous estimons plus que nous. (*Manuscrit.*) — Voyez la note précédente et la *maxime* 294.

2. **Var.** : *Nous ne nous apercevons que des emportements et des mouvements extraordinaires de nos humeurs et de notre tempérament, comme de la violence de la colère* (le manuscrit ajoute : *etc.*) ; *mais personne quasi ne s'aperçoit que ces* humeurs ont un cours ordinaire et réglé, qui meut et tourne *doucement et* imperceptiblement notre volonté *à des actions différentes ;* elles roulent ensemble, *s'il faut ainsi dire,* et exercent successivement un empire secret en nous-*mêmes,* de sorte qu'elles ont une part considérable *en* toutes nos actions, sans que nous le puissions *reconnoître.* (*Manuscrit* et 1665, n° 48 ; dans le manuscrit, au lieu de *sans que,* etc. : « dont nous croyons être les seuls auteurs. ») — Voyez les *maximes* 44 et 564.

3. **Var.** : *Les hommes sont reconnoissants des bienfaits, pour en recevoir de plus grands.* (*Manuscrit.*) — Voyez les *maximes* 85, 223, 224, 347 et 306. — Pline le Jeune dit, dans un sens voisin (livre III, lettre IV) : *Est.... ita comparatum ut antiquiora beneficia subvertas, nisi illa posterioribus cumules ; nam, quamlibet sæpe obligati, si quid unum*

petites obligations ; beaucoup de gens ont de la reconnoissance pour les médiocres ; mais il n'y a quasi personne qui n'ait de l'ingratitude pour les grandes[1]. (ÉD. 2*.)

CCC

Il y a des folies qui se prennent comme les maladies contagieuses[2]. (ÉD. 2*.)

CCCI

Assez de gens méprisent le bien, mais peu savent le donner[3]. (ÉD. 2*.)

neges, hoc solum meminerunt quod negatum est. « Il en est ainsi : vous détruisez vos premiers bienfaits, si de seconds n'y viennent mettre le comble ; que vous ayez obligé cent fois, si vous refusez une, on ne se souviendra que du refus. »

1. VAR. : Presque tout le monde *s'acquitte* des petites obligations, *et aussi en* des médiocres ; mais il n'y *en* a *guère* qui *aient de la* reconnoissance pour les grandes. (*Manuscrit.*) — L'abbé Brotier (*Observations*, p. 225 et 226) fait un grand éloge de cette réflexion, aussi bien que des *maximes* 223, 224, 225, 226 et 438, qui traitent également de la reconnaissance. « C'est, selon lui, tout ce qu'on peut dire de plus spirituel. » — Le passage suivant des *Mémoires* de la Rochefoucauld peut servir de commentaire à sa *maxime* : « Je ne trouvai dans la suite guère plus de reconnoissance de son côté (*il s'agit de Mme de Chevreuse*), pour m'être perdu cette seconde fois afin de demeurer son ami, que j'en venois de trouver dans la Reine ; et Mme de Chevreuse oublia, dans son exil, aussi facilement tout ce que j'avois fait pour elle, que la Reine avoit oublié mes services, quand elle fut en état de les récompenser. » (Édition Renouard, Paris, 1817, p. 72, revue par nous sur le texte du manuscrit de la Rocheguyon.) — Mme de Sablé (*maxime* 12) dit que l'ingrat *voudroit même n'avoir pas son bienfacteur pour témoin de son ingratitude.*

2. VAR. : Il y a des folies *que l'on prend des autres, comme les rhumes et* les maladies contagieuses (*Manuscrit.*) — L'annotateur contemporain ajoute : « Il y en a d'autres qui tiennent comme la galc et la teigne. »

3. VAR. : *Il y a des* gens *qui* méprisent le bien, mais peu savent

CCCII

Ce n'est d'ordinaire que dans de petits intérêts où nous prenons le hasard de ne pas croire aux apparences[1]. (ÉD. 3*.)

CCCIII

Quelque bien qu'on nous dise de nous, on ne nous apprend rien de nouveau[2]. (ÉD. 3.)

CCCIV

Nous pardonnons souvent à ceux qui nous ennuient, mais nous ne pouvons pardonner à ceux que nous ennuyons[3]. (ÉD. 3.)

CCCV

L'intérêt, que l'on accuse de tous nos crimes, mérite souvent d'être loué de nos bonnes actions[4]. (ÉD. 3.)

le *bien* donner. (*Manuscrit.*) — Tacite (*Histoires*, livre I, chapitre xxx) : *Perdere iste* (Otho) *sciet, donare nesciet.* « Il saura gaspiller, il ne saura pas donner. » — La Bruyère (*du Cœur*, n° 46, tome I, p. 207) : « La libéralité consiste moins à donner beaucoup qu'à donner à propos. » — Le même (*de la Cour*, n° 45, tome I, p. 315) : « C'est rusticité que de donner de mauvaise grâce : le plus fort et le plus pénible est de donner ; que coûte-t-il d'y ajouter un sourire ? » — Corneille avait déjà dit dans *le Menteur* (acte I, scène 1, vers 89 et 90) :

> Tel donne à pleines mains qui n'oblige personne :
> La façon de donner vaut mieux que ce qu'on donne.

1. Var. : Ce n'est que dans *les* petits intérêts où nous *consentons* de ne pas croire aux apparences. (*Manuscrit.*) — Cette *maxime* et les suivantes, jusqu'à la 340e inclusivement, datent de la 3e édition (1671).

2. « On nous apprend quelquefois, dit l'annotateur contemporain, quelque chose de nouveau, mais nous croyons toujours le savoir. » — Voyez les *maximes* 2 et 600.

3. Voyez les *maximes* 352 et 555.

4. Voyez les *maximes* 187 et 253.

CCCVI

On ne trouve guère d'ingrats tant qu'on est en état de faire du bien[1]. (ÉD. 3*.)

CCCVII

Il est aussi honnête d'être glorieux avec soi-même qu'il est ridicule de l'être avec les autres[2]. (ÉD. 3.)

CCCVIII

On a fait une vertu de la modération, pour borner l'ambition des grands hommes[3], et pour consoler les gens médiocres de leur peu de fortune et de leur peu de mérite[4]. (ÉD. 3.)

1. Var. : On ne *fait point* d'ingrats *tout le temps* qu'on *peut* faire du bien. (*Manuscrit.*) — Cette réflexion revient à la *maxime* 298.

2. L'annotateur contemporain demande quel est le sens du mot de *glorieux*; Duplessis lui répond (p. 188) : « La Rochefoucauld veut dire qu'il faut avoir un grand respect de soi-même et de sa propre dignité, pour ne rien faire qui en soit indigne; mais aussi qu'il seroit ridicule de faire sentir aux autres la supériorité que l'on peut ou que l'on croit avoir sur eux. Le mot *glorieux* est entendu ici dans un double sens très-admissible, et fait un excellent effet. » — Au fond, cette *maxime* de bienséance se rapporte à la 203e.

3. « La modération des grands hommes, dit Vauvenargues (*maxime* 72, *Œuvres*, p. 381), ne borne que leurs vices. »

4. La Harpe (tome VII, p. 267 et 268) répond, avec bien de la hauteur, à la Rochefoucauld : « Autant de mots, autant d'erreurs. L'homme ne fait point de *vertus* : la modération en est une, parce qu'elle est opposée à tous les excès, qui sont des vices. Les *grands hommes* ne sont point tous des *ambitieux*, et le désir de paraître modéré n'arrête point ceux qui ont de l'ambition; et comment un moraliste peut-il faire entendre que la modération n'est le partage que des *gens médiocres*? Cette *maxime* est incompréhensible dans tous les points. — Voyez les *maximes* 293 et 565.

CCCIX

Il y a des gens destinés à être sots, qui ne font pas seulement des sottises par leur choix, mais que la fortune même contraint d'en faire[1]. (ÉD. 3*.)

CCCX

Il arrive quelquefois des accidents dans la vie d'où il faut être un peu fou pour se bien tirer[2]. (ÉD. 3.)

CCCXI

S'il y a des hommes dont le ridicule n'ait jamais paru, c'est qu'on ne l'a pas bien cherché[3]. (ÉD. 3*.)

1. VAR. : Il y a des gens *qui sont nés pour être fous, et* qui ne font pas seulement des *folies* par *eux-mêmes,* mais que la fortune contraint d'en faire. *(Manuscrit.)* — Voyez la *maxime* 156.

2. Mme de Sablé *(maxime* 24) : « Les bons succès dépendent quelquefois du défaut de jugement, parce que le jugement empêche souvent d'entreprendre plusieurs choses que l'inconsidération fait réussir. — Caton le poëte avait déjà dit (livre II, *distique* 18) :

Insipiens esto, quum tempus postulat aut res.

« Sois déraisonnable, lorsque l'occasion ou la chose le demande. » — Aimé Martin (p. 102-104) voit dans cette réflexion une allusion possible au marquis de Pomenars, dont Mme de Sévigné raconte si gaiement les folles aventures (voyez, entre autres passages, ceux du tome II, p. 235 et 236, 255, 294, 295, 411). La pensée de la Rochefoucauld est d'une portée plus générale; par exemple, on l'appliquerait fort bien à la guerre, et l'on se rencontrerait avec le maréchal de Bellegarde, qui, selon le marquis de Fortia, avait coutume de dire : « A la guerre, il ne faut pas être trop sage. » — Voyez les *maximes* 163 et 209.

3. VAR. : S'il y a des *gens* dont *on ne trouve point* le ridicule, c'est qu'on ne *cherche pas bien. (Manuscrit.)*

CCCXII

Ce qui fait que les amants et les maîtresses ne s'ennuient point d'être ensemble[1], c'est qu'ils parlent toujours d'eux-mêmes. (ÉD. 3*.)

CCCXIII

Pourquoi faut-il que nous ayons assez de mémoire pour retenir jusqu'aux moindres particularités de ce qui nous est arrivé, et que nous n'en ayons pas assez pour nous souvenir combien de fois nous les avons contées à une même personne[2]? (ÉD. 3*.)

CCCXIV

L'extrême plaisir que nous prenons à parler de nous-mêmes nous doit faire craindre de n'en donner guère à ceux qui nous écoutent[3]. (ÉD. 3.)

CCCXV

Ce qui nous empêche d'ordinaire de faire voir le fond

1. VAR. : Ce qui fait que les amants *ont du plaisir* d'être ensemble. (*Manuscrit.*)

2. VAR. : Pourquoi faut-il que nous ayons *toujours* assez de mémoire pour retenir *tout* ce qui nous est arrivé, et que nous n'en ayons *jamais* assez pour *savoir* combien de fois nous *l'avons conté* à une même personne? (*Manuscrit.*) — Voyez la *maxime* suivante, la 364e, et la 4e des *Réflexions diverses.*

3. Cette réflexion est comme la conclusion de la précédente. — Voyez les *maximes* 138, 139, 364, 510, et la 4e des *Réflexions diverses.* — Pascal (*Pensées*, article VI, 56) : « Voulez-vous qu'on croie du bien de vous ? n'en dites pas. »

de notre cœur à nos amis, n'est pas tant la défiance
que nous avons d'eux, que celle que nous avons de nous-
mêmes [1]. (ÉD. 3*.)

CCCXVI

Les personnes foibles ne peuvent être sincères [2]. (ÉD. 3*.)

CCCXVII

Ce n'est pas un grand malheur d'obliger des ingrats,
mais c'en est un insupportable d'être obligé à un malhonnête homme [3]. (ÉD. 3.)

CCCXVIII

On trouve des moyens pour guérir de la folie, mais on
n'en trouve point pour redresser un esprit de travers [4].
(ÉD. 3*.)

---

1. VAR. : Ce qui *fait que nous nous cachons* à nos amis, n'est pas la
défiance que nous avons d'eux, *mais* celle que nous avons de *nous.*
(*Manuscrit.*) — Selon plusieurs autres *maximes* (62, 184, 327, 383,
494 et 609), cette défiance ne nous empêche pas d'avouer parfois nos
défauts, par vanité, ou par adresse.

2. VAR. : Les *gens* foibles ne *sauroient avoir de sincérité.* (*Manuscrit.*) — Voyez les *maximes* 62 et 445. — L'annotateur contemporain
objecte que parfois elles ne sont que trop sincères.

3. *Livre de l'Ecclésiastique* (chapitre XXV, verset 11) : *Beatus.... qui
non servit indignis.* « Heureux qui ne dépend pas d'hommes indignes. »
— Voyez les *maximes* 96 et 229. — La Bruyère (*du Cœur,* n° 46
tome I, p. 206) : « Je ne sais si un bienfait qui tombe sur un ingrat,
et ainsi sur un indigne, ne change pas de nom, et s'il méritoit plus de
reconnoissance. »

4. VAR. : On *a* des moyens pour guérir *des fous* de *leur* folie, mais
on n'en *a* point pour redresser *des esprits* de travers. (*Manuscrit.*) —
Voyez les *maximes* 448 et 502.

CCCXIX

On ne sauroit conserver longtemps les sentiments
qu'on doit avoir pour ses amis et pour ses bienfaiteurs[1],
si on se laisse la liberté de parler souvent de leurs
défauts[2]. (ÉD. 3.)

CCCXX

Louer les princes des vertus qu'ils n'ont pas, c'est leur
dire impunément des injures[3]. (ÉD. 3*.)

CCCXXI

Nous sommes plus près d'aimer ceux qui nous haïssent
que ceux qui nous aiment plus que nous ne voulons.
(ÉD. 3.)

CCCXXII

Il n'y a que ceux qui sont méprisables qui craignent
d'être méprisés[4]. (ÉD. 3.)

---

1. *Bienfacteurs*, dans les éditions de 1671 et de 1675.

2. La Bruyère (*de la Société et de la Conversation*, n° 62, tome I,
p. 236) : « L'on ne peut aller loin dans l'amitié, si l'on n'est pas disposé à se pardonner les uns aux autres les petits défauts. »

3. Var. : Louer les *rois* des *qualités* qu'ils n'ont pas *n'est que* leur
dire des injures. (*Manuscrit.*) — L'annotateur contemporain conclut
ainsi : « Que l'on dit donc d'injures, et d'injures même dont on est
payé ! » — Tacite rapporte (*Annales*, livre XIII, chapitre III) que
quand Néron, faisant le panégyrique de l'empereur Claude, le loua
de sa prévoyance et de sa sagesse, on ne put s'empêcher de rire, bien
que le discours eût été composé par Sénèque. — Montaigne dit à
peu près dans le même sens que la Rochefoucauld (*Essais*, livre I,
chapitre xxxix, tome I, p. 354) : « C'est vne espece de mocquerie et
d'iniure de vouloir faire valoir vn homme par des qualitez mesad-
uenantes à son rang. »

4. « Faux, dit l'annotateur contemporain : il y a bien des gens de

CCCXXIII

Notre sagesse n'est pas moins à la merci de la fortune que nos biens[1]. (ÉD. 3.)

CCCXXIV

. Il y a dans la jalousie plus d'amour-propre que d'amour[2]. (ÉD. 3.)

CCCXXV

Nous nous consolons souvent, par foiblesse, des maux dont la raison n'a pas la force de nous consoler[3]. (ÉD. 3.)

mérite qui doivent aussi le craindre. » — « Personne ne peut se vanter de n'avoir jamais été méprisé, » dit Vauvenargues (*maxime 888, Œuvres*, p. 488).

1. Cicéron dit de même dans un passage traduit de Théophraste (*Tusculanæ quæstiones*, livre V, chapitre ix) :

Vitam regit fortuna, non sapientia.

« C'est le hasard, et non la sagesse, qui dirige notre vie. » — Montaigne (*Essais*, livre III, chapitre viii, tome III, p. 420) : « Nostre sagesse mesme et consultation suyt, pour la pluspart, la conduicte du hasard. » — Cette pensée revient souvent, ici à propos de la *fortune* ou du *hasard*, là à propos de l'*humeur;* dans la *maxime* 45, c'est surtout l'*humeur* qui gouverne le monde; dans les *maximes* 153 et 154, c'est la *fortune;* dans les 61ᵉ et 435ᵉ, elles le gouvernent ensemble. — Voyez encore les *maximes* 380, 470 et 631.

2. Dans la *maxime* 28, l'auteur justifie cet *amour-propre*. — Voyez les *maximes* 262, 374 et 500.

3. La Bruyère (*du Cœur*, nᵒ 35, tome I, p. 204) : « Ce n'est guère par vertu ou par force d'esprit que l'on sort d'une grande affliction : l'on pleure amèrement, et l'on est sensiblement touché; mais l'on est ensuite si foible ou si léger, que l'on se console. » — Quant à Vauvenargues, c'est sur le *courage* que, dans ce cas, il compte : « Le courage a plus de ressources contre les disgrâces que la raison » (*maxime* 19, *Œuvres*, p. 375).

CCCXXVI

Le ridicule déshonore plus que le déshonneur[1]. (ÉD. 3.)

CCCXXVII

Nous n'avouons de petits défauts que pour persuader que nous n'en avons pas de grands[2]. (ÉD. 3.)

CCCXXVIII

L'envie est plus irréconciliable que la haine[3]. (ÉD. 3.)

CCCXXIX

On croit quelquefois haïr la flatterie, mais on ne hait que la manière de flatter[4]. (ÉD. 3*.)

1. Voici comment la marquise de Lambert apprécie cette réflexion, qu'elle cite d'ailleurs inexactement (*Premier avis d'une mère à son fils*, Paris, 1725, p. 45) : « M. de la Rochefoucauld dit que *le déshonorant offense moins que le ridicule;* je penserois comme lui, par la raison qu'il n'est au pouvoir de personne d'en déshonorer un autre : c'est notre propre conduite, et non les discours d'autrui qui nous déshonorent. Les causes du déshonneur sont connues et certaines ; le ridicule est purement arbitraire. » — Si Mme de Lambert juge que le ridicule n'est qu'arbitraire, la Bruyère en reconnaît au moins un comme réel et permanent : « L'homme ridicule, dit-il (*des Jugements,* n° 47), est celui qui, tant qu'il demeure tel, a les apparences du sot. Le sot ne se tire jamais du ridicule; c'est son caractère. » — Duclos (tome I, p. 174, *Considérations sur les mœurs de ce siècle,* chapitre IX) : « Le ridicule est le fléau des gens du monde, et il est assez juste qu'ils aient pour tyran un être fantastique. »

2. La Bruyère (*de l'Homme,* n° 67) : « Les hommes parlent de manière, sur ce qui les regarde, qu'ils n'avouent d'eux-mêmes que de petits défauts. » — Voyez les *maximes* 184, 383, 424, 442, 554, 609, et la 5ᵉ des *Réflexions diverses.*

3. L'auteur dira pourtant (*maxime* 376) que *la véritable amitié désarme l'envie.* — Voyez aussi les *maximes* 433, 476 et 486.

4. VAR. : On croit haïr *les flatteurs,* mais on ne hait que *les mauvais. (Manuscrit.)*

CCCXXX

On pardonne tant que l'on aime [1]. (ÉD. 3.)

CCCXXXI

Il est plus difficile d'être fidèle à sa maîtresse quand on est heureux que quand on en est maltraité [2]. (ÉD. 3*.)

CCCXXXII

Les femmes ne connoissent pas toute leur coquetterie [3]. (ÉD. 3.)

CCCXXXIII

Les femmes n'ont point de sévérité complète sans aversion [4]. (ÉD. 3.)

1. Dans une lettre qui se trouve parmi celles de Mme de Sévigné (tome III, p. 212, texte et note 8), Mme de la Fayette dit à son amie : « Voici une question entre deux maximes : *On pardonne les infidélités, mais on ne les oublie point. — On oublie les infidélités, mais on ne les pardonne point.* » Bien que vraisemblablement toutes les deux soient de la Rochefoucauld, elles ne sont pas dans son recueil ; nous avons cru néanmoins devoir les rapprocher de celle-ci. — La Bruyère (*du Cœur*, n° 18, tome I, p. 201) : « Quelque délicat que l'on soit en amour, on pardonne plus de fautes que dans l'amitié. » — Voyez la note de la *maxime* 385, et la *maxime* 545.

2. VAR. : Il est *difficile de demeurer* fidèle à *ce qu'on aime* quand on *en* est heureux. (*Manuscrit.*) — Il est plus difficile d'être fidèle *quand* on est heureux que quand *on est* maltraité. (1671 et 1675.) — Voyez la *maxime* 381.

3. « De même que les hommes, » ajoute l'annotateur contemporain. — Voyez les *maximes* 241, 277, 295, 334 et 349.

4. Publius Syrus :

Aut amat, aut odit mulier ; nihil est tertium.

« La femme aime, ou hait ; pas de milieu. »

CCCXXXIV

Les femmes peuvent moins surmonter leur coquetterie que leur passion[1]. (ÉD. 3.)

CCCXXXV

Dans l'amour, la tromperie va presque toujours plus loin que la méfiance[2]. (ÉD. 3.)

CCCXXXVI

Il y a une certaine sorte d'amour dont l'excès empêche la jalousie[3]. (ÉD. 3.)

CCCXXXVII

. Il est de certaines bonnes qualités comme des sens : ceux qui en sont entièrement privés ne les peuvent apercevoir, ni les comprendre[4]. (ÉD. 3*.)

1. Cependant tout à l'heure, dans la *maxime* 349, et surtout dans la 376e, l'auteur admettra que l'amour peut *détruire la coquetterie.* — Voyez encore les *maximes* 241, 277 et 332. — Duplessis (1853) donne à tort *supporter,* pour *surmonter.*

2. Voyez les *maximes* 336, 348, 371, 553 et 557.

3. La Bruyère pense (*du Cœur,* n° 29, tome I, p. 203) qu'un violent amour sans *délicatesse* (*mot qui exprime pour lui une sorte de jalousie*) est un paradoxe, et la Rochefoucauld va reconnaître (*maxime* 371) que, dans ce cas, l'amant ne peut imputer qu'à lui-même son aveuglement. — La Bruyère ajoute (*ibidem*) : « Le tempérament a beaucoup de part à la jalousie, et elle ne suppose pas toujours une grande passion. » — Voyez les *maximes* 348, 553 et 557.

4. VAR. : Il est *souvent des* bonnes qualités comme des sens : ceux qui *ne les ont pas ne s'en peuvent douter.* (*Manuscrit.*) — Voyez les *maximes* 265, 375 et 623.

CCCXXXVIII

Lorsque notre haine est trop vive, elle nous met au-dessous de ceux que nous haïssons [1]. (ÉD. 3*.)

CCCXXXIX

Nous ne ressentons nos biens et nos maux qu'à proportion de notre amour-propre [2]. (ÉD. 3.)

CCCXL

L'esprit de la plupart des femmes sert plus à fortifier leur folie que leur raison [3]. (ÉD. 3.)

CCCXLI

Les passions de la jeunesse ne sont guère plus opposées au salut que la tiédeur des vieilles gens [4]. (ÉD. 4*.)

1. VAR. : *La haine* met au-dessous de ceux que *l'on hait.* (*Manuscrit.*) — Cette première version eût donné satisfaction à Aimé-Martin, qui répond (p. 108) à la *maxime* définitive : « Elle (*la haine*) produit toujours cet effet ; le degré n'y fait rien. »

2. « Je voudrais, dit Aimé-Martin (p. 109), que le duc de la Rochefoucauld pût me dire quel secours il tirait de l'*amour-propre* pour adoucir les tortures de la goutte, et comment cette passion vint à son aide, lorsqu'en 1672 il apprit, en un même jour, qu'un de ses fils était mort au passage du Rhin, un autre blessé, et que la cour pleurait la perte du jeune duc de Longueville ? » — Voyez les *maximes* 464 et 528.

3. Voyez les *maximes* 346 et 415.

4. VAR. : La jeunesse *est souvent plus près de son* salut que *les* vieilles gens. (*Manuscrit.*) — Par inadvertance, Duplessis donne « la tiédeur des *jeunes* gens. » — Cette *maxime* et les suivantes (sauf les 372e et 375e), jusqu'à la 412e incluse, datent de la 4e édition (1675).

CCCXLII

L'accent du pays où l'on est né demeure dans l'esprit et dans le cœur, comme dans le langage[1]. (ÉD. 4*.)

CCCXLIII

Pour être un grand homme, il faut savoir profiter de toute sa fortune[2]. (ÉD. 4.)

CCCXLIV

La plupart des hommes ont, comme les plantes, des propriétés cachées[3] que le hasard fait découvrir. (ÉD. 4*.)

1. Le chartreux dom Bonaventure d'Argonne (Vigneul-Marville, tome I, p. 324) rapporte cette *maxime* au duc d'Épernon, qui ne put jamais se défaire de son accent gascon ; Aimé-Martin (p. 110) y voit, avec plus de vraisemblance, une allusion à Mazarin. — Mme de Rohan, abbesse de Malnouc (voyez plus loin, dans ce volume, sa lettre sur les *Maximes*), déclare qu'*elle ne connoît point ces accents qui demeurent dans l'esprit et dans le cœur.* — Peut-être est-ce pour répondre à cette critique que l'auteur, selon le *Supplément* de l'édition de 1693 (n° 19), aurait ainsi modifié le commencement de cette pensée : « L'accent *et le caractère* du pays.... » Sous cette forme, la *maxime* pouvait encore mieux s'appliquer à Mazarin.

2. L'auteur avait-il en vue le comte d'Harcourt ? En tout cas, il lui reproche plusieurs fois dans les *Mémoires* de n'avoir pas su profiter de tous ses avantages et d'avoir laissé échapper des occasions « où sa fortune et la négligence des troupes de Monsieur le Prince lui avoient offert une entière victoire. » — Voyez les *maximes* 159 et 437.

3. Le *Supplément* de 1693 (n° 30) n'a pas le mot *cachées*. — Voyez les *maximes* 404, 505 et 594.

CCCXLV

Les occasions nous font connoître aux autres, et encore plus[1] à nous-mêmes. (ÉD. 4*.)

CCCXLVI

Il ne peut y avoir de règle dans l'esprit ni dans le cœur des femmes, si le tempérament n'en [est d'accord[2]. (ÉD. 4.)

CCCXLVII

Nous ne trouvons guère de gens de bon sens que ceux qui sont de notre avis[3]. (ÉD. 4.)

1. Le *Supplément* de 1693 (n° 3o) n'a pas *encore plus*. — Cette réflexion n'est au fond qu'une variante de la précédente. — Voyez les *maximes* 370, 38o et 47o. — Dans une lettre de Mme de Longueville à Mme de Sablé (*Portefeuilles de Vallant*), lettre dont la Rochefoucauld eut sans doute communication, se trouve une pensée analogue : « Les occasions ne nous font point ce que nous sommes, mais elles nous montrent qui nous sommes. » — Il serait piquant de penser que la Rochefoucauld, depuis longtemps brouillé avec Mme de Longueville, lui eût cependant emprunté l'idée d'une *maxime*. Il était de ceux qui, comme Molière, *prennent leur bien partout où ils le trouvent.* — Voyez plus haut, p. 87, note 2.

2. Vauvenargues (*maxime* 681, *OEuvres*, p. 469) : « Les femmes ont, pour l'ordinaire, plus de vanité que de tempérament, et plus de tempérament que de vertu. » — L'annotateur contemporain estime que *la proposition* de la Rochefoucauld est *presque hérétique*, et Mme de Rohan (voyez sa *Lettre*, plus loin dans ce volume) se récrie également. — Voyez encore les *maximes* 22o, 34o, et en outre les 2o5e, 24ie et 548e, qui paraissent contradictoires à celle-ci, car l'auteur y reconnaît que telle femme peut demeurer pure, par souci de sa *réputation* ou de son *repos*, par *crainte* ou par *raison*; dans la dernière même, il admet la coexistence possible de l'*amour* et de la *vertu*.

3. VAR. : Nous ne *sommes du même* avis *qu'avec les* gens qui sont *du* nôtre. (*Manuscrit.*)

CCCXLVIII

Quand on aime, on doute souvent de ce qu'on croit le plus[1]. (ÉD. 4.)

CCCXLIX

Le plus grand miracle de l'amour, c'est de guérir de la coquetterie[2]. (ÉD. 4.)

CCCL

Ce qui nous donne tant d'aigreur contre ceux qui nous font des finesses, c'est qu'ils croient être plus habiles que nous[3]. (ÉD. 4.)

CCCLI

On a bien de la peine à rompre quand on ne s'aime plus[4]. (ÉD. 4*.)

1. Duplessis donne à tort : « de *ce que* l'on croit le plus. » — L'annotateur contemporain ajoute : « et on croit souvent des choses dont on devroit douter. » — La réflexion de la Rochefoucauld donne raison à ce mot, souvent cité, d'une femme à son amant : « Vous en croyez plus à vos yeux qu'à moi : vous ne m'aimez donc plus ? » — Voyez les *maximes* 335, 336, 371, et la 8ᵉ des *Réflexions diverses*.

2. Voyez les *maximes* 241, 277, 332, 334 et 376.

3. Vauvenargues (*maxime* 523, *Œuvres*, p. 449) : « L'aversion contre les trompeurs ne vient ordinairement que de la crainte d'être dupe.... » — Voyez la *maxime* 407.

4. VAR. : quand on ne s'aime *déjà* plus. (*Manuscrit.*) — La Bruyère (*du Cœur*, nᵒ 37, tome I, p. 205) : « L'on est encore longtemps à se voir par habitude, et à se dire de bouche que l'on s'aime, après que les manières disent qu'on ne s'aime plus. » — Le même (*ibidem.* nᵒ 33, tome I, p. 204) : « Le commencement et le déclin de l'amour se font sentir par l'embarras où l'on est de se trouver seuls. » — Voyez les 9ᵉ et 18ᵉ *Réflexions diverses*.

CCCLII

On s'ennuie presque toujours avec les gens avec qui il n'est pas permis de s'ennuyer[1]. (ÉD. 4.)

CCCLIII

Un honnête homme peut être amoureux comme un fou, mais non pas comme un sot[2]. (ÉD. 4*.)

CCCLIV

Il y a de certains défauts qui, bien mis en œuvre, brillent plus que la vertu même[3]. (ÉD. 4*.)

CCCLV

On perd quelquefois des personnes qu'on regrette

1. Brotier (*Observations*, p. 228 et 229) rappelle, au sujet de cette réflexion, que l'abbé Martinet s'ennuya de jouer à la paume avec Louis XIV, et qu'il préféra languir et mourir dans l'indigence; que Pageois s'ennuya également de jouer au billard avec le grand Roi, et qu'il abandonna son partner pour le cabaret; son élève, Chamillart, y mit plus de patience, et il passa de la salle du billard à la salle du conseil, car il devint secrétaire d'État. — Voyez les *maximes* 304 et 555.

2. VAR. : *Il n'y a pas de ridicule à* être amoureux comme un fou, mais *il y en a toujours à l'être* comme un sot. (*Manuscrit.*) — Selon l'annotateur contemporain, « il est très-difficile de distinguer, en amour, le fou d'avec le sot. »

3. VAR. : Il y a de certains défauts qui, *étant* bien mis *dans un certain jour, plaisent* plus que la *perfection* même. (*Manuscrit*, et Supplément de 1693, n° 35; dans le manuscrit : « plus que la perfection *de la beauté.* ») — J. Esprit (tome II, p. 41) : « L'homme fait quelquefois des vertus des défauts de son esprit et de ceux de son tempérament. » — Voyez les *maximes* 90, 155, 251, 273, 468, et, plus loin dans ce volume, la *Lettre du chevalier de Meré.*

plus qu'on n'en est affligé ; et d'autres dont on est affligé, et qu'on ne regrette guère[1]. (ÉD. 4.)

CCCLVI

Nous ne louons d'ordinaire de bon cœur que ceux qui nous admirent[2]. (ÉD. 4.)

CCCLVII

Les petits esprits sont trop blessés de[3] petites choses[4] ; les grands esprits les voient toutes, et n'en sont point blessés[5]. (ÉD. 4*.)

CCCLVIII

L'humilité est la véritable preuve des vertus chré-

· 1. Vauvenargues (*maxime* 533, *OEuvres*, p. 449) : « On ne regrette pas la perte de tous ceux qu'on aime. » — Dans la réflexion de la Rochefoucauld, la distinction entre le *regret* et l'*affliction* ne paraît pas assez nettement marquée. Il entendait peut-être, comme l'indiquent l'abbé de la Roche et Fortia dans leur commentaire, que l'*affliction* suppose un sentiment du cœur, tandis que l'*intérêt* suffit pour produire le *regret*, auquel cas, cette *maxime* reviendrait aux 232ᵉ et 619ᵉ. — L'annotateur contemporain dit de son côté : « *Regretter* est extérieur, et *affligé* intérieur ; aussi c'est une circonlocution pour dire qu'il y a des douleurs extérieures et (*des douleurs*) intérieures, ce que tout le monde sait bien. » — Quoi qu'il en soit de ces deux explications, c'est la faute de l'auteur qu'il y ait à choisir entre elles. — Voyez encore les *maximes* 233 et 373.

2. C'est une conséquence des *maximes* 143, 144, 146 et 530.

3. Il y a *de* dans l'un de nos exemplaires de 1678 ; *des* dans l'autre (voyez la *Notice bibliographique*) ; dans l'édition de 1675 : *des ;* dans celles de 1693 et de Duplessis : *de*.

4. VAR. : Les petits esprits sont *blessés des plus* petites choses. (*Supplément* de 1693, nº 34.)

5. Mme de Sablé (*maximes* 34 et 66) : « La grandeur de l'entendement embrasse tout.... » — « L'ignorance donne de la foiblesse et de la crainte ; les connoissances donnent de la hardiesse et de la confiance ; rien n'étonne une âme qui connoît toutes choses avec distinction. » — Voyez les *maximes* 265, 337, 375 et 623.

tiennes : sans elle, nous conservons tous nos défauts, et ils sont seulement couverts par l'orgueil, qui les cache aux autres, et souvent à nous-mêmes [1]. (ÉD. 4*.)

CCCLIX

Les infidélités devroient éteindre l'amour, et il ne faudroit point être jaloux, quand on a sujet de l'être : il n'y a que les personnes qui évitent de donner de la jalousie qui soient dignes qu'on en ait pour elles [2]. (ÉD. 4*.)

CCCLX

On se décrie beaucoup plus auprès de nous par les moindres infidélités qu'on nous fait, que par les plus grandes qu'on fait aux autres [3]. (ÉD. 4.)

---

1. VAR. : L'humilité est la *seule et* véritable preuve des vertus chrétiennes, *et c'est elle qui manque le plus dans les personnes qui se donnent à la dévotion; cependant,* sans elle, nous conservons tous nos défauts, *malgré les plus belles apparences,* et ils sont seulement couverts par *un* orgueil *qui demeure toujours, et* qui les cache aux autres, et souvent à nous-mêmes. (*Manuscrit.*) — Voyez les *maximes* 33 et la note, 254, 534, 536, 537 et 563.

2. Dans le manuscrit, les deux propositions de la réflexion définitive formaient deux *maximes* séparées; le *Supplément* de 1693 (nº 26) ne donne que la dernière : « Il n'y a que les personnes qui évitent de donner de la jalousie qui *méritent* qu'on en *aye* (voyez le *Lexique*) pour elles. » — La Bruyère dit de même, mais avec moins de finesse et d'élégance (*du Cœur,* nº 29, tome I, p. 203) : « Celles qui ne nous ménagent sur rien, et ne nous épargnent nulles occasions de jalousie, ne mériteroient de nous aucune jalousie, si l'on se régloit plus par leurs sentiments et leur conduite que par son cœur. »

3. C'est ainsi, sans doute, que Mme de Longueville s'était *beaucoup plus décriée auprès de* lui par l'infidélité dont il avait été victime (duc de Nemours), que par l'infidélité plus *grande* dont il avait profité (duc de Longueville).

CCCLXI

La jalousie naît toujours avec l'amour, mais elle ne
meurt pas toujours avec lui[1]. (ÉD. 4.)

CCCLXII

La plupart des femmes ne pleurent pas tant la mort
de leurs amants pour les avoir aimés, que pour paroître
plus dignes d'être aimées[2]. (ÉD. 4*.)

CCCLXIII

Les violences qu'on nous fait nous font souvent moins
de peine[3] que celles que nous nous faisons à nous-
mêmes. (ÉD. 4*.)

CCCLXIV

On sait assez qu'il ne faut guère parler de sa femme,
mais on ne sait pas assez qu'on devroit encore moins
parler de soi[4]. (ÉD. 4*.)

1. La Bruyère (*des Femmes*, n° 25, tome I, p. 177) pense le contraire : « On tire ce bien de la perfidie des femmes, qu'elle guérit de
la jalousie. »

2. VAR. : La plupart des femmes ne pleurent pas tant la *perte
d'un amant* pour *montrer qu'elles ont aimé*, que pour paroître *dignes*
d'être aimées. (*Supplément* de 1693, n° 22). — La *maxime* 153 de Meré
ressemble beaucoup à celle de la Rochefoucauld : « Les femmes
pleurent la mort de leurs amants, moins par le regret de leur perte,
que pour faire croire que leur fidélité mérite de nouveaux amants. »
— Voyez la *maxime* 232.

3. VAR. : nous *sont quelquefois moins pénibles.* (*Manuscrit.*) — nous
font *quelquefois* moins de peine. (*Supplément* de 1693, n° 38.) —
Voyez la *maxime* 369.

4. VAR. : On sait assez qu'*on ne doit* guère parler de sa femme,
mais on ne sait pas assez qu'on *ne doit guère* parler de soi. (*Supplé-*

CCCLXV

Il y a de bonnes qualités qui dégénèrent en défauts quand elles sont naturelles, et d'autres qui ne sont jamais parfaites quand elles sont acquises : il faut, par exemple, que la raison nous fasse ménagers de notre bien et de notre confiance ; et il faut, au contraire, que la nature nous donne la bonté et la valeur[1]. (ÉD. 4*.)

ment de 1693, n° 29.) — Montaigne, qui ne s'est pas fait faute de parler de lui, convient cependant (*Essais*, livre II, chapitre VI, tome II, p. 68) que « la coutume a faict le parler de soy vicieux. » — On connaît le mot célèbre de Pascal (*Pensées*, article VI, 20) : « Le *moi* est haïssable. » — On lit dans la *Logique* de Port-Royal (3ᵉ partie, chapitre XIX, § 6, *des Sophismes d'amour-propre*, édition de 1674, p. 341) : « Feu M. Pascal.... portoit cette règle (*de ne point parler de soi*) jusques à prétendre qu'un honnête homme devoit éviter de se nommer, et même se servir des mots de *je* et de *moi*. » — Mme de Sévigné dit de son côté (*Lettre* du 13 novembre 1687, tome VIII, p. 130) : « Je sais, et c'est Salomon qui le dit, que celui-là est haïssable qui parle toujours de lui. » — Enfin la Bruyère (*de l'Homme*, n° 66) vient à l'appui : « Un homme modeste ne parle point de soi. » — Rapprochez des *maximes* 138, 139, 313 et 314.

1. VAR. : *On voit des* qualités qui *deviennent* défauts *lorsqu'elles ne* sont *que* naturelles, et d'autres qui *demeurent toujours imparfaites lorsqu'on les a* acquises : il faut, par exemple, que la raison nous fasse *devenir* ménagers de notre bien et de notre confiance ; et il faut, au contraire, que la nature nous *ait donné* la bonté et la valeur. (*Manuscrit.*) — On ne s'explique pas que Duplessis (p. 193), après dom Bonaventure d'Argonne (Vigneul-Marville, tome I, p. 323 et 324), juge cette pensée obscure ; sans doute, elle est aussi concise que profonde, mais il faut bien qu'elle soit *claire*, puisque le marquis de Fortia lui-même n'a pas fait difficulté de la comprendre, et en a ainsi rendu le sens : « Celui qui naît économe deviendra facilement avare ; celui qui n'est pas né bon ou courageux ne peut se flatter d'acquérir de la bonté ni de la valeur. » — Vauvenargues (*Réflexions sur divers sujets*, n° 11, *OEuvres*, p. 66) : « Nos qualités acquises sont en même temps plus parfaites et plus défectueuses que nos qualités naturelles. » — Voyez la 3ᵉ des *Réflexions diverses*.

CCCLXVI

Quelque défiance que nous ayons de la sincérité de ceux qui nous parlent, nous croyons toujours qu'ils nous disent plus vrai qu'aux autres[1]. (ÉD. 4*.)

CCCLXVII

Il y a peu d'honnêtes femmes qui ne soient lasses de leur métier[2]. (ÉD. 4*.)

CCCLXVIII

La plupart des honnêtes femmes sont des trésors cachés, qui ne sont en sûreté que parce qu'on ne les cherche pas[3]. (ÉD. 4.)

CCCLXIX

Les violences qu'on se fait pour s'empêcher d'aimer sont souvent plus cruelles que les rigueurs de ce qu'on aime[4]. (ÉD. 4.)

1. VAR. : *Quoique nous ayons peu de créance dans* la sincérité, nous croyons toujours qu'*on est plus sincère avec nous qu'avec les* autres. (*Manuscrit.*)

2. VAR. : Il y a *bien* d'honnêtes femmes qui *sont* lasses de leur métier. (*Manuscrit*, et *Supplément* de 1693, n° 23.) — Ce n'est pas là une *maxime*, dans le sens du mot, mais un sarcasme, où nous ne retrouvons pas la délicatesse et le bon goût ordinaires de l'auteur.

3. Rapprochez de la *maxime* 552.

4. Voyez la *maxime* 363.

CCCLXX

Il n'y a guère de poltrons qui connoissent toujours toute leur peur[1]. (ÉD. 4.)

CCCLXXI

C'est presque toujours la faute de celui qui aime de ne pas connoître quand on cesse de l'aimer[2]. (ÉD. 4.)

CCCLXXII

La plupart des jeunes gens croient être naturels, lorsqu'ils ne sont que mal polis et grossiers[3]. (ÉD. 5.)

CCCLXXIII

Il y a de certaines larmes qui nous trompent souvent nous-mêmes, après avoir trompé les autres[4]. (ÉD. 4.)

1. « De même, dit l'annotateur contemporain, qu'il n'y a guère de braves qui connoissent toute leur bravoure. » — C'est le cas de rappeler ce que dit l'auteur dans sa *maxime* 345, que « les occasions nous font connoître aux autres et.... à nous-mêmes. » — Voyez aussi les *maximes* 215 et 470.

2. Cette réflexion paraît contredire les 335e, 336e et 553e. — Voyez aussi les *maximes* 348 et 557.

3. Mme de Motteville, citée par Bazin (*Histoire de France sous le ministère du cardinal Mazarin*, édition de 1842, tome I, p. 193, se plaint également de la jeunesse de son temps, *qui ne valoit pas les restes du maréchal de Bassompierre ;* en effet, il s'était formé une école de *petits-maîtres*, comme on les appelait, qui *affectaient*, ajoute Bazin, *le ton leste et tranchant, la brusquerie et l'impatience.* — Voyez les *maximes* 134, 431 et 495.

4. Voyez les *maximes* 232, 233, 355 et 619.

CCCLXXIV

Si on croit aimer sa maîtresse pour l'amour d'elle, on est bien trompé[1]. (ÉD. 4*.)

CCCLXXV

Les esprits médiocres condamnent d'ordinaire tout ce qui passe leur portée[2]. (ÉD. 5.)

CCCLXXVI

L'envie est détruite par la véritable amitié, et la coquetterie par le véritable amour[3]. (ÉD. 4.)

CCCLXXVII

Le plus grand défaut de la pénétration n'est pas de n'aller point jusqu'au but, c'est de le passer[4]. (ÉD. 4*.)

1. VAR. : Si l'on croit aimer sa maîtresse pour l'amour d'elle, on est *souvent* trompé. (*Supplément* de 1693, n° 24.) — Si l'on croit aimer sa maîtresse pour l'amour d'elle, l'on est *bien souvent* trompé. (*Manuscrit.*) — Voyez les *maximes* 48, 259, 262, 324, 500, 501 et 563.

2. Pascal (*de l'Esprit géométrique*, fragment 1, tome II, p. 290) : « Il (*l'homme*) est toujours disposé à nier tout ce qui lui est incompréhensible. » — Voyez les *maximes* 265, 337, 357 et 623.

3. Cette pensée est doublement contradictoire : à la *maxime* 328, en ce qui concerne l'*envie* ; à la 334e, en ce qui concerne la *coquetterie*. Elle se concilie mieux avec la 349e.

4. VAR. : Le plus grand défaut de la pénétration n'est pas de *ne pas* aller au but, c'est de le passer. (*Supplément* de 1693, n° 41.) — Au fond, il y a quelque analogie entre cette réflexion et les *maximes* 161 et 244. — Duclos (tome I, p. 235 et 236, *Considérations sur les mœurs de ce siècle*, chapitre XIII) : « Il faut plus de force pour s'arrêter au terme, que pour le passer par la violence de l'impulsion. Voir le but où l'on tend, c'est jugement ; y atteindre, c'est justesse ; s'y arrêter, c'est force ; le passer, ce peut être foiblesse. »

CCCLXXVIII

On donne des conseils, mais on n'inspire point de conduite[1]. (ÉD. 4*.)

CCCLXXIX

Quand notre mérite baisse, notre goût baisse aussi[2]. (ÉD. 4*.)

CCCLXXX

La fortune fait paraître nos vertus et nos vices, comme la lumière fait paroître les objets[3]. (ÉD. 4.)

1. VAR. : On donne des conseils, mais on *ne donne* point *la sagesse d'en profiter*. (*Manuscrit*, et *Supplément* de 1693, n ° 42.) — Montaigne (*Essais*, livre I, chapitre XXIV, tome I, p. 175) : « Au moins, sages ne pouuons-nous estre que de nostre propre sagesse. » — Aussi Vauvenargues pense-t-il (*maxime* 601, *OEuvres*, p. 458) qu' « on tire peu de fruit des lumières et de l'expérience d'autrui. » — Cependant, dans les *maximes* 283 et 639, la Rochefoucauld paraît compter davantage sur l'efficacité des conseils.

2. VAR. : notre goût *diminue* aussi. (*Supplément* de 1693, n° 43.) — Cette réflexion est obscure, parce qu'elle ne détermine pas le sens des mots *mérite* et *goût*. S'agit-il du *goût* intellectuel? dans ce cas, elle devrait faire sentir qu'il est question du *mérite* dans les choses de l'esprit. S'agit-il simplement d'un *mérite* de monde, et des succès qu'il y procure? dans ce cas, elle devrait faire sentir que par *goût* elle entend *élégance* et *belles manières;* enfin, s'agit-il plus généralement du *goût* pour les choses auxquelles chaque *mérite* est propre et peut aspirer? dans ce cas, elle devrait faire sentir que *mérite* est pris dans le sens d'*aptitude*, et *goût* dans le sens de *penchant pour* ou *entraînement vers*. Dans cette dernière supposition, la plus probable, cette *maxime* signifierait : « Quand nous cessons d'être propres aux choses, nous perdons en même temps notre goût pour elles. » *Sub judice lis est.* — Voyez la *maxime* 291, et la 10e des *Réflexions diverses*.

3. L'annotateur contemporain ajoute : « ou comme la niche fait paroître les statues. » — Cette pensée revient tout à fait à la 345e, et, en partie, à la 401e; voyez encore les *maximes* 1, 53, 57, 58, 153, 165, 323, 470, 631, et la 14e des *Réflexions diverses*. — Tacite

CCCLXXXI

La violence qu'on se fait pour demeurer fidèle à ce qu'on aime ne vaut guère mieux qu'une infidélité[1]. (ÉD. 4*.)

CCCLXXXII

Nos actions sont comme les bouts-rimés, que chacun fait rapporter à ce qu'il lui plaît[2]. (ÉD. 4*.)

CCCLXXXIII

L'envie de parler de nous, et de faire voir nos défauts du côté que nous voulons bien les montrer, fait une grande partie de notre sincérité[3]. (ÉD. 4.)

(*Annales*, livre III, chapitre LXIX) prête à Tibère cette pensée : *Excitari quosdam ad meliora magnitudine rerum, hebescere alis.* « Les grandes situations animent les uns, éteignent les autres. » — Un passage du même auteur (*Histoires*, livre III, chapitre XLIX) vient à l'appui de cette *maxime* : *Primus Antonius nequaquam pari innocentia post Cremonam* (excisam) *agebat, satisfactum bello ratus,... seu felicitas in tali ingenio avaritiam, superbiam, cæteraque occulta mala patefecit.* » Depuis (*la destruction de*) Crémone, il s'en fallait que la conduite de Primus Antonius fût aussi irréprochable, soit qu'il crût avoir assez fait pour la gloire des armes,... soit que, dans une âme comme la sienne, la bonne fortune n'eût fait que mettre au jour l'avarice, l'orgueil, et les autres vices qu'il avait cachés jusque-là. »

1. VAR. : La violence qu'on se fait pour *être* fidèle ne vaut guère mieux qu'une infidélité. (*Supplément* de 1693, n° 25). — Voyez la *maxime* 331.

2. VAR. : Nos actions sont comme *des* bouts-rimés, que chacun *tourne comme* il lui plaît. (*Manuscrit*, et *Supplément* de 1693, n° 45.) — Voyez la *maxime* 58.

3. Voyez les *maximes* 138, 184, 327, 554, et la 5ᵉ des *Réflexions diverses*.

CCCLXXXIV

On ne devroit s'étonner que de pouvoir encore s'étonner[1]. (ÉD. 4.)

CCCLXXXV

On est presque également difficile à contenter quand on a beaucoup d'amour, et quand on n'en a plus guère[2]. (ÉD. 4.)

CCCLXXXVI

Il n'y a point de gens qui aient plus souvent tort que ceux qui ne peuvent souffrir d'en avoir[3]. (ÉD. 4*.)

CCCLXXXVII

Un sot n'a pas assez d'étoffe pour être bon[4]. (ÉD. 4*.)

CCCLXXXVIII

Si la vanité ne renverse pas entièrement les vertus, du moins elle les ébranle toutes[5]. (ÉD. 4.)

---

1. Comme les gens revenus de tout, l'auteur en était au mot d'Horace (livre I, *épître* vi, vers 1) : *Nil admirari,* « ne s'étonner de rien. »

2. Pourtant la *maxime* 320 dit qu'on *pardonne tant que l'on aime ;* et la *maxime* 545, que *l'on ne voit les défauts de sa maîtresse que lorsque l'enchantement est fini.*

3. Var. : Il n'y a *personne* qui *ait* plus souvent tort que *celui* qui ne *veut jamais* en avoir. (*Manuscrit.*)

4. Var. : Un sot n'a pas assez *de force, ni pour être méchant, ni pour être bon.* (*Manuscrit.*) — Voyez les *maximes* 237, 479 et 481.

5. Cette réflexion est contradictoire à la 200e, qui fait de la *vanité* le soutien de la *vertu.* — Voyez la *maxime* 443.

CCCLXXXIX

Ce qui nous rend la vanité des autres insupportable, c'est qu'elle blesse la nôtre[1]. (ÉD. 4.)

CCCXC

On renonce plus aisément à son intérêt qu'à son goût[2]. (ÉD. 4.)

CCCXCI

La fortune ne paroît jamais si aveugle qu'à ceux à qui elle ne fait pas de bien[3]. (ÉD. 4*.)

CCCXCII

Il faut gouverner la fortune comme la santé[4] : en jouir quand elle est bonne, prendre patience quand elle est mauvaise, et ne faire jamais de grands remèdes sans un extrême besoin. (ÉD. 4*.)

CCCXCIII

L'air bourgeois se perd quelquefois à l'armée, mais il ne se perd jamais à la cour[5]. (ÉD. 4.)

1. Cette pensée ressemble beaucoup à la 34e.
2. Cependant, selon les *maximes* 45 et 252, il n'y a rien de plus inconstant que nos *goûts*, et selon la 467e, notre *vanité* en a souvent raison. — Voyez aussi la *maxime* 13, et la 10e des *Réflexions diverses*.
3. VAR. : La fortune ne *nous* paroît aveugle *que lorsque nous en sommes maltraités*. (*Manuscrit*.)
4. VAR. : Il faut *se conduire avec* la fortune comme *avec* la santé. (*Manuscrit*.) — Quant aux remèdes, l'auteur a déjà recommandé (*maxime* 288) de n'en jamais user que modérement.
5. L'annotateur contemporain applique cette observation à Col-

CCCXCIV

On peut être plus fin qu'un autre, mais non pas plus fin que tous les autres[1]. (ÉD. 4*.)

CCCXCV

On est quelquefois moins malheureux d'être trompé de ce qu'on aime, que d'en être détrompé[2]. (ÉD. 4.)

CCCXCVI

On garde longtemps son premier amant, quand on n'en prend point de second[3]. (ÉD. 4*.)

CCCXCVII

Nous n'avons pas le courage de dire, en général,

---

bert, et dom Bonaventure d'Argonne (Vigneul-Marville, tome I, p. 325) à le Tellier, « qui, ajoute-t-il, après avoir vécu cinquante ans à la cour, en est sorti avec le même air qu'il y étoit entré, soit par habitude, ou par modestie, ou enfin par politique. »

1. VAR. : *Chacun pense* être plus fin *que les autres :* on peut *l'être plus* qu'un autre, mais non pas que tous les autres. (*Manuscrit.*) — Segrais (*Mémoires,* p. 65) cite une pensée de Mme de la Fayette qui n'est pas sans quelque analogie avec celle de la Rochefoucauld : « Celui qui se met au-dessus des autres, quelque esprit qu'il ait, se met au-dessous de son esprit. » — Voyez les *maximes* 117, 127, et la note de la 407e.

2. Cependant c'est dans ce cas, selon la *maxime* 417, qu'on est *guéri le premier,* c'est-à-dire *le mieux guéri.* — Cette pensée revient tout à fait à la 441e.

3. VAR. : *un* second. (*Manuscrit.*) — Cette épigramme est une autre version des *maximes* 73, 131 et 471. — Voyez aussi les *maximes* 440 et 499.

que nous n'avons point de défauts, et que nos ennemis
n'ont point de bonnes qualités ; mais, en détail, nous ne
sommes pas trop éloignés de le croire[1]. (ÉD. 4.)

CCCXCVIII

De tous nos défauts, celui dont nous demeurons le
plus aisément d'accord, c'est de la paresse : nous nous
persuadons qu'elle tient à toutes les vertus paisibles,
et que, sans détruire entièrement les autres, elle en
suspend seulement les fonctions[2]. (ÉD. 4*.)

CCCXCIX

Il y a une élévation qui ne dépend point de la fortune :
c'est un certain air qui nous distingue et qui semble
nous destiner[3] aux grandes choses ; c'est un prix que
nous nous donnons imperceptiblement à nous-mêmes ;
c'est par cette qualité que nous usurpons les déférences
des autres hommes, et c'est elle d'ordinaire qui nous
met plus au-dessus d'eux que la naissance, les dignités,
et le mérite même[4]. (ÉD. 4*.)

1. Voyez les *maximes* 31, 267, 452, 458, 483 et 513.

2. VAR. : .... c'est de la paresse : nous nous *flattons* qu'elle *comprend*
toutes les vertus paisibles, et *qu'elle ne nuit point aux* autres. (*Manuscrit.*) — Dans les *maximes* 266 et 630, l'auteur est d'avis que
non-seulement *elle suspend*, mais *qu'elle détruit* les *vertus*, en même
temps que les passions. — Voyez aussi la *maxime* 512.

3. VAR. : c'est un certain air *de supériorité* qui semble nous destiner. (1675.)

4. Mme de Sablé (*maximes* 26 et 27) : « Il y a un certain empire
dans la manière de parler et dans les actions, qui se fait faire place
partout, et qui gagne, par avance, la considération et le respect ; il
sert en toutes choses, et même pour obtenir ce qu'on demande. »
— « Cet empire, qui sert en toutes choses, n'est qu'une autorité
bienséante, qui vient de la supériorité de l'esprit. » — L'annotateur

CD

Il y a du mérite sans élévation, mais il n'y a point d'élévation sans quelque mérite[1]. (ÉD. 4.)

CDI

L'élévation est au mérite ce que la parure est aux belles personnes[2]. (ÉD. 4.)

CDII

Ce qui se trouve le moins dans la galanterie, c'est de l'amour[3]. (ÉD. 4*.)

CDIII

La fortune se sert quelquefois de nos défauts pour nous élever, et il y a des gens incommodes dont le mérite

contemporain, en qualifiant cette *maxime* de *belle définition*, ajoute qu'on n'en peut guère faire d'application : il ne fallait pourtant pas aller bien loin pour trouver le modèle; il est clair que cette réflexion n'est qu'un retour consolateur de la Rochefoucauld sur lui-même, retour justifié d'ailleurs, car il avait plus que personne cette distinction naturelle que la *fortune* la plus contraire, comme avait été la sienne, ne saurait ôter, et ce *certain air* qui condamne les autres hommes à la *déférence;* son ennemi Retz en convient lui-même (voyez le *Portrait du duc de la Rochefoucauld par le cardinal de Retz,* ci-dessus, p. 13 et 14).

1. Voyez les *maximes* 166, 273, 419 et 455.
2. Rapprochez des *maximes* 153 et 380.
3. VAR.: Ce qui se *rencontre* le moins dans *les femmes qui ont pris l'habitude de l'amour, c'est le goût de l'amour. (Manuscrit.)* — Sous cette première forme, cette pensée était contradictoire à la 471e; c'est pour cela peut-être que l'auteur l'a modifiée. — Voyez aussi la *maxime* 131.

seroit mal récompensé si on ne vouloit acheter leur absence[1]. (ÉD. 4.)

CDIV

Il semble que la nature ait caché dans le fond de notre
esprit des talents et une habileté que nous ne connoissons
pas ; les passions[2] seules ont le droit de les mettre au
jour, et de nous donner quelquefois des vues plus certaines et plus achevées que l'art ne sauroit faire[3]. (ÉD. 4.)

CDV

Nous arrivons tout nouveaux aux divers âges de la vie,
et nous y manquons souvent d'expérience, malgré le
nombre des années[4]. (ÉD. 4.)

CDVI

Les coquettes se font honneur d'être jalouses de leurs
amants, pour cacher qu'elles sont envieuses des autres
femmes[5]. (ÉD. 4*.)

1. Selon l'annotateur contemporain, « Colbert donna de grands
emplois aux commandeurs qui s'opposoient à la réception de son
fils, afin de les éloigner. » Il est plus vraisemblable que la Rochefoucauld avait en vue le grand Condé, qu'on aimait mieux envoyer
à la tête des armées que conserver à la cour.

2. Partout ailleurs, c'est à la *fortune*, au *hasard*, aux *occasions* que
l'auteur attribue ce privilége (voyez, entre autres, les *maximes* 153,
154 et 323) ; mais, sur le fait des passions, il se rencontre avec
Vauvenargues (*maxime* 153, *OEuvres.* p. 389) : « Aurions-nous cultivé
les arts sans les passions ? et la réflexion, toute seule, nous auroit-
elle fait connoître nos ressources, nos besoins et notre industrie ? »

3. Ce dernier membre de phrase répète presque textuellement la
maxime 101. — Voyez encore les *maximes* 344, 345, 470, 505 et 594.

4. Voyez les *maximes* 112, 207, 423 et 444.

5. VAR. : Les coquettes *feignent* d'être jalouses..., *tandis qu'elles
ne sont qu'envieuses des autres femmes qu'elles craignent. (Manuscrit.)*

CDVII

Il s'en faut bien que ceux qui s'attrapent à nos finesses ne nous paroissent aussi ridicules que nous nous le paroissons à nous-mêmes, quand les finesses des autres nous ont attrapés[1]. (ÉD. 4.)

CDVIII

Le plus dangereux ridicule des vieilles personnes qui ont été aimables, c'est d'oublier qu'elles ne le sont plus[2]. (ÉD. 4.)

CDIX

Nous aurions souvent honte de nos plus belles actions, si le monde voyoit tous les motifs qui les produisent[3]. (ÉD. 4.)

---

1. C'est sans doute parce que chacun de nous pense toujours être *plus fin que tous les autres*, ce qui est impossible, selon la *maxime* 394, et *le vrai moyen d'être trompé*, selon la 127ᵉ. — Voyez aussi la 350ᵉ. — Duplessis a omis un des deux *nous*, devant *le paroissons*.

2. On trouve la même réflexion dans la Bruyère (*des Femmes*, nᵒ 7, tome I, p. 173), mais, selon son habitude, il en fait un tableau : « Une femme coquette ne se rend point sur la passion de plaire, et sur l'opinion qu'elle a de sa beauté : elle regarde le temps et les années comme quelque chose seulement qui ride et qui enlaidit les autres femmes ; elle oublie du moins que l'âge est écrit sur le visage. La même parure qui a autrefois embelli sa jeunesse défigure enfin sa personne, éclaire les défauts de sa vieillesse. La mignardise et l'affectation l'accompagnent dans la douleur et dans la fièvre : elle meurt parée et en rubans de couleur. » — Saint-Évremond avait déjà dit (*Maxime, qu'on ne doit jamais manquer à ses amis. Œuvres mêlées*, Barbin, 1689, p. 291) : « Les plus belles passions se rendent ridicules en vieillissant : » puis (*ibidem*, p. 293) : « Dieu n'a pas voulu que nous fussions assez parfaits pour être toujours aimables : pourquoi voulons-nous être toujours aimés ? » — Voyez les *maximes* 418, 423, 444, et la 15ᵉ des *Réflexions diverses*.

3. Swift dit de même : « Les motifs des meilleures actions ne

CDX

Le plus grand effort de l'amitié n'est pas de montrer nos défauts à un ami ; c'est de lui faire voir les siens[1]. (ÉD. 4.)

CDXI

On n'a guère de défauts qui ne soient plus pardonnables que les moyens dont on se sert pour les cacher[2]. (ÉD. 4.)

CDXII

Quelque honte que nous ayons méritée, il est presque

supportent pas un examen trop sévère. » — Charron (*de la Sagesse,* livre II, chapitre III) : « Il ne se faut arrester aux actions ; ce n'est que le marc et le plus grossier, et souuent vne happelourde (« faux diamant, » *selon Furetière*) et vn masque ; il faut penetrer au dedans et sçauoir le motif qui fait iouer les cordes. » — Meré (*maxime 243*) : « La plupart des actions des hommes sont fardées, et n'ont rien que l'apparence. » — Mme de Sablé répond (*maximes 71 et 75*) : « Il vaut presque mieux que les grands recherchent la gloire, et même la vanité dans les bonnes actions, que s'ils n'en étoient point du tout touchés ; car encore que ce ne soit pas les faire par les principes de la vertu, l'on en tire au moins cet avantage, que la vanité leur fait faire ce qu'ils ne feroient point sans elle. » — « Quand les grands espèrent de faire croire qu'ils ont quelque bonne qualité qu'ils n'ont pas, il est dangereux de montrer qu'on en doute ; car en leur ôtant l'espérance de pouvoir tromper les yeux du monde, on leur ôte aussi le desir de faire les bonnes actions qui sont conformes à ce qu'ils affectent. »

1. Amelot de la Houssaye cite à ce propos le proverbe espagnol : « Un vieil ami est pour nous le plus fidèle des miroirs. » *No ay mejor espejo que el amigo viejo.* — Duclos (tome I, p. 92, *Considérations sur les mœurs de ce siècle,* chapitre III) : « Les gens les plus unis, et qui s'estiment à plus d'égards, deviendroient ennemis mortels, s'ils se témoignoient complétement ce qu'ils pensent les uns des autres. »

2. Mme de Sablé (*maxime 42*) : « C'est augmenter ses défauts que

toujours en notre pouvoir de rétablir notre réputation [1].
(ÉD. 4*.)

CDXIII

On ne plaît pas longtemps quand on n'a qu'une sorte
d'esprit [2]. (ÉD. 5.)

de les désavouer quand on nous les reproche. » — Voyez les
maximes 134, 202, 457 et 641.

1. VAR. : *De* quelque honte que *l'on soit couvert, on peut toujours
rétablir sa réputation. (Manuscrit.)* — Surtout par une belle mort,
comme ce Sempronius que Tacite nous montre s'offrant lui-même
aux coups des meurtriers, et dont il dit (*Annales,* livre I, chapitre LIII) : .... *Constantia mortis haud indignus Sempronio nomine ; vita
degeneraverat.* « Par la fermeté de sa mort, il ne fut pas indigne du
nom de Sempronius, que sa vie avait démenti. »

2. Les *maximes,* à partir de celle-ci, appartiennent à la 5e et dernière édition, donnée par l'auteur en 1678, deux ans avant sa mort.
— Selon Segrais (*Mémoires,* p. 86), cette réflexion, qu'il cite d'ailleurs
inexactement, serait à l'adresse de Racine et de Boileau : « C'est à
leur occasion, dit-il, que M. de la Rochefoucauld a établi la *maxime*
que *c'est une grande pauvreté de n'avoir qu'une sorte d'esprit,* parce que
tout leur entretien roule sur la poésie ; ôtez-les de là, ils ne savent plus
rien. » — Le témoignage de Segrais est d'autant plus suspect que,
dans le même recueil (p. 65), on le prend en flagrant délit d'interprétation malveillante, au moins contre Boileau. En citant cette pensée
de Mme de la Fayette : « Celui qui se met au-dessus des autres,
quelque esprit qu'il ait, se met au-dessous de son esprit, » il ajoute,
de son chef : « Despréaux est de ces gens-là. » Sans doute, au moment où Segrais faisait cette application, Boileau n'avait point encore
écrit (*Art poétique,* chant IV, vers 201), en invitant les poëtes à chanter le nom de Louis XIV :

Que Segrais, dans l'églogue, en charme les forêts.

C'est surtout en ce qui regarde Racine que l'observation de Segrais
tombe tout à fait faux. Le grand tragique disait lui-même à ses fils :
« Sans fatiguer les gens du monde du récit de mes ouvrages, dont je
ne leur parle jamais, je me contente de leur tenir des propos amu-
sants, et de les entretenir de choses qui leur plaisent. Mon talent, avec
eux, n'est pas de leur faire sentir que j'ai de l'esprit, mais de leur apprendre qu'ils en ont. » (*Mémoires sur la vie de Jean Racine ;* voyez
l'édition de M. Mesnard, tome I, p. 295 et 296.) — Saint-Simon, qui

CDXIV

Les fous et les sottes gens ne voient que par leur humeur[1]. (ÉD. 5*.)

CDXV

L'esprit nous sert quelquefois à faire hardiment[2] des sottises[3]. (ÉD. 5.)

CDXVI

La vivacité qui augmente en vieillissant ne va pas loin de la folie[4]. (ÉD. 5.)

n'est pas suspect d'indulgence, dit dans ses *Mémoires* (tome II, p. 271) : « Personne n'avoit *plus de fonds d'esprit, ni plus agréablement tourné ; rien du poëte dans son commerce, et tout de l'honnête homme*, de l'homme modeste, et, sur la fin, de l'homme de bien. » On sait enfin que Louis XIV, qui s'y connaissait, disait de Racine que personne à sa cour n'avait *plus grand air ;* or le grand Roi n'eût point accordé un tel éloge à l'homme qui n'aurait eu que les habitudes et le langage d'un pédant. — Voyez les 2e et 16e *Réflexions diverses.*

1. VAR. : *Le sot ne voit jamais que par l'humeur, parce qu'il ne peut voir par l'esprit. (Manuscrit.)* — Or, selon la *maxime* 290, *il y a plus de défauts dans l'humeur que dans l'esprit.*

2. La 5e édition (1678) et celle de 1693, qui en reproduit le texte, mettent *hardiment* après *quelquefois.* C'est sans aucun doute une faute. Nous suivons le texte de l'Appendice à la 4e édition (1675).

3. Vauvenargues (*maxime* 806, *Œuvres.* p. 480) : « Sans justesse, on est d'autant moins raisonnable qu'on a plus d'esprit. » — La Rochefoucauld a déjà dit même chose dans la *maxime* 340, à propos de l'esprit des femmes. Voyez aussi la 16e des *Réflexions diverses.*

4. L'annotateur contemporain trouve cette pensée belle et vraie, mais il ne croit pas que ce puisse être une *règle universelle,* et cite l'exemple de *Monsieur de Meaux* (Bossuet), *dont le livre des Quiétistes* (contre Fénelon) *est plus animé que tous ses livres, quoiqu'il soit le dernier ;* mais il est présumable que la Rochefoucauld a voulu parler plutôt de la vivacité du *caractère* que de la vivacité de l'*esprit.*

CDXVII

En amour, celui qui est guéri le premier est toujours le mieux guéri[1]. (ÉD. 5.)

CDXVIII

Les jeunes femmes qui ne veulent point paroître coquettes, et les hommes d'un âge avancé qui ne veulent pas être ridicules, ne doivent jamais parler de l'amour comme d'une chose où ils puissent avoir part[2]. (ÉD. 5.)

CDXIX

Nous pouvons paroître grands dans un emploi au-dessous de notre mérite, mais nous paroissons souvent petits dans un emploi plus grand que nous[3]. (ÉD. 5*.)

1. Publius Syrus croit que, dans ce cas, on se guérit l'un l'autre :

Amoris vulnus sanat idem qui facit.

« En amour, la même main qui blesse, guérit. » — Voyez la note de la *maxime* 395.

2. Peut-être la Rochefoucauld pensait-il à lui-même, ou à d'Hacqueville (voyez, sur cet officieux et candide personnage, Mme de Sévigné, tome II, p. 508 et 509, p. 521 et 522). — Publius Syrus :

Amare juveni fructus est, crimen seni.

« L'amour est l'heureux privilége de la jeunesse, et la honte du vieillard. » — Meré (*maxime* 151) : « L'amour.... est la honte des vieillards. » — Bussy Rabutin (*Correspondance*, Lettre au comte de Gramont, du 3 novembre 1677) : « Je suis d'accord avec lui (*Saint-Évremond*) qu'on peut faire l'amour toute sa vie, mais qu'il faut se cacher quand on vient à un certain âge. » — La Bruyère (*de l'Homme,* nº 111) : « C'est une grande difformité dans la nature qu'un vieillard amoureux. » — Vauvenargues (*maxime* 678, *OEuvres*, p. 469) : « Je plains un vieillard amoureux ; les passions de la jeunesse font un affreux ravage dans un corps usé et flétri. » — Voyez les *maximes* 408, 423, 461, et la 15e des *Réflexions diverses*.

3. Var. : Nous pouvons *quelquefois* paroître grands dans *des* em-

CDXX

Nous croyons souvent avoir de la constance dans les malheurs, lorsque nous n'avons que de l'abattement, et nous les souffrons sans oser les regarder, comme les poltrons se laissent tuer de peur de se défendre[1]. (ÉD. 5*.)

CDXXI

La confiance fournit plus à la conversation que l'esprit[2]. (ÉD. 5.)

CDXXII

Toutes les passions nous font faire des fautes, mais l'amour nous en fait faire de plus ridicules[3]. (ÉD. 5*.)

plois au-dessous de *nous*, mais nous *sommes toujours* petits dans *ceux qui sont plus grands que nous ne sommes.* (*Manuscrit.*) — Sénèque (*épître* XVII) : *Turpe est cedere oneri; luctare cum officio quod semel recepisti.* « Il est honteux de se montrer au-dessous de sa charge ; mettez-vous au niveau de votre emploi, dès que vous l'avez accepté. » — Voyez les *maximes* 164, 449, et la 3e des *Réflexions diverses.*

1. VAR. : Nous croyons *quelquefois supporter* les malheurs *avec* constance, *quand ce n'est que par* abattement, *et que* nous les souffrons sans oser *nous retourner*, comme les poltrons, *qui* se laissent tuer de peur de se défendre. (*Manuscrit.*) — Dans les *maximes* 21, 23 et 504, l'auteur dit à peu près la même chose de la fermeté devant la mort.

2. La Bruyère (*du Cœur*, n° 78, tome I, p. 214) : « L'on est plus sociable et d'un meilleur commerce par le cœur que par l'esprit. » — Vauvenargues (*maxime* 860, *OEuvres*, p. 485) : « On est encore bien éloigné de plaire, lorsqu'on n'a que de l'esprit. » — Mme de Sablé (en répondant à une lettre de la Rochefoucauld, du 2 août 1675, *Portefeuilles de Vallant*, tome II, f°s 154 et 155) aurait voulu qu'il *expliquât* dans cette *maxime de quelle sorte de confiance* il s'agit, *parce que celle qui n'est fondée que sur la bonne opinion que l'on a de soi-même* est différente de la *sûreté que l'on prend avec les personnes à qui l'on parle.*

3. VAR. : *L'amour* nous *fait* faire des fautes, *comme* les *autres* passions, mais *il* nous en fait faire de plus ridicules. (*Manuscrit.*)

CDXXIII

Peu de gens savent être vieux[1]. (ÉD. 5.)

CDXXIV

Nous nous faisons honneur des défauts opposés à ceux que nous avons : quand nous sommes foibles, nous' nous vantons d'être opiniâtres[2]. (ÉD. 5.)

CDXXV

La pénétration a un air de deviner[3], qui flatte plus notre vanité que toutes les autres qualités de l'esprit[4]. (ÉD. 5*.)

CDXXVI

La grâce de la nouveauté et la longue habitude,

1. « C'est que personne ne veut l'être, » dit l'annotateur contemporain. — Cicéron (*de Senectute*, chapitre x) cite le proverbe latin qui recommande « d'être vieux de bonne heure, si l'on veut être vieux longtemps » : *Mature fieri senem, si diu velis esse senex.* — Publius Syrus :

Eheu ! quam miserum est fieri metuendo senem !

« Ah ! quel malheur de devenir vieux, quand on craint de le devenir ! » — La Rochefoucauld commente ainsi sa pensée dans sa lettre à Mme de Sablé, du 2 août 1675 : « Je sais bien que le bon sens et le bon esprit convient à tous les âges ; mais les goûts n'y conviennent pas toujours, et ce qui sied bien en un temps ne sied pas bien en un autre : c'est ce qui me fait croire que peu de gens savent être vieux. » — Voyez les *maximes* 112, 207, 210, 405, 408, 418, 444, et la 15e des *Réflexions diverses*.

2. Voyez les *maximes* 327, 442, 493 et 494.

3. VAR. : a un air *de prophétie*. (*Manuscrit*.)

4. Selon Mme de Sablé, dans la lettre, déjà citée, qu'elle adressait à la Rochefoucauld, cette pensée est *merveilleuse, et il n'y a rien de mieux pénétré*. — Voyez la *maxime* 632.

quelques[1] opposées qu'elles soient, nous empêchent également de sentir les défauts de nos amis[2]. (ÉD. 5.)

CDXXVII

La plupart des amis dégoûtent de l'amitié, et la plupart des dévots dégoutent de la dévotion[3]. (ÉD. 5.)

CDXXVIII

Nous pardonnons aisément à nos amis les défauts qui ne nous regardent pas[4]. (ÉD. 5.)

CDXXIX

Les femmes qui aiment pardonnent plus aisément les grandes indiscrétions que les petites infidélités[5]. (ÉD. 5.)

CDXXX

Dans la vieillesse de l'amour, comme dans celle de l'âge, on vit encore pour les maux, mais on ne vit plus pour les plaisirs[6]. (ÉD. 5.)

1. Voyez le *Lexique*, au mot QUELQUE.

2. La Bruyère (*des Jugements*, n° 4) : « Deux choses toutes contraires nous préviennent également, l'habitude et la nouveauté. »

3. Mme de Sablé, dans la lettre citée, dit à propos de cette réflexion : « Quand les amitiés ne sont point fondées sur la vertu, il y a tant de choses qui les détruisent, que l'on a quasi toujours des sujets de s'en lasser. »

4. Voyez la *maxime* 88, et la 10ᵉ des *Réflexions diverses*.

5. « Il n'y a rien de mieux trouvé, » selon Mme de Sablé (*même lettre*).

6. « Il y a quelquefois des regains, dans l'un et dans l'autre, » dit l'annotateur contemporain, ce qui permet de supposer qu'il n'était pas jeune. — Voyez la *maxime* 461, et la 9ᵉ des *Réflexions diverses*.

CDXXXI

Rien n'empêche tant d'être naturel que l'envie de le paroître[1]. (ÉD. 5*.)

CDXXXII

C'est, en quelque sorte, se donner part aux belles actions que de les louer de bon cœur[2]. (ÉD. 5.)

CDXXXIII

La plus véritable marque d'être né avec de grandes qualités, c'est d'être né sans envie[3]. (ÉD. 5.)

CDXXXIV

Quand nos amis nous ont trompés, on ne doit que de l'indifférence aux marques de leur amitié, mais on doit toujours de la sensibilité à leurs malheurs[4]. (ÉD. 5.)

1. VAR. : *Ce qui nous* empêche d'être *naturels, c'est* l'envie de le paroître. (*Manuscrit.*) — « Cette *maxime* est bien vraie, dit Mme de Sablé (*même lettre*), car le naturel ne se trouve point où il y a de l'affectation. » — Voyez les *maximes* 107, 134, 203, 372 et 411.

2. Mme de Sablé (*même lettre*) : « Il n'y a rien de si beau ni de si vrai. » — Toutefois, si l'on en croit Charron (*de la Sagesse,* livre I, chapitre XXXIX), le cas serait assez rare : « Il y en a qui font les ingenieux et subtils à desprauer et obscurcir la gloire des belles actions ; en quoy ils monstrent beaucoup plus de mauuais naturel que de suffisance ; c'est chose aysée, mais fort vilaine. »

3. Mais, selon la *maxime* 486, rien de moins commun. — Il y a analogie de sens entre cette pensée et la précédente ; Mme de Sablé (*même lettre*) la marque comme *très-belle.* — Voyez les *maximes* 328 et 476.

4. Cette pensée est noblement contradictoire à plusieurs autres qui traitent de l'amitié et de la pitié, notamment aux *maximes* 83, 264 et 583. — Voyez aussi le *Portrait de la Rochefoucauld par lui-même,* ci-dessus, p. 9 et 10.

CDXXXV

La fortune et l'humeur gouvernent le monde[1]. (ÉD. 5.)

CDXXXVI

Il est plus aisé de connoître l'homme en général[2], que de connoître un homme en particulier. (ÉD. 5*.)

CDXXXVII

On ne doit pas juger du mérite d'un homme par ses grandes qualités, mais par l'usage qu'il en sait faire[3]. (ÉD. 5.)

CDXXXVIII

Il y a une certaine reconnaissance vive, qui ne nous

1. Voyez la note de la *maxime* 323. — Plutarque répondait par avance à la Rochefoucauld : « Comment? n'y a il donc point de iustice non plus es afaires des hommes, ny d'equité, ny de temperance, ny de modestie? et a-ce esté de fortune et par fortune qu'Aristides a mieux aimé demourer en sa pauureté, combien qu'il fust en sa puissance se faire seigneur de beaucoup de biens, et que Scipion, ayant pris de force Carthage, ne toucha ny ne vid onques rien de tout le pillage? » (*Traité de la Fortune*, chapitre 1, traduction d'Amyot.)

2. VAR. : *tous les hommes.* (*Manuscrit.*) — Il est plus facile encore de connaître des *hommes* que l'*homme*, et selon Aimé-Martin (p. 118), ce serait le cas de la Rochefoucauld, qui n'est guère sorti *des exceptions.* — Duclos (tome I, p. 64, *Considérations sur les mœurs de ce siècle*, introduction) : « Il y a .... une grande différence entre la connoissance de l'homme et la connoissance des hommes. Pour connoître l'homme, il suffit de s'étudier soi-même ; pour connoître les hommes, il faut les pratiquer. »

3. Mme de Sablé (*même lettre*) ajoute à cette pensée : « Il n'y a point de vraies grandes qualités, si on ne les met en usage. » —Voyez les *maximes* 159 et 343.

acquitte pas seulement des bienfaits que nous avons reçus, mais qui fait même que nos amis nous doivent, en leur payant ce que nous leur devons [1]. (ÉD. 5.)

CDXXXIX

Nous ne desirerions guère de choses avec ardeur, si nous connoissions parfaitement ce que nous desirons [2]. (ÉD. 5.)

CDXL

Ce qui fait que la plupart des femmes sont peu touchées de l'amitié, c'est qu'elle est fade quand on a senti de l'amour [3]. (ÉD. 5.)

CDXLI

Dans l'amitié, comme dans l'amour, on est souvent plus heureux par les choses qu'on ignore que par celles que l'on sait [4]. (ÉD. 5.)

1. Nouvelle et heureuse contradiction, car l'auteur nie ordinairement la reconnaissance. Voyez, entre autres, les *maximes* 223 et 298.

2. Aimé-Martin (p. 120) rappelle, à ce sujet, le mot de Léonidas à Xerxès, rapporté par Plutarque dans les *Apophthegmes lacédémoniens* : « Si tu connoissois en quoi consiste le bien de la vie, tu ne convoiterois pas ce qui est à autrui. » — Voyez la *maxime* 543.

3. Saint-Évremond (*sur la Religion*) : « Où l'amour a su régner une fois, il n'y a plus d'autre passion qui subsiste d'elle-même. » — La Bruyère (*du Cœur*, n°s 7 et 8, tome I, p. 200) : « L'amour et l'amitié s'excluent l'un l'autre. » — « Celui qui a eu l'expérience d'un grand amour néglige l'amitié. » — Voyez les *maximes* 73, 131, 396 et 471.

4. « L'on est plus heureux, dit l'annotateur contemporain, mais on ne sent pas son bonheur. » — Voyez la *maxime* 395.

CDXLII

Nous essayons de nous faire honneur des défauts que nous ne voulons pas corriger[1]. (ÉD. 5.)

CDXLIII

Les passions les plus violentes nous laissent quelquefois du relâche, mais la vanité nous agite toujours[2]. (ÉD. 5.)

CDXLIV

Les vieux fous sont plus fous que les jeunes[3]. (ÉD. 5*.)

CDXLV

La foiblesse est plus opposée à la vertu que le vice[4]. (ÉD. 5.)

CDXLVI

Ce qui rend les douleurs de la honte et de la jalousie si aiguës, c'est que la vanité ne peut servir à les supporter[5]. (ÉD. 5*.)

---

1. Voyez les *maximes* 327, 383, 424, 493, 494 et 609.

2. Voyez la *maxime* 388.

3. VAR. : *Il y a plus de* vieux fous *que de* jeunes. (*Manuscrit.*) — Voyez les *maximes* 112, 207, 210, 405, 408, 418, 423, et la 15ᵉ des *Réflexions diverses.*

4. Mme de Sablé (*même lettre*) estime que cette pensée est *très-vraie, car le vice se peut corriger par l'étude de la vertu, et la foiblesse est du tempérament, qui ne se peut quasi jamais changer.* — Vauvenargues (*maxime* 20, *OEuvres*, p. 376) : « La raison et la liberté sont incompatibles avec la foiblesse. » — Voyez les *maximes* 130 et 316.

5. VAR. : *Ce qui* fait que *la honte et la jalousie* sont les plus grands de tous les maux, *c'est que la vanité ne* nous aide pas *à les suppor-*

CDXLVII·

La bienfaisance est la moindre de toutes les lois, et la plus suivie[1]. (ÉD. 5*.)

CDXLVIII

Un esprit droit a moins de peine de se soumettre aux esprits de travers que de les conduire[2]. (ÉD. 5.)

CDCLIX

Lorsque la fortune nous surprend en nous donnant une grande place, sans nous y avoir conduits par degrés, ou sans que nous nous y soyons élevés par nos espérances, il est presque impossible de s'y bien soutenir, et de paroître digne de l'occuper[3]. (ÉD. 5.)

ter. (*Manuscrit.*) — *Honte* dans le sens d'*humiliation*. — Voyez la *maxime* 472.

1. VAR. : .... de toutes les lois, et *c'est elle que l'on suit le* plus. (*Manuscrit.*)

2. Duplessis donne à tort : « *à* se soumettre, » pour « *de* se sou- mettre. » — La Bruyère (*de la Société et de la Conversation*, n° 48, tome I, p. 233) : « Il est souvent plus court et plus utile de cadrer aux autres que de faire que les autres s'ajustent à nous. » — Voyez les *maximes* 318 et 502.

3. Mme de Sablé (*maxime* 32) : « La bonne fortune fait quasi toujours quelque changement dans le procédé, dans l'air, et dans la manière de converser et d'agir. C'est une grande foiblesse de vou- loir se parer de ce qui n'est point à soi : si l'on estimoit la vertu plus que toute autre chose, aucune faveur ni aucun emploi ne chan- geroit jamais le cœur ni le visage des hommes. » — La Bruyère (*de l'Homme*, n°s 94 et 95) : « Il se trouve des hommes qui soutiennent facilement le poids de la faveur et de l'autorité, qui se familiarisent avec leur propre grandeur, et à qui la tête ne tourne point dans les postes les plus élevés. Ceux au contraire que la fortune, aveugle, sans choix et sans discernement, a comme accablés de ses bienfaits,

CDL

Notre orgueil s'augmente souvent de ce que nous retranchons de nos autres défauts[1]. (ÉD. 5.)

CDLI

Il n'y a point de sots si incommodes que ceux qui ont de l'esprit[2]. (ÉD. 5.)

CDLII

Il n'y a point d'homme qui se croie, en chacune de ses qualités, au-dessous de l'homme du monde qu'il estime le plus[3]. (ÉD. 5.)

en jouissent avec orgueil et sans modération. » — « Les postes éminents rendent les grands hommes encore plus grands, et les petits beaucoup plus petits. » — Rapprochez des *maximes* 164, 419, et de la 3ᵉ des *Réflexions diverses*.

1 Voyez les *maximes* 10 et 33.

2. Duplessis cite à ce propos le vers suivant, qu'il attribue à Boileau, mais qui est de Molière (*les Femmes savantes*, acte IV, scène III) :

> Un sot savant est sot plus qu'un sot ignorant.

— Duclos (tome I, p. 235, *Considérations sur les mœurs de ce siècle*, chapitre XIII) : « De tous les sots, les plus vifs sont les plus insupportables. » — Rapprochez des *maximes* 456, 502, et de la 16ᵉ des *Réflexions diverses*. — Mme de Sablé (*maxime* 33) est plus accommodante : « Il faut s'accoutumer, dit-elle, aux sottises d'autrui, et ne se point choquer des niaiseries qui se disent en notre présence. » — La Bruyère (*de la Société et de la Conversation*, nº 37, tome I, p. 230) dit, dans le même sens que Mme de Sablé : « Ne pouvoir supporter tous les mauvais caractères dont le monde est plein n'est pas un fort bon caractère : il faut dans le commerce des pièces d'or et de la monnoie. »

3. La Bruyère (*des Jugements*, nº 71) : « Nous n'approuvons les autres que par les rapports que nous sentons qu'ils ont avec nousmêmes ; et il semble qu'estimer quelqu'un, c'est l'égaler à soi. » — Voyez la *maxime* 397.

CDLIII

Dans les grandes affaires, on doit moins s'appliquer à faire naître[1] des occasions, qu'à profiter de celles qui se présentent. (ÉD. 5.)

CDLIV

Il n'y a guère d'occasion[2] où l'on fît un méchant marché de renoncer au bien qu'on dit de nous, à condition de n'en dire point de mal. (ÉD. 5*.)

CDLV

Quelque disposition qu'ait le monde à mal juger, il fait encore plus souvent grâce au faux mérite qu'il ne fait injustice au véritable[3]. (ÉD. 5.)

1. 5ᵉ édition (1678) et 6ᵉ (1693) : « .... s'appliquer *et* faire naître, » mais c'est évidemment une faute d'impression. — Sénèque (*épître* XXII) : *Non tantum præsentis, sed vigilantis est, occasionem observare properantem.* « Non-seulement il faut être là, mais il faut être vigilant pour guetter l'occasion, qui passe vite. » — Sénèque dit encore (*même épître*) : (Epicurus ait) *nihil esse tentandum, nisi quum apte poterit tempestiveque tentari.* « (*Épicure le dit,*) il ne faut rien entreprendre qu'en temps convenable et opportun. » — Caton (livre II, *distique* 26) :

> *Rem tibi quam nosces aptam, dimittere noli :*
> *Fronte capillata est, sed post occasio calva.*

« Dès que tu auras reconnu qu'une chose te convient, ne la laisse point échapper : l'occasion a des cheveux par devant, mais elle est chauve par derrière. » — Charron (*de la Sagesse*, livre II, chapitre x) : « C'est vn tour de maistre et bien habile homme de sçauoir bien prendre les choses en leur poinct, bien mesnager les occasions et commodités, se preualoir du temps et des moyens.... Il faut preuoir l'occasion, la guetter, l'attendre, la voir venir, s'y preparer, et puis l'empoigner au poinct qu'il faut. »

2. VAR. : Il n'y a *pas* d'occasion. (*Manuscrit.*)

3. Voyez les *maximes* 166 (contradictoire à celle-ci et aux 465ᵉ et 489ᵉ), 273, 400, et la note de la 465ᵉ.

CDLVI

On est quelquefois un sot avec de l'esprit, mais on ne l'est jamais avec du jugement[1]. (ÉD. 5.)

CDLVII

Nous gagnerions plus de nous laisser voir tels que nous sommes, que d'essayer de paroître ce que nous ne sommes pas. (ÉD. 5.)

CDLVIII

Nos ennemis approchent plus de la vérité dans les jugements qu'ils font de nous, que nous n'en approchons nous-mêmes[3]. (ÉD. 5.)

CDLIX

Il y a plusieurs remèdes qui guérissent de l'amour, mais il n'y en a point d'infaillibles[4]. (ÉD. 5*.)

1. Rapprochez des *maximes* 451, 502, et de la 16e des *Réflexions diverses*. — Voyez aussi la *maxime* 97, où l'auteur n'admet pas de distinction entre l'*esprit* et le *jugement*.

2. Mme de Sablé (*maxime* 20) : « Si l'on avoit autant de soin d'être ce qu'on doit être que de tromper les autres en déguisant ce que l'on est, on pourroit se montrer tel qu'on est, sans avoir la peine de se déguiser. » — Voyez les *maximes* 134, 202, 411, 431, 493 et 641.

3. C'est ainsi que le portrait de la Rochefoucauld par le cardinal de Retz, et celui de Retz par la Rochefoucauld (voyez ci-dessus, p. 13-21), ont bien toutes les apparences de la vérité. — Rapprochez de la *maxime* 397.

4. VAR. : *S'il y a des remèdes pour guérir de l'amour, il n'y en a point d'infaillibles. (Manuscrit.)*

CDLX

Il s'en faut bien que nous connoissions[1] tout ce que nos passions nous font faire. (ÉD. 5.)

CDLXI

La vieillesse est un tyran qui défend, sur peine de la vie, tous les plaisirs de la jeunesse[2]. (ÉD. 5.)

CDLXII

Le même orgueil qui nous fait blâmer les défauts dont nous nous croyons exempts nous porte à mépriser les bonnes qualités que nous n'avons pas[3]. (ÉD. 5*.)

CDLXIII

Il y a souvent plus d'orgueil que de bonté à plaindre les malheurs de nos ennemis : c'est pour leur faire sentir que nous sommes au-dessus d'eux que nous leur donnons des marques de compassion[4]. (ÉD. 5.)

CDLXIV

Il y a un excès de biens et de maux qui passe notre sensibilité[5]. (ÉD. 5.)

---

1. C'est le seul cas où l'auteur emploie le tour *il s'en faut bien* sans le faire suivre de la négation *ne* : voyez, à cet égard, les *maximes* 295 et 465. — Quant au sens, rapprochez des *maximes* 43, 102, 103 et 269.

2. Voyez la *maxime* 430, et la 15e des *Réflexions diverses*.

3. VAR. : L'orgueil, qui fait *que nous blâmons* les défauts *que* nous croyons *ne point avoir, fait aussi que nous méprisons* les bonnes qualités que nous n'avons pas. (*Manuscrit.*)

4. Au fond, cette pensée revient à la 235e. Voyez aussi la 583e.

5. Rapprochez des *maximes* 339 et 528.

CDLXV

Il s'en faut bien que l'innocence ne trouve[1] autant de protection que le crime. (ÉD. 5.)

CDLXVI

De toutes les passions violentes, celle qui sied[2] le moins mal aux femmes, c'est l'amour[3]. (ÉD. 5.)

CDLXVII

La vanité nous fait faire plus de choses contre notre goût que la raison[4]. (ÉD. 5.)

CDLXVIII

Il y a de méchantes qualités[5] qui font de grands talents[6]. (ÉD. 5*.)

CDLXIX

On ne souhaite jamais ardemment ce qu'on ne souhaite que par raison[7]. (ÉD. 5*.)

1. Voyez la note de la *maxime* 460. — Cette pensée paraît contradictoire aux 455e et 489e. — Meré (*maxime* 14) : « L'honneur n'est pas toujours le prix du mérite ; il est aussi souvent le partage du crime que la récompense de la vertu. »

2. L'Appendice de 1675 donne *fait*, pour *sied*.

3. Vauvenargues (*maxime* 754, *OEuvres*, p. 477) : « Si les foiblesses de l'amour sont pardonnables, c'est principalement aux femmes, qui règnent par lui. »

4. Voyez la *maxime* 469, et la note de la *maxime* 390.

5. « *Des* méchantes qualités, » dans l'édition de 1678. Il y a *de* dans l'Appendice à l'édition de 1675 et dans l'édition de 1693.

6. Duplessis donne à tort : « qui *sont* de grands talents. » —Voyez les *maximes* 90, 273 et 354.

7. Rapprochez de la *maxime* 467.

CDLXX

Toutes nos qualités sont incertaines et douteuses, en bien comme en mal, et elles sont presque toutes à la merci des occasions[1]. (ÉD. 5.)

CDLXXI

Dans les premières passions, les femmes aiment l'amant; et dans les autres, elles aiment l'amour[2]. (ÉD. 5.)

CDLXXII

L'orgueil a ses bizarreries, comme les autres passions : on a honte d'avouer que l'on ait de la jalousie, et on se fait honneur d'en avoir eu, et d'être capable d'en avoir[3]. (ÉD. 5.)

CDLXXIII

Quelque rare que soit le véritable amour, il l'est encore moins que la véritable amitié[4]. (ÉD. 5.)

---

1. « Combien y a-t-il de Turennes, dit l'annotateur contemporain, qui sont dans les cloîtres, et combien y a-t-il de Brunos qui sont à l'armée ! » Voyez les *maximes* 53, 57, 58, 153, 165, 323, 345, 380, 404, 435 et 631.

2. *Et autre chose itou,* ajoute assez lestement l'annotateur contemporain. — Voyez les *maximes* 73, 131, 396, 402 (à la note), et 440.

3. Voyez la *maxime* 446.

4. La Bruyère (*du Cœur,* n° 6, tome I, p. 200) : « Il est plus ordinaire de voir un amour extrême qu'une parfaite amitié. » — Rapprochez de la *maxime* 76, et des 18e et 19e *Réflexions diverses.* — Si nous en croyons Favorinus, cité par Diogène de Laerte (livre V, chapitre 1, § 21), Aristote disait déjà : ῏Ω φίλοι, οὐδεὶς φίλος. « O mes amis, il n'y a pas d'amis. »

CDLXXIV

Il y a peu de femmes dont le mérite dure plus que la beauté[1]. (ÉD. 5.)

CDLXXV

L'envie d'être plaint ou d'être admiré fait souvent la plus grande partie de notre confiance[2]. (ÉD. 5*.)

CDLXXVI

Notre envie dure toujours plus longtemps que le bonheur de ceux que nous envions[3]. (ÉD. 5.)

CDLXXVII

La même fermeté qui sert à résister à l'amour sert aussi à le rendre violent et durable, et les personnes foibles, qui sont toujours agitées des passions, n'en sont presque jamais véritablement remplies[4]. (ÉD. 5*.)

CDLXXVIII

L'imagination ne sauroit inventer tant de diverses con-

1. Cette réflexion paraît être à deux fins : c'est un trait contre Mme de Longueville, et une délicate louange à l'adresse de Mme de la Fayette.

2. VAR. : *Le desir qu'on nous plaigne ou qu'on nous admire* fait *toute* notre confiance. (*Manuscrit.*) — Mme de la Fayette, confidente de la Rochefoucauld, devait moins goûter cette proposition que la précédente. — Rapprochez de la 5e des *Réflexions diverses.*

3. Voyez les *maximes* 3a8, 433 et 486.

4. Le manuscrit disait avec moins d'élégance, mais avec plus de clarté : « .... agitées des passions, *n'en ont jamais de longues.* »

trariétés qu'il y en a naturellement dans le cœur de chaque personne[1]. (ÉD. 5.)

CDLXXIX

Il n'y a que les personnes qui ont de la fermeté qui puissent avoir une véritable douceur: celles qui paroissent douces n'ont d'ordinaire que de la foiblesse, qui se convertit aisément en aigreur[2]. (ÉD. 5.)

CDLXXX

La timidité est un défaut dont il est dangereux de reprendre les personnes qu'on en veut corriger[3]. (ÉD. 5.)

CDLXXXI

Rien n'est plus rare que la véritable bonté: ceux

---

1. Horace dit en parlant de la pensée de l'homme (livre I, *épître* 1, vers 99) :

.... *Vitæ disconvenit ordine toto.*

« Elle n'est jamais d'accord avec elle-même dans toute la suite de la vie. » — Charron (*de la Sagesse*, livre I, chapitre xxxviii) : « Nos actions se contredisent souuent de si estrange façon qu'il semble impossible qu'elles soient parties de mesme boutique. » — La Bruyère (*de l'Homme*, n° 99) : « Quelques hommes, dans le cours de leur vie, sont si différents d'eux-mêmes par le cœur et par l'esprit, qu'on est sûr de se méprendre, si l'on en juge seulement par ce qui a paru d'eux dans leur première jeunesse. » — Voyez les *maximes* 51 et 135.

2. Vauvenargues (*maxime* 55, *Œuvres*, p. 379) : « Il n'y a guère de gens plus aigres que ceux qui sont doux par intérêt. » — Rapprochez des *maximes* 237, 387 et 481.

3. *Parce que*, dans ce cas, *on l'augmente*, comme le fait observer l'annotateur contemporain. — On sait que la Rochefoucauld était timide, au moins à parler, et que Huet (voyez ses *Mémoires*, traduction de M. Ch. Nisard, Paris, Hachette, 1853, un vol. in-8°,

même qui croient en avoir n'ont d'ordinaire que de la complaisance ou de la foiblesse[1]. (ÉD. 5.)

CDLXXXII

L'esprit s'attache par paresse et par constance[2] à ce qui lui est facile ou agréable : cette habitude met toujours des bornes à nos connoissances, et jamais personne ne s'est donné la peine d'étendre et de conduire son esprit aussi loin qu'il pourroit aller[3]. (ÉD. 5.)

CDLXXXIII

On est d'ordinaire plus médisant par vanité que par malice[4]. (ÉD. 5.)

CDLXXXIV

Quand on a le cœur encore agité par les restes d'une passion, on est plus près d'en prendre une nouvelle que quand on est entièrement guéri[5]. (ÉD. 5.)

CDLXXXV

Ceux qui ont eu de grandes passions se trouvent,

p. 195) ne put le décider à se présenter à l'Académie française : il n'osait affronter le *discours de réception* à prononcer.

1. Voyez les *maximes* 237, 387 et 479.

2. *Constance* n'a pas ici le sens que lui donne ordinairement l'auteur ; il signifie, comme la suite l'indique, *habitude constante, accoutumance.* — Duplessis met à tort *confiance*, au lieu de *constance*.

3. Selon Mme de Sablé (*maxime* 38), « l'étude et la recherche de la vérité ne servent souvent qu'à nous faire voir, par expérience, l'ignorance qui nous est naturelle. » — Rapprochez de la *maxime* 487.

4. Cette pensée revient, pour le fond, aux *maximes* 31, 267, 397 et 513.

5. Rapprochez de la *maxime* 10.

toute leur vie, heureux et malheureux d'en être guéris [1].
(ÉD. 5.*)

CDLXXXVI

Il y a encore plus de gens sans intérêt que sans envie [2]. (ÉD· 5.)

CDLXXXVII

Nous avons plus de paresse dans l'esprit que dans le
corps [3]. (ÉD. 5.)

CDLXXXVIII

Le calme ou l'agitation de notre humeur ne dépend
pas tant de ce qui nous arrive de plus considérable dans
la vie, que d'un arrangement commode ou désagréable
de petites choses qui arrivent tous les jours [4]. (ÉD. 5*.)

CDLXXXIX

Quelques [5] méchants que soient les hommes, ils n'ose-
roient paroître ennemis de la vertu [6], et lorsqu'ils la
veulent persécuter, ils feignent de croire qu'elle est fausse,
ou ils lui supposent des crimes. (ÉD. 5.)

---

1. VAR. : *Quand on a eu de grandes passions, on se trouve heureux
et malheureux d'en être guéri.* (*Manuscrit.*)

2. Voyez les *maximes* 328, 433 et 476.

3. Rapprochez de la *maxime* 482.

4. VAR. : *Ce qui fait le calme ou l'agitation de notre humeur
n'est pas tant ce qui nous arrive de plus considérable dans notre vie,
que ce qui nous arrive de petites choses tous les jours.* (*Manuscrit.*)

5. Voyez le *Lexique,* au mot QUELQUE.

6. Voyez la *maxime* 218 et la note de la *maxime* 465. — « Cela
prouve, dit l'annotateur contemporain, cette belle question de philosophie morale : *Non potest amari malum quia malum.* »

CDXC

On passe souvent de l'amour à l'ambition, mais on ne revient guère de l'ambition à l'amour[1]. (ÉD. 5*.)

CDXCI

L'extrême avarice se méprend presque toujours : il n'y a point de passion qui s'éloigne plus souvent de son but, ni sur qui le présent ait tant de pouvoir, au préjudice de l'avenir[2]. (ÉD. 5.)

CDXCII

L'avarice produit souvent des effets contraires : il y a un nombre infini de gens qui sacrifient tout leur bien à des espérances douteuses et éloignées ; d'autres méprisent de grands avantages à venir pour de petits intérêts présents[3]. (ÉD. 5.)

1. VAR. : *On va* de l'amour à l'ambition, mais on ne *va pas* de l'ambition à l'amour. (*Manuscrit.*) — Tacite (*Histoires*, livre IV, chapitre VI) : *Etiam sapientibus cupido gloriæ novissima exuitur.* « Le désir de la gloire est la dernière passion dont les sages même se dépouillent. » — Pascal (tome II, p. 251 et p. 255, *Discours sur les passions de l'amour*) : — « Les passions qui sont les plus convenables à l'homme…. sont l'amour et l'ambition ; elles n'ont guère de liaison ensemble ; cependant, on les allie assez souvent ; mais elles s'affoiblissent l'une l'autre réciproquement, pour ne pas dire qu'elles se ruinent…. Quand on aime une dame sans égalité de condition, l'ambition peut accompagner le commencement de l'amour ; mais, en peu de temps, il devient le maître. C'est un tyran qui ne souffre point de compagnon : il veut être seul ; il faut que toutes les passions ploient et lui obéissent. » — La Bruyère (*des Biens de fortune*, n° 50, tome I, p. 262) : « L'ambition suspend en lui (*en l'homme*) les autres passions. »

2. Vauvenargues (*maxime* 56, OEuvres, p. 379) : « L'intérêt fait peu de fortunes. » — Voyez les *maximes* 167 et 492.

3. Voyez la *maxime* précédente et les 11ᵉ et 246ᵉ.

CDXCIII

Il semble que les hommes ne se trouvent pas assez de défauts : ils en augmentent encore le nombre par de certaines qualités singulières dont ils affectent de se parer, et ils les cultivent avec tant de soin qu'elles deviennent à la fin des défauts naturels qu'il ne dépend plus d'eux de corriger[1]. (ÉD. 5.)

CDXCIV

Ce qui fait voir que les hommes connoissent mieux leurs fautes qu'on ne pense, c'est qu'ils n'ont jamais tort quand on les entend parler de leur conduite : le même amour-propre qui les aveugle d'ordinaire les éclaire alors, et leur donne des vues si justes, qu'il leur fait supprimer ou déguiser les moindres choses qui peuvent être condamnées[2]. (ÉD. 5.)

CDXCV

Il faut que les jeunes gens qui entrent dans le monde soient honteux[3] ou étourdis : un air capable et composé se tourne d'ordinaire en impertinence[4]. (ÉD. 5.)

---

1. Rapprochez des *maximes* 424, 442, 457 et 494.

2. Duclos (tome I, p. 214, *Considérations sur les mœurs de ce siècle,* chapitre XII) pense au contraire que « les mauvais succès ne détrompent pas ceux qu'ils humilient. » — Voyez la *maxime* 36, qui, en un sens, est contradictoire à celle-ci, et les 424e, 442e, 493e et 509e. Dans cette dernière *maxime*, *l'amour-propre,* loin de nous *aveugler,* nous *éclaire* si bien qu'il devient notre *tourment.* — Mme de Sablé (*maxime* 13) : « Rien ne nous peut tant instruire du déréglement général de l'homme que la parfaite connoissance de nos déréglements particuliers. »

3. *Honteux* dans le sens de *timides.*

4. *L'air froid* de nos jeunes gens date de loin : une femme célèbre

CDXCVI

Les querelles ne dureroient pas longtemps si le tort n'étoit que d'un côté[1]. (ÉD. 5*.)

CDXCVII

Il ne sert de rien d'être jeune sans être belle, ni d'être belle sans être jeune[2]. (ÉD. 5*.)

CDXCVIII

Il y a des personnes si légères et si frivoles, qu'elles sont aussi éloignées d'avoir de véritables défauts que des qualités solides[3]. (ÉD. 5*.)

CDXCIX

On ne compte[4] d'ordinaire la première galanterie des femmes que lorsqu'elles en ont une seconde[5]. (ÉD. 5*.)

au dix-septième siècle par ses saillies, Mme Cornuel, disait, en parlant de ceux de son temps : « qu'il lui sembloit qu'elle étoit avec des morts, parce qu'ils sentent mauvais et ne parlent point. » Voyez une lettre de Corbinelli, dans les *Lettres de Mme de Sévigné*, tome IV, p. 414. — Rapprochez de la *maxime* 372.

1. VAR. : Les querelles ne *seroient* pas *longues* si *on n'avoit* tort que d'un côté. (*Manuscrit.*)

2. VAR. : Il *est presque également inutile d'avoir de la jeunesse sans beauté, ou de la beauté sans jeunesse.* (*Manuscrit.*) — Meré (*maxime* 159) : « Les jeunes femmes n'ont pas assez d'esprit, et celles qui sont âgées n'ont pas assez de beauté. »

3r VAR. : Il y a des personnes si légères, qu'elles *n'ont pas plus des* défauts que des qualités. (*Manuscrit.*)

4. Dans le texte de Duplessis : « On ne *conte.* »

5. VAR. : On ne compte la première galanterie des femmes *qu'à* *leur* seconde. (*Manuscrit.*) — Voyez les *maximes* 73 et 396.

D

Il y des gens si remplis d'eux-mêmes, que, lorsqu'ils sont amoureux, ils trouvent moyen d'être occupés de leur passion sans l'être de la personne qu'ils aiment[1]. (ÉD. 5.)

DI

L'amour, tout agréable qu'il est, plaît encore plus par les manières dont il se montre que par lui-même[2]. (ÉD. 5*.)

DII

Peu d'esprit avec de la droiture ennuie moins, à la longue, que beaucoup d'esprit avec du travers[3]. (ÉD. 5.)

DIII

La jalousie est le plus grand de tous les maux, et celui qui fait le moins de pitié aux personnes qui le causent[4]. (ÉD. 5*.)

DIV

Après[5] avoir parlé de la fausseté de tant de vertus ap-

---

1. Rapprochez des *maximes* 259, 262, 324, 374, 501 et 563.

2. VAR. : L'amour *ne nous* plaît *pas tant* par lui-même *que par la manière* dont il se montre *à nous*. (*Manuscrit.*) — Voyez les *maximes* 374 et 500.

3. Il est clair que *droiture* signifie, dans ce cas, *bon sens*. — Selon Sénèque (*épître* IX), la première personne que le sot ennuie, c'est lui-même : *Omnis stultitia laborat fastidio sui.* — Voyez les *maximes* 318, 448, 451, 456, et la 16e des *Réflexions diverses*.

4. VAR. La jalousie, *qui* est *peut-être* le plus grand de tous les maux, *est aussi* celui *dont on a* le moins de pitié, *lorsqu'on le cause.* (*Manuscrit.*)

5. Cette dernière réflexion se trouve, nous l'avons dit, dans toutes les éditions.

parentes, il est raisonnable[1] de dire quelque chose de
la fausseté du mépris de la mort : j'entends parler de ce
mépris de la mort que les païens se vantent de tirer de
leurs propres forces, sans l'espérance d'une meilleure
vie. Il y a différence entre souffrir la mort constamment
et la mépriser : le premier est assez ordinaire[2], mais je
crois que l'autre n'est jamais sincère. On a écrit néanmoins tout ce qui peut le plus persuader que la mort
n'est point un mal, et les hommes les plus foibles, aussi
bien que les héros, ont donné mille exemples célèbres[3]
pour établir cette opinion ; cependant je doute que personne de bon sens[4] l'ait jamais cru, et la peine que l'on
prend pour le persuader aux autres et à soi-même fait
assez voir que cette entreprise n'est pas aisée. On peut
avoir divers sujets de dégoût[5] dans la vie, mais on n'a
jamais raison de mépriser la mort[6]; ceux mêmes qui se
la donnent volontairement ne la comptent pas pour si
peu de chose, et ils s'en étonnent et la rejettent[7] comme
les autres, lorsqu'elle vient à eux par une autre voie que
celle qu'ils ont choisie. L'inégalité que l'on remarque
dans le courage d'un nombre infini de vaillants hommes
vient de ce que la mort se découvre différemment à leur

1. VAR. : Après avoir parlé de la fausseté *des* vertus, il est raisonnable.... (1665.) — Dans le texte de 1665 A, il y a : « *de* vertus ; »
mais c'est sans doute une faute.

2. VAR. : le premier *sentiment* est assez ordinaire. (1665.)

3. VAR. : et les *plus foibles hommes*, aussi bien que les héros, ont
donné mille *célèbres exemples*. (1665.)

4. VAR. : *du* bon sens. (1665 B.)

5. VAR. : de *dégoûts*. (1666.)

6. VAR. : cependant je doute que personne de bon sens *en* ait
jamais *été véritablement persuadé*, et *toute* la peine *qu'on se donne* pour
en venir à bout fait assez *paroître* que cette entreprise n'est pas aisée.
On *a mille* sujets *de mépriser* la vie, mais on *n'en peut avoir* de mépriser la mort.... (1665.)

7. VAR. : et ils la *rejettent et s'en étonnent*. (1665.)

imagination[1], et y paroît plus présente en un temps qu'en un autre : ainsi il arrive[2] qu'après avoir méprisé ce qu'ils ne connoissent pas[3], ils craignent enfin ce qu'ils connoissent[4]. Il faut éviter de l'envisager[5] avec toutes ses circonstances, si on ne veut pas croire qu'elle soit le plus grand de tous les maux. Les plus habiles et les plus braves sont ceux qui prennent de plus honnêtes prétextes pour s'empêcher de la considérer ; mais tout homme qui la sait voir telle qu'elle est trouve que c'est une chose épouvantable. La nécessité de mourir faisoit toute la constance des philosophes : ils croyoient qu'il falloit aller de bonne grâce où l'on ne sauroit s'empêcher d'aller ; et ne pouvant éterniser leur vie, il n'y avoit rien qu'ils ne fissent pour éterniser leur réputation, et sauver du naufrage ce qui n'en peut être garanti[6]. Contentons-nous, pour faire bonne mine, de ne nous pas dire à nous-mêmes tout ce que nous

1. Var. : se découvre à leur imagination. (1665.)

2. Var. : *et* ainsi il arrive. (1665.)

3. Var. : ce qu'ils ne *connoissoient* pas. (1665 et 1666.)

4. Var. : ils craignent ce qu'ils connoissent. (1665, 1666, 1671 et 1675.)

5. Var. : de *la voir*. (1665).

6. Var. : mais tout homme qui la sait voir telle qu'elle est trouve que *la cessation d'être comprend tout ce qu'il y a* d'épouvantable. La nécessité *inévitable* de mourir *fait* toute la constance des philosophes : ils *croient* qu'il *faut* aller de bonne grâce où l'on ne *se peut* empêcher d'aller (*voyez les* maximes 23 *et* 46) ; et ne pouvant éterniser leur vie, il n'y *a* rien qu'ils ne *fassent* pour éterniser leur *gloire*, et *pour* sauver *ainsi* du naufrage ce qui *en* peut être garanti. (1665.) — Les éditions de 1666 et de 1671 portent, comme celle de 1665 : « *ce qui* en *peut être garanti ;* » les deux versions donnent un sens acceptable. — Deux *maximes* du manuscrit de la Rocheguyon viennent à l'appui de ce passage : « Rien ne prouve tant que les philosophes ne sont pas si bien persuadés qu'ils disent que la mort n'est pas un mal, que le tourment qu'ils se donnent pour éterniser leur réputation. » — « Rien ne prouve davantage combien la mort est redoutable que la peine que les philosophes se donnent pour persuader qu'on la doit mépriser. »

en pensons, et espérons plus de notre tempérament que
de ces foibles raisonnements qui nous font croire que
nous pouvons approcher de la mort avec indifférence[1].
La gloire de mourir avec fermeté, l'espérance d'être
regretté, le desir de laisser une belle réputation, l'assurance d'être affranchi des misères de la vie, et de ne
dépendre plus des caprices de la fortune[2], sont des remèdes qu'on ne doit pas rejeter; mais on ne doit pas
croire aussi qu'ils soient infaillibles. Ils font[3], pour nous
assurer, ce qu'une simple haie fait souvent à la guerre
pour assurer ceux[4] qui doivent approcher d'un lieu d'où
l'on tire : quand on en est éloigné, on s'imagine qu'elle
peut mettre à couvert; mais quand on en est proche, on
trouve que c'est un foible secours. C'est nous flatter de
croire que la mort[5] nous pàroisse de près ce que nous en
avons jugé de loin, et que nos sentiments, qui ne sont que
foiblesse[6], soient d'une trempe assez forte pour ne point
souffrir d'atteinte par la plus rude de toutes les épreuves[7].
C'est aussi mal connoître[8] les effets de l'amour-propre

1. VAR. : et espérons plus de notre tempérament que *des* foibles
raisonnements *à l'abri desquels nous croyons pouvoir* approcher de la
mort avec indifférence. (1665.)

2. VAR. : La gloire de mourir avec fermeté, *la satisfaction* d'être
regretté *de ses amis et* de laisser une belle réputation, l'*espérance de ne
plus souffrir de douleurs, et* d'être *à couvert* des *autres* misères de la vie
et des caprices de la fortune.... (1665.)

3. Duplessis donne à tort *ils sont,* et, à la ligne suivante, il omet
simple devant *haie.*

4. VAR. : pour *couvrir* ceux. (1665.)

5. VAR. : quand on en est éloigné, on *croit* qu'elle peut *être d'un
grand secours ;* mais quand on en est proche, on *voit que tout la peut
percer. Nous nous flattons* de croire que la mort.... (1665.)

6. VAR. : qui ne sont que *foiblesses.* (1666.)

7. VAR. : et que nos sentiments, qui ne sont que foiblesse, *que
variété et que confusion,* soient d'une trempe assez forte pour ne point
souffrir d'*altération* par la plus rude de toutes les épreuves. (1665.)

8. VAR. : C'est mal connoître. (1665.)

que de[1] penser qu'il puisse nous aider à compter pour
rien ce qui le doit nécessairement détruire ; et la raison,
dans laquelle on croit trouver tant de ressources, est trop
foible en cette rencontre[2] pour nous persuader ce que nous
voulons ; c'est elle, au contraire, qui nous trahit[3] le plus
souvent, et qui, au lieu de nous inspirer le mépris de la
mort, sert[4] à nous découvrir ce qu'elle a d'affreux et de
terrible ; tout ce qu'elle peut faire pour nous est de nous
conseiller d'en détourner les yeux, pour les arrêter sur
d'autres objets[5]. Caton et Brutus en choisirent d'illustres ;
un laquais se contenta, il y a quelque temps, de danser
sur l'échafaud où il alloit être roué[6]. Ainsi, bien que les
motifs soient différents, ils produisent les mêmes effets[7] :

1. Var. : que de *croire*. (1665.)

2. Var. : *n'est que* trop foible en cette rencontre. (1665.)

3. Var. : c'est elle qui nous trahit. (1665.)

4. Var. : et, au lieu de nous inspirer le mépris de la mort, *elle*
sert.... (1665.)

5. Var. : .... d'en détourner les yeux *et de* les arrêter sur d'autres objets. (1665.)

6. Var. : Caton et Brutus en *choisissent* d'illustres *et d'éclatants (ce
qui indique que, dans notre texte*, illustres *se rapporte. non pas à* morts,
mais à objets) ; un laquais se contenta *dernièrement* de danser *les tricotets* sur l'échafaud où il *devoit* être roué. (1665.) — Richelet (1680)
définit *tricotets* : « une sorte de danse élevée et en rond, » et Furetière (1690) : « espèce de danse gaie. » Voyez le *Lexique*. — Rapprochez de la *maxime* 21. — Le 9 septembre 1660, la Rochefoucauld écrit à J. Esprit : « Je vous prie de mettre sur le ton de
sentences ce que je vous ai mandé de ce *mouchoir* et des *tricotets*. »
Il parlait évidemment de la *maxime* 21 et de celle-ci (voyez la
variante de la 21ᵉ). Dans une lettre antérieure (du 27 août) à Mme de
Sablé, il nous apprend que c'est de J. Esprit qu'il tient cette anec-
dote des *tricotets* : « M. Esprit, dit-il, me parle d'un laquais qui a
dansé les tricotets sur l'échafaud où il alloit être roué. Il me semble
que voilà jusqu'où la philosophie d'un laquais méritoit d'aller. Je
crois que toute gaîté en cet état-là vous est bien suspecte. »

7. Var. : ils produisent *souvent* les mêmes effets. (1665, 1666,
1671 et 1693.)

de sorte qu'il est vrai que[1], quelque disproportion qu'il
y ait entre les grands hommes et les gens du commun,
on a vu mille fois les uns et les autres recevoir la mort
d'un même visage ; mais ç'a toujours été avec cette différence que, dans le mépris que les grands hommes font
paroître pour la mort, c'est l'amour de la gloire qui leur
en ôte la vue, et dans les gens du commun, ce n'est qu'un
effet de leur peu de lumière qui les empêche de connoître la grandeur de leur mal, et leur laisse la liberté
de penser à autre chose[2]. (ÉD. 1*.)

1. Var. : de sorte qu'il est vrai *de dire* que.... (1665.)

2. Var. : .... entre les grands hommes et les gens du commun, *les
uns et les autres ont* mille fois *reçu* la mort d'un même visage ; mais
ç'a toujours été avec cette différence que c'est l'amour de la gloire qui
ôte *aux grands hommes* la vue *de la mort* dans le mépris *qu'ils font* paroître *quelquefois* pour *elle*, et dans les gens du commun, ce n'est qu'un
effet de leur peu de lumière qui, les *empêchant* de connoître *toute* la
grandeur de leur mal, leur laisse la liberté de *songer* à autre chose.
(1665.)

MAXIMES POSTHUMES

NOTICE.

En 1693, Claude Barbin, qui avait imprimé les cinq éditions publiées du vivant de la Rochefoucauld, en donna une sixième qui ne différait de celle de 1678, quant au texte des *Maximes*, que par deux ou trois variantes sans importance. Au commencement du volume [1] se trouvait un supplément de onze feuillets non paginés, contenant : 1° un extrait du *Privilége du Roi*, renouvelé à la date du 28 décembre 1692 ; 2° la longue définition de l'*amour-propre*, que l'éditeur avait reprise de l'impression de 1665 [2] ; 3° cinquante *maximes* données comme posthumes. En réalité, de ces cinquante *maximes*, vingt-huit seulement étaient nouvelles ; des vingt-deux autres, seize, et même dix-sept, n'étaient que de simples variantes à des pensées déjà publiées par l'auteur [3] ; cinq, insérées par mégarde dans ce *Supplément* [4], reproduisaient textuellement cinq *maximes* comprises dans les cinq cent quatre de 1678, qui sont toutes réimprimées, à la suite du *Supplément*, dans le volume de 1693. Barbin n'indiquait pas la source de ces pensées supplémentaires et de ces variantes ; mais l'on n'a jamais douté, et l'on ne pouvait guère douter qu'elles ne fussent de la Rochefoucauld lui-même. Outre que l'éditeur n'avait, ce semble, aucun intérêt à grossir de quelques feuillets apocryphes

1. Quelques exemplaires donnent ces feuillets à la fin.

2. C'est la *maxime* 563 de notre édition. Barbin avait repris également de l'édition de 1665 le *Discours* préliminaire attribué à Segrais ; il l'avait fait retoucher et abréger. Voyez ce *Discours*, ci-après, à l'*Appendice*, p. 351-370.

3. Seize, à savoir les numéros 19, 20, 22-26, 29, 30, 34, 35, 38, 41-43, 45 du *Supplément* de 1693, se rapportent à nos *maximes* 342, 344, 362, 367, 374, 381, 359, 364, 345, 357, 354, 363, 377-379, 382 ; la dix-septième à savoir le n° 40, modifie une des pensées supprimées (voyez ci-après la note de la *maxime* 641). Pour les seize *maximes* que nous venons d'énumérer, nous avons indiqué dans notre commentaire les variantes que fournit la comparaison du nouveau texte (de 1693) avec l'ancien (de 1678).

4. Ce sont les numéros 27, 31, 32, 36, 44 du *Supplément*, absolument identiques avec nos *maximes* 361, 347, 356, 350 et 380.

un livre dont le succès était consacré depuis près de trente ans, le
fond et la forme de ces pensées étaient assez reconnaissables. Elles
ont été composées vraisemblablement entre la dernière édition de
l'auteur (1678) et sa mort (1680); en tout cas, beaucoup d'entre elles
peuvent être mises au rang des meilleures. On les retrouve dans
l'édition d'Amsterdam de 1705, sous le titre de *Maximes de M. de
la Rochefoucauld*, à la suite du recueil principal des *Maximes*, intitulé
Réflexions morales de M. de la Rochefoucauld. Elles sont aussi dans
les éditions d'Amelot de la Houssaye (1714, 1725, etc.)[1], mais per-
dues, dans son répertoire alphabétique, parmi bien d'autres additions,
qui sont empruntées à peu près toutes, à savoir les *Maximes* de Mme de
Sablé, les *Pensées diverses* de l'abbé d'Ailly, les *Maximes chrétiennes*
de Mme de la Sablière[2], à l'édition d'Amsterdam dont nous venons
de parler. L'abbé de la Roche (1737) a omis, sans nous dire pourquoi,
les *maximes* du *Supplément*, bien que, comme il l'annonce lui-même
dans sa *Préface* (p. xiv), il ait suivi le texte de l'édition de 1693[3].
Omises également par Suard[4] (1778), par Brotier (1789), par le marquis de Fortia (1796 et 1802), par Blaise (1813), par Aimé-Martin
en 1822, par Gaëtan de la Rochefoucauld (1825), qui n'en a pas
moins intitulé son livre : *Œuvres complètes de la Rochefoucauld*, elles
n'ont reparu que dans l'édition publiée par Aimé-Martin en 1844[5],
et dans celle de Duplessis (1853)[6].

Outre ces vingt-huit *maximes* contenues dans le *Supplément* de 1693,
nous en donnons vingt-cinq (à savoir tout le restant, moins cinq),
qui sont tirées du manuscrit autographe conservé au château de la
Rocheguyon. Parmi ces vingt-cinq, il y en a six (numéros 509, 510,

---

1. Le numéro 11 du *Supplément* de 1693 (notre *maxime* 544) a été omis
dans quelques éditions d'Amelot (1743, 1754, etc.), mais il se trouve dans
celles de 1714, 1725, 1746.

2. Les *Maximes* de Mme de la Sablière ne sont pas dans l'édition de 1714 :
elles ne paraissent dans le recueil d'Amelot qu'à partir de 1725.

3. « Comme la plus correcte, dit-il, et la plus riche du propre fonds de
notre auteur » On ne peut pas dire qu'elle soit plus correcte que celle de
1678, et si elle est plus riche, c'est uniquement grâce aux vingt-huit *maximes
posthumes* que l'abbé de la Roche n'a pas réimprimées.

4. Voyez ce que nous disons de son édition dans la *Notice des Maximes
supprimées*, ci-après, p. 239, note 1.

5. Paris, Lefèvre, grand in-16. — Aimé-Martin donne tout le *Supplément*
de 1693, c'est-à-dire les cinquante *maximes*, sans distinguer, plus que n'a fait
le premier éditeur, les pensées nouvelles des pensées déjà publiées identique-
ment en 1678 et des simples variantes.

6. Duplessis n'indique comme vraiment *nouvelles* que vingt-cinq de ces
pensées ; il considère, malgré de notables différences, nos numéros 543, 554
et 555, comme de simples variantes des *maximes* 439, 149 et 352.

513, 515 partiellement, 524 et 525) qui se trouvent à la fois dans ce manuscrit[1], et dans des lettres du tome II des *Portefeuilles de Vallant* (manuscrits de la Bibliothèque impériale), recueil où nous avons déjà pris diverses variantes des pensées définitives, et qui, en outre, nous donne seul quatre *maximes* posthumes (530-533)[2].

Ce sont les pensées extraites des manuscrits que nous avons mises en tête (505-533) ; nous plaçons à la suite celles du *Supplément* de 1693 (534-561) ; puis nous en donnons une dernière (562), qui nous a été conservée par Saint-Évremond.

Dans le répertoire d'Amelot de la Houssaye se rencontrent deux *maximes* (505 et 511) que nous ne trouvons que là et dans le manuscrit de la Rocheguyon. D'où Amelot les a-t-il tirées ? Sans doute de quelque copie, comme il en existait plus d'une au temps où il composait son recueil[3] ; car il n'est pas probable qu'il les ait prises dans le manuscrit même de la Rocheguyon. D'abord son texte, comme on le verra dans les notes, diffère de celui de ce manuscrit ; puis, s'il l'avait eu à sa disposition, il est bien évident que prenant, comme il faisait, de toutes mains, et entassant pêle-mêle, sans même se soucier de bien distinguer les auteurs, tout ce qu'il trouvait de *maximes*[4], il n'aurait pas négligé les autres pensées inédites qui y

1. On en trouvera la description dans la *Notice bibliographique*.

2. Il y a donc en tout dix de nos *maximes* posthumes qui se trouvent dans le recueil de Vallant. Neuf sont tirées de quatre lettres de la Rochefoucauld à Mme de Sablé ; une, d'une lettre du même à J. Esprit. Ces lettres ont été publiées par Gaëtan de la Rochefoucauld (*Œuvres complètes*, 1825), aux pages 449, 465, 466, 469 et 470, 475. — Blaise, en reproduisant, comme nous l'avons dit, l'édition de Suard, y a ajouté, au bas des pages, une douzaine de notes contenant des *maximes* tirées des *Portefeuilles de Vallant*. Six de ces extraits se trouvent dans nos *maximes posthumes* (n°s 509, 510, 513, 515, 524 et 525). C'est par erreur que Blaise indique les autres comme étant inédites (voyez les notes de nos *maximes* 577 et 618). Aimé-Martin, en 1822, a donné, sous le titre de *Second supplément*, dix des mêmes pensées ; il les rattache, comme variantes, toutes moins une (notre numéro 510), à des *maximes* définitives ; mais pour la moitié au moins, la différence est telle qu'il est impossible de les considérer comme de simples variantes.

3. C'est ainsi qu'on trouve dans les manuscrits de Conrart, à la bibliothèque de l'Arsenal, d'anciennes copies de quelques *maximes* de la Rochefoucauld. Ces copies, de mains inconnues, contiennent quelques variantes ; mais comme ces variantes sont le plus souvent fautives, et n'ont d'ailleurs aucune autorité, nous avons cru devoir n'en pas tenir compte.

4. Le recueil posthume d'Amelot de la Houssaye a été publié par Pichet. Il est impossible de distinguer bien exactement quelle a été, dans la composition de ce recueil, la part d'Amelot lui-même et celle de son éditeur. L'*Épître dédicatoire* et l'*Avertissement de l'imprimeur* ne nous donnent pas d'éclaircissements à ce sujet.

sont contenues et qui, avant la présente édition, n'avaient été publiées que par M. Édouard de Barthélemy [1].

Nous avons adopté un numérotage continu pour les différentes espèces de *maximes*, définitives, posthumes et supprimées par l'auteur ; nous avons évité ainsi des *appendices* ou *suppléments*, qui nuisent toujours à la bonne économie d'une édition.

---

1. M. de Barthélemy a tiré du manuscrit de la Rocheguyon 260 *maximes*. Son dernier chiffre est 259, mais il a deux numéros 99. Il indique comme inédits, non pas seulement nos numéros 505 et 511, publiés dans le recueil d'Amelot de la Houssaye, mais encore un grand nombre d'autres, qui ont paru du vivant de l'auteur. Les 260 *maximes* de son édition se décomposent ainsi : 192 de la série des pensées publiées par la Rochefoucauld (identiques avec ces pensées, ou simples variantes), 26 de nos *posthumes*, 39 de nos *supprimées*, et 3 *maximes* faisant (dans le manuscrit comme chez lui) double emploi, à savoir les numéros 8, 149 et 233. Son numéro 8 est le commencement de sa *maxime* 207 (626e de notre édition) ; son numéro 149 est la dernière phrase de sa *maxime* 132, et reproduit à peu près notre 126e ; enfin sa 233e *maxime*, qui répète sa 24e, n'est autre chose que notre 597e.

MAXIMES POSTHUMES.

***

DV

Dieu a mis des talents différents dans l'homme, comme il a planté des arbres différents dans la nature, en sorte que chaque talent, ainsi que chaque arbre, a sa propriété et son effet qui lui sont particuliers [1]. De là vient que le poirier le meilleur du monde ne sauroit porter les pommes les plus communes, et que le talent le plus excellent ne sauroit produire les mêmes effets du talent le plus commun ; de là aussi vient qu'il est aussi ridicule de vouloir faire des sentences, sans en avoir la graine en soi [2], que de vouloir qu'un parterre produise des tulipes, quoiqu'on n'y ait point semé d'oignons [3].

DVI

On ne sauroit compter toutes les espèces de vanité.

1. « Qui *leur* sont particuliers. » (*Édition de M. de Barthélemy.*) — Cette *maxime* n'est que le développement de la 594e, que la première phrase répète.

2. C'est vers le même temps, sans doute, qu'à propos de quelques beaux esprits de province, l'auteur écrivait de Vertœil (le 5 décembre 1662) à Mme de Sablé : « Je ne sais si vous avez remarqué que l'envie de faire des sentences se gagne comme le rhume : il y a ici des disciples de M. de Balzac qui en ont eu le vent et qui ne veulent plus faire autre chose. »

3. Cette *maxime* se trouve dans l'édition d'Amelot de la Houssaye (voyez ci-dessus la *Notice*, p. 221) avec ces différences : « .... comme il a planté *de différents arbres*.... chaque talent, *de même* que chaque arbre, a *ses propriétés* et *ses effets*.... ne sauroit porter *des* pommes.... les mêmes effets *des talents les* plus *communs*; de là vient *encore*.... de vouloir faire des *semences* (sic) *sans avoir la graine en soi*.... des tulipes, *quand on n'a pas planté les* oignons. »

DVII

Tout le monde est plein de pelles qui se moquent du fourgon[1].

DVIII

Ceux qui prisent trop leur noblesse ne prisent pas assez ce
qui en est l'origine[2].

DIX

Dieu a permis, pour punir l'homme du péché originel, qu'il
se fît un Dieu[3] de son amour-propre, pour en être tourmenté
dans toutes les actions de sa vie[4].

DX

L'intérêt est l'âme de l'amour-propre[5], de sorte que comme
le corps, privé de son âme, est sans vue, sans ouïe, sans connoissance, sans sentiment et sans mouvement, de même,
l'amour-propre séparé, s'il le faut dire ainsi, de son intérêt, ne

1. La 1ʳᵉ édition du *Dictionnaire de l'Académie* (1694) définit ainsi ce proverbe, à l'article *Fourgon* : « Cela se dit d'un homme qui se moque d'un autre
qui auroit autant de sujet de se moquer de lui. » — Montaigne (*Essais*,
livre III, fin du chapitre v, tome III, p. 361) cite également ce proverbe
sous cette forme : « Le fourgon se mocque de la paele. » — Rapprochez de la
maxime 567.

2. Mme de Sablé avait repris dans le fonds commun cette pensée qui lui
appartenait sans doute, car, dans le recueil de ses *Maximes*, on trouve sous le
numéro 72 : « Ceux qui sont assez sots pour s'estimer seulement par la noblesse méprisent en quelque façon ce qui les a rendus nobles, puisque ce n'est
que la vertu de leurs ancêtres qui a fait la noblesse de leur sang. » La Rochefoucauld a pu restituer sans regret cette réflexion assez insignifiante. — Meré
(*maxime* 436) : « L'honnête homme ne se souvient jamais de sa noblesse
que pour s'en rendre plus digne, c'est-à-dire pour devenir plus sage et plus
vertueux. »

3. Blaise et Aimé-Martin donnent cette *maxime* d'après une lettre à Mme de
Sablé (*Portefeuilles de Vallant*, tome II, f° 256); leur texte porte, par erreur :
« se fît un *bien*, » pour « se fît un *Dieu*. »

4. Voyez la note de la *maxime* 494.

5. « L'intérêt est l'*ami* de l'amour-propre. » (*Édition de M. de Barthélemy.*)
— La même édition, à la ligne suivante, donne *vie* pour *vue*, et logiquement,
après cette altération, elle remplace, trois lignes plus loin, *voit* par *vit*.

voit, n'entend, ne sent et ne se remue plus. De là vient qu'un même homme, qui court la terre et les mers pour son intérêt, devient soudainement paralytique pour l'intérêt des autres ; de là vient ce soudain assoupissement et cette mort que nous causons à tous ceux à qui nous contons nos affaires ; de là vient leur prompte résurrection lorsque, dans notre narration, nous y mêlons quelque chose qui les regarde : de sorte que nous voyons, dans nos conversations et dans nos traités, que, dans un même moment, un homme perd connoissance et revient à soi, selon que son propre intérêt[1] s'approche de lui, ou qu'il s'en retire[2].

DXI

Nous craignons toutes choses comme mortels, et nous desirons toutes choses comme si[3] nous étions immortels.

1. « Selon que son propre *intérieur.* » (*Édition de M. de Barthélemy.*)

2. Cette *maxime,* que nous tirons du manuscrit de la Rocheguyon, se trouve aussi dans une lettre à Mme de Sablé (*Portefeuilles de Vallant,* tome II, f° 159). Blaise l'a placée à la suite des *maximes* définitives, et Aimé-Martin dans son *Second supplément.* Leur texte n'offre qu'une seule variante : « *le* soudain assoupissement, » pour « *ce* soudain assoupissement. » Le texte de Gaëtan de la Rochefoucauld (*Œuvres complètes,* p. 466) n'a pas cette variante, mais quelques autres : « sans sentiment, sans mouvement.... l'amour-propre séparé... de *l'*intérêt.... ne sent et ne *remue* plus. » — Rapprochez des *maximes* 139, 314, et de la 4° des *Réflexions diverses.* — Mme de Sablé dit à peu près de même dans sa *maxime* 29 : « Tout le monde est si occupé de ses passions et de ses intérêts, que l'on en veut toujours parler, sans jamais entrer dans la passion et dans l'intérêt de ceux à qui on en parle encore qu'ils aient le même besoin qu'on les écoute et qu'on les assiste. » — Elle dit encore dans sa *maxime* 3 : « Au lieu d'être attentifs à connoître les autres, nous ne pensons qu'à nous faire connoître nous-mêmes. Il vaudroit mieux écouter pour acquérir de nouvelles lumières, que de parler trop pour montrer celles que l'on a acquises. » — J. Esprit donne à son tour la même pensée, mais d'une façon singulièrement plate (tome II, p. 68) : « Toutes les conversations où l'on ne dit rien qui touche nos passions, ou qui flatte notre vanité, nous sont insupportables, et c'est de là que viennent ces distractions, ces langueurs et cette espèce de pâmoison où nous tombons, aussitôt que nous apercevons que celui qui nous entretient prend le train de parler seulement de lui-même et de ne rien dire pour nous. » — Meré dit avec plus de concision et de netteté (*maxime* 335) : « Qui veut qu'on suive ses sentiments doit feindre d'entrer dans ceux des autres. »

3. « .... et nous *les* desirons *toutes* comme si.... » (*Édition d'Amelot de la Houssaye.*)

DXII

Il semble que c'est le diable qui a tout exprès placé la
paresse sur la frontière de plusieurs vertus [1].

DXIII

Ce qui nous fait croire si aisément que les autres ont des
défauts, c'est la facilité que l'on a de croire ce que l'on souhaite [2]*.

DXIV

Le remède de la jalousie est la certitude de ce qu'on a
craint, parce qu'elle cause la fin de la vie, ou la fin de l'amour ;
c'est un cruel remède, mais il est plus doux que le doute et
les soupçons [3].

DXV

L'espérance et la crainte sont inséparables, et il n'y a point
de crainte sans espérance, ni d'espérance sans crainte [4]*.

DXVI

Il ne faut pas s'offenser que les autres nous cachent la

1. Voyez les *maximes* 169, 266, 398 et 630.

2. Tel est le texte du manuscrit de la Rocheguyon. Dans une lettre à Mme
de Sablé, celle qui contient aussi les *maximes* 515 et 525 (*Portefeuilles de
Vallant*, tome II, f° 169), le commencement de la *maxime* est : « Ce qui fait
croire, » et la fin : « ce qu'on souhaite. » — Le texte de M. de Barthélemy
donne *facilement* pour *aisément* (c'est aussi la leçon de Blaise et d'Aimé-
Martin), *à croire* pour *de croire*, et *ce qu'on desire* pour *ce que l'on souhaite.* — Rapprochez des *maximes* 34, 267, 397 et 483.

3. Rapprochez de la *maxime* 32, et de la 8e des *Réflexions diverses.*

4. La *maxime* entière est dans le manuscrit de la Rocheguyon ; le premier membre de phrase se lit seul dans une lettre à Mme de Sablé (*Portefeuilles de Vallant*, tome II, f° 168), d'après laquelle Blaise et Aimé-Martin
l'ont donné. — Meré (*maxime* 414) : « Toutes les fois que l'espérance nous
console, la crainte nous peut affliger ; et quand ces deux passions règnent dans
nos âmes, le repos ne s'y trouve jamais. » — Selon Vauvenargues (*Imitation
de Pascal :* Vanité des Philosophes, *Œuvres*, p. 223), « l'espérance et la
crainte sont les vrais ressorts de l'esprit humain. »

vérité, puisque nous nous la cachons si souvent à nous-mêmes[1].

DXVII

Ce qui nous empêche souvent de bien juger des sentences qui prouvent la fausseté des vertus, c'est que nous croyons trop aisément qu'elles sont véritables en nous[2].

DXVIII

La dévotion qu'on donne aux princes est un second amour-propre[3].

DXIX

La fin du bien est un mal, et la fin du mal est un bien.

DXX

Les philosophes ne condamnent les richesses que par le mauvais usage que nous en faisons; il dépend de nous de les acquérir et de nous en servir sans crime; et au lieu qu'elles nourrissent et accroissent les crimes, comme le bois entretient le feu, nous pouvons les consacrer à toutes les vertus, et les rendre même par là plus agréables et plus éclatantes.

DXXI

La ruine du prochain plaît aux amis et aux ennemis[4].

DXXII

Comme la plus heureuse personne du monde est celle à qui

1. Voyez la *maxime* 114.

2. C'est pour cela que, dâns la *Préface* de la 1re édition (voyez plus haut, p. 27), la Rochefoucauld engage ironiquement chaque lecteur à « se mettre d'abord dans l'esprit qu'il n'y a aucune de ces *maximes* qui le regarde en particulier, et qu'il en est seul excepté, bien qu'elles paroissent générales. » — Voyez aussi la *maxime* 524.

3. Voyez la *maxime* 261.

4. Voyez la *maxime* 583.

peu de chose suffit [1], les grands et les ambitieux sont en ce point les plus misérables, puisqu'il leur faut l'assemblage d'une infinité de biens pour les rendre heureux.

DXXIII

Une preuve convaincante que l'homme n'a pas été créé comme il est, c'est que, plus il devient raisonnable, et plus il rougit en lui-même de l'extravagance, de la bassesse et de la corruption de ses sentiments et de ses inclinations.

DXXIV

Ce qui fait tant disputer [2] contre les maximes qui découvrent le cœur de l'homme, c'est [3] que l'on craint d'y être découvert [4] *.

DXXV

Le pouvoir que les [5] personnes que nous aimons ont sur nous est presque toujours plus grand que celui que nous y avons nous-mêmes.

DXXVI

On blâme aisément les défauts des autres, mais on s'en sert rarement à corriger les siens [6].

1. Meré (*maxime* 57) : « L'on est toujours assez riche, quand on est content de peu.

2. Blaise, et après lui Aimé-Martin, ont substitué *crier* à *disputer.*

3. *C'est* dans le manuscrit de la Rocheguyon ; *est* dans la lettre à Mme de Sablé déjà citée pour la *maxime* 509.

4. Voyez la *maxime* 517, et la *Préface* de la 1re édition (ci-dessus, p. 27).

5. Blaise et Aimé-Martin, en relevant cette pensée d'après la lettre à Mme de Sablé, citée pour les *maximes* 513 et 515 (*Portefeuilles de Vallant,* tome II, f° 159 [a]), la font rapporter à notre *maxime* 259, et donnent *des* pour *les ;* à la ligne suivante, ils ont retranché *y* devant *avons.*

6. Mme de Sablé (*maxime* 73) : « L'amour-propre fait que nous nous trompons presque en toutes choses, que nous entendons blâmer et que nous blâmons les mêmes défauts dont nous ne nous corrigeons point, ou parce que nous ne connoissons pas le mal qui est en nous, ou parce que nous l'envisageons toujours sous l'apparence de quelque bien. » — Dans ses *maximes* 47

[a] Elle s'y retrouve une seconde fois, sans variante, et toujours de la main de la Rochefoucauld, au folio 223.

DXXVII

L'homme est si misérable, que tournant toute sa conduite
à satisfaire ses passions, il gémit incessamment sur leur tyrannie : il ne peut supporter ni leur violence, ni celle qu'il faut
qu'il se fasse pour s'affranchir de leur joug ; il trouve du dégoût, non-seulement en elles, mais dans leurs remèdes [1], et ne
peut s'accommoder ni du chagrin de sa maladie, ni du travail
de sa guérison.

DXXVIII

Les biens et les maux qui nous arrivent ne nous touchent
pas selon leur grandeur, mais selon notre sensibilité [2].

DXXIX

La finesse n'est qu'une pauvre habileté [3].

DXXX

On ne donne des louanges que pour en profiter [4].

et 49, elle se rapproche encore plus du sens de la Rochefoucauld : « C'est une
chose bien vaine et bien inutile de faire l'examen de tout ce qui se passe
dans le monde, si cela ne sert à se redresser soi-même. » — « Les sottises
d'autrui nous doivent être plutôt une instruction qu'un sujet de nous moquer
de ceux qui les font. » — Meré dit de son côté (*maxime* 18) : « Les hommes sont d'ordinaire aussi curieux de savoir la vie d'autrui que négligents
de corriger la leur propre ; » et il ajoute (*maxime* 26) : « Il faut toujours
épargner les défauts d'autrui, et jamais les siens. »

1. « Il trouve du dégoût *non-seulement dans leurs remèdes.* » (*Édition de
M. de Barthélemy.*) Les trois mots : « *en elles, mais,* » ont été omis par cet
éditeur.

2. Rapprochez les *maximes* 339 et 464.

3. Cette pensée se lit deux fois dans le manuscrit de la Rocheguyon. M. de
Barthélemy la donne sous le n° 132 et sous le n° 149. — Rapprochez des
maximes 125 et 126. — Voyez dans Vauvenargues (*Œuvres*, p. 382) la
85e *maxime* : « On gagne peu de choses par habileté, » et (p. 122) le 8e *Conseil d un jeune homme* (*Sur le mépris des petites finesses*). — Mme de Sablé
(*maxime* 10) : « C'est une occupation bien pénible aux fourbes d'avoir toujours à couvrir le défaut de leur sincérité et à réparer le manquement de leur
parole. »

4. Cette *maxime* et les trois suivantes ne se trouvent, nous l'avons dit

DXXXI

Les passions ne sont que les divers goûts de l'amour-propre.

DXXXII

L'extrême ennui sert à nous désennuyer.

DXXXIII

On loue et on blâme la plupart des choses parce que c'est là mode de les louer ou de les blâmer[1].

DXXXIV

Force gens veulent être dévots, mais personne ne veut être humble[2].

DXXXV

Le travail du corps délivre des peines de l'esprit, et c'est ce qui rend les pauvres heureux[3].

(voyez ci-dessus, p. 221), que dans les *Portefeuilles de Vallant* (tome II), la première dans une lettre de la Rochefoucauld à J. Esprit (f⁰ 124), les trois autres dans une lettre du même à Mme de Sablé (f⁰ 158). — Voyez les *maximes* 143, 144, 146, 279 et 356.

1. Duclos (tome I, p. 134, *Considérations sur les mœurs de ce siècle*, chapitre v) : « La plupart des hommes n'osent ni blâmer ni louer seuls. » — Charron (*de la Sagesse*, livre I, chapitre xxxix) : « Les opinions generales, receues auec applaudissement de tous et sans contradiction, sont comme un torrent qui emporte tout. » — Voyez la 10ᵉ des *Réflexions diverses*.

2. Mme de Sablé (*maxime* 64) : « Il se cache toujours assez d'amour-propre sous la plus grande dévotion pour mettre des bornes à la charité. » — Rapprochez des *maximes* 33, 254, 358, 536 et 537.

3. Dans le *Discours sur l'Inégalité des richesses* (*OEuvres*, p. 174), Vauvenargues dit sous une forme plus oratoire : « Le laboureur a trouvé dans le travail de ses mains la paix et la satiété, qui fuient l'orgueil des grands. »

DXXXVI

Les véritables mortifications sont celles qui ne sont point connues ; la vanité rend les autres faciles [1].

DXXXVII

L'humilité est l'autel sur lequel Dieu veut qu'on lui offre des sacrifices [2].

DXXXVIII

Il faut peu de choses pour rendre le sage heureux ; rien ne peut rendre un fol content ; c'est pourquoi presque [3] tous les hommes sont misérables.

DXXXIX

Nous nous tourmentons moins pour devenir heureux que pour faire croire que nous le sommes.

DXL

Il est bien plus aisé d'éteindre un premier desir que de satisfaire tous ceux qui le suivent [4].

DXLI

La sagesse est à l'âme ce que la santé est pour le corps [5].

DXLII

Les grands de la terre ne pouvant donner la santé du corps

1. « Rend les autres faciles *à souffrir*. » (*Édition d'Amelot de la Houssaye.*) — Il y a toute apparence qu'en écrivant cette réflexion, l'auteur pensait à la conversion éclatante de Mme de Longueville. — Voyez les *maximes* 33, 254, 358, 534, 537, et la 1re note de la page 246.

2. Rapprochez des *maximes* 254, 358 et 534.

3. *Presque* est omis dans l'édition d'Amelot de la Houssaye.

4. Aussi Meré juge-t-il (*maxime* 366) qu' « il est bien plus glorieux de borner ses desirs que de les satisfaire. »

5. « ....ce que la santé est *au corps*. » (*Édition d'Amelot de la Houssaye.*)

ni le repos d'esprit, on achète toujours trop cher tous les biens qu'ils peuvent faire.

DXLIII

Avant que de desirer fortement une chose, il faut examiner quel est le bonheur de celui qui la possède[1].

DXLIV

Un véritable ami est le plus grand de tous les biens[2] et celui de tous qu'on songe le moins à acquérir.

DXLV

Les amants ne voient les défauts de leurs maîtresses que lorsque leur enchantement est fini[3].

DXLVI

La prudence et l'amour ne sont pas faits l'un pour l'autre : à mesure que l'amour croît, la prudence diminue[4].

1. Rapprochez de la *maxime* 439.
2. Horace (livre I, *satire* v, vers 44) :

> *Nil ego contulerim jucundo sanas amico.*

« Tant que j'aurai mon bon sens, je ne trouverai rien de comparable à un aimable ami. »
3. Rapprochez de la *maxime* 330. — Voyez aussi la note de la *maxime* 385.
4. Publius Syrus :

> *Amare et sapere vix deo conceditur.*

« Aimer et demeurer sage, à peine est-ce donné à un dieu. » — Bussy Rabutin (*Histoire amoureuse des Gaules*, édition de Liége, sans date, p. 126) avait dit absolument de même, en parlant du duc de Nemours et de la duchesse de Châtillon : « A mesure que cette passion croissoit, leur prudence ne faisoit pas de même. » — Est-ce pour ne point paraître avoir emprunté à Bussy que la Rochefoucauld n'a pas publié cette pensée ? — Il paraît du reste qu'elle était *dans l'air*, car nous lisons encore dans le recueil de Meré (*maxime* 143) : « La sagesse et l'amour ne s'accordent jamais. »

DXLVII

Il est quelquefois agréable à un mari d'avoir une femme jalouse : il entend toujours parler de ce qu'il aime.

DXLVIII

Qu'une femme est à plaindre, quand elle a tout ensemble de l'amour et de la vertu [1] !

DXLIX

Le sage trouve mieux son compte à ne point s'engager qu'à vaincre [2].

DL

Il est plus nécessaire d'étudier les hommes que les livres.

DLI

Le bonheur ou le malheur [3] vont d'ordinaire à ceux qui ont le plus de l'un ou de l'autre.

DLII

Une honnête femme est un trésor caché ; celui qui l'a trouvé fait fort bien de ne s'en pas vanter [4].

1. Voyez la note de la *maxime* 346.
2. Voyez la *maxime* 634.
3. « Le bonheur *et* le malheur. » (*Édition d'Amelot de la Houssaye.*) — Cette *maxime* rappelle la pensée qui revient jusqu'à cinq fois dans les Évangiles et qui est ainsi exprimée dans celui de saint Matthieu (chapitre XIII, verset 12) : *Qui enim habet, dabitur ei, et abundabit ; qui autem non habet, et quod habet auferetur ab eo.* « Il sera donné à celui qui a, et il se trouvera dans l'abondance ; quant à celui qui n'a pas, le peu même qu'il a lui sera ôté. » — Mme de Sévigné abonde dans le sens de la première proposition ; elle écrit à sa fille (tome VI, p. 121) : « N'est-il pas vrai que tout tourne à bien pour ceux qui sont heureux ? »
4. Rapprochez de la *maxime* 368.

DLIII

Quand nous aimons trop, il est malaisé de reconnoître si l'on cesse de nous aimer[1].

DLIV

On ne se blâme que pour être loué[2].

DLV

On s'ennuie presque toujours avec ceux que l'on ennuie[3].

DLVI

Il n'est jamais plus difficile de bien parler que quand on a honte de se taire.

DLVII

Il n'est rien de plus naturel ni de plus trompeur que de croire qu'on est aimé[4].

DLVIII

Nous aimons mieux voir ceux à qui nous faisons du bien que ceux qui nous en font.

DLIX

Il est plus difficile de dissimuler les sentiments que l'on a que de feindre ceux que l'on n'a pas[5].

1. L'auteur a pourtant dit dans la *maxime* 371 que *c'est presque toujours notre faute de ne pas connoître quand on cesse de nous aimer.* — Voyez aussi les *maximes* 335, 336, 348 et 557.
2. Rapprochez des *maximes* 149, 184, 327, 383, 596 et 609.
3. Voyez les *maximes* 304 et 352.
4. Rapprochez des *maximes* 335, 336, 348, 371 et 553.
5. Voyez les *maximes* 70 et 108.

DLX

Les amitiés renouées demandent plus de soins que celles qui n'ont jamais été rompues [1].

DLXI

Un homme à qui personne ne plaît est bien plus malheureux que celui qui ne plaît à personne.

DLXII

L'enfer des femmes, c'est la vieillesse [2].

1. Rapprochez de la *maxime* 286.

2. C'est Saint-Évremond, nous l'avons dit (p. 221), qui nous a conservé cette pensée, adressée par la Rochefoucauld à Ninon de l'Enclos. Voyez la *Vie de Saint-Évremond* par des Maizeaux, édition de 1711, p. 353.

MAXIMES SUPPRIMÉES

PAR L'AUTEUR

NOTICE.

L'abbé Brotier (1789) est le premier des éditeurs qui ait réuni à part les. *maximes* que la Rochefoucauld avait successivement éliminées des diverses éditions de son œuvre[1]. Dans un supplément ap-

1. L'édition d'Amsterdam de 1705 (chez P. Mortier), mentionnée par nous ci-dessus, p. 220, et l'édition posthume d'Amelot de la Houssaye (1714) avaient donné la plus grande partie des pensées rejetées par l'auteur, mais en les confondant pêle-mêle avec celles qu'il avait maintenues.

L'édition d'Amsterdam a, en tout, dans sa première et principale série, cinq cent soixante et onze numéros. c'est-à-dire soixante-sept de plus que la dernière édition publiée du vivant de la Rochefoucauld (1678). Ces soixante-sept pensées avaient paru toutes dans la première édition publiée par l'auteur. Deux, sur ce nombre (n°s 101 et 48 de 1665), ont été données par nous comme variantes aux *maximes* 88 et 297 ; on trouvera les soixante-cinq autres dans notre série des *maximes* supprimées. L'éditeur de 1705 a omis les quatre *maximes* retranchées qui ne datent point de 1665, mais de 1666 ou de 1675, et, de plus, dix des *maximes* de 1665 : pour être complet, il lui manque, si on le compare avec nous, quatorze pensées.

Amelot, si nous avons bien compté, et ce n'est point chose facile dans son répertoire alphabétique, donne cinquante-quatre des pensées retranchées, nos numéros 563-571, 573-575, 577-580, 582, 583, 585, 586, 589, 591-593, 595-597, 600-602, 604, 605, 611, 612, 614-617, 620-630 634-638 ; et en outre les deux *maximes* supprimées (n°s 101 et 117 de 1665) que nous avons placées, comme variantes, dans les notes des numéros 88 et 110.

L'abbé de la Roche (1737) cite une *maxime* supprimée, une seule, si nous ne nous trompons, dans tout son recueil, à la note de la *maxime* 81 ; elle s'appliquait plutôt à la 83e, où nous l'avons mise comme variante. C'est la *maxime* 94e de 1665, qui n'a disparu qu'à la 5e édition.

Quant à Suard (1778), dont Blaise. en 1813, a reproduit l'édition, il avait arbitrairement repris vingt-quatre des *maximes* supprimées, pour les distribuer, sans les distinguer des autres, et sans en prévenir le lecteur, dans le texte définitif de la Rochefoucauld. Ce sont nos numéros 565-567, 570, 574, 577-584, 587, 590, 608, 612, 617, 628, 630, 632, 633, 640 et 641. Blaise en a ajouté deux en note, qu'il donne pour inédites : nos numéros 573 et 618 (voyez les notes de ces deux *maximes*). Souvent Suard remet la *maxime* supprimée à la place où était, dans les éditions précédentes, celle que l'auteur y avait substituée,

quel il a donné le titre de *Premières pensées du duc de la Rochefoucault* [1], il en a recueilli cent vingt et une, mais son choix n'a pas été fait avec le discernement désirable ; car il donne comme versions différentes telles ou telles pensées qui ne s'écartent que fort peu de la version définitive, et doivent plutôt y être jointes à titre de variantes [2].

et il place cette dernière ailleurs, hors de son rang. Suard se permet en outre fréquemment de changer soit les tours, soit les mots de notre auteur. Il y a telle modification si considérable qu'on a peine à reconnaître sous la forme nouvelle la *maxime* originale, et qu'on serait d'abord tenté de croire que Suard donne quelque texte inédit, ou quelque retouche qu'il a seul connue (comparez, entre autres, son numéro 251 à notre 243e). Cette tentation est d'autant plus forte qu'on lit dans l'*Avertissement de l'éditeur* (p. v) : « C'est sur le manuscrit original de M. de la Rochefoucauld et sur des exemplaires des premières éditions corrigées de sa propre main, qu'on a fait cette nouvelle édition. » Mais l'examen du texte de Suard empêche d'avoir grande confiance en cette assertion, ou, si l'on y ajoute foi, d'y attacher de l'importance. En général, les variantes de ce texte, quand il y en a, substituent simplement à la rédaction définitive celle des éditions antérieures, ou bien le choix même des mots et des tours montre assez qu'elles sont plutôt du fait de l'éditeur que de l'auteur. Pour celles de ces variantes qui viennent de la Rochefoucauld, pas n'était besoin d'exemplaires corrigés *de sa propre main ;* nous les trouvons, telles que Suard les donne, dans les divers textes imprimés du vivant de l'auteur. Blaise a cru devoir, lui aussi, parler dans une note (p. 54 et 55) se rapportant à notre *maxime* 83, de « premières éditions corrigées de la main de M. le duc de la Rochefoucauld. » Cette *maxime,* qui est chez lui la 81e, et qui se trouve être précisément la seule pensée supprimée que l'abbé de la Roche ait recueillie, il l'a admise dans son texte, à l'exemple de Suard, telle qu'on la trouve dans les éditions de 1666, 1671 et 1675, qui, pour cette *maxime,* ne diffèrent que par un mot de celle de 1665, et il donne en note, comme variante, la forme définitive de 1678.

1. Brotier écrit toujours ainsi *la Rochefoucault,* par un *t.*

2. Voici ceux de ses numéros que nous avons rejetés, à ce titre, dans les notes. A la suite de chacun d'eux nous plaçons ici le chiffre de la *maxime* à laquelle il correspond dans notre édition :

3	293	36	129	83	239
5	17	48	155	90	245
6	18	49	162	91	246
9	31	51	160	92	247
10	32	52	157	94	254
12	36	57	173	95	256
13	297	59	178	100	271
20	65	61	184	110	83
27	88	62	186	115	617
31	97	65	196	119 }	249
32	101	68	205	120 }	
33	110	69	211	121	284
34	116	74	223		
35	126	80	236		

Outre ces quarante variantes, parmi lesquelles il s'en trouve un certain nombre

Dans ses deux éditions de 1796 et de 1802, le marquis de Fortia suit l'exemple de Brotier, dont il ne réduit guère le travail ; car le nombre des *maximes supprimées* qu'il conserve est encore de cent dix-sept [1].

Si Brotier et Fortia avaient trop donné, par contre Aimé-Martin (1822) et Duplessis (1853) donnèrent, selon nous, trop peu : soixante-cinq *maximes* seulement [2]. Notre relevé cependant ne diffère pas notablement du leur. En écartant avec soin les *maximes* qui nous ont paru faire vraiment double emploi pour le fond, et ne devoir paraître dans l'édition que sous forme de variantes, nous sommes arrivé au nombre de soixante-dix-neuf *maximes supprimées par l'auteur* et réellement distinctes des *maximes* définitives.

Parmi ces soixante-dix-neuf *maximes supprimées*, il y en a trente-neuf qui se trouvent dans le manuscrit de la Rocheguyon. Ce sont nos numéros 563-565, 568, 569, 571-573, 575-580, 584-586, 589, 591, 593, 595-597, 599, 601-603, 606, 607, 615, 618-620, 622, 624, 626, 629-631.

Voici comment sont réparties, dans les quatre premières édi-

qui n'offrent que de très-insignifiantes différences de rédaction, Brotier donne dans ce supplément, sous les numéros 58, 75, 77, 96, 118, cinq pensées dont le texte est absolument identique avec les *maximes* définitives 177, 224, 228, 251, 335, placées par lui, comme par nous, dans le premier et principal recùeil des 504. En revanche, il a omis dans le supplément, et ne donne nulle part, nos numéros 572, 573, 588 et 594, qui ont, il est vrai, quelque rapport avec les *maximes* 49, 50, 92 et 344, mais en diffèrent assez pour en être distingués.

1. Fortia a retranché les numéros 58, 75, 77 et 115 de Brotier, comme faisant double emploi avec les *maximes* définitives 177, 224, 228, et la 76e des *maximes supprimées*.

2. Le dernier chiffre d'Aimé-Martin est LXIV, mais il donne, après le numéro LI, un LI *bis*. Comme Duplessis, qui n'a fait ici que le suivre, il a de plus que nous une *maxime*, sa 17e, que nous avons rapprochée en note de la 88e, et il en a de moins que nous quinze, qu'il a considérées comme de simples variantes. Les voici, d'après le rang qu'elles ont dans notre édition. Nous indiquons en regard le chiffre de la *maxime* à laquelle chacune d'elles se rapporte, chez Duplessis comme chez Aimé-Martin.

569	41	588	92	609	184
572	49	594	344	623	dernière phrase de 184 ; Duplessis ne la mentionne pas.
573	50	596	149	631	1
575	295	599	150		
578 580	78	606	*épigraphe.*		
		607	1		

On peut remarquer que parmi ces quinze *maximes* se trouvent les quatre omises par Brotier.

tions, les pensées que l'auteur a retranchées de sa 5ᵉ : deux
maximes, les numéros 640 et 641, ne sont que dans la 4ᵉ éditioa
(1675) ; deux, les numéros 587 et 590, sont dans la 2ᵉ (1666), la
3ᵉ (1671) et la 4ᵉ (1675) ; dix, les numéros 577, 581, 584, 603, 607,
608, 617, 619, 622, 632, se trouvent à la fois dans les quatre premières éditions (1665, 1666, 1671, 1675) ; une, le numéro 571, n'est
que dans la 1ʳᵉ (1665) et dans la 2ᵉ (1666) ; les autres, en tout
soixante-quatre, ne sont que dans la 1ʳᵉ (1665.) — Deux seulement
des *maximes supprimées*, notre première et notre dernière, se lisent
dans le *Supplément* de 1693.

Quand une *maxime* se trouve à la fois dans plusieurs des quatre
premières éditions, nous donnons, selon notre coutume, le texte
de la dernière où elle a paru, c'est-à-dire la dernière forme qu'elle
a reçue de l'auteur, et nous mettons en note les variantes que peuvent offrir les éditions précédentes. Nous n'avons pas besoin de dire
que nous relevons également dans le commentaire les variantes du
manuscrit de la Rocheguyon.

Enfin, pour que rien ne manque à l'histoire du texte de la Rochefoucauld, nous indiquons les principales différences qu'y ont introduites successivement les éditeurs.

Nous suivons, pour l'ordre des *maximes supprimées*, celui où elles
se trouvent rangées dans la 1ʳᵉ édition (1665), en y ajoutant, à
mesure qu'elles se présentent, les pensées qui datent d'une édition
postérieure à 1665. Cet ordre est à peu près celui qu'ont suivi Brotier, Aimé-Martin et Duplessis. Le premier a pourtant, nous ne savons
pourquoi, transporté beaucoup plus loin et placé près de la fin les
maximes que nous avons numérotées 581, 584, 587 et 590. Les deux
derniers, conformes de tout point l'un à l'autre, ne diffèrent de nous
que par deux ou trois interversions non motivées. — A la suite de
chaque *maxime* nous indiquons celle ou celles des quatre premières
éditions où elle se trouve. L'astérisque à la fin des *maximes*, après
le chiffre de l'édition, marque, comme dans notre série principale,
les pensées que l'auteur a retouchées.

MAXIMES SUPPRIMÉES

PAR L'AUTEUR.

DLXIII

L'amour-propre est l'amour de soi-même et de toutes choses pour soi[1] ; il rend les hommes idolâtres d'eux-mêmes, et les rendroit les tyrans des autres, si la fortune leur en donnoit les moyens. Il ne se repose jamais hors de soi, et ne s'arrête dans les sujets étrangers que comme les abeilles sur les fleurs, pour en tirer ce qui lui est propre. Rien n'est si impétueux que ses desirs[2] ; rien de si caché que ses desseins, rien de si habile que ses conduites ; ses souplesses ne se peuvent représenter, ses transformations passent celles des métamorphoses, et ses raffinements ceux de la chimie. On ne peut sonder la profondeur, ni percer les ténèbres de ses abîmes : là il est à couvert des yeux les plus pénétrants ; il y[3] fait mille insensibles tours et retours ; là il est souvent invisible à lui-même ; il y conçoit, il y nourrit[4] et il y élève, sans le savoir, un grand nombre d'affections et de haines ; il en forme de si monstrueuses[5] que, lorsqu'il les a mises au jour, il les méconnoît, ou il ne peut se

---

1. Pascal (*Pensées*, article II, 8) : « La nature de l'amour-propre et de ce *moi* humain est de n'aimer que soi et de ne considérer que soi. » — Meré (*maxime* 531) : « C'est quelque chose de si commun et de si fin que l'intérêt, qu'il est toujours le premier mobile de nos actions, le dernier point de vue de nos entreprises..., »

2. L'édition de 1693 donne : « *Il n'est* rien *de* si impétueux que ses desirs. »

3. Duplessis omet *y* devant *fait*, et, deux lignes plus loin, *il* devant *y élève*.

4. Les mots : « il y conçoit, il y nourrit, » manquent dans l'impression de 1665 C.

5. Il y a *monstreuses* dans les impressions de 1665 A et D ; *monstrueuses* dans celles de 1665 B et C, et dans l'édition de 1693.

résoudre à les avouer. De cette nuit qui le couvre naissent les ridicules persuasions qu'il a de lui-même : de là viennent ses erreurs, ses ignorances, ses grossièretés et ses niaiseries sur son sujet ; de là vient qu'il croit que ses sentiments sont morts lorsqu'ils ne sont qu'endormis, qu'il s'imagine n'avoir plus envie de courir dès qu'il se repose, et qu'il pense avoir perdu tous les goûts qu'il a rassasiés [1]. Mais cette obscurité épaisse qui le cache à lui-même, n'empêche pas qu'il ne voie parfaitement ce qui est hors de lui : en quoi il est semblable à nos yeux [2], qui découvrent tout et sont aveugles seulement pour eux-mêmes. En effet, dans ses plus grands intérêts et dans ses plus importantes affaires, où la violence de ses souhaits appelle toute son attention, il voit, il sent, il entend, il imagine, il soupçonne, il pénètre, il devine tout, de sorte qu'on est tenté de croire que chacune de ses passions a une espèce de [3] magie qui lui est propre. Rien n'est si intime et si fort que ses attachements, qu'il essaye de rompre inutilement à la vue des malheurs extrêmes qui le menacent ; cependant il fait quelquefois, en peu de temps et sans aucun effort, ce qu'il n'a pu faire avec tous ceux dont il est capable dans le cours de plusieurs années : d'où l'on pourroit conclure assez vraisemblablement que c'est par lui-même que ses desirs sont allumés, plutôt que par la beauté et par le mérite de ses objets ; que son goût est le prix qui les relève et le fard qui les embellit [4] ; que c'est après lui-même qu'il court, et qu'il suit son gré, lorsqu'il suit les choses qui sont à son gré. Il est tous les contraires [5] : il est impérieux et obéissant, sincère et dissimulé, miséricordieux et cruel, timide et audacieux [6]. Il a de différentes inclinations, selon la

---

1. Rapprochez de la *maxime* 192. — J. Esprit (tome I, p. 252) : « On croit que les inclinations qui sont lassées, ou suspendues, ou rebutées, sont des inclinations détruites. »

2. Le reste de cette ligne et les vingt-neuf lignes qui viennent après, jusqu'aux mots « empressement, et » (page suivante, ligne 12) ont été sautés dans l'édition de 1693, qui, par suite de cette lacune, nous donne cette phrase vide de sens : « en quoi il est semblable à nos yeux avec des travaux incroyables, etc. »

3. Brotier a omis les mots : « espèce de. »

4. Voyez les *maximes* 48, 374 et 500.

5. Brotier altère ainsi le tour et le sens : « Il est *de* tous les contraires. » Par contre, à la phrase suivante, il supprime *de* : « Il a différentes inclinations. »

6. Voyez la *maxime* 11.

diversité des tempéraments qui le tournent[1] et le dévouent tantôt à la gloire, tantôt aux richesses, et tantôt aux plaisirs ; il en change[2] selon le changement de nos âges, de nos fortunes et de nos expériences, mais il lui est indifférent d'en avoir plusieurs ou de n'en avoir qu'une, parce qu'il se partage en plusieurs et se ramasse en une, quand il le faut, et comme il lui plaît. Il est inconstant, et outre les changements qui viennent des causes étrangères, il y en a une infinité qui naissent de lui et de son propre fonds ; il est inconstant d'inconstance, de légèreté, d'amour, de nouveauté, de lassitude et de dégoût ; il est capricieux, et on le voit quelquefois travailler avec le dernier empressement, et avec des travaux incroyables, à obtenir des choses qui ne lui sont point avantageuses, et qui même lui sont nuisibles, mais qu'il poursuit parce qu'il les veut. Il est bigearre[3], et met souvent toute son application dans les emplois les plus frivoles ; il trouve tout son plaisir dans les plus fades, et conserve toute sa fierté dans les plus méprisables. Il est dans tous les états de la vie et dans toutes les conditions ; il vit partout et[4] il vit de tout, il vit de rien ; il s'accommode des choses et de leur privation ; il passe même dans le parti des gens qui lui font la guerre, il entre dans leurs desseins, et ce qui est admirable, il se hait lui-même avec eux[5], il conjure sa perte, il travaille même[6] à sa ruine ; enfin il ne se soucie que d'être, et pourvu qu'il soit, il veut bien être son ennemi.

1. Duplessis a changé *tournent* en *tourmentent*.

2. L'auteur a dit pourtant (*maxime 252*) qu'*il est extraordinaire de voir changer les inclinations.*

3. Le mot est écrit *bijeare* dans les quatre impressions de 1665 ; *bizare* dans l'édition de 1693. On voit dans les *Dictionnaires* de Richelet (1680), de Furetière (1690), et dans la 1re édition de celui de l'Académie (1694), que les deux formes : *bigearre* et *bizarre,* existaient concurremment. Furetière et l'Académie citent des exemples de l'une et de l'autre ; Richelet dit que « *bizarre* est le plus usité. »

4. Nous reproduisons le texte des impressions de 1665 A et D, qui est aussi celui du manuscrit de la Rochegnyon L'édition de 1693, de même que 1665 B et C, omettent *et* après *partout.*

5. J. Esprit (tome II, p. 463) : « Il (*l'amour-propre*) entre habilement dans la résolution que prennent ceux qui se déclarent ses ennemis, qui le combattent tous les jours, et qui s'efforcent de le détruire, parce qu'il sait bien le moyen de réparer ses pertes. »

6. Brotier, Duplessis et le manuscrit donnent « *lui*-même, » au lieu de *même.*

Il ne faut donc pas s'étonner s'il se joint quelquefois à la plus rude austérité [1], et s'il entre si hardiment en société avec elle pour se détruire, parce que, dans le même temps qu'il se ruine en un endroit, il se rétablit en un autre [2] ; quand on pense qu'il quitte son plaisir, il ne fait que le suspendre ou le changer, et lors même qu'il est vaincu et qu'on croit en être défait, on le retrouve [3] qui triomphe dans sa propre défaite. Voilà la peinture de l'amour-propre, dont toute la vie n'est qu'une grande et longue agitation ; la mer en est une image sensible, et l'amour-propre trouve dans le flux et le reflux [4] de ses vagues continuelles [5] une fidèle expression de la succession turbulente de ses pensées et de ses éternels mouvements [6]. (1665 *, n° 1.)

1. Meré (*maxime* 526) : « La vanité est si fine et si adroite qu'elle se cache souvent sous le visage de la vertu, même la plus modeste et la plus austère. » — M. Sainte-Beuve (*Port-Royal*, tome IV, p. 253, note) pense que, dans tout ce passage, la Rochefoucauld fait allusion « aux chrétiens, aux convertis et aux pénitents, et bien probablement à Mme de Longueville » — Rapprochez de la *maxime* 254.

2. Meré (*maximes* 43 et 44) : « L'orgueil ne réussit jamais mieux que quand il se couvre de modestie. » — « Ceux qui font profession de mépriser la vaine gloire se glorifient souvent de ce mépris avec encore plus de vanité. » — Rapprochez de la *maxime* 33.

3. Var. : on le *trouve*. (*Manuscrit*.)

4. Dans les quatre impressions de 1665, ainsi que dans l'édition de 1693, l'orthographe de ces mots est : *flus* et *reflus*.

5. *Continuelles* a été omis dans l'édition de 1693 et dans celle de Brotier. — Le manuscrit donne ainsi ce passage : « .... trouve dans *la violence continuelle* de ses vagues.... »

6. Cette longue *maxime* est placée, comme une sorte de chapitre à part, en tête du *Supplément* de 1693. Elle se trouve aussi, on l'a vu par les variantes qui précèdent, dans le manuscrit de la Rocheguyon. — On peut rapprocher de cette délicate, mais bien minutieuse définition de l'amour-propre, le beau et sévère fragment de Pascal sur le même sujet (*Pensées*, article II, 8). — Voyez aussi la variante de la *maxime* 88, et la 6ᵉ des *Réflexions diverses*.

DLXIV

Toutes les passions ne sont autre chose que [1] les divers degrés de la chaleur et de la froideur du sang [2]. (1665 *, n° XIII).

DLXV

La modération dans la bonne fortune n'est [3] que l'appréhension [4] de la honte qui suit l'emportement, ou la peur de perdre ce que l'on a [5]. (1665 *, n° XVIII.)

DLXVI

La modération est comme la sobriété : on voudroit bien manger davantage, mais on craint de se faire mal [6]. (1665, n° XXI.)

DLXVII

Tout le monde [7] trouve à redire en autrui ce qu'on trouve à redire en lui [8]. (1665, n° XXXIII.)

DLXVIII

L'orgueil, comme lassé de ses artifices et de ses différentes métamorphoses, après avoir joué tout seul tous [9] les personnages de la comédie humaine [10], se montre avec un visage naturel, et se découvre par la fierté [11] : de sorte qu'à proprement parler,

1. VAR. : ne sont que. (*Manuscrit.*)
2. Voyez les *maximes* 5, 44, 297 et 638.
3. Suard ajoute : « d'ordinaire. »
4. VAR. : que la *crainte*. (*Manuscrit.*)
5. Cette pensée faisait en partie double emploi avec la *maxime* 18 de l'édition définitive. Voyez aussi les *maximes* 17 et 293.
6. Analogue à la *maxime* 593 ; supprimée d'ailleurs, à bon droit, ce nous semble, comme manquant de noblesse.
7. Suard a remplacé *Tout le monde* par *Chacun*.
8. Cette pensée revient, pour le fond, à la 507e.
9. Duplessis omet *tous*.
10. VAR. : *Enfin* l'orgueil, comme lassé de ses artifices et de ses métamorphoses, après avoir joué tout seul *le personnage* de la comédie humaine.... (*Manuscrit.*)
11. Brotier a changé « *la* fierté » en « *sa* fierté ».

la fierté est l'éclat et la déclaration de l'orgueil[1]. (1665*,
n° XXXVII.)

DLXIX

La complexion qui fait le talent pour les petites choses
est contraire à celle qu'il faut pour le talent des grandes[2].
(1665*, n° LI.)

DLXX

C'est une espèce de bonheur de connoître[3] jusques à quel
point[4] on doit être malheureux. (1665*, n° LIII.)

DLXXI

Quand on ne trouve pas son repos en soi-même, il est inutile de le chercher ailleurs. (1665, n° LV, et 1666, n° XLIX.)

DLXXII

On n'est jamais si malheureux qu'on croit, ni si heureux
qu'on avoit espéré[5]. (1665, n° LIX.)

---

1. On ne comprend pas pourquoi l'auteur a mis au rebut une pensée d'un
sens si juste et d'une si belle expression.

2. Double emploi avec la *maxime* 41, à laquelle nous aurions même pu la
joindre comme variante. — VAR.: Le manuscrit donne la même pensée sous
cette forme : « Ceux qui s'appliquent trop aux petites choses peuvent difficilement s'appliquer aux grandes, parce qu'ils consomment toute leur application pour les petites ; et même, en la plupart des hommes, c'est une marque
qu'ils n'ont aucun talent pour les grandes. » — Meré (*maxime* 354) : « L'on
juge mal de l'esprit d'un homme qui ne s'occupe qu'à des bagatelles. » — Voyez
la 16ᵉ des *Réflexions diverses*, où l'auteur revient au sens contraire.

3. VAR.: *On est heureux* de connoître.... (*Manuscrit*.)

4. Suard modifie ainsi le tour : « C'est une espèce de bonheur *que* de connoître à quel point....

5. Répétition de la *maxime* 49. — Meré (*maxime* 362) : « Jamais on n'est
plus malheureux qu'alors qu'on le croit être. »

DLXXIII

On se console souvent d'être malheureux[1] par un certain plaisir qu'on trouve à le paroître[2]. (1665*, n° LX.)

DLXXIV

Il faudroit pouvoir répondre de sa fortune, pour pouvoir répondre de ce que l'on fera[3]. (1665*, n° LXX.)

DLXXV

Comment peut-on répondre de ce qu'on voudra à l'avenir, puisque l'on ne sait pas précisément ce que l'on veut dans le temps présent[4]? (1665, n° LXXIV.)

DLXXVI

L'amour est à l'âme de celui qui aime ce que l'âme est au corps qu'elle anime[5]. (1665, n° LXXVII.)

1. VAR.: d'être malheureux *en effet*. (*Manuscrit.*)

2. Répétition de la *maxime* 50. — Blaise (p. 45) donne en note, comme inédite et publiée pour la première fois d'après un manuscrit, cette *maxime* 573, imprimée dès 1665. — Le manuscrit auquel Blaise renvoie dans ses notes est le tome II des *Portefeuilles de Vallant*. Il dit avoir trouvé cette *maxime* au folio 220. Ce chiffre est celui de l'ancienne pagination. Une note qui se lit au commencement du volume, datée de janvier 1850, avertit qu'avant la pagination actuelle on avait constaté qu'il manquait un certain nombre de feuillets (entre autres le 220e).

3. Le manuscrit disait d'une façon plus vive : « *Comment peut-on répondre si hardiment de soi-même, puisqu'il faut auparavant* pouvoir répondre de sa fortune? « Comparez avec la *maxime* suivante. — Suard termine ainsi la phrase : « *de ce qu'on fera à l'avenir.* »

4. Rapprochez de la *maxime* 295.

5. C'est, à deux mots près, la dernière phrase de la 79e *maxime* de Mme de Sablé. La Rochefoucauld l'a-t-il abandonnée à titre de restitution, ou Mme de Sablé l'a-t-elle reprise dans les miettes de la Rochefoucauld? — La pensée de Mme de Sablé se termine ainsi : « *au corps de celui* qu'elle anime. »

DLXXVII

Comme on n'est jamais en liberté d'aimer ou de cesser d'aimer, l'amant ne peut se plaindre avec justice de l'inconstance de sa maîtresse, ni elle de la légèreté de son amant[1]. (1665*, n° LXXXI. — 1666, n° LXXII. — 1671 et 1675, n° LXXI.)

DLXXVIII

La justice n'est[2] qu'une vive appréhension qu'on ne nous ôte ce qui nous appartient ; de là vient cette considération et ce respect pour tous les intérêts du prochain, et cette scrupuleuse application à ne lui faire aucun préjudice. Cette crainte retient l'homme dans les bornes des biens que la naissance ou la fortune lui ont donnés ; et sans cette crainte[3], il feroit des courses continuelles sur les autres[4] (1665, n° LXXXVIII.)

DLXXIX

La justice dans les juges qui sont modérés n'est que l'amour de leur élévation[5]. (1665*, n° LXXXIX.)

1. Var. : Comme on n'est jamais *libre* d'aimer ou de cesser d'aimer, *on ne peut se plaindre avec justice de la cruauté de ses maîtresses*, ni de la légèreté de son amant. (*Manuscrit.*) — Duplessis (p. 259) fait remarquer avec raison que cette « espèce de justification des infidélités amoureuses dut faire jeter les hauts cris aux nobles et spirituelles amies du moraliste. » Toutefois l'auteur ne l'a supprimée que dans sa dernière édition (1678); il pouvait pourtant en faire d'autant plus volontiers le sacrifice, qu'on n'y trouve pas le tour fin qui lui est habituel. — La Bruyère a dit dans le même sens (*du Cœur*, n° 31, tome I, p. 203) : « L'on n'est pas plus maître de toujours aimer qu'on l'a été de ne pas aimer. » — Saint-Évremond (*Maxime, qu'on ne doit jamais manquer d ses amis, Œuvres mêlées*, Barbin, 1689, p. 291) : « Après tout, dit un ami léger, c'est une chose bien lassante que de dire toute sa vie à une même personne : *Je vous aime.* » — Vauvenargues pense également (*maxime* 755, *Œuvres*, p. 477) que : « la constance est la chimère de l'amour. » — Rapprochez des *maximes* 175, 176 et 177.

2. Suard, après *n'est*, ajoute : « le plus souvent. »

3. Brotier omet *et*, et Duplessis, qui donne cette *maxime* comme variante de la 78e, retranche *cette*.

4. C'était une version moins nette et moins heureuse de la *maxime* 78. — Voyez ci-après la 580e.

5. VAR. : La justice dans les *bons* juges n'est que l'amour *de l'approbation; dans les ambitieux, c'est* l'amour de leur élévation. (*Manuscrit.*) — J. Esprit

DLXXX

On blâme l'injustice, non pas par l'aversion que l'on a pour elle, mais pour le préjudice que l'on en reçoit[1]. (1665*, n° xc.)

DLXXXI

Quand nous sommes las d'aimer, nous sommes bien aises qu'on nous devienne[2] infidèle, pour nous dégager de notre fidélité[3]. (1665*, n° xcvi. — 1666, n° lxxxiv. — 1671 et 1675, n° lxxxiii.)

DLXXXII

Le premier mouvement de joie que nous avons du bonheur[4] de nos amis ne vient[5] ni de la bonté de notre naturel, ni de l'amitié que nous avons pour eux : c'est un effet de l'amour-propre qui nous flatte de l'espérance d'être heureux à notre tour, ou de retirer quelque utilité de leur bonne fortune. (1665*, n° xcvii.)

DLXXXIII

Dans l'adversité de nos meilleurs[6] amis, nous trouvons toujours quelque chose qui ne nous déplaît pas[7]. (1665, n° xcix.)

dit de même (tome I, p. 513) : « L'intégrité des magistrats est une affectation d'une réputation singulière, ou un desir de s'élever aux premières charges. »

1. Var. : …. non par *la haine qu'on en a*, mais…. *qu'on en reçoit.* (*Manuscrit*) — Duplessis, dans le premier membre de phrase, change *par* en *pour*; et Brotier, dans le second, *pour* en *par*. — C'est une autre répétition de la *maxime* 78; voyez ci-dessus la 578°.

2. Var. : *que l'on devienne.* (1665.) — *que l'on nous devienne.* (1666.)

3. Brotier substitue *infidélité* à *fidélité.*

4. Var. : *La* joie que nous avons du bonheur…. (*Manuscrit.*)

5. Après *vient*, Suard ajoute : « pas toujours; » et après *c'est*, à la ligne suivante : « le plus souvent. »

6. Amelot de la Houssaye supprime *meilleurs*; Suard, après *trouvons*, remplace *toujours* par *souvent.*

7. Voyez les *maximes* 235 et 521. Il y a dans cette pensée et dans la précédente une exagération, ou, tout au moins, une dureté dont l'auteur lui-même a fait justice en les supprimant. — Vauvenargues (*maxime* 537, *Œuvres*, p. 450) a dit dans une mesure plus juste : « Quelque tendresse que nous ayons pour nos amis ou pour nos proches, il n'arrive jamais que le bonheur d'autrui suffise pour faire le nôtre. » — La Bruyère (*de l'Homme*, n° 22) : « L'homme

DLXXXIV

Comment prétendons-nous qu'un autre garde notre secret, si nous ne pouvons[1] le garder nous-mêmes? (1665*, n° c. — 1666, n° LXXXVIII. — 1671 et 1675, n° LXXXVII.)

DLXXXV

L'aveuglement des hommes est le plus dangereux effet de leur orgueil : il sert à le nourrir et à l'augmenter, et nous ôte la connoissance des remèdes qui pourroient soulager nos misères et nous guérir de nos défauts[2]. (1665*, n° CII.)

DLXXXVI

On n'a plus de raison, quand on n'espère plus d'en trouver aux autres[3]. (1665, n° CIII.)

DLXXXVII

Il n'y en a point qui pressent tant les autres que les paresseux[4] lorsqu'ils ont satisfait à leur paresse, afin de paroître diligents[5]. (1666, n° XCI. — 1671 et 1675, n° XC.)

DLXXXVIII

On a autant de sujet de se plaindre de ceux qui nous apprennent à nous connoître nous-mêmes, qu'en eut ce fou

qui dit qu'il n'est pas né heureux pourroit du moins le devenir par le bonheur de ses amis ou de ses proches. L'envie lui ôte cette dernière ressource. »

1. VAR. : *si nous n'avons pas pu.* (1665.)

2. VAR. : « il sert à le nourrir et à l'augmenter, et *c'est pour manquer de lumières que nous ignorons toutes nos misères et nos défauts.* » (*Manuscrit.*)

3. Dans Amelot : « quand on n'espère plus *en* trouver *dans* les autres. » — Rapprochez de la 4ᵉ des *Réflexions diverses.*

4. Suard coupe la phrase par un point et virgule après *paresseux,* et remplace ensuite *afin de* par « ils veulent. » — Brotier retranche *à* qui suit *satisfait.*

5. Cette *maxime* date de la 2ᵉ édition (1666), et l'auteur ne l'a ôtée que dans la dernière (1678).

d'Athènes de se plaindre du médecin qui l'avoit guéri de l'opinion d'être riche[1]. (1665, n° civ.)

DLXXXIX

Les philosophes, et Sénèque sur tous[2], n'ont point ôté les crimes par leurs préceptes ; ils n'ont fait que les employer au bâtiment de l'orgueil[3]. (1665, n° cv.)

DXC

C'est une preuve de peu d'amitié de ne s'apercevoir pas du refroidissement de celle de nos amis[4]. (1666, n° xcvii. — 1671 et 1675, n° xcvi.)

DXCI

Les plus sages le sont dans les choses indifférentes[5], mais ils ne le sont presque jamais dans leurs plus sérieuses affaires. (1665*, n° cxxxii.)

DXCII

La plus subtile folie se fait de la plus subtile sagesse[6]. (1665, n° cxxxiv.)

1. Cette pensée ressemblait trop à la 92ᵉ; c'était d'ailleurs un trait d'esprit plutôt qu'une *maxime*.

2. Tel est le texte des diverses impressions de 1665. Voyez le *Lexique*, au mot SURTOUT.

3. M. de Barthélemy donne : « en bâtiment de l'orgueil. » — Amelot : « à l'édifice de l'orgueil. » — Pascal (*Pensées*, article XII, 1) se demande également avec doute si *les philosophes ont trouvé le remède à nos maux*.

4. Vauvenargues (p. 84) trouve cette réflexion *commune*; l'auteur en jugeait sans doute ainsi lui-même, car il l'a supprimée, on le voit, dans sa dernière édition.

5. VAR.: .... dans *toutes* les choses indifférentes. (*Manuscrit*.)

6. L'auteur a supprimé cette pensée, sans doute parce que c'était une réminiscence trop forte de Montaigne (*Essais*, livre II, chapitre xii, tome II, p. 241) : « De quoy se faict la plus subtile folie, que de la plus subtile sagesse ? » — Pascal a dit à peu près dans le même sens (*Pensées*, article VI, 14) : « L'extrême esprit est accusé de folie, comme l'extrême défaut (*d'esprit*). » — Meré (*maximes* 248 et 539) : « Il n'y a point de sage qui n'ait été fou, et de fou qui ne puisse devenir sage. » — « La folie précède toujours la sagesse; on ne connoît celle-ci que par l'autre; il faut s'être égaré avant que de se mettre dans le bon chemin. »

DXCIII

La sobriété est l'amour de la santé, ou l'impuissance de manger beaucoup[1]. (1665, n° CXXXV.)

DXCIV

Chaque talent dans les hommes, de même que chaque arbre, a ses propriétés et ses effets qui lui sont tous[2] particuliers[3]. (1665, n° CXXXVIII.)

DXCV

On n'oublie jamais mieux les choses que quand on s'est lassé d'en parler[4]. (1665*, n° CXLIV.)

DXCVI

La modestie, qui semble refuser les louanges[5], n'est en effet qu'un desir d'en avoir de plus délicates[6]. (1666, n° CXLVII).

DXCVII

On ne blâme le vice et on ne loue la vertu que par intérêt. (1665, n° CLI.)

1. Voyez la *maxime* 566 et la note. — J. Esprit dit de même (tome II, p. 41) : « La tempérance est l'impuissance de manger beaucoup. »

2. Telle est l'orthographe de ce mot dans les diverses impressions de 1665. Voyez le *Lexique*, au mot Tout.

3. Duplessis, qui donne cette *maxime* comme variante de la 344ᵉ, termine ainsi la phrase : « et les effets qui lui sont particuliers. » — Voyez les *maximes* 344, 404 et 505.

4. Var. : ... que quand on s'est lassé *de les conter. (Manuscrit.)*

5. Dans l'édition d'Amelot : « des louanges. »

6. Retranchée comme faisant double emploi avec la *maxime* 149. — Voyez aussi les *maximes* 184, 327, 383 et 554.

DXCVIII

La louange qu'on nous donne sert au moins à nous fixer dans la pratique des vertus[1]. (1665*, n° CLV.)

DXCIX

L'approbation que l'on donne à l'esprit, à la beauté et[2] à la valeur, les augmente, les perfectionne[3], et leur fait faire de plus grands effets qu'ils n'auroient été capables de faire[4] d'eux-mêmes. (1665*, n° CLVI.)

DC

L'amour-propre empêche bien que celui qui nous flatte ne soit jamais[5] celui qui nous flatte le plus[6]. (1665, n° CLVII.)

DCI

On ne fait point de distinction dans les espèces de colères[7], bien qu'il[8] y en ait une légère et quasi innocente, qui vient de l'ardeur de la complexion, et une autre très-criminelle, qui est, à proprement parler, la fureur de l'orgueil[9]. (1665*, n° CLIX.)

---

1. L'auteur, comme nous l'avons fait remarquer (ci-dessus, p. 92, note 1). a fondu cette *maxime* et la suivante dans la 150°, plus courte et plus précise. — Rapprochez cette pensée et celle qui suit de la *maxime* 200.

2. *Et* est omis dans l'édition de M. de Barthélemy.

3. Le manuscrit n'a pas *les perfectionne*.

4. « D'en faire, » dans l'édition de Duplessis, où cette *maxime* est donnée comme variante de la 150°.

5. Amelot omet *ne*, et Brotier : *jamais*.

6. Cette pensée n'était qu'une répétition assez faible de la *maxime* 2. — Voyez aussi la *maxime* 303.

7. VAR.: dans *la colère*. (*Manuscrit.*) — Il y a *colères,* au pluriel, dans toutes les impressions de 1665.

8. Brotier remplace *bien qu'il* par *quoiqu'il;* et Amelot *quasi* par *presque*

9. VAR.: la fureur de l'orgueil *et de l'amour-propre*. (*Manuscrit.*)

DCII

Les grandes âmes ne sont pas celles qui ont moins de passions et plus de vertu[1] que les âmes communes, mais celles seulement qui ont de plus grands desseins[2]. (1665*, n° CLXI.)

DCIII

Les rois font des hommes comme des pièces de monnoie[3] : ils les font valoir ce qu'ils veulent, et l'on est forcé[4] de les recevoir selon leur cours, et non pas selon leur véritable prix[5]. (1665*, n° CLXV. — 1666, 1671, et 1675, n° CLVIII.)

DCIV

La férocité naturelle fait moins de cruels que l'amour-propre[6]. (1665*, n° CLXXIV.)

DCV

On peut dire de toutes nos vertus ce qu'un poëte italien a

1. Dans les éditions de Brotier et de Duplessis, il y a *vertus*, au pluriel.
2. VAR. : mais celles *qui ont seulement les plus grandes vues.* (*Manuscrit.*) — Rapprochez de la *maxime* 190, et de la 14ᵉ des *Réflexions diverses*.
3. L'édition de Suard donne *monnoies*, au pluriel.
4. VAR. : et *on* est forcé. (*Manuscrit.*)
5. Duplessis (p. 265) fait observer avec raison que cette réflexion est plutôt une épigramme qu'une *maxime*; l'auteur ne l'a cependant supprimée que dans sa dernière édition (1678). — « Cette comparaison, dit la Harpe (tome VII, p. 263 et 264), est plus ingénieuse que solide. Si cette pensée était vraie, tout homme vaudrait, dans l'opinion, en raison de la place qu'il occupe dans le monde. Heureusement, il n'en est pas ainsi; et quand Louis XIV envoyait Villeroy commander à la place de Villars ou de Catinat, le dernier soldat de l'armée savait évaluer cette fausse *monnaie*; les chansons militaires du dernier siècle en sont la preuve. » — L'abbé Brotier (p. 249 et 250) fait également ses réserves sur le fond de cette pensée, mais il convient que le tour en est ingénieux, et il prétend qu'elle a passé en proverbe. A l'en croire, c'est par allusion à la *maxime* de la Rochefoucauld qu'on appela *monnaie de Turenne* la nombreuse promotion de maréchaux de France que Louis XIV fit en 1675, après la mort de ce grand homme. L'assertion peut paraître au moins hasardée.
6. VAR. : *Peu de gens sont cruels de cruauté, mais tous les hommes sont cruels d'amour-propre* (*Manuscrit.*)

dit de l'honnêteté des femmes, que ce n'est souvent autre chose qu'un art de paroître honnête[1]. (1665*, n° CLXXVI.)

DCVI

Ce que le monde nomme vertu n'est d'ordinaire qu'un fantôme formé par nos passions, à qui on donne un nom honnête, pour faire[2] impunément ce qu'on veut. (1665*, n° CLXXIX.)

DCVII

Nous sommes si préoccupés en notre faveur, que souvent ce que nous prenons pour des vertus n'est que des vices qui leur ressemblent, et que l'amour-propre nous déguise[3]. (1665, n° CLXXXII. — 1666, 1671 et 1675, n° CLXXII.)

DCVIII

Il y a des crimes qui deviennent innocents, et même glo-

---

1. VAR.: *Dieu seul fait les gens de bien, et* on peut dire de toutes nos vertus ce qu'un poëte a dit de l'honnêteté des femmes :

> .... *Esser onesta*
> *Non è, se non un' arte di parer' onesta.* (*Manuscrit.*)

Le poëte dont il s'agit, c'est Guarini. — J. Esprit (tome I, p. 521) cite également ce vers, mais d'une façon différente, comme une ligne de prose : *L'onestate altro non è che un' arte di parer, onesta;* et, tout en l'appliquant volontiers aux hommes, il proteste en faveur des femmes. — Voici le vrai texte de Guarini :

> .... *Altro al fin l'onestate*
> *Non è che un' arte di parer' onesta.*
> (*Pastor fido*, acte III, scène v.)

2. VAR.: *La vertu est un fantôme produit par nos passions, du nom duquel on se sert afin de faire....* (*Manuscrit.*) — Cette pensée faisait double emploi avec la suivante, qu'elle exagérait d'ailleurs.

3. VAR.: Nous sommes préoccupés *de telle sorte* en notre faveur, que ce que nous prenons *souvent* pour des vertus n'est *en effet qu'un nombre de* vices qui leur ressemblent, et que *l'orgueil et* l'amour-propre nous *ont déguisés.* (*Manuscrit et* 1665; le manuscrit a : *le plus souvent,* pour *souvent;* puis : « *ne sont en effet* que des vices. ») — On peut s'étonner que l'auteur ait conservé, jusque dans la 4ᵉ édition, cette pensée, que la *maxime-épigraphe* rendait inutile, aussi bien que la précédente.

rieux, par leur éclat, leur nombre et leur excès[1] ; de là vient que les voleries publiques sont des habiletés[2], et que prendre des provinces injustement s'appelle faire des conquêtes[3]. (1665*, n° CXCII. — 1666, 1671 et 1675, n° CLXXXIII.)

DCIX

Nous n'avouons jamais nos défauts que par vanité[4]. (1665, n° CC.)

DCX

On ne trouve point dans l'homme le bien ni le mal dans l'excès[5]. (1665, n° CCI.)

DCXI

Ceux qui sont incapables de commettre de grands crimes[6] n'en soupçonnent pas facilement les autres. (1665*, n° CCVIII.)

1. Dans l'édition de Suard : « leurs excès. »

2. La 2e édition (1666) donne *habilités*. Voyez, ci-dessus, la 3e note de la page 83.

3. Var. : *Les* crimes deviennent innocents, et même glorieux, par leur nombre et *par* leur excès ; de là vient que les voleries publiques sont des habiletés, et que *les massacres de* provinces *entières sont* des conquêtes. (*Manuscrit.*) — Duplessis (p. 266) pense que la Rochefoucauld a retranché cette réflexion « sans doute comme tout à fait exagérée, et peut-être comme un peu hardie sous le règne d'un roi qui aimait assez la guerre et les conquêtes. » C'est prêter à l'auteur un scrupule bien tardif, car il a maintenu cette pensée dans ses quatre premières éditions, et ne l'a retranchée qu'en 1678, alors que les conquêtes de Louis XIV étaient faites. — Vauvenargues répond ainsi à la Rochefoucauld (p. 82) : « Il est faux que l'éclat ou l'excès du crime le rendent innocent ou glorieux : un de nos meilleurs rois (*Henri IV*), assassiné au milieu de ses gardes et de son peuple, a couvert le nom du meurtrier d'un éternel opprobre. Ce ne sont donc pas les grands crimes qui rendent un homme illustre; ce sont ceux qui demandent, dans l'exécution, de grands talents et un génie élevé ; tel est l'attentat de Cromwell. »

4. Rapprochez des *maximes* 184, 327, 383, 442, 554, et de la 5e des *Réflexions diverses.*

5. Voyez la *maxime* 189. — Charron (*de la Sagesse,* livre I, chapitre XXXVII) : « L'homme ne peut estre, quand bien il voudroit, du tout bon ny du tout meschant. »

6. Var. : .... de commettre *des* crimes.... (et, plus loin) *aisément* (au lieu de *facilement*). (*Manuscrit.*) — Meré (*maxime* 431) : « Plus l'homme est bon, moins il soupçonne les autres de méchanceté. »

DCXII

La pompe des enterrements regarde plus la vanité des vivants que l'honneur des morts[1]. (1665, n° ccxiii.)

DCXIII

Quelque incertitude et quelque variété qui paroisse dans le monde, on y remarque néanmoins un certain enchaînement secret et un ordre réglé de tout temps par la Providence, qui fait que chaque chose marche en son rang et suit le cours de sa destinée[2]. (1665, n° ccxxv.)

DCXIV

L'intrépidité doit soutenir le cœur dans les conjurations, au lieu que la seule valeur lui fournit toute la fermeté qui lui est nécessaire dans les périls de la guerre[3]. (1665, n° ccxxxi.)

1. Rapprochez de la *maxime* 233.

2. C'est le mot célèbre de Fénelon, dans son *Sermon de l'Épiphanie* : « L'homme s'agite, mais Dieu le mène. » — Plusieurs commentateurs se sont demandé pourquoi la Rochefoucauld a mis au rebut cette pensée, dont le fond et la forme sont également irréprochables; on peut dire avec Brotier (p. 253 et 254) et avec Duplessis (p. 266) qu'une réflexion religieuse, presque chrétienne, devait lui paraître trop isolée dans un livre qui ne traite des hommes qu'au point de vue du monde; mais la vraie raison, je crois, c'est qu'il a dû s'apercevoir que cette *maxime* était en contradiction flagrante avec nombre d'autres, auxquelles il tenait davantage, et où il soutient que nos *passions*, nos *humeurs*, et surtout le *hasard*, disposent de la vie humaine.

3. Peut-être l'auteur a-t-il supprimé cette pensée parce qu'elle avait le tort de rappeler les *conjurations* de la Fronde, auxquelles il avait pris une si grande part, et qu'il aimait mieux oublier dès la seconde édition (1666), alors que son fils était déjà en veine de faveur auprès de Louis XIV. Dans tous les cas, on peut croire que cette *maxime*, comme tant d'autres, n'est qu'un retour de la Rochefoucauld sur lui-même; car s'il avait, *dans les périls de la guerre*, une *valeur* reconnue par tous, même par ses ennemis, il avait *dans les conjurations* une hésitation dont Retz l'accuse formellement (voyez le *Portrait de la Rochefoucauld par le cardinal de Retz*, ci-dessus, p. 13.) — Dans le manuscrit, cette pensée s'ajoutait à la dernière phrase de la *maxime* que l'auteur a maintenue sous le n° 217.

DCXV

Ceux qui voudroient définir la victoire par sa naissance[1] seroient tentés, comme les poëtes, de l'appeler la fille du Ciel, puisqu'on ne trouve point son origine sur la terre. En effet, elle est produite par une infinité d'actions, qui, au lieu de l'avoir pour but, regardent seulement les intérêts particuliers de ceux qui les font, puisque tous ceux qui composent une armée, allant à leur propre gloire et à leur élévation, procurent[2] un bien si grand et si général[3]. (1665, n° ccxxxii.)

DCXVI

On ne peut répondre de son courage quand on n'a jamais été dans le péril[4]. (1665, n° ccxxxvi.)

DCXVII

On donne plus aisément des bornes à sa reconnoissance qu'à ses espérances et à ses desirs[5]. (1665*, n° ccxli. — 1666, 1671 et 1675, n° ccxxvii.)

1. Dans l'édition d'Amelot : « par la naissance. »

2. Brotier donne *produisent,* au lieu de *procurent.*

3. Cette réflexion devait choquer Condé et Turenne, ou au moins leurs amis. Est-ce pour cela que la Rochefoucauld l'a supprimée dès sa seconde édition (1666) ? — On en peut rapprocher ce morceau bien connu du *Discours de Cicéron pour Marcellus* (§ 2) : *Belli laudes solent quidam extenuare verbis, easque detrahere ducibus, communicare cum multis, ne propriæ sint imperatorum. Et certe in armis militum virtus, locorum opportunitas, auxilia sociorum, classes, commeatus, multum juvant. Maximam vero partem quasi suo jure fortuna sibi vindicat; et quidquid est prospere gestum, id pæne omne ducit suum* « Les succès militaires ont leurs détracteurs; quelques hommes contestent aux généraux une portion de cette gloire; ils en font la part des soldats, afin qu'elle ne demeure pas entière aux chefs qui les commandent. Et soyons vrais, la valeur des troupes, l'avantage des positions, les secours des alliés, les flottes, les convois, contribuent beaucoup à la victoire. La fortune surtout en réclame la plus grande partie; elle revendique les succès comme son ouvrage. » (*Traduction de Gueroult.*)

4. Retranchée, sans doute, comme étant insignifiante ou, tout au moins, commune.

5. Var. : On donne plus *souvent* des bornes à sa reconnoissance qu'à *ses desirs et à ses espérances.* (1665.) — Cette *maxime,* on le voit, a été maintenue, avec de légères retouches, dans les quatre premières éditions.

DCXVIII

L'imitation est toujours malheureuse, et tout ce qui est contrefait déplaît, avec les mêmes choses qui charment [1] lorsqu'elles sont naturelles [2]. (1665 *, n° ccxlv.)

DCXIX

Nous ne regrettons pas toujours la perte de nos amis par la considération de leur mérite, mais par celle de nos besoins et de la bonne opinion qu'ils avoient de nous [3]. (1665 *, n° ccxlviii. — 1666, 1671 et 1675, n° ccxxxiv.)

DCXX

Il est bien malaisé de distinguer la bonté générale, et répandue sur tout le monde [4], de la grande habileté [5]. (1665, n° cclii.)

DCXXI

Pour pouvoir être toujours bon, il faut que les autres croient qu'ils ne peuvent jamais [6] nous être impunément méchants [7]. (1665, n° ccliv).

1. Var.: .... qui *plaisent.* (*Manuscrit.*)

2. Voyez la 3e des *Réflexions diverses.* — Blaise (p. 159), dans une note qui se rapporte à la *maxime* 431, donne cette pensée pour inédite. Il l'a trouvée, comme la 573e, au folio 220 du tome II des *Portefeuilles de Vallant* (voyez ci-dessus, p. 239, note 1).

3. Var.: Nous ne regrettons pas la perte de nos amis *selon* leur mérite, mais *selon* nos besoins et *selon* l'opinion que *nous croyons leur avoir donnée de ce que nous valons.* (1665.) — J. Esprit (tome 1. p. 392): « Nous pleurons, non pas la perte de nos amis, mais celle de nos plaisirs et de nos avantages. » — Rapprochez des *maximes* 232, 233, 355 et 373.

4. Dans l'édition d'Amelot: « répandue et générale pour tout le monde. »

5. C'était un double emploi avec la *maxime* 236, qui est d'ailleurs plus explicite et plus claire.

6. Brotier substitue *pas* à *jamais.*

7. Rapprochez des *maximes* 237 et 387.

DCXXII

La confiance de plaire est souvent un moyen[1] de déplaire[2] infailliblement[3]. (1665*. n° CCLVI.)

DCXXIII

Nous ne croyons pas aisément ce qui est au delà de ce que nous voyons[4]. (1665, n° CCLVII.)

DCXXIV

La confiance que l'on a en soi fait naître la plus grande partie de celle que l'on a aux autres. (1665, n° CCLVIII.)

DCXXV

Il y a une révolution générale qui change le goût des esprits, aussi bien que les fortunes du monde[5]. (1665, n° CCLIX.)

DCXXVI

La vérité est le fondement et la raison de la perfection et de la beauté[6]. Une chose, de quelque nature qu'elle soit, ne

1. VAR. : *le* moyen. (*Manuscrit.*)

2. M. de Barthélemy remplace, ainsi que Brotier, *déplaire* par *plaire*.

3. Voyez la *maxime* 242. — Boileau (*épître* IX, vers 80) parle également d'un *importun*

> *Qui* ne déplaît enfin que pour vouloir trop plaire.

— La pensée de la Rochefoucauld a quelque analogie avec la *maxime* 345 de Meré : « Ceux qui s'aiment trop sont en danger d'être haïs de tout le monde. »

4. C'est textuellement le dernier membre de phrase de la *maxime* 265. — Rapprochez aussi des *maximes* 337 et 375.

5. Le chevalier Temple, cité par Brotier (p. 254), a dit dans un sens analogue : « Le caractère de l'esprit change comme les modes. » — Voyez les *maximes* 45, 252, et la 10e des *Réflexions diverses*.

6. Cette première phrase, qui est comme le thème de cette réflexion, se trouve une autre fois dans le manuscrit, sous cette forme : « La vérité est le

sauroit être belle et parfaite, si elle n'est véritablement tout
ce qu'elle doît être, et si elle n'a tout ce qu'elle doit avoir[1].
(1665*, n° CCLX.)

DCXXVII

Il y a de belles choses qui ont plus d'éclat quand elles demeurent imparfaites que quand elles sont trop achevées[2].
(1665, n° CCLXII.)

DCXXVIII

La magnanimité est un noble effort de l'orgueil, par lequel
il rend l'homme maître de lui-même, pour le rendre maître
de toutes choses[3]. (1665, n° CCLXXI.)

DCXXIX

Le luxe et la trop grande politesse dans les États sont le
présage assuré de leur décadence, parce que tous les particuliers s'attachant à leurs intérêts propres, ils se détournent du
bien public[4]. (1665*, n° CCLXXXII.)

---

fondement et la *justification* de la beauté. » Elle appartient à J. Esprit ;
la Rochefoucauld, qui ne l'entendait pas clairement (voyez sa lettre du 24 octobre 1660), a voulu l'expliquer par ce qui suit, et en a fait la *maxime* 260
de sa première édition ; mais il l'a supprimée dès la seconde.

1. Var. : Une chose.... *est* belle et parfaite, si elle *est* tout ce qu'elle doit
être, et si elle *a* tout ce qu'elle doit avoir. (*Manuscrit.*) — Les derniers
mots : « et si elle n'a, etc., » manquent dans l'édition d'Amelot. — Rapprochez
de la 1re des *Réflexions diverses*, et de la *Lettre du chevalier de Meré*.

2. Voyez la 16e des *Réflexions diverses*.

3. C'était une répétition affaiblie de la *maxime* 248, qui elle-même répète
à peu près les *maximes* 246 et 285. — J. Esprit (tome II, p. 287) : « La magnanimité est, pour le dire ainsi, la fièvre chaude de l'âme. »

4. Var. : *La* politesse *des* États *est le commencement de la* décadence,
parce qu'*elle applique* tous les particuliers à leurs intérêts propres, *et les
détourne* du bien public. (*Manuscrit.*) – Vauvenargues, dans un *Fragment
sur le luxe* (*Œuvres posthumes et Œuvres inédites*, p. 68), incline à croire
également qu'il « prépare, dans la grandeur même des empires, leur inévitable ruine. » — « On est peut-être surpris, dit l'abbé Brotier (p. 255), que
le duc de la Rochefoucauld n'ait pas conservé cette pensée au nombre des
Maximes. Je pense qu'il a été retenu par le succès de Colbert. Sous son administration à jamais mémorable, ce grand homme voulut que l'État eût un luxe
public et un grand ton de politesse. »

DCXXX

De toutes les passions, celle qui est la plus inconnue à nous-mêmes [1], c'est la paresse ; elle est la plus ardente [2] et la plus maligne de toutes, quoique sa violence soit insensible, et que les dommages qu'elle cause soient très-cachés. Si nous considérons attentivement son pouvoir, nous verrons qu'elle se rend en toutes rencontres maîtresse de nos sentiments, de nos intérêts et de nos plaisirs ; c'est la rémore [3] qui a la force d'arrêter les plus grands vaisseaux ; c'est une bonace plus dangereuse aux plus importantes affaires que les écueils et que les plus grandes tempêtes. Le repos de la paresse est un charme secret de l'âme qui suspend soudainement les plus ardentes poursuites et les plus opiniâtres [4] résolutions ; pour donner enfin la véritable idée de cette passion, il faut dire que la paresse est comme [5] une béatitude de l'âme, qui la console de toutes ses pertes, et qui lui tient lieu de tous les biens [6]. (1665*, n° ccxc.)

DCXXXI

De plusieurs actions différentes que la fortune arrange

1. Dans l'édition d'Amelot : « qui *nous* est la plus inconnue. » — Le manuscrit n'a pas *à nous-mêmes*.

2. Le manuscrit porte : « la plus *violente*, » ce qui nous paraît être la meilleure leçon, d'autant plus que nous allons trouver quelques lignes plus bas : les plus *ardentes* poursuites. »

3. Var.: c'est *le petit poisson*. (*Manuscrit.*) — On sait en effet que la *rémore* (en latin *remora*) est un petit poisson auquel les anciens attribuaient la force d'arrêter les vaisseaux ; de là son nom, dérivé de *remorari* (retarder, arrêter). — Montaigne (*Essais*, livre II, chapitre xii, tome II, p. 203 et 204) : « Petit poisson que les Latins nomment *remora*, à cause de cette sienne propriété d'arrester toute sorte de vaisseaux ausquels il s'attache. » — Voyez aussi Pline l'ancien, livre XXXII, chapitre i.

4. Var. : .... *ses* plus ardentes.... et *ses* plus opiniâtres.... (*Manuscrit.*) — M. de Barthélemy omet *plus* devant *opiniâtres*.

5. Le manuscrit n'a pas *comme*.

6. Var.: .... de toutes ses pertes, et qui *la fait renoncer à toutes ses prétentions*. (*Manuscrit.*) — L'auteur n'a sans doute supprimé cette *maxime*, qui est d'une grande force d'expression, que parce qu'elle faisait double emploi avec la 266e, qui est plus nette et plus vigoureuse encore. — Rapprochez des *maximes* 169, 398 et 512.

comme il lui plait, il s'en fait[1] plusieurs vertus[2]. (1665*, n° ccxciii.)

DCXXXII

On aime à deviner les autres[3], mais l'on n'aime pas à être deviné[4]. (1665*, n° ccxcvi. — 1666, 1671 et 1675, n° cclxxii.)

DCXXXIII

C'est une ennuyeuse maladie que de conserver sa santé par un trop grand régime. (1665, n° ccxcviii. — 1666, 1671 et 1675, n° cclxxiv.)

DCXXXIV

Il est plus facile de prendre de l'amour quand on n'en a pas, que de s'en défaire quand on en a[5]. (1665*, n° ccc.)

DCXXXV

La plupart des femmes se rendent[6] plutôt par foiblesse que par passion; de là vient que, pour l'ordinaire, les hommes[7] entreprenants réussissent mieux que les autres, quoiqu'ils ne soient pas plus aimables. (1665*, n° ccci.)

1. Var.: De plusieurs actions *diverses....* il *se* fait.... (*Manuscrit.*)

2. Cette pensée n'est qu'une première version de la *maxime* 1. — Voyez aussi les *maximes* 153, 323, 380 et 470.

3. Var.: On aime *bien* à deviner les autres. (1665.)

4. Mme de Sablé en donne la raison dans sa *maxime* 35 : « Savoir bien découvrir l'intérieur d'autrui et cacher le sien est une grande marque de supériorité d'esprit; » et elle ajoute (*maxime* 37) : « On se rend quasi toujours maître de ceux que l'on connoît bien, parce que celui qui est parfaitement connu est en quelque façon soumis à celui qui le connoît. » — « Monsieur le Cardinal (*Mazarin*), dit Pascal (*Pensées*, article XXV, 25), ne vouloit point être deviné. » — Rapprochez de la *maxime* 425, et de la 2ᵉ des *Réflexions diverses*.

5. Un premier tirage de la première édition (celle des impressions de 1665 que nous désignons par la lettre A) donnait : « Il est *moins impossible* de prendre de l'amour.... » La correction : « Il est *plus facile*, » a motivé un carton (voyez la *Notice bibliographique*). — Il y a quelque analogie entre cette *maxime* et la 549ᵉ.

6. Le manuscrit dit plus absolument : « *Les femmes* se rendent..., » et il n'a pas le dernier membre de phrase : « quoiqu'ils ne soient pas plus aimables. »

7. « *Des* hommes, » dans l'édition d'Amelot de la Houssaye.

DCXXXVI

N'aimer guère en amour est un moyen assuré pour être aimé[1]. (1665, n° cccii[2].)

DCXXXVII

La sincérité que se demandent les amants et les maîtresses, pour savoir l'un et l'autre quand ils cesseront de s'aimer, est bien moins pour vouloir être avertis quand on ne les aimera plus, que pour être mieux assurés qu'on les aime[3] lorsque l'on ne dit point le contraire. (1665*, n° ccciii, *mais par le fait* n° ccciv.)

DCXXXVIII

La plus juste comparaison qu'on puisse faire de l'amour, c'est[4] celle de la fièvre : nous n'avons non plus de pouvoir sur l'un que sur l'autre, soit pour sa violence, ou pour sa durée[5]. (1665, n° cccvi.)

DCXXXIX

La plus grande habileté des moins habiles est de se savoir soumettre[6] à la bonne conduite d'autrui[7]. (1665, n° cccx.)

DCXL

On craint toujours de voir ce qu'on aime quand on vient de faire des coquetteries ailleurs. (1675, n° ccclxxii.)

1. Amelot donne : « *d'être aimé.* »

2. Dans trois des impressions de 1665, il y a deux numéros 302 ; cette *maxime* est sous le premier ; le second est notre 276e ; celle qui suit, sous le numéro 303, est notre 637e. La contrefaçon que nous désignons par 1665 D réunit sous un même chiffre, en deux alinéas, les deux *maximes* 302.

3. Var. : .... que pour être assurés qu'*ils sont aimés....* (*Manuscrit.*)

4. Dans l'édition d'Amelot : *est,* pour *c'est;* et plus loin : *soit,* pour *ou.*

5. Rapprochez des *maximes* 5, 271 et 564. Voyez aussi la dernière note de la *maxime* 68.

6. Brotier et Duplessis : « *de savoir se soumettre.* »

7. *Conduite,* dans le sens de *direction.* — La *maxime* 283, mieux rédigée, rendait celle-ci inutile. — Voyez la *maxime* 378, qui semble contradictoire à celle-ci, car elle suppose que les conseils sont toujours inefficaces. — Voyez aussi le *Portrait de la Rochefoucauld fait par lui-même,* ci-dessus, p. 9.

DCXLI

On doit se consoler de ses fautes quand on a la force de les
avouer[1]. (1675, n° CCCLXXV.)

1. Voyez les *maximes* 202, 411 et 457. — Le *Supplément* de l'édition de
1693 (n° 40) dit à peu près de même : « *Les fautes sont toujours pardonnables
quand on a la force de les avouer.* » — Le cardinal de Retz dit, de son côté,
dans ses *Mémoires* (édition Champollion-Figeac, tome II, p. 47, chapitre XIII) :
« Il est d'un plus grand homme de savoir avouer une faute que de savoir ne la
pas faire. » — Le Cardinal et le Duc faisaient un retour sur leurs propres
fautes, et trouvaient ainsi le moyen de *s'en consoler*. Est-il besoin de faire remarquer que la *maxime* de la Rochefoucauld revient au dicton : *Péché avoué
est à moitié pardonné ?*

RÉFLEXIONS DIVERSES

NOTICE.

Sept des *Réflexions diverses*[1] qui suivent ont paru pour la
première fois, en 1731, sous le titre de *Réflexions nouvelles
de M. de la R*****, dans un *Recueil de pièces d'histoire et de
littérature*, compilation anonyme que l'on attribue communément à l'abbé Granet et au P. Desmolets[2]. Brotier les

[1]. Ce sont, dans notre texte, les numéros 5, 16, 10, 2, 4, 13 et 3.
Elles avaient été imprimées dans l'ordre où sont rangés ces chiffres.

[2]. Paris, Chaubert, 4 vol. in-12, tome I, p. 32-64. Le premier
volume est de 1731, le second de 1732, le troisième de 1738, le
quatrième de 1741. — Nous possédons un exemplaire de cet ouvrage
où on lit, au verso du feuillet de titre, une note manuscrite d'une
écriture ancienne, qui attribue la composition du *Recueil* à l'abbé
Archimbaud. Mais au-dessous la même main a ajouté, plus tard
(comme on le reconnaît à l'encre), que « l'abbé Goujet, dans sa *Bibliothèque françoise*, tome XVII, p. 372, donne ce *Recueil*, ou au moins
le volume IV d'icelui, à feu M. l'abbé Granet. » A la page de titre
du tome III se trouve cette autre note, toujours de la même main :
« Suivant l'auteur de la *France littéraire* pour l'année 1757, ce
volume est du P. Desmolets, oratorien. » L'*Avertissement* du
tome IV nous apprend également que le troisième volume n'est
pas l'œuvre de l'écrivain qui a compilé les trois autres ; ceux-ci ont
été composés par la personne même « qui a eu l'idée de cette collection (a); » l'auteur du tome III est simplement désigné par les mots de
« docte bibliothécaire. » C'est sans fondement, ajoute-t-on, qu'un
nouvelliste de Paris, dans un journal de Hollande, a associé M. l'abbé

(a) Moréri (article Granet) vient à l'appui : « Il est, dit-il, l'éditeur d'un
Recueil de pièces d'histoire et de littérature, qui a paru chez Chaubert, en
quatre parties.... Il n'a eu aucune part à la publication de la troisième partie.... » Ce qui donne clairement à entendre qu'il a publié les trois autres.

mit dans son édition (1789), sous le titre de *Réflexions diverses* ; mais, « pour en rendre, disait-il (p. 257), la lecture plus facile et plus agréable, » il eut l'étrange idée de les dépecer en *maximes*. Depuis elles ont été reproduites dans la plupart des éditions.

Le marquis de Fortia (1796 et 1802) dit dans son avant-propos que ces sept *Réflexions* « avoient été imprimées deux fois en entier, lorsque Brotier les inséra dans son édition. » Il se trompe assurément ; une seule édition avait précédé celle de Brotier[1], qui nous dit lui-même (p. 257) dans ses *Observations sur les* Réflexions diverses : « Elles n'ont paru qu'une seule fois ; encore étoient-elles ensevelies dans un *Recueil de pièces d'histoire et de littérature* qu'on ne lit pas. On en trouvoit quelques parties, surtout ce qui regarde *la Conversation*, dans des bibliothèques particulières. » Nous verrons ci-après (p. 290, note 2) que ce n'est pas d'après le texte imprimé de 1731, mais d'après une copie conservée dans quelque bibliothèque, que Brotier a publié l'article *de la Conversation*, et c'est apparemment cette variante qui a fait supposer à Fortia qu'il y avait eu avant 1789 deux éditions : il n'avait pas pris garde à la phrase de Brotier que nous venons de citer.

L'éditeur de 1731 s'était contenté, ainsi que le *Journal des Savants*, de désigner l'auteur par une transparente initiale, sans indiquer la source d'où il tirait ces *Réflexions*, et sans

Desfontaines à ce *Recueil.* » — Barbier, Brunet, Quérard s'accordent à attribuer cette compilation à l'abbé Granet et au P. Desmolets. Les citations précédentes montrent bien, ce nous semble, quelle a été la part de l'un et de l'autre : Le « docte bibliothécaire » qui a composé le tome III, c'est le P. Desmolets ; « la personne qui a eu l'idée de la collection, » qui a compilé les tomes I, II et IV, et qui par conséquent a publié pour la première fois les *Réflexions diverses*, c'est l'abbé Granet (né à Brignoles en 1692, mort à Paris en 1741).

1. Fortia n'a pu vouloir désigner comme édition nouvelle la longue suite de citations qui se trouve dans le numéro de septembre du *Journal des Savants* de 1731 (p. 505 et suivantes), simplement précédée de ces mots : « Ces *Réflexions* sont divisées en sept classes. La première est *de la Confiance*, etc.... Nous citerons un exemple de chaque classe, et nous nous bornerons au premier article

songer à en établir l'authenticité. Cela n'empêcha pas Brotier
et ceux qui vinrent après lui de les donner très-affirmative-
ment et sans aucune hésitation comme étant l'œuvre de la
Rochefoucauld. Pour les esprits versés en ces matières et fa-
miliarisés avec les idées et le style de l'auteur des *Maximes*,
le doute, en effet, n'était guère possible. Cette attribution
cependant n'était après tout, pour qui veut appliquer les règles
de la critique rigoureuse, qu'une vraisemblable présomption ;
aussi un juge autorisé entre tous, M. Sainte-Beuve, s'en est-il
tenu à cette présomption, déjà fort affirmative en elle-même[1] :
« Je ne discute point la question de savoir si ces *Réflexions
diverses* sont certainement de la Rochefoucauld ; il me suffit
qu'elles lui soient attribuées, qu'elles soient dignes de lui, et
qu'elles expriment le meilleur goût et tout l'esprit de son
monde. » La conjecture était fondée, car aujourd'hui la preuve
est faite, et la source authentique est découverte. Les sept *Réflexions*, telles qu'on les a publiées dès 1731, se trouvent intégralement, sauf quelques changements comme on s'en permet-
tait alors, et quelques erreurs de copie, dans le tome A du
recueils de manuscrits conservés par la famille même de la
Rochefoucauld au château de la Rocheguyon[2], et leur authenticité ne saurait être contestée. Sans compter les preuves
morales, pour ainsi dire, qui avaient suffi et pouvaient suffire
aux précédents éditeurs et critiques, sans compter plusieurs
corrections qui sont de la main même de la Rochefoucauld,
on rencontrera dans ces *Réflexions* nombre de passages que
nous avons notés avec soin, et que l'auteur a répétés plus ou
moins textuellement dans ses *Maximes*. Toutefois le manuscrit
de la Rocheguyon contient *dix-neuf* réflexions : pourquoi les

de chacune (a) ; » et suivie de ceux-ci : « On peut par ces *Réflexions*
sensées juger des autres. L'auteur fait voir dans toutes la même justesse et la même solidité. »

1. Voyez la *Préface* de l'édition de Duplessis, Paris, 1853, p. xii,
à la note.

2. Voyez l'*Avertissement*, en tête du présent volume.

(a) Le *Journal des Savants* donne en effet les commencements des sept
Réflexions, excepté de la quatrième (notre numéro 2), pour laquelle la
citation ne commence qu'à notre second alinéa (p. 282).

éditeurs de 1731 n'en ont-ils donné que sept, laissant les douze
autres à l'écart? La note suivante, qui se trouve en tête du volume manuscrit[1], donne d'assez bonnes raisons de ce choix et
de cette exclusion :

« Ce manuscrit contient divers opuscules[2] non imprimés de
l'auteur des *Maximes* ; ils sont écrits de la main de ses secré-
taires et corrigés de la sienne en quelques endroits. Ils sont
antérieurs au livre des *Maximes*, car on y trouve quelques
pensées qu'il a employées dans ce dernier ouvrage, presque
sans aucun changement[3], et d'autres qu'il a réservées pour les
présenter avec plus de force et plus de précision. Il est même
vraisemblable que ce recueil est en grande partie l'ouvrage de
sa jeunesse, car parmi plusieurs morceaux où l'on reconnoît
l'élégance, la finesse et la profondeur qui caractérisent l'auteur
des *Mémoires* et des *Maximes*, on en trouve d'autres foibles,
de petite manière, et quelquefois de mauvais goût. Il est peut-

1. Cette note, non signée, est d'une écriture du siècle dernier ;
peut-être est-elle d'nn bibliothécaire ou archiviste de la maison de
la Rochefoucauld ; mais on peut l'attribuer avec autant de vraisemblance à l'éditeur de 1731, qui, nous le répétons, est, selon toute
probabilité, l'abbé Granet (voyez ci-dessus, p. 271, note 2). Il est à
noter, en tout cas, que les sept morceaux désignés comme dignes de
l'impression sont précisément ceux que le compilateur a publiés.

2. L'auteur de la note emploie *opuscules* au féminin.

3. La raison donnée n'est pas péremptoire. L'auteur pouvait aussi
bien emprunter à ses *Maximes* au profit de ses *Réflexions*, qu'à ses
Réflexions au profit de ses *Maximes*. On le verra, du reste, la plupart
des *Maximes* qui se retrouvent dans les *Réflexions*, et que nous avons
consignées dans les notes sous leurs numéros, appártiennent à la
4e édition (1675) et à la 5e (1678) ; or la 1re est, comme l'on sait,
de 1665.

4. Ce jugement est assez sévère, mais assez juste en somme. Cependant il n'y a pas lieu d'en conclure que les *Réflexions* auxquelles
il peut s'appliquer soient *de la jeunesse de l'auteur*. Dans la 14e, il
parle de la mort de Turenne tué le 27 juillet 1675 ; dans la 17e, de la
paix de Nimègue conclue en août 1678 (voyez p. 341, note 5), et
lui-même mourait dix-huit mois après, le 17 mars 1680, à l'âge de
soixante-sept ans. Il faudrait plutôt dire que les moins achevées
parmi ces *Réflexions* sont les dernières que l'auteur ait écrites, et
qu'il n'a pas eu le temps de les revoir. La Rochefoucauld, on le sait,

être à propos d'entrer sur cela dans quelque détail, afin que si jamais on avoit envie de donner ce recueil au public, on ne le lît qu'avec les égards qui sont dus à la mémoire et au mérite de l'auteur.

« Voici les morceaux qui m'ont paru le plus capables de répondre à sa réputation [1] : *de la Société ; — de l'Air et des Manières ; — de la Conversation ; — de la Confiance ; — du Goût ; — du Faux ; — de la Différence des esprits ; — de l'Inconstance ; — de la Retraite ; — des Événements de ce siècle* [2].

« *Nota.* — Ce dernier morceau est l'antépénultième dans le manuscrit ; mais l'ordre qu'on suit ici est le plus naturel, et une petite note qui est à la fin du morceau sur *la Différence des esprits*, donne lieu de conjecturer que c'étoit l'ordre que l'auteur avoit dans l'esprit.

« Par rapport aux chapitres *de l'Inconstance* et *de la Retraite*, il y a une observation à faire : c'est qu'ils n'ont pas été revus par l'auteur, qu'ils ont été écrits par un secrétaire sans intelligence ; qu'indépendamment des fautes d'orthographe, il y en a qui défigurent le sens et qui quelquefois le rendent inintelligible, que par conséquent il faudroit revoir les deux chapitres avec la plus grande attention [3].

n'était pas un écrivain de premier jet ; il n'arrivait à sa forme définitive qu'à force de retouches : pour s'en assnrer, il n'y a qu'à comparer sa 1re édition des *Maximes* avec la 5e. Il y a telle pensée où il ne reste presque plus un mot de la rédaction primitive.

1. Il faut faire remarquer encore que l'auteur de cette note suit l'ordre même du manuscrit de la Rocheguyon, tant pour les pièces qu'il choisit que pour celles qu'il élimine, sauf pour celle qui est intitulée *des Événements de ce siècle*. Comme en avertit le *nota* qui suit, il rejette à la fin cette *Réflexion* qui, par son étendue et par son caractère purement historique, diffère en effet des autres, et peut former comme un petit traité à part.

2. Il paraît que l'auteur de cette note s'est ravisé, ou qu'on s'est ravisé après lui, car les trois dernières *Réflexions* qu'il indique n'ont pas été publiées.

3. Heureusement personne ne s'est chargé de cette *revision*, et nous pouvons donner ces deux morceaux intacts comme les dix-sept autres : s'ils ne comptent pas parmi les meilleurs du recueil, du moins sont-

« Voici les morceaux qu'il ne seroit pas à propos qu'on rendît publics, avec les raisons qui m'en font porter ce jugement :

« *Du Vrai.* — Ce n'est pas qu'il n'y ait dans ce morceau des choses bien vues et bien pensées, mais en totalité il y a quelque chose de louche, parce que l'auteur n'a pas vu assez nettement, ou du moins n'a pas assez développé ce qu'il entend par *vrai* et par *vérité.*

« *De l'Amour et de la Mer.* — L'auteur lui-même l'a raturé[1].

« *Des Exemples.* — Morceau peu approfondi et peu réfléchi.

« *De l'Incertitude de la jalousie.* — Il y a quelque chose de louche, sur quoi cependant il ne seroit pas difficile de répandre la clarté nécessaire.

« *De l'Amour et de la Vie.* — Ce morceau est de petite manière ; les rapports y sont trop recherchés et souvent trop subtils ; la comparaison, trop longtemps soutenue, y devient fade. L'auteur a fait passer dans les *Maximes* ce qu'il y a de mieux pour le fond des idées, entre autres cette pensée : « Dans le déclin de l'amour, comme dans le déclin de la vie,... on vit encore pour les maux, on ne vit plus pour les plaisirs[2]. »

« *Du Rapport des hommes avec les animaux.* — Ce morceau est foible et plat.

---

ils parfaitement intelligibles, quoi qu'en dise l'auteur de la note, et nous n'y avons trouvé aucune faute *défigurant le sens.*

1. C'est-à-dire, *biffé.* Le morceau, en effet, est biffé en croix sur le manuscrit ; mais est-il bien sûr qu'il l'ait été par la Rochefoucauld lui-même ? On en peut au moins douter, car en tête de cette *Réflexion* (6e, aussi bien que de la 12e), on lit ces deux mots : *à retrancher*, lesquels ne sont pas de son écriture.

2. En effet, c'est la *maxime* 430e de la 5e édition, avec quelques légères modifications.

De l'Origine des maladies. — Raturé par l'auteur [1].

« *Des Modèles de la nature et de la fortune*. — Il y a dans ce morceau, ainsi que dans quelques-uns des précédents, plus de recherche d'esprit que de vérité ; on y trouve cependant quelques beaux traits. Le parallèle de Monsieur le Prince et de M. de Turenne est à conserver [2].

« *Des Coquettes et des Vieillards*. — Ce morceau tient aux mœurs du temps [3] ; il pouvoit avoir alors un mérite qu'il n'auroit plus aujourd'hui. »

Encore une fois, la plupart de ces appréciations, sauf les réserves que nous avons faites, sont assez fondées ; mais, de nos jours, la critique se soucie moins de l'intérêt des écrivains que de l'intérêt des lettres. Quand les douze *Réflexions* négligées en 1731 [4] seraient toutes aussi faibles que le prétend l'auteur de la note, elles n'en seraient pas moins précieuses, au moins comme moyen de comparaison entre les œuvres ébau-

1. On trouvera cette *Réflexion* sous le n° XII. — Voyez ci-dessus, p. 276, note 1.

2. Il fallait *conserver*, non-seulement ce parallèle, mais tout ce qui concerne Alexandre, César et Caton, c'est-à-dire tout le morceau. Ces pages peuvent compter assurément parmi les plus fortes que la Rochefoucauld ait écrites.

3. Il n'en serait que plus intéressant pour nous ; mais ce morceau est de tous les temps et d'une éternelle application.

4. M. Édouard de Barthélemy les a publiées, seules, sans les sept anciennes (a) (*OEuvres inédites de la Rochefoucauld*, 1 vol. in-8, Paris, Hachette, 1863 : voyez la *Notice bibliographique*). Loin de nous la pensée de désobliger un homme qui aime les lettres et qui leur a rendu quelques services, même en ce qui concerne la Rochefoucauld ; mais son travail, on le verra dans nos notes, était bien souvent fautif ; aussi nous est-il permis de dire que le texte des *Réflexions diverses* de la Rochefoucauld paraît aujourd'hui pour la première fois, dans toute sa pureté.

(a) Il en promet onze en tête de sa *Préface*, mais par le fait il en donne douze, car il met à part le morceau *des Événements de ce siècle* ; il paraît même en donner treize, car il a marqué du numéro 1 la fin de la Réflexion *du Faux*, dont la plus grande partie avait paru dès 1731.

chées et les œuvres achevées de la Rochefoucauld. C'est à ce titre que nous les donnons au public : rien ne doit être perdu d'un tel écrivain, rien d'ailleurs ne lui pouvant faire tort.

Nous donnons les dix-neuf morceaux dans l'ordre où ils se trouvent au manuscrit, en marquant d'un astérisque (*) au titre ceux qu'avaient omis les premiers éditeurs. Nous indiquerons les variantes, ou, pour parler plus exactement, les altérations qui abondent dans les textes publiés jusqu'ici.

RÉFLEXIONS DIVERSES.

———

I. — DU VRAI[*].

Le vrai, dans quelque sujet qu'il se trouve, ne peut être effacé par aucune comparaison d'un autre vrai, et quelque différence qui puisse être entre deux sujets, ce qui est vrai dans l'un n'efface point ce qui est vrai dans l'autre : ils peuvent avoir plus ou moins d'étendue et être plus ou moins éclatants, mais ils sont toujours égaux par leur vérité, qui n'est pas plus vérité dans le plus grand que dans le plus petit. L'art de la guerre est plus étendu, plus noble et plus brillant que celui de la poésie[1] ; mais le poëte et le conquérant sont comparables l'un à l'autre ; comme aussi, tant qu'ils sont véritablement ce qu'ils sont, le législateur, le peintre, etc., etc.

Deux sujets de même nature peuvent être différents, et même opposés, comme le sont Scipion et Annibal, Fabius Maximus et Marcellus ; cependant, parce que leurs qualités sont vraies, elles subsistent en présence l'une de l'autre, et ne s'effacent point par la comparaison. Alexandre et César donnent des royaumes ; la veuve

---

1. « L'art de la guerre est plus étendu, plus *grand*, plus noble que celui de la poésie. » (*Édition de M. de Barthélemy.*) — Deux lignes plus bas, la même édition remplace « comme aussi » par *et,* puis elle omet les deux *etc.* qui terminent l'alinéa.

donne une pite[1] : quelques[2] différents que soient ces présents, la libéralité est vraie et égale en chacun d'eux, et chacun donne à proportion de ce qu'il est.

Un sujet peut avoir plusieurs vérités, et un autre sujet peut n'en avoir qu'une[3] : le sujet qui a plusieurs vérités est d'un plus grand prix, et peut briller par des endroits où l'autre ne brille pas ; mais dans l'endroit où l'un et l'autre est vrai, ils brillent également. Épaminondas étoit grand capitaine[4], bon citoyen, grand philosophe ; il étoit plus estimable que Virgile, parce qu'il avoit plus de vérités que lui ; mais comme grand capitaine, Épaminondas n'étoit pas plus excellent que Virgile comme grand poëte, parce que, par cet endroit, il n'étoit pas plus vrai[5] que lui. La cruauté de cet enfant qu'un consul fit mourir pour avoir crevé les yeux d'une corneille[6], étoit moins importante que celle de Philippe second, qui

1. C'est le *denier de la veuve* (voyez l'*Évangile* selon saint Marc, chapitre XII, versets 42-44, et selon saint Luc, chapitre XXI, versets 2-4). C'est par le mot *pite* que les anciennes traductions françaises de l'*Évangile* rendent les termes latins *minuta* et *æra minuta* qui se trouvent dans la *Vulgate* aux deux endroits indiqués (voyez la version publiée à Paris, sans nom d'auteur, en 1621, et celle de Jean Diodati, qui parut à Genève en 1644). — La *pite* était une petite monnaie de cuivre, valant la moitié d'une obole et le quart d'un denier. « C'est, dit Nicot, demie maille ou demie obole. » D'après Ménage, ce mot vient du latin *picta*, par abréviation de *pictavina*, parce que cette monnaie avait surtout cours dans le Poitou.

2. Voyez le *Lexique*, au mot QUELQUE.

3. M. de Barthélemy écrit *qu'une* en italique, et met en note : « Ce mot (*qu'une*) est écrit de la main de la Rochefoucauld à la place du mot *guère*. » — Cela nous paraît au moins douteux.

4. « *Un* grand capitaine. » (*Édition de M. de Barthélemy.*)

5. Voyez ci-dessus, sur l'application du mot *vrai* aux personnes, la note 3 de la page 85.

6. La Rochefoucauld s'est rappelé inexactement un passage de Quintilien (*de l'Institution oratoire*, livre V, chapitre IX, 13), où il est raconté que les Aréopagites condamnèrent à mort un enfant qui arrachait les yeux à des cailles : ils jugèrent que c'était le signe d'une

fit mourir son fils [1], et elle étoit peut-être mêlée avec moins d'autres vices [2] ; mais le degré de cruauté exercée sur un simple animal ne laisse pas de tenir son rang avec la cruauté des princes les plus cruels, parce que leurs différents degrés de cruauté ont une vérité égale.

Quelque disproportion qu'il y ait entre deux maisons qui ont les beautés qui leur conviennent, elles ne s'effacent point l'une par l'autre: ce qui fait que Chantilly n'efface point Liancourt [3], bien qu'il ait [4] infiniment plus de diverses beautés, et que Liancourt n'efface pas aussi [5] Chantilly, c'est que Chantilly a les beautés qui conviennent à la grandeur de Monsieur le Prince, et que Liancourt a les beautés qui conviennent à un particulier, et qu'ils ont chacun de vraies beautés. On voit néanmoins des femmes d'une beauté éclatante, mais irrégulière, qui en effacent souvent de plus véritablement belles ; mais comme le goût, qui se prévient aisément, est le juge de la beauté, et que la beauté des plus belles personnes n'est pas toujours égale, s'il arrive que les moins belles effacent les autres, ce sera seulement durant quelques moments ; ce sera que la différence de la lumière et du jour fera plus ou moins discerner la vérité qui est dans les traits ou dans les couleurs, qu'elle fera paroître ce que la

âme *très-pernicieuse,* et qu'il était dangereux de laisser grandir un tel sujet.

1. Don Carlos.

2. « Mêlée *au* moins d'autres vices. » (*Édition de M. de Barthélemy.*)

3. On sait que la terre de Chantilly appartenait aux Condé, et que la terre de Liancourt, une des plus belles de France, passa ainsi que celle de la Rocheguyon, dans la maison de la Rochefoucauld par le mariage de François VII, fils aîné de l'auteur des *Maximes,* avec sa cousine, Jeanne-Charlotte du Plessis-Liancourt.

4. « Qu'il *y* ait. » (*Édition de M. de Barthélemy.*)

5. M. de Barthélemy a substitué *point non plus* à « pas aussi. » — Voyez le *Lexique.*

moins belle aura de beau [1], et empêchera de paroître ce qui est de vrai et de beau dans l'autre [2].

II. — DE LA SOCIÉTÉ.

Mon dessein n'est pas de parler de l'amitié en parlant de la société ; bien qu'elles aient quelque rapport, elles sont néanmoins très-différentes : la première a plus d'élévation et de dignité [3], et le plus grand mérite de l'autre, c'est de lui ressembler. Je ne parlerai donc présentement que du commerce particulier que les honnêtes gens doivent avoir ensemble.

Il seroit inutile de dire combien la société est nécessaire aux hommes : tous la desirent et tous la cherchent, mais peu se servent des moyens de la rendre agréable et de la faire durer. Chacun veut trouver son plaisir et ses avantages aux dépens des autres ; on se préfère toujours à ceux avec qui on se propose de vivre [4], et on leur fait presque toujours sentir cette préférence ; c'est ce qui trouble et qui détruit [5] la société. Il faudroit du moins savoir cacher ce desir de preférence, puisqu'il est trop naturel en nous pour nous en pouvoir défaire ; il faudroit faire son plaisir de celui des autres, ménager leur amour-propre, et ne le blesser jamais.

L'esprit a beaucoup de part à un si grand ouvrage, mais il ne suffit pas seul pour nous conduire dans les

1. « Aura de *lueur*. » (*Édition de M. de Barthélemy.*) — A la ligne précédente, la même édition donne *la couleur*, au lieu de *les couleurs*.

2. Voyez la *maxime* 626, et la *Lettre du chevalier de Meré.*

3. Tel est le texte du manuscrit, au lieu d'*humilité*, que donnent toutes les éditions, et qui n'a pas ici de sens. — A la ligne suivante, elles ont substitué *est* à *c'est*.

4. Voyez les *maximes* 81 et 83.

5. Dans les éditions postérieures à 1731 : « et *ce* qui détruit. »

divers chemins qu'il faut tenir. Le rapport qui se rencontre entre les esprits ne maintiendroit pas longtemps la société, si elle n'étoit réglée et soutenue par le bon sens, par l'humeur, et par des égards qui doivent être entre les personnes qui veulent vivre ensemble[1]. S'il arrive quelquefois que des gens opposés d'humeur et d'esprit paroissent unis, ils tiennent sans doute par des liaisons[2] étrangères, qui ne durent pas longtemps. On peut être aussi en société avec des personnes sur qui nous avons de la supériorité par la naissance ou par des qualités personnelles ; mais ceux qui ont cet avantage n'en doivent pas abuser : ils doivent rarement le faire sentir, et ne s'en servir que pour instruire les autres ; ils doivent leur faire apercevoir qu'ils ont besoin d'être conduits, et les mener par raison, en s'accommodant, autant qu'il est possible, à leurs sentiments et à leurs intérêts.

Pour rendre la société commode, il faut que chacun conserve sa liberté : il faut se voir, ou ne se voir point, sans sujétion, pour se divertir ensemble, et même s'ennuyer ensemble ; il faut se pouvoir séparer[3], sans que cette séparation apporte de changement ; il faut se pouvoir passer les uns des autres, si on ne veut pas s'exposer à embarrasser quelquefois, et on doit se souvenir qu'on incommode souvent, quand on croit ne pouvoir jamais incommoder[4]. Il faut contribuer, autant qu'on le peut,

1. Ce passage est un heureux correctif à la *maxime* 87, qui n'est en réalité qu'une épigramme.

2. Au lieu de *raisons* que donnent toutes les éditions. — Trois lignes plus haut on y lit : « *les* égards, » pour : « *des* égards ; » et vers la fin de l'alinéa : « par *la* raison, » au lieu de : « par raison. »

3. Les diverses éditions donnaient ainsi ce passage : « il *ne faut point se* voir, ou se voir sans sujétion, *et* pour se divertir ensemble ; il faut *pouvoir se* séparer..., » omettant ainsi le membre de phrase *et même s'ennuyer ensemble,*

4. C'est presque textuellement la *maxime* 242.

au divertissement des personnes avec qui on veut vivre ;
mais il ne faut pas être toujours chargé du soin d'y contribuer. La complaisance est nécessaire dans la société,
mais elle doit avoir des bornes : elle devient une servitude
quand elle est excessive ; il faut du moins qu'elle paroisse
libre, et qu'en suivant le sentiment de nos amis, ils soient
persuadés que c'est le nôtre aussi que nous suivons.

Il faut être facile à excuser nos amis, quand leurs défauts sont nés avec eux, et qu'ils sont moindres que leurs
bonnes qualités ; il faut surtout[1] éviter de leur faire voir
qu'on les ait remarqués[2] et qu'on en soit choqué, et l'on doit
essayer de faire en sorte qu'ils puissent s'en apercevoir
eux-mêmes, pour leur laisser le mérite de s'en corriger.

Il y a une sorte de politesse qui est nécessaire dans le
commerce des honnêtes gens : elle leur fait entendre
raillerie, et elle les empêche d'être choqués et de choquer
les autres par de certaines façons de parler trop sèches
et trop dures, qui échappent souvent sans y penser,
quand on soutient son opinion avec chaleur[3].

Le commerce des honnêtes gens ne peut subsister sans
une certaine sorte de confiance ; elle doit être commune
entre eux ; il faut que chacun ait un air de sûreté et de

1. Les diverses éditions donnent *souvent*, au lieu de *surtout*. — A
la ligne suivante, elles coupent la phrase après *choqué*, et en commencent une nouvelle par : « *On* doit, etc. »

2. Duplessis (p. 219) estime que « l'excellent conseil donné ici
part d'un sentiment bien plus juste et bien plus conforme à la véritable amité que la *maxime* 410, dure pour le fond et même par la
forme. » — Voyez la 18ᵉ des *Réflexions diverses*.

3. Dans son *Portrait* (ci-dessus, p. 8), l'auteur s'accuse lui-même
de *soutenir d'ordinaire son opinion avec trop de chaleur*. Segrais dit
pourtant (*Mémoires*, p. 170) : « M. de la Rochefoucauld ne con-
testoit jamais. Quand quelqu'un lui avoit dit un sentiment différent
du sien qu'il croyoit être bon : *Monsieur*, disoit-il, *vous êtes de ce
sentiment-là, et moi je suis d'un autre*. On en demeuroit là sans se
mettre en colère de part ni d'autre. »

discrétion qui ne donne jamais lieu de craindre qu'on puisse rien dire par imprudence[1].

Il faut de la variété dans l'esprit : ceux qui n'ont que d'une sorte d'esprit ne peuvent pas plaire longtemps[2]. On peut prendre des routes diverses, n'avoir pas les mêmes vues ni[3] les mêmes talents, pourvu qu'on aide au plaisir de la société, et qu'on y observe la même justesse que les différentes voix et les divers instruments doivent observer dans la musique.

Comme il est malaisé que plusieurs personnes puissent avoir les mêmes intérêts, il est nécessaire au moins, pour la douceur de la société, qu'ils n'en aient pas de contraires. On doit aller au-devant de ce qui peut plaire à ses amis, chercher les moyens de leur être utile, leur épargner des chagrins, leur faire voir qu'on les partage avec eux quand on ne peut les détourner[4], les effacer insensiblement sans prétendre de les arracher tout d'un coup, et mettre en la place des objets agréables, ou du moins qui les occupent. On peut leur parler des choses qui les regardent, mais ce n'est qu'autant qu'ils le permettent, et on y doit garder beaucoup de mesure : il y a de la politesse, et quelquefois même de l'humanité, à ne pas entrer trop avant dans les replis de leur cœur ; ils ont souvent de la peine à laisser voir tout ce qu'ils en connoissent, et ils en ont encore davantage quand on pénètre ce qu'ils ne connoissent pas[5]. Bien que le com-

1. Voyez la 5e des *Réflexions diverses.*
2. C'est la *maxime* 413. — Voyez aussi la 16e des *Réflexions diverses.*
3. Les éditions antérieures omettent les mots : « les mêmes vues ni. »
4. C'est un démenti, sinon général, au moins en ce qui touche l'amitié, à l'impitoyable *maxime* sur la pitié (264e), et au passage du *Portrait* (ci-dessus, p. 9) où l'auteur déclare que la pitié « n'est bonne à rien au dedans d'une âme bien faite. »
5. Voyez la *maxime* 632. — Ce passage était singulièrement altéré dans les éditions précédentes, y compris celle de 1731 ; le mot *bien,*

merce que les honnêtes gens ont ensemble leur donne de la familiarité, et leur fournisse un nombre infini de sujets de se parler sincèrement, personne présque n'a assez de docilité et de bon sens pour bien recevoir plusieurs avis qui sont nécessaires pour maintenir la société : on veut être averti jusqu'à un certain point, mais on ne veut pas l'être en toutes choses, et on craint de savoir toutes sortes de vérités.

Comme on doit garder des distances pour voir les objets, il en faut garder aussi pour la société : chacun a son point de vue, d'où il veut être regardé[1] ; on a raison, le plus souvent, de ne vouloir pas être éclairé de trop près, et il n'y a presque point d'homme qui veuille, en toutes choses, se laisser voir tel qu'il est[2].

III. — DE L'AIR ET DES MANIÈRES.

Il y a un air qui convient à la figure et aux talents de chaque personne : on perd toujours quand on le quitte pour en prendre un autre[3]. Il faut essayer de connoître celui qui nous est naturel, n'en point sortir, et le perfectionner autant qu'il nous est possible.

Ce qui fait que la plupart des petits enfants plaisent, c'est qu'ils sont encore renfermés dans cet air et dans ces manières que la nature leur a donnés, et qu'ils n'en

qui commence la phrase suivante, était le dernier de celle-ci, et se joignait à *ce qu'ils ne connoissent pas.* De plus, la proposition qui suit était coupée en deux, et la seconde partie, depuis *personne presque n'a assez de docilité,* était rejetée à la ligne. Nous rétablissons le texte d'après le manuscrit.

1. Voyez la *maxime* 104.

2. Rapprochez de la *Réflexion* suivante, de la *Réflexion* 13ᵉ, et de la *maxime* 256.

3. Voyez les *maximes* 134 et 203.

connoissent point d'autres. Ils les changent et les corrompent quand ils sortent de l'enfance : ils croient qu'il faut imiter ce qu'ils voient faire aux autres[1], et ils ne le peuvent parfaitement imiter ; il y a toujours quelque chose de faux et d'incertain dans toute imitation. Ils n'ont rien de fixe dans leurs manières ni dans leurs sentiments ; au lieu d'être en effet ce qu'ils veulent paroître, ils cherchent à paroître ce qu'ils ne sont pas[2]. Chacun veut être un autre, et n'être plus ce qu'il est[3] : ils cherchent une contenance hors d'eux-mêmes, et un autre esprit que le leur ; ils prennent des tons et des manières au hasard ; ils en font l'expérience[4] sur eux, sans considérer que ce qui convient à quelques-uns ne convient pas à tout le monde, qu'il n'y a point de règle générale pour les tons et pour les manières, et qu'il n'y a point de bonnes copies[5]. Deux hommes néanmoins peuvent avoir du rapport en plusieurs choses sans être copie l'un de l'autre, si chacun suit son naturel ; mais personne presque ne le suit entièrement, on aime à imiter ; on imite souvent, même sans s'en apercevoir, et on néglige ses propres biens pour des biens étrangers, qui d'ordinaire ne nous conviennent pas.

1. Les éditions précédentes omettent *faire aux autres*. A la fin de la phrase elles donnent : « *cette* imitation, » au lieu de : « *toute* imitation. » — Voyez la *maxime* 618.

2. Rapprochez de la fin de la *Réflexion* précédente, de la 13ᵉ *Réflexion*, et de la *maxime* 256.

3. . . . . Il n'est esprit si droit
Qui ne soit imposteur et faux par quelque endroit :
Sans cesse on prend le masque, et quittant la nature,
On craint de se montrer sous sa propre figure....
Rarement un esprit ose être ce qu'il est.
(Boileau, *épître* IX, vers 69-74.)

4. Dans les éditions antérieures : « ils en font *des expériences ;* » et deux lignes plus bas : « de *règles générales.* »

5. Voyez la *maxime* 133.

Je ne prétends pas, par ce que je dis, nous renfermer tellement en nous-mêmes, que nous n'ayons pas la liberté de suivre des exemples, et de joindre à nous des qualités utiles ou nécessaires que la nature ne nous a pas données : les arts et les sciences conviennent à la plupart de ceux qui s'en rendent capables ; la bonne grâce et la politesse conviennent à tout le monde ; mais ces qualités acquises doivent avoir un certain rapport et une certaine union avec nos qualités naturelles, qui les étendent et les augmentent imperceptiblement[1].

Nous sommes quelquefois élevés à un rang et à des dignités qui sont au-dessus de nous[2] ; nous sommes souvent engagés dans une profession nouvelle où la nature ne nous avoit pas destinés : tous ces états ont chacun un air qui leur convient, mais qui ne convient pas toujours avec notre air naturel ; ce changement de notre fortune change souvent notre air et nos manières, et y ajoute l'air de la dignité, qui est toujours faux quand il est trop marqué[3] et qu'il n'est pas joint et confondu avec l'air que la nature nous a donné : il faut les unir et les mêler ensemble, et qu'ils ne paroissent jamais séparés[4].

On ne parle pas de toutes choses sur un même ton et avec les mêmes manières ; on ne marche pas à la tête

1. L'édition de 1731 et les suivantes terminent ainsi cette phrase : « et une certaine union avec nos *propres* qualités, qui les *étend* et les *augmente* (*dans le texte de Duplessis :* « étendent » *et* « augmentent ») imperceptiblement. » A la phrase suivante, elles omettent, dans le premier membre, *quelquefois* et *qui sont*. — Voyez la *maxime* 365.

2. Rapprochez des *maximes* 419 et 449.

3. Mme de Sablé (*maxime* 60) : « On est bien plus choqué de l'ostentation que l'on fait de la dignité, que de celle de la personne. C'est une marque qu'on ne mérite pas les emplois, quand on se fait de fête. »

4. Dans les éditions antérieures : « et les mêler ensemble, et *faire en sorte* qu'ils ne paroissent jamais séparés. »

d'un régiment comme on marche en se promenant ; mais il faut qu'un même air nous fasse dire naturellement des choses différentes, et qu'il nous fasse marcher différemment, mais toujours naturellement, et comme il convient de marcher à la tête d'un régiment et à une promenade.

Il y en a qui ne se contentent pas de renoncer à leur air propre et naturel, pour suivre celui du rang et des dignités où ils sont parvenus ; il y en a même qui prennent par avance l'air des dignités et du rang où ils aspirent. Combien de lieutenants généraux apprennent à paroître[1] maréchaux de France ! Combien de gens de robe répètent inutilement l'air de chancelier, et combien de bourgeoises se donnent l'air de duchesses !

Ce qui fait qu'on déplaît souvent, c'est que personne ne sait accorder son air et ses manières avec sa figure, ni ses tons et ses paroles avec ses pensées et ses sentiments[2] ; on trouble leur harmonie par quelque chose de faux et d'étranger[3] ; on s'oublie soi-même, et on s'en éloigne insensiblement ; tout le monde presque tombe, par quelque endroit, dans ce défaut ; personne n'a l'oreille assez juste pour entendre parfaitement cette sorte de cadence. Mille gens déplaisent avec des qualités aimables ; mille gens plaisent avec de moindres talents[4] : c'est que les uns veulent paroître ce qu'ils ne sont pas ; les autres sont ce qu'ils paroissent ; et enfin, quelques avantages ou quelques désavantages que nous ayons reçus de la nature, on plaît à proportion de ce qu'on suit l'air, les tons, les manières et les sentiments qui conviennent à

1. Les précédents éditeurs donnent *être*, au lieu de *paroître*. Cette phrase exclamative et la suivante sont biffées au manuscrit.

2. Voyez les *maximes* 240, 255, et la 4ᵉ des *Réflexions diverses*.

3. Les éditions antérieures avaient omis ce membre de phrase.

4. Rapprochez des *maximes* 155 et 251, qui répètent la même idée.

notre état et à notre figure, et on déplaît à proportion de ce qu'on s'en éloigne[1].

IV. — DE LA CONVERSATION[2].

Ce qui fait que si peu de personnes[3] sont agréables dans la conversation, c'est que chacun songe plus à ce qu'il veut dire qu'à ce que les autres disent[4]. Il faut écouter ceux qui parlent, si on en veut être écouté[5] ; il faut leur laisser la liberté de se faire entendre, et même de

---

1. Chacun pris dans son air est agréable en soi ;
Ce n'est que l'air d'autrui qui peut déplaire en moi.
(Boileau, *épître IX*, vers 90 et 91.)

2. Il existe de ce morceau deux versions : 1° celle du manuscrit, que nous suivons et que suit également d'assez près le texte de 1731 ; 2° celle de Brotier (1789). D'où Brotier l'a-t-il tirée? Probablement de quelque bibliothèque privée. Voici du moins ce qu'il nous dit dans un passage déjà cité (plus haut, p. 272) de ses *Observations sur les* Réflexions diverses : « On en trouvoit quelques parties, surtout ce qui regarde *la Conversation*, dans des bibliothèques particulières. » Le marquis de Fortia, dans son édition de l'an X (1802), et les éditeurs venus après lui, ont donné la leçon de Brotier comme texte principal, et ajouté en appendice la leçon de 1731. Nous indiquerons les différences qu'offrent les éditions antérieures comparées à la nôtre. Celle de Brotier en a de très-notables, et particulièrement plusieurs additions.

3. « Que peu de personnes. » (*Édition de Brotier.*)

4. « A ce qu'il *a dessein* de dire qu'à ce que les autres disent, *et que l'on n'écoute guère quand on a bien envie de parler.* » (*Ibidem.*) — Voyez les *maximes* 139 et 510.

5. « Si on veut en être écouté. » (*Édition de* 1731.) — Meré (*maximes* 117 et 118) : « Quelque facilité que l'on ait à s'exprimer, il faut toujours dire beaucoup de choses en peu de mots, et se souvenir que la conversation n'est pas comme un État monarchique, où un seul a droit de parler, mais comme une espèce de république, où tous ceux qui la composent peuvent dire ce qu'ils pensent. » — « C'est un grand défaut dans la conversation que d'y vouloir toujours briller et s'y faire plus écouter que les autres. »

dire des choses inutiles[1]. Au lieu de les contredire[2] ou
de les interrompre, comme on fait souvent, on doit, au
contraire[3], entrer dans leur esprit et dans leur goût,
montrer qu'on les entend, leur parler de ce qui les
touche[4], louer ce qu'ils disent autant qu'il mérite d'être
loué, et faire voir que c'est plutôt par choix[5] qu'on le loue[6]
que par complaisance. Il faut éviter de contester sur des
choses indifférentes, faire rarement des questions, qui
sont presque toujours[7] inutiles, ne laisser jamais croire
qu'on prétend avoir plus de raison que les autres, et
céder aisément l'avantage de décider[8].

On doit dire des choses naturelles, faciles et plus ou
moins sérieuses, selon l'humeur et l'inclination[9] des personnes que l'on entretient, ne les presser pas d'approuver
ce qu'on dit, ni même d'y répondre[10]. Quand on a satis-

1. « *Néanmoins il est nécessaire d'écouter ceux qui parlent ; il faut
leur donner le temps de se faire entendre, et souffrir même qu'ils disent
des choses inutiles.* » (*Édition de Brotier.*) — Montaigne (*Essais,*
livre III, chapitre III, tome III, p. 237 : « Il fault se desmettre au
train de ceulx auecques qui vous êtes, et par fois affecter l'ignorance....
Traisnez vous au demourant à terre, s'ils veulent. »

2. L'édition de 1731, que les suivantes ont copiée pour leur version additionnelle, donne, par une erreur évidente, *contraindre*, au
lieu de *contredire.*

3. « *Bien loin* de les contredire *et* de les interrompre, on doit, au
contraire.... » (*Édition de Brotier.*)

4. La version de Brotier n'a pas ce membre de phrase.

5. « Que c'est *plus* par choix. » (*Édition* de 1731.)

6. Les deux versions, celle de 1731 et celle de Brotier, donnent à
tort : « qu'on *les* loue. »

7. « Qui sont presque toujours » manque dans l'édition de 1731.

8. « .... par complaisance. *Pour plaire aux autres, il faut* parler *de
ce qu'ils aiment, et de ce qui les touche,* éviter *les disputes* sur des
choses indifférentes, *leur* faire rarement des questions, et ne *leur* laisser jamais croire qu'on prétend avoir plus de raison *qu'eux.* » (*Édition de Brotier.*) — Rapprochez de la *maxime* 586.

9. « .... l'humeur *ou* l'inclination. » (*Édition de* 1731.)

10. « On doit dire *les* choses *d'un air* plus ou moins *sérieux, et sur*

fait de cette sorte aux devoirs de la politesse, on peut
dire ses sentiments, sans prévention et sans opiniâtreté,
en faisant paroître qu'on cherche à les appuyer de l'avis
de ceux qui écoutent[1].

Il faut éviter de parler longtemps de soi-même, et de
se donner souvent pour exemple[2]. On ne sauroit avoir
trop d'application à connoître la pente et la portée[3] de
ceux à qui on parle, pour se joindre à l'esprit de celui
qui en a le plus, et pour ajouter ses pensées aux siennes,
en lui faisant croire, autant qu'il est possible[4], que c'est
de lui qu'on les prend Il y a de l'habileté à n'épuiser
pas les sujets qu'on traite, et à laisser toujours aux autres
quelque chose à penser et à dire[5].

On ne doit jamais parler avec des airs d'autorité, ni
se servir de paroles et de termes plus grands que les
choses. On peut conserver ses opinions, si elles sont
raisonnables ; mais en les conservant, il ne faut jamais

des sujets plus ou moins relevés, selon l'humeur et *la capacité* des personnes que l'on entretient, *et leur céder aisément l'avantage de décider,
sans les obliger de* répondre, *quand ils n'ont pas envie de parler.* »
(*Édition de Brotier.*)

1, « *Après avoir* satisfait de cette sorte aux devoirs de la politesse,
on peut dire ses sentiments, *en montrant* qu'on cherche à les appuyer
de l'avis de ceux qui écoutent, *sans marquer de présomption ni d'opiniâtreté.* » (*Ibidem.*)

2. « *Évitons surtout* de parler *souvent* de *nous-mêmes* et de *nous* donner pour exemple : *rien n'est plus désagréable qu'un homme qui se cite
lui-même à tout propos.* » (*Ibidem.*)

3. Au lieu de : « la pente et la *pensée,* » que donnent, dans leur
seconde leçon, les divers éditeurs, d'après celui de 1731.

4. « On ne peut *aussi apporter* trop d'application à connoître la pente
et la portée de ceux à qui l'on parle, se joindre à l'esprit de celui
qui en a le plus, *sans blesser l'inclination ou l'intérêt des autres par
cette préférence. Alors on doit faire valoir toutes les raisons qu'il a dites,
ajoutant modestement nos propres pensées aux siennes, et lui* faisant
croire, autant qu'il est possible.... » (*Édition de Brotier.*)

5. La version de Brotier n'a pas cette phrase.

blesser les sentiments des autres, ni paroître choqué de ce qu'ils ont dit[1]. Il est dangereux de vouloir être toujours le maître de la conversation, et de parler trop souvent d'une même chose[2] ; on doit entrer indifféremment sur tous les sujets agréables qui se présentent, et ne faire jamais voir qu'on veut entraîner la conversation sur ce qu'on a envie de dire[3].

Il est nécessaire d'observer que toute sorte de conversation, quelque honnête et quelque spirituelle qu'elle soit, n'est pas également propre à toute sorte d'honnêtes gens : il faut choisir ce qui convient à chacun, et choisir même le temps de le dire ; mais s'il y a beaucoup d'art[4]

1. « *Il ne faut* jamais *rien dire* avec *un air* d'autorité, ni *montrer aucune supériorité d'esprit ; fuyons les expressions trop recherchées, les* termes *durs ou forcés, et ne nous servons point* de paroles plus grandes que les choses. *Il n'est pas défendu de* conserver ses opinions, si elles sont raisonnables ; *mais il faut se rendre à la raison aussitôt qu'elle paroît, de quelque part qu'elle vienne : elle seule doit régner sur nos sentiments ; mais suivons-la sans heurter les* sentiments des autres, *et sans faire paroître du mépris de ce qu'ils ont dit.* » (*Édition de Brotier.*)

2. « *De la* même chose, » dans l'édition de Duplessis, qui, à la ligne suivante, omet *tous* devant *les sujets.*

3. « Il est dangereux de vouloir être toujours le maître de la conversation, et de *pousser trop loin une bonne raison quand on l'a trouvée. L'honnêteté veut que l'on cache quelquefois la moitié de son esprit, et qu'on ménage un opiniâtre qui se défend mal, pour lui épargner la honte de céder. On déplaît sûrement quand on parle trop longtemps* et trop souvent d'une même chose (voyez la *maxime* 313), *et que l'on cherche à détourner* la conversation *sur des sujets dont on se croit plus instruit que les autres :* il faut entrer indifféremment sur *tout ce qui leur est agréable, s'y arrêter autant qu'ils le veulent, et s'éloigner de tout ce qui ne leur convient pas.* » (*Édition de Brotier.*)

4. « Toute sorte de conversation, quelque spirituelle qu'elle soit, n'est pas également propre à *toutes sortes* de gens *d'esprit :* il faut choisir ce qui *est de leur goût, et ce qui est convenable à leur condition, à leur sexe, à leurs talents,* et choisir même le temps de le dire. *Observons le lieu, l'occasion, l'humeur où se trouvent les personnes qui nous écoutent, car s'il y a beaucoup d'art....* » (*Ibidem.*) — Rapprochez de la *maxime* 79.

à savoir parler à propos[1], il n'y en a pas moins à savoir se taire. Il y a un silence éloquent[2] : il sert quelquefois à approuver et à condamner ; il y a un silence moqueur ; il y a un silence respectueux ; il y a enfin des airs, des tons et des manières[3] qui font souvent ce qu'il y a d'agréable ou de désagréable[4], de délicat ou de choquant dans la conversation ; le secret de s'en bien servir est donné à peu de personnes ; ceux mêmes qui en font des règles s'y méprennent quelquefois ; la plus sûre, à mon avis, c'est de n'en point avoir qu'on ne puisse changer, de laisser plutôt voir des négligences dans ce qu'on dit que de l'affectation, d'écouter, de ne parler guère, et de ne se forcer jamais à parler[5].

V. — DE LA CONFIANCE.

Bien que la sincérité et la confiance aient du rapport, elles sont néammoins différentes en plusieurs choses : la

1. La version de 1731 omet ici *à propos*, et le verbe *savoir* aux deux endroits où il se trouve dans cette ligne.

2. Meré (*maxime* 423) : « Il y a une éloquence dans le silence, qui a quelquefois plus de force que l'éloquence des plus excellents orateurs. »

3. « Il y a des airs, des *tours* et des manières. » (*Édition de* 1731.)

4. Voyez la *maxime* 255, et la 3ᵉ des *Réflexions diverses*.

5. « Il y a un silence éloquent *qui* sert à approuver et à condamner ; il y a un silence *de discrétion et de respect* ; il y a enfin des tons, des airs et des manières qui font *tout* ce qu'il y a d'agréable ou de désagréable, de délicat ou de choquant dans la conversation ; *mais* le secret de s'en bien servir est donné à peu de personnes ; ceux mêmes qui en font des règles s'y méprennent *souvent, et la* plus sûre *qu'on en puisse donner,* c'est écouter *beaucoup,* parler *peu, et ne rien dire dont on puisse avoir sujet de se repentir.* » (*Édition de Brotier.*) — Nous aurions voulu. rapprocher de cette remarquable *Réflexion* de la Rochefoucauld les idées fort voisines de Charron et de la Bruyère

sincérité est une ouverture de cœur[1], qui nous montre tels que nous sommes ; c'est un amour de la vérité, une répugnance à se déguiser, un desir de se dédommager de ses défauts, et de les diminuer même par le mérite de les avouer[2]. La confiance ne nous laisse pas tant de liberté ; ses règles sont plus étroites ; elle demande plus de prudence et de retenue, et nous ne sommes pas toujours libres d'en disposer ; il ne s'agit pas de nous uniquement, et nos intérêts sont mêlés d'ordinaire avec les intérêts des autres. Elle a besoin d'une grande justesse pour ne livrer pas[3] nos amis en nous livrant nous-mêmes, et pour ne faire pas des présents de leur bien, dans la vue d'augmenter le prix de ce que nous donnons.

La confiance plaît toujours à celui qui la reçoit : c'est un tribut que nous payons à son mérite ; c'est un dépôt que l'on commet à sa foi[4] ; ce sont des gages qui lui don-

---

sur le même sujet ; mais les citations à faire seraient trop longues, il faut nous contenter de renvoyer le lecteur au livre II, chapitre ix, *de la Sagesse*, intitulé *Se bien comporter auec aultruy*, et au chapitre des *Caractères* intitulé *de la Société et de la Conversation*.

1. Rapprochez de la *maxime* 62.

2. Voyez les *maximes* 184, 327, 383, 609, 641, et plus haut, p. 9, 'le *Portrait de la Rochefoucauld fait par lui-même*.

3. Les éditions antérieures ont, ici et à la ligne suivante, changé la construction, et donnent : « ne pas livrer,... ne pas faire. »

4. Voyez la *maxime* 239. — A propos de cette *maxime* nous avons cité en note (voyez ci-dessus, p. 128) une réflexion de J. Esprit, abondant tout à fait dans le sens de la Rochefoucauld ; voici un autre passage du même auteur (tome I, p. 182), où, sans nommer la Rochefoucauld, il le met directement en cause : « La nécessité est la cause visible des grandes confiances dont ceux à qui l'on se fie se sentent si honorés. Ainsi c'est avec bien peu de sujet qu'un homme se tient heureux et se vante de ce qu'une princesse, qui étoit sur le point d'être arrêtée, s'est réfugiée en sa maison de campagne, et'lui a confié sa vie et sa liberté, et de ce que, sortant du Royaume, elle lui a donné en garde ses pierreries, puisqu'il est clair qu'en tout

nent un droit sur nous, et une sorte de dépendance où nous nous assujettissons volontairement. Je ne prétends pas détruire par ce que je dis la confiance, si nécessaire entre les hommes, puisqu'elle est le lien de la société et de l'amitié : je prétends seulement y mettre des bornes, et la rendre honnête et fidèle. Je veux qu'elle soit toujours vraie et[1] toujours prudente, et qu'elle n'ait ni foiblesse, ni intérêt ; mais[2] je sais bien qu'il est malaisé de donner de justes limites à la manière de recevoir toute sorte de confiance de nos amis, et de leur faire part de la nôtre.

On se confie le plus souvent par vanité, par envie de parler[3], par le desir de s'attirer la confiance des autres, et pour faire un échange de secrets. Il y a des personnes qui peuvent avoir raison de se fier en nous, vers qui nous n'aurions pas raison d'avoir la même conduite, et on s'acquitte envers ceux-ci en leur gardant le secret, et en les payant de légères confidences. Il y en a d'autres dont la fidélité nous est connue, qui ne ménagent rien avec nous, et à qui on peut se confier par choix et par estime.

cela elle n'a rien fait par le dessein de lui plaire ou de lui faire honneur ; qu'elle n'est allée chez lui que parce qu'elle ne s'est pas crue en sûreté dans la maison d'un autre ; qu'elle ne lui a laissé ses pierreries que par la crainte d'être volée en chemin, et que tout ce qu'elle a fait n'a été que pour son propre intérêt et par pure nécessité. » — L'allusion à la fuite de la duchesse de Chevreuse en Espagne, à l'assistance que la Rochefoucauld lui prêta en cette occasion, aux pierreries qu'il reçut d'elle en dépôt, est évidente (voyez, à ce sujet, dans notre tome II, les *Mémoires*, et la longue *Lettre* de septembre 1638, 1re du recueil). L'ouvrage de J. Esprit parut aussitôt après sa mort, en 1678 ; la Rochefoucauld n'a pu manquer de lire la *maxime* de son collaborateur et d'être choqué de l'application. On n'est trahi que par les siens.

1. L'édition de Duplessis ne donne pas : « toujours vraie et. »

2. *Mais* ne se trouve pas dans les éditions antérieures, et *je sais bien* commence une nouvelle phrase.

3. Rapprochez des *maximes* 137 et 475.

On doit ne leur cacher rien[1] de ce qui ne regarde que
nous, se montrer à eux toujours vrais[2], dans nos bonnes
qualités et dans nos défauts même, sans exagérer les
unes, et sans diminuer les autres[3] ; se faire une loi de
ne leur faire jamais de[4] demi-confidences, qui embarrassent toujours ceux qui les font, et ne contentent presque[5]
jamais ceux qui les reçoivent : on leur donne des lumières
confuses de ce qu'on veut cacher, et on augmente leur
curiosité ; on les met en droit d'en vouloir savoir davantage, et ils se croient en liberté de disposer de ce qu'ils
ont pénétré. Il est plus sûr et plus honnête de ne leur
rien dire, que de se taire quand on a commencé à
parler.

Il y a d'autres règles à suivre pour les choses qui nous
ont été confiées : plus elles sont importantes, et plus
la prudence et la fidélité y sont nécessaires. Tout le
monde convient que le secret doit être inviolable ; mais
on ne convient pas toujours de la nature et de l'importance du secret : nous ne consultons le plus souvent
que nous-mêmes sur ce que nous devons dire et sur
ce que nous devons taire ; il y a peu de secrets de tous
les temps, et le scrupule de les[6] révéler ne dure pas
toujours.

On a des liaisons étroites avec des amis dont on connoît la fidélité ; ils nous ont toujours parlé sans réserve,
et nous avons toujours gardé les mêmes mesures avec

1. Ici encore les précédents éditeurs ont changé la construction :
« ne leur rien cacher. »

2. Voyez ci-dessus, p. 85, note 3.

3. Voyez les *maximes* 202, 206, et le *Portrait de la Rochefoucauld
fait par lui-même*, plus haut, p. 7.

4. *Des* dans les diverses éditions.

5. Les diverses éditions ont omis *presque*, comme, deux lignes
plus bas, *et* devant *on augmente*.

6. *Le*, au lieu de *les*, dans la plupart des éditions.

eux ; ils savent nos habitudes et nos commerces, et ils nous voient de trop près pour ne s'apercevoir pas[1] du moindre changement ; ils peuvent savoir par ailleurs ce que nous sommes engagés[2] de ne dire jamais à personne ; il n'a pas été en notre pouvoir de les faire entrer dans ce qu'on nous a confié, et qu'ils ont peut-être quelque intérêt de savoir[3] ; on est assuré d'eux comme de soi, et on se voit cependant réduit à la cruelle nécessité de perdre leur amitié, qui nous est précieuse, ou de manquer à la foi du secret. Cet état est sans doute la plus rude épreuve de la fidélité ; mais il ne doit pas ébranler un honnête homme : c'est alors qu'il lui est permis de se préférer aux autres ; son premier devoir est indispensablement de conserver le dépôt[4] en son entier, sans en peser[5] les suites : il doit non seulement ménager ses paroles et ses tons, il doit encore ménager ses conjectures, et ne laisser jamais[6] rien voir, dans ses discours ni dans son air, qui puisse tourner l'esprit des autres vers ce qu'il ne veut pas dire[7].

1. Les diverses éditions, sauf celle de 1731, construisent ainsi : « ne pas s'apercevoir. »

2. « Nous *nous* sommes engagés. » (*Édition de Duplessis.*)

3. Les éditeurs précédents ont ainsi coupé la phrase après *confié :* « *ils* ont peut-être *même* quelque intérêt de *le* savoir. »

4. Tel est l'ordre des mots dans le manuscrit. Les éditeurs donnent : « est de conserver indispensablement *ce* dépôt. »

5. Dans l'édition de 1731 il y a *païser,* au lieu de *peser.* Les éditeurs suivants ne comprenant sans doute pas le membre de phrase ainsi imprimé, l'ont omis.

6. Cet adverbe est omis également dans les diverses éditions.

7. Voyez le *Portrait du duc de la Rochefoucauld fait par lui-même,* ci-dessus, p. 11, et la 2ᵉ des *Réflexions diverses.* — Mlle de Scudéry (*Nouvelles conversations de morale,* de la Confiance, 1688, tome II, p. 750) : « Celui qui révèle son secret à un ami indiscret est plus indiscret que l'indiscret même. » — La Bruyère (*de la Société et de la Conversation,* nᵒ 81, tome I, p. 244) : « Toute révélation d'un secret est la faute de celui qui l'a confié. »

On a souvent besoin de force et de prudence pour opposer[1] à la tyrannie de la plupart de nos amis, qui se font un droit sur notre confiance, et qui veulent tout savoir de nous. On ne doit jamais leur laisser établir ce droit sans exception : il y a des rencontres et des circonstances qui ne sont pas de leur jurisdiction ; s'ils s'en plaignent, on doit souffrir leurs plaintes, et s'en justifier avec douceur ; mais s'ils demeurent injustes, on doit sacrifier leur amitié à son devoir, et choisir entre deux maux inévitables, dont l'un se peut réparer, et l'autre est sans remède.

VI. — DE L'AMOUR ET DE LA MER[*].

Ceux qui ont voulu nous représenter l'amour et ses caprices l'ont comparé en tant de sortes à la mer[2], qu'il est malaisé de rien ajouter à ce qu'ils en ont dit : ils nous ont fait voir que l'un et l'autre ont une inconstance et une infidélité égales, que leurs biens et[3] leurs maux sont sans nombre, que les navigations les plus heureuses sont exposées à mille dangers, que les tempêtes et les écueils sont toujours à craindre, et que souvent même on fait naufrage dans le port ; mais en nous exprimant tant d'espérances et tant de craintes, ils ne nous ont pas assez montré, ce me semble, le rapport qu'il y a d'un amour usé, languissant et sur sa fin, à ces longues bonaces, à ces calmes ennuyeux, que l'on rencontre sous la ligne. On est fatigué d'un grand voyage, on souhaite de l'achever ; on voit la terre, mais on manque de vent pour y

---

1. Les éditions antérieures donnent : « pour *les* opposer. »

2. L'auteur lui-même a déjà appliqué cette comparaison à l'amour-propre. Voyez la fin de la *maxime* 563.

3. L'édition de M. de Barthélemy omet *leurs biens et.*

arriver; on se voit exposé aux injures des saisons ; les
maladies et les langeurs empêchent d'agir ; l'eau et les
vivres manquent ou changent de goût ; on a recours
inutilement aux secours étrangers ; on essaye de pêcher, et on prend quelques poissons, sans en tirer de
soulagement ni de nourriture ; on est las de tout ce
qu'on voit, on est toujours avec ses mêmes pensées,
et on est toujours ennuyé ; on vit encore, et on a
regret à vivre[1] ; on attend des desirs pour sortir d'un
état pénible et languissant, mais on n'en forme que
de foibles et d'inutiles.

VII. — DES EXEMPLES*.

Quelque différence qu'il y ait entre les bons et les
mauvais exemples, on trouvera que les uns et les autres
ont presque également produit de méchants effets[2] ; je
ne sais même si les crimes de Tibère et de Néron ne nous
éloignent pas plus du vice, que les exemples estimables
des plus grands hommes ne nous approchent de la vertu.
Combien la valeur d'Alexandre a-t-elle fait de fanfarons !
Combien la gloire de César a-t-elle autorisé d'entreprises
contre la patrie! Combien Rome et Sparte ont-elles loué
de vertus farouches ! Combien Diogène a-t-il fait de
philosophes importuns, Cicéron de babillards, Pompo-
nius Atticus de gens neutres et paresseux[3], Marius et
Sylla de vindicatifs, Lucullus de voluptueux, Alcibiade
et Antoine de débauchés, Caton d'opiniâtres ! Tous ces

---

1. M. de Barthélemy donne : « *de* vivre. »
2. Rapprochez de la *maxime* 23o.
3. Le copiste avait mis *ennuyeux;* la correction est de la main
même de la Rochefoucauld.

grands originaux ont produit un nombre infini de mauvaises copies[1]. Les vertus sont frontières des vices ; les exemples sont des guides qui nous égarent souvent, et nous sommes si remplis de fausseté, que nous ne nous en servons pas moins pour nous éloigner du chemin de la vertu, que pour le suivre.

VIII. — DE L'INCERTITUDE DE LA JALOUSIE[2] *.

Plus on parle de sa jalousie, et plus les endroits qui ont déplu paroissent de différents côtés ; les moindres circonstances les changent, et font toujours découvrir quelque chose de nouveau. Ces nouveautés[3] font revoir, sous d'autres apparences, ce qu'on croyoit avoir assez vu et assez pesé ; on cherche à s'attacher à une opinion, et on ne s'attache à rien ; tout ce qui est de plus opposé et de plus effacé[4] se présente en même temps ; on veut haïr et on veut aimer, mais on aime encore quand on hait, et on hait encore quand on aime[5]. On croit tout, et on doute de tout ; on a de la honte et du dépit d'avoir cru et d'avoir douté ; on se travaille incessamment pour arrêter son opinion, et on ne la conduit jamais à un lieu fixe.

Les poëtes devroient comparer cette opinion à la peine de Sisyphe, puisqu'on roule aussi inutilement que lui un rocher, par un chemin pénible et périlleux ; on voit

1. Voyez la *maxime* 133.

2. Rapprochez des *maximes* 32 et 514.

3. « *Les* nouveautés. » (*Édition de M. de Barthélemy.*)

4. C'est bien le mot du manuscrit, mais il faut convenir qu'après *opposé* il n'est pas fort clair ; il signifie probablement *oublié*. Du reste, l'ensemble de cette *Réflexion* paraît manquer de netteté.

5. Voyez les *maximes* 72 et 111.

le sommet de la montagne, on s'efforce d'y arriver ; on
l'espère quelquefois, mais on n'y arrive jamais. On n'est
pas assez heureux pour oser croire ce que l'on souhaite,
ni même assez heureux aussi pour être assuré de ce qu'on
craint le plus[1] ; on est assujetti à une incertitude éternelle, qui nous présente successivement des biens et des
maux qui nous échappent toujours.

IX. — DE L'AMOUR ET DE LA VIE[*].

L'amour est une image de notre vie : l'un et l'autre
sont sujets aux mêmes révolutions et aux mêmes changements[2]. Leur jeunesse est pleine de joie et d'espérance :
on se trouve heureux d'être jeune, comme on se trouve
heureux d'aimer. Cet état si agréable nous conduit à
desirer d'autres biens, et on en veut de plus solides ; on
ne se contente pas de subsister, on veut faire des progrès,
on est occupé des moyens de s'avancer et d'assurer sa
fortune[3] ; on cherche la protection des ministres, on se
rend utile à leurs intérêts ; on ne peut souffrir que quelqu'un prétende ce que nous prétendons. Cette émulation
est traversée de mille soins et de mille peines, qui s'effacent par le plaisir de se voir établi : toutes les passions
sont alors satisfaites, et on ne prévoit pas qu'on puisse
cesser d'être heureux.

Cette félicité néanmoins est rarement[4] de longue durée, et elle ne peut conserver longtemps la grâce de la
nouveauté[5] ; pour avoir ce que nous avons souhaité,

1. Rapprochez de la *maxime* 348.
2. Rapprochez de la *maxime* 75.
3. Voyez la *maxime* 490.
4. « Est néanmoins rarement. » (*Édition de M. de Barthélemy.*)
5. Voyez la *maxime* 274, et la 18e des *Réflexions diverses.*

nous ne laissons pas de souhaiter[1] encore. Nous nous accoutumous à tout ce qui est à nous ; les mêmes biens ne conservent pas leur même prix, et ils ne touchent pas toujours également notre goût ; nous changeons imperceptiblement, sans remarquer notre changement ; ce que nous avons obtenu devient une partie de nous-mêmes ; nous serions cruellement touchés de le perdre, mais nous ne sommes plus sensibles au plaisir de le conserver ; la joie n'est plus vive ; on en cherche ailleurs que dans ce qu'on a tant desiré. Cette inconstance involontaire est un effet du temps, qui prend, malgré nous, sur l'amour, comme sur notre vie ; il en efface insensiblement chaque jour un certain air de jeunesse et de gaieté, et en détruit les plus véritables charmes ; on prend des manières plus sérieuses, on joint des affaires à la passion ; l'amour ne subsiste plus par lui-même, et[2] il emprunte des secours étrangers. Cet état de l'amour représente le penchant de l'âge, où on commence à voir par où on doit finir[3] ; mais on n'a pas la force de finir volontairement, et dans le déclin de l'amour[4], comme dans le déclin de la vie, personne ne se peut résoudre de prévenir les dégoûts qui restent à éprouver ; on vit encore pour les maux, mais on ne vit plus pour les plaisirs[5]. La jalousie, la méfiance, la crainte de lasser, la crainte d'être quitté, sont des peines attachées à la vieillesse de l'amour, comme les maladies sont attachées à la trop longue durée de la vie : on ne sent plus qu'on est vivant que parce qu'on sent

---

1. « Nous ne laissons pas *que* de souhaiter. » (*Édition de M. de Barthélemy.*)

2. M. de Barthélemy ne donne pas cette conjonction.

3. Voyez la *maxime* 222.

4. Les mots « dans le déclin de l'amour, » et « comme, » qui les suit, ont été omis par M. de Barthélemy.

5. L'auteur a fait de cette proposition sa *maxime* 43o.

qu'on est malade, et on ne sent[1] aussi qu'on est amoureux
que par sentir[2] toutes les peines de l'amour. On ne sort de
l'assoupissement des trop longs attachements que par le
dépit et le chagrin de se voir toujours attaché[3] ; enfin de
toutes les décrépitudes, celle de l'amour est la plus insupportable.

<h2 style="text-align:center">X. — DU GOUT[4].</h2>

Il y a des personnes qui ont plus d'esprit que de goût,
et d'autres qui ont plus de goût que d'esprit[5] ; mais[6] il y
a plus de variété et de caprice dans le goût[7] que dans
l'esprit.

Ce terme de *goût* a diverses significations, et il est

1. « Et on ne *se* sent. » (*Édition de M. de Barthélemy.*)

2. « Que *pour* sentir. » (*Ibidem.*)

3. Rapprochez de la *maxime* 351.

4. Les diverses éditions donnent ce titre au pluriel ; mais il y a
DU GOUT, au singulier, dans le manuscrit.

5. Mme de la Fayette écrit le 4 septembre 1673 à Mme de Sévigné
(voyez les *Lettres* de cette dernière, tome III, p. 229 et 230) : « Je
ne sais si Mme de Coulanges ne vous aura point mandé une conver-
ation d'une après-dînée de chez Gourville, où étoient Mme Scarron
et l'abbé Têtu, sur les personnes *qui ont le goût au-dessus ou au-
dessous de leur esprit.* Nous nous jetâmes dans des subtilités où nous
n'entendions plus rien. » Il y a bien de l'apparence que c'est la
proposition de la Rochefoucauld qui a fourni le sujet de cette dis-
cussion à perte de vue. Quoi qu'il en soit, c'est dans la catégorie
des personnes qui ont plus d'esprit que de goût que Mme de la Fayette
range la Rochefoucauld, Mme de Sévigné, et elle-même, car elle
ajoute : « Vous avez le goût au-dessous de votre esprit, et M. de
la Rochefoucauld aussi, et moi encore, mais pas tant que vous deux. »
— Cette lettre de Mme de la Fayette permettrait de rapporter à
l'année 1673 le morceau de la Rochefoucauld. — Voyez la *maxime* 258, et la 13e des *Réflexions diverses.*

6. *Mais* est omis dans l'édition de 1731 et dans les suivantes.

7. Voyez les *maximes* 45, 252, 390, 625, et la 15e des *Réflexions
diverses.*

aisé de s'y méprendre : il y a différence entre le goût qui nous porte vers les choses[1], et le goût qui nous en fait connoître et discerner les qualités, en s'attachant[2] aux règles. On peut aimer la comédie sans avoir le goût assez fin et assez délicat pour en bien juger, et on peut avoir le goût assez bon pour bien juger de la comédie sans l'aimer. Il y a des goûts qui nous approchent imperceptiblement de ce qui se montre à nous ; d'autres[3] nous entraînent par leur force ou par leur durée[4].

Il y a des gens qui ont le goût faux en tout ; d'autres ne l'ont faux qu'en de certaines choses, et ils l'ont droit et juste dans ce qui est de leur portée. D'autres ont des goûts particuliers, qu'ils connoissent mauvais, et ne laissent pas de les suivre. Il y en a qui ont le goût incertain ; le hasard en décide : ils changent par légèreté, et sont touchés de plaisir ou d'ennui, sur la parole de leurs amis. D'autres sont toujours prévenus ; ils sont esclaves de tous leurs goûts, et les respectent en toutes choses. Il y en a qui sont sensibles à ce qui est bon, et choqués de ce qui ne l'est pas ; leurs vues sont nettes et justes, et ils trouvent la raison de leur goût dans leur esprit et dans leur discernement.

Il y en a qui, par une sorte d'instinct, dont ils ignorent la cause, décident de ce qui se présente à eux, et prennent toujours le bon parti. Ceux-ci font paroître plus de goût que d'esprit[5], parce que leur amour-propre et leur humeur ne prévalent point sur leurs lumières naturelles ; tout agit de concert en eux, tout y est sur un même ton. Cet accord les fait juger sainement des objets, et leur

1. Rapprochez de la *maxime* 379.
2. « En *nous* attachant. » (*Éditions antérieures.*)
3. « *Et* d'autres. » (*Ibidem.*)
4. Rapprochez de la *maxime* 109.
5. Voyez la *maxime* 258, et la note 5 de la page précédente.

en forme une idée véritable ; mais, à parler généralement, il y a peu de gens qui aient le goût fixe et indé-
pendant de celui des autres : ils suivent l'exemple et la
coutume, et ils en empruntent presque tout ce qu'ils ont
de goût[1].

Dans toutes ces différences de goûts que l'on vient[2] de
marquer, il est très-rare, et presque impossible, de rencontrer cette sorte de bon goût qui sait donner le prix à
chaque chose [3], qui en connoît toute la valeur, et qui se
porte généralement sur tout : nos connoissances sont
trop bornées, et cette juste disposition des qualités [4] qui
font bien juger ne se maintient d'ordinaire que sur ce qui
ne nous regarde pas directement. Quand il s'agit de
nous, notre goût n'a plus cette justesse si nécessaire ; la
préoccupation le trouble [5] ; tout ce qui a du rapport à
nous paroît [6] sous une autre figure ; personne ne voit des
mêmes yeux ce qui le touche et ce qui ne le touche pas [7] ;
notre goût est conduit alors par la pente [8] de l'amour-
propre et de l'humeur, qui nous fournissent des vues
nouvelles, et nous assujettissent à un nombre infini de
changements et d'incertitudes ; notre goût n'est plus à
nous, nous n'en disposons plus : il change sans notre
consentement, et les mêmes objets nous paroissent par

1. Voyez la *maxime* 533, et la 13e des *Réflexions diverses*.

2. « *Qu'on* vient, » dans l'édition de 1731 et dans les suivantes.
Duplessis donne *goût,* au singulier.

3. Rapprochez de la *maxime* 244, et des 13e et 16e *Réflexions
diverses*.

4. « *De* qualités. « (*Éditions antérieures.*)

5. « *La* trouble. (*Ibidem.*)

6. « Tout ce qui a du rapport à nous *nous* paroît. » (*Éditions
de 1731 et de Brotier.*) Les éditeurs suivants, à partir d'Aimé-Martin (1822), ne donnent qu'un seul *nous.*

7. Voyez les *maximes* 88 et 428.

8. Dans les diverses éditions : « .... *n'est* conduit alors *que* par la
pente.... »

tant de côtés différents, que nous méconnaissons enfin ce que nous avons vu et ce que nous avons senti.

XI. — DU RAPPORT DES HOMMES AVEC LES ANIMAUX[*].

Il y a autant de diverses espèces d'hommes qu'il y a de diverses espèces d'animaux, et les hommes sont, à l'égard des autres hommes, ce que les différentes espèces d'animaux sont entre elles et à l'égard les unes des autres. Combien y a-t-il d'hommes qui vivent du sang et de la vie des innocents : les uns comme des tigres, toujours farouches et toujours cruels ; d'autres comme des lions, en gardant[1] quelque apparence de générosité ; d'autres comme des ours grossiers et avides ; d'autres comme des loups, ravissants[2] et impitoyables ; d'autres comme des renards, qui vivent d'industrie, et dont le métier est de tromper !

Combien y a-t-il d'hommes qui ont du rapport[3] aux chiens ! Ils détruisent leur espèce ; ils chassent pour le plaisir de celui qui les nourrit ; les uns suivent toujours leur maître, les autres gardent sa maison. Il y a des lévriers d'attache[4], qui vivent de leur valeur, qui se destinent à la guerre, et qui ont de la noblesse dans leur courage ; il y a des dogues acharnés, qui n'ont de qualités que la fureur ; il y a des chiens, plus ou moins inutiles, qui aboient souvent, et qui mordent quelquefois ; il y a même des chiens de jardinier[5]. Il y a des singes et des

---

1. « *Et* d'autres comme des lions, *et* gardant. » *Édition de M. de Barthélemy.*)

2. *Ravisseurs* (*Ibidem.*)

3. « *Des rapports.* » (*Ibidem.*)

4. En langage de vénerie, ce sont les lévriers que l'on emploie à courre la grosse bête, le loup et le sanglier, par exemple.

5. On appelle proverbialement *chiens de jardinier*, les gens qui ne

guenons qui plaisent par leurs manières, qui ont de l'esprit, et qui font toujours du mal ; il y a des paons qui n'ont que de la beauté, qui déplaisent par leur chant, et qui détruisent les lieux qu'ils habitent.

Il y a des oiseaux qui ne sont recommandables que par leur ramage et par leurs couleurs. Combien de perroquets, qui parlent sans cesse, et n'entendent jamais ce qu'ils disent ; combien de pies et de corneilles, qui ne s'apprivoisent que pour dérober [1] ; combien d'oiseaux de proie, qui ne vivent que de rapines ; combien d'espèces d'animaux paisibles et tranquilles, qui ne servent qu'à nourrir d'autres animaux !

Il y a des chats, toujours au guet, malicieux et infidèles, et qui font patte de velours ; il y a des vipères, dont la langue est venimeuse, et dont le reste est utile [2] ; il y a des araignées, des mouches, des punaises et des puces, qui sont toujours incommodes et insupportables ; il y a des crapauds, qui font horreur et qui n'ont que du venin ; il y a des hiboux, qui craignent la lumière.

savent ni faire, ni laisser faire, parce que les chiens qui gardent les jardins ne mangent ni légumes ni fruits, et n'en laissent pas prendre. — Voyez le tome V des *Lettres de Mme de Sévigné*, p. 316 et note 9.

1. La célèbre histoire de la *Pie voleuse* s'est passée au dix-septième siècle.

2. On sait que la *thériaque* est une sorte d'opiat dans lequel il entre de la chair de vipère. — La vipère était un remède autrefois fort à la mode. Mme de Sévigné, dans sa lettre du 20 octobre 1679 (tome VI, p. 58), raconte à sa fille que l'amie de la Rochefoucauld (Mme de la Fayette) prend des bouillons de vipères qui lui donnent des forces à vue d'œil. Ailleurs, Charles de Sévigné conseille très-sérieusement à sa sœur de couper des vipères par morceaux, d'en farcir le corps d'un poulet, et d'en faire ainsi manger au comte de Grignan. « C'est à ces vipères, dit-il, que je dois la pleine santé dont je jouis. » (*Lettre* du 8 juillet 1685, tome VII, p. 420 et 421.) Mme de Sablé tenait école de *droguerie*, aussi bien que de *friandise* (voyez V. Cousin, *passim*) ; il y a dans ses papiers (*Portefeuilles de Vallant*) diverses recettes de médecine où les vipères tiennent une grande place.

Combien d'animaux qui vivent sous terre[1] pour se conserver ! Combien de chevaux, qu'on emploie à tant d'usages, et qu'on abandonne quand ils ne servent plus ; combien de bœufs, qui travaillent toute leur vie, pour enrichir celui qui leur impose le joug ; de cigales [2], qui passent leur vie à chanter ; de lièvres qui ont peur de tout ; de lapins, qui s'épouvantent et se rassurent en un moment[3] ; de pourceaux, qui vivent dans la crapule et dans l'ordure ; de canards privés, qui trahissent leurs semblables, et les attirent dans les filets [4] ; de corbeaux et de vautours, qui ne vivent que de pourriture et de corps morts ! Combien d'oiseaux passagers qui vont si souvent d'un monde à l'autre, et[5] qui s'exposent à tant de périls, pour chercher à vivre ! combien d'hirondelles, qui suivent toujours le beau temps ; de hannetons, inconsidérés et sans dessein ; de papillons qui cherchent le feu qui les brûle ; Combien d'abeilles, qui respectent leur chef, et qui se maintiennent avec tant de règle et d'industrie ! combien de frelons, vagabonds et fainéants, qui cherchent à s'établir aux dépens des abeilles ! Combien de fourmis, dont la prévoyance et l'économie soulagent

1. « *Sur* terre. » (*Édition de M. de Barthélemy.*)

2. Le texte de M. de Barthélemy a « *des* cigales, » et de même *des*, et non *de*, devant tous les noms d'animaux, jusqu'à la fin de la phrase.

3. « Qui s'épouvantent et *rassurent*. (*Édition de M. de Barthélemy.*) — On trouvera plus loin, à l'*Appendice*, la fable de la Fontaine, *les Lapins*, dont la Rochefoucauld lui avait fourni le sujet.

4. On peut voir dans l'*Histoire naturelle* de Buffon (édition annotée par M. Flourens, Paris, 1854, tome VIII, p. 467 et suivantes) une intéressante description faite par un habitant de Montreuil-sur-Mer, et contenant tout le détail de la chasse dont parle ici la Rochefoucauld. On se sert de canes et de canards privés, mais provenant d'œufs de canards sauvages, pour attirer ces derniers dans les filets. L'auteur de la description désigne par le terme consacré de *traîtres* ceux qui sont dressés à cette chasse.

5. M. de Barthélemy a omis cette conjonction.

tous leurs besoins ! combien de crocodiles qui feignent
de se plaindre pour dévorer ceux qui sont touchés de
leurs plaintes[1] ! Et combien d'animaux qui sont assu-
jettis parce qu'ils ignorent leur force !

Toutes ces qualités se trouvent dans l'homme, et il
exerce, à l'égard des autres hommes, tout ce que les
animaux dont on vient de parler exercent entre eux.

XII. — DE L'ORIGINE DES MALADIES[*].

Si on examine la nature des maladies, on trouvera
qu'elles tirent leur origine des passions et des peines de
l'esprit. L'âge d'or, qui en étoit exempt, étoit exempt
de maladies[2] ; l'âge d'argent, qui le suivit, conserva encore sa pureté ; l'âge d'airain donna la naissance aux
passions et aux peines de l'esprit : elles commencèrent
à se former, et elles avoient encore la foiblesse de l'enfance et sa légèreté. Mais elles parurent avec toute leur
force et toute leur malignité dans l'âge de fer, et répan-
dirent dans le monde, par la suite de leur corruption,

1. C'est du proverbe bien connu : *larmes de crocodile*, qu'est venue
cette croyance, que la Cépède ne mentionne pas dans son *Histoire
des quadrupèdes ovipares*. Gesner, qui, dans son *Histoire des animaux*,
a réuni les contes comme les vérités de l'antiquité, dit (au livre II,
p. 16, Francfort, 1617, in-folio) que, selon quelques auteurs, le crocodile, quand il voit de loin un homme, se met à pleurer (pour
l'attirer sans doute), puis bientôt après le dévore.

2. Notre auteur a pu emprunter aux anciennes traditions poétiques
l'idée première de ce morceau, mais non les distinctions étranges
qu'il y ajoute comme par un jeu d'esprit. Hésiode se contente de dire
(*OEuvres et Jours*, vers 90-92) que « les hommes des premiers temps
vivaient sur la terre exempts de tous maux, et du pénible travail, et
des cruelles maladies ; » et Horace (livre I, *ode* III, vers 29-31), que
« la Maigreur, et la cohorte des Fièvres, ne s'abattit sur la terre
qu'après que Prométhée eut dérobé le feu à la demeure céleste. »

les diverses maladies qui ont affligé les hommes depuis tant de siècles. L'ambition a produit les fièvres aiguës et frénétiques ; l'envie a produit la jaunisse et l'insomnie ; . c'est de la paresse que viennent les léthargies, les paralysies et les langueurs ; la colère a fait les étouffements, les ébullitions de sang, et les inflammations de poitrine ; . la peur a fait les battements de cœur et les syncopes ; la vanité a fait les folies ; l'avarice, la teigne et la gale ; la tristesse a fait le scorbut ; la cruauté, la pierre, la calomnie et les faux rapports ont répandu la rougeole, la petite vérole, et le pourpre, et on doit à la jalousie la cangrène[1], la peste, et la rage. Les disgrâces imprévues ont fait l'apoplexie ; les procès ont fait la migraine et le transport au cerveau ; les dettes ont fait les fièvres étiques ; l'ennui du mariage a produit la fièvre quarte, et la lassitude des amants qui n'osent se quitter a causé les vapeurs[2]. L'amour, lui seul[3], a fait plus de maux que tout le reste ensemble, et personne ne doit entreprendre de les exprimer ; mais comme il fait aussi les plus grands biens de la vie[4], au lieu de médire de lui, on doit se taire : on doit le craindre et le respecter toujours.

XIII. — DU FAUX.

On est faux en différentes manières : il y a des hommes faux qui veulent toujours paroître ce qu'ils ne sont pas[5] ;

---

1. On disait alors *cangrène* et *gangrène*. Furetière donne les deux formes.

2. « Et *les lassitudes* des amants.... a causé (*sic*) les vapeurs. » (*Édition de M. de Barthélemy.*)

3. « L'amour à lui seul. » (*Ibidem.*)

4. « *Le* plus *grand bien* de la vie. » (*Ibidem.*)

5. Voyez la *maxime* 256, et les 2e et 3e *Réflexions diverses.*

il y en a d'autres, de meilleure foi, qui sont nés faux, qui se trompent eux-mêmes, et qui ne voient jamais les choses comme elles sont. Il y en a dont l'esprit est droit, et le goût faux ; d'autres ont l'esprit faux, et ont [1] quelque droiture dans le goût [2] ; il y en a enfin qui n'ont rien de faux dans le goût, ni dans l'esprit. Ceux-ci sont très-rares, puisque, à parler généralement, il n'y a presque [3] personne qui n'ait de la fausseté dans quelque endroit de l'esprit ou du goût.

Ce qui fait cette fausseté si universelle, c'est que nos qualités sont incertaines et confuses, et que nos vues [4] le sont aussi : on ne voit point les choses précisément comme elles sont ; on les estime plus ou moins qu'elles ne valent [5], et on ne les fait point rapporter à nous en la manière qui leur convient, et qui convient à notre état et à nos qualités. Ce mécompte met un nombre infini de faussetés dans le goût et dans l'esprit ; notre amour-propre est flatté de tout ce qui se présente à nous sous les apparences du bien : mais comme il y a plusieurs sortes de bien [6] qui touchent notre vanité ou notre tempérament, on les suit souvent par coutume, ou par commodité ; on les suit parce que les autres les suivent, sans considérer qu'un même sentiment ne doit pas être également embrassé par toute sorte de personnes, et qu'on s'y doit attacher plus ou moins fortement, selon qu'il convient plus ou moins à ceux qui le suivent [7].

1. Les éditions antérieures ne répètent pas ce verbe.

2. Rapprochez de la *maxime* 258, et de la 10e des *Réflexions diverses.*

3. Brotier et les éditeurs suivants ne donnent pas ce correctif.

4. *Goûts,* au lieu de *vues,* dans toutes les éditions.

5. Voyez la *maxime* 244, et les 10e et 16e *Réflexions diverses.*

6. Les éditions antérieures ont *biens* au pluriel, et, quatre lignes plus loin : *toutes sortes* de personnes.

7. Cette idée, qui reviendra plusieurs fois encore dans ce morceau

On craint encore plus de se montrer faux par le goût que par l'esprit. Les honnêtes gens doivent approuver sans prévention ce qui mérite d'être approuvé, suivre ce qui mérite d'être suivi, et ne se piquer de rien[1] ; mais il y faut une grande proportion et une grande justesse : il faut savoir discerner ce qui est bon en général, et ce qui nous est propre, et suivre alors avec raison la pente naturelle qui nous porte vers les choses qui nous plaisent. Si les hommes ne vouloient exceller que par leurs propres talents, et en suivant leurs devoirs, il n'y auroit rien de faux dans leur goût et dans leur conduite ; ils se montreroient tels qu'ils sont ; ils jugeroient des choses par leurs lumières, et s'y attacheroient par leur raison[2] ; il y auroit de la proportion dans leurs vues et[3] dans leurs sentiments ; leur goût seroit vrai, il viendroit d'eux et non pas des autres, et ils le suivroient par choix, et non pas par coutume[4] ou par hasard.

Si on est faux en approuvant ce qui ne doit pas être approuvé, on ne l'est pas moins, le plus souvent, par l'envie de se faire valoir en des qualités qui sont bonnes de soi, mais qui ne nons conviennent pas[5] : un magistrat est faux quand il se pique d'être brave, bien qu'il puisse être hardi dans de certaines rencontres ; il doit paroître[6] ferme et assuré dans une sédition qu'il a droit d'apaiser[7],

même, se retrouve dans les *maximes* 134, 256, 457, 493, et dans les 3ᵉ et 4ᵉ *Réflexions diverses*.

1. C'est la *maxime* 2o3.

2. Les éditions précédentes donnent : « par raison ; » puis, à la fin de l'alinéa : « *et* par hasard. »

3. Les diverses éditions omettent cette conjonction.

4. Voyez la 10ᵉ des *Réflexions diverses*.

5. Voyez encore les *maximes* 134, 256, 457, 493, et les 3ᵉ et 4ᵉ *Réflexions diverses*.

6. Dans le texte de Brotier et des éditeurs suivants : « il doit *être*. »

7. Ce passage fait penser à la conduite de Matthieu Molé dans

sans craindre d'être faux, et il seroit faux et ridicule de se battre en duel. Une femme peut aimer les sciences [1], mais toutes les sciences ne lui conviennent pas toujours [2], et l'entêtement de certaines sciences ne lui convient jamais, et est toujours faux.

Il faut que la raison et le bon sens mettent le prix aux choses [3], et déterminent notre goût à leur donner le rang qu'elles méritent et qu'il nous convient de leur donner ; mais tous les hommes presque [4] se trompent dans ce prix et dans ce rang, et il y a toujours de la fausseté dans ce mécompte [5].

Les plus grands rois sont ceux qni s'y méprennent le plus souvent : ils veulent surpasser les autres hommes en valeur, en savoir, en galanterie, et dans mille autres qualités où tout le monde a droit de prétendre ; mais ce goût d'y surpasser les autres peut être faux en eux, quand il va trop loin. Leur émulation doit avoir un

la journée des barricades, et l'auteur, sans doute, y a pensé lui-même.

1. Ce compliment était vraisemblablement à l'adresse de Mmes de Sablé et de la Fayette.

2. *Toujours* est omis dans l'édition de Brotier et dans les suivantes. Quatre lignes plus loin, toutes les éditions mettent *qa'elles* devant *déterminent*.

3. Voyez la *maxime* 244, et les 10ᵉ et 16ᵉ *Réflexions diverses*.

4. « Mais presque tous les hommes. » (*Édition de Duplessis*.)

5. Le remarquable morceau qui suit, et qui termine cette *Réflexion*, n'avait pas paru dans les éditions précédentes, si ce n'est dans celle de M. de Barthélemy ; nous le donnons d'après le manuscrit de la Rocheguyon. L'allusion à Louis XIV ne semble pas douteuse ; elle est plus évidente que dans le fameux passage, si souvent cité, de *Britannicus* (acte IV, scène IV, vers 1472) :

Il excelle à conduire un char dans la carrière...,

où l'on peut croire que les commentateurs ont prêté à Racine plus de hardiesse qu'il n'avait prétendu en montrer, quoiqu'il ne fût pas aussi timoré qu'on a bien voulu le dire.

autre objet : ils doivent imiter Alexandre, qui ne vouloit[1] disputer le prix de la course que contre des rois,
et se souvenir que ce n'est que des qualités particulières à la royauté[2] qu'ils doivent disputer. Quelque
vaillant que puisse être un roi, quelque savant et agréable
qu'il puisse être, il trouvera un nombre infini de gens
qui auront ces mêmes qualités aussi avantageusement
que lui, et le desir de les surpasser paroîtra toujours
faux, et souvent même il lui sera impossible[3] d'y réussir ;
mais s'il s'attache à ses devoirs véritables, s'il est magnanime, s'il est grand capitaine et grand politique, s'il
est juste, clément et[4] libéral, s'il soulage ses sujets ; s'il
aime la gloire et le repos de son État, il ne trouvera que
des rois à vaincre dans une si noble carrière ; il n'y aura
rien que de vrai et de grand dans un si juste dessein, et
le desir d'y surpasser les autres n'aura rien de faux. Cette
émulation est digne d'un roi, et c'est la véritable gloire
ou il doit prétendre.

XIV. — DES MODÈLES DE LA NATURE ET DE LA FORTUNE[*].

Il semble que la fortune, toute changeante et capri-
cieuse qu'elle est, renonce à ses changements et à ses
caprices pour agir de concert avec la nature, et que l'une
et l'autre concourent de temps en temps à faire des
hommes extraordinaires[5] et singuliers, pour servir de
modèles à la postérité. Le soin de la nature est de four-

1. « Qui ne *voulut*. » (*Édition de M. de Barthélemy*.)
2. « A *leur* royauté. » (*Ibidem*.)
3. « Il *nous* sera impossible. » (*Ibidem*.)
4. Conjonction omise par M. de Barthélemy.
5. Rapprochez de la *maxime* 53.

nir les qualités ; celui de la fortune est de les mettre en
œuvre [1], et de les faire voir dans le jour et avec les pro-
portions qui conviennent à leur dessein : on diroit alors
qu'elles imitent les règles des grands peintres, pour nous
donner des tableaux parfaits de ce qu'elles veulent représenter. Elles choisissent un sujet, et s'attachent au plan
qu'elles se sont proposé ; elles disposent de la naissance,
de l'éducation, des qualités naturelles et acquises, des
temps, des conjonctures, des amis, des ennemis ; elles
font remarquer des vertus et des vices, des actions heureuses et malheureuses; elles joignent même de petites
circonstances aux plus grandes, et les savent placer avec
tant d'art, que les actions des hommes et leurs motifs
nous paroissent toujours sous la figure et avec les couleurs qu'il plaît à la nature et à la fortune d'y donner [2].

Quel concours de qualités éclatantes n'ont-elles pas
assemblé dans la personne d'Alexandre, pour le montrer
au monde comme un modèle d'élévation d'âme et de
grandeur de courage ! Si on examine sa naissance illustre,
son éducation, sa jeunesse, sa beauté, sa complexion
heureuse, l'étendue et la capacité de son esprit pour la
guerre et pour les sciences, ses vertus, ses défauts même [3],
le petit nombre de ses troupes, la puissance formidable
de ses ennemis, la courte durée d'une si belle vie, sa
mort et ses successenrs, ne verra-t-on pas l'industrie et
l'application de la fortune et de [4] la nature à renfermer
dans un même sujet ce nombre infini de diverses circonstances ? Ne verra-t-on pas le soin particulier qu'elles ont
pris d'arranger tant d'événements extraordinaires, et de
les mettre chacun dans son jour, pour composer un mo-

---

1. C'est presque textuellement la *maxime* 153.
2. Rapprochez des *maximes* 58 et 38o.
3. Voyez les *maximes* 190 et 6o2.
4. *De* a été omis par M. de Barthélemy.

dèle d'un jeune conquérant, plus grand encore par ses qualités personnelles que par l'étendue de ses conquêtes[1]?

Si on considère de quelle sorte la nature et la fortune nous montrent César, ne verra-t-on pas qu'elles ont suivi un autre plan, qu'elles n'ont renfermé dans sa personne tant de valeur, de clémence, de libéralité, tant de qualités militaires, tant de pénétration, tant de facilité d'esprit et de mœurs, tant d'éloquence, tant de grâces du corps, tant de supériorité de génie pour la paix et pour la guerre, ne verra-t-on pas, dis-je, qu'elles ne se sont assujetties si longtemps à arranger et à mettre en œuvre tant de talents extraordinaires, et qu'elles n'ont contraint César de s'en servir contre sa patrie, que pour nous laisser un modèle du plus grand homme du monde, et du plus célèbre usurpateur[2]? Elles

1. L'admiration de Vauvenargues pour Alexandre n'est pas moins vive (*Réflexions critiques sur quelques poëtes, Œuvres,* p. 258 et 259) : « Je suis forcé d'admirer les rares vertus d'Alexandre, et cette hauteur de génie qui, soit dans le gouvernement, soit dans la guerre, soit dans les sciences, soit même dans sa vie privée, l'a fait paroître, jusque dans ses erreurs, comme un homme extraordinaire, et qu'un instinct grand et sublime élevoit au-dessus des règles. Je veux révérer un héros qui, parvenu au faîte des grandeurs humaines, ne dédaignoit pas de cultiver, dans les bras de la victoire, la familiarité et l'amitié ; qui, dans cette haute fortune, respectoit encore le mérite, honoroit les arts, les sciences, et croyoit à la vertu ;... le maître le plus libéral qu'il y eut jamais, jusqu'à ne réserver pour lui que *l'espérance*; plus prompt à réparer ses injustices qu'à les commettre, et plus pénétré de ses fautes que de ses triomphes ; né pour conquérir l'univers, qu'il lui étoit permis de soumettre parce qu'il étoit digne de lui commander.... »

2. Vauvenargues (*Lettre* à Mirabeau, du 13 mars 1740, *Œuvres posthumes,* p. 183) : « Quel homme eut des passions plus vives, plus grandes, plus de force d'esprit, un courage plus haut que César ?... et quel homme eut, en même temps, plus d'art, plus de douceur, et plus de jeu dans l'esprit ? qui fut plus insinuant, plus indulgent, plus facile ?... » Et ailleurs (*Introduction à la Connoissance de l'esprit humain,*

le font naître[1] particulier dans une république maîtresse
de l'univers, affermie et soutenue par les plus grands
hommes qu'elle eût[2] jamais produits ; la fortune même[3]
choisit parmi eux ce qu'il y avoit de plus illustre, de plus
puissant, et de plus redoutable, pour les rendre ses
ennemis ; elle le reconcilie[4], pour un temps, avec les
plus considérables, pour les faire servir à son élévation ;
elle les éblouit et les aveugle ensuite, pour lui faire une
guerre qui le conduit à la souveraine puissance. Combien
d'obstacles ne lui a-t-elle pas fait surmonter ! De combien de périls, sur terre et sur mer, ne l'a-t-elle pas garanti, sans jamais avoir été blessé ! Avec quelle persévérance la fortune n'a-t-elle pas soutenu les desseins de
César, et détruit ceux de Pompée ! Par quelle industrie
n'a-t-elle pas disposé ce peuple romain, si puissant, si
fier, et si jaloux de sa liberté, à la soumettre[5] à la puissance d'un seul homme ! Ne s'est-elle pas même servie
des circonstances de la mort de César, pour la rendre
convenable[6] à sa vie ? Tant d'avertissements des devins[7],

chapitre XLIV, *OEuvres*, p. 58) : « Que lui manquoit-il, que d'être né
souverain ? Il étoit bon, magnanime, généreux, hardi, clément ; personne n'étoit plus capable de gouverner le monde et de le rendre
heureux : s'il eût eu une fortune égale à son génie, sa vie auroit été
sans tache ; mais parce qu'il s'étoit placé lui-même sur le trône par
la force, on a cru pouvoir le compter avec justice parmi les tyrans. »

1. « *Elle* le *fait* naître. (*Édition de M. de Barthélemy.*)

2. « Qu'elle *ait.* » (*Ibidem.*)

3. *Même* est omis dans le texte de M. de Barthélemy.)

4. « .... pour *le* rendre ses ennemis ; elle *se* réconcilie. » (*Édition de M. de Barthélemy.*)

5. « A *se* soumettre. » (*Édition de M. de Barthélemy.*) — La même
édition, dans les lignes suivantes, place *même* avant *pas*, et omet
« des circonstances. »

6. *Convenable*, dans le sens d'*approprié*. — Voyez le même emploi
du même mot, ci-après, p. 322, ligne 5.

7. A « des devins » l'édition de M. de Barthélemy substitue,
par une étrange inadvertance, *du devoir.*

tant de prodiges, tant d'avis de sa femme et de ses amis,
ne peuvent le garantir, et la fortune choisit le propre
jour qu'il doit être couronné dans le Sénat, pour le
faire assassiner par ceux mêmes qu'il a sauvés, et par un
homme qui lui doit la naissance[1].

Cet accord de la nature et de la fortune[2] n'a jamais été
plus marqué que dans la personne de Caton, et il semble
qu'elles se soient efforcées l'une et l'autre de renfermer
dans un seul homme[3] non-seulement les vertus de l'ancienne Rome, mais encore de l'opposer directement aux
vertus de César, pour montrer qu'avec une pareille
étendue d'esprit et de courage, le desir de gloire conduit
l'un à être usurpateur, et l'autre à servir de modèle d'un
parfait citoyen. Mon dessein n'est pas de faire ici le parallèle de ces deux grands hommes, après tout ce qui
en est écrit[4] ; je dirai seulement que, quelques[5] grands
et illustres qu'ils nous paroissent, la nature et la fortune
n'auroient pu mettre toutes leurs qualités dans le jour qui
convenoit pour les faire éclater[6], si elles n'eussent opposé
Caton à César. Il falloit les faire naître en même temps,
dans une même république, différents par leurs mœurs et
par leurs talents, ennemis par les intérêts de la patrie et
par des intérêts domestiques ; l'un, vaste dans ses desseins,
et sans bornes dans son ambition ; l'autre, austère, renfermé dans les lois de Rome, et idolâtre de la liberté ; tous
deux célèbres par des vertus qui les montroient par de si
différents côtés, et plus célèbres encore, si l'on ose dire,

1. Brutus, qui avait pour mère Servilie, sœur de Caton, et César,
disait-on, pour père.

2. « De la fortune et de la nature. » (*Édition de M. de Barthélemy.*)

3. « *En* un seul homme. » (*Ibidem.*)

4. « Tout ce qui est écrit, » et immédiatement après, « je *dirois*
seulement. » (*Ibidem.*)

5. Voyez le *Lexique*, au mot QUELQUE.

6. « Les faire *exalter*. » (*Édition de M. de Barthélemy.*)

par l'opposition que la fortune et la nature ont pris soin de mettre entre eux. Quel arrangement, quelle suite, quelle économie de circonstances dans la vie de Caton, et dans sa mort ! La destinée même de la République a servi au tableau que la fortune nous a voulu donner de ce grand homme, et elle finit sa vie avec la liberté de son pays.

Si nous laissons les exemples des siècles passés pour venir aux exemples du siècle présent, on trouvera que la nature et la fortune ont conservé cette même union dont j'ai parlé, pour nous montrer de différents modèles en deux hommes consommés en l'art de commander. Nous verrons Monsieur le Prince[1] et M. de Turenne disputer de la gloire des armes, et mériter, par un nombre infini d'actions éclatantes, la réputation qu'ils ont acquise. Ils paroîtront avec une valeur et une expériences égales ; infatigables de corps et d'esprit, on les verra agir ensemble, agir séparément, et quelquefois opposés l'un à l'autre ; nous les verrons, heureux et malheureux dans diverses occasions de la guerre, devoir les bons succès[2] à leur conduite et à leur courage, et se montrer toujours plus grands, même par leurs disgrâces ; tous deux sauver l'État ; tous deux contribuer à le détruire, et se servir[3] des mêmes talents, par des voies différentes : M. de Turenne, suivant ses desseins avec plus de règle et moins de vivacité, d'une valeur plus retenue, et toujours proportionnée au besoin de lá faire paroître ; Monsieur le Prince, inimitable en la manière de voir et d'exécuter les plus grandes choses, entraîné par la supériorité de son génie, qui semble lui soumettre

---

1. Le grand Condé.

2. « *Leurs beaux* succès. » (*Édition de M. de Barthélemy.*)

3. M. de Barthélemy met à l'indicatif, au lieu des infinitifs qui se lisent au manuscrit : « *sauvent* l'État.... *contribuent* à le détruire, et se *servent ;* » puis, un peu plus loin : « M. de Turenne *suivoit.* »

les événements et les faire servir à sa gloire[1]. La foiblesse
des armées qu'ils ont commandées dans les dernières

1. Saint-Évremond a laissé également (*OEuvres*, Londres, 1725,
tome V, p. 85 et suivantes) un *Parallèle de Monsieur le Prince et de
M. de Turenne*, dont voici quelques passages : « Vous trouverez
en Monsieur le Prince la force du génie, la grandeur de courage, une lumière vive, nette, toujours présente. M. de Turenne a
les avantages du sang-froid, une grande capacité, une longue expérience, une valeur assurée. Celui-là, jamais incertain dans les conseils, irrésolu dans ses desseins, embarrassé dans ses ordres, prenant toujours son parti mieux qu'homme du monde; celui-ci, se
faisant un plan de sa guerre, disposant toutes choses à sa fin, et
les conduisant avec un esprit aussi éloigné de la lenteur que de la
précipitation. L'activité du premier se porte au delà des choses
nécessaires, pour ne rien oublier qui puisse être utile : l'autre, aussi
agissant qu'il le doit être, n'oublie rien d'utile, ne fait rien de super-
flu.... Monsieur le Prince, plus agréable à qui sait lui plaire, plus
fâcheux à qui lui déplaît (*Saint-Évremond en savait quelque chose*),
plus sévère quand on manque, plus touché quand on a bien fait;
M. de Turenne, plus concerté, excuse les fautes sous le nom de malheurs, et réduit souvent le plus grand mérite à la simple louange de
faire bien son devoir.... Quelque ardeur qu'ait Monsieur le Prince
pour les combats, M. de Turenne en donnera davantage, pour s'en
préparer mieux les occasions; mais il ne prend pas si bien dans l'action ces temps imprévus qui font gagner pleinement une victoire;
c'est par là que ses avantages ne sont pas entiers.... Monsieur le
Prince a les lumières plus présentes, et l'action plus vive ; il remédie
lui-même à tout, rétablit ses désordres, et pousse ses avantages....
Tout ce que dit, tout ce qu'écrit, tout ce que fait M. de Turenne, a
quelque chose de trop secret pour ceux qui ne sont pas assez pénétrants. On perd beaucoup de ne le comprendre pas assez nettement,
et il ne perd pas moins de n'être pas assez expliqué aux autres. La
nature lui a donné le grand sens, la capacité, le fond du mérite,
autant qu'à homme du monde, et lui a dénié ce feu du génie, cette
ouverture, cette liberté d'esprit, qui en fait l'éclat et l'agrément.... La
vertu (*voyez la note suivante*) de Monsieur le Prince n'a pas moins de
lumière que de force ;... mais, à dire la vérité, elle a moins de suite
et de liaison que celle de M. de Turenne : ce qui m'a fait dire, il y a
longtemps (*ce parallèle est de 1673 ; mais Saint-Évremond le retoucha
en 1688*), que l'un est plus propre à finir glorieusement des actions,
l'autre à terminer utilement une guerre. »

campagnes, et la puissance des ennemis qui leur étoient opposés, ont donné de nouveaux sujets à l'un et à l'autre de montrer toute leur vertu [1], et de réparer par leur mérite tout ce qui leur manquoit pour soutenir la guerre. La mort même de M de Turenne [2] si convenable [3] à une si belle vie, accompagnée de tant de circonstances singulières, et arrivée dans un moment si important, ne nous paroît-elle pas comme un effet de la crainte et de l'incertitude de la fortune, qui n'a osé décider de la destinée de la France et de l'Empire? Cette même fortune, qui retire Monsieur le Prince du commandement des armées, sous le prétexte de sa santé, et dans un temps où il devoit achever de si grandes choses, ne se joint-elle pas à la nature pour nous montrer présentement ce grand homme dans une vie privée, exerçant des vertus paisibles, et soutenu de sa propre gloire? Brille-t-il [4] moins dans sa retraite qu'au milieu de ses victoires [5] ?

1, *Vertu,* dans le sens du latin *virtus,* « force » (tant de l'esprit que du cœur), et par suite « mérite. » — Voyez, dans la citation de la note précédente, le mot employé de même par Saint-Évremond.

2. On sait que Turenne fut tué d'un coup de canon, le 27 juillet 1675, près de Salzbach. Grâce à de savantes manœuvres, il venait d'attirer son célèbre adversaire, Montecuculi, sur un terrain où celui-ci ne pouvait éviter, dit-on, une déroute complète, qui eût décidé de cette guerre. — Voyez, plus haut, la *Notice* des *Réflexions diverses,* p. 274, note 3. — Mme de Sévigné nous apprend (tome IV, p. 81) que la Rochefoucauld fut très-affligé de la mort de Turenne.

3. Voyez, plus haut, p. 318, note 6.

4. « Exerçant des vertus paisibles, soutenu de sa propre gloire, *et* brille-t-il... ? » (*Édition de M. de Barthélemy.*)

5. En lisant ces lignes, on se demande comment la Rochefoucauld a pu être si souvent et si légèrement accusé de dénigrement à l'égard du grand Condé. Ajoutons que son admiration est d'autant moins suspecte qu'il n'a pas donné ce morceau au public.

XV. — DES COQUETTES ET DES VIEILLARDS[1]*.

S'il est malaisé de rendre raison[2] des goûts en général, il le doit être encore davantage de rendre raison du goût des femmes coquettes : on peut dire néanmoins que l'envie de plaire se répand généralement sur tout ce qui peut flatter leur vanité, et qu'elles ne trouvent rien d'indigne de leurs conquêtes ; mais le plus incompréhensible de tous leurs goûts est, à mon sens, celui qu'elles ont pour les vieillards qui ont été galants. Ce goût paroît trop bizarre, et il y en a trop d'exemples, pour ne chercher pas[3] la cause d'un sentiment tout à la fois si commun, et si contraire à l'opinion que l'on a des femmes. Je laisse aux philosophes à décider si c'est un soin charitable[4] de la nature, qui veut consoler les vieillards dans leurs misères[5], et qui leur fournit le secours des coquettes, par la même prévoyance qui lui fait donner[6] des ailes aux chenilles, dans le déclin de leur vie, pour les rendre papillons ; mais sans pénétrer dans les secrets de la physique[7], on peut, ce me semble, chercher des causes plus sensibles de ce goût dépravé des coquettes pour les vieilles gens. Ce qui est plus apparent, c'est qu'elles aiment les prodiges, et qu'il n'y en a point qui doive[8] plus toucher leur vanité que

1. Voyez les *maximes* 418, 423, 444 et 461.

2. « *Il* est malaisé de *se* rendre raison. » (*Édition de M. de Barthélemy.*) — Rapprochez de la 10ᵉ des *Réflexions diverses.*

3. « Pour ne pas chercher. » (*Édition de M. de Barthélemy.*)

4. « Un *don* charitable. » (*Ibidem.*)

5. « Dans *leur misère.* » (*Ibidem.*)

6. « Qui *leur* fait donner. » (*Ibidem.*)

7. « Dans *le secret* de la physique. » (*Ibidem.*) — *Physique* dans le sens général d'*étude de la nature.*

8. « *Doivent.* » (*Édition de M. de Barthélemy.*)

de ressusciter un mort. Elles ont le plaisir de l'attacher
à leur char, et d'en parer leur triomphe, sans que leur
réputation en soit blessée : au contraire, un vieillard est
un ornement à la suite d'une coquette, et il est aussi nécessaire dans son train, que les nains l'étoient autrefois
dans *Amadis*. Elles n'ont point d'esclaves si commodes et
si utiles[1] : elles paroissent bonnes et solides, en conservant un ami sans conséquence ; il publie leurs louanges[2],
il gagne créance vers les maris[3], et leur répond de la
conduite de leurs femmes. S'il a du crédit, elles en re-
tirent mille secours ; il entre dans tous les intérêts et dans
tous les besoins de la maison. S'il sait les bruits qui courent des véritables galanteries, il n'a garde de les croire ;
il les étouffe, et assure que le monde est médisant ; il
juge, par sa propre expérience, des difficultés qu'il y a de
toucher le cœur d'une si bonne femme ; plus on lui fait
acheter des grâces et des faveurs[4], plus il est discret et
fidèle ; son propre intérêt l'engage assez au silence ; il
craint toujours d'être quitté, et il se trouve trop heureux
d'être souffert[5]. Il se persuade aisément qu'il est aimé,
puisqu'on le choisit contre tant d'apparence : il croit que
c'est un privilége de son vieux mérite, et remercie[6]
l'amour de se souvenir de lui dans tous les temps.

Elle, de son côté, ne voudroit pas manquer à ce qu'elle
lui a promis : elle lui fait remarquer qu'il a toujours
touché son inclination, et qu'elle n'auroit jamais aimé,

---

1. « Si utiles et si commodes. » (*Édition de M. de Barthélemy.*)

2. C'est ce qu'a fait, pendant vingt-cinq ans, le vieux Saint-
Évremond pour la belle Hortense Mancini, duchesse de Mazarin.
Voyez mon *Étude sur Saint-Évremond*, p. 29-31.

3. « *Croyance* vers *leurs* maris. » (*Édition de M. de Barthélemy.*)

4. « *De* grâces et *de* faveurs. » (*Ibidem.*)

5. Voyez, plus loin, la 19e des *Réflexions diverses*.

6. « Et *il* remercie. » (*Édition de M. de Barthélemy.*)

si elle ne l'avoit jamais connu ; elle le prie surtout[1] de n'être pas jaloux et de se fier en elle ; elle lui avoue qu'elle aime un peu le monde et le commerce des honnêtes gens, qu'elle a même intérêt d'en ménager plusieurs à la fois, pour ne laisser pas voir[2] qu'elle le traite différemment. des autres ; que si elle fait quelques railleries de lui avec ceux dont on s'est avisé de parler, c'est seulement pour avoir le plaisir de le nommer souvent, ou pour mieux cacher ses sentiments ; qu'après tout, il est le maître de sa conduite, et que, pourvu qu'il en soit content, et qu'il l'aime toujours, elle se met aisément en repos du reste. Quel vieillard ne se rassure pas par des raisons si convaincantes, qui l'ont souvent trompé quand il étoit jeune et aimable? Mais, pour son malheur, il oublie trop aisément qu'il n'est plus ni l'un ni l'autre, et cette foiblesse est, de toutes, la plus ordinaire aux vieilles gens[3] qui ont été aimés[4]. Je ne sais si cette tromperie ne leur vaut pas mieux encore que de connoître la vérité : on les souffre du moins ; on les amuse[5] ; ils sont détournés de la vue de leurs propres misères ; et le ridicule où ils tombent est souvent un moindre mal pour eux que les ennuis et l'anéantissement d'une vie pénible et languissante.

XVI. — DE LA DIFFÉRENCE DES ESPRITS.

Bien que toutes les qualités de l'esprit se puissent rencontrer dans un grand esprit[6], il y en a néanmoins

1. « Elle le prie *souvent.* » (*Édition de M. de Barthélemy.*)
2. « Pour ne pas laisser voir. » (*Ibidem.*)
3. « Aux *vieillards.* » (*Ibidem.*)
4. Voyez la *maxime* 408. — 5. Voyez le *Lexique.*
6. « Dans un grand *génie.* » (*Édition de* 1731 *et suivantes.*)

qui lui sont propres et particulières : ses lumières n'ont point de bornes ; il agit toujours également, et avec la même activité ; il discerne les objets éloignés, comme s'ils étoient présents ; il comprend, il imagine les plus grandes choses ; il voit et connoît les plus petites ; ses pensées sont relevées, étendues, justes et intelligibles ; rien n'échappe à sa pénétration, et elle lui fait tou- jours[1] découvrir la vérité, au travers des obscurités qui la cachent aux autres. Mais toutes ces grandes qualités ne peuvent souvent empêcher que l'esprit ne paroisse petit et foible, quand l'humeur s'en est rendue la maî- tresse[2].

Un bel esprit pense toujours noblement ; il produit avec facilité des choses claires, agréables et naturelles ; il les fait voir dans leur plus beau jour, et il les pare de tous les ornements qui leur conviennent ; il entre dans le goût des autres, et retranche de ses pensées ce qui est inutile, ou ce qui peut déplaire. Un esprit adroit, facile, insinuant, sait éviter et surmonter les difficultés ; il se plie aisément à ce qu'il veut ; il sait connoître et suivre[3] l'esprit et l'humeur de ceux avec qui il traite ; et en mé- nageant leurs intérêts, il avance et il établit les siens. Un bon esprit voit toutes choses comme elles doivent être vues ; il leur donne le prix qu'elles méritent[4], il les sait tourner[5] du côté qui lui est le plus avantageux, et il s'attache avec fermeté à ses pensées, parce qu'il en con- noît toute la force et toute la raison.

1. *Souvent*, dans les éditions antérieures, à partir de Brotier.

2. Cette dernière phrase se trouve dans l'édition de 1731, mais elle manque chez Brotier et chez les éditeurs venus après lui. — Il y a *rendu*, sans accord, dans le manuscrit : voyez le *Lexique*.

3. *Et suivre* est omis dans les diverses éditions.

4. Voyez la *maxime* 244, et les 10e et 13e *Réflexions diverses*.

5. « Il les *fait* tourner. » (*Édition de 1731 et suivantes*.)

Il y a de la différence entre un esprit utile et un esprit d'affaires ; on peut entendre les affaires, sans s'appliquer à son intérêt particulier : il y a des gens habiles dans tout ce qui ne les regarde pas, et très-malhabiles dans ce qui les regarde[1] ; et il y en a d'autres, au contraire, qui ont une habileté bornée à ce qui les touche, et qui savent trouver leur avantage en toutes choses.

On peut avoir, tout ensemble, un air sérieux dans l'esprit, et dire souvent des choses agréables et enjouées ; cette sorte d'esprit convient à toutes personnes et à tous les âges de la vie. Les jeunes gens ont d'ordinaire l'esprit enjoué et moqueur, sans l'avoir sérieux, et c'est ce qui les rend souvent incommodes. Rien n'est plus malaisé[2] à soutenir que le dessein d'être toujours plaisant, et les applaudissements qu'on reçoit quelquefois en divertissant les autres ne valent pas que l'on s'expose à la honte de les ennuyer souvent, quand ils sont de méchante humeur. La moquerie est une des plus agréables et des plus dangereuses[3] qualités de l'esprit : elle plaît toujours, quand elle est délicate : mais on craint toujours aussi[4] ceux qui s'en servent trop souvent[5]. La moquerie peut néanmoins être permise, quand elle n'est mêlée d'au-

1. « Dans *tout* ce qui les regarde. » (*Édition de 1731 et suivantes.*)

2. Il y a *malaisé*, comme au manuscrit, dans l'édition de 1731 et dans celle de Brotier. Les suivantes, y compris celle de Duplessis, donnent *aisé*, ce qui est tout juste le contraire de la pensée de l'auteur.

3. Témoin deux célèbres contemporains et amis de la Rochefoucauld, Bussy Rabutin et Saint-Évremond.

4. Les diverses éditions, à partir de celle de Fortia, donnent : « aussi toujours. »

5. Pascal (*Pensées*, article VI, 19) : « Diseur de bons mots, mauvais caractère. » — Publius Syrus avait déjà dit :

Lingua est maliloquax indicium mentis malæ.

« Méchante langue est marque de méchant esprit. »

cune malignité, et quand on y fait entrer[1] les personnes mêmes dont on parle.

Il est malaisé d'avoir un esprit de raillerie sans affecter d'être plaisant, ou sans aimer à se moquer ; il faut une grande justesse pour railler longtemps, sans tomber dans l'une ou l'autre de ces extrémités. La raillerie est un air de gaieté qui remplit l'imagination, et qui lui fait voir en ridicule les objets qui se présentent ; l'humeur y mêle plus ou moins de douceur ou d'âpreté : il y a une manière de railler, délicate et flatteuse, qui touche seulement les défauts que les personnes dont on parle veulent bien avouer, qui sait déguiser les louanges qu'on leur donne sous des apparences de blâme, et qui découvre[2] ce qu'elles ont d'aimable, en feignant de le vouloir cacher.

Un esprit fin et un esprit de finesse sont très-différents. Le premier plaît toujours ; il est délié, il pense des choses délicates[3], et voit les plus imperceptibles. Un esprit de finesse ne va jamais droit : il cherche des biais et des détours pour faire réussir ses desseins ; cette conduite est bientôt découverte ; elle se fait toujours craindre, et ne mène presque jamais aux grandes choses[4].

Il y a quelque différence entre un esprit de feu et un esprit brillant : un esprit de feu va plus loin et avec plus de rapidité ; un esprit brillant a de la vivacité, de l'agrément et de la justesse.

La douceur de l'esprit, c'est un air[5] facile et accommodant, qui plaît toujours[6], quand il n'est point fade.

1. C'est-à-dire, quand on fait qu'elles s'y prêtent, qu'elles plaisantent avec nous.

2. « Qui découvre, » c'est-à-dire, qui montre, fait ressortir.

3. Ce qui, selon la *maxime* 99, est *la politesse de l'esprit*.

4. Voyez les *maximes* 125 et 126.

5. « La douceur de l'esprit *est* un air. » (*Édition de 1731 et suivantes.*)

6. Les diverses éditions donnent : « *et* qui plaît toujours. »

Un esprit de détail s'applique avec de l'ordre et de la règle à toutes les particularités des sujets qu'on lui présente : cette application le renferme d'ordinaire à de petites choses ; elle n'est pas néanmoins toujours incompatible avec de grandes vues[1] ; et quand ces deux qualités se trouvent ensemble dans un même esprit, elles l'élèvent infiniment au-dessus des autres.

On a abusé du terme de *bel esprit*, et bien que tout ce qu'on vient de dire des différentes[2] qualités de l'esprit puisse convenir à un bel esprit, néanmoins comme ce titre a été donné à un nombre infini de mauvais poëtes et d'auteurs ennuyeux, on s'en sert plus souvent pour tourner les gens en ridicule, que pour les louer[3].

Bien qu'il y ait plusieurs épithètes pour l'esprit qui paroissent une même chose, le ton et la manière de les prononcer y mettent de la différence ; mais comme les tons et les manières de dire[4] ne se peuvent écrire, je n'entrerai point dans un détail qu'il seroit impossible de bien expliquer. L'usage ordinaire le fait assez entendre ; et en disant qu'un homme a *de l'esprit*, qu'il a *bien de l'esprit*[5], qu'il a *beaucoup d'esprit*, et qu'il a *bon esprit*[6], il n'y a que les tons et les manières qui puissent mettre de la différence entre ces expressions, qui paroissent sem-

1. Dans les *maximes* 41 et 569, l'auteur pensait le contraire.

2. « *De* différentes. » (*Éditions de 1731 et de Brotier.*)

3. En nous montrant le discrédit où était tombé le terme de *bel esprit*, ce passage permettrait de fixer approximativement la date du morceau ; il est clair qu'il ne put être écrit qu'après les beaux jours de l'hôtel de Rambouillet ; il l'a été probablement au temps des *Précieuses ridicules* (1660), ou même des *Femmes savantes* (1672).

4. « De dire » a été omis par les divers éditeurs.

5. Ce membre de phrase manque aussi dans les éditions précédentes.

6. Les éditions postérieures à celle de Brotier donnent : « qu'il a un bon esprit. »

mal même ; mais aussi on peut dire qu'entre les mains de personnes libertines [1] ou qui auroient de la pente aux opinions nouvelles [2], que [3] cet écrit les pourroit confirmer dans leur erreur, et leur faire croire qu'il n'y a point du tout de vertu, et que c'est folie de prétendre de devenir vertueux, et jeter ainsi le monde dans l'indifférence et dans l'oisiveté, qui est la mère de tous les vices. J'en parlai hier à un homme de mes amis, qui me dit qu'il avoit vu cet écrit, et qu'à son avis, il découvroit les parties honteuses de la vie civile et de la société humaine, sur lesquelles il falloit tirer le rideau : ce que je fais, de peur que cela fasse mal aux yeux délicats, comme les vôtres, qui ne sauroient rien souffrir d'impur et de déshonnête.

VIII

JUGEMENT DES *MAXIMES* DE M. DE LA ROCHEFOUCAULD [1664] [4].

J'appellerois volontiers l'auteur de ces *Maximes* un orateur éloquent et un philosophe plus critique que savant ; aussi n'a-t-il [5] autre principe de ses sentiments que la fécondité de son imagination. Il affecte dans ses divisions et dans ses définitions, subtilement, mais sans fondement inventées, de passer pour un Sénèque [6], ne prenant pas garde néanmoins que celui-ci, dans sa morale, tout païen qu'il

1. On sait que, dans la langue du dix-septième siècle, le mot *libertin* signifiait à peu près ce qu'on entend aujourd'hui par *libre penseur.*

2. « Probablement, fait remarquer V. Cousin, l'opinion des sceptiques et des épicuriens, de Lamothe le Vayer, Gassendi, Bernier, etc. » — Voyez plus loin, p. 384.

3. Cette conjonction inutilement répétée est bien dans le texte.

4. Extrait du tome II des *Portefeuilles de Vallant*, folio 166. — Ce morceau n'est pas signé ; notre titre est celui que Vallant lui donne. V. Cousin n'en a pris que des fragments (*Madame de Sablé*, p. 154).

5. La pièce originale donne *n'a-il* (voyez la note 2 de la page suivante).

6. La Rochefoucauld *affectait*, au contraire, de réfuter Sénèque, et même de lui *arracher le masque*. On voit en tête de ses quatre premières éditions une planche, gravée par Étienne Picart, où l'*Amour de la Verite* (la Rochefoucauld), sous la figure d'un enfant au regard et au sourire malicieux, arrache à un buste de Sénèque son masque, sa couronne de laurier, et dit, en le montrant du doigt : *Quid vetat ?* c'est-à-dire en français : *Pourquoi pas ?* Le sujet et la devise remettent en mémoire ces deux passages d'Horace :

> .... *Dicere verum*
> *Quid vetat ?....* (Livre I, *satire* i, vers 24 et 25.)
> .... *Illi detrahere ausim*
> *Hærentem capiti........ coronam.* (Livre I, *satire* x, vers 48 et 49.)

« Pourquoi ne pas dire le vrai ? — J'oserai arracher la couronne qui lui ceint le front. » — Rapprochez de la *maxime* 589 ; voyez aussi p. 369 et note 6.

raison ; il y en a qui sont si fines et si délicates, que peu de gens sont capables d'en remarquer toutes les beautés ; enfin il y en a d'autres qui ne sont pas parfaites[1], mais qui sont dites avec tant d'art, et qui sont soutenues et conduites avec tant de raison et tant de grâce, qu'elles méritent d'être admirées.

XVII. — DES ÉVÉNEMENTS DE CE SIÈCLE[2]*.

L'histoire, qui nous apprend ce qui arrive dans le monde, nous montre également les grands événements et les médiocres : cette confusion d'objets nous empêche souvent de discerner avec assez d'attention les choses extraordinaires qui sont renfermées[3] dans le cours de chaque siècle. Celui où nous vivons en a produit, à mon sens, de plus singuliers[4] que les précédents : j'ai voulu en écrire quelques-uns, pour les rendre plus remarquables aux personnes qui voudront y faire ré-flexion.

Marie de Médicis, reine de France, femme de Henri le Grand, fut mère du roi Louis XIII, de Gaston, fils de France, de la reine d'Espagne[5], de la duchesse de

1. Rapprochez de la *maxime* 627.

2. M. de Barthélemy donne ce morceau à part (p. 295-306), sous le titre de *Pièce historique*. Nous le laissons à la place qu'il occupe dans le manuscrit.

3. « Qui sont *enfermées*. » (*Édition de M. de Barthélemy.*)

4. Cet adjectif se rapporte à *événements*. — M. de Barthélemy donne : « Celui où nous vivons *n'a rien* produit, à mon sens, de plus *singulier* que les précédents, » ce qui est le contraire de la pensée de l'auteur. — Un peu plus loin, il omet *le Roi*, après *gouverna*, et *pendant* devant *plusieurs*.

5. Élisabeth, née en 1602, mariée en 1615 à Philippe IV, morte en 1644.

Savoie[1], et de la reine d'Angleterre[2] ; elle fut régente
en France, et gouverna le Roi, son fils, et son royaume
pendant plusieurs années. Elle éleva Armand de Richelieu
à la dignité de cardinal[3] ; elle le fit premier ministre,
maître de l'État et de l'esprit du Roi. Elle avoit peu de
vertus et peu de défauts qui la dussent faire craindre,
et néanmoins, après tant d'éclat et de grandeurs[4], cette
princesse, veuve de Henri IV et mère de tant de rois, a
été arrêtée prisonnière par le Roi, son fils, et par la troupe
du cardinal de Richelieu, qui lui devoit sa fortune. Elle
a été délaissée des autres rois, ses enfants, qui n'ont osé
même la recevoir dans leurs États, et elle est morte de
misère[5], et presque de faim, à Cologne, après une persécution de dix années.

Ange de Joyeuse[6], duc et pair, maréchal de France et
amiral, jeune, riche, galant et heureux, abandonna tant
d'avantages pour se faire capucin. Après quelques années, les besoins de l'État le rappelèrent au monde ; le

1. Chrétienne ou Christine, née en 1606, mariée en 1619 à Victor-
Amédée Ier, morte en 1663.

2. Henriette-Marie, née en 1609, mariée en 1625 à Charles Ier,
morte en 1669.

3. En 1622.

4. « De *grandeur*. » (*Édition de M. de Barthélemy.*)

5. Le 3 juillet 1642, à l'âge de soixante-huit ans.

6. Henri de Joyeuse, second frère du favori de Henri III. Après
la mort de sa femme, à peine âgé de vingt ans, il se fait capucin, sous
le nom de *Père Ange*, en 1587. Cinq ans plus tard, à la mort de son
frère, il rentre dans le monde, se met à la tête des ligueurs du Lan-
guedoc, et Henri IV n'obtient sa soumission qu'au prix du bâton de
maréchal de France. Après avoir pourvu à l'établissement de sa fille
unique, qu'il marie, en 1599, au duc de Montpensier, il reprend le
froc, et meurt en 1608, à Rivoli, pendant son second voyage à Rome,
qu'il avait voulu faire nu-pieds. C'est de lui que Voltaire a dit, dans
la Henriade (chant IV, vers 23 et 24) :

> Vicieux, pénitent, courtisan, solitaire,
> Il prit, quitta, reprit la cuirasse et la haire.

Pape le dispensa de ses vœux, et lui ordonna d'accepter le commandement des armées du Roi contre les huguenots ; il demeura quatre ans dans cet emploi, et se laissa entraîner, pendant ce temps, aux mêmes passions[1] qui l'avoient agité pendant sa jeunesse. La guerre étant finie, il renonça une seconde fois au monde, et reprit l'habit de capucin ; il vécut longtemps dans une vie sainte et religieuse ; mais la vanité, dont il avoit triomphé dans le milieu des grandeurs, triompha de lui dans le cloître ; il fut élu gardien du couvent de Paris, et son élection étant contestée par quelques religieux, il s'exposa, non-seulement à aller à Rome, dans un âge avancé, à pied, et malgré les autres incommodités d'un si pénible voyage ; mais la même opposition des religieux s'étant renouvelée à son retour, il partit une seconde fois[2] pour retourner à Rome soutenir un intérêt si peu digne de lui, et il mourut en chemin, de fatigue, de chagrin, et de vieillesse[3].

Trois hommes de qualité, Portugais, suivis de dix-sept de leurs amis[4], entreprirent la révolte de[5] Portugal et des Indes qui en dépendent, sans concert avec les peuples ni avec les étrangers, et sans intelligence dans les places[6]. Ce petit nombre de conjurés se rendit maître du palais de Lisbonne, en chassa la douairière de Mantoue, régente pour le roi d'Espagne, et fit soulever tout le royaume ; il ne périt dans ce désordre que Vasconcellos[7], ministre

---

1. « Aux mêmes passions, pendant ce temps. » (*Édition de M. de Barthélemy.*)

2. « Il *repartit* une seconde fois. » (*Ibidem.*)

3. La Rochefoucauld se trompe : Henri de Joyeuse est mort à quarante et un ans.

4. Le chef de la conspiration était Pinto Ribeiro.

5. « *Du* Portugal. » (*Édition de M. de Barthélemy.*)

6. « Sans concert avec *le peuple*,… et sans intelligence dans *la place.* » (*Ibidem.*)

7. Au manuscrit : *Vasconchellos.*

d'Espagne, et deux de ses domestiques[1]. Un si grand changement se fit en faveur du duc de Bragance, et sans sa participation[2] ; il fut déclaré roi contre sa propre volonté, et se trouva le seul homme de Portugal[3] qui résistât à son élection ; il a possédé ensuite cette couronne pendant quatorze années[4], n'ayant ni élévation, ni mérite ; il est mort dans son lit, et a laissé son royaume[5] paisible à ses enfants.

Le cardinal de Richelieu a été maître absolu du royaume de France pendant le règne d'un roi qui lui laissoit le gouvernement de son État, lorsqu'il n'osoit lui confier sa propre personne ; le Cardinal avoit aussi les mêmes défiances[6] du Roi, et il évitoit d'aller chez lui, craignant d'exposer sa vie ou sa liberté ; le Roi néanmoins sacrifie Cinq-Mars[7], son favori, à la vengeance du Cardinal, et consent qu'il périsse sur un échafaud. Ensuite le Cardinal meurt dans son lit ; il dispose par son testament des charges et des dignités de l'État, et oblige le Roi, dans le plus fort de ses soupçons[8] et de sa haine,

---

1. Ici le mot ne signifie pas *serviteurs*, mais il est pris au sens latin d'*attaché à la maison* ou *à la personne ;* les deux *domestiques* dont il s'agit étaient le duc de Caminha et le comte d'Armamar.

2. Non pas toutefois sans la participation de sa femme, Louise de Guzman. C'est à son instigation que le complot se noua, et par sa fermeté qu'il réussit. Elle gouverna avec beaucoup d'adresse, sous le nom de son mari, qui n'eut besoin dès lors ni d'*élévation*, ni de *mérite*, et qui, en mourant, la nomma grande régente du royaume.

3. « *Du Portugal.* » (*Édition de M. de Barthélemy.*)

4. L'auteur se trompe de deux années ; Jean, 8e duc de Bragance, régna, sous le nom de Jean IV, de 1640 à 1656, c'est-à-dire pendant *seize* ans.

5. « *Un royaume.* » (*Édition de M. de Barthélemy.*)

6. « *La même défiance.* » (*Ibidem.*) — 7. Au manuscrit : *Saint-Mars.*

8. *Soupçons* est écrit de la main de la Rochefoucauld, au lieu du mot *défiances,* qui était d'abord au manuscrit, et qu'il a effacé, sans doute parce qu'il l'avait employé déjà six lignes plus haut.

à suivre aussi aveuglément ses volontés après sa mort,
qu'il avoit fait pendant sa vie.

Alphonse, roi du Portugal, fils du duc de Bragance
dont je viens de parler, s'est marié[1], en France, à la
fille du duc de Nemours, jeune, sans biens et sans protection. Peu de temps après, cette princesse a formé le
dessein de quitter le Roi, son mari[2]; elle l'a fait arrêter
dans Lisbonne, et les mêmes troupes qui, un jour auparavant, le gardoient comme leur roi, l'ont gardé le
lendemain comme prisonnier; il a été confiné dans une
île de ses propres États[3], et on lui a laissé la vie et le
titre de roi. Le prince de Portugal, son frère, a épousé
la Reine; elle conserve sa dignité[4], et elle a revêtu le
prince, son mari, de toute l'autorité du gouvernement,
sans lui donner le nom de roi[5]; elle jouit tranquillement
du succès d'une entreprise si extraordinaire, en paix
avec les Espagnols, et sans guerre civile dans le royaume.

Un vendeur d'herbes, nommé Masaniel, fit soulever
le menu peuple de Naples, et malgré la puissance des

1. Le 25 juin 1666. — Sa femme était Marie-Élisabeth-Françoise
de Savoie, fille de Charles-Amédée de Savoie, duc de Nemours et
d'Aumale, et d'Elisabeth de Vendôme, petite-fille de Henri IV et de
Gabrielle d'Estrées.

2. Les débauches d'Alphonse VI l'avaient conduit à l'impuissance,
et bientôt à l'imbécillité. Monté sur le trône en 1656, il fut déposé
en 1667.

3. Dans l'île de Terceira, une des Açores; transféré au château de
Cintra, il y mourut le 12 semptembre 1683.

4. Ce membre de phrase a été omis par M. de Barthélemy, qui,
quelques mots plus loin, donne : « *ce prince, son mari.* » — La reine
de Portugal ne mourut qu'en 1683, le 27 décembre, deux mois
après son premier mari.

5. En effet, pendant quinze ans, il ne porta que le titre de *régent*;
mais, à la mort de son frère (1683), il se fit couronner roi de Portugal
et des Algarves, sous le nom de Pedro II. — On voit à la forme du
récit qu'il fut écrit quand le roi Alphonse vivait encore. La Rochefoucauld mourut trois ans avant lui, en 1680.

Espagnols, il usurpa l'autorité royale ; il disposa souve-
rainement de la vie, de la liberté, et des biens[1] de tout
ce qui lui fut suspect ; il se rendit maître des douanes ;
il dépouilla les partisans[2] de tout leur argent et de leurs
meubles, et fit brûler publiquement toutes ces richesses
immenses dans le milieu de la ville, sans qu'un seul de
cette foule confuse de révoltés voulût profiter d'un bien
qu'on croyoit mal acquis. Ce prodige ne dura que quinze
jours, et finit par un autre prodige : ce même Masaniel,
qui achevoit de si grandes choses avec tant de bonheur,
de gloire, et de conduite, perdit subitement[3] l'esprit, et
mourut frénétique, en vingt-quatre heures[4].

La reine de Suède[5], en paix dans ses États[6] et avec ses
voisins, aimée de ses sujets, respectée des étrangers,
jeune et sans dévotion, a quitté volontairement son

1. « Et *du bien.* » (*Édition de M. de Barthélemy.*)

2. On sait que, dans l'ancien régime financier, on appelait *parti-*
sans ou *traitants* ceux qui, moyennant rétribution, *traitaient* du
recouvrement de quelque partie des impôts.

3. M. de Barthélemy omet *subitement.*

4. Mas' Aniello (abréviation de *Tomaso Aniello*), qui vendait, non
des herbes, mais des poissons et des fruits, ne mourut pas seulement
de la *frénésie ;* à la faveur d'un mouvement populaire, des assassins, aux gages du duc d'Arcos, que Mas' Aniello avait dépossédé de
la vice-royauté, aidèrent à sa mort (1647) ; il était âgé de vingt-cinq
ans.

5. Christine, née en 1626. Fille unique du grand Gustave-
Adolphe, elle lui succéda en 1632, se mit à la tête des affaires en 1644,
les gouverna bientôt assez mal, abdiqua en 1645, parcourut pendant quelques années l'Europe, vint deux fois en France, où elle
fit assassiner, au château de Fontainebleau, l'Italien Monaldeschi,
son grand écuyer et son amant (1657); puis, ayant précédemment
abjuré le protestantisme, elle alla faire pénitence à Rome, où elle
mourut, en 1689. Cette femme étrange avait le goût des lettres,
des sciences et des arts ; elle a laissé quelques écrits, et l'on sait
qu'elle avait appelé en Suède plusieurs hommes illustres, entre autres
Descartes.

6. « Dans *son État.* » (*Édition de M. de Barthélemy.*)

royaume[1], et s'est réduite à une vie privée[2]. Le roi de Pologne[3], de la même maison que la reine de Suède, s'est démis aussi de la royauté, par la seule lassitude d'être roi.

Un lieutenant d'infanterie sans nom et sans crédit, a commencé, à l'âge de quarante-cinq ans, de se faire connoître dans les désordres d'Angleterre[4]. Il a dépossédé son roi légitime, bon, juste, doux, vaillant et libéral; il lui a fait trancher la tête, par un arrêt de son parlement; il a changé la royauté en république; il a été dix ans maître de l'Angleterre, plus craint de ses voisins, et plus absolu dans son pays que tous les rois qui y ont régné. Il est mort[5] paisible, et en pleine possession de toute la puissance du royaume.

Les Hollandois ont secoué le joug de la domination d'Espagne; ils ont formé une puissante république, et

1. *Son royaume* est de la main de la Rochefoucauld, et remplace *ses États*, mots qui se trouvaient déjà trois lignes plus haut. — « A quitté son royaume volontairement. » (*Édition de M. de Barthélemy.*)

2. Elle ne tarda guère à le regretter; à deux reprises, en Suède, à la mort de Charles-Gustave (1660), et en Pologne, à l'abdication de Casimir V (1668), elle voulut reprendre possession d'un trône; mais ni les Suédois, ni les Polonais ne se montrèrent disposés à l'y laisser remonter.

3. Casimir V (Jean), dernier rejeton mâle de la maison de Vasa, né en 1609, fut d'abord jésuite et cardinal. Élu au trône de Pologne, en 1648, il obtint des dispenses pour épouser la veuve de son frère Vladislas VII, à qui il succédait. La perte de sa femme (1667) le détermina à abdiquer (1668). Retiré en France, il devint abbé de Saint-Germain des Prés, ainsi que de Saint-Martin de Nevers. Il mourut dans cette dernière ville, en 1672.

4. Olivier Cromwell, qui en effet n'a commencé à être en vue qu'en 1644, après la bataille de Marston-Moor; il avait alors quarante-cinq ans, étant né en 1599.

5. Il est mort, non pas de la pierre ou de la gravelle, comme l'a dit Pascal dans une de ses *Pensées* les plus célèbres (article III, 7), mais d'une fièvre tierce, le 13 septembre 1658.

ils ont soutenu cent ans la guerre contre leurs rois légitimes[1], pour conserver leur liberté. Ils doivent tant de grandes choses à la conduite et à la valeur des princes d'Orange[2], dont ils ont néanmoins toujours redouté l'ambition, et limité le pouvoir. Présentement cette république, si jalouse de sa puissance, accorde au prince d'Orange d'aujourd'hui, malgré son peu d'expérience et ses malheureux succès dans la guerre, ce qu'elle a refusé à ses pères ; elle ne se contente pas de relever sa fortune abattue : elle le met en état de se faire souverain de Hollande, et elle a souffert qu'il ait fait déchirer par le peuple un homme qui maintenoit seul[3] la liberté publique[4].

Cette puissance d'Espagne, si étendue et si formidable à tous les rois du monde, trouve aujourd'hui son principal appui dans ses sujets rebelles, et se soutient par la protection des Hollandois.

Un empereur[5], jeune, foible, simple, gouverné par des ministres incapables, et pendant le plus grand abaissement de la maison d'Autriche, se trouve, en un moment, chef de tous les princes d'Allemagne, qui craignent son autorité et méprisent sa personne, et il est plus absolu que n'a jamais été[6] Charles-Quint.

Le roi d'Angleterre[7], foible, paresseux, et plongé dans

1. « *Leur roi légitime.* » (*Edition de M. de Barthélemy.*)

2. » *Du prince* d'Orange. » (*Ibidem.*)

3. « *Par ce peuple un homme qui seul maintenoit.* » (*Ibidem.*)

4. Jean de Witt, grand pensionnaire de Hollande. En 1672, il fut mis en pièces, avec son frère Cornélis, par la populace de la Haye, que les partisans de Guillaume d'Orange avaient soulevée.

5. Léopold Ier, empereur d'Allemagne, qui succéda à son père Ferdinand III, à l'âge de dix-huit ans, en 1658, et mourut en 1705.

6. « *Que jamais n'a été.* » (*Édition de M. de Barthélemy.*)

7. Charles II.

les plaisirs, oubliant les intérêts de son royaume et ses exemples domestiques, s'est exposé avec fermeté, pendant six ans[1], à la fureur de ses peuples et à la haine de son parlement, pour conserver une liaison étroite avec le roi de France ; au lieu d'arrêter les conquêtes de ce prince dans les Pays-Bas, il y a même contribué, en lui fournissant des troupes. Cet attachement l'a empêché d'être maître absolu de l'Angleterre, et d'en étendre les frontières en Flandre et en Hollande, par des places et par des ports qu'il a toujours refusés ; mais dans le temps même qu'il reçoit des sommes considérables du Roi[2], et qu'il a le plus de besoin[3] d'en être soutenu contre ses propres sujets, il renonce, sans prétexte, à tant d'engagements, et il se déclare contre la France, précisément quand il lui est utile et honnête d'y être attaché ; par une mauvaise politique précipitée, il perd, en un moment, le seul avantage qu'il pouvoit retirer d'une mauvaise politique de six années, et ayant pu[4] donner la paix comme médiateur, il est réduit à la demander comme suppliant, quand le Roi l'accorde à l'Espagne, à l'Allemagne et à la Hollande.

Les propositions qui avoient été faites au roi d'Angleterre de marier sa nièce, la princesse d'Yorck[5], au prince d'Orange, ne lui étoient pas agréables[6] ; le duc d'Yorck en paroissoit aussi éloigné que le Roi son frère,

---

1. « *S'est opposé... depuis six ans.* » (*Édition de M. de Barthélemy.*) — Voyez la note 3 de la page suivante.

2. Louis XIV achetait son alliance au prix d'une pension annuelle de trois millions.

3. « *Et qu'il a le plus besoin.* » (*Édition de M. de Barthélemy.*)

4. L'édition de M. de Barthélemy coupe la phrase après *années,* et donne : « *En* ayant pu. » — Voyez la note 3 de la page suivante.

5. Marie, fille de Jacques Stuart, duc d'York, frère de Charles II, à qui il succéda, en 1685, sous le nom de Jacques II.

6. « *Point* agréables. » (*Édition de M. de Barthélemy.*)

et le prince d'Orange même, rebuté par les difficultés de
ce dessein, ne pensoit plus à le faire réussir. Le roi d'Angleterre, étroitement lié au roi de France, consentoit à
ses conquêtes, lorsque les intérêts du grand trésorier
d'Angleterre [1], et la crainte d'être attaqué par le Parlement, lui ont fait chercher sa sûreté particulière, en disposant le Roi, son maître, à s'unir avec le prince d'Orange [2],
par le mariage de la princesse d'Yorck, et à faire déclarer
l'Angleterre contre la France, pour la protection des
Pays-Bas. Ce changement du roi d'Angleterre a été si
prompt et si secret, que le duc d'Yorck l'ignoroit encore
deux jours devant le mariage de sa fille, et personne ne
se pouvoit persuader que le roi d'Angleterre, qui avoit
hasardé dix ans [3] sa vie et sa couronne pour demeurer attaché à la France, pût renoncer, en un moment [4], à tout ce
qu'il en espéroit, pour suivre le sentiment de son ministre.
Le prince d'Orange, de son côté, qui avoit tant d'intérêt
de se faire un chemin pour être un jour roi d'Angleterre,
négligeoit ce mariage, qui le rendoit héritier présomptif
du royaume [5] ; il bornoit ses desseins à affermir son autorité en Hollande, malgré les mauvais succès de ses

1. Clifford (Thomas). D'abord contrôleur et trésorier de la maison du Roi, il fut nommé grand trésorier d'Angleterre ; c'était la
récompense de son adresse, car il avait trouvé le moyen de procurer
au prodigue Charles II un million cinq cent mille livres sterling,
dit-on, sans le concours du Parlement. Il faisait partie du fameux
ministère dit *de la Cabal.*

2. « Lui *eut* fait chercher sa *sécurité* particulière.... à s'unir *au*
prince d'Orange. » (*Édition de M. de Barthélemy.*)

3. A la page précédente, lignes 3 et 18, l'auteur avait dit *six ans.*

4. « Pût en un moment renoncer, « et deux lignes plus loin : « Le
prince d'Orange, qui de son côté avoit.... « (*Édition de M. de Barthélemy.*)

5. On sait que Guillaume d'Orange n'eut pas la patience d'attendre que la couronne d'Angleterre lui revînt de droit, et qu'il en
déposséda son beau-père, Jacques II, en 1688.

dernières campagnes, et[1] il s'appliquoit à se rendre aussi absolu dans les autres provinces de cet État qu'il le croyoit être dans la Zélande[2] ; mais il s'aperçut bientôt qu'il devoit prendre d'autres mesures, et une aventure ridicule lui fit mieux connoître[3] l'état où il étoit dans son pays, qu'il ne le voyoit par ses propres lumières. Un crieur public vendoit des meubles à un encan où beaucoup de monde s'assembla ; il mit en vente un atlas, et voyant que personne ne l'enchérissoit, il dit au peuple que ce livre étoit néanmoins plus rare qu'on ne pensoit, et que les cartes en étoient si exactes, que la rivière dont M. le prince d'Orange n'avoit eu aucune connoissance, lorsqu'il perdit la bataille de Cassel[4], y étoit fidèlement marquée. Cette raillerie, qui fut reçue avec un applaudissement universel, a été un des plus puissants motifs[5] qui ont obligé le prince d'Orange à rechercher de nouveau[6] l'alliance de l'Angleterre, pour contenir la Hollande, et pour joindre tant de puissances contre nous. Il semble néanmoins que ceux qui ont desiré ce mariage, et ceux qui y ont été contraires[7], n'ont pas connu leurs intérêts : le grand trésorier d'Angleterre a voulu adoucir le Parlement et se garantir d'en

1. Ici et trois lignes plus bas, avant « et une aventure ridicule, » l'édition de M. de Barthélemy coupe la phrase, pour en commencer une autre.

2. Une des sept Provinces Unies dont se composait alors la Hollande ; les princes d'Orange en étaient gouverneurs.

3. « *Comprendre.* » (*Édition de M. de Barthélemy.*)

4. Le 11 avril 1677, contre l'armée française commandée par Philippe Ier d'Orléans, frère unique de Louis XIV. — *Cassal*, dans l'édition de M. de Barthélemy.

5. Dans ce passage, et dans presque tout le cours de cette longue *Réflexion*, l'auteur semble avoir pris à tâche de chercher et de développer la preuve de ses *maximes* 7 et 57.

6. M. de Barthélemy omet *de nouveau*.

7. M. de Barthélemy donne : « qui y ont été *contraints*, » et omet *ceux*, qui précède ces mots, ce qui fait un double contre-sens.

être attaqué en portant le Roi, son maître, à donner sa nièce au prince d'Orange, et à se déclarer contre la France ; le roi d'Angleterre a cru affermir son autorité dans son royaume par l'appui du prince d'Orange, et il a prétendu engager ses peuples à lui fournir de l'argent pour ses plaisirs, sous prétexte de faire la guerre au roi de France, et de le contraindre à recevoir la paix ; le prince d'Orange a eu dessein de soumettre la Hollande par la protection de l'Angleterre[1] ; la France a appréhendé qu'un mariage si opposé[2] à ses intérêts n'emportât la balance, en joignant l'Angleterre à tous nos ennemis[3]. L'événement a fait voir, en six semaines, la fausseté de tant de raisonnements : ce mariage met une défiance éternelle entre l'Angleterre et la Hollande, et toutes deux le regardent comme un dessein d'opprimer leur liberté ; le parlement d'Angleterre attaque les ministres[4] du Roi, pour attaquer ensuite sa propre personne ; les états de Hollande, lassés de la guerre et jaloux de leur liberté, se repentent d'avoir mis leur autorité entre les mains d'un jeune homme ambitieux, et héritier présomptif de la couronne d'Angleterre ; le roi de France, qui a d'abord regardé ce mariage comme une nouvelle ligue qui se formoit contre lui, a su s'en servir pour diviser ses ennemis, et pour se mettre en état de prendre la Flandre, s'il n'avoit préféré la gloire de faire la paix à la gloire de faire de nouvelles conquêtes[5].

1. « Par la protection d'Angleterre. » (*Édition de M. de Barthélemy.*)
2. « Si *contraire.* » (*Ibidem.*) — 3. « A tous *ses* ennemis. » (*Ibidem.*)
4. « *Attaqua le ministre.* » (*Ibidem.*)
5. Le mariage de Guillaume d'Orange avec la princesse d'York est de 1678, et la paix de Nimègue, dont il est ici question, a été conclue le 10 août de la même année ; or la Rochefoucauld étant mort le 17 mars 1680, après d'assez longues souffrances, il est permis de croire que cet intéressant morceau est un des derniers qu'il ait écrits. — Voyez ci-dessus, p. 274, note 4.

Si le siècle présent[1] n'a pas moins produit d'événements extraordinaires que les siècles passés, on conviendra sans doute qu'il a le malheureux avantage de les surpasser[2] dans l'excès des crimes. La France même[3], qui les a toujours détestés, qui y est opposée par l'humeur de la nation[4], par la religion, et qui est soutenue par les exemples du prince qui règne, se trouve néanmoins aujourd'hui le théâtre où l'on voit paroître tout ce que l'histoire et la fable nous ont dit des crimes de l'antiquité[5]. Les vices sont de tous les temps ; les hommes sont nés avec de l'intérêt, de la cruauté et de la débauche ; mais si des personnes que tout le monde connoît avoient paru dans les premiers siècles, parleroit-on présentement des prostitutions d'Héliogabale, de la foi des Grecs[6], et des poisons et des parricides de Médée[7] ?

XVIII. — DE L'INCONSTANCE[*].

Je ne prétends pas justifier ici l'inconstance[8] en général, et moins encore celle qui vient de la seule légèreté ; mais il n'est pas juste aussi de lui imputer tous les autres chan-

---

1. « *Et* si le siècle présent. » (*Édition de M. de Barthélemy.*)

2. « On *comprendra* sans doute.... de *le* surpasser. » (*Ibidem.*)

3. « *Si* la France même.... » (*Ibidem.*)

4. « Par l'*honneur* de la nation. » (*Ibidem.*)

5. « Le théâtre où l'on voit paroître *plus que* tout ce que l'histoire et la fable *n'en* ont dit des crimes de l'antiquité. » (*Ibidem.*)

6. Il est clair qu'il s'agit de la *mauvaise foi* des Grecs, que le *Timeo Danaos* (*Énéide*, livre II, vers 49) a rendue proverbiale, comme la *foi punique*.

7. Cette fin fait allusion peut-être à la mort suspecte d'Henriette d'Angleterre, mais, à coup sûr, aux poisons de la marquise de Brinvilliers, condamnée et exécutée en 1676.

8. Le mot est répété dans l'édition de M. de Barthélemy : « l'inconstance, *l'inconstance* en général. »

gements de l'amour. Il y a une première fleur d'agrément
et de vivacité dans l'amour, qui passe insensiblement,
comme celle des fruits[1]; ce n'est la faute de personne ;
c'est seulement la faute du temps. Dans les commencements, la figure est aimable ; les sentiments ont du rapport : on cherche de la douceur et du plaisir ; on veut
plaire, parce qu'on nous plaît, et on cherche à faire voir
qu'on sait donner un prix infini à ce qu'on aime ; mais,
dans la suite, on ne sent plus ce qu'on croyoit sentir toujours : le feu n'y est plus ; le mérite de la nouveauté
s'efface ; la beauté, qui a tant de part à l'amour, ou diminue, ou ne fait plus la même impression[2]; le nom d'amour
se conserve, mais on ne se retrouve plus les mêmes personnes, ni les mêmes sentiments ; on suit encore ses
engagements, par honneur, par accoutumance[3], et pour[4]
n'être pas assez assuré de son propre changement.

Quelles personnes auroient commencé de s'aimer, si
elles s'étoient vues d'abord comme on se voit dans la
suite des années[5]? Mais quelles personnes aussi se pourroient séparer, si elles se revoyoient comme on s'est vu la
première fois? L'orgueil, qui est presque toujours le
maître de nos goûts, et qui ne se rassasie jamais, seroit
flatté sans cesse par quelque nouveau plaisir ; mais[6] la
constance perdroit son mérite, elle n'auroit plus de part
à une si agréable liaison ; les faveurs présentes auroient
la même grâce que les faveurs premières, et le souvenir

---

1. « Comme celle *du fruit.* » (*Édition de M. de Barthélemy.*) —
Voyez les *maximes* 274, 577, et la 9ᵉ des *Réflexions diverses.*

2. « La beauté.... *est diminuée ; on* ne fait plus la même impression. » (*Édition de M. de Barthélemy.*)

3. Rapprochez de la *maxime* 351.

4. *Pour* dans le sens de *parce que* (parce qu'on n'est *pas assez
assuré....*).

5. Voyez la *maxime* 71.

6. Cette conjonction manque dans le texte de M. de Barthélemy.

n'y mettroit point de différence ; l'inconstance seroit
même inconnue, et on s'aimeroit toujours avec le même
plaisir, parce qu'on auroit toujours les mêmes sujets de
s'aimer. Les changements qui arrivent dans l'amitié ont
à peu près des causes pareilles à ceux qui arrivent dans
l'amour[1] ; leurs règles ont beaucoup de rapport : si l'un
a plus d'enjouement et de plaisir, l'autre doit être plus
égale et plus sévère, et ne pardonner rien[2] ; mais le
temps, qui change l'humeur[3] et les intérêts, les détruit
presque également tous deux. Les hommes sont trop
foibles et trop changeants pour soutenir longtemps le
poids de l'amitié : l'antiquité en a fourni des exemples ;
mais dans le temps où nous vivons, on peut dire qu'il est .
encore moins impossible de trouver un véritable amour
qu'une véritable amitié[4].

XIX. — DE LA RETRAITE[*].

Je m'engagerois à un trop long discours si je rappor-
tois ici, en particulier, toutes les raisons naturelles qui
portent les vieilles gens à se retirer du commerce du
monde : le changement de leur humeur, de leur figure,
et l'affoiblissement des organes, les conduisent insensiblement, comme la plupart des autres animaux, à s'éloigner de la fréquentation de leurs semblables. L'orgueil,
qui est inséparable de l'amour-propre[5], leur tient alors

1. Rapprochez de la *maxime* 179.

2. « Plus *égal*...; *elle* ne *pardonne* rien. » (*Édition de M. de Bar-*
thélemy.) — On a vu que, dans la 2ᵉ des *Réflexions diverses* (note 2
de la page 284), l'auteur est plus indulgent.

3. « *L'honneur*. » (*Édition de M. de Barthélemy*.)

4. C'est la *maxime* 473. Voyez aussi la 19ᵉ des *Réflexions diverses*.

5. Ici, comme presque toujours, l'auteur prend ce mot dans le sens
d'*amour de soi*. Voyez p. 121, note 5.

lieu de raison : ils ne peuvent plus être flattés[1] de plusieurs choses qui flattent les autres ; l'expérience leur a fait connoître le prix de ce que tous les hommes desirent dans la jeunesse, et l'impossibilité d'en jouir plus longtemps ; les diverses voies qui paroissent ouvertes aux jeunes gens pour parvenir aux grandeurs, aux plaisirs, à la réputation et à tout ce qui élève les hommes, leur sont fermées, ou par la fortune, ou par leur conduite[2], ou par l'envie et l'injustice des autres ; le chemin pour y rentrer est trop long et trop pénible, quand on s'est une fois égaré[3] ; les difficultés leur en paroissent insurmontables, et l'âge ne leur permet plus d'y prétendre. Ils deviennent insensibles à l'amitié, non-seulement parce qu'ils n'en ont peut-être jamais trouvé de véritable[4], mais parce qu'ils ont vu mourir un grand nombre de leurs amis qui n'avoient pas encore eu le temps ni les occasions de manquer à l'amitié, et ils se persuadent aisément qu'ils auroient été[5] plus fidèles que ceux qui leur restent. Ils n'ont plus de part aux premiers biens qui ont d'abord[6] rempli leur imagination ; ils n'ont même presque plus de part à la gloire : celle qu'ils ont acquise est déjà flétrie par le temps, et souvent les hommes en perdent plus en vieillissant qu'ils n'en acquièrent. Chaque jour leur ôte une portion d'eux-mêmes ; ils n'ont plus assez de vie pour jouir de ce qu'ils

---

1. « *Il* ne *peut* plus être *flatté.* » (*Édition de M. de Barthélemy.*)

2. « *Et* par leur conduite. » (*Ibidem.*)

3. C'était le cas de la Rochefoucauld lui-même : sa conduite durant la Fronde lui avait fermé le chemin de la faveur ; mais il en fut amplement dédommagé par les grâces nombreuses que son fils obtint du roi Louis XIV.

4. Voyez la *maxime* 473, et la 18ᵉ des *Réflexions diverses.*

5. « *Et ils se persuadent au premier* qu'ils auroient été. » (*Édition de M. de Barthélemy.*)

6. « *Au premier bien* qui ont d'abord. » (*Ibidem.*)

ont, et bien moins encore pour arriver à ce qu'ils desirent ; ils ne voient plus devant eux que des chagrins, des maladies et de l'abaissement ; tout est vu[1], et rien ne peut avoir pour eux la grâce de la nouveauté ; le temps les éloigne imperceptiblement du point de vue d'où il leur convient de voir les objets, et d'où ils doivent être vus. Les plus heureux sont encore soufferts[2], les autres sont méprisés ; le seul bon parti qu'il leur reste, c'est de cacher au monde ce qu'ils ne lui ont peut-être que trop montré. Leur goût, détrompé des desirs inutiles, se tourne alors vers des objets muets et insensibles ; les bâtiments, l'agriculture, l'économie[3], l'étude, toutes ces choses sont soumises à leurs volontés ; ils s'en approchent ou s'en éloignent[4] comme il leur plaît ; ils sont maîtres de leurs desseins et de leurs occupations ; tout ce qu'ils desirent est en leur pouvoir, et s'étant affranchis de la dépendance du monde, ils font tout dépendre d'eux. Les plus sages savent employer à leur salut le temps qu'il leur reste[5], et n'ayant qu'une si petite part à cette vie, ils se rendent dignes d'une meilleure. Les autres n'ont au moins qu'eux-mêmes pour témoins de leur misère ; leurs propres infirmités les amusent[6] ; le moindre relâche leur tient lieu de bonheur ; la nature, défaillante, et plus sage qu'eux, leur ôte souvent la peine de desirer ; enfin ils oublient le monde, qui est si disposé à les oublier ; leur vanité même est consolée par leur retraite, et avec beau-

---

1. « Tout est *vieux*. » (*Édition de M. de Barthélemy.*)

2. « Les plus heureux *ont* encore *souffert*. » (*Ibidem.*) — Voyez, plus haut, la 15ᵉ des *Réflexions diverses*.

3. *Économie*, administration d'une maison, d'une fortune.

4. « Ils s'en approchent *et* s'en éloignent. » (*Édition de M. de Barthélemy.*)

5. « Le temps *qui* leur reste. (*Ibidem.*)

6. *Les amusent*, c'est-à-dire, les occupent. Voyez le *Lexique*.

coup d'ennuis, d'incertitudes et de foiblesses[1], tantôt par
piété, tantôt par raison, et le plus souvent par accoû-
tumance[2], ils soutiennent le poids d'une vie insipide et
languissante.

1. « D'*incertitude* et de *foiblesse.* » (*Édition de M. de Barthélemy.*)
2. Rapprochez de la *maxime* 109.

APPENDICE

APPENDICE.

I°

DISCOURS SUR LES RÉFLEXIONS

ou

SENTENCES ET MAXIMES MORALES.

NOTICE.

Ce *Discours* [1], placé en tête de la première édition des *Maximes* (1665), et supprimé dès la seconde (1666), a été attribué jusqu'ici à Segrais, mais nous croyons pouvoir établir que c'est sans fondement. M. Boutron-Charlard, dont le riche cabinet est libéralement ouvert à tous les gens d'étude, possède un exemplaire de la première édition des *Maximes*, lequel a appartenu à Walckenaer. Sur le feuillet de garde on trouve, de la main même du savant biographe, une note dont nous extrayons ce qui concerne le discours dont il s'agit :

« Dans la *Promenade de Saint-Cloud* (par Gabriel Gueret), composée, je crois, vers 1669 [2] (*Mémoires de Brueys*, 1751, in-12, tome II, p. 225), un des interlocuteurs dit : « Plût à Dieu que cette envie prît à la Chapelle, ou à « quelque auteur de sa force ! » A quoi l'autre (*Cléante*) répond : « Si je ne « me trompe, il y a deux beaux esprits de ce même nom ; mais je ne pense « pas que vous entendiez parler de l'auteur de la préface des *Maximes* de « M. D. L. R. (*M. de la Rochefoucauld*), car il me semble que celui-là n'est « pas encore assez connu dans le monde, et que même cette préface n'est pas

---

1. Ou cette *Lettre*, comme l'appellent la Rochefoucauld (voyez la préface de la première édition, ci-dessus, p. 26), et l'auteur lui-même (à la fin de ce *Discours*). Le tour d'ailleurs et la forme du morceau, surtout au commencement et à la fin, sont bien d'une lettre.

2. A la fin de sa note, dont nous ne donnons ici qu'une partie, Walckenaer, rencontrant le nom de J. Esprit dans le récit de Gueret, revient ainsi sur cette

« une pièce à donner une grande réputation à sa plume. Je sais bien au
« moins que le libraire[1] s'est imaginé qu'elle portoit malheur à son livre, et je
« me souviens qu'en l'achetant, il me fit remarquer, comme une circonstance
« de la bonté du volume, que la préface n'y étoit plus. » Ainsi, conclut
Walckenaer, le *Discours* sur les *Maximes* de la Rochefoucauld est de la Chapelle, et non de Segrais. »

Peut-être se prononce-t-il un peu trop vite, sur une seule information, qu'il
ne confirme par aucune autre preuve; cependant, si l'on se rappelle que la
mode était de tout attribuer à Segrais, même *Zaïde* et *la Princesse de Clèves*;
si l'on considère qu'on ne retrouve nulle part l'origine de l'attribution qui lui
est faite de ce *Discours*; si l'on remarque que la Rochefoucauld a, en effet,
supprimé assez dédaigneusement cette *apologie*, comme il l'appelle[2], et qu'il
n'eût pas traité avec si peu de façon un homme aussi considérable que
l'était Segrais, un homme qui était d'ailleurs son ami, aussi bien que l'ami de
Mme de la Fayette, et qui ne cessa pas de l'être, même après la suppression
de cette pièce; si l'on remarque en outre que telle était alors la réputation de
cet écrivain, qu'un écrit de sa main ne pouvait être soupçonné de *porter
malheur* à un livre; si l'on remarque enfin que ce morceau, pour n'être pas
sans mérite, est cependant bourré de citations trop pédantes[3], même pour
Segrais, il faut avouer que le témoignage de Gueret mérite déjà quelque considération.

D'un autre côté, en tenant compte des dates, il ne paraît guère possible
que Segrais fût l'auteur du travail dont il est question. Bien que la 1re édition, à laquelle il était destiné, n'ait paru qu'en 1665, l'*Achevé d'imprimer* est
à la date du 27 octobre 1664, et le *Permis* remonte au 14 janvier de la même
année[4]. Il y a donc grande apparence que le *Discours* fut écrit dans la première moitié de l'année 1664; or Segrais partageait alors l'exil de Mademoiselle de Montpensier, en province, à Saint-Fargeau, d'où il ne revint avec elle
que vers la seconde quinzaine de juin[5], alors que l'ouvrage devait être déjà
sous presse. Sans doute, il ne serait pas absolument impossible que, de juin à

---

date : « Les *Maximes* de l'abbé J. Esprit ayant paru en 1669, c'est vers ce
temps que fut composé cet écrit de Gueret. » Il y a là une double erreur. Le
livre de J. Esprit n'a paru qu'en 1678, la même année que l'édition définitive
des *Maximes* de la Rochefoucauld, et que les *Maximes* de Mme de Sablé; puis,
en 1669, l'un des deux la Chapelle, né, comme on le verra plus loin, en 1655,
ne pouvait encore, si précoce qu'on le suppose, mériter, à l'âge de quatorze
ans, le titre de *bel esprit* que Gueret lui décerne.

  1. Claude Barbin.

  2. Voyez, ci-dessus, la 3e note de la page 29 et la 1re note de la page 30.

  3. La plupart de ces citations sont d'ailleurs inexactes, comme on le verra
dans les notes.

  4. Voyez, à la fin de l'édition de 1665, l'*Extrait du privilége du Roi*.

  5. Pour tout ce qui concerne Segrais, on peut consulter une conscien-
cieuse étude sur sa *Vie* et ses *Œuvres*, par M. Bredif, un volume in-8°,
Paris, Auguste Durand, 1863.

octobre, Segrais se fût mis à l'œuvre ; il ne serait pas impossible même qu'il
eût fait le travail avant son départ de Saint-Fargeau ; mais outre que la chose
est peu probable, comment s'expliquer qu'il n'en soit fait mention ni dans les
Mémoires de Mademoiselle de Montpensier, ni dans les *Mémoires* de Segrais
lui-même ? Il faut noter d'ailleurs que la liaison entre Segrais et la Rochefoucauld ne s'établit d'une manière suivie qu'après la seconde rentrée de
Mademoiselle de Montpensier à Paris, c'est-à-dire après juin 1664, et que
cette liaison ne prit le caractère de l'intimité qu'au moment où Segrais, brouillé
avec Mademoiselle, vint habiter chez Mme de la Fayette, au mois de mars 1671.

A ces présomptions contre Segrais, nous ajoutons une preuve en faveur de
la Chapelle. Nous la tirons d'une lettre inédite[1], que l'on trouvera parmi les
autres lettres de notre auteur[2], mais dont nous devons reproduire ici, en les
soulignant, les principaux passages, parce que, à notre avis, ils tranchent la
question.

Le 12 juillet (1666)[3], la Rochefoucauld écrit au P. Rapin[4] : « Ce n'est pas
assez pour moi de tout ce que nous disions hier : il me vient à tous moments des
scrupules, et l'on ne sauroit jamais avoir trop de *délicatesse* pour un ami du
prix de *M. de la Chapelle;* c'est pourquoi, mon très-révérend Père, je vous
supplie très-humblement de vous mettre précisément en ma place, et de vouloir être mon directeur pour *tout ce que je dois* à notre ami, avec autant d'exactitude que vous en avez pour les consciences. *N'ayez, s'il vous plaît, aucun
égard à l'intérêt des* Maximes, *et ne songez qu'à ne me laisser manquer à rien
vers l'homme du monde à qui je veux le moins manquer,* etc., etc. »

Après le témoignage de Gueret, il nous semble que nous avons ici plus
qu'un commencement de preuve, et qu'on peut, sans abuser de l'induction,
commenter ainsi cette lettre : en 1665, ou plutôt en 1664 (voyez à la page
précédente), pour répondre aux nombreuses objections qu'avait déjà soulevées
le livre, même avant la publication[5], la Rochefoucauld accepte la plume de
la Chapelle, offerte par un ami commun, le P. Rapin. Dès la seconde édition

1. Cette lettre, de la main de la Rochefoucauld, fait partie de la belle
collection de M. Chambry, qui a bien voulu m'en donner communication avec
sa bonne grâce habituelle.

2. Au tome II de la présente édition.

3. La date de l'année n'est pas marquée sur l'autographe, mais si la lettre
se rapporte, comme il ne nous paraît pas possible d'en douter, à la suppression
du *Discours*, elle est évidemment de 1666, année de la seconde édition des
Maximes.

4. Rapin (René), jésuite, né à Tours en 1621, mort à Paris le 27 octobre 1687. Il a excellé dans la poésie latine, et son poëme des *Jardins* a passé
longtemps pour un chef-d'œuvre digne du siècle d'Auguste. « Il avoit, dit Moréri,
d'excellentes qualités, un génie heureux, un très-bon sens, une probité exacte,
et un cœur droit et sincère. Il étoit naturellement honnête, et il s'étoit encore
poli dans le commerce des grands, qui l'ont honoré de leur amitié. » Moréri
ajoute qu'*il étoit extrêmement officieux;* nous voyons ici que la Rochefoucauld,
entre autres, avait profité de cette aimable disposition.

5. Voyez, ci-après, les *Jugements des contemporains sur les* Maximes.

(1666), le succès de l'ouvrage assuré, l'auteur des *Maximes* veut se défaire d'une apologie qui lui paraît désormais inutile, et qui n'avait été d'ailleurs qu'assez peu goûtée ; mais, au moment de prendre ce parti, il lui *vient des scrupules*, et il est prêt à sacrifier *l'intérêt* même des *Maximes* plutôt que de *manquer à M. de la Chapelle* et par conséquent, au P. Rapin lui-même. Il semble demander à l'un et à l'autre un consentement, qu'il obtint sans doute, car le morceau a été supprimé dans les quatre éditions suivantes. Il faut croire cependant que la Chapelle tenait à sa pièce d'éloquence, car dès l'édition de 1693, la première qui ait été publiée après la mort de la Rochefoucauld, on voit reparaître le *Discours* en tête des *Maximes*, retouché et abrégé, sans doute par l'auteur lui-même, sur la demande de l'éditeur Barbin.

Mais quel est ce la Chapelle ? Sans compter le joyeux collaborateur de Bachaumont, qu'on appelait souvent *la Chapelle*, il y eut au dix-septième siècle, comme le dit Gueret, deux écrivains de ce nom. Le plus connu ou le moins inconnu des deux, c'est Jean de la Chapelle, qui fut nommé membre de l'Académie française, après l'exclusion de Furetière ; mais il ne saurait être ici question de lui, car né à Bourges en 1655, il n'avait que neuf ans lorsque fut écrit le morceau qui nous occupe [1]. Tout ce qu'on sait de l'autre, le seul que Gueret puisse désigner comme l'auteur du *Discours*, c'est qu'il s'appelait Henri de Bessé ou de Besset, sieur de *la Chapelle*-Milon, et qu'il fut inspecteur des beaux-arts sous Édouard Colbert, marquis de Villacerf, surintendant général des bâtiments du Roi, des arts et des manufactures de France [2]. Des divers ouvrages que ce dernier la Chapelle a dû composer, Moréri, à l'article *Chapelle* (Claude-Emmanuel Luillier), ne mentionne qu'une *Relation des campagnes de Rocroy et de Fribourg* [3].

Dans les observations qui précèdent, nous penserions avoir définitivement restitué le *Discours* à son véritable auteur [4], si nous ne trouvions dans le P. Bonhours le témoignage suivant, qui nous paraît propre à laisser encore quel-

---

1. Voyez, ci-dessus, la note 2 de la page 351.

2. C'est en 1691 que Villacerf succéda dans cette charge à Louvois, qui avait succédé lui-même, en 1683, au grand Colbert.

3. Dans l'article précédent [*Chapelle* (Jean de la)], Moréri intitule à tort cet ouvrage « Histoire *des campagnes de* Nordlingue *et de Fribourg.* » — Réimprimé plusieurs fois, notamment dans le *Recueil de pièces choisies* publié par la Monnoye en 1714 (2 vol. in-12), cet ouvrage a reparu dans la *Collection des petits classiques*, formée par les soins de Ch. Nodier (Paris, Delangle, 1826). Dans sa *Notice*, supposant à tort que la *Relation* avait été publiée au moment même des faits qu'elle raconte (1643 et 1644), Nodier donne de grands éloges à la Chapelle ; il le loue particulièrement d'avoir si bien écrit *dix ou douze ans avant Pascal ;* or la *Relation* n'a paru qu'en 1673 (Paris, in-12), c'est-à-dire quinze ans et plus après les *Provinciales*.

4. Walckenaer n'a pas été seul à exprimer des doutes au sujet du *Discours* attribué à Segrais Sur l'exemplaire de l'édition de 1665 qui est à la Bibliothèque de l'Arsenal, et qui vient du collége des Jésuites, on lit au revers du feuillet de garde, en tête du volume, la note suivante, qu'on nous dit être de la main du génovéfain Barthélemy Mercier, abbé de Saint-Léger, bibliothé-

ques doutes. On lit dans les *Entretiens d'Ariste et d'Eugène* (3ᵉ édition, 1671,
p. 184 et 185) : « Le *Discours* qui a été mis à la tête de ces *Réflexions* est de
la main d'un grand maître, qui sait le monde aussi bien que la langue, et qui
n'a pas moins d'honnêteté que d'esprit. » Ce mot de *grand maître* convient-il
bien à notre la Chapelle? Il s'appliquerait mieux, on ne saurait le nier, à
Segrais, que désignerait assez bien aussi le reste de cette phrase laudative.
Mais, d'un autre côté, on peut se demander si Bouhours lui-même était dans
le secret, et s'il ne parle pas par simple conjecture, ou plutôt sur le bruit
déjà répandu au sujet de ce *Discours;* on peut aussi faire remarquer que les
pompeuses appellations, comme celle de *grand maître*, se décernaient et s'é-
changeaient assez volontiers, même dès le dix-septième siècle, entre les écrivains
du second ou du troisième ordre; que la Chapelle, futur inspecteur des beaux-
arts, était déjà peut-être en crédit; qu'enfin, ami ou protégé d'un illustre jésuite, le P. Rapin, il était naturel qu'il fût bien traité par le P. Bonhours, autre
jésuite. Quoi qu'il en soit, nous donnons cet écrit tel que la Rochefoucauld
l'avait une première fois agréé, c'est-à-dire en nous conformant au texte de
l'édition de 1665. Celle de 1693 en diffère par des modifications assez nombreuses et des retranchements de citations ; nous indiquons ces différences dans
les notes [1].

Monsieur,

Je ne saurois vous dire au vrai si les *Réflexions morales* sont de
M. ***[2], quoiqu'elles soient écrites d'une manière qui semble approcher de la sienne ; mais en ces occasions-là , je me défie presque
toujours de l'opinion publique, et c'est assez qu'elle lui en ait fait'
un présent, pour me donner une juste raison de n'en rien croire.

caire de Sainte-Geneviève : « On seroit assez tenté de croire que le *Discours
sur les* Réflexions est de Segrais, car il abonde en citations latines et ita-
liennes : c'étoit la mode alors; le *Segraisiana* indique que c'étoit aussi le
goût de Segrais. Mais comme on cite ici un peu les saints Pères, j'inclinerois
à croire que ce *Discours* est d'Esprit ou de Gomberville, ou plus probablement encore de Chevreau. »

1. L'édition d'Amsterdam, de 1705, a reproduit ce *Discours*, en suivant, à
quelques variantes près, le texte de 1693, mais en y rétablissant, d'après celui
de 1665, les citations en vers qui, en 1693, avaient été supprimées. Malgré
ces additions, elle conserve, ce dont le sens s'arrange comme il peut, les phrases
que l'édition de 1693 avait substituées aux citations. Le morceau a été réimprimé, conformément (très-peu s'en faut) au texte de 1705, dans le recueil
d'Amelot de la Houssaye (1714, etc.), et dans l'édition collective d'Amelot et
de l'abbé de la Roche (1777). Duplessis le donne également, mais comme
nous, d'après le texte de 1665 ; il ne marque pas les variantes de l'édition
de 1693.

2. L'édition de 1705 donne en toutes lettres : « de Monsieur de la Rochefoucauld; » celle d'Amelot de la Houssaye : « de M*** (le duc de la Rochefoucauld). » — A la quatrième ligne du second alinéa, qui suit, ces deux éditions
se contentent de l'initiale M***.

Voilà, de bonne foi, tout ce que je puis vous répondre [1] sur la première chose que vous me demandez ; et pour l'autre, si vous n'aviez
bien du pouvoir sur moi, vous n'en auriez guère plus de contente-
ment ; car un homme prévenu, au point que je le suis, d'estime pour cet
ouvrage, n'a pas toute la liberté qu'il faut pour en bien juger [2]. Néanmoins, puisque vous me l'ordonnez, je vous en dirai mon avis, sans
vouloir m'ériger autrement en faiseur de dissertations, et sans y mêler
en aucune façon l'intérêt de celui que l'on croit avoir fait cet écrit [3].

. Il est aisé de voir d'abord qu'il n'étoit pas destiné pour paroître
au jour, mais seulement pour la satisfaction d'une personne qui, à
mon avis, n'aspire pas à la gloire d'être auteur, et si, par hasard [4],
c'étoit M. ***, je puis vous dire que sa réputation est établie dans le
monde par tant de meilleurs titres, qu'il n'auroit pas moins de
chagrin [5] de savoir que ces *Réflexions* sont devenues publiques, qu'il
en eut lorsque les *Mémoires* qu'on lui attribue furent imprimés [6].
Mais vous savez, Monsieur, l'empressement qu'il y a dans le siècle
pour publier toutes les nouveautés, et s'il y a moyen de l'empêcher [7]
quand on le voudroit, surtout celles qui courent sous des noms qui
les rendent recommandables. Il n'y a rien de plus vrai, Monsieur ;
les noms font valoir les choses auprès de ceux qui n'en sauroient
connoître le véritable prix : celui des *Réflexions* [8] est connu de peu
de gens, quoique plusieurs se soient mêlés d'en dire leur avis [9]. Pour
moi, je ne me pique pas d'être assez délicat et assez habile pour en

---

1. Dans l'édition de 1693 : « .... d'une manière qui semble *fort* approcher
de la sienne ; mais *il ne faut pas croire légèrement les bruits qui se répan-
dent dans le monde ; le temps découvrira la vérité. C'est* tout ce que je puis
vous répondre.... »

2. « .... si vous n'aviez bien du pouvoir sur moi, *je ne vous en écrirois pas si
librement mon avis ; car il y a des gens prévenus contre cet ouvrage, et je le
suis peut-être trop en sa faveur.* » (*Édition de* 1693.)

3. « Néanmoins, puisque vous me l'ordonnez, je vous dirai *ce que j'en pense,*
sans vouloir m'ériger en faiseur de dissertations, et *même* sans y mêler en aucune
façon l'intérêt de celui que l'on *soupçonne d'avoir fait cet ouvrage.* » (*Ibidem.*)

4. « .... paroître au jour : *c'est une personne de qualité qui l'a fait, mais
qui n'a écrit que pour soi-même, et qui n'aspire pas à la gloire d'être auteur.
Si, par hasard....* » (*Ibidem.*) — Voyez plus loin, dans les *Jugements des contemporains sur les* Maximes, p. 391-393, l'*Article du Journal des Savants.*

5. « .... je puis vous dire que *son esprit, son rang et son mérite le mettent
fort au-dessus des hommes ordinaires, et* que sa réputation est établie dans le
monde par tant de meilleurs titres, *qu'il n'a pas besoin de composer des livres
pour se faire connoître ; enfin, si c'est lui, je crois* qu'il *n'aura* pas moins de
chagrin.... » (*Édition de* 1693.)

6. Voyez, au tome II, la *Notice* des *Mémoires.*

7. « ....l'empressement qu'il y a, *dans le temps où nous sommes, à* publier
toutes les nouveautés, et s'il *est possible* de l'empêcher. » (*Édition de* 1693.)

8. L'édition de 1693 ajoute ici : « *dont il s'agit.* »

9. Voyez plus loin les *Jugements des contemporains sur les* Maximes.

bien juger; je dis habile et délicat[1], parce que je tiens qu'il faut être pour cela l'un et l'autre; et quand je me pourrois flatter de l'être, je m'imagine que j'y trouverois peu de choses à changer. J'y rencontre partout de la force et de la pénétration[2], des pensées élevées[3] et hardies, le tour de l'expression noble, et accompagné d'un certain air de qualité, qui n'appartient pas[4] à tous ceux qui se mêlent d'écrire. Je demeure d'accord qu'on n'y trouvera pas tout l'ordre ni tout l'art que l'on y pourroit souhaiter, et qu'un savant qui auroit un plus grand loisir[5] y auroit pu mettre plus d'arrangement; mais un homme qui n'écrit que pour soi et pour délasser son esprit, qui écrit les choses à mesure qu'elles lui viennent dans la pensée, n'affecte pas tant de suivre les règles que celui qui écrit de profession, qui s'en fait une affaire[6], et qui songe à s'en faire honneur. Ce désordre néanmoins a ses grâces[7], et des grâces que l'art ne peut imiter. Je ne sais pas si vous êtes de mon goût, mais quand les savants[8] m'en devroient vouloir du mal, je ne puis m'empêcher de dire que je préférerai toute ma vie la manière d'écrire négligée d'un courtisan qui a de l'esprit à la régularité gênée d'un docteur qui n'a jamais rien vu que ses livres. « Plus ce qu'il dit et ce qu'il écrit paroît aisé, et dans un certain air d'un homme qui se néglige[9], plus cette négligence, qui cache l'art sous une expression simple et naturelle[10], lui donne d'agrément. » C'est de Tacite que je tiens ceci; je vous mets à la marge (*voyez au bas de la page*)[11] le passage latin, que vous lirez si

1. « .... et assez habile pour en *faire la critique et pour y remarquer des défauts;* je dis habile et délicat. » (*Édition de* 1693.)

2. « .... que j'y trouverois peu de choses à *augmenter ou à diminuer. En effet, il y a partout de la force et de la pénétration.* » (*Ibidem.*)

3. Dans les impressions de 1665 B, C et D : « des pensées *relevées.* »

4. « .... *un tour d'expression noble et grand,* accompagné d'un certain air de qualité *à dire les choses, qui ne s'acquiert point par l'étude, et* qui n'appartient pas.... » (*Édition de* 1693.) — Voyez, plus loin, les *Pensées de Mme de Schomberg,* etc.

5. « .... tout l'ordre ni *toute la justesse* que l'on pourroit *souhaiter dans un ouvrage d'une longue méditation,* et qu'un savant qui *jouiroit d'un* grand loisir.... » (*Édition de* 1693.)

6. L'édition de 1693 n'a pas ce membre de phrase.

7. « Ce désordre, *tel qu'il est,* a ses grâces. » (*Édition de* 1693.)

8. « .... les *doctes écrivains.* » (*Ibidem.*) — Ces mots : *les doctes écrivains, les savants,* et plus loin *docteur,* sont-ils bien d'un auteur de profession et accrédité comme Segrais, qui n'avait pas d'ailleurs, que je sache, l'habitude de s'excuser d'écrire? Ne conviennent-ils pas mieux à la Chapelle, moitié écrivain, moitié homme du monde, ou du moins ayant la prétention de l'être? On pourrait faire la même observation sur maint autre mot ou passage de ce *Discours.*

9. « .... paroît *éloigné de toute affectation,* et dans un certain air *simple* d'un homme qui se néglige. » (*Édition de* 1693.)

10. « .... sous une expression *facile* et naturelle. » (*Ibidem.*)

11. *Dicta factaque ejus, quanto solutiora et quamdam sui negligentiam*

vous en avez envie, et j'en userai de même de tous ceux dont je me souviendrai [1], n'étant pas assuré si vous aimez cette langue, qui n'entre guère dans le commmerce du grand monde [2], quoique je sache que vous l'entendez parfaitement.

N'est-il pas vrai, Monsieur, que cette justesse [3], recherchée avec trop d'étude, a toujours un que je ne sais quoi de contraint qui donne du dégoût, et qu'on ne trouve jamais [4] dans les ouvrages de ces gens esclaves des règles ces beautés où l'art se déguise sous les apparences du naturel, ce don d'écrire facilement et noblement [5], enfin ce que le Tasse a dit du palais d'Armide ?

> *Stimi (si misto il culto è col negletto),*
> *Sol naturali gli ornamenti e i siti.*
> *Di natura arte par, che per diletto*
> *L'imitatrice sua scherzando imiti* [6].

Voilà comme un poëte françois l'a pensé après lui :

> L'artifice n'a point de part
> Dans cette admirable structure ;

præferentia, tanto gratius in speciem simplicitatis accipiebantur. (Tacite, *Annales*, livre XVI, chapitre xviii.) — Ce texte, ainsi que celui des autres citations latines, est imprimé à la marge dans les éditions de 1665 et de 1693.

1. L'édition de 1693 a supprimé ce membre de phrase : « et j'en userai, etc. »

2. « .... du *beau* monde. » (*Édition de* 1693.)

3. Dans l'édition de 1693, le commencement de ce passage est ainsi développé : « *C'est d'un des plus beaux esprits de l'antiquité dont parle cet auteur : aussi, dans le petit nombre des favoris du Prince, il fut choisi pour être comme l'arbitre de la politesse et des plaisirs de sa cour. Les ouvrages qui nous restent de lui, et qui ne sont que des fragments, font voir combien l'air aisé, naturel, et comme négligé, en·parlant et en écrivant, a de grâces et d'agréments, au lieu que cette jeunesse....* » — Tacite parle de C. Petronius, que plusieurs commentateurs ont identifié, comme le fait cette variante de l'édition de 1693, avec le fameux Titus Petronius Arbiter, auteur du *Satiricon.* Burnouf, dans une note du tome III de sa traduction (p. 559), dit à propos de ce passage des *Annales :* « On peut voir dans l'*Histoire de la littérature romaine*, de Schœll, tome II, et dans celle de Bæhr, § 275 et suivants, les diverses conjectures des savants. Ceux qui soutiennent l'identité ont pour eux les mots de Tacite : *elegantiæ arbiter*, s'il est vrai que Pétrone ait dû son surnom à ce qu'il était chez le Prince l'arbitre des plaisirs et du goût »

4. « .... a toujours *je ne sais quoi* de contraint, de froid, de sec, de languissant, et qu'on ne trouve jamais.... » (*Édition de* 1693.)

5. « .... ces beautés *vives, fortes, sublimes,* ce don d'écrire facilement et noblement. » (*Ibidem.*) — L'édition de 1693 arrête la phrase à *noblement,* supprime les deux citations qui suivent, et passe à : « Voilà ce que je pense de l'ouvrage.... »

6. Ces vers, pour lesquels l'édition de 1665 nous renvoie, en marge, au XVIIe chant de *la Jérusalem délivrée*, se trouvent au chant XVI de ce poëme, strophe x, dans la description des jardins d'Armide. Le vrai texte du second vers :

> *Sol naturali e gli ornamenti e i siti.*

> La nature, en formant tous les traits au hasard,
> Sait si bien imiter la justesse de l'art,
>   Que l'œil, trompé d'une douce imposture,
> Croit que c'est l'art qui suit l'ordre de la nature[1].

Voilà ce que je pense de l'ouvrage en général ; mais je vois bien
que ce n'est pas assez pour vous satisfaire, et que vous voulez que
je réponde plus précisément aux difficultés que vous me dites[2] que
l'on vous a faites. Il me semble que la première est celle-ci : *que les
Réflexions détruisent toutes les vertus*. On peut dire à cela que l'intention de celui qui les a écrites paroît[3] fort éloignée de les vouloir
détruire : il prétend seulement faire voir qu'il n'y en a presque point
de pures dans le monde, et que, dans la plupart de nos actions, il y
a un mélange d'erreur et de vérité, de perfection et d'imperfection,
de vice et de vertu ; il regarde le cœur de l'homme corrompu, attaqué
de l'orgueil et de l'amour-propre[4], et environné de mauvais exemples, comme le commandant d'une ville assiégée[5] à qui l'argent a
manqué : il fait de la monnoie de cuir et de carton ; cette monnoie a
la figure de la bonne, on la débite pour le même prix, mais ce n'est
que la misère et le besoin qui lui donnent cours parmi les assiégés.
De même, la plupart des actions des hommes que le monde prend
pour des vertus n'en ont bien souvent que l'image et la ressemblance ; elles ne laissent pas néanmoins d'avoir leur mérite et d'être
dignes, en quelque sorte, de notre estime, étant très-difficile d'en
avoir humainement de meilleures[6]. Mais quand il seroit vrai qu'il
croiroit qu'il n'y en auroit aucune de véritable[7] dans l'homme, en
le considérant dans un état purement naturel[8], il ne seroit pas le

---

1. Nous avons vainement cherché l'auteur de ces vers assez bien tournés, et
qui rendent assez exactement la pensée, sinon les mots du Tasse. Seraient-ils
de l'auteur même du *Discours?* On pourrait le croire, s'ils n'étaient supprimés dans l'édition de 1693. En tout cas, voici la traduction littérale du passage italien : « Vous diriez, tant la recherche se mêle à un certain air négligé,
que les ornements et les points de vue sont tout à fait naturels. C'est comme un
art de la nature que son imitatrice a reproduit en se jouant. »

2. L'édition de 1693 retranche *que vous me dites*.

3. « .... que l'intention de *l'auteur* paroît.... » (*Édition de* 1693.)

4. « .... attaqué de l'orgueil, *séduit par l'amour-propre*.... » (*Ibidem*.).

5. On lit à la marge des éditions de 1665 et de 1693 : *Epictet. apud Arria-
num*, c'est-à-dire : « Épictète dans les dissertations d'Arrien. » Nous n'y avons
pas trouvé cette comparaison.

6. « ....étant très-difficile, *selon l'homme*, d'en avoir de meilleures. » (*Édition de* 1693.)

7. « Mais quand il seroit vrai que *l'auteur des Réflexions* croiroit qu'il n'y
auroit aucune *vertu* véritable.... » (*Ibidem*.) — Pour ajouter par avance un
poids, assez léger peut-être, à la conjecture exprimée dans la note *a* de la
page 366, nous ferons remarquer que cette accumulation de verbes au conditionnel est fort usitée en Touraine.

8. L'édition de Duplessis a omis ce membre de phrase.

premier qui auroit eu cette opinion [1]. Si je ne craignois pas de m'ériger trop en docteur, je vous citerois bien des auteurs [2], et même des Pères de l'Église [3] et de grands saints, qui ont pensé que l'amour-propre et l'orgueil étoient l'âme des plus belles actions des païens ; je vous ferois voir que quelques-uns d'entre eux n'ont pas même pardonné à la chasteté de Lucrèce [4], que tout le monde avoit crue vertueuse [5], jusqu'à ce qu'ils eussent découvert la fausseté de cette vertu, qui avoit produit la liberté de Rome [6], et [7] qui s'étoit attiré l'admiration de tant de siècles. Pensez-vous, Monsieur, que Sénèque, qui faisoit aller son sage de pair avec les Dieux [8], fût véritablement sage lui-même, et qu'il fût bien persuadé de ce qu'il vouloit persuader aux autres ? Son orgueil n'a pu l'empêcher de dire quelquefois *qu'on n'avoit point vu dans le monde d'exemple de l'idée qu'il proposoit, qu'il étoit impossible de trouver une vertu si achevée parmi les hommes, et que le plus parfait d'entre eux étoit celui qui avoit le moins de défauts* [9]. Il demeure d'accord que *l'on peut reprocher à Socrate d'avoir eu quel-*

1. L'édition de 1693 donne, sous la forme interrogative : « seroit-*il* le premier qui auroit eu cette opinion ? »

2. « ....de *faire ici le* docteur, je vous citerois des auteurs *graves.* » (*Édition de 1693.*) — A propos de *faire ici le docteur*, voyez la note 8 de la page 357.

3. On l'a vu plus haut, p. 27 (*Préface la 1re édition*), la Rochefoucauld se réclamait également des Pères de l'Église.

4. « ....n'ont pas même *excepté de ce nombre* la chasteté de Lucrèce. » (*Édition de 1693.*)

5. « ....avoit crue *véritablement* vertueuse. » (*Ibidem.*) — Il y a cru, sans accord, dans les éditions de 1665 et de 1693, conformément au principe établi par le P. Bouhours dans ses *Remarques nouvelles* (p. 520, 2e édition), à savoir que, quand on ajoute quelque chose après le participe, il « redevient indéclinable, étant suffisamment soutenu par ce qui suit. »

6. Voyez l'opinion de saint Augustin sur ce célèbre suicide, au chapitre xix de *la Cité de Dieu* : il ne voit en Lucrèce qu' « une femme trop avide de gloire, » *mulier laudis avida nimium.* — Aux yeux de Saint-Évremond, qui n'était ni un *grand saint* ni un *Père de l'Église*, c'est « une prude farouche à elle-même, qui ne peut se pardonner le crime d'un autre. » (*Réflexions sur les divers génies du peuple romain*, chapitre 1.)

7. L'édition de 1693 supprime les mots : « qui avoit produit la liberté de Rome, et. » Celles de 1705 et d'Amelot de la Houssaye les maintiennent.

8. *Jovem plus non posse quam bonum virum.... Deus non vincit sapientem felicitate, etiam si vincit ætate.* « Jupiter n'a pas plus de puissance que l'homme de bien.... Dieu ne l'emporte pas sur le sage en félicité, bien qu'il l'emporte en durée. » (Sénèque, *épître* lxxiii.) — Les éditions de 1665 et de 1693 marquent, par erreur, *épître* lxxxiii, au lieu de *épître* lxxiii. — Voyez plus loin, p. 382.

9. *Ubi enim istum invenies quem tot sæculis quærimus* (sapientem) ? *Pro optimo est minime malus.* « Où trouverez-vous ce *sage* que nous cherchons dans tant de siècles ? Le meilleur, c'est le moins imparfait. » (Sénèque, *de la Tranquillité de l'âme*, chapitre vii.) — Meré (*maxime* 9) dit absolument de même : « Tous les hommes sont imparfaits, et le plus accompli, c'est celui qui a le moins de défaut (*sic*). »

*ques amitiés suspectes ; à Platon et Aristote, d'avoir été avares ; à
Épicure, prodigue* [1] *et voluptueux ; mais il s'écrie en même temps que
nous serions trop heureux* [2] *d'être parvenus à savoir imiter leurs vices* [3].
Ce philosophe auroit eu raison d'en dire autant des siens ; car on ne
seroit pas trop malheureux de pouvoir jouir, comme il a fait, de
toute sorte de biens, d'honneurs et de plaisirs, en affectant de les mépriser ; de se voir le maître de l'Empire et de l'Empereur, et l'amant
de l'Impératrice en même temps ; d'avoir de superbes palais, des
jardins délicieux, et de prêcher [4], aussi à son aise qu'il faisoit, la
modération et la pauvreté, au milieu de l'abondance et des richesses [5].
Pensez-vous, Monsieur, que ce stoïcien, qui contrefaisoit si bien [6] le
maître de ses passions, eut d'autres vertus [7] que celle de bien cacher ses vices, et qu'en se faisant couper les veines, il ne se repentit
pas plus d'une fois d'avoir laissé à son disciple le pouvoir de le faire
mourir [8] ? Regardez un peu de près ce faux brave : vous verrez qu'en
faisant de beaux raisonnements sur l'immortalité de l'âme, il cherche
à s'étourdir sur la crainte de la mort ; il ramasse toutes ses forces
pour faire bonne mine [9] ; il se mord la langue de peur de dire que

1. « ....à Épicure, *qu'il étoit* prodigue.... » (*Édition de 1693.*) — *Objicite
Platoni quod petierit pecuniam, Aristoteli quod acceperit, Epicuro quod
consumpserit ;* Socrati *Alcibiadem et Phædrum objectate.* « Reprochez à
Platon d'avoir demandé de l'argent, à Aristote d'en avoir reçu, à Épicure de
l'avoir dépensé en prodigue ; reprochez à *Socrate* son Alcibiade et son Phèdre. »
Sénèque, *de la Vie heureuse,* chapitre xxvii.) Dans le texte de Sénèque, il
y a *mihi ipsi,* au lieu de *Socrati :* c'est Socrate qui parle.

2. « .... que nous serions heureux. » (*Édition de 1693.*)

3. *O vos usu maxime felices, quum primum vobis imitari vitia nostra con-
tigerit !* « Oh ! que dans la pratique vous seriez encore trop heureux de
pouvoir seulement imiter nos vices ! » (Sénèque, *de la Vie heureuse,* chapitre xxvii ; c'est la suite immédiate de la citation précédente.)

4. « .... d'honneurs, de plaisirs, en affectant de les mépriser. *Il est doux
de moraliser, et de se voir en même temps le maître de l'Empire et de l'Empereur, et l'amant favori de l'Impératrice : d'avoir de superbes palais, des
jardins délicieux, de prêcher enfin....* » (*Édition de 1693.*)

5. L'édition de 1693 ajoute ici : « *Il l'avoue lui-même, en parlant à Néron,
à qui ses trésors et sa grandeur commençoient à donner de l'ombrage, et il
s'embarrasse de telle sorte dans ses excuses, que cet empereur ne peut s'empêcher de s'en moquer dans la réponse qu'il lui fait.* » (Voyez Tacite, *Annales,*
livre XIV, chapitre liii-lvi.)

6. « ....qui contrefaisoit ainsi. » (*Édition de 1693.*)

7. « .... d'autre vertu. » (*Ibidem.*)

8. *Senecam adoriuntur, tanquam ingentes et privatum supra modum evectas
opes adhuc augeret, quodque studia civium in se verteret, hortorum quoque
amœnitate et villarum magnificentia quasi principem supergrederetur.* « Ils
accusent Sénèque d'entasser sans cesse des trésors au-dessus de la condition
d'un particulier, d'attirer à soi la faveur publique, et de vouloir, en quelque
sorte, surpasser le Prince par la beauté de ses jardins et la magnificence de ses
villas. » (Tacite, *Annales,* livre XIV, chapitre lii.)

9. Rapprochez des *maximes* 22, 46 et 504.

la douleur est un mal; il prétend que la raison peut rendre l'homme
impassible[1], et au lieu d'abaisser son orgueil, il le relève au-dessus
de la divinité. Il nous auroit bien plus obligés de nous avouer franchement les foiblesses et la corruption du cœur humain, que de
prendre tant de peine à nous tromper. L'auteur des *Réflexions* n'en
fait pas de même : il expose au jour toutes les misères de l'homme,
mais c'est de l'homme abandonné à sa conduite qu'il parle, et non
pas du chrétien; il fait voir que, malgré tous les efforts de sa raison[2], l'orgueil et l'amour-propre ne laissent pas de se cacher dans les
replis de son cœur[3], d'y vivre et d'y conserver assez de force pour
répandre leur venin, sans qu'il s'en aperçoive[4], dans la plupart de
ses mouvements.

La seconde difficulté que l'on vous a faite, et qui a beaucoup de
rapport à la première, est *que les* Réflexions *passent dans le monde
pour des subtibilités d'un censeur qui prend en mauvaise part les actions
les plus indifférentes*[5], *plutôt que pour des vérités solides.* Vous me
dites que quelques-uns de vos amis vous ont assuré de bonne foi
qu'ils savoient, par leur propre expérience, que l'on fait quelquefois
le bien sans avoir d'autre vue que celle du bien, et souvent même
sans en avoir aucune, ni pour le bien, ni pour le mal, mais par une
droiture naturelle du cœur qui le porte[6], sans y penser, vers ce qui
est bon. Je voudrois qu'il me fût permis de croire ces gens-là sur
eur parole, et qu'il fût vrai que la nature humaine n'eût que des
mouvements raisonnables, et que toutes nos actions fussent naturellement vertueuses[7]; mais, Monsieur, comment accorderons-nous le
témoignage de vos amis avec les sentiments des mêmes[8] Pères de
l'Église, qui ont assuré *que toutes nos vertus, sans le secours de la foi.*

1. (Poteram respondere quod Epicurus ait :) *sapientem, si in Phalaridis tauro
peruratur, exclamaturum : « Dulce est, et ad me nihil attinet. »* « (*Je pourrais
répondre ce que dit Épicure :*) Le sage, s'il est brûlé dans le taureau de Phala-
ris, s'écriera : « Je suis bien, cela ne me touche point. » (Sénèque, *épître* LXVI.)
— On lit à la marge, dans les éditions de 1665 et de 1693, cette exclamation
d'Épicure, et à la suite : *Epic. apud Senec.* Dans son édition, Duplessis a cru
à tort que la première abréviation signifiait *Épictète.*

2. « ...qu'il parle, et non pas *de l'homme éclairé par les lumières du christianisme, et soutenu de la grâce de Dieu; il fait voir que, malgré les efforts de
la raison....* » (*Édition de* 1693.) — Rapprochez de la *Préface* de la 5ᵉ édition, ci-dessus, p. 30.

3. « ....dans les replis *du cœur humain.* » (*Édition de* 1693.)

4. Le texte de 1693 n'a pas cette incise.

5. L'édition de 1693 termine la phrase à *indifférentes.*

6. « ...qui *se porte,* » dans l'impression de 1665 C.

7. « ....sur leur parole, qu'il fût vrai que la nature humaine *eût par elle-
même des* mouvements *parfaits,* et que toutes nos *inclinations* fussent naturellement vertueuses. » (*Édition de* 1693.)

8. L'édition de 1693 supprime ici le mot *mêmes,* et le met ensuite après
vertus : « *que toutes nos vertus* même. »

n'étoient que des imperfections[1] *; que notre volonté étoit née aveugle ; que ses desirs étoient aveugles*[2], *sa conduite encore plus aveugle*[3], *et qu'il ne falloit pas s'étonner si, parmi tant d'aveuglement, l'homme étoit dans un égarement continuel*[4] ? Ils en ont parlé encore plus fortement[5], car ils ont dit qu'en cet état, *la prudence de l'homme ne pénétroit dans l'avenir et n'ordonnoit rien que par rapport à l'orgueil ; que sa tempérance ne modéroit aucun excès que celui que l'orgueil avoit condamné ; que sa constance ne se soutenoit dans les malheurs qu'autant qu'elle étoit soutenue par l'orgueil*[6] *; et enfin que toutes ses vertus, avec cet éclat extérieur de mérite qui les faisoit admirer, n'avoient pour but que cette admiration, l'amour d'une vaine gloire et l'intérêt de l'orgueil*[7]. On trouveroit un nombre presque infini d'autorités sur cette opinion ; mais si je m'engageois à vous les citer régulièrement, j'en aurois un peu plus de peine, et vous n'en auriez pas plus de plaisir[8]. Je pense donc que le meilleur, pour vous et pour moi, sera de vous en faire voir l'abrégé dans six vers d'un excellent poëte de notre temps :

> Si le jour de la foi n'éclaire la raison,
> Notre goût dépravé tourne tout en poison ;
> Toujours de notre orgueil la subtile imposture
> Au bien qu'il semble aimer fait changer de nature ;

1. « .... sans le secours de la *grâce*, n'étoient que des *vices déguisés*. » (*Édition de* 1693.) — Voyez la *maxime-épigraphe*.

2. L'édition de 1693 n'a pas ce membre de phrase.

3. « .... *que sa conduite étoit* encore plus aveugle. » (*Édition de* 1693.)

4. Il serait facile, avec quelques recherches, de retrouver ces diverses propositions à peu près textuellement dans les écrits des Pères, particulièrement dans ceux de saint Augustin. Voici de ce dernier quelques passages qui contiennent les idées principales ici exprimées et d'où les autres découlent : *Nemo bene operatur, nisi fides præcesserit.* (Saint Augustin, *Sermons au peuple*, VIII, § 11.) « Personne ne fait le bien, à moins que la foi n'ait précédé. » — *Totus mundus cæcus est.... Omnes cæcos nasci fecit, qui primum hominem decepit.* (*Ibidem,* CXXXV, § 1.) « Tout le monde est aveugle.... Celui qui a trompé le premier homme a fait que tous naissent aveugles. » — *Ubi deest agnitio æternæ et incommutabilis veritatis, falsa virtus est, etiam in optimis moribus.* (*Œuvres de saint Augustin*, tome X, colonne 2574, D, édition des Bénédictins.) « Où manque la connaissance de l'éternelle et immuable vérité, toute vertu est fausse, même avec les meilleures mœurs. » — *Quicumque philosophorum Christum, Dei virtutem et Dei sapientiam, nescierunt, hi nullam veram virtutem, nec ullam veram sapientiam habere potuerunt.* (*Ibidem,* colonne 2389, D.) « Tous les philosophes qui ont ignoré le Christ, la vraie vertu de Dieu, la vraie sagesse de Dieu, n'ont pu avoir aucune vraie vertu, aucune vraie sagesse. »

5. « Ils en ont parlé *ailleurs* plus fortement. » (*Édition de* 1693.)

6. Rapprochez de la *maxime* 24.

7. « .... que cette admiration, *que* l'amour d'une vaine gloire, et *que des sentiments* d'orgueil. » (*Édition de* 1693.)

8. « .... mais si je *les voulois* citer régulièrement, je *m'engagerois* peut-être à *des choses qui ne seroient pas de votre goût*. » (*Ibidem.*)

> Et dans le propre amour dont l'homme est revêtu,
> Il se rend criminel, même par sa vertu.
>
> (Brébeuf, Entretiens solitaires[1].)

S'il faut néanmoins demeurer d'accord que vos amis ont le don de cette foi vive qui redresse toutes les mauvaises inclinations de l'amour-propre, si Dieu leur fait des grâces extraordinaires, s'il les sanctifie dès ce monde, je souscris de bon cœur à leur canonisation[2], et je leur déclare que les *Réflexions morales* ne les regardent point. Il n'y a pas apparence que[3] celui qui les a écrites en veuille[4] à la vertu des saints; il ne s'adresse, comme je vous ai dit, qu'à l'homme corrompu : il soutient qu'il fait presque toujours du mal quand son amour-propre le flatte qu'il fait le bien[5], et qu'il se trompe souvent lorsqu'il veut juger de lui-même[6], parce que la nature ne se déclare pas en lui sincèrement des motifs qui le font agir. Dans cet état malheureux[7], ou l'orgueil est l'âme de tous ses mouvements, les saints mêmes sont les premiers à lui déclarer la guerre, et le traitent plus mal, sans comparaison, que ne fait l'auteur des *Réflexions*[8]. S'il vous prend quelque jour envie de voir les passages que j'ai trouvés dans leurs écrits sur ce sujet[9], vous serez aussi persuadé que je le suis de cette vérité; mais je vous supplie de vous contenter à présent de ces vers, qui vous expliqueront une partie de ce qu'ils en ont pensé :

> Le desir des honneurs, des biens et des délices,
> Produit seul ses vertus, comme il produit ses vices,

1. Nous reproduisons l'indication marginale de l'édition de 1665, mais nous avons inutilement cherché ces vers, ainsi que ceux qui commencent au bas de cette page, dans les *Entretiens solitaires* de Brébeuf. Nous ne les avons trouvés ni dans l'édition originale de 1660, ni dans celles de 1666, de 1669, de 1670. — Voyez plus loin *l'Amour-propre*, ode de la Motte.

2. L'édition de 1693 supprime tout ce passage, depuis : « Je pense donc que le meilleur.... » (14ᵉ ligne de la page précédente), par conséquent la citation de Brébeuf, et donne à la place : *Heureux, et trois fois heureux les hommes doués de cette foi vive et soutenus de cette grâce divine* qui *redressent* toutes les mauvaises inclinations de l'amour-propre! Si Dieu fait à vos amis *ces dons extraordinaires, s'il les sanctifie dès ce monde, je souscris de bon cœur à leur sanctification.* »

3. « ....et je *les assure* que les *Réflexions morales*.... *En effet,* il n'y a pas d'apparence que.... » (*Édition de* 1693.)

4. Dans le texte de 1665 A : *en veule.*

5. « ....comme je vous *l'*ai dit.... qu'il fait presque toujours *mal*.... le flatte qu'il fait *bien.* » (*Édition de* 1693.)

6. « .... de *soi-même.* » (*Ibidem.*)

7. « .... parce que la nature *agit en lui par des ressorts cachés qu'il ne connoît point. En cet état* malheureux.... » (*Ibidem.*)

8. « ....les saints mêmes sont les premiers à *se plaindre de la nature corrompue, et en parlent avec plus de mépris* que ne le fait l'auteur des *Réflexions.* » (*Ibidem.*)

9. Voyez la note 4 de la page précédente.

Et l'aveugle intérêt qui règne dans son cœur
Va d'objet en objet, et d'erreur en erreur ;
Le nombre de ses maux s'accroît par leur remède ;
Au mal qui se guérit un autre mal succède ;
Au gré de ce tyran dont l'empire est caché,
Un péché se détruit par un autre péché.

(Brébeuf, *Entretiens solitaires* [1].)

Montagne [2], que j'ai quelque scrupule de vous citer après des Pères de l'Église, dit assez heureusement [3], sur ce même sujet : *que son âme a deux visages différents ; qu'elle a beau se replier sur elle-même, elle n'aperçoit jamais que celui que l'amour-propre a déguisé* [4], *pendant que l'autre se découvre par ceux qui n'ont point de part à ce déguisement* [5]. Si j'osois enchérir sur une métaphore si hardie, je dirois que l'âme de l'homme corrompu est faite comme ces médailles qui représentent la figure d'un saint et celle d'un démon dans une seule face, et par les mêmes traits : il n'y a que la diverse situation de ceux qui la regardent qui change l'objet ; l'un voit le saint, et l'autre voit le démon. Ces comparaisons nous font assez comprendre que, quand l'amour-propre a séduit le cœur, l'orgueil aveugle tellement la rai-son, et répand tant d'obscurité dans toutes ses connoissances, qu'elle ne peut juger du moindre de nos mouvements, ni former d'elle-même aucun discours assuré pour notre conduite. *Les hommes,* dit Horace, *sont sur la terre comme une troupe de voyageurs que la nuit a surpris en passant dans une forêt : ils marchent sur la foi d'un guide qui les égare aussitôt, ou par malice, ou par ignorance ; chacun d'eux se met en peine de retrouver le chemin ; ils prennent tous diverses routes, et chacun croit suivre la bonne ; plus il le croit, et plus il s'en écarte* [6]. *Mais quoique leurs égarements soient différents, ils n'ont pourtant qu'une même cause :*

1. « .... les passages que j'ai trouvés dans leurs écrits sur ce sujet, vous serez *entièrement persuadé* de cette vérité ; mais *ces passages sont trop longs, et en trop grand nombre, pour les transcrire ici.* » (*Édition de 1693.*) — A la suite sont supprimés les vers que l'édition de 1665 donne pour un second extrait des *Entretiens solitaires* de Brébeuf.

2. Le nom de *Montaigne* est ainsi écrit dans les éditions de 1665 et de 1693, comme il se prononce.

3. « .... dit *à sa manière et* assez heureusement. » (*Édition de 1693.*)

4. « .... que *le visage* que l'amour-propre a déguisé. » (*Ibidem.*)

5. Nous n'avons pas trouvé ce passage dans Montaigne ; mais nous y avons rencontré ces idées analogues (*Essais*, livre II, chapitre I, tome II, p. 7) : « Cette variation et contradiction qui se veoid en nous si souple, a faict que aulcuns nous songent deux ames.... Ie donne à mon ame tantost un visage, tantost un aultre, selon le costé où ie la couche. »

6. « .... d'un guide qui les égare ; *l'un va à droite, l'autre va à gauche ;* ils prennent tous diverses routes...; plus il le croit, *plus il s'en écarte.* » (*Édition de 1693.*)

c'est le guide qui les a trompés, et l'obscurité de la nuit qui les empêche [1]
de se redresser. Peut-on mieux dépeindre l'aveuglement et les inquiétudes de l'homme abandonné à sa propre conduite, qui n'écoute
que les conseils de son orgueil, qui croit aller naturellement droit au
bien, et qui s'imagine toujours que le dernier [2] qu'il recherche est
le meilleur ? N'est-il pas vrai que, dans le temps qu'il se flatte de
faire des actions vertueuses, c'est alors que l'égarement de son cœur
est plus dangereux ? Il y a un si grand nombre de roues qui composent le mouvement de cet horloge [3], et le principe en est si caché,
qu'encore que nous voyions [4] ce que marque la montre, nous ne savons pas quel est le ressort qui conduit l'aiguille sur toutes les heures
du cadran.

La troisième difficulté que j'ai à résoudre est que *beaucoup de per-*
sonnes trouvent de l'obscurité dans le sens et dans l'expression de ces
Réflexions [5]. L'obscurité, comme vous savez, Monsieur, ne vient pas
toujours de la faute de celui qui écrit. Les *Réflexions*, ou si vous

---

1. « .... c'est le guide qui les a trompés, et la nuit qui les empêche.... »
(*Édition de* 1693.) — Voici le texte d'Horace (livre II, *satire* III, vers 48-51) ;
on verra combien le traducteur l'a paraphrasé :

> .... *Velut silvis, ubi passim*
> *Palantes error certo de tramite pellit,*
> *Ille sinistrorsum, hic dextrorsum abit : unus utrique*
> *Error, sed variis illudit partibus....*

2. Dans l'édition de 1693 : « que le dernier *objet.* »
3. « .... le mouvement de *cette machine.* » (*Édition de* 1693.) — Le P. Chi-
flet (*Essay d'une parfaite grammaire*, 5ᵉ édition, 1675, p. 281) range *horloge*
parmi les substantifs masculins à terminaison féminine. Ménage (*Observations*,
2ᵉ édition, 1675, p. 151 et 152) n'est pas du même avis : « Les Normands,
dit-il, le font masculin...; et c'est aussi de ce genre que le font les Gascons
et les Provençaux (a). Il est féminin. » — Richelet (1680) et Furetière (1690)
sont du même avis que Ménage.
4. « .... qu'encore que nous *voyons*, » dans l'édition de 1693 et dans la
contrefaçon de 1665 D.
5. Voyez, plus loin, *Pensées de Mme de Schomberg*, etc., p. 376.

(a) On pourrait ajouter qu'il en était et qu'il en est encore de même dans
plusieurs autres provinces, dans les campagnes surtout, notamment en Lorraine,
en Picardie et en Touraine. Peut-être, si nous ne contestions pas le *Discours*
à Segrais, serait-ce le cas de rappeler qu'il était Normand. Quant à la Chapelle,
était-il de Normandie, de Gascogne, de Provence, de Lorraine, de Picardie ou
de Touraine ? Nous ne pouvons le dire, car nous n'avons aucune indication sur
son lieu de naissance. Nous inclinerions à croire qu'il était de cette dernière province, comme son patron et ami le P. Rapin. Toutefois, nous devons ajouter
que nous avons consulté sur ce point un homme docte en toutes choses, et
particulièrement instruit de tout ce qui concerne la Touraine, M. J. Tasche-
reau, administrateur-directeur de la Bibliothèque impériale; il n'a rien trouvé
dans ses précieux cartons qui eût trait à un la Chapelle écrivain tourangeau.
— Voyez, ci-dessus, la note 7 de la page 359.

voulez, les *Maximes et les Sentences*, comme le monde a nommé[1]
celles-ci, doivent être écrites dans un style serré[2] qui ne permet pas
de donner aux choses toute la clarté qui seroit à desirer ; ce sont les
premiers traits du tableau : les yeux habiles y remarquent bien toute
la finesse de l'art[3] et la beauté de la pensée du peintre ; mais cette
beauté n'est pas faite pour tout le monde, et quoique ces traits ne
soient point remplis de couleurs, ils n'en sont pas moins des coups de
maître. Il faut donc se donner le loisir de pénétrer le sens et la force
des paroles ; il faut que l'esprit parcoure toute l'étendue de leur
signification avant que de se reposer, pour en former le jugement[4].

La quatrième difficulté est, ce me semble, que *les Maximes*[5] *sont
presque partout trop générales ; on vous a dit qu'il est injuste d'étendre
sur tout le genre humain des défauts qui ne se trouvent qu'en quelques
hommes*[6]. Je sais, outre ce que vous me mandez des différents sentiments que vous en avez entendus[7], ce que l'on oppose d'ordinaire à
ceux qui découvrent et qui condamnent les vices : on appelle leur censure le portrait du peintre[8] ; on dit qu'ils sont comme les malades de la
jaunisse, qu'ils voient tout en jaune[9], parce qu'ils le sont eux-mêmes.
Mais s'il étoit vrai que, pour censurer la corruption du cœur en général,
il fallût la ressentir en particulier plus qu'un autre, il faudroit aussi demeurer d'accord que ces philosophes[10], dont Diogène de Laerce[11] nous
rapporte les sentences, étoient les hommes les plus corrompus de leur
siècle ; il faudroit faire le procès à la mémoire de Caton, et croire
que c'étoit le plus méchant homme de la République[12], parce qu'il
censuroit les vices de Rome. Si cela est, Monsieur, je ne pense pas
que l'auteur des *Réflexions*, quel qu'il puisse être, trouve rien à
redire au chagrin de ceux qui le condamneront, quand, à la religion
près, on ne le croira pas plus homme de bien, ni plus sage que Caton.
Je dirai encore, pour ce qui regarde les termes que l'on trouve trop

1. Dans l'édition de 1665 : *nommées*, avec accord irrégulier. — Au sujet du
titre des *Maximes*, voyez, plus haut, la note 2 de la page 25.

2. « .... doivent être *toujours* écrites *d'*un style serré. » (*Édition de* 1693.)

3. « .... y remarquent *aisément* la finesse de l'art. » (*Ibidem.*)

4. « .... avant que *d'*en former le jugement. » (*Ibidem.*)

5. « .... que *ces* Maximes. » (*Ibidem.*)

6. « .... qui ne se trouvent qu'en *quelque homme*, » dans l'impression
de 1665 C.

7. « .... des différents sentiments que *vos amis en ont eus.* » (*Édition de* 1693.)

8. Voyez, plus loin, la *Lettre* de la princesse de Guymené, l'*Article du
Journal des Savants*, et la *Lettre* du chevalier de Meré.

9. « .... qu'ils *font* comme les malades de la jaunisse, qu'ils voient tout
jaune. » (*Édition de* 1693.)

10. « .... que ces *sages de la Grèce.* » (*Ibidem.*)

11. Diogène de *Laerte*, dans ses *Vies des philosophes*.

12. « .... de la république *romaine.* » (*Édition de* 1693.)

généraux, qu'il est difficile de les restreindre dans les sentences, sans leur ôter tout le sel et toute la force ; il me semble, outre cela, que l'usage nous fait voir que, sous des expressions générales, l'esprit ne laisse pas de sous-entendre de lui-même des restrictions. Par exemple, quand on dit : « Tout Paris fut au-devant du Roi ; toute la cour est dans la joie, » ces façons de parler ne signifient néan-moins[1] que la plus grande partie. Si vous croyez que ces raisons ne suffisent pas pour fermer la bouche aux critiques, ajoutons-y que quand on se scandalise si aisément des termes d'une censure géné-rale, c'est à cause qu'elle nous pique trop vivement dans l'endroit le plus sensible du cœur[2].

Néanmoins, il est certain que nous connoissons, vous et moi, bien des gens qui ne se scandalisent pas de celle des *Réflexions*[3], j'entends de ceux qui ont l'hypocrisie en aversion, et qui avouent de bonne foi ce qu'ils sentent en eux-mêmes et ce qu'ils remarquent dans les autres. Mais peu de gens sont capables d'y penser, ou s'en veulent donner la peine, et si, par hasard, ils y pensent, ce n'est jamais sans se flatter. Souvenez-vous, s'il vous plaît, de la manière dont notre ami Guarini[4] traite ces gens-là :

> *Huomo sono, e mi preggio d'esser humano ;*
> *E teco, che sei huomo,*
> *E ch' altro esser non puoi,*
> *Come huomo parlo di cosa humana.*
> *E se di cotal nome forse ti sdegni,*
> *Guarda, garzon superbo,*
> *Che, nel dishumanarti,*
> *Non divenghi una fiera, anzi ch' un dio[5].*

Voilà, Monsieur, comme il faut parler de l'orgueil de la nature

---

1. L'édition de 1693 supprime *néanmoins*.

2. « .... c'est *peut-être* à cause qu'elle nous pique trop vivement *et qu'elle s'adresse trop à nous.* » (*Édition de* 1693.) — Voyez les *maximes* 517 et 524.

3. « .... qui ne se scandalisent pas des *Réflexions.* » (*Édition de* 1693.)

4. Édition de 1705 : « .... de la manière dont *le poëte Guarin.* » — On trouve la même variante dans l'édition d'Amelot de la Houssaye, mais avec *Guarini,* au lieu de *Guarin.* Le texte de 1705 donne ensuite les vers italiens tels qu'ils ont été imprimés en 1665 ; celui d'Amelot les a corrigés, comme nous le faisons nous-même dans la note suivante.

5. On lit à la marge, dans l'édition de 1665, d'abord cette indication : Guarini, *Pastor fido,* act. I, *scena* 1 (vers 208-214) ; puis :

> *Homo sum ; humani nihil a me alienum puto.*
> (Térence, *Heautontimorumenos,* acte I, scène 1, vers 77.)

Nous avons reproduit la citation de Guarini telle qu'elle se lit dans l'édition

humaine ; et au lieu de se fâcher [1] contre le miroir qui nous fait voir nos défauts, au lieu de savoir mauvais gré à ceux qui nous les découvrent, ne vaudroit-il pas mieux nous servir des lumières qu'ils nous donnent pour connoître l'amour-propre et l'orgueil [2], et pour nous garantir des surprises continuelles qu'ils font à notre raison ? Peut-on jamais donner assez d'aversion [3] pour ces deux vices, qui furent les causes funestes de la révolte de notre premier père, ni trop décrier ces sources malheureuses de toutes nos misères [4] ?

Que les autres prennent donc comme ils voudront les *Réflexions morales* : pour moi, je les considère comme peinture [5] ingénieuse de toutes les singeries du faux sage. Il me semble que, dans chaque trait, *l'amour de la vérité lui ôte le masque et le montre tel qu'il est* [6]. Je les regarde [7] comme des leçons d'un maître qui entend parfaitement l'art de connoître les hommes, qui démêle admirablement bien tous les rôles [8] qu'ils jouent dans le monde, et qui, non-seulement nous fait prendre garde aux différents caractères des personnages du

de 1665, et sans changer ni la coupe des vers ni la vieille orthographe. L'auteur du *Discours* citait sans doute de mémoire : au moins n'avons-nous trouvé dans aucune édition, soit ancienne, soit moderne, les variantes qu'il a introduites dans ce passage ; partout ces vers sont donnés de la manière suivante, sans autres différences que celles que le temps a amenées dans l'orthographe :

> *Uomo sono, e mi pregio*
> *D'esser' umano ; e teco, che sei uomo*
> *O che più tosto esser dovresti, parlo*
> *Di cosa umana ; e se di cotal nome*
>   *Forse ti sdegni, guarda*
>   *Che nel disumanarti*
> *Non divenghi una fera, anzi che un dio.*

« Je suis homme, je suis fier de l'être, et je parle d'une chose humaine à toi qui es homme aussi, ou qui plutôt devrais l'être. Que si tu dédaignes un tel titre, prends garde, en reniant l'humanité, de devenir une brute, au lieu d'un dieu. » — L'édition de 1693 supprime la citation de Guarini, et la remplace ainsi par la traduction libre, ou plutôt par l'appropriation au sujet, du vers de Térence : « Souvenez-vous, s'il vous plaît, du mot de Térence : Je suis homme, et je ne prétends pas être exempt des défauts qui sont attachés à la nature humaine. »

1. « Voilà, Monsieur, comme il faut parler ; et au lieu de se fâcher.... » (*Édition de 1693.*)

2. « .... pour connoître *notre* amour-propre et *notre* orgueil. » (*Ibidem.*)

3. « .... assez d'*horreur.* » (*Ibidem.*)

4. « Peut-on trop décrier ces sources malheureuses de toutes *les* misères *du genre humain ?* » (*Ibidem.*)

5. « .... comme *une* peinture. » (*Ibidem.*)

6. Allusion à la planche gravée qui se trouve en tête des quatre premières éditions : voyez, plus loin, la note 6 de la page 380.

7. « Je regarde *enfin ces maximes.* » (*Édition de 1693.*)

8. « .... tous les *personnages.* » (*Ibidem.*)

théâtre, mais encore qui nous fait voir[1], en levant un coin du rideau, que cet amant et ce roi de la comédie sont les mêmes acteurs qui font le docteur et le bouffon dans la farce. Je vous avoue que je n'ai rien lu de notre temps qui m'ait donné plus de mépris pour l'homme, et plus de honte de ma propre vanité. Je pense toujours trouver, à l'ouverture du livre, quelque ressemblance aux mouvements secrets de mon cœur; je me tâte moi-même pour examiner s'il dit vrai, et je trouve qu'il le dit presque toujours, et de moi et des autres, plus qu'on le voudroit[2]. D'abord, j'en ai quelque dépit; je rougis quelquefois de voir qu'il ait deviné[3], mais je sens bien, à force de le lire, que si je n'apprends à devenir plus sage, j'apprends au moins[4] à connoître que je ne le suis pas; j'apprends enfin, par l'opinion qu'il me donne de moi-même, à ne me répandre pas sottement dans l'admiration de toutes ces vertus dont l'éclat nous saute aux yeux[5]. Les hypocrites[6] passent mal leur temps à la lecture d'un livre comme celui-là; défiez-vous donc, Monsieur, de ceux qui vous en diront du mal, et soyez assuré qu'ils n'en disent que parce qu'ils sont au désespoir de voir révéler des mystères qu'ils voudroient pouvoir cacher toute leur vie aux autres et à eux-mêmes[7].

En ne voulant vous faire qu'une lettre[8], je me suis engagé insensiblement à vous écrire un grand discours: appelez-le comme vous voudrez, ou *discours*, ou *lettre*, il ne m'importe[9], pourvu que vous en soyez content, et que[10] vous me fassiez l'honneur de me croire,

Monsieur,

Votre, etc.

1. « .... aux différents caractères des *acteurs qui paroissent sur le* théâtre, mais encore nous fait voir. » (*Édition de* 1693.)

2. « .... plus qu'on ne voudroit, *et souvent plus que je ne l'avois pensé.* » (*Ibidem.*)

3. Voyez la *maxime* 632.

4. « .... j'apprends *du* moins. » (*Édition de* 1693.)

5. « .... dont l'éclat nous *éblouit.* » (*Ibidem.*)

6. Après *hypocrites*, l'édition de 1693 ajoute: *il est vrai.*

7. Voyez les *maximes* 517 et 524.

8. Voyez ci-dessus, p. 351, note 1.

9. « .... il n'importe. » (*Édition de* 1693.)

10. « .... pourvu que vous *vous soyez détrompé de la mauvaise opinion que l'on vous avoit donnée des* Réflexions, *et que....* » (*Ibidem.*)

2°

JUGEMENTS DES CONTEMPORAINS

SUR LES

MAXIMES DE LA ROCHEFOUCAULD.

Sous le titre de *Jugements des contemporains sur les* Maximes *de la Roche-foucauld,* nous avons réuni seize pièces diverses, parmi lesquelles il en est dont les auteurs sont malheureusement demeurés inconnus[1]. Quatre seulement avaient paru dans quelques éditions de la Rochefoucauld[2]; le reste n'a été donné qu'à titre de citations, souvent partielles, par V. Cousin[3], dont nous avons eu plus d'une fois à rectifier le texte.

Presque tous ces morceaux ont une source commune, les *Portefeuilles de Vallant,* médecin et secrétaire de Mme de Sablé (*Manuscrits de la Bibliothèque impériale*). Les numéros I, II, VI, VII, VIII, IX, X et XIII sont extraits du second volume de ce recueil; le numéro V du cinquième, et le numéro III du septième; quant au numéro IV, nous l'avons cherché en vain, au moment de l'impression, dans le recueil de Vallant (voyez plus loin la note 5 de la page 374). Le numéro XI est tiré des *Papiers de Conrart,* 13ᵉ volume, in-4° (*Manuscrits de la bibliothèque de l'Arsenal*); le numéro XII est pris dans les *Mémoires* imprimés de Daniel Huet, évêque d'Avranches, et le numéro XIV dans le recueil, également imprimé, des *Lettres du chevalier de Meré.* Nous n'avons pas à indiquer la provenance des deux fables de la Fontaine que l'on trouvera sous les numéros XV et XVI.

Le principal intérêt de ces *Jugements*[4], c'est qu'ils sont, pour ainsi dire,

---

1. Ce sont celles que l'on trouvera sous les numéros VII, VIII, IX et X.

2. Les numéros XI, XV et XVI, dans l'édition de Brotier, et dans celle de Duplessis, qui donne en outre le numéro XIV.

3. *Madame de Sablé,* 1859, chapitre III, p. 150-173 et p. 178-180. — Les numéros IV et V ont été publiés, dès 1821, par J. Delort, dans son livre intitulé *Mes voyages aux environs de Paris,* et reproduits par M. Édouard Fournier au tome X de ses *Variétés historiques et littéraires,* p. 120-123 (Paris, Pagnerre, 1863, in-12).

4. Les numéros XIV, XV et XVI ne sont pas, à proprement parler, des *Jugements sur les* Maximes; mais ce sont encore, à un certain point de vue,

préventifs, sauf le iiie, que nous reproduisons à un autre égard, et le xiie, qui nə fut probablement écrit, et assurément publié, que longtemps après la mort de la Rochefoucauld[1]. Avant de livrer son œuvre à l'appréciation publique, l'auteur des *Maximes* voulut recueillir dans son entourage un certain nombre d'appréciations particulières, et l'on sait avec quel zèle Mme de Sablé s'y employa[2]. Jusqu'à quel point, dans la première édition de son livre, qui suivit d'assez près[3], a-t-il tenu compte des objections faites? C'est ce que les curieux pourront voir, grâce aux *Jugements* que nous réunissons aujourd'hui, et aux premières leçons du *manuscrit*, que nous avons fidèlement recueillies au bas du texte des *Maximes*, pour faciliter la comparaison entre la pensée première et la pensée définitive de l'auteur.

I

LA PRINCESSE DE GUYMENÉ A MADAME DE SABLÉ, SUR LES MAXIMES
DE M. DE LA ROCHEFOUCAULD [1663][4].

.... Je n'ai encore vu que les premières *maximes*, à cause que j'avois hier mal à la tête; mais ce que j'en ai vu me paroît plus fondé sur l'humeur de l'auteur que sur la vérité, car il ne croit point de libéralité sans intérêt[5], ni de pitié[6]; c'est qu'il juge tout le monde par lui-même[7]. Pour le plus grand nombre, il a raison; mais assurément il y a des gens qui ne desirent autre chose que de faire du bien....

des appréciations du livre de la Rochefoucauld, et c'est à ce titre que nous leur avons donné place dans cet *Appendice*.

1. Voyez plus loin, page 390, note 1.

2. Voyez la *Notice biographique*.

3. La plupart de ces pièces ne sont pas datées, mais elles se rapportent évidemment aux années 1663 et 1664; c'était le temps où l'auteur faisait lire et juger ses *Maximes* encore manuscrites, avec défense expresse d'en prendre copie. On l'a vu plus haut (p. 352), bien que le livre n'ait paru qu'au mois de février 1665, il était imprimé dès le 27 octobre 1664.

4. Extrait du tome II des *Portefeuilles de Vallant*, folios 182 et 183. — Anne de Rohan, morte le 14 mars 1685, était fille unique de Pierre de Rohan, prince de Guymené. Elle avait épousé, en 1617, son cousin germain, Louis VII de Rohan, prince de Guymené, duc de Montbazon, pair et grand veneur de France, mort le 19 février 1667, à l'âge de soixante-huit ans.

5. Voyez la *maxime* 263.

6. Voyez la *maxime* 264.

7. Mme de Sablé dit la même chose: voyez ci-dessus, p. 141, note 2. — Voyez encore le *Discours sur les* Maximes, p. 367; le *Projet d'article* pour le *Journal des Savants*, p. 392; et la *Lettre* du chevalier de Meré, p. 396.

II

MADAME DE LIANCOURT A MADAME DE SABLÉ [1663][1].

Je n'avois qu'une partie d'un petit cahier des *maximes* que vous
savez, quand j'eus l'honneur de vous voir, et il débutoit si cruellement contre les vertus, qu'il me scandalisa, aussi bien que beaucoup
d'autres ; mais depuis j'ai tout lu, et je fais amende honorable à
votre jugement, car je vois bien qu'il y a dans cet écrit de fort jolies
choses, et même, je crois, de bonnes, pourvu qu'on ôte l'équivoque
qui fait confondre les vraies vertus avec les fausses. Un de mes amis[2]
a changé quelques mots en plusieurs articles, qui raccommodent, je
crois, ce qu'il y avoit de mal ; je vous les irai lire[3] un de ces jours,
si vous avez loisir de me donner audience[4].

1. Extrait du tome II des *Portefeuilles de Vallant,* folio 193. — En citant
cette lettre (*Madame de Sablé,* 1859. chapitre III, p. 158 et 159), V. Cousin y joint les réflexions suivantes : « La duchesse de Liancourt, Jeanne de
Schomberg, qui jouissait d'une assez grande réputation d'esprit et de vertu,
célèbre aussi par son goût pour les beaux bâtiments et les beaux jardins,
et qui a créé la magnifique résidence de Liancourt, janséniste éclairée, auteur
d'un excellent traité d'éducation, et dont la fille (*V. Cousin se trompe; il aurait dû dire « la petite-fille »*) épousa le fils de la Rochefoucauld, fut choquée, et, comme elle le dit, scandalisée à la première lecture ; puis elle se
radoucit, peut-être un peu par politique, par condescendance pour Mme de
Sablé et la Rochefoucauld, et grâce à une distinction qui ôte, en effet, le
scandale, mais aussi tout le piquant des *Maximes....* Mme de Liancourt
n'avait pas vu que cette équivoque, qu'elle relève avec raison dans le livre
des *Maximes,* est le livre tout entier ; quelques mots ajoutés ne justifieraient
le système qu'en le renversant. » — J'ajoute que pourtant c'est ce qu'a fait
la Rochefoucauld lui-même, dans les diverses éditions de son livre ; avec les
correctifs *quelquefois, souvent, peut-être,* etc., etc., il a atténué, autant qu'il
l'a pu, les termes, trop absolus d'abord, de bon nombre de ses pensées.
2. Cet *ami-là* pourrait bien être la duchesse de Liancourt elle-même.
3. V. Cousin donne à tort : « je vous les *lirai,* » et à la ligne suivante : « si
vous avez *le* loisir. »
4. Il était quelquefois fort difficile de joindre Mme de Sablé ; elle poussait
le soin de sa santé jusqu'à la manie, et se faisait impitoyablement *fermer* pendant des semaines entières, par les temps de fièvres, ou même de simples
rhumes. — La Rochefoucauld et Mme de la Fayette, entre autres, s'en plaignent
plus d'une fois dans leurs lettres. « *Feu Mme de Sablé,* » disait dans ce
cas-là le spirituel abbé de la Victoire. — Voyez V. Cousin, *Madame de Sablé,*
p. 102 ; et *Port-Royal* de M. Sainte-Beuve, livre II, chapitre XIII, et livre V,
chapitre X.

III

MADEMOISELLE DE VERTUS A MADAME DE SABLÉ [1663][1].

.... Que me dites-vous de ces *Maximes* qu'on a montrées à M. le comte de Saint-Paul[2]? Je ne sais ce que c'est[3], mais il me semble qu'il ne faudroit point trop le laisser entretenir par ce M. de Neuré[4]; car c'est une personne qui apparemment n'est pas contente de Mme de Longueville, et qui a bien envie, à ce qu'on m'a dit, de rentrer dans cette maison. Si vous disiez à M. le comte de Saint-Paul qu'il ne faut pas qu'il s'amuse à les lire? Il a une grande déférence pour vous, et ainsi cela lui deviendroit suspect.

IV

MADAME DE LA FAYETTE A MADAME DE SABLÉ [1663][5].

.... Je viens d'arriver à Fresnes, où j'ai été deux jours en solitude

1. Extrait du tome VII des *Portefeuilles de Vallant*, folio 121. — Nous donnons un extrait de cette lettre parce qu'elle montre jusqu'à quel point, dans l'entourage de Mme de Longueville, on redoutait, pour le jeune comte de Saint-Paul, la lecture des *Maximes*. Elle n'est pas datée, mais comme, dans un passage qui n'a pas trait à notre sujet, il est fait mention de la mort récente de la comtesse de Maure, amie de Mme de Sablé, cette lettre est évidemment de 1663. — Mlle de Vertus (Catherine-Françoise de Bretagne) était sœur de la duchesse de Montbazon. Elle mourut à soixante-quinze ans, le 21 novembre 1692. Elle s'était convertie peu de temps avant Mme de Longueville, qu'elle entraîna vers Port-Royal, et dont elle devint bientôt, comme le dit M. Sainte-Beuve (*Port-Royal*, tome IV, p. 457), *l'amie intime et le plus actif aide de camp, pour toutes les affaires domestiques et autres*. On en voit la preuve dans cette lettre même, qui fut peut-être écrite à l'instigation de Mme de Longueville.

2. Charles-Paris d'Orléans, comte de Saint-Paul ou de Saint-Pol, puis duc de Longueville, né en pleine Fronde, le 29 janvier 1649, à l'hôtel de ville de Paris (d'où son second prénom), tué au passage du Rhin en 1672. De notoriété publique, il était fils de la Rochefoucauld. Voyez la *Notice biographique*.

3. Bien que la Rochefoucauld l'eût beaucoup connue autrefois, et qu'il en eût même couru quelques mauvais bruits (voyez *Port-Royal* de M. Sainte-Beuve, tome IV, p. 494 et 496), il n'est pas probable, en effet, que Mlle de Vertus ait eu communication des *Maximes* en manuscrit. Elle était pour cela trop engagée avec Mme de Longueville.

4. Mathurin de Neuré, mathématicien, astronome, ami de Gassendi, et précepteur des fils de Mme de Longueville. Moréri nous apprend qu'il s'était brouillé avec la duchesse, et qu'il avait composé contre elle un libelle, qu'elle eut à peine le temps de faire saisir avant l'impression.

5. Nous ne donnons de cette curieuse lettre et de la suivante que ce qui a trait à la Rochefoucauld. — Comme nous l'avons dit à la page 371, nous ne savons où est maintenant l'original du numéro IV.; mais nous avons, pour ré-

avec Mme du Plessis[1].... Nous y avons lu les *Maximes* de M. de la Rochefoucauld. Ha! Madame, quelle corruption il faut avoir dans l'esprit et dans le cœur, pour être capable d'imaginer tout cela[2]! J'en suis si épouvantée, que je vous assure que, si les plaisanteries étoient des choses sérieuses, de telles *maximes* gâteroient plus ses affaires que tous les potages qu'il mangea l'autre jour chez vous.

V

MADAME DE LA FAYETTE A MADAME DE SABLÉ [1663].

Vous me donneriez le plus grand chagrin du monde, si vous ne me montriez pas vos *Maximes*[3]; Mme du Plessis m'a donné une curiosité étrange de les voir, et c'est justement parce qu'elles sont honnêtes et raisonnables que j'en ai envie, et qu'elles me persuaderont que toutes les personnes de bon sens ne sont pas si persuadées de la corruption générale que l'est M. de la Rochefoucauld....

VI

PENSÉES DE MADAME DE SCHOMBERG SUR LES *MAXIMES* DE M. DE LA ROCHEFOUCAULD [1664][4].

Je crus hier, tout le jour, vous pouvoir renvoyer vos *maximes*,

pondre de son authenticité, la double caution de M. Édouard Fournier et de Delort, qui tous les deux l'ont publié d'après la pièce autographe.

1. Isabelle de Choiseul-Praslin, femme de Henri du Plessis Guénégaud, ancien trésorier de l'Épargne. Le château de Fresnes, près de Meaux, appartint plus tard aux Daguesseau. Fresnes et l'hôtel de Nevers, que Mme du Plessis habitait à Paris, étaient assidûment fréquentés par les beaux esprits du temps.

2. Si cette lettre n'avait échappé à V. Cousin, quel parti n'en eût-il pas tiré contre la Rochfoucauld!

3. Extrait du tome V des *Portefeuilles de Vallant*, folios 288 et 289. — Les *Maximes* de Mme de Sablé demeurèrent longtemps manuscrites, car elles ne parurent qu'après la mort de la marquise, en 1678, sous ce titre: *Maximes de Madame la marquise de Sablé, et Pensées diverses de M. L. D.* (M. l'abbé d'Ailly). — La presque similitude de nom les a fait attribuer souvent à Mme de la Sablière, qui, d'ailleurs, en avait composé d'autres, sous le titre de *Maximes chrétiennes*.

4. Extrait du tome II des *Portefeuilles de Vallant*, folios 178 et 179. — Nous conservons le titre que donne Vallant à cette pièce, adressée, sous forme de lettre, par Mme de Schomberg à Mme de Sablé. Comme elle eut un succès aussi grand que mérité, on en fit de nombreuses copies; il s'en trouve jusqu'à six dans le seul recueil de Vallant. Il y en a une, corrigée de la main de Vallant lui-même, sous la dictée de Mme de Sablé, sans nul doute, car ce secrétaire-médecin ne se fût point permis semblable liberté avec la prose de la duchesse

mais il me fut impossible d'en trouver le temps. Je voulois vous écrire, et m'étendre sur leur sujet : je ne puis pas pourtant vous en dire mon sentiment en détail[1]. Tout ce qu'il m'en paroît, en général, est qu'il y a en cet ouvrage beaucoup d'esprit, peu de bonté, et force vérités que j'aurois ignorées toute ma vie, si l'on ne m'en avoit fait apercevoir. Je ne suis pas encore[2] parvenue à cette habileté d'esprit où l'on ne connoît, dans le monde, ni honneur, ni bonté, ni probité ; je croyois qu'il y en pouvoit avoir ; cependant, après la lecture de cet écrit, l'on demeure persuadé qu'il n'y a ni vice ni vertu à rien[3], et que l'on fait nécessairement toutes les actions de la vie. S'il est ainsi que nous ne nous puissions empêcher de faire tout ce que nous desirons, nous sommes excusables, et vous jugez de là combien ces *maximes* sont dangereuses. Je trouve encore que cela n'est pas bien écrit en françois, c'est-à-dire que ce sont des phrases et des manières de parler qui sont plutôt d'un homme de la cour que d'un auteur[4]. Cela ne me déplaît pas, et ce que je vous en puis dire de plus vrai est que je les entends toutes, comme si je les avois faites, quoique bien des gens y trouvent de l'obscurité en certains endroits[5]. Il y en a qui me charment, comme : *L'esprit est toujours la dupe du cœur*[6] ;

de Schomberg. V. Cousin (*Madame de Sablé*, chapitre III, p. 165) pense que la marquise avait voulu en ôter tout ce qui pouvait déplaire à la Rochefoucauld ; l'observation, si elle est fondée, ne s'appliquerait qu'à une partie des corrections, car beaucoup d'entre elles ne sont que de simples retouches de style, faites peut-être par Mme de Schomberg elle-même, et que, dans ce cas, Mme de Sablé aurait fait simplement transcrire. Quoi qu'il en soit, nous donnons cette lettre dans son état primitif, et nous notons en leur lieu les principales suppressions ou corrections. — On sait que la duchesse de Schomberg était cette belle Marie de Hautefort que Louis XIII avait aimée *platoniquement*, et que la Rochefoucauld, au temps de sa jeunesse, aurait voulu aimer d'une autre façon, si l'on en croit V. Cousin (*Madame de Hautefort*, p. 29 et 30 ; et *Madame de Sablé*, p. 160).

1. Cette phrase est supprimée dans la copie corrigée.

2. La copie corrigée supprime *encore*.

3. Copie corrigée : « *je suis comme persuadée* qu'il n'y *en a point.* » Après cette correction, qui ôte à la pensée son air de généralité, en la réduisant à une appréciation individuelle, la phrase s'arrête, et l'on passe à : *ce que je vous en puis dire de plus vrai* (voyez sept lignes plus loin). Le passage supprimé pouvait, en effet, être désagréable à la Rochefoucauld.

4. Une autre copie donne *un bel esprit,* au lieu d'*un auteur.* — Dans tous les cas, ce reproche des contemporains est pour la postérité un éloge de plus. — Voyez plus loin, p. 378, note 5, où Mme de Schomberg revient sur cette idée ; voyez aussi plus haut, p. 357 et note 4.

5. Dans la copie corrigée, ce dernier membre de phrase est supprimé. — En effet, Mme de Sévigné, entre autres (*Lettre* du 20 janvier 1672, tome II, p. 472), bien qu'elle admirât beaucoup les *Maximes*, « avoue, à sa honte, qu'il y en a plusieurs qu'elle n'entend pas. » De même Mme de Rohan, abbesse de Malnoue, ne les comprenait pas toutes (voyez plus loin, p. 387 et 388). — Voyez aussi, plus haut, le *Discours sur les* Maximes, p. 366.

6. Voyez plus haut, p. 48, note 4, et la *maxime* 102.

je ne sais si vous l'entendez comme moi ; mais je l'entends, ce me
semble, bien joliment[1], et voici comment : c'est que l'esprit croit
toujours, par son habileté et par ses raisonnements, faire faire au
cœur ce qu'il veut ; mais il se trompe, il en est la dupe : c'est toujours le cœur qui fait agir l'esprit ; l'on suit tous ses mouvements,
malgré que l'on en ait[2], et l'on les suit même sans croire les suivre.
Cela se connoît mieux en galanterie qu'aux autres actions, et je me
souviens de certains vers sur ce sujet qui ne sont[3] pas mal à propos :

> La raison sans cesse raisonne
> Et jamais n'a guéri personne,
> Et le dépit le plus souvent
> Rend plus amoureux que devant[4].

Il y en a encore une qui me paroît bien véritable, et à quoi le
monde ne pense pas, parce qu'on ne voit autre chose que des gens
qui blâment le goût des autres[5] : c'est celle qui dit que *la félicité est
dans le goût, et non pas dans les choses ; c'est pour avoir ce qu'on aime
qu'on est heureux, et non pas ce que les autres trouvent aimable*[6]. Mais
ce qui m'a été tout nouveau et que j'admire, est que *la paresse, toute
languissante qu'elle est, détruit toutes les passions*[7]. Il est vrai, et l'on
a bien fouillé dans l'âme pour y trouver un sentiment si caché, mais
si véritable, que je crois que nulle de ces *maximes* ne l'est davantage, et je suis ravie de savoir que c'est à la paresse à qui l'on a
l'obligation de la destruction de toutes les passions. Je crois qu'à
présent on doit l'estimer[8] comme la seule vertu qu'il y a dans le
monde, puisque c'est elle qui déracine tous les vices ; comme j'ai
toujours eu beaucoup de respect pour elle[9], je suis fort aise qu'elle
ait un si grand mérite.

Que dites-vous aussi, Madame, de ce que *chacun se fait un extérieur*

---

1. Mme de Sablé répond à Mme de Schomberg : « L'explication que vous
donnez à cette *maxime* que *l'esprit est toujours la dupe du cœur*, est plus
que joliment entendue ; mais ce *joliment*-là est fort joliment dit, et vous
avez admirablement achevé la *maxime*. Il est vrai que l'amour la fait mieux
entendre que les autres passions ; mais cela n'empêche pas qu'il ne soit vrai
que l'esprit est *partout* la dupe du cœur. »

2. Copie corrigée : « malgré *qu'on* en ait. »

3. Substitué à *seront* de la rédaction primitive.

4. V. Cousin (*Madame de Sablé*, note de la page 163) demande *de qui sont
ces jolis vers*. Nous l'avons vainement cherché.

5. La copie corrigée supprime ces deux derniers membres de phrase : « et à
quoi le monde, etc. »

6. C'est la *maxime* 48, avec quelques légères différences dans le texte qu'en
donne Mme de Schomberg.

7. Voyez la *maxime* 266 et la note.

8. Copie corrigée : « Je *pense qu'on* doit l'estimer *présentement....* »

9. Copie corrigée : « comme *je lui ai porté* toujours beaucoup de respect. »

et une mine qu'il met en la place de ce que l'on veut[1] *paroître, au lieu de ce que l'on est*[2] ? Il y a longtemps que je l'ai pensé, et que j'ai dit que tout le monde étoit en mascarade, et mieux déguisé que l'on ne l'est à celle du Louvre[3], car l'on n'y reconnoît personne. Enfin que tout soit à se disposer honnête, et non pas l'être[4], cela est pourtant bien étrange[5].

Je ne sais si cela réussira imprimé comme en manuscrit ; mais si j'étois du conseil de l'auteur, je ne mettrois point au jour[6] ces mystères, qui ôteront à tout jamais la confiance qu'on pourroit prendre en lui : il en sait tant là-dessus et il paroît si fin, qu'il ne peut plus mettre en usage[7] cette souveraine habileté qui est de ne paroître point en avoir[8]. Je vous dis à bâtonrompu[9] tout ce qui me reste dans l'esprit de cette lecture ; je ne pense qu'à vous obéir[10] ponctuellement, et en le faisant, je crois ne pouvoir faillir, quelque sottise que je puisse dire. Je n'ai point pris de copie, je vous en donne ma parole, ni n'en ai parlé à personne[11].

1. Dans la copie corrigée : « qu'*il* veut ; » et à la fin de la citation : « qu'*il* est. »

2. C'est la pensée, sinon le texte, de la *maxime* 256.

3. La copie corrigée arrête ici la phrase, et supprime le reste de l'alinéa.

4. Copie corrigée : « Enfin que tout soit *arte di parer onesta*, et non pas l'être. » — Voyez la *maxime* 605 et la note. Du reste, dès la seconde édition, l'auteur a supprimé cette *maxime*.

5. Une autre copie ajoute ici : « Voici de ces phrases nouvelles : *La nature fait le mérite et la fortune le met en œuvre* (*maxime* 153). Ces modes-là de parler me plaisent, parce que cela distingue bien un honnête homme, qui écrit pour son plaisir et comme il parle, d'avec les gens qui en font métier (voyez plus haut, p. 376 et note 4) ; mais je ne sais si cela réussira imprimé.... »

6. Copie corrigée : « je *serois d'avis qu'il ne mît* point au jour.... » — Deux autres copies donnent : « je ne *voudrois point* qu'il mît au jour.... » — « Je ne *serois pas d'avis* qu'il mît au jour.... »

7. Copie corrigée : « il *montre d'en savoir* tant là-dessus, qu'il ne *sauroit* plus mettre en usage.... »

8. *Maxime* 245. — Mme de Sablé répondant à Mme de Schomberg : « Ce que vous dites, que l'auteur ne pourra mettre en usage sa finesse, est fort bien pensé.... En vérité, vous êtes une habile personne. »

9. Il y a ainsi le singulier dans le manuscrit.

10. Une autre copie (folio 185) ajoute ici : « *Si vous les gardez, je les lirai avec vous, et je vous en dirai mieux mon avis que je ne fais à cette heure, où je n'ai pas le temps de faire une réflexion qui vaille ;* je ne pense qu'à vous obéir.... »

11. La copie corrigée supprime cette dernière phrase ; une autre copie (folio 185) la maintient, et j'y ajoute : « *Je vous prie aussi de ne dire à qui que ce soit ce que je pense. J'espère d'avoir l'honneur de vous voir demain* »

VII

JUGEMENT SUR LES *MAXIMES* DE M. DE LA ROCHEFOUCAULD

[1664] [1].

Je vous ai beaucoup d'obligation d'avoir fait un jugement de moi
si avantageux que de croire que j'étois capable de dire mon sentiment
de l'écrit que vous m'avez envoyé. Je vous proteste, Madame, avec
toute la sincérité de mon cœur, quoique l'auteur de l'écrit n'en croie
point de véritable, que j'en suis incapable, et que je n'entends rien en
ces choses si subtiles et si délicates; mais puisque vous commandez,
il faut obéir. Je vous dirai donc, Madame, après avoir bien considéré cet écrit, que ce n'est qu'une collection de plusieurs livres d'où
l'on a choisi les sentences, les pointes et les choses qui avoient plus
de rapport au dessein de celui qui a prétendu en faire un ouvrage
considérable. J'ai l'esprit si rempli des idées de maçonnerie, que je
m'imagine que tout ce que je vois en a la ressemblance et que cet ouvrage s'y peut comparer. Je sais bien que vous direz que je ne suis
qu'un maçon ou un charpentier en cette matière, mais vous m'avoue-
rez aussi qu'il est composé de différents matériaux [2]; on y remarque
de belles pierres, j'en demeure d'accord; mais on ne sauroit discon-
venir qu'il ne s'y trouve aussi du moellon et beaucoup de plâtras,
qui sont si mal joints ensemble qu'il est impossible qu'ils puissent
faire corps ni liaison, et, par conséquent, que l'ouvrage puisse subsister [3]. Après la raillerie, il est bon d'entrer un peu dans le sérieux, et
de vous dire que les auteurs des livres desquels on a colligé ces sentences, ces pointes et ces périodes, les avoient mieux placées; car si
l'on voyoit ce qui étoit devant et après, assurément on en seroit plus
édifié ou moins scandalisé. Il y a beaucoup de simples dont le suc est
poison, qui ne sont point dangereux lorsqu'on n'en a rien extrait et
que la plante est en son entier. Ce n'est pas que cet écrit ne soit bon
en de bonnes mains, comme les vôtres, qui savent tirer le bien du

1. Extrait du tome II des *Portefeuilles de Vallant*, folio 170. — Le titre
est de la main de Vallant. L'auteur de cette pièce est inconnu, mais elle fut
certainement communiquée à la Rochefoucauld, car l'adresse de renvoi (*à Madame la Marquise de Sablé*) est écrite par lui.

2. La lettre originale, dont l'orthographe d'ailleurs est singulièrement dé-
fectueuse, donne *matéreaux*.

3. V. Cousin supprime cette phrase et les deux précédentes (depuis : *Je
vous dirai donc, Madame....*), ne les trouvant pas, dit-il, *fort plaisantes.* (*Madame de Sablé*. p. 155.) — Il a raison, sans aucun doute, mais notre tâche d'éditeur ne nous permet pas même licence.

mal même ; mais aussi on peut dire qu'entre les mains de personnes
libertines[1] ou qui auroient de la pente aux opinions nouvelles[2], que[3]
cet écrit les pourroit confirmer dans leur erreur, et leur faire croire
qu'il n'y a point du tout de vertu, et que c'est folie de prétendre de
devenir vertueux, et jeter ainsi le monde dans l'indifférence et dans
l'oisiveté, qui est la mère de tous les vices. J'en parlai hier à un
homme de mes amis, qui me dit qu'il avoit vu cet écrit, et qu'à son
avis, il découvroit les parties honteuses de la vie civile et de la société
humaine, sur lesquelles il falloit tirer le rideau : ce que je fais, de
peur que cela fasse mal aux yeux délicats, comme les vôtres, qui ne
sauroient rien souffrir d'impur et de déshonnête.

VIII

JUGEMENT DES *MAXIMES* DE M. DE LA ROCHEFOUCAULD [1664][4].

J'appellerois volontiers l'auteur de ces *Maximes* un orateur éloquent et un philosophe plus critique que savant ; aussi n'a-t-il[5]
autre principe de ses sentiments que la fécondité de son imagination.
Il affecte dans ses divisions et dans ses définitions, subtilement, mais
sans fondement inventées, de passer pour un Sénèque[6], ne prenant
pas garde néanmoins que celui-ci, dans sa morale, tout païen qu'il

---

1. On sait que, dans la langue du dix-septième siècle, le mot *libertin* signifiait à peu près ce qu'on entend aujourd'hui par *libre penseur.*

2. « Probablement, fait remarquer V. Cousin, l'opinion des sceptiques et
des épicuriens, de Lamothe le Vayer, Gassendi, Bernier, etc. » — Voyez plus
loin, p. 384.

3. Cette conjonction inutilement répétée est bien dans le texte.

4. Extrait du tome II des *Portefeuilles de Vallant*, folio 166. — Ce morceau n'est pas signé ; notre titre est celui que Vallant lui donne. V. Cousin
n'en a pris que des fragments (*Madame de Sablé*, p. 154).

5. La pièce originale donne *n'a-il* (voyez la note 2 de la page suivante).

6. La Rochefoucauld *affectait*, au contraire, de réfuter Sénèque, et même
de lui *arracher le masque.* On voit en tête de ses quatre premières éditions
une planche, gravée par Étienne Picart, où l'*Amour de la Verite* (la Rochefoucauld), sous la figure d'un enfant au regard et au sourire malicieux, arrache
à un buste de Sénèque son masque, sa couronne de laurier, et dit, en le montrant du doigt : *Quid vetat ?* c'est-à-dire en français : *Pourquoi pas ?* Le sujet
et la devise remettent en mémoire ces deux passages d'Horace :

.... *Dicere verum*
Quid vetat ?.... (Livre I, *satire* 1, vers 24 et 25.)
.... *Illi detrahere ausim*
Hærentem capiti........ coronam. (Livre I, *satire* x, vers 48 et 49.)

« Pourquoi ne pas dire le vrai ? — J'oserai arracher la couronne qui lui ceint
le front. » — Rapprochez de la *maxime* 589 ; voyez aussi p. 369 et note 6.

étoit, ne s'est jamais jeté dans cette extrémité que de confondre toutes les vertus des sages de son temps, ni de les faire passer pour des vices ; il a cru qu'il y en avoit de tempérants et de dissolus, de bons et de mauvais, d'humbles et de superbes, et il n'a jamais dit qu'on pût, sous une véritable humilité, cacher une superbe insolente : elles sont trop antipathiques pour pouvoir habiter la même demeure[1]. Je lui donnerois néanmoins cette louange que de savoir puissamment invectiver, et d'avoir parfaitement bien rencontré où il s'est agi de mériter le titre de satirique. C'est à contre-cœur que je loue de la sorte son ouvrage tout à fait spirituel, et peut-être pourra-t-on[2] dire que je tombe dans le même défaut dont je l'accuse ; mais certes, considérant que par ces *Maximes* il n'y a aucune vertu chrétienne, si solide qu'elle soit, qui ne puisse être censurée, content du désavantage d'en être dépourvu, j'aime mieux ne passer pas pour complaisant, en approuvant sa doctrine, que d'être dans un perpétuel danger de déclamer contre les belles qualités, ni médire des plus vertueux.

IX

LETTRE ADRESSÉE A MADAME LA DUCHESSE DE SCHOMBERG,

SUR LES *MAXIMES* DE M. DE LA ROCHEFOUCAULD [1664][3].

A considérer superficiellement l'écrit que vous m'avez envoyé, il semble tout à fait malin, et il ressemble fort à la production d'un esprit fier, orgueilleux, satirique, dédaigneux, ennemi déclaré du bien, sous quelque visage qu'il paroisse, partisan très-passionné du mal, auquel il attribue tout, qui querelle et qui choque toutes les vertus, et qui doit enfin passer pour le destructeur de la morale, et pour l'empoisonneur de toutes les bonnes actions, qu'il veut absolument qui passent pour autant de vices déguisés[4]. Mais, quand on le

---

1. Dans la lettre autographe, ce mot est écrit *demure*.

2. Dans le manuscrit : *pourra-on* (voyez la note 5 de la page précédente).

3. Extrait du tome II des *Portefeuilles de Vallant*, folio 164. — L'auteur de cette *Lettre* nous est également inconnu ; mais le fond des idées donnerait lieu de croire que c'était une personne qui partageait les idées de Port-Royal, et un homme, en tout cas, de quelque importance, car outre la pièce originale, Mme de Sablé voulut avoir une copie, qui se trouve dans le même portefeuille de Vallant. — V. Cousin a donné cette pièce (*Madame de Sablé*, p. 150-152), en supprimant volontairement un passage, que nous indiquerons, sans parler de plusieurs autres omissions de détail qu'il est inutile de signaler.

4. « Ces petites incorrections, dit V. Cousin, qui de la conversation passent dans le style, trahissent un homme qui n'est pas un auteur. » — Le tour auquel cette observation s'applique (*qui* après *que*) n'était pas encore, en ce

lit avec un peu de cet esprit pénétrant qui va bientôt jusqu'au fond
des choses, pour y trouver le fin, le délicat et le solide, on est contraint d'avouer ce que je vous déclare, qu'il n'y a rien de plus fort,
de plus véritable, de plus philosophe, ni même de plus chrétien
parce que, dans la vérité, c'est une morale très-délicate, qui exprime
d'une manière peu connue aux anciens philosophes et aux nouveaux
pédants [1] la nature des passions qui se travestissent dans nous si souvent en vertus. C'est la découverte du foible de la sagesse humaine,
et de la raison, et de ce qu'on appelle force d'esprit; c'est une satire
très-forte et très-ingénieuse de la corruption de la nature par le
péché originel, de l'amour-propre et de l'orgueil, et de la malignité
de l'esprit humain qui corrompt tout, quand il agit de soi-même,
sans l'esprit de Dieu. C'est une agréable description de ce qui se
fait par les plus honnêtes gens, quand ils n'ont point d'autre conduite que celle de la lumière naturelle, et de la raison sans la grâce.
C'est une école de l'humilité chrétienne, où nous pouvons apprendre
les défauts de ce que l'on appelle si mal à propos nos vertus; c'est un
parfaitement beau commentaire du texte de saint Augustin qui dit
que toutes les vertus des infidèles sont des vices [2]; c'est un anti-Sé-
nèque, qui abat l'orgueil du faux sage, que ce superbe philosophe
élève à l'égal de Jupiter [3]; c'est un soleil qui fait fondre la neige qui
couvre la laideur de ces rochers infructueux de la seule vertu morale; c'est un fonds très-fertile d'une infinité de belles vérités qu'on
a le plaisir de découvrir en fouissant un peu par la méditation [4].
Enfin, pour dire nettement mon sentiment, quoiqu'il y ait partout
des paradoxes, ces paradoxes sont pourtant très-véritables, pourvu
qu'on demeure toujours dans les termes de la vertu morale et de la
raison naturelle, sans la grâce. Il n'y en a point que je ne soutienne,
et il y en a même plusieurs qui s'accordent parfaitement avec les
sentences de l'*Ecclésiastique* [5], qui contient la morale du Saint-Esprit.

temps-là, regardé généralement comme une incorrection. On en peut voir de
nombreux exemples dans le *Lexique de Mme de Sévigné*, tome I, p. xxiii
et xxiv.

　1. « Style de gentilhomme, » fait observer V. Cousin à propos du mot
pédants : c'est peut-être conclure un peu vite sur un seul mot, bien que
l'ensemble de la lettre se prête à cette conjecture.

　2. Voyez plus haut. p. 363 et note 4.

　3. Voyez ci-dessus. p. 360 et note 8.

　4. C'est la fin de cette phrase, à partir de : *c'est un soleil*, que V. Cousin
a supprimée. Assurément ce pathos était peu regrettable en lui-même; nous le
rétablissons toutefois par respect pour l'exactitude.

　5. L'auteur de la lettre a sans doute voulu dire l'*Ecclésiaste*. C'est dans ce
dernier livre, et non dans celui de l'*Ecclésiastique*, que se lisent plusieurs
sentences sur la corruption de l'homme qui viendraient à l'appui des *Maximes*
de la Rochefoucauld. Par exemple : *Non est homo justus in terra, qui faciat
bonum* (chapitre vii, verset 21), « il n'est pas sur la terre d'homme juste qui

Enfin, je n'y trouve rien à reprendre que ce qu'il dit *qu'on ne loue jamais que pour être loué*[1], car je vous jure que je ne prétends nulles louanges de celles que je suis obligé de lui donner; et dans l'humeur où je suis, je lui en donnerois bien d'autres; mais il y a là-bas un fort honnête homme qui m'attend dans son carrosse pour me mener faire l'essai de notre chocolate[2]. Vous y avez quelque intérêt, et moi aussi, parce que vous êtes de moitié avec Mme la princesse de Guymené, pour m'en faire ma provision.

X

LETTRE A MADAME LA MARQUISE DE SABLÉ, SUR LES *MAXIMES*
DE M. DE LA ROCHEFOUCAULD [1664][3].

Je vous suis infiniment obligé, Madame, de m'avoir donné la pièce que je vous renvoie, et encore que je n'aie eu que le loisir de la parcourir dans le peu de temps que vous m'avez prescrit pour la lire, je n'ai pas laissé d'en retirer beaucoup de plaisir et de profit, et une estime si particulière pour l'auteur et pour son ouvrage, qu'en vérité je ne suis pas capable de vous la bien exprimer.

L'on voit bien que ce faiseur de *maximes* n'est pas un homme nourri dans la province, ni dans l'Université; c'est un homme de qualité qui connoît parfaitement la cour et le monde, qui en a goûté autrefois toutes les douceurs, qui en a aussi senti souvent les amertumes, et qui s'est donné le loisir d'en étudier et d'en pénétrer tous les détours et toutes les finesses. Mais outre cela, comme la nature lui a donné cette étendue d'esprit, cette profondeur et ce discernement, joint à la droiture, à la délicatesse et à ce beau tour dont il parle en quelques endroits de cet écrit[4], il ne faut pas s'étonner s'il a pro-

---

fasse le bien; » *Corda filiorum hominum implentur malitia* (chapitre ix, verset 3), « les cœurs des enfants des hommes sont remplis de malice; » *Pecuniæ obediunt omnia* (chapitre x, verset 19), « tout obéit à l'argent (à *l'intérêt*). »

1. *Maxime* 146.

2. C'est en effet ainsi que le mot s'est écrit d'abord; Richelet (1680) et Furetière (1690) n'ont que cette forme-là; l'Académie (1694) a *chocolat* et *chocolate*. V. Cousin donne *chocolat*.

3. Extrait du tome II des *Portefeuilles de Vallant*, folio 172. — Sur la lettre originale, la date a été grattée, mais le chiffre 1664 est demeuré lisible. — C'est encore une pièce que V. Cousin ne donne que partiellement (*Madame de Sablé*, p. 152-154), avec d'assez nombreuses inexactitudes, dont nous ne relèverons que les principales. — Dans cette lettre, plus encore que dans la précédente, on reconnaîtra les idées et la forme jansénistes. On peut, croyons-nous, l'attribuer sans témérité à quelque docteur de Port-Royal.

4. Voyez ci-dessus (p. 74, notes 3 et 4) les variantes des *maximes* 99 et

noncé si judicieusement sur des matières qu'il avoit si parfaitement connues.

Pour ce qui est de l'ouvrage, c'est, à mon sens, la plus belle et la plus utile philosophie qui se fit jamais; c'est l'abrégé de tout ce qu'il y a de sage et de bon[1] dans toutes les anciennes et nouvelles sectes des philosophes, et quiconque saura bien cet écrit n'a plus besoin de lire Sénèque, ni Épictète, ni Montaigne, ni Charron, ni tout ce qu'on a ramassé, depuis peu, de la morale des sceptiques et des épicuriens[2]. On apprend véritablement à se connoître dans ces livres, mais c'est pour en devenir plus superbe et plus amateur de soi-même; celui-ci nous fait connoître, mais c'est pour nous mépriser et pour nous humilier; c'est pour nous donner de la défiance, et nous mettre sur nos gardes contre nous-mêmes et contre toutes les choses qui nous touchent et nous environnent; c'est pour nous donner du dégoût de toutes les choses du monde, et nous en détacher, nous détourner du côté de Dieu[3], qui seul est bon, juste, immuable, et digne d'être aimé, honoré, et servi. On pourroit dire que le chrétien commence où votre philosophe finit[4], et l'on ne pourroit faire une instruction plus propre à un catéchumène, pour convertir à Dieu son esprit et sa volonté[5]; et cela me fait souvenir d'une excellente comparaison, que j'ai autrefois lue dans une *épître* de Sénèque[6] : C'est une chose bien étrange, dit-il, de considérer un enfant, pendant les neuf mois qu'il demeure dans le ventre de sa mère, avant que de venir au monde : il a des yeux, et ne voit point; il a des oreilles, et il n'entend point; il ne sait ce qu'il doit devenir; il n'a aucune connoissance de la vie en laquelle il doit entrer. Que si cet enfant pouvoit raisonner, n'est-il pas vrai qu'il jugeroit bien que toutes ces facultés et tous ces organes ne lui sont pas donnés en vain par la nature? que puisqu'il a une bouche, il ne doit pas prendre la nourriture comme une plante? que puisqu'il a des pieds, des mains et des bras, il n'est

100, qui dans la 1re édition (1665) portent les numéros 109 et 110; dès la 2e (1666), la Rochefoucauld, en les modifiant, a fait disparaître le mot *tour*.

1. On avait d'abord écrit : *de sage et de bon sens;* puis on a effacé *sens*, pour y substituer *goust*, qu'on a ensuite également effacé. V. Cousin n'a pas tenu compte de la seconde correction, et donne : « de sage et de bon *goût*. »

2. Voyez ci-dessus, p. 380, note 2.

3. V. Cousin donne à tort : « ....et *en* nous en *détachant*, nous tourner du côté *du bien*. » Il omet par suite et logiquement les deux adjectifs *bon, juste*, qui en effet ne sauraient être employés pour qualifier le mot *bien*.

4. « ....que *les chrétiens commencent* où votre *philosophie* finit. » (V. Cousin.)

5. A partir de cette phrase, V. Cousin supprime deux pages du manuscrit, jusqu'à : « quand il n'y auroit que son écrit au monde.... » (p. 386, ligne 9).

6. Cette comparaison de l'enfant dans le sein de sa mère revient plusieurs fois dans les *Epîtres* de Sénèque. Mais ce passage nous renvoie sans doute à la cxı^e, à la fin de laquelle l'idée est développée longuement et de la façon la plus brillante.

pas dans l'existence des choses pour être toujours en la forme d'une
boule, parmi des ordures, dans une prison étroite et ténébreuse? et,
de ces réflexions, il viendroit assurément à la connoissance de la vie
qu'il doit mener sur la terre. Il en est de même, dit Sénèque, de
l'état des hommes qui sont en cette vie présente, à l'égard de la
future: ils ressemblent, pour la plupart, à ces enfants foibles et im-
puissants dont nous venons de parler; ils vivent sans réflexion; ils
se laissent conduire à la coutume; ils s'abandonnent à leurs passions;
mais s'ils prenoient garde qu'ils ont une âme vaste et noble qui
s'élève au-dessus de la matière; qu'ils ont des puissances qui ne
peuvent être remplies ni rassasiées par la possession d'aucune
créature; qu'ils ont des desirs qui ne peuvent être limités ni par
les lieux, ni par les temps, et qu'enfin ils ne ressentent ici que des
misères, au lieu de la félicité à laquelle ils aspirent naturellement,
ils concluroient sans doute qu'il y doit avoir un autre monde
que celui-ci, et que Dieu ne les a mis sur la terre que pour y mériter le ciel.

Mais je n'ai jamais mieux vu la force de ces raisonnements qu'après
la lecture de l'écrit de votre ami, et il me semble que j'étois non-
seulement changé, mais encore transfiguré, pour me servir du terme
de ce philosophe romain[1]. Je n'aurois rien à souhaiter en cet écrit,
sinon qu'après avoir si bien découvert l'inutilité et la fausseté des
vertus humaines et philosophiques, il reconnût qu'il n'y en a point
de véritables que les chrétiennes et les surnaturelles : non pas que je
veuille dire qu'il n'y a point de fausses vertus parmi les chrétiens, ou
que ceux qui en ont de véritables les aient parfaites et sans mélange de
vanité ou d'intérêt; je ne sais que trop, par expérience, la malignité et
les ruses de la nature corrompue; je sais que son venin se répand partout, et qu'encore qu'elle ne règne et ne domine pas dans les âmes soli-
dement dévotes, elle ne laisse pas d'y vivre, d'y demeurer, et se re-
muer et se débattre souvent, pour se remettre au-dessus de la raison
et de la grâce. Mais il faut demeurer d'accord qu'un homme, vivant
selon les règles de l'Évangile, peut être dit véritablement vertueux,
parce qu'il ne vit pas selon les maximes de cette nature dépravée et
qu'il n'est point esclave de sa cupidité, mais qu'il vit selon les lois de
l'esprit et de la raison, et que s'il commet quelquefois des fautes, en
faisant même le bien, comme il ne se peut faire autrement, il en
tire des motifs et des occasions continuelles de mépris de soi-même,
d'humilité, et de soumission à la justice et à la providence de Dieu;

---

1. La vi⁰ épître de Sénèque commence ainsi : *Intelligo, Lucili, non emen-
dari me tantum, sed transfigurari.* « Je comprends, Lucilius, que je ne suis
pas seulement corrigé, mais transfiguré. » Le mot est employé d'une manière
analogue vers le milieu de l'*épître* xciv.

et c'est ce qui fait voir la nécessité de la pénitence chrétienne, qui a été une vertu inconnue à la philosophie.

Mais peut-être que votre ami, Madame, a des raisons de ne point passer les bornes de la sagesse humaine, et comme il a l'esprit fort délicat, il pourra même croire qu'il y a de l'orgueil ou de l'intérêt secret en mon avis, et quelque protestation que je lui puisse faire du contraire, il n'est pas obligé de me croire. Il vaut donc mieux, Madame, que vous ne lui en parliez point du tout, s'il vous plaît, et que vous lui disiez seulement que, quand il n'y auroit que son écrit au monde avec l'Évangile[1], je voudrois être chrétien. L'un m'apprendroit à connoître mes misères, et l'autre à implorer mon libérateur[2]; ce sont les deux premiers degrés de la vie spirituelle, et quand on les franchit comme il faut, on n'en demeure pas là ordinairement; les bonnes œuvres suivent et l'on fait profit de tout, des péchés même et des fautes qu'on a commises, qu'on commet, et des ignorances, erreurs et foiblesses, naturelles et involontaires, auxquelles sont sujets tous les hommes de ce monde, et même ceux qui sont le plus établis dans les vertus essentielles.

Que si cette pièce ne s'imprime pas, je vous prie très-humblement, Madame, de m'en faire avoir une copie.

1. « .... que *cet* écrit au monde *et* l'Évangile. » (V. Cousin.) — Voyez la note 5 de la page 384.
2. V. Cousin supprime le reste de l'alinéa.

XI

MADAME DE ROHAN, ABBESSE DE MALNOUE,

A MONSIEUR LE DUC DE LA ROCHEFOUCAULD [1674][1].

Je vous renvoie vos *Maximes*, Monsieur, en vous rendant[2] mille
et mille grâces très-humbles. Je ne les louerai point comme elles méritent d'être louées, parce que je les trouve trop au-dessus de mes
louanges. Elles ont un sens si juste et si délicat, quoiqu'il soit quelquefois un peu détourné[3], qu'il ne faudroit pas moins de délicatesse
pour vous dire ce qu'on en pense[4], qu'il vous en a fallu pour les faire.
Vous avez une lumière si vive pour pénétrer le cœur de tous les hommes
qu'il semble qu'il n'appartienne qu'à vous de donner un jugement équitable sur le mérite ou le démérite de tous ses mouvements, avec cette
différence pourtant, qu'il me semble, Monsieur, que vous avez encore
mieux pénétré celui des hommes que celui des femmes; car je ne
puis[5], malgré la déférence que j'ai pour vos lumières, m'empêcher
de m'opposer un peu à ce que vous dites, que leur tempérament fait
toute leur vertu[6], puisqu'il faudroit conclure de là que leur raison
leur seroit entièrement inutile. Et quand même il seroit vrai qu'elles
eussent quelquefois les passions plus vives que les hommes, l'expérience fait assez voir qu'elles savent les surmonter contre leur tempé-

1. Extrait du tome XIII, in-4°, des *Papiers de Conrart*, p. 1183 et suivantes. — L'abbé Brotier a publié le premier cette pièce (1789, p. 191-196),
sous le titre de *Lettre d'une dame au duc de la Rochefoucault*; Duplessis
(1853, p. 291-294) et V. Cousin (*Madame de Sablé*, p. 168-172) l'ont reproduite après lui. Brotier n'indique pas d'où il l'a tirée; il ajoute seulement
(p. 260) qu'il *la croit de Mme de Rohan, abbesse de Malnoue.* Ce qu'il
croyait, nous en sommes sûr aujourd'hui, car c'est sous le nom de Mme de
Rohan que se trouve cette remarquable lettre, copiée de la main même de
Conrart, dans le précieux recueil de la bibliothèque de l'Arsenal. Nous avons
suivi le texte de cette copie, en notant les leçons différentes de Brotier, de
Duplessis et de V. Cousin. — Pour la date, voyez la note 6 de la page suivante.
— Marie-Éléonore de Rohan, abbesse de la Trinité de Caen, puis de Malnoue,
près de Paris, était fille de la célèbre duchesse de Montbazon, sœur consanguine
de la non moins célèbre duchesse de Chevreuse, et nièce de Mlle de Vertus
(voyez p. 374, note 1). Elle a laissé divers ouvrages de piété, et son *Portrait*
écrit par elle-même, pour le recueil de Mademoiselle de Montpensier. Elle
mourut à Paris, dans la communauté bénédictine du Cherche-Midi, le 8 avril
1681, à l'âge de cinquante-trois ans.
  2. Brotier, Duplessis et V. Cousin : « en vous *en* rendant. »
  3. Voyez p. 366, et p. 376, note 5.
  4. « .... *tout ce que je* pense. » (*Édition de Duplessis.*)
  5. « .... car je ne puis *pas.* » (*Éditions de Brotier et de Duplessis.*)
  6. *Maxime* 346.

rament, de sorte que, quand nous consentirons que vous mettiez de l'égalité entre les deux sexes, nous ne vous ferons pas d'injustice pour nous faire grâce. Il est même bien plus ordinaire aux femmes de s'opposer à leur tempérament qu'aux hommes, lorsqu'elles l'ont mauvais, parce que la bienséance et la honte les y forceroient[1], quand même leur vertu et leur raison ne les y obligeroient pas. Voici[2] les trois de vos *Maximes* que j'aime le mieux et qui m'ont le plus charmée :

« Il ne faudroit point être jaloux quand on nous donne sujet de l'être : il n'y a que les personnes qui évitent de donner de la jalousie qui soient dignes qu'on en ait pour elles[3]. »

« La fortune fait paroître nos vertus et nos vices comme la lumière fait paroître les objets[4]. »

« La violence qu'on se fait pour demeurer fidèle à ce qu'on aime ne vaut guère mieux qu'une infidélité[5]. »

Je vous avoue, Monsieur, que, quoique vos *Maximes* soient trèsbelles, ces trois-là me paroissent incomparables, et qu'on ne sait à qui donner le prix, ou au sens ou à l'expression. Mais comme vous m'avez engagée à vous parler franchement, trouvez bon que je vous dise que je n'entends pas bien votre première *maxime*[6], où vous dites : « L'accent du pays où on est né demeure dans l'esprit et dans le cœur comme dans le langage. » Je crois que cela est fort bien et fort juste; mais je ne connois point *ces accents qui demeurent dans l'esprit et dans le cœur*[7]. Je crois que c'est ma faute de ne les entendre ni de ne les pas sentir, et cette *maxime* me fait connoître ce que vous dites dans la quatrième, que *les occasions nous font connoître aux autres et à nous-mêmes*[8].

Cette autre *maxime*, où vous dites que l'on *perd quelquefois des personnes qu'on regrette plus qu'on n'en est affligé, et d'autres dont on est affligé quelque temps et qu'on ne regrette guère*[9], n'est pas à mon usage;

---

1. Dans la *maxime* 220, la Rochefoucauld convient lui-même que *la honte fait souvent la vertu des femmes.*

2. *Voilà*, dans le texte de V. Cousin.

3. C'est à peu près la *maxime* 359. — 4. *Maxime* 380. — 5. *Maxime* 381.

6. C'est la *maxime* 342; mais c'était, en effet, la première de quarantequatre pensées dont la Rochefoucauld avait envoyé la copie à Mme de Rohan. Dans le *Manuscrit de Conrart*, cette copie est jointe à la lettre de l'Abbesse. Elles appartiennent toutes à la quatrième édition, qui a paru en 1675, mais dont l'*Achevé d'imprimer* porte la date du 17 décembre 1674. Il y a donc toute apparence que la lettre de l'abbesse de Malnoue est du courant de l'année 1674.

7. « .... mais je ne connois point *les* accents qui demeurent *dans le cœur et dans l'esprit.* » (*Éditions de Brotier et de Duplessis.*) — Voyez plus haut, p. 165, note 1.

8. *Maxime* 345.

9. Sauf *quelque temps*, qui est ajouté, c'est la *maxime* 355.

car la mesure de ma douleur seroit toujours la mesure de mon regret, et j'ai grand'peine à comprendre que je puisse séparer ces deux
choses, parce que ce qui auroit mérité[1] mon attachement mériteroit
également et mon regret, et mes larmes, et ma douleur.

La *maxime* sur l'humilité[2] me paroît encore parfaitement belle,
mais j'ai été bien surprise de trouver là l'humilité. Je vous avoue que
je l'y attendois si peu[3], qu'encore qu'elle soit si fort de ma connoissance depuis longtemps, j'ai eu toutes les peines du monde à la
reconnoître au milieu de tout ce qui la précède et qui la suit. C'est
assurément pour faire pratiquer cette vertu aux personnes de notre
sexe que vous faites des *maximes* où leur amour-propre est si peu
flatté. J'en serois bien humiliée en mon particulier, si je ne me disois
à moi-même ce que je vous ai déjà dit dans ce billet, que vous jugez
encore mieux du cœur des hommes que de celui des dames, et que
peut-être vous ne savez pas vous-même le véritable motif qui vous
les fait moins estimer. Si vous en aviez toujours rencontré dont le
tempérament eût été soumis à la vertu, et les sens moins forts que la
raison[4], vous penseriez mieux que vous ne faites d'un certain nombre
qui se distingue toujours de la multitude, et il me semble que
Mme de la Fayette et moi méritons[5] bien que vous ayez un peu
meilleure opinion du sexe en général. Vous ne ferez que nous rendre
ce que nous faisons en votre faveur, puisque, malgré les défauts d'un
million d'hommes, nous rendons justice à votre mérite particulier, et
que vous seul nous faites croire[6] tout ce qu'on peut dire d'avantageux[7] pour votre sexe[8].

1. « .... parce que qui auroit mérité.... » (*Édition de Duplessis.*)

2. *Maxime* 358.

3. « .... que je *m'y* attendois si peu. » (*Édition de Duplessis.*)

4. V. Cousin (*Madame de Sablé*, p. 168) fait observer que l'Abbesse paraît ici *poursuivre les hostilités de sa mère* (Mme de Montbazon) *contre la
duchesse de Longueville.*

5. Dans le texte de Duplessis : *méritions.*

6. « .... vous seul *vous* nous faites croire. » (*Éditions de Brotier et de Duplessis.*)

7. Dans le texte de Brotier, de Duplessis et de V. Cousin : « .... tout ce
qu'on peut dire *de plus* avantageux. »

8. On trouvera dans les *Lettres* (année 1674) la réponse de la Rochefoucauld à Mme de Rohan.

XII

OPINION DE DANIEL HUET SUR LES *MAXIMES* [1].

In iis sententiis quas pervulgavit (Roccafucaldius) sub Axiomatum nomine, pertinentque ad mores hominum, nihil est quod valde laudem : non enim ex nativo hominum ingenio et moribus integris, sed ex naturæ depravatione et animi humani corruptela petitæ sunt : ut quod generali vocabulo appellavit Axiomata, quasi omni hominum generi æque conveniant, rectius illa improborum hominum vitiis dicenda sint convenire [2].

1. Extrait de l'ouvrage intitulé : *Pet. Dan. Huetii, episcopi abrincensis, Commentarius de rebus ad eum pertinentibus, Amstelodami, apud H. du Sauzet, M.DCC.XVIII*, p. 316. — La vie de Pierre-Daniel Huet est assez connue ; nous rappellerons seulement qu'il est né à Caen en 1630, et qu'il arriva rapidement à la célébrité parmi les lettrés et les savants du siècle. Sous-précepteur du Dauphin en 1670, il est reçu bientôt après membre de l'Académie française. Évêque nommé de Soissons en 1685, il ne prend pas possession de son siége, et permute en 1689 avec l'évêque d'Avranches ; au bout de dix ans, ses infirmités l'obligent à se démettre de l'épiscopat, et il se retire dans la maison professe des Jésuites de Paris, où il meurt le 26 janvier 1721, à l'âge de quatre-vingt-onze ans. Il a laissé de nombreux ouvrages, qu'on ne lit plus guère, mais qui ont été pendant longtemps fort estimés.

2. « Dans ses *Maximes*, où il (*M. de la Rochefoucauld*) a peint les mœurs des hommes, je ne trouve pas grand'chose à louer sans réserve ; car ce n'est pas aux bonnes mœurs, mais aux mœurs corrompues, qu'il en a emprunté le sujet : de sorte que ce qu'il a appelé du nom général de *Maximes*, comme si elles étaient également applicables à tous les hommes, ne convient, à vrai dire, qu'aux hommes vicieux. » (*Mémoires de Daniel Huet, évêque d'Avranches, traduits pour la première fois du latin en français, par Ch. Nisard*, Paris, Hachette, 1853, p. 195.)

XIII

ARTICLE DU *JOURNAL DES SAVANTS*, SUR LES *MAXIMES*
DE LA ROCHEFOUCAULD (1665)[1].

PROJET D'ARTICLE.

C'est un traité des mouvements[2] du cœur de l'homme, qu'on peut dire lui avoir été comme inconnus jusques à cette heure[3]. Un seigneur, aussi grand en esprit qu'en naissance, en est l'auteur[4] ; mais ni sa grandeur ni son esprit[5] n'ont pu empêcher[6] qu'on n'en ait fait des jugements bien différents.

Les uns croient que c'est outrager les hommes que d'en faire

ARTICLE IMPRIMÉ (9 mars 1665).

Une personne de grande qualité et de grand mérite passe pour être auteur de ces Maximes ; mais, quelques lumières et quelque discernement qu'il ait fait paroître dans cet ouvrage, il n'a pas empêché que l'on n'en ait fait des jugements bien différents.

---

1. Extrait du tome II des *Portefeuilles de Vallant*, folios 148 et 160. — Cet article, véritable *réclame*, comme nous dirions aujourd'hui, est de Mme de Sablé (voyez la *Notice biographique*). Le *brouillon*, écrit de la main de Vallant (folio 148), sous la dictée de la marquise, est intitulé : *Ce que Madame a envoyé à M. de la Rochefoucauld pour le* Journal des Savants, *le 18 février* 1665. Il y en a plus loin (folio 160) une mise au net, qu'on pourrait croire datée du 28 février, le chiffre 1, sous la plume de Vallant, ressemblant fort au chiffre 2. Une autre copie avec corrections se trouve au tome V, folio 369 ; elle a pour titre : *Sur le livre de M. de la Rochefoucauld, pour mettre dans le* Journal des Savants. — Nous donnons le *Projet d'article* selon la mise au net, mais nous ajoutons dans les notes les premières leçons du *brouillon*. — Petitot (*Notice sur la Rochefoucauld*, en tête des *Mémoires*) et M. Sainte-Beuve (*Portraits de femmes*, M. de la Rochefoucauld, 15 janvier 1840) ont publié le *Projet d'article* ; V. Cousin y a depuis ajouté l'*Article imprimé* (*Madame de Sablé*, 1854 et 1859). Il se trouve à la page 116 du *Journal des Savants* (9 mars 1665), sous ce titre : « *Réflexions ou Sentences et Maximes morales*, à Paris, chez Claude Barbin, au Palais. » — Nous avons mis en italique les passages de l'*Article imprimé* qui diffèrent du *Projet d'article ;* ce sont probablement les retouches mêmes de la Rochefoucauld.

2. V. Cousin donne à tort : *du mouvement.*

3. Dans le *brouillon*, Mme de Sablé avait d'abord écrit : « qu'on peut dire avoir été comme inconnus jusques à cette heure *au même cœur qui les produit ;* » puis, après avoir effacé ces six derniers mots et y avoir substitué, au-dessus de la ligne, *lui*, elle les a rétablis, tout en laissant ce mot *lui*. Sans doute, après réflexion, elle est revenue, lors de la mise au net, à sa première correction.

4. Voyez plus haut, p. 356, note 4.

5. *Brouillon :* « *ni son esprit ni sa grandeur.* »

6. Au *brouillon* il y avait d'abord : « n'ont *pas empêché*, » qui a été corrigé en : « n'ont *pu empêcher.* »

PROJET D'ARTICLE.

ARTICLE IMPRIMÉ

une si terrible peinture[1], et que l'auteur n'en a pu prendre l'original qu'en lui-même[2]; ils disent qu'il est dangereux de mettre de telles pensées au jour, et qu'ayant si bien montré qu'on ne fait jamais de bonnes actions[3] que par de mauvais principes, on ne se mettra plus en peine de chercher la vertu[4], puisqu'il est impossible de l'avoir[5], si ce n'est en idée[6].

Les autres, au contraire, trouvent ce traité fort utile, parce qu'il découvre les fausses idées que les hommes ont d'eux-mêmes, et leur fait voir[7] que, sans la religion, ils sont incapables de faire aucun bien; qu'il est bon de se

L'on peut dire néanmoins que ce traité *est* fort utile, parce qu'il découvre *aux* hommes les fausses idées qu'*ils* ont d'eux-mêmes; *qu'il* leur fait voir que, sans *le christianisme*, ils sont incapables de faire aucun bien *qui ne soit*

---

1. Dans le *brouillon*, on avait d'abord mis *outrager*, puis on l'a effacé pour écrire, dans l'interligne : *trop offenser*, qu'on a ensuite effacé également, pour rétablir au-dessus *outrager*. — Autre version de la copie, dans le tome V de Vallant : « Les uns croient que c'est *injustement qu'on fait* une si terrible peinture *des* hommes. »

2. Voyez plus haut le *Discours sur les* Maximes, p. 367, la *Lettre* de la princesse de Guymené, p. 372, et, plus loin, la *Lettre* du chevalier de Meré, p. 396.

3. *Brouillon : « les* bonnes actions. » — V. Cousin, à tort : « *les belles* actions. »

4. *Brouillon : « ....* par de mauvais principes, *il semblera qu'il seroit inutile* (autres corrections sur le *brouillon : la plupart du monde croira qu'il est inutile d'entreprendre de pratiquer* la vertu; — on *se persuadera qu'il est inutile de* chercher la vertu). » — Le mot *chercher*, qui dans la mise au net a remplacé *pratiquer*, est, dans le *brouillon*, écrit d'une encre plus blanche, au-dessus de ce dernier mot, et nous paraît être de la main de la Rochefoucauld.

5. *Brouillon : « ....* puisqu'il est *comme* impossible d'en avoir. »

6. Dans la mise au net, la phrase s'arrête ici; le *brouillon* continue ainsi : « que c'est enfin renverser la morale (devant *morale*, il y a *philosophie*, effacé) de faire voir que toutes les vertus qu'elle nous enseigne ne sont que des chimères, puisqu'elles n'ont que de mauvaises fins. » — *Brouillon* du tome V : « .... que toutes les vertus qu'elle nous enseigne n'ont que de mauvaises fins, *et qu'elles* ne sont *par conséquent* que des chimères. » — L'alinéa tout entier a été supprimé par la Rochefoucauld; c'était *l'endroit sensible* dont il est question dans la lettre suivante.

7. Dans le *brouillon*, la première rédaction était : « trouvent *ces maximes* fort *utiles*, parce qu'*elles* découvre*nt aux* hommes les fausses idées qu'*ils* ont d'eux mêmes, et leur *font* voir; » mais on a substitué *traité* à *maximes* et fait, au *brouillon* même, les autres changements que ce premier rendait nécessaires.

connoître[1] tel qu'on est, quand il n'y auroit que cet avantage de n'être point trompé dans la connoissance qu'on peut avoir de soi-même[2].

Quoi qu'il en soit, il y a tant d'esprit dans cet ouvrage, et une si grande pénétration pour connoître le véritable état de l'homme, à ne regarder que sa nature[3], que toutes les personnes de bon sens[4] y trouveront une infinité de choses qu'ils[5] auroient peut-être ignorées toute leur vie[6], si cet auteur ne les avoit tirées du chaos du cœur de l'homme[7], pour les mettre dans un jour où quasi tout le monde peut les voir et les comprendre sans peine.

mêlé d'imperfection, et que rien n'est plus avantageux que de se connoître *tel que l'on est*[8] *en effet, afin de n'être* plus *trompé* par la *fausse* connoissance *que l'on a toujours de soi-même.*

Il y a tant d'esprit dans cet ouvrage, et une si grande pénétration pour *démêler la variété*[9] *des sentiments du cœur* de l'homme, que toutes les personnes *judicieuses* y trouveront une infinité de choses *fort utiles*, qu'*elles* auroient peut-être ignorées toute leur vie, si l'auteur *des Maximes* ne les avoit tirées *du chaos*, pour les mettre dans un jour où quasi tout le monde *les peut* voir et *les peut* comprendre sans peine.

---

1. *Brouillon* : « qu'il est *toujours* bon de se connoître. » — *Brouillon* du tome V : « qu'il est *utile* de se connoître. »

2. *Brouillon* : « quand même il n'y auroit *point d'autre* avantage *que celui* de n'être point trompé dans la connoissance qu'on a de soi-même, *et que cela suffit pour pardonner à l'auteur de nous avoir montré la nature corrompue.* »

3. Dans le texte de V. Cousin : « que *la* nature. »

4. *Brouillon* : « toutes les personnes *judicieuses.* » L'article imprimé, c'est-à-dire la Rochefoucauld, a repris cet adjectif.

5. Au dix-septième siècle, on mettait souvent, comme ici, le masculin après le mot *personne* (voyez ci-dessus, p. 391, la première phrase de la 2e colonne) ; on verra toutefois qu'ici le féminin a été rétabli, dans l'article imprimé, sans doute par la Rochefoucauld lui-même.

6. Dans le *brouillon* on avait mis d'abord : « une infinité de choses *fort utiles dont peut-être n'ont-ils jamais ouï parler, et qu'ils auroient ignorées sans doute* toute leur vie ; » puis on avait effacé les mots en italique jusqu'à *et* inclusivement ; *sans doute* avait été ajouté au-dessus de la ligne, puis effacé également et remplacé par *peut-être.*

7. *Brouillon* : « du chaos *de la nature.* »

8. V. Cousin donne à tort : « tel *qu'on* est ; » et, à la ligne suivante, *pas,* au lieu de *plus.*

9. V. Cousin donne, également à tort, *vérité,* au lieu de *variété.*

LETTRE D'ENVOI DE MADAME DE SABLÉ

A LA ROCHEFOUCAULD[1].

Je vous envoie ce que j'ai pu tirer de ma tête pour mettre dans le *Journal*[2]. J'y ai mis cet endroit qui vous est si sensible[3], afin que cela vous fasse surmonter la mauvaise honte qui vous fit donner au public la *Préface*[4] sans y rien retrancher, et je n'ai pas craint de le mettre, parce que je suis assurée que vous ne le ferez pas imprimer, quand même le reste[5] vous plairoit. Je vous assure aussi que je vous serai plus obligée d'en user[6] comme d'une chose qui seroit à vous[7], en le corrigeant ou en le jetant au feu[8], que si vous lui faisiez un honneur qu'il ne mérite pas. Nous autres, grands auteurs, sommes trop riches pour craindre de perdre[9] de nos productions. Mandez-moi ce qu'il vous semble[10] de ce dictum.

Le 18e février 1665.

1. Nous donnons cette lettre comme faisant partie intégrante de la pièce qui précède. Elle est également de la main de Vallant, avec ce titre : *Lettre de Madame à M. de la Rochefoacauld, en lui envoyant cet écrit pour le* Journal des Savants. Ici encore, à côté de la copie définitive, nous avons un *brouillon*, dont nous relèverons les premières leçons. M. Sainte-Beuve n'a cité que partiellement, mais exactement, cette lettre; V. Cousin l'a donnée tout entière, mais en mêlant le *brouillon* avec la mise au net.

2. *Brouillon* et texte de V. Cousin : « dans le Journal *des Savants.* »

3. Premières leçons du *brouillon :* « cet endroit qui *pour* vous est *le plus* sensible; » — « cet endroit *seul par où l'on vous peut condamner.* » — Seconde leçon, suivie à peu près par V. Cousin : « cet endroit qui *pour* vous est *le plus* sensible. »

4. *Brouillon* et texte de V. Cousin : « qui vous fit *mettre* la Préface. » — Comme le fait observer V. Cousin, il s'agit sans doute du *Discours sur les* Maximes, attribué à Segrais (voyez plus haut, p. 355 et suivantes). — Le *brouillon* portait d'abord : « qui vous *fait* mettre la Préface : » la correction *fit* indique qu'au 18 février 1665 (date de cette lettre) ce *Discours* et, par conséquent, les *Maximes* venaient seulement de paraître. En effet, ce n'est qu'au commencement de février 1665 que la Rochefoucauld se décida à livrer son œuvre au public, bien que l'impression du volume, commencée depuis un an, fût achevée depuis trois mois et plus (27 octobre 1664), sauf peut-être les cartons qu'il y introduisit au dernier moment (voyez la *Notice bibliographique*).

5. *Brouillon :* « la Préface sans y rien retrancher; *car je suis assurée que vous n'y laisserez pas cet endroit-là,* quand même le reste.... » Au-dessus des mots en italique, on a ajouté, dans le *brouillon,* ces mots du texte définitif : « ne le ferez pas imprimer. »

6. *Brouillon :* « plus obligée *si vous en usez.* »

7. On a vu plus haut que la Rochefoucauld a profité de la permission en supprimant *l'endroit sensible.*

8. *Brouillon* et texte de V. Cousin : « *pour le corriger* ou *pour le jeter* au feu. »

9. « ....*nous* sommes trop riches pour craindre de *rien* perdre. » (V. Cousin.)

10. *Brouillon :* « mandez-moi *seulement* ce qu'il vous semble. »

XIV

LETTRE DU CHEVALIER DE MERÉ A MADAME LA DUCHESSE DE ***[1].

Vous voulez que je vous écrive, Madame, et vous me l'avez commandé de si bonne grâce et si galamment, que je n'ai pu vous le

1. Cette pièce a été signalée à l'attention du public lettré par M. Sainte-
Beuve (*Derniers Portraits littéraires*, Paris, Didier, 1852, in-12, p. 116),
qui l'apprécie en ces termes, aussi justes que délicats : « Elle nous rend la
conversation d'un des hommes qui causaient le mieux, avec le plus de douceur et d'insinuation, de ce la Rochefoucauld qui n'avait de chagrin que ses
Maximes, mais qui, dans le commerce de la vie, savait si bien recouvrir son
secret d'une enveloppe flatteuse. La lettre du chevalier nous le montre devi-
sant et moralisant dans l'intimité; si fidèle qu'ait voulu être le secrétaire, on
sent, à le lire, qu'on n'a pu tout rendre, et l'on découvre bien, par-ci par-là,
quelque solution de continuité dans ce qu'il rapporte. *Il y a*, dit la Rochefoucauld (voyez la 4e des *Réflexions diverses*, p. 294, note 5), *des tons, des
airs et des manières, qui font tout ce qu'il y a d'agréable ou de désagréable,
de délicat ou de choquant dans la conversation;* mais quoique tout cela s'éva-
nouisse dès qu'on écrit, on croit saisir dans le mouvement prolongé du discours quelque chose même de ces tons qui faisaient de ce penseur amer un si
doux causeur, et qui attachaient en l'écoutant. Cette page du chevalier devrait
s'ajouter, dans les éditions de la Rochefoucauld, à la suite des *Réflexions
diverses*, dont elle semble une application vivante. » Duplessis a suivi le premier cette indication de M. Sainte-Beuve; nous la suivons à notre tour, après
avoir corrigé et complété le texte de cette pièce sur l'édition originale (*Lettres
de M. le chevalier de M.*, Paris, D. Thierry et Cl. Barbin, 1682, in-12, tome I,
p. 83-91). C'est également sur l'indication de M. Sainte-Beuve (*Portraits de
femmes*, M. de la Rochefoucauld, Paris, 1862, p. 271, 1re note) que nous
donnons, ci-après, deux *fables* de la Fontaine, une *ode* adressée à la Rochefoucauld par Mme des Houlières, l'*ode* de la Motte sur l'*Amour-propre*, et la
réplique en vers du marquis de Saint-Aulaire. — Georges *Gombauld de Plassac*,
chevalier de Meré, né, selon Moréri, vers la fin du seizième siècle, ou au
commencement du dix-septième, mort en 1685, dans un âge fort avancé, était
cadet d'une ancienne maison du Poitou. Après quelques campagnes sur mer,
il s'adonna aux lettres et au monde, où il fit fort bonne figure, et tint école
de *bon air* et de bon goût. Pascal le consultait sur des questions scientifiques :
Balzac et Ménage recherchaient son entretien ou sa correspondance, et il était
en commerce assidu avec le maréchal de Clérembaut, le duc de la Rochefoucauld, Ninon de l'Enclos, Mme de Sablé, Mme de Maintenon et la duchesse
de Lesdiguières. Quant à Mme de Sévigné, elle paraît l'avoir eu en assez médiocre estime, au moins comme écrivain; dans sa *Lettre* du 24 novembre 1679
(tome VI, p. 96 et 97), elle lui reproche *son chien de style*. Il est vrai qu'il
s'était permis de faire *une critique ridicule, en collet monté, d'un esprit libre,
badin et charmant comme Voiture*. Ses ouvrages ont été parfois confondus
avec ceux de son frère aîné, qu'on appelait plus particulièrement M. *de
Plassac* de Meré, écrivain lui-même, et plus *précieux* encore que le chevalier.
Les principaux écrits de ce dernier sont ses *Maximes, Sentences et Réflexions
morales et politiques* (1687), que nous avons souvent citées dans le courant
de ce volume, ses *Lettres* (1682), et les *Conversations* du M. D. C. et du C.
D. M. (*du maréchal de Clérembaut et du chevalier de Meré*, 1669). — On
ne sait ni la date de la lettre que nous donnons, ni le nom de la personne à
qui elle était adressée; on peut croire que c'était à la duchesse de Lesdiguières.

refuser ; mais ce qui m'a engagé à vous le promettre me devroit empêcher de vous le tenir ; car je vois par là que vous êtes si délicate en agrément qu'il faut qu'une chose, pour être à votre goût, soit excellente et d'un prix bien rare. Aussi, Madame, je ne vous écris pas tant par l'espérance de vous plaire que par la crainte de vous désobéir[1], et peut-être qu'il seroit encore de plus mauvais air de vous manquer de parole que de ne vous rien dire d'agréable. Quoi qu'il en soit, vous me donnez le moyen de me sauver de l'un et de l'autre, en m'ordonnant de vous rapporter la conversation que j'eus avanthier avec M. de la Rochefoucauld ; car il parla presque toujours, et vous savez comme il s'en acquitte[2]. Nous étions dans un coin de chambre, tête à tête, à nous entretenir sincèrement de tout ce qui nous venoit dans l'esprit. Nous lisions de temps en temps quelques rondeaux, où l'adresse et la délicatesse s'étoient épuisées. « Mon Dieu ! me dit-il, que le monde juge mal de ces sortes de beautés ! et ne m'avouerez-vous pas que nous sommes dans un temps où l'on ne se doit pas trop mêler d'écrire ? » Je lui répondis que j'en demeurois d'accord, et que je ne voyois point d'autre raison de cette injustice, si ce n'est que la plupart de ces juges n'ont ni goût ni esprit. « Ce n'est pas tant cela, ce me semble, reprit-il, que je ne sais quoi d'envieux et de malin qui fait mal prendre ce qu'on écrit de meilleur. — Ne vous l'imaginez pas, je vous prie, lui répartis-je, et soyez assuré qu'il est impossible de connoître le prix d'une chose excellente sans l'aimer, ni sans être favorable à celui qui l'a faite. Et comment peut-on mieux témoigner qu'on est stupide et sans goût, que d'être insensible aux charmes de l'esprit ? — J'ai remarqué, reprit-il, les défauts de l'esprit et du cœur de la plupart du monde, et ceux qui ne me connoissent que par là pensent que j'ai tous ces défauts, comme si j'avois fait mon portrait[3]. C'est une chose étrange que mes actions et mon procédé ne les en désabusent pas. — Vous me faites souvenir, lui dis-je, de cet admirable génie qui laissa tant de beaux ouvrages[4],

1. Le passage qui précède, depuis : « mais ce qui m'a engagé à vous le promettre, » avoit été supprimé par Duplessis ; nous le rétablissons d'après l'édition originale.

2. « Je n'ai jamais vu, dit Mme de Sévigné en parlant de la Rochefoucauld (*Lettres*, tome VI, p. 232), un homme.... plus aimable dans l'envie qu'il a de dire des choses agréables. » — Rapprochez de la *maxime* 100.

3. Voyez, ci-dessus, le *Discours sur les* Maximes, p. 367 ; la *Lettre* de la princesse de Guymené, p. 372 ; et le *Projet d'article* pour le *Journal des Savants*, par Mme de Sablé, p. 392. — Ce passage indiqueroit que cette conversation est postérieure, au moins, à la 1re édition des *Maximes* (1665).

4. Épicure. Ce philosophe a été un des plus féconds écrivains de l'antiquité. Le nombre des volumes qu'il avoit composés ne s'élevoit pas à moins de trois cents, d'après le témoignage de Diogène de Laërte, qui énumère ses principaux ouvrages. On sait qu'il n'en est à peu près rien parvenu jusqu'à nous. — Comme Saint-Évremond et tant d'autres hommes du monde d'alors, le che-

tant de chefs-d'œuvre d'esprit et d'invention, comme une vive lumière dont les uns furent éclairés et la plupart éblouis. Mais, parce qu'il étoit persuadé qu'on n'est heureux que par le plaisir, ni malheureux que par la douleur, ce qui me semble, à le bien examiner, plus clair que le jour, on l'a regardé comme l'auteur de la plus infâme et de la plus honteuse débauche, si bien que la pureté de ses mœurs ne le put exempter de cette horrible calomnie. — Je serois assez de son avis, me dit-il, et je crois qu'on pourroit faire une *maxime*, que la vertu mal entendue n'est guère moins incommode que le vice bien ménagé[1]. — Ha! Monsieur, m'écriai-je, il s'en faut bien garder; ces termes sont si scandaleux, qu'ils feroient condamner la chose du monde la plus honnête et la plus sainte. — Aussi n'usé-je de ces mots, me dit-il, que pour m'accommoder au langage de certaines gens qui donnent souvent le nom de vice à la vertu, et celui de vertu au vice; et parce que tout le monde veut être heureux, et que c'est le but où tendent toutes les actions de la vie, j'admire que ce qu'ils appellent vice soit ordinairement doux et commode, et que la vertu mal entendue soit âpre et pesante. Je ne m'étonne pas que ce grand homme ait eu tant d'ennemis; la véritable vertu se confie en elle-même; elle se montre sans artifice et d'un air simple et naturel, comme celle de Socrate; mais les faux honnêtes gens, aussi bien que les faux dévots, ne cherchent que l'apparence[2], et je crois que, dans la morale, Sénèque étoit un hypocrite et qu'Épicure étoit un saint. Je ne vois rien de si beau que la noblesse du cœur et la hauteur de l'esprit : c'est de là que procède la parfaite honnêteté, que je mets au-dessus de tout, et qui me semble à préférer, pour l'heur de la vie, à la possession d'un royaume. Ainsi j'aime la vraie vertu comme je hais le vrai vice; mais, selon mon sens, pour être effectivement vertueux, au moins pour l'être de bonne grâce, il faut savoir pratiquer les bienséances, juger sainement de tout, et donner l'avantage aux excellentes choses par-dessus celles qui ne sont que médiocres. La règle, à mon gré, la plus certaine pour ne pas douter si une chose est en perfection, c'est d'observer si elle sied bien à toute sorte d'égards[3], et rien ne me paroît de si mauvaise grâce que d'être un sot ou une sotte, et de se laisser empiéter aux préventions.

valier de Meré suivait la voie d'Épicure, rouverte au dix-septième siècle par Gassendi, Bernier, Hénault, la Mothe le Vayer, etc. — Voyez, plus loin, l'*Ode de Mme des Houlières*.

1. Après *ménage*, Duplessis ajoute à tort *n'est agréable*, que ne donne pas l'édition originale. — La Rochefoucauld n'a pas exprimé la première proposition de la *maxime* dont le chevalier lui attribue l'intention; mais il a rendu la seconde, sous diverses formes, dans ses *maximes* 90, 155, 251, 273, 354 et 468.

2. Rapprochez de la *maxime* 202.

3. Voyez la *maxime* 626, et la 1ʳᵉ des *Réflexions diverses*.

Nous devons quelque chose aux coutumes des lieux où nous vivons, pour ne pas choquer la révérence publique, quoique ces coutumes soient mauvaises; mais nous ne leur devons que de l'apparence : il faut les en payer et se bien garder de les approuver dans son cœur, de peur d'offenser la raison universelle, qui les condamne. Et puis, comme une vérité ne va jamais seule, il arrive aussi qu'une erreur en attire beaucoup d'autres[1]. Sur ce principe qu'on doit souhaiter d'être heureux, les honneurs, la beauté, la valeur, l'esprit, les richesses, et la vertu même, tout cela n'est à desirer que pour se rendre la vie agréable[2]. Il est à remarquer qu'on ne voit rien de pur ni de sincère, qu'il y a du bien et du mal en toutes les choses de la vie[3], qu il faut les prendre et les dispenser à notre usage[4], que le bonheur de l'un seroit souvent le malheur de l'autre, et que la vertu fuit l'excès comme le défaut. Peut-être qu'Aristide et Socrate n'étoient que trop vertueux, et qu'Alcibiade et Phédon ne l'étoient pas assez ; mais je ne sais si, pour vivre content et comme un honnête homme du monde, il ne vaudroit pas mieux être Alcibiade et Phédon qu'Aristide ou Socrate. Quantité de choses sont nécessaires pour être heureux, mais une seule suffit pour être à plaindre ; et ce sont les plaisirs de l'esprit et du corps qui rendent la vie douce et plaisante, comme les douleurs de l'un et de l'autre la font trouver dure et fâcheuse. Le plus heureux homme du monde n'a jamais tous ces plaisirs à souhait. Les plus grands de l'esprit, autant que j'en puis juger, c'est la véritable gloire et les belles connoissances, et je prends garde que ces gens-là ne les ont que bien peu, qui s'attachent beaucoup aux plaisirs du corps. Je trouve aussi que ces plaisirs sensuels sont grossiers, sujets au dégoût, et pas trop à rechercher, à moins que ceux de l'esprit ne s'y mêlent. Le plus sensible est celui de l'amour ; mais il passe bien vite si l'esprit n'est de la partie. Et comme les plaisirs de l'esprit surpassent de bien loin ceux du corps, il me semble aussi que les extrêmes douleurs corporelles sont beaucoup plus insupportables que celles de l'esprit[5]. Je vois de plus que ce qui sert d'un côté nuit d'un autre ; que le plaisir fait souvent naître la douleur, comme la douleur cause le plaisir[6], et que notre félicité dépend assez de la fortune, et plus encore de notre conduite[7]. »

<hr>

1. Voyez la *maxime* 230, et la 7ᵉ des *Réflexions diverses.*

2. Rapprochez de la *maxime* 213.

3. Voyez la *maxime* 52. — 4. Voyez la *maxime* 392.

5. Faut-il rappeler que la Rochefoucauld souffrait cruellement de la goutte, dont il est mort? — Voyez, ci-après, l'*Ode de Mme des Houlières.*

6. Rapprochez de la *maxime* 519.

7. Les *maximes* de l'auteur (*passim*) donnent beaucoup plus de part dans notre vie à la *fortune* qu'à la *conduite.* — Voyez, entre autres, les *maximes* 1, 57, 58, 323, 380, 470 et 631.

Je l'écoutois doucement, quand on nous vint interrompre, et j'étois presque d'accord de ce (*sic*) tout ce qu'il disoit. Si vous me voulez croire, Madame, vous goûterez les raisons d'un si parfaitement honnête homme, et vous ne serez pas la dupe de la fausse honnêteté.

XV

FABLE DE LA FONTAINE.

———

L'HOMME ET SON IMAGE[1].

POUR M. L. D. D. L. R.[2]

Un homme qui s'aimoit sans avoir de rivaux
Passoit dans son esprit pour le plus beau du monde.
Il accusoit toujours les miroirs d'être faux,
Vivant plus que content dans son erreur profonde.
Afin de le guérir, le sort officieux
    Présentoit partout à ses yeux
Les conseillers muets dont se servent nos dames :
Miroirs dans les logis, miroirs chez les marchands,
    Miroirs aux poches des galants,
    Miroirs aux ceintures des femmes[3].
Que fait notre Narcisse[4]? Il se va confiner
Aux lieux les plus cachés qu'il peut s'imaginer,
N'osant plus des miroirs éprouver l'aventure ;
Mais un canal, formé par une source pure,
    Se trouve en ces lieux écartés ;
Il s'y voit, il se fâche, et ses yeux irrités
Pensent apercevoir une chimère vaine.
Il fait tout ce qu'il peut pour éviter cette eau ;
    Mais quoi? le canal est si beau,
    Qu'il ne le quitte qu'avec peine.

    On voit bien où je veux venir.
Je parle à tous, et cette erreur extrême

1. Livre I, fable xi.

2. Telle est la seconde ligne de titre dans toutes les éditions qui ont été publiées du vivant de la Fontaine, et dont la première est de 1668. Ces initiales et le derniers vers de la *fable* désignaient assez clairement l'auteur des *Maximes*.

3. Voyez *la Place royale* de Corneille, acte II, scène ii, après le vers 377.

4. Voyez, plus loin, la *Réponse à* l'AMOUR-PROPRE, par le marquis de Saint-Aulaire, p. 412.

Est un mal que chacun se plaît d'entretenir.
Notre âme, c'est cet homme amoureux de lui-même ;
Tant de miroirs, ce sont les sottises d'autrui,
Miroirs, de nos défauts les peintres légitimes ;
Et quant au canal, c'est celui
Que chacun sait : le livre des *Maximes*.

XVI

AUTRE FABLE DE LA FONTAINE[1].

[*LES LAPINS.*]

DISCOURS A MONSIEUR LE DUC DE LA ROCHEFOUCAULD[2].

Je me suis souvent dit, voyant de quelle sorte
L'homme agit, et qu'il se comporte
En mille occasions comme les animaux :
Le roi de ces gens-là n'a pas moins de défauts
Que ses sujets, et la Nature
A mis dans chaque créature
Quelque grain d'une masse où puisent les esprits ;
J'entends les esprits corps et pétris de matière.
Je vais prouver ce que je dis.

A l'heure de l'affût, soit lorsque la lumière
Précipite ses traits dans l'humide séjour,
Soit lorsque le soleil rentre dans sa carrière,
Et que, n'étant plus nuit, il n'est pas encor jour,
Au bord de quelque bois, sur un arbre je grimpe,
Et nouveau Jupiter, du haut de cet Olympe
Je foudroie à discrétion
Un lapin qui n'y pensoit guère.
Je vois fuir aussitôt toute la nation
Des lapins, qui, sur la bruyère,
L'œil éveillé, l'oreille au guet,

---

1. Livre X, fable xiv, dans l'édition originale (1679); dans les éditions modernes, c'est la fable xv, parce qu'on a marqué du chiffre I le *Discours à Mme de la Sablière*, qui, dans la première impression, n'est pas numéroté.

2. C'est le seul titre de la fable dans la première édition; plus tard, les éditeurs l'ont intitulée *les Lapins*. Le fabuliste lui-même nous apprend dans le dernier vers que c'est la Rochefoucauld qui lui a *donné ce sujet* (voyez plus haut, p. 309 et note 3).

S'égayoient, et de thym parfumoient leur banquet.
    Le bruit du coup fait que la bande
    S'en va chercher sa sûreté
    Dans la souterraine cité ;
Mais le danger s'oublie, et cette peur si grande
S'évanouit bientôt : je revois les lapins,
Plus gais qu'auparavant, revenir sous mes mains.

Ne reconnoît-on pas en cela les humains ?
    Dispersés par quelque orage,
    A peine ils touchent le port,
    Qu'ils vont hasarder encor
    Même vent, même naufrage.
    Vrais lapins, on les revoit
    Sous les mains de la fortune.

Joignons à cet exemple une chose commune :
Quand des chiens étrangers passent par quelque endroit
    Qui n'est pas de leur détroit [1],
    Je laisse à penser quelle fête !
    Les chiens du lieu n'ayants [2] en tête
Qu'un intérêt de gueule, à cris, à coups de dents,
    Vous accompagnent ces passants
    Jusqu'aux confins du territoire.
Un intérêt de biens, de grandeur et de gloire
Aux gouverneurs d'États, à certains courtisans,
A gens de tous métiers, en fait tout autant faire.
    On nous voit tous, pour l'ordinaire,
Piller le survenant, nous jeter sur sa peau.
La coquette et l'auteur sont de ce caractère :
    Malheur à l'écrivain nouveau !
Le moins de gens qu'on peut à l'entour du gâteau,
    C'est le droit du jeu, c'est l'affaire.
Cent exemples pourroient appuyer mon discours ;
    Mais les ouvrages les plus courts
Sont toujours les meilleurs. En cela j'ai pour guides [3]
Tous les maîtres de l'art, et tiens qu'il faut laisser
Dans les plus beaux sujets quelque chose à penser :
    Ainsi ce discours doit cesser.

Vous qui m'avez donné ce qu'il a de solide,
Et dont la modestie égale la grandeur,
Qui ne pûtes jamais écouter sans pudeur
    La louange la plus permise,
    La plus juste et la mieux acquise ;

1. C'est-à-dire, *ressort, district.* Le mot, dans ce sens, a vieilli.
2. Le participe est ainsi au pluriel dans l'édition originale.
3. Tout en faisant rimer ce mot avec *solide,* la Fontaine l'a mis au pluriel,
comme le veut d'ailleurs le sens.

Vous enfin dont à peine ai-je encore obtenu
Que votre nom reçût ici quelques hommages [1]
Du temps et des censeurs défendant mes ouvrages,
Comme un nom qui, des ans et des peuples connu,
Fait honneur à la France en grands noms plus féconde
  Qu'aucun climat de l'univers ;
Permettez-moi, du moins, d'apprendre à tout le monde
Que vous m'avez donné le sujet de ces vers.

XVII

ODE DE MADAME DES HOULIÈRES [2].

A M. L. D. D. L. R.

Quel spectacle offre à ma vue
L'état où vous paroissez !
Ah ! que mon âme est émue,
Et que vous m'attendrissez !
Mais d'où vient ce dur silence ?
Pourquoi porter la constance
Jusqu'à ne point soupirer ?
Victime d'un fol usage,
Vous croyez que le vrai sage
Doit souffrir sans murmurer [3] ?

On règne sur la nature
Avec assez de succès,
Quand on fait que le murmure
Ne va point jusqu'à l'excès.
Je ris de ce fier stoïque
Qui dans les tourments se pique
D'avoir un visage égal ;
Qui, tandis qu'il en soupire,
A l'audace de nous dire :
« La douleur n'est point un mal. »

1. Voyez la fable précédente, dédiée comme celle-ci à la Rochefoucauld.

2. Extrait du recueil de *Poésies de Mme Deshoulières*, Paris, Veuve de S. Mabre-Cramoisy, 1688, p. 197 et suivantes. Cette pièce et les deux qui la suivent sont encore moins que les numéros xiv-xvi (voyez ci-dessus, p. 371, note 4) des *Jugements sur les* Maximes ; nous les donnons toutefois comme une annexe naturelle à ce qui précède. — Antoinette du Ligier de la Garde, femme de Guillaume seigneur des Houlières, née en 1638, morte en 1694, s'est essayée dans presque tous les genres poétiques, depuis la chanson jusqu'à la tragédie ; mais on ne se souvient plus guère que d'un petit nombre de ses églogues et de ses idylles, d'une surtout, les *Vers allégoriques à ses enfants*, datés de janvier 1693 : « Dans ces prés fleuris, etc. »

3. Cette ode fut sans doute adressée à la Rochefoucauld à l'occasion d'un de ces terribles accès de goutte dont il souffrait si cruellement, et dont Mme de Sévigné parle souvent.

Je sens que de la machine
Les invisibles ressorts,
Bien que l'âme soit divine,
L'unissent avec le corps.
A-t-elle quelque amertume ?
Le corps s'abat, se consume,
Et partage son ennui ;
Aux douleurs est-il en proie ?
L'âme ne sent plus de joie
Et s'affoiblit avec lui [1].

Tels, dans les transports qu'inspire
Cette agréable saison
Où le cœur à son empire
Assujettit la raison ;
Tels, dis-je, dans la jeunesse,
Pleins d'une vive tendresse
On voit deux parfaits amants
Que la sympathie assemble
Faire et partager ensemble
Leurs plaisirs et leurs tourments

Damon, dans tout ce qu'on nomme
Vulgairement un malheur
On s'abuse ; il n'est pour l'homme
De vrai mal que la douleur [2].
L'exil, l'obscure naissance,
La servile dépendance,
Le mépris, l'oppression,
La pauvreté, qu'on déteste,
Le trépas et tout le reste,
Sont des maux d'opinion.

Dans l'heureux siècle où sans guide
On laissoit aller les mœurs,
L'homme n'étoit point avide
De richesses ni d'honneurs ;
Il vivoit de fruits sauvages,
Dormoit sous les frais ombrages,
Buvoit dans un clair ruisseau ;
Sans bien, sans rang, sans envie,
Comme il entroit à la vie,
Il entroit dans le tombeau.

1. Voyez ci-dessus, p. 398, la *Lettre du chevalier de Meré*.

2. Mme des Houlières appartenait à la secte des *esprits forts* et des *épicuriens*, dont la *tradition*, comme le fait remarquer M. Sainte-Beuve, *fut ininterrompue* au dix-septième siècle (*Port-Royal*, tome III, p. 237).

Ce penchant pour les délices,
Qui nous suit jusqu'au cercueil,
Est, ainsi que tous les vices,
L'ouvrage de notre orgueil.
Dans une douce retraite,
Qu'avec plaisir il s'est faite,
Le sage est heureux sans bien :
De quoi pourroit-il se plaindre,
Lui qui ne voit rien à craindre
Et qui ne desire rien ?

Que sur lui la foudre gronde ;
Que les fougueux aquilons,
Sous sa nef, ouvrent de l'onde
Les gouffres les plus profonds ;
Qu'un tranchant acier s'apprête
A faire tomber sa tête,
Rien ne le peut émouvoir ;
Il est toujours impassible,
Sous quelque forme terrible
Que la mort se fasse voir [1].

Mais qu'intrépide, il affronte
Tant qu'il voudra cet instant
Qui n'est rien, et qu'à leur honte
Tous les hommes craignent tant :
Une douleur qui ne cède
Au temps non plus qu'au remède,
Triomphe de son repos ;
Il soupire en ce rencontre [2],
Et malgré sa force il montre
L'homme à travers le héros [3].

Vous qui marchez sur ses traces,
Vous que les cieux ennemis
A de si longues disgrâces
Ont injustement soumis,
Quittez ces dures contraintes ;
Adoucissez par des plaintes
De vos maux la cruauté :

1. Cette strophe remet en mémoire les célèbres vers d'Horace (livre III, *ode* III), dont elle est une imitation d'ailleurs assez faible :

Justum ac tenacem propositi virum, etc.

2. Le genre de ce mot, dans le sens d'*occasion, conjoncture*, a été longtemps indécis. Vaugelas et Ménage veulent qu'il soit toujours féminin ; Furetière (1690) ne l'admet au masculin qu'en style de blason.

3. Voyez la *maxime* 24.

Songez qu'insensible aux vôtres,
On vous croira pour les autres
Peu de sensibilité.

Pour le divorce qu'amènent
Ces contrastes douloureux
Où les éléments reprennent
Tout ce qu'on a reçu d'eux [1],
Réservez ce front tranquille :
C'est là qu'il est inutile
De se plaindre de ses maux ;
C'est là que l'orgueil succombe,
C'est là que le masque tombe
Qui couvroit tous nos défauts.

Oui, soyez alors plus ferme
Que ces vulgaires humains
Qui, près de leur dernier terme,
De vaines terreurs sont pleins :
En sage que rien n'offense,
Livrez-vous sans résistance
A d'inévitables traits,
Et d'une démarche égale
Passez cette onde fatale
Qu'on ne repasse jamais.

Tout ce qu'on a vu de sages
Aux plus renommés climats
Ont cherché, dans tous les âges,
Ce que c'est que le trépas ;
En vain ces esprits sublimes
Sondent de profonds abîmes
Pour nous en entretenir :
Pas un seul, dans leur grand nombre,
N'a pu percer la nuit sombre
Qui nous cache l'avenir.

Plein d'une austère sagesse,
L'un [2] fait de savants efforts
Pour établir que sans cesse
Les âmes changent de corps ;
L'autre [3], osant donner atteinte

1. Ces quatre vers assez obscurs sont pour signifier la *mort*, et la mort telle
que l'entendait Épicure, dont on retrouve encore un précepte, ou un encou-
ragement, dans la strophe suivante.
2. Pythagore.
3. Mme des Houlières veut sans doute parler d'Épicure ; mais l'opinion
qu'elle lui attribue avait été, avant lui, celle de Démocrite. « Démocrite et Épi-

A la salutaire crainte
Qu'on a du divin courroux,
Nous assure que la vie
De rien ne sera suivie,
Et que tout meurt avec nous.

Le plus fort de ces grands maîtres [1]
Se sert de tout son esprit
A soutenir que des êtres
La seule forme périt,
Que le corps se décompose,
Qu'il se fait de chaque chose
Des arrangements divers,
Et que toujours la matière,
Infinie, active, entière,
Circule dans l'univers.

D'autres croyent qu'au Tartare
Et qu'aux Champs-Élyséens
Un juste arrêt nous prépare
De grands maux ou de grands biens ;
Mais quand notre âme éclairée
Ne seroit pas assurée
Que c'est là le bon parti,
L'amour-propre feroit suivre
Une loi qui nous délivre
Du sort d'être anéanti.

D'autres.... Mais à quoi m'engage
Le soin de vous consoler ?
Il est un certain langage
Que je ne dois point parler.
Par une aveugle manie,

cure, dit Plutarque, croient que l'âme est corruptible et qu'elle périt avec le corps. » (*Des Opinions des philosophes*, livre IV, chapitre vii.)

1. Cette strophe, comme la précédente, manque de netteté et de précision. S'agit-il d'un philosophe moderne, de Spinoza, par exemple ? On pourrait le croire, car, deux strophes plus haut, Mme des Houlières parle des philosophes *de tous les âges*, et Bayle la rattache, par son maître Hénault, à la secte déjà fort suivie, même dès le dix-septième siècle, du célèbre panthéiste (voyez le *Dictionnaire* de Bayle, articles *Hénault* et *Spinoza*). Si, au contraire, il s'agit d'un ancien, à qui rapporter l'allusion, de Démocrite ou d'Épicure ? Mme des Houlières, dans ce cas, parlerait encore d'une doctrine qui leur était commune, car le second avait adopté, en très-grande partie, la théorie atomistique du premier. Ce verbe au présent : « *se sert* de tout son esprit, » ne convient pas bien à des philosophes dont nous n'avons plus les écrits. N'étaient les mots : « Le plus fort de ces grands maîtres, » on penserait plutôt à Lucrèce, qui, dans son poëme *de Rerum natura*, nous expose avec tant de vigueur et parfois d'éclat ces anciens systèmes de philosophie et de physique.

On borne notre génie [1]
A suivre un triste devoir ;
On veut qu'aux erreurs sujettes,
La Nature nous ait faites
Pour plaire, et non pour savoir.

Finissons donc un ouvrage
Écrit pour vous seulement,
Pour vous, Damon, de notre âge
La gloire et l'étonnement ;
Pour vous sur qui l'éloquence
A répandu, dès l'enfance,
Les trésors à pleines mains :
Pour vous de qui la sagesse
Passe celle dont la Grèce
Donna l'exemple aux Romains.

XVIII

L'AMOUR-PROPRE.

ODE A MONSEIGNEUR L'ÉVÊQUE DE SOISSONS [2],

par Houdar de la Motte (1709) [3].

Démêlons tous les stratagèmes
De l'instinct qui nous guide tous :
Mortels, nous nous aimons nous-mêmes,
Et nous n'aimons rien que pour nous [4].
De quelque vertu qu'on se pique,
Ce n'est qu'un voile chimérique
Dont l'amour-propre nous séduit [5] ;

1. Le génie des femmes.
2. Fabio BRÛLART de Sillery, évêque d'Avranches, puis de Soissons, membre
de l'Académie française, né le 25 octobre 1655, mort le 20 novembre 1714.
Sa mère était Marie-Catherine de la Rochefoucauld, sœur du moraliste, dont
il était ainsi neveu direct. Est-ce pour cela que la Motte lui dédia cette pièce,
qui n'est qu'une sorte de résumé en vers des *Maximes* ?
3. *Odes de M. de la Motte*, seconde édition augmentée de moitié, à Paris,
G. du Puis, 1709, p. 220 et suivantes. — Antoine Houdar de la Motte, né à
Paris en 1672, mort en 1731, membre de l'Académie française, a laissé des
opéras, des comédies, des tragédies, des odes, des fables, des églogues, et des
chansons anacréontiques, outre d'assez nombreux ouvrages en prose, qui traitent pour la plupart de questions littéraires. Il prit une part fort active à la
Querelle des Anciens et des Modernes.
4. Voyez les *maximes* 81, 236, 563, et la 2e des *Réflexions diverses*.
5. *Maxime* 12.

Je le sers en voulant m'en plaindre ;
C'est lui qui m'engage à le peindre,
Et contre lui-même il m'instruit.

Que nos amis, que nos maîtresses,
Objets apparents de nos vœux,
Ne pensent pas que nos tendresses
Ni que nos vrais soins soient pour eux [1].
Nos plaisirs font notre constance ;
Pourquoi de leur reconnoissance
Exigeons-nous l'injuste honneur ?
Que doivent-ils à notre ivresse ?
Leur bonheur ne nous intéresse
Qu'autant qu'il est notre bonheur.

Que nos vertus sont près du vice !
L'intérèt seul peut nous mouvoir [2] ;
L'homme, par goût de la justice,
Rarement s'immole au devoir.
Souvent la clémence est adresse [3] ;
La modération, paresse [4] ;
L'équité, peur des châtiments [5].
Cent vertus que l'erreur couronne,
Sont de vains noms que l'orgueil donne
A ses adroits déguisements [6].

Non qu'en naissant l'homme se sente
Diverses inclinations,
Source unique, source constante
De ses diverses actions :
L'un naît ami de la malice ;
L'autre d'un hasard plus propice
Tient un cœur sage et généreux ;
Mais sa sagesse fortuite
N'est qu'une vertu sans mérite,
Un amour-propre plus heureux.

Quelquefois au feu qui la charme
Résiste une jeune beauté,
Et contre elle-même elle s'arme
D'une pénible fermeté [7].
Hélas ! cette contrainte extrême
La prive du vice qu'elle aime,

1. *Maximes* 81, 83, 236, 374 et 500.
2. *Maximes* 187, 253 et 305. — 3. *Maxime* 15.
4. *Maxime* 17. — 5. *Maximes* 78, 578 et 580.
6. *Maxime-épigraphe* et *maxime* 1.
7. *Maximes* 205 et 220.

Pour fuir la honte qu'elle hait ;
Sa sévérité n'est que faste,
Et l'honneur de passer pour chaste
La résout à l'être en effet [1].

Sagesse pareille au courage
De nos plus superbes héros :
L'univers, qui les envisage,
Leur fait immoler leur repos ;
Qu'un moment leur cœur magnanime
Perde ces témoins, dont l'estime
Les soutenoit dans le danger
Je crains qu'alors il ne rachète
Par une lâcheté secrète
Des jours qu'il n'osoit ménager [2].

Vous, rares au siècle où nous sommes,
Grands que vos bienfaits font nommer
L'amour, les délices des hommes
Vous flattez-vous de les aimer ?
Des heureux qu'il vous plaît de faire
Vous attendez votre salaire :
Vous voulez régner sur les cœurs ;
Votre avare magnificence,
Par les faveurs qu'elle dispense,
S'achète des admirateurs [3].

Ainsi votre intérêt sait prendre
Un dehors sensible, empressé ;
Mais nous, ne croyons pas leur rendre
Un amour désintéressé.
Malgré leur attente déçue,
L'orgueil, d'une grâce reçue
Ne soutient qu'à regret le faix ;
Et par la plus tendre apparence
Notre ingrate reconnoissance
En veut à de nouveaux bienfaits [4].

En vain ce sévère stoïque,
Sous mille défauts abattu,
Se vante d'une âme héroïque
Toute vouée à la vertu :
Ce n'est point la vertu qu'il aime ;
Mais son cœur, ivre de lui-même,
Voudroit usurper les autels ;
Et par sa sagesse frivole

1. Maxime 1. — 2. Maximes 213, 215 et 221.
3. Maxime 246. — 4. Maximes 85, 223 et 298.

Il ne veut que parer l'idole
Qu'il offre au culte des mortels.

Jusqu'où l'amour-propre s'égare !
Souvent, aveugle en son dessein,
Il nous arme d'un fer barbare
Qu'il tourne contre notre sein [1].
Caton, d'une âme plus égale,
Sous l'heureux vainqueur de Pharsale
Eût souffert que Rome pliât ;
Mais incapable de se rendre,
Il n'eut pas la force d'attendre
Un pardon qui l'humiliât.

Quel est donc le fruit que j'espère
En traçant ces exemples vains ?
L'orgueil sera-t-il moins le père
Des fausses vertus des humains ?
Non, nul art ne s'en rend le maître :
C'est notre mobile, notre être ;
Tous nos desirs lui sont soumis [2] ;
Attachez, s'il se peut, au crime
L'applaudissement et l'estime,
La vertu n'aura plus d'amis.

Toi, qui dois aux vertus fardées
Livrer des combats assidus,
Docte BRÛLART, dans ces idées
Ne crois pas les saints confondus ;
Je connois la source éternelle
D'où coule une vertu réelle,
Et j'en respecte en toi l'effet ;
Mais j'ai peint de notre âme impure
Ce qu'elle tient de la nature,
Et non ce que la Grâce en fait [3].

1. *Maxime* 5o4. — 2. *Maxime* 35.
2. La Rochefoucauld dit la même chose dans la préface de la 5ᵉ édition,
ci-dessus, p. 3o. — Voyez aussi le *Discours sur les* Maximes, p. 362 et note 2.

XIX

RÉPONSE A *L'AMOUR-PROPRE*,

ODE DE M. DE LA MOTTE [1],

par le marquis de Saint-Aulaire [2].

J'entends murmurer la Nature :
« Quoi ? dit-elle, un ingrat, comblé de mes bienfaits,
S'en sert à diffamer dans sa noire peinture
    Mes ouvrages les plus parfaits !
    Des forêts un hôte sauvage
D'un ennemi trop foible épargnera le sang !
Un habitant des airs déchirera son flanc,
    Qu'à ses nourrissons il partage [3] !

Dans sa cruelle attente un grand peuple déçu
Aura vu d'un lion la famélique rage
Céder au souvenir d'un service reçu [4] !
    Nuit et jour une tourterelle
Plaindra de sa moitié l'absence ou le trépas,
    Et l'homme seul ne sera pas
Tendre, reconnoissant, magnanime, fidèle ! »

Mortels favorisés des plus riches trésors

1. En insérant cette réponse de Saint-Aulaire à la Motte, les rédacteurs des *Mémoires de Trévoux* (juin 1709, 2ᵉ partie, p. 974 et suivantes) la font précéder des réflexions suivantes : « Nous mettons rarement des vers dans notre *Journal;* mais ceux-ci sont assurément de notre ressort. La question importante agitée entre M. le marquis de Saint-Aulaire et M. de la Motte appartient à la philosophie et à l'histoire plus qu'à la poésie. La manière dont M. de Saint-Aulaire la traite la relève encore. Il a trouvé dans son cœur de quoi se convaincre de la fausseté du système de l'amour-propre dominant, et dans son esprit de quoi en convaincre tout le monde. Les grands hommes qu'il venge n'auroient pas choisi un autre défenseur, s'il leur eût été libre d'en choisir un. » — François-Joseph de Beaupoil, marquis de Saint-Aulaire, mort à Paris, le 17 décembre 1742, dans sa quatre-vingt-dix-huitième année, fut nommé membre de l'Académie française en 1706 ; il avait composé un assez grand nombre de vers, surtout pour la petite cour de la duchesse du Maine. à Sceaux ; mais il y en a peu d'imprimés, et l'auteur lui-même ne prit jamais le soin de les recueillir.

2. Nous écrivons ce nom comme l'écrivait l'auteur lui-même. La famille signe maintenant *Sainte-Aulaire.*

3. Le pélican. — Pour la croyance fabuleuse auquel ce passage fait allusion, et ce qui a pu y donner lieu, voyez le *Dictionnaire universel d'histoire naturelle* de Ch. d'Orbigny, tome IV, p. 553.

4. Le lion d'Androclès.

De cette mère qu'on offense,
Abandonnez-vous sa défense
Commise à mes foibles efforts?
Venez à mon secours, ô Vertus immortelles,
Amours des illustres humains,
Venez me tenir lieu des savantes pucelles [1].
  Quoi? n'êtes-vous comme elles
Que des noms inventés, que des fantômes vains?
  Découvrez les secrets mystères
Dont un cœur attendri du sort des malheureux,
Dont un vainqueur modeste, un ami généreux,
  Vous font seules dépositaires.
Que mille nobles faits dérobés aux regards
  Par la modestie alarmée
  Soient rendus à la Renommée!
Que vos adorateurs lèvent vos étendards;
  Qu'on sache que de leurs hommages
Le seul objet n'est pas la gloire qui vous suit,
  Qu'ils sont, loin du faste et du bruit,
  Contents de vos seuls témoignages!
Que des enfants de Mars, des soutiens de Thémis,
  Tant de cœurs qui vous sont soumis
S'empressent à venger vos beautés méprisées!
  Descendons aux Champs-Élysées
  Chercher vos fidèles. amis
  Au delà de cette onde noire!
Je vois déjà Plutarque et Laërce [2] irrités
Revendiquer l'honneur, défendre la mémoire
  Des grands hommes qu'ils ont vantés.
  J'entends, sous ces feuillages sombres,
  Contre les modernes humains
  Des sages Grecs. des fiers Romains
  Mesurer les illustres ombres.

« Ah! disent ces héros, quelle postérité
Succède aux fondateurs de nos superbes temples!
  Est-ce ainsi qu'elle a profité
  De nos conseils, de nos exemples?
  Hé quoi! ses plus rares esprits
Ne connoissent en eux que foiblesse et que vice,
  Et selon leurs nouveaux écrits,
  Chacun de nous fut un Narcisse [3]
De l'amour de lui-même uniquement épris!

---

1. Les Muses.
2. Diogène de Laërte, auteur des *Vies des philosophes*.
3. Voyez plus haut, p. 349, la fable de la Fontaine intitulée *l'Homme et son Image*.

> Ah ! si notre seule espérance
> Étoit l'honneur de plaire à ces hommes nouveaux,
> De nos soins et de nos travaux
> Quelle seroit la récompense
> Alceste, à ce bruit odieux,
> Fait revoir ce deuil plein de charmes
> Qui fléchit autrefois la rigueur de ces lieux [1] :
> L'injure qu'on fait à ses larmes
> En arrache encore à ses yeux.
> Du roi des Cariens la veuve [2] désolée
> Soupire au pied du mausolée.
> « N'aimé-je point Pollux? — N'aimé-je point Castor ? »
> Disent avec transport les fameux Tyndarides [3].
> D'Andromaque les yeux humides
> Se tournent tendrement sur ceux de son Hector [4].
> « Je n'aime donc point ma patrie ! »
> Dit Codrus travesti sous l'habit d'un soldat [5].
> A Curtius l'intérêt de l'État
> Fut-il moins cher que celui de sa vie?
> Vous en fûtes témoin, redoutable Minos,
> Quand, pour ses citoyens victime volontaire,
> Dans un chemin tracé par vos dieux infernaux,
> Il osa d'un coursier presser la marche fière
> Jusqu'au pied de vos tribunaux [6].
> Et vous, ô Régulus, orateur héroïque,
> Est-ce votre intérêt qui dictoit le discours
> Dont l'éloquence obtint que votre République
> A sa gloire immolàt vos jours [7] ?
> Pline de son héros modeste [8]
> Ne peut voir avilir les sincères vertus;
> J'entends gronder Caton, je vois frémir Brutus.
> Et Pylade embrasser Oreste. »

> Ainsi, quand d'un trouble nouveau

1. Alceste, femme d'Admète, roi de Thessalie, l'héroïne d'une des plus touchantes tragédies d'Euripide. Elle se dévoua à la mort pour sauver son époux, et fut ensuite ramenée des enfers par Hercule.

2. Artémise, veuve du roi de Carie, Mausole, d'où vient le nom de *mausolée*, au vers suivant.

3. Castor et Pollux eux-mêmes.

4. Voyez la fin du livre VI de l'*Iliade* d'Homère.

5. Codrus. dernier roi d'Athènes, ayant appris de l'oracle que, dans la guerre des Ioniens contre les Athéniens, la victoire demeurerait à celui des deux peuples dont le chef serait tué, se dévoua volontairement, en se jetant dans la mêlée, « travesti sous l'habit d'un soldat. »

6. On sait que ce jeune Romain, pour combler un gouffre qui s'était ouvert au milieu du Forum, s'y précipita à cheval et tout armé.

7. Voyez le traité *des Devoirs* de Cicéron, livre III, chapitre xxvii.

8. Ceci répond particulièrement à la septième strophe de la Motte. Le « héros

> La sage abeille inquiétée
> Avertit sa troupe écartée
> Dans les prés voisins du hameau,
> De la république légère
> Le tumultueux mouvement
> Et le confus bourdonnement
> Marquent sa crainte ou sa colère.
> Mais qu'on écoute; c'est Minos;
> Je reconnois son air terrible :

> « Quel attentat, dit-il, a pu de ces héros
>   Troubler la demeure paisible ?
> Respecte-t-on si peu leur gloire et leur repos ?
>   Rassurez-vous, Mânes illustres ;
>   En vain on vous dispute un rang
> Acquis par vos travaux, payé de votre sang
>   Révéré depuis tant de lustres :
> Quand les foibles mortels entendent raconter
>   De vos faits l'étonnante histoire,
>   La peine qu'ils ont à la croire
>   Vient de leur peine à l'imiter,
>   Et le comble de votre gloire
>   Est qu'ils en paroissent douter.
>   Des vertus la troupe céleste
> Est l'unique présent qui soit digne des Dieux ;
>   Sans elle, aux mortels odieux
>   La lumière seroit funeste,
> Qu'elles ne craignent rien de cet aimable auteur
> Qui semble les bannir de la nature humaine :
>   L'enthousiasme de sa veine
>   Est désavoué de son cœur ;
>   Nous l'avons appris de lui-même.
> Ne suivoient-elles pas l'appareil de son deuil,
>   Lorsque de ce guerrier [1] qu'il aime
> De tant de rares fleurs il orna le cercueil ?

modeste » de Pline, c'est l'empereur Trajan, dont il a exalté les vertus dans
un pompeux discours. Voyez ce qui est dit de la modestie de ce prince au
chapitre IV de ce *Panégyrique*.

1. « M. de Roquelaure, » disent en note les *Mémoires de Trévoux* ; on
trouve en effet, au tome I des *Œuvres de la Motte* (p. 376-380), une ode
intitulée : *l'Ombre du marquis de Roquelaure*. Le titre de *marquis* indique
assez qu'il ne s'agit pas du dernier duc de Roquelaure (Gaston-Jean-Baptiste-
Antoine), qui ne mourut d'ailleurs qu'en 1732, sept ans après la Motte lui-
même, mais probablement de son oncle *Jean-Louis* comte de Beaumont, puis
marquis de Roquelaure, lorsque Gaston, son neveu, devint duc. Le P. Anselme
et Moréri ne sont pas clairs en ce qui concerne la généalogie des derniers
Roquelaure ; il est vrai qu'il était assez difficile de s'y reconnaître, car le
premier maréchal de ce nom, père de Jean-Louis dont nous parlons, avait
laissé dix-huit enfants, dont neuf fils.

Quand un auditeur qui le loue
D'un modeste incarnat voit colorer sa joue,
Y voit-il l'amour-propre, y connoît-il l'orgueil ?
Ah ! mortel, si ta seule affaire
Est de t'aimer et de te plaire,
A remplir bien ou mal cet injuste devoir
Tu ne peux mériter ni peine, ni salaire ;
Et de mon tribunal trop doux ou trop sévère
Il faut abandonner l'inutile pouvoir.

AVERTISSEMENT

L'importance des *Maximes* et des *Réflexions diverses*, qui forment l'ensemble des *Œuvres morales* de la Rochefoucauld, nous a engagé à en donner une *Table* particulière, analytique et détaillée, de manière à faciliter les recherches des lecteurs. Un tel relevé n'avait pas été fait encore, ou du moins n'avait été fait qu'incomplétement. L'auteur lui-même, dans les cinq éditions qu'il a données de ses *Maximes*, s'était contenté d'une *Table alphabétique*, indiquant simplement le principal mot de la plupart de ses pensées, et, non sans de nombreuses lacunes, les numéros des pensées où ce mot revenait. Pour ne rien omettre de ce que contiennent les éditions originales, nous reproduisons d'abord la dernière *Table* qu'il ait publiée, à savoir celle de la 5ᵉ édition (1678), après en avoir corrigé les fautes purement matérielles. Ces fautes sont de deux sortes : certains numéros sont inexacts parce qu'ils se composent de chiffres intervertis ; d'autres sont devenus sans objet, parce qu'ils se rapportent à des *maximes* qui appartenaient bien à une ou plusieurs des quatre éditions précédentes, mais qui ne se trouvent plus dans la cinquième. Nous avons rectifié les uns et supprimé les autres. Nous n'avons rien ajouté d'ailleurs à cette *Table*, si incomplète qu'elle soit, voulant conserver pour les curieux ce premier essai de classification, tel qu'il avait été fait ou adopté par la Rochefoucauld[1].

Les éditions qui ont suivi se sont bornées également à la *Table alphabétique*, avec numéros des *maximes*. Dans le recueil d'Amelot de la Houssaye, les *maximes* qui se rapportent à un même mot sont arbitrairement réunies sous ce mot formant titre, et la suite des titres est rangée selon l'ordre alphabétique ; il semble dès lors qu'une table était inutile ; on en a cependant ajouté une qui, à peu de chose près, fait double emploi. La *Table* de l'abbé de la Roche ne diffère que par un petit nombre d'additions de celle de 1678. Brotier donne une triple table : une première, à peu près conforme à celle de 1678 (les fautes mêmes ne sont pas toutes corrigées) : une seconde, intitulée : *Table des premières pensées* ; une troisième, ayant pour titre : *Table générale*, mais ne se rapportant, malgré ce titre, qu'à ce qui n'est pas relevé dans les deux autres tables, c'est-à-dire aux *Réflexions diverses*, aux *Observations* de Brotier lui-même sur les *maximes*, etc.

Fortia, le premier, a donné une *Table* analytique des *Maximes* et des sept *Réflexions diverses* alors connues. Aimé-Martin s'est contenté de la réimprimer sans avertir le lecteur qu'elle était empruntée à Fortia. Duplessis est revenu au simple ordre alphabétique avec numéros, en laissant de côté les *Réflexions diverses*, mais en ajoutant aux *maximes définitives*, les *maximes supprimées*, et celles qui sont comprises au *Supplément* de 1693.

L'analyse de Fortia laissait fort à désirer ; bien des mots étaient omis ; des acceptions, souvent fort diverses, d'un même mot, étaient confondues sous un même titre, et si nous avons pu nous aider de son travail, nous n'en avons pas moins dû le refaire, soit pour le corriger, soit pour le compléter, particulièrement en ce qui concerne les douze *Réflexions diverses* qu'il n'a pas connues.

1. Nous indiquons en note, à la page suivante, les principales différences qui distinguent entre elles les *Tables* des éditions originales.

TABLE DES MATIÈRES

DE CES RÉFLEXIONS MORALES.

Le chiffre marque les maximes, et non pas les pages[1]

A

Aages (*sic*) de la vie, 405.
Accidents, 59.
Accents de pays, 342.
Actions, 7, 57, 58, 160, 161, 382, 409.
Affaires, 453.
Affectation, 134.
Afflictions, 232, 233, 355, 362.
Agrément, 240, 255.
Air bourgeois, 393.
Air composé, 495.
Ambition, 24, 91, 246, 293, 490.

Ame, 188, 193, 194.
Amitié, 80, 81, 83, 84, 85, 88, 114, 179, 235, 279, 286, 294, 296, 321, 410, 434, 440, 441, 473.
Amour, 68, 69, 70, 71, 72, 73, 74, 75, 76, 77, 111, 131, 136, 175, 176, 259, 262, 374, 385, 396, 440, 441, 473, 490, 501.
Amour-propre, 2, 3, 4, 46, 143, 228, 236, 247, 261, 262, 494, 500.

1. Tel est le titre dans l'édition de 1671 (sauf cette petite variante : *et non,* pour *et non pas*), dans celles de 1675, de 1678, et dans le *Supplément* de 1678. L'édition de 1666 a de moins l'avis qui concerne le chiffre. La table de la 1re édition et des trois autres impressions de 1665 est intitulée : *Table des matières contenues en ce livre par ordre alphabétique ;* et au-dessous on lit seulement : *Le chiffre marque les maximes.*

La table de 1665 se compose de 123 articles commençant tous, comme on le verra un peu plus bas, par la préposition *sur ;* celle de 1666, de 135 ; celle de 1671, de 136 ; celle de 1675, de 149 ; celle de 1678, de 172 ; enfin, la table du *Supplément* de 1678, de 68. L'édition de 1693 n'a point de table, au moins dans les divers exemplaires que nous avons pu voir.

La table de l'édition de 1665 renferme seule les articles suivants, qui ont été ou supprimés, ou divisés, abrégés, enfin modifiés d'une manière quelconque, dans les éditions postérieures : *Sur l'absence, sur les actions et les desseins, sur les résolutions pour l'avenir, sur les grandes âmes, sur l'application aux petites choses, sur l'aveuglement dans ses défauts, sur le .bon-*

heur et le malheur, sur la conduite cachée, sur la confiance de soi-même, sur la confidence, sur la colère, sur le desir des connoissances nouvelles, sur le conseil, sur les crimes (voyez Vices), sur les défauts (voyez Vices), sur les desseins (voyez Actions), sur la dissimulation, sur les enterrements, sur l'extérieur, sur l'estime, sur le fruit que l'on peut tirer de l'opinion d'être établi, sur la faveur, sur la haine que l'on a contre les favoris, sur l'avantage d'ignorer ses foiblesses, sur la bonne fortune, sur la grossièreté, sur l'honnêteté des femmes, sur l'ignorance de nos foiblesses, sur la force de l'inclination, sur la place que l'on doit donner aux différents intérêts, sur le jugement des choses, sur l'importunité, sur la louange, sur le luxe, sur le malheur (voyez Bonheur), sur la malignité, sur l'aversion du mensonge, sur les moyens de réussir, sur la niaiserie, sur l'oubli, sur la persévérance à vouloir persuader, sur la vertu des philosophes, sur l'art de plaire, sur les préceptes, sur les promesses, sur l'usage des grandes qualités, sur les réconciliations, sur la sévérité des femmes, sur la sobriété, sur les divers talents, sur les vices, les défauts et les crimes, sur l'attachement et sur le mépris de la vie, sur la victoire, sur la vogue, sur la vraisemblance. — La table de 1666 a beaucoup d'articles de moins, et seulement deux de plus (voyez ci-après) que celle de 1678. — La table de l'édition de 1671 donne seule *mépris* tout court, remplacé par les deux suivantes par *mépris de la mort*. — Les éditions de 1665, de 1666, de 1671 et de 1675 ont les articles *santé* et *secret*, qui ne sont pas reproduits en 1678. — L'article *gouverner* est dans les tables à partir de 1666 (une faute d'impression l'a changé en *gouverneur* dans celle de 1678). — *Ages de la vie* se trouve seulement dans les éditions de 1675 et de 1678. — Le *Supplément* de 1678 contient seul les articles : *aimer, ami, desirer, dupe, ennemi, excès, faute, fou, heureux, homme, humilier, jeune, imagination, ingrat, juger, médisant, paroître, plaire, remèdes* (qui, dans l'édition complète de 1678, devient *remèdes de l'amour*), *souhaiter, vieux.* — L'édition de 1678 contient les articles suivants, que ne donne aucune des éditions antérieures : *compassion de nos ennemis, desir, droiture, esprits médiocres, indiscrétion, médisance, remèdes de l'amour, sensibilité, travers, vieux fous.* — L'ordre alphabétique de ces anciennes tables est, on peut le voir à celle-ci, assez peu rigoureux.

1. Voyez ci-dessus, p. 83, note 3.

TABLE

ALPHABÉTIQUE ET ANALYTIQUE

DES *MAXIMES* ET DES *RÉFLEXIONS DIVERSES*

C'EST-A-DIRE DES ŒUVRES MORALES

DE LA ROCHEFOUCAULD.

A

conseils qu'on donne, 116. — Pourquoi celle des grands nous flatte, 239. — La fidélité est un moyen d'attirer la confiance, 247. — La raison doit la régler, 365. — La confiance fournit plus à la conversation que l'esprit, 421. — Pourquoi l'on se confie, 475, 624, et *Réflexions diverses*, p. 296.

La confiance est nécessaire et doit être réciproque dans la société, *Réflexions diverses*, p. 284 et 296. — Distinction entre la confiance et la sincérité, p. 294; les règles de la confiance sont plus étroites; ses bornes; elle plaît à qui la reçoit, p. 295. — Il ne faut pas se fier à tout le monde; à qui on peut se confier, p. 296. — Nos amis se font un droit sur notre confiance; quelle doit être alors notre conduite, p. 299.

CONFIANCE (assurance). Ce que produit la confiance de plaire, *maxime* 622. — Effet de la confiance en soi, 624.

CONFIDENCES. A qui il en faut faire, *Réflexions diverses*, p. 296; et n'en pas faire à demi, p. 297. — Règles à suivre pour garder le secret des confidences, p. 297-299.

CONJURATION. Intrépidité nécessaire dans les conjurations, *maxime* 614.

CONNAISSANCES (*de l'esprit*). Voyez APPRENDRE, LUMIÈRE (*de l'esprit*), SAVOIR. — Comment on connaît bien les choses; pourquoi nos connaissances sont imparfaites, *maxime* 106; et bornées, 482.

Nos connaissances bornées bornent notre goût, *Réflexions diverses*, p. 306.

CONNAISSANCES (relations de mon-

de). Ce qui nous fait aimer les nouvelles connaissances, *maxime* 178.

CONNAÎTRE. Il faut connaître, discerner et goûter la raison, *maxime* 105. — Nous ne connaissons ni toutes nos volontés, 295; ni l'action de notre corps sur nous, 297. — On connaît mieux les hommes qu'un homme, 436. — Si on connaissait les choses, on en désirerait peu, 439. — Nous ne connaissons pas la force de nos passions, 460; mais nous connaissons parfaitement nos fautes, 494.

CONNAÎTRE (SE). Comment on se connaît, *maxime* 345. — Ne pas se plaindre de ceux qui nous apprennent à nous connaître, 588.

On a souvent de la peine à laisser voir tout ce qu'on connaît de soi, *Réflexions diverses*, p. 285.

CONQUÊTES (*à la guerre*). Ce qu'on appelle de ce nom, *maxime* 608.

Alexandre le Grand moins grand par ses conquêtes que par ses qualités, *Réflexions diverses*, p. 317.

CONSEILS. Voyez PRÉCEPTES. — On les donne libéralement, *maxime* 110. — Comment on les demande et on les donne, 116. — Il faut profiter des bons, 283. — Leur inefficacité, 378.

On n'a pas assez de bon sens pour les bien recevoir, *Réflexions diverses*, p. 286.

CONSIDÉRATION (*dans le monde*). Voyez CRÉDIT, GLOIRE, RÉPUTATION. — Comment les philosophes y aspiraient, *maxime* 54. — Dans la perte de nos amis nous pleurons la perte de notre considération, 233.

CONSOLATION, CONSOLER. Les vieillards se consolent à donner

La gravité est un mystère du corps, 257. — Effets de ses humeurs, 297. — Il est moins paresseux que l'esprit, 487. — Effet du travail du corps, 535. — L'amour est à l'âme ce que l'âme est au corps, 576.

CORRIGER, SE CORRIGER. Ce n'est pas pour les corriger que nous reprenons les autres, *maxime* 37. — On ne se corrige pas de la faiblesse, 130. — C'est la fortune qui nous corrige le mieux de nos défauts, 154. — Les gens heureux ne se corrigent guère, 227. — On se fait honneur des défauts qu'on ne veut pas corriger, 442. — Il ne faut pas vouloir corriger la timidité, 480. — On se fait des défauts qu'on ne peut plus corriger, 493 ; ceux du prochain ne nous corrigent pas, 526.

Il faut laisser à nos amis le mérite de se corriger, *Réflexions diverses*, p. 284.

CORRUPTION. L'homme rougit de la sienne, *maxime* 523.

COULEUR. Il ne faut pas disputer du choix des couleurs, *maxime* 46. — Ce que produit le rapport des couleurs avec les traits, 240.

COUR. On n'y perd jamais l'air bourgeois, *maxime* 393.

COURAGE. Voyez VALEUR.

COUTUME. Voyez HABITUDE. — C'est par coutume qu'on souffre la mort, *maxime* 23.

Le goût se conforme à la coutume, *Réflexions diverses*, p. 306.

CRAINDRE, CRAINTE. La crainte est cause de la clémence, *maxime* 16. — Nous tenons nos promesses selon nos craintes, 38. — La crainte est un aliment de l'amour, 75. — L'amour de la justice n'est que la crainte de l'injustice, 78 et 578. — La crainte est une cause de réconciliation, 82. — Ce que nous craignons dans le mal que nous faisons, 180. — La crainte retient la coquetterie des femmes, 241. — Craindre le mépris, c'est le mériter, 322. — Nous craignons tout comme mortels, 511. — La crainte est inséparable de l'espérance, 515. — Ce qu'on craint quand on vient de faire des coquetteries, 640.

La crainte de lasser, ou d'être quitté, est une peine attachée à la vieillesse de l'amour, *Réflexions diverses*, p. 383. — Il faut craindre l'amour, p. 311.

CRAPAUDS. Ils font horreur et n'ont que du venin, *Réflexions diverses*, p. 308.

CRÉDIT (établissement dans le monde). Voyez CONSIDÉRATION, RÉPUTATION. — Pour arriver au crédit, on l'affecte, *maxime* 56.

CRIMES. Voyez FAUTES. — Ils sont la source de nos plus grands malheurs, *maxime* 183. — On condamne, sans les examiner. 267. — On en accuse à tort l'intérêt, 305. — Ils trouvent plus de protection que l'innocence, 465. — Dans quel cas on en suppose à la vertu, 489. — Les préceptes des philosophes n'ôtent pas les crimes, 589 — Comment certains crimes deviennent glorieux, 608. — Dans quel cas on n'en soupçonne pas les autres, 611.

Peut-être ceux de Tibère et de Néron nous éloignent-ils du vice, *Réflexions diverses*. p. 300. — Tous ceux de l'antiquité paraissent aujourd'hui en France, p. 343.

moins difficile à supporter que le bonheur, 25. — On n'est jamais si malheureux qu'on croit, 49 et 572. — Pourquoi on se fait honneur ou on se console d'être malheureux, 50 et 573. — D'où dépend le malheur, 61. — Il vaut mieux le supporter que le prévoir, 174. — Quels sont nos plus grands malheurs, 183. — Comment nous nous consolons de ceux de nos amis, 235. — C'est parfois un plus grand malheur, en amour, d'être détrompé que trompé, 395. — Fausse constance dans le malheur ; comment nous le supportons, 420. — On doit être sensible à celui des amis même ingrats, 434. — Pourquoi nous plaignons ceux de nos ennemis, 463. — On est malheureux d'être guéri des passions, 485. — Comment et pourquoi les hommes sont malheureux, 527 et 538. — Où le malheur va d'ordinaire, 551. — D'une sorte de bonheur dans le malheur, 570. — Le malheur de nos amis ne nous déplaît pas, 583.

Les malheurs imprévus causent l'apoplexie, *Réflexions diverses*, p. 311.

MALHONNÊTE HOMME. Il est insupportable d'être obligé à un malhonnête homme, *maxime* 317.

MALICE, MALIGNITÉ. Voyez MÉCHANCETÉ.

MANIÈRES. Voyez AIR, APPARENCES.

MARCHANDS. Pourquoi ils sont probes, *maxime* 223.

MARCHÉ. Dans quel cas on ferait un bon marché, *maxime* 454.

MARI. En quoi il lui est agréable d'avoir une femme jalouse, *maxime* 547.

Qui répond aux maris de la conduite de leurs femmes, *Réflexions diverses*, p. 324.

MARIAGE. Il n'y en a point de délicieux, *maxime* 113.

Quelle maladie est produite par l'ennui du mariage, *Réflexions diverses*, p. 311.

Marie, princesse d'York, fille de Jacques II, roi d'Angleterre, et mariée à Guillaume III, encore prince d'Orange. Comment elle fut mariée à ce prince, *Réflexions diverses*, p. 339-342. — Conséquences de ce mariage, p. 342.

Marius. Combien il a fait de gens vindicatifs, *Réflexions diverses*, p. 300.

Masaniello. Simple vendeur d'herbes, il se rend maître de la ville de Naples ; mais cette puissance ne dure que quinze jours, *Réflexions diverses*, p. 335 et 336.

MAUX. Voyez MAL, MALHEUR. — Nous supportons aisément ceux d'autrui, *maxime* 19. — Ceux dont la philosophie triomphe, et ceux auxquels elle succombe, 22. — Compensation des biens et des maux, 52. — La prudence se sert contre les maux des vertus et des vices, 182. — Nos propres maux nous portent à la pitié, 264. — Comment on s'en console, 325. — Dans quelle mesure nous les sentons, 339 et 528. — Dans la vieillesse, on vit pour les maux, non plus pour les plaisirs, *maxime* 430, et *Réflexions diverses*, p. 303. — Excessifs, on ne les sent plus, *maxime* 464. — La jalousie et la mort sont les plus grands de tous les maux, 503 et 504.

MAXIMES. Voyez SENTENCES.

MÉCHANCETÉ, MÉCHANT. Malignité de notre nature, *maxime* 230 — Quand les méchants sont le plus dangereux, 284. — La malice n'est pas la principale cause de la médisance, 483. — Les méchants mêmes respectent la vertu, 489.

La moquerie doit être exempte de malignité, *Réflexions diverses*, p. 327 et 328.

Mécompte. Ce qui fait le mécompte dans la reconnaissance, *maxime* 225.

Ce que produit le mécompte de nos jugements, *Réflexions diverses*, p. 312.

Médée. Ses poisons et ses parricides, *Réflexions diverses*, p. 343.

Médicis (Marie de), reine de France. Ses malheurs, *Réflexions diverses*, p. 331 et 332. — C'est elle qui a élevé Richelieu à la dignité de cardinal et de premier ministre ; ingratitude de ce dernier ; elle avait peu de vertus et de défauts qui la dussent faire craindre ; elle est morte de misère et presque de faim, p. 332.

Médire, Médisance. On médit de soi plutôt que de n'en rien dire, *maxime* 138. — Il y a des louanges qui médisent, 148. — La vanité est cause de médisance, 483.

Il ne faut pas médire de l'amour, *Réflexions diverses*, p. 311.

Méfiance. Voyez Défiance.

Mémoire. Chacun se plaint de la sienne, *maxime* 89. — Nous en avons trop et trop peu, 313.

Mensonge. Voyez Déguisement, Fausseté, Imposture. — D'où vient notre aversion pour le mensonge, *maxime* 63.

Méprendre (Se). Voyez Tromper (Se).

Mépris (*que l'on ressent*). On méprise ceux qui n'ont aucune vertu, *maxime* 186.

Mépris (*que l'on inspire*). La modération est une crainte de mériter le mépris, *maxime* 18. — Le craindre, c'est le mériter, 322.

Les vieillards sont méprisés, *Réflexions diverses*, p. 347.

Mépris de la mort. Voyez Mort.

Mer. Elle est une image de l'amour-propre, *maxime* 563.

Comparaison entre la mer et l'amour, *Réflexions diverses*, p. 299 et 300.

Mérite. Voyez Qualité, Talent, Vertu. — Singulière prétention de ceux qui croient avoir du mérite, *maxime* 50. — Comment nous jugeons du mérite de nos amis, 88. — Ne pas détromper ceux qui s'en croient, 92. — Marque d'un mérite extraordinaire, 95. — Pourquoi nous exagérons celui des autres, 143. — C'est à son mérite qu'on attribue les louanges qu'on reçoit, 144. — Rôle de la nature et de la fortune à l'égard du mérite, 153, et *Réflexions diverses*. p. 315 et 316. — Quelquefois le mérite est loin de plaire, *maxime* 155. — Singulier mérite de certains hommes, 156. — Le vrai mérite dépassé par la médiocrité, 162. — Il attire l'estime des honnêtes gens, 165. — Il est moins récompensé que ses apparences, 166. — Triste mérite de certains hommes, 273. — D'une façon de faire valoir notre mérite, 279. — Il a sa saison, comme les fruits, 291. — D'un certain mérite que ne peut avoir la modération, 293. — Le goût baisse avec le mérite, 379. — Il y a

N

ment la nature s'accorde avec la fortune pour faire des hommes extraordinaires, p. 315. — Quelle y est sa part et celle de la fortune ; ce qu'elle a fait pour Alexandre, Jules César, Pompée, Caton d'Utique, le Grand Condé et Turenne, p. 316-322. — D'un soin charitable qu'elle aurait pour les vieillards ; pourquoi elle donne des ailes aux chenilles, p. 323. — Elle ôte les désirs aux vieillards, p. 347.

Naturel (substantif). Le bon naturel est étouffé par l'intérêt, *maxime 275*. — Les jeunes gens confondent la grossièreté avec le naturel, 372.

Personne presque ne suit le sien, *Réflexions diverses*, p. 287.

Naturel (adjectif). Ce qui empêche d'être naturel, *maxime 431*. — Ce sont les choses naturelles qui charment, 618.

Il faut connaître notre air naturel, *Réflexions diverses*, p. 286. — Il faut dire des choses naturelles, p. 291.

Négociateur. Pourquoi l'on est souvent mécontent des négociateurs, *maxime 278*.

Néron, empereur romain. Peut-être ses crimes nous éloignent-ils du vice, *Réflexions diverses*, p. 300.

Niais, Niaiserie. Voyez Sot, Sottise.

Noblesse. Voyez l'article suivant. — De ceux qui prisent trop la leur, *maxime 508*.

Il ne faut pas la faire sentir, *Réflexions diverses*, p. 283.

Noms (Grands). Voyez l'article précédent. — Ils abaissent ceux qui ne les soutiennent pas, *maxime 94*.

Nouveauté. Ce qu'elle est à l'amour, *maxime 274*. — Elle

nous empêche de sentir les défauts de nos amis, *maxime 426*.

La grâce de la nouveauté passe vite, *Réflexions diverses*, p. 302 ; elle est perdue pour les vieillards, p. 347.

Nuire, Nuisible. Pourquoi la flatterie des autres nous nuit-elle ? *maxime 152*.

Nuit. A la guerre, elle cache les bonnes et les mauvaises actions, *maxime 215*.

O

Objets. La lumière les fait paraître, *maxime 380*.

Obligations, Obliger. Voyez Bienfaits, Dette, Reconnaissance, Services. — Comment on les reconnaît mal, *maxime 226*. — On s'acquitte volontiers des petites, non des grandes, 299. — Dans quel cas elles sont insupportables, 317.

Occasion. Voyez Accidents, Étoile, Fortune (sort, hasard). — Comment elles nous font connaître, *maxime 345*. — Il importe moins de les faire naître que d'en profiter, 453. — Dans quelle occasion on ferait un bon marché, 454. — Nos qualités dépendent des occasions, 470.

Occupations. Les vieillards sont maîtres des leurs, *Réflexions diverses*, p. 327.

Œuvre (Mise en). La fortune met en œuvre le mérite, *maxime 153*, et *Réflexions diverses*, p. 316. — Adroite mise en œuvre de médiocres qualités, *maxime 162* ; et de certains défauts, 354.

Office (Bon et mauvais). Dans quel cas on rend un mauvais office, *maxime 92*.

— Dieu nous en a donné de différents, et chacun a sa propriété, 505 et 594. — Celui des petites choses est contraire à celui des grandes, 569. — Chaque talent a ses propriétés et ses effets, 594.

Il y a un air qui convient à chaque talent, *Réflexions diverses*, p. 286. — Ce qui arriverait si les hommes s'en tenaient à leurs propres talents, p. 313.

TEIGNE. C'est l'avarice qui a produit cette maladie, *Réflexions diverses*, p. 311.

TEMPÉRAMENT. Voyez COMPLEXION. — Il produit la valeur des hommes et la vertu des femmes, *maxime* 220. — Son action sur l'esprit et sur le cœur des femmes, 346. — C'est lui qui nous soutient contre la mort, 504.

TEMPS. Il consume tout, *maxime* 233.

Son action sur l'amour et sur la vie, *Réflexions diverses*, p. 303. — C'est lui qui est responsable de la durée de l'amour, p. 344. — Il change l'humeur et les intérêts, p. 345. — Son effet sur les vieillards; les plus sages l'emploient à leur salut, p. 347.

TENDRE, TENDRESSE. On pleure pour avoir la réputation d'être tendre, *maxime* 233. — Nous voulons signaler notre tendresse pour nos amis, 235. — Pourquoi nous exagérons celle de nos amis pour nous, 279.

Tibère, empereur romain. Peut-être ses crimes nous éloignent-ils du vice, *Réflexions diverses*, p. 300.

TIÉDEUR. Elle est plus opposée au salut que la passion, *maxime* 341.

TIGRE. Cet animal est toujours farouche et cruel, *Réflexions diverses*, p. 307.

TIMIDITÉ. Voyez PEUR, POLTRONNERIE. — Elle rend souvent audacieux, *maximé* 11. — Elle nous retient dans le devoir, 169. — Il est dangereux d'en reprendre ceux qu'on en veut corriger, 480. — Il convient aux jeunes gens d'être timides, 495.

TONS. Voyez AIR.

TORT. Qui sont ceux qui ont le plus souvent tort, *maxime* 386. — Nous ne voulons jamais avoir tort quant à notre conduite, 494. — Les torts réciproques font durer les querelles, 496.

TRAHIR, TRAHISON. Voyez FAUSSETÉ, TROMPERIE. — On ne peut se consoler d'être trahi par ses amis, *maxime* 114. — D'où viennent les trahisons, 120 et 126.

TRAITS. Voyez VISAGE.

TRANSFORMATION. Celles de l'amour-propre, *maxime* 563.

TRANSPORT (*au cerveau*). Les procès le produisent, *Réflexions diverses*, p. 311.

TRAVAIL. Celui du corps délivre des peines de l'esprit, *maxime* 535.

TRAVERS. Voyez DÉFAUTS (*de l'esprit*), ESPRIT FAUX.

TRISTESSE. Elle a produit la maladie du scorbut, *Réflexions diverses*, p. 311.

TROMPER (SE). Voyez DUPE, FLATTER (SE). — On est souvent satisfait de se tromper soi-même, *maxime* 114; et rien n'est plus facile que de se tromper soi-même sans s'en apercevoir, 115. — Qui est l'homme qui se trompe le plus, 201. — Comment on se trompe

FIN DE LA TABLE ALPHABÉTIQUE ET ANALYTIQUE

DES ŒUVRES MORALES.

APPENDICE

AU TOME PREMIER

DES OEUVRES

DE LA ROCHEFOUCAULD

Par MM. D. L. GILBERT ET J. GOURDAULT

LE PREMIER TIRAGE DE CET APPENDICE, PUBLIÉ A PART,
A ÉTÉ FAIT EN 1883.

AVANT-PROPOS

DE L'APPENDICE.

Cet *Appendice* de notre tome I des *OEuvres de la Rochefoucauld* est relatif, presque en entier, à la critique et constitution du texte des *Maximes* et à la bibliographie. Ce qui y a donné lieu, ce sont, d'une part, des découvertes postérieures à la publication de ce tome I, qui a paru il y a quinze ans, en 1868, et, d'autre part, une difficulté qui s'est élevée pour nous, à notre grande surprise, quand nous avons eu à examiner comparativement, à l'occasion de deux de ces découvertes, les variantes du manuscrit cité par M. Gilbert dans son commentaire.

Le contenu de ce petit volume annexe est :
Pour les *Maximes,*
I° Le triple relevé des variantes :
a) du manuscrit autographe qui est aujourd'hui à Liancourt[1] et appartient au chef de la famille, M. le duc de la Rochefoucauld ;
b) de la copie portant la date de 1663, qui est à la Bibliothèque nationale ;
c) de l'édition de Hollande de 1664, que M. Willems a le premier fait connaître.
II° Les Maximes inédites que fournissent ces trois sources.
III° L'étude de M. Willems sur l'édition de 1664.
IV° Les leçons, corrigées dans les exemplaires de second état des *Maximes,* ou, au moyen de cartons, dans ceux de premier état.
V° Des tableaux de concordance rendant possible et facile la comparaison des divers textes.
VI° Pour les *Réflexions diverses,* les variantes et une longue addition inédite à la *Réflexion xvii,* que nous a données la collation d'un manuscrit, non mis à profit jusqu'à présent, qui appartient à M. le duc de la Roche-Guyon, et qui a été trouvé, tout récemment, dans sa bibliothèque du château de ce nom.
VII° Trois autres morceaux, tirés du même manuscrit, que nous croyons également inédits, et qui sont probablement de l'auteur des *Maximes.*
VIII° Une rédaction inédite, trouvée à la Bibliothèque nationale, du *Portrait du cardinal de Retz* (tome I, p. 15-21) ; et un petit nombre de variantes, sans importance, fournies aussi par le manuscrit de la Roche-Guyon, pour le même *Portrait,* dont l'attribution à la Roche-

---

1. Nous le désignons souvent, dans les comparaisons qui vont suivre, par l'abréviation Ms. L. ou simplement L., et ceux, dont il va être question, que MM. de Barthélemy et Gilbert appellent chacun leur « manuscrit autographe de la Roche-Guyon », par Ms. B., Ms. G. ou simplement B., G.

foucauld serait encore confirmée, s'il en était besoin, par l'insertion d'une copie de cette pièce dans ce volume manuscrit qui paraît bien ne contenir que de ses écrits.

IX° La *Notice bibliographique* de toutes les *OEuvres*. Nous l'ajoutons à cet *Appendice*, avec lequel elle cadre bien, parce qu'elle eût trop grossi le tome I, où notre premier dessein avait été de la mettre à la suite de la *Notice biographique*.

X° Les *Additions et Corrections* pour tous les volumes des *OEuvres*.

Ce que nous avons à dire sur la partie la plus importante de la section I de l'énumération qui précède, à savoir au sujet des *Variantes du manuscrit autographe*, étonnera sans doute le lecteur et nous a fort étonnés nous-mêmes. Nous n'avons rien négligé pour parvenir à élucider les faits, mais n'avons pu y réussir comme nous l'aurions voulu. Nous allons les exposer avec toute la netteté que laisse possible l'obscurité énigmatique de ce que nous avons à dire.

Il se trouve qu'il y a trois manuscrits honorés chacun du nom de « manuscrit autographe, » un par M. le comte Édouard de Barthélemy, un par feu M. Gilbert, et un par nous. Les deux manuscrits employés par eux diffèrent l'un de l'autre et plus encore du nôtre, de celui que nous nommons, du lieu où il est maintenant, « de Liancourt ».

M. Gilbert mentionne dans ses notes, comme données par son *autographe*, 100 maximes qui manquent au nôtre, et ne dit mot de 87 autres que celui-ci contient et qu'il est impossible de supposer absolument identiques, dans sa source à lui, avec le texte définitif : ce qui seul pourtant nous en pourrait expliquer l'omission. Pour celles qui sont dans les deux sources, la sienne et la nôtre, les dissemblances de texte sont très-nombreuses et très-notables : il sera facile d'en apprécier et la quantité et l'importance en comparant son commentaire du tome I avec le relevé, qui suit cet *Avant-propos*, des variantes du manuscrit de Liancourt. Nous ne parlons pas de l'ordre où les maximes sont rangées : M. Gilbert ne l'indique point.

La source où a puisé M. de Barthélemy ne nous intéresse point ici pour les mêmes motifs que celle de l'éditeur de notre tome I, M. Gilbert. Mais, en qualité de bibliographes et d'historiens du texte des *Maximes*, nous avons à en tenir compte comme ayant fourni une édition antérieure à la nôtre et curieuse à comparer avec notre source, à nous, le manuscrit de Liancourt. Les divergences sont considérables; elles consistent : 1° dans le nombre des maximes; le manuscrit de M. de Barthélemy lui en a donné 259[1], et à nous le nôtre 275; il a trouvé dans le sien, de plus que nous dans le nôtre, 5 maximes, et, de moins que nous, 21[2]; 2° dans l'ordre où elles sont

---

1. Il marque, par inadvertance, deux maximes du chiffre 99; mais, par compensation, il répète, sous les chiffres 24 et 233, une même maxime.

2. Nous avons, pour notre travail de rapprochement, fait dresser des tableaux comparatifs, propres à nous répondre de l'exactitude de nos calculs.

rangées[1]; 3º, un peu moins toutefois que pour celui de M. Gilbert,
dans de fort nombreuses et souvent fort grandes diversités de texte.

Quelques chiffres et quelques exemples suffiront à donner une idée
de la différence. Nous avons relevé, dans les cinquante premières
maximes de M. de Barthélemy, en n'y comprenant pas sa 16º
(notre DLXIII^e), 56 dissemblances, et, dans sa 16º seule, 22. Nous
nous bornerons à citer comme exemples les cinq maximes que voici,
choisies de côté et d'autre dans tout l'ouvrage :

Pour notre *Maxime* VIII, le Ms. L. (nº 121) a de plus que le ms. B.
(nº 19) toute cette fin de phrase : « et l'homme le plus simple qui
sent persuade mieux que celui qui n'a que la seule éloquence. »

De même, pour notre *Maxime* CCXXXVI (B. 223), il manque à M. de
Barthélemy (qui fait suivre de points les mots *et plus*, comme trouvant dans son texte une phrase inachevée) cette fin du Ms. L. (nº 48) :
« [et plus] abondant; c'est un désintéressement qu'il met à une furieuse usure; c'est enfin un ressort délicat avec lequel il remue, il
dispose et tourne tous les hommes en sa faveur. »

Maxime XVII (Ms. L. 72) : « La modération dans la bonne fortune est le calme de notre humeur adoucie par la satisfaction de l'esprit. » — Ms. B. (nº 35) : « La modération des personnes heureuses
est le calme de leur humeur adoucie par la possession du bien. »

Maxime LXXXVIII (Ms. L. 102) : « car nous voyons un amoureux,
agité de la rage où l'a mis un visible oubli ou infidélité découverte,
conjure[r] le Ciel et les Enfers contre sa maîtresse, et néanmoins, etc. »
— Ms. B. (nº 197) : « car nous voyons un amoureux, agité de la
rage où l'a mis l'oubli et l'infidélité de ce qu'il aime, méditer pour sa
vengeance tout ce que cette passion inspire de plus violent. Néanmoins, etc. »

Maxime DLXIII (Ms. L. 89) : « Il (l'amour-propre) passe même
dans le parti des gens de piété qui lui font la guerre.... Il ne faut
donc pas s'étonner s'il se joint à la plus sévère piété.... Quand on
pense qu'il quitte son plaisir, il le change seulement en satisfaction. » — Ms. B. (nº 16) : « Il passe même dans le parti des gens
qui lui font la guerre.... Il ne faut donc pas s'étonner s'il se joint
quelquefois à la plus rude austérité.... Quand on pense qu'il quitte
son plaisir, il ne fait que le suspendre ou le changer. »

Si maintenant nous comparons entre elles la source de M. Gilbert
et celle de M. Barthélemy, le premier donne les variantes de
97 maximes qui manquent chez le second et ne fait nulle mention

---

1. Voici la concordance ou plutôt la non-concordance de l'ordre et
du numérotage des dix premières :

Barth.	Lianc.	Barth.	Lianc.
1.	3	6.	113
2.	242	7.	184
3.	66	8.	152
4.	12	9.	92
5.	217	10.	43

Et les différences continuent ainsi jusqu'au bout.

de 88 des 259 de celui-ci. Des maximes qu'ils donnent tous deux, 91 sont de texte identique et 87 diffèrent. Nous n'avons point à entrer ici dans tout le détail des dissemblances. Il y en a çà et là qu'on peut dire énormes. Ainsi, pour notre *Maxime* CCLI (**B.** 231), le texte de M. Gilbert est : « Il y a des personnes.... qui sont dégoûtantes malgré toutes les bonnes qualités ; » celui de M. Barthélemy : « disgraciées de leurs bonnes qualités ; » pour notre *Maxime* XXII (**B.** 48), M. Gilbert : « La philosophie ne fait des merveilles que contre les maux passés ou contre ceux qui ne sont pas prêts d'arriver, mais elle n'a pas grande vertu contre les maux présents ; » et M. de Barthélemy : « La philosophie triomphe aisément des maux passés et de ceux qui ne sont pas près d'arriver, mais les maux présents triomphent d'elle ; » pour notre *Maxime* CCXLI (**B.** 227), M. Gilbert : « La coquetterie est le fond et l'humeur de toutes les femmes, mais toutes ne la mettent pas en pratique, parce que la coquetterie de quelques-unes est retenue par la crainte ou par la raison ; » et M. de Barthélemy : « La coquetterie est le fond de l'humeur de toutes les femmes, mais toutes en ont l'exercice, parce que la coquetterie de quelques-unes est arrêtée et renfermée par leur tempérament et par leur raison ».

Pour ces trois maximes, le texte de M. de Barthélemy est conforme à celui des n°s 98, 174 et 124 de Liancourt, à deux variantes près dans la dernière (CCXLI) : « en ont l'exercice » pour « n'en ont pas l'exercice, » leçon impossible ; et « renfermée » au lieu d' « enfermée ». Pour la première et la seconde (CCLI et XXII), le texte de M. Gilbert n'est nulle part que chez lui ; pour la troisième (CCXLI), sa source est conforme, sauf « le fond et l'humeur » pour « le fond de l'humeur, » à l'édition définitive de 1678.

Nous croyons en avoir dit plutôt trop que pas assez pour mettre hors de doute que les trois textes, celui de l'édition de M. de Barthélemy, un second à constituer d'après les variantes relevées en note par M. Gilbert dans notre tome I, et enfin celui du manuscrit de Liancourt, sortent de trois sources bien distinctes. La comparaison avec les nombreux autographes qui ont été conservés de la Rochefoucauld nous permet d'affirmer que le manuscrit de Liancourt est bien de sa main. MM. de Barthélemy et Gilbert affirment, de leur côté, que les leurs sont également de son écriture.

J'ai coutume, malgré ma confiance en mes collaborateurs, de tenir à me bien rendre compte par moi-même et de mes yeux, pour peu qu'il soit possible, de la constitution des textes, à examiner de près les originaux collationnés. Mais, dans le temps de l'impression des *Maximes*, après la collation faite par M. Gilbert, il m'eût paru indiscret de demander au possesseur d'alors du précieux manuscrit, M. le duc de la Rochefoucauld, aïeul du chef actuel de la famille et père de M. le duc de la Roche-Guyon, une communication nouvelle, qui, à ses yeux, eût été une grande et inutile faveur impliquant, sans motif, un défiant besoin de contrôle. Je devais, et le fis, m'en rapporter à M. Gilbert de la comparaison de l'autographe avec notre texte définitif, de 1678, et accessoirement avec l'édition de M. de Barthélemy.

D'après ce que m'avait dit le feu duc de la Rochefoucauld que je
viens de nommer, quand, dans une visite dont je vais parler, il me
montra le manuscrit de Liancourt, et ce que confirment aujourd'hui,
comme étant la tradition de la famille, son fils puîné M. le duc de la
Roche-Guyon et, puis-je ajouter, Mme la duchesse, ainsi que leur
fils aîné M. le comte Pierre de la Rochefoucauld, j'étais bien con-
vaincu, et devais l'être, qu'il n'existait qu'un seul manuscrit des
Maximes écrit de la main de l'illustre auteur antérieurement à l'impression : rien absolument ne pouvait me faire ou laisser supposer
qu'il y en eût deux autres.

Or il y a, je l'atteste, toute certitude que ce manuscrit qui m'avait
été déclaré unique et montré comme tel, et dont l'authenticité est
rendue indubitable par les rapprochements, dont j'ai parlé, avec
d'autres autographes, et par une note écrite en tête du volume par
une personne évidemment bien informée, que ce manuscrit, dis-je,
est bien celui que, depuis l'impression de notre tome I, M. le duc
actuel de la Rochefoucauld a eu, par deux fois, la bonté de nous communiquer et dont nous avons tiré les variantes données dans cet
Appendice. Il a été transporté, en 1870, de la Roche-Guyon à Liancourt, où, il y a plusieurs années, dans la visite mentionnée plus
haut, je l'avais, sans en rapprocher alors le texte des notes de
M. Gilbert, attentivement examiné au dedans et au dehors, pris
copie de la note initiale, rédigé une description minutieusement
exacte, lesquelles sont reproduites ci-après, note et description, dans
la *Notice bibliographique*. C'est pour pouvoir le comparer de près à
l'édition hollandaise de 1664 que j'ai, il y a peu de temps, témoigné
le désir, qui a été obligeamment satisfait, d'avoir le respectable volume à ma disposition pendant quelques jours; et alors j'en ai tout
reconnu entièrement conforme à mes souvenirs, intérieur et extérieur, la note initiale, la suite des morceaux, l'écriture, la reliure de
parchemin, tout, en un mot, tel qu'il est décrit ci-après, p. 107-108.
Et, de son côté, M. le comte Pierre de la Rochefoucauld nous dit se
rappeler très-bien qu'il le voyait, ainsi relié en vieux parchemin,
enfermé dans une vitrine placée au milieu de la table de la bibliothèque de la Roche-Guyon, et sur laquelle son grand-père prenait
plaisir à attirer son attention.

Voilà donc tout parfaitement éclairci au sujet du manuscrit que
nous nommons « de Liancourt » et d'où est extraite la première
série de variantes de cet *Appendice*. Il reste maintenant à se demander : « Que sont et où sont les manuscrits de MM. de Barthélemy et Gilbert ? » Aidés de toute la bonne volonté des nobles pro-
priétaires de Liancourt et de la Roche-Guyon, nous n'avons rien
négligé pour retrouver ces deux textes. Tout récemment, mon fils
est allé successivement à l'un et l'autre château et y a cherché dans
les bibliothèques et partout, vu un à un tous les volumes : à
Liancourt, libéralement autorisé par M. le duc de la Rochefoucauld,
et en compagnie d'un de nos collaborateurs; à la Roche-Guyon,
avec M. le comte Pierre de la Rochefoucauld, qui a bien voulu diriger
lui-même la recherche. Dans les deux endroits, l'enquête a été abso-

lument vaine : on n'a trouvé de manuscrit des *Maximes* que le nôtre,
le manuscrit nommé par nous « de Liancourt, » nul autre autographe, nulle autre copie de cet ouvrage.

A supposer, ce qui est, nous dit-on, on ne peut plus invraisemblable, que les deux volumes, deux bien distincts, jadis collationnés
à la Roche-Guyon par M. de Barthélemy et ensuite par M. Gilbert,
aient depuis disparu, aient été soit détruits, soit dérobés, il demeure
toujours, d'abord bien étonnant que la famille ait possédé, et cela
sans le savoir, sans qu'elle en ait gardé nul souvenir, une triple
rédaction autographe des *Maximes*, puis à peu près inexplicable que,
par hasard, sans dessein de faire une différence dans les communications, l'un des deux manuscrits aujourd'hui introuvables ait été
communiqué à M. de Barthélemy[1], l'autre à M. Gilbert, et enfin à
nous un autre encore, un troisième, qui heureusement, avec tous les
caractères, nous l'avons dit, de parfaite authenticité, est toujours visible et tangible et d'existence bien actuelle.

Malgré cet étonnement, cette difficulté d'expliquer, il est impossible de révoquer en doute ce fait, que ces deux honorables érudits
ont eu à leur disposition deux textes différents du nôtre et différents
entre eux, d'où l'un a tiré son édition, l'autre ses variantes; et nous
nous trouvons réduits à dire qu'il y a là une singulière énigme : en
vain nous en avons cherché, en cherchons encore le mot; nous serions heureux que de façon ou d'autre le jour se fît.

Nous n'avons pas à nous étendre sur la plupart des autres parties
de l'*Appendice*. Ce qui est à en dire se trouve soit dans l'énumération par laquelle commence cet *Avant-propos*, soit dans les courtes
notices et dans les notes qui accompagnent chacune de ces parties.
Nous ne nous arrêterons un peu que sur les sections VI et VII, les
Morceaux que nous croyons inédits.

Pour achever d'abord ce qui concerne la section I, les *Variantes
des Maximes*, on a vu qu'il y en avait un triple relevé. Outre le
manuscrit autographe de Liancourt, dont nous ne savons point la
date, mais dont la rédaction a suivi probablement d'assez près le
temps des billets échangés avec Mme de Sablé qui sont dans la
1re partie du tome III et qui pourraient bien être, pour la plupart,
de 1659, 1660, 1661, il nous a paru intéressant de donner le moyen
de rapprocher de la 1re édition, de 1665, deux textes portant les
dates des deux années immédiatement précédentes, l'un, manuscrit,
de 1663, l'autre, imprimé, de 1664[2], dates qui sans doute ne marquent

----

1. On a tiré, nous écrit-il, le manuscrit, pour le mettre, sur place,
à sa disposition, de cette vitrine dont, de son côté, nous a parlé M. le
comte Pierre de la Rochefoucauld.

2. Voyez, au sujet de l'un et de l'autre de ces anciens textes, la
Notice bibliographique, p. 110 (n° 4) et 117, et, pour le second, la section III de cet *Appendice*. — Le manuscrit de 1663 est plein de fautes,
mais de fautes qui, sauf certaines omissions, sont faciles à corriger et ne cachent ni ne dénaturent l'ancienne rédaction dont il est la copie et qui, du

pas le temps de la composition de chacun d'eux, mais nous font remonter, ainsi que le volume autographe de Liancourt, au delà de l'impression avouée et voulue par la Rochefoucauld. Ils appartiennent donc tous trois à l'époque que nous pouvons nommer de première élaboration, et, par les différences qui les distinguent, nous montrent combien l'auteur a travaillé sa pensée et son style, quelle peine il avait à se contenter. C'est, au reste, ce que confirment, comparées entre elles, les cinq éditions mises au jour par l'auteur, de 1665 à 1678.

Nous avons une autre preuve de sa sévère attention, de son besoin de perfection, dans les remaniements et les tirages divers d'une même édition, les changements faits pendant l'impression, les exemplaires de premier et de second état de 1665 (un de premier état de 1675), les corrections au moyen de cartons, en un mot dans l'espèce de variantes qui fait l'objet de notre IVe section (ci-après, p. 61-65).

Nous croyons qu'on nous saura gré de la IIIe, qui est la reproduction de l'étude de M. Willems sur une de nos sources de variantes, l'édition hollandaise de 1664, qu'il a le premier, nous l'avons dit, fait connaître[1]. Il nous a gracieusement autorisé à réimprimer cette étude. Elle garde un véritable intérêt et demeure un modèle en son genre, bien que la substitution du manuscrit de Liancourt à celui de M. Gilbert y puisse paraître désirable, et que, tout au moins, le compte à tenir maintenant de cet autographe nouvellement collationné rende opportunes quelques modifications et additions que l'auteur a bien voulu nous permettre de faire en note[2].

reste, ainsi que celle de 1664, a beaucoup de ressemblance avec celle du manuscrit de Liancourt.

1. Voyez ci-après la *Notice bibliographique*, p. 117, note 1.

2. A l'occasion de cette étude de M. Willems, il convient d'en mentioner une autre que M. F.-A. Aulard, professeur à la Faculté de Poitiers, a insérée dans le 1er numéro (janvier 1883) du *Bulletin mensuel* de cette faculté, sous ce titre : *La Première édition des* Maximes *de la Rochefoucauld, étude bibliographique et littéraire.* Ce n'est pas le lieu d'examiner les conjectures de M. Aulard sur le *Discours préliminaire* de l'édition de 1665 ; l'étude est intéressante à lire, et l'on ne peut que savoir très-bon gré à l'auteur d'avoir appelé l'attention des étudiants sur l'utilité de la bibliographie, sur « les renseignements précis » qu'elle peut apporter à la critique (p. 26). Seulement je lui demanderai si lui-même croit avoir été précis, et juste, ajouterai-je, lorsqu'il reproche, comme une « erreur grave, » à M. Gilbert d'avoir ignoré, en 1868, l'édition elzevirienne de 1664, sans ajouter combien cette ignorance était alors pardonnable. C'est en 1879 que M. Willems, dans le petit Mémoire que nous réimprimons, a le premier révélé l'existence du livret hollandais, que, l'année suivante, il a enregistré, sous le n° 889 (p. 222), dans son magnifique ouvrage des *Elzevier* (Bruxelles, 1880). Jusqu'ici on ne connaît ou du moins n'a fait connaître que deux exemplaires de cette édition[a]. M. Rochebilière a fait mystère du sien à nous, à tous peut-être, et par aucun autre possesseur, s'il en est, on n'avait absolument rien appris, au moment où pa-

[a] Cela était vrai quand j'écrivais cet *Avant-propos.* Le catalogue mensuel de la librairie Durel, de mars 1883, en a annoncé un troisième, qui, je le sais, est déjà vendu.

Demeurée vaine pour son objet, la recherche, dont nous avons parlé, faite au château de la Roche-Guyon, a eu un fruit inattendu, dont il est dit un mot déjà au commencement de cet *Avant-propos*, au sujet des sections VI à VIII de l'*Appendice*. Mon fils a eu la bonne fortune d'y trouver une copie, non mise à profit jusqu'ici, des *Réflexions diverses*, complète moins deux. Sans parler des variantes et d'une curieuse addition inédite, sur le projet de mariage de Mademoiselle et de Lauzun, qu'elle nous fournit pour ces *Réflexions*, elle nous donne, outre une transcription du *Portrait de Retz*, avec quelques leçons différant de notre texte du tome I, trois morceaux dont l'attribution à la Rochefoucauld est rendue bien vraisemblable par leur présence dans ce volume où il n'y a rien du reste qui ne soit de lui, et où il nous semble qu'ils ne font disparate ni par la nature et le tour des idées ni par le style. M. le duc de la Roche-Guyon a bien voulu nous permettre d'en enrichir notre édition. Nous les croyons inédits et, les ayant communiqués à deux érudits qui, plus que personne, ont pratiqué le dix-septième siècle et connaissent ce qui nous en reste, MM. de Boislisle et Tamizey de Larroque, ils nous ont dit ne pas se souvenir de les avoir rencontrés ailleurs. Notre collaborateur et ami M. Paul Mesnard, dont la mémoire a aussi, en

raissait notre tome Iᵉʳ. C'est, je le suppose, ce que M. Aulard ne savait pas ; le sachant, il l'eût dit et excusé l'inévitable inexactitude qu'il relevait.

Qu'il me permette de lui signaler aussi, au début de son étude (p. 27), ce passage, qui n'est pas non plus juste, ce me semble, et même doit mal rendre sa pensée : « Dire que les *Maximes* parurent en 1665, comme on le lit presque partout, même dans le la Rochefoucauld de la collection des *Grands Écrivains*, c'est donner une idée peu juste de l'époque exacte où ces *Maximes* furent composées, connues et même, comme on va le voir, imprimées. » Dater de 1665 la première édition de l'ouvrage, et en 1868 M. Aulard l'eût datée de même, est-ce dire, ce que sa phrase donne à penser, que cet ouvrage n'a été *composé* et *connu* que cette année-là ? M. Gilbert remettait à la *Notice biographique* l'histoire de la composition des *Maximes*, qui avait tenu une si grande place dans la vie de l'auteur ; mais, dès la courte préface dont elles sont précédées dans notre tome I, il avait renvoyé aux billets qui devaient être insérés, et l'ont été, dans la 1ʳᵉ partie du tome III, aux papiers de Mme de Sablé, et M. Gourdault, qui a écrit, après la mort de M. Gilbert, la biographie, a soin de dire là (p. LXXII) qu' « il y avait bien six ou sept ans que la Rochefoucauld travaillait à ses *Maximes* lorsqu'il se résolut à les publier. » M. Aulard me saura gré, je pense, de rectifier, en le complétant, un autre endroit (p. 34). A la manière dont il parle de la 2ᵈᵉ partie mise en vente par Barbin en 1678, il est impossible de deviner que les 107 maximes nouvelles qu'elle contient ne se trouvent pas là seulement, mais aussi, chacune à sa place, dans la 5ᵉ édition publiée en cette même année 1678, que le volume supplémentaire n'est point une addition à cette dernière, mais un complément honnêtement offert par le libraire aux possesseurs des deux précédentes, la 3ᵉ, de 1671, et la 4ᵉ, de 1675 : voyez les nᵒˢ 466 et 467 du Catalogue de la vente Rochebilière par M. Claudin, et la *Notice bibliographique*, ci-dessous, p. 121, à la suite du nᵒ 5. Il existe des exemplaires de la 3ᵉ édition (1671) où, à l'époque même, a été joint le supplément de 1678 ; tels sont les nᵒˢ 461 et 462 du même catalogue.

ce qui touche cette époque, grande autorité, ne se rappelle pas non
plus les avoir vus. Comme son goût n'en a pas moins, nous lui avons
demandé s'il pensait, comme nous, qu'ils fussent de la Rochefoucauld.
Il nous a envoyé, en réponse, un avis fort bien motivé, que nous
nous félicitons de pouvoir reproduire :

« Le volume manuscrit où se trouvent les trois morceaux ne contenant que des écrits de la Rochefoucauld, on ne pourrait douter
qu'il en soit l'auteur que si le style n'en était pas digne de lui. Loin
de là, il n'y a qu'un excellent écrivain qui puisse s'exprimer en si
bon langage. Il faut reconnaître une des premières plumes du dix-
septième siècle; et à quelle autre qu'à celle de la Rochefoucauld serait-il possible de penser ici ?

« Il se peut qu'il ait écrit deux de ces pièces, celles de *Mme de
Montespan* et du *Comte d'Harcourt*, avec intention de les insérer
dans la *Réflexion XVII, des Événements de ce siècle*. La date un peu
tardive (1675) de la retraite de Mlle de la Vallière aux Carmélites,
dont il est parlé dans la première, n'est point une objection, puisqu'il s'agit dans cette *Réflexion XVII* d'événements de 1677 et de
1678. La maligne interprétation de cette retraite, attribuée à la faiblesse plus qu'à la dévotion, et le trait final, dont la pointe est fine-
ment aiguisée, semblent bien déceler la main de l'auteur des *Maximes*
et confirmer la vraisemblance de l'attribution.

« Les *Remarques sur les commencements de la vie du cardinal de
Richelieu*, qui a déjà son article, tout autre, dans la *Réflexion XVII*
(tome I, p. 334 et 335), sont d'un esprit habitué à fronder, et d'un
homme qui regardait volontiers les actions humaines du moins beau
côté.

« Mais le morceau où la Rochefoucauld paraît avoir le plus évidemment imprimé son cachet, est celui du *Comte d'Harcourt*.
Outre qu'il devait parler ainsi d'un des chefs du parti contraire,
tout ce qui est dit de la fortune, cette manière de la personnifier,
le rôle qui lui est donné dans les affaires humaines, sont bien aussi
de l'auteur des *Maximes* et des *Mémoires*, et rappellent plus d'un
passage des tomes I et II. » Nous les indiquerons dans les notes
dont nous accompagnerons cette pièce.

A la section VII nous joignons, en addition à la 1re partie de
notre tome III, une *Lettre à Mlle de Scudéry*, récemment publiée :
voyez ci-après, p. 98, la notice que nous avons placée en tête.

Dans la IXᵉ section, *Notice bibliographique*, toute la première
partie, relative aux manuscrits, est le fruit de nos propres recherches.
La plupart des éléments de la seconde, celle des imprimés, ont
été réunis, sauf ce qui concerne les premiers numéros des *Mémoires*
et des *Maximes*, par M. Pauly, conservateur sous-directeur adjoint
à la Bibliothèque nationale, que nous avons eu déjà à remercier,
plus d'une fois, de semblable collaboration, et dont on connaît la
compétence en pareille matière et la soigneuse exactitude. On verra
ce que nous devons, pour les plus anciennes éditions, à M. Willems,
et le profit que nous avons tiré du catalogue, rédigé par M. Claudin

et qui lui fait grand honneur, de la vente Rochebilière. Notre liste
des traductions des *Maximes* a été enrichie d'un bon nombre de
titres par d'obligeantes communications de M. Emile Picot, par
l'opuscule de M. le marquis de Granges de Surgères dont on trouvera l'intitulé complet ci-après, p. 144, n° 20, et par l'article que
M. Picot a consacré à cet opuscule dans le numéro du 23 avril de la
Revue critique d'histoire et de littérature, p. 330-332.

Nous regrettons fort que cet *Appendice* ait été rendu, en partie,
nécessaire par l'énigme, longuement exposée plus haut, que présente
et laisse à deviner, non, grâce à Dieu, notre texte des *Maximes*, très-
exactement constitué, tant pour les définitives que pour les posthumes
et les supprimées, mais le commentaire de M. Gilbert, ou, pour
mieux dire, seulement, dans ce commentaire, les citations empruntées à ce qu'il appelle « le manuscrit autographe. » Ce regret exprimé,
on reconnaîtra avec nous, je pense, que du mal est sorti un bien, et
que ce fascicule annexé aux œuvres, intéressant, à divers égards, par
son contenu, forme un utile ensemble de critique et de bibliographie.

Juin 1883.

Ad. REGNIER.

Cet *Avant-propos* était imprimé, n'attendant plus que le bon à tirer, lorsque nous avons appris l'existence d'un manuscrit appartenant à M. Damascène Morgand, libraire-éditeur, et contenant une copie, du dix-huitième siècle, 1º des *Maximes* de la Rochefoucauld, 2º de ses *Réflexions diverses*, 3º d'un petit traité intitulé *de l'Inconsistance*, que l'on ne peut pas attribuer à notre auteur et qui pourrait bien être l'œuvre du président Denis Talon.

M. Morgand, que nous prions d'agréer nos sincères remercîments, a bien voulu mettre ce manuscrit à notre disposition, en nous autorisant à le collationner et en tirer tout le parti que nous jugerions utile pour notre édition. Nous le décrivons dans notre *Notice bibliographique* (ci-après, p. 108 et 109, B, nº 2; et p. 111, C, nº 3), et disons là le résultat de notre collation en ce qui touche le texte soit des *Maximes*, soit des *Réflexions diverses*. Nous nous contenterons d'avertir ici d'avance que la comparaison ne nous a rien fourni qu'il eût été important de noter, soit au tome I, soit dans les sections de l'*Appendice* qui se rapportent à ces deux textes. Ce qui donne un grand prix à ce manuscrit, c'est que sa première partie est la seule copie dont jusqu'ici nous ayons eu connaissance, et une copie très-fidèle, du manuscrit autographe des *Maximes* que nous nommons de « Liancourt, » et dont les variantes sont relevées dans la section I de cet *Appendice*.

I

VARIANTES DE TROIS TEXTES DES *MAXIMES*

ANTÉRIEURS A LA Ire ÉDITION PUBLIÉE PAR L'AUTEUR EN 1665,

*c'est-à-dire du manuscrit autographe de Liancourt, d'une copie de 1663
et de l'édition hollandaise de 1664.*

———

N. B. — Les chiffres placés au-dessus des maximes sont ceux de notre édition, qui reproduit, pour les 504 premières, le numérotage de 1678.

Les chiffres manquants sont ceux qui se rapportent soit à des maximes qui ne se trouvent dans aucun des trois textes, soit à des maximes sans variantes. Au moyen des tableaux de concordance, il sera facile de distinguer les unes des autres, comme aussi pour laquelle de ces deux causes il y a non mention, sous un chiffre, de tel ou tel desdits textes.

1° *Variantes se rapportant aux* Maximes *définitives,*

c'est-à-dire conservées dans l'édition de 1678, la dernière donnée par l'auteur.
(Voyez tome I, p. 31-215.)

VI

Manuscrit autographe (de Liancourt). — La passion fait souvent du plus habile homme un sot et rend quasi toujours les plus sots habiles.

Manuscrit-copie de 1663. — Conforme au manuscrit autographe, sauf l'omission de *toujours* après *quasi.*

Édition de 1664. — Conforme au manuscrit autographe.

VII

Ms. aut. — Les grandes et éclatantes actions qui éblouissent les yeux des hommes sont représentées par les politiques comme les effets des grands intérêts, au lieu que ce sont d'ordinaire les effets de l'humeur et des passions. Ainsi la guerre d'Auguste et d'Antoine, qu'on rapporte à l'ambition qu'ils avoient de se rendre maîtres du monde, étoit un effet de la jalousie.

Ms. 1663. — Les grandes et éclatantes actions qui éblouissent les yeux sont représentées par les politiques comme des états des grands intérêts, au lieu que ce sont d'ordinaire des états[1] de l'humeur et des passions. Ainsi la guerre d'Auguste et d'Antoine, qu'on rapporte à l'ambition d'être maîtres du monde, étoit un effet de jalousie.

1. *États,* pour *effets,* fautes évidentes les deux fois.

Edit. 1664. — Conforme au manuscrit autographe, sauf ces variantes, identiques, la 1re et la 3e, avec celles de 1663 : « Les grandes et éclatantes actions qui éblouissent les yeux sont représentées »; « au lieu qu'ils sont d'ordinaire les effets de », et « étoit un effet de jalousie. »

VIII

Ms. aut. — Les passions sont les seuls orateurs qui persuadent toujours. Elles sont comme un art de la nature dont les règles sont infaillibles; et l'homme le plus simple qui sent persuade mieux que celui qui n'a que la seule éloquence.

Ms. 1663. — Conforme au manuscrit autographe, sauf cette variante : « et l'homme le plus simple les persuade mieux que ».

Edit. 1664. — Conforme au manuscrit autographe, sauf ces variantes : « comme un art dans la nature », et « infaillibles. Par elle[s] l'homme le plus simple persuade mieux que ne fait le plus habile avec toutes les fleurs de l'éloquence. »

IX

Ms. aut. — Les passions ont une injustice et un propre intérêt qui fait qu'elles offensent et blessent toujours, même lorsqu'elles parlent raisonnablement et équitablement. La charité a seule le privilége de dire quasi tout ce qui lui plaît et de ne blesser jamais personne.

Ms. 1663[1]. — Conforme au manuscrit autographe, sauf cette variante : « La charité assure le privilége à dire tout ce qui lui plaît et de ».

Edit. 1664. — Conforme au manuscrit autographe.

X

Ms. aut. — Comme dans la nature il y a une éternelle génération, et que la mort d'une chose est toujours la production d'une autre, de même il y a dans le cœur humain une génération perpétuelle de passions, en sorte que la ruine de l'une est toujours l'établissement d'une autre.

Ms. 1663. — Conforme au manuscrit autographe.

Edit. 1664. — Conforme au manuscrit autographe, sauf cette variante : « est toujours le rétablissement de l'autre. »

XI

Ms. aut. — Je ne sais si cette maxime, que chacun produit son semblable, est véritable dans la physique; mais je sais bien qu'elle est fausse dans la morale, et que les passions en engendrent souvent qui leur sont contraires : ainsi l'avarice produit quelquefois la libéralité, et la libéralité l'avarice; on est souvent ferme de foiblesse, et l'audace naît de la timidité.

Ms. 1663. — Conforme au manuscrit autographe, sauf cette omission : « ainsi l'avarice produit quelquefois la libéralité; on est souvent ferme de ».

Edit. 1664. — Conforme à la copie de 1663.

1. La maxime en forme deux dans cette copie.

XII

Ms. ᴀᴜᴛ. — Quelque industrie que l'on ait à cacher ses passions sous le voile de la piété et de l'honneur, il y en a toujours quelque coin qui se montre.

Ms. 1663. — Conforme au manuscrit autographe, sauf ces variantes : « qu'on ait à cacher », et « quelque endroit qui se montre. »

Édit. 1664. — Conforme au manuscrit autographe, sauf cette variante : « il y a toujours quelque endroit qui se montre. »

XIV

Ms. ᴀᴜᴛ. — Les François ne sont pas seulement sujets, comme la plupart des hommes, à perdre également le souvenir des bienfaits et des injures ; mais ils haïssent ceux qui les ont obligés. L'orgueil et l'intérêt produit partout l'ingratitude. L'application à récompenser le bien et à se venger du mal, leur paroît une servitude à laquelle ils ont peine de s'assujettir.

Ms. 1663. — Conforme au manuscrit autographe.

Édit. 1664. — Conforme au manuscrit autographe, sauf cette variante : « Les hommes ne sont pas seulement sujets à perdre également le souvenir des bienfaits et des injures ».

XV

Ms. ᴀᴜᴛ. — La clémence des princes est une politique dont ils se servent pour gagner l'affection des peuples.

Ms. 1663. — Conforme au manuscrit autographe.

Édit. 1664. — Voyez, ci-après, la maxime xvi.

XVI

Ms. ᴀᴜᴛ. — La clémence, c'est un mélange de gloire, de paresse et de crainte, dont nous faisons une vertu.

Ms. 1663. — Conforme au manuscrit autographe, sauf cette variante : « La clémence est un mélange ».

Édit. 1664. — Cette édition a, pour cette maxime et la maxime xv, réunies, la variante que voici (conforme, pour le commencement de xvi, à la copie de 1663) : « La clémence est un mélange de gloire, de paresse et de crainte, dont nous faisons une vertu, et chez les princes, c'est une politique dont ils se servent pour gagner l'affection des peuples. »

XVII ᴇᴛ XVIII [1]

Ms. ᴀᴜᴛ. — La modération dans la bonne fortune est le calme de notre humeur adoucie par la satisfaction de l'esprit. C'est aussi la crainte du blâme et du mépris qui suivent ceux qui s'enivrent de leur bonheur ; c'est une vaine ostentation de la force de notre esprit ; et enfin, pour la définir intimement, la modération des hommes dans leurs plus hautes élévations est une ambition de paroître plus grands que les choses qui les élèvent.

1. Les deux n'en forment qu'une dans les trois textes.

Ms. 1663. — Conforme au manuscrit autographe.

Edit. 1664. — Conforme au manuscrit autographe, sauf ce début :
« C'est[1] le calme de notre humeur », et cette variante : « dans leurs plus
hautes élévations, c'est une ambition de ».

XX

Ms. aut. — La constance des sages n'est qu'un art avec lequel ils
savent enfermer dans leur cœur leur agitation.

Ms. 1663. — Conforme au manuscrit autographe, sauf cette faute :
« un art avec laquelle ».

Edit. 1664. — Conforme au manuscrit autographe, sauf cette variante :
« ils savent renfermer dans leur âme leur agitation. »

XXI

Ms. aut. — Ceux qu'on exécute affectent quelquefois des constances,
des froideurs et des mépris de la mort, pour ne pas penser à elle et pour
s'étourdir : de sorte qu'on peut dire que ces froideurs et ces mépris font
à leur esprit ce que le mouchoir fait à leurs yeux.

Ms. 1663. — Conforme au manuscrit autographe, sauf cette faute :
« Ceux qu'on exécutent », et cette variante : « ce qu'un mouchoir fait
à leurs yeux. »

Edit. 1664. — Conforme au manuscrit autographe.

XXII

Ms. aut. — La philosophie triomphe aisément des maux passés et de
ceux qui ne sont pas prêts d'arriver, mais les maux présents triomphent
d'elle.

Ms. 1663. — Conforme au manuscrit autographe.

Edit. 1664. — Conforme au manuscrit autographe.

XXIII

Ms. aut. — Peu de gens connoissent la mort : on la souffre, non par
la résolution, mais par la stupidité et par la coutume, et la plupart des
hommes meurent parce qu'on meurt.

Ms. 1663. — Conforme au manuscrit autographe, sauf cette variante :
« mais par la stupidité, par la coutume, et ».

Edit. 1664. — Conforme au manuscrit autographe, sauf cette variante :
« non par résolution, mais par stupidité et par coutume, et ».

XXIV

Ms. aut. — Les grands hommes s'abattent et se démontent à la fin
par la longueur de leurs infortunes; cela ne veut pas dire qu'ils fussent

1. La maxime est, dans cette édition, jointe à notre maxime DLXV (voyez ci-après,
p. 44).

forts quand ils les supportoient, mais seulement qu'ils se donnoient la
gêne pour le paroître, et qu'ils soutenoient leurs malheurs par la force
de leur ambition, et non pas par celle de leur âme; cela fait voir manifestement qu'à une grande vanité près, les héros sont faits comme les
autres hommes.

Ms 1663. — Conforme au manuscrit autographe, sauf un article omis :
« leurs malheurs par [la] force de leur ambition ».

Edit. 1664. — Conforme au manuscrit autographe, sauf cette faute :
« s'abattent et se démontrent », et l'orthographe : « gehenne » pour
« gêne ».

XXVII

Ms. aut. — Quoique toutes les passions se dussent cacher, elles ne
craignent pas néanmoins le jour; la seule envie est une passion timide et
honteuse qu'on ne peut jamais avouer.

Ms. 1663. — Conforme au manuscrit autographe.

Edit. 1664. — Conforme au manuscrit autographe.

XXVIII

· Ms. aut. — La jalousie est raisonnable en quelque manière, puisqu'elle
ne cherche qu'à conserver un bien qui nous appartient ou que nous
croyons nous devoir appartenir, au lieu que l'envie est une fureur qui
nous fait toujours souhaiter la ruine du bien des autres.

Ms. 1663. — Conforme au manuscrit autographe, sauf cette variante :
« est raisonnable et juste en quelque manière, parce qu'elle ».

Edit. 1664. — Conforme au manuscrit autographe, sauf cette variante,
identique avec le texte de 1663 : « est raisonnable et juste ».

XXIX

Ms. aut. — Le mal que nous faisons aux autres ne nous attire point
tant la persécution et leur haine que les bonnes qualités que nous avons.

Ms. 1663. — Conforme au manuscrit autographe, sauf cette variante :
« leur persécution ».

XXX

Ms. aut. — La maxime s'y trouve sous ces deux formes :

Rien n'est impossible de soi : il y a des voies qui conduisent à toutes
choses, et si nous avions assez de volonté nous aurions toujours assez de
moyens.

On peut toujours ce qu'on veut, pourvu qu'on le veuille bien.

Ms. 1663. — Conforme à la première des deux variantes données par
le manuscrit autographe.

Edit. 1664. — Conforme à la première des deux variantes données par
le manuscrit autographe, sauf ces mots omis : « de soi ».

XXXI

Ms. aut. — Si nous n'avions point de défauts, nous ne serions pas si
aises d'en remarquer aux autres.

XXXII

Ms. aut. — La jalousie ne subsiste que dans les doutes, et ne vit que dans de nouvelles inquiétudes; l'incertitude est sa matière.

XXXIII

Ms. aut. — L'orgueil se dédommage toujours, et il ne perd rien lors même qu'il renonce à la vanité.
Ms. 1663. — Conforme au manuscrit autographe.
Edit. 1664. — Conforme au manuscrit autographe.

XXXV

Ms. aut. — L'orgueil est égal dans tous les hommes, et il n'y a de différence qu'en la manière de le mettre au jour.

XXXVII

Ms. aut. — L'orgueil a bien plus de part que la charité aux remontrances que nous faisons à ceux qui commettent des fautes, et nous les en reprenons bien moins pour les en corriger, que pour persuader que nous en sommes exempts.
Ms. 1663. — Conforme au manuscrit autographe, sauf ces deux variantes, la 1re évidemment fautive : « et nous les représentons bien moins pour les en corriger, que pour les persuader que ».
Edit. 1664. — Conforme au manuscrit autographe, sauf cette double variante : « et nous les reprenons bien moins pour les en corriger, que pour les persuader que nous en sommes exempts[1]. »

XXXIX

Ms. aut. — Ce manuscrit qui donne, de la maxime, notre leçon définitive (sauf, les deux fois, « toute sorte » au singulier), en offre de plus ailleurs (p. 4 et maxime 15 du manuscrit) cette variante : « L'intérêt fait jouer toute sorte de personnages, et même celui de désintéressé. »
Ms. 1663. — Conforme aux deux leçons du manuscrit autographe.
Edit. 1664. — Conforme à la seconde leçon du manuscrit autographe.

XL

Ms. aut. — L'intérêt, à qui on reproche d'aveugler les uns, est ce qui fait toute la lumière des autres.
Ms. 1663. — Conforme au manuscrit autographe, sauf cette variante : « est tout ce qui fait la lumière des autres. »
Edit. 1664. — Conforme à la copie de 1663.

---

1. La variante est suivie, dans cette édition, de la leçon définitive de notre maxime xxxiv, rattachée par la conjonction « et ».

XLI

Ms. ᴀᴜᴛ. — Ceux qui s'appliquent trop aux petites choses peuvent difficilement s'appliquer assez aux grandes, parce qu'ils consomment toute leur application pour les petites, et même, en la plupart des hommes, c'est une marque qu'ils n'ont aucun talent pour les grandes[1].
Ms. 1663. — Conforme au manuscrit autographe.

XLII

Ms. 1663. — Nous n'avons pas assez de force pour suivre notre raison.
Eᴅɪᴛ. 1664. — Nous n'avons presque jamais assez de force pour suivre toute notre raison.

XLIII

Ms. ᴀᴜᴛ. — L'homme est conduit lorsqu'il croit se conduire, et pendant que par son esprit il vise à un endroit, son cœur l'achemine insensiblement à un autre.
Ms. 1663. — Conforme au manuscrit autographe.

XLIV

Ms. ᴀᴜᴛ. — La foiblesse de l'esprit est mal nommée; c'est, en effet, la foiblesse du cœur, qui n'est autre chose qu'une impuissance d'agir et un manque de principe de vie.
Ms. 1663. — Conforme au manuscrit autographe, sauf cette variante : « mal nommée; c'est un effet de la foiblesse du tempérament, qui n'est ».
Eᴅɪᴛ. 1664. — Conforme au manuscrit autographe, sauf cette variante : « mal nommée; c'est, en effet, la foiblesse du tempérament, qui n'est ».

XLV

Ms. ᴀᴜᴛ. — Le caprice de l'humeur est encore plus bizarre que celui de la fortune.
Ms. 1663. — Conforme au manuscrit autographe.
Eᴅɪᴛ. 1664. — Conforme au manuscrit autographe, sauf cette orthographe : « bigearre »[2].

XLVI

Ms. ᴀᴜᴛ. — Le desir de vivre ou de mourir sont des goûts de l'amour-propre, dont il ne faut non plus disputer que des goûts de la langue ou du choix des couleurs.

1. Rapprochez cette variante, de notre maxime ᴅʟxɪx.
2. La maxime, dans cette édition, suit une variante à notre maxime ᴄᴄxᴄᴠɪɪ (voyez ci-après, p. 39), à laquelle elle est rattachée par la conjonction « et ».

XLVIII

Ms. aut. — La félicité est dans le goût, et non pas dans les choses, et c'est par avoir ce qu'on aime qu'on est heureux, et non pas par avoir ce que les autres trouvent aimable.

Ms. 1663. — Conforme au manuscrit autographe, sauf cette variante . « et c'est pour avoir ce qu'on aime ».

Edit. 1664. — Conforme au manuscrit autographe, sauf ces deux variantes, dont la copie de 1663 n'a que la 1ʳᵃ : « et c'est pour avoir ce qu'on aime qu'on est heureux, et non pas pour avoir ».

XLIX

Ms. aut. — Les biens et les maux sont plus grands dans notre imagination qu'ils ne le sont en effet, et on n'est jamais si heureux ni si malheureux que l'on pense [1].

Ms. 1663. — Conforme au manuscrit autographe.

Edit. 1664. — Conforme au manuscrit autographe.

L

Ms. aut. — Ceux qui se sentent du mérite se piquent toujours d'être malheureux, pour persuader aux autres et à eux-mêmes qu'ils sont de véritables héros, puisque la mauvaise fortune ne s'opiniâtre jamais à persécuter que les personnes qui ont des qualités extrordinaires (*sic*).

Ms. 1663. — Conforme au manuscrit autographe, sauf ces variantes : « des véritables héros », et « ne s'opiniâtre jamais à pressentir que les personnes ».

Edit. 1664. — Conforme au manuscrit autographe [2].

LI

Ms. aut. — Rien ne doit tant diminuer la satisfaction que nous avons de nous-mêmes que de voir que nous avons été dans des états et dans des sentiments que nous désapprouvons à cette heure.

Ms. 1663. — Conforme au manuscrit autographe, sauf cette variante : « dans les états et dans les sentiments que ».

Edit. 1664. — Conforme à la copie de 1663.

LII

Ms. aut. — Quelque différence qu'il y ait entre les fortunes, il y a pourtant une certaine proportion de biens et de maux qui les rend égales.

Ms. 1663. — Conforme au manuscrit autographe.

Edit. 1664. — Conforme au manuscrit autographe.

---

1. Voyez ci-après, p. 45, notre maxime DLXXII.

2. La variante est, dans cette édition, suivie du texte définitif de notre maxime DLXXIII, rattachée par ces mots : « De là vient qu'[on se] ».

LIII

Ms. aut. — Quelques grands avantages que la nature donne, ce n'es
pas elle, mais la fortune qui fait les héros.
　Ms. 1663. — Conforme au manuscrit autographe.
　Edit. 1664. — Conforme au manuscrit autographe.

LIV

Ms. aut. — Le mépris des richesses dans les philosophes étoit un
desir caché de...; c'étoit un secret qu'ils avoient trouvé pour se dédommager de l'avilissement de la pauvreté; c'étoit enfin un chemin détourné
pour aller à la considération que les richesses donnent.
　Ms. 1663. — Conforme au manuscrit autographe, sauf cette variante :
« de l'avilissement de la pauvreté, pour aller à la considération qu'ils ne
pouvoient avoir par les richesses. »
　Edit. 1664. — Conforme au manuscrit autographe, sauf cette variante:
« de l'avilissement de la pauvreté; c'étoit un chemin détourné pour aller
à la considération qu'ils ne pouvoient avoir par les richesses. »

LV

Ms. aut. — La haine qu'on a pour les favoris n'est autre chose que
l'amour de la faveur; c'est aussi la rage de n'avoir point la faveur, qui
se console et s'adoucit un peu par le mépris des favoris; c'est enfin une
secrète envie de les détruire, qui fait que nous leur ôtons nos propres
hommages, ne pouvant pas leur ôter ce[1] qui leur attire ceux de tout
le monde.
　Ms. 1663. — Conforme au manuscrit autographe, sauf ces variantes :
« c'est aussi la rage que de n'avoir point de faveur »; « une secrète envie
de la détruire », et « ne pouvant pas leur ôter ceux de tout le monde. »
　Edit. 1664. — La haine qu'on a pour les favoris n'est autre chose que
l'amour de la fortune et de la faveur; c'est aussi la rage de n'avoir point
de faveur, qui se console et s'adoucit un peu par le mépris des favoris;
c'est enfin une secrète envie de les détruire, qui fait que nous leur ôtons
nos propres hommages, ne pouvant[2] pas leur ôter les qualités qui leur
attirent ceux du monde.

LVI

Ms. aut. — Pour s'établir dans le monde, on fait tout ce qu'on peut
pour y paroître établi.
　Ms. 1663. — Conforme au manuscrit autographe.

LVII

Ms. aut. — Quoique la vanité des ministres se flatte de la grandeur de
leurs actions, elles sont bien souvent les effets du hasard ou de quelque
petit dessein.

　1. Dans le manuscrit : « ceux qui leur attire (*sic*) ceux ».
　2. Dans cette édition, par mégarde : « ne peuvent ».

Ms. 1663. — Conforme au manuscrit autographe, sauf cette variante :
« Quoique la grandeur des ministres se forme par la grandeur de ».

Édit. 1664. — Conforme au manuscrit autographe, sauf cette variante :
« Quoique la prudence des ministres se flatte de la grandeur de ».

LVIII

Ms. aut. — Il semble que plusieurs de nos actions aient des étoiles
heureuses ou malheureuses, aussi bien que nous, d'où dépend une grande
partie de la louange ou du blâme qu'on leur donne.

LIX

Ms. aut. — On pourroit dire qu'il n'y a point d'heureux ni de malheureux accidents, parce que les habiles gens savent profiter des mauvais,
et que les imprudents tournent bien souvent les plus avantageux à leur
préjudice.

Ms. 1663. — Conforme au manuscrit autographe, sauf cette variante :
« qu'il n'est point d'heureux ni de malheureux accident ».

Édit. 1664. — Conforme au manuscrit autographe.

LXII

Ms. aut. — La sincérité, c'est une naturelle ouverture de cœur. On la
trouve en fort peu de gens, et celle qui se pratique d'ordinaire n'est
qu'une fine dissimulation, pour arriver à la confiance des autres.

Ms. 1663. — Conforme au manuscrit autographe, sauf cette variante :
« La sincérité est une ».

Édit. 1664. — Conforme au manuscrit autographe, sauf cette double
variante : « La sincérité est une naturelle ouverture du cœur. »

LXIII

Ms. aut. — La vérité qui fait les gens véritables est une imperceptible
ambition qu'ils ont de rendre leur témoignage considérable, et d'attirer à
leurs paroles un respect de religion.

Ms. 1663. — Conforme au manuscrit autographe, sauf cette variante
« La vérité qui fait les gens véritables est une perceptible ambition ».

Édit. 1664. — Conforme au manuscrit autographe.

LXIV

Ms. aut. — Le vrai ne fait pas tant de bien dans le monde que le
vraisemblable y fait de mal.

LXV

Ms. aut. — On élève la prudence jusqu'au ciel, et il n'est sorte d'éloge
qu'on ne lui donne ; elle est la règle de nos actions et de nos conduites ;
elle est la maîtresse de la fortune ; elle fait le destin des empires ; sans

elle, on a tous les maux; avec elle, on a tous les biens; et, comme disoit autrefois un poëte, quand nous avons la prudence, il ne nous manque aucune divinité, pour dire que nous trouvons dans la prudence tous les secours que nous demandons aux Dieux. Cependant la prudence la plus consommée ne sauroit nous assurer du plus petit effet du monde, parce que, travaillant sur une matière aussi changeante et inconnue qu'est l'homme, elle ne peut exécuter sûrement aucun de ses projets; Dieu seul, qui tient tous les cœurs des hommes entre ses mains, et qui, quand il lui plaît, en accorde les mouvements, fait aussi réussir les choses qui en dépendent : d'où il faut conclure que toutes les louanges dont notre ignorance et notre vanité flatte (*sic*) notre prudence sont autant d'injures que nous faisons à sa Providence.

Ms. 1663. — Conforme au manuscrit autographe, sauf ces variantes : « jusques au ciel », et « aussi changeante et aussi peu connue qu'est l'homme ».

Edit. 1664. — Conforme au manuscrit autographe, sauf ces variantes : « jusques au ciel »; « elle fait le déclin[1] des empires », et « aussi changeante et aussi commune qu'est l'homme ».

LXVI

Ms. aut. — Un habile homme doit savoir régler le rang de ses intérêts, et les conduire chacun dans son ordre; notre avidité le trouble souvent, en nous faisant courir à tant de choses à la fois; de là vient que pour desirer trop les moins importantes, nous ne les faisons pas assez servir à obtenir les plus considérables.

Ms. 1663. — Conforme au manuscrit autographe, sauf ces fautes : « Un habile homme dit savoir »; « les rangs de ses intérêts », et « pour desirer trop les moins importants ».

Edit. 1664. — Conforme au manuscrit autographe, sauf cette variante : ·« nous ne faisons pas assez pour obtenir les plus considérables. »

LXVIII

Ms. aut. — Il est malaisé de définir l'amour, et tout ce qu'on peut dire, c'est que, dans l'âme, c'est une passion de régner; dans les esprits, c'est une sympathie; et dans le corps, ce n'est qu'une envie cachée et délicate de jouir de ce que l'on aime après beaucoup de mystères.

Ms. 1663. — Conforme au manuscrit autographe, sauf ces variantes : « Il est malaisé de définir l'amour; tout ce qu'on peut dire est que, dans l'âme, c'est », et « de jouir de ce que l'on aime après beaucoup de misères. »

Edit. 1664. — Conforme au manuscrit autographe, sauf ces variantes : « Il est malaisé de définir l'amour; tout ce qu'on peut dire », et « dans les corps ».

LXIX

Ms. aut. — Il n'y a point d'amour pure et exempte du mélange de nos autres passions, que celle qui est cachée au fond du cœur, et que nous ignorons nous-mêmes.

1. D'éclin (*sic*).

Ms. 1663. — Conforme au manuscrit autographe, sauf cette faute :
« d'amour pur et exempt.... que celle qui est cachée ».

Edit. 1664. — Il n'y a point d'amour pur et exempt du mélange de
nos autres passions. — Le reste manque.

LXXII

Ms. aut. — Si l'on juge de l'amour par la plupart de ses effets, il ressemble plus à la haine qu'à l'amitié.

Ms. 1663. — Conforme au manuscrit autographe, sauf cette variante :
« Si on jugeoit de ».

LXXIII

Ms. aut. — Il y a beaucoup de femmes qui n'ont jamais fait de galanterie ; mais je ne sais s'il y en a qui n'en aient jamais fait[1] qu'une.

Ms. 1663. — On peut trouver des femmes qui n'ont jamais fait des
galanteries, mais il est rare d'en trouver qui n'en aient jamais fait
qu'une.

Edit. 1664. — Conforme à la copie de 1663, sauf ces variantes : « de
galanteries », et « qui n'en ait jamais fait qu'une. »

LXXVI

Ms. aut. — Il est de l'amour comme de l'apparition des esprits, *etc.*

LXXVII

Ms. aut. — L'amour prête son nom à un nombre infini de commerces
qu'on lui attribue, où il n'a souvent guère plus de part que le Doge[2] en a
à ce qui se fait à Venise.

LXXVIII

Ms. aut. — L'amour de la justice n'est que la crainte de souffrir
l'injustice.

Ms. 1663. — Conforme au manuscrit autographe.

Edit. 1664. — L'amour de la justice, dans les bons juges qui sont modérés, n'est que l'amour de leur élévation ; dans la plupart des hommes,
ce n'est que la crainte de souffrir l'injustice, et qu'une vive appréhension
qu'on ne nous ôte ce qui nous appartient. De là vient cette considération
et ce respect pour tous les intérêts du prochain, et cette scrupuleuse application à ne lui faire aucun préjudice. Sans cette crainte, qui retient
l'homme dans les bornes des biens que sa naissance ou la fortune lui a
donnés, pressé par la violente passion de se conserver, il feroit des courses
continuellement sur les autres[3].

1. Dans le manuscrit, *fait* est, les deux fois, corrigé en *eu* par la main étrangère
qui, devant un assez grand nombre de maximes, a placé à la marge les lettres initiales
du mot dominant (voyez, ci-après, dans la *Notice bibliographique*, la description du
manuscrit autographe).

2. La Rochefoucauld a, dans le manuscrit, laissé en blanc le mot *Doge*, qu'a rétabli
la même main étrangère dont nous venons de parler.

3. Cette leçon contient, avec variantes, outre notre maxime LXXVIII, nos maximes
DLXXVIII et DLXXIX (voyez ci-après, p. 46).

LXXX

Ms. ᴀᴜᴛ. — Ce qui rend nos amitiés si légères et si changeantes, c'est qu'il est aisé de connoître les qualités de l'esprit, et difficile de connoître celles de l'âme.

Ms. 1663. — Conforme au manuscrit autographe.

Eᴅɪᴛ. 1664. — Conforme au manuscrit autographe.

LXXXII

Ms. ᴀᴜᴛ. — La réconciliation avec nos ennemis, qui se fait au nom de la sincérité, de la douceur et de la tendresse, n'est qu'un desir de rendre sa condition meilleure, une lassitude de la guerre, et une crainte de quelque mauvais événement.

Ms. 1663. — Conforme au manuscrit autographe.

Eᴅɪᴛ. 1664. — Conforme au manuscrit autographe, sauf cette faute : « de quelques mauvais événement (*sic*). »

LXXXIII

Ms. ᴀᴜᴛ. — L'amitié la plus sainte et la plus sacrée n'est qu'un trafic où nous croyons toujours gagner quelque chose.

Ms. 1663. — Conforme au manuscrit autographe.

Eᴅɪᴛ. 1664. — Conforme au manuscrit autographe, sauf cette variante : « L'amitié la plus sainte et la plus sincère ».

LXXXV

Ms. ᴀᴜᴛ. — Nous nous persuadons souvent d'aimer les gens plus puissants que nous ; l'intérêt seul produit notre amitié, et nous ne leur promettons pas selon ce que nous leur voulons donner, mais selon ce que nous voulons qu'ils nous donnent.

Ms. 1663. — Conforme au manuscrit autographe, sauf cette variante : « Nous nous persuadons souvent mal à propos d'aimer ».

Eᴅɪᴛ. 1664. — Conforme à la copie de 1663, sauf cette variante : « selon ce que nous voulons leur donner ».

LXXXVIII

Ms. ᴀᴜᴛ. — Comme si ce n'étoit pas assez à l'amour-propre d'avoir la vertu de se transformer lui[1]-même, il a encore celle de transformer ses objets, ce qu'il fait d'une manière fort étonnante, car non-seulement il les déguise si bien qu'il y est lui-même abusé, mais aussi, comme si ses actions étoient des miracles, il change l'état et la nature des choses soudainement : en effet, lorsqu'une personne nous est contraire, et qu'elle tourne sa haine et sa persécution contre nous, c'est avec toute la sévérité de la justice que notre amour-propre juge[2] ses actions ; il

---

1. *Luy*, écrit en interligne, corrige *elle*.
2. Après *juge* est biffé *de*.

donne même une étendue à ses défauts qui les rend énormes, et met ses bonnes qualités dans un jour si désavantageux, qu'elles deviennent plus dégoûtantes que ses défauts. Cependant, dès que cette même personne nous devient favorable, ou que quelqu'un de nos intérêts l'a réconciliée avec nous, notre seule satisfaction rend aussitôt à son mérite le lustre que notre aversion venoit d'effacer. Tous ses avantages en reçoivent un fort grand des biais dont nous les regardons; toutes ses mauvaises qualités disparoissent, et nous appelons même toute notre indulgence pour la forcer à justifier la guerre qu'elles nous ont faite[1]. Quoique toutes les passions montrent cette vérité, l'amour la fait voir plus clairement que les autres, car nous voyons un amoureux, agité de la rage où l'a mis un visible oubli ou infidélité découverte, conjure[2] le Ciel et les Enfers contre sa maîtresse; et néanmoins, aussitôt qu'elle s'est présentée et que sa vue a calmé la fureur de ses mouvements, son ravissement rend cette beauté innocente, il n'accuse plus que lui-même; il condamne ses condamnations, et, par cette vertu miraculeuse de l'amour-propre, il ôte la noirceur aux actions mauvaises de sa maîtresse, et en sépare le crime, pour en charger ses soupçons.

Ms. 1663. — Conforme au manuscrit autographe, sauf ces variantes : « il a encore celle de transformer des objets »; « que notre amour-propre juge les actions »; « lorsque personne ne nous est contraire »; « du biais dont nous les regardons », et « car nous voyons un amoureux agité de la rage où l'a mis un visible oubli ou l'infidélité découverte, conjure (*sic*) le Ciel et les Enfers. Et néanmoins aussitôt qu'elle (*sic*) s'est présentée, et que la vue a calmé la fureur de ces mouvements sans (*sic*) ravissement rend ».

Edit. 1664. — Conforme au manuscrit autographe, sauf ces variantes : « de transformer les objets »; « contre nous, c'est notre amour-propre qui juge ses actions; il donne même »; « la réconcilie avec nous, notre seule satisfaction »; « le lustre que notre aversion venoit de lui ôter. Tous ses avantages en reçoivent un fort grand du biais dont nous les regardons; toutes ses mauvaises qualités »; « pour la forcer de justifier la guerre qu'elle nous ont fait (*sic*). Quoique toutes les passions montrent cette vérité, l'amour le fait voir plus clairement que les autres; car nous voyons un amoureux agité de la rage où l'a mis un visible oubli, ou pour une infidélité découverte, conjurer le Ciel et les Enfers, et néanmoins aussitôt que sa maîtresse s'est présentée, et que sa vue a calmé », et « pour en changer ses soupçons[3]. »

XCVII

Ms. aut. — Le jugement n'est autre chose que la grandeur de la lumière de l'esprit; on peut dire la même chose de son étendue, de sa profondeur, de son discernement, de sa justesse, de sa droiture et de sa délicatesse. L'étendue de l'esprit est la mesure de sa lumière; la profondeur est celle qui découvre le fond des choses; le discernement les compare et les distingue; la justesse ne voit que ce qu'il faut voir; la droiture prend toujours le bon biais des choses; la délicatesse aperçoit les imper-

---

1. *Faites*, par mégarde, dans le manuscrit.

2. Ainsi, pour « conjurer », à moins, ce qui n'est guère probable, qu'on ne doive suppléer « que » devant *un amoureux*. Nous verrons, onze lignes plus bas, que la copie de 1663 a la même faute.

3. La maxime en forme, dans cette édition, deux qui sont ainsi fautivement coupées : « .... et la nature des choses soudainement en effet.

« Lorsqu'une personne, *etc.* »

ceptibles, et le jugement prononce ce qu'elles sont. Si on l'examine bien, on trouvera que toutes ces qualités ne sont autre chose que la grandeur de l'esprit, lequel, voyant tout, rencontre dans la plénitude de ses lumières tous les avantages dont nous venons de parler.

Ms. 1663 [1]. — Le jugement n'est autre chose....[2] de son étendue, de sa profondeur, de son discernement, de sa justesse, de sa droiture et de sa délicatesse. L'étendue de l'esprit est la mesure de sa lumière; la profondeur est celle qui découvre le fond des choses; le discernement compare et distingue les choses.[3] La justesse ne voit que ce qu'il faut voir; la droiture prend toujours le bon droit des choses; la délicatesse aperçoit les choses perceptibles, et le jugement prononce ce que les choses sont. Si on l'examine bien, on trouvera que toutes ces qualités ne sont autre chose que la grandeur de l'esprit, lequel voyant tout, rencontre dans la plénitude de ces lumières tous les avantages dont nous venons de parler.

Édit. 1664. — La véritable justice (*sic*) ne voit que ce qu'il faut voir; la droiture prend tout le bon droit des choses; la délicatesse aperçoit les choses imperceptibles, et le jugement prononce ce que les choses sont. Si on l'examine bien, on trouvera que toutes ses qualités ne sont autre chose que la grandeur de l'esprit, lequel voit en toutes rencontres, dans la plénitude de ses lumières, tous les avantages dont nous venons de parler.[4] Le jugement n'est autre chose que la grandeur de la lumière de l'esprit; on peut dire la même chose de son étendue et de sa profondeur, de son discernement, de sa justice, de sa droiture et de sa délicatesse. L'étendue de l'esprit est la mesure de la lumière, la profondeur est celle qui découvre le fond des choses, le discernement compare et distingue les choses.

<h3 style="text-align:center">XCIX</h3>

Ms. aut. — La politesse de l'esprit est un tour de l'esprit par lequel il pense toujours des choses agréables, honnêtes et délicates.

Ms. 1663. — Conforme au manuscrit autographe, sauf cette variante : « La politesse est un tour de l'esprit par lequel [il] pense ».

Édit. 1664. — Conforme à la copie de 1663, moins la faute de « il » omis.

<h3 style="text-align:center">C</h3>

Ms. aut. — La galanterie de l'esprit est un tour de l'esprit par lequel il pénètre et conçoit les choses les plus flatteuses, c'est-à-dire celles qui sont le plus capables de plaire aux autres.

Ms. 1663. — Conforme au manuscrit autographe, sauf ces variantes : « il pénètre les choses », et « les plus capables de ».

Édit. 1664. — La galanterie est un tour de l'esprit, par lequel il pénètre les choses les plus flatteuses, c'est-à-dire celles qui sont les plus capables de plaire.

---

1. La maxime, qui en forme deux dans cette copie, y offre de très-grands rapports avec la leçon du manuscrit autographe, mais a aussi d'assez nombreuses variantes pour que nous croyions devoir la reproduire intégralement.

2. Ces points et cette lacune sont au manuscrit.

3. La maxime est coupée ici.

4. Comme dans la copie de 1663, la maxime en forme deux dans cette édition; elle y est coupée après « de parler. »

CI

Ms. ꜱᴜᴛ. — Il y a de jolies choses que l'esprit ne cherche point, et qu'il trouve toutes achevées en lui-même, de sorte qu'il semble qu'elles y soient cachées, comme l'or et les diamants dans le sein de la terre.

Ms. 1663. — Conforme au manuscrit autographe, sauf un mot : « Il y a des jolies choses ».

Eᴅɪᴛ. 1664. — Conforme au manuscrit autographe.

CII

Ms. 1663. — L'esprit est toujours la dupe de l'esprit.

CIII

Ms. ꜱᴜᴛ. — On peut connoître son esprit, mais qui peut connoître son cœur ?

CIV

Ms. ꜱᴜᴛ. — Les affaires et les actions des grands hommes ont, comme les statues, leur point de perspective : il y en a qu'il faut voir de près, pour en discerner toutes les circonstances, et il y en a d'autres dont on ne juge jamais si bien que quand on en est éloigné.

Ms. 1663. — Conforme au manuscrit autographe, sauf cette variante : « que quand on est éloigné. »

Eᴅɪᴛ. 1664. — Conforme au manuscrit autographe.

CV

Ms. ꜱᴜᴛ. — Celui-là n'est pas raisonnable qui trouve la raison, mais celui qui la connoît, qui la goûte et qui la discerne.

Ms. 1663. — Conforme au manuscrit autographe.

Eᴅɪᴛ. 1664. — Conforme au manuscrit autographe.

CVI

Ms. ꜱᴜᴛ. — Pour savoir, il faut savoir le détail des choses, et, comme il est presque infini, de là vient que si peu de gens sont savants, et que nos connoissances sont superficielles et imparfaites, et qu'on décrit les choses, au lieu de les définir. En effet, on ne les connoit et on ne les fait connoître qu'en gros, et par des marques communes : de même que si quelqu'un disoit que le corps humain est droit, et composé de différentes parties, sans dire le nombre, la situation, les fonctions, les rapports et les différences de ces parties.

Ms. 1663. — On ne sauroit exempter toutes les espèces de vanité[1] ; et,

____

1. Ces premiers mots sont, avec une variante fautive, notre maxime ᴅᴠɪ (voyez ci-après, p. 40), à laquelle la maxime ᴄᴠɪ est jointe par *et*, avec un texte fort peu correct, dans la copie de 1663.

pour les savoir, il faut savoir le détail des choses, et, comme il est presque
infini, de là vient que si peu de gens sont savants, et que nos connoissances sont si particulières, et qui[1], par faute d'écrire les choses au lieu de
les définir en état, on ne les connoît et on ne les fait connoître qu'en
gros et par des marques communes ; c'est comme si quelqu'un disoit que
ce corps humain est droit, et composé de différentes parties, sans dire
le nombre, la situation, les fonctions, les rapports et les différences de ces
parties.

Édit. 1664. — On ne sauroit compter toutes les espèces de vanité[2] :
pour cela il faut savoir le détail des choses, et comme il est presque infini,
de là vient que si peu de gens sont savants, et que nos connoissances sont
superflues et imparfaites. On décrit les choses, au lieu de les définir. En
effet [on] ne les connoît et on ne les peut connoître qu'en gros, et par des
marques communes. C'est comme si quelqu'un disoit que le corps humain
est droit, et composé de différentes parties, sans dire la matière, la situation, les fonctions, les rapports et les différences de ses parties.

CXIV

Ms. AUT. — On est au désespoir d'être trompé par ses ennemis, et trahi
par ses amis, et on est toujours satisfait de l'être par soi-même.

Ms. 1663. — Conforme au manuscrit autographe.

Édit. 1664. — Conforme au manuscrit autographe, sauf la variante
souvent pour *toujours*.

CXV

Ms. AUT. — Il est aussi aisé de se tromper soi-même, *etc.*

Ms. 1663. — Conforme au manuscrit autographe.

Édit. 1664. — Conforme au manuscrit autographe.

CXVI

Ms. AUT. — Rien n'est plus divertissant que de voir deux hommes
assemblés, l'un pour demander conseil, et l'autre pour le donner : l'un
paroît avec une déférence respectueuse, et dit qu'il vient recevoir des
conduites et soumettre ses sentiments ; et son dessein, le plus souvent,
est de faire passer les siens, et de rendre celui qu'il fait maître de son
avis, garant de l'affaire qu'il lui propose. Quant à celui qui conseille, il
paye d'abord la sincérité de son ami d'un zèle ardent et désintéressé qu'il
lui montre, et cherche en même temps dans ses propres intérêts des règles
de conseiller, de sorte que son conseil lui est bien plus propre qu'à celui
qui le reçoit.

Ms. 1663. — Conforme au manuscrit autographe, sauf ces variantes :
« qu'il vient recevoir des conseils et soumettre », et « Quant à celui qui conseille, il appuie d'abord la sincérité de son avis d'un zèle ».

Édit. 1664. — Conforme au manuscrit autographe, sauf ces variantes :
« deux hommes s'assembler, l'un pour demander conseil, et l'autre pour
le donner : l'un paroît avec une indifférence respectueuse » ; « et son

---

1. Entassement de fautes : *qui* pour *que*, *d'écrire* pour *de décrire* ; puis *état* pour
effet, comme à la maxime VII, ci-dessus, p. 1 ; sans parler de « par faute », qui est
sans doute pour « par la faute ».

2. Voyez la note de la page 16.

desir, le plus souvent, est » ; « Quant à celui qui est conseillé[1], il » ;
« d'un zèle ardent et déintéressé (*sic*) », et « de sorte que son conseil lui
devient plus propre ».

CXVII

Ms. AUT. — La plus déliée de toutes les finesses est de savoir bien faire
semblant de tomber dans les piéges que l'on nous tend ; on n'est jamais
si aisément trompé que quand on songe à tromper les autres.

Ms. 1663. — Conforme au manuscrit autographe, sauf cette variante :
« est de faire semblant de tomber ».

EDIT. 1664. — Conforme à la copie de 1663.

CXIX

Ms. AUT. — La coutume que nous avons de nous déguiser aux autres,
pour acquérir leur estime, fait qu'enfin nous nous déguisons à nous-
mêmes.

Ms. 1663. — Conforme au manuscrit autographe, sauf cette faute :
« qu'enfin nous nous déguisons nous-mêmes. »

CXX

Ms. AUT. — La foiblesse fait commettre plus de trahisons que le véritable
dessein de trahir.

Ms. 1663. — La foiblesse fait connoître (*sic*) plus de trahisons que les
véritables desseins de trahir.

EDIT. 1664. — Conforme au manuscrit autographe.

CXXI

Ms. AUT. — On fait souvent du bien pour pouvoir faire du mal impunément.

CXXIV

Ms. AUT. — Rien n'est si dangereux que l'usage des finesses, que tant
de gens d'esprit emploient communément ; les plus habiles affectent de
les éviter toute leur vie, pour s'en servir en quelque grande occasion et
pour quelque grand intérêt.

Ms. 1663. — Conforme au manuscrit autographe, sauf cette variante :
« les plus habiles affectant de les rejeter toute leur vie, pour s'en servir
en quelque grand intérêt. »

EDIT. 1664. — Conforme au manuscrit autographe, sauf cette variante :
« dans quelque grande occasion ».

---

1. Faut-il lire : « qui est conseiller », ou « qui est consulté » ? Plutôt, ce semble,
« qui conseille », ce qui est la leçon du manuscrit autographe, de la copie de 1663,
et des éditions de 1665-1678.

CXXV

Ms. ᴀᴜᴛ. — Comme la finesse est l'effet d'un petit esprit, il arrive quasi toujours que celui qui s'en sert pour se couvrir en un endroit, se découvre en un autre.

Ms. 1663. — Conforme au manuscrit autographe.

Eᴅɪᴛ. 1664. — Comme elles[1] sont l'effet d'un petit esprit, il arrive quasi toujours que celui qui s'en sert pour se courir (*sic*) en un endroit, se découvre en un autre.

CXXVI

Ms. 1663. — Si on étoit assez habile, on ne feroit jamais de finesses ni de trahisons.

Eᴅɪᴛ. 1664. — Chacun pense être plus fin que les autres[2], et si l'on étoit habile, on ne feroit jamais de finesses ni de trahison.

CXXVIII

Ms. ᴀᴜᴛ. — La subtilité est une fausse délicatesse, et la délicatesse est une solide subtilité.

Ms. 1663. — Conforme au manuscrit autographe, sauf cette variante : « une subtilité solide. »

Eᴅɪᴛ. 1664. — Conforme à la copie de 1663.

CXXXII

Ms. ᴀᴜᴛ. — On est sage pour les autres; personne ne l'est assez pour soi-même.

CXXXV

Ms. ᴀᴜᴛ. — Chaque homme n'est pas plus différent des autres hommes qu'il l'est souvent de lui-même.

Ms. 1663. — Conforme au manuscrit autographe.

Eᴅɪᴛ. 1664. — Conforme au manuscrit autographe.

CXXXVII

Ms. ᴀᴜᴛ. — Quand la vanité ne fait point parler, on n'a pas envie de di e grand'chose.

Ms. 1663. — Conforme au manuscrit autographe.

Éᴅɪᴛ. 1664. — Conforme au manuscrit autographe.

---

1. Pour « Comme les finesses ». — Cette maxime et la précédente se suivent immédiatement dans cette édition, ainsi que dans toutes celles qu'a publiées l'auteur et dans nos manuscrits.

2. Voyez ci-après, p. 39, la maxime cccxciv et la note qui s'y rapporte.

CXXXVIII

Ms. AUT. — On aime mieux dire du mal de soi que de n'en point parler.
Ms. 1663. — Conforme au manuscrit autographe, sauf cette faute :
« On n'aime mieux dire ».

CXXXIX

Ms. AUT. — Une des choses qui fait que l'on trouve si peu de gens qui
paroissent raisonnables et agréables dans la conversation, c'est qu'il n'y
a quasi personne qui ne pense plutôt à ce qu'il veut dire qu'à répondre
précisément à ce qu'on lui dit, et que les plus habiles et les plus complai-
nts se contentent de montrer seulement une mine attentive, au même
temps que l'on voit, dans leurs yeux et dans leur esprit, un égarement et
une précipitation de retourner à ce qu'ils veulent dire, au lieu de considérer que c'est un mauvais moyen de plaire ou de persuader les autres,
de chercher si fort à se plaire à soi-même, et que bien écouter et bien
répondre est une des plus grandes perfections qu'on puisse avoir.
Ms. 1663. — Conforme au manuscrit autographe.
EDIT. 1664. — Conforme au manuscrit autographe, sauf ces variantes :
« Dans leur[s] yeux et dans leurs esprits », et « c'est une des grandes
perfections qu'on puisse avoir. »

CXL

Ms. AUT. — Un homme d'esprit seroit souvent embarrassé sans la compagnie des sots.
EDIT. 1664. — Un homme d'esprit seroit bien souvent embarrassé sans
la compagnie des sots.

CXLI

Ms. AUT. — On se vante souvent mal à propos de ne se point ennuyer,
et l'homme est si glorieux qu'il ne veut pas se trouver de mauvaise compagnie.
Ms. 1663. — Conforme au manuscrit autographe, sauf cette faute :
« l'honneur » pour « l'homme ».
EDIT. 1664. — Conforme au manuscrit autographe.

CXLII

Ms. AUT. — Comme c'est le caractère des grands esprits de faire entendre avec peu de paroles beaucoup de choses, les petits esprits, en revanche, ont l'art de parler beaucoup, et de ne dire rien.

CXLIII

Ms. AUT. — C'est plutôt par l'estime de nos sentiments que nous
exagérons les bonnes qualités des autres, que par leur mérite ; et nous
nous louons en effet lorsqu'il semble que nous leur donnons des
louanges.

Ms. 1663. — Conforme au manuscrit autographe, sauf cette faute : « et nous nous l'avons en effet », au lieu de : « et nous nous louons en effet ».
Edit. 1664. — Conforme au manuscrit autographe[1].

CXLIV

Ms. aut. — Conforme à la leçon définitive, sauf un mot : « l'un la prend comme *la* récompense de ».
Ms. 1663. — Conforme à la leçon définitive, sauf un mot : « *on* la prend comme une récompense de ».

CXLV

Ms. aut. — Nous choisissons souvent des louanges empoisonnées qui découvrent, par contre-coup, des défauts en nos amis, que nous n'osons divulguer[2].
Ms. 1663. — Conforme au manuscrit autographe, sauf la variante *souvent* pour *toujours*.
Edit. 1664. — Conforme au manuscrit autographe.

CXLVI

Ms. aut. — On ne loue que pour être loué.
Ms. 1663. — Conforme au manuscrit autographe.

CXLVII

Ms. aut. — Peu de gens sont assez sages pour aimer mieux le blâme qui leur sert que la louange qui les trahit.
Ms. 1663. — Conforme au manuscrit autographe.
Edit. 1664. — Conforme au manuscrit autographe.

CLV

Ms. aut. — Comme il y a de bonnes viandes qui affadissent le cœur, il y a un mérite fade, et des personnes qui dégoûtent avec des qualités bonnes et estimables.
Ms. 1663. — Conforme au manuscrit autographe, sauf cette variante : « Comme il y a des bonnes viandes ».
Edit. 1664. — Conforme au manuscrit autographe.

CLVI

Ms. aut. — Il y a des gens dont le mérite....
Edit. 1664. — Conforme au manuscrit autographe.

1. Voyez ci-après, p. 47, la maxime DXCVI et la note qui s'y rapporte.
2. Voyez la maxime CXCVIII, ci-après, p. 26 et note 1.

CLIX

Ms. 1663. — Ce n'est pas assez d'avoir des grandes qualités, *etc.*

CLX

Ms. AUT. — On se mécompte toujours dans le jugement que l'on fait de nos actions, quand elles sont plus grandes que nos desseins.
Ms. 1663. — Conforme au manuscrit autographe.
EDIT. 1664. — Conforme au manuscrit autographe.

CLXI

Ms. AUT. — Il faut une certaine proportion entre les actions et les desseins qui les produisent, sans laquelle les actions ne font jamais tous les effets qu'elles doivent faire.
Ms. 1663. — Conforme au manuscrit autographe, sauf trois mots oubliés : « sans laquelle » et « jamais ».
EDIT. 1664. — Conforme au manuscrit autographe, sauf deux mots oubliés : « sans laquelle ».

CLXII

Ms. AUT. — On admire tout ce qui éblouit, et l'art de savoir bien mettre en œuvre de médiocres qualités dérobe l'estime, et donne souvent plus de réputation que le véritable mérite.
Ms. 1663. — Conforme au manuscrit autographe, sauf cette faute : « dérobe l'estime qui donne ».
EDIT. 1664. — Conforme au manuscrit autographe, sauf cette autre faute : « plus de réputation que de véritable mérite. »

CLXIII

Ms. AUT. — Il y a une infinité de conduites qui ont un ridicule apparent, et qui sont, dans leurs raisons cachées, très-sages et très-solides.

CLXVI

Ms. AUT. — Le monde, ne connoissant point le véritable mérite, n'a garde de pouvoir le récompenser : aussi n'élève-t-il à ses grandeurs et à ses dignités que des personnes qui ont de belles qualités apparentes, et il couronne généralement tout ce qui luit, quoique tout ce qui luit ne soit pas de l'or.
Ms. 1663. — Conforme au manuscrit autographe, sauf cette variante : « ne soit point de l'or. »
EDIT. 1664. — Conforme au manuscrit autographe, sauf cette faute : « la récompenser », et cette orthographe : « n'élève il à » (comparez tome III, Ire partie, p. 58, *l.* 2).

CLXVIII

Ms. AUT. — L'espérance, toute vaine et toute trompeuse qu'elle est

d'ordinaire, sert au moins à nous mener à la fin de la vie par un beau
chemin.

CLXIX

Ms. ᴀᴜᴛ. — La honte, la paresse et la timidité ont souvent toutes seules
le mérite de nous retenir dans notre devoir, pendant que notre vertu en
a tout l'honneur.
Ms. 1663. — Conforme au manuscrit autographe, sauf cette variante :
« pendant que notre vertu en a tiré l'honneur. »
Eᴅɪᴛ. 1664. — Conforme au manuscrit autographe.

CLXX

Ms. ᴀᴜᴛ. — Il n'y a que Dieu qui sache si un procédé net, sincère et
honnête, est plutôt un effet de probité que d'habileté.
Ms. 1663. — Conforme au manuscrit autographe.
Eᴅɪᴛ. 1664. — Il n'y a que Dieu qui sache si un procédé est net, sincère et honnête.

CLXXI

Ms. ᴀᴜᴛ. — Toutes les vertus des hommes se perdent dans l'intérêt,
comme les fleuves se perdent dans la mer.
Ms. 1663. — Conforme au manuscrit autographe, sauf, les deux fois,
« se portent » au lieu de « se perdent ».
Eᴅɪᴛ. 1664. — Conforme au manuscrit autographe.

CLXXIII

Ms. ᴀᴜᴛ. — La curiosité n'est pas, comme l'on croit, un simple amour
de la nouveauté : il y en a d'intérêt, qui fait que nous voulons savoir
les choses pour nous en prévaloir, et il y en a une autre d'orgueil, qui
nous donne envie d'être au-dessus de tous ceux qui ignorent les choses,
et de n'être pas au-dessous de ceux qui les savent.

CLXXV

Ms. ᴀᴜᴛ. — La constance en amour est... : de sorte que cette constance
n'est que notre inconstance arrêtée et renfermée dans un sujet.
Ms. 1663. — Conforme au manuscrit autographe.
Eᴅɪᴛ. 1664. — Conforme au manuscrit autographe, sauf ces variantes :
« Toute constance en amour est », et « de sorte que cette constance n'est
qu'une inconstance arrêtée et ».

CLXXVI

Ms. ᴀᴜᴛ. — La durée de l'amour, et ce qu'on appelle ordinairement
constance, sont deux choses bien différentes : la première vient de ce que
l'on trouve sans cesse dans la personne [1] que l'on aime, comme dans une

---

1. Après le mot *personne*, il y a quelques lettres biffées.

source inépuisable, de nouveaux sujets d'aimer, et l'autre vient de ce qu'on se fait un honneur de tenir sa parole.

Ms. 1663. — Il y a deux sortes de constances en amour : l'une vient de ce que l'on trouve sans cesse des nouveaux sujets d'aimer en la personne que l'on aime, comme en une source inépuisable, et l'autre vient de ce que l'on se fait un honneur de tenir sa parole.

Edit. 1664. — Conforme à la copie de 1663, sauf ces variantes : « constance », au singulier; « de nouveaux sujets d'aimer », et « de ce qu'on se fait honneur de tenir sa parole. »

CLXXVII

Ms. aut. — La persévérance n'est digne de blâme, ni de louange, parce qu'elle n'est que la durée des goûts et des sentiments, qu'on ne s'ôte ni qu'on ne se donne.

Ms. 1663. — Conforme au manuscrit autographe.

Edit. 1664. — Conforme au manuscrit autographe.

CLXXVIII

Ms. aut. — Ce qui nous fait aimer les connoissances nouvelles n'est pas tant la lassitude que l'on a des vieilles, ni le plaisir de changer, que le dégoût que nous avons de n'être pas assez admirés de ceux qui nous connoissent trop, et l'espérance de l'être davantage de ceux qui ne nous connoissent guère.

Ms. 1663. — Conforme au manuscrit autographe, sauf cette variante : « l'espérance que nous avons de l'être davantage ».

Edit. 1664. — Conforme à la copie de 1663.

CLXXX

Ms. aut. — Notre repentir ne vient point de nos actions, mais du dommage qu'elles nous causent.

Ms. 1663. — Conforme au manuscrit autographe.

Edit. 1664. — Conforme au manuscrit autographe.

CLXXXI

Ms. aut. — Il y a deux sortes d'inconstances : l'une qui vient de la légèreté de l'esprit, qui, à tout moment, change d'opinion, ou plutôt de la pauvreté de l'esprit, qui reçoit toutes les opinions des autres; l'autre, qui est plus excusable, vient de la [fin][1] du goût des choses que l'on aimoit.

Ms. 1663. — Conforme au manuscrit autographe, sauf ces variantes : « à tous moments », et « l'autre, qui n'est (sic) plus excusable, vient de la fin du goût des choses que l'on aimoit. »

Edit. 1664. — Conforme au manuscrit autographe, sauf ces variantes : « Il y a deux sortes d'inconstance : la première vient de la légèreté de l'esprit, qui à tous moments », et « la seconde, qui est plus excusable, vient de la fin du goût des choses que l'on aimoit. »

---

1. Au lieu de ce mot, il y a un blanc au manuscrit.

CLXXXII

Ms. ᴀᴜᴛ. — Les vices entrent dans la composition des vertus, comme les poisons entrent dans la composition des plus grands remèdes de la médecine; la prudence les assemble, elle les tempère, et elle s'en sert utilement contre les maux de la vie.

Ms. 1663. — Conforme au manuscrit autographe, sauf ces variantes : « dans la composition des remèdes de la médecine », et « la prudence les assemble et les tempère, et elle ».

Eᴅɪᴛ. 1664. — Conforme à la copie de 1663.

CLXXXIV

Ms. ᴀᴜᴛ. — Nous avouons nos défauts, pour réparer le préjudice qu'ils nous font dans l'esprit des autres, par l'impression que nous leur donnons de la justice du nôtre.

Ms. 1663. — Conforme au manuscrit autographe.

Eᴅɪᴛ. 1664. — Conforme au manuscrit autographe.

CLXXXV

Ms. 1663. — Le crime a ses héros ainsi que la vertu[1].

Eᴅɪᴛ. 1664. — Conforme à cette variante de la copie de 1663.

CLXXXVI

Ms. ᴀᴜᴛ. — On hait souvent les vices, mais on méprise toujours le manque de vertu.

Ms. 1663. — Conforme au manuscrit autographe.

Eᴅɪᴛ. 1664. — Conforme au manuscrit autographe.

· CLXXXVIII

Ms. ᴀᴜᴛ. — La santé de l'âme n'est pas plus assurée que celle du corps; et quelque éloignés que nous paroissions être des passions que nous n'avons pas encore ressenties, il faut croire toutefois que l'on n'y est pas moins exposé qu'on l'est à tomber malade quand on se porte bien.

Ms. 1663. — Conforme au manuscrit autographe, sauf cette variante « du corps; quelque éloignés que ».

Eᴅɪᴛ. 1664. — Conforme au manuscrit autographe.

CXCI

Ms. ᴀᴜᴛ. — On pourroit presque dire qu'ils[2] nous attendent sur le

1. Outre cette variante, qu'il joint, sous cette forme, à la maxime ᴅᴄᴠɪɪɪ (voyez ci-après, p. 49), ce manuscrit donne ailleurs, à part, la leçon définitive de cette maxime ᴄʟxxxv.

2. C'est-à-dire « les vices » les deux maximes ᴄxᴄɪ et ᴄxᴄɪɪ n'en faisant qu'une dans ce manuscrit, et y étant interverties

cours ordinaire de la vie, comme des hôtelleries où il faut successivement loger; et je doute que l'expérience même nous en pût garantir, s'il nous étoit permis de faire deux fois le même chemin.

CXCII

Ms. AUT. — Quand les vices nous quittent, nous voulons croire que c'est nous qui les quittons.

CXCIII

Ms. AUT. — On n'est pas moins exposé aux rechutes des maladies de l'âme que de celles du corps; nous croyons être guéris, bien que, le plus souvent, ce ne soit qu'un relâche, ou un changement de mal.

CXCIV

Ms. AUT. — Les défauts de l'âme sont comme les blessures du corps : quelque soin qu'on prenne de les guérir, la cicatrice paroît toujours, et elles se peuvent toujours rouvrir.

CXCVI

Ms. AUT. — Quand il n'y a que nous qui sachions nos crimes, ils sont bientôt oubliés.
Ms. 1663. — Conforme au manuscrit autographe, sauf cette variante : « qui sachons ».

CXCVIII

Ms. AUT. — Nous élevons même[1] la gloire des uns pour abaisser par là celle des autres, et on loueroit moins Monsieur le Prince et M. de Turenne, si on ne vouloit pas les blâmer tous les deux.
Ms. 1663. — Conforme au manuscrit autographe, sauf cette variante : « Nous élevons la gloire ».
EDIT. 1664. — Conforme à la copie de 1663.

CXCIX

Ms. AUT. — Le desir de paroître habile empêche souvent de le devenir, parce qu'on songe plus à paroître aux autres qu'à être effectivement ce qu'il faut être.

CCII

Ms. AUT. — Les faux honnêtes gens sont ceux qui déguisent la corruption de leur cœur aux autres et à eux-mêmes; les vrais honnêtes

1. Cette maxime, dans ce manuscrit, comme dans les deux autres textes, suit immédiatement la maxime CXLV, dont les variantes sont données ci-dessus, p. 21.

gens sont ceux qui la connoissent parfaitement, et la confessent aux
autres.

Ms. 1663. — Conforme au manuscrit autographe.

Edit. 1664. — Conforme au manuscrit autographe.

CCIII

Ms. aut. — Le vrai honnête homme, c'est celui qui ne se pique de
rien.

CCIV

Ms. aut. — La sévérité des femmes, c'est un ajustement et un fard
qu'elles ajoutent à leur beauté. C'est comme un prix dont elles augmentent le leur; c'est enfin un attrait fin et délicat, et une douceur déguisée.

Ms. 1663. — La sévérité des femmes, c'est un ajustement et un fard
qu'elles ajustent à leur beauté. C'est enfin un attrait fin et délicat, et une
douceur déguisée.

Edit. 1664. — Conforme à la copie de 1663, sauf ces variantes :
« La sévérité des femmes est un ajustement », et « qu'elles ajoutent à leur
beauté. C'est enfin ».

CCV

Ms. aut. — La chasteté des femmes est l'amour de leur réputation et
de leur repos.

Ms. 1663. — Conforme au manuscrit autographe.

Edit. 1664. — Conforme au manuscrit autographe.

CCVI

Ms. aut. — C'est être véritablement honnête homme que de vouloir
bien être examiné des honnêtes gens, en tous temps, et sur tous les sujets
qui se présentent.

CCVII

Ms. aut. — L'enfance nous suit dans tous les temps de la vie. Si quelqu'un paroît sage, c'est seulement parce que ses folies sont proportionnées à son âge et à sa fortune.

Edit. 1664. — Conforme à la leçon définitive, sauf cette variante :
« de la vie; et si quelqu'un ».

CCVIII

Ms. aut. — Il y a des gens niais qui se connoissent niais, et qui emploient habilement leur niaiserie.

Ms. 1663. — Conforme au manuscrit autographe[1].

---

1. Il semble que le copiste ait mal lu, et écrit, sans chercher un sens : « qui se
connoissent *mais*, et qui ».

Edit. 1664. — Il y a des gens niais qui se connoissent fort sots, et qui emploient habilement leurs sottises.

CCIX

Edit. 1664. — Les plus sages le sont dans les choses indifférentes, mais ils ne le sont presque jamais dans leurs plus sérieuses affaires[1]; et qui vit sans folie n'est pas si sage qu'il croit.

CCXI

Ms. aut. — Il y a des gens qui ressemblent aux vaudevilles, que tout le monde chante un certain temps, quelques (*sic*) fades et dégoûtants qu'ils soient.

Ms. 1663. — Conforme au manuscrit autographe, sauf cette orthographe : « vaux de villes », et un mot : « quelques *fats* et ».

Edit. 1664. — Conforme au manuscrit autographe, sauf cette variante : « à des vaudevilles ».

CCXII

Ms. aut. — La plupart des gens ne voient dans les hommes que la vogue qu'ils ont, et le mérite de leur fortune.

Ms. 1663. — Conforme au manuscrit autographe.

Edit. 1664. — Conforme au manuscrit autographe.

CCXIII

Ms. aut. — L'amour de la gloire, et plus encore la crainte de la honte, le dessein de faire fortune, le desir de rendre notre vie commode et agréable, et l'envie d'abaisser les autres, font cette valeur qui est si célèbre parmi les hommes.

Ms. 1663. — Conforme au manuscrit autographe, sauf ces variantes : « le dessein de faire fortune, le dessein de rendre notre vie », et « font naître cette valeur ».

Edit. 1664. — Conforme au manuscrit autographe, sauf cette variante: « font naître cette valeur ».

CCXIV

Ms. aut. — La valeur, dans les simples soldats, est un métier périlleux qu'ils ont pris pour gagner leur vie.

Ms. 1663. — Conforme au manuscrit autographe.

Edit. 1664. — Conforme au manuscrit autographe.

CCXV

Ms. aut. — La parfaite valeur et la poltronnerie complète sont des extrémités où on arrive rarement. L'espace qui est entre-deux est vaste,

---

1. Ce commencement est notre maxime DXCI.

et contient toutes les autres espèces de courage : il n'y a pas moins de
différence entre eux qu'il y en a entre les visages et les humeurs; cependant ils conviennent en beaucoup de choses. Il y a des hommes qui
s'exposent volontiers au commencement d'une action, et qui se relâchent
et se rebutent aisément par sa durée; il y en a qui sont assez contents
quand ils ont satisfait à l'honneur du monde, et qui font fort peu de
choses au delà. On en voit qui ne sont pas toujours également maîtres
d'eux-mêmes; d'autres se laissent quelquefois entraîner à des épouvantes
générales; d'autres vont à la charge, pour n'oser demeurer dans leurs
postes; enfin il s'en trouve à qui l'habitude des moindres périls affermit
le courage, et les prépare à s'exposer à de plus grands. Outre cela, il y a
un rapport général que l'on remarque entre tous les courages des différentes espèces dont nous venons de parler, qui est que, la nuit augmentant la crainte et cachant les bonnes et les mauvaises actions, leur donne
la liberté de se ménager. Il y a encore un autre ménage plus général qui,
à parler absolument, s'étend sur toute sorte d'hommes : c'est qu'il n'y en
a point qui fassent tout ce qu'ils seroient capables de faire dans une occasion, s'ils avoient une certitude d'en revenir : de sorte qu'il est visible
que la crainte de la mort ôte quelque chose à leur valeur, et diminue
son effet.

Ms. 1663 [1]. — La parfaite valeur et la poltronnerie complète sont des
extrémités où l'on arrive rarement. L'espace qui est entre les deux est
vaste, et contient toutes les autres espèces de courage : il y a plus de différence entre elles qu'il y en a entre les visages et les humeurs; cependant elles conviennent en beaucoup de choses. Il y a des hommes qui
s'exposent volontiers au commencement d'une action, et qui se relâchent
et se rebutent aisément par sa durée; il y en a qui sont assez contents
quand ils ont satisfait à l'honneur du monde, et qui font fort peu de
choses au delà. On en voit qui ne sont pas toujours également maîtres de
leur peur; d'autres se laissent quelquefois emporter à des épouvantes générales; d'autres vont à la charge, pour n'oser demeurer dans leurs postes;
enfin il s'en trouve à qui l'habitude des moindres périls affermit le courage, et les prépare à s'exposer à des plus grands. Outre cela, il y a un
rapport général que l'on remarque entre tous les courages des différentes
espèces dont nous venons de parler, qui est que, la nuit augmentant la
crainte et cachant les bonnes et mauvaises actions, leur donne la liberté
de se ménager. Il y a encore un autre ménagement plus général qui, à
parler plus absolument, s'étend sur toutes sortes d'hommes : c'est qu'il n'y
en a point qui fassent ce qu'ils seroient capables de faire dans une occasion, s'ils avoient une certitude d'en revenir : de sorte qu'il est visible
que la crainte de la mort ôte quelque chose à leur valeur, et diminue
son effet.

Edit. 1664. — Conforme au manuscrit autographe, sauf ces variantes :
« des extrémités où l'on arrive rarement »; « se relâchent et se rebutent
aisément pour sa durée. Il y en a qui sont assez constants quand ils ont
satisfait à l'honneur du monde, et qui font fort peu de chose au delà.
On en voit qui ne sont pas toujours également maîtres de leur peur;
d'autres se laissent quelquefois emporter à des épouvantes générales;
d'autres vont à la charge, pour n'oser demeurer dans leur poste; enfin »,
et « de se ménager. Il y a encore un autre ménagement plus général qui, à
parler absolument, s'étend sur toutes sortes d'hommes : c'est qu'il n'y en a

---

1. Quoique, pour cette maxime, le texte de la copie de 1663 soit, dans son ensemble, assez conforme à celui du manuscrit autographe, il y a cependant d'assez nombreuses différences de détail, pour que nous la reproduisions en entier.

point qui fassent tout ce qu'ils seroient capables de faire dans une action,
s'ils ».

CCXVI

Ms. AUT. — La pure valeur, s'il y en avoit, seroit de faire sans témoins
ce qu'on est capable de faire devant le monde.
Ms. 1663. — Conforme au manuscrit autographe.
EDIT. 1664. — Conforme au manuscrit autographe.

CCXVII

Ms. AUT. — L'intrépidité est une force extraordinaire de l'âme, par laquelle elle empêche les troubles, les désordres et les émotions que la vue
des grands périls a accoutumé d'élever en elle. Par cette force les héros
se maintiennent dans un état paisible, et conservent l'usage libre de
toutes leurs fonctions dans les accidents les plus terribles et les plus surprenants. Cette intrépidité doit soutenir...[1].
Ms. 1663. — Conforme au manuscrit autographe.
EDIT. 1664. — Conforme au manuscrit autographe.

CCXIX

Ms. AUT. — La plupart des hommes s'exposent assez à la guerre....
Ms. 1663. — Conforme au manuscrit autographe.
EDIT. 1664. — Conforme au manuscrit autographe.

CCXX

Ms. AUT. — La vanité, et la honte, et surtout le tempérament, fait
la valeur des hommes et la chasteté des femmes, dont chacun mène tant
de bruit.
Ms. 1663. — La vanité, et la honte, et surtout le tempérament, font la
valeur des hommes, dont on fait tant de bruit.
EDIT. 1664. — Conforme au manuscrit autographe, sauf cette variante
de 1663 : « dont on fait tant de bruit. »

CCXXI

Ms. AUT. — On ne veut point perdre la vie, et on veut acquérir de la
gloire ; de là vient que, quelque chicane qu'on remarque dans la justice,
elle n'est point égale à la chicane des braves[2].
Ms. 1663. — On ne veut point perdre la vie, et on veut acquérir de la
gloire : de là vient que les braves ont plus d'adresse et d'esprit pour
éviter la mort, que les gens de chicane pour conserver leurs biens.
EDIT. 1664. — Conforme à la copie de 1663.

---

1. Voyez ci-après, p. 49, la maxime DCXIV.
2. Une main étrangère, probablement celle dont nous avons parlé ci-dessus (p. 12,
notes 1 et 2), a écrit, au crayon, dans les interlignes du manuscrit, la leçon définitive,
avec cette variante à la fin : « pour acquérir des biens. »

CCXXIII

Ms. ᴀᴜᴛ. — Il est de la reconnoissance comme de la bonne foi des
marchands : elle soutient le commerce, et nous ne payons pas pour la
justice de payer, mais pour trouver plus facilement des gens qui nous
prêtent.

Ms. 1663. — Conforme au manuscrit autographe, sauf l'omission des
deux mots : « de payer ».

Eᴅɪᴛ. 1664. — Conforme au manuscrit autographe, sauf cette variante :
« par la justice de payer ».

CCXXIV

Ms. ᴀᴜᴛ. — Plusieurs personnes s'acquittent des devoirs de la reconnoissance, quoiqu'il soit vrai de dire que personne n'en a effectivement.

Ms. 1663. — Conforme au manuscrit autographe, sauf cette faute :
« des devoirs de la récompense ».

CCXXV

Ms. ᴀᴜᴛ. — Ce qui fait tout le mécompte que nous voyons dans la reconnoissance des hommes, c'est que l'orgueil, *etc.*

Ms. 1663. — Ce qui fait tant de mécompte dans la reconnoissance
qu'on attend des grâces qu'on a faites[1], c'est que l'orgueil, *etc.*

CCXXVI

Ms. ᴀᴜᴛ. — On est souvent reconnoissant par principe d'ingratitude.

CCXXX

Ms. ᴀᴜᴛ. — Rien n'est si contagieux que l'exemple, et nous ne faisons
jamais de grands biens ni de grands maux qui ne produisent infailliblement leurs pareils. L'imitation des biens vient de l'émulation, et celle des
maux de l'excès de la malignité naturelle, qui, étant comme tenue en prison par la honte, est mise en liberté par l'exemple.

Ms. 1663. — Conforme au manuscrit autographe, sauf cette variante :
« leur pareil. L'imitation d'agir honnêtement vient de....[2], et celle des
maux de ».

Eᴅɪᴛ. 1664. — Conforme au manuscrit autographe, sauf ces variantes :
« leurs pareils. L'imitation d'agir honnêtement vient de l'émulation, et
l'imitation des maux vient de », et « qui étant comme tenue en prison
par la bonté, est mise en liberté par l'exemple. »

CCXXXII

Ms. ᴀᴜᴛ. — Quelque prétexte que nous donnions à nos afflictions, ce
n'est que l'intérêt et la vanité qui les causent.

1. *Fait* (*faict*), sans accord, dans cette copie.
2. Ces points sont au manuscrit; à la suite, *en* pour *et.*

Ms. 1663. — Conforme au manuscrit autographe.
Edit. 1664. — Conforme au manuscrit autographe.

CCXXXIII

Ms. aut. — Il y a une espèce d'hypocrisie dans les afflictions ; car, sous prétexte de pleurer une personne qui nous est chère, nous pleurons les nôtres, c'est-à-dire la diminution de notre bien, de notre plaisir, ou de notre considération. De cette manière, les morts ont l'honneur des larmes qui coulent pour les vivants. J'ai dit que c'est une espèce d'hypocrisie, parce que, par elle, l'homme se trompe seulement lui-même. Il y en a une autre, qui n'est pas si innocente, et qui impose à tout le monde : c'est l'affliction de certaines personnes qui aspirent à la gloire d'une belle et immortelle douleur. Car le temps, qui consomme tout, l'ayant consommée, elles ne laissent pas d'opiniâtrer leurs pleurs, leurs plaintes et leurs soupirs ; elles prennent un personnage lugubre, et travaillent à persuader, par toutes leurs actions, qu'elles égaleront la durée de leur déplaisir à leur propre vie. Cette triste et fatigante vanité se trouve pour l'ordinaire dans les femmes ambitieuses, parce que, leur sexe leur fermant tous les chemins à la gloire, elles se jettent dans celui-ci, et s'efforcent à se rendre célèbres par la montre d'une inconsolable douleur. Outre ce que nous avons dit, il y a encore quelques autres espèces de larmes qui coulent de certaines petites sources, et qui, par conséquent, s'écoulent incontinent : on pleure pour avoir la réputation d'être tendre ; on pleure pour être pleuré, et on pleure enfin de honte de ne pas pleurer.

Ms. 1663. — Conforme au manuscrit autographe, sauf ces variantes : « ou de notre considération, en la personne que nous pleurons. De cette manière, les morts ont l'honneur des larmes qui ne coulent que pour ceux qui les pleurent. J'ai dit que c'étoit » ; « la durée de leurs pleurs à leur propre vie » ; « tous chemins à la gloire » ; « et se forcent à se rendre célèbres » ; « d'être tendres », et la faute « afin » pour « enfin ».

Edit. 1664. — Il y a une espèce d'hypocrisie dans les afflictions ; car, sous prétexte de pleurer une personne qui nous est chère, nous pleurons la diminution de notre bien, de notre plaisir, de notre considération, en la personne que nous avons perdue. De cette manière les morts ont l'honneur des larmes qui ne coulent que pour ceux qui les pleurent. J'ai dit que c'étoit une espèce d'hypocrisie, parce que par elle l'homme se trompe seulement lui-même. Il y en a une autre, qui n'est pas si innocente, et qui impose à tout le monde : c'est l'affliction de certaines personnes qui aspirent à la gloire d'une belle et immortelle douleur. Car le temps, qui consomme tout, ayant consommé ce qu'elles pleurent, elles ne laissent pas d'opiniâtrer leurs pleurs, leurs plaintes, et leurs soupirs : elles prennent un personnage lugubre, et travaillent à persuader, par toutes leurs actions, qu'elles égaleront la durée de leurs pleurs à leur propre vie. Cette triste...[1].

CCXXXV

Ms. aut. — Nous ne sommes pas difficiles à consoler des disgrâces de nos amis, lorsqu'elles servent à nous faire faire quelque belle action.

---

1. Le texte de toute la suite de la maxime est conforme à celui du manuscrit autographe ; seulement la dernière phrase · « Outre ce que... », forme une seconde maxime dans l'impression de 1664.

Ms. 1663. — Conforme au manuscrit autographe, sauf ces variantes :
« point difficiles »; « lorsqu'elles aident à », et « quelques belles actions. »

CCXXXVI

Ms. AUT. — Qui considérera superficiellement tous les effets de la
bonté qui nous fait sortir de nous-même, et qui nous immole continuellement à l'avantage de tout le monde, sera tenté de croire que, lorsqu'elle
agit, l'amour-propre s'oublie et s'abandonne lui-même, et même qu'il se
laisse dépouiller et appauvrir sans s'en apercevoir, en sorte qu'il semble
que la bonté soit la niaiserie et l'innocence de l'amour-propre. Cependant
la bonté est en effet le plus prompt de tous les moyens dont l'amour-
propre se sert pour arriver à ses fins; c'est un chemin dérobé par où il
revient à lui-même plus riche et plus abondant; c'est un désintéressement
qu'il met à une furieuse usure; c'est enfin un ressort délicat avec lequel il
remue, il dispose et tourne tous les hommes en sa faveur.

Ms. 1663. — Conforme au manuscrit autographe, sauf ces variantes :
« en sorte qu'il semble que l'amour-propre soit la dupe de la bonté. Cependant la bonté est en[1] effet le plus propre de tous les moyens dont »,
et « avec lequel il réunit, il dispose »[2].

EDIT. 1664. — Conforme au manuscrit autographe, sauf ces variantes,
dont trois reproduisent le texte de 1663 : « tous les efforts de la bonté
qui »; « en sorte qu'il semble que l'amour-propre soit la dupe de la bonté.
Cependant »; « le plus propre de tous les moyens dont », et « avec
lequel il réunit, et dispose et tourne tous les hommes en sa faveur. »

CCXXXVII

Ms. AUT. — Nul ne mérite d'être loué de bonté, s'il n'a la force et la
hardiesse de pouvoir être méchant : toute autre bonté n'est en effet qu'une
privation de vice, ou plutôt la timidité des vices, et leur endormissement.

Ms. 1663. — Conforme au manuscrit autographe, sauf ces variantes :
« Nul ne mérite être loué », et « une privation de vices, et leur endormissement. »

EDIT. 1664. — Conforme au manuscrit autographe, sauf cette variante
de 1663 : « une privation de vices, et leur endormissement. »

CCXXXIX

Ms. AUT. — Rien ne nous plaît tant que la confiance des grands et des
personnes considerables par leurs emplois, par leur esprit ou par leur mérite ; elle nous fait sentir un plaisir exquis et élève merveilleusement notre
orgueil, parce que nous la regardons comme un effet de notre fidélité ;
cependant nous serons remplis de confusion, si nous considérons l'imperfection et la bassesse de sa naissance, car elle vient de la vanité, de l'envie
de parler et de l'impuissance de retenir les secrets, de sorte qu'on peut
dire que la confiance est comme un relâchement de l'âme causé par le
nombre et par le poids des choses dont elle est pleine.

Ms. 1663. — Conforme au manuscrit autographe, sauf cette variante :
« nous serions remplis de confusion, si nous considérions ».

1. *Un* pour *en*, par mégarde.
2. Voyez ci-après, p. 37, la maxime CCLXIV.

Edit. 1664. — Conforme au manuscrit autographe, sauf ces variantes, dont la première est de 1663 : « nous serions remplis de confusion, si nous considérions », et « que la confiance est un relâchement de ».

CCXL

Ms. aut. — Je ne sais si on peut dire de l'agrément, séparé de la beauté, que c'est une symétrie dont on ne sait pas les règles, et un rapport secret des traits ensemble, et des traits avec les couleurs et l'air de la personne.

CCXLI

Ms. aut. — La coquetterie est le fond de l'humeur de toutes les femmes ; mais toutes n'en ont pas l'exercice, parce que la coquetterie de quelques-unes est arrêtée et enfermée par leur tempérament et par leur raison.
Ms. 1663. — Conforme au manuscrit autographe.
Edit. 1664. — Conforme au manuscrit autographe.

CCXLII

Ms. aut. — On incommode toujours les autres, quand on est persuadé de ne les pouvoir jamais incommoder.
Ms. 1663. — Conforme au manuscrit autographe, si ce n'est que des points remplacent le mot : « autres ».

CCXLIV

Ms. aut. — La souveraine habileté consiste à bien connoître le prix de chaque chose.
Ms. 1663. — Conforme au manuscrit autographe.
Edit. 1664. — Conforme au manuscrit autographe.

CCXLVI

Ms. aut. — La générosité, c'est un desir de briller par des actions extraordinaires ; c'est un habile et industrieux emploi du désintéressement, de la fermeté en amitié, et de la magnanimité, pour aller promptement à une grande réputation.
Ms. 1663. — Conforme au manuscrit autographe.
Edit. 1664. — Conforme au manuscrit autographe, sauf cette variante : un industrieux emploi de désintéressement, de la fermeté[1] de l'amitié, et de la magnanimité, pour ».

CCXLVII

Ms. aut. — La fidélité est une invention rare de l'amour-propre, par laquelle l'homme, s'érigeant en dépositaire des choses précieuses, se rend lui-même infiniment précieux. De tous les trafics de l'amour-propre, c'est

1. Ce texte de 1664 n'a pas de virgule après « désintéressement », mais il y en a une après « fermeté ».

celui où il fait moins d'avances et de plus grands profits; c'est un raffinement de sa politique, car il engage les hommes, par leurs biens, par leur
honneur, par leur liberté, et par leur vie, qu'ils sont forcés de confier, en
quelques occasions, à élever l'homme fidèle au-dessus de tout le monde.

Ms. 1663. — Conforme au manuscrit autographe, sauf ces variantes :
« car il engage les hommes par leur liberté, et », et « en quelque occasion ».

Edit. 1664. — Conforme au manuscrit autographe, sauf ces variantes,
dont la seconde est de 1663 : « où il fait moins d'avance », et « car il
engage les hommes par leur liberté, et ».

CCXLIX

Ms. aut. — Il n'y a pas moins d'éloquence dans le ton de la voix que
dans le choix des paroles.

Ms. 1663. — Conforme au manuscrit autographe.

Edit. 1664. — Conforme au manuscrit autographe.

CCL

Ms. aut. — La vraie éloquence consiste à dire tout ce qu'il faut, et à
ne dire que ce qu'il faut.

Ms. 1663. — Conforme au manuscrit autographe, sauf cette variante :
« et ne dire que ce qu'il faut. »

Edit. 1664. — Conforme au manuscrit autographe.

CCLI

Ms. aut. — Il y a des personnes à qui leurs défauts siéent[1] bien, et
d'autres qui sont disgraciés de leurs bonnes qualités.

Ms. 1663. — Conforme au manuscrit autographe.

Edit. 1664. — Il y en a même[2] à qui leurs défauts siessent (*sic*) bien,
et d'autres qui sont disgraciés de leurs bonnes qualités.

CCLII

Ms. aut. — Il est aussi ordinaire de voir changer les goûts qu'il est
rare de voir changer les inclinations.

CCLIII

Ms. aut. — L'intérêt donne toute sorte de vertus et de vices.

Ms. 1663. — Conforme au manuscrit autographe, sauf le pluriel
« toutes sortes ».

CCLIV

Ms. aut. — L'humilité est une feinte soumission, que nous employons
pour soumettre effectivement tout le monde; c'est un mouvement de l'orgueil, par lequel il s'abaisse devant les hommes, pour s'élever sur eux: c'est
son plus grand déguisement et son premier stratagème. Certes, comme il

1. Après « siéent » est biffé « souvent » et « disgraciés » est bien au masculin (*dis-
gratiés*).

2. Cette maxime vient après une qui commence par « Il y a des gens ».

est sans doute que le Protée des fables n'a jamais été, il est un véritable
dans la nature, car il prend toutes les formes, comme il lui plaît ; mais,
quoiqu'il soit merveilleux et agréable à voir sur toutes ses figures et dans
toutes ses industries, il faut pourtant avouer qu'il n'est jamais si rare ni
si plaisant que lorsqu'on le voit sous la forme et sous l'habit de l'humilité ;
car alors on le voit les yeux baissés ; sa contenance est modeste et reposée,
ses paroles douces et respectueuses, pleines de l'estime des autres et de
dédain pour lui-même : il est indigne de tous les honneurs, il est incapable d'aucun emploi, et ne reçoit les charges où on l'élève que comme
un effet de la bonté des hommes et de la faveur aveugle de la fortune.

Ms. 1663. — Conforme au manuscrit autographe, sauf ces variantes :
« Et comme il est sans doute comme le Protée des fables n'a jamais été,
il est certain aussi que l'orgueil en est un véritable dans la nature, car » ;
« à voir sous toutes ses figures », et « qu'il n'est jamais si rare ni si extraordinaire que lorsqu'on le voit les yeux baissés ; sa contenance ».

Edit. 1664. — Conforme au manuscrit autographe, sauf ces variantes :
« Et comme il est sans doute que le Protée des fables n'a jamais été, il est
certain aussi que l'orgueil en est un véritable dans la nature, car » ;
« agréable à voir dans toutes les figures » ; « qu'il n'est jamais si rare ni
si extraordinaire que lorsqu'on le voit les yeux baissés » ; « sa contenance [est] modeste et », et « des charges où l'on l'élève ».

CCLV

Ms. aut. — Les pensées et les sentiments ont chacun un ton de voix,
une action et un air de visage qui leur sont propres ; c'est ce qui fait les
bons et les mauvais comédiens, et c'est ce qui fait aussi que les personnes
plaisent ou déplaisent.

Ms. 1663. — Conforme au manuscrit autographe, sauf cette leçon
autive : « que les personnes plaisants[1] et déplaisants. »

Edit. 1664. — Conforme au manuscrit autographe, sauf cette variante :
« une action et un air qui leur sont propres »[2].

CCLVI

Ms. aut. — Dans toutes les professions et dans tous les arts, chacun se
fait une mine et un extérieur qu'il met en la place de la chose dont il veut
avoir le mérite, de sorte que tout le monde n'est composé que de mines,
et c'est inutilement que nous travaillons à y trouver les choses.

Ms. 1663. — Conforme au manuscrit autographe, sauf cette faute :
« Dans toutes les perfections et dans ».

Edit. 1664. — Conforme au manuscrit autographe[3].

CCLX

Ms. aut. — La civilité est une envie d'en recevoir ; c'est aussi un desir
d'être estimé poli.

Ms. 1663. — Conforme au manuscrit autographe.

Edit. 1664. — Conforme au manuscrit autographe.

---

1. Faut-il, peut-être, suppléer « sont » ?
2. La maxime en forme deux dans cette édition ; elle est coupée après « propres ».
3. Dans cette édition, les maximes LVI (ci-dessus, p. 9) et CCLVI sont réunies ; LVI
est en tête.

CCLXI

Ms. ᴀᴜᴛ. — L'éducation qu'on donne aux princes est un second amour-
propre qu'on leur inspire.
Ms. 1663. — Conforme au manuscrit autographe.
Eᴅɪᴛ. 1664. — Conforme au manuscrit autographe.

CCLXIII

Ms. ᴀᴜᴛ. — Il n'y a point de libéralité, et ce n'est que la vanité de
donner, que nous aimons mieux que ce que nous donnons.
Ms. 1663. — Conforme au manuscrit autographe.
Eᴅɪᴛ. 1664. — Conforme au manuscrit autographe.

CCLXIV

Ms. ᴀᴜᴛ. — La pitié est un sentiment de nos propres maux dans un
sujet étranger; c'est une prévoyance habile des malheurs où nous pouvons
tomber, qui nous fait donner des secours aux autres, pour les engager à
nous les rendre dans de semblables occasions, de sorte que les services que
nous rendons à ceux qui sont accueillis de quelque infortune sont, à proprement parler, des biens anticipés que nous nous faisons.
Ms. 1663. — Conforme au manuscrit autographe, sauf cette variante :
« dans de semblables actions »[1].
Eᴅɪᴛ. 1664. — Conforme au manuscrit autographe.

CCLXV

Ms. ᴀᴜᴛ. — La petitesse de l'esprit fait l'opiniâtreté. On ne croit pas
aisément ce qui est au delà de ce que nous voyons.

CCLXVI

Ms. ᴀᴜᴛ. — On s'est trompé quand on a cru, après tant de grands
exemples, que l'ambition et l'amour triomphoient toujours des autres passions; c'est la paresse, toute languissante qu'elle est, qui en est le plus
souvent la maîtresse : elle usurpe insensiblement sur tous les desseins et
sur toutes les actions de la vie, et enfin elle émousse et éteint toutes les
passions et toutes les vertus.
Ms. 1663. — Conforme au manuscrit autographe, sauf ces variantes :
« que l'amour et l'ambition triomphent », et « de la vie; elle y détruit et
y consomme toutes les passions et toutes les vertus. »
Eᴅɪᴛ. 1664. — Conforme au manuscrit autographe, sauf ces variantes:
« On s'est trompé quand on a cru que l'amour et l'ambition triomphoient
toujours des autres passions », et « elle usurpe insensiblement l'empire
sur tous les desseins et sur toutes les actions de la vie; elle y détruit et y
consomme toutes les passions et toutes les vertus. »

---

1. Cette maxime est suivie, dans ce manuscrit, de la maxime ᴄᴄxxxvɪ (voyez ci-
dessus, p. 33) et n'en forme qu'une avec elle.

CCLXVII

Ms. aut. — La promptitude avec laquelle nous croyons le mal, sans
l'avoir assez examiné, est aussi bien un effet de paresse que d'orgueil : on
veut trouver des coupables, mais on ne veut pas se donner la peine d'examiner les crimes.

CCLXVIII

Ms. aut. — Nous récusons tous les jours des juges pour les plus petits
intérêts, et nous commettons notre gloire et notre réputation, qui est la
plus importante affaire de notre vie, aux hommes, qui nous sont tous contraires, ou par leur jalousie, ou par leur malignité, ou par leur préoccupation, ou par leur sottise, ou par leur injustice ; et c'est pour obtenir
d'eux un arrêt en notre faveur que nous exposons notre vie, et que nous
la condamnons à une infinité de soucis, de peines et de travaux.

Ms. 1663. — Conforme au manuscrit autographe, sauf cette variante :
« pour le plus petit intérêt ».

CCLXXI

Ms. aut. — La jeunesse est une ivresse continuelle : c'est la fièvre de la
santé, c'est la folie de la raison.

CCLXXIII

Ms. aut. — Il y a des hommes que l'on estime, qui n'ont pour toutes
vertus que des vices qui sont propres à la société et au commerce de la
vie.

CCLXXV

Ms. aut. — La nature, qui se vante d'être toujours sensible, est, dans
la moindre occasion, étouffée par l'intérêt.

Ms. 1663. — Conforme au manuscrit autographe, sauf cette variante :
« étouffée par un intérêt. »

Edit. 1664. — Conforme au manuscrit autographe.

CCLXXXV

Ms. aut. — La magnanimité est assez définie par son nom ; on pourroit dire toutefois que c'est le bon sens de l'orgueil, et la voie la plus
noble qu'il[1] ait pour recevoir des louanges.

CCXCIII

Ms. aut. — Qui ne riroit de la modération, et de l'opinion qu'on a
conçue d'elle ? Elle n'a garde, ainsi qu'on croit, de combattre et de soumettre l'ambition, puisque jamais elles ne se peuvent trouver ensemble,
la modération n'étant véritablement qu'une paresse, une langueur et un
manque de courage : de manière qu'on peut justement dire que la modération est la bassesse de l'âme, comme l'ambition en est l'élévation.

1. « Qu'il » corrige « qu'elle ».

Ms. 1663. — Conforme au manuscrit autographe, sauf cette faute :
« une langueur et *une marque* de courage ».

Edit. 1664. — Conforme au manuscrit autographe, sauf ces variantes :
« Qui ne riroit de cette vertu[1], et de l'opinion qu'on a conçue d'elle? Elle
n'a garde, ainsi qu'on le croit de ».

CCXCVII

Ms. aut. — Nous ne nous apercevons que des emportements et des
mouvements extraordinaires de nos humeurs, comme de la violence de la
colère, etc. [2] ; mais personne quasi ne s'aperçoit que ces humeurs ont
un cours ordinaire et réglé, qui meut et tourne doucement et imperceptiblement notre volonté à des actions différentes ; elles roulent ensemble,
s'il faut ainsi dire, et exercent successivement leur empire, de sorte
qu'elles ont une part considérable à toutes nos actions, dont nous croyons
être les seuls auteurs.

Ms. 1663. — Conforme au manuscrit autographe, sauf ces variantes :
« de nos humeurs et de notre tempérament, comme », et « elles veulent
(*sic*) ensemble ».

Edit. 1664. — Conforme au manuscrit autographe, sauf ces variantes :
« Nous nous apercevons des emportements et des mouvements extraordinaires de nos humeurs et de notre tempérament, comme de la violence de
la colère ; mais », et « de sorte qu'elles ont une part considérable à toutes
nos actions, dont nous croyons être les seuls auteurs ; et le caprice de
l'humeur est encore plus bizarre que celui de la fortune[3].

CCCXCIV

Ms. aut. — Chacun pense être plus fin que les autres[4]
Ms. 1663. — Conforme au manuscrit autographe.
Edit. 1664. — Conforme au manuscrit autographe.

DIV

Ms. aut. — On peut rapprocher d'une partie de cette maxime les deux
suivantes du manuscrit :

Rien ne prouve davantage combien la mort est redoutable, que la peine
que les philosophes se donnent pour persuader qu'on la doit mépriser.

Rien ne prouve tant que les philosophes ne sont pas si bien persuadés
qu'ils disent, que la mort n'est pas un mal, que le tourment qu'ils se
donnent pour éterniser leur réputation.

1. La maxime, dans cette édition, vient immédiatement après celle qui commence
par : « La modération dans la bonne fortune » : voyez ci-dessus, p. 3-4, les variantes
des maximes XVII et XVIII, réunies en une seule dans les trois textes.

2. Cet « etc. » est dans ce manuscrit et dans la copie de 1663.

3. C'est, depuis « le caprice », avec une légère variante : « de l'humeur », et l'orthographe, que nous avons déjà notée : « bigearre », la maxime XLV : voyez ci-dessus,
p. 7.

4. Entre ce texte et celui de la maxime définitive CCCXCIV, c'est à peine s'il y a assez
de rapport de sens pour justifier le rapprochement. Dans l'édition de 1664, cette
phrase précède, jointe par *et*, la variante de la maxime CXXVI (ci-dessus, p. 19).

2° *Variantes se rapportant aux* Maximes posthumes.

(Voyez tome I, p. 223-235.)

DV

Ms. AUT. — Dieu a mis des talents différents dans l'homme, comme il a planté de différents arbres dans la nature, en sorte que chaque talent, de même que chaque arbre, a ses propriétés et ses effets qui lui sont tous particuliers. De là vient que le poirier le meilleur du monde ne sauroit porter les pommes les plus communes, et que le talent le plus excellent ne sauroit produire les mêmes effets des talents les plus communs; de là vient encore qu'il est aussi ridicule de vouloir faire des sentences, sans en avoir la graine en soi, que de vouloir qu'un parterre produise des tulipes, quoiqu'on n'y ait point semé les oignons.

Ms. 1663. — Conforme au manuscrit autographe, sauf ces variantes : « planté des différents arbres »; « chaque talent est (*sic*), de même que chaque arbre a »; « que le poirier le meilleur du monde ne sauroit porter des pommes les plus communes, et que le talent le plus excellent ne sauroit porter les effets des talents les plus communs; de là vient qu'il est aussi ridicule de vouloir faire des semences, sans avoir de la graine, que de vouloir qu'un parterre produise des tulipes, quoiqu'on [n'] y ait pas semé de ses oignons. »

EDIT. 1664. — Conforme au manuscrit autographe, sauf ces variantes : « de différents arbres dans [la] nature »; « des pommes les plus communes », et « de là vient encore qu'il est ridicule[1] de vouloir faire des semences, sans avoir la graine en soi, que de vouloir qu'un parterre produise des tulipes, quand on n'y a pas planté des oignons. »

DVI

Ms. 1663. — On ne sauroit exempter (*sic*, pour *compter*) tous les excès de vanité[2].

DVII

Ms. AUT. — Tout le monde est plein de pelles qui se moquent des fourgons.

DVIII

Ms. AUT. — Ceux qui prisent trop leur noblesse ne prisent d'ordinaire pas assez ce qui en est l'origine.

---

1. Tel est le texte, sans « aussi ».
2. Dans la copie de 1663 et dans l'édition de 1664, cette maxime n'en fait qu'une avec notre CVI[e], qui la suit, jointe par *et* : voyez ci-dessus, p. 16 et 17.

DX

Ms. aut. — Conforme à notre texte, sauf cette variante : « de là vient le soudain assoupissement ».

DXI

Edit. 1664. — Nous craignons toutes choses comme mortels, et nous les desirons toutes comme si nous étions immortels.

DXIII

Ms. aut. — Ce qui nous fait croire si facilement que les autres ont des défauts, c'est la facilité que l'on a de croire ce qu'on souhaite.

DXIV

Ms. aut. — Le remède de la jalousie est la certitude de ce qu'on craint...; c'est un cruel remède, mais il est plus doux que les doutes et les soupçons.

DXVI

Ms. aut. — Il ne faut pas s'offenser que les autres nous cachent la vérité, puisque nous nous la cachons si souvent nous-mêmes.

DXVII

Ms. 1663. — Ce qui nous empêche souvent de bien juger des sentences qui prononce[nt] la fausseté des vertus, e[s]t que nous voyons qu'elles sont véritables en nous.

DXIX

Ms. aut. — La fin du bien est un mal, la fin du mal est un bien.

DXX

Ms. aut. — Les philosophes ne condamnent les richesses que par le mauvais usage que nous en faisons; il dépend de nous de les acquérir et de nous en servir sans crime; et au lieu qu'elles nourrissent et accroissent les vices, comme le bois entretient et augmente le feu, nous pouvons les consacrer à toutes les vertus, et les rendre même par là plus agréables et plus éclatantes.

Ms. 1663. — Conforme au manuscrit autographe, sauf cette variante : « par les mauvais usages ».

Edit. 1664. — Conforme au manuscrit autographe, sauf cette variante : « sans crime; au lieu qu'elles ».

DXXII

Ms. ᴀᴜᴛ. — Comme la plus heureuse personne du monde est celle à
qui peu de choses suffit, les grands et les ambitieux sont en ce point les
plus misérables, [puis]qu'il leur faut l'assemblage d'une infinité de biens
pour les rendre heureux.

Ms. 1663. — Les grands et les ambitieux sont plus misérables que les
médiocres : il faut moins pour contenter ceux-ci que ceux-là.

Eᴅɪᴛ. 1664. — Conforme à la copie de 1663.

DXXIII

Ms. ᴀᴜᴛ. — Une preuve convaincante que l'homme n'a pas été créé
comme il est, c'est que, plus il devient raisonnable, et plus il rougit en
soi-même de l'extravagance, de la bassesse et de la corruption de ses sentiments et de ses inclinations.

Ms. 1663. — Conforme au manuscrit autographe, sauf cette variante :
« c'est que, plus il est raisonnable ».

Eᴅɪᴛ. 1664. — Conforme au manuscrit autographe.

DXXVII

Ms. ᴀᴜᴛ. — L'homme est si misérable, que tournant toutes ses conduites à satisfaire ses passions, il gémit incessamment sous leur tyrannie :
il ne peut supporter ni leur violence, ni celle qu'il faut qu'il se fasse pour
s'affranchir de leur joug ; il trouve du dégoût non-seulement dans ses
vices, mais encore dans leurs remèdes, et ne peut s'accommoder ni des
chagrins de ses maladies, ni du travail de sa guérison.

3° *Variantes se rapportant aux* Maximes supprimées.

(Voyez tome I, p. 243-267.)

DLXIII

Ms. AUT. — Conforme au texte définitif sauf ces variantes : « L'amour-propre est l'amour de soi-même et de toutes choses pour soi; il rend les hommes idolâtres d'eux-mêmes, et les rendroit les tyrans des autres, si la fortune leur en ouvroit les moyens »; « de la métamorphose »; « et il y conçoit »; « il en forme même quelquefois de si monstrueuses »; « n'avoir plus d'envie de courir quand il se repose »; « a une magie qui lui est propre »; « timide et audacieux, etc. [1] »; « qui le[2] tournent et le dévouent pour l'ordinaire à la gloire, ou aux richesses, ou aux plaisirs; il en change »; « et outre les changements qui lui viennent des causes étrangères »; « de son propre fonds, car il est naturellement inconstant de toutes manières : il est inconstant d'inconstance »; « et on le voit quelquefois travailler avec la dernière application, et avec des travaux incroyables, à »; « nuisibles, et qu'il poursuit seulement parce qu'il les veut. Il est bizarre »; « il vit partout, il vit de tout, et il vit de rien »; « il passe même dans le parti des gens de piété qui lui font la guerre »; « il se hait lui-même, avec eux[3] il conjure sa perte, il travaille même à sa ruine »; « Il ne faut donc pas s'étonner s'il se joint à la plus sévère piété, et s'il »; « quand on pense qu'il quitte son plaisir, il le change seulement en satisfaction, et lors même qu'il »; « on le retrouve dans le triomphe de sa défaite », et « trouve dans la violence de ses vagues continuelles une ».

Ms. 1663. — Conforme au texte définitif, sauf ces variantes (dont la plupart sont, sans les fautes, dans le manuscrit autographe) : « Il ne repose jamais hors de soi »; « On ne peut en sonder la profondeur »; « il en forme quelquefois de si monstrueuses »; « n'avoir plus d'envie de courir quand il se repose »; « a une magie qui lui est propre »; « un (*sic*) peu de temps et sans effort »; « plutôt que par les beautés et par le mérite »; « que c'est après lui-même qu'il court, lorsqu'il suit les choses qui sont à son gré. Il est tout le contraire »; « timide et audacieux, etc. »; « qui le tournent et le dénouent (*sic*) pour l'ordinaire à la gloire, et aux richesses ou aux plaisirs »; « et outre les changements qui lui viennent des causes étrangères »; « de légèreté d'amour, de nouveautés »; « travailler avec la dernière application, et avec des travaux incroyables, à »; « et conserve sa fierté »; « il vit partout, il vit de tout, et il vit de rien, et il s'accommode »; « il passe même dans le parti des gens de piété qui lui font la guerre »; « et, pourvu qu'il soit, veut bien être son ennemi »; « Il ne faut donc pas s'étonner s'il se joint à la plus sévère piété, et s'il »;

---

1. L' « etc. » est dans ce manuscrit, ainsi que dans la copie de 1663.
2. « Les », par mégarde, dans le manuscrit.
3. Le manuscrit a bien ainsi une virgule après « lui-même », et il n'y en a pas après « avec eux ».

« dans le même temps qu'il [se] ruine en un endroit, il se rétablit » ;
« quand on pense qu'il quitte son plaisir, il se change seulement en
satisfaction » ; « on le retrouve dans les triomphes de sa défaite », et
« trouve dans la violence de ses vagues continuelles une ».

Edit. 1664. — Conforme au texte définitif, sauf ces variantes :
« L'amour-propre est l'amour de soi-même et de toutes choses pour soi.
Il est plus habile que le plus habile homme du monde[1]. Il rend les
hommes idolâtres d'eux-mêmes, et les rendroit » ; « Il ne repose jamais
hors de soi » ; « On ne peut sonder la profondeur de ses projets, ni
en percer les ténèbres » ; « il en forme quelquefois de si monstrueuses » ;
« qui les couvre » ; « n'avoir plus envie de courir quand il se repose, et
pense avoir perdu » ; « en quoi il est raisonnable[2] à nos yeux » ; « dans
ses plus grands intérêts et ses plus importantes affaires » ; « a une magie
qui lui est propre » ; « que c'est après lui-même qu'il court et qu'il suit
son gré. Il est tous les contraires » ; « et le dévouent pour l'ordinaire à
la gloire, ou aux richesses, ou aux plaisirs » ; « qui lui viennent des causes
étrangères » ; « il est inconstant d'inconstance, de légèreté d'amour de
nouveauté[3], de lassitude » ; « travailler avec la dernière application, et
avec des travaux incroyables, à » ; « Il est bigearre[4] » ; « il vit partout, il
vit de tout, et il ne vit de rien, et il s'accommode » ; « il passe même par
pitié[5] dans le parti des gens qui lui font la guerre » ; « enfin il ne se
soucie que d'être, pourvu qu'il soit : il veut bien[6] » ; « s'il se joint à
la plus sévère pitié, et s'il » ; « quand on pense qu'il quitte son plaisir, il le
change seulement en satisfaction » ; « on le retrouve dans les triomphes de
sa défaite », et « trouve dans la violence de ses vagues continuelles une ».

DLXV

Ms. aut. — La modération dans la bonne fortune n'est que la crainte
de la honte qui suit l'emportement, ou la peur de perdre ce que l'on a.
Ms. 1663. — Conforme au manuscrit autographe.
Edit. 1664. — Conforme au manuscrit autographe[7].

DLXVII

Ms. 1663. — Tout le monde trouve à redire en autrui ce qu'il trouve
à redire en lui.

DLXVIII

Ms. aut. — Enfin l'orgueil, comme lassé de ses artifices et de ses métamorphoses, après avoir joué tout seul les personnages de la comédie
humaine, se montre avec son visage naturel, et se découvre....

---

1. Cette phrase est notre maxime IV.
2. Ainsi, pour « semblable ».
3. Ponctué ainsi dans cette édition.
4. Voyez ci-dessus, p. 39 et note 3.
5. Ainsi, là et deux lignes après, pour « piété ».
6. Ainsi ponctué.
7. Voyez ci-dessus, p. 3-4, les maximes XVII et XVIII.

DLXIX

Ms. aut. — Rapprochez de cette maxime la variante donnée ci-dessus, p. 7, de la maxime xli.

DLXXI

Ms. aut. — Quand on ne trouve point son repos en soi-même, il est
inutile de le chercher ailleurs.
Edit. 1664. — Conforme au manuscrit autographe.

DLXXII

Ms. aut. — On n'est jamais si malheureux qu'on craint, ni si heureux
qu'on espère.
Ms. 1663. — On n'est jamais si malheureux qu'on croit, ni si heureux
qu'on espère.
Edit. 1664. — On n'est jamais ni si malheureux qu'on pense, ni si
heureux qu'on espère.

DLXXIII

Ms. aut. — On se console souvent d'être malheureux en effet par un
certain plaisir qu'on trouve à le paroitre.
Ms. 1663. — Conforme au manuscrit autographe, sauf cette variante :
« pour certain plaisir ».

DLXXIV

Ms. aut. — Comment peut-on se répondre si hardiment de soi-même,
puisqu'il faut auparavant se pouvoir répondre de sa fortune ?

DLXXVI

Edit. 1664. — L'amour est en l'âme de celui qui aime ce que l'âme
est au corps qui l'anime (*sic*).

DLXXVII

Ms. aut. — Comme on n'est jamais libre d'aimer ou de cesser d'aimer,
on ne peut se plaindre avec justice de la cruauté de sa maitresse, ni elle
de la légèreté de son amant.
Ms. 1663. — Conforme au manuscrit autographe, sauf cette omission
fautive : « de sa maîtresse, ni de la légèreté ».
Edit. 1664. — Conforme au manuscrit autographe, sauf ces variantes :
« Comme on n'est jamais libre d'aimer ou de n'aimer pas », et « de la
cruauté d'une maîtresse ».

DLXXVIII

Ms. ᴀᴜᴛ. — La justice n'est qu'une vive appréhension qu'on nous ôte ce qui nous appartient ; de là vient cette considération et ce respect pour tous les intérêts du prochain, et cette scrupuleuse application à ne lui faire aucun préjudice. Sans cette crainte qui retient l'homme dans les bornes des biens que la naissance ou la fortune lui a donnés[1], pressé par la violente passion de se conserver, comme par une faim enragée, il feroit des courses continuellement sur les autres.

Ms. 1663. — Conforme au manuscrit autographe, sauf ces variantes : « qu'on ne nous ôte » ; « de[2] cette scrupuleuse application », et « des biens que la naissance ou la fortune lui ont donné[s] ».

Edit. 1664. — Voyez ci-dessus, p. 12, comment, dans cette édition, cette maxime et la suivante se combinent avec la LXXVIIIe.

DLXXIX

Ms. ᴀᴜᴛ. — La justice dans les bons juges qui sont modérés n'est que l'amour de l'approbation ; dans les ambitieux, c'est l'amour de leur élévation.

Ms. 1663. — La justice dans les bons juges qui sont modérés n'est que l'amour dans (*sic*) leur élévation.

Edit. 1664. — L'amour de la justice dans les bons juges qui sont modérés n'est que l'amour de leur élévation. (Voyez ci-dessus, p. 12, la variante de la maxime LXXVIII.)

DLXXX

Ms. ᴀᴜᴛ. — On blâme l'injustice, non pas par la haine qu'on a pour elle, mais par le préjudice qu'on en reçoit.

Ms. 1663. — Conforme au manuscrit autographe, sauf cette variante : « mais pour le préjudice ».

DLXXXIV

Ms. ᴀᴜᴛ. — Comment prétendons-nous qu'un autre garde notre secret, si nous n'avons pu le garder nous-mêmes ?

Ms. 1663. — Conforme au manuscrit autographe.

DLXXXV

Ms. ᴀᴜᴛ. — L'aveuglement des hommes est le plus dangereux effet de leur orgueil : il sert encore à le nourrir et à l'augmenter, et c'est pour manquer de lumières que nous ignorons toutes nos misères et tous nos défauts.

Ms. 1663. — Conforme au manuscrit autographe.

Edit. 1664. — Conforme au manuscrit autographe, sauf ces variantes : « il sert à le nourrir et à l'augmenter, et c'est bien pour manquer de lumière que ».

---

1. « Données », par mégarde, dans le manuscrit.
2. Ainsi, pour « et » ; à la ligne suivante, « donné », sans accord.

DLXXXVI

Ms. 1663. — On a plus de raison quand on espère plus d'en trouver aux autres[1].

DLXXXIX

Edit. 1664. — Conforme au texte définitif, sauf cette variante : « aux bâtiments de l'orgueil. »

DXCV

Ms. aut. — On n'oublie jamais si bien les choses que quand on s'est lassé d'en parler.

DXCVI

Edit. 1664. — La modestie qui semble les refuser[2], n'est en effet qu'un desir d'en avoir de plus délicates.

DXCIX

Ms. aut. — L'approbation que l'on donne à l'esprit, à la beauté et à la valeur, les augmente, et les perfectionne, et leur fait faire de plus grands effets qu'ils n'auroient été capables de faire d'eux-mêmes.

DCI

Ms. aut. — On ne fait point de distinction dans la colère, bien qu'il y en ait une légère et quasi innocente, qui vient de l'ardeur de la complexion, et une autre très-criminelle, qui est, à proprement parler, la fureur de l'orgueil et de l'amour-propre.

Ms. 1663. — Conforme au manuscrit autographe, sauf cette variante : « dans les espèces de colère ».

Edit. 1664. — Conforme au manuscrit autographe, sauf cette variante : « dans les espèces de colères », et « qui est, proprement parler, la ».

DCII

Ms. aut. — Les grandes âmes ne sont pas celles qui ont moins de passions et plus de vertu, mais celles qui ont seulement de plus grandes vues.

Ms. 1663. — Conforme au manuscrit autographe, sauf ces variantes : « de vertus », et « celles qui seulement ont ».

Edit. 1664. — Conforme au manuscrit autographe, sauf la variante « de vertus ».

---

1. Ainsi, sans les deux négations.

2. Qui semble refuser les louanges. — La maxime est, dans cette édition, réunie à a maxime CXLIII : voyez ci-dessus, p. 21.

DCIII

Ms. ᴀᴜᴛ. — Les rois font des hommes comme des pièces de monnoie :
ils les font valoir ce qu'ils veulent, et on est forcé de les recevoir selon
leur cours et non pas selon leur véritable prix.

Ms. 1663. — Conforme au manuscrit autographe.

Edit. 1664. — Conforme au manuscrit autographe, sauf ces variantes :
« leurs cours », et « leurs véritables prix. »

DCIV

Ms. ᴀᴜᴛ. — Peu de gens sont cruels de cruauté, mais tous les hommes
sont cruels et inhumains d'amour-propre.

Ms. 1663. — Conforme au manuscrit autographe, sauf cette variante :
« de cruauté, mais les hommes sont ».

Edit. 1664. — Conforme au manuscrit autographe, sauf cette variante :
« de cruauté, mais l'on peut dire que la plupart des hommes sont ».

DCV

Ms. ᴀᴜᴛ. — Dieu seul fait les gens de bien, et on peut dire de toutes
nos vertus ce qu'un poëte a dit de l'honnêteté des femmes :

.... L'essere honesta
Non è, se non un'arte di parer honesta.

Ms. 1663. — Cette copie est conforme, pour la partie française, au manuscrit autographe, mais elle omet la citation italienne.

DCVI

Ms. ᴀᴜᴛ. — La vertu est un fantôme formé par nos passions, à qui
on donne un nom honnête, pour faire impunément ce qu'on veut.

Ms. 1663. — Conforme au manuscrit autographe.

Edit. 1664. — Conforme au manuscrit autographe, sauf ces variantes :
« La vertu des gens du monde est un fantôme », et « pour faire impunément ce qu'on peut. »

DCVII

Ms. ᴀᴜᴛ. — Nous sommes préoccupés de telle sorte en notre faveur,
que ce que nous prenons le plus souvent pour des vertus ne sont en
effet que des vices qui leur ressemblent, et que l'orgueil et l'amour-propre
nous ont déguisés.

Ms. 1663. — Conforme au manuscrit autographe, sauf ces variantes :
« que ce que nous prenons souvent pour des vertus n'est en effet qu'un
nombre de vices qui ».

Edit. 1664. — Conforme à la copie de 1663, sauf cette variante : « ce
que nous prisons souvent pour des vertus ».

DCVIII

Ms. ᴀᴜᴛ. — Les crimes deviennent innocents, et même glorieux,

par leur nombre et par leurs[1] excès ; de là vient que les voleries publiques sont des habiletés, et que les massacres des provinces entières
sont des conquêtes.

Ms. 1663. — Conforme au manuscrit autographe, sauf cette variante :
« des habiletés, et que prendre des provinces injustement s'appelle faire
des conquêtes. Le crime a ses héros ainsi que la vertu[2]. »

Edit. 1664. — Conforme au manuscrit autographe, sauf ces variantes,
dont la seconde, ainsi que l'addition finale, sont dans la copie de 1663 :
« innocents, même glorieux par leur nombre et par leurs qualités » ;
« des habiletés, et que prendre des provinces injustement s'appelle faire
des conquêtes, » et : « Le crime a ses héros, etc. »

DCXIV

Ms. aut. — Cette intrépidité doit soutenir le cœur dans les conjurations,
au lieu que la seule valeur lui fournit toute la fermeté qui lui est nécessaire
dans les périls de la guerre.

Ms. 1663. — Conforme au manuscrit autographe.

Edit. 1664. — Conforme au manuscrit autographe[3].

DCXV

Edit. 1664. — Conforme au texte définitif, sauf cette variante : « une
infinité d'actions qui, au lieu de l'avoir pour but, regarde seulement. »

DCXVIII

Ms. 1663. — L'imitation est toujours malheureuse, et tout ce qui est
contrefait déplaît, et les seules choses charment qui sont naturelles.

DCXIX

Ms. aut. — Nous ne regrettons pas la perte de nos amis selon leur
mérite, mais selon nos besoins et l'opinion que nous croyons leur avoir
donnée de ce que nous valons.

Ms. 1663. — Conforme au manuscrit autographe, sauf cette variante :
« suivant leurs mérites », et l'omission, par inadvertance, de *nous* devant
valons.

DCXX

Ms. aut. — Il est bien malaisé de distinguer la bonté répandue et générale pour tout le monde, de la grande habileté.

Ms. 1663. — Conforme au manuscrit autographe.

Edit. 1664. — Conforme au manuscrit autographe.

DCXXII

Ms. aut. — La confiance de plaire est souvent le moyen de plaire infailliblement.

1. Dans le manuscrit *leux*, calque à remarquer d'une prononciation du pluriel
eurs (leçon de l'édition Suard : voyez au tome I, note 1 de la page 258).

2. Voyez ci-dessus, p. 25, la note 1.

3. Cette maxime, dans les trois textes, suit la maxime ccxvii et n'en fait qu'une
avec elle.

Ms. 1663. — Conforme au manuscrit autographe, sauf cette variante :
« est souvent un moyen. »
Edit. 1664. — Conforme à la copie de 1663.

DCXXIII

Ms. aut. — Voyez ci-dessus, p. 37, la variante de la maxime cclxv
dont la dcxxiii^e est la seconde phrase, jointe par *et* dans le texte définitif.

DCXXVI

Ms. aut. — La vérité est le fondement et la raison de la perfection et
de la beauté[1]; car il est certain qu'une chose, de quelque nature qu'elle
soit, est belle et parfaite, si elle est tout ce qu'elle doit être, et si elle a
tout ce qu'elle doit avoir.
Ms. 1663. — Conforme au manuscrit autographe.
Edit. 1664. — La vérité est le fondement et la justification de la raison, de la perfection et de la beauté; car il est certain qu'une chose, de
quelque nature qu'elle soit, est belle et parfaite, si elle est tout ce qu'elle
doit être, et si elle a tout ce qu'elle doit avoir.

DCXXIX

Ms. aut. — La politesse des États est le commencement de leur décadence, parce qu'elle applique tous les particuliers à leurs intérêts propres,
et les détourne du bien public.
Ms. 1663. — Conforme au manuscrit autographe.
Edit. 1664. — Conforme au manuscrit autographe.

DCXXX

Ms. aut. — De toutes les passions, celle qui est la plus inconnue, c'est
la paresse; elle est la plus violente et la plus maligne...; c'est le petit
poisson qui a la force d'arrêter les plus grands navires; c'est une bonace....
et les plus grandes tempêtes. Le repos de la paresse est un charme secret
de l'âme.... ses plus ardentes poursuites et ses[2] plus opiniâtres résolutions, et enfin, pour donner la véritable idée de cette passion, il faut
dire que la paresse est une béatitude de l'âme, qui la console de toutes
ses pertes, et la fait renoncer à toutes ses prétentions.

DCXXXI

Ms. aut. — De plusieurs actions diverses que la fortune arrange comme
il lui plait, il s'en fait plusieurs vertus.

1. Dans le manuscrit autographe et dans la copie de 1663, ce commencement est
déjà plus haut, comme maxime distincte, sous cette forme : « La vérité est le fondement et la justification de la (*sa*, 1663) beauté. »
2. « Ses » est écrit en interligne, au-dessus de « les » biffé.

II

MAXIMES INÉDITES,

FOURNIES PAR LES TROIS TEXTES ANTÉRIEURS A L'ÉDITION DE 1665, LA 1ʳᵉ DONNÉE
PAR L'AUTEUR.

Le manuscrit autographe (de Liancourt) contient une maxime inédite
(c'est son nᵒ 237); la copie de 1663, une aussi, qui se retrouve dans l'édition hollandaise de 1664 (ce sont les nᵒˢ 2 de celle-là et 6 de celle-ci);
sept autres sont propres à l'édition de 1664 (ce sont ses nᵒˢ 108, 109,
110, 153, 154, 155 et 156).

Manuscrit autographe (de Liancourt).

Il est difficile de comprendre combien est grande la ressemblance
et la différence qu'il y a entre tous les hommes.

Copie de 1663 et édition de 1664.

Si on avoit ôté à ce qu'on appelle force, le desir de conserver et
la crainte de perdre, il ne lui resteroit pas grand'chose.

Édition de 1664.

La familiarité est un relâchement presque de toutes les règles de
la vie civile, que le libertinage a introduit dans la société, pour nous
faire parvenir à celle qu'on appelle commode.

C'est un effet de l'amour-propre, qui, voulant tout accommoder à
notre foiblesse, nous soustrait à l'honnête sujétion que nous imposent
les bonnes mœurs, et, pour chercher trop les moyens de nous les
rendre commodes, les fait dégénérer en vices.

Les femmes ayant naturellement plus de mollesse que les hommes,
tombent plus tôt dans ce relâchement, et y perdent davantage; l'autorité du sexe ne se maintient pas; le respect qu'on lui doit diminue, et l'on peut dire que l'honnête y perd la plus grande partie
de ses droits.

La raillerie est une gaieté agréable de l'esprit, qui enjoue la conversation, et qui lie la société, si elle est obligeante, ou qui la trouble si elle ne l'est pas.

Elle est plus[1] pour celui qui la fait, que pour celui qui la souffre.

C'est toujours un combat de bel esprit, que produit la vanité : d'où vient que ceux qui en manquent pour la soutenir, et ceux qu'un défaut reproché fait rougir, s'en offensent également, comme d'une défaite injurieuse qu'ils ne sauroient pardonner.

C'est un poison qui, tout pur, éteint l'amitié et excite la haine, mais qui, corrigé par l'agrément de l'esprit et la flatterie de la louange, l'acquiert ou la conserve; et il en faut user sobrement avec ses amis et avec les foibles

1. Ainsi : voyez ci-après, p. 56, note 1.

III

ÉTUDE DE M. WILLEMS

sur la 1re *édition des* Maximes de la Rochefoucauld,
imprimée par les Elzevier, en 1664.

(Voyez ci-dessus, l'*Avant-propos*, p. VII; et ci-après, la *Notice bibliographique*,
au commencement des IMPRIMÉS, B, *Maximes*.)

———

Nous n'avons pas besoin d'avertir que, dans cette étude publiée en 1879, *les mots*
manuscrit (autographe) *désignent la source ainsi nommée par M. Gilbert. M. Wil-*
lems n'a pu connaître que par ce que nous lui en avons récemment appris le ma-
nuscrit d'incontestable authenticité dont nous donnons plus haut la très-complète col-
lation, et que, dans les notes ajoutées par nous entre crochets, nous nommons, comme
partout dans cet Appendice, *le « Manuscrit de Liancourt ».*

On sait que la Rochefoucauld fit imprimer pour la première fois ses *Maximes*
en 1665. Dans un *Avis au lecteur*, en tête du volume, l'auteur, ou le Sosie qui
parle en son nom, rend compte en ces termes du motif qui l'a déterminé à
publier son livre : « Il y a apparence que l'intention du peintre n'a jamais été de
faire paroître cet ouvrage, et qu'il seroit encore renfermé dans son cabinet, si une
méchante copie qui en a couru, et qui a passé même, depuis quelque temps, en
Hollande, n'avoit obligé un de ses amis de m'en donner une autre, qu'il dit être
tout à fait conforme à l'original. » L'histoire de cette copie n'avait jamais été
éclaircie, et le dernier éditeur de la Rochefoucauld supposait que c'était un
simple prétexte dont l'auteur s'était servi pour donner son livre au public. « Car,
fait-il observer judicieusement, si une copie avait *couru* jusqu'*en Hollande*, on
n'eût pas manqué de l'y imprimer immédiatement, comme on s'était hâté de faire,
en 1662, pour les *Mémoires* de notre auteur; or il ne reste pas trace d'une édition
hollandaise antérieure à la première édition française[1]. »
La Rochefoucauld n'en a pas fait accroire à ses lecteurs : cette édition hollandaise, vainement cherchée jusqu'ici, existe, et nous avons réussi à en retrouver
un exemplaire. C'est un mince volume de 79 pages, imprimé en gros caractères
et dans le format petit in-8°. Le titre porte : SENTENCES ET MAXIMES DE MORALE. *A*
la Haye, chez Jean et Daniel Steucker, clɔ lɔc LXIV. L'édition est donc antérieure
d'un an à la première édition française. Une circonstance la rend doublement
précieuse : elle sort des presses elzeviriennes de Leyde. Sur le frontispice se
voit la marque typographique des Elzevier : un orme embrassé par un cep
chargé de raisins, avec le Solitaire et la devise *Non Solus*; en tête de la page 3,
le fleuron connu sous le nom de la Sirène; p. 79, un cul-de-lampe qui se vérifie
sur une foule d'elzeviers signés, entre autres sur le *Nouveau Testament* hollandais
de 1659. Depuis la mort de Jean Elzevier, en 1661, la maison de Leyde avait
renoncé à imprimer pour son compte particulier, et ne travaillait plus que pour

———

1. Page 26 de l'édition de M Gilbert dans la Collection des *Grands écrivains*.
[Sur une mention, découverte dans un manuscrit du commencement de ce siècle, de
cette impression de 1664, voyez ci-après, à l'endroit cité de la *Notice bibliographique*.]

les libraires. En cette même année 1664, la veuve et les héritiers de Jean imprimaient pour les mêmes Steucker une jolie édition du *Nouveau Testament* d'Olivetan, suivi des *Psaumes* de Marot et de Bèze[1].

Les frères Steucker, qui allaient bientôt se montrer les émules des Elzevier dans l'art typographique, n'étaient alors que de simples libraires, tenant boutique dans la grand'salle du Palais des États à la Haye. C'étaient des hommes ingénieux et avisés, qui, à peine établis, avaient su se mettre hors de pair. Ils avaient à Paris des agents ou correspondants très-bien au fait des choses littéraires, qui leur faisaient passer sous main des pièces historiques ou autres dont la publication n'eût pas été autorisée par la censure. Ainsi les Steucker avaient trouvé moyen de se procurer le texte inédit des *Mémoires* de Bassompierre, dont ils confiaient l'exécution aux Elzevier de Leyde (1665). Presque en même temps, ils donnaient, par parties détachées, mais dans un format uniforme, l'édition originale de Brantôme, qu'ils faisaient imprimer par les plus habiles typographes du temps, les Elzevier d'Amsterdam, les Hackius et les Foppens (1665-66).

S'il est à peine question d'eux dans les livres de bibliographie, c'est que le plus souvent ils ont gardé l'anonyme, et qu'on a confondu leurs productions avec celles de leurs rivaux. Pour établir la part qui leur revient dans ce qu'on est convenu d'appeler la collection elzevirienne, il faut procéder à un minutieux travail d'enquête et de comparaison. Ce travail, nous l'avons fait, et nous en publierons sous peu le résultat. On pourra se convaincre que la part des Steucker est tres-considérable, et suffit à leur assurer un des premiers rangs parmi les imprimeurs et libraires de leur pays, à côté ou non loin des Blaeu, des Hackius et des Elzevier.

Les *Maximes* de la Rochefoucauld furent peut-être leur début dans la carrière d'éditeur ; car nous ne connaissons d'eux aucun livre antérieur à celui-là. Pour n'avoir pas à revenir sur la question bibliographique, nous ajouterons ici un mot sur une particularité qui nous avait beaucoup intrigué, et dont la découverte que nous venons de faire nous fournit l'explication. Il existe deux réimpressions hollandaises des *Maximes*, parues en 1676 et 1679 dans le format petit in-12, et attribuées erronément aux Elzevier par tous les bibliographes[2]. La première fois qu'elles nous passèrent sous les yeux, ce fut avec une vive surprise que nous constatâmes qu'elles sortaient des presses des Steucker. Nous savions par expérience que les publications de ces imprimeurs rentrent presque toutes dans la classe des livres historiques. Il ne fallut rien moins que le témoignage irrécusable de la sphère, des fleurons et du matériel typographique, pour nous décider à accoler le nom des Steucker au titre d'un écrit qui s'écarte si complétement de leur genre habituel. Aujourd'hui tout s'explique. Si les Steucker n'ont point laissé à tel de leurs collègues dont c'était la spécialité, par exemple Wolfgang ou Daniel Elzevier, le soin de réimprimer cet ouvrage, c'est qu'ils avaient ou croyaient avoir une sorte de droit de priorité. On conçoit également qu'ils aient tardé onze ans à reproduire les *Maximes* malgré la vogue qu'elles avaient eue en France : sans doute ils attendaient que leur propre édition fût entièrement écoulée. Notons enfin un détail bizarre, mais qui s'explique par ce qui précède. Lorsque, en 1676, les Steucker se décidèrent à réimprimer le volume, quatre éditions s'étaient succédé en France, et le texte avait subi de notables modifications. Au lieu de s'attacher à reproduire la quatrième et dernière édition, comme l'eût fait à leur place tout autre libraire, les Steucker préférèrent s'en tenir au texte primitif, c'est-à-dire à leur propre texte revisé une première fois par l'auteur,

---

1. Le Nouveau Testament, c'est-à-dire la nouvelle alliance de nostre Seigneur Jésus-Christ (le *Non Solus*). *A la Haye, chez Jean et Daniel Steucker*, 1664, 2 parties en 1 vol. in-12.

2. Réflexions ou sentences et maximes morales (la Sphère). *Suivant la copie imprimée à Paris*, clɔ lɔc LXXVI, petit in-12, de 20 ff. limin. y compris le frontispice gravé et le titre imprimé, 104 pp. de texte et 4 ff. de table. Les bibliographes ne citent que l'édition de 1679, qui est une réimpression textuelle de celle de 1676.

et qui depuis lors sans doute était demeuré à leurs yeux le seul texte officiel
et consacré. Les deux éditions de 1676 et de 1679 sont une copie pure et simple
de celle de 1665.

Revenons à notre volume, et commençons par donner une idée exacte de ce
qu'il contient. Les maximes y sont au nombre de cent quatre-vingt-neuf; elles
forment chacune un alinéa spécial, sans autres marques ni signes distinctifs.
L'ordre dans lequel elles se suivent diffère essentiellement de celui qui a
été adopté plus tard. Nous indiquons par un numéro la place qu'elles occupent
dans l'excellente édition publiée par M. Gilbert pour la Collection des *Grands
écrivains de la France*. Le soin qu'a pris M. Gilbert de recueillir en note toutes
les variantes fournies soit par le manuscrit autographe conservé au château de
la Roche-Guyon, soit par les diverses éditions données par l'auteur, nous a mis à
même d'indiquer pour chaque maxime celle des versions dont elle se rapproche
le plus[1]....

Dix de nos maximes ont été dédoublées plus tard, et ont fourni la matière de
onze maximes nouvelles. Par contre, il en est six autres qui n'en forment que trois
dans l'édition définitive : en sorte que le volume de 1664 renferme en réalité
197 maximes, au lieu de 317 que contient l'édition originale de 1665.

Sur ces 197 maximes, il y en a sept données comme posthumes dans l'édition de
M. Gilbert, où elles figurent sous les n°ˢ 505, 511, 517, 520, 522, 523 et 529.
Elles sont, en général, conformes à la rédaction du manuscrit autographe, à l'exception du n° 522, qui offre un texte tout différent[2]. Dorénavant ces pensées
devront être reléguées, non plus parmi les posthumes, mais dans la catégorie de
celles que l'auteur a retranchées[3].

Huit sont complétement inédites, et, à ce titre, nous croyons devoir les reproduire :

(P. 5.) Si on avoit ôté à ce qu'on appelle force, le desir de conserver et la
crainte de perdre, il ne lui resteroit pas grand'chose[4].

(P. 49.) La familiarité est un relâchement presque de toutes les règles de la vie
civile, que le libertinage a introduit dans la société, pour nous faire parvenir à
celle qu'on appelle commode.

C'est un effet de l'amour-propre, qui voulant tout accommoder à notre foiblesse, nous soustrait à l'honnête sujection que nous imposent les bonnes mœurs,
et pour chercher trop les moyens de nous les rendre commodes, les fait dégénérer en vices.

Les femmes ayant naturellement plus de mollesse que les hommes, tombent
plutôt dans ce relâchement, et y perdent davantage; l'autorité du sexe ne se
maintient pas; le respect qu'on lui doit diminue, et l'on peut dire que l'honnête
y perd la plus grande partie de ses droits.

(P. 67.) La raillerie est une gaieté agréable de l'esprit, qui enjoue la conversation et qui lie la société, si elle est obligeante, ou qui la trouble, si elle ne
l'est pas.

[1. Nous omettons le tableau comparatif dressé par M. Willems et placé par
lui à la suite de ces mots. Il ferait, en ce qui touche l'édition de 1664, double
emploi avec nos tableaux de concordance (ci-après, p. 66-82); et d'ailleurs, comme
on peut le voir dans notre *Avant-propos*, ce qui se rapporte à la source inconnue,
non retrouvée, de M. Gilbert, a perdu beaucoup de son importance et de sa valeur.]

[2. Si, au lieu de rapprocher le texte de 1664 du manuscrit de M. Gilbert, nous
le comparons avec celui de Liancourt, cette phrase est à modifier ainsi : « Trois
(517, 523 et 529) sont conformes à la rédaction du manuscrit autographe, les
quatre autres (505, 511, 520 et 522) offrent des variantes assez considérables. »]

[3. Les chiffres de M. Willems dans ces deux derniers paragraphes ne sont pas
tout à fait conformes à ceux que donne le résumé dont nous avons fait suivre nos
tableaux de concordance. Ce sont là des différences qu'on s'explique aisément
dans un travail qui demande une si minutieuse attention.]

[4. Cette première maxime inédite est la seule des huit qui se trouve ailleurs
que dans l'édition de 1664; c'est la seconde de la copie de 1663 (voyez ci-dessus,
p. 51).]

Elle est plus pour celui qui la fait que pour celui qui la souffre[1].

C'est toujours un combat de bel esprit, que produit la vanité; d'où vient que ceux qui en manquent pour la soutenir, et ceux qu'un défaut reproché fait rougir, s'en offensent également, comme d'une défaite injurieuse qu'ils ne sauroient pardonner.

C'est un poison qui, tout pur, éteint l'amitié et excite la haine, mais qui, corrigé par l'agrément de l'esprit et la flatterie de la louange, l'acquiert ou la conserve; et il en faut user sobrement avec ses amis et avec les foibles[2].

Quelques-unes de ces pensées méritaient peut-être de rester en oubli, et l'auteur a bien fait de les répudier. Mais de ce qu'elles sont inférieures aux autres et accusent une certaine négligence de style, ne nous hâtons pas de conclure qu'elles soient moins authentiques. Bon nombre de celles qui se lisent dans le manuscrit autographe et dans la première édition sont pareillement dans ce cas. Si profond penseur, si parfait écrivain qu'il soit, la Rochefoucauld n'a pas été toujours également heureux dans le choix de ses pensées et de ses expressions. Et ici nous nous retranchons derrière l'auteur lui-même, qui, durant quinze ans, n'a pas cessé de manier et de remanier son œuvre, modifiant sans cesse et élaguant tout ce qui lui paraissait manquer de justesse quant au fond ou de précision dans la forme. Par combien de retouches successives ce petit livre des *Maximes* n'a-t-il point passé avant d'atteindre au point de perfection où il s'offre dans la rédaction définitive? Ceux-là le savent bien qui ont pris la peine de comparer entre elles les diverses éditions.

Toujours est-il que ce n'est pas peu de chose que de nous avoir conservé quelques lignes de plus d'un maître en l'art d'écrire. Mais là n'est pas le seul, ni même, à nos yeux, le principal mérite de notre livret. Ce qui lui donne un intérêt exceptionnel, ce sont les variantes très-nombreuses et souvent très-précieuses qu'il renferme. Dans la liste qui précède, nous avons dû nous borner, pour chaque maxime, à indiquer sommairement le texte offrant le plus d'analogie avec le nôtre. Mais il est rare qu'il y ait conformité entière, et, à notre avis, l'avantage n'est pas toujours du côté de la version reçue.

Quelques-unes de ces variantes sont purement littéraires :

Max. 83 : *L'amitié la plus sainte et la plus* sincère (le manuscrit[3] porte *la plus sainte et la plus sacrée*)....

Max. 255 : *Les* pensées *et les sentiments* (dans le ms. : *les peines*[4] *et les sentiments*) *ont chacun un ton de voix, une action et un air de visage qui leur sont propres*....

Max. 21 : *Ceux qu'on condamne au supplice affectent quelquefois une constance et un mépris de la mort qui n'est en effet que la crainte de l'envisager : de sorte qu'on peut dire que cette constance et ce mépris sont à leur esprit ce que le* mouchoir *est à leurs yeux*[5]. Toutes les éditions portent : ce que le *bandeau* est à leurs yeux. *Mouchoir* n'était pas du style noble. Alfred de Vigny fait remarquer quelque part que la muse tragique française a été quatre-vingt-dix-huit ans avant de se décider à dire tout haut *un mouchoir*, elle qui disait *chien* et *éponge*, très-franchement. Et M. de Vigny avait ses raisons pour parler de la sorte, car c'est ce même

1. Il est évident que le typographe a omis un mot. L'auteur doit avoir écrit : *Elle est plus malaisée pour celui qui la fait...*, ou quelque chose d'analogue.

2. Le fond de ces pensées sur la raillerie se retrouve dans la 16ᵉ des *Réflexions diverses*, intitulée *De la différence des esprits* (p. 328 de l'édition de M. Gilbert).

[3. Non pas seulement le manuscrit de M. Gilbert, mais aussi celui de Liancourt et la copie de 1663 : voyez ci-dessus, p. 13.]

[4. Cette mauvaise leçon du manuscrit de M. Gilbert, et du texte de M. de Barthélemy, n'est pas dans le manuscrit de Liancourt : voyez ci-dessus, p. 36.]

[5. M. Willems a cité des deux maximes précédentes le texte de 1664; pour cette troisième, il donne le texte définitif de 1678, en n'y changeant que *bandeau* en *mouchoir*. Le manuscrit de Liancourt et ceux de MM. Gilbert et de Barthélemy portent aussi *mouchoir*, et de même la copie de 1663, qui substitue seulement *ce qu'un* à *ce que le*. Pour la variante totale de la maxime, voyez ci-dessus, p. 4.]

mot, employé dans un cas où il était indispensable et ne comportait pas d'équivalent, qui fut la principale cause de l'insuccès de sa tragédie d'*Othello*[1]. Ici la variante est de peu de conséquence, mais il est bon de la recueillir, ne fût-ce que pour faire voir à quels scrupules de style l'auteur s'est cru tenu d'obéir.

En voici une autre plus importante. L'édition de 1665 contient la maxime suivante : *La confiance de plaire est souvent un moyen de déplaire infailliblement* (max. 622). Je ne sais si je m'abuse, mais, exprimée de la sorte, cette pensée me fait l'effet d'un axiome banal, assez peu digne d'être enchâssé dans le recueil des *Maximes*. Notre édition porte : *La confiance de plaire est souvent un moyen de* plaire *infailliblement*. C'est précisément le contre-pied de la leçon reçue, mais ce n'est pas moins vrai, et surtout c'est plus original, plus piquant, plus dans le tour d'esprit habituel de ce raffiné et de ce railleur. Et, de fait, la substitution était tellement indiquée, que deux des éditeurs, Brotier et M. de Barthélemy, ont pris sur eux de la faire, en dépit du texte qu'ils avaient sous les yeux[2].

Tout le monde connaît cette désolante pensée, une de celles qui résument toute la doctrine du livre : *La vanité, la honte, et surtout le tempérament, font souvent la valeur des hommes et la vertu des femmes* (max. 220). Dans la première édition cette réflexion n'avait trait qu'à la valeur des hommes, et ne s'étendait pas à la vertu des femmes. On en a conclu que le dernier bout de phrase avait été ajouté postérieurement. C'est une erreur. De tout temps l'auteur a cru que la vertu chez les femmes et la valeur chez les hommes se comportent de même façon, et obéissent aux mêmes mobiles. Il n'a jamais varié sur ce point, car notre texte dit bel et bien : *La vanité et la honte, et surtout le tempérament, fait la valeur des hommes et la chasteté des femmes, dont on fait tant de bruit*[3]. On voit que s'il s'est corrigé plus tard, c'est uniquement pour atténuer sa pensée et lui ôter ce qu'elle avait de trop général et de trop absolu.

Passons à une autre maxime, où l'altération est plus manifeste. Nous lisons dans notre texte : *L'éducation qu'on donne aux princes est un second amour-propre qu'on leur inspire*. Veut-on savoir ce que cette pensée est devenue dans les éditions postérieures? *L'éducation que l'on donne d'ordinaire aux jeunes gens est un second amour-propre qu'on leur inspire* (max. 261)[4]. On conviendra qu'il ne

[1. M. Gustave Frédérix, dans un article remarquable, tout à l'éloge de M. Willems, publié dans *l'Indépendance belge* du 25 février 1879, rectifie en ces termes ce passage : « Ce mot audacieux, *mouchoir*, n'a pas été « la principale cause de l'insuccès « de l'Othello de M. de Vigny. » Voici comment M. de Vigny raconte lui-même le succès de son audace [dans sa *Préface*, édition de 1839, p. 32] : « En 1829, grâce à « Shakespeare, elle (la tragédie française) a dit le grand mot, à l'épouvante et évanouissement des faibles, qui jetaient ce jour-là des cris longs et douloureux, mais *à* « *la satisfaction du public qui, en grande majorité, a coutume de nommer un mouchoir : mouchoir*. Le mot a fait son entrée; ridicule triomphe! » *Triomphe*, dit M. de Vigny. Ce n'est donc pas ce mot hardi, de style trop peu noble, qui a précipité la chute de la pièce. » — L'observation de M. Frédérix s'applique également à ce qui est dit, d'après M. Willems, dans la *Préface* du tome III, 2ᵈᵉ partie, p. XXVII.]

[2. *Plaire* est la leçon du manuscrit de Liancourt, dont la seule variante dans cette maxime est *un moyen* pour *le moyen*; c'est aussi celle de la copie de 1663 (voyez ci-dessus, p. 49-50); M. de Barthélemy ne nous avertissant point qu'il ait fait un changement, nous devons croire que son texte la lui donne également; et, en ce cas, les mots « ont pris sur eux » ne seraient justes qu'en ce qui touche Brotier, qui, lui, paraît bien, d'après tout ce qu'il nous dit, n'avoir pas connu d'impression antérieure à celle de 1665.]

[3 Même texte dans le manuscrit de Liancourt (voyez ci-dessus, p. 30), avec, à la fin, cette seule différence qui n'importe pas à ce que dit ici M. Willems : · « dont chacun mène tant de bruit. »]

[4. Là aussi il y a identité entre le manuscrit de Liancourt, la copie de 1663 et l'édition de 1664[a]; et de même pour la maxime 186 dont il est parlé un peu plus

[a Nous aurons à noter un peu plus loin (p. 63) la même conformité de texte de la maxime 261 avec l'impression de 1664, dans une variante de 1ᵉʳ état de l'édition de 1665.]

s'agit plus ici d'une nuance de pensée, ou d'un changement de rédaction. La Rochefoucauld a craint évidemment qu'on ne prît sa maxime pour une épigramme et qu'on n'en fît l'application. Il eût mieux fait peut-être de la supprimer, il a préféré la tourner contre l'éducation en général. C'était le moyen de ne mécontenter personne en censurant tout le monde. Qui sait si cette malencontreuse maxime sur l'éducation des princes n'est pas la cause de l'extrême rareté du volume ? La conjecture paraîtra moins téméraire, si l'on considère que deux ans plus tard, en 1666, l'auteur demandait la place de gouverneur du Dauphin. N'avait-il pas un intérêt capital à supprimer l'édition, pour éviter qu'on ne lui mît sous les yeux une sentence qui cadrait si mal avec l'emploi qu'il sollicitait[1] ?

Continuons notre examen, et comparons encore, au hasard, quelques maximes, celle-ci par exemple : *On ne méprise pas tous ceux qui ont des vices, mais on méprise tous ceux qui n'ont aucune vertu* (max. 186 de l'édition définitive), avec celle de notre texte : *On hait souvent les vices, mais on méprise toujours le manque de vertu.*

Ou bien cette autre : *Nous avons plus de force que de volonté; et c'est souvent pour nous excuser à nous-mêmes que nous nous imaginons que les choses sont impossibles* (max. 30); dans la rédaction primitive : *Rien n'est impossible : il y a des voies qui conduisent à toutes choses; et si nous avions assez de volonté, nous aurions toujours assez de moyens*[2].

Ou bien encore la maxime 185 : *Il y a des héros en mal comme en bien*[3], avec celle-ci que l'auteur a condamnée, peut-être parce qu'elle affecte la forme d'un vers alexandrin[4] : *Le crime a ses héros, ainsi que la vertu.*

Notez que, dans notre texte, cette dernière pensée vient à la suite de la maxime 608[5], dont elle forme la conclusion logique. Tel est assez souvent le cas dans notre édition, et c'est encore un mérite sur lequel on nous permettra d'insister. Bon nombre de pensées que l'auteur a disséminées plus tard dans son livre se suivent ici dans leur liaison naturelle. En veut-on un exemple frappant? La Rochefoucauld a dit quelque part : *La folie nous suit dans tous les temps de la vie. Si quelqu'un paroît sage, c'est seulement parce que ses folies sont proportionnées à son âge et à sa fortune* (max. 207). Laharpe qualifie cette maxime d'exagération qui ne peut passer que dans une satire. « Il serait assez difficile de nous dire, ajoute-t-il, quelles étaient les folies de Sully[6] ou du chancelier de l'Hôpital;

loin. Pour la maxime 261, sur l'éducation, il y a un curieux rapprochement à faire entre elle et la maxime posthume 518, qui n'est donnée que par MM. de Barthélemy et Gilbert : « La dévotion qu'on donne aux princes est un second amour-propre » : voyez ci-dessus, p. 37 et 41.]

[1. On verra, dans la section iv de cet *Appendice* (p. 63), que les exemplaires de premier état, non cartonnés, de l'édition de 1665, ont aussi le mot *princes*, et que cette leçon a été remplacée au moyen d'un carton par la prudente leçon définitive.]

[2. Dans le manuscrit de Liancourt et dans la copie de 1663 : « Rien n'est impossible de soi; » du reste, même texte que dans l'édition de 1664 : voyez ci-dessus, p. 5.]

[3. Le manuscrit de Liancourt a ici déjà le texte définitif de 1678, et de même la copie de 1663, qui, en outre, donne, à la fin de la maxime supprimée 608, comme aussi d'ailleurs l'édition de 1664, la version première : « Le crime a ses héros, ainsi que la vertu » : voyez ci-dessus, p. 25 et note 1.]

4. Il n'y a qu'un mot à changer, et l'on aura le vers bien connu :

> Ainsi que la vertu, le crime a ses degrés.

Mais le texte de la Rochefoucauld est antérieur; car ce vers est tiré de la *Phèdre* de Racine, qui ne parut qu'en 1677.

[5. Voyez ci-dessus, la note 3.]

[6. Voici ce que M. Frédérix, dans son article déjà mentionné (p. 59, note 1), oppose à cette critique de Laharpe appuyée de l'exemple de Sully : « Ouvrons Tallemant des Réaux [tome I, p. 417]; voici ce que nous y lisons sur M. de Sully : « Ce « bon homme, plus de vingt-cinq ans après que tout le monde avoit cessé de porter « des chaînes et des enseignes de diamants, en mettoit tous les jours pour se parer, « et se promenoit en cet équipage sous les porches de la Place Royale, qui est près

et comment accorder cette maxime avec celle-ci : *Qui vit sans folie n'est pas si sage qu'il croit* (209°)? Il y a donc des gens qui n'ont point de folie, et de plus on n'est pas très-sage pour n'en pas avoir. Tout cela est-il bien clair et bien conçu, et au lieu de chercher à se faire deviner, ne vaudrait-il pas mieux s'assurer de ce qu'on veut dire? »

Laharpe a mille fois raison : il y a contradiction évidente entre les deux maximes 207 et 209 Mais la contradiction cesse si l'on consulte la rédaction primitive, parce qu'ici les deux pensées sont fondues en une seule, au moyen d'une phrase intermédiaire, qui sert à la fois de transition et de correctif :

La folie nous suit dans tous les temps de la vie ; et si quelqu'un paroît sage, c'est seulement parce que ses folies sont proportionnées à son âge et à sa fortune.

Les plus sages le sont dans les choses indifférentes, mais ils ne le sont presque jamais dans leurs plus sérieuses affaires[1] : et qui vit sans folie n'est pas si sage qu'il croit.

A mesure que les éditions de son livre se succédaient, la Rochefoucauld s'ingéniait de plus en plus à condenser ses réflexions sous la forme d'aphorismes : il ne visait plus qu'à frapper des médailles. Toutes les pensées qui ne se prêtaient pas à être resserrées en quelques lignes, étaient impitoyablement sacrifiées. Le plus beau morceau du recueil, la description de l'amour-propre, a été éliminé parce qu'il était trop long et avait cessé d'être en proportion avec le reste : si bien qu'on a pu dire des *Maximes* qu'elles ne sont qu'une suite d'épigrammes qui frappent l'esprit comme un trait et qui tombent aussitôt[2]. Ce défaut, si c'en est un, est moins sensible dans la première version. Ici la pensée est plus ample, l'expression plus abondante, ou, ce qui revient souvent au même, les maximes se succèdent dans leur relation immédiate. Bornons-nous à un dernier exemple, car nous risquerions de tout citer :

<table>
<tr><td>TEXTE DE 1664.</td><td>RÉDACTION DÉFINITIVE.</td></tr>
<tr><td>

Ceux qui se sentent du mérite se piquent toujours d'être malheureux, pour persuader aux autres et à eux-mêmes qu'ils sont de véritables héros, puisque la mauvaise fortune ne s'opiniâtre jamais à persécuter que les personnes qui ont des qualités extraordinaires : de là vient qu'on se console souvent d'être malheureux, par un certain plaisir qu'on trouve à le paroître[3].

</td><td>

Maxime 50.

Ceux qui croient avoir du mérite se font un honneur d'être malheureux, pour persuader aux autres et à eux-mêmes qu'ils sont dignes d'être en butte à la fortune.

Maxime 573.

On se console souvent d'être malheureux par un certain plaisir qu'on trouve à le paroître.

</td></tr>
</table>

« de son hôtel. Tous les passants s'amusoient à le regarder. A Sully, où il s'étoit retiré sur la fin de ses jours, il avoit quinze ou vingt vieux paons, et sept ou huit vieux reîtres de gentilshommes qui, au son de la cloche, se mettoient en haie pour lui faire honneur, quand il alloit à la promenade, et puis le suivoient; je pense que les paons suivoient aussi. » La peinture est excellente, et l'on voit les ridicules pompeux du grand ministre. Ce sont là d'assez naïves folies du sage Sully. Et cela prouve qu'il est imprudent de vouloir prendre en défaut la sagacité de la Rochefoucauld. Ce sont les noms qu'on invoque pour contester l'absolue vérité de son observation, que nous pouvons reprendre pour montrer que cette observation a touché le fond commun de la nature humaine. »]

[1. Ces deux maximes, y compris la phrase intermédiaire de l'édition de 1664 : « Les plus sages.... leurs plus sérieuses affaires », en forment, dans le manuscrit de Liancourt, comme dans notre édition, trois absolument distinctes, ses n°ˢ 1, 96, 191, nos maximes 207, 581 et 209 (voyez ci-après les tableaux de concordance, p. 72 et 79). Dans le manuscrit, au commencement de la première (207), au lieu de : « La folie nous suit », on lit, différence importante : « L'enfance nous suit ».]

2. M. Sylvestre de Sacy, *Variétés littéraires*, tome I, p. 323.

[3. On peut voir aux tableaux de concordance, ci-après, p. 67 et 78, que les deux maximes ne sont ainsi réunies dans aucun autre texte que celui de 1664.]

Nous pourrions nous étendre longuement encore au sujet de cette *méchante copie* hollandaise qui scandalisait tant la Rochefoucauld. Pas si méchante[1] en somme, puisqu'elle ne contient pas un mot qui ne soit sorti de sa plume. Nous croyons en avoir dit assez pour la recommander aux futurs éditeurs des *Maximes*. Mais au fait, est-il si nécessaire de tant la recommander? Ne contint-il ni une ligne inédite, ni une variante nouvelle, n'est-ce pas un titre suffisant pour ce petit livre, que d'avoir décidé la Rochefoucauld à donner ses pensées au public, et d'avoir contribué de la sorte à doter les lettres françaises d'un écrit qui durera autant que la langue?

1. Il faut tout dire. Elle est méchante en ce sens qu'elle est passablement incorrecte. Par exemple on lit :

Maxime	14ᵉ	*déclin*	pour	*destin.*
		commune	—	*inconnu.*
—	19ᵉ	*indifférence*	—	*déférence.*
—	46ᵉ	*bonte*	—	*honte.*
—	60ᵉ	*semences*	—	*sentences.*
—	19ᵉ	*qui l'anime*	—	*qu'elle anime.*
—	146ᵉ	*superflues*	—	*superficielles.*

Ce sont toutes fautes de transcription, ce qui prouve que la copie de l'imprimeur était assez peu lisible.

La faute *semences* pour *sentences* se retrouve également dans le texte d'Amelot. M. Gilbert se demande où cet éditeur a trouvé la pensée 505, qui ne figure dans aucune autre impression. On le sait maintenant. Évidemment Amelot a eu notre volume sous les yeux. [La comparaison des notes de M. Gilbert sur nos maximes DXI et DCXX avec les variantes de l'édition de 1664 fortifie de deux autres preuves cette conjecture affirmative]

IV

VARIANTES FOURNIES, POUR LE TEXTE DES *MAXIMES*,

PAR LA COMPARAISON D'EXEMPLAIRES

qui sont totalement ou partiellement de premier état, avec les exemplaires
de second état[1]*.*

1. *Première impression originale, de 1665.*

On verra à la *Notice bibliographique* (IMPRIMÉS, n° 1 des *Maximes*) que les impressions de 1665 se divisent en deux classes : l'une originale, à pages de 23 lignes;
l'autre, de contrefaçons, à pages de 22. Nous n'appliquons les mots « de 1er et de
2d état » qu'à la classe de 23 lignes Pour elle, nous nommons « de 1er état » les
exemplaires d'un premier tirage de 1665, partout où ils n'ont pas été modifiés au
moyen de cartons; et « de 2d état », d'une part, les exemplaires de ce premier tirage,
là où ils ont des cartons, et, d'autre part, les exemplaires d'un second tirage de la
même année où l'on a introduit les changements que portent les cartons. Voyez les
nos 445 à 450 du *Catalogue Claudin*. Le n° 445 n'a absolument aucun carton, ainsi
que nous avons pu le vérifier nous-mêmes, grâce à l'obligeance du possesseur actuel,
M. le baron de Ruble. M. Daguin a dans sa précieuse bibliothèque trois exemplaires
de l'édition originale de 1665, qu'il a bien voulu nous communiquer aussi très-gra-
cieusement. L'un d'eux ne diffère de l'exemplaire non cartonné de M. de Ruble que
par deux dissemblances que nous signalons ci-dessous aux pages 64-65, à la fin du
relevé, qui suit, des variantes fournies par la comparaison des deux états de 1665.
On verra dans ce relevé même que, parmi les onze autres exemplaires à 23 lignes dont
nous avons eu connaissance, et que nous avons tous eus à notre disposition sauf les
nos 446 à 450 du *Catalogue Claudin*, il s'en trouve de mixtes, c'est-à-dire qui sont en
partie de 1er état et en partie de 2d.

Pour les impressions à 22 lignes de 1665, qui, comme l'a prouvé le premier
M. Claudin, sont des contrefaçons, voyez les nos 451 et 452 de son *Catalogue*, et l'endroit où nous venons de renvoyer de notre *Notice bibliographique*.

a) CXLV et CXCVIII (149)[2].

1er ÉTAT : que nous n'osons decouvrir autrement. (Nos 445, 450.)

---

1. Ce relevé est dressé, presque tout entier, d'après l'excellent Catalogue de la
vente Rochebilière, rédigé par M. Claudin (Paris, 1882, in-18).
2. Les chiffres romains sont ceux qu'ont les maximes dans notre tome I, et les
chiffres arabes entre parenthèses ceux des éditions de 1665 ou 1675. — A la suite
du 1er état nous indiquons les nos du *Catalogue Claudin* qui nous le donnent. Nous
étendons la comparaison jusqu'aux changements d'orthographe; il nous a semblé que
plus d'un pouvait avoir aussi son intérêt. — Une remarque finale collective dira ci-

2ᵈ ÉTAT : que nous n'osons découvrir autrement; nous élevons la gloire des uns pour abaisser par là celle des autres, et on loüeroit moins Monsieur le Prince et Monsieur de Turenne, si on ne les vouloit point blâmer tous deux.

Dans le 1ᵉʳ état la maxime 149 est conforme à la définitive cxlv; le 2ᵈ état ajoute à celle-ci toute la cxcviiiᵉ. On a fait place à l'addition en serrant la composition typographique.

b) CLV (162).

1ᵉʳ ÉTAT : qualitez bonnes et inestimables. (Nᵒˢ 445, 450.)

2ᵈ ÉTAT : qualitez bonnes et estimables.

c) CCXV (228).

1ᵉʳ ÉTAT : sont des extremitez.... L'espace qui est entre les deux.... Il n'y a pas moins de difference entr'-eux qu'il y a entre les visages et les humeurs, cependant ils conviennent.... relachent.... ne sont pas êgalement (*sic*) maistres.... êpouvantes (*sic*). (Nᵒ 445.)

2ᵈ ÉTAT : sont deux extremitez.... l'espace qui est entre deux.... il n'y a pas moins de difference entr'elles qu'il y en a entre les visages et les humeurs, cepĕdant elles conviennent.... relaschent.... ne sont pas tousjours également maistres.... espouvantes.

1ᵉʳ ÉTAT : s'exposer à de plus grands; outre cela, il y a un raport general que l'on remarque entre tous les courages de differentes especes, dont nous venons de parler, qui est que la nuit augmentant.... (Nᵒ 445.)

2ᵈ ÉTAT : s'exposer à de plus grands ; il y en a encore qui sont braves à coups d'espée, qui ne peuvent souffrir les coups de mousquet, et d'autres y sont asseurez, qui craignent de se battre à coups d'espée. Outre cela, il y a un raport general (*la suite comme dans le* 1ᵉʳ *état*).

1ᵉʳ ÉTAT : tout ce qu'ils seroient capables de faire dans une occasion. (Nᵒ 445.)

2ᵈ ÉTAT : tout ce qu'ils seroient capables de faire dans une action.

1ᵉʳ ÉTAT : de sorte que la crainte. (Nᵒ 445.)

2ᵈ ÉTAT : de sorte qu'il est visible que la crainte.

d) CCXLI (263).

1ᵉʳ ÉTAT : La cocquetterie est le fonds de l'humeur de toutes les femmes; mais toutes ne coquettent pas parce que la coquetterie de quelques-unes... [1]. (Nᵒ 445.)

2ᵈ ÉTAT : La cocqueterie est le fonds et l'humeur de toutes les femmes ; mais toutes ne la mettent pas en pratique, parce que la cocqueterie de quelques-unes....

e) CCXLIII (265 et 272).

1ᵉʳ ÉTAT, 265 : Il y a peu de choses impossibles d'elles-mesmes, et l'aplication pour les faire reüssir nous manque bien plus que les moyens. (Nᵒˢ 445, 446, 449.)

— 272 : Il y a peu de choses impossibles d'elles-mesmes, et l'on trouve plus de voyes que l'on ne pense pour y arriver. Et si nous avions assez

après, p. 64-65, les ressemblances et différences qui ont été trouvées dans les exemplaires de texte mixte, de 1665, comparés à ceux de MM. de Ruble et Daguin.

1. Les variantes de 1ᵉʳ état de cette *maxime* ccxli et de la cclxiˢ (ci-après, p. 63) avaient été déjà signalées, comme le dit M. le marquis de Granges de Surgères (*Revue de Bretagne et de Vendée*, août 1882, p. 160), par M. J. le Petit dans les *Miscellanées bibliographiques*, Paris, Rouveyre, 1879, p. 49.

d'aplication et de volonté, nous aurions tousjours assez de moyens. (Nos 445, 446, 449.)

2d ÉTAT, 265 : Il y a peu de choses impossibles d'elles-mesmes, et l'aplication pour (*la suite comme dans le 1er état*).

On voit qu'à notre maxime CCXLIII il en correspond deux (265 et 272) dans le 1er état, et une seule (265) dans le 2d. — Comparez ci-après ƒ CCXLIX.

ƒ) CCXLIX (272 et 274).

1er ÉTAT, 274 : Il y a une éloquence dans les yeux et dans l'air de la personne, qui ne persuade pas moins que celle de la parole. (Nos 445, 446, 449.)

2d ÉTAT, 272 : Il n'y a pas moins déloquence (*sic*) dans le ton de la voix, que dans le choix des paroles. ·

— 274 : Il y a une éloquence dans les yeux (*la suite comme dans le 1er état*).

Donc à notre maxime CCXLIX il n'en correspond qu'une (274) dans le 1er état, et deux (272 et 274) dans le 2d. — Rappelons ici, une fois pour toutes, que nos tableaux de concordance ont été dressés d'après le 2d état.

g) CCLXI (284).

1er ÉTAT : L'education que l'on donne aux Princes, est un second amour propre qu'on leur inspire. (Nos 445, 446, 449.)

2d ÉTAT : L'education que l'on donne dordinaire (*sic*) aux jeunes gens[1], est un second orgueil qu'on leur inspire.

h) CCLXII (285 2d état).

1er ÉTAT : *N'a pas cette maxime.* (Nos 445, 446, 449.)

2d ÉTAT : Il n'y a point de passion ou (*sic*) l'amour de soy-même regne si puissamment que dans l'amour, et on est tous-jours plus disposé de sacrifier tout le repos de ce qu'on aime que de perdre la moindre partie du sien.

A cette maxime (285) du 2d état correspond, dans le 1er, comme l'on va voir à m) DIV, une variante de l'une des phrases de la réflexion sur la mort.

i, j, k, l) CCLXXXV à CCLXXXVIII.
(313 à 316 2d état).

1er ÉTAT : *N'a pas ces quatre maximes.* (Nos 445, 446.)

2d ÉTAT : *On les a ajoutées telles qu'elles se lisent dans notre tome* I (*p.* 148 *et note* 5, *p.* 149 *et notes* 2 *et* 3).

Notons, au sujet de ces maximes additionnelles 313 à 316, que la Table des exemplaires de 2d état n'a pas été modifiée et par conséquent n'y renvoie pas.

m) DIV (285 1er état).

1er ÉTAT : Rien ne prouve tant que les Philosophes ne sont pas si persuadez qu'ils disent que la mort n'est pas un mal, que le tourment qu'ils se donnent pour establir l'immortalité de leur nom par la perte de la vie. (Nos 445, 446, 449.)

2d ÉTAT : *N'a pas cette maxime, qui est, nous venons de le dire à* h) CCLXII, *une variante de l'une des phrases de la réflexion sur la mort, non numérotée dans l'édition de* 1665.

---

1. Au sujet de ce changement très-significatif, voyez ci-dessus (p. 58 et note 1), l'*Étude de M. Willems sur l'édition hollandaise de* 1664.

n) DXCIII (135 et 259).

1er ÉTAT, 135 et 259 ; La sobriété est l'amour de la santé, ou l'impuis-sance de manger beaucoup.

2d ÉTAT, 135 : *Conforme au* 1er *état.*

Dans le 1er état, cette maxime est répétée, comme on le voit, sous deux nos différents (135 et 259), tandis qu'elle n'existe plus qu'une fois (135) dans le 2d; pour la maxime substituée, dans celui-ci, à la 259e du 1er état, voyez ci-après, *o*) DCXXV.

o) DCXXV (259 2d état).

1er ÉTAT : *N'a pas cette maxime; voyez ci-dessus n*) DXCIII.

2d ÉTAT : Il y a une revolution generale qui change le goust des Esprits, aussi bien que les fortunes du monde.

Il est à remarquer que, tout en corrigeant par un carton, dans le 2d état, le double emploi que faisaient, dans le 1er, les nos 135 et 259, on n'a, pas plus que pour *i, j, k, l,* modifié la Table, qui, dans l'un et l'autre, renvoie aux deux dits nos pour le mot SOBRIÉTÉ.

p) DCXXXIV (300).

1er ÉTAT : Il est moins impossible de prendre de l'amour quand on n'en a pas que de s'en d'êfaire (*sic*) quand on en a. (Nos 445, 449.)

2d ÉTAT : Il est plus facile de prendre de l'amour quand on n'en a pas, que de s'en deffaire quand on en a.

q) DCXXXV (301).

1er ÉTAT : les femmes entreprenantes.... quoy qu'elles. (Nos 445, 449.)

2d ÉTAT : les hommes entreprenants.... quoy qu'ils.

Ainsi qu'on le voit, les différences qui existent entre les deux états de l'édition originale, à pages de 23 lignes, de 1665, consistent : ou en variantes proprement dites (maximes marquées *b, c, d, g, p* et *q*); ou en additions, soit de maximes (*f, h, i, j, k, l, o*), soit à des maximes (*a, c*); ou en retranchements (*e, m*). Nous ne parlons pas de la maxime *n*) DXCIII, répétée, sous deux chiffres, dans le 1er état.

Les autres différences sont purement d'orthographe, ou corrections et modifications typographiques. Ainsi :

CXLIV (148), 1er état: *delicatte.... differemment;* 2d état: *delicate.... differémment.* — CXLVIII (153), 1er état : *loüent;* 2d état : *loüët.* — CLVI (163), 1er état : *sottises.... gasteroient;* 2d état : *sotises.... gâteroient.* — CCXL (261), 1er état : *simetrie;* 2d état : *symetrie.* — CCLXXV (299), 1er état : *toüjours;* 2d état : *tousiours.* — DCXXXVI (302), 1er état : *N'aymer guere.... aymé;* 2d état : *N'aimer gueres.... aimé.*

Il a fallu aussi, dans les impressions de 2d état, serrer parfois le texte, pour faire place aux additions (nous en avons relevé un exemple à *a*) CXLV et CXCVIII), et, dans ces sortes de changements, il s'est glissé quelques fautes, pour lesquelles, ainsi que pour les dissemblances de numérotage, nous renvoyons à ce qu'en dit le *Catalogue Claudin* les bibliophiles curieux de ces petits faits.

Sont conformes au no de 1er état (445 de ce catalogue) qui appartient à M. de Ruble :

1o A deux différences près que nous allons dire, le plus précieux des exemplaires de M. Daguin : ces différences sont, d'une part, que dans les pages 141-143 sont ajoutées les quatre maximes *i*, *j*, *k*, *l*, qui, dans le 2d état, précèdent la réflexion sur la mort et manquent dans le 1er; d'autre part, que, pour donner place à ces maximes, il a fallu augmenter le nombre des pages; il y en a deux de plus, ce que dissimule l'absence de deux chiffres (145 et 146) qui ont été, sans lacune de texte, sautés dans le numérotage de la pagination du 1er état, laquelle passe de 144 à 147, et, tout en finissant, comme le 2d état, par la page 150, n'en a en réalité que 148;

2° Sauf pour nos maximes *b*, *c*, qui y sont de 2d état, l'exemplaire de la Bibliothèque nationale coté Z ‡‡ 1784, lequel offre d'ailleurs cette particularité que, pour le compléter par l'addition des maximes *i*, *j*, *k*, *l*, on y a intercalé, après la page 144 (de 1er état), les pages 141, 142, 143 et 144 (de 2d), de sorte qu'il a dans cette partie les deux états ensemble.

Un second exemplaire de la bibliothèque de M. Daguin est de 1er état, pour la fin du volume seulement, à partir de la page 141; les autres nos du *Catalogue Claudin* et tous les exemplaires que nous avons pu voir de 1665, à 23 lignes la page (Bibl. nat. Z ‡‡ 1784 A; bibl. Cousin 10 817; Arsenal 1779, et un troisième de M. Daguin), sont partout de 2d état, c'est-à-dire ont les neuf cartons jusqu'ici découverts.

2. *Quatrième impression originale, édition de 1675.*

CLXXXVI (186).

M. Claudin nous apprend que les nos 463 et 464 de son catalogue ont chacun, aux pages 67 et 68, un même carton, qui, pour cette maxime, donne le texte définitif de 1678. Le 1er état donnait, pour elle, très-probablement celui des 2de et 3e éditions (1666 et 1671); pour toutes les autres maximes de ces deux pages, 1671 et 1675 sont identiques. Il ressort de la note de M. Gilbert au tome I (p. 105, note 2) que l'exemplaire dont il s'est servi devait avoir aussi ce carton. Ceux de la Bibliothèque nationale Z 1784 et de la bibliothèque Cousin 10 821 ont également le texte définitif, donc le carton.

Ne nous occupant que des éditions originales, nous nous bornons à renvoyer pour les remarques auxquelles donne lieu le texte de quelques autres, au *Catalogue Claudin*, particulièrement aux nos 453 et 459, dont le premier se rapporte à une contrefaçon, de texte mixte, datée de Paris 1665, mais faite probablement en province; et le second à un exemplaire d'une impression datée de Rouen 1672, dans lequel le texte de cinq maximes a été modifié au moyen de cartons.

V

TABLEAUX DE CONCORDANCE.

A. — Tableau comparant a l'édition définitive des *Maximes*, de 1678,

1° les quatre autres éditions données par l'auteur,

2° trois textes antérieurs,

et indiquant l'ordre où les maximes sont rangées, les additions successives et, par des astérisques, les maximes qui ont des variantes.

Il va sans dire que l'absence de chiffre marque absence de la maxime dans le texte dont la colonne où il manque donne le numérotage.

TEXTES ANTÉRIEURS aux édit. données par l'auteur.			ÉDITIONS DONNÉES PAR L'AUTEUR.				
Ms. aut. (de Liancourt).	Copie de 1663.	Édition de 1664.	1665.	1666.	1671.	1675.	1678.
				1*	1*	1	1
			2	2	2	2	2
			3*	3*	3	3	3
12	18	105	4	4	4	4	4
217	5	86	5	5	5	5	5
113*	125*	69*	6*	6	6	6	6
120*	132*	102*	7*	7	7	7	7
121*	133*	45*	8*	8	8	8	8
158*	171* / 172*	82*	9*	9	9	9	9
168*	182*	64*	10*	10	10	10	10
169*	183*	65*	11*	11	11	11	11
173*	187*	84*	12*	12	12	12	12
				13	13	13	13
8*	14*	13*	14*	14	14	14	14
78*	91*	7*	15*	15	15	15	15
211*	3*		16*	16	16	16	16
72*	85*	26*	19*	17	17	17	17
			20*	18*	18*	18*	18

| TEXTES ANTÉRIEURS aux édit. données par l'auteur. | | | ÉDITIONS DONNÉES PAR L'AUTEUR. | | | | |
Ms. aut. (de Liancourt).	Copie de 1663.	Édition de 1664.	1665.	1666.	1671.	1675.	1678.
5	11		22	19	19	19	19
16*	22*	8*	23*	20*	20*	20*	20
144*	156*	48*	24*	21	21	21	21
174*	188*	85*	25*	22	22	22	22
182*	196*	49*	26*	23	23·	23	23
195*	209*	134*	27*	24	24	24	24
			28*	25	25	25	25
			29	26	26	26	26
268*	32*	87*	30*	27	27	27	27
269*	33*	104*	31*	28	28	28	28
100*	112*		32*	29	29	29	29
14* 245* }	20*	21*		30	30*	30*	30
253*			34*	31*	31	31	31
235*			35*	32*	32	32	32
21*	27*	140*	36*	33	33	33	33
153	166	138*	38	34	34	34	34
205*			39	35	35	35	35
			40*	36	36	36	36
2*	8*	138	41*	37	37	37	37
4	10	16	42	38	38	38	38
15* 171*	21* 185* }	157*	43*	39	39	39	39
186*	200*	161*	44*	40	40	40	40
80*	92*		45	41	41	41	41
132	144*	77*	46	42	42*	42*	42
19*	25*		47*	43	43	43	43
68*	81*	20*	49	44	44	44	44
141*	153*	137*	50	45	45	45	45
239*			52*	46*	46	46	46
				47	47	47	47
23*	29*	123*	54*	48*	48	48	48
97*	109*	126*	56*	50*	49*	49*	49
123*	135*	128*	57*	51	50	50	50
131*	142*	76*	58*	52	51	51	51
270*	34*	127*	61*	53*	52*	52*	52
26*	39*	122*	62*	54	53	53	53

TEXTES ANTÉRIEURS aux édit. données par l'auteur.			ÉDITIONS DONNÉES PAR L'AUTEUR.				
(Ms. aut. de Liancourt).	Copie de 1663.	Édition de 1664.	1665.	1666.	1671.	1675.	1678.
84*	96*	165*	63*	55	54	54	54
93*	105*	133*	64*	56	55	55	55
165*	179*	61	65	57	56	56	56
192*	206*	132*	66*	58	57	57	57
258*			67*	59	58	58	58
29*	42*	124*	68	60	59	59	59
			69*	61	60	60	60
				62	61	61	61
39*	52*	159*	71*	63	62	62	62
76*	89*	41*	72*	64*	63	63	63
230*			73*	65	64	64	64
51*	64*	14*	75*	66*	65*	65*	65
140*	152*	160*	76*	67	66	66	66
				68	67	67	67
274*	38*	93*	78*	69	68	68	68
111*	123*	92*	79*	70	69	69	69
220	213	95	80	71	70	70	70
							71
215*	215*	97	82	73	72	72	72
218*	216*	98*	83*	74	73	73	73
259			84	75	74	74	74
260			85	76	75	75	75
261*			86*	77	76	76	76
262*			87*	78	77	77	77
145*	157*	37*	91*	79	78	78	78
			92	80	79	79	79
6*	12*	89*	93*	81*	80	80	80
							81
99*	111*	11*	95*	83	82	82	82
22*	28*	88*	94*	82*	81'	81*	83
				85	84	84	84
7*	13*	90*	98*	86	85	85	85
				87	86	86	86
							87
102*	114*	106* 107*	101*	89	88	88	88
				90	89	89	89
							90

TEXTES ANTÉRIEURS aux édit. données par l'auteur.			ÉDITIONS DONNÉES PAR L'AUTEUR.				
Ms. aut. de Liancourt).	Copie de 1663.	Édition de 1664.	1665.	1666.	1671.	1675	1678.
				92	91	91	91
				93*	92	92	92
			106	94	93	93	93
				95	94	94	94
				96	95	95	95
							96
36*	49*	38*					
37*	50*	39*	107*	98*	97	97	97
			108	99	98	98	98
63*	76*	182*	109*	100	99	99	99
64*	77*	181*	110*	101	100	100	100
127*	139*	183*	111*	102	101	101	101
172	186*	83	112	103	102	102	102
229*			113*	104	103	103	103
55*	68*	103*	114*	105	104	104	104
58*	71*	23*	115	106	105	105	105
117*	129*	146*	116	107	106	106	106
				108	107	107	107
				109	108	108	108
				110	109	109	109
			117*	111	110	110	110
				112	111	111	111
				113	112	112	112
				114	113	113	113
10*	16*	17*	119*	115	114	114	114
13*	19*	18*	120*	116	115	115	115
52*	65*	19*	118*	117*	116	116	116
59*	72*	169*	121*	118	117	117	117
90	102		122	119	118	118	118
96*	108*		123*	120	119	119	119
129*	143*	173*	124	121	120	120	120
227*			125*	122	121	121	121
				123	122	122	122
				124	123	123	123
43*	56*	167*	126*	125	124	124	124
44*	57*	168*	127*	126	125	125	125
	163*	170*	128*	127	126	126	126
			129*	128	127	127	127

TEXTES ANTÉRIEURS aux édit. données par l'auteur			ÉDITIONS DONNÉES PAR L'AUTEUR.				
Ms. aut. (de Liancourt).	Copie de 1663.	Édition de 1664.	1665.	1666.	1671.	1675.	1678.
156*	169*	51*	130*	129	128	128	128
			131*	130	129	129	129
				131	130	130	130
				132	131	131	131
243*			133*	133	132	132	132
				134*	133	133	133
216	4	15	136	135	134	134	134
94*	106*	70*	137*	136	135	135	135
				137	136	136	136
38*	51*	145*	139*	138	137	137	137
91*	103*		140*	139	138	138	138
101*	113*	179*	141*	140*	139	139	139
125*	137	72*	142	141	140	140	140
136*	148*	80*	143	142	141	141	141
248*			145*	143	142	142	142
18*	24*	147*	146*	144	143	143	143
271*	35*	148	148	145	144	144	144
272*	36*	149*	149*	146	145	145	145
148*	160*		150*	147	146	146	146
155*	168*	151*	152*	148	147	147	147
187	201	152	153	149	148	148	148
228			154	150	149	149	149
				151	150	150	150
				152	151	151	151
			158*	153	152	152	152
74	87	125	160	154	153	153	153
					154	154	154
160*	174*	53*	162*	155	155	155	155
177*	191	57*	163*	156	156	156	156
			169*	157	157.	157	157
							158
188	202*	56	166	159	159	159	159
190*	204*	67*	167*	160	160	160	160
191*	205*	68*	168*	161	161	161	161
179*	193*	54*	164*	162	162	162	162
255*			170*	163	163	163	163
			171*	164	164	164	164
			172	165	165	165	165

TEXTES ANTÉRIEURS aux édit. données par l'auteur.			ÉDITIONS DONNÉES PAR L'AUTEUR.				
Ms. aut. (de Liancourt).	Copie de 1663.	Édition de 1664.	1665.	1666.	1671.	1675.	1678.
159*	173*	52*	173	166	166	166	166
				167	167	167	167
209*			175	168	168	168	168
142*	154*	5*	177*	169	169	169	169
149*	161*	158*	178*	170	170	170	170
198*	212*	3*	180*	171	171	171	171
							172
225*			182*	173	173	173	173
			183*	174	174	174	174
109*	121*	100*	184	175	175	175	175
222*	217*	99*	185*	176*	176*	176*	176
73*	86*	40*	186	177	177	177	177
133*	145*	78*	187*	178	178	178	178
			188	179	179	179	179
87*	99*	33*	189*	180	180	180	180
81*	93*	101*	190*	181	181	181	181
223*	1*	1*	191*	182	182	182	182
							183
77*	90*	24*	193*	184	184	184	184
88	{ 100 / 45* }	4*	194	185	185	185	185
112*	124*	187*	195*	186*	186*	186	186
			196	187	187	187	187
138*	150*	81*	197*	188	188	188	188
			199*	189	189	189	189
197	211	131	198	190	190	190	190
214*			202*	191	191	191	191
213*			203*	192	192	192	192
212*			204	193	193	193	193
267*			205	194	194	194	194
			206	195	195	195	195
162*	176*		207*	196*	196*	196*	196
			209*	197	197	197	197
273*	37*	150*	149*	198	198	198	198
234*			210	199	199	199	199
			211*	200	200	200	200
			212	201	201	201	201
9*	15*	177*	214*	202	202	202	202

TEXTES ANTÉRIEURS aux édit. données par l'auteur.			ÉDITIONS DONNÉES PAR L'AUTEUR.				
Ms. aut. (de Liancourt).	Copie de 1663.	Édition de 1664.	1665.	1666.	1671.	1675.	1678.
34*	47	178*	215	203	203	203	203
70*	83*	10*	216*	204	204	204	204
83*	95*	28*	217*	205	205	205	205
238*			218	206	206	206	206
1*	7	171*	219	207	207	207	207
114*	126*	59*	220	208	208	208	208
194	208	172	221	209	209	209	209
256			222	210	210	210	210
167*	181*	62*	223*	211*	211*	211*	211
196*	210*	130*	224*	212	212	212	212
28*	41*	112*	226*	213	213	213	213
31*	44*	118*	227*	214	214	214	214
50*	63*	114*	228*	215	215	215	215
60*	73*	115*	229*	216	216	216	216
61*	74*	116*	230*	217	217	217	217
				218	218	218	218
147*	159*	119*	233	219	219	219	219
176*	190*	113*	234*	220*	220*	220*	220
30*	43*	117*	235*	221	221	221	221
				222	222	222	222
95*	107*	12*	237*	223	223	223	223
164*	178*		238	224	224	224	224
175*	189*		239*	225	225	225	225
226*			240	226	226	226	226
							227
			242	228	228	228	228
			243*	229*	229*	229*	229
105*	117*	46*	244*	230	230	230	230
				231	231	231	231
17*	23*	174*	246*	232	232	232	232
53*	66*	175* 176*	247*	233*	233*	233*	233
							234
161*	175*		249*	235	235	235	235
48*	61*	35*	250*	236	236	236	236
106*	118*	36*	251*	237	237	237	237
240			253	238	238	238	238
45*	59*	142*	255*	239*	239*	239*	239

TEXTES ANTÉRIEURS aux édit. données par l'auteur.			ÉDITIONS DONNÉES PAR L'AUTEUR.				
Ms. aut. (de Liancourt).	Copie de 1663.	Édition de 1664.	1665.	1666.	1671.	1675.	1678.
254*			261	240	240	240	240
124*	136*	180*	263*	241.*	241*	241*	241
119*	131*		264*	242	242	242	242
			265*	243	243	243	243
150*	162*	186*	266*	244	244	244	244
			267*	245	245	245	245
35*	48*	121*	268*	246	246	246	246
85*	97*	31*	269*	247	247	247	247
250			270	248	248	248	248
146*	158*	44*	272*	249*	249*	249*	249
			274*	258*	258*	258*	
122*	134*	43*	273	250	250	250	250
98*	110*	58*	281	251	251	251	251
275*			275*	252	252	252	252
163*	177*		276*	253	253	253	253
49*	62*	25*	277*	254	254	254	254
126*	138*	73* / 74*	278*	255	255	255	255
166*	180*	61*	279*	256	256	256	256
69	82	9	280	257	257	257	257
							258
				259	259	259	259
75*	88*	185*	283*	260	260	260	260
86*	98*	32*	284*	261	261	261	261
			285*	262*	262*	262*	262
27*	40*	29*	286*	263	263	263	263
47*	61*	22*	287*	264	264	264	264
231*			288*	265	265	265	265
79*	58*	94*	289*	266	266	266	266
264*			291*	267*	267*	267*	267
42*	55*		292*	268	268	268	268
				269	269	269	269
185	199	63	294	270	270	270	270
246*			295*	271*	271	271	271
							272
199*			297	273	273	273	273
							274
193*	207*	163*	299*	275	275	275	275

TEXTES ANTÉRIEURS aux édit. données par l'auteur.			ÉDITIONS DONNÉES PAR L'AUTEUR.				
Ms. aut. (de Liancourt).	Copie de 1663.	Édition de 1664.	1665.	1666.	1671.	1675.	1678.
			302	276	276	276	276
			304*	277*	277	277	277
			306*	278	278	278	278
			307*	279	279	279	279
			308*	280	280	280	280
				281	281	281	281
			310	282	282	282	282
			311*	283	283	283	283
			312*	284	284	284	284
210*			313*	285	285	285	285
			314	286	286	286	286
			315*	287	287	287	287
			316*	288	288	288	288
				289	289	289	289
				290	290	290	290
				291	291	291	291
				292	292	292	292
65*	78*	27*	17*	293	293	293	293
				294	294	294	294
				295	295	295	295
				296	296	296	296
46*	60*	137*	48*	297	297	297	297
				298	298	298	298
				299	299	299	299
				300	300	300	300
				301	301	301	301
. . . .	. . . .	. . . .	. . . .	. . . .	. . . .	. . . .	. . . .
. . . .	. . . .	. . . .	. . . .	. . . .	. . . .	. . . .	. . . .
107*	119*	170*				394	394
. . . .	. . . .	. . . .	. . . .	. . . .	. . . .	. . . .	. . . .
. . . .	. . . .	. . . .	. . . .	. . . .	. . . .	. . . .	. . . .
201* } 202*				302*	341*	413*	504

On voit que les textes antérieurs à 1665 ont tous trois une des maximes qui suivent la 297e, et le manuscrit autographe une seconde, qui y est divisée en deux, la 504e et dernière de 1678.

Si nous n'avons pas continué le tableau jusqu'à la fin sans interruption, c'est que, pour la partie finale, il suffit de faire remarquer que :

A l'édition de 1665, il manque les maximes 298 à 503 de l'édition de 1678 (la 504e et dernière de celle-ci y est déjà, mais non numérotée, ce qui fait que nous ne la portons pas à notre tableau);

A celle de 1666, il manque les maximes 302 à 503 de l'édition de 1678 ;

A celle de 1671, les maximes 341 à 503 de l'édition de 1678;

Et à celle de 1675, les maximes 413 à 503 de l'édition de 1678; de plus, à la place des deux maximes 372 et 375 de celle-ci, l'édition de 1675 a nos deux dernières posthumes 640 et 641.

A partir de 289, il y a identité de chiffres entre les quatre éditions antérieures à l'édition définitive de 1678 : jusqu'à 301 pour l'édition de 1666, jusqu'à 340 pour celle de 1671, et, aux deux exceptions près que nous venons de noter (372 et 375), jusqu'à 413 pour celle de 1675[1].

Il y a aussi presque entière identité de texte; les deux éditions avant-dernières (1671 et 1675) offrent une seule variante dans la maxime 331, et l'avant-dernière (1675) une en outre dans la maxime 399.

---

1. Pour ne rien omettre au sujet de l'édition de 1675, ajoutons qu'à notre maxime 350 correspond sa maxime 450, ainsi numérotée par erreur pour 350; et que, dans la même édition encore, il n'y a pas de maxime 377, mais deux maximes 380 : de sorte que notre 377e correspond à sa 378e; notre 378e à sa 379e; et nos 379e et 380e à ses deux 380es.

B. — Tableau de concordance des *maximes posthumes*,

c'est-à-dire de celles qui n'ont point paru du vivant de l'auteur.

————

Le mot *posthumes* manque maintenant de justesse pour les huit maximes qui se trouvent dans l'édition de 1664 dont l'existence est restée si longtemps ignorée.

Les chiffres marqués d'un astérisque sont, comme au tableau précédent, ceux des maximes dont le texte diffère du nôtre, lequel, pour les posthumes, reproduit celui du tome II des Portefeuilles Vallant, ou du Supplément de l'édition de 1693, ou enfin des additions et variantes tirées par M. Gilbert de la source qu'il nomme « le manuscrit autographe ». Pour les maximes 505, 507, 508, 510, 513, 514, 516, 518, 519, 520, 522, 523 et 527, les seules où il y ait lieu, ce tableau fournit le moyen de substituer à son texte celui que donne (ci-dessus, p. 40, 41, 42) le relevé des variantes du manuscrit autographe de Liancourt collationné par nous.

Manuscrit autographe de Liancourt.	Copie de 1663.	Portefeuilles Vallant (tome II).	Édition de 1664.	Notre édition.
184*	198*		60*	505
116	128*		146	506
115*				507
233*				508
252		fol. 236		509
266*		fol. 159		510
154	167		50*	511
203				512
265*		fol. 169*		513
236*				514
257		fol. 168*		515
200*				516
137	149*		189	517

Manuscrit autographe de Liancourt.	Copie de 1663.	Portefeuilles Vallant (tome II).	Édition de 1664.	Notre édition.
86 *	98 *			518
204 *				519
57 *	70 *		164 *	520
92	104			521
33 *	46 *		120 *	522
189 *	203 *		66 *	523
241		fol. 236		524
263		fol. 169		525
206				526
251 *				527
224				528
40	53		166	529
		fol. 124		530
		fol. 158		531
		fol. 158		532
		fol. 158		533

Vingt-huit des maximes qui viennent après ces vingt-neuf premières, dans notre édition, à savoir 534-561, sont tirées du Supplément de l'édition de 1693. Les dix-huit premières, c'est-à-dire 534 à 551, sont les numéros 1 à 18 ; la concordance des six suivantes, 552 à 557, est :

Édition de 1693 :	Notre édition :
21	552
28	553
33	554
37	555
39	556
46	557

Les lacunes entre les chiffres de la première de ces deux colonnes sont comblées par des maximes qu'on a données à tort comme inédites, dans l'édition de 1693 (voyez la notice des *Maximes posthumes*, tome I, p. 219). Nos quatre maximes 558 à 561 répondent ensuite, sans interruption, aux numéros 47 à 50 du Supplément de celle-ci. Le n° 562 est tiré, nous l'avons dit (tome I, p. 221, et 235, note 2), de Saint-Évremond.

C. — Tableau de concordance des *maximes supprimées*,

*c'est-à-dire de celles qui, imprimées antérieurement, ont été omises par l'auteur
dans son édition définitive de 1678.*

———

Pour ces maximes supprimées, notre texte du tome I reproduit toujours le dernier
qu'en a publié l'auteur. Les chiffres avec astérisques marquent, comme dans les
deux tableaux antérieurs, celles où il y a des variantes dans les textes dont nous comparons le numérotage au nôtre.

TEXTES ANTÉRIEURS aux édit. données par l'auteur.			ÉDITIONS DONNÉES PAR L'AUTEUR.				Notre édition.
Ms. aut. (de Lian-court).	Copie de 1663.	Édition de 1664.	1665.	1666.	1671.	1675.	
89 *	101 *	105 *	1				563
247			13				564
66 *	79 *	26 *	18				565
			21				566
	127 *	71	33				567
62 *	75	144	37				568
80 *			51				569
			53				570
24 *	30	188 *	55	49			571
135 *	147 *	129 *	59				572
178 *	192 *	128	60				573
208 *			70				574
			74				575
219	6	91 *	77				576
221 *	214 *	96 *	81	72	71	71	577
103 *	115 *	37 *	88				578
104 *	116 *		89				579

TEXTES ANTÉRIEURS aux édit. données par l'auteur.			ÉDITIONS DONNÉES PAR L'AUTEUR.				Notre édition.
Ms. aut. (de Liancourt).	Copie de 1663.	Édition de 1664.	1665.	1666.	1671.	1675.	
139*	151*		90				580
			96*	84*	83	83	581
			97				582
			99				583
56*	69*		100*	88	87	87	584
108*	120*	141*	102				585
143	155*		103				586
				91	90	90	587
			104				588
54	67	143*	105				589
				97	96	96	590
11	17	172	132				591
			134				592
82	94	30	135				593
			138				594
207*			144				595
20	26	147*	147				596
151	164	162	151				597
			155				598
130*	141		156				599
			157				600
25*	31*	136*	159				601
134*	146*	79*	161				602
180*	194*	55*	165	158	158	158	603
170*	184*	111*	174				604
41*	54*		176				605
181*	195*	2*	179				606
3*	9*	139*	181*	172	172	172	607
32*	45*	4*	192	183	183	183	608
			200				609
			201				610
			208				611
			213				612
			225				613
61*	74*	116*	231				614
71	84	135*	232				615
			236				616

TEXTES ANTÉRIEURS aux édit. données par l'auteur.			ÉDITIONS DONNÉES PAR L'AUTEUR.				Notre édition.
Ms. aut. (de Lian-court).	Copie de 1663.	Édition de 1664.	1665.	1666.	1671.	1675.	
			241*	227	227	227	617
183	197*	47	245				618
110*	122*		248*	234	234	234	619
118*	130*	34*	252				620
			254				621
128*	140*	75*	256				622
232*			257				623
244			258				624
			259				625
152*	165*	42*	260				626
157*	170*						
			262				627
			271				628
67*	80*	184*	282				629
249*			290				630
242*			293				631
			296*	272	272	272	632
			298	274	274	274	633
			300				634
			301				635
			302				636
			303				637
			305				638
			309				639
						372	640
						375	641

Si nous partageons en totaux divers les chiffres des tableaux qui précèdent, nous trouvons que :

1° Des 504 maximes de l'édition définitive de 1678, il y en a 106 qui n'existent que là, c'est-à-dire ne sont dans aucun des textes antérieurs : 152 sont communes à tous les textes que nous comparons; 40 de plus, c'est-à-dire en tout 192, aux seules cinq éditions données par l'auteur;

2° Au manuscrit autographe, il manque 300 de ces 504 maximes ; il en a 204; et 25 des maximes posthumes; 45 des supprimées;

A la copie de 1663, il en manque 335; elle en a 169; et 10 des posthumes ; 38 des supprimées;

A l'impression hollandaise de 1664, il en manque 350; elle en a 154; et 8 des posthumes; 31 des supprimées;

A l'édition de 1665, il en manque 262; elle en a 242; et 75 des supprimées ;

A l'édition de 1666, il en manque 216; elle en a 288; et 13 des supprimées;

A l'édition de 1671, il en manque 176; elle en a 328; et 12 des supprimées;

A l'édition de 1675, il en manque 106; elle en a 398; et 14 des supprimées ;

3° Des 398 maximes antérieures à 1678, il y en a 216 où la comparaison des divers textes offre des variantes, légères, il est vrai, pour la plupart, et 182 où elle n'en offre pas. Des 152 communes à tous les manuscrits et éditions que nous comparons, 11 seulement ont un texte entièrement identique partout.

Des 182 maximes sans variantes, 68 ont paru pour la première fois dans l'édition de 1675;

38 dans celle de 1671 ;

39 dans celle de 1666;

10 dans celle de 1665.

De ces mêmes 182, nous en avons 16 dans nos textes antérieurs à 1665, c'est-à-dire à la 1re édition donnée par l'auteur.

Ces 16 sont toutes dans le manuscrit autographe,

10 des 16 dans la copie de 1663,

10 dans l'impression hollandaise de 1664.

Voici les totaux des maximes de chacun des sept textes antérieurs au texte définitif de 1678, où il y en a, avons-nous dit, 504 :

(Ces totaux ne sont pas tout à fait d'accord, à chacun nous dirons pourquoi, avec les chiffres donnés ci-dessus, à 2°.)

Manuscrit autographe, 275.

Si l'on additionne les 204 maximes définitives, les 25 posthumes et les 45 supprimées contenues dans le manuscrit autographe, on trouve 274; et 275 en y ajoutant la maxime inédite, ce qui est le total exact. Les doublements et dédoublements de maximes se compensent, en effet, ainsi qu'il suit : à chacune de nos

maximes 30, 39, 97 et 504, correspondent deux maximes dans le manuscrit autographe, et une seule, au contraire, à nos maximes 17 et 18, 41 et 569, 217 et 614,
261 et 518.

Copie de 1663, 217.

Si l'on additionne les 169 maximes définitives, les 10 posthumes et les 38 supprimées contenues dans la copie de 1663, on trouve 217; et 218 en y ajoutant la
maxime inédite. Les doublements et dédoublements de maximes expliquent la différence d'une entre ce total 218 et le total réel, 217, de cette copie : à chacune
de nos maximes 9, 39, 97 et 185, correspondent deux maximes dans le manuscrit
de 1663, et une seule au contraire à nos maximes 17 et 18, 185 et 608, 217 et 614,
236 et 264, 261 et 518.

Impression hollandaise de 1664, 189;

Si l'on additionne les 154 maximes définitives, les 8 posthumes et les 31 supprimées contenues dans l'édition hollandaise de 1664, on trouve 193; et 201 en y
ajoutant les huit maximes inédites. Les doublements et dédoublements de maximes
expliquent la différence de douze entre ce total 201 et le total réel, 189, de cette édition : à chacune de nos maximes 88, 97, 233 et 255, correspondent deux maximes
dans l'édition de 1664, et une seule au contraire à nos maximes 4 et 563; 15 et
16; 17, 18 et 565; 34 et 37; 45 et 297; 50 et 573; 56 et 256; 78, 578 et 579;
106 et 506; 126 et 394; 143 et 596; 185 et 608; 209 et 591; 217 et 614.

Édition de 1665, 318;

Pour l'édition de 1665, on trouve exactement le total 318 (en tenant compte
d'ailleurs de la réflexion sur la mort, que nous n'avons pas portée au tableau de
concordance, parce qu'elle n'est pas numérotée dans les exemplaires de cette édition). Il y a un double numéro 302, mais deux maximes en revanche correspondent
à notre 249°.

Édition de 1666, 302;
Édition de 1671, 341;
Édition de 1675, 413;

Pour les éditions de 1666, 1671 et 1675, on trouve 301, 340 et 412 maximes,
au lieu de 302, 341 et 413, totaux réels, parce que, dans chacune de ces éditions,
deux maximes correspondent à notre 249°, comme dans l'édition de 1665.

VI

RÉFLEXIONS DIVERSES.

(Tome I, p. 269-348 ; voyez ci-dessus l'*Avant-propos*, p. I, VIII, IX, X, et ci-après
la *Notice bibliographique*, C, 2, p. III.)

Variantes du manuscrit 325 *bis de la bibliothèque
du château de la Roche-Guyon.*

———

Ce manuscrit contient, comme nous l'avons dit, dix-sept de nos dix-neuf *Réflexions diverses*. Nous suivons l'ordre où elles y sont rangées ; c'est le même que le
nôtre, à une exception près : les *Événements du siècle* sont placés tout à la fin, après
les réflexions *de l'Inconstance* et *de la Retraite*, qu'ils précèdent (voyez tome I,
p. 275 et note 1) dans le manuscrit A (163) de la Roche-Guyon d'où nous avons
tiré notre texte du tome I. Les deux réflexions VI et XII, qui manquent dans le manuscrit 325 *bis*, sont biffées dans le manuscrit A (163), et, en tête de chacune d'elles,
sont écrits ces mots : « à retrancher » ; les deux phrases omises, comme il est dit
ci-après, dans la réflexion III, y sont également effacées : voyez au tome I, p. 276,
note 1, et p. 289, note 1.

I. — Du Vrai (fol. 1 du ms. ; page 279 de notre tome I).

Page 279, lignes 12-13 : comparables l'un à l'autre, en tant qu'ils son
véritablement.
Ibidem, ligne 14 : le législateur et le peintre, etc.
Page 281, ligne 2 : mais le degré de cruauté exercé sur.
Ibidem, ligne 8 : elles ne s'effacent point l'une l'autre.
Ibidem, ligne 9 : Liancourt, bien qu'il y ait infiniment plus.

II. — De la Société (fol. 3 du ms. ; page 282 de notre tome I).

Page 282, ligne 21 : faire son plaisir et celui des autres.
Page 283, ligne 14 : ils doivent les faire apercevoir.
Ibidem, ligne 19 : sans sujétion ; se divertir ensemble, et.
Page 284, ligne 10 : il faut souvent éviter.
Ibidem, ligne 11 : choqué, et on doit.
Page 285, ligne 4 : ne peuvent plaire longtemps.
Ibidem, ligne 21 : beaucoup de mesures.

III. — De l'Air et des Manières (fol. 6 du ms. ; page 286 de notre tome I).

Page 286, ligne dernière : que la nature leur a données.
Page 287, ligne 5 : et d'incertain dans cette imitation.
Page 288, ligne 9 : avec nos propres qualités, qui les étendent.
Ibidem, ligne 12 : et à des dignités au-dessus de nous.

Page 289, lignes 9-14. Les deux phrases : « Combien.... à paroître maréchaux de France ! » et « Combien.... se donnent l'air de duchesses ! » sont omises.

IV. — DE LA CONVERSATION (fol. 7 v° du ms.; page 290 de notre tome I).

Page 291, ligne 6 : et faire voir que c'est plus par choix.
Ibidem, lignes 8-9 : faire rarement des questions inutiles, ne laisser jamais.
Page 294, ligne 1 : mais s'il y a beaucoup d'art à parler, il n'y en a pas moins à se taire.
Ibidem, lignes 4-5 : il y a des airs, des tours et des manières qui.

V. — DE LA CONFIANCE (fol. 10 v° du ms.; page 294 de notre tome I).

Page 296, ligne 8 : ni intérêt. Je sais bien qu'il est.
Ibidem, ligne 17 : et on s'acquitte avec ceux-ci.
Ibidem, ligne 18 : et en les payant de légères confiances.
Page 297, ligne 1 : On doit ne leur rien cacher.
Ibidem, ligne 2 : se montrer à eux toujours vrai, dans nos.
Ibidem, ligne 5 : de demies (*sic*) confiances; elles embarrassent.
Ibidem, ligne 8 : de ce qu'on veut cacher; on augmente.
Ibidem ligne 12 : quand on a commencé de parler.
Ibidem, ligne 20 : le plus souvent que nous-même.
Ibidem, ligne 22 : et le scrupule de le révéler.
Page 298, lignes 6-7 : dans ce qu'on nous a confié. Ils ont peut-être même quelque intérêt de le savoir.
Ibidem, ligne 8 : et on se voit réduit.
Ibidem, ligne 14 : son premier devoir est de conserver indispensablement ce dépôt.

VII. — DES EXEMPLES (fol. 13 du ms.; page 300 de notre tome I)

Page 300, ligne 23 . de philosophes importans (*sic*).

VIII. — DE L'INCERTITUDE DE LA JALOUSIE (fol. 14 du ms.; page 301 de notre tome I).

Page 301, ligne 20 : et ne la conduit.
Page 302, ligne 1 : de la montagne, et on s'efforce.
Ibidem, ligne 2 : on est (*sic*) pas assez heureux.
Ibidem, ligne 3 : Ce qu'on souhaite.

IX. — DE L'AMOUR ET DE LA VIE (fol. 15 du ms.; page 302 de notre tome I).

Page 303, ligne 6 : une partie de nous-même.
Ibidem, ligne 8 : nous serions cruellement touchés de le perdre, mais nous ne sommes plus sensible (*sic*) au.

X. — DU GOÛT (fol. 16 v° du ms.; page 304 de notre tome I).

Page 304, ligne 7 (titre) : DES GOÛTS.
Ibidem, ligne 9 : que d'esprit. Il y a plus de.
Page 305, ligne 15 : par la légèreté.
Page 306, ligne 8 : de bon goût qui fait donner le prix.

Page 306, ligne 15 : la préoccupation la trouble.
Ibidem, ligne 16 : tout ce qui a du rapport à nous nous paroît.

XI. — Du Rapport des hommes avec les animaux (fol. 18 v° du ms. ; page 307 de notre tome I).

Page 307, ligne 11 : en gardant quelques apparences de.
Ibidem, ligne 21 : qui n'ont de qualité.
Ibidem, ligne 23 : mordent quelquefois ; et il y a même.
Page 308, ligne 6 : qui ne sont recommandables que par leur ramage, ou par leurs couleurs.
Ibidem, ligne 10 : ne vivent que de rapine.
Page 309, ligne 7 : qui s'épouvantent et rassurent.
Ibidem, ligne 13 : Combien d'oiseaux passagers, qui vont s souvent l'un bout du monde à l'autre, et qui.
Ibidem, ligne 17 : de papillons, qui cherchent le feu qui les brûlent (*sic*).
Page 310, ligne 3 : ceux qui sont touchés de leur plainte.

XIII. — Du Faux (fol. 20 v° du ms. ; page 311 de notre tome I).

Page 312, ligne 5 : quelque droiture dans le goût, et il y en a qui.
Ibidem, ligne 18 : notre amour-propre est flattée (*sic*) de.
Ibidem, ligne 20 : plusieurs sortes de biens qui.
Page 313, ligne 13 : et s'y attacheroient par raison.
Ibidem, ligne 20 : se faire valoir par des qualités qui.
Page 314, ligne 4 : et l'entêtement de certaines sciences ne lui conviennent (*sic*) jamais, et est.
Ibidem, ligne 7 : aux choses, et qu'elles déterminent.
Ibidem, ligne 8 : qu'elles méritent et qui nous convient de.
Ibidem, ligne 9 : mais presque tous les hommes se trompent.
Page 315, lignes 1-2 : qui ne voulut disputer du prix.
Ibidem, ligne 15 : dans un si juste dessein. Le desir.

XIV. — Des Modèles de la nature et de la fortune (fol. 23 du ms. ; page 315 de notre tome I).

Pages 317, ligne dernière, et 318, ligne 1 : elle le fait naître particulier.
Page 318, ligne 3 : qu'elle eut (*sic*) jamais produit. La fortune choisit parmi eux.
Page 319, ligne dernière : si on l'ose dire.
Page 320, ligne 21 : toujours plus grands par leurs disgrâces.
Page 322, ligne 16 : exerçant des vertus paisibles, soutenu de sa propre gloire ? Et brille-t-il.

XV. — Des Coquettes et des Vieillards (fol. 27 v° du ms. ; page 323 de notre tome I).

Page 323, ligne 14 : dans leur misère.
Page 324, ligne 9 : il gagne croyance vers les maris.
Ibidem, ligne 17 : des grâces et des faveurs, et plus il est.
Ibidem, ligne 21 : contre tant d'apparences.
Page 325, ligne 17 : Je ne sais même si cette tromperie

XVI. — De la Différence des esprits (fol. 29 v° du ms.; page 325 de notre tome I).

Page 326, ligne 18 : insinuant, fait éviter.
Ibidem, ligne 22 : il avance et établit les siens.
Page 329, ligne 17 : mais comme les tons et les manières ne se peuvent.
Page 330, ligne 9 : n'en marquer aucunes distinctement.
Page 331, ligne 3 : toutes les beautés. Il y en a d'autres qui.
Ibidem, ligne 5 : et tant de grâces.

XVIII. — De l'Inconstance (fol. 33 v° du ms.; page 343 de notre tome I).

Page 344, ligne 1 : il y a une première fleur d'agréments.
Ibidem, ligne 14 : on suit encore les engagements.
Ibidem, ligne 23 : quelque nouveau plaisir. La constance.
Ibidem, ligne dernière : que les premières faveurs.
Page 345, ligne 8 : plus égale et plus sévère, elle ne pardonne rien.

XIX. — De la Retraite (fol. 35 du ms.; page 345 de notre tome I).

Page 346, ligne 1 : il ne peut plus être flatté de plusieurs.
Ibidem, ligne 14 : de véritables, mais.
Ibidem, lignes 19-20 : Ils n'ont plus de part au premier bien qui ont (*sic*) d'abord rempli leurs imaginations.
Page 348, ligne 1 : d'incertitudes et de foiblesse.
Ibidem, ligne 2 : tantôt par pitié (*sic*), tantôt par raison.

XVII. — Des Événements de ce siècle (fol. 37 du ms.; page 331 de notre tome I).

Page 332, ligne 3 : et son royaume plusieurs années.
Ibidem, ligne 8 : veuve de Henri IVe.
Ibidem, ligne 9 : par le Roi, son fils, et par la haine du cardinal de Richelieu.
Ibidem, ligne 17 : tant d'avantage pour.
Page 333, ligne dernière : Vasconchellos.
Page 334, ligne 15 : St-Mars.
Page 335, ligne 3. Voyez ci-dessous l'*Addition à la Réflexion XVII*.
Ibidem, ligne 5 : jeune, sans bien et.
Page 338, lignes 1-2 : contre leur roi légitime.
Page 339, lignes 2-3 : avec fermeté, depuis six ans.
Ibidem, ligne 8 : maître absolu d'Angleterre.
Ibidem, ligne 11 : mais dans le temps qu'il reçoit.
Ibidem, lignes 20-21 : à l'Alemaigne (*sic*).
Page 341, ligne 1 : dernières campagnes. Et il s'appliquoit.
Ibidem, ligne 4 : prendre d'autres mesures. Et une aventure.
Ibidem, ligne 16 : l'alliance d'Angleterre.
Ibidem, ligne 18 : tant de puissance (*sic*) contre nous.
Page 342, ligne 9 : par la protection d'Angleterre.

En rapprochant ces variantes de celles que M. Gilbert a notées dans son commentaire du tome I, on voit que, des 108 que nous avons relevées dans le manuscrit 325 ^{bis} de la Roche-Guyon, il y en a 13 qui se trouvent, parmi d'autres que n'a point ce manuscrit, dans toutes les éditions antérieures à celle de M. de Barthélemy (1863); 20 sont dans cette dernière; 4 ne sont que dans une des impressions plus anciennes,

et 1 est donnée par deux. On ne peut supposer que M. de Barthélemy, qui, comme
il nous le dit, a suivi, pour son texte, le même manuscrit que nous, A (163), ait connu
le manuscrit 325 *bis* : il n'en eût pas tiré, sans avertir le lecteur, 20 leçons, dont plus
d'une est caractéristique (voyez par exemple p. 309, 339, 346 de son édition). Il est
vrai que son texte diffère de celui de son manuscrit par bien d'autres dissemblances
dont il nous laisse également ignorer la source.

Addition à la *Réflexion* XVII : DES ÉVÉNEMENTS DE CE SIÈCLE.

(Fol. 39 v°-43 v° du manuscrit ; ce morceau y est intercalé entre deux alinéas : « Le
cardinal de Richelieu.... » et « Alphonse, roi de Portugal.... », dont l'un finit à la
ligne 2 et l'autre commence à la ligne 3 de la page 335, dans notre tome I.)

[PROJET DE MARIAGE DE MADEMOISELLE DE MONTPENSIER AVEC LAUZUN[1].]

On doit sans doute trouver extraordinaire que Anne-Marie-
Louise d'Orléans[2], petite-fille de France, la plus riche sujette
de l'Europe, destinée pour les plus grands rois, avare, rude
et orgueilleuse, ait pu former le dessein, à quarante-cinq ans,
d'épouser Puyguilhem[3], cadet de la maison de Lauzun, assez
mal fait de sa personne[4], d'un esprit médiocre, et qui n'a, pour

1. Sur ce mariage projeté, presque conclu, entre la petite-fille de Henri IV et un
cadet de Gascogne, nous nous bornerons à renvoyer, d'abord et surtout aux *Mémoires
de Mademoiselle*, édition de M. Chéruel, tome IV, p. 160-254 ; à l'extrait du *Journal
d'Olivier d'Ormesson* et au petit roman des *Amours de Mademoiselle et de Lauzun*,
formant l'appendice IX du même tome, p. 562-627 ; aux fameuses *lettres de Mme de
Sévigné* des 15, 19, 24 et 31 décembre 1670 (tome II, p. 25-29 et p. 33-36) ; aux
Souvenirs de Mme de Caylus, édition Michaud, p. 491 ; aux *Mémoires de Saint-
Simon*, édition de 1873, tome I, p. 40 et 41, et tome XIX, p. 175.
2. Mademoiselle de Montpensier, dite Mademoiselle et la Grande Mademoiselle,
fille du frère de Louis XIII, Gaston, duc d'Orléans, et de sa première femme la duchesse de Montpensier ; née le 29 mai 1627, elle mourut le 5 avril 1693. A la date de
son projet de mariage avec Lauzun, décembre 1670, elle avait donc non pas quarante-cinq ans comme il est dit deux lignes plus loin, et comme Segrais le dit de
même dans ses *Mémoires-Anecdotes* (*OEuvres diverses de M. de Segrais*, Amsterdam,
1723, p. 121), mais seulement quarante-trois ans et demi. Elle dit au reste elle-même
qu'elle avait alors quarante-trois ans (tome IV de ses *Mémoires*, p. 284).
3. Dans le manuscrit *Puiguillin* ; Mademoiselle écrit *Péguilin*. — Antonin-Nompar
de Caumont, marquis de Puyguilhem, comte, puis (1692) duc de Lauzun, était, depuis
1669, capitaine d'une compagnie des gardes du corps. Il était né en mai 1633 et
mourut, en novembre 1723, à l'âge de quatre-vingt-dix ans et six mois. Il avait donc,
en décembre 1670, trente-sept ans et sept mois.
4. Ce n'est pas l'avis de Mademoiselle. « C'étoit, dit-elle (tome III, p. 542), le
plus joli garçon de la cour, le plus beau, le mieux fait et du meilleur air. » Voyez en
outre l'autre portrait, fort détaillé, qu'elle fait de lui, au tome IV, p. 249. Saint-
Simon (tome XIX, p. 169) n'admire pas comme Mademoiselle, mais toutefois contredit
le *mal fait de sa personne* : « Un petit homme blondasse, bien fait dans sa taille, de

toute bonne qualité, que d'être hardi et insinuant. Mais on doit être encore plus surpris que Mademoiselle ait pris cette chimérique résolution par un esprit de servitude et parce que Puyguilhem étoit bien auprès du Roi; l'envie d'être femme d'un favori lui tint lieu de passion, elle oublia son âge et sa naissance, et, sans avoir d'amour[1], elle fit des avances à Puyguilhem qu'un amour véritable feroit à peine excuser dans une jeune personne et d'une moindre condition. Elle lui dit un jour qu'il n'y avoit qu'un seul homme qu'elle pût choisir pour épouser. Il la pressa de lui apprendre son choix; mais n'ayant pas la force de prononcer son nom, elle voulut l'écrire avec un diamant sur les vitres d'une fenêtre. Puyguilhem jugea sans doute ce qu'elle alloit faire, et espérant peut-être qu'elle lui donneroit cette déclaration par écrit, dont il pourroit faire quelque usage, il feignit une délicatesse de passion qui pût plaire à Mademoiselle, et il lui fit un scrupule d'écrire sur du verre un sentiment qui devoit durer éternellement. Son dessein réussit comme il desiroit, et Mademoiselle écrivit le soir dans du papier : « C'est vous. » Elle le cacheta elle-même; mais, comme cette aventure se passoit un jeudi et que minuit sonna avant que Mademoiselle pût donner son billet à Puyguilhem, elle ne voulut pas paroître moins scrupuleuse que lui, et craignant que le vendredi ne fût un jour malheureux, elle lui fit promettre d'attendre au samedi à ouvrir le billet qui lui devoit apprendre cette grande nouvelle[2]. L'excessive fortune que cette déclaration faisoit

physionomie haute, pleine d'esprit, qui imposoit, mais sans agrément dans le visage. » Pour l'esprit, malgré ce qu'il vient de dire de la physionomie, il ajoute : « sans aucun ornement ni agrément dans l'esprit, » ce qui n'est pas, il est vrai, la même chose que *d'un esprit médiocre*. « C'est un des plus petits hommes, pour l'esprit aussi bien que pour le corps, que Dieu ait jamais fait, » dit Mme de Sévigné en 1689, tome VIII, p. 451.

. 1. Segrais dit encore plus (p. 34) : « C'est par foiblesse qu'elle s'attacha à M. de Lauzun. Elle n'avoit pas la moindre inclination pour lui. Elle le regardoit seulement par le grand crédit qu'il avoit à la cour. » Le marquis de la Fare s'exprime ainsi « Mademoiselle devint passionnée de Lauzun, autant, je crois, parce qu'il étoit favori du Roi que par les qualités aimables qui étoient médiocres en lui et en petit nombre. » (*Mémoires*, édition Michaud, p. 271.) Cette dernière opinion, avec les mots : « devint passionnée, » se concilie mieux, ce semble, avec ces pages, qui paraissent sincères, où Mademoiselle raconte que, l'envie de se marier l'ayant prise, elle s'aperçut que « c'étoit M. de Lauzun qu'*elle aimoit*, qui s'étoit glissé dans son cœur, etc. » (Tome IV, p. 92 et suivantes.)

2. Toute cette histoire du billet est aux pages 172-174 du même tome IV, avec ces deux différences : Mademoiselle ne veut pas écrire le nom avec un diamant « sur les vitres d'une fenêtre, » mais, ce qui est plus vraisemblable, elle dit à Lauzun : « Je m'en vais souffler contre le miroir et je l'écrirai. » D'autre part, elle n'écrit pas le jeudi (20 novembre), mais le vendredi (21) : les dates se déduisent de la suite des

envisager à Puyguilhem ne lui parut point au-dessus de son
ambition. Il songea à profiter du caprice de Mademoiselle, et
il eut la hardiesse d'en rendre compte au Roi[1]. Personne n'i-
gnore qu'avec si grandes et éclatantes qualités nul prince au
monde n'a jamais eu plus de hauteur, ni plus de fierté. Cependant, au lieu de perdre Puyguilhem d'avoir osé lui découvrir
ses espérances, il lui permit non-seulement de les conserver,
mais il consentit que quatre officiers de la couronne[2] lui vins-
sent demander son approbation pour un mariage si surpre-
nant, et sans que Monsieur, ni Monsieur le Prince en eussent
entendu parler. Cette nouvelle se répandit dans le monde, et
le remplit d'étonnement et d'indignation. Le Roi ne sentit pas
alors ce qu'il venoit de faire contre sa gloire et contre sa
dignité. Il trouva seulement qu'il étoit de sa grandeur d'é-
lever en un jour Puyguilhem au-dessus des plus grands du
Royaume, et, malgré tant de disproportion, il le jugea digne
d'être son cousin germain, le premier pair de France, et
maître de cinq cent mille livres de rente ; mais ce qui le flatta
le plus encore, dans un si extraordinaire dessein, ce fut le
plaisir secret de surprendre le monde, et de faire, pour un
homme qu'il aimoit, ce que personne n'avoit encore imaginé.
Il fut au pouvoir de Puyguilhem de profiter, durant trois jours,
de tant de prodiges que la fortune avoit faits en sa faveur, et
d'épouser Mademoiselle ; mais, par un prodige plus grand
encore, sa vanité ne put être satisfaite s'il ne l'épousoit avec
les mêmes cérémonies que s'il eût été de sa qualité : il voulut que le Roi et la Reine fussent témoins de ses noces, et
qu'elles eussent tout l'éclat que leur présence y pouvoit donner[3]. Cette présomption sans exemple lui fit employer à de

Mémoires, qui montre que ce jeudi était le second avant le premier dimanche de l'avent,
lequel tombait, en 1670, au 30 novembre.

1. Mademoiselle ne rapporte point que Lauzun ait rendu compte au Roi, mais
elle a un mot (*ibidem*, p. 182) qui laisse entendre qu'elle le soupçonne de l'avoir
fait : « Il me disoit fort qu'il ne lui en avoit point parlé. »

2. « Il (Lauzun) me dit que le lundi (15 décembre), MM. les ducs de Créquy, de
Montausier, le maréchal d'Albret et Guitry iroient trouver le Roi de ma part pour le
supplier de trouver bon que l'affaire s'achevât. » (*Ibidem*, p. 193.) — Ils étaient officiers de la couronne, en qualité, le duc de Créquy, de premier gentilhomme de
la chambre du Roi ; le duc de Montausier, de gouverneur du Dauphin ; d'Albret,
comte de Miossens, de maréchal de France ; et le marquis de Guitry, de grand
maître de la garde-robe du Roi.

3. « M. de Montausier dit (à Mademoiselle) : « Avez-vous cru vous marier en
« cérémonie, comme si c'étoit un roi, et a-t-il cru que l'affaire se traiteroit de
« couronne à couronne ? » (*Ibidem*, p. 221.) — Mme de Caylus (p. 410) emploie la
même expression : « M. de Lauzun.... voulut que le mariage se fît de couronne
à couronne. » — Voyez, en outre, un passage de la page 175 du tome XIX de
Saint-Simon, à laquelle nous avons renvoyé plus haut.

vains préparatifs et à passer son contrat tout le temps qui
pouvoit assurer son bonheur. Mme de Montespan, qui le haïs-
soit, avoit suivi néanmoins le penchant du Roi et ne s'étoit
point opposée à ce mariage. Mais le bruit du monde la réveilla ;
elle fit voir au Roi ce que lui seul ne voyoit pas encore ; elle
lui fit écouter la voix publique ; il connut l'étonnement des
ambassadeurs, il reçut les plaintes et les remontrances respectueuses de Madame douairière[1] et de toute la maison royale.
Tant de raisons firent longtemps balancer le Roi, et ce fut
avec un[e] extrême peine qu'il déclara à Puyguilhem qu'il ne
pouvoit consentir ouvertement à son mariage. Il l'assura néanmoins que ce changement en apparence ne changeroit rien
en effet ; qu'il étoit forcé, malgré lui, de céder à l'opinion générale, et de lui défendre d'épouser Mademoiselle, mais qu'il
ne prétendoit pas que cette défense empêchât son bonheur.
Il le pressa de se marier en secret, et il lui promit que la
disgrâce qui devoit suivre une telle faute ne dureroit que huit
jours. Quelque sentiment que ce discours pût donner à Puyguilhem, il dit au Roi qu'il renonçoit avec joie à tout ce qui
lui avoit[2] permis d'espérer, puisque sa gloire en pouvoit être
blessée, et qu'il n'y avoit point de fortune qui le pût consoler d'être huit jours séparé de lui. Le Roi fut véritablement
touché de cette soumission ; il n'oublia rien pour obliger
Puyguilhem à profiter de la foiblesse de Mademoiselle, et Puyguilhem n'oublia rien aussi, de son côté, pour faire voir au Roi
qu'il lui sacrifioit toutes choses. Le désintéressement seul ne
fit pas prendre néanmoins cette conduite à Puyguilhem : il crut
qu'elle l'assuroit pour toujours de l'esprit du Roi, et que rien
ne pourroit à l'avenir diminuer sa faveur. Son caprice et sa
vanité le portèrent même si loin, que ce mariage si grand et
si disproportionné lui parut insupportable, parce qu'il ne lui
étoit plus permis de le faire avec tout le faste et tout l'éclat
qu'il s'étoit proposé. Mais ce qui le détermina le plus puissamment à le rompre, ce fut l'aversion insurmontable qu'il
avoit pour la personne de Mademoiselle, et le dégoût d'être
son mari. Il espéra même de tirer des avantages solides de
l'emportement de Mademoiselle, et que, sans l'épouser, elle
lui donneroit la souveraineté de Dombes et le duché de
Montpensier[3]. Ce fut dans cette vue qu'il refusa d'abord

---

1. Marguerite de Lorraine, morte en 1672, veuve, depuis 1660, de Gaston, duc
d'Orléans, et belle-mère de Mademoiselle.

2. Tel est le texte. Faut-il lire : « ce qu'il lui avoit » ?

3. La principauté de Dombes (Ain) et le duché de Montpensier (Puy-de-Dôme)
étaient revenus en 1538 et 1560 à la maison de Bourbon, et, à la mort de Mademoi-

toutes les grâces dont le Roi voulut le combler ; mais l'humeur avare et inégale de Mademoiselle, et les difficultés qui se rencontrèrent à assurer de si grands biens à Puyguilhem, rendirent ce dessein inutile, et l'obligèrent à recevoir les bienfaits du Roi. Il lui donna le gouvernement de Berry et cinq cent mille livres. Des avantages si considérables ne répondirent pas toutefois aux espérances que Puyguilhem avoit formées [1]. Son chagrin fournit bientôt à ses ennemis, et particulièrement à Mme de Montespan, tous les prétextes qu'ils souhaitoient pour le ruiner. Il connut son état et sa décadence, et, au lieu de se ménager auprès du Roi avec de la douceur, de la patience et de l'habileté, rien ne fut plus capable de retenir son esprit âpre et fier. Il fit enfin des reproches au Roi ; il lui dit même des choses rudes et piquantes, jusqu'à casser son épée en sa présence, en disant qu'il ne la tireroit plus pour son service ; il lui parla avec mépris de Mme de Montespan, et s'emporta contre elle avec tant de violence [2] qu'elle douta de sa sûreté, et n'en trouva plus qu'à le perdre. Il fut arrêté bientôt après [3], et on le mena à Pignerol [4], où il éprouva par une longue et dure prison la douleur d'avoir perdu les bonnes grâces du Roi, et d'avoir laissé échapper par une fausse vanité tant de grandeurs et tant d'avantages que la condescendance de son maître et la bassesse de Mademoiselle lui avoient présentés.

selle, le duc d'Orléans, frère de Louis XIV, hérita du duché de Montpensier ; elle avoit fait don de la principauté de Dombes, dès 1681, au duc du Maine.

1. « Avec des enfants de ce mariage, dit Saint-Simon (tome XIX, p. 185), quel vol n'eût pas pris Lauzun, et qui peut dire jusqu'où il seroit arrivé ? »

2. Sur l'intervention de Mme de Montespan, l'emportement de Lauzun contre elle, l'épée brisée, voyez Saint-Simon, *ibidem*, p. 172-174, et les *Mémoires-Anecdotes de Segrais* (p. 138 et 139). Saint-Simon raconte le fait de l'épée brisée à l'occasion du refus fait à Lauzun par le Roi de la charge de grand maître de l'artillerie.

3. Le 25 novembre 1671 : voyez les *Mémoires de Mademoiselle*, tome IV, p. 309.

4. Ville forte du Piémont, à cinquante-cinq kilomètres S. O. de Turin, que la France posséda par échange de 1631 à 1696. La citadelle était une prison d'État, où le surintendant Foucquet avait été conduit en 1664 et où il mourut en mars 1680. Voyez la lettre de Mme de Sévigné du 23 décembre 1671 (tome II, p. 437 et 438). Lauzun y demeura jusqu'en 1681 (*Mémoires de Mademoiselle*, tome IV, p. 445). La Rochefoucauld étant mort en mars 1680, peu de jours avant Foucquet à Pignerol, la suite : « où il éprouva par une longue et dure prison, etc. » s'applique, si le morceau est vraiment de notre auteur, à un emprisonnement qui duroit encore, et, à y bien regarder, rien dans les mots n'empêche qu'il en soit ainsi.

VII

1° MORCEAUX, QUE NOUS CROYONS INÉDITS, CONTENUS
DANS LE MANUSCRIT 325*bis* DE LA ROCHE-GUYON.

2° ADDITION A LA CORRESPONDANCE.

(Voyez ci-dessus l'*Avant-propos*, p. I, II, VIII et IX.)

PORTRAIT DE MME DE MONTESPAN[1].
(Fol. 49 v°-50 r° du ms.)

Diane[2] de Rochechouart est fille du duc de Mortemart et
femme du marquis de Montespan. Sa beauté est surprenante ;
son esprit et sa conversation ont encore plus de charme que
sa beauté[3]. Elle fit dessein de plaire au Roi et de l'ôter à la
Vallière[4] dont il étoit amoureux. Il négligea longtemps cette
conquête, et il en fit même des railleries[5]. Deux ou trois
années se passèrent sans qu'elle fît d'autres progrès que
d'être dame du palais attachée particulièrement à la Reine[6],
et dans une étroite familiarité avec le Roi et la Vallière. Elle
ne se rebuta pas néanmoins, et se confiant à sa beauté, à son
esprit, et aux offices de Mme de Montausier[7], dame d'honneur

1. Voyez au tome III, 1ʳᵉ partie, p. 202, la note 3 de la lettre 99 de la Rochefoucauld, le seul endroit des *OEuvres* où se trouve le nom de Mme de Montespan.

2. L'auteur confond pour le prénom la fille avec la mère. Celle-ci s'appelait *Diane* ;
mais la marquise de Montespan, *Françoise-Athénaïs*.

3. Spanheim, dans sa *Relation de la cour de France* (p. 13), dit « qu'elle contribua (à la durée de l'amour du Roi) autant par les charmes de son esprit, de son
entretien, que par ceux de sa beauté. »

4. Louise-Françoise de la Baume-le-Blanc de la Vallière, née en 1644, titrée en
1667 duchesse de Vaujours et de la Vallière, était devenue maîtresse du Roi en 1661.
Elle mourut en 1710.

5. Saint-Simon (tome XII, p. 85) ne prête pas à Mme de Montespan ce dessein
préconçu de plaire. Lorsqu'elle s'aperçut que le Roi était touché de sa beauté, « elle
pressa, dit-il, vainement son mari de l'emmener en Guyenne ; une folle confiance ne
voulut pas l'écouter. Elle lui parloit alors de bonne foi. » Mademoiselle (tome IV,
p. 49) rapporte d'elle ce discours . « Dieu me garde d'être la maîtresse du Roi ! Mais
si je l'étois, je serois bien honteuse devant la Reine. »

6. Lorsqu'une fois elle « disposa seule, comme dit Saint-Simon (tome cité,
p. 86), du maître et de sa cour, » elle eut la charge de chef du conseil et surinten-
dante de la maison de la reine Marie-Thérèse.

7. La célèbre Julie-Lucine d'Angennes, marquise de Rambouillet, née en 1607,
mariée en 1645 à Charles de Sainte-Maure, duc de Montausier. Elle fut nommée
en 1664 dame d'honneur de la Reine, et mourut en 1671. Spanheim dit (p. 40) que

de la Reine, elle suivit son projet sans douter de l'événement. Elle ne s'y est pas trompée : ses charmes et le temps détachèrent le Roi de la Vallière, et elle se vit maîtresse déclarée. Le marquis de Montespan sentit son malheur avec toute la violence d'un homme jaloux. Il s'emporta contre sa femme ; il reprocha publiquement à Mme de Montausier qu'elle l'avoit entraînée dans la honte où elle étoit plongée[1]. Sa douleur et son désespoir firent tant d'éclat qu'il fut contraint de sortir du Royaume pour conserver sa liberté[2]. Mme de Montespan eut alors toute la facilité qu'elle desiroit, et son crédit n'eut plus de bornes. Elle eut un logement particulier dans toutes les maisons du Roi ; les conseils secrets se tenoient chez elle. La Reine céda à sa faveur comme tout le reste de la cour, et non-seulement il ne lui fut plus permis d'ignorer un amour si public, mais elle fut obligée d'en voir toutes les suites sans oser se plaindre, et elle dut à Mme de Montespan les marques d'amitié et de douceur qu'elle recevoit du Roi[3]. Mme de Montespan voulut encore que la Vallière fût témoin de son triomphe[4], qu'elle fût présente et auprès d'elle à tous les divertissements publics et particuliers ; elle la fit entrer dans le secret de la naissance de ses enfants dans les temps où elle cachoit son état à ses propres domestiques. Elle se lassa enfin de la présence de la Vallière, malgré ses soumissions et ses souffrances, et cette fille simple et crédule fut réduite à prendre l'habit de carmélite[5], moins par dévotion que par

M. de Montausier « fut préféré à d'autres compétiteurs (pour la place de gouverneur du Dauphin, 1668), tant par la faveur de la duchesse sa femme..., alors la confidente des amours du Roi pour Mme de Montespan, que par, etc. »

1. Voyez les *Mémoires de Mademoiselle*, tome IV, p. 153 et 154. Elle rapporte le récit même que lui a fait Mme de Montausier : « Elle me dit : « M. de Mon-« tespan est entré ici comme une furie, et m'a dit rage de Madame sa femme, et à « moi toutes les insolences imaginables. »

2. « Il fut mis à la Bastille, dit Saint-Simon (au tome cité, p. 86), puis relégué en Guyenne. »

3. On peut voir, dans la *lettre de Mme de Sévigné* du 10 novembre 1673 (tome III, p. 268), une de « ces marques de douceur » reçues du Roi grâce à Mme de Montespan, et l'humble protestation de reconnaissance de la Reine.

4. Saint-Simon rappelle, à l'occasion de la mort de la Vallière (tome VIII, p. 43), « ce qu'elle souffrit du Roi et de Mme de Montespan. » — « Elle disoit souvent à Mme de Maintenon, avant de quitter la cour : « Quand j'aurai de la peine aux Car-« mélites, je me souviendrai de ce que ces gens-là m'ont fait souffrir, » en parlant du Roi et de Mme de Montespan. » (*Souvenirs de Mme de Caylus*, p. 491.)

5. Elle fit profession aux Carmélites de la rue Saint-Jacques le 3 juin 1675, sous le nom de sœur Marie de la Miséricorde ; elle s'y était retirée depuis le 20 avril de l'année précédente. En février 1671, elle s'était déjà réfugiée aux filles de Sainte-Marie de Chaillot, où le Roi envoya Lauzun la chercher, et antérieurement aux Bénédictines de Saint-Cloud, où le Roi alla en personne se la faire rendre (voyez *Saint-Simon, ibidem*). De la prise d'habit de la Vallière il suit que ce morceau sur Mme de

foiblesse, et on peut dire qu'elle ne quitta le monde que pour faire sa cour[1].

REMARQUES SUR LES COMMENCEMENTS DE LA VIE DU CARDINAL DE RICHELIEU[2].

(Fol. 52 v°-54 v° du ms.)

Monsieur de Luçon[3], qui depuis a été cardinal de Richelieu, s'étant attaché entièrement aux intérêts du maréchal d'Ancre[4], lui conseilla de faire la guerre[5]; mais après lui avoir donné cette pensée et que la proposition en fut faite au Conseil[6], Monsieur de Luçon témoigna de la désapprouver et s'y opposa pour ce que M. de Nevers, qui croyoit que la paix fût avantageuse pour ses desseins, lui avoit fait offrir le prieuré de la Charité[7] par le P. Joseph[8], pourvu qu'il la fît résoudre au Conseil. Ce changement d'opinion de Monsieur de Luçon surprit le maréchal d'Ancre, et l'obligea de lui dire

Montespan est au plus tôt de 1675. On peut voir, dans notre tome I, p. 274, note 4, que les *Réflexions diverses* mentionnent un autre fait de la même année et même un de 1678.

1. Comparez à la dureté et à la sécheresse de cette fin l'indulgente émotion avec laquelle Saint-Simon, dans l'endroit deux fois cité (tome VIII, p. 43), parle de la Vallière à la date de sa mort, en 1710.

2. Armand-Jean du Plessis de Richelieu, né à Paris en septembre 1585 et mort dans la même ville en décembre 1642, entra au conseil du Roi en novembre 1616, comme secrétaire d'État de la guerre et des affaires étrangères, en sortit à l'assassinat du maréchal d'Ancre, en 1617, fut nommé cardinal en 1622, devint chef du Conseil en avril 1624, et duc en 1631.

3. Dans le manuscrit, *Lusson*. — Richelieu fut évêque de Luçon de 1607 à 1624. Il avait succédé dans ce siège à son frère aîné Alphonse-Louis, qui s'était démis en 1605 et fait chartreux en 1606.

4. Concino Concini, né à Florence, venu en France, en 1600, à la suite de Marie de Médicis, femme de Henri IV, épousa la favorite de la Reine, Leonora Dori, dite *Galigaï*. En 1610, il acheta le marquisat d'Ancre et devint maréchal de France en 1614. Il fut assassiné, le 24 avril 1617, sur le pont-levis du Louvre.

5. Il s'agit de la guerre contre les princes et les seigneurs révoltés qui, avec ses vicissitudes de prises d'armes et de négociations, agita la régence de Marie de Médicis, et à laquelle eut grande part Charles de Gonzague-Clèves, duc de Nevers, qui fut investi du duché de Mantoue en 1630 et mourut en 1637.

6. Ce tour, où *après* est suivi d'abord d'un infinitif, puis de *que*, est un exemple à joindre à ceux des variétés de dépendances d'un même mot qui sont cités dans l'*Introduction grammaticale* du *Lexique*, xi, 1° (tome III, seconde partie, p. LXXXVI et suivantes).

7. Le prieuré de la Charité-sur-Loire (Nièvre), de l'ordre de Cluny, dans le duché de M. de Nevers.

8. François le Clerc du Tremblay, dit le P. Joseph, né en 1577, mort en 1638, qui, après avoir fait la guerre, se fit capucin en 1599 et devint le confident et l'actif et sûr agent du cardinal de Richelieu.

avec quelque aigreur qu'il s'étonnoit de le voir passer si
promptement d'un sentiment à un autre tout contraire : à
quoi Monsieur de Luçon répondit ces propres paroles, que les
nouvelles rencontres[1] demandent de nouveaux conseils. Mais
jugeant bien par là qu'il avoit déplu au maréchal, il résolut de chercher les moyens de le perdre ; et un jour que
Déageant[2] l'étoit allé trouver pour lui faire signer quelques
expéditions, il lui dit qu'il avoit une affaire importante à
communiquer à M. de Luynes[3], et qu'il souhaitoit de l'entretenir. Le lendemain, M. de Luynes et lui se virent, où[4]
Monsieur de Luçon lui dit que le maréchal d'Ancre étoit résolu
de le perdre, et que le seul moyen de se garantir d'être
opprimé par un si puissant ennemi étoit de le prévenir. Ce
discours surprit beaucoup M. de Luynes, qui avoit déjà pris
cette résolution, ne sachant si ce conseil qui lui étoit donné
par une créature du maréchal[5] n'étoit point un piége pour
le surprendre et pour lui faire découvrir ses sentiments.
Néanmoins Monsieur de Luçon lui fit paroître tant de zèle
pour le service du Roi et un si grand attachement[6] à la ruine
du maréchal, qu'il disoit être le plus grand ennemi de l'État,
que M. de Luynes, persuadé de sa sincérité, fut sur le point
de lui découvrir son dessein, et de lui communiquer le
projet qu'il avoit fait de tuer le maréchal ; mais, s'étant retenu alors de lui en parler, il dit à Déageant la conversation
qu'ils avoient eue ensemble et l'envie qu'il avoit de lui faire
part de son secret : ce que Déageant désapprouva entièrement, et lui fit voir que ce seroit donner un moyen infaillible
à Monsieur de Luçon de se réconcilier, à ses dépens, avec le
maréchal, et de se joindre plus étroitement que jamais avec
lui, en lui découvrant une affaire de cette conséquence : de
sorte que la chose s'exécuta, et le maréchal d'Ancre fut tué,

---

1. *Rencontres* au sens de « circonstances ».

2. Dans le manuscrit : *du Agent.* — Guichard Déageant de Saint-Marcellin, mort
en 1639 (selon Moréri), commis du contrôleur général, « homme d'esprit habile et de
facile conscience.... que le sieur de Luynes avait débauché, » dit Bazin dans son
Histoire de France sous Louis XIII, tome I, p. 382 et 303. Il eut une part active
aux intrigues de la cour dans les premières années du règne.

3. Le célèbre favori de Louis XIII, Charles d'Albert, duc de Luynes (1619), con-
nétable de France (avril 1621), né en 1578, mort en décembre 1621.

4. C'est-à-dire, « dans laquelle entrevue, et dans cette entrevue », tournure fort
claire, mais à remarquer et à mettre au *Lexique* dans l'article de l'adverbe con-
jonctif Où.

5. « La maréchale d'Ancre, dit Bazin (au tome cité, p. 276), goûtait fort Richelieu, et le maréchal l'avait, dit-on, plusieurs fois désigné comme un habile homme qui
en savait plus déjà que « tous les barbons » du vieux ministère. »

6. Emploi à noter du mot *attachement* et à joindre au *Lexique*.

sans que Monsieur de Luçon en eût connoissance[1]. Mais les conseils qu'il avoit donnés à M. de Luynes, et l'animosité qu'il lui avoit témoigné d'avoir contre le maréchal le conservèrent, et firent que le Roi lui commanda de continuer d'assister au Conseil[2], et d'exercer sa charge de secrétaire d'État, comme il avoit accoutumé : si bien qu'il demeura encore quelque temps à la cour, sans que la chute du maréchal qui l'avoit avancé nuisît à sa fortune. Mais, comme il n'avoit pas pris les mêmes précautions envers les vieux ministres qu'il avoit fait auprès de M. de Luynes, M. de Villeroy[3] et M. le président Jeannin[4], qui virent par quel biais il entroit dans les affaires, firent connoître à M. de Luynes qu'il ne devoit pas attendre plus de fidélité de lui qu'il en avoit témoigné pour le maréchal d'Ancre, et qu'il étoit nécessaire de l'éloigner, comme une personne dangereuse et qui vouloit s'établir par quelques voies que ce pût être : ce qui fit résoudre M. de Luynes à lui commander de se retirer à Avignon[5]. Cependant la Reine, mère du Roi, alla à Blois, et Monsieur de Luçon, qui ne pouvoit souffrir de se voir privé de toutes ses espérances, essaya de renouer avec M. de Luynes, et lui fit offrir que, s'il lui permettoit de retourner auprès de la Reine, qu'il se serviroit du pouvoir qu'il avoit sur son esprit pour lui faire chasser tous ceux qui lui étoient désagréables, et pour lui faire faire toutes les choses que M. de Luynes lui prescriroit. Cette proposition fut reçue, et Monsieur de Luçon, retournant, pro-

1. C'est ce que Bazin confirme dans son *Histoire* (tome I, p. 299), de manière à écarter absolument tout le soupçon de cette espèce de complicité qu'on avait voulu donner à Richelieu « dans la mort du maréchal d'Ancre, sur la foi de quelques mémoires. »

2. Richelieu « ne réitéra pas, dit Bazin (*ibidem*, p. 205), la tentative de reparaître au Conseil. Après y avoir fait une fois acte de présence, il s'effaça prudemment devant les gens du nouveau pouvoir, laissant en doute s'il était maintenu ou renvoyé. » Voyez encore au même tome, p. 298-299.

3. Nicolas de Neufville, seigneur de Villeroy, d'Alincourt, etc., né en 1542, mort en 1617, était alors secrétaire d'État. Il l'avait été sous Henri IV, Henri III, et, dès l'âge de vingt-quatre ans, sous Charles IX. L'évêque de Luçon lui avait été donné pour adjoint dans sa charge en novembre 1616 : voyez *Bazin*, tome I, p. 277.

4. Pierre Jeannin, né en 1540, mort en 1622, président au parlement de Dijon, ancien ministre de Henri IV. La Reine mère lui avait ôté, en mai 1616, le contrôle général des finances.

5. L'ordre d'exil à Avignon est du 7 avril 1618, et postérieur de près d'un an à la retraite de la Reine mère à Blois (3 mai 1617). où Richelieu, comme il nous l'apprend lui-même (*Mémoires*, tome I, livre VIII, p. 171), l'accompagna. « J'en voulus avoir, dit-il, une permission expresse du Roi par écrit. » Le prélat fut rappelé et chargé d'une négociation auprès de Marie de Médicis, un an après, en avril 1619. Pour toute sa conduite après le meurtre du maréchal d'Ancre et les événements de sa vie durant la période dont il s'agit ici, voyez ses *Mémoires* à l'endroit cité, et l'*Histoire* de Bazin, au tome I, p. 306, 328 et 329, 341 et 342, 351.

duisit l'affaire du Pont-de-Cé[1], en suite de quoi il fut fait cardinal, et commença d'établir les fondements de la grandeur
où il est parvenu[2].

[LE COMTE D'HARCOURT[3].]

.(Fol. 55 r° et v° du ms.)

Le soin que la fortune a pris d'élever et d'abattre le mérite
des hommes, est connu dans tous les temps, et il y a mille
exemples du droit qu'elle s'est donné de mettre le prix à leurs
qualités, comme les souverains mettent le prix à la monnoie,
pour faire voir que sa marque leur donne le cours qu'il lui
plaît[4]. Si elle s'est servie des talents extraordinaires de Monsieur le Prince et de M. de Turenne pour les faire admirer, il
paroît qu'elle a respecté leur vertu, et que, toute injuste
qu'elle est, elle n'a pu se dispenser de leur faire justice. Mais
on peut dire qu'elle veut montrer toute l'étendue de son
pouvoir, lorsqu'elle choisit des sujets médiocres pour les
égaler aux plus grands hommes. Ceux qui ont connu le comte
d'Harcourt conviendront de ce que je dis, et ils le regarderont
comme un chef-d'œuvre de la fortune[5], qui a voulu que la

1. Le Pont ou les Ponts-de-Cé, ville d'Anjou (Maine-et-Loire), à sept kilomètres
S. E. d'Angers, sur trois îles de la Loire, que relie une série de ponts. — L'armée
du Roi enleva la ville, le 7 août 1620, aux troupes de la Reine mère et des mécontents; la paix y fut signée le 13. — Les mots : « Monsieur de Luçon.... produisit
l'affaire du Pont-de-Cé, » manquent de justice et de justesse. Voyez encore, sur toute
cette affaire, Bazin, tome cité, p. 363-369.

2. Tout ce morceau sur les commencements de Richelieu est loin d'être bienveillant et même impartialement exact. Ce n'est pas là une raison qui rende invraisemblable l'attribution que nous en croyons pouvoir faire à l'auteur des *Maximes*. Sans
parler de son peu de penchant à croire au bien, nous voyons dans ses *Mémoires* qu'il
avait eu fort à se plaindre du Cardinal. La vérité le force à lui rendre justice, avec
admiration, dans le jugement qui en termine la première partie (tome II, p. 47 et 48) ;
mais, dans le cours du récit, il applique à sa domination des mots tels qu'*odieux* et
affreux (p. 20 et 38), et nous parle de la *haine* que Richelieu avait pour lui (p. 41),
et lui pour l'administration de Richelieu (p. 39).

3. Nous ajoutons ce titre. Le morceau n'en a pas dans le manuscrit. — Henri de
Lorraine, comte d'Harcourt, né en 1601, mort en 1666, second fils de Charles de
Lorraine, duc d'Elbeuf. Pendant la plus grande partie de la Fronde, il resta fidèle
à la Reine mère. Voyez au tome II, p. 176, note 3.

4. La Rochefoucauld se sert de la même comparaison dans sa maxime DCIII (tome I,
p. 256), qu'il a supprimée dans sa dernière édition seulement (1678) : « Les rois font
des hommes comme des pièces de monnoie : ils les font valoir ce qu'ils veulent, et l'on
est forcé de les recevoir selon leur cours, et non pas selon leur véritable prix. »

5. Lorsque, dans ses *Mémoires*, notre auteur parle du comte d'Harcourt, le nom de
fortune vient aussitôt sous sa plume : voyez tome II, p. 340 et 348. Mademoiselle dit

postérité le jugeât digne d'être comparé dans la gloire des armes aux plus célèbres capitaines. Ils lui verront exécuter heureusement les plus difficiles et les plus glorieuses entreprises. Les succès des îles Sainte-Marguerite, de Casal, le combat de la Route, le siége de Turin, les batailles gagnées en Catalogne[1], une si longue suite de victoires étonneront les siècles à venir. La gloire du comte d'Harcourt sera en balance avec celle de Monsieur le Prince et de M. de Turenne[2], malgré les distances que la nature a mises entre eux; elle aura un même rang dans l'histoire, et on n'osera refuser à son mérite ce que l'on sait présentement qui n'est dû qu'à sa seule fortune.

A ces morceaux nous joignons, comme appendice à notre tome III, 1re partie, une lettre intéressante de la Rochefoucauld à Mlle de Scudéry. Cette lettre, dont l'original autographe appartenait à Rochebilière, a été publiée tout récemment par M. Pauly, à la suite de la réimpression de l'édition hollandaise des *Maximes* de 1664 (Paris, Damascène Morgand, 1883). M. Pauly a bien voulu nous permettre, et nous l'en remercions ici, de la reproduire d'après son texte.

Pour dater cette lettre, il y aurait à résoudre deux ou trois problèmes pour lesquels nous ne pouvons offrir que des conjectures fort douteuses. Quels sont et de quel temps ces bienfaits du Roi au sujet desquels Mlle de Scudéry a écrit la lettre de remercîment dont elle parle? L'éloge que la Rochefoucauld fait de cette lettre et pour l'intelligence duquel il faudrait avoir la pièce même sous les yeux et savoir en quelles circonstances elle fut écrite, ne paraît point aisément applicable à celle que Rathery a insérée dans son recueil des *Lettres de Mlle de Scudéry* (p. 287-289), et qu'il date avec vraisemblance d'octobre 1663. D'autre part, nous ne trouvons nulle

de lui (*Mémoires*, tome I, p. 318) : « Le comte d'Harcourt.... est le plus heureux et le plus brave homme du monde. »

1. Sur la victoire des îles Sainte-Marguerite (24 mars-16 mai 1637), celle de Casal (29 avril 1640), la prise de Turin (10 mai à 22 septembre 1640), les victoires en Catalogne (juin à octobre 1645), voyez l'*Histoire de Bazin*, tomes II, p. 431, et III, p. 48-52, 307 et 308; et les *Mémoires de Montglat*, p. 58-59, 96-100, et 173-174. Dans ces mêmes *Mémoires de Montglat* (p 85 et 86) est le récit du combat de la Route (22 novembre 1639), qui tire son nom du passage ainsi appelé, « où le comte d'Harcourt, contre toute apparence, battit les Espagnols, » dans sa retraite de Quiers ou Chieri, ville de Piémont, à dix kilomètres S. E. de Turin.

2. Il y a un rapprochement semblable du comte d'Harcourt avec Turenne dans une lettre, de 1675, de Mme de Sévigné à Bussy Rabutin et dans la réponse de celui-ci (tome IV des *Lettres de Mme de Sévigné*, p. 11 et 41-42); mais ils sont loin, de même que « la postérité, » de les mettre « en balance ».

trace d'une publication de la célèbre Sapho interrompue par ordre. Avait-elle entrepris, de 1661 à 1666, quelque défense ou quelque supplique en faveur de son ami Pellisson, alors à la Bastille, ou même de Foucquet ? En avait-elle envoyé le début à la Rochefoucauld, en lui disant qu'elle ne continuerait pas, qu'elle ne pourrait ou n'oserait ? C'est une supposition sur laquelle nous nous garderons d'insister, ne sachant et n'ayant découvert absolument rien sur quoi elle puisse se fonder et qui vraiment la confirme. En remontant plus haut et voyant une partie d'*Artamène* ou le *Grand Cyrus* se publier en pleine Fronde (l'ouvrage entier parut de 1649 à 1653), on pourrait être tenté de se demander si, après avoir fait arrêter Condé, qui demeura emprisonné du 6 janvier 1650 à février 1651, Mazarin n'avait pas, un moment, défendu de continuer l'impression du roman écrit à la gloire du prince. Mais l'envoi d'un volume de cet ouvrage à la Rochefoucauld est fort improbable à cette époque. A lui supposer dès lors avec l'auteur des relations par lesquelles cet envoi s'expliquerait, il était, dans le temps même où l'interdiction de publier eût été le plus vraisemblable, soit dans son gouvernement du Poitou, soit à Bordeaux, fort étranger aux choses littéraires, tout entier aux intrigues politiques, à la guerre civile.

LETTRE DE LA ROCHEFOUCAULD

à Mlle de Scudéry.

Je suis encore trop ébloui de tout ce que je viens de recevoir de votre part pour entreprendre de vous en rendre les très-humbles remerciements que je vous dois. On n'a jamais fait un si beau présent de si bonne grâce, et la lettre que vous m'avez fait l'honneur de m'écrire passe encore tout ce que vous m'avez envoyé. Je suis très-affligé, par l'intérêt public et par le mien particulier, de ne pouvoir plus espérer de voir la suite de ce qui étoit si bien commencé : je ne sais néanmoins si on voudra soutenir jusqu'au bout ce qu'on vient de faire là-dessus ; si la liberté est rétablie, j'oserai vous demander la continuation de vos bienfaits. Je crois, Mademoiselle, que M. de Corbinelli vous a témoigné combien j'ai pris de part à ceux que vous avez reçus du Roi : le remerciement que vous lui avez fait est bien digne de lui et de vous ; il me semble qu'il sied toujours bien d'écrire ainsi quand on le peut faire et qu'il ne sied pas toujours bien d'écrire de belles lettres : c'est un grand art que de le savoir si bien déguiser. Au reste, Mademoiselle, vous avez tellement embelli quelques-unes de mes dernières maximes qu'elles vous appartiennent bien plus qu'à moi. Je souhaiterois passionnément que vous voulussiez bien faire la même grâce aux autres. Faites-moi, s'il vous plaît, celle de croire, Mademoiselle, que rien ne me sera jamais si cher que la part que vous m'avez fait l'honneur de me promettre dans votre amitié et que personne ne l'estime ni ne la desire si véritablement que votre très-humble et très-obéissant serviteur

LA ROCHEFOUCAULD.

Le 3 de décembre

A Mademoiselle
Mademoiselle de Scudéry.

VII

PORTRAIT DU CARDINAL DE RETZ.

(Tome I, p. 19-21 ; voyez ci-dessus l'*Avant-propos*, p. i, ii et viii.)

1°

Copie d'une redaction inedite, évidemment antérieure à celle qui est donnée au tome I.

Cette copie nous · été indiquée par M. de Boislisle, qui l'a trouvée à la Bibliothèque nationale dans le manuscrit Clairambault 1156 (*Ordre du Saint-Esprit.* 26, fol. 170). Comparee au texte insere par le chevalier de Perrin dans la *Lettre de Mme de Sévigne* du 19 juin 1675 (tome III, p. 486-488), elle présente de nombreuses et très-notables différences : c'est une peinture beaucoup moins sévère et malveillante, et qui pourrait bien être celle-là même que Mme de Sévigné avait envoyée à sa fille. Elle rend plus croyable, ce que dit la Marquise, que le Cardinal « trouva le même plaisir qu'*elle* à voir que c'étoit ainsi que la vérite forçoit à parler de lui, quand on ne l'aimoit guère. »

Paul de Gondy, cardinal de Retz, naquit avec beaucoup d'élévation et d'étendue d'esprit, et de grandeur de courage. Il eut une mémoire extraordinaire, plus de force que de politesse dans ses paroles, l'humeur facile, une docilité admirable à souffrir les plaintes et les reproches de ses amis, peu de piété, beaucoup de religion. Il parut plus ambitieux qu'il ne l'étoit en effet ; la vanité seule lui a fait entreprendre de grandes choses, presque toutes opposées à sa profession ; il a suscité les plus grands désordres de l'État, mais il songeoit moins à occuper la place du cardinal Mazarin, qu'à lui paroître redoutable et à le faire repentir du mépris qu'il avoit fait de son entremise dans le temps des barricades. Il se servit ensuite, avec beaucoup d'habileté, des malheurs publics pour se faire cardinal ; il a souffert la prison avec fermeté et n'a dû sa liberté qu'à sa hardiesse. Sa paresse autant que sa force 'ont soutenu avec gloire dans l'obscurité d'une vie errante pendant six années. Il ne s'est jamais démis de l'archevêché de Paris qu'après la mort du cardinal Mazarin, et n'a point fait de conditions avec le Roi. Il est entré dans divers conclaves et sa conduite a toujours augmenté sa réputation. Sa pente naturelle étoit l'oisiveté ; il travailloit néanmoins dans les grandes affaires comme s'il ne pouvoit souffrir de repos, et il se reposoit quand elles étoient[1] finies, comme s'il ne pouvoit souffrir le travail. Il avoit une grande présence d'esprit, et il savoit tellement tourner à son avantage les occasions que la fortune lui offroit, qu'il sembloit qu'il les eût prévues et desirées. Il étoit incapable d'envie et d'avarice; il a plus emprunté de ses amis qu'un particulier ne devoit espérer de leur pouvoir rendre, néanmoins il s'est acquitté envers eux avec toute la justice et la fidélité qu'il leur devoit. Sa retraite est la plus éclatante action de sa vie, elle prouva sa foi et sa religion. Il se démit de sa dignité de cardinal; il partagea ce qui lui restoit de bien avec ses amis, ses domestiques et les pauvres; mais, en renonçant à tout, il demeura encore exposé à la malignité des jugements du monde, et il laissa en doute si la piété seule ou la foiblesse humaine lui a fait entreprendre un si grand dessein.

2°

Variantes du manuscrit 325 bis de la Roche-Guyon, fol. 5o v°.

Page 20, ligne 3 : Il a su profiter néanmoins avec habileté.
Ibidem,   ligne 5 : il a souffert la prison.
Ibidem,   ligne 17 : il a une présence d'esprit.
Page 21, ligne 1 : à sa réputation, c'est de savoir.
Ibidem,   ligne 3 : quelque soin qu'il ait pris.
Ibidem,   ligne 4 : d'envie ni d'avarice.
Ibidem,   ligne 5 : soit par vertu, ou par inapplication.
Ibidem,   ligne 6 : qu'un particulier ne devoit espérer.

1. Après *étoient*, il y a dans la copie *faites*, biffé.

IX

NOTICE BIBLIOGRAPHIQUE.

C'est pour nous un devoir, et un devoir dont nous nous acquittons on ne peut plus sincèrement au début de cette notice, d'exprimer notre vive gratitude des facilités que les possesseurs des manuscrits de la Rochefoucauld ont bien voulu nous donner pour leur étude. Feu M. le duc de la Rochefoucauld et feu Mme la duchesse nous avaient très-obligeamment communiqué ceux des *Mémoires* et des *Réflexions diverses* dans la bibliothèque du château de la Roche-Guyon ; et à Liancourt celui qui contient une première rédaction autographe des *Maximes*. Depuis, non moins libéralement, M. le duc de la Roche-Guyon, leur fils puîné, nous a permis, par trois fois, de revoir les deux premiers de ces manuscrits pour des vérifications, et leur petit-fils (par feu leur aîné), M. le duc actuel de la Rochefoucauld, nous a donné communication nouvelle et réitérée de celui des *Maximes*. Voyez ci-dessus l'*Avant-propos*, p. ıv et v. — C'est ici le lieu de nommer aussi Mme veuve Coppinger, à qui nous offrons nos remercîments dans l'avertissement du tome II, pour nous avoir envoyé de Dinard ses deux précieux manuscrits des *Mémoires*.

Nous avons dit plus haut, p. ıx, ce que nous devons à M. Pauly pour la partie relative aux imprimés.

I. — Manuscrits.

A. — Mémoires[1].

En tête du tome II, aux pages de la *Notice sur les Mémoires* auxquelles nous allons renvoyer pour ceux des manuscrits qui nous ont servi à constituer notre texte, on trouvera ce qu'il importait le plus, quant à cette constitution, de dire de chacun d'eux, particulièrement au sujet de leur valeur et autorité, et de leur contenu.

1. — Manuscrit D (165) de la bibliothèque du château de la Roche-Guyon, contenant les *Mémoires* complets et définitifs, tels que nous les publions de la page ı à la page 431 du tome II. — Voyez, à ce même tome II, les pages xliii-xlix de la *Notice*[2].

Petit in-folio, sur papier du dix-septième siècle, et d'une fort belle écriture du temps, relié en maroquin rouge, 2 pages écrites, 1 blanche,

---

1. C'est à cause des dates respectives de publication que les *Mémoires* de la Rochefoucauld précèdent, dans cette notice bibliographique, son ouvrage plus célèbre des *Maximes*.

2. Un examen de révision de ce manuscrit nous a donné, pour la page xliv de la *Notice sur les Mémoires*, les petites rectifications suivantes : Ligne 10, *de la même*

415 numérotées, puis 2 blanches. — Il y a, en marge, des titres
de subdivisions que nous donnons en note aux pages 1, 49, 130,
237, 291 et 341 du tome II, et d'après lesquels nous avons coupé
les *Mémoires* en VI sections.

2. — Premier manuscrit Coppinger, qui contient les *Mémoires* complets, et dont Petitot s'est servi pour son édition de 1826. —
Voyez, au tome II, p. xxxii et xxxiii de la *Notice*; p. 552 de
l'*Appendice*.

In-4°, relié en veau fauve, 396 pages. — La 1ʳᵉ partie (nos sections I et II des *Mémoires*) est d'une autre écriture que la 2ᵈᵉ (III-VI),
qui a grande ressemblance avec la première rédaction du manuscrit
Harlay, dont la notice suit immédiatement celle-ci (sous le n° 3).

On a collé sur la garde un extrait du *Catalogue Bourdillon* (de
1830), ainsi conçu : « *Mémoires de M. le duc de la Rochefoucault*, divisés en 2 parties. In-4, v. f. — Ms. sur papier, d'une écriture du
dix-septième siècle. Le feuillet après le titre est occupé par la note
suivante, de la même écriture que le volume : « Ces *Mémoires* sont les
« véritables de M. D. L. R. F., et différents de ceux qui ont été im-
« primés en Hollande, soit pour la beauté du style, soit pour l'ordre
« des choses et la vérité de l'histoire. Les imprimés ont été com-
« pilés par Cerizay pendant qu'il étoit son domestique, et partie
« de ces pièces, qui sont assez mal cousues ensemble, sont de M. de
« Vineuil, partie de M. de Saint-Évremond ; le reste a été pris dans
« les manuscrits de M. D. L. R. F., mais ceux-ci sont entièrement de
« lui. » — Un cartouche gravé en taille-douce et imprimé sur le
premier feuillet de ce volume prouve qu'il a appartenu à M. Louis
le Bouthillier de Pont-Chavigny, dont il représente les armes, le
même Chavigny souvent cité dans ces Mémoires[1]. — M. Petitot,
éditeur de la collection des Mémoires sur l'histoire de France,
s'est servi de ce manuscrit pour la réimpression des *Mémoires* de la
Rochefoucault [1826] dans cette collection, et l'a fait précéder d'une
dissertation qui en révèle l'importance. »

Voyez, à la page xxxii du tome II, ce que Renouard dit d'un autre
manuscrit, de 657 pages, contenant aussi nos VI sections et qui lui
a fourni, en 1817, sa publication complémentaire des sections I et II.

3. — Manuscrit Harlay de la Bibliothèque nationale (fonds français
15 256, ancien fonds Harlay, n° 352), qui contient de nos sections
III à VI des *Mémoires* (il n'a pas I et II) une double rédaction,
dont l'une est, en général, conforme au texte des imprimés de la
seconde série, et dont l'autre, sous forme de corrections interlinéaires, est une version non encore définitive, mais tenant le milieu entre la première de l'auteur et sa dernière, celle du manuscrit D de la Roche-Guyon. — Voyez, au tome II, les pages xxxvi,
xli, xlii, xlix, l.

In-folio, relié en maroquin rouge, 194 feuillets numérotés et un

---

main, lisez *d'une autre main;* ligne 22, *pour le nombre,* lisez *par le nombre;* de
même, à la note 5, *pour l'exactitude,* lisez *par l'exactitude;* enfin, ligne 24, au lieu
de *page* 112, lisez *page* 113.

1. C'est une grosse erreur du *Catalogue Bourdillon*. Ce Louis le Bouthillier de Pont-
Chavigny était non pas le ministre même, Léon de Chavigny, dont parlent souvent
les *Mémoires*, mais un de ses petits-fils : voyez au tome II, p. xxxii, note 4.

feuillet supplémentaire ou est écrite, de la main du correcteur, une addition d'une demi-page (voyez la note 1 de notre page 361 des *Mémoires*). En tête du manuscrit le même correcteur a mis cette note : « *Mémoires de Monsieur de la Rochefoucaut*, tels qu'il les advoue. Il y a quelques fautes dans l'escriture faciles à cognoistre. »

4. — Second manuscrit Coppinger, duquel Renouard, dont il porte l'*ex libris*, s'est servi pour son édition de 1804. Il ne contient, comme notre n° 3 (Harlay), dont il nous offre, en général, la seconde version, c'est-à-dire la rédaction corrigée, que nos sections III à VI. — Voyez, au tome II, p. xxvii et note 2, xxviii, xli, xlii, lv ; et, à l'*Appendice* du même tome, p. 553-557, le relevé de soixante-dix-huit corrections, qu'on peut croire, avec assez de vraisemblance, de la main de la Rochefoucauld.

Petit in-folio, relié en maroquin rouge, 204 pages de texte des *Mémoires*, et 10 feuillets numérotés 118 à 127, contenant un fragment qu'une note, en marge du premier de ces feuillets, attribue à Bassompierre. — On lit sur un feuillet blanc du commencement du volume : « Ces *Mémoires* ont été donnés à M. d'Andilly[1] par M. de la Rochefoucauld lui-même, manuscrit infiniment curieux, étant original et le seul. » Un peu plus bas est écrit : « Cette note est de M. de la Rochefoucauld, marquis de Surgères[2]. » En tête du manuscrit et reliés avec lui sont deux portraits de la Rochefoucauld, dont l'un est une gravure de Choffard, de 1779, d'après un émail de Petitot, l'autre une gravure de Saint-Aubin, d'après un dessin de Monsiau.

5. — Manuscrit C (164) de la Roche-Guyon, ne renfermant, comme les deux précédents, que la seconde partie des *Mémoires* (sections III-VI). Son texte est presque toujours celui du manuscrit Harlay, non corrigé. — Voyez au tome II, p. xli, xliii, xlix, l.

Petit in-folio, relié en maroquin rouge, 180 feuillets numérotés, le dernier blanc. Une note, que nous avons reproduite à la page citée l, dit que « ce manuscrit n'a rien de précieux ni de recommandable. »

6. — Au manuscrit autographe des *Maximes* est jointe, dans l'ancien volume A de la Roche-Guyon, une copie de la première rédaction du commencement de la section II des *Mémoires* (voyez ci-après, p. 107, n° 1). C'est la pièce 1 de notre *Appendice* du tome II, p. 471-481.

7. — Manuscrit 162 (sans cote ancienne par lettre) de la Roche-Guyon, contenant la pièce iii, *Mémoires de Vineuil*, de notre *Appendice* du tome II, p. 500-551.

Petit in-folio, relié en parchemin, 80 pages, 2 blanches en tête, autant à la fin ; belle mise au net, revue ; corrections soigneusement faites, avec grattage et sandaraque.

Il existe dans les bibliothèques, soit publiques, soit privées, de

---

1. Voyez au tome II, p. viii et note 3, et à la page xxvii déjà citée.
2. *Ibidem*, p. xxvii et notes 3 et 4.

nombreuses copies des *Mémoires*, à qui toutes manque, comme aux n°s 3, 4, 5 et 6, le commencement de l'ouvrage, et qui contiennent, ou complétement ou partiellement, les sections III à VI, diversement intitulées, diversement rangées, et précédées, dans quelques-uns de ces manuscrits, comme dans notre n° 6, d'une première rédaction du commencement de la section II. La plupart ont, en outre, plus ou moins d'annexes qui ne sont point de la Rochefoucauld et qui se trouvent également dans la plupart des anciennes éditions.

La Bibliothèque nationale possède, sans compter le manuscrit Harlay (notre n° 3), quatorze[1] de ces copies, la plupart du dix-huitième siècle. Ce sont les n°s du fonds français 5822, 6701, 10323, 13724, 13725, 13726, 17470, 17492, 20867, 23250, 23316, 23317; et les n°s 436 et 505 du fonds Clairambault.

Le n° 17470 (ancien fonds Saint-Germain, n° 1032), le plus pauvre de ces manuscrits par le contenu, porte, collées sur un feuillet liminaire, les lignes suivantes, imprimées : *Ex bibliotheca Mss. Coisliniana, olim Segueriana, quam Illustr. Henricus du Cambout, Dux de Coislin, par Franciæ, episcopus Metensis, etc. Monasterio S. Germani a Pratis legavit, anno* M DCC XXXII. Le volume a, au dos, ce titre fautif : « Mémoires des règnes d'Henry 3 (*pour Louis* 13) et Louis 14. » — Au n° 6701 est écrit, sur le plat de la couverture : « L'abbé de Noailles. » — Le n° 17492 (ancien fonds Saint-Germain, n° 1032) porte sur le plat de cette note : *Ex Dono D. Vallant. Ex bibliotheca S. Germani a Pratis*, 1686; et le n° 13724, sur le folio 1 : *Bibliotheca Recollectorum Parisiensium.* — Le n° 5822 est l'ancien 58 du fonds Lancelot. — Les n°s 13725, 13726, 23250, 23317, 13724 et Cl. 436 ont des titres nommant l'auteur; les deux derniers, dans des notes d'écriture ancienne, mais d'une date postérieure à celle des manuscrits, mentionnent, le premier plusieurs impressions du recueil, le second la seule édition de Cologne 1669. — Le n° 20867 porte, à la table des matières : « Tout ce qui suit jusqu'à la fin du volume est imprimé dans les *Mémoires du duc de la Rochefoucauld*, à Cologne, chez Dyck, 1667, suivant l'imprimé de 1662. Fol. 436. » La même note est reproduite en tête de ce folio 436 (actuellement 416). Le texte (y compris les *Mémoires de Vineuil*) va jusqu'au folio 521 (actuel) et dernier. Des pièces de sujets tout différents occupent les 435 feuillets (anciens) qui précèdent. — Les n°s 23317 et Cl. 436, outre ce qu'ils ont des *Mémoires* de la Rochefoucauld, contiennent, comme divers imprimés, l'opuscule intitulé : *Discours* ou *Mémoires du marquis de la Châtre* (sur sa destitution de la charge de colonel général des Suisses). Dans le premier (23317), sur un feuillet liminaire, on lit après le titre : « Ms. de la bibliothèque de M. le P[résident] Bouhier. B. 71. M DCC XXI, » et à la suite est une table des « Morceaux de la Rochefoucauld ».

A la bibliothèque de l'Institut nous avons vu cinq copies, cotées 356, 357, 358^A, 358^B, 358^C. La seconde et la troisième (357 et 358^A) donnent, celle-ci en tête, celle-là au folio 68, le nom de la Rochefoucauld; elles renferment toutes deux les *Mémoires de la Châtre;* le n° 358^A attribue au « Sr de Saint-Evremont » (fol. 208) la pièce annexe qui se trouve dans mainte copie et maint imprimé sous le titre d'*Apologie de M. de Beaufort.*

Deux copies sont à la bibliothèque de l'Arsenal, cotées 3881 et

---

1. Nous avons dit « douze » dans la *Notice sur les Mémoires*, au tome II, p. xxxix. Depuis nous en avons vu deux de plus.

3885, ayant, l'une et l'autre, au titre, le nom de la Rochefoucauld, et contenant, toutes deux aussi, les *Mémoires de la Châtre ;* la première sans autres pièces annexes, la seconde (voyez notre tome II, p. XL) avec toutes celles qui se trouvent dans les textes imprimés les plus riches en appendices.

Une copie est à la bibliothèque Mazarine, cotée 2789, intitulée : « Guerre de Guyenne, avec la dernière de Paris, en 1652, par le duc de la Rochefoucauld. » Elle contient, sans aucune division, la partie des *Mémoires* qui va de la page 341 à la page 431 de notre tome II.

Feu M. Gilbert avait vu en outre une copie faisant partie de la bibliothèque du Prytanée militaire de la Flèche.

Des copies qui se trouvent dans les bibliothèques privées, trois nous ont été communiquées, que nous avons mentionnées au tome II, page XL.

B. — MAXIMES.

1. — Manuscrit autographe de 275[1] des *Maximes* (dont une inédite[2]), faisant jadis partie de la bibliothèque de la Roche-Guyon, et maintenant de celle de Liancourt. Les *Maximes*, écrites, presque toutes, de la main de l'auteur, sont précédées (voyez ci-dessus, p. 105, n° 6) de la première rédaction, copiée d'une autre main, du commencement de la section II des *Mémoires*, que nous avons donnée à l'*Appendice* du tome II (p. 471-481). Avant ce morceau, il y avait autrefois, sur des feuillets (au nombre de 19, croyons-nous) qui ont été arrachés, une copie de l'*Apologie de M. le prince de Marcillac*, imprimée à la fin du même tome II (p. 439-468).

Petit in-folio, de papier doré sur tranche, relié en parchemin ; 2 feuillets blancs (dont 1 détaché); puis extrémités longitudinales, prises dans la reliure, des 19 feuillets arrachés de l'*Apologie*; 14 autres feuillets, blancs, sauf le 1er (lequel porte un long avertissement que nous reproduisons quelques lignes plus bas); à la suite, le morceau des *Mémoires*, sur 21 pages numérotées, la dernière de 14 lignes seulement avec un verso blanc; enfin sur 91 pages, également chiffrées, dont la dernière n'a que 2 lignes et demie avec un verso blanc, sont les *Maximes*, suivies encore de 14 feuillets blancs. — Le dos du manuscrit porte : APOLOGIE. MAXIMES, plus la trace de deux chiffres ou deux lettres à peu près indéchiffrables. — Sur la couverture de parchemin, au recto extérieur, est ce titre développé : « Manuscrit des *Maximes du duc de la Rochefoucauld* légué à M. le duc de Liancourt[3] par Mde la marqse de Castellane, sa tante.

« Paris, 26 décembre 1840. »

1. De la façon qu'elles sont divisées dans le manuscrit, on en compterait davantage, car une est coupée en deux et deux autres en de nombreux paragraphes.

2. Voyez la section II de l'*Appendice*, ci-dessus, p. 51.

3. Ce titre est écrit de la main dudit duc de Liancourt, depuis duc de la Rocheoucauld, grand-père du possesseur actuel. Mme de Castellane, en premières noces duchesse de la Rochefoucauld, possédait ce manuscrit par suite de l'abolition des substitutions. Jusqu'à elle, il avait toujours appartenu, comme faisant partie de la substitution, à l'aîné de la famille.

Sur le premier des feuillets qui suivent les 19 arrachés on lit, d'une écriture et d'une orthographe anciennes, l'avertissement suivant : « Manuscrit A. — Ce manuscrit contenoit originairement trois ouvrages, dont le premier, écrit de la main du secrétaire de M. le duc de la Rochefoucauld, occupoit une vingtaine de feuillets, qui ont été arrachés, comme on peut le voir ci à côté.

« Le second ouvrage, contenant 21 pages, et écrit de la même main, est le petit morceau, intitulé dans les *Mémoires* imprimés : *Mémoires de la régence d'Anne d'Autriche*, etc. La seule observation qu'il y ait à faire sur ce morceau, c'est que, depuis, l'auteur l'a totalement refondu, comme on peut le voir dans les *Mémoires* non imprimés, volume D[1].

« Le 3ᵉ ouvrage, écrit de la main de l'auteur même, est un premier brouillon des *Maximes*. Il en est peut-être d'autant plus précieux. On aime à voir les premières pensées d'un écrivain de génie, comme les premières esquisses d'un grand peintre. On trouve ici des pensées foibles que l'auteur a retranchées. On en trouve de foiblement exprimées qu'il a resserrées[2] et rendues avec plus d'élégance ou plus de force. Quelques-unes se sont présentées à lui tout armées de leur expression et n'ont éprouvé depuis aucun changement. La plupart sont trop générales et trop dures ; il les a restreintes et adoucies, parce qu'il a senti que, quoique généralement vraies, elles ne l'étoient pas sans exception. Une partie de ces changements ont été faits avant la première édition, et une partie depuis. »

Dans les 91 pages des *Maximes* tout est de la main de la Rochefoucauld, sauf, p. 26, la maxime 63 (notre 99ᵉ), qui est d'une belle écriture ronde ; et, d'une autre main que cette 63ᵉ, les cinq maximes de la page 6, et, p. 89 et 90, les quatre antépénultièmes ; ce sont nos neuf maximes suivantes : 33, 83, 48, 571, 601, 27, 28, 52 et 144. — De plus, en marge de la plupart des maximes, il y a, d'une autre main aussi que celle de l'auteur, l'initiale ou les initiales du mot dominant de la réflexion : ainsi *a* pour *amour-propre*, *affliction*, *aimer*, etc., *h* pour *heureux*, *s* pour *sage*, *o* ou *l'or* pour *orgueil*, *hu* pour *humilité*, *humeurs*, *confi* pour *confiance*, etc. ; parfois le mot entier : *bonté*, *mort*, *vices*, etc.

Nous avions tout lieu de penser que ce manuscrit autographe des *Maximes* était celui dont M. Gilbert avait donné les variantes, en 1868, dans son commentaire de notre tome I, et que M. de Barthélemy avait reproduit dans son édition de 1863. Nous n'en connaissions et n'en connaissons encore aucun autre qui soit écrit de la main de l'auteur. Grande a donc été notre surprise quand nous avons vu, en comparant les trois textes, quelles différences, aussi nombreuses que considérables, les distinguaient les uns des autres. On trouvera ci-dessus : 1°, dans l'*Avant-propos* de cet *Appendice* (p. II-VI), un long exposé de cette comparaison qui donne à résoudre une étonnante énigme, demeurée pour nous fort obscure ; 2°, dans la section I (p. 1-50), un relevé complet des variantes de l'authentique autographe que nous venons de décrire. Voyez, en outre, l'*Avis préliminaire* et l'annexe placés, l'un en tête du *Lexique* (tome III, 2ᵈᵉ partie) et l'autre à la fin (p. 455-464).

2. — Manuscrit Morgand (voyez ci-dessus la fin de l'*Avant-propos*,

---

1. Voyez ci-dessus, p. 103-104, n° 1.
2. Ici *depuis*, biffé.

. p. XI), contenant une copie du manuscrit autographe des *Maximes*
qui vient d'être décrit sous le n° 1.

In-folio, relié en veau brun, portant au dos : « Manuscrit » ; de
116 feuillets, non numérotés : 1 blanc ; 27 pour les *Maximes ;* 3 blancs ;
33 pour les *Réflexions diverses*, intitulées ici : « Réflexions de l'auteur des *Maximes* » ; 1 blanc ; 14 pour le « Traité de l'Inconsistance
par M. L. P. D. T.¹ » ; 37 blancs. Grande écriture du dix-huitième
siècle.

Au verso du feuillet de garde, il est écrit au crayon : « Copie du
manuscrit de la Rochefoucauld qui se trouve au château de la Roche-
Guyon » (maintenant au château de Liancourt). — Au folio 2, en
tête des *Maximes*, ce nom, aussi au crayon, *La Rochefoucauld*, puis
cet Avertissement :

« Ce manuscrit a été copié sur l'original de l'auteur des *Maximes*.
Il m'en a paru d'autant plus précieux : on aime à voir les premières
pensées d'un grand génie. L'ouvrage imprimé est plus concis et plus
châtié ; mais le manuscrit est bien plus étendu², et son imperfection
satisfait davantage une curiosité philosophique et raisonnée. »

A la suite viennent les 275 maximes du manuscrit autographe de
Liancourt, rangées dans le même ordre, à cette seule différence près
que les maximes 268 à 273 de l'autographe sont placées, dans le
manuscrit Morgand, entre les maximes 25 et 26 de celui de Liancourt. Ce déplacement s'explique aisément par cette circonstance
que le feuillet du manuscrit de Liancourt qui les contient (pages 89
et 90) est détaché et a pu, à une époque quelconque, se trouver hors
de sa place ; il est aussi à remarquer que ces pages 89 et 90 ne sont
pas de la main de la Rochefoucauld (voyez ci-dessus, p. 108).

On voit que le copiste transcrivait l'original avec une intention
de servile exactitude : il en a reproduit jusqu'aux fautes (notées dans
la section I de l'*appendice* aux maximes LV, LXXXVIII, CLXXXI ³).

A ces fautes il en a ajouté quelques-unes, fort rares, qu'il ne vaut
pas la peine de relever (maximes LXVIII, LXXXVIII, CXCVIII, CCXXV,
CCXXXIII, CCLXVIII).

Voyez ci-après, p. 111, à C, 3, la description de la seconde partie
du manuscrit Morgand.

3. — Bon nombre de *Maximes* se lisent, écrites de la main de la
Rochefoucauld, dans des lettres autographes, adressées soit à
M. Esprit, soit, la plupart, à la marquise de Sablé.

Au tome III, 1ʳᵉ partie, on trouvera, à la Table alphabétique,
p. 299, le relevé des maximes citées, et, dans les notes préliminaires

___

1. Ces initiales pourraient bien signifier M. LE PRÉSIDENT DENIS TALON. Le P nous
semble avoir été surchargé d'une R, peut-être pour faire LA ROCHEFOUCAULD, à qui,
comme auteur des deux parties antérieures du manuscrit, on aura voulu attribuer
aussi la troisième, sans se laisser arrêter par la difficulté d'expliquer, après ce changement, les deux dernières lettres D. T. Le morceau est probablement inédit. Au
moins ne l'avons-nous pas trouvé ailleurs, ni aux manuscrits de la Bibliothèque
nationale, ni imprimé soit à part, soit dans les *Œuvres d'Omer et de Denis Talon*,
publiées par D.-B. Rives (Paris, 1821, 6 vol. in-8°).

2. A prendre les maximes une à une.

3. A cette dernière, il y a *du goût* pour *de la fin du goût*, parce que le copiste
n'a su combler le blanc, laissé à la place du mot *fin* dans l'original.

des lettres où elles sont insérées, l'indication des folios du tome II
des *Portefeuilles de Vallant* (fonds français de la Bibliothèque nationale, n° 17 045) où sont ces lettres.

4. — Le n° 18 411 du même fonds français contient, parmi des pièces de sujets tout différents, une copie intitulée : « Sentences et
maximes de morale, par Monsieur D. L. R. — 1663. »

In-folio, relié en parchemin jaunâtre ; 268 feuillets ; les *Maximes*
vont du feuillet 29 actuel (il y a un premier numérotage biffé) au
feuillet 63. Le millésime de 1663 que porte ce manuscrit est antérieur de deux ans à la 1ʳᵉ édition donnée par l'auteur, à Paris, en
1665, et d'un an à celui de la 1ʳᵉ impression de Hollande, de 1664.
Le nombre des *Maximes* est de 217. Ce volume, qui faisait partie de
l'ancien fonds Saint-Germain, sous le n° 561, porte la même indication de provenance (Coislin et antérieurement Séguier) que la première des copies des *Mémoires* mentionnées ci-dessus (p. 106) à la
suite du n° 7. — Voyez, dans la section I de cet *Appendice* (p. 1-50),
un relevé complet des variantes de cette copie.

5. — M. le baron de Ruble possède une copie des *Maximes*, intitulée « Réflexions morales », acquise à la vente Rochebilière.

M. Claudin, dans son catalogue de cette vente (n° 474, p. 254),
nous apprend que ce manuscrit du dix-septième siècle, volume in-8°
de 175 pages, contient 620 maximes, c'est-à-dire 302 de plus que la
1ʳᵉ (1665) et 116 de plus que la 5ᵉ (1678) et la plus complète des éditions publiées du vivant de l'auteur ; il ajoute que ces maximes ne
lui paraissent pas être toutes de la Rochefoucauld, et qu'en général
celles qui sont de lui reproduisent le texte de sa 1ʳᵉ édition (1665).

C. — Réflexions diverses.

1. — Manuscrit A[1] (163) de la Roche-Guyon.

Voyez, dans notre tome I, les pages 273-277 de la *Notice sur
les Réflexions diverses*.

Petit in-folio, relié en maroquin rouge-brun ; papier du dix-septième siècle, et belle écriture du temps : 4 pages initiales, non numérotées, dont les trois premières contiennent la note reproduite
aux pages citées du tome I ; puis 128 pages numérotées (60 à
78 et 95 à 98 sont blanches) ; à la suite 14 pages blanches non
numérotées. En quelques endroits des corrections interlinéaires
d'une écriture ancienne, que l'auteur de la note préliminaire affirme
être celle de la Rochefoucauld et qui a en effet beaucoup de rapport
avec elle ; seulement elle est bien plus fine, comme au reste il le
fallait pour tenir entre les lignes.

---

1. Le volume qui contient le manuscrit autographe des *Maximes* est également coté
A dans une note préliminaire (voyez ci-dessus, p. 108). Cette cote lui a-t-elle été
donnée dans une autre bibliothèque que celle qui est à la Roche-Guyon, ou bien, dans
celle-ci, les cotes ont-elles été changées et y a-t-il eu successivement deux séries différentes de manuscrits ?

2. — Manuscrit 325 *bis* de la Roche-Guyon.

In-4°, relié en veau brun, avec dorures au dos, plats marbrés et tranches rouges; papier (« 2 mains, » dit une note manuscrite placée sur la feuille de garde) du dix-septième siècle, et belle écriture du temps: 105 feuillets (1 de garde, 55 écrits et 49 blancs).

Au sujet de ce manuscrit récemment mis à profit, et de ce qu'il contient, outre les *Réflexions diverses*, voyez ci-dessus, p. viii et ix, l'*Avant-propos*, et p. 83-98 et p. 102, les sections VI-VIII de cet *Appendice*.

5. — Manuscrit Morgand (voyez plus haut, p. 109, B, 2).

Il contient, comme seconde partie, nous l'avons dit, une copie des *Réflexions diverses*. Ce sont les dix-neuf du manuscrit A (163) de la Roche-Guyon décrit (p. 110) sous le n° 1, et que nous avons suivi dans notre tome I. Elles y sont rangées, sans numérotage, dans le même ordre, mais ont presque partout le texte du n° 2, c'est-à-dire du manuscrit 325 *bis* récemment découvert dans la bibliothèque de la Roche-Guyon. Voici le relevé des

Variantes communes au ms. 325 bis de la Roche-Guyon
et au ms. Morgand :

Toutes celles des réflexions i et ii; toutes celles de la réflexion iii (y compris l'absence des deux phrases de la page 289); toutes celles des réflexions iv et v; une de la réflexion viii (page 302, ligne 3); quatre de la réflexion x (sur six : manquent celles des pages 305, ligne 15, et 306, ligne 8); cinq de la réflexion xi (manquent les deux premières et les deux dernières); sept de la réflexion xiii (manquent la 2ᵈᵉ, la 3ᵉ, la 6ᵉ et la 9ᵉ); toutes celles des réflexions xiv et xv; neuf (1, 2, 3, 5, 6, 10, 11, 16 et 18) de la réflexion xvii; toutes celles de la réflexion xvi (sauf la première); toutes celles de la réflexion xviii; les deux premières de la réflexion xix.

Nous avons, dans notre attentive collation, trouvé, en vingt-sept endroits, des différences entre le manuscrit 325 *bis* et la copie Morgand; mais, de ces différences, il n'y en a que deux qu'on puisse appeler des variantes dignes de remarque :

A la page 303, ligne 14 de notre texte : *sentiments*, pour *charmes;* à la page 348, ligne 1 : *inquiétudes*, pour *incertitudes*.

Sauf un *pas* pour *point* et ailleurs un *point* pour *pas*, trois fois *est* pour *c'est*, deux changements de construction (l'un de *pas*, l'autre de *se*), une addition et deux suppressions d'*et*, les différences sont ou des lacunes, laissées à peu près toutes par inadvertance sûrement, ou des fautes évidentes.

Malgré le rapport entre les deux manuscrits, on ne peut guère supposer que la copie n° 3 ait été faite directement sur le n° 2. D'abord celui-ci n'a pas les réflexions vi et xii, qui sont dans celui-là. Puis on s'expliquerait, tout en s'étonnant un peu, l'absence, dans le n° 3, du *Portrait de Retz* et des quatre morceaux, que nous croyons inédits, placés, dans le n° 2, à la suite des *Réflexions diverses;* mais moins bien l'omission de l'addition sur le mariage de Mademoiselle et de Lauzun intercalée dans la réflexion même des *Événements de ce siècle.* — Nous ne parlons pas, vu leur insignifiance, des variantes que nous avons énumérées dans l'alinéa qui précède.

D. — Apologie du prince de Marcillac.

Copie conservée dans le tome XXII des manuscrits in-folio de
Conrart, p. 531-568, bibliothèque de l'Arsenal, Belles-Lettres
françaises, n° 2817.

Voyez notre tome II, *Notice* de l'*Apologie*, p. 435-437.

E. — Lettres.

Sur les 116 lettres qui composent la correspondance, contenue au
tome III, 1ʳᵉ partie, sans compter celles des deux appendices du même
tome et les 2 lettres données. p. ciii, civ et cv, à l'appendice V de la
Notice biographique, il y en a 81 écrites par la Rochefoucauld et 19
écrites en son nom ; 52 paraissent pour la première fois ; 12 seulement
sont données d'après des imprimés ; les autres, prises sur des manuscrits, sont autographes, sauf 6, reproduites d'après des copies. Nous
avons indiqué exactement, dans les notes préliminaires de chaque
lettre, les sources d'où elles sont tirées. Ces sources sont, pour la
plupart, des manuscrits de la Bibliothèque nationale, à savoir, pour
33 des 81 lettres autographes de la Rochefoucauld, le tome II des
Portefeuilles de Vallant, et pour 22 autres (des mêmes 81), de tomes
divers des *Manuscrits de Lenet*.

Nous avons dit ci-dessus (p. 98). que la lettre à Mlle de Scudéry
ajoutée dans cet *Appendice* a été imprimée d'après un autographe
qui appartenait à Rochebilière.

II. — Imprimés.

A. — Mémoires.

Sur une première édition entreprise à Rouen par l'imprimeur Barthé-
lin, qui fut saisie, avec arrangement à l'amiable, avant la mise en vente,
peut-être même avant l'achèvement de l'impression, voyez au tome II, la
Notice sur les Mémoires, p. viii et ix. De cette édition il ne s'est rien
conservé, rien du moins retrouvé jusqu'ici.

1. — Memoires de M. D. L. R. Sur les Brigues à la mort de
Loüys XIII, Les Guerres de Paris et de Guyenne, et la Prison
des Princes. Apologie pour Monsieur de Beaufort. Memoires de
Monsieur de la Chastre. Articles dont sont convenus Son Altesse
Royale et Monsieur le Prince pour l'expulsion du Cardinal Ma-
zarin. Lettre de ce Cardinal à Monsieur de Brienne. (La sphère.)
A Cologne, chez Pierre van Dyck, M.DC.LXII.

Petit in-12 ; 2 feuillets liminaires, l'un de titre, l'autre contenant
l'*Avertissement* : « L'impatience que, etc. », dont nous avons donné

le commencement dans la *Notice sur les Mémoires* (p. XI); 400 pages
de texte, et 1 feuillet d'errata, qui manque dans le tirage spécial
dont il va être parlé quelques lignes plus bas, et dans les contrefaçons
mentionnées au dernier alinéa de cette page.

Sur cette édition originale, de 1662, imprimée à Bruxelles par
François Foppens, dont *van Dyck* est un des pseudonymes familiers,
voyez l'excellente dissertation insérée par M. Alphonse Willems
dans son savant ouvrage sur les Elzevier (p. 536-538, n° 1997),
dissertation dont il maintient les conclusions, sauf deux modifications légères dues à de nouvelles découvertes, et qu'il a bien voulu
nous communiquer. Dans ladite étude sur l'édition première de
Foppens, le docte bibliographe rectifie, d'une manière irréfutable,
une fausse assertion sur le lieu de l'impression et le nom de l'imprimeur, qui a été reproduite dans notre tome II (p. x et note 1),
d'après une lettre inédite du temps, signée *de Wicquefort*. Brunet,
dans son *Manuel du libraire* (tome III, col. 848), avait déjà dit vrai sur
ces deux points, mais sans nous apprendre, de manière à nous convaincre, comme fait M. Willems, sur quoi il se fondait.

Il existe de l'édition originale un tirage spécial portant le titre
suivant :

Memoires de M. D. L. R., contenant : Les Brigues pour le gouvernement à la mort de Loüys XIII. Guerre de Paris. Retraitte
de Monsieur de Longueville en Normandie. Recapitulation ou
Abregé de tout ce que dessus, avec l'Emprisonnement des trois
Princes. Ce qui s'est passé depuis la prison des Princes jusqu'à la
guerre de Guyenne. Guerre de Guyenne, avec la derniere de Paris, etc. Ausquels sont adjoustez les Memoires de M. de la Chastre.
(La Sphère.) A Cologne, chez Pierre van Dyck, M.DC.LXII.

Petit in-12; 1 feuillet de titre, 387 pages de texte.
C'est de ce « tirage spécial, » ainsi que l'appelle maintenant
M. Willems, et non plus «seconde édition originale, » que M. Claudin, dans le catalogue dressé par lui de la vente de M. A. Rochebilière (n° 435, p. 230), fait la première édition. La vérité est, nous
écrit M. Willems, que, « pour satisfaire au désir de quelques impa-
tients, Foppens avait mis en vente un certain nombre d'exemplaires
de son édition, avant qu'elle fût achevée. Ces exemplaires, pareils
aux autres jusqu'à la page 384, ne renferment ni l'*Avertissement*, ni
l'errata, ni les deux pièces finales, savoir : les *Articles et conditions
dont sont convenus Son Altesse Royalle et Monsieur le Prince*, et la
Lettre de Mazarin.
« L'édition de Foppens, continue M. Willems, a été l'objet de
trois contrefaçons publiées avec la même adresse. (La Sphère.) *A Cologne, chez Pierre van Dyck*, 1662, petit in-12. La première a 2 feuillets liminaires et 312 pages, à raison de 34 lignes à la page; la
page 97 est cotée par erreur 67, et la page 244 est cotée 243. La
seconde a 4 feuillets liminaires, dont le 4° est blanc, 326 pages et
1 feuillet blanc, sans réclames, 33 lignes à la page; la page 191
est chiffrée par erreur 291, et la page 263 est chiffrée 623. La troisième, exactement copiée sur l'édition originale, a 2 feuillets liminaires et 400 pages. On la reconnaitra aux pages 89, 276 et 382, chiffrées par erreur 98, 376 et 832. Ces trois contrefaçons ont été imprimées en France. Elles contiennent l'*Avertissement* cité ci-dessus, mais
n'ont pas l'errata.

« Malgré ces contrefaçons, le débit du livre fut si rapide que Foppens le réimprima dès la même année :

2. — Memoires de M. D. L. R. Sur les Brigues à la mort de Loüys XIII, etc. (*le reste comme au n° 1*). A Cologne, chez Pierre van Dyck, M.DC.LXII.

« Cette seconde édition originale, de 2 feuillets liminaires et 400 pages, reproduit, page pour page et ligne pour ligne, la précédente (le n° 1). On la reconnaîtra au fleuron à la tête de buffle de la page 1, lequel est imprimé à l'envers, et aux pages 237, 276 et 279, cotées par erreur 137, 376 et 379. »

L'année suivante (1663), Foppens publia une 3e édition rangée, comme on le voit par le titre, dans un ordre différent :

3. — Memoires de M. D. L. R. Sur les Brigues à la mort de Loüys XIII. Les Guerres de Paris et de Guyenne, et la Prison des Princes. Lettre du Cardinal à Monsieur de Brienne. Articles dont sont convenus Son Altesse Royale et Monsieur le Prince pour l'expulsion du Cardinal Mazarin. Apologie pour Monsieur de Beaufort. Memoires de Monsieur de la Chastre. (La Sphère.) A Cologne, chez Pierre van Dyck, M.DC.LXIII.

Petit in-12; 400 pages de texte, précédées de 2 feuillets liminaires, contenant le titre et un nouvel *Advis au lecteur sur cette seconde édition* : « Nous nous acquittons de la promesse que nous vous avions faite de vous donner une seconde impression (qui est, en réalité, une 3e) de ce Recueil, plus correcte et plus exacte que n'avoit pu être la première, etc. »
Sur cette édition ont été faites les trois suivantes de 1664, de 1665 et de 1669, toutes imprimées par Foppens. — Pour celle de 1665, voyez, dans le *Catalogue Claudin* (n° 440, p. 233), une note de feu Rochebilière.
Sous la même rubrique, à la date de 1664, il existe, en outre, une contrefaçon de 320 pages, d'un format un peu plus grand.

4. — Memoires de M. D. L. R. Sur les Brigues à la mort de Louis XIII. Les Guerres de Paris et de Guyenne, et la Prison des Princes : augmentez de nouveau par le mesme. Lettre du Cardinal, etc. (*le reste comme au n° 3*). M.DC.LXXII.

Petit in-12; 330 pages, précédées de 2 feuillets liminaires. Autre *Advis au lecteur sur cette nouvelle édition :* « Puisque j'ay esté assez heureux d'avoir eu entre les mains l'original de Monsieur de la Rochefoucauld, depuis qu'il l'a réformé, etc. » — Sur cette édition, la 7e, voyez (n° 442 du *Catalogue Claudin*, p. 233) une autre note de Rochebilière, qui en possédait un exemplaire avec cartons.
Ensuite viennent, toujours sous la même rubrique, mais à la date de 1677, deux éditions, l'une de 2 feuillets liminaires et 387 pages de texte, petit in-12, même *Advis* que celles de 1663, etc., imprimée à Bruxelles (M. Willems l'attribue à Lambert Marchant); l'autre d'un format plus grand, de 360 pages.
Sous la même rubrique encore : *Cologne, van Dyck*, reparaît, avec la date, au titre, de 1717, et l'*Advis* de 1663, une dernière édition ou mise en vente, qui s'intercale dans la série toute nouvelle et

tout autre commençant à 1688 : voyez la *Notice sur les Mémoires*,
p. xxv.

5. — Memoires de la minorité de Louis XIV. Sur ce qui s'est passé
à la fin de la vie de Louis XIII et pendant la Regence d'Anne d'Autriche, mere de Louis XIV. A Villefranche, chez Jean de Paul,
1688.

> In-12 ; 342 pages de texte, précédées de 2 feuillets liminaires ; de
> 1 feuillet d'errata, et d'un avertissement : « Ce n'est pas une des
> moindres, etc. »
> Sous la même rubrique, à la date de 1689, il parut, en 2 volumes
> in-12, une « 2ᵈᵉ édition augmentée, dit le titre, de près d'un tiers. »
> Sur ces deux éditions et la suivante (n° 6), ainsi que sur une
> contrefaçon, de 1689, dont le titre attribue les *Mémoires* à Varillas,
> voyez la *Notice sur les Mémoires*, p. xviii-xxvii.

6. — Memoires de la minorité de Louis XIV. Sur ce qui s'est passe
à la fin de la vie de Louis XIII et pendant la Regence d'Anne
d'Autriche, mere de Louis XIV. Corrigez sur trois copies différentes et augmentez de plusieurs choses fort considerables, qui
manquent dans les autres editions ; avec une Preface nouvelle, qui
sert d'Indice et de Sommaire. A Villefranche, chez Jean de Paul,
1690.

> In-12 ; 428 pages de texte, précédées de 11 feuillets liminaires, con-
> tenant le titre, 20 pages de Préface : « Ces Mémoires ayant déjà paru
> cinq ou six fois, etc. », et 2 pages de table ; à la fin, 1 page d'errata.
> De cette édition nous avons un exemplaire où le titre a de moins
> les mots : « Sur ce qui s'est passé », jusqu'à « mere de Louis XIV. »

7. — Memoires de M. le duc de la Rochefoucauld et de M. de la
Châtre, contenant l'histoire de la minorité de Louis XIV. Corrigez sur, etc. (*le reste comme au n° 6*). 1700.

> In-12 ; 428 pages, et 1 feuillet d'errata ; même préface qu'au n° 6.
> — C'est la première édition qui donne en toutes lettres le nom de
> l'auteur, omis depuis 1688, et représenté dans les éditions de la pre-
> mière série par les initiales M. D. L. R.

8. — Memoires de M. D. L. R. Sur les Brigues à la mort de
Louis XIII, les guerres de Paris et la Prison des Princes. Amsterdam, E. Roger, 1710.

> In-12. — La Bibliothèque nationale possède de cette impression
> un exemplaire en 1 volume, divisé artificiellement en 2 tomes,
> mais avec pagination continue. En vue de cette division, on a réim-
> primé le feuillet de titre initial et l'*Avis au lecteur*, fait un second
> titre intercalé après la page 370 ; la page 371 commence le tome II.

9. — Édition sous la rubrique : *Cologne, van Dyck*, M.DCC.XVII.

> In-12 ; 371 pages. — Voyez ci-dessus, p. 114 et 115, à la suite
> du n° 4, 3ᵉ alinéa.

10. — Memoires de la minorité de Louis XIV ; corrigez sur trois copies differentes, et augmentez de plusieurs choses fort considerables, qui manquent dans les autres editions. Avec une Preface nouvelle, qui sert d'Indice et de Sommaire. Amsterdam, aux depens de la Compagnie, M.DCC.XXIII.

> 2 volumes in-12, le 1ᵉʳ de 318 pages, le 2ᵈ de 256; même préface qu'au n° 6, et, comme l'on peut voir, même titre, avec l'omission marquée, 2ᵈ alinéa, à la suite de ce n° 6.

11. Memoires de la minorité de Louis XIV.... Amsterdam, 1733. 2 vol. in-12.

12. Memoires de la minorité de Louis XIV, corrigés et augmentés de plusieurs choses fort considerables, qui manquent dans les autres editions. Avec une Preface nouvelle, qui sert d'Indice et de Sommaire. Par M. le duc D. L. R. A Trevoux, aux depens de la Compagnie, M.DCC.LIV.

> 2 volumes in-12. Préface de l'édition de 1690, avec substitution de « six ou sept fois » à « cinq ou six fois ».
> Autre édition, 1754. *Ibidem*, 2 volumes in-12.

13. — Mémoires de M. le duc de la Rochefoucauld, publiés sur un manuscrit corrigé de sa main. Paris, Renouard, 1804.

> In-12. — Pour cette édition et les deux qui suivent, voyez la *Notice sur les Mémoires*, p. XXVII-XLII; et particulièrement pour le type auquel appartenait le manuscrit dont s'est servi Renouard, p. XLI et XLII, p. XXXII (et note 4) et p. XXXIII.

14. — Mémoires du duc de la Rochefoucauld. Première partie jusqu'à ce jour inédite, et publiée sur le manuscrit de l'auteur. Paris, A.-A. Renouard, 1817, in-18.

15. — Mémoires du duc de la Rochefoucauld, augmentés de la première partie, jusqu'à ce jour inédite, et publiée sur le manuscrit de l'auteur. Paris, A.-A. Renouard, 1816.

> In-12, avec portrait gravé par Aug. Saint-Aubin d'après un dessin de N. Monsiau.

16. — Mémoires de la Rochefoucauld. Paris, Foucault, 1826.

> In-8°. Deux parties de volumes de la *Collection* (Petitot) *des Mémoires relatifs à l'histoire de France*. 2ᵈᵉ série, tomes 51 et 52. — Voyez la *Notice sur les Mémoires*, p. XXXII et note 4, et p. XXXVI.

17. — Mémoires de la Rochefoucauld. Paris, imprimerie Éverat, 1838.

> Grand in-8°. Une partie de volume de la *Nouvelle Collection* (Michaud et Poujoulat) *des Mémoires pour servir à l'histoire de France*, 3ᵉ série, tome V. — Voyez la *Notice sur les Mémoires*, p. XXXVI-XXXVIII.

Pour les éditions des *Mémoires* comprises dans celles des *OEuvres*, voyez ci-dessous, D. OEUVRES, p. 140-142.

B. — Maximes.

1° Éditions publiées du vivant de l'auteur.

Sentences et Maximes morales. A La Haye, chez Jean et Daniel Steucker, CIƆ.IƆC.LXIV. — Réimprimé en 1883 : voyez p. 131, n° 71.

Petit in-8° de 79 pages. — 189 *maximes*, dont 8 sont inédites, et dont, par suite de dédoublements et doublements postérieurs, les 181 autres en forment 193 des éditions suivantes.

M. Alphonse Willems a récemment découvert[1] cette édition hollandaise, de 1664, antérieure à la première française, et qu'on avait jusqu'à présent cherchée en vain. On se refusait à croire qu'elle existât, et on ne voyait qu'un prétexte de grand seigneur dans la mention que fait l'*Advis au lecteur* de 1665 d'« une méchante copie.... qui *avait* passé en Hollande » (tome I, p. 26 et note 1). — Voyez ci-dessus, p. 1-50, le relevé complet des variantes fournies par cette édition ; p. 51-52, ses 8 maximes inédites ; p. 53-60, l'intéressante notice que lui a consacrée M. Willems ; enfin, p. 66-82, nos tableaux de concordance. Trois exemplaires seulement de ce précieux livret se sont retrouvés jusqu'ici : celui que possède M. Willems: un autre, venant de la bibliothèque de feu Rochebilière (*Catalogue Claudin*. n° 444, p. 234) ; un troisième, vendu, au mois de mars dernier, par la librairie Durel.

1 A. — Reflexions ou Sentences et Maximes morales. A Paris, chez Claude Barbin, vis-à-vis le Portail de la Sainte Chapelle, au signe de la Croix. M.DC.LXV. Avec privilege du Roy.

1 volume in-12, avec frontispice gravé par Picard[2] ; 24 feuillets

1. Dans une *Causerie bibliographique* de la *Revue de Bretagne et de Vendée*, août 1882 (p. 159-161), et dans un opuscule sur les *Traductions en langues étrangères des Réflexions ou Sentences et Maximes morales de la Rochefoucauld* (p. 25), M. le marquis de Granges de Surgères nous apprend que, dans un manuscrit inédit qu'il possède (*Notice raisonnée des principales éditions des* Maximes *du duc de la Rochefoucauld, avec un projet d'une nouvelle édition plus correcte que les précédentes*, Paris, 1814, 1 vol. in-4° de 190 pages), le P. Adry, bibliothécaire de l'ancienne maison de l'Oratoire à Paris, a mentionné déjà cette édition hollandaise « avec des détails assez circonstanciés, » dont le principal est que l'auteur relève quelques-unes des variantes du texte de 1664 comparé à celui de 1665.

2. Il est dit, dans l'opuscule, que nous venons de citer, sur les *Traductions en langues étrangères*, etc. (p. 13, n° 11), que le dessin est de Nicolas Poussin ; nous n'avons pu savoir sur quoi l'auteur fondait cette assertion. — Voyez, à la notice qui, dans notre *Album*, accompagne la reproduction de ce frontispice, un passage de la *Vie de Sénèque* par Diderot, qui s'y rapporte. Sur un exemplaire de la bibliothèque de l'Arsenal (coté 1779), qui a appartenu au collège des Jésuites de Paris, M. de Paulmy a mis au bas de la gravure :

Detrahere ausus
Hærentem larvæ *multa cum laude coronam.*
Horat. *a*

Satires, livre I, x, vers 48 et 49. On a changé dans le texte d'Horace *ausim* en *ausus* et *capiti* en *larvæ.*

liminaires non paginés : 1 pour le frontispice gravé, 1 pour le titre imprimé, 3 pour l'*Advis au lecteur* (voyez au tome I, p. 24-28) et 19 pour le *Discours sur les Réflexions ou Sentences et Maximes morales*, deux pièces que donnent également toutes les impressions (édition originale et contrefaçons 1 B à 1 D) de l'année 1665 ; 150 pages chiffrées (à 23 lignes la page) pour le texte[1], et 5 feuillets non paginés pour la table et le privilége. — 312 *maximes* ou plutôt 314, parce qu'il y a un double n° 302 et de plus la réflexion finale, non numérotée, sur la mort[2]. Le privilége et l'achevé d'imprimer sont, dans les impressions de 1665, qui toutes les contiennent, celui-ci du 14 janvier 1664 (par erreur 1644 dans 1 C), celui-là du 27 octobre 1664.

Cette édition 1 A, à pages de 23 lignes, est l'édition originale. C'était déjà l'opinion du très-expérimenté et regretté bibliographe, feu M. Potier, et M. Claudin en a, à deux reprises[3], donné des preuves incontestables. Dans l'édition à pages de 22 lignes (ci-dessous 1 B), que Brunet (*Manuel du libraire*, tome III, col. 844) considérait à tort comme l'originale, l'absence du frontispice, le fleuron de la fin (fleuron du livre ouvert avec la lettre P) et surtout (aux endroits où, dans la plupart des exemplaires de 1 A qui nous restent, il y a des cartons) le texte même, qui est celui, non pas du premier état, mais du second, décèlent évidemment une contrefaçon. Au sujet de ces cartons et des exemplaires d'un second tirage où l'on a tenu compte des corrections faites sur les cartons, voyez ci-dessus la section IV de l'*Appendice*, p. 61-65.

Dans l'année même où fut publiée l'édition originale, il parut trois contrefaçons :

1 B. — Reflexions ou Sentences et Maximes morales. A Paris, chez Claude Barbin.... M.DC.LXV. Avec privilege du Roy.

In-12 ; 23 feuillets liminaires non paginés ; 135 pages chiffrées (à 22 lignes la page) pour le texte ; 6 pages non chiffrées pour la table alphabétique, et 2 pour le privilége. Pas de frontispice. — Cette contrefaçon, que Brunet, nous l'avons dit ci-dessus (à propos de 1 A), regarde à tort comme la première édition, est très-bien imprimée en caractères neufs ; le fleuron du livre ouvert avec la lettre P qui se trouve à la fin est celui de François Provensal, imprimeur de Mgr l'évêque, à Grenoble[4].

1 C. — Reflexions ou Sentences et Maximes morales. A Paris, chez Claude Barbin.... M.DC.LXV. Avec privilege du Roy.

In-12 ; 23 feuillets liminaires (à 22 lignes la page) ; 100 pages chiffrées (à 26 lignes) pour le texte ; 6 pages non chiffrées pour la table

---

1. En réalité 148 et non 150, parce que les pages 145-146 n'existent pas, par suite d'une erreur typographique, dans les exemplaires de 1er état non cartonnés (voyez le *Catalogue Claudin*, p. 239).

2. Les exemplaires cartonnés renferment en plus nos quatre *maximes* 285-288, donc en tout 318 (voyez ci-dessus, p. 63).

3. *Catalogue des livres.... composant la bibliothèque de M. Victor Luzarche*, 1868, gr. in-8°, 1re partie, tome I, n° 987, p. 149-150, et *Catalogue Rochebilière*, n° 451, p. 244.

4. *Catalogue Rochebilière, ibidem.*

alphabétique, et 2 pour le privilége. Pas de frontispice. — Cette contrefaçon paraît à M. Claudin (*Catalogue Rochebilière*, n° 452, p. 244 et 245) avoir été imprimée à Lyon ou à Avignon.

1 D. — Reflexions morales de Monsieur de L. R. Foucaut. A Paris, chez Claude Barbin.... M DC LXV. Avec privilege du Roy.

Petit in-12; 18 feuillets liminaires non paginés; 113 pages chiffrées pour le texte; 5 pages non chiffrées pour la table, en petits caractères, et 2 pour le privilége. Pas de frontispice. — C'est une contrefaçon évidente, faite au fond de quelque province, curieuse par ce fait que le titre donne déjà, sous cette forme : *L. R. Foucaut*, le nom de l'auteur, que nous ne retrouvons plus tard, d'abord qu'à l'extrait du privilége, dans quelques exemplaires du supplément de 1678 : le « Sieur duc de la Rochefoucauld » (ci-après, p. 121, lignes 22-25); puis en initiales dans une traduction en vers français, de 1684 (ci-après, p. 132); en toutes lettres en 1705 (n° 7, p. 123), 1712 (n° 8, p. 124), 1748 (n° 11, *ibidem*); et enfin constamment à partir d'une réédition, de 1765, de l'abbé de la Roche (voyez p. 124, à la suite du n° 10).

Le texte de 1665 a été réimprimé en 1869 : voyez ci-après, p. 131, n° 66.

2. — Reflexions ou Sentences et Maximes morales. Nouvelle edition. A Paris, chez Claude Barbin.... M DC LXVI. Avec privilege du Roy.

In-12; 118 pages pour le texte, et 6 feuillets non paginés : 3 pour le titre, l'*Avis au lecteur* (voyez au tome I, p. 29 et 30), et le privilége (de même date que dans les éditions de 1665 ; achevé d'imprimer du 1er septembre 1666), et 3 pour la table alphabétique. Frontispice. — 302 *maximes*, y compris la réflexion sur la mort. Pas le *Discours sur les Réflexions*.

3. — Reflexions ou Sentences et Maximes morales. Troisieme edition, reveuë, corrigée et augmentée. A Paris, chez Claude Barbin, au Palais, sur le Perron de la Sainte Chapelle. M.DC.LXXI. Avec privilege du Roy (du.... février[1] 1671).

In-12; 132 pages pour le texte, et 9 feuillets non paginés : 4 pour le titre, « Le libraire au lecteur », et le privilége (pas d'achevé d'imprimer), et 5 pour la table alphabétique. Frontispice. — 341 *maximes*, y compris la réflexion sur la mort.

L'année suivante, 1672, parurent deux, non pas contrefaçons, car le privilége des *Maximes*, qui venait d'expirer, n'ayant pas été renouvelé en temps utile, des concurrents en avaient profité pour obtenir des « permis d'imprimer, » mais deux copies d'éditions de Paris :

Reflexions ou Sentences et Maximes morales. Derniere edition, reveuë et corrigée. A Rouen, chez Jacques Lucas. M.DC.LXXII.

In-12 ; 30 feuillets liminaires non paginés, 107 pages chiffrées pour le texte, et 4 feuillets non paginés pour la table. — 373

---

1. La date du jour est restée en blanc; de même dans la quatrième édition, de 1675 (ci-après, p. 120, n° 4).

maximes, formées des textes combinés de la 1re et de la 2de édition de Paris[1].

Reflexions ou Sentences et Maximes morales. A Lyon, chez P. Compagnon et R. Taillandier. M.DC.LXXII.

In-12; 24 feuillets liminaires non paginés; 100 pages chiffrées pour le texte, et 4 feuillets non paginés pour la table et le privilége. — 317 *maximes*. Copie de l'édition de 1665, dont elle reproduit le texte cartonné.

4. — Reflexions ou Sentences et Maximes morales. Quatrieme edition, reveuë, corrigée et augmentée depuis la troisieme. A Paris, chez Claude Barbin.... M.DC.LXXV. Avec privilege du Roy (du.... février 1671).

In-12; 157 pages chiffrées pour le texte, et 8 feuillets non paginés : 4 pour le titre, « Le libraire au lecteur, » et le privilége, et 4 pour la table alphabétique (dont le commencement est au verso de la page 157). Achevé d'imprimer, pour la quatrieme fois, du 17 décembre 1674. Frontispice. — 413 *maximes*, y compris la réflexion sur la mort.

Cette édition de 1675 paraît ne faire qu'une avec celle de 1671, à partir de la page 3 inclusivement, jusqu'à la page 120 comprise[2].

Voyez ce qui est dit ci-après, p. 121, à la suite du n° 5, d'un supplément à cette édition de 1675, publié en 1678.

Reflexions ou Sentences et Maximes morales. (La Sphère.) Suivant la copie imprimée à Paris. CIƆ.IƆC.LXXVI.

Petit in-12; 20 feuillets liminaires, y compris le frontispice gravé et le titre; 104 pages pour le texte, et 4 feuillets pour la table. — Cette édition, attribuée faussement aux Elzevier, sort, comme celle de 1664, des presses des frères Steucker, à la Haye. C'est une copie pure et simple de l'édition parisienne de 1665 (contenant le *Discours sur les Réflexions ou Sentences et Maximes morales*). Elle n'est pas citée par les bibliographes; ils mentionnent seulement, aussi comme édition elzevirienne, sa réimpression, faite en 16-9, du même texte de 1665. Voyez ci-dessus, p. 54, l'étude de M. Willems.

5. — Reflexions ou Sentences et Maximes morales. Cinquieme edition Augmentée de plus de cent Nouvelles Maximes. A Paris, chez Claude Barbin, sur le second Perron de la Sainte Chapelle. M.DC.LXXVIII. Avec privilege du Roy (du 3 juillet 1678).

In-12; 195 pages pour le texte, et 9 feuillets non paginés; 3 pour le titre, « Le libraire au lecteur, » et le privilége, et 6 pour la table alphabétique (dont le commencement est au verso de la page 195). Achevé d'imprimer avec l'augmentation, pour la pre-

---

1. Rochebilière (*Catalogue Claudin*, n° 459, p. 247) possédait un exemplaire de cette édition, cartonné pour les pages 45 à 48.

2. Page 67 de l'exemplaire que possédait Rochebilière (*Catalogue Claudin*, n° 463, p. 244) se trouve un carton destiné à remplacer la 186e maxime, qui est réimprimée avec des modifications : voyez ci-dessus, p. 65.

mière fois, du 26 juillet 1678. Pas de frontispice[1]. — 504 *maximes*,
y compris la réflexion sur la mort.

L'abbé Brotier, aux pages 246 et 247 de son édition de 1789 (ci-
après, p. 125, n° 19), critique cette cinquième, de 1678, avec une
sévérité qui implique une satisfaction quelque peu exagérée de la
sienne : voyez au tome I, p. 239, et p. 240, note 2.

Il y a eu, à ce qu'il paraît, un double tirage du texte de 1678, ou
peut-être correction sous presse : voyez au tome I, p. 169, note 3.

Outre cette 5ᵉ édition complète, Barbin publia, en 1678, un supplément à la 4ᵉ, ne contenant que les 107 *maximes* ajoutées dans la
5ᵉ, et intitulé :

Nouvelles Reflexions ou Sentences et Maximes morales. Seconde
partie.

In-12, 4 feuillets liminaires non paginés : 1 blanc, 1 pour le titre,
et 2 pour le privilége ; 76 pages chiffrées pour le texte, et 5 feuillets
non paginés pour la table. Achevé d'imprimer du 6 août 1678. —
107 *maximes*.

Suivant M. Claudin (*Catalogue Rochebilière*, nᵒˢ 461 et 462, p. 248
et 249-), cette seconde partie, imprimée, nous venons de le dire,
pour compléter la 4ᵉ édition, se trouve le plus souvent jointe à des
exemplaires de la 3ᵉ dont il restait sans doute en magasin un certain nombre, et ou, tantôt précédée d'un faux titre imprimé, tantôt
d'un feuillet blanc, tantôt n'ayant ni 'un ni l'autre, elle présente de
plus cette particularité que, dans les uns, l'extrait de son privilége
indique comme auteur du livre le « sieur duc de la Rochefoucauld, »
et, dans les autres, ne porte pas de nom.

Reflexions ou Sentences et Maximes morales. (La Sphère.) Suivant
la copie imprimée à Paris. CIƆ.IƆC.LXXIX.

Petit in-12. — Réimpression de l'édition, dite elzevirienne, des
Steucker, de 1676 : voyez ci-dessus, p. 120, entre les nᵒˢ 4 et 5.

2° Éditions publiées depuis la mort de l'auteur.

1. — Reflexions ou Sentences ou Maximes morales. Quatrieme (*sic*)
edition, reveuë, corrigée et augmentée depuis la troisieme. Lyon,
P. Compagnon et Rob. Taillandier. M.DC.LXXXV. — Nouvelles
Reflexions ou Sentences et Maximes morales. Seconde partie.
Mêmes lieu, libraire et date.

2 tomes, en 1 volume in-12 : le premier, de 4 feuillets liminaires
non paginés, et 83 pages chiffrées pour le texte ; le second, de
19 pages chiffrées et de 15 non chiffrées.

« Le second privilége des *Maximes*, dit M. Claudin (*Catalogue Rochebilière*, n° 468, p. 251), venait d'expirer et n'avait pas encore été
renouvelé. Usant de cet avantage, les mêmes libraires de Lyon qui
avaient imprimé, dans les mêmes conditions, les *Maximes* en 1672

1. Voyez l'Album à l'endroit indiqué ci-dessus, à la page 117, fin de la note 2.
2. Voyez le même *Catalogue*, nᵒˢ 466 et 467, p. 250 et 251.

(voyez ci-dessus, p. 119-120, à la suite du n° 3) profitèrent de l'occasion pour obtenir permission de faire une édition nouvelle. »

2. — Reflexions ou Sentences et Maximes morales. Sixieme edition (*sic; voyez la vraie sixième, ci-après, p.* 123, *n°* 6). Augmentée de plus de cent nouvelles Maximes. Avec un Discours sur les Reflexions. A Toulouse, chez Marin Fouchac et Guillaume Bely. M.DC.LXXXVIII.

In-12; 16 feuillets liminaires non paginés; 140 pages chiffrées pour le texte, et 6 feuillets non paginés pour la table. — Copie de l'édition n° 5, avec reproduction du *Discours* de 1665, supprimé dès 1666, et un *Avis au lecteur* dans lequel on justifie la Rochefoucauld d'avoir attribué toutes nos actions et nos vertus même à nos mauvais penchants, en disant « qu'il n'a considéré les hommes que dans cet état déplorable de la nature corrompue. »

3. — Reflexions ou Sentences et Maximes morales. Quatrieme (*sic*) edition. Reveuë, corrigée et augmentée depuis la troisieme. Lyon, B. Vignieu, M.DC.XC. — Nouvelles Reflexions ou Sentences et Maximes morales. *Mêmes lieu, libraire et date.*

2 parties, en 1 volume in-12 : la première de 4 feuillets liminaires non paginés, 110 pages chiffrées pour le texte, et 1 feuillet blanc; la seconde, de 28 pages chiffrées. — Le titre, portant « Quatrieme edition, » ne tient compte, on le voit, ni, et avec raison, de la précédente de Toulouse, intitulée à tort « sixieme », ni de la « quatrieme » de Lyon (ci-dessus, p. 121, n° 1), ni de la vraie cinquième de Barbin, de 1678 (plus haut, p. 120, n° 5).
Voyez, à propos de cette édition de Lyon, 1690, une note du catalogue de M. Duplessis (Paris, Potier, 1856, n° 93), et, dans le *Catalogue Rochebilière* (n° 470, p. 252), la description d'un exemplaire contenant, non pas deux, mais quatre parties, en un volume : d'abord celles que nous avons mentionnées; puis, comme troisième et quatrième : 1°, jointes pour la première fois aux *Maximes* de la Rochefoucauld, les « Maximes et Pensées diverses, » au nombre de 81, de Mme de Sablé; 2° d'autres « Pensées diverses », au nombre de 91, œuvre d'un anonyme. (Troisième partie : 1 feuillet non paginé pour le faux titre, 82 pages chiffrées; quatrième partie : pages 33 à 66, 11 feuillets non paginés pour les tables, et 1 feuillet blanc final.)

4. — Reflexions ou Sentences et Maximes morales, augmentées de plus de deux cens nouvelles Maximes. Suivant la copie imprimée à Paris, chez Claude Barbin. M.DC.XC. — Maximes et pensées diverses (par Mme de Sablé).

2 parties, en 1 volume petit in-12 : la première de 15 feuillets liminaires non paginés, 178 pages chiffrées et 4 feuillets de table; la seconde de 4 feuillets liminaires non paginés, 49 pages chiffrées, et 7 pages non chiffrées de table (les « Pensées diverses » d'un anonyme commencent à la page 24 de la 2de partie). Frontispice. — Jolie édition de Hollande, qui semble, d'après M. Claudin (*Catalogue Rochebilière*, n° 471, p. 253), faite sur la précédente.

5. — Reflexions ou Sentences et Maximes morales. Suivant les

copies imprimées à Paris chez Claude Barbin et Mabre Cramoisy.
M.DC.XCII.

> 2 parties, en 1 volume petit in-12 : la première de 15 feuillets
> liminaires non paginés, 168 pages chiffrées, 4 feuillets non paginés
> de table; la seconde de 4 feuillets liminaires non paginés, 49 pages
> chiffrées, et 7 pages non chiffrées pour les tables (les « Pensées di-
> verses » d'un anonyme commencent à la page 24 de la 2ᵈᵉ partie).
> Frontispice. — Jolie édition de Hollande.

6. — Reflexions ou Sentences morales. Sixieme edition augmentée.
A Paris, chez Claude Barbin.... M.DC.XCIII. Avec privilege du Roy
(du 28 décembre 1692).

> In-12; 12 feuillets non paginés, et xxxv pages, puis 196 pages
> chiffrées pour le texte, pas de table. « Achevé de réimprimer pour
> la première fois le 3 septembre 1693. » — 504 *maximes*, comme dans
> la 5ᵉ édition ; et de plus, au commencement du volume, la réflexion
> sur l'amour-propre, suivie d'un *Supplément de 50 maximes*, dont la
> moitié est publiée pour la première fois, et du *Discours* de 1665,
> retranché dès 1666.
> Au sujet de cette 6ᵉ édition de Barbin, voyez, au tome I, la *Notice
> sur les Maximes posthumes*, p. 219-222.

7. — Reflexions ou Sentences et Maximes morales. De Monsieur de
La Rochefoucault. Maximes de Madame la marquise de Sablé.
Pensées diverses de M. L. D. (*l'abbé d'Ailly*). Et les Maximes
chrétiennes de M*** (*Mme de la Sablière*). A Amsterdam, chez
Pierre Mortier, libraire, M.DCC.V.

> In-12; frontispice gravé ; 310 pages chiffrées, dont 192, plus 30
> feuillets non paginés (25 au commencement du volume, 5 de tables
> à la fin), sont pour la Rochefoucauld. — 571 *maximes*, et à leur suite
> les 50 du *Supplément* de 1693.
> Pour cette édition, voyez encore, au tome I, la *Notice sur les
> Maximes posthumes*, p. 219 et 222, et de plus la *Notice sur les Maximes
> supprimées*, p. 239-242. — L'exemplaire de la bibliothèque de l'Ar-
> senal porte, écrites de la main de M. de Paulmy, des remarques
> judicieuses sur les maximes d'auteurs divers contenues dans ce re-
> cueil. Sur le feuillet de garde, avant le frontispice : « La réputation
> du livre de M. de la Rochefoucauld est bien faite. Il est plein d'es-
> prit, du plus subtil, du plus profond, et du plus juste à de certains
> égards; mais il ne faut pas prendre au pied de la lettre la morale
> de ces réflexions misanthropiques, qui finiroient par ne nous pas
> laisser croire plus à la vertu qu'aux sorciers, et par nous faire enfin
> douter de notre propre probité. » Au revers du titre des *Maximes de
> Mme la marquise de Sablé* : « Le mérite de ces maximes de Mme de
> Sablé est qu'elles sont toutes très-justes et très-sensées. » Sous le titre
> des *Pensées diverses de M. L. D.* : « Il y a plusieurs de ces pensées
> qui sont lumineuses et pleines d'esprit ; beaucoup de médiocres et
> quelques-unes fausses. » Enfin, au-dessous du titre *Maximes chré-
> tiennes* : « Ces maximes chrétiennes sont très-bonnes, mais bien au-
> dessous, pour l'esprit, des autres maximes, pensées et réflexions de
> ce livre. »

8. — Reflexions ou Sentences et Maximes morales du duc de la
Rochefoucauld, avec Maximes de Madame la marquise de Sablé.
Pensées diverses et Maximes chretiennes. Amsterdam, 1712,
in-12.

9. — Reflexions, Sentences et Maximes morales, mises en nouvel
ordre, avec des notes politiques et historiques par M. Amelot de
la Houssaye. Paris, E. Ganeau, 1714.

> In-12. — Voyez aux endroits du tome I, indiqués ci-dessus,
> p. 123, à la suite du n° 7.

> Autres éditions d'après celle d'Amelot de la Houssaye : Paris,
> 1725 (nouvelle édition corrigée et augmentée des *Maximes chrétien-
> nes*), 1743, 1754; Amsterdam, 1765, toutes in-12; Paris, 1777 (ci-
> après, n° 13).

10. — Les Pensées, Maximes et Réflexions morales de M. le duc ***.
Onzième édition, augmentée de remarques critiques, morales et
historiques sur chacune des Réflexions; par M. l'abbé de la Roche.
Paris, E. Ganeau père, 1737.

> In-12. — Voyez au tome I, p. 220 et note 3, p. 239 et note 1.

> Autres éditions de ou d'après l'abbé de la Roche, toutes in-12 :
> Paris, 1741, 1754, 1765 (Pissot), 1765 (Bauche), 1777 (notre n° 13). Il
> y a plusieurs inexactitudes dans les renseignements que la Préface de
> 1765 donne sur les éditions antérieures, celle-ci entre autres, que,
> jusqu'à cette édition de 1765, que l'éditeur nomme la 14°, le livre
> des *Maximes* a été anonyme : voyez ce qui est dit, ci-dessus, à la
> suite du n° 1 D, p. 119.

11. — Réflexions, ou Sentences et Maximes morales de Monsieur
de la Rochefoucault. Nouvelle édition qui renferme, de plus, les
Maximes de Madame la marquise de Sablé, les Pensées diverses de
M. L. D., et les Maximes chrétiennes de M***. Amsterdam, aux
dépens de la Compagnie, 1748.

> In-8°; frontispice gravé.
> Autre édition : 1750. Lausanne, M. M. Bousquet, in-8°.

12. — Réflexions et Maximes morales de M. le duc de la Rochefoucault. Nouvelle édition, plus correcte qu'aucune de celles qui
ont paru jusqu'ici. Avec des commentaires par M. Manzon.
Amsterdam et Clèves, J.-G. Baerstecher, 1772, in-8°.

13. — Les Pensées, Maximes et Réflexions morales de François VI,
duc de la Rochefoucauld. Avec des remarques et notes critiques,
morales, politiques et historiques sur chacune de ces pensées, par
Amelot de la Houssaye et l'abbé de la Roche, et des maximes
chrétiennes, par Mme de la Sablière. Paris, Bailly (ou Nyon
l'aîné), 1777, in-12.

14. — Maximes et Réflexions morales du duc de la Rochefoucauld.
Paris, de l'Imprimerie royale, 1778.

In-8°; avec une *Notice* (par Suard) *sur le Caractère et les écrits du duc de la Rochefoucauld*, et d'ordinaire le Portrait d'après Petitot, gravé par Choffard. — L'*Avertissement* (p. v) dit que cette édition a été faite d'après le manuscrit original et sur des exemplaires corrigés de la main de l'auteur. — Voyez, au tome I, la note 1 de la page 239, et Brunet, *Manuel du libraire*, tome III. col. 845.

On lit, au sujet de cette édition, dans les *Mémoires secrets* (de Bachaumont, etc.), tome XII, p. 29 et 30 : « 29 juin 1778. On vient de faire au Louvre une nouvelle édition des *Maximes de M. le duc de la Rochefoucauld* Elle est d'une correction, d'une propreté, d'une élégance qui fait honneur au goût de celui qui en a dirigé l'exécution typographique. On croit que c'est M Suard qui a fait précéder le tout d'une notice de sa composition sur le caractère et les écrits de l'illustre auteur. On n en a tiré qu'un petit nombre d'exemplaires [1], pour les philosophes amis, et il ne s'en vend aucun. »

15. — Maximes et Réflexions morales du duc de la Rochefoucauld. Paris, de l'imprimerie de Monsieur, 1779.

In-16. — La Bibliothèque nationale possède de cette édition, qui reproduit la précédente, deux exemplaires sur vélin.

16. — Maximes et Réflexions morales de la Rochefoucauld, d'après l'édition du Louvre. Amsterdam, 1780.

Très-petit in-18 ; avec la *Notice* de Suard *sur le caractère et les écrits de la Rochefoucauld*.

17. — Maximes et Réflexions morales du duc de la Rochefoucauld. Londres, 1784.

In-12. — Autre impression, mêmes lieu et date, d'un format plus petit, même nombre de *maximes* (528).

A la fin des maximes, à la suite de la réflexion sur la mort, l'éditeur de Londres remplace, pour la maxime 81 (83e dans notre texte), la leçon, qu'il a d'abord adoptée, des quatre premières éditions, par la variante définitive de la 5e (1678). Voyez, au tome I, la note 4 de la page 66, et la fin de la note 1 de la page 239.

18. — Maximes ou Sentences et Réflexions morales de la Rochefoucauld. Londres et Paris, Servières, 1785.

In-8°, de 268 pages, contenant un hors-d'œuvre de 90 pages, intitulé : *Manuel moral ou Maximes pour se conduire sagement dans le monde.*

19. — Réflexions ou Sentences et Maximes morales de M. le duc de la Rochefoucauld. Avec des Observations de M. l'abbé Brotier, de l'Académie des inscriptions et belles-lettres. A Paris, chez J.-G. Merigot, libraire.... M.DCC.LXXXIX, avec approbation et privilége du Roi.

Petit in-12. — Sur cette édition, augmentée d'une partie des *Réflexions diverses*, voyez, au tome I, p. 239-242, la *Notice sur les Maximes supprimées;* et, p. 261, le commencement de la *Notice sur les Réflexions diverses.*

1. Brunet dit que le livre a été tiré à assez grand nombre pour n'être pas cher.

20. — Maximes de la Rochefoucauld. Nouvelle édition augmentée de
Vies et de Notices. Paris, an III de la République (1794).

> 2 vol. in-16; avec frontispice gravé. — L'exemplaire de la Biblio-
> thèque nationale porte cette note manuscrite : « Par J.-B.-C. Delisle
> de Sales. »

21. — Maximes et Œuvres complètes (*sic*) de François, duc de la
Rochefoucauld, terminées par une table alphabétique des matières,
plus ample et plus commode que celle des éditions précédentes.
Paris, Desenne, an IV de la République (1796).

> 2 vol. in-12; publiés par Fortia d'Urban. Tome I : *Maximes de la
> Rochefoucauld;* tome II : *Principes et questions de morale naturelle, par
> Fortia d'Urban.* — Voyez diverses mentions de cette édition dans
> les *Notices* de notre tome I, *sur les Maximes posthumes, les Maximes
> supprimées* et *les Réflexions diverses.*
> Autre édition, Paris, Delante et Lesueur, 1804, in-12. — Voyez
> ci-après, nᵒˢ 23 et 28.

22. — Maximes et Réflexions morales du duc de la Rochefoucauld.
Paris, imp. de P. Didot l'aîné, M.DCC.XCVII.

> Grand in-4°; tiré à 250 exemplaires.
> Autre édition, in-18, avec le même titre, sauf l'addition, avant la
> date, des mots : « l'an Vᵉ ».

23. — Œuvres morales de François, duc de la Rochefoucauld, suivies d'observations et d'un supplément, destiné à servir de correctif à ses Maximes, par Agricola de Fortia. Basle, J. Decker,
1798, in-8°.

24. — Pensées, Maximes et Réflexions morales, avec le commentaire
de l'abbé de la Roche. Nouvelle édition. Dresde, 1799, in-8°.

25. — Maximes et Réflexions morales du duc de la Rochefoucauld,
d'après l'édition du Louvre, faite en 1778 sur un exemplaire corrigé de la main de l'auteur (*voyez ci-dessus, nᵒ* 14, *p.* 124 *et* 125).
Paris, imprimerie de Plassan, an VIII (1799-1800), in-12.

26. — Maximes et Réflexions morales du duc de la Rochefoucauld....
Londres, Lhomme, 1799.

> Grand in-8° vélin; avec portrait gravé par Ph. Audinet, d'après
> Petitot.

27. — Maximes et Réflexions morales. Wien, 1800, grand in-8°.

28. — Œuvres morales, ou Maximes et Réflexions de François, duc
de la Rochefoucauld. Précédées de sa Vie, qui paraît pour la première fois, et terminées par une table alphabétique des matières
plus ample et plus commode que celle des éditions précédentes.
Avignon, Vᵉ Seguin, et Paris, Pougens, etc., an X (1801-1802).

> 2 vol. in-18; publiés par Fortia d'Urban (voyez ci-dessus,

nº 21). Le faux titre porte : *OEuvres morales de la Rochefoucauld et Principes de morale naturelle.*

29. — Maximes et Réflexions morales du duc de la Rochefoucauld. Avignon, J.-A. Joly, 1801, in-12.

30. — Maximes et Réflexions morales du duc de la Rochefoucauld. Paris, imprimerie de P. et F. Didot, 1802, in-18.

31. — Maximes et Réflexions morales du duc de la Rochefoucauld. Parme, imprimerie de Bodoni, 1811, in-4º.

Autre édition de 1811, grand in-folio; une troisième en 1812, grand in-8º. — Voyez Brunet, tome III, col. 846.

32. — Maximes et Réflexions morales du duc de la Rochefoucauld, ornées de son portrait gravé, d'après Petitot, par P.-P. Choffard, et d'un modèle de son écriture, par Miller. Paris, Blaise et Pichard, 1813.

In-12; avec la notice de Suard et deux fables de la Fontaine.

33. — Maximes et Réflexions morales. Braunschweig, 1814, in-12.

Autre tirage, même année, in-8º. — Nouvelle édition, 1820, *ibidem.* Le portrait est celui qui accompagne ordinairement l'édition de 1778 (nº 14, ci-dessus, p. 124 et 125); le modèle d'écriture est le fac-similé de notre lettre 98, à Mme de Sablé.

34. — Maximes et Réflexions morales du duc de la Rochefoucauld. Paris, imprimerie de P. Didot l'aîné, 1815.

In-8º; avec la notice de Suard. — *Collection des meilleurs ouvrages de la langue française, dédiée aux amateurs de l'art typographique ou d'éditions soignées et correctes,* tome XXII.

35. — Maximes et Réflexions morales. Karlsruhe, 1816, in-8º.

36. — Maximes et Réflexions morales du duc de la Rochefoucauld. Paris, Ménard et Desenne fils, 1817.

In-18. — *Bibliothèque française,* tome XIII.
Autre édition, 1826.

37. — Maximes et Réflexions morales du duc de la Rochefoucauld. Avranches, imprimerie de le Court, 1818.

In-12; avec la notice de Suard et deux fables de la Fontaine.

38. — Maximes et Réflexions morales du duc de la Rochefoucauld. Paris, Treuttel et Würtz, 1820.

In-18; avec la notice de Suard.

39. — Réflexions ou Sentences et Maximes morales de la Rochefoucauld, avec un examen critique par L. Aimé-Martin. Paris, Lefevre, 1822.

In-8º; avec un portrait gravé par Bertonnier, d'après Petitot. Les

Maximes sont suivies d'un 1er supplément contenant les pensées supprimées par l'auteur, d'un 2e supplément contenant les pensées tirées
des lettres manuscrites qui se trouvent à la Bibliothèque du Roi;
des *Réflexions diverses*. — A la suite de l'*Examen critique*, on a réuni
à un très-petit nombre d'exemplaires un choix (tiré à cinquante) des
Observations inédites de Mme de la Fayette sur les Maximes, qui devaient d'abord entrer toutes dans l'édition, mais dont, à temps, l'authenticité parut plus que douteuse. — Voyez, ci-après (p. 129 et
130), les nos 47. 57 et 61; au tome I, les *Notices sur les Maximes posthumes et sur les Maximes supprimées;* et Brunet, tome III, col. 846
et 847, où est rapporté le jugement, entaché à la fois d'injustice et
d'inexactitude, prononcé par Quérard sur l'*Examen critique*, dans *la
France littéraire*, tome IV, p. 565 et 566.

40. — Maximes de la Rochefoucauld. Nouvelle édition, avec toutes
les variantes et une notice sur sa vie. Par P.-R. Auguis. Paris,
Froment, 1823.

> In-18; avec portrait. — *Collection des classiques français.*

41. — La Rochefoucauld et Vauvenargues. Pensées et Maximes. Paris,
Salmon, 1823.

> In-32; avec portrait.

42. — Pensées et Maximes inédites de la Rochefoucauld, recueillies
et publiées par E. L. Paris, Renard.

> In-32, d'une feuille et demie Sans date, mais annoncé dans le
> *Journal de la librairie* en 1824. Un avis porte : « Ces pensées sont
> tirées soit des manuscrits de M. de la Rochefoucauld, inconnus jus-
> qu'à ce jour, soit de sa correspondance particulière. »

43. — Réflexions ou Sentences et Maximes morales de la Rochefoucauld. Paris, de Bure, 1824.

> In-12; avec portrait gravé par Pourvoyeur, d'après Petitot et
> Gaucher. — *Classiques français ou Bibliothèque portative de l'amateur*,
> tome XXXIII.

44. — Maximes de la Rochefoucauld, avec notes et variantes, précédées d'une notice biographique et littéraire. Paris, Malepeyre,
1825.

> In-8°; avec portrait. Publiées par Gaëtan de la Rochefoucauld,
> avec une notice de lui. Même composition que celle qui a servi à
> l'impression des *OEuvres :* voyez ci-après, p. 141, n° 4.

45. — Maximes de la Rochefoucauld, avec leurs paronymes, par le
baron Massias.... Paris, imprimerie de Didot, 1825.

> In-16. Le texte est disposé sur deux colonnes; celle de gauche
> contient les *Maximes* de la Rochefoucauld; celle de droite, les *paro-
> nymes*. c'est-à-dire d'autres maximes où le baron Massias, qui *a pré-
> féré*, nous dit-il, « pour peindre l'homme, un profil différent, »
> contredit, restreint, modifie celles de notre auteur.

46. — Maximes et Réflexions morales du duc de la Rochefoucauld.
Nouvelle édition. Paris, Peytieux, 1825.

> In-18. — Il a paru, la même année, à Paris, chez Sanson, un volume
> in-32, intitulé : *le Petit la Rochefoucauld*, contenant un *Choix de pen-*
> *sées ou maximes morales* de divers auteurs.

47. — Réflexions ou Sentences et Maximes morales de la Rochefoucauld. Paris, Lefevre, 1827.

> Grand in-8°; avec portrait gravé par Roger, d'après Bertonnier.
> Texte d'Aimé-Martin (ci-dessus, p. 127, n° 39), avec quelques ad-
> ditions, sans l'*Examen critique*. — *Collection des classiques français*.

48. — Maximes et Réflexions morales du duc de la Rochefoucauld.
Paris, imprimerie de J. Didot le jeune, 1827.

> In-64. D'après la 2de édition d'Aimé-Martin (n° 47). Le revers du
> feuillet de garde porte : « Première édition, imprimée avec les ca-
> ractères microscopiques de Henri Didot. »

49. — Réflexions ou Sentences et Maximes morales de la Rochefoucauld. Paris, Froment et Berquet, 1827, in-32.

50. — Maximes de la Rochefoucauld. Nouvelle édition avec toutes
les variantes et une notice sur sa vie, suivies d'un choix de pensées de Vauvenargues. Paris, Lemoine, 1827.

> 2 vol. in-32; avec portrait gravé par Couché fils, d'après Gaucher.
> — *Bibliothèque en miniature*.

51. — Maximes et Réflexions morales du duc de la Rochefoucauld,
suivies des Réflexions et Maximes choisies de Vauvenargues. Paris,
rue Saint-Jacques, n° 137, 1829.

> In-18; avec portrait gravé par Allais, d'après Petitot. — *Biblio-*
> *thèque aes amis des lettres ou choix des meilleurs auteurs français*.
> 2de édition la même année.

52. — Maximes et Réflexions morales du duc de la Rochefoucauld,
Paris, Lecointe, 1829.

> In-18; avec la notice de Suard, et un médaillon gravé par Boilly,
> d'après Gaucher. — *Nouvelle Bibliothèque des classiques français*.
> Autre édition en 1839, Paris, Pougin, in-18.
> En 1829 il a paru, en 2de édition (nous n'avons pas vu la pre-
> mière), un volume in-32 (Paris, Salmon) qui n'a de la Rochefoucauld
> que le nom ; le titre est : *Le la Rochefoucauld des Dames, Pensées et*
> *Maximes des femmes célèbres, depuis Héloïse jusqu'à nos jours.*

53. — Réflexions morales et pensées de la Rochefoucauld et de
Vauvenargues. Paris, librairie des écoles, 1835, in-32.

54. — Choix de moralistes français avec notices biographiques par
J.-H.-C. Buchon : Pierre Charron, *de la Sagesse*. — Blaise Pascal,
Pensées. — La Rochefoucauld, *Sentences et Maximes*. — La

Bruyère, *les Caractères de ce siècle*. — Vauvenargues, *OEuvres*. — Paris, Desrez, 1836.

> Grand in-8°. — *Collection du Panthéon littéraire.*
> Autre édition en 1843, grand in-8°.

55. — Moralistes français : *Pensées* de Blaise Pascal. — *Réflexions, Sentences et Maximes* de la Rochefoucauld, suivies d'une réfutation par L. Aimé-Martin. — *Caractères* de la Bruyère. — Paris, Lefevre, 1836, grand in-8°.

56. — OEuvres choisies des Moralistes : *Pensées* de Pascal. — *Maximes* de la Rochefoucauld. — *Caractères* de la Bruyère. — Paris, Treuttel et Würtz [1836].

> 2 volumes in-8°. — Tomes LXII et LXIII de la *Nouvelle Bibliothèque classique.*

57. — Réflexions ou Sentences et Maximes morales de la Rochefoucauld, suivies d'un examen critique par L. Aimé-Martin, et des œuvres choisies de Vauvenargues. Paris, Lefevre, 1844.

> Grand in-16. — *Collection des classiques français.*
> Voyez ci-dessus, p. 127 et 129, nᵒˢ 39 et 47; ci-après, nᵒ 61; et au tome I, les *Notices sur les Maximes posthumes* (p. 220 et note 5) et *sur les Maximes supprimées* (p. 241 et note 2).

58. — Maximes du duc de la Rochefoucauld, précédées d'une notice sur sa vie, par Suard. — Pensées diverses de Montesquieu. — OEuvres choisies de Vauvenargues. — Paris, Didot, 1850.

> In-18. — *Collection des chefs-d'œuvre de la littérature française.*

59. — Réflexions, Sentences et Maximes morales de la Rochefoucauld. Nouvelle édition conforme à celle de 1678 et à laquelle on a joint les annotations d'un contemporain sur chaque maxime, les variantes des premières éditions et des notes nouvelles, par G. Duplessis, avec une préface par C.-A. Sainte-Beuve. Paris, Jannet, 1853.

> In-12. — *Bibliothèque elzevirienne.*
> Voyez, dans notre tome I, les *Notices sur les Maximes posthumes* (p. 220 et note 6) et *sur les Maximes supprimées* (p. 241 et note 2).

60. — Les Caractères de la Bruyère.... Les Maximes de la Rochefoucauld. Paris, Furne, 1853, in-8°.

61. — Pensées, Maximes et Réflexions morales de la Rochefoucauld. Avec les variantes du texte et l'examen critique des Maximes, par Aimé-Martin. Paris, Didot, 1855.

> In-8°. — *Chefs-d'œuvre littéraires du XVIIᵉ siècle*, collationnés sur les éditions originales et publiés par M. Lefevre.
> Voyez ci-dessus, nᵒˢ 39, 47 et 57.

62. — Maximes du duc de la Rochefoucauld, précédées d'une notice sur sa vie, par Suard. — Pensées diverses de Montesquieu. — Paris, Didot, 1864, in-12.

63. — La Rochefoucauld. Maximes et Réflexions morales, précédées d'une étude par M. Émile Deschanel. Paris, 1866.

> In-32. — *Bibliothèque* dite *nationale : Collection des meilleurs auteurs anciens et modernes.*

64. — Réflexions, Sentences et Maximes morales de la Rochefoucauld, précédées d'une notice par Sainte-Beuve.... OEuvres choisies de Vauvenargues. — Paris, Garnier frères, 1867, in-18.

65. — Réflexions ou Sentences et Maximes morales de la Rochefoucauld. Édition Louis Lacour, imprimée par D. Jouaust. Paris, Académie des Bibliophiles, 1868, in-8°.

66. — Le premier texte de la Rochefoucauld publié par F. de Marescot. Paris, Jouaust, 1869.

> In-12. — *Cabinet du Bibliophile*, n° IV.
> C'est la réimpression de l'édition originale, de 1665, avec des variantes des éditions postérieures, sous le nom de « Variantes Gilbert ».

67. — Réflexions ou Sentences et Maximes morales de la Rochefoucauld. Textes de 1665 et de 1678 revus par Charles Royer. Paris, Lemerre, 1870.

> In-12; avec portrait, par M. Bracquemond.

68. — Les Moralistes français : *Pensées* de Pascal. — *Maximes et Réflexions* de la Rochefoucauld.... Textes soigneusement revisés, complétés et annotés à l'aide des travaux les plus récents de l'érudition et de la critique.... Paris, Garnier, 1875.

> Grand in-8°. — Une rapide comparaison suffira pour montrer combien, pour la Rochefoucauld, notre édition (1868) a épargné de peine à l'éditeur de 1875.

69. — Deux moralistes. La Rochefoucauld et Vauvenargues. Bar-le-Duc, Contant-Laguerre, 1878.

> In-8°; avec la notice de Suard. — *Bibliothèque des chefs-d'œuvre.*

70. — Les Maximes de la Rochefoucauld, suivies des Réflexions diverses, publiées avec une préface et des notes par J.-F. Thénard. Paris, Jouaust, 1881.

> In-8°. — *Nouvelle Bibliothèque classique.*

71. — Maximes de la Rochefoucauld, premier texte imprimé à la Haye en 1664, collationné sur le manuscrit autographe et sur les éditions de 1665 et 1678, précédé d'une préface par Alphonse Pauly.... Paris, Damascène Morgand. 1883, in-8°.

> *M. le marquis de Granges de Surgères, dans son opuscule sur les Portraits de la Rochefoucauld, indique trois éditions des* Maximes *que nous n'avons pas vues :* 1° (p. 38, n° 6) Cazin, 1784.[1], *avec portrait*

---

1. Est-ce une réimpression du n° 16, de 1780 (ci-dessus, p. 125), format Cazin, dont nous avons vu un exemplaire, sans portrait?

gravé par C. Duponchel, copié sur la gravure de Moncornet; 2° (p. 39, n° 7) Bleuet, an V (1796), avec portrait gravé par C. S. Gaucher d'après l'émail de Petitot; 3° (p. 41, n° 10) Dufart, Paris, 1817, avec portrait copié par D'Elvaux, 1809, sur celui de Gaucher.

3° Traductions des *Maximes.*

Nous avons dit, à la fin de l'*Avant-propos,* p. IX et X, ce que nous devions, pour cette section, à un opuscule de M. le marquis de Granges de Surgères, et à M. Émile Picot, auteur de la *Bibliographie cornélienne.*

Traduction en vers français.

Réflexions ou Sentences morales de M. L. D. D. L. R., mises en vers par Boucher. Paris, Ch. de Sercy, J. le Gras et G. Quinet, 1684.

In-12, de 6 feuillets liminaires non chiffrés, 115 pages chiffrées pour le texte, 6 pages non chiffrées pour la table, et 1 page non chiffrée pour le privilége.

Traductions allemandes.

1. — Gemüths Spiegel, durch die köstlichsten moralischen Betrachtungen, Lehrsprüche und Maximen die Erkenntniss seiner selbst und anderer Leute zeigend : aus der Frantzösischen in unsrer teutschen Sprache vorgestellet von Talandern. Leipzig, Joh. Ludwig Gledtisch, 1699. In-12, de 1 feuillet de titre et 314 pages.

2. — Gedanken des Herrn von Rochefoucault, der Marquisin von Sablé, und des Herrn L D. (*l'abbé d'Ailly*) aus dem Französischen übersetzt. Zürich, Heidegger, 1749. In-8°, de 3 feuillets non chiffrés et 174 pages.

3. — Des Herzogs de la Rochefoucault moralische Maximen aus dem Französischen, mit Anmerkungen und einem Portrait [von W.-C.-V. Ueberacker]. Wien und Leipzig, 1785, in-8°.

4. — De la Rochefoucault's Sätze aus der höhern Welt-und Menschenkunde, Französisch und Teutsch herausgegeben von Friedrich Schulz. Berlin, 1790. In-8°.

5. — De la Rochefoucault's Sätze aus der höhern Welt-und Menschenkunde, deutsch herausgegeben von Friedrich Schulz. Wien, R. Sammer, 1793, in-8°, de 106 pages.

6. — De la Rochefoucault's Sätze.... (*même traducteur que les n°s 4 et 5, et mêmes titre et année que le n° 5*). Breslau, W. G. Korn, in-16, de 219 pages.

7. — De la Rochefoucault's Sätze.... (*même traducteur que les trois* *n⁰ˢ précédents*), neue verbesserte Ausgabe. Breslau und Leipzig, 1798, in-8°, de 211 pages.

Texte français en regard de la traduction allemande.

8. — De la Rochefoucault's Sätze.... (*même traducteur que les quatre n⁰ˢ précédents*). Wien, R. Sammer, 1702, in-12.

9. — De la Rochefoucault's Sätze.... (*même traducteur que les cinq n⁰ˢ précédents*), neue verbesserte Ausgabe. Breslau und Leipzig, 1808, in-8°, de 221 pages.

10. — Rochefoucault's moralische Maximen mit Anmerkungen aus dem Französischen. Wien, Mösle, 1814, in-8°.

11. —Choix de maximes et de reflections (*siç*) morales du duc de la Rochefoucauld. — Ausgewählte Maximen und moralische Betrachtungen des Herzogs de la Rochefoucauld. Wien, 1834.

> In-12. — *Collection de Täuber*, intitulée : « Geist der französischen Classiker der 17ᵗᵉⁿ und 18ᵗᵉⁿ Jahrhunderts: oder Auswahl der Meisterwerke der französischen Literatur in ihrem goldnen Zeitalter. Mit deutscher Worterklärung. »

12. — Maximes et Réflexions morales du duc de la Rochefoucauld. — Des Herzogs von Rochefoucauld Tiefblicke in das Leben der Menschen und ihr Herz. Aus dem Französischen übersetzt, mit beigefügtem Originaltexte von Cajetan Ritter von Mamers. Wien, 1841.

> Grand in-4°.—Texte français en regard de la traduction allemande.

13. — Herzog von Rochefoucauld : Maximen und moralische Betrachtungen. Aus dem Französischen übersetzt von Amanz Dürholz. Solothurn, Scherer, 1851, in-16, de viii et 108 pages.

14. — Psychologische Studien. Uebersetzt von A. Frei; bearbeitet und erklärt von C.-A. Schlœnbach. Leipzig, W. Engelmann, 1852, in-16, de 124 pages.

15. — Lebensweisheit und Menschen-Kenntniss in Sprüchen von Rochefoucauld, Chamfort, etc. Gesammelt und herausgegeben.... von M. Ring. Berlin, 1871, in-16.

16. — Maximen und Reflexionen von de la Rochefoucauld. [V.-F Hörlek.] Leipzig, Ph. Reclam [1875], in-16.

N° 678 de l'*Universal Bibliothek.*

Traduction allemande et hongroise.

Maximes et Réflexions morales. En trois langues : française, allemande et hongroise. — Herczeg Rochefoucauldnak Maximái és moralis Reflexiói, harom nyelven, németre forditotta Schulz, magyarra Kazinczy Ferentz Bécsben és Triestben. Wien, 1810, in-8°.

Traductions anglaises.

1. — Miscellany, being a Collection of Poems by several hands. Together with Reflections on Morality or Seneca unmasqued[1]. London : printed for J. Hindmarsh, at the Golden Ball over against the Royal Exchange in Cornhil, 1685. In-8°, de 7 feuillets liminaires, 382 pages chiffrées et 7 feuillets non numérotés entre les pages 299 et 300.

> Les *Maximes* de la Rochefoucauld (dont le traducteur signe sa préface du nom d'*Astrea*) commencent à la page 301, qui porte le sous-titre suivant : « Seneca unmasqued, or moral Reflections, from the french, by Mrs. A[phara] B[ehn]. »

2. — Seneca unmasqued, by Mrs. Aphara Behn. London, 1689[2].

3. — Moral Maxims and Reflections, in four parts. Written in french by the duke of Rochefoucault. Now made english. London, 1694. In-12, de 23 feuillets liminaires, non compris le frontispice gravé (celui de l'édition française de 1665) et 196 pages.

4. — Moral Maxims and Reflections…. The second edition. Revised and corrected with the addition of cxxxv maxims, not translated before. London, printed for Richard Sare, Daniel Browne, Richard Wellington, and William Gilliflover, 1706. In-12, de 4 feuillets liminaires, xxxi et 172 pages.

5. — Moral Reflections and Maxims, written by the late duke de la Rochefoucauld. Newly made english from the Paris edition. London, printed by D. Leach, for And. Bell, at the Cross Keys in Cornhil, etc., 1706. In-12, de 2 feuillets liminaires, xxxii et 225 pages pour le texte, et 14 pages pour la table des matières.

6. — Discourses on the deceitfulness of humane virtues by Monsieur Esprit of the french Academy at Paris. Done out of french by William Beauvoir A. M. and chaplain to His Grace James, duke of Ormond. — *Quis enim virtutem amplectitur ipsam?* Juvenal, *satire* 10. — To which is added the duke de la Rochefoucaut's moral Reflections. London, printed for And. Bell, etc. (*comme ci-dessus*, n° 5), 1706. In-8°. — *Pour Esprit*, 448 pages. *Pour la Rochefoucauld*, 2, xvi, 99 et 8 pages.

7. — Curious Amusements. Fitted for the entertainment of the ingenious of both sexes; writ in imitation of the count (*sic*) de Roche Foucault, and rendered into english from the 15th edition printed at Paris. By a gentleman of Pembroke Hall in Cambridge [subscribed M. B.]. — To which is added some translations from

---

1. Ce titre est tiré du frontispice de 1665 (ci-dessus, p. 117, n° 1 A), lequel représente *Sénèque démasqué*, et dont nous donnons une copie dans notre *Album*.

2. M. de Granges de Surgères, à qui nous empruntons la mention de ce livre anglais, dit ne l'avoir pas vu, mais en avoir trouvé l'indication dans la préface d'une autre traduction (ci-dessous, p. 136).

greek, latin and italian poets, etc. By F. Rymer, Esq. late historio-grapher-royal. London, printed for and sold by D. Browne, etc., 1714. In-12, de 14 et 132 pages.

C'est moins une traduction qu'une imitation des *Maximes.*

8. — Moral Maxims : by the duke de la Roche Foucault, transla-ted from the french, with notes. London, printed for A. Millar, opposite Katharine-street, in the Strand, 1749. In-12, de VII, 198 et 9 pages.

9. — Maxims and moral Reflections.... A new edition (*du n° 8*), revised and improved. London, printed for Lockyer Davis, printer to the Royal Society, 1775. In-8°, de XVI et 199 pages.

Dédié au célèbre acteur Garrick.

10. — Maxims and moral Reflections.... A new edition, revised and improved. London, printed for Lockyer Davis.... 1781. In-8°, de XVI et 157 pages.

11. — Moral Maxims and Reflections. Paris, 1692. — Translated into english. Edinburg, 1783.

12. — Maxims and moral Reflections.... An improved edition. Lon-don, printed for Lockyer Davis.... 1791. In-8°, de XVI et 169 pages.

13. — Maxims and moral Reflections by the duke de la Rochefou-cault. A new edition, revised and enlarged. Calais, printed for Lepoittevin-Lacroix, 1797. In-8°, de 1 feuillet, 175 pages chiffrées et 16 feuillets non numérotés.

Texte français en regard de la traduction anglaise.

14. — The duke de la Rochefoucault's celebrated Maxims and moral Reflections : translated (for the first time) into english verse. London, printed for J. Bell, Oxford-Street, 1799. In-16, de XV et 158 pages.

15. — The Gentlemens Library being a Compendium of the duties of live in youth and manhood. Containing.... observations on men and manners, Polite philosopher and Rochefoucault's Maxims, etc. London, published and sold by the Booksellers, and by Thomas Wilson and sons..., 1813. In-12, de 254 pages.

Les *Maximes de la Rochefoucauld* commencent à la page 159 et finissent à la page 216.

L'ouvrage suivant se donne, au titre, non pas pour une traduction de notre auteur, mais pour une imitation de sa manière :
Characteristics, in the manner of Rochefoucault's Maxims. [By W. Hazlitt, the elder.] London, 1823. In-12, de VII et 153 pages.
3ᵉ édition, 1837. In-18.

Voyez ci-après, p. 139, la traduction grecque moderne de Wl. Brunet, publiée à Paris, avec une version anglaise, en 1828.

16. — The Maxims of F. Guicciardini, with parallel passages from the works of.... la Rochefoucauld.... S. l., 1845. In-4°.

17. — Moral Reflections, Sentences and Maxims of Francis duc de la Rochefoucauld. Newly translated from the french, with an introduction and notes. London, Longman, Brown. Green and Longmans, Paternoster Row, 1850. In-16, de XLIX et 164 pages.

18. — Moral Reflections, Sentences and Maxims of Francis duc de la Rochefoucauld. Newly translated from the french, with an introduction and notes. To which are added moral Sentences and Maxims of Stanislaus, king of Poland. New-York, William Gowans, 1851.

In-12, de XXXII et 189 pages, avec un portrait, gravé par H.-B. Hall.

19. — Polonius : a Collection of wise saws and modern instances. London, Pickering, 1852. In-12.

Contenant des aphorismes d'auteurs anglais et étrangers, tels que Coleridge, docteur Johnson, Carlyle, la Rochefoucauld.

20. — Maxims and moral Reflections, by the duke de la Rochefoucauld, with a memoir of the author by the chevalier de Chatelain.... London, William Togg, 1868. In-12, de 1 feuillet, XXVI et 148 pages.

21. — Reflections, or Sentences and moral Maxims, by François duc de la Rochefoucauld, prince de Marsillac. Translated from the editions of 1678 (n° 5, p. 120) and 1827 (n° 47, p. 129) with introduction, notes, and some account of the author and his times. By J. W. Willis Bund. M. A., LL. B., and J. Hain Friswel. London, Sampson Low, son, and Marston, 1871.

In-16, de XXXVII et 110 pages, avec un portrait. — Nouvelle édition en 1880, avec un titre nouveau et le même portrait.

22. — Reflections and moral Maxims of la Rochefoucauld. With an introductory essay by Sainte-Beuve, and explanatory notes. London, John Tamden Hotten [1871].

In-8°, de XX et 140 pages; avec une copie du portrait gravé par Audinet, d'après Petitot (ci-dessus, p. 126, n° 26).

23. — Maxims and moral Reflections by the duke de la Rochefoucauld, with a memoir of the author by the chevalier de Chatelain.... London, William Tegg and Co.... 1875. In-12, de XXII et 147 pages.

24. — Reflections and moral Maxims of la Rochefoucauld, with an introductory essay by Sainte-Beuve, and explanatory notes. A new edition. London, Chatto and Windus.... 1877. In-16, de XX et 140 pages.

Tout à la fin de sa monographie sur les Portraits (1882), M. de Granges de Surgères mentionne une dernière traduction anglaise de 1881 (Londres, Sampson Low), avec une petite gravure sur bois, d'après l'émail de Petitot reproduit par Choffard (ci-dessus, p. 125, n° 14). Il ne répète pas cette mention dans son opuscule sur les Traductions (1883).

Traduction danoise.

Moralske Betragtninger og Grundsætninger af Hertugen af Roche-
focauld (*sic*). Oversat af Chr. Top.... Kjœbenhavn, 1809.... In-8°,
de 128 pages.

On n'a pas pu nous indiquer, bien que nous ayons pris nos *informations en
très-bon lieu*, d'autre version néerlandaise que celle d'un certain nombre de
maximes, traduites sur l'allemand de Schulz (*voyez ci-dessus. v. 132 et 133,
Traductions allemandes, n° 4-9*), et contenues dans le recueil intitulé :

Max Ring (*nom de l'auteur*). Levenswijsheid en menschenkennis
in spreuken van Rochefoucauld, Chamfort, Lichtenberg, Jean
Paul en Börne. Naar het Hoogduitsch en met eene voorrede
voorzien van Dr. E. Laurillard. Zwolle, 1871. In-8°, de 196 pages.

Sur une traduction suédoise indiquée dans l'*Introduction d'une traduction
anglaise de 1871 (notre n° 21 ci-dessus, p. 136*), *voyez l'opuscule sur les Traductions, de M. de Granges de Surgères, p. 29.*

Traductions italiennes.

1. — Rifflessioni e Sentenze e Massime morali di la Rochefoucauld
e altre Massime cristiane di Mme de Sablé, tradotte dal francese
da Antonio Minnuni. Venezia, 1718. In-16.

2. — Rifflessioni ovvero Sentenze e Massime morali del Signore de
la Rochefoucauld, tradotte dal franceze in italiano da Lodovico
Coltellim.... In Firenze, 1763. Appresso Gio. Battista Stecchi, con
approvazione. In-12, de xxx et 88 pages.

3. — Rifflessioni ovvero Sentenze e Massime morali del Signore
de la Rochefoucauld, tradotte dal franceze in italiano. Parma,
1798. In-12.

4. — Massime e Rifflessioni morali del duca della Rochefoucauld.
Recate dalla francese all' italiana favella dal cittadino V. [Giu-
seppe Valeriani] ex-Veneto e corredate di nuove osservazioni ana-
loghe ai costumi presenti.... Milano, anno IX (1801).... In-12, de
xxii et 273 pages.

Traduit sur l'édition du Louvre de 1778 (ci-dessus, n° 14, p. 124
et 125). En regard de la version italienne est le texte français revu
par Suard.

5. — Goudar (L.). Grammatica francese..., arrichita di una scelta
di Massime de la Rochefoucauld.... S. l., 1847, in-12.

6. — Massime e Rifflessioni morali del duca de la Rochefoucauld.

Traduzione del Valeriani innovata da Francesco Ambrosoli, edita
da Antonio Gussalli col testo originale. Milano, Francesco Sanvito,
1873. Grand in-16°, de xxxvi et 186 pages.

Cette traduction contient, en regard de la version de Valeriani
(ci-dessus, n° 4, p. 137), la version revue d'Ambrosoli, et, au bas des
pages, recto et verso, le texte français.

Traductions espagnoles.

1. — Reflexiones, Sentencias y Maximas morales de Mr de la
Rochefoucauld. Con notas historicas y politicas, por Mr de la
Houssaye. Puestas en nuevo orden, y traducidas del frances por
D. Luis de Luque y Levia. Cadiz.... Año de MDCCLXXXIV.
Petit in-12, de 389 pages.

Les *Maximes de la Rochefoucauld* vont de la page 69 à la page 389.

2. — Reflexiones o Sentencias y Maximas morales de M. el duque
de Larochefoucauld ; traducidas del frances al castellano por D.
Narciso Alvaro y Zereza. Edicion echa bajo la direccion de Jose
René Masson. A Paris, chez Masson et fils [imprimerie de P. Re-
nouard]. Madrid, libr. europea, 1824. In-8°.

C'est la réimpression d'une édition publiée sous le même titre à
Madrid, en 1786, in-8°, de 312 pages.

Traduction portugaise.

Maximas e Sentenças moraes, pelo duque de la Rochefoucauld,
traduzidas do francez pelo Dr. Caetano Lopes de Moura, natural
da Bahia. A Paris, chez Aillaud, 1840, in-18.

Traductions polonaises.

1. — De la Rochefoucauld, Ksiaże Francisrek, Maksymy i Uwagi
moralne, przelozone z francuzkiego, przez Stan. Balinskiego.
Wilno, Zawadzki, 1812. In-12, de xii, 132 et 4 pages.

2. — Maxymy i mysli moralne Ksiecia Franc. la Rochefoucauld.
Na podstawie ostatnich wydan spolszyzyl J. J. Finkelhaus, Wars-
zawa, wydawnictwo A. Wislickiegi druk Przeglądu tygodniowego,
1880. In-16, de 82 pages.

Traductions russes.

1. Духъ изящнѣйшихъ мнѣній, избранныхъ боль-
шею частію изъ Сочиненіи Рошефукольда и прочихъ
лучшихъ писателей. Переводъ Н. С. Москва, въ Университетской Типографіи, 1788. In-8.

« L'Esprit des plus excellentes pensées, extraites pour la plupart des œuvres de la Rochefoucauld et des meilleurs autres écrivains. Traduction de N. S. Moscou, typographie de l'Université. »

Нравоучительныя Мысли Герцога де-ла Роше-, перевела съ Французскаго Е. Т. Москва, Университетской Типографіи, 1798. In-12.

« Pensées morales du duc de la Rochefoucauld, traduites du français par E. T. Moscou, imprimerie de l'Université. »

3. Мысли Герцога де-ла Рошефуко, извлеченныя изъ высшаго познанія міра и людей. Перевелъ съ Французскаго Иванъ Барышниковъ. Москва, въ Типографіи Селивановскаго, 1809. In-12.

« Pensées du duc de la Rochefoucauld, tirées de la connaissance du monde et des hommes, traduites du français par Ivan Barychnikov. Moscou, imprimerie de Selivanovski. »

4. Нравственныя Разсужденія Герцога де-ла Роше-фуко. Перевелъ съ Французскаго Дмитрій Пименовъ. Москва, въ Типографіи Бекешова, 1809. In-8.

« Réflexions morales du duc de la Rochefoucauld, traduites du français par Démètre Pimenov. Moscou, imprimerie Bekechov. »

5. Свойства и Дѣйствія страстей человѣческихъ, изъ сочиненіи Вольтера, Руссо, Рошефукольда, Вейса и другихъ новѣйшихъ писателей. Переводъ съ Французскаго. Санкт-Петербургъ, 1802. In-12.

« Les Propriétés et les Actes des passions humaines, d'après les œuvres de Voltaire, Rousseau, la Rochefoucauld, Weiss et autres écrivains modernes. Traduction du français. Saint-Pétersbourg. »

Traductions grecques modernes.

Γνῶμαι καὶ Σκέψεις ἠθικαὶ τοῦ δουκὸς τοῦ Λα-Ρωσφούκω γαλλο-αγγλο-ελληνικαὶ, μεταφρασθεῖσαι ἐκ τοῦ γαλλικοῦ εἰς τὴν νεωτέραν Ἑλληνικὴν γλῶσσαν ὑπὸ Βλαδιμήρου Βρουνέτου....

En regard du titre grec est la traduction suivante :

« Maximes et Réflexions morales du duc de la Rochefoucauld, traduites en grec moderne par Wladimir Brunet; revues et corrigées par George Théocharopoulos, de Patras.... Avec une traduction anglaise en regard [au bas des pages sous la traduction grecque]. Paris, imprimerie de Firmin Didot, 1828. In-8°. »

Les Maximes sont précédées de la *Notice* de Suard (τοῦ κυρίου Σουαρδ), traduite également en grec moderne.

M. de Granges de Surgères signale, sous son n° 56, sans nommer l'auteur (qui est M. Gérasime Zochios, ancien député de Corfou), une traduction en grec moderne, à peu près complète, des Maximes, donnée par fragments (années 1875 et suivantes, une dizaine de maximes par numéro), dans un journal publié à Athènes, sous le titre de Ἑστία, *le Foyer.*

C. — Écrits divers de la Rochefoucauld.

1° Portrait du duc de la Rochefoucauld, fait par lui-même.

     1ʳᵉ édition 1659; adjonction à l'édition des *Maximes* de l'abbé Brotier, de 1789 : voyez la *Notice* au tome I, p. 5.

2° Portrait du cardinal de Retz.

     1ʳᵉ édition 1754; adjonction à l'édition des *Maximes* de l'abbé Brotier, de 1789 : voyez la *Notice* au tome I, p. 17, et ci-dessus l'*Avant-propos* et la section VIII de cet *Appendice*, p. I, II et 101.

3° Réflexions diverses.

     1ʳᵉ édition de sept *Réflexions* 1731; de douze autres, 1868. Voyez la *Notice*, au tome I, p. 271-278, et ci-dessus l'*Avant-propos* et la section VI de cet *Appendice*, p. I, VIII et 83-91.

4° Apologie de M. le prince de Marcillac.

     1ʳᵉ édition, 1855; voyez, au tome II, la *Notice*, p. 435-437.

5° Voyez ci-dessus, p. 92-98, dans la section VII de l'*Appendice*, les trois morceaux récemment découverts sur *Mme de Montespan*, sur les *Commencements du cardinal de Richelieu* et sur *le Comte d'Harcourt*.

6° Lettres.

     Pour les éditions antérieures, soit partielles, soit collectives, de 1734, 1806, 1814, 1818 et 1820, 1825, 1838, 1855, 1862, 1863, 1869, voyez, au tome III, 1ʳᵉ partie, la *Notice*, p. 7, note 1, et ci-dessus, p. 98-100.

     Un extrait d'une des lettres à Mme de Sablé (ibidem, p. 150, note 17) a été publié sous ce titre :

Un dîner du siècle de Louis XIV (s. l. n. d.). In-8°, d'une page.

     Voyez encore ce qui est dit au même tome III, 1ʳᵉ partie (p. 8, note 1), d'une lettre à Mme de Longueville (publiée sous la rubrique de Rotterdam, 1650, in-4°) qui est comprise dans la liste des Mazarinades, et qui, parce qu'elle est signée La Franchise, *pseudonyme par lequel on désignait la Rochefoucauld, lui a été à tort imputée.*

D. — Œuvres.

1. — Œuvres de François duc de la Rochefoucauld. — Œuvres de Vauvenargues. — Paris, Belin, 1818.

     2 vol. in-8°; avec *Notices* par G.-B. Depping. — Le tome I contient, de la Rochefoucauld, le *Portrait du duc de la Rochefoucauld fait*

par lui-même, les *Mémoires*, les *Maximes et Réflexions morales*, les *Pensées* tirées des premières éditions du livre des *Maximes*, les *Réflexions diverses*, des *Lettres*, et une *Table des matières*.

2. — Œuvres de François duc de la Rochefoucauld. Paris, Belin, 1820.

In-8°. — Réimpression de l'édition qui précède (n° 1). Le faux titre porte : *Œuvres complètes*.

3. — Œuvres de la Bruyère, de la Rochefoucauld et de Vauvenargues, avec les notes des divers commentateurs et des notices historiques sur la vie de chacun d'eux. Paris, Salmon, 1825.

In-18 ; avec trois portraits.

4. — Œuvres complètes de la Rochefoucauld, avec notes et variantes, précédées d'une notice biographique et littéraire. Paris, Ponthieu, 1825.

In-8° ; avec portrait gravé par Fauchery, d'après Devéria. — Cette édition, donnée par le marquis Gaëtan de la Rochefoucauld, contient une *Notice de l'éditeur sur la Rochefoucauld*, le *Portrait de la Rochefoucauld par lui-même*, son *Portrait de Paul de Gondy cardinal de Retz*, les *Mémoires*, les *Maximes*, des *Lettres*, et une *Table*. Voyez, au tome II, la *Notice sur les Mémoires*, p. xxxv et xxxvi.

5. — Œuvres de la Rochefoucauld. Paris, ' Dufour, 1827.

In-48 ; avec planche. Le faux titre porte : *Classiques en miniature*.

6. — Œuvres complètes de la Rochefoucauld, contenant ses *Mémoires*, les *Sentences et Maximes morales*, et de nouveaux *Mémoires* inédits jusqu'à ce jour. Ornées de sept portraits. Paris, Desbleds, 1835.

2 vol. in-12. — L'avertissement du tome I est signé A.-A. R. ; celui du tome II, Ant.-Aug. Renouard.

7. — Œuvres inédites de la Rochefoucauld, publiées d'après les manuscrits conservés par la famille et précédées de l'histoire de sa vie, par Édouard de Barthélemy. Paris, Hachette et Cᵉ, 1863. In-8°.

8. — Œuvres complètes de la Rochefoucauld, précédées d'une notice inédite par M. Alexis Doinet. *Maximes, Mémoires* et *Lettres*. Paris, Chaix, 1865.

In-8°. — *Collection Napoléon Chaix, Bibliothèque universelle des familles*. — Cette édition contient : *Étude sur la Rochefoucauld*, par M. Alexis Doinet ; *Réflexions ou Sentences et Maximes morales ; Réflexions diverses*, non publiées du vivant de l'auteur ; *Lettre du chevalier de Méré ; Portrait du duc de la Rochefoucauld fait par lui-même ; Mémoires ; Apologie de M. le prince de Marcillac ;* des *Lettres* et un *Appendice : Discours sur les Réflexions ; Article de Mme de Sablé sur les Maximes ; Article de la Rochefoucauld imprimé dans le Journal des Savants ;* et une *Table des matières*.

9. — Œuvres morales de la Rochefoucauld. Paris, Plon, 1869.

In-18 ; avec portrait. — *Collection des classiques français du prince impérial.* — Nous pouvons, pour cette édition, sauf les *Lettres*, répéter justement ce que nous avons dit au sujet de l'édition des *Maximes* de 1875 (ci-dessus, p. 131, n° 68).

10. — Œuvres de la Rochefoucauld, précédées d'une Notice sur sa vie et le caractère de ses écrits. *Maximes, Mémoires, Lettres.* Tours, Cattier, 1875.

In-8°. — Compris, d'une part, dans la *Bibliothèque universelle des familles,* et, d'autre part, dans la *Bibliothèque choisie des écrivains français,* Collection Cattier.

Le contenu est : *Notice sur le duc de la Rochefoucauld et le caractère de ses écrits* (signée A. S[aucier]) ; *Portrait* par lui-même ; *Portrait* par Retz ; *Maximes; Mémoires;* des *Lettres;* et une *Table des matières.*

11. — Œuvres complètes de la Rochefoucauld, nouvelle édition, avec des notices sur la vie de la Rochefoucauld et sur ses divers ouvrages, un choix de variantes, des notes, une table analytique des matières et un Lexique, par M. A. Chassang, Paris, Garnier, 1883.

In-8°. — Le tome Ier (xl et 470 pages), le seul qui ait paru jusqu'ici, contient une *Notice biographique* sur la Rochefoucauld et une *Notice bibliographique* de ses Œuvres, les *Portraits* de l'auteur par lui-même, par Retz et par Saint-Évremond ; le *Portrait de Retz* par la Rochefoucauld, les *Mémoires* et l'*Apologie de M. le prince de Marcillac.*

En rapprochant cette édition de la nôtre, nous avons constaté qu'il y avait entre les deux, pour le texte, le contenu des notices et des notes, un constant accord (il n'est avoué que pour le texte), qui ne peut manquer de frapper, à. la première vue, quiconque y voudra regarder. Quand la confiance, et par suite la ressemblance, vont aussi loin, s'en faut-il féliciter comme a fait M. Servois au sujet de son *la Bruyère* (tome III, 1re partie, p. 173) ?

E. — Études et Notices.

1. — Notice sur la Rochefoucauld.

Tome II, p. 137 de l'*Histoire des philosophes modernes,* par M. Savérien, avec leurs portraits gravés par François. Paris, 1773.

2. — Notice sur la personne et les écrits de la Rochefoucauld [par Suard]. Paris, imprimerie de Monsieur, 1782.

In-18. — Extrait de l'édition des *Maximes,* de 1779 (ci-dessus, p. 121, à la suite du n° 5).

A un exemplaire de cet opuscule était joint,. dans la bibliothèque de feu Rochebilière (voyez le *Catalogue Claudin,* n° 489, p. 258), un autre opuscule, de même format, intitulé :

Examen du principe fondamental des *Maximes* de la Rochefoucauld. Riom, de l'imprimerie Landriot (sans date), 35 pages.

3. — Notice sur la vie et les ouvrages de la Rochefoucauld [par Depping]. Paris, 1822.

In-8°. — Extrait de l'édition des *Œuvres,* de 1818 (ci-dessus, p. 140 et 141, nos 1 et 2).

4. — Examen critique des *Réflexions ou Sentences et Maximes morales* de la Rochefoucauld, par Louis Aimé-Martin. Paris, Lefevre, 1822.

In-8°. Voyez ci-dessus, p. 127, n° 39. — Les pages 141-156 contiennent les « Observations inédites de Mme de la Fayette (*fausse attribution*) sur les *Maximes de la Rochefoucauld.* »

5. — Notice sur la vie de la Rochefoucauld, par Auguis, 1823.

Voyez ci-dessus, p. 128, n° 40.

6. — Notice bibliographique et littéraire sur François, duc de la Rochefoucauld [par Frédéric-Gaëtan de la Rochefoucauld]. Paris, 1825.

In-8°. — Extrait de l'édition des *OEuvres*, de 1825 : voyez ci-dessus, p. 141, n° 4.

7. — Notice biographique sur la Rochefoucauld, par J.-H.-C. Buchon, 1836.

Choix de moralistes français : voyez ci-dessus, p. 129 et 130, n° 54.

8. — Étude sur la Rochefoucauld, par A. Vinet, 1837.

Dans les *Essais de philosophie morale et de morale religieuse, suivis de quelques essais de critique littéraire*, Paris, Hachette (voyez ci-dessous, n° 10).

9. — Écrivains critiques et moralistes de la France. VII. M. de la Rochefoucauld, par Sainte-Beuve.

Revue des Deux Mondes, du 15 janvier 1840. — Réimprimé dans l'ouvrage anonyme ayant pour titre : « la Bruyère et la Rochefoucauld, Madame de la Fayette et Madame de Longueville. » Paris, imprimerie de H. Fournier, 1842, in-12. Une note du Catalogue de la vente Poulet-Malassis (n° 593) porte : « Les exemplaires de ce volume, imprimé d'abord pour l'auteur, puis vendu à un chef d'institution qui s'en serait servi comme livre de distribution de prix, sont devenus rares. » — Cette *Notice* a été reproduite aussi dans l'édition de Garnier frères, de 1867 (ci-dessus, p. 131, n° 64), et dans celle de 1875, *ibidem*, n° 68).

Il y a une *Préface* de Sainte-Beuve dans l'édition elzevirienne de Duplessis, de 1853 (voyez ci-dessus, p. 130, n° 59).

10. — La Rochefoucauld, par A. Vinet. Paris, 1859.

In-8°. — *Moralistes des seizième et dix-septième siècles;* pages 186 à 232 : voyez ci-dessus, n° 8.

11. — Réflexions, Sentences et Maximes morales de la Rochefoucauld (par Silvestre de Sacy). Paris, Didier, 1858.

Variétés littéraires, morales et historiques, 2 vol. in-8° (tome Ier, p. 319-334).

12. — Notice historique sur le duc de la Rochefoucauld, par Edouard de Barthélemy, 1863.

En tête des *OEuvres inédites de la Rochefoucauld.* Paris, Hachette et Cie, 1863, in-8° : voyez ci-dessus, p. 141, n° 7.

13. — Étude sur la Rochefoucauld, par M. Alexis Doinet, 1865.

En tête de l'édition des *OEuvres*, Paris, Chaix, 1865, in-8° : voyez ci-dessus, p. 141, n° 8.

14. — Étude sur la Rochefoucauld, par M. Émile Deschanel, 1866.

En tête de *la Rochefoucauld : Maximes et Réflexions morales*, Paris, 1866, in-32 : voyez ci-dessus, p. 131, n° 63.

15. — La Rochefoucauld, par G. Levavasseur. Paris, Douniol, 1871.

In-8°. — Publié, a l'occasion de notre tome I, dans *le Correspondant* des 10 et 25 septembre 1871, tome LXXXIV, p. 918-934, et p. 1023-1039.

16. — Notice sur le duc de la Rochefoucauld et le caractère de ses écrits. Signée A. S[aucier].

En tête de l'édition de Tours, de 1875 : voyez ci-dessus, p. 142, n° 10.

17. — La première édition des *Maximes de la Rochefoucauld* imprimée par les Elzevier en 1664. Notice bibliographique par M. Alph. Willems. Bruxelles, G. A. Van Trigt, 1679.

Grand in-8°. — Voyez ci-dessus, p. 53-60, la section III de cet *Appendice*.

18. — OEuvres de la Rochefoucauld. — Compte rendu, avec la reproduction dans leur forme originale inédite, de deux lettres de l'auteur des *Maximes*, par M. le marquis de Granges de Surgères. Nantes, V. Forest et E. Grimaud, 1881.

Ces lettres sont les n°s 65 et 114 de notre tome III, 1re partie, p. 148 et 223.

19. — Les portraits du duc de la Rochefoucauld, auteur des *Maximes*. Notice et Catalogue, par le marquis de Granges de Surgères. Avec deux portraits inédits gravés par Ad. Lalauze. Paris, Damascène Morgand et Charles Fatout, 1882.

20. — Traductions en langues étrangères des Réflexions ou Sentences et Maximes morales de la Rochefoucauld. Essai bibliographique par le marquis de Granges de Surgères. Paris, chez Léon Techner, 1883.

Voyez, au sujet de cet opuscule, un article de M. Ém. Picot, dans le numéro du 23 avril 1883 (p. 333-334) de la *Revue critique*.

21. — La première édition des *Maximes de la Rochefoucauld*. Étude bibliographique et littéraire, par M. F.-A. Aulard, 1883.

Bulletin mensuel de la faculté des lettres de Poitiers, numéro de janvier.

Addition supplémentaire au tome I.

L'impression achevée, nous nous hâtons de combler encore, avant la publication, une lacune du commentaire. On lit, au tome I, p. 363-365, dans le *Discours* qui a paru en tête de la 1re édition donnée par la Rochefoucauld du recueil des *Maximes* (1665) et que nous avons reproduit en appendice, deux fragments, l'un de six (dans notre texte), l'autre de huit vers, tirés, dit une note imprimée en marge dans ladite édition, des *Entretiens solitaires* de Brebeuf.

M. Gilbert avertit en note, au sujet de ces vers, qu'il les a inutilement cherchés dans Brebeuf.

M. Aulard, que nous avons déjà eu occasion de citer (ci-dessus, p. VII, note 2), a mieux cherché et a trouvé. Dans un premier article inséré au *Bulletin mensuel de la Faculté des lettres de Poitiers*, de janvier 1883, il avait, en appuyant sa supposition de raisons tout au moins très-spécieuses, conjecturé que le *Discours* préliminaire avait été corrigé par la Rochefoucauld, et qu'on pouvait lui faire honneur de certains « passages excellents. » De plus il était bien tenté de croire, se fondant sur la note de M. Gilbert, que l'auteur des *Maximes* avait lui-même fait les vers, qu'il donnait faussement pour l'œuvre du traducteur de *la Pharsale*. Ce qui aurait pu, en ce cas, étonner, c'est qu'il fût allé jusqu'à indiquer l'écrit d'où il prétendait les tirer. Mais il n'y a nulle supercherie : M. Aulard, comme nous venons de le dire, a trouvé les vers dans l'ouvrage cité, et, dans un nouvel article du *Bulletin*, de novembre 1883, intitulé *Brebeuf et la Rochefoucauld*, et fort intéressant à lire tout entier, il attribue, avec vraisemblance, à celui-ci, non plus les vers mêmes, mais, pour le second fragment surtout, d'importantes modifications « qui attestaient, sinon un grand talent, du moins une oreille juste et une main habile, » et donnaient « à Brebeuf plus d'harmonie et aussi plus de vigueur dans la pensée et de fermeté dans la forme. »

Voici les vers de Brebeuf, tels qu'ils se lisent au chapitre XXVIIIe et dernier[1] de l'édition originale des *Entretiens solitaires*[2]. On verra, en les com-

---

1. Et non chapitre XVIII, comme on a imprimé par mégarde dans l'article de M. Aulard. Il y faut aussi corriger, au second des vers du premier fragment, « *la nature*, » en « *de nature* ». La Rochefoucauld n'a pas substitué l'article à la préposition.

2. L'édition originale a pour titre : *Entretiens solitaires ou Prieres et Meditations pieuses, en vers françois*, par M. de Brebeuf. Imprimez à Rouen et se vendent à Paris, chez Antoine de Sommaville.... M.DC.LX. In-12 de XL-228 pages. Le chapitre d'où sont tirés les vers est intitulé : « Des sujets que nous avons de nous mépriser. » — L'ouvrage a été réimprimé en 1666, 1669, 1670, 1671. Dans l'édition de 1660, les *Entretiens* ne sont divisés qu'en chapitres ; dans les suivantes, au moins à partir de 1669 (nous n'avons pu voir celle de 1666), ils se partagent en livres, et l'ordre des poésies est changé : nos vers y sont au chapitre VI du livre I, p. 45.

parant aux vers du *Discours* réimprimés dans notre tome I, aux pages
indiquées, que l'auteur des retouches, et nous aimons vraiment à croire,
avec M. Aulard, que c'est la Rochefoucauld, en a usé fort librement avec
le poëte qu'il citait. Pour faciliter la comparaison, tout ce qui a été changé
est imprimé en italique :

> *Ton esprit* (dit Brebeuf)
> *Quitte le Créateur, cherche la créature,*
> Au bien qu'il semble aimer fait changer de nature,
> Et *sous ce faux* amour dont *il s'est* revêtu,
> Il *devient* criminel même par sa vertu.

Douze vers plus loin :

> *L'intérêt* des honneurs, des biens *ou* des délices,
> Produit seul *ta vertu* comme il produit *tes* vices,
> *Et tant que ses conseils guident tes actions,*
> *Le Ciel n'a point de part à tes affections :*
> *Peut-être autant de fois qu'on admire ses forces*
> *A combattre le vice et vaincre ses amorces,*
> *Au gré de cet amour et subtil et caché*
> Un péché se détruit par un *nouveau* péché.

X

ADDITIONS ET CORRECTIONS

ADDITIONS ET CORRECTIONS.

TOME I.

Page XLIV. — Ajoutez à la note 3 : « Cette démolition, qui n'est mentionnée que comme en passant dans les *Mémoires* (p. 207), est ainsi enregistrée par Loret, dans sa *Muze historique*, adressée à la future duchesse de Nemours. Quand on connaît les sentiments que cette belle-fille de Mme de Longueville avait pour sa belle-mère, le jugement qu'elle portait de la Rochefoucauld (voyez ci-dessus, p. XXXII), on peut douter qu'elle ait vivement éprouvé cette pitié à laquelle le chroniqueur croit devoir l'inviter :

> Un exempt, assisté de troupes,
> S'en va faire tout plein de coupes
> Dans maint bois, tant taillis que haut,
> Du duc de la Rochefoucaut,
> Que la cour, à toute heure, appelle
> Ingrat, déserteur et rebelle ;
> Et pour ces sortes de raisons
> On lui va raser deux maisons.
> Je n'ai qu'avec regret écrite
> Cette circonstance susdite.
> En la lisant, un déplaisir
> Vous viendra sans doute saisir .
> Vous êtes bonne et pitoyable,
> Et votre cœur incomparable
> Est trop noble et trop généreux
> Pour ne pas plaindre un malheureux.

(Lettre du 6 août 1650, vers 79-94, tome I, p. 33, édition de MM. Ravenel et de la Pelouze pour le tome I, continuée par M. Livet.) »

Page XLV, lignes 22 et 23. — Pour la phrase : « Toutefois.... n'est pas finie », ajoutez en note : « Loret, dans sa lettre du 8 octobre 1650, dit au sujet de la paix de Bordeaux :

> Mais on n'est pas fort satisfait
> De ce traité que l'on a fait ;
> On a beau prendre des bézicles
> Pour en éplucher les articles,
> On n'y voit ni place ni rang
> Pour Messieurs les Princes du sang.
> Pour eux on avait fait la guerre,

> Remué le ciel et la terre.
> Et les Marcillacs et Bouillons
> Ont donc en vain été brouillons,
> Puisque, à leur grande ignominie,
> La disgrâce n'est point finie
> Des trois prisonniers innocents.
>
> (Vers 117-129, tome I, p. 47.) »

Page LXV, ligne 13. — Pour les mots : « il va rentrer dans sa vraie nature », ajoutez cette note : « Je me souviens d'avoir ouï dire au duc de la Ro-« chefoucauld, celui qui avoit été un des principaux acteurs de la der-« nière guerre civile, qu'il étoit impossible qu'un homme qui en avoit « tâté comme lui, voulût jamais s'y remettre, tant il y avoit de peines « et d'extrémités à essuyer pour un homme qui faisoit la guerre à son « roi. (*Mémoires du marquis de la Fare*, p. 260.) »

Page LXXI, ligne 9. — Pour les mots « succès de ruelles », ajoutez cette note : « On lit dans *la Carte de la Cour*, par Gueret (Paris, M.DC.LXIII) : « Je connois le fameux Chrysante ; il occupe un beau rang chez l'Amour ; « il a de cet esprit brillant qui fait tant de bruit de tous côtés, et les « occupations de son cabinet lui donnent de bonnes places dans les « ruelles. » A la marge est imprimée cette traduction du pseudonyme *Chrysante* : *Monsieur le duc de la Rochefoucauld.* »

Page LXXII, ligne 19. — Pour les mots : « labeur patient », ajoutez cette note : « Il y a des maximes qui ont été changées plus de trente « fois », dit Segrais (*OEuvres diverses*, 1723, tome I, p. 166 et 167). »

Pages 19-21. — Pour le *Portrait du cardinal de Retz*, voyez la section VIII de cet *Appendice du tome I*, p. 101 et 102.

Page 26. — Remplacez la note 1 par la suivante : « Au sujet de cette copie infidèle et de l'édition hollandaise publiée en 1664 avant la 1re donnée par l'auteur, voyez ci-dessus l'*Étude de M. Willems*, qui forme la section III de cet *Appendice* (p. 53-60). »

Pages 31-267. — Pour l'établissement du texte et les variantes des MAXIMES définitives, voyez ci-dessus, dans ce même *Appendice du tome I*, outre l'*Avant-propos*, les sections I à v, p. 1-82, et au tome III, 2de partie (*Lexique*), l'*Avis préliminaire* qui précède la *Préface*, et les substitutions et additions réunies dans les pages 455-464.

Page 39, ligne 2. — Pour le mot *bandeau* (au lieu duquel il y a *mouchoir* dans les trois textes antérieurs à 1665 : ci-dessus, p. 4, 56 et note 5), ajoutez cette note : « Il y a là, l'on n'en peut guère douter, un souvenir de l'infortuné de Thou, dont l'auteur nous parle dans ses *Mémoires* (tome II, p. 45) et à qui se rapporte la lettre 3 de la correspondance (tome III, 2de partie, p. 22); ces mots *bandeau* et *mouchoir* rappellent un triste et frappant incident de son supplice, qui est ainsi rapporté, avec une touchante simplicité, dans une pièce du temps, intitulée : *Particularitez remarquées de tout ce qui s'est faict et passé en la mort de Messieurs de Cinq-Mars et de Thou, à Lyon, le douziesme de septembre mil six cens quarante et deux* (M.D.CXXXXII, in-8°, p. 43 et 44) :

« .... Mon Père, ne me veut-on point bander? » (dit M. de Thou au P. Montbrun, son confesseur). Et comme le Père lui répondit que cela dépendoit de lui, il dit : « Oui, mon Père, il me faut bander. » Et, en souriant et regardant ceux qui étoient les plus proches, dit : « Messieurs, « je l'avoue, je suis poltron, je crains de mourir. Quand je pense à la mort, « je tremble, je frémis, les cheveux me hérissent. Si vous voyez quelque « peu de constance en moi, attribuez cela à Notre Seigneur, qui fait un « miracle pour me sauver, car effectivement, pour bien mourir en l'état « où je suis, il faut de la résolution : je n'en ai point, mais Dieu m'en

« donne et me fortifie puissamment.» Puis mit ses mains dans ses pochettes
pour chercher son mouchoir, afin de se bander, et l'ayant tiré à moitié,
il le resserra si bien qu'on ne le vit point, sinon ceux qui étoient près de
lui sur l'échafaud, et pria de fort bonne grâce ceux qui étoient en bas
de lui jeter un mouchoir. Aussitôt on lui en jeta deux ou trois ; il en prit
un, et fit grande civilité à ceux qui lui avoient jeté, les remerciant avec
affection.... L'exécuteur vint pour le bander de ce mouchoir, mais comme
il le faisoit fort mal, mettant les coins du mouchoir en bas, qui couvroient
sa bouche, il le retroussa et s accommoda mieux. » Quant à Cinq-Mars,
dont le supplice avait précédé celui de son ami, le bourreau le frappa
du « couperet » sans qu'il eût les yeux bandés. »

Page 93 —Ajoutez à la note 2 : « La maxime se lit sous cette forme à
la suite d'une lettre à la marquise de Sablé (*Portefeuilles de Vallant*,
tome II, fol. 158); voyez tome III, 1ʳᵉ partie, p. 204. »

Page 112, note 3. — Voyez, dans cet *Appendice du tome I*, p. 58 et 59,
la réponse que M. Willems, dans son *Étude sur l'édition de 1664*, fait à
la seconde critique de Lanarpe, le défaut d'accord ; et, dans la note 6 de
la page 58 ce que M Fréderix, dans un article de *l'Indépendance belge*,
oppose a la partie de la première qui est relative à Sully.

Page 119, note 1, ligne 10. — Après : « d'un fort grand nombre de
femmes », ajoutez : « Déjà J. Esprit avait dit (tome I, p. 234), car il ne
se fait pas faute de se répéter : « La froideur excessive du tempéra-
« ment est quelquefois la cause principale, pour ne pas dire l'unique,
« de l'honnêteté des femmes. »

Page 128, note 2, ligne 17. — Après « mérite. », ajoutez : « Le même
J. Esprit dit encore (tome I, p. 192) : « Les grands découvrent leurs
« plus secrètes pensées pour se décharger le cœur des chagrins et des
« joies qu'ils ont, qu'il leur est impossible de retenir. »

Page 133, note 2, ligne 2. — Ajoutez, après « (*Manuscrit.*) » : « Cette
maxime se trouve sous cette dernière forme dans une lettre à la marquise de Sablé (*Portefeuilles de Vallant*, tome II, fol. 169); voyez tome III,
1ʳᵉ partie, p. 160. »

Page 169, note 3, ligne 2. — « 1675 », lisez : « 1671 ».

Pages 217-235. — MAXIMES POSTHUMES. Voyez, p. 76 et 77 de cet *Appendice du tome I*, section v, le *Tableau de concordance* B, et les pages 81
et 82.

Pages 237-267. — MAXIMES SUPPRIMÉES. Voyez, dans ce même *Appendice*,
p. 78-80, le *Tableau de concordance* C, et les pages 81 et 82.

Page 256. — Ajoutez en tête de la note 5, se rapportant à la
maxime DCIII : « Comparez la première phrase du morceau sur *le Comte
d'Harcourt*, qui est dans cet *Appendice du tome I*, p. 97. »

Pages 269-348. —RÉFLEXIONS DIVERSES. Voyez, dans ce même *Appendice*,
p. 83-98, sections vi et vii, des variantes et des additions, l'une certaine
et d'autres probables (*Avant-propos*, p. VIII et IX), à la *Réflexion XVII*.

Page 355, ligne 19. — A la suite de la *Notice* du *Discours sur les
Maximes*, ajoutez : « A la fin de la préface (p. XIX) de sa réimpression du
texte hollandais de 1664 (voyez ci-dessus, à la *Notice bibliographique*,
p. 131, nᵒ 71), M. Pauly cite cet extrait du folio 116 rᵒ d'un manuscrit intitulé *Recueil de diverses choses*, qui avait été donné à Rochebilière
par Monmerqué : « Dans la première édition des *Maximes*, M. de la Cha-
« pelle, qui demeure chez Monsieur le Premier Président, avoit fait la
« préface, qui est pleine de fautes. » Du rapprochement de ces mots :
« pleine de fautes », avec le passage de la *Promenade à Saint-Cloud* de
Gueret, reproduit au commencement de notre *Notice* sur le *Discours*, on
peut conclure que c'est bien à ce *Discours* que s'applique le mot *Préface*,
et non à l'*Avis au lecteur* de l'édition de 1665. Ce témoignage contem-

porain vient confirmer celui de Gueret, mais ne nous paraît pourtant suffire à lever tout le doute. »

Page 415. — Ajoutez, à la suite des *Jugements des contemporains* : « Du manuscrit dont il est parlé à l'addition précédente, M. Pauly, à la même page de sa préface, a encore extrait les deux passages suivants : « M. de « la Rochefoucauld a presque tout tiré ses maximes du livre de *la Sonde* « *de la Conscience*. Il n'y en ajoute que le beau françois (fol. 99, r°). » — « La plupart de ces maximes ont été prises d'un livre anglois, assez « mal traduit en françois, intitulé *la Sonde de la Conscience*, fait par un « ministre anglois. C'est un des bons livres que les huguenots aient fait « au sentiment de MM. Bridieu et de la Chaise (fol. 116 v°). » Le titre complet de ce livre, que M. Pauly a découvert « après de longues re- « cherches, » et que nous lui devons d'avoir pu examiner, est : « *La Sonde* « *de la Conscience*, par Daniel Dyke, jadis ministre de la parole de Dieu; « traduit de l'anglois par Jean Verneuil. Seconde édition revue et cor- « rigée. A Genève. pour Pierre Chouët. M.DC.XXXVI. Avec permission. » Petit in-8° de 753 pages (Bibliothèque nationale, D² 2135). La 1re édi- tion est de 1634. Le livre ne nous paraît indigne, ni pour la nature et le tour de la pensée, ni pour le style, dans ce que la traduction, sévèrement estimée, croyons-nous, en conserve, de l'éloge que nous venons de rapporter. On en peut juger par les vingt-sept sentences que M. Pauly nous donne en appendice (p. 125-128), et auxquelles on en pourrait ajouter mainte autre. Quant à l'accusation de plagiat portée contre notre auteur, sans doute elle est fondée s'il suffit, pour la justifier, que les deux ouvrages partent de ce principe, que notre nature est abominablement corrompue, et qu'on puisse dire, de l'un comme de l'autre, ce que le moraliste anglais annonce dans son *Épître dédicatoire* (p. 8, non numérotée), qu'ils ne ser- vent « qu'à nous convaincre des piperies par lesquelles nous nous trom- « pons nous-mêmes. » Mais il faudrait alors ne pas s'arrêter à ce traité d'Outre-Manche, remonter au dogme même du péché originel et déclarer la Rochefoucauld plagiaire de tous les théologiens chrétiens, catholiques et réformés. »

TOME II.

Page VIII, note 3. — Au lieu de : « dès 1642 », *lisez* : « en 1646 », et voyez au tome III, 1re partie, p. 227, note 1.

Page X, note 1. — Voyez, au sujet de cette note et des rectifications qu'y apporte M. Willems dans son savant ouvrage sur les Elzevier, notre *Notice bibliographique*, ci-dessus, p. 113, n° 1.

*A l'avis, en partie inexact, donné par Wicquefort, on peut ajouter celui-ci, extrait d'une lettre du 5 août 1662, de l'imprimeur Antoine Vitré au chancelier Séguier (Bibliothèque nationale, Fonds français, 17 401, p. 23; imprimé dans le *Bulletin du Bouquiniste* du 15 avril 1873, p. 213): « J'ai cru que V. G. n'auroit pas désagréable que je lui donnasse avis qu'on va vendre, si on ne les vend déjà ici, les *Mémoires de M. de la Rochefoucauld*. Hier, un de mes amis, qui est un honnête homme, m'as- sura qu'on lui avoit dit au Palais que les libraires en avoient reçu de

Hollande. V. G. sait qu'il y a beaucoup de personnes offensées, et vifs et morts[1].... »

Page XIII, note 3, lignes 1 et 3. — « Valant », *lisez :* « Vallant », et ligne 2, « 17046 », *lisez :* « 17045 ».

Page XIV, ligne 11. — « il ne paroît pas », *lisez :* « il ne me paroît pas. »

*Page XX, note 1, ligne 4. — Supprimez les mots : « archidiacre d'Angoulême, mort en 1663, et ». Ce titre, cette date se rapportent à Claude Girard, frère de Guillaume, qui fut bien, comme dit la suite, secrétaire du duc d'Épernon, dont il a écrit la *Vie*. On a souvent confondu les deux frères. Voyez une note des *Lettres de J.-L. Guez de Balzac* publiées par M. Tamizey de Larroque, dans les *Documents inédits de l'Histoire de France* (p. 26 du tirage à part).

*Page XXVI, lignes dernières. — « Le P. Lelong écrivait, etc. », *lisez :* « Les continuateurs du P. Lelong écrivaient de même, un peu plus tard, dans la seconde édition de la *Bibliothèque*, etc. » (5 volumes in-folio, 1768-1778).

*Page XXXVII, ligne 1. — Remplacez les mots : « (*Bobée*, nous assure-t-on) », par ceux-ci : « (Anaïs Bazin[2]) ».

Page LV, ligne 6 en remontant. — Ajoutez cette double note, au sujet de la comparaison à faire entre notre texte et celui d'autres anciens *Mémoires :*

1° « Le tome VII, 3ᵉ série, de la Collection Michaud et Poujoulat se termine par les *Mémoires anonymes de M. de *** pour servir à l'histoire du* XVIIᵉ *siècle*. Cet ouvrage, qui présente un tableau des affaires, non pas seulement de la France, mais de l'Europe depuis 1643 jusqu'à 1690, donnerait matière à maint rapprochement. Si l'on n'en a signalé aucun dans le commentaire, c'est que ces *Mémoires*, comme le dit l'éditeur A. B. (Bazin), dans sa Notice, n'ont rien d'authentique ni d'original. Les ressemblances viennent de ce que l'auteur, qui a puisé, pour composer son livre, à des sources diverses, a particulièrement résumé, copié même, en plusieurs endroits, le récit de la Rochefoucauld. Comparez, par exemple, pour l'entrevue avec Mme de Chevreuse, nos pages 71 et suivantes avec les pages 455 et 456 des *Mémoires.... de M. de* *** ; pour le combat de la porte Saint-Antoine, nos pages 531-533 avec la page 520 de ceux-ci. »

2° « Nous réunissons ici l'indication d'un certain nombre de passages de la *Muze historique* de Loret qui peuvent s'ajouter, comme mentions contemporaines, à divers endroits de notre annotation :

Lettre du 24 septembre 1650, vers 23-34, tome I, p. 42 de l'édition citée (voyez ci-dessus, p. 147, l'addition à la page XLIV de notre tome I);

Lettre du 4 février 1651, vers 50-52, tome I, p. 90;

Lettre du 28 mai 1651, vers 141-152, tome I, p. 121;

Lettre du 10 décembre 1651, vers 19-48, tome I, p. 185;

Lettre du 7 juillet 1652, vers 38-40, tome I, p. 261;

Lettre du 30 octobre 1655, vers 133-176, tome II, p. 115 et 116;

Lettre du 23 septembre 1656, vers 79 et 80, tome II, p. 242;

Lettre du 6 avril 1658, vers 87-128, tome II, p. 464;

Lettre du 16 août 1659, vers 169-200, tome III, p. 91.

---

1. Nous tirons cette addition et plusieurs autres, dont nous sommes fort reconnaissants, et que nous marquerons comme celle-ci, d'astérisques, du docte et bienveillant article que M. Tamizey de Larroque, correspondant de l'Institut, a bien voulu consacrer à notre tome II, dans la *Revue critique* du 29 août 1874, p. 138-143.

2. Au sujet des initiales A. B., nous nous étions adressés à M. Poujoulat lui-même, alors fort âgé, qui nous avait répondu qu'il n'était plus bien sûr de sa mémoire, mais croyait qu'elles désignaient *Bobée*, dont il ne se rappelait pas le prénom. La rectification de M. Tamizey de Larroque ne nous laisse aucun doute.

On trouvera dans trois autres additions (une ci-après, p. 153; deux plus haut, p. 147 et 148), d'autres citations du gazetier, que nous n'avons pas cru devoir nous borner à comprendre dans ce renvoi collectif. »

*Page 38, note 5. — Remplacez deux fois « Montluc » par «Monluc »; tout à la fin de la note « 1616 » par « 1633 »; et ligne 3 « Garmain » par « Caramain », dont on trouve les variantes *Carmain, Carmaing, Caraman*, mais nulle part *Garmain*. Dans la phrase suivante, aux mots mis entre parenthèses : « (1re édition, etc.) », substituez ceux-ci : « Viollet-le-Duc (Bibliothèque elzevirienne, 1853, p. 12) observe qu'on lit *Cramail* dans toutes les éditions de Regnier postérieures à 1642 et *Caramain* dans toutes les éditions antérieures. »

Page 89, lignes 3 et 4. — Pour les mots : « Le cardinal (Mazarin) ne m'aimoit pas », ajoutez cette note : « Daniel de Cosnac, dans ses *Mémoires* (tome I, p. 237), exprime en ces termes l'idée que le ministre avait de notre auteur : « M. de la Rochefoucauld passoit auprès de lui pour un « homme qui vouloit, à quelque prix que ce fût, des intrigues. »

Page 98, note 2, ligne 3. — Voyez les *Additions et Corrections* placées à la fin de notre tome II, p. 558.

Page 159, ligne 14. — « par », *lisez :* « pas ».

Page 170, note 1. — Voyez les *Additions et Corrections*, à la fin du tome II, p. 558.

*Pages 185 et 186, lignes 11 et 12 de la note 3. — A la citation de Lemontey, qui n'a inséré dans les *Pièces justificatives de la monarchie de Louis XIV*, au tome V de ses *OEuvres*, que les petits mémoires de Jean, comte de Coligny, marquis de Coligny, substituez un renvoi aux grands et petits *Mémoires du comte de Coligny-Saligny*, publiés par Monmerqué pour la Société de l'Histoire de France, Paris, 1841.

Page 186, suite de la note 3 de la page 185. — Voyez les *Additions et Corrections*, à la fin du tome II, p. 558.

*Page 198. — Ajoutez à la note 3 : « Sur Richon, gouverneur de Vayres, pendu par les royalistes, et sur Canolles (dont il va être parlé), commandant de l'île de Saint-George, pendu, à Bordeaux, par les Frondeurs, voyez les *Archives historiques du département de la Gironde* (1860-1874, 14 volumes in-4°), tome IV, p. 505, 507, 510 et 511. Le même recueil est à citer pour divers autres incidents de la guerre de Guyenne. Au tome III, p. 395-396, est une lettre du duc d'Épernon à Mazarin, du 29 mars 1650, où il est question d'une conférence entre la Rochefoucauld et le chevalier Todias, qui commandait pour le prince de Condé à Coutras et dans le Fronsadais; p. 410-412, une autre lettre du même duc au même ministre, du 18 avril 1650, où sont annoncés le départ de la Rochefoucauld pour Saumur et l'assemblée de gentilshommes qu'il convoqua à la faveur des funérailles de son père, etc. — Voyez aussi les pages 419, 420, 423, 424 du même tome (où se trouvent certains détails se rapportant aux faits contenus dans nos pages 184-187); enfin les pages 416, 417, 419, 420 et 425 du tome VI (paix de Bordeaux, nos pages 204-210). »

*Page 215, note 5, ligne dernière. — « Il a laissé des *Mémoires*, dont on attribue la rédaction à Segrais », *lisez :* « .... dont la rédaction a été attribuée à Segrais ; mais cette attribution est des plus contestables, comme le montre M. Tamizey de Larroque dans le nº cité de la *Revue critique*, p. 142. »

Page 269, note a. — Voyez les *Additions et Corrections*, à la fin du tome II, p. 558.

*Page 328. — A la note 4, extraite du *Dictionnaire historique de la France* de M. Ludovic Lalanne, ajoutez : « Voyez les *Souvenirs du règne de Louis XIV* (1866, tome I, p. 346), où M. de Cosnac a révélé, d'après un document officiel du Dépôt de la Guerre, le véritable nom de famille

(Jacques de la Croix) de l'intrépide capitaine dont on ne connaissait que le nom de guerre. »

Page 347, note 3. — Voyez les *Additions et Corrections*, à la fin du tome II, p. 558.

Page 411, note 7. — Voyez ces mêmes *Additions et Corrections*.

Page 419, note 4. — Voyez ces mêmes *Additions et Corrections*.

Page 445, ligne 18. — « plutôt », *lisez* : « plus tôt. »

———

TOME III.

PREMIÈRE PARTIE.

Page 147. — Ajoutez à la note 4 : « On voit par divers passages de la *Muze historique* de Loret que les tricotets,

> Qui ravissent (dit-il) *omnes gentes*,

étaient de son temps fort à la mode. Il raconte qu'on les dansa dans un ·bal donné à Bordeaux par Mademoiselle de Montpensier ; qu'elle-même a parmi ses divertissements de

> Danser un peu de chaque danse,
> Et les tricotets d'importance.

Ailleurs il raconte hardiment que

> Monsieur le Coadjuteur,
> Quittant son humeur sérieuse,
> Pour plaire à la jeune Chevreuse,
> Dansa, sans craindre les caquets,
> Avec elle les tricotets.

Voyez les lettres du même gazetier, du 23 janvier 1655 (vers 237 et 238) ; du 8 octobre 1650 (vers 162) ; du 5 juin 1651 (vers 145 et 146) ; du 18 décembre 1650 (vers 90-94) : tome II, p. 10 ; tome I, p. 48, 123, 69.

Page 181. — Ajoutez à la note initiale de la lettre 85 : « Voici qui confirme notre conjecture de la date de 1665 : c'est en 1665 que fut assassiné, en même temps que sa femme, le lieutenant criminel Tardieu, et il est probable que ce fut lors des perquisitions faites à la suite du crime, que l'on trouva cette « vaisselle de Monsieur le Prince » dont il est question ici. Voyez au tome I, col. 205 et 211-214, des *Continuateurs de Loret*, publiés par M. James de Rothschild, la lettre du 30 août 1665, et la complainte qui y est ajoutée. »

Page 193, note initiale de la lettre 93. — A la date approximative de 1667, substituez celle de 1666. Le fait mentionné à la ligne 9 est raconté longuement sous le même nom de « l'aventure du chariot, » dans l'ouvrage que nous venons de citer des *Continuateurs de Loret*, lettre du 23 mai, tome I, col. 885-887. C'est l'aventure de deux amoureux qui, s'étant laissé, par inadvertance, enfermer dans le jardin du Palais-Royal, montent

> .... sur un chariot
> Qu'ils ont vu dans un coin à l'ombre,

> Pour attendre que la nuit sombre
> Ait fait gile (*ait fui*) devant le jour.

A la rentrée d'une dame de qualité avec son escorte, ils sont pris de peur, se cachent sous le chariot, et sont découverts.

Page 227. — Ajoutez apres la première phrase de la note 2 de la lettre I : « Voyez au tome III, 2de partie, p. 352, à l'article Qui quoi, l'explication complémentaire relative à ce sobriquet. »

Ibidem, note *a*, ligne 1. — Au lieu de : « p. VIII, note 1 », lisez : « p. VIII, note 3 ».

TOME III.

SECONDE PARTIE.

Page XXVII, lignes 20-22. — Sur l'erreur de fait à corriger dans ce passage, voyez ci-dessus, dans cet *Appendice du tome I*, la note 1 de la page 57.

Aux articles et exemples additionnels réunis dans les pages 462-464 du tome III, 2de partie, ajoutez les suivants, à prendre tous, sauf le premier, aux pages de cet Appendice du tome I qui sont indiquées ici, entre parenthèses, à la fin des phrases :

a) *Introduction grammaticale.*

Page LXXVII, FORMES VERBALES. — Ajoutez cet exemple du conditionnel d'*envoyer :* ....s'il *envoyeroit* des députés pour demander la paix. (II, 198.)

Page LXXXVI. — Ajoutez en téte de XI, 1° *a*) :
Cette présomption sans exemple lui fit employer (à Lauzun) à de vains préparatifs et à passer son contrat, tout le temps qui pouvoit assurer son bonheur. (89-90.)

Page LXXXVIII. — Ajoutez à la fin de 1° :
.... Après lui avoir donné cette pensée et que la proposition en fut faite au Conseil, Monsieur de Luçon témoigna de la désapprouver. (94 et note 6.)

Page XCVIII, 3°. — Ajoutez l'exemple précédé, ci-dessous, p. 155, de l'en-tête : OFFRIR QUE.

b) *Lexique alphabétique.* — Ajoutez :

ATTACHEMENT :

Monsieur de Luçon lui fit paroître.... (à M. de Luynes) un si grand *attachement* à la ruine du maréchal, etc. (95 et note 6.)

CONFIANCE, au pluriel :

.... En les payant de légères *confiances.* (84 ; voyez *ibidem*, l. 17.)

CONSERVER, sauver de la disgrâce :

Les conseils qu'il (Monsieur de Luçon) avoit donnés à M. de Luynes, et l'animosité qu'il lui avoit témoigné d'avoir contre le maréchal le *conservèrent,* et firent que le Roi lui commanda de continuer d'assister au Conseil. (96.)

CROYANCE (Gagner) :

Il gagne *croyance* vers les maris. (85.)

Dans :

Mademoiselle écrivit le soir *dans* du papier : « C'est vous. » (88.)

De, où nous mettrions plutôt *pour :*

Au lieu de perdre Puyguilhem *d'*avoir osé lui découvrir ses espérances, il (le Roi) lui permit, etc. (89.)

Destiné, ée, pour :

Anne-Marie-Louise d'Orléans..., *destinée pour* les plus grands rois. (87.)

Offrir que :

Monsieur de Luçon.... lui fit *offrir que,* s'il lui permettoit de retourner auprès de la Reine, *qu'*il se serviroit du pouvoir qu'il avoit, etc. (96.)
C'est, comme nous l'avons dit, un exemple à joindre aussi à l'article Pléonasme *de l'*Introduction grammaticale *du* Lexique, *p.* xcviii, 3°.

Où :

Le lendemain, M. de Luynes et lui se virent, *où* (dans laquelle entrevue) Monsieur de Luçon lui dit, etc. (95 et note 4.)

Pour ce que, au sens de *parce que.* (94, l. 11.)

Produire :

Monsieur de Luçon.... *produisit* l'affaire du Pont-de-Cé, en suite de quoi il fut fait cardinal. (96-97.)

Rencontre, au sens de *circonstance :*

Les nouvelles *rencontres* demandent de nouveaux conseils. (95 et note 1.)

Servitude :

Un esprit de *servitude.* (88.)

Sujette :

Anne-Marie-Louise d'Orléans..., la plus riche *sujette* de l'Europe. (87.)

Sûreté :

(Puyguilhem) s'emporta contre elle (contre Mme de Montespan) avec tant de violence qu'elle douta de sa *sûreté*, et n'en trouva plus qu'à le perdre. (91.)

TABLE DES MATIÈRES

CONTENUES DANS LE PREMIER VOLUME.

RÉFLEXIONS DIVERSES.

APPENDICE.

CHARTRES. — IMPRIMERIE DURAND
Rue Fulbert, 9.

www.ingramcontent.com/pod-product-compliance
Lightning Source LLC
Chambersburg PA
CBHW070703100726
47907CB00001B/27